主编 徐中玉　副主编 陈谦豫

中国古代文艺理论专题资料丛刊 第三册

艺术辩证法·法度·通变编

中国社会科学出版社

图书在版编目(CIP)数据

中国古代文艺理论专题资料丛刊(第三册).艺术辩证法·法度·通变编/徐中玉主编;蒋树勇,陆海明,徐文茂编选.—北京:中国社会科学出版社,2013.8

ISBN 978-7-5161-2456-7

Ⅰ.①中… Ⅱ.①徐…②蒋…③陆…④徐… Ⅲ.①文艺理论—中国—古代—丛刊 Ⅳ.①I206.2-55

中国版本图书馆 CIP 数据核字(2013)第 074138 号

出 版 人	赵剑英
责任编辑	季寿荣　史慕鸿
责任校对	徐　楠
责任印制	李　建

出　　版	中国社会科学出版社	
社　　址	北京鼓楼西大街甲 158 号(邮编 100720)	
网　　址	http://www.csspw.cn	
	中文域名:中国社科网　　010-64070619	
发 行 部	010-84083685	
门 市 部	010-84029450	
经　　销	新华书店及其他书店	

印刷装订	环球印刷(北京)有限公司
版　　次	2013 年 8 月第 1 版
印　　次	2013 年 8 月第 1 次印刷

开　　本	710×1000　1/16
印　　张	64
插　　页	4
字　　数	1072 千字
定　　价	580.00 元(全四册)

凡购买中国社会科学出版社图书,如有质量问题请与本社联系调换
电话:010-64009791

版权所有　侵权必究

《中国古代文艺理论专题资料丛刊》
编选说明

一、本丛刊广泛搜集中国古代文艺各个领域里的理论资料（包括一般原理、创作经验、批评鉴赏等），其范围包括诗、文、词、曲、小说、戏剧、绘画、音乐、雕塑、书法等，分《本原》、《情志》、《神思》、《文质》、《意境》、《典型》、《艺术辩证法》、《风骨》、《比兴》、《法度》、《教化》、《才性》、《文气》、《通变》、《知音》十五编。将视具体情况，分册连续出版。

二、本丛刊的资料收录的时限自先秦至近代。按问题分类，按论点安排。类与论点均冠以标题，以醒眉目。每一论点的资料均按时代顺序排列。个别无法查考年代而又具有重要理论价值的资料，排列于该论点的资料之后。

三、个别资料一段之中包括两个（或几个）论点，考虑到在两类（或几类）之中都有重要意义，因而两处（或几处）都收入，故偶有重复。

四、本丛刊各编各理论观点之下所收的资料，有的未必确当，仅供研究者参考。

五、本丛刊所引资料，版本力求统一，但由于种种原因，也偶有用不同版本者，故在各条原文下均加以注明。

六、中国古代文艺理论资料散见于大量古籍之中，浩如烟海，加之古代文艺理论的不少范畴，或具有多义，或含义不很确定，我们限于水平，内容的归类，资料的取舍，都可能有不当或错误之处，热忱欢迎专家、读者批评、指正，以便进一步修订、完善。

《中国古代文艺理论专题资料丛刊》工作人员名单

主　编　徐中玉
副主编　陈谦豫

参加资料搜集并分工负责各编编选者
　　王寿亨（《本原》《教化》）
　　陈谦豫（《意境》《典型》）
　　萧华荣（《比兴》）
　　侯毓信（《神思》《文质》）
　　蒋树勇（《艺术辩证法》《法度》）
　　陆晓光　黄　珅（《才性》《情志》）
　　蒋述卓（《文气》）
　　陆海明　徐文茂（《通变》《风骨》）
　　毛时安　汪　宇（《知音》）

参加资料搜集者
　　邓乔彬　陶型传　朱大刚　周伟民　王汝梅
　　王思焜　周锡山　南　帆　谢伯良　陆　炜

序

　　1936年暑后，原在清华大学心理学系任教的叶麐（石荪）教授乘度假之便来到风景佳美的青岛山东大学中文系任教。那时我正在三年级学习。在此之前，朱光潜教授的《文艺心理学》已经出版，北京大学中文系已开设了这个课程，我们知道别的大学都还没有开设，希望山大也能开设。学校则苦于尚缺乏这种条件，主要是缺乏既深研文学又精通心理，并兼擅古今中外类似朱先生这样学养的师资。叶先生的来到，恰好非常及时地给我们解决了这个难题。叶先生在美、法两国专攻心理学，又一直爱好文学，读得既多，自己还能创作中国旧体的诗、词，非常优美动人。原来他从小就受过古典文学的训练，家学渊源，后来才决定专攻心理科学的。他和朱先生又是同辈老友，在清华心理学系虽未教过文艺心理学，在朱先生这部开创了中国文学研究新领域的著作影响下，原已对开设此课具有很大的兴趣。因此当学校向他提出后便欣然同意了。事实证明，我们能听到他的讲课，真是一种很大幸运。正如在这年之前，我们能听到老舍先生讲《小说作法》课一样。那时别的课程内容大都还以传统为主，这两个课程却不同了，内容、观点、讲法对我们来说几乎都是全新的。老舍先生是以有丰富生活经验和西方文学观念的中国著名小说作家的身份来讲他这一课程的，叶先生是以现代心理学专家同时又兼具中国古典文学及西方文学深厚功底这种学者、作者、鉴赏家集于一身的身份来讲他这一课程的。无论在教学内容、学习和研究的方法、形成师生间非常亲切的关系等各个方面，他们都给同学们大大开拓了视野，增添了许多新知，培养了自己钻研的能力，并以实际行动教育我们应当做个怎样的人，应当怎样关心、帮助比自己更年轻的下一代人的成长。他们给学生留下了永不会忘的印象。这两位老师都是在"文革"惨剧中受害死去的。叶先生则早在1957年就已被"扩大化"进去了。

青年时代的爱好与生活选择往往决定了一个人此后不会再改变的人生道路。从开始读小学起七十多年来我没有离开过学校这个生活圈。大学生时代开始爱好文学写作，正是老舍先生给了我指点和鼓励。从习作小说转向文学研究并重在古代文学理论的学习和探讨，正是叶先生给了我指点和鼓励。每当我回想半个多世纪以来的生活行迹时，我就总会想到这两位先生对我的厚爱和教育，纵然实际上在他们逝世以前的近二十年间，由于需要，彼此孤立，不仅未再见过面，甚至连信都没有通过。作为他们当时最亲近的学生之一，竟表现得如此淡漠，难道可以只用"不得已"来宽恕自己？无疑还是由于自己的软弱与胆怯。谁也不要重蹈这种历史的覆辙了。

我从叶先生的教学与研究以及课外的很多谈话、接触中，得到的启发与引导对我后来直到今天的研究、写作最有影响的是下面四点：

第一，要有个适合于自己认为真有意义、极有兴趣，而且力所能及的研究目标。客观上很有意义自己却认为没有或意义不大；虽也认为有意义自己却缺少兴趣；认为有意义也感兴趣实际却力所不及；这些情况都有，并不奇怪，但就不宜作为自己长远的研究目标。我生活经验不多，特别在听了叶先生《文艺心理学》的讲课后，对文艺理论研究深感兴趣。由于高中时期读的是师范、大学读的是中文系，外语读得很少也未努力读好，宜于重点研究本国古代的文艺理论，比较力所能及，而且这个范围也不能算小了。他赞同我朝着这个目标作长期的努力。

第二，要尽可能掌握与研究目标密切相关的丰富的第一手资料。他讲课时可以随意提供对某一问题有关的古今中外包括若干不同意见的资料，并指明其出处，令我惊叹。他有很好的记忆力，但他说主要还得依靠经常博览之后取精用宏地积累资料，方法即是亲做卡片，勤于简写读后笔记。他给我们看了他的大量卡片和笔记，并告诉我们他是怎样做、怎样运用和如何养成这一习惯的。从那时起，我也学习着进行了这种积累。

第三，对不同学派、不同意见要在积累的基础上逐渐培养、提高自己的分析、辨识能力。对合理的东西应兼收并蓄，各取其长，不要受任何束缚；应有自己的看法，既不苟异，亦不苟同，发现有误就改正，不完善就再探索。

第四，不能为研究而研究，为理论而理论；学习理论不能不读文学作品，自己毫无创作体验；也不可研究文学理论就只读这一方面的书籍，哲学、历史、心理等知识都不可缺。他非常重视人生、重视国家社会的需要。他对当时日本帝国主义造成的华北危局忧心如焚。这一点同样深深地影响了我，使我懂得研究工作者不能只是生活在书房里一味啃书本的人。

正在我已开始按着他的指引做起来的时候，卢沟桥事变发生了。青岛本是日帝侵华的一大据点，此时已成一触即发的前方，叶先生只得携家回故乡的四川大学去了。我辗转随校西迁，最后终于并入重庆沙坪坝中央大学读到毕业。刚开头的计划这段时期内不得已完全停顿。我之所以又进了中央大学研究院文科研究所去探索宋代的诗论，就因想继续原来的研究计划。那时我之所以花部分时间写了不少讨论抗战文艺的文章，即由于想到他的一贯指导：研究工作者不能脱离国家大事，不能忘记社会责任。两者其实并不矛盾，原是应该也能够统一的。这时他已在四川大学担任教务长了，我则已从云南到了粤北。他仍抽空在通讯里给我许多指导。

在研究院的两年中，我积累了成万张卡片。所谓卡片乃是用三层土纸糊在一起，勉强可以两面写字的代用品，至今总算还幸能保存着。在接着留校任教的五年中，开头还有条件继续积累，后来由于湘、桂大部沦陷，学校辗转迁去东江一带，书都散失，就没有条件了。抗战胜利后，我随着山大北回复校，竟因同情学生"反饥饿、反内战"运动，被国民党政府教育部指为"奸匪"而遭密令中途解聘。从此直到五十年代"反右"结束之前，将近十年由于运动频繁，观念骤改，古代文学遗产似已不必深究，虽仍在教书，信念未失，积累却很少有所增加，亦似无所可用了。反倒是在被"反右"扩大化进去以及"文革"中当"牛鬼蛇神"的二十年间，既然一切应有的权利都已无存，在"孤立"、抄家、扫地、背书、受审之余，为使身在"另册"而心灵有所寄托，觉得乘此机会利用一切空暇继续前功，不失为两全的办法。想不到离开当初定下计划也已二十年了的这段艰难时期，却成了我再度沉入的旺盛阶段。我继续从七百多种有关书籍中做了四五万张卡片，估计当写了不下一千多万字。手段原始，办法也笨，只是在这样读着写着想着的时候，什么烦恼牢骚都不复存在了，竟未把这当成一件苦事。被"抄家"多次，这些因都被视为废物而未受损，我独私心窃喜，得了"无用之用"。可是果若有用，用又在何时？我眼前一片茫茫。但我总还想，这种学问是有用的，我做不成，做不好，以后别人还是会做，会做成、做好的。疯狂的民族虚无主义者必不能永存。

又十多年过去了，我转入一个心情稍好却事务繁多的境地，前功远未完成，垂垂已老，积累从自己的高峰上直线下降，几乎极少增益，时间精力都不够。一方面是在积累过程中愈感到了这个工作的重要意义，另一方面又愈着急，应该怎样把这个很有意义的工作设法持续下去？我自己对这一大堆资料还没来得及好好利用，何况还有更多的资料可以搜集、整理、运用！我想到了跟我一些同事和几届古代文论专业的研究生一道来从事这个工程，这是唯一可能也还可行的法子了。这就是这个《中国古代文艺理论专题资料丛刊》得以产生的缘由。人的一生实在太短促了，一天一天过着时似乎很长，到老回头一看便只是一瞬间的事，真像正好开始忽已到了尽头。没有上述同志们的共同努力，凭我一个人的气力，是连自己也知道这还非常粗疏多漏的东西亦拿不出的。

中国古代文艺理论有悠久的历史，提出了许多符合规律的论点，资料十分丰富，而且越多接触便越感到它真像一个浩瀚的海洋，可贵之极。我认为，审美的主体性、观照的整体性、论说的意会性、描述的简要性，便是中国古代文论带有民族特色的思维特点。中国人大都不喜欢烦琐、抽象的思辨，从自己关门建构的一个什么理论框架出发来高谈阔论。中国人绝非缺乏这种能力，不是没有人这样做过，但一般人不愿意、不习惯，甚至还有认为这样做不合适的。即使在讨论问题、抒发己见的时候，文论家们总仍恪守文艺规律：有感而发，不得已而言，精语破的，点到为止，使人自悟并得以举一反三，而且始终仍保持着具体、感性、描绘、比喻、想象、意在言外等文艺色彩，有理有趣，举重若轻，愉人悦己。篇幅短小，形式多样，要言不烦，更是它的特色。当我们把它同西方古今的文艺理论进行了比较之后，就越发觉得它至少可以同西方文化成果并立而媲美，对人类文明发展起了同样巨大的作用。文艺理论和科技知识的不同之处，就是其中稳定的东西要多得多，而且有许多心灵方面的体会和艺术敏感往往前人已有而后来者反而大为迟钝了。文艺领域里某些精微奥妙的感受与洞察，往往并不是后出必愈精，时空限制不住它们的灵光。不能从思维方式表达方式上来强分高下优劣，应是自然之理。若说有系统、有体系的便好，那么有无是怎样来判定的？还要后人来研究、整理干什么？而且，不是已有够多的系统、体系早已被人们成捆成堆地丢到垃圾箱里去了吗？古今中外的很多事物，包括文艺评论，螺旋形发展的历史证明，互相补充、转化、融合的可能性正在增加，必要性亦一样。取精用宏、兼收并蓄，集大成而共求进步，这是历史的必然。

初步搜集、整理古代文艺理论资料正是为了便于进行研究和探索前人已经取得的成果，便于发扬光大他们的贡献，使中国文艺家的智慧和才识在全世界同行中得到理解，交换共识，进行融合。不消说，如果真是符合文艺规律的知识，无论多少年前的发现和经验，对当前的文艺创作和文艺评论肯定仍有积极作用。

当我们的视野随着改革开放的大潮涌起而也变得较前显著开阔了些的此刻，就感到即使编选文艺理论资料也不能只盯住文艺理论资料本身，而应扩大其范围。但这范围太广了，谁能预料到书画家还能从"公主与担夫争路"中悟到某种艺术妙谛呢？当我们连载有文艺理论直接资料的无数书籍尚远未读遍读透选准选全的现在，这就只能留到以后去逐步补充、修订、扩展了。对此，我是惴惴不安而仍抱着有生之年要继续为之的决心的。至于谈到要做得相当完善，恐怕至少要经过几代人的不断努力。好在我们这个伟大的民族是永恒存在的，总会有达到这目标的日子到来。

再一次乘此机会让我向老舍、叶石荪两位老师致敬，向参加这一工程的我的同事和研究生同志们的亲密合作致谢，向中国社会科学出版社和配合我们付出了大量劳动的季寿荣等同志表示衷心的铭感！

徐中玉
1991 年 6 月 17 日

新版说明

《中国古代文艺理论专题资料丛刊》共十五编，原为分册连续出版。第一册《通变编》出版于1992年9月，第二册《艺术辩证法编》为1993年10月，第三册《意境·典型·比兴编》为1994年5月，第四册《神思·文质编》为1995年12月，第五册《本原·教化编》为1997年2月，第六册《文气·风骨编》为1997年12月，第七册《才性编》为1999年7月。尚有《法度》、《情志》、《知音》三编因故未能及时出版。

这次新版，根据编者、每个专题的内容、字数等情况，将已出十二编与未出三编组合为四大册出版，分别为《本原·教化·意境·典型编》、《比兴·神思·文质·文气编》、《艺术辩证法·法度·通变编》和《风骨·才性·情志·知音编》。

这套资料丛刊，涉及面广，要求精确，校勘工作，特别艰辛。从搜集资料、按专题编选，再到完满出版，前后历时三十余年。可以说，它是编选者、参加资料搜集者（当时的古代文论研究生、青年老师，以及受教育部委托由上海复旦大学和华东师范大学于1980年合办的中国文学批评史师训班的部分成员）与季寿荣、史慕鸿二位责任编辑的心血共同凝聚成的。在此，我们也对中国社会科学出版社和对这套丛刊付出精力的同志深表谢意。

陈谦豫
2013.3.22

总　目

艺术辩证法编 …………………………………………………… (1)
　一　文以气为主 …………………………………………… (3)
　二　物一无文 ……………………………………………… (29)
　三　中和之美 ……………………………………………… (57)
　四　一　多 ………………………………………………… (72)
　五　正　反 ………………………………………………… (87)
　六　有　无 ………………………………………………… (104)
　七　虚　实 ………………………………………………… (110)
　八　真　伪 ………………………………………………… (132)
　九　形　神 ………………………………………………… (154)
　十　曲　直（隐　显）……………………………………… (207)
　十一　奇　正 ……………………………………………… (230)
　十二　繁　简（疏　密）…………………………………… (247)
　十三　浓　淡（深　浅）…………………………………… (266)
　十四　巧　拙 ……………………………………………… (280)
　十五　生　熟 ……………………………………………… (291)
　十六　雅　俗 ……………………………………………… (298)
　十七　动　静（收　纵）…………………………………… (304)
　十八　轻　重（厚　薄）…………………………………… (308)
　十九　大　小（长　短）…………………………………… (312)

法度编 ……………………………………………………… (321)
　一　论法度 ………………………………………………… (323)
　二　学法 …………………………………………………… (350)
　三　用法 …………………………………………………… (380)

四　诗之病 …………………………………………………（415）
　　五　死法活法 ………………………………………………（427）
　　六　韵律 ……………………………………………………（458）
　　七　用事 ……………………………………………………（513）
　　八　章法 ……………………………………………………（564）
　　九　句法 ……………………………………………………（624）
　　十　字法 ……………………………………………………（643）
　　十一　相题 …………………………………………………（670）
　　十二　叙事 …………………………………………………（679）
　　十三　养势 …………………………………………………（688）
　　十四　对仗 …………………………………………………（708）
　　十五　衬染 …………………………………………………（725）
　　十六　夸张 …………………………………………………（736）
　　十七　叠复 …………………………………………………（742）
　　十八　白描 …………………………………………………（748）
　　十九　修改锤炼 ……………………………………………（749）
通变编 ………………………………………………………（779）
　　一　通其变　遂成天下之文 ………………………………（781）
　　二　踵事增华　文体屡迁 …………………………………（824）
　　三　文贵独创 ………………………………………………（856）
　　四　博览深研　贵在求精 …………………………………（882）
　　五　忌摹拟　戒蹈袭 ………………………………………（903）
　　六　夺胎换骨　点铁成金 …………………………………（938）
　　七　复古与师古 ……………………………………………（954）
　　八　集大成 …………………………………………………（988）

目　录

艺术辩证法编

一　**文以气为主** …………………………………………………………（3）
　　1. 气而形　形而声　声成文 ……………………………………（3）
　　2. 文之作如一人之身　而气血周行无间 ………………………（8）
　　3. 一气浑成 ………………………………………………………（12）
　　4. 甘瓜苦蒂　天下物无全美 ……………………………………（16）
　　5. 总要写得十分满足 ……………………………………………（21）
　　6. 气韵为最 ………………………………………………………（22）
　　7. 风力气韵　固在当人 …………………………………………（25）
　　8. 气韵形似须俱得 ………………………………………………（26）

二　**物一无文** ……………………………………………………………（29）
　　1. 声一无听　物一无文 …………………………………………（29）
　　2. 天地之道　阴阳刚柔 …………………………………………（34）
　　3. 损益盈虚　与时偕行 …………………………………………（38）
　　4. 画方不能离圆　视左不能离右 ………………………………（40）
　　5. 参伍以变 ………………………………………………………（44）
　　6. 错综其数 ………………………………………………………（47）

三　**中和之美** ……………………………………………………………（57）
　　1. 过犹不及 ………………………………………………………（57）
　　2. 乐极则忧 ………………………………………………………（65）
　　3. 凫胫虽短　续之则忧；鹤胫虽长　断之则悲 ………………（69）

四 一 多 ··· (72)
  1. 一而三 三而一 ································· (72)
  2. 万变而一以贯之 ································· (75)
  3. 和实生物 同则不继 ······························· (79)

五 正 反 ··· (87)
  1. 质虽在我 成之由彼 ······························· (87)
  2. 将欲歙之 必故张之 ······························· (95)

六 有 无 ··· (104)
  空诸所有 无中生有 ································· (104)

七 虚 实 ··· (110)
  1. 虚实相生 无景处皆成妙境 ························· (110)
  2. 万古不坏 其唯虚空 ······························· (124)

八 真 伪 ··· (132)
  1. 文之真不可使人忘事之幻 ··························· (132)
  2. 似者得其形遗其气 真者气质俱盛 ····················· (140)
  3. 妙在不即不离间 ·································· (146)

九 形 神 ··· (154)
  1. 笔精形似 ······································· (154)
  2. 以形写神 ······································· (164)
  3. 离形得似 ······································· (172)
  4. 取神似于离合之间 ································· (179)
  5. 以精不以形 以神不以器 ···························· (189)
  6. 形与神熔 形神俱妙 ································ (196)
  7. 形意两俱足 ······································ (200)

十 曲 直（隐 显） ··································· (207)
  1. 曲尽形容 含而不露 ································ (207)
  2. 刻意形容 殊无远韵 ································ (217)
  3. 气骨 志力 色韵 ··································· (226)

十一 奇 正 ··· (230)
  1. 奇正相生 为环无端 ································ (230)
  2. 去邪祟之奇 归平正之奇 ···························· (236)
  3. 善为文者 因事出奇 ································ (242)

十二 繁简(疏密) (247)
1. 丰不余一言 约不失一辞 (247)
2. 繁不如简 (255)
3. 疏密相间 (264)

十三 浓淡(深浅) (266)
1. 淡蕴于浓 绚烂之极归于平淡 (266)
2. 贵"浅而能深" (275)

十四 巧拙 (280)
大巧若拙 (280)

十五 生熟 (291)
1. 画到生时是熟时 (291)
2. 工夫极处 得近天然 (294)

十六 雅俗 (298)
辨雅俗 (298)

十七 动静(收纵) (304)
1. 飞动之美 (304)
2. 静中有动 动中有静 (305)

十八 轻重(厚薄) (308)
1. 清轻配典重 (308)
2. 惟能厚 斯能无厚 (310)

十九 大小(长短) (312)
1. 工细亦阔大 (312)
2. 一二言未尝不足 千万言未尝有余 (316)
3. 离合跌宕 (317)

法度编

一 论法度 (323)
1. 天下万事皆有一定之法 学之者须循序而渐进 (323)
2. 义——言有物 法——言有序 (330)
3. 体制虽殊 规矩绳墨固无异也 (338)
4. 体格不同 各有法度 (342)

二 学法 …………………………………… (350)
　　1. 法在人　故必学　巧在己　故必悟 …………… (350)
　　2. 学法乎上 ……………………………………… (356)
　　3. 学法乎经 ……………………………………… (367)
　　4. 不敢背于古　而卒归于自为其言 ……………… (371)

三 用法 …………………………………………… (380)
　　1. 能者出入纵横　何可拘碍 ……………………… (380)
　　2. 纵心所欲　不逾准绳 …………………………… (389)
　　3. 文多拘忌　伤其真美　自然无迹　斯为雅道 …… (400)

四 诗之病 ………………………………………… (415)
　　1. 不知诗病　何由能诗　不观诗法　何由知病 …… (415)
　　2. 诗忌语病 ……………………………………… (419)
　　3. 病俗实为大忌 ………………………………… (421)
　　4. 好奇务新　乃诗之病 …………………………… (424)
　　5. 一涉议论　便是鬼道 …………………………… (425)

五 死法活法 ……………………………………… (427)
　　1. 识活法 ………………………………………… (427)
　　2. 虽有定法　不可胶柱鼓瑟 ……………………… (439)
　　3. 金针不度 ……………………………………… (451)

六 韵律 …………………………………………… (458)
　　1. 妙知声律　始可言文 …………………………… (458)
　　2. 眼主格　耳主声 ………………………………… (466)
　　3. 音节为神气之迹 ………………………………… (469)
　　4. 诗而不可乐　非真诗 …………………………… (472)
　　5. 四声论 ………………………………………… (480)
　　6. 欲作好诗　先选好韵 …………………………… (485)
　　7. 律令合时方帖妥 ………………………………… (500)

七 用事 …………………………………………… (513)
　　1. 用事要融化不涩 ………………………………… (513)
　　2. 夺胎换骨　点铁成金 …………………………… (532)
　　3. 用人若己 ……………………………………… (538)
　　4. 用事精巧 ……………………………………… (542)

目录

　　5. 何贵于用事 …………………………………… (550)
　　6. 诗用俗语　俚语　方言 ……………………… (557)
　　7. 忌"掉书袋" …………………………………… (560)

八　章法 ……………………………………………… (564)
　　1. 谨布置　定间架 ……………………………… (564)
　　2. "立主脑"　"总纲领" ………………………… (574)
　　3. 气象连络　意脉贯通 ………………………… (579)
　　4. 彼此相伏　前后相因 ………………………… (590)
　　5. 起承转合 ……………………………………… (599)
　　6. 工于发端 ……………………………………… (608)
　　7. 一段意思　全在结句 ………………………… (615)

九　句法 ……………………………………………… (624)
　　1. 句法之学　自是一家工夫 …………………… (624)
　　2. 以工为主　勿以句论 ………………………… (632)
　　3. 有警句　则全首俱动 ………………………… (637)
　　4. 句法最忌直率 ………………………………… (640)

十　字法 ……………………………………………… (643)
　　1. 一字之工 ……………………………………… (643)
　　2. 句中之眼 ……………………………………… (651)
　　3. 字字当活　活则字字自响 …………………… (659)
　　4. 用字之法 ……………………………………… (665)

十一　相题 …………………………………………… (670)
　　1. 量体裁衣　相题之格 ………………………… (670)
　　2. 不粘本题　方得神情绵邈 …………………… (675)

十二　叙事 …………………………………………… (679)
　　1. 叙事乃铺张实事 ……………………………… (679)
　　2. 叙事洁净 ……………………………………… (683)
　　3. 叙事"倒插之法" ……………………………… (685)

十三　养势 …………………………………………… (688)
　　1. 为文须"有万里之势" ………………………… (688)
　　2. "开阖尽变"　"寸水兴波" …………………… (690)
　　3. 层次皆成曲折 ………………………………… (697)

  4. 节奏顿挫 …………………………………………… (704)
十四 对仗 ………………………………………………… (708)
  1. 言对为美 贵在精巧 事对所先 务在允当 …… (708)
  2. 不可泥于对属 ……………………………………… (717)
  3. 论对 ………………………………………………… (720)
十五 衬染 ………………………………………………… (725)
  1. 烘云托月 以宾衬主 ……………………………… (725)
  2. 点染著色 斯为妙耳 ……………………………… (732)
十六 夸张 ………………………………………………… (736)
  夸而有节 饰而不诬 ………………………………… (736)
十七 叠复 ………………………………………………… (742)
  复而不厌 颐而不乱 ………………………………… (742)
十八 白描 ………………………………………………… (748)
十九 修改锤炼 …………………………………………… (749)
  1. 磨淬剪截之功 ……………………………………… (749)
  2. 炼句妙在浑然 ……………………………………… (756)
  3. 诗改一字 界判人天 ……………………………… (757)
  4. 炼句炼字 不如炼意 ……………………………… (763)
  5. 炼字炼句 诗家小乘 ……………………………… (766)
  6. 诗不厌改 …………………………………………… (767)
  7. 不可多改 …………………………………………… (769)
  8. "由丰入约" 留有余地 …………………………… (769)
  9. 炼句下语 最是紧要 ……………………………… (770)

通变编

一 通其变 遂成天下之文 ………………………………… (781)
  1. 易穷则变 通变则久 ……………………………… (781)
  2. 文随世变 与时高下 ……………………………… (783)
  3. 当变而变 不主故常 ……………………………… (804)
  4. 古何必高 今何必卑 ……………………………… (816)

二 踵事增华　文体屡迁 ……………………………（824）
　　1. 诗文代变　文体屡迁 ……………………………（824）
　　2. 质文体格　各通其变 ……………………………（839）
　　3. 文体迁变　邪正或殊 ……………………………（848）
　　4. 不能执一体以定文 ………………………………（853）

三 文贵独创 ………………………………………………（856）
　　1. 创者易工　因者难巧 ……………………………（856）
　　2. 与其同能　不如独胜 ……………………………（863）
　　3. 人各有心　文各有意 ……………………………（866）
　　4. 体会光景　贵乎自得 ……………………………（872）

四 博览深研　贵在求精 ……………………………（882）
　　1. 圆照之象　务先博观 ……………………………（882）
　　2. 出入古今　贯串百家 ……………………………（889）
　　3. 熟读深研　贵在求精 ……………………………（897）

五 忌摹拟　戒蹈袭 ………………………………………（903）
　　1. 毋剿说　毋雷同 …………………………………（903）
　　2. 摹拟愈逼　去古愈远 ……………………………（907）
　　3. 不事摹拟　自出面目 ……………………………（918）
　　4. 跳出窠臼　各自成家 ……………………………（931）

六 夺胎换骨　点铁成金 ……………………………（938）
　　1. 点化前作　以铁炼金 ……………………………（938）
　　2. 以故为新　夺胎换骨 ……………………………（941）

七 复古与师古 …………………………………………（954）
　　1. 复古为本 …………………………………………（954）
　　2. 师其意　不师其辞 ………………………………（961）
　　3. 师心独运　自我作古 ……………………………（978）

八 集大成 …………………………………………………（988）
　　1. 继往开来谓集大成 ………………………………（988）
　　2. 杜甫为集大成者 …………………………………（991）
　　3. 各代有集大成者 …………………………………（996）

艺术辩证法编

蒋树勇　编选

一

文以气为主

1. 气而形　形而声　声成文

敢问夫子恶乎长？曰：我知言；我善养吾浩然之气。敢问何谓浩然之气？曰：难言也。其为气也，至大至刚，以直养而无害，则塞于天地之间。其为气也，配义与道，无是馁也。是集义所生者，非义袭而取之也。行有不慊于心，则馁矣。

（先秦）《孟子·公孙丑上》，《十三经注疏》本

文以气为主，气之清浊有体，不可力强而致。譬诸音乐，曲度虽均，节奏同检，至于引气不齐，巧拙有素，虽在父兄，不能以移子弟。

（魏）曹丕《典论论文》，六臣注《文选》卷五十二，《四部丛刊》影宋本

夫运笔邪则无芒角，执笔宽则书缓弱，点掣短则法臃肿，点掣长则法离澌，画促则字势横，画疏则字形慢；拘则乏势，放又少则，纯骨无媚，纯肉无力，少墨浮涩，多墨笨钝，比并皆然。任意所之，自然之理也。若抑扬得所，趣舍无违，值笔连断，触势峰郁；扬披折节，中规合矩；分间下注，浓纤有方；肥瘦相和，骨力相称。婉婉暧暧，视之不足，棱棱凛凛，常有生气，适眼合心，便为甲科。众家可识，亦当复贯串耳；六文可工，亦当复由习耳！一闻能持，一见能记，亘古亘今，不无其人，大抵为论，终归是习。程邈所以能变书体，为之旧也；张芝所以能善书工，学之

积也。既旧既积，方可以肆其谈。

  （南朝·梁）萧衍《答陶隐居论书》，引自《历代书法论文选》，上海书画出版社本

  气，水也；言，浮物也；力大而物之浮者大小毕浮。气之与言犹是也，气盛则言之短长与声之高下者皆宜。

  （唐）韩愈《答李翊书》，《昌黎先生集》卷十六，影宋世彩堂本

  魏文《典论》称："文以气为主，气之清浊有体。"斯言尽之矣。然气不可以不贯；不贯则虽有英词丽藻，为编珠缀玉，不得为全璞之宝矣。

  （唐）李德裕《文章论》，《李文饶外集》卷三，《四部丛刊》本

  凡乐达天地之和，而与人之气相接；故其疾徐奋动可以感于心，欢欣恻怆可以察于声。五声单出于金石，不能自和也，而工者和之。然抱其器，知其声，节其廉肉而调其律吕，如此者工之善也。今指其器以问于工曰："彼箕者，簇者，堵而编、执而列者，何也？"彼必曰："鼗鼓、钟磬、丝管、干戚也。"又语其声以问之曰："彼清者，浊者，刚而奋，柔而曼衍者，或在郊、或在庙堂之下而罗者，何也？"彼必曰："八音五声，六代之曲，上者歌而下者舞也。"其声器各物，皆可以数而对也。然至乎动荡血脉，流通精神，使人可以喜，可以悲，或歌或泣，不知手足鼓舞之所然，问其何以感之者，则虽有善工，犹不知其所以然焉。盖不可得而言也。

  （宋）欧阳修《书梅圣俞稿后》，《欧阳文正公集》卷七十三，《四部丛刊》本

  嘻！诗之为意也，范围乎一气，出入乎万物，卷舒变化，其体甚大。故夫喜焉如春，悲焉如秋，徘徊如云，峥嵘如山；高乎如月星，远乎如神仙；森如武库，锵如乐府。羽翰乎教化之声，献酬乎仁义之醇。上以德于君，下以风于民。不然何以动天地而感鬼神哉！而诗家者流，厥情非一：失志之人其辞苦，得意之人其辞逸，乐天之人其辞达，觏闵之人其辞怒。如孟东野之清苦，薛许昌之英逸，白乐天之明达，罗江东之愤怒。此皆与

时消息，不失其正者也！

     （宋）范仲淹《唐异诗序》，《范文正公集》卷六，《四部丛刊》本

  文者，气之所形。然文不可以写而能，气可以养而致。孟子曰："我善养吾浩然之气。"今观其文章，宽厚宏博，充乎天地之间，称其气之小大。太史公行天下，周览四海名山大川，与燕赵豪俊交游，故其文疏荡，颇有奇气。此二子者，岂尝执笔学为如此之文哉？其气充乎其中，而溢乎其貌，动乎其言，而见乎其文，而不自知也。

     （宋）苏辙《上枢密韩太尉书》，《栾城集》卷二十二，《四部丛刊》本

  夫文各一，而所以用之三，谋、勇、正之谓也。谋以始意，勇以作气，正以全道。苟意乱思率，则谋沮矣；气萎体瘵，则勇丧矣，言乌辞芜，则正塞矣。是三者，迭相羽翼以济乎用也。备则气醇而长，剥则气散而涸。

     （宋）孙仅《读杜工部诗集序》，《杜诗详注》第五册附编，中华书局本

  潜窃闻，昔人之论文，率谓文主于气，气命于志，志立于学者也，盖三代而下，骚人墨客，以才驱气驾而为文。骄气盈则其言必肆而失于诞，吝气歉则其言必苟而流于诣。譬如一元之运，百物生焉。观其荣耀销落，而气之屈伸可知也。惟夫学足以辅其志，志足以御其气者，气和而声和，故其形于言也，粹然一出于正。兹其所以信于今而贻于后欤？

     （元）黄溍《吴正传文集序》，《金华黄先生文集》卷十八，《四部丛刊》本

  文以气为主，非主于气也。乃其中有所主，则其气浩然，流动充满而无不达，遂若气为之主耳。故文之盛也，如风雨骤至，山川草木皆为之变；如江河浩渺，波涛平骇，各一其势。大之而金石制作，歌《明堂》而颂《清庙》；小之而才情婉娈，清《白雪》而艳《阳春》。古之而鼎彝幼眇，陈淳风而追泰古；时之而花柳明媚，过前川而学少年。故昌黎之古文，其小律小绝无不精妙；东坡之大才，其回文丽句各极体裁。或有谓能

文不能诗，能诗不能文者，皆其主弱而气易衰也。

（元）刘将孙《养吾斋集·谭村西诗文序》，引自《宋金元文论选》，人民文学出版社本

文章英气也，人声之精者为言，言之精者为文，英者所以精者也。每叹作文之陋，不知所以发其精英者，类以椎鲁者为古，崛强者为奇，遏抑其光大，登进其泥涂，遂使神骏索然，一无足以动悟。有能以欧苏之发越，造伊洛之精微，篇有兴而语有味，若是者百过不厌也。

（元）刘将孙《养吾斋集·赵青山先生墓表》，引自《宋金元文论选》，人民文学出版社本

太极者理也。又云无极者即太极之理之至微至妙者也，非太极之外又别有无极也。太极动而生阳，静而生阴。阴阳生水火木金土名为五行。五行不外乎阴阳也。天地不外乎阴阳五行之所成也。轻清为天气也，重浊为地形也。形气不外乎阴阳之所结也。人物者，阴阳五行之所生也。人事之吉凶休咎善恶成败，阴阳五行之尅刑德所召也。天地者形气也，而所以天天地地者太极也，人物者天地之形气所分也，而所以人人物物者，太极也。

（明）屠隆《二仪说》，《鸿苞》卷一，明刻本

响随乎形，形出乎气，气有清浊而声因之，斯自然之籁不可强也。粗器必无清声，秀形必无浊韵，寸管必无洪音，巨钟必无细响，其窍以天，其发以机也。

（明）屠隆《诗文》，《鸿苞》卷十八，明刻本

《抱朴子》曰：有者无之宫也。形者，神之宅也。故譬之于堤，堤坏则水不留矣。方之于烛，烛糜则火不居矣。形劳则神散，气竭则命终，根竭枝繁，则青青去木矣。气疲欲胜，则精灵离身矣。故炼气以全形，调心以全性，贵在双修也。

（明）屠隆《虚静》，《鸿苞》卷二十七，明刻本

人之形骸运动，属于气者也。心思知觉，属于神者也。春风骀岩而不

苏枯槁者，气不属故也。草木生长而无有知觉者，神不属故也。

（明）屠隆《世法》，《鸿苞》卷二十八，明刻本

诗四言优而婉，五言直而倨，七言纵而畅，三言矫而掉，六言甘而媚，杂言芬葩，顿跌起伏。四言大雅之音也，其诗中之元气乎？风雅之道，衰自西京，绝于晋宋，所由来矣。

（明）陆时雍《诗镜总论》，《历代诗话续编》本

夫气而形，形而声，声成文，律吕备。

（明）金润《书张文忠公〈云庄乐府〉后》，引自《中国古代乐论选辑》，人民音乐出版社本

曰理、曰事、曰情三语，大而乾坤以之定位，日月以之运行，以至一草一木一飞一走，三者缺一，则不成物。文章者，所以表天地万物之情状也。然具是三者，又有总而持之，条而贯之者，曰气。事、理、情之所为用，气为之用也。譬之一木一草，其能发生者，理也。其既发生，则事也。既发生之后，夭乔滋植，情状万千，咸有自得之趣，则情也。苟无气以行之，能若是乎？又如合抱之木，百尺干霄，纤叶微柯以万计，同时而发，无有丝毫异同，是气之为也。苟断其根，则气尽而立萎，此时理、事、情俱无从施矣。吾故曰：三者借气而行者也。得是三者，而气鼓行于其间，纲缊磅礴，随其自然，所至即为法。此天地万象之至文也。岂先有法以驭是气者哉！不然，天地之生万物，舍其自然流行之气，一切以法绳之，夭乔飞走，纷纷于形体之万殊，不敢过于法，不敢不及于法，将不胜其劳，乾坤亦几乎息矣。

草木气断则立萎，理、事、情俱随之而尽，固也。虽然，气断则气无矣，而理、事、情依然在也。何也？草木气断，则立萎，是理也；萎则成枯木，其事也；枯木岂无形状？向背、高低、上下，则其情也。由是言之，气有时而或离，理、事、情无之而不在。向枯木而言法，法于何施？必将曰：法将析之以为薪，法将斲之以为器。若果将以为薪、为器，吾恐仍属之事、理、情矣；而法又将遁而之他矣。

（清）叶燮《原诗·内篇下》，人民文学出版社本

何以谓之文章，谓其炳炳耀耀皆成文也，谓其规矩尺度皆成章也。不文不章，虽句句是题，直是一段说话，何以取胜？画石亦然，有横块、有竖块、有方块、有圆块、有欹斜侧块。何以入人之目，毕竟有皴法以见层次，有空白以见平整，空白之外又皴；然后大包小，小包大，构成全局，尤在用笔用墨用水之妙，所谓一块元气结而石成矣。

（清）郑燮《题画一石》，《郑板桥集》，上海古籍出版社本

画兰之法，三枝五叶；画石之法，丛三聚五。皆起手法，非为兰竹一道仅仅如此，遂了其生平学问也。古之善画者，大都以造物为师。天之所生，即吾之所画，总需一块元气团结而成。此幅虽属小景，要是山脚下洞穴旁之兰，不是盆中磊石凑栽之兰，谓其气整故尔。聊作二十八字以系于后：敢云我画竟无师，亦有开蒙上学时。画到天机流露处，无今无古寸心知。

（清）郑燮《题兰竹石二十七则》，《郑板桥集》，上海古籍出版社本

诗文者，生气也。若满纸如剪彩雕刻无生气，乃应试馆阁体耳，于作家无分。

（清）方东树《昭昧詹言》卷一，人民文学出版社本

辋川于诗，亦称一祖。然比之杜公，真如维摩之于如来，确然别为一派。寻其所至，只是以兴象超远，浑然元气，为后人所莫及；高华精警，极声色之宗，而不落人间声色，所以可贵。

（清）方东树《昭昧詹言》卷十六，人民文学出版社本

2. 文之作如一人之身　而气血周行无间

夫音律所始，本于人声也。声含宫商，肇自血气，先王因之，以制乐歌。故知器写人声，声非学器者也。

（南朝·梁）刘勰《文心雕龙·声律》，人民文学出版社本

书必有神、气、骨、肉、血，五者缺一，不为成书也。

(宋)苏轼《论书》，《东坡题跋》上卷，《丛书集成》本

凡文章之不可无者有四：一曰体，二曰志，三曰气，四曰韵。述之以事，本之以道，考其理之所在，辨其义之所宜，庳高巨细，包括并载而无所遗；左右上下，各有其职而不乱者，体也。体立于此，折衷其是非，去取其可否，不徇于流俗，不谬于圣人；抑扬损益以称其事，弥逢贯穿以足其言；行吾学行之力，从吾制作之用者，志也。充其体于立意之始，从其志于造语之际，生之于心，应之于口；心在和平，则温厚典雅；心在恭敬，则矜庄威重；大焉可使如雷霆之奋，鼓舞万物，小焉可使如络脉之行，出入无间者，气也。如金石之有声，而玉之声清越；如草木之有华，而兰之臭芬芳；如鸡鹜之间而有鹤，清而不群，如犬羊之间而有麟，仁而不猛；如登培塿之邱，以观崇山峻岭之秀色，涉潢汙之泽，以观寒溪澄潭之清流；如朱弦之有遗音，大羹之有遗味者，韵也。文章之无体，譬之无耳目口鼻，不能成人。文章之无志，譬之虽有耳目口鼻，而不知视听臭味之所能，若土木偶人，形质皆具，而无所用之。文章之无气，虽知视听臭味，而血气不充于内，手足不卫于外，若奄奄病人，支离憔悴，生意消削。文章之无韵，譬之壮夫，其躯干枵然，骨强气盛，而神色昏瞀，言动凡浊，则庸俗鄙人而已。有体、有志、有气、有韵，夫是谓成全。

(宋)李荐《答赵士舞德茂宣义论宏词书》，《济南集》卷八，
国学图书馆藏旧钞本

太凡诗自有气象、体面、血脉、韵度。气象欲其浑厚，其失也俗；体面欲其宏大，其失也狂；血脉欲其贯穿，其失也露；韵度欲其飘逸，其失也轻。

(宋)姜夔《白石诗说》，人民文学出版社本

夫道者，形而上者也；气者，形而下者也。形而上者不可见，必有形而下者为之体焉。故气亦道也。如是之文，始有正气；气虽正也，体各不同；体虽多端，而不害其为正气足矣。盖气不正，不足以传远。学者要当以知道为先，养气为助。道苟明矣，而气不充，不过失之弱耳。道苟不明，气虽壮，亦邪气而已，虚气而已，否则客气而已，不可谓载道之

文也。

（宋）王柏《鲁斋王文宾公集·题碧霞山人王公文集后》，引自
《宋金元文论选》，人民文学出版社本

  公一世之豪，以气节自负，以功业自许；方将敛藏其用，以事清旷，果何意于歌词哉！直陶写之具耳。故其词之为体，如张乐洞庭之野，无首无尾，不主故常；又如春云浮空，卷舒起灭，随所变态，无非可观。无他，意不在于作词，而其气之所充，蓄了所发，词自不能不尔也。其间固有清而丽，婉而妩媚，此又坡词之所无，而公词之所独也。

（宋）范开《宋六十名家词序·稼轩词序》，引自《宋金元文论
选》，人民文学出版社本

  凡作诗，气象欲其浑厚，体面欲其宏阔，血脉欲甚贯串，风度欲其飘逸，音韵欲其铿锵。若雕刻伤气，敷演露骨，此涵养之未至也，当益以学。

（元）杨载《诗法家数》，《历代诗话》本

  《余师录》曰："文不可无者有四；曰体，曰志，曰气，曰韵。"作诗亦然。体贵正大，志贵高远，气贵雄浑，韵贵隽永。四者之本，非养无以发其真，非悟无以入其妙。

（明）谢榛《四溟诗话》卷一，人民文学出版社本

  诗之筋骨，犹木之根干也；肌肉，犹枝叶也；色泽神韵，犹花蕊也。筋骨立于中，肌肉荣于外，色泽神韵充溢其间，而后诗之美善备，犹木之根干苍然，枝叶蔚然，花蕊烂然，而后木之生意完。斯义也，盛唐诸子庶几近之。宋人专用意而废词，若枯桢槁梧，虽根干屈盘，而绝无畅茂之象。元人专务华而离实，若落花坠蕊，虽红紫嫣熳，而大都衰谢之风。故观古诗于六代、李唐，而知古之无出汉也。观律体于五季、宋、元，而知律之无出唐也。

（明）胡应麟《诗薮·外编》卷五，上海古籍出版社本

  余尝论诗，气、格、声、华，四者缺一不可。譬之于人，气犹人之

气，人所赖以生者也，一肢一贯，则成死肌，全体不贯，形神离矣。格如人五官四体，有定位，不可易，易位则非人矣。声如人之音吐及珩璜琚瑀之节。华如人之威仪及衣裳冠履之饰。近世作诗日多，诗之为途益杂。声或鸟言鬼啸，华或雕题文身。按其格，有颐隐于脐，肩高于顶，首下足上如倒悬者；视其气，有尪羸欲绝，有结轖拥肿，不仁如行尸者。使人而如此，尚得谓之人乎哉！今读诸君之诗，大抵皆气达而格正，声华亦琅琅烨烨，盖魁然肤革充盈，容貌端整，杂珮锵鸣，衣冠甚伟之丈夫也。加之膏粱以助其养，济之药物以去其病，继之导引服食之术以神其用，吾知此魁然丈夫者，由是以游八极，享千龄，无难也。

（清）归庄《玉山诗集序》，《归庄集》卷三，上海古籍出版社本

文有义理，有脉络，有体裁，有辞章，如人之有五官六腑，百骸九窍，不可缺也，不可易也。缺且易之，则非人也。

（清）归庄《郭生不厉草序》，《归庄集》卷三，上海古籍出版社本

转速则气为之伤，而凄清之在神韵者，合初终为一律，遂忘其累人，固不可以无清才也如此。

（清）王夫之《古诗评选》卷一，谢朓《铜雀台同谢谘议赋》评语，《船山遗书》，太平洋书店重校刊本

格如屋之有间架，欲其高竦端正，调如乐之有曲，欲其圆亮清粹，和平流丽。句欲炼如熟丝，方可上机；字欲琢如嵌宝器皿，其珠玉珊翠之属，恰与款穷相当。机所以运字句，气所以贯格调。若神之一字，不离四者，亦不滞于四者。发于不自觉，成于经营布置外，但可养不可求，可会其妙，不可言其所以然。读诗而偶遇之，当时存胸中，咏哦以竟其趣，久久自悟已。

（清）张谦宜《𦈡斋诗谈》卷三，《清诗话续编》本

身既老矣，始知诗如人身，自顶至踵，百骸千窍，气血俱要通畅；才有不相入处，便成病痛。

（清）张谦宜《𦈡斋诗谈》卷三，《清诗话续编》本

汉五言诗去《三百篇》最近，以直抒胸怀，一意始终，而字圆句稳，相生相续成章。如一人之身五体分明，而气血周行无间，不事点染而文彩自生也。后人不知大意，专以粉饰字句为诗，故舛错支离，愈求工愈无诗矣。风云月露行而性情礼义隐，可叹也。至七言诗通首者绝少，其散见于杂言者，虽一句二句，不可不熟玩而吟咏之，以其用字峭紧，为句浑成，矫矫有气也。若作七言古不学汉人练句，虽凑泊成章，非选软则板滞矣。唐以来惟杜老得此法。

       （清）庞垲《诗义固说》上，《清诗话续编》本

  唐时张旭，善草书，尝观公孙大娘舞剑器，浑脱浏漓，遂有低昂回翔之妙。吴道子为裴旻画鬼神，使旻军装缠结，驰马舞剑，激昂顿挫，因用其气以壮画思。观于物，得于心，应于手，讵特书画哉。操觚摛文亦然。

    （清）张培仁《妙香室丛话》卷六，引自《笔记小说大观》，江苏广陵古籍刻印社本

3. 一气浑成

  虽擅名蝉雀，而笔迹轻羸，非不精谨，乏于生气。

    （南朝·齐）谢赫《古画品录·第六品·丁光》，《画品丛书》，上海人民美术出版社本

  禀于天而工拙者，性也；感于物而驰骛者，情也。研《系辞》之大旨，极《中庸》之微言，道者，任运用而自然者也。若使援毫之际，属思之时，以情合于性，以性合于道。如天地生于道也，万物生于天地也，随其运用而得性，任其方圆而寓理。亦犹微风动水，了无定文；太虚浮云，莫有常态。则文章之有声气也，不亦宜哉！

    （宋）田锡《咸平集·贻宋小著书》，《四库全书》本

  爱君妙山水，所得是神气。尺素写林峦，邈有千里意。

    （宋）范仲淹《送徐登山人》，《范文正公集》别集卷一，《四部丛刊》本

老杜云："美名人不及，佳句法如何。"盖诗欲气格完邃，终篇如一，然造句之法亦贵峻洁不凡也。

（宋）魏泰《临汉隐居诗话》，《历代诗话》本

韩干画马，妙绝一时，杜子美尝赞之云："韩干画马，毫端有神，骅骝老大，腰衮清新。"此画与赞，旧藏李后主家。其后李伯时得之，则马四足已败烂。伯时题之云："此马虽无追风奔电之足，然甚有生气。"因自作四足以补之，遂为伯时家画谱中第一。一日，出以示王公明之祖，祖甚爱之。时祖有商鼎，亦甚珍惜。王曰："如能以韩画相易，不敢靳也。"于是赠商鼎而得其画，今见藏公明家。余婿沈子直尝见，极爱之，为余言此。余因作六字言云："刖足俄然增足，瞰蹄那害全蹄。还解追风奔电，不妨一跃檀溪。"后见张文潜有《萧朝散韩干马图亡后足诗》，殆与此相类。岂干之画马，尤妙于足，天工敕六丁雷电下取将邪！

（宋）葛立方《韵语阳秋》卷十四，《历代诗话》本

古人之诗，大篇短章皆工。后人不能皆工，始以一联一句擅名。顷赵紫芝诸人尤尚五言律体，紫芝之言曰："一篇幸止有四十字，更增一字，吾未如之何矣！"其言如此，以余所见诗，当由本而入约，先约则不能本矣；自广而趋狭，先狭则不能广矣。《鸱鸮》《七月》诗之皆极其节奏变态而能止，顾一切束以四十字乎？

（宋）刘克庄《野谷集序》，《后村先生大全集》卷九十四，《四部丛刊》本

有曰：诗贵平易自然，最要血脉贯通，有伦有序。因举梅诗"墙角数枝梅"云云，又举月诗"腾腾离海角"云云。此二篇血脉贯通，次序不差，是一样子也。

（元）刘壎《水云村稿·诗说》，引自《宋金元文论选》，人民文学出版社本

诗有造物。一句不工，则一篇不纯，是造物不完也。造物之妙，悟者得之，譬诸产一婴儿，形体虽具，不可无啼声也。赵王枕易曰："全篇工

致而不流动，则神气索然。"亦造物不完也。

（明）谢榛《四溟诗话》卷一，《历代诗话续编》本

诗有至易之句，或从极难中来，虽非紧关处，亦不可忽。若使一句龃龉，则损一篇无气矣。

（明）谢榛《四溟诗话》卷四，《历代诗话续编》本

则成所以冠绝诸剧者，不惟其琢句之工，使事之美而已，其体贴人情，委曲必尽；描写物态，仿佛如生；问答之际，了不见扭造，所以佳耳。至于腔调微有未谐，譬如见钟、王迹，不得其合处，当精思以求诣，不当执末以议本也。

（明）王世贞《艺苑卮言》附录一，《弇州四部稿》卷一百五十二，《四库全书》本

诗之佳，拂拂如风，洋洋如水，一往神韵，行乎其间。班固《明堂》诸篇，则质而鬼矣。鬼者，无生气之谓也。

（明）陆时雍《诗镜总论》，《历代诗话续编》本

"一气如话"四字，前辈以之赞诗。予谓各种文词，无一不当如是。如是即为好文词，不则好到绝顶处，亦是散金碎玉。此为"一气"而言也。"如话"之说，即谓使人易解，是以白香山之妙论约为二字而出之者。千古好文章总是说话，只多"者""也""之""乎"数字耳。作词之家，当以"一气如话"一语认为四字金丹。"一气"则少隔绝之痕，"如话"则无隐晦之弊。

（清）李渔《窥词管见》，《词话丛编》本

诗文有神，方可行远。神者，吾身之生气也。老杜云："读书破万卷，下笔如有神。"吾身之神，与神相通，吾神既来，如有神助，岂必湘灵鼓瑟，乃为神助乎？老杜之诗，所以传者，其神传也。田横谓汉使者云："斩吾头，驰四十里，吾神尚未变也。"后人摹杜，如印板水纸，全无生气，老杜之神已变，安能久存！

（清）贺贻孙《诗筏》，《清诗话续编》本

作诗但求好句,已落下乘。况绝句只此数语,拆开一俊语,岂复成诗?"百战方夷项,三章且易秦;功归萧相国,气尽戚夫人。"恰似一汉高帝谜子;掷开成四片,全不相关通。如此作诗所谓"佛出世也救不得"也。

　　　　　　　　　(清)王夫之《薑斋诗话》卷二,人民文学出版社本

　　诗而从头做起,大抵平常,得句成篇者乃佳。得句即有意,便须布局,有好句而无局,亦不成诗。

　　　　　　　　　(清)吴乔《围炉诗话》卷之四,《清诗话续编》本

　　中调长调转换处,不欲全脱,不欲明粘。如画家开合之法,须一气而成,则神味自足。以有意求之不得也。

　　　　　　　　　(清)刘体仁《七颂堂词绎》,《词话丛编》本

　　古诗写景如写意,山水林木水石,不须细细钩勒,屋宇人物,不须琐琐描画。然须一气磅礴中苍厚浑成,当于此会心等处。

　　　　　　　　　(清)张谦宜《𬘡斋诗谈》卷二,《清诗话续编》本

　　杨诚斋谓"诗至晚唐益工",盖第挑摘于一联一句间耳。以字句之细意刻镂,固有极工者。然形在而气不完,境得而神不远,则亦何贵乎巧思哉!

　　　　　　　　　(清)翁方纲《石洲诗话》卷二,人民文学出版社本

　　诗文怕有好句,惟能使全体好,则真好矣。书画怕有好笔,惟能使全体好,则真好矣。

　　　　　　　　　(清)刘熙载《游艺约言》,《古桐书屋续刻三种》,清光绪刊本

　　七律以元气浑成为上,以神韵悠远为次,以名句可摘为又次,以小巧粗犷为下。

　　　　　　　　　(清)施补华《岘佣说诗》,《清诗话》本

　　近体诗,今人往往有出句无对句,或青黄紫绿,外虽分偶,而意实合

掌。其病在诗非一气串下，若一气串下，则出之与对，浅深不同，安得合掌耶？

（清）庞垲《诗义固说》下，《清诗话续编》本

七言古一涉铺叙，便平衍无气势。要须一气开合，虽旁引及他事别景，而一一与本意暗相关会。如黄河之水，三伏三见，而皆知一脉流转。如云中之龙，见一爪一鬣，皆知全身俱在。此体当推少陵第一，如《曹将军画马》、《王郎短歌》诸作，虽太白敛手，高、岑让步。然时有硬插别事人诗，与本意不相关，遂至散漫不成章，读者不可不审。

（清）庞垲《诗义固说》上，《清诗话续编》本

蒋山佣《诗律蒙告》云：……律诗中八句，其流动处，转一句，深一层，乃为合格。若上深下浅，上纡下直，便是不称……律诗中二联，往往一联写情，一联即景。情联多活，活则神气生动；景联多板，板则格法端详。此一定之法，亦自然之文也。律诗下四字押韵，大率半虚半实。其有四虚四实，四板四活，最难用，惟有大笔力者能之……学诗不可但学句法，须以一气浑成为上。若逐句作去者，不足言诗。

（清）吴骞《拜经楼诗话》卷一，《清诗话》本

朱承爵《存余堂诗话》云："诗词虽同一机杼，而词家意象与诗略有不同，句欲敏，字欲捷，长篇须曲折三致意，而气自流贯，乃得。"此语可为作长调者法。盖词至长调而变已极，南宋诸家凡似偏师取胜者，无不以此见长。而梅溪、白石、竹山、梦窗诸家，丽情密藻，尽态极妍，要其瑰琢处，无不有蛇灰蚓线之妙，则所云"一气流贯"也。

（清）邹祗谟《远志斋词衷》，《词话丛编》本

4. 甘瓜苦蒂　天下物无全美

大成若缺，其用不弊。大盈若冲，其用不穷。大直若屈，大巧若拙，大辩若讷。

（先秦）《老子·四十五章》，《诸子集成》本

持而盈之，不如其已。揣而梲之，不可长保。金玉满堂，莫之能守。

（先秦）《老子·九章》，《诸子集成》本

甘瓜苦蒂，天下物无全美。

（先秦）墨子佚文，引自孙诒让《墨子间诂》附录《墨子篇目考》，中华书局本

夫养实者不育华，调行者不饰辞。丰草多华英，茂林多枯枝。为文欲显白其为，安能令文而无遣毁？救火拯溺，义不得好；辩论是非，言不得巧。入泽随龟，不暇调足；深渊捕蛟，不暇定手。言奸辞简，指趋妙远；语甘文峭，意务浅小。稻谷千钟，糠皮太半；阅钱满亿，穿决出万。大羹必有淡味，至宝必有瑕秽；大简必有大好，良工必有不巧。然则辩言必有所屈，通文犹有所黜。

（汉）王充《论衡·自纪》，《诸子集成》本

夫画者谨发而易貌，射者仪毫而失墙，锐精细巧，必疏体统。故宜诎寸以信尺，枉尺以直寻，弃偏善之巧，学具美之绩，此命篇之经略也。

（南朝·梁）刘勰《文心雕龙·附会》，人民文学出版社本

假令众妙攸归，务存骨气；骨既存矣，而遒润加之。亦犹枝干扶疏，凌霜雪而弥劲；花叶鲜茂，与云日而相晖。如其骨力偏多，遒丽盖少，则若枯槎架险，巨石当路，虽妍媚云阙，而体质存焉。若遒丽居优，骨气将劣，譬夫芳林落蕊，空照灼而无依，兰沼漂萍，徒青翠而奚托。是知偏工易就，尽善难求。虽学宗一家，而变成多体，莫不随其性欲，便以为姿：质直者俓侹不遒；刚佷者又掘强无润；矜敛者弊于拘束；脱易者失于规矩；温柔者伤于软缓；躁勇者过于剽迫；狐疑者溺于滞涩；迟重者终于蹇钝；轻琐者染于俗吏。斯皆独行之士，偏玩所乖。

（唐）孙过庭《孙过庭书谱》，《孙过庭书谱笺注》，中华书局本

夫画物特忌形貌采章，历历具足，甚谨甚细，而外露巧密。

（唐）张彦远《论画体工用拓写》，《历代名画记》卷二，人民美术出版社本

小律诗虽末技，工之不造微，不足以名家。故唐人皆尽一生之业为之，至于字字皆炼。得之甚难，但患观者灭裂，则不见其工，故不唯为之难，知音亦鲜。设有苦心得之者，未必为人所知。若字字皆是无瑕可指，语意亦淡丽，但细论无功，景意纵全，一读便尽，更无可讽味。此类最易为人激赏，乃诗之《折杨》、《黄华》也。譬若三馆楷书作字，不可谓不精不丽；求其佳处，到死无一笔，此病最难为医也。

  （宋）沈括《梦溪笔谈·艺文一》，《新校正梦溪笔谈》卷十四，中华书局本

  余阅它人之作，或一联警策而全篇陈腐，或初意高深而卒章卑浅。惟大渊诗文，设的于心，发无虚弦，其稿于腹，成不加点，读之尽卷，不见其辞穷义堕处，然犹未尽见其俨语也。

  （宋）刘克庄《序林大渊稿》，《后村先生大全集》卷九十八，《四部丛刊》本

  事有至大，物有至多者，万言之文，不足以尽其理。诗四句何以毕之？所谓至简而至精粹者也。故必平帖精当，切至清新，理不晦而语不滞，庶几其至矣。五言难于七言，四句难于八句。何者？言愈简而义愈精也。譬如观山，诸山掩映，中有奇峰一二，则诸山皆美矣。若一二奇峰，平地而立，便有峭拔秀润气，非楼石剑门少华，则不能。此绝句全篇，诗人所尤重也。

  （元）郝经《郝文忠公集·唐宋近体诗选序》，引自《宋金元文论选》，人民文学出版社本

  杜子美诗："日出篱东水，云生舍北泥。竹高鸣翡翠，沙僻舞鹍鸡。"此一句一意，摘一句亦成诗也。盖嘉运诗："打起黄莺儿，莫教枝上啼。啼时惊妾梦，不得到辽西。"此一篇一意，摘一句不成诗矣。

  （明）谢榛《四溟诗话》卷一，《历代诗话续编》本

  太白不成语者少，老杜不成语者多，如："无食无儿"，"举家闻若咳"之类。凡看二公诗，不必病其累句，不必曲为之护，正使瑕瑜不掩，亦是大家。

  （明）王世贞《全唐诗说》，《丛书集成》本

五言古非神韵绵绵，定当捉衿露肘。

（明）陆时雍《诗镜总论》，《历代诗话续编》本

陆谦、富安、管营、差拨四个人坐阁子中议事，不知所议何事？详之则不可得详，置之则不可得置。今但于小二夫妻眼中、耳中写得高太尉三字句，都在我身上句，一帕子物事约莫是金银句，换汤进去看见管营手里拿着一封书句，忽断忽续，忽明忽灭，如古锦之文不甚可指，断碑之字不甚可读。而深心好古之家，自能于意外求而得之，其所谓鬼于文、圣于文者也。

（清）金圣叹《第五才子书施耐庵水浒传》第九回夹批，中华书局本

一部书七十回，可谓大铺排。此一回，可谓大结束。读之正如千里群龙，一齐入海，更无丝毫未了之憾，笑杀罗贯中横添狗尾，徒见其丑也。

（清）金圣叹《第五才子书施耐庵水浒传》第七十回总批，中华书局本

古今诗集，多者或数千首，少者或千首，或数百首。若一集中首首俱佳，并无优劣，其诗必不传。又除律诗外，若五七言古风长篇，句句俱佳，并无优劣，其诗亦必不传。即如杜集中，其率意之作，伤于俚俗率直者颇有。开卷数首中，如《为南曹小司寇作》："惟南将献寿，佳气日氤氲"等句，岂非累作乎！又如《丹青引》真绝作矣，其中"学书须学卫夫人，但恨无过王右军"，岂非累句乎！譬之于水，一泓澄然，无纤翳微尘，莹净彻底；清则清矣，此不过涧沚潭沼之积耳！非易竭，即易腐败，不可久也。若大海之水，长风鼓浪，扬泥沙而舞怪物，灵蠢毕汇，终古如斯，此海之大也。百川欲不朝宗，得乎？

（清）叶燮《原诗·外篇下》，人民文学出版社本

宋人眼光只见句法，其诗话于此有可观者，不可弃之。开、宝诸公用心处，在诗之大端，而好句自得。大历以后，渐渐束心于句，句虽佳而诗之大端失矣。

（清）吴乔《围炉诗话》卷之一，《清诗话续编》本

坡诗常有全篇不佳，一二语奇绝者，形容泰山日出，"一点黄金铸秋橘"刻划可谓精工。
　　　　　　　　　　　　　（清）贺裳《载酒园诗话》，《清诗话续编》本

神龙见首不见尾。竹，龙种也；画其根，藏其末，其犹龙之义乎？
　　　　　　　　（清）郑燮《题画竹六十九则》，《郑板桥集·补遗》，上海古籍
　　　　　　　　出版社本

　　（"宝玉不知与秦钟算何帐目，未见真切，未曾记得。此系疑案，不敢纂创。"下批）忽又作如此评断，似自相矛盾，却是最妙之文。若不如此隐去，则又有何妙文可写哉！这方是世人意料不到之大奇笔。若通部中万万件细微之事俱备，《石头记》真亦觉太死板矣。故特因此二三件隐事，借石之未见真切淡淡隐去，越觉得云烟渺茫之中无限丘壑在焉！
　　　　　　　（清）《脂砚斋重评石头记》第十五回夹批，人民文学出版社本

李、杜、韩、苏诗中，亦不免有疵词累句，不但无损其为名家，且并有与古人暗合者。
　　　　　　　　　　　　　（清）梁章钜《退庵随笔》，《清诗话续编》本

古体欲无句，近体欲无字。
古体有句则体弱，近体有字则气薄。
古体何以无句？曰：《十九首》，诗之祖也。吾见其诗矣，未见其句也。尔后惟陶堪嗣响，至谢乃有句可摘，而格斯降已。
近体何以无字？曰："江流天地外，山色有无中"，（王维《汉江》）较诸"树点千家小，天围万岭低"，（岑参《西亭观眺》）奚啻天道人道之殊哉！
　　　　　　　　　　　（清）王寿昌《小清华园诗谈》卷上，《清诗话续编》本

《苕溪渔隐》曰："古今诗人以诗名世者，或只一句，或只一联，或只一篇。虽其余别有好诗，不专在此，然播传于后世，脍炙于人口者，终不出此也。"
　　　　　　　（清）张培仁《妙香室丛话》卷一，引自《笔记小说大观》，江
　　　　　　　苏广陵古籍刻印社本

人谓《琵琶》之结于旌门，是以有结为结。吾谓《琵琶》之结于旌门，犹之以无结为结也。何也？今之传奇悲则极悲，欢亦极欢，离则皆离，合亦皆合，此常套也。而《琵琶》独写一不全之事以终篇，大异乎今之传奇之终也。今之传奇善必获福，恶必蒙祸，死者必恶，生者必善，此常套也。而《琵琶》独写一不平之事以终篇，又大异乎今之传奇之终也。何谓不全之事？若论团圆之乐，则连理既得重谐，高堂亦必再庆，斯为快耳。乃赵氏不死，虽膺封诰于生前，而二亲已仙，空锡纶章于身后，岂非事之不全者乎。何谓不平之事？若论报反之正，则子离亲而亲既亡，女别父而父亦损，斯为快耳。乃以父困清贫，望子成名之蔡翁，偏不得与亲儿相见；以自恃富贵，夺人骨肉之牛相，反得与亲女重逢，岂非事之不平者乎。呜呼，从来人事多乖，天心难测，团圆之中，每有缺陷，报反之理，尝致差讹，自古及今，大抵如斯矣。今人惟痛其不全，故极写其全，惟恨其不平，故极写其平，而东嘉则仍以不全归之运数，以不平还之造物，故曰《琵琶》之以有结为结，犹之以无结为结也。

（清）毛声山《成裕堂第七才子书琵琶记》第四十二出《一门旌奖》批语，引自《中国古典戏剧理论资料汇辑》，中国戏剧出版社本

5. 总要写得十分满足

词不嫌方。能圆，见学力。能方，见天分。但须一落笔圆，通首皆圆。一落笔方，通首皆方。圆中不见方，易。方中不见圆，难。

（清）况周颐《蕙风词话》，人民文学出版社本

有加一倍写法，如虎峪寨斗法，另外写出三座高台。郭京儿戏演神术，先写在钱老家捉怪，又写其黄河渡口叫化，又写与汪五狗偷鸡；写马国主游春，先写在宫中商量，又写沿路看景，又写祭墓，又写流觞曲水之类：总要写得十分满足，热闹便热闹之极，出丑便出丑之极，快活便快活之极，使文字有琼花满瑶树，海水泛洪涛之妙也。

（清）蔡元放《水浒后传读法》，引自《中国历代小说论著选》，江西人民出版社本

画家口口山人曾说，绘画入门，先须领会十画九遮。今写螃蟹咏，在钗宝黛三人写过，刚刚轮到众人时，便由琥珀出来说"叫宝玉"，一语遮过，恰似楼台只画了一柱一隅，便画出山峦树林遮障住了。

（清）哈斯宝《〈新译红楼梦〉回批》第十五回批语，内蒙古人民出版社本

6. 气韵为最

谢赫云："一曰气韵生动，二曰骨法用笔，三曰应物像形，四曰随类赋彩，五曰经营位置，六曰传模移写。"六法精论，万古不移，然而骨法用笔以下，五者可学，如其气韵，必在生知，固不可以巧密得，复不可以岁月到，默契神合，不知然而然也。尝试论之：窃观自古奇迹，多是轩冕才贤，岩穴上士，依仁游艺，探赜钩深，高雅之情，一寄于画。人品既已高矣，气韵不得不高；气韵既已高矣，生动不得不至；所谓神之又神，而能精焉。凡画必周气韵，方号世珍；不尔虽竭巧思，止同众工之事，虽曰画而非画。故杨氏不能授其师，轮扁不能传其子，系乎得自天机，出于灵府也。

（宋）郭若虚《图画见闻志·叙论》，人民美术出版社本

文章以气韵为主。气韵不足，虽有辞藻，要非佳作也。乍读渊明诗，颇似枯淡，久久有味，东坡晚年酷好之，谓李、杜不及也，此无他，韵胜而已……论者谓子美"无数蜻蜓飞上下，一双鸂鶒对浮沉"，便有"关关雎鸠，在河之洲"气象。予亦谓渊明"蔼蔼远人村，依依虚里烟，犬吠深巷中，鸡鸣桑树巅"，当与《豳风》《七月》相表里，此殆难与俗人言也。予每见人爱诵"影摇千丈龙蛇动，身撼半天风雨寒"之句，以为工，此如见富家子弟，非无福相，但未免俗耳。若比之"霜皮溜雨四十围，黛色参天二千尺"，便觉气韵不俟也。达此理者，始可论文。

（宋）陈善《扪虱新话》上集卷一，《丛书集成》本

凡用笔，先求气韵，次采体要，然后精思。若形势未备，便用巧密精思，必失其气韵也。以气韵求其画，则形似自得于其间矣。且善究其画山水之理也，当守其实。实不足，当弃其笔而华有余。实为质干也，华为华

藻也。质干本乎自然，华藻出乎人事。实为本也，华为末也。自然体也，人事用也。岂可失其本而逐其末，忘其体而执其用，是犹华画者惟务华媚而体法亏，惟务柔细而神气泯，真俗病耳。恶知其守实去华之理哉？

（宋）郭纯全《山水全集·论用笔墨格法气韵病》，《历代论画名著汇编》本

画之为用大矣。盈天地之间者万物，悉皆含毫运思，曲尽其态，而所以能曲尽者，止一法耳。一者何也？曰传神而已矣。世徒知人之有神，而不知物之有神。此若虚深鄙众工谓虽曰画而非画者，盖止能传其形，不能传其神也。故画法以气韵生动为第一。而若虚独归于轩冕岩穴，有以哉。

（宋）邓椿《画继》，《历代论画名著汇编》本

骚人墨卿，无代无之，后人乃往往好读仲长统、梁鸿、郑子真、尚平、韩伯休、陶靖节、王无功、孟襄阳诸家言，岂非以其抱幽贞之操，达柔淡之趣，寥廓散朗，以气韵胜哉？

（明）屠隆《李山人诗集序》，《白榆集》卷三，明万历刊本

刘义庆《世说》十卷，读其语言，晋人面目气韵，恍忽生动，而简约玄淡，真致不穷，古今绝唱也。

（明）胡应麟《九流绪论下》，《少室山房笔丛》卷二十九，中华书局本

唐人之诗，虽主乎情，而盛衰则在气韵。如中唐律诗、晚唐绝句，亦未尝无情，而终不得与初盛相较，正是其气韵衰飒耳。

（明）许学夷《诗源辩体》卷三十二，人民文学出版社本

六法中第一气韵生动，有气韵则有生动矣。气韵或在境中，亦或在境外。取之于四时寒暑晴雨晦明，非徒积墨也。

（明）顾凝远《画引》，《历代论画名著汇编》本

莫云卿《画苑》云："纵横习气，即黄子久未断；幽谈两言，则赵吴兴犹逊"。云林神会自别，其气韵包举，为诸家所推重如此。

（清）侯方域《倪云林十万图记》，《壮悔堂集》，《四部备要》本

全以气韵行文,淋漓振宕,不觉其排。

  (清)侯方域《梅宣城诗序》,《壮悔堂集》卷二,《四部备要》本

叙议诗不损气韵,以元白形之,乃知其妙。

  (清)王夫之《明诗评选》卷二,汤显祖《边市歌》评语,《船山遗书》,太平洋书店重校刊本

北苑正锋,能使山气欲动,青天中风雨变化。气韵藏于笔墨,笔墨都成气韵,不使识者笑为奴书。

  (清)恽正叔《南田论画》,《历代论画名著汇编》本

六法之难,气韵为最,意居笔先,妙在画外。如音栖弦,如烟成霭。天风泠泠,水波渺渺,体物周流,无小无大。读万卷书,庶几心会。

  (清)黄钺《二十四画品》,《历代论画名著汇编》本

气韵生动,须将生动二字省悟。能会生动,则气韵自在。气韵生动为第一义,然必以气为主。气盛则纵横挥洒,机无滞碍,其间韵自生动矣。杜老云:"元气淋漓嶂犹湿",是即气韵生动。

  (清)方薰《山静居论画》,《历代论画名著汇编》本

气韵有发于墨者,有发于笔者,有发于意者,有发于无意者。发于无意者为上,发于意者次之,发于笔者又次之,发于墨者下矣。何谓发于墨者?既就轮廓,以墨点染渲晕而成者是也。何谓发于笔者?干笔皴擦力透,而光自浮者是也。何谓发于意者?走笔运墨,我欲如是而得如是,若疏密多寡浓淡干润,各得其当是也。何谓发于无意者?当其凝神注想,流盼运腕,初不意如是,而忽然如是是也。谓之为足,则实未足,谓之未足,则又无可增加,独得于笔情墨趣之外。盖天机之勃露也。然惟静者能先知之。稍迟未有不汩于意,而没于笔墨者。

  (清)张庚《浦山论画》,《历代论画名著汇编》本

7. 风力气韵　固在当人

凡为文章，犹乘骐骥，虽有逸气，当以衔策制之，勿使流乱轨躅，放意填坑岸也。

（北齐）颜之推《颜氏家训·文章》，《诸子集成》本

阮嗣宗诗，专以意胜；陶渊明诗，专以味胜；曹子建诗，专以韵胜；杜子美诗，专以气胜。然意可学也，味亦可学也，若夫韵有高下，气有强弱，则不可强矣。此韩退之之文，曹子建杜子美之诗，后世所以莫能及也。世徒见子美诗多粗俗，不知粗俗语在诗句中最难，非粗俗，乃高古之极也。自曹刘死至今一千年，惟子美一人能之，中间鲍照虽有此作，然仅称俊快，未至高古。元白张籍王建乐府，专以道得人心中事为工，然其词浅近，其气卑弱。至于卢仝，遂有"不唧溜钝汉"，"七碗吃不得"之句，乃信口乱道，不足言诗也。近世苏黄亦喜用俗语，然时用之亦颇安排勉强，不能如子美胸襟流出也。子美之诗，颜鲁公之书，雄姿杰出，千古独步，可仰而不可及耳。

（宋）张戒《岁寒堂诗话》卷上，《历代诗话续编》本

大率图画风力气韵，固在当人。其如种种之要，不可不察矣。画人物者，必分贵贱气貌，朝代衣冠。

（宋）郭思《画论》，《历代论画名著汇编》本

元僧觉隐曰：我尝以喜气写兰，以怒气写竹。盖谓兰叶势飘举，花蕊舒吐，得喜之神；竹枝纵横错出如矛刃，饰怒耳。

（明）李日华《论画》，《历代论画名著汇编》本

刘宾客《西塞山怀古》之作，极为白公所赏，至于为之罢唱。起四句，洵是杰作，后四则不振矣。此中唐以后，所以气力衰飒也。固无八句皆紧之理，然必松处正是紧处，方有意味。如是作结，毋乃饮满时思滑之过耶？《荆州道怀古》一诗，实胜此作。

（清）翁方纲《石洲诗话》，人民文学出版社本

今天下之善射者，其法曰平肩臂正，胭腰以上，直腰以下，反句磬折，支左诎右。其释矢也，身如槁木，苟非是不可以射。师弟子相授受皆若此而已。及至索伦蒙古人之射，倾首欹肩，偻背，发则口目皆动，见者莫不笑之，然而，索伦蒙古之射远贯深而命中，世之射者常不逮也。然则射非有定法亦明矣。夫道有是非而技有美恶，诗文皆技也。技之精者必近道，故诗文美者命意必善。文字者犹人之言语也，有气以充之则观其文也，虽百世而后如立其人而与言于此。无气则积字焉而已。意与气相御而为辞，然后有声音节奏高下抗坠之度，反复进退之态，彩色之华，故声色之美因乎意与气而时变者也。是安得有定法哉。

自汉魏晋宋齐梁陈隋唐赵宋元明及今日，能为诗者殆数千人而最工者数十人，此数十人其体制固不同，所同者意与气足主乎辞而已。人情执其学所从入者为是，而以人之学皆非也。及易人而观之，则亦然。譬之知击棹者欲废车，知操辔者欲废舟，不知其不可也。鼐诚不工于诗，然为之数十年矣，至京师见诸才贤之作不同，夫亦各有所善也。就其常相见者五六人皆鼐所欲取其善以为师者，虽然使鼐舍其平生而惟一人之法，则鼐尚未知所适从也。

（清）姚鼐《答翁学士书》，《文集》卷六，《惜抱轩全集》，《四部备要》本

诗文字画，皆有中气行乎其间。故有识者，即能颐人穷通寿夭。王椒畦《大学浩》尝述傅青主徵君一事。徵君偶于醉后作草书而卧，其子眉亦能书，见而效之，潜以己书易置几上。徵君醒而起，见几上书，愀然不乐，眉请其故，徵君叹曰：我昨醉后偶书，今起视之，中气已绝，殆将死矣。眉惊愕，跽白易书事。徵君曰：然，则汝不食麦矣。后果如言。盖徵君精于理气数之学，故能识微知著如此。

（清）叶廷琯《鸥陂渔话》卷一，引自《笔记小说大观》，江苏广陵古籍刻印社本

8. 气韵形似须俱得

风范气韵，极妙参神。但取精灵，遗其骨法。若拘以体物，则未见精

粹；若取之象外，方厌高腴，可谓微妙也。

      （南朝·齐）谢赫《古画品录·第一品·张墨荀勖》，《画品丛书》，上海人民美术出版社本

  六法之内，惟形似、气韵二者为先。有气韵而无形似，则质胜于文；有形似而无气韵，则华而不实。

      （唐）欧阳炯《益州名画录》，人民美术出版社本

  （赵邈卓）善画虎，多气韵，具形似。夫气韵全而失形似，虽活而非；形似备而无气韵，虽似而死。二者俱得，唯邈卓焉。

      （五代）刘道醇《圣朝名画评·畜兽门》卷第二，《画品丛书》，上海人民美术出版社本

  谢赫云，卫协之画虽不该备形妙，而有气韵，凌跨群雄，诚旷代绝笔。欧阳文忠《盘车图》云："古画画意不画形，梅诗咏物无隐情。忘情得意知者寡，不若见诗如见画。"此真识画也。

      （宋）李颀《古今诗话》，《宋诗话辑佚》本

  体物不欲寒乞。

      （宋）姜夔《白石诗说》，人民文学出版社本

  人物以形模为先，气韵超乎其表。山水以气韵为主，形模寓乎其中，乃为合作。若形似无生气，神采至脱格，皆病也。

      （明）佚名《杂评》，《历代论画名著汇编》本

  大抵词必有意、有调、有声、有色，人人知之，若别有气味在声色之外，则人罕知者。

      （清）毛奇龄《西河词话》卷二，《词话丛编》本

  读古人诗，须观其气韵。气者，气味也；韵者，态度风致也。如对名花，其可爱处，必在形色之外。气韵分雅俗，意象分大小高下，笔势分强弱，而古人妙处十得六七矣。

      （清）方东树《昭昧詹言》卷一，人民文学出版社本

黄鲁直云：凡书画当观气韵，往李伯时为予作李广夺胡儿马，挟儿南驰，取胡儿弓，引满以拟追骑，观箭锋所值发之，人马皆应弦也。使俗子为之，当作中箭追骑矣。此与画万绿丛中红一点，及踏花归去马蹄香，同一机轴，探觚当作如是观。

（清）张培仁《妙香室丛话》卷六，引自《笔记小说大观》，江苏广陵古籍刻印社本

元人杂剧，事实多半荒唐，不近情理，然彼乃大辂椎轮，自多疏处，只宜观其文气，不必论其事实也。

（清）许之衡《作曲法·论传奇之结构》，引自《中国古典编剧理论资料汇辑》，中国戏剧出版社本

二

物 一 无 文

1. 声一无听　物一无文

桓公为司徒……（问于史伯）曰："周其弊乎？"

对曰："殆于必弊者也。《泰誓》曰：'民之所欲，天必从之。'今王弃高明昭显，而好谗慝暗昧；恶角犀丰盈，而近顽童穷固。去和而取同。夫和实生物，同则不继。以他平他谓之和，故能丰长而物归之。若以同裨同，尽乃弃矣。故先王以土与金木水火杂，以成百物。是以和五味以调口，刚四支以卫体，和六律以聪耳，正七体以役心，平八索以成人，建九纪以立纯德，合十数以训百体。出千品，具万方，计亿事，材兆物，收经入，行姟极。故王者居九畡之田，收经入以食兆民，周训而能用之，和乐如一。夫如是，和之至也。于是乎先王聘后于异姓，求财于有方，择臣取谏工而讲以多物，务和同也。声一无听，物一无文，味一无果，物一不讲。王将弃是类也而与剸同。天夺之明，欲无弊，得乎？"

（先秦）《国语·郑语》，上海古籍出版社本

孙兴公云："潘文浅而净，陆文深而芜。"
（南朝·宋）刘义庆《世说新语·文学》，《诸子集成》本

或将放而更留，或因挑而还置。
（南朝·梁）庾肩吾《书品论·上之上》，《全梁文》卷六十六，《全上古三代秦汉三国六朝文》本

白乐天《琵琶行》云:"嘈嘈切切错杂弹,大珠小珠落玉盘。"云云,这是和而淫。至"凄凄不似向前声,满座重闻皆掩泣",这是淡而伤。

      (宋)朱熹《论文下》,《朱子语类》卷一百四十,清同治应元书院本

古体若槁而泽,若质而绮。《秋花》云:"挹香不盈怀,饕英淡无味。"又云:"向来红与紫,随流去如云。虽有故枝在,花落何纷纷。"幽闲微婉,有无穷之味。殆先生自况也。

      (宋)刘克庄《跋南溪诗》,《后村先生大全集》卷一百,《四部丛刊》本

或语予曰:"朱文公《感兴》诗比陈子昂《感遇》诗有理致。"予曰:"譬之青裙白发之节妇,乃与靓妆袨服之宫娥争妍取怜,埒材角妙,不惟取笑旁观,亦且自失所守。要之不可同日而语也。彼以《拟招》续《楚辞》,《感兴》续《文选》,无见于此矣。故曰离之则双美,合之则两伤。"要有契予言者。

      (明)杨慎《升庵诗话》卷十一,《历代诗话续编》本

李梦阳曰:"古人之作,其法虽多端,大抵前疏者后必密,半阔者半必细,一实者一必虚,叠景者意必二。"又云:"前有浮声,则后须切响。一简之内,音韵尽殊;两句之中,轻重悉异。即如人身以魂载魄,生有此体,即有此法也。"

      (明)王世贞《艺苑卮言》卷一,《历代诗话续编》本

十首以前,少陵较难入;百首以后,青莲较易厌。扬之则高华,抑之则沉实,有色有声,有气有骨,有味有态,浓淡深浅,奇正开阖,各极其则,吾不能不伏膺少陵。

      (明)王世贞《艺苑卮言》卷四,《历代诗话续编》本

《广桑子》曰:离动无静,离喧无寂,离实相无真空,离烦恼无菩提。

      (明)屠隆《儒佛》,《鸿苞》卷二十七,明刊本

天地间有正气则有邪魔，有善人则有凶类，有芝兰则有荆棘，有麐凤则有蛇虎。阴阳奇偶，对待并立，弗能废已。

（明）屠隆《三教螫胜》，《鸿苞》卷二十七，明刊本

旧人传言：昔有画《北风图》者，盛暑张之，满座都思挟纩。既又有画《云汉图者》，祁寒对之，挥汗不止。于是千载啧啧，诧为奇事。殊未知此特寒热各作一幅，未为神奇之至也。耐庵此篇，独能于一幅之中寒热间作，写雪便其寒彻骨，写火便其热焰面。昔百丈大师患疟，僧众请问，伏惟和上尊候若何？丈云：寒时便寒杀阇黎，热时便热杀阇黎。今读此篇，亦复寒时寒杀读者，热时热杀读者，真是一卷疟疾文字，为艺林之绝奇也。

（清）金圣叹《第五才子书施耐庵水浒传》第九回总批，中华书局本

佛说如是奇矣，更有奇者，合二氏之妙而通之于《易》，开以乾坤，交以坎离，乘以姤复，终以既济、未济，遂使太极、两仪、四象、八卦、三百八十四爻，皆会归于《西游》一部。一阴一阳，一阖一辟，共为变易也，其为不易也，吾乌乎名之哉？然则奘之名玄也，空、能、静之名悟也，兼佛老之谓也。

（清）尤侗《西游真诠序》，《西游真诠》卷首，清同志堂刊本

险而安。两厢形则意自出，不必自下勘语矣。

（清）王夫之《古诗评选》三，吴均《雝台》评语，《船山遗书》，太平洋书店重校刊本

凡作一图，用笔有粗有细，有浓有淡，有干有湿，方为好手。若出一律，则光矣。

（清）王翚《清晖画跋》，《历代论画名著汇编》本

画有明暗，如鸟双翼，不可偏废，明暗兼到，神气乃生。

（清）王翚《清晖画跋》，《历代论画名著汇编》本

秦系诗惟工写景，故能近人。其《赠张评事》作最佳，如"流水闲

过院，春风与闭门"，颇有闲淡之趣。又"篱间五月留残雪，座右千年荫怪松"，工丽中不失矫健。其他悉有绮思，惜音节渐柔。

（清）贺裳《载酒园诗话又编》，《清诗话续编》本

妙在平淡，而奇不能过也。妙在浅近，而远不能过也。妙在一水一石，而千崖万壑不能过也。妙在一笔，而众家服习不能过也。

（清）恽正叔《南田论画》，《历代论画名著汇编》本

诗贵乎温柔，亦有不嫌切直，如《十月之交》篇中，历斥其人而不讳；则老杜《丽人行》："赐名大国虢与秦"，"慎莫近前丞相嗔"，非风人之义与？因是知温柔者诗之经，切直者诗之权也。

（清）黄子云《野鸿诗的》，《清诗话》本

六艺之旨，精微难窥。选事者辄复离文析辞，造端指事，以疏导其所得，而《卮言》出矣。《浮休》、《乾𦝼》，吾议其浅；《齐谐》、《诺皋》，吾病其诞。提挈盛轨，约有数家：王楙《丛书》辨而肆，沈括《笔谈》典而深，程大昌《演繁露》博而核，外此皆其支流余裔，屡更仆而不能悉其失得。

（清）杭世骏《烊掌录序》，《道古堂外集》卷七，《食旧堂丛书》本

诗人所宜，亦论脾味。近代名手，如吴野人之清高，王无竟之矜贵，刘子羽之苍朴，谢皆人之潇洒，王美厫之俊冷，味同佳果香茗，高流所嗜也；吴梅村之绮丽，龚孝升之典赡，丁药园之壮采，丘柯村之雄才，李渔村之组绣，譬彼官厨法酿，豪士所需也。不妨并美，无取两伤，是在调剂得中，粃合善变而已。

（清）张谦宜《𦂳斋诗谈》卷三，《清诗话续编》本

词有高下之别，有轻重之别。飞卿下语镇纸，端己揭响入云，可谓极两者之能事。

（清）周济《介存斋论词杂著》，人民文学出版社本

微而显，志而晦，婉而成章，尽而不污，惩恶而劝善；左氏释经，有此五体。其实左氏叙事，亦处处皆本此意。

(清) 刘熙载《艺概·文概》，上海古籍出版社本

《易·系传》："物相杂故曰文。"《国语》："物一无文。"徐锴《说文通论》："强弱相成，刚柔相形，故于文'人乂'为'文'。"《朱子语录》："两物相对待故有文，若相离去便不成文矣。"为文者，盍思文之所由生乎？

(清) 刘熙载《艺概·文概》，上海古籍出版社本

《左传》："言之无文，行而不远。"后人每不解何以谓之无文，不若仍用《外传》作注，曰："物一无文。"

(清) 刘熙载《艺概·文概》，上海古籍出版社本

起有分合缓急，收有虚实顺逆，对有反正平串，接有远近曲直。欲穷律法之变，必先于是求之。

(清) 刘熙载《艺概·诗概》，上海古籍出版社本

古赋调拗而谐，彩淡而丽，情隐而显，势正而奇。

(清) 刘熙载《艺概·赋概》，上海古籍出版社本

词要放得开，最忌步步相连；又要收得回，最忌行行愈远。必如天上人间，去来无迹，斯为入妙。

(清) 刘熙载《艺概·词曲概》，上海古籍出版社本

昔人言为书之体，须入其形，以若坐，若行，若飞，若动，若往，若来，若卧，若起，若愁，若喜状之，取不齐也。然不齐之中，流通照应，必有大齐者存。故辨草者，尤以书脉为要焉。

(清) 刘熙载《艺概·书概》，上海古籍出版社本

《易·系传》言"物相杂故曰文"，《国语》言"物一无文"，可见文之为物，必有对也，然对必有主是对者矣。

(清) 刘熙载《艺概·经义概》，上海古籍出版社本

书要笔笔实落，又要笔笔变动，盖道不越乎诚而神。

（清）刘熙载《游艺约言》，《古桐书屋续刻三种》，清光绪刊本

文章书法，皆有乾坤之别。乾，变化；坤，安贞也。

（清）刘熙载《游艺约言》，《古桐书屋续刻三种》，清光绪刊本

诗无论五言、七言，总不出分并二法。何谓分？一句分作数句是也。何谓并？数句合作一句是也。当分而并则躁而竭，当并而分则钝而累，故分合极宜审也。

（清）刘熙载《游艺约言》，《古桐书屋续刻三种》，清光绪刊本

书要韧而愈劲，峻而愈韵。

（清）刘熙载《游艺约言》，《古桐书屋续刻三种》，清光绪刊本

吾友蒋新又尝云：文章但有顺而无逆，便不成文章，传奇但有欢而无悲，亦不成传奇。诚哉是言也。然所以有逆有悲者，必用一人从中作鲠，以为波澜。如《西厢》有崔夫人作鲠，《琵琶》有牛丞相作鲠。乃夫人作鲠是赖婚，丞相作鲠是逼婚。夫人赖婚到底赖不成，丞相逼婚竟逼成了。同一波澜，而《琵琶》文法又变。

（清）毛声山《成裕堂绘像第七才子书琵琶记》卷之二，引自《中国古典编剧理论资料汇辑》，中国戏剧出版社本

词之小令，犹诗之绝句，字句虽少，音节虽短，而风情神韵，正自悠长。作者须有一唱三叹之致。淡而艳，浅而深，近而远，方是胜场。且词体中，长调每一韵到底，而小令反用转韵，故层折多端，姿态百出，索解正自不易。(顾宋梅)

（清）冯金伯《旨趣》，《词苑萃编》卷二，《词话丛编》本

2. 天地之道　阴阳刚柔

昔者圣人之作《易》也，幽赞于神明而生蓍，参天于两地而倚数，观变于阴阳而立卦，发挥于刚柔而生爻，和顺于道德而理于义，穷理尽

性，以至于命。

昔者圣人之作《易》也，将以顺性命之理。是以立天之道，曰阴与阳，立地之道，曰柔与刚，立人之道，曰仁与义。兼三才而两之，故《易》六画而成卦。分阴分阳，迭用柔刚，故《易》六位而成章。

（唐）孔颖达《周易正义·说卦》，《十三经注疏》本

蒲师训笔法虽细，其势极壮。

（五代）刘道醇《圣朝名画评·人物门》，《画品丛书》，上海人民美术出版社本

文以气为主，非天下之刚者莫能之。古今能文之士非不多，而能杰然自名于世者亡几。非文不足也，无刚气以主之也。孟子以浩然充塞天地之气，而发为七篇仁义之书。韩子以忠犯逆鳞、勇叱三军之气，而发为日光玉浩、表里六经之文。故孟子辟杨墨之功，不在禹下；而韩子抵排异端，攘斥佛老之功，又不在孟子下，皆气使之然也。若二子者，非天下之至刚者欤？

（宋）王十朋《蔡端明公文集序》，《梅溪先生文集》，《四部丛刊》本

一元之气，不能皆阳，故阴时出而乘之，然而制阴者必阳而也。世道不能常泰于君子，故小人迭出而否之，然制小人者必君子也。圣人作《易》，于君子小人之际，必寓其扶阳抑阴之意。圣人何心哉？顺天道也。一小人生而君子必与之并生焉，生此者，所以制彼。

（元）姚燧《庐威仲文集序》，《牧庵集》，引自《宋金元文论选》，人民文学出版社本

汉儒疏五事，以水为貌，而属火于言。诚不能无概乎是。今夫木之生，其所以长润森好恢瑰曲折者，大氐水之为也。极焉而君措之为薪火。以传火者，木之神明也。而言者，人之神明。言有以传，传以久。则神明之所际也。虽然，顾可以忽貌乎哉。人之貌也，明暗刚柔，成然而具。文亦宜然。位局有所，不可以反置；脉理有隧，不可以臆属。藉其神明，有至不至。其于貌也，无不可望而知焉。

（明）汤显祖《孙鹏〈初遂初堂集〉序》，《汤显祖诗文集》卷三十一，上海古籍出版社本

色者，离合之象也。男有其俦，女有其伍，以左右别之，而两部之锱铢不爽。气者，兴亡之数也，君子为朋，小人为党，以奇偶计之，而两部之毫发无差。张道士，方外人也，总结兴亡之案，老赞礼，无名氏也，细参离合之场。明如鉴，平如衡。名曰传奇，实一阴一阳之为道矣。

（清）孔尚任《桃花扇纲领》，《桃花扇》，人民文学出版社本

虽然，泽望之文，可以弃之使其不显于天下，终不可灭之使其不留于天地。其文盖天地之阳气也。阳气在下，重阴锢之，则击而为雷；阴气在下，重阳包之，则搏而为风。商之亡也，《采薇》之歌，非阳气乎？然武王之世，阳明之世也。以阳遇阳，则不能为雷。宋之上也，谢皋羽，方韶卿、龚圣予之文，阳气也，其时遁于黄钟之管，微不能吹纩转鸡羽，未百年而发为迅雷。元之亡也，有席帽、九灵之文，阴气也，包以开国之重阳，蓬蓬然起于大隧，风落山为蛊，未几而散矣。今泽望之文，亦阳气也，无视葭灰，不啻千钧之压也。锢而不出，岂若刘蜕之文冢，腐为墟壤，蒸为芝菌，文人之文而已乎。

（清）黄宗羲《缩斋文集序》，《黄梨洲文集》，中华书局本

鼐闻天地之道，阴阳刚柔而已。文者，天地之精英，而阴阳刚柔之发也。惟圣人之言，统二气之会而弗偏，然而《易》《诗》《书》《论语》所载，亦间有可以刚柔分矣。值其时其人，告语之体各有宜也。

（清）姚鼐《复鲁絜非书》，《惜抱轩文集》卷六，《惜抱轩全集》，《四部备要》本

自诸子而降，其为文无弗有偏者。其得于阳与刚之美者，则其文如霆，如电，如长风之出谷，如崇山峻崖，如决大川，如奔骐骥；其光也，如杲日，如火，如金镠铁；其于人也，如冯高视远，如君而朝万众，如鼓万勇士而战之。其得于阴与柔之美者，则其文如升初日，如清风，如云，如霞，如烟，如幽林曲涧，如沦，如漾，如珠玉之辉，如鸿鹄之鸣而入廖廓；其于人也，漻乎其如叹，邈乎其如有思，暖乎其如喜，愀乎其如悲。观其文，讽其音，则为文者之性情形状举以殊焉。

（清）姚鼐《复鲁絜非书》，《惜抱轩文集》卷六，《惜抱轩全集》，《四部备要》本

且夫阴阳刚柔，其本二端，造物者糅而气有多寡，进绌，则品次亿万，以至于不可穷，万物生焉。故曰：一阴一阳之为道。夫文之多变，亦若是已。糅而偏胜可也，偏胜之极，一有一绝无，与夫刚不足为刚，柔不足为柔者，皆不可以言文。今夫野人孺子，闻乐以为声歌弦管之会尔；苟善乐者闻之，则五音十二律，必有一当，接于耳而分矣。夫论文者，岂异于是乎？

（清）姚鼐《复鲁絜非书》《惜抱轩文集》卷六，《惜抱轩全集》，《四部备要》本

吾尝以谓文章之原，本乎天地。天地之道，阴阳刚柔而已。苟有得乎阴阳刚柔之精，皆可以为文章之美。阴阳刚柔并行而不容偏废，有其一端而绝亡其一，刚者至于偾强而拂戾，柔者至于颓废而暗幽，则必无与于文者矣。然古君子称为文章之至，虽兼具二者之用，亦不能无所偏优于其间，其故何哉？天地之道，协合以为体，而时发奇出以为用者，理固然也。其在天地之用也，尚阳而下阴，伸刚而绌柔，故人得之亦然。文之雄伟而劲直者，必贵于温深而徐婉。温深徐婉之才，不易得也；然其尤难得者，必在乎天下之雄才也。

（清）姚鼐《海愚诗钞序》，《惜抱轩文集》卷四，《惜抱轩全集》，《四部备要》本

立天之道曰阴与阳，立地之道曰柔与刚。文，经纬天地者也，其道惟阴阳刚柔可以该之。

（清）刘熙载《艺概·经义概》，上海古籍出版社本

唐初七古，节次多而情韵婉，咏叹取之；盛唐七古，节次少而魄力雄，铺陈尚之。

（清）刘熙载《艺概·诗概》，上海古籍出版社本

用刚笔则见魄力，用柔笔则出神韵。柔而含蓄之为神韵，柔而摇曳之为风致。读大历人七律，须辨此界。

（清）施补华《岘佣说诗》，《清诗话》本

3. 损益盈虚　与时偕行

　　且吾尝试问乎女：民湿寝则腰疾偏死，鳅然乎哉？木处则惴慄恂惧，猨猴然乎哉？三者孰知正处？民食刍豢，麋鹿食荐，蝍蛆甘带，鸱鸦耆鼠，四者孰知正味？猨猵狙以为雌，麋与鹿交，鳅与鱼游。毛嫱丽姬，人之所美也；鱼见之深入，鸟见之高飞，麋鹿见之决骤。四者孰知天下之正色哉？自我观之，仁义之端，是非之涂，樊然殽乱，吾恶能知其辩！

（先秦）《庄子·齐物论》，《诸子集成》本

　　阳子之宋，宿于逆旅。逆旅人有妾二人，其一人美，其一人恶，恶者贵而美者贱。阳子问其故，逆旅小子对曰："其美者自美，吾不知其美也；其恶者自恶，吾不知其恶也。"阳子曰："弟子记之！行贤而去自贤之行，安往而不爱哉！"

（先秦）《庄子·山木》，《诸子集成》本

　　抱朴子曰：妍媸有定矣，而憎爱异情，故两目不相为视焉；《雅》、《郑》有素矣，而好恶不同，故两耳不相为听焉；真伪有质矣，而趋舍舛忤，故两心不相为谋焉。以丑为美者有矣，以浊为清者有矣，以失为得者有矣。此三者，乖殊炳然，可知如此其易也，而彼此终不可得而一焉。

（晋）葛洪《抱朴子外篇·塞难》，《诸子集成》本

　　至如雅咏棠华，或黄或白；骚述秋兰，绿叶紫茎；凡摛表五色，贵在时见，若青黄屡出，则繁而不珍。

（南朝·梁）刘勰《文心雕龙·物色》，人民文学出版社本

　　兰亭茧纸入昭陵，世间遗迹犹龙腾。颜公变法出新意，细筋入骨如秋鹰。徐家父子亦秀绝，字外出力中藏棱。峄山传刻典型在，千载笔法留阳冰。杜陵评书贵瘦硬，此论未公吾不凭。短长肥瘠各有态，玉环飞燕谁敢憎？

（宋）苏轼《孙莘老求墨妙亭诗》，《东坡七集》卷三，《四部备要》本

屈庄之言曲尽其妙

《楚辞·山鬼》曰："若有人兮山之阿，被薜荔兮带女罗。既含睇兮又宜笑，子慕予兮善窈窕。"仆读至此，始悟庄子之言曰："西施捧心而颦，邻人效之，人皆齐而走。"且美人之容，或笑或颦，无不佳者，如屈子以笑为宜，而庄子以颦为美也。若丑人则颦固增丑状，而笑亦不宜矣。屈庄皆方外人，而言世间事，曲尽其妙，然亦不害为道人也。

（宋）马永卿《懒真子》卷一，《丛书集成》本

问如何中庸不可能？答：此正是虽圣人亦有不能处。盖中庸原不可能，非云不易能也。君子之中庸，只一"时"字，非要去能中庸也。孔子可以仕则仕，可以处则处，可以久则久，可以速则速，正是他时中。小人而无忌惮，只为他不能时中。圣凡之分，正在于此。

（明）袁宏道《潇碧堂集之二十·德山尘谈》，《袁宏道集笺校》卷四十四，上海古籍出版社本

"生年不满百，常怀千岁忧。昼短苦夜长，何不秉烛游？为乐当及时，何能待来兹。愚者爱惜费，但为后世嗤。仙子王子乔，难可与等期。"一首十句，皆辑乐府《西门行》中警语成之，全不易一字，然读之只似《十九首》语，不似乐府语。在乐府中每觉此语奇崛，在《十九首》中又觉此语平淡，犹"青青子衿"、"鼓瑟吹笙"等语，在《毛诗》中但见和雅，入曹公诗中乃见豪放，笔墨转移之妙，非深于诗者不能知。

（清）贺贻孙《诗筏》，《清诗话续编》本

陈熟、生新，二者于义为对待。对待之义，自太极生两仪以后，无事无物不然：日月、寒暑、昼夜，以及人事之万有——生死、贵贱、贫富、高卑、上下、长短、远近、新旧、大小、香臭、深浅、明暗，种种两端，不可枚举。大约对待之两端，各有美有恶，非美恶有所偏于一者也。其间惟生死、贵贱、贫富、香臭，人皆美生而恶死，美香而恶臭，美富贵而恶贫贱。然逄比之尽忠，死何尝不美？江总之白首，生何尝不恶？幽兰得粪而肥，臭以成美；海木生香则萎，香反为恶。富贵有时而可恶，贫贱有时而见美，尤易以明。即庄生所云"其成也毁，其毁也成"之义。

（清）叶燮《原诗·外篇上》，人民文学出版社本

今人论诗，动言贵厚而贱薄，此亦耳食之言。不知宜厚宜薄，惟以妙为主。以两物论：狐貉贵厚，鲛绡贵薄。以一物论，刀背贵厚，刀锋贵薄。安见厚者定贵，薄者定贱耶？古人之诗，少陵似厚，太白似薄；义山似厚，飞卿似薄：俱为名家。

（清）袁枚《随园诗话》卷四，人民文学出版社本

冬之日短，照于地下者长也，非是不足以成岁功；初月光纤，受于轮背者多也，非是不足以成气朔。文有不言而胜其言之者，说在庄子之述九渊而壶子仅疏三也。

（清）章学诚《杂说》，《文史通义·内篇六》，《章氏遗书》卷六，嘉业堂本

昌黎诗往往以丑为美，然此但宜施之古体，若用之近体则不妥矣。是以言各有当也。

（清）刘熙载《艺概·诗概》，上海古籍出版社本

飞笔、振笔、养笔三者最要，恐其滞则用飞，恐懈则振，恐躁则养。

（清）刘熙载《游艺约言》，《古桐书屋续刻三种》，清光绪刊本

化一题为数题则有息法，化数题为一题则有消法。《易》曰："损益盈虚，与时偕行。"善为文者以之。

（清）刘熙载《游艺约言》，《古桐书屋续刻三种》，清光绪刊本

功名富贵四字是此书之大主脑，作者不惜千变万化以写之。起首不写王侯将相，却先写一夏总甲。夫总甲是何功名，是何富贵，而彼意气扬扬，欣然自得，颇有官到尚书吏到都的景象。牟尼以所谓三千大千世界，庄子所谓朝菌不知晦朔，蟪蛄不知春秋也。文笔之妙，乃至于此。

（清）佚名《儒林外史回评》，《儒林外史》第二回评，人民文学出版社影印本

4. 画方不能离圆　视左不能离右

天下皆知美之为美，斯恶已；皆知善之为善，斯不善已。故有无相

生，难易相成，长短相较，高下相倾，音声相和，前后相随。

（先秦）《老子·二章》，《诸子集成》本

应玚和而不壮，刘桢壮而不密……奏议宜雅，书论宜理，铭诔尚实，诗赋欲丽。

（魏）曹丕《典论·论文》，《全三国文》卷八，《全上古三代秦汉三国六朝文》本

气高而不怒，怒则失于风流；力劲而不露，露则伤于斤斧；情多而不暗，暗则蹶于拙钝；才赡而不疏，疏则损于筋脉。

（唐）皎然《诗式》，《历代诗话》本

要力全而不苦涩，要气足而不怒张。

（唐）皎然《诗式》，《历代诗话》本

虽期道情，而离深僻；虽用经史，而离书生；虽尚高逸，而离迂远；虽欲飞动，而离轻浮。

（唐）皎然《诗式》，《历代诗话》本

至险而不僻；至奇而不差；至丽而自然；至苦而无迹；至近而意远；至放而不迂。

（唐）皎然《诗式》，《历代诗话》本

苏明允至和间来京师，既为欧阳文忠公所知，其名翕然。韩忠宪诸公皆待以上客。尝遇重阳，忠宪置酒私第，惟文忠与一二执政，而明允乃以布衣参其间，都人以为异礼。席间赋诗，明允有"佳节屡从愁里过，壮心还傍醉中来"之句，其意气尤不少衰。明允诗不多见，然精深有味，语不徒发，正类其文。如《读易诗》云："谁为善相应嫌瘦，后有知音可废弹。"婉而不迫，哀而不伤，所作自不必多也。

（宋）叶梦得《石林诗话》卷下，《历代诗话》本

方回言学诗于前辈，得八句云："平淡不流于浅俗；奇古不邻于怪僻；题诗不窘于物象；叙事不病于声律；比兴深者通物理；用事工者如己

出；格见于成篇，浑然不可镌；气出于言外，浩然不可屈。"尽心于诗，守此勿失。

(宋)王直方《王直方诗话》，《宋诗话辑佚》本

"意翻新而易奇，文征实而难巧"，昔之用力于文者，盖已病之。是以《谷桥》之篇，骤而读之，初若艰深严苦而不谐于俚耳。至其含处，则又从容闲暇，流畅发越，若律吕之相和，雌雄之相应，此其用力之浅深，世当有能识之者，不待予之言而后信也。

(宋)朱熹《孙稽仲文集序》，《朱文公文集》卷七十六，《朱子大全》，《四部备要》本

喜词锐，怒词戾，哀词伤，乐词荒，爱词结，恶词绝，欲词屑。乐而不淫，哀而不伤，其惟《关雎》乎！

(宋)姜夔《白石诗说》，人民文学出版社本

阴阳相摩，昼夜相环，善恶相形，枭凤相峙，梁藜相茂：势也，亦理也。

(明)宋濂《萝山杂言二十首》，《宋学士全集》卷二十七，《丛书集成》本

文之为道，固博取而曲陈。惟其所以取之者虽博，而未尝不会于吾之极，故谓之约；其陈之虽曲，而其义有中，则曲而不为杂。

(明)王慎中《与项瓯东》，《王遵岩集》卷六，清刊本

《孔雀东南飞》质而不俚，乱而能整，叙事如画，叙情若诉，长篇之圣也。

(明)王世贞《艺苑卮言》卷二，《历代诗话续编》本

明公之诗，厚而不浊，清而不寒，近情而不刻，剜肠而不苦。

(明)谭元春《奏记蔡清宪公》其四，《谭友夏合集》卷五，《中国文学珍本丛书》本

宋子曰：虽然，子必有以进我。予曰：唯唯。我与若欲以驰艺林之

声，雄晚近之内，则庶几乎。若以继风雅应休明，则其道微矣。取材之雅也，辨体之严也，依声之谐也，连类之广也，托兴之永也，此皆我力之所能为者。若乃荡轶而不失其贞，颊怨而不失其厚，寓意远而比物近，发词浅而蓄旨深，其在志气之间乎。今我与若偶流逸焉谐轻俊则入于淫，淫则弱；偶振发焉壮健刚激则入于武，武则厉。求其和平而合于大雅，盖其难哉！

（明）陈子龙《倪月堂诗稿序》，《陈忠裕全集》卷二十五，簳山草堂本

直而不肆。

（清）王夫之《明诗评选》卷二，陈秀民《凿渠谣》评语，《船山遗书》，太平译书店重校刊本

有直而不激，有曲而不烦，有亮而不浮，有质而不亢，国初人留意古裁，起宋元之衰者如此。历下抟激张拳，何为也哉！

（清）王夫之《明诗评选》卷四，周砥《赠叶秀才》评语，《船山遗书》，太平译书店重校刊本

方圆画不俱成，左右视不并见。此论衡之说。独山水不然。画方不可离圆，视左不可离右。此造化之妙。文人笔端，不妨左无不宜，右无不有。

（清）恽正叔《南田论画》，《历代论画名著汇编》本

汉、魏乐府有缺讹处、奇特处，然奇特不碍其缺讹也。六朝乐府有新拔处、靡拙处，然新拔不憾其靡拙也。读者分别观之，自领其妙。

（清）叶矫然《龙性堂诗话初集》，《清诗话续编》本

《溉堂诗话》云："杜于皇谓某友诗已细矣，惜尚未到粗处。王阮亭谓某友诗极美矣，恨不曾见他丑处。"孙豹人亦谓某友诗快利不可言，更须造到钝处。此三言人多称之。盖此三言，即予前所云熟者、密者、巧者，非诗之绝诣之说也。好而知其恶，恶而知其美者，天下鲜矣。

（清）叶矫然《龙性堂诗话初集》，《清诗话续编》本

凡诗迷离者要不间，切实者要不尽，广大者要不廓，精微者要不僻。
　　　　　　　　　　（清）刘熙载《艺概·诗概》，上海古籍出版社本

词之章法，不外相摩相荡，如奇正、空实、抑扬、开合、工易、宽紧之类是已。
　　　　　　　　　　（清）刘熙载《艺概·词曲概》，上海古籍出版社本

无论文章书画，俱要苍而不枯，雄而不粗，秀而不浮。
　　　　　　　（清）刘熙载《游艺约言》，《古桐书屋续刻三种》，清光绪刊本

文有大概语，有特地语。特地语每从大概语得之，亦以互映生色也。
　　　　　　　（清）刘熙载《游艺约言》，《古桐书屋续刻三种》，清光绪刊本

文之善者，疏而不漏；不善者，漏而不疏。
　　　　　　　（清）刘熙载《游艺约言》，《古桐书屋续刻三种》，清光绪刊本

书尚遒逸，遒非直劲焉而已，逸非直秀焉而已。
　　　　　　　（清）刘熙载《游艺约言》，《古桐书屋续刻三种》，清光绪刊本

然则何以执热？三家村中学究读《绿野仙踪》，见冷于冰名，犹然慕之曰道在是矣。彼乌知之，夫天下之大冷人，即天下之大热人也。自来神圣贤人，皆具一片热肠，然曰淡，曰无欲，又曰欲立人，欲达达人，淡然无欲者，冷也，欲立欲达者，热也。
　　　　　　　（清）侯定超《绿野仙踪序》，引自《中国历代小说论著选》，江西人民出版社本

5. 参伍以变

参伍以变，错综其数。通其变，遂成天下之文。极其数，遂定天下之象。非天下之至变，其孰能与于此？
　　　　　　　　　　　（先秦）《周易·系辞上》，《十三经注疏》本

子曰："知变化之道者，其知神之所为乎。《易》有圣人之道四焉：

以言者尚其辞，以动者尚其变，以制器者尚其象，以卜筮者尚其占。"

（先秦）《周易·系辞上》，《十三经注疏》本

张孝师画亦多变态，不失常途。

（唐）朱景玄《唐朝名画录·妙品下》，《画品丛书》本

波澜开合，如在江湖中，一波未平，一波已作。如兵家之阵，方以为正，又复是奇；方以为奇，忽复是正。出入变化，不可纪极，而法度不可乱。

（宋）姜夔《白石诗说》，人民文学出版社本

文章非能为之为工，乃不能不为之为工也；非要之必奇，要之不得不然之为奇也。譬如山水之状，烟云之姿，风鼓石激，然后千变万化，不可端倪。此先生之文与先生之诗也。

（金）赵秉文《中大夫翰林学士承旨文献党公神道碑》，《闲闲老人滏水文集》卷十二，《丛书集成》本

这回文字没身分，叙事处亦欠变化，且重复，可厌，不济，不济。

（明）李贽《李卓吾批水浒传》第六十六回批语，明容与堂本

天地之大文，风云雨雷是也。风云雨雷，变化不测，不可端倪，天地之至神也，即至文也。试以一端论：泰山之云，起于肤寸，不崇朝而遍天下。吾尝居泰山之下者半载，熟悉云之情状：或起于肤寸，弥沦六合；或诸峰竞出，升顶即灭；或连阴数月，或食时即散；或黑如漆，或白如雪；大如鹏翼，或乱如散鬓；或块然垂天，后无继者；或联绵纤微，相续不绝；又忽而黑云兴，士人以法占之，曰"将雨"，竟不雨；又晴云出，法占者曰"将晴"，乃竟雨。云之态以万计，无一同也。以至云之色相，云之性情，无一同也。云或有时归，或有时竟一去不归，或有时全归，或有时半归，无一同也。此天地自然之文，至工也。若以法绳天地之文，则泰山之将出云也，必先聚云族而谋之曰：吾将出云而为天地之文矣，先之以某云，继之以某云，以某云为起，以某云为伏；以某云为照应、为波澜；以某云为逆入；以某云为空翻；以某云为开，以某云为合；以某云为掉

尾。如是以出之，如是以归之，一一使无爽，而天地之文成焉。无乃天地之劳于有泰山，泰山且劳于有是云，而出云且无日矣！苏轼有言："我文如万斛源泉，随地而出。"亦可与此相发明也。

（清）叶燮《原诗·内篇下》，人民文学出版社本

文贵变。《易》曰："虎变文炳，豹变文蔚。"又曰："物相杂，故曰文。"故文者，变之谓也。一集之中篇篇变，一篇之中段段变，一段之中句句变，神变，气变，境变，音节变，字句变，惟昌黎能之。

（清）刘大櫆《论文偶记》，人民文学出版社本

其十三，"驱车上东门"，铺叙。"浩浩阴阳移"，论断。"服食求神仙，多为药所误"，回旋。求仙是极幻怪事，服食是最平常事，从幻怪转落平常，便是翻新。

（清）张谦宜《𬤊斋诗谈》卷四，《清诗话续编》本

固是要厚重，然却非段落板滞，一片承递，无变化法妙者。山谷学杜、韩，一字一步不敢滑，而于中又具参差章法变化之妙。

（清）方东树《昭昧詹言》卷一，人民文学出版社本

通其变，遂成天地之文。一合一闭谓之变，然则文法之变可知已矣。

（清）刘熙载《艺概·文概》，上海古籍出版社本

律诗既患旁生枝节，又患如琴瑟之专一。融贯变化，兼之斯善。

（清）刘熙载《艺概·诗概》，上海古籍出版社本

是书之用笔千变万化，未可就一端以言其妙。如写女子小人舆台皂隶，莫不尽态极妍，至于斗方名士，七律诗翁，尤为题中之正面，岂可不细细为之写照。上文如杨执中、权勿用等人，绘声绘影，能令阅者拍案叫绝。以为铸鼎象物至此，真无以加矣，而孰知写到赵景诸人，又另换一付笔墨，丝毫不与杨、权诸人同。建章宫中千门万户，文笔奇诡何以异兹。

（清）无名氏《闲卧草堂儒林外史回评》（第十七回），引自《中国历代小说论著选》，江西人民出版社本

此篇纯用迷离闪烁，夭矫变幻之笔，不惟笔笔转，直句句转，且字字转矣。文忌直，转则曲；文忌弱，转则健；文忌腐，转则新；文忌平，转则峭；文忌窘，转则宽；文忌散，转则聚；文忌松，转则紧；文忌复，转则开；文忌熟，转则生；文忌板，转则活；文忌硬，转则圆；文忌浅，转则深；文忌涩，转则畅；文忌闷，转则醒。求转笔于此文，思过半矣。其初遇女也：见而疑，疑而避矣；乃忽窥之而想，想而复搜也。其搜见女也：叱而跪，跪而惧矣；乃又悔之而幸，幸而复想也。遗以鸩汤则骇，既乃因其手合而引而进之，谓其神仙则信，又以无可贪缘而拜而祷之。玉腕亲握，近闻腻香，无端而妪忽至，石后隐身，虽明示以居，犹待渔郎问津也。花梯暗度，果见红窗，无端而棋忽敲，墙阴再过，虽得窥其面，终是桃源无路也。然而前夕移去之花梯，今且复设矣。纤腰在抱，不信好事多磨，果稍迟而为鬼妒也。然而前夕对著之玉版，已突如来矣。长夜邀欢，似知室藏男子，乃强拉之出门去也。至如意既盗，紫巾已怀，不惟葛巾之消息早通，亦且玉版之因缘已兆。乃怀刑之惧，顿起于伏床；祸离之忧，更深于好别。即果能如意，岂遂谓离魂倩女，真异杜兰香之下嫁哉！若夫口有雌黄，形殊黑白，君无两翼，妾少长风，但得窃而逃，何忧逻而察？兄弟皆得美妇，家计又以富饶，终是过海瞒天，盗铃掩耳。卒之金可求，盗可退，而浮言终不可灭，猜疑究不可消。遂使玉碎香消，谁能解语？花移木接，莫识称名。事则反复离奇，文则纵横诡变。观书者即此而推求之，无有不深入之文思，无有不矫健之文笔矣。

（清）但明伦《葛巾》后评，《聊斋志异》卷十，上海古籍出版社会校会注会评本

6. 错综其数

天地定位，山泽通气，雷风相薄，水火不相射，八卦相错。数往者顺，知来者逆。

（先秦）《周易·说卦》，《十三经注疏》本

夫世代亟改，论文之理非一；时事推移，属词之体或异。但繁则伤弱，率则恨省，存华则失体，从实则无味。或引事虽博，其意犹同；或新

意虽奇，无所倚约；或首尾纶帖，事似牵课；或翻复博涉，体制不工。能使艳而不华，质而不野，博而不繁，省而不率，文而有质，约而能润，事随意转，理逐言深，所谓菁华，无以间也。

    （南朝·梁）萧绎《内典碑铭集林序》，《全梁文》卷十七，《全上古三代秦汉三国六朝文》本

  深乎文者，兼而善之，能使典而不野，远而不放，丽而不淫，约而不俭，独擅众美，斯文在斯。

    （南朝·梁）刘孝绰《昭明太子集序》，《全梁文》卷六十，《全上古三代秦汉三国六朝文》本

  飞白书始于蔡邕，在鸿都学见匠人施垩帚，遂创意焉，梁子云能之，武帝谓曰：蔡邕飞而不白，羲之白而不飞，飞白之间，在卿斟酌耳。

    （唐）韦绚《刘宾客嘉话录》，《丛书集成》本

  吾虽不善书，晓书莫如我。苟能通其意，常谓不学可。貌妍容有矉，璧美何妨椭。端庄杂流丽，刚健含婀娜。好之每自讥，不谓子亦颇。书成辄弃去，缪被旁人裹。皆云本阔落，结束入细么。子诗亦见推，语重未敢荷。迩来又学射，力薄愁官笴。多好竟无成，不精安用夥？何当尽屏去，万事付懒惰。吾闻古书法，守骏莫如跛。世俗笔苦骄，众中强嵬騀。锺张忽已远，此语与时左。

    （宋）苏轼《和子由论书》，《东坡七集》卷一，《四部备要》本

  学诗当以杜为体，以苏黄为用，拂拭之则自然波峻，读之铿锵。盖杜之妙处藏于内，苏黄之妙发于外。用工夫体学杜之妙处恐难到。用功而效少。（案："用工"以下有脱文）

    （宋）吴可《藏海诗话》，《历代诗话续编》本

  文字奇而稳方好，不奇而稳，只是阘茸。

    （宋）朱熹《论文上》，《朱子语类》卷一百三十九，清同治应元书院本

开阔中，又著细密；宽缓中，又著谨严。

（宋）朱熹《小学》，《朱子语类辑略》卷二，《丛书集成》本

《诗眼》曰："世俗喜绮丽，知文者能轻之。后生好风花，老大即厌之。然文章论当理不当理耳。苟当于理，则绮丽风花，同入于妙；苟不当理，则一切皆为长语。上自齐梁诸公，下至刘梦得、温飞卿辈，往往以绮丽风花累其正气，其过在于理不胜而词有余也。子美云：'绿垂风折笋，红绽雨肥梅。''岸花飞送客，樯燕语留人。'亦极绮丽，其模写景物，意自亲切，所以妙绝古今。其言春容闲适，则有'穿花蛱蝶深深见，点水蜻蜓款款飞'，'落花游丝白日静，鸣鸠乳燕青春深。'其言秋景悲壮，则有'蓝水远从千涧落，玉山高并两峰寒'，'无边落木萧萧下，不尽长江滚滚来'。其富贵之词，则有'香回合殿春风转，花覆千官淑景移'，'麒麟不动炉烟转，孔雀徐开扇影还。'其吊古，则有'映阶碧草自春色，隔叶黄鹂空好音'，'竹送清溪月，苔移玉座春'。皆出于风花，然穷理尽性，移夺造化。自古诗人，巧即不壮，壮即不巧。巧而能壮，乃如是也矣。"

（宋）蔡梦弼《杜工部草堂诗话》，《历代诗话续编》本

人之为诗要有野意。盖诗非文不腴，非质不枯，能始腴而终枯，无中边之殊，意味自长。风人以来得野意者，惟渊明耳。如太白之豪放，乐天之浅陋，至于郊寒岛瘦，去之益远。

（宋）陈知柔《休斋诗话》，《宋诗话辑佚》本

文字须要数行整齐处，数行不整齐处。意对处，文却不必对；文不对处，意著对。（《精义》）

（明）吴讷《文章辨体序说·诸儒总论作文法》，人民文学出版社本

古人之作，其法虽多端，大抵前疏者后必密，半阔者半必细，一实者必一虚，叠景者意必工。此予之所谓法，圆规而方矩者也。

（明）李梦阳《再与何氏书》，《空同集》卷六十二，《四库全书》本

先太师戊戌试卷，出举子蹊径之外，考官邵公（名晖），批云："奇寓于纯粹之中，巧藏于和易之内。"当时以为名言。后观《龙川集》，乃知是陈同甫作论法也。

（明）杨慎《升庵诗话》卷四，《历代诗话续编》本

沈征君启南画，大约如伯阳初生，便堪几杖，是谓稚中藏老。又如谢道韫，虽是夫人，却有林下风韵，是谓秀中现雅。而大苏评靖节诗亦云："由腴而造平淡，辟食石蜜，中边皆甜"。因知评判启南，如此则真，不如此则赝。而此卷者固已如此矣。诬以赝得乎？

（明）徐渭《跋书卷尾二首》，《徐文长三集》卷二十，《徐渭集》，中华书局本

物相杂，故曰文。文须五色错综，乃成华采；须经纬就绪，乃成条理。

（明）王世贞《艺苑卮言》卷一，《历代诗话续编》本

诗道有法，昔人贵在妙悟。新不欲杜撰，旧不欲剿袭，实不欲粘带，虚不欲空疏，浓不欲脂粉，淡不欲干枯，深不欲艰涩，浅不欲率易，奇不欲谲怪，平不欲凡陋，沉不欲黯惨，响不欲叫啸，华不欲轻艳，质不欲俚野，如禅门之作三观，如玄门之炼九还，观熟斯现心珠，炼久斯结黍米，岂易臻化境哉。

（明）屠隆《论诗文》，《鸿苞》卷十七，明刊本

太冲以气胜者也，"振衣千仞冈，濯足万里流"，至矣，而"岂必丝与竹？山水有清音"，其韵故足赏也。灵运以韵胜者也，"清晖能娱人，游子憺忘归"，至矣，而"百川赴巨海，众星环北辰"，其气亦可称也。

（明）胡应麟《诗薮·外编》卷二，上海古籍出版社本

文字最忌排行，贵在错综其势。散能合之，合能散之。

（明）董其昌《画禅随笔·评文》，《笔记小说大观》，江苏广陵古籍刻印社本

《三国》一书有笙箫夹鼓、琴瑟间钟之妙。如正叙黄巾扰乱，忽有何

后、董后两宫争论一段文字……曹操救汉中之日，忽带叙蔡中郎之女：诸如此类，不一而足。人但知《三国》之文是叙龙争虎斗之事，而不知为凤、为鸾、为莺、为燕，篇中有应接不暇者，令人于干戈队里时见红裙，旌旗影中常睹粉黛，殆以豪士传与美人传合为一书矣。

（清）毛宗岗《绣像第一才子书·读三国志法》，引自《三国演义资料汇编》，百花文艺出版社本

（"尝言酒能成事，酒能败事，便是小胆的吃了，也胡乱做了大胆，何况性高的人。"下批）不文之人，见此一段，便谓作书者借此劝戒酒徒，以鲁达为殷鉴。吾若闻此言，便当以夏楚痛扑之。何也？夫千岩万壑，崔嵬突兀之后，必有平莽连延数十里，以叙其磅礴之气。水出三峡，倒冲滟滪，可谓怒矣，必有数十里迤逦东去，以杀其奔腾之势。今鲁达一番使酒，真是掷黄鹤，踢鹦鹉，岂惟作者腕脱，兼令读者头晕矣？此处不少息几笔，以舒其气而杀其势，则下文第二番使酒，必将直接上来，不惟文体有两头大、中间细之病，兼写鲁达作何等人也。呜呼！作《水浒》者，才子也。才子胸中，岂村里小儿所知也！

（清）金圣叹《第五才子书施耐庵水浒传》第三回夹批，中华书局本

上篇写武二遇虎，真乃山摇地撼，使人毛发倒卓。忽然接入此篇，写武二遇嫂，真又柳丝花朵，使人心魂荡漾也。吾尝见舞槊之后，便欲搦管临文，则殊苦手颤；铙吹之后，便欲洞箫清啭，则殊苦耳鸣；驰骑之后，便欲入班拜舞，则殊苦喘急；骂座之后，便欲举唱梵呗，则殊苦喉燥。何耐庵偏能接笔而出，吓时便吓杀人，憨时便憨杀人，并无上四者之苦也。

写西门庆接连数番趑趄，妙于叠，妙于换，妙于热，妙于冷，妙于宽，妙于紧，妙于琐碎，妙于影借，妙于忽迎，妙于忽闪，妙于波磔，妙于无意思，真是一篇花团锦凑文字。

（清）金圣叹《第五才子书施耐庵水浒传》第二十三回评语，中华书局本

第十四首　驱车上东门

笔墨如山水然，有融结处，有脱卸处。融结，共着意处也；脱卸，其

不着意处也。必有几段不着意处，以宽前后之步，使一路连绵滔滚，复就舒徐，而后无促音急节之病。

      （清）金圣叹《唱经堂古诗解》，《金圣叹全集》（四），江苏古籍出版社本

  枯瘦寒俭，非诗之至，然就彼法中，亦自有至者：枯者有神，瘦者有力，寒者有骨，俭者有品。

            （清）贺贻孙《诗筏》，《清诗话续编》本

  乱头粗服之中，条理井然；金玉追琢之内，姿态横生。兼此二妙，方称作家。

            （清）贺贻孙《诗筏》，《清诗话续编》本

  第三句回护，第四句刺深，相杂益见其刺。

      （清）王夫之《明诗评选》卷五，黄佐《南征词》评语，《船山遗书》，太平洋书店重校刊本

  小调要言短意长，忌尖弱。中调要骨肉停匀，忌平板。长调要操纵自如，忌粗率。能于豪爽中著一二精致语，绵婉中著一二激厉语，尤见错综。

            （清）沈谦《填词杂说》，《词话丛编》本

  不微不婉，径情直发，不可为诗。一览而尽，言外无余，不可为诗。美谓之美，刺谓之刺，拘执绳墨，不可为诗。意尽于此，不通于彼，胶柱则合，触类则滞，不可为诗。知此四者，始可与言诗矣。

           （清）田同之《西圃诗说》，《清诗话续编》本

  《三百篇》中，四言自是正体。然《诗》有一言：如《缁衣》篇"敝"字"还"字，可顿住作句是也。有二言：如"鳣鲨"、"祈父"'"肇禋"是也。有三言：如"螽斯羽"、"振振鹭"是也。有五言：如"谁谓雀无角"、"胡为乎泥中"是也。有六言：如"我姑酌彼金罍"、"嘉宾式燕以敖"是也。至"父曰嗟予子行役"、"以燕乐嘉宾之心"，则为七言。"我不敢效我友自逸"，则为八言。短以取劲，长以取妍，疏密

错综，最是文章妙境。

（清）沈德潜《说诗晬语》，人民文学出版社本

五言长篇，固须节次分明，一气连属。然有意本连属，而转似不相连属者；叙事未了，忽然顿断，插入旁议，忽然联续，转接无象，莫测端倪，此运《左》、《史》法于韵语中，不以常格拘也。千古以来，且让少陵独步。

（清）沈德潜《说诗晬语》，人民文学出版社本

江右徐仲光芳云："诗之道，以气格为上，而结构亦不可遂轻；以性情为先，而声响亦不可遂废。词莫陋于缛赘，而径率之句亦不可谓之自然；境莫妙于目前，而凡俚之言亦不可名为真至。韵而不靡，朴而不粗，淡而不枯，工而不诡。使事而不流于杂，谈理而不坠于腐，模古而不伤于痕，蹈空而不病于凿。"亦作家之言也。石仓所谓"此道之难，难如登天"。

（清）叶矫然《龙性堂诗话·初集》，《清诗话续编》本

文贵参差。天之生物，无一无偶，而无一齐者。故虽排比之文，亦以随势曲泾为佳。好文字与俗下文字相反，如行道者，一东一西，愈远则愈善，一欲巧，一欲拙；一欲利，一欲钝；一欲柔，一欲硬；一欲肥，一欲瘦；一欲浓，一欲淡；一欲艳，一欲朴；一欲松，一欲坚；一欲轻，一欲重；一欲秀令，一欲苍莽；一欲偶俪，一欲参差。夫拙者，巧之至，非真拙也；钝者，利之至，非真钝也。

（清）刘大櫆《论文偶记》，人民文学出版社

《赠王粲诗》中间云："悲风鸣我侧，羲和逝不留。重阴润万物，何惧泽不周！"平平序说，陡然用此四句振起，令读者神耸气旺；不如此则不雄横，便塌下去矣。作慰之之辞，却撇开羲和，转出重阴受泽来，可谓新刻之至。

（清）延君寿《老生常谈》，《清诗话续编》本

"意惬关飞动，篇终接混茫"，刘须溪谓即子美自道，良是。高、岑不足以当之。

世人但目皮色苍厚、格度端凝为杜体，不知此老学博思深，笔力矫变，于沉郁顿挫之极，更见微婉。试举五古自《前后出塞》、《三吏》、《三别》、《彭衙行》外，如《玉华宫》、《羌村》、《赠卫八处士》、《佳人》、《梦李白》，七古自《兵车》、《丽人》、《哀江头》、《哀王孙》外，如《乐游园歌》，五律之《洞房》、《斗鸡》，七律之"东阁观梅"等篇，学杜者视此种曾百得其一二与？

（清）乔亿《剑溪说诗》卷上，《清诗话续编》本

气势之说，如所云"笔所未到气已吞"，"高屋建瓴"、"悬河泻海"，此苏氏所擅场。但嫌太尽，一往无余，故当济以顿挫之法。顿挫之说，如所云"有往必收，无垂不缩"，"将军欲以巧服人，盘马弯弓惜不发"，此惟杜、韩最绝，太史公之文如此，《六经》、周、秦皆如此。

（清）方东树《昭昧詹言》卷一，人民文学出版社本

吴昌龄《风花雪月》一剧，雅驯中饶有韵致，吐属亦清和婉约，带白能使上下串连，一无渗漏；布局排场，更能浓淡疏密相间而出。在元人杂剧中，最为全璧，洵不多观也。

（清）梁廷枏《曲话》卷二，《中国古典戏曲论著集成》（八），
中国戏剧出版社本

问：李昌谷之诗工极矣，昔人以为鬼才，何邪？
句不可字字求奇，调不可节节求高。纤余为妍，卓荦为杰，非纤余无以见卓荦之妙。抑扬迭奏，奇正相生，作诗之妙在是。长吉惟犯此病，故坠入鬼窟。

（清）陈仪《竹林答问》，《清诗话续编》本

文之快者每不沉，沉者每不快，《国策》乃沉而快。文之隽者每不雄，雄者每不隽，《国策》乃雄而隽。

（清）刘熙载《艺概·文概》，上海古籍出版社本

苏老泉谓"诗人优柔，骚人清深"，其实清深中正复有优柔意。

（清）刘熙载《艺概·文概》，上海古籍出版社本

昌黎以"是""异"二字论文,然二者仍须合一。若不异之是,则庸而已;不是之异,则妄而已。

(清)刘熙载《艺概·文概》,上海古籍出版社

律诗要处处打得通,又要处处跳得起。草蛇灰线,生龙活虎,两般能事,当以一手兼之。

(清)刘熙载《艺概·诗概》,上海古籍出版社本

《骚》辞较肆于《诗》,此如"《春秋》谨严,《左氏》浮夸",浮夸中自有谨严意在。

(清)刘熙载《艺概·赋概》,上海古籍出版社本

赋必合数章而后备,故《大言》、《小言》两赋,俱设为数人之语。准此意,则知赋用一人之语者,亦当以参伍错综出之。

(清)刘熙载《艺概·赋概》,上海古籍出版社本

言骚者取幽深,柳子厚谓"参之《离骚》以致其幽",苏老泉谓"骚人之清深"是也。言赋者取显亮,王文考谓"物以赋显",陆士衡谓"赋体物而浏亮"是也。然二者正须相用,乃见解人。

(清)刘熙载《艺概·赋概》,上海古籍出版社本

书能苍中藏秀,乃是真苍。盖老而不老者,仙也,不老而老者,凡也。

(清)刘熙载《游艺约言》,《古桐书屋续刻三种》,清光绪刊本

阅丹徒冯煦梦华《蒙香室词》,趋向在清真梦窗,门径甚正,心思甚邃,得涩意。惟由涩笔,时有累句,能入而不能出。此病当救以虚浑。单调小令,上不侵诗,下不堕曲,高情远韵,少许胜多。残唐北宋,后成罕格。梦华有意于此,深入容若竹垞之室,此不易到。

(清)谭献《复堂词话》,人民文学出版社本

太白七绝,天才超逸,而神韵随之。如"朝辞白帝彩云间,千里江

陵一日还",如此迅捷,则轻舟之过万山不待言矣。中间却用"两岸猿声啼不住"一句垫之;无此句,则直而无味;有此句,走处仍留,急语仍缓,可悟用笔之妙。

(清)施补华《岘佣说诗》,《清诗话》本

永叔"人间自是有情痴,此恨不关风与月""直须看尽洛城花,始与东风容易别"。于豪放中有沉著之致,所以尤高。

(清)王国维《人间词话》,人民文学出版社本

然曲之音节,虽不可促迫,而慢中自有紧,紧中自有慢,各有疾徐,而出自然合节者。愚谓慢得情联而不驰,紧得意蓄而不泄,斯为善矣。

(清)祝凤喈《与古斋琴谱补义·依谱鼓曲合节真诠》,引自《中国古代乐论选辑》,人民音乐出版社本

上一回令人心迷眼乱,如花似锦,热闹异常,下一回令人清心净目,有如琉璃水晶,也很热闹。若两场热闹连在一起,便不免吵扰,不能不使人耳噪眼乏,因此中间写出这一段恬境雅音,特地使读者有一番心旷神怡。伶人唱戏,总要先有一阵紧锣密鼓,热闹一场之后,稍事停顿,又慢慢敲鼓点,和之以缓击镲钹之节,吹箫打铙,生旦才唱戏文。这书真是无妙不备。

(清)哈斯宝《〈新译红楼梦〉回批》第十八回批语,内蒙古人民出版社本

三
中和之美

1. 过犹不及

《关雎》乐而不淫，哀而不伤。

（先秦）《论语·八佾》，《诸子集成》本

编者案：

《论语集解》引孔安国注："乐不至淫，哀不至伤，言其和也。"

朱熹《诗集传序》："淫者，乐之过而失其正者也；伤者，哀之过而害其和者也。"

刘熙载《艺概·诗概》："不发乎情，即非礼义，故诗要有乐有哀；发乎情，未必即礼义，故诗要哀乐中节。"

帝曰：夔！命女典乐，教胄子。直而温，宽而栗，刚而无虐，简而无傲。诗言志，歌永言，声依永，律和声，八音克谐，无相夺伦，神人以和。

（先秦）《尚书·尧典》，《十三经注疏》本

温柔敦厚，诗教也。

（先秦）《礼记·经解》，《十三经注疏》本

喜怒哀乐之未发，谓之中，发而皆中节，谓之和。中也者，天下之大本也；和也者，天下之达道也。致中和，天地位焉，万物育焉。

（先秦）《礼记·中庸》，《十三经注疏》本

故变风发乎情,止乎礼义。发乎情,民之性也;止乎礼义,先王之泽也。

(汉)郑玄笺(唐)孔颖达疏《毛诗正义·毛诗序》,《十三经注疏》本

问郑卫之似,曰:"聪听。"或曰:"朱旷不世,如之何?"曰:"亦精之而已矣。"或问:"交五声十二律也,或雅或郑何也?"曰:"中正则雅,多哇则郑。"请问本,曰:"黄钟以生之,中正以平之,确乎,郑卫不能入也。"

(汉)扬雄《法言》卷二,《丛书集成》本

自雅声浸微,溺音腾沸。秦燔乐经,汉初绍复,制氏纪其铿锵,叔孙定其容与。于是武德兴乎高祖,四时广于孝文,虽摹韶夏,而颇袭秦旧。中和之响,阒其不还。(《乐府》篇)

两韵辄易,则声韵微躁,百句不迁,则唇吻告劳。妙才激扬,虽触思利贞,曷若折之中和,庶保无咎。(《章句》篇)

篇统间关,情数稠叠,原始要终,疏条布叶。道味相附,悬绪自接,如乐之和,心声克协。(《附会》篇)

(南朝·梁)刘勰《文心雕龙》,人民文学出版社本

东宫故谕德崔公其人也,得琴之道,志于斯,乐于斯,垂五十年,清静平和,性与琴会,著琴笺而自然之义在矣。某尝游于门下。一日请曰:"琴何为是?"公曰:"清厉而静,和润而远。"某拜而退,思而释曰:清厉而弗静,其失也躁;和润而弗远,其失也佞;弗躁弗佞,然后君子,其中和之道欤!

(宋)范仲淹《与唐处士书》,《范文正公文集》卷四,《丛书集成》本

郭元方,字子正,京师人,官至内殿承制。善画草虫,备究蜚蠕,潜分造化,宜矜妙艺,蔼播佳名。然而著意者不及疏略,盖或点缀过当,翻为失真也,颇有图轴传于世。

(宋)郭若虚《图画见闻志》卷三,人民美术出版社本

余阅近人所作数十百家，新者崖异，熟者腐陈，淡者轻虚，深者僻晦，或淳漓相淆离，或首尾不贯属，均为四六之病。

（宋）刘克庄《评宋希仁四六》，《后村先生大全集》卷九十七，《四部丛刊》本

词之作难于诗。盖音律欲其协，不协则成长短之诗；下字欲其雅，不雅则近乎缠令之体；用字不可太露，露则直突而无深长之味；发意不可太高，高则狂怪而失柔婉之意。思此，则知所以难。

（宋）沈义父《乐府指迷》，《乐府指迷笺释》，人民文学出版社本

故由心而诚，由诚而言，由言而诗也。三者相为一，情动于中而形于言，言发乎迩而见乎远。同声相应，同气相求，虽小夫贱妇孤臣孽子之感讽，皆可以厚人伦、敦教化，无他道也。故曰不诚无物。夫惟不诚，故言无所主，心口别为二物，物我邈其千里，漠然而往，悠然而来；人之听之，若春风之过马耳，其欲动天地感鬼神难矣。其是之谓本。唐人之诗，其知本乎，何温柔敦厚蔼然仁义之言之多也！幽忧憔悴，寒饥困惫，一寓于时，而其陁穷而不悯，遗佚而不怨者，故在也。至于伤谗疾恶不平之气，不能自掩，责之愈深，其旨愈婉，怨之愈深，其辞愈缓，优柔厌饫，使人涵咏于先王之泽，情性之外不知有文字。幸矣，学者之得唐人为指归也！

（金）元好问《杨叔能小亨集引》，《遗山先生文集》卷三十六，《四部丛刊》本

诗岂易言哉？奇者诡而不法，兴者僻而不遂，丽者绮而不合，赋者直而不深，淡者枯而不振，比者泛而不揆，苦者涩而不入，达者肆而不制，巧者藻而不壮，质者俚而不华，丰者奢而不节，约者陋而不变，循者失之剽，新者失之怪，振者失之夸，径者失之浅，速者失之率，奥者失之沉。诗之难如此！《三百篇》尚矣，三代而下，如曹刘风骨之古，李杜选律之备，其庶几焉。

（明）安磐《颐山诗话》，《四库全书珍本》初集本

和为五音之本，无过不及之谓也。当调之在弦，审之在指，辨之在音。弦有性，顺则协，逆则矫，往来鼓动，有如胶漆，则弦与指和。音有律，或在徽，或不在徽，具有分数，以位其音，要使婉婉成吟，丝丝叶韵，以得其曲之情，则指与音和。音有意，意动音随，则众妙归。故重而不虚，轻而不浮，疾而不促，缓而不驰，若吟若猱，圆而不俗，以绰以注，正而不差，纡回曲折，联而无间，抑扬起伏，继而复连，则音与意和。因之神闲气逸，指与弦化，自得浑合无迹，吾是以知其太和。

    （明）冷仙《冷仙琴声十六法》，引自《中国古代乐论选辑》，人民音乐出版社本

  乐自天作，乐由阳来，至和之发也。其治心也，德盛而后知乐；其治人也，功成而后作乐，至和之极也。盖优柔平中，德之盛也；天下化中，治之至也，是谓道配天地，古之极也。故天地有自然之律，人声有自然之和，天籁气机，相为动荡，如五声八音，清浊高下，出乎口，入乎耳，自有一定，中和条贯，惟圣人为能察之。故曰：既竭耳力焉，继之以六律正五音，不可胜用也……乐生于心，斯发于声。人心惨则声哀，人心舒则声和。然人心复因声之哀和，亦感而舒惨。则韩娥曼声哀哭，一里愁悲；曼声长歌，众皆喜忭，斯之谓矣。是故喜、怒、哀、乐四者，随物感动，播于形气，叶律吕，谐五声，而谓之为乐。声和乐作，而喜、怒、哀、乐，皆中其节，是为致中和。天地位焉，万物育焉，天且不违，而况人乎？朱子亦曰："音律气也，故相关。"又曰："天人无间。正此之谓矣。"此审音知乐，为治律大原，圣人复起，无以易也。

    （明）黄佐《乐声说》，引自《中国古代乐论选辑》，人民音乐出版社本

  淡则无味，直则无情。宛转有态，则容冶而不雅；沉着可思，则神伤而易弱。欲浅不得，欲深不得。拘于律则为律所制，是诗奴也，其失也卑，而五音不克谐；不受律则不成律，是诗魔也，其失也亢，而五音相夺伦。不克谐则无色，相夺伦则无声。

    （明）李贽《读律肤说》，《焚书》卷三，中华书局本

  览观古今学士大夫之作，事胜则伤致，情胜则伤裁，理胜则伤韵，气

胜则伤格，淫艳则伤骨，紧迫则伤神，是诗家之魔事也。

（明）屠隆《少室山房稿序》，《白榆集》卷二，明万历刊本

虽然，《诗》三百篇，不废郑、卫，要以无邪为归。假令不善读《诗》者，而徒侈淫哇之词，顿忘惩创之旨，虽多亦奚以为？是集也，奇而法，正而葩，秾纤合度，修短中程，才情妙敏，踪迹幽玄。其为物也多姿，其为态也屡迁，斯亦小言中之白眉者矣。昔人云，我能转法华，不为法华转。得其说而并得其所以说，则乐而不淫，哀而不伤，纵横流漫而纳于邪，诡谲浮夸而不离于正。不然，始而惑，既而溺，终而荡。"尽信书则不如无书"，有味乎子舆氏之言哉！

（明）汤显祖《艳异编序》，《汤显祖诗文集》卷五十，上海古籍出版社本

盛唐七言律称王、李。王才甚藻秀而篇法多重，"绛帻鸡人"，不免服色之讥；"春树万家"，亦多花木之累。"汉主离宫"、"洞门高阁"，和平闲丽，而斤两微劣。"居延城外"甚有古意，与"卢家少妇"同，而音节太促，语句伤直，非沈比也。李律仅七首，惟"物在人亡"不佳。"流渐腊月"，极雄浑而不笨；"花宫仙梵"，至工密而不纤。"远公遁迹"之幽，"朝闻游子"之婉，皆可独步千载。岑调稳于王，才豪于李，而诸作咸出其下，以神韵不及二君故也。即此推之，七言律法，思过半矣。

（明）胡应麟《诗薮·内编》卷五，上海古籍出版社本

老杜用字入化者，古今独步。中有太奇巧处，然巧而不尖，奇而不诡，犹不失上乘。如"孤灯然客梦，寒杵捣乡愁"，则尖矣；"流星透疏木，走月逆行云"则诡矣。

（明）胡应麟《诗薮·内编》卷五，上海古籍出版社本

诗之所以病者，在过求之也。过求则真隐而伪行矣。然亦各有故在：太白之不真也为材使；少陵之不真也为意使；高岑诸人之不真也为习使；元白之不真也为词使，昌黎之不真也为气使。人有外藉以为之使者，则真相隐矣。

（明）陆时雍《诗镜总论》，《历代诗话续编》本

书有性情，即筋力之属也；言乎形质，即标格之类也。真以方正为体，圆奇为用。草以圆奇为体，方正为用；真则端楷为本，作者不易速工；草则简纵居多，见者亦难便晓。不真不草，行书出焉。似真而兼乎草者，行真也；似草而兼乎真者，行草也。圆而且方，方而复圆，正能含奇，奇不失正，会于中和，斯为美善。中也者，无过不及是也。和也者，无乖无戾是也。然中固不可废和，和亦不可离中，如礼节乐和，本然之体也。礼过于节则严矣，乐纯乎和则淫矣，所以礼尚从容而不迫，乐戒夺伦而皦如。中和一致，位育可期，况夫翰墨者哉。方圆互成，正奇相济，偏有所着，即非中和。使楷与行真而偏，不拘纯即棱峭矣；行草与草而偏，不寒俗即放诞矣。不知正奇参用，斯可与权。权之谓者，称物平施，即中和也。

（明）项穆《书法雅言·中和》，引自《历代书法论文选》，上海书画出版社本

一曰和

稽古至圣，心通造化，德协神人，理一身之性情，以理天下人之性情，于是制之为琴。其所首重者，和也。和之初，先以正调，品弦，循徽，叶声；辨之在指，审之在听，此所谓以和感，以和应也。和也者，其众音之薮会，而优柔平中之橐籥乎？论和以散和为上，按和为次。散和者，不按而调。左指控弦，迭为宾主，刚柔相剂，损益相加，是谓至和。按和者，左按右抚，以九应律，以十应吕，而音乃和于徽矣。设按有不齐，徽有不准，得和之似，而非真和，必以泛音辨之。如泛尚未和，则又用按复调，一按一泛，互相参究，而弦始有真和。吾复求其所以和者三，曰弦与指合，指与音合，音与意合，而和至矣。夫弦有性，欲顺而忌逆，欲实而忌虚。若绰者注之，上者下之，则不顺；按未重，动未坚，则不实。故指下过弦，慎勿松起，弦上迎指，尤欲无迹，往来动宕，恰如胶漆，则弦与指和矣。音有律，或在徽，或不在徽，固有分数以定位，若混而不明，和于何出？篇中有度，句中有候，字中有肯，音理甚微，若紊而无序，和又何生？究心于此者，细辨其吟猱以叶之，绰注以适之，轻重缓急以节之，务令宛转成韵，曲得其情，则指与音和矣。音从意转，意先乎音，音随乎意，将众妙归焉。故欲用其意，必先练其音；练其音，而后能洽其意。如右之抚也，弦欲重而不虚，轻而不鄙，疾而不促，缓而不驰；

左之按弦也，若吟若猱，圆而无碍，（吟猱欲洽好，而中无阻滞。）以绰以注，定而可伸，（言绰注甫定，而或引伸。）纡回曲折，疏而实密，抑扬起伏，断而复联；此皆以音之精义，而应乎意之深微也。其有得之弦外者，与山相映发，而巍巍影现；与水相涵濡，而洋洋徜恍；暑可变也，虚堂疑雪；寒可回也，草阁流春。其无尽藏，不可思议，则音与意合，莫知其然而然矣。要之神闲气静，蔼然醉心，太和鼓鬯，心手自知，未可一二而为言也。太音希声，古道难复。不以性情中和相遇，而以为是技也，斯愈久而愈失其传矣。

　　　　　　（明）徐上瀛《大还阁琴谱·溪山琴况》，引自《中国古代乐论选辑》，人民音乐出版社本

　　一曰润

　　凡弦上之取音，惟贵中和。而中和之妙用，全于温润呈之。若手指任其浮躁，则繁响必杂，上下往来，音节俱不成其美矣。故欲使弦上无煞声，其在指下求润乎？盖润者，纯也，泽也，所以发纯粹光泽之气也。左芟其荆棘，右熔其暴甲，两手应弦，自臻纯粹。而又务求上下往来之法，则润音渐渐而来。故其弦若滋，温兮如玉，泠泠然满弦生气氤氲，无毗阳毗阴偏至之失，而后知润之之为妙，所以达其中和也。古人有以名其琴者，曰"云和"、曰："冷泉"，倘亦润之意乎？

　　　　　　（明）徐上瀛《大还阁琴谱·溪山琴况》，引自《中国古代乐论选辑》，人民音乐出版社本

　　杜紫微诗，惟绝句最多风调，味永趣长，有明月孤映，高霞独举之象，馀诗则不能尔。昔人多称某《杜秋诗》，今观之，真如暴涨奔川，略少渟泓澄澈。如叙秋入宫，漳王自少及壮，以至得罪废削，如"一天桐偶人，江充知自欺"，语亦可观。但至"我昨金陵过，闻之为欷歔"，诗意已足，后却引夏姬、西子、薄后、唐儿、吕、管、孔、孟，滔滔不绝，如此作诗，十纸难竟。至后"指何为而捉，足何为而驰，耳何为而听，目何为而窥"，所为雅人深致安在？此诗不敢攀《琵琶行》之踵。或曰以备诗史，不可从篇章论，则前半吾无敢言，后终不能不病其衍。

　　　　　　（清）贺裳《载酒园诗话又编》，《清诗话续编》本

凡诗不可以助长，五古尤甚。故诗不善于五古，他体虽工弗尚也。《书谱》云："思虑通审，志气和平，不激不厉，而风规自远。"为五古者，宜亦有取于斯言。

（清）刘熙载《艺概·诗概》，上海古籍出版社本

诗文家每多以豪旷自喜，是故不能近道，然一味幽抑，弊亦均焉。

（清）刘熙载《游艺约言》，《古桐书屋续刻三种》，清光绪刊本

孔子曰："过犹不及。"又曰："中庸不可能也。"《尚书》亦曰："允执厥中。"释氏炼妙明心，归于一乘妙法；道家九转功成，内结圣胎，同是一"中"字至理。盖超凡入圣，自有此神化境界。诗家造诣，何独不然！人力既尽，天工合符，所作之诗，自然如"初写《黄庭》，恰到好处"，从心所欲，纵笔所之，无不水到渠成，若天造地设，一定而不可易矣。此方是得心应手之技，故出人意外者，仍在人意中也。若夫不及者，固不足道，即过者，其病亦历历可指。是以太奇则凡，太巧则纤，太刻则拙，太新则庸，太浓则俗，太切则卑，太清则薄，太深则晦，太高则枯，太厚则滞，太雄则粗，太快则飘，太放则冗，太收则蹙，皆诗家大病也，学者不可不知。必造到适中之境，恰好地步，始无遗憾也。

（清）朱庭珍《筱园诗话》卷一，《清诗话续编》本

理气非两端，气非理不和，理非气不行，合和所以道行，而道行所以敦和，交相为体用也。稽以合之，制以道之，乃所以使之生气和于中，而五常道于外矣。生气之和，中也，天命之性也；五常之行，和也，率性之道也，体立而用行。故曰四畅交于中，而后发作于外者，皆安其位而不相夺也。

（清）汪烜《乐记或问》，《乐经律吕通解》卷一，引自《中国古代乐论选辑》，人民音乐出版社本

中者，性命之正，喜怒哀乐之未发，不偏不倚者也。和者，事物之宜，率性之自然，而发皆中节者也。祇，敬以直内，戒慎恐惧于不睹不闻，所以致中也。庸，义以方外，必慎其独以循乎常道，所以致和也。孝，乐其所自生，专其中和祇庸于一本之地也。友，乐其所发，而广其中

和祗庸于同气，以及乎天下也。盖中和者，诚也，天道之本然也。祗庸，所以诚之，人道之当然也。孝友，则性情之最真最切而可达之天下焉者也。有是六者之质，而后可以言乐。而从事于乐，乃所以成六者之德也，故曰乐德。《虞书》所谓直而温，宽而栗，刚而无虐，简而无傲，亦即此中和之德而已耳。而性非尽物不足以兴，情非温厚不足以道，气非和平不足以讽，声非正大不足以诵，心非自得不足以言，学非浃洽不足以语，出辞气，斯远鄙暴，乃所谓乐语也。

（清）汪烜《乐教第七》，《乐经律吕通解》卷五，引自《中国古代乐论选辑》，人民音乐出版社本

2. 乐极则忧

乐极则忧，礼粗则偏矣。及夫敦乐而无忧，礼备而不偏者，其唯大圣乎！

（先秦）《礼记·乐记》，《十三经注疏》本

东野稷以御见庄公，进退中绳，左右旋中规。庄公以为文弗过也，使之钩百而反。

颜阖遇之，入见曰："稷之马将败。"公密而不应。

少焉，果败而返。公曰："子何以知之？"

曰："其马力竭矣，而犹求焉，故曰败。"

（先秦）《庄子·达生》，《诸子集成》本

用意绵密，画体纤细，而笔迹困弱，形制单省。其于所长，妇人为最。但纤细过度，翻更失真。

（南朝·齐）谢赫《古画品录·第五品刘瑱》，《画品丛书》，上海人民美术出版社本

世人为文，竞于诋诃，吹毛取瑕，次骨为戾，复似善骂，多失折衷。（《奏启》篇）

及其品列成文，有同乎旧谈者，非雷同也，势自不可异也，有异乎前

论者，非苟异也，理自不可同也。同之与异，不屑古今，擘肌分理，唯务折衷。(《序志》篇)

(南朝·梁)刘勰《文心雕龙》，人民文学出版社本

东坡诗有汗漫处；鲁直诗有太尖新、太巧处，皆不可不知。

(宋)吕本中《童蒙诗训》，《宋诗话辑佚》本

然文字不可过清也，过清则肖乎癯，仁义之人，其言蔼如，未尝癯也。不可过峻也，过峻则立于独，德不孤，必有邻，未尝独也。清峻不已，其幽必至于绝物，其远必至于遁世。

(宋)刘克庄《跋张季文卷》，《后村题跋》卷二，《丛书集成》本

予尝与僧惠空论今之诗僧，如病可、瘦权辈，要皆能诗，然尝病其太清，予因诵东坡《陆道士墓志》，坡尝语陆云："子神清而骨寒，其清足以仙，其寒亦足以死。"此语虽似相法，其实与文字法同一关捩。盖文字固不可犯俗，而亦不可太清，如人太清则近寒，要非富贵气象，此固文字所忌也。观二僧诗，正所谓"其清足以仙，其寒亦足以死"者也。

(宋)陈善《扪虱新话》上集卷四，《丛书集成》本

诗人之语，诡谲寄意，固无不可，然至于太过，亦其病也。山谷《题惠崇画图》云："欲放扁舟归去，主人云是丹青。"使主人不告，当遂不知。王子端《丛台》绝句云："猛拍阑干问废兴，野花啼鸟不应人。"若应人可是怪事。《竹庄诗话》载法具一联云："半生客里无穷恨，告诉梅花说到明。"不知何消得如此。昨日酒间偶谈及之，客皆绝倒也。

(金)王若虚《滹南诗话》卷三，《历代诗话续编》本

内相文献杨公有言：文章天地中和之气，太过为荒唐，不及为灭裂。仲经所得，雍容和缓，道所欲言者而止，其亦得中和之气者欤？

(金)元好问《张仲经诗集序》，《遗山先生文集》卷三十七，《四部丛刊》本

姑以琴之为曲，举其气象之大概，善之至者，莫如中和。体用弗违乎

天,则未易言也。其次若冲淡、浑厚、正大、良易、豪毅、清越、明丽、缜栗、简洁、朴古、愤激、哀怨、峭直、奇拔,各具一体,能不逾于正乃善。若夫为艳媚、纤巧、噍烦、趋逼、琐杂、疏脱、惰慢、失伦者,徒堕其心志,君子所不愿闻也。

(元)陈敏子《琴律发微·制曲通论》,引自《中国古代乐论选辑》,人民音乐出版社本

郝陵川论书云:"太严则伤意,太放则伤法。"又云:"心正则气定,气定则腕活,腕活则笔端,笔端则墨注,墨注则神凝,神凝则象滋。无意而皆意,不法而皆法。"皆名言也。凡元人评书画皆精当,远胜宋人。

(明)杨慎《升庵诗话》卷六,《历代诗话续编》本

假象太过,则与类相远。命辞过壮,则与事相违。辨言过理,则与义相失。丽靡过美,则与情相悖。

(明)杨慎《升庵诗话》卷十二,《历代诗话续编》本

此折大不得体,还该照新改的演。裴生情性嫌其太憨,小姐头面嫌其太露。此部情节都新,曲亦谐俗,但解难似张生,幽会似梦梅耳。虽然有此情节,有此词曲,亦新乐府之白雪也。

(明)汤显祖《玉茗堂批评〈红梅记〉》第十七出《鬼辩》总评,《古本戏曲丛刊》初集本

剧之与戏,南北故自异体。北剧仅一人唱,南戏则各唱。一人唱则意可舒展,而有才者得尽其春容之致;各人唱则格有所拘,律有所限,即有才者,不能恣肆于三尺之外也。于是:贵剪裁,贵锻炼——以全帙为大间架,以每折为折落,以曲白为粉垩、为丹臒;勿落套,勿不经,勿太蔓,蔓则局懈,而优人多删削;勿太促,促则气迫,而节奏不畅达;毋令一人无著落,毋令一折不照应。传中紧要处,须重著精神,极力发挥使透。如《浣纱》遗了越王尝胆及夫人采葛事,红拂私奔,如姬窃符,皆本传大头脑,如何草草放过!若无紧要处,只管敷演,又多惹人厌憎:皆不审轻重之故也。

(明)王骥德《曲律》,《中国古代戏曲论著集成》(四),中国

戏剧出版社本

一曰"圆"

五音活泼之趣,半在吟猱。而吟猱之妙处,全在圆满。宛转动荡,无滞无碍,不少不多,以至恰好,谓之圆。吟猱之巨细缓急,俱有圆音。不足,则音亏缺;太过,则音支离;皆为不美。故琴之妙在取音。取音宛转则情联,圆满则意吐。其趣如水之兴澜,其体如珠之走盘,其声如哦咏之有韵,斯可以名其圆矣。抑又论之,不独吟猱贵圆,而一弹一按一转一折之间,亦自有圆音在焉。如一弹而获中和之用,一按而凑妙合之机,一转而函无痕之趣,一折而应起伏之微,于是欲轻而得其所以轻,欲重而得其所以重,天然之妙,犹若水滴荷心,不能定拟,神哉圆乎!

(明)徐上瀛《大还阁琴谱·溪山琴况》,引自《中国古代乐论选辑》,人民音乐出版社本

词贵显浅之说,前已道之详矣。然一味显浅,而不知分别,则将日流粗俗,求为文人之笔而不可得矣。元曲多犯此病,乃矫艰深隐晦之弊而过焉者也。

(清)李渔《闲情偶寄·词曲部·词采第二》,《中国古典戏曲论著集成》(七),中国戏剧出版社本

求不言之亦此至矣,过此反以幻,故而入俗。

(清)王夫之《明诗评选》卷八,刘基《蒿里曲》评语,《船山遗书》,太平洋书店重校刊本

贯道师巨然,笔力雄厚。但过于刻画,未免伤韵。余欲以秀润之笔化其纵横。然正未易言也。

(清)恽正叔《南田论画》,《历代论画名著汇编》本

味甜自悦口,然甜过则令人呕;味苦自螫口,然微苦恰耐人思。要知甘而能鲜,则不俗矣;苦而回甘,则不厌矣。

(清)袁枚《随园诗话》卷七,人民文学出版社本

姚梅伯（燮）曰："词，小道也，然韵不骚雅则俚，旨不微婉则直。过炼者，气伤于辞，过疏者，神浮于意，而叫嚣积习，淫曼为工者，尤弗取。"此非探词中骊珠者不能道。

（清）谢章铤《赌棋山庄词话》，《词话丛编》本

辞之患不外过与不及。《易·系传》曰"其辞文"，无不及也；《曲礼》曰"不辞费"，无太过也。

（清）刘熙载《艺概·文概》上海古籍出版社本

《阿含经》，有尊者名二十耳亿，昼夜修行，不能解脱。佛问"在家弹琴否？"对曰："能"。佛曰："若弦太急，音可听否？"对曰："不也"。又曰："若弦稍缓，音可听也？"又对："不也"。复问："不急不缓，音可听否？"对曰："可"。世尊告白：此亦如是尔。"二十耳亿惟思佛教，在闲静处修行，后证罗汉果。

（清）张培仁《妙香室丛话》卷七，引自《笔记小说大观》，江苏广陵古籍刻印社本

3. 凫胫虽短　续之则忧；
　　鹤胫虽长　断之则悲

彼正正者，不失其性命之情。故合者不为骈，而枝者不为跂；长者不为有余，短者不为不足。是故凫胫虽短，续之则忧；鹤胫虽长，断之则悲。故性长非所断，性短非所续，无所去忧也。

（先秦）《庄子·骈拇》，《诸子集成》本

十二律者，天地之气，十二月之声也，循环无穷，自然恒数，虽大极未兆，而冥理存焉。然象无形，难以文载，虽假以分寸之数，粗可存其大略，自非手操口咏，耳听心思，则音律之源，未可穷也。故蔡雍（邕）《月令章句》云：古之为钟律者，以耳齐其声。后人不能，则假数以正其度，度数正则音亦正矣。以度量者，可以文载口传，与众共知，然不如耳决之明也。此诚知音之至言，入妙之通论也。

(唐)《辨音声审音源》,《乐书要录》卷五,引自《中国古代乐论选辑》,人民音乐出版社本

其言旷达而切情,闲淡而诣理,纵不逾矩者也,戏不为虐者也。
　　　　(宋)刘克庄《跋赵纲摘稿》,《后村题跋》卷一,《丛书集成》本

刻画至此极矣,过此则粉黛一为尘土。
　　　　(清)王夫之《唐诗评选》卷三,孙逖《送越州裴参军充使入京》评语,《船山遗书》,太平洋书店重校刊本

为人不可不辨者:柔之与弱也,刚之与暴也,俭之与啬也,厚之与昏也,明之与刻也,自重之与自大也,自谦之与自贱也,似是而非。作诗不可不辨者:淡之与枯也,新之与纤也,朴之与拙也,健之与粗也,华之与浮也,清之与薄也,厚重之与笨滞也,纵横之与杂乱也,亦似是而非。差之毫厘,失以千里。
　　　　(清)袁枚《随园诗话》卷二,人民文学出版社本

诗为天地元音,有定而无定。到恰好处,自成音节。此中微妙,口不能言。
　　　　(清)袁枚《随园诗话》卷四,人民文学出版社本

"恰到好处,恰够消息。毋不及,毋太过"。半塘老人论词之言也。
　　　　(清)况周颐《蕙风词话》,人民文学出版社本

词太做,嫌琢。太不做,嫌率。欲求恰如分际,此中消息,正复难言,但看梦窗何尝琢,稼轩何尝率,可以悟矣。
　　　　(清)况周颐《蕙风词话》,人民文学出版社本

墨以破用而生韵,色以清用而无痕。轻拂轶于秾纤,有浑化脱化之妙。猎色难于水墨,有藏青藏绿之名。盖青绿之色本厚,而过用则皴淡全无。赭黛之色本轻,而滥设则墨光尽掩。粗浮不入,虽浓郁而中干。渲晕渐深,即轻匀而肉好。间色以免雷同,岂知一色中之变化。一色以分明

晦，当知无色处之虚灵。宜浓而反淡则神不全，宜淡而反浓则韵不足。

（清）笪重光《画筌》，《历代论画名著汇编》本

家伯初白老人尝教余诗律。谓：诗之厚，在意不在辞；诗之雄，在气不在直；诗之灵，在空不在巧；诗之淡，在脱不在易；须辨毫发于疑似之间。

（清）查为仁《莲坡诗话》，《清诗话》本

四 一 多

1. 一而三 三而一

言致一也。

（先秦）《周易·系辞下》，《十三经注疏》本

物固有所然，物固有所可；无物不然，无物不可。故为是举莛与楹，厉与西施，恢恑憰怪，道通为一。其分也，成也；其成也，毁也。凡物无成与毁，复通为一。

（先秦）《庄子·齐物论》，《诸子集成》本

所谓一者，无匹合于天下者也：卓然独立，块然独处，上通九天，下贯九野，员不中规；大浑而为一，叶累而无根，怀囊天地，为道关门，穆忞隐闵，纯德独存，布施而不既，用之而不勤。是故视之不见其形，听之不闻其声，循之不得其身。无形而有形生焉，无声而五音鸣焉，无味而五味形焉，无色而五色成焉。是故有生于无，实出于虚，天下为之圈，则名实同居。音之数不过五，而五音之变，不可胜听也……故音者，宫立而五音形矣……道者，一立而万物生矣。是故一之理，施四海；一之解，际天地。

（汉）刘安《淮南鸿烈·原道训》，《丛书集成》本

今张绡素以远映，则昆阆之形可围于方寸之内。竖划三寸，当千仞之高。横墨数尺，体百里之远。是以观画图者，徒患类之不巧，不以制小而

累其似，此自然之势。如是，则嵩华之秀，玄牝之灵，皆可得之于一。

（南朝·宋）宗炳《画山水序》，《历代论画名著汇编》本

夫人之立言，因字而生句，积句而成章，积章而成篇。篇之彪炳，章无疵也；章之明靡，句无玷也；句之清英，字不妄也。振本而末从，知一而万毕矣。（《章句》篇）

是以诗人感物，联类不穷，流连万象之际，沉吟视听之区，写气图貌，既随物以宛转，属采附声，亦与心而徘徊。故灼灼状桃花之鲜，依依尽杨柳之貌，杲杲为出日之容，瀌瀌拟雨雪之状，喈喈逐黄鸟之声，喓喓学草虫之韵；"皎日"、"嘒星"，一言穷理，"参差"、"沃若"，两字穷形，并以少总多，情貌无遗矣。（《物色》篇）

文场笔苑，有术有门，务先大体，鉴必穷源。乘一总万，举要治繁，思无定检，理有恒存。（《总术》）篇"赞"）

凡大体文章，类多枝涨。整派者依源，理枝者循干；是以附辞会义，务总纲领，驱万涂于同归，贞百虑于一致，使众虑虽繁，而无倾置之乖，群言虽多，而无棼丝之乱；扶阳而出条，顺阴而藏迹，首尾周密，表里一体，此附会之术也。（《附会》篇）

（南朝·梁）刘勰《文心雕龙》，人民文学出版社本

物一理也，通其意则无适而不可。分科而医，医之衰也。占色而画，画之陋也。和缓之医，不别老少。曹吴之画，不择人物。谓彼长于是则可矣，曰能是不能是则不可。世之书，篆不兼隶，行不及草，殆未能通其意者也。如君谟，真、行、草、隶无不如意，其遗力余意，变为飞白，可爱而不可学，非通其意能如是乎？

（宋）苏轼《跋君谟飞白》，《东坡题跋》卷四，《丛书集成》本

一牛百形，形不重出，非形生有异，所以使形者异也。画者为此，殆劳于智矣。岂不知以人相见者，知牛为一形，若以牛相观者，其形状差别，更为异相。亦如人面，岂止百邪？且谓观者，亦尝求其所谓天者乎？本其出，则百牛盖一性尔。彼为是观者，犉岫犉牧，捲㹀梯㹀，觰角耦蹄，仰鼻垂胡，掉尾弭耳，岂非百体具于前哉？知牛者，不求于此，盖于动静二界中，观种种相，随见得形，为此百状，既已寓之画矣，其为形者

特未尽也。若其岐胡寿匡，毫筋旄毛，上阜辍驾，下泽是驱，畜勇槽侧，息愤场隅，怒于泰山，神于牛渚，白角莹蹄，青毛金锁。出河走踢，曳火冲奔。渚次而饮，岸傍而斗，掺尾而奏《八阕》，叩角而为商歌，饭于鲁阎之下，饮于颍阳之上，虎斗而蛟争，剑化而树变，献豆进刍，阴虹厉颈，果有穷尽哉！要知画者之见，殆随畜牧而求其后也，果知有真牛者矣！

（宋）董逌《书百牛图后》，《广川画跋》卷一，《画品丛书》本

万事只是一理，不成只拣大底要理会，其他都不管。譬如海水，一湾一曲，一洲一渚，无非海水，不成道大底是海水，小底不是。

（宋）朱熹《训门人》，《朱子语类辑略》卷六，《丛书集成》本

雪一也，而其景有三：故天同水玄，群木僵立，飘瞥林岫，归渔罢樵，索然而如闷者为初雪。林际深黯，山形模糊，桥约藩篱，遮盖灭没，浑然而如睡者为密雪。山挥豁以显露，水通融而怒流，楼观洞明，原野映带，欣然而如笑者为霁雪。若但见其皓然一白，即以雪景概之，失真趣矣。故余观于是卷，舒未盈咫，即指之曰："此范宽《溪山霁雪图》也。"图穷，视其题识，果然。

（明）吴承恩《范宽溪山霁雪图跋》，《吴承恩诗文集》卷三，古典文学出版社本

气转于气之未湮，是湮畅百变而常若一气；声转于声之未歇，是以歇宣万殊而常若一声。

（明）唐顺之《董中峰侍郎文集序》，《荆川先生文集》卷十，《四部丛刊》本

《水浒传》只是写人粗卤处，便有许多写法：如鲁达粗卤是性急，史进粗卤是少年任气，李逵粗卤是蛮，武松粗卤是豪杰不受羁靮，阮小七粗卤是悲愤无说处，焦挺粗卤是气质不好。

（清）金圣叹《读第五才子书法》，《金圣叹全集》（一），江苏古籍出版社本

举夫子之道一以贯之，悟之所以贞夫一也。然老子曰："道生一。"

佛子曰："万法归一。"一而三，三而一者也。

（清）尤侗《西游真诠序》，《西游真诠》卷首，清同志堂本

《国语》言"物一无文"，后人更当知物无一则无文。盖一乃文之真宰，必有一在其中，斯能用夫不一者也。

（清）刘熙载《艺概·文概》，上海古籍出版社本

吾师旨穷一贯，派衍龙门，体真人释厄之婆心，垂慈注释。部首先立读法四十五条，提示要领；每回末结七言绝句一首，会通真谛。一百回中，摈斥傍门，彰明正道。下学上达之工程，炯炯如照；升堂入室之阶级，历历可循。约繁于简，衷难于易。虽太极浩渺，直示人回头便见；即真性涵空，实指我肯心现成。乾坤无非刚柔，坎离即是实虚。阴阳不离动静，造化只在逆从。纵然玄奥无穷，究竟总归一气。所谓震雷霆之法鼓，聋俗猛惊；张星月之慈灯，迷途乍亮。俾真人之原旨毕露，实吾侪之大幸获读者也。

（清）冯阳贵《西游原旨跋》，《西游原旨》，清嘉庆湖南常德府护国庵重刊本

2. 万变而一以贯之

夫骥足虽骏，缰牵忌长，以万分一累，且废千里。况文体多术，共相弥纶，一物携贰，莫不解体。所以列在一篇，备总情变。譬三十之辐，共成一毂，虽未足观，亦鄙夫之见也。

（南朝·梁）刘勰《文心雕龙·总术》人民文学出版社本

东坡之文，具万变而一以贯之者也。为四六而无俳谐偶丽之弊，为小词而无脂粉纤艳之失，楚辞则略依仿其步骤，而不以夺机杼为工，禅语则姑为谈笑之资，而不以穷葛藤为胜，此其所以独兼众作，莫可端倪。而世或谓四六不精于汪藻，小词不工于少游，禅语、楚辞不深于鲁直，岂知东坡也哉！

（金）王若虚《文辨》，《滹南遗老集》卷三十六，《丛书集成》本

学文切不可学怪句，且须明白正大，务要十句百句，只作一句贯串意脉。说得通处，尽管说去，说得反复，竭处自住。所谓行乎其所当行，止乎其所不得不止也。

     （明）吴讷《文章辨体序说·诸儒总论作文法》，人民文学出版社本

然而其声与气之必有所转，而所谓开合首尾之节，凡为乐者，莫不皆然者，则不容异也。使不转气与声，则何以为乐？使其转气与声而可以窥也，则乐何以为神？

     （明）唐顺之《董中峰侍郎文集序》，《荆川先生文集》卷十，四部丛刊本

一线索到底，宛转变化，妙不可言。传奇家有可称化工笔矣。

     （明）汤显祖《玉茗堂批评〈焚香记〉》第四十出《会合》总评，《古本戏曲丛刊》初集本

生出这绣罗襦，竟是一线牵动全传。

     （明）陈继儒《陈眉公先生批评绣襦记》第四出《厌习风尘》眉批，《六合同春》本

好结局，各从散漫中收做一团，妙妙！

     （明）陈继儒《陈眉公批评红拂记》第三十四出总批，《江刻传剧》本

止就绝缨一事，敷衍成曲，虽乏婉转之致，犹不致于庞杂。

     （明）祁彪佳《远山堂曲品》，《中国古代戏曲论著集成》（六），中国戏剧出版社本

夫文章之法，岂一端而已乎？有先事而起波者，有事过而作波者，读者于此，则恶可混然以为一事也。夫文自在此而眼光在后，则当知此文之起，自为后文，非为此文也，文自在后而眼光在前，则当知此文未尽，自为前文，非为此文也。必如此，而后读者之胸中有针有线，始信作者之腕下有经有纬。不然者，几何其不见一事即以为一事，又见一事即又以为一

事，于是遂取事前先起之波，与事后未尽之波，累累然与正叙之事，并列而成三事耶？

如酒生儿李小二夫妻，非真谓林冲于牢城营有此一个相识，与之往来火热也，意自在阁子背后听说话一段绝妙奇文，则不得不先作此一个地步，所谓先事而起波也。

如庄家不肯回与酒吃，亦可别样生发，却偏用花枪挑块火柴，又把花枪炉里一搅，何至拜揖之后向火多时，而花枪犹在手中耶？凡此，皆为前文几句花枪挑着葫芦，逼出庙中挺枪杀出门来一句，其劲势犹尚未尽，故又于此处再一点两点，以杀其余怒。故凡篇中如挪两人后杀陆谦时，特地写一句把枪插在雪地下，醉倒后庄家寻着踪迹赶来时，又特地写一句花枪亦丢在半边，皆所谓事过而作波者也。

（清）金圣叹《贯华堂第五才子书水浒传》第九回评语，《金圣叹全集》（一），江苏古籍出版社本

繁而一，重而净，直而不激，晋宋以来斯为希有矣。

（清）王夫之《古诗评选》卷五，颜之推《古意》评语，《船山遗书》，太平洋书店重校刊本

一画落纸，众画随之；一理才具，众理附之。审一画之来去，达众理之范围。

（清）石涛《石涛画语录·皴法章第九》，人民美术出版社本

七言律，平叙易于径遂，雕镂失之佻巧，比五言尤为难。贵属对稳，贵遣事切，贵捶字老，贵结响高，而总归于血脉动荡，首尾浑成。后人只于全篇中写一联警拔，取青妃白，有句无章，所以去古日远。

（清）沈德潜《说诗晬语》，《清诗话》本

《文心雕龙》谓贯一为拯乱之药，余谓贯一尤以泯形迹为尚，唐僧皎然论诗所谓"抛针掷线"也。

（清）刘熙载《艺概·文概》，上海古籍出版社本

少陵以前律诗，枝枝节节为之，气断意促，前后或不相管摄，实由于

古体未深耳。少陵深于古体，运古于律，所以开合变化，施无不宜。

      （清）刘熙载《艺概·诗概》，上海古籍出版社本

  范椁论李白乐府《远别离》篇曰："所贵乎楚言者，断如复断，乱如复乱，而词义反复屈折行乎其间，实未尝断而乱也。"余谓此数语，可使学骚者得门而入，然又不得执形似以求之。

      （清）刘熙载《艺概·赋概》，上海古籍出版社本

  起笔无论反正虚实，皆须贯摄一切，然后以转接收合回顾之。

      （清）刘熙载《艺概·经义概》，上海古籍出版社本

  诗文虽小道，小说盖小之又小者也。然自有章法，有主脑在。否则，满屋散钱，以何串起，读者亦觉茫无头绪，未终卷而思睡矣。即如《红楼梦》以降珠还泪为主脑，故黛玉之死，宝玉一痴而不醒，从此出家收场，无事《红楼梦》后梦也。《西厢记》以白马解围为主脑，故夫人拷艳，红娘直认而不讳，从此名义已定，无事再续《西厢》也。《水浒》主脑在于收结三十千人，故以梁山泊惊恶梦戛然而止，意在于著书，故可止而止，不在于群盗。故凭空而起著，亦无端而息，所谓以不了了之也。此是著书体例。非示人以破绽，后人不察，纷纷蛇足，几何不令读者齿冷。

      （清）丘炜萲《客云庐小说话》卷一，引自阿英《晚清文学丛钞·小说戏曲研究卷》本

  作文章之法，如山川之有龙脉，或起或伏，或分或合，总出于一本而后变化生焉。

      （清）孟芥舟等《女仙外史回评》，引自《中国历代小说论著选》，江西人民出版社本

  长篇小说，所写者非一人，所记者非一事，欲其不枝枝节节，除《西游记》只写唐三藏、孙行者、猪八戒、沙和尚遇妖逢怪之事而外，未有不枝自为枝，节自为节者也。其能一气呵成者，则虽所写者人各一事，事各一人，而自有其线索可寻，挈其纲领，则全体皆举耳。故小说有以人为干，以事为支者，若《红楼》之写宝玉、黛玉是也；亦有以事为干、

以人为支者，若《水浒》之一百八人，尽入梁山是也。以人为干者，线索明而易寻，盖无时无地，不有其人之出现也；以事为干者，线索伏而难寻，盖人人虽以此事为归宿，而所以至于归宿之地者，途径各别也。然在作者布局，则干又有干，支又有支，或因人而写其事，或因事而写其人，颠倒参错，自极其行文之致，而非可以一格拘者也。

冥飞《古今小说评林》，民国八年（己未，1919）民权出版部印本

3. 和实生物　同则不继

齐侯至自田，晏子侍于遄台。子犹驰而造焉。公曰："惟据与我和夫。"晏子对曰："据亦同也，焉得为和？"公曰："和与同异乎？"对曰："异。和如羹焉。水火醯醢盐梅以烹鱼肉，燀之以薪。宰夫和之，齐之以味，济其不及，以泄其过。君子食之，以平其心。君臣亦然。君所谓可而有否焉，臣献其否以成其可。君所谓否而有可焉，臣献其可以去其否。是以政平而不平，民无争心。故《诗》曰：'亦有和羹，既戒既平，鬷嘏无言，时靡有争。'先王之济五味，和五声也，以平其心，成其政也。声亦如味，一气，二体，三类、四物，五声，六律，七音，八风，九歌，以相成也。清浊，小大，短长，疾徐，哀乐，刚柔，迟速，高下，出入，周疏，以相济也。君子听之，以平其心，心平德和。故《诗》曰：'德音不瑕。'今据不然。君所谓可，据亦曰可。君所谓否，据亦曰否。若以水济水，谁能食之？若琴瑟之专一，谁能听之？同之不可也如是。"

（先秦）《左传·昭公二十年》，《春秋左传集解》，上海人民出版社本

夫和实生物，同则不继。以他平他谓之和，故能丰长而物归之；若以同裨同，尽乃弃矣。故先王以土与金木水火杂，以成百物。是以和五味以调口，刚四支以卫体，和六律以聪耳，正七体以役心，平八索以成人，建九纪以立纯德，合十数以训百体……于是乎先王聘后于异性，求财于有方，择臣取谏工，而讲以多物，务和同也。声无一听，物一无文，味一无

果，物一不讲。

（先秦）《国语·郑语》，上海古籍出版社本

今平地注水，去燥就湿；均薪施水，去湿就燥；百物去其所与异，而从其所与同。故气同则会，声比则应，其验皦然也。试调琴瑟而错之，鼓其宫，则他宫应之；鼓其商，则他商应之。五音比而自鸣，非有神，其数然也。

（汉）董仲舒《春秋繁露·同类相动》，《二十二子》，上海古籍出版社本

故八音有本体，五声有自然，其同物者以大小相君，有自然故不可乱，大小相君故可得而平也。若夫空桑之琴，云和之瑟，孤竹之管，泗滨之磬，其物皆调和淳均者，声相宜也，故必有常处。以大小相君，应黄钟之气，故必有常数。有常处，故其器贵重；有常数，故其制不妄。

（晋）阮籍《乐论》，引自《中国古代乐论选辑》，人民音乐出版社本

气力穷于和韵。异音相从谓之和，同声相应谓之韵。韵气一定，故余声易遣；和体抑扬，故遗响难契。

（南朝·梁）刘勰《文心雕龙·声律》，人民文学出版社本

山头不得一样，树头不得一般。山藉树而为衣，树藉山而为骨。树不可繁，要见山之秀丽；山不可乱，须显树之精神。能如此者，可谓名手之画山水也。

（唐）王维《山水论》，《历代论画汇编》本

东坡诗不无精粗，当汰之。叶集之云："不可。于其不齐不整中时见妙处为佳。"

（宋）吴可《藏海诗话》，《历代诗话续编》本

石延年长韵律诗善叙事，其他无大好处，《筹笔驿铜雀台留侯庙》诗为一集之冠。五言小诗，如"海云含雨重，江树带蝉疏"，"平芜远更绿，斜日寒无辉"者，几矣。白居易亦善作长韵叙事，但格制不高，局于浅

切,又不能更风操,虽百篇之意,只如一篇,故使人读而易厌也。

(宋)魏泰《临汉隐居诗话》卷下,《历代诗话》本

《江头五咏》物类虽同,格韵不等。同是花也,而梅花与桃李异观;同是鸟也,而鹰隼与燕雀殊科。咏物者要当高得其格致韵味,下得其形似,各相称耳。杜子美多大言,然咏丁香、丽春、栀子、鸂鶒、花鸭,字字实录而已,盖此意也。

(宋)张戒《岁寒堂诗话》卷下,《历代诗话续编》本

和固不可便指为乐,然乃乐之所由生。

(宋)朱熹《答滕德粹》,《晦庵先生朱文公文集》卷四十九,《朱子大全集》,《四部备要》本

杂而不乱,复而不厌,其所以为屈乎?丽而不俳,放而有制,其所以为长卿乎?以整次求二子则寡矣。子云虽有剽模,尚少溪径,班张而后,愈博愈晦愈下。

(明)王世贞《艺苑卮言》卷二,《历代诗话续编》本

李和尚曰:描画鲁智深,千古若活,真是传神写照妙手。且《水浒传》文字妙绝千古,全在同而不同处有辨。如鲁智深、李逵、武松、阮小七、石秀、呼延灼、刘唐等众人,都是急性的。渠形容刻画来各有派头,各有光景,各有家数,各有身份,一毫不差,半些不混,读去自有分辨,不必见其姓名,一睹事实,就知某人某人也。

(明)李贽《李卓吾先生批评忠义水浒传》第三回总批,明容与堂本

诗眼云:作诗不必句句工。使其皆工,反峭急无古气。

(明)胡震亨《唐音癸签》卷二,古典文学出版社本

插花不可太繁,亦不可太瘦,多不过二种三种,高低疏密,如画苑布置方妙。置瓶忌两对,忌一律,忌成行列,忌以绳束缚。夫花之所谓整齐者,正以参差不伦,意态天然。如子瞻之文随意断续,青莲之诗不拘对偶,此真整齐也。若夫枝叶相当,红白相配,此省曹墀下树,墓门华表

也，恶得为整齐哉？

     （明）袁宏道《瓶史·宜称》，《袁宏道集笺校》卷二十四，上
  海古籍出版社本

  《三国》一书有同树异枝、同枝异叶、同叶异花、同花异果之妙。作文者以善避为能，又以善犯为能。不犯之而求避之，无所见其避也。唯犯之而后避之，乃见其能避也……妙哉文乎！譬如树同是树、枝同是枝、叶同是叶、花同是花，而其植根、安蒂、吐芳、结子，五色纷披，各成异彩。读者于此，可悟文章有避之一法，又有犯之一法也。

     （清）毛宗岗《绣像第一才子书·读三国志法》，引自《三国演
  义资料汇编》，百花文艺出版社本

  有正犯法。如武松打虎后，又写李逵杀虎，又写二解争虎；潘金莲偷汉后，又写潘巧云偷汉，江州城劫法场后，又写大名府劫法场；何涛捕盗后，又写黄安捕盗；林冲起解后，又写卢俊义起解；朱同、雷横放晁盖后，又写朱同、雷横放宋江等。正是要故意把题目犯了，却有本事出落得无一点一画相借，以为快乐是也，真是浑身都是方法。

     （清）金圣叹《读第五才子书法》，《金圣叹全集》（一），江苏
  古籍出版社本

  有略犯法，如林冲买刀与杨志卖刀；唐牛儿与郓哥；郑屠肉铺与蒋门神快活林；瓦官寺试禅杖与蜈蚣岭试戒刀等是也。

     （清）金圣叹《读第五才子书法》，《金圣叹全集》（一），江苏
  古籍出版社本

  吾观今之文章之家，每云我有避之一诀。固也，然而吾知其必非才子之文也。夫才子之文，则岂惟不避而已，又必于本不相犯之处，特特故自犯之，而后从而避之，此无他，亦以文章家之有避之一诀，非一教人避也，正以教人犯也。犯之而后避之，故避有所避也。若不能犯之而但欲避之，然则避何所避乎哉？是故行文非能避之难，实能犯之难也。譬诸奕棋者，非救劫之难，实留劫之难也。将欲避之，必先犯之。夫犯之而至于必不可避，而后天下之读吾文者，于是乎而观吾之才、之笔矣。犯之而至于必不可避，而吾之才、之笔为之踌躇，为之回顾，恚然中窾，如土委地，

则虽号于天下之人曰:"吾才子也,吾文才子之文也。"彼天下之人,亦谁复敢争之乎哉?故此书于林冲买刀后,紧接杨志卖刀,是正所谓才子之文必先犯之者,而吾于是始乐得而徐观其避也。

  (清)金圣叹《贯华堂第五才子书水浒传》第十一回评语,《金圣叹全集》(一),江苏古籍出版社本

  此书笔力大过人处,每每在两篇相连接时,偏要写一样事,而又断断不使其间一笔相犯。如上文方写过何涛一番,入此回又接写黄安一番是也。看他前一番,翻江搅海,后一番搅海翻江,真是一样才情,一样笔势。然而读者细细寻之,乃至曾无一句一字偶尔相似者。此无他,盖因其经营图度,先有成竹藏之胸中,夫而后随笔迅扫,极妍尽致,只觉干同是干,节同是节,叶同是叶,枝同是枝。而其间偃仰斜正,各自入妙,风痕露迹,变化无穷也。

  (清)金圣叹《贯华堂第五才子书水浒传》第十九回评语,《金圣叹全集》(一),江苏古籍出版社本

  此书写何涛一番时,分作两番写,写黄安一番时,也分作两番写,固矣。然何涛却分为前后两番,黄安却分为左右两番。又何涛前后两番,一番水战,一番火攻;黄安左右两番,一番虚描,一番实画。此皆作者胸中预定之成竹也。夫其胸中预定成竹,既已有如是之各各差别,则虽湖荡即此湖荡,芦苇即此芦苇,好汉即此好汉,官兵一样官兵,然而间架既已各别,意思不觉都换。此虽悬千金以求一笔之犯,且不可得,而况其有偶同者耶?

  (清)金圣叹《贯华堂第五才子书水浒传》第十九回评语,《金圣叹全集》(一),江苏古籍出版社本

  作诗有一题数首,而起结雷同,最是大病。如陈正字《感遇》诸篇起句云"吾观龙变化",又云"吾观昆仑化",又云"深居观元化",又云"幽居观大运"是也。且其病不止于此,凡感遇咏怀,须直说胸臆,巧思夸语,无所用之。正字篇中屡用"仲尼"、"老聃","西方"、"金仙"、"日月"、"昆仑"等语者,非本色也。若张曲江《感遇》,则语语本色,绝无门面矣,而一种孤劲秀淡之致,对之令人意消。盖诗品也,而

人品系之。"草木有本心，何求美人折"，三复此语，为之浮白。大抵正字别有佳处，不专在《感遇》数诗。《感遇》三十八篇，虽矫矫不群，然吾所爱者，"吾观龙变化"一首耳。

（清）贺贻孙《诗筏》，《清诗话续编》本

礼建天下之未有，因心取则而不远，故志为尚。刑画天下以不易，缘理为准而不滥，故法为俪。乐因天下之本有，情合其节而后安，故律为和。舍律而任声则淫，舍永而任言则野。既已任之，又欲强使合之。无修短则无抑扬抗坠，无抗坠则无唱和。未有以整截一致之声，能与律相协者。故曰"依诗之语言，将律和之"者，必不得之数也。

（清）王夫之《尚书引义·舜典三》，引自《中国古代乐论选辑》，人民音乐出版社本

景同而语异，情亦因之而殊。宋之问《大庾岭》云："明朝望乡处，应见岭头梅。"贾岛云："无端更渡桑干水，却望并州是故乡。"景意本同，而宋觉优游，词为之也。然岛句比之问反为醒目，诗之所以日趋于薄也。

（清）吴乔《围炉诗话》卷之一，《清诗话续编》本

诗忌闹，孟独静；诗忌板，孟最圆。然律诗有一篇如一句者，又有上句即有下句者，往往稍涉于轻，乃知有所避必有所犯。笔力强弱，实由性生，不复可强，智者善藏其短耳。如孟襄阳写景、叙事、述情，无一不妙，令读者躁心欲平。但瑰奇磊落，实所不足，故不甚作七言，专精五字。如《鹦鹉洲送王九之江左》曰："月明全见芦花白，风起遥闻杜若香，君行采采莫相忘"，全似《浣溪纱》风调也。《除夜咏怀》曰："渐看春逼芙蓉枕，顿觉寒消竹叶杯。守岁家家应未卧，相思那得梦魂来。"虽凄惋入情，却竟是中晚态度矣。诗格之迁，孟襄阳实其始降。（黄白山评："盛唐诸名家诗，有偏至而非通才者，如孟浩然、王昌龄皆不善七言律。王之"江上巍巍万岁楼"一首，其格更卑。诗道之升降，当就大势论，岂可以一人一诗相诟病耶！"）孟诗有极平熟之句当戒者，如"天涯一望断人肠"，"当杯已入手，歌妓莫停声"，浅人读之，则为以水济水。孟诗佳处只一"真"字。初读无奇，寻绎则齿颊间有余味。若温飞卿所

作歌谣，常有乍看心骇目眩，思得其旨，反索然者。

（清）贺裳《载酒园诗话又编》，《清诗话续编》本

放翁七言律，队仗工整，使事熨贴，当时无与比埒。然朱竹垞摘其雷同之句，多至四十余联。陆放翁年八十余，"六十年间万首诗"后，又添四千余首，诗篇太多，不暇持择也。初不以此遂轻放翁，然亦足为贪多者镜矣。八句中上下时不承接，应是先得佳句，续成首尾，故神完气厚之作，十不得其二三。

（清）沈德潜《说诗晬语》，《清诗话》本

文与可、梅道人画竹，未画兰也。兰竹之妙，始于所南翁，继以古白先生。郑则元品，陈则明笔。近代白丁、清湘，或浑成，或奇纵，皆脱古维新特立。近日禹鸿胪画竹，颇能乱，甚妙。乱之一字，甚当体任，甚当体任！

（清）郑燮《补遗·题兰竹石二十七则》，《郑板桥集》，上海古籍出版社本

《空谷香》《香祖楼》两种，梦兰、若兰同一淑女也，孙虎、李蚓同一继父也，吴公子、扈将军同一樊笼也，红丝、高驾同一介绍也，成君美、裴畹同一故人也，姚、李两小妇同一短命也，王、曾两大妇同一贤媛也，各为小传，尚且难免雷同，作者偏从同处见异，梦兰启口便烈，若兰启口便恨，孙虎之愚，李蚓之狡，吴公子之懑，扈将军之侠，红丝之忠，高驾之智，王夫人则以贤御下，曾夫人则因爱生怜。此外如成、裴诸君，各有性情，各分口吻。无他，由于审题真，措辞确也。

（清）杨恩寿《词余丛话》，《中国古典戏曲论著集成》（九），中国戏剧出版社本

设色不以深浅为难，难于彩色相和，和则神气生动，否则形迹宛然，画无生气。

（清）方薰《山静居论画》，《历代论画名著汇编》本

间色以免雷同，岂知一色中之变化。一色以分明晦，当知无色处之

虚灵。

（清）笪重光《画筌》，《历代论画名著汇编》本

　　《易》曰，"保合太和。"《诗》曰，"神听和平。"琴之所首重者，和也。然必弦与指合，指与音合，音与意合，而和乃得也。和也者，天下之达道也，其要只在慎独。

（清）王善《治心斋琴学练要·总义八则》，引自《中国古代乐论选辑》，人民音乐出版社本

五

正　反

1. 质虽在我　成之由彼

曲则全，枉则直，洼则盈，敝则新，少则得，多则惑。是以圣人抱一为天下式。不自见，故明；不自是，故彰；不自伐，故有功；不自矜，故长。

（先秦）《老子·二十二章》，《诸子集成》本

反者道之动，弱者道之用。

（先秦）《老子·四十章》，《诸子集成》本

其政闷闷，其人淳淳。其政察察，其人缺缺。祸兮福之所倚；福兮祸之所伏。孰知其极？

（先秦）《老子·五十八章》，《诸子集成》本

至阴肃肃，至阳赫赫；肃肃出乎天，赫赫发乎地；两者交通成和，而物生焉，或为之纪，而莫见其形。消息满虚，一晦一明，日改月化，日有所为，而莫见其功。生有所乎萌，死有所乎归，始终相反乎无端，而莫知其所穷。非是也，且孰为之宗？

（先秦）《庄子·田子方》，《诸子集成》本

生也死之徒，死也生之始，孰知其纪！人之生，气之聚也；聚则为生，散则为死。若死生为徒，吾又何患！故万物一也，是其所美者为神

奇，其所恶者有臭腐；臭腐复化为神奇，神奇复化为臭腐。故曰"通天下一气耳。"圣人故贵一。

（先秦）《庄子·知北游》，《诸子集成》本

虽云色白，匪染弗丽；虽云味甘，匪和弗美。故瑶华不琢，则耀夜之景不发；丹青不治，则纯钩之劲不就。火则不钻不生，不扇不炽；水则不决不流，不积不深。故质虽在我，而成之由彼也。

（晋）葛洪《抱朴子外篇·勖学》，《诸子集成》本

锐锋产乎钝石，明火炽乎暗木，贵珠出乎贱蚌；美玉出乎丑璞。

（晋）葛洪《抱朴子外篇·博喻》，《诸子集成》本

水因断而流远，云欲坠而霞轻。

（南朝·梁）萧绎《山水松石格》，《历代论画名著汇编》本

臣伏闻：礼减则销，销则崩；乐盈则放，放则坏。故先王减则进之，盈则反之；济其不及，而泄其过：用能正人道，反天性，奋至德之光焉。

（唐）白居易《策林四·议礼乐》，《白居易集》卷六十五，中华书局本

书初无意于佳乃佳尔。草书虽是积学乃成，然要是出于欲速。古人云"匆匆不及草书"，此语非是，若匆匆不及，乃是平时亦有意于学。此弊之极，遂至于周越仲翼无足怪者。吾书虽不甚佳，然自出新意，不践古人，是一快也。

（宋）苏轼《评草书》，《东坡题跋》卷四，《丛书集成》本

梅圣俞诗云："远钟撞白云。"无合有合。

（宋）吴可《藏海诗话》，《历代诗话续编》本

时不否，则不泰，道不晦，则不显。

（宋）周必大《皇朝文鉴序》，《庐陵周益国文忠公集》，引自《宋金元文论选》，人民文学出版社本

"孔雀东南飞"一句兴起，余皆赋也。其古朴无文，使不用妆奁服饰等物，但直叙到底，殊非乐府本色。如云："妾有绣腰襦，葳蕤自生光。红罗复斗帐，四角垂香囊。箱帘六七十，绿碧青丝绳。物物各相异，种种在其中。"又云："鸡鸣外欲曙，新妇起严妆。着我绣袄裙，事事四五通。足下蹑丝履，头上玳瑁光，腰若流纨素，耳着明月珰。指如削葱根，口如含丹朱。纤纤作细步，精妙世无双。"又云："交语速装束，络绎如浮云。青雀白鹄舫，四角龙子幡，婀娜随风转，金车玉作轮。踯躅青骢马，流苏金镂鞍。赍钱三百万，皆用青丝穿。杂彩三百匹，交广市鲑珍。"此皆似不紧要，有则方见古人作手，所谓没紧要处便是紧要处也。

（明）谢榛《四溟诗话》卷二，《历代诗话续编》本

文有煞处放松，此是放松处，亦是收煞处。

（明）陈继儒《陈眉公先生批评绣襦记》第三十三出《剔目劝学》总批，《六合同春》本

近日读古今名人诸赋，始知苏子瞻、欧阳永叔辈见识，真不可及。夫物始繁者终必简，始晦者终必明，始乱者终必整，始艰者终必流丽痛快。其繁也，晦也，乱也，艰也，文之始也。如衣之繁复，礼之周折，乐之古质，封建井田之纷纷扰扰是也。古之不能为今者也，势也。其简也，明也，整也，流丽痛快也，文之变也。夫岂不能为繁，为乱，为艰，为晦，然已简安用繁？已整安用乱？已明安用晦？已流丽痛快，安用聱牙之语、艰深之辞？譬如《周书》《大诰》《多方》等篇，古之告示也，今尚可作告示不？毛诗《郑》《卫》等风，古之淫词媟语也，今人所唱《银柳丝》《挂针儿》之类，可一字相袭不？世道既变，文亦因之，今之不必摹古者也，亦势也。

（明）袁宏道《与江进之》，《解脱集之四——尺牍》，《袁宏道集笺校》卷十一，上海古籍出版社本

君秀赢不胜衣，至其吟诵，寒暑昼夜不倦。初年法峻格严，其于汉魏六朝三唐语，各肖其神，各不相借。晚益颠倒淋漓，老成昌披，无不如意，往往自托于长庆，世或指长庆为太易。不知其用雅为老，用险为稳，用凡为奇，用乱为整，要以不必为我式，而能为我用，而太易亦自厌。今之为伪初盛者，思易以真中晚，用杂霸治之，聊以矫俗玩世，通其垒碨之

气、横佚之才、真率潇散之趣，要其顿挫沉郁。

(明）钟惺《明茂才和谥文穆魏长公太易墓志铭》，《钟伯敬合集》，《中国文学珍本丛书》本

《登楼》评语：

此诗妙在突然而起，情理反常，令人错愕，而伤心之故，至末始尽发之，而竟不使人知，此作诗者之苦心也。万方多难，固可伤心，意犹未露，不过揭出"登临"二字耳。首联写登临所见，意极愤懑，词却宽泛；此亦急来缓受，文法固应如是。

(明）王嗣奭《杜臆》卷六，上海古籍出版社本

作画以理气趣兼到为重。非是三者，不入精妙神逸之品。故必于平中求奇，绵里裹铁，虚实相生。古来作家相见，彼此合法，稍无言外意，便云有伧夫气。学者如已入门，务求竿头日进，必于行间墨里，能人之所不能，不能人之所能，方具宋元三昧。不可稍自足也。

(清）王原祁《雨窗漫笔》，《历代论画名著汇编》本

清者以浊反，喜者以悲反，福者以祸反，君子以小人反，合昔以离反，繁华者以凄凉反。

(清）丁耀亢《啸台偶著词例》，《赤松游》卷首，《丁野鹤先生诗词稿》，清康熙中煮茗堂本

读打虎一篇，而叹人是神人，虎是怒虎，固已妙不容说也。乃其尤妙者，则又如读庙门榜文后，欲待转身回来一段。风过虎来时，叫声"啊呀"，翻下青石来一段；大虫第一扑，从半空里撺将下来时，被那一惊，酒都做冷汗出了一段；寻思要拖死虎下去，原来使尽气力，手脚都苏软了，正提不动一段；青石上又坐歇一段；天色看看黑了，惟恐再跳一只出来，且挣扎下冈子去一段；下冈子走不到半路，枯草丛中钻出两只大虫，叫声"啊呀，今番罢了"一段；皆是写极骇人之事，却尽用极近人之笔，遂与后来沂岭杀虎一篇，更无一笔相犯也。

(清）金圣叹《贯华堂第五才子书水浒传》第二十二回总批，《金圣叹全集》（一），江苏古籍出版社本

作词之难，难于上不似诗，下不类曲，不淄不磷，立于二者之中。大约空疏者作词，无意肖曲而不觉仿佛乎曲；有学问人作词，尽力避诗而究竟不能离乎诗。一则苦于习久难变，一则迫于舍此实无也。欲为天下词人去此二弊，当令浅者深之，高者下之，一俯一仰，而处于才、不才之间，词之三昧得矣。

（清）李渔《窥词管见》，《词话丛编》本

五言古以不尽为妙，七言古则不嫌于尽。若夫尽而不尽，不尽而尽，非天下之至神，孰能与于斯？

（清）贺贻孙《诗筏》，《清诗话续编》本

古今人才原不相远，惟后人欲过古人，另出格调，超而上之，多此一念，遂落其后。如五言古诗，魏人欲以豪迈掩汉人，不知即以其豪迈逊汉之和平；晋人欲以工致掩魏人，不知即以其工致让魏之本色。求高一着，必输一着，求进一步，必退一步。

（清）贺贻孙《诗筏》，《清诗话续编》本

诗文以不断不续为至，然须于似断似续处求之。

（清）贺贻孙《诗筏》，《清诗话续编》本

诗以蕴藉为主，不得已溢为光怪尔。蕴藉极而光生，光极而怪生焉。李、杜、王、孟及唐诸大家，各有一种光怪，不独长吉称怪也。怪至于长吉极矣，然何尝不从蕴藉中来。

（清）贺贻孙《诗筏》，《清诗话续编》本

一直九折，竟以舒为敛，天授非人力也。

（清）王夫之《明诗评选》卷一，刘基《大墙蒿行》评语，《船山遗书》，太平洋书店重校刊本

通首一句，大圆不规，大方不矩。

（清）王夫之《明诗评选》卷四，许继《怀友》评语，《船山遗书》，太平洋书店重校刊本

用比偶而成近体,近体既成,复有以单行跳宕见奇特者,物必反本之势也。"无论去与住,俱是一飘蓬",遂为太白首路,其高下,正在神韵间耳。

(清)王夫之《古诗评选》卷六,尹式《别宋常侍》评语,《船山遗书》,太平洋书店重校刊本

不以浊则清者不激,不以抑则扬者不兴,不以舒则促者不顺。上生者必有所益,下生者必有所损。声之洪细,永之短长,皆损益之自然者也。古人审于度数,倍严于后人,故黄钟之实,分析之至于千四百三十四万八千九百七,而率此以上下之。岂章四句,句四言,概哀乐于促节而遂足乎?志有范围,待律而正;律有变通,符志无垠;外合于律,内顺于志,乐之用大矣。

(清)王夫之《舜典三》,《尚书引义》卷一,引自《中国古代乐论选辑》,人民音乐出版社本

日读西汉文,殊叹息,大须熟读唐宋八家,乃见其妙。文似无间架,无针线,然错综曲折,照应牵拂,最巧妙。但文古朴,法不易见,非如八家起伏转折,径路可寻耳。拙处愈隽,生处愈韵,朴处愈华,直处愈曲折,粗俗处愈文雅。前辈尝云西汉风韵,今人但以庞厚当之,流为痴重肥窒,失之远矣。

(清)魏禧《与王若先》,《魏叔子文集》卷七,易堂藏版本

五言古,长篇难于铺叙,铺叙中有峰峦起伏,则长而不漫;短篇难于收敛,收敛中能含蕴无穷,则短而不促。又长篇必伦次整齐,起结完备,方为合格;短篇超然而起,悠然而止,不必另缀起结。苟反其位,两者俱慎。

(清)沈德潜《说诗晬语》卷上,《清诗话》本

诗贵寄意,有言在此而意在彼者。李太白《子夜吴歌》,本闺情语,而忽冀罢征。《经下邳圯桥》,本怀子房,而意实自寓。《远别离》,本咏英、皇,而借以咎肃宗之不振,李辅国之擅权。杜少陵《玉华宫》云:"不知何王殿,遗构绝壁下?"伤唐乱也。《九成宫》云:"巡非瑶水远,

迹是雕墙后。"垂夏、殷鉴也。他若讽贵妃之酿乱，则忆王母于宫中。刺花敬定之僭窃，则想新曲于天上。凡斯托旨，往往有之，但不如《三百篇》有小序可稽，在读者以意逆之耳。

（清）沈德潜《说诗晬语》卷下，《清诗话》本

朱元璋论石，曰瘦、曰绉、曰漏、曰透，可谓尽石之妙矣。东坡又曰："石文而丑。"一丑字则石之千态万状，皆从此出。彼元璋但知好之为好，而不知陋劣之中，有至好也。东坡胸次，其造化之炉冶乎！燮画此石，丑石也；丑而雄，丑而秀。

（清）郑燮《题画·石》，《郑板桥集》，上海古籍出版社本

盛唐只是厚，中唐只是畅。昌黎诗古奥诘曲，不能上口，而妨于厚，盖以畅故。

（清）牟愿相《小澥草堂杂论诗》，《清诗话续编》本

诗人爱管闲事，越没要紧则愈佳；所谓"吹皱一池春水，干卿底事"也。陈方伯德荣《七夕》诗云："笑问牛郎与织女，是谁先过鹊桥来？"杨铁厓《柳花》诗云："飞入画楼花几点，不知杨柳在谁家？"

（清）袁枚《随园诗话》卷八，人民文学出版社本

刘宾客《西塞山怀古》之作，极为白公所赏，至于为之罢唱。起四句洵是杰作，后四则不振矣。此中唐以后，所以气力衰飒也。固无八句皆紧之理，然必松处正是紧处，方有意味。如此作结，毋乃"饮满时思滑"之过耶？《荆州道怀古》一诗，实胜此作。

（清）翁方纲《石洲诗话》卷二，《清诗话续编》本

吾士行曰："隶书人谓宜扁，殊不知妙在不扁，挑拨平硬，如折刀头，方为汉隶，所谓方劲古拙，斩钉截铁，备矣。"

（清）梁章钜《学字》，《退庵随笔》卷二十二，引自《笔记小说大观》，江苏广陵古籍刻印社本

问：露固不可，敢问何以得新？

繁处独简，简处独繁；平处忽耸，耸处忽平；合处能离，离处能合，此运局之新也。因小见大，因近见远，因平见险，因易见难，因人见己，因景见情，此命意之新也。平字得奇，俗字得雅，朴字得工，熟字得生，常字得险，哑字得响，此炼字之新也。

（清）陈仅《竹林答问》，《清诗话续编》本

古代叙事，纷者整之，孤者辅之，板者活之，直者婉之，俗者雅之，枯者腴之；剪裁运化之方，斯为大备。

（清）刘熙载《艺概·文概》，上海古籍出版社本

昌黎《答刘正夫》书曰："若圣人之道不用文则已，用则必尚其能者。"曾南丰称苏老泉之文曰："俭能使之约，远能使之近，大能使之微，小能使之著，烦能不乱，肆能不流。""能"之一字，足明老泉之得力，正不必与韩量长较短也。

（清）刘熙载《艺概·文概》，上海古籍出版社本

庄子曰："六合之外，圣人存而不论；六合之内，圣人论而不议；春秋经世先王之志，圣人议而不辩。"余谓有不论不议不辩，论、议、辩斯当矣。

（清）刘熙载《艺概·文概》，上海古籍出版社本

诗中固须得微妙语，然语语微妙，便不微妙。须是一路坦易中，忽然触著，乃足令人神远。

（清）刘熙载《艺概·诗概》，上海古籍出版社本

怪石以丑为美，丑到极处，便是美到极处。一丑字中丘壑未易尽言。

（清）刘熙载《艺概·书概》，上海古籍出版社本

文家用笔之法，不出纡陡相济。纡而不懈者，有陡以振其纡也；陡而不突者，有纡以养其陡也。

（清）刘熙载《艺概·经义概》，上海古籍出版社本

大善不饰，故书到人不爱处，正是可爱之极。

（清）刘熙载《游艺约言》，《古桐书屋续刻三种》，清光绪刊本

书之所贵在劲与婉。硬者似劲愈不劲，软者似婉愈不婉，然后知劲婉之难言也。

（清）刘熙载《游艺约言》，《古桐书屋续刻三种》，清光绪刊本

长平公主经烈皇手刃，断臂不殊。入我朝后，奉诏访原聘驸马周世显，照公主例赐婚。厚泽深仁，超轶往古。《芝龛记》有《感徽》一出叙此事，不甚周备。海盐黄韵珊谱作《帝女花》院本，本末较详，词笔逼近藏园，非芝龛可同日语也。长平忧患余生，虽沐殊恩，重谐佳偶，而桥陵弓剑、故国河山，触目兴悲，自多苦语。余爱写长平处，愈热闹，愈凄凉。瑟柱琴弦，但觉商音满指。

（清）杨恩寿《词余丛话》，《中国古典戏曲论著集成》（九），中国戏剧出版社本

俗手作文，如小儿舞鲍老，只有一副面具。文有妙于骇紧者，妙于整丽者，又有变骇紧为疏奇，化整丽为历落，现出各样笔法。《左》、《史》之文，无所不有。《聊斋》仿佛遇之。

（清）冯镇峦《读聊斋杂说》，引自《中国历代小说论著选》，江西人民出版社本

2. 将欲歙之　必故张之

将欲歙之，必故张之；将欲弱之，必故强之；将欲废之，必故兴之；将欲夺之，必故与之；是谓微明。

（先秦）《老子·三十六章》，《诸子集成》本

不睹琼琨之熠烁，则不觉瓦砾之可贱；不觌虎豹之或蔚，则不知犬羊之质漫；聆《白雪》之九成，然后悟《巴人》之极鄙。

（晋）葛洪《抱朴子外篇·广譬》，《诸子集成》本

《春秋》之义，痛之益至，则其辞益深，"子般卒"是也。诗人之意，责之愈切，则其言愈缓，"君子偕老"是也。不必号天叫屈，然后为师鲁称冤也。故于其铭文，但云："藏之深，固之密，固之密，石可朽，铭不灭。"意谓举世无可告语，但深藏牢埋此铭，使其不朽，则后世必有知师鲁者。其语愈缓，其意愈切，诗人之义也。

（宋）欧阳修《欧阳文正公集·论尹师鲁墓志》，引自《宋金元文论选》，人民文学出版社本

庭坚老懒衰堕，多年不作诗，已忘其体律。因明叔有意于斯文，试举一纲，而张万目。盖以俗为雅，以故为新，百战百胜如孙武之兵，棘端可以破镞，如甘蝇飞卫之射，此诗人之奇也。

（宋）黄庭坚《再次杨明叔韵并引》，《豫章黄先生文集》卷六，《四部丛刊》本

"萧萧马鸣，悠悠旆旌。"以"萧萧"、"悠悠"字，而出师整暇之情状，宛在目前。此语非惟创始之为难，乃中之之为工也。荆轲云："风萧萧兮易水寒，壮士一去兮不复还。"自常人观之，语既不多，又无新巧，然而此二语遂能写出天地愁惨之状，极壮士赴死如归之情，此亦所谓中之也。古诗："白杨多悲风，萧萧愁杀人。""萧萧"两字，处处可用，然惟坟墓之间，白杨悲风，尤为至切，所以为奇。乐天云："说喜不得言喜，说怨不得言怨。"乐天特得其粗尔。此句用悲愁字，乃愈见其亲切处，何可少耶？诗人之工，特在一时情味，固不可预设法式也。

（宋）张戒《岁寒堂诗话》，《历代诗话续编》本

东坡作史评，必有一段万世不可磨灭之理，使吾身生其人之时，居其人之位，遇其人之事，当如何处置。凡议论好事，须要一段反说；凡议论一段不好事，须要一段好说：文势亦圆活，义理亦精微，意味亦悠长。（叠山）

（明）吴讷《文章辨体序说》"诸儒总论作文法"，人民文学出版社本

《三国》一书有寒冰破热、凉风扫尘之妙。如关公五关斩将之时，忽有镇国寺内遇普静长老一段文字……昭烈伐吴，而忽问青城老叟。或僧、

或道、或隐士、或高人，俱于极喧闹中求之，真足令人躁思顿清、烦襟尽涤。

(清）毛宗岗《读三国志法》，《绣像第一才子书》，引自《三国演义资料汇编》，百花文艺出版社本

前卷方叙龙争虎斗，此卷忽然写燕语莺声。温柔旖旎，真如铙吹之后，忽听玉箫，疾雷之余，忽见好月，令读者应接不暇。今人喜读稗官，恐稗官中反无如此妙笔也。

(清）毛宗岗《绣像第一才子书》第八回批语，引自《三国演义资料汇编》，百花文艺出版社本

此卷极写孔明，而篇中却无孔明。盖善写妙人者，不于有处写，正于无处写。写其人如闲云野鹤之不可定，而其人始远。写其人如威凤祥麟之不易睹，而其人始尊。且孔明虽未得一遇，而见孔明之居，则极其幽秀；见孔明之童，则极其古淡；见孔明之友，则极其高超；见孔明之弟，则极其旷逸；见孔明之丈人，则极其清韵；见孔明之题咏，则极其俊妙。不待接席言欢，而孔明之为孔明，于此领略过半矣。

(清）毛宗岗《绣像第一才子书》第三十七回批语，引自《三国演义资料汇编》，百花文艺出版社本

文有隐而愈现者，张松之至荆州，凡子龙、云长接待之礼，与玄德对答之言，明系孔明所教。篇中只写子龙，只写云长，只写玄德，更不叙孔明如何打点，如何指使，而令读者心头眼底，处处有一孔明在焉。真神妙之笔。

(清）毛宗岗《绣像第一才子书》第六十回批语，引自《三国演义资料汇编》，百花文艺出版社本

一路写宋江使权诈处，必紧接李逵粗言直叫：此又是画家所谓反衬法。读者但见李逵粗直，便知宋江权诈，则庶几得之矣。

(清）金圣叹《水浒传》第四十回评语，《金圣叹全集》（二），江苏古籍出版社本

李逵朴至人，虽极力写之，亦须写不出。乃此书但要写李逵朴至，便

倒写其奸猾；写得李逵愈奸猾，便愈朴至，真奇事也。

（清）金圣叹《水浒传》第五十三回评语，《金圣叹全集》
（二），江苏古籍出版社本

今人之所尚，时优之所习，皆在热闹二字。冷静之词，文雅之曲，皆其深恶而痛绝者也。然戏文太冷，词曲太雅，原足令人生倦。此作者自取厌弃，非人有心置之也。然尽有外貌似冷，而中藏极热，文章极雅，而情事近俗者，何难稍加润色，播入管弦；乃不问短长，一概以冷落弃之，则难服才人之心矣。予谓：传奇无冷、热，只怕不合人情。如其离、合、悲、欢，皆为人情所必至，能使人哭，能使人笑，能使人怒发冲冠，能使人惊魂欲绝，即使鼓板不动，场上寂然，而观者叫绝之声，反能震天动地。是以人口代鼓乐，赞叹为战争，较之满场杀伐，钲鼓雷鸣，而人心不动，反欲掩耳避喧者为何如？岂非冷中之热，胜于热中之冷；俗中之雅，逊于雅中之俗乎哉？

（清）李渔《闲情偶寄·演习部·选剧第一》，《中国古典戏曲论著集成》（七），中国戏剧出版社本

意之曲者词贵直，事之顺者语宜逆，此词家一定之理。不折不回，表里如一之法，以之为人不可无，以之作诗作词则断断不可有也。

（清）李渔《窥词管见》，《词话丛编》本

"行行重行行，与君生别离"以下十二句，字字皆诉生别之苦。末云"努力加餐饭"，无可奈何，自慰自解，不怨之怨，其怨更深，即唐人所谓"缄怨似无忆"也。通篇惟"浮云蔽白日"五字，稍露怨意，然自浑然无迹。余皆温柔婉恋，使人不觉为怨，真可以怨者也。严沧浪云："《玉台》以'相去日以远'而下别为一首。"如此则不成诗矣。

（清）贺贻孙《诗筏》，《清诗话续编》本

"昔我往矣，杨柳依依；今我来思，雨雪霏霏。"以乐景写哀，以哀景写乐，一倍增其哀乐，知此，则"影静千官里，心苏七校前"，与"唯有终南山色在，晴明依旧满长安"，情之深浅宏隘见矣。况孟郊之乍笑而

心迷，乍啼而魂丧者乎？

（清）王夫之《薑斋诗话》卷上，《清诗话》本

气愉神悲，悲乃以至。

（清）王夫之《明诗评选》卷六，王逢《钱圹养感》评语，《船山遗书》，太平洋书店重校刊本

雄不以色，悲不以泪，乃可谓之悲壮雄浑。披狐獾，啖枣面者，曷以与于斯？

（清）王夫之《明诗评选》卷六，高启《寄余左司》评语，《船山遗书》，太平洋书店重校刊本

浅不入俚，以其本用述哀，全不遣鼻涕垂颐旁也。

（清）王夫之《明诗评选》卷二，陈秀民《打麦词》评语，《船山遗书》，太平洋书店重校刊本

凡盗法者，妙于以相似之句，用之相反之处。如陈尧佐"千里好山云乍敛，一楼明月雨初晴"，写酣适之景如见。至杨万毕《梧桐夜雨》诗"千里暮云山已黑，一灯孤馆酒初醒"，又觉凄飒满目。如此相同，不惟无害，且喜其三隅之反矣。又乔知之《长信宫树》曰"余花鸟弄尽，新叶虫书遍"，沈佳期《芳树》曰"啼鸟弄花疏，游蜂饮香遍"，二语颇相似。然乔乃高秋，沈则春暮也。沈咏芳树，故用"游蜂饮香"。长信、班婕妤所居，班以《团扇诗》传，故只写秋意。语虽同，下笔各有斟酌。

（清）贺裳《载酒园诗话》卷一，《清诗话续编》本

诗肠之曲，如宋之问"不寄西山药，何由东海期"，本羡天台道士之成仙，反言以激之，正深望其寄药。岑参"勤王敢道远，私向梦中归"，本怨赴边庭，归期难必，却反言不敢道远，梦中可归。张九龄"自匪常行迈，谁能知此音"，本惮行迈，反说曲江溪中溪水松石之音，足以怡人。杜甫"渐喜交游绝，幽居不用名"，本怨朋友绝迹，反以喜言。又"万方频送喜，无乃圣躬劳"，非恐圣躬劳于应接，正恐圣心狃目前收京之喜，不为剪灭朝食之计耳。所以知诗中有此意者，以上文有"杂虏横戈数，功臣甲第高"二语，故结句云云，可谓妙于立言矣。诗思之痴，

如李白"划却君山好，平铺湘水流。巴陵无限酒，醉煞洞庭秋"。杜甫"斫却月中桂，清光应更多"。万楚"河水浮落花，花流东不息。应见浣纱人，为道长相忆"。诗趣之灵，如李白"岁晚或相访，青天骑白龙"。又"白发三千丈，缘愁似箇长。不知明镜里，何处得秋霜"。杜甫"山鬼迷春竹，湘娥倚暮花"。唐人惟具此三者之妙，故风神洒落，兴象玲珑。自宋以后，此妙不传，所以用尽气力，终难与唐人作敌也。

（清）冒春荣《葚原诗说》卷之一，《清诗话续编》本

《悲歌行》，客子怀故乡之作也。妙在起句"悲歌可以当泣"，人至伤心极处，不能泣而思以歌当之，较泣愈痛矣。此为加一倍法。

（清）李调元《雨村诗话》卷上，《清诗话续编》本

人有不平于心，必以清比己，以浊比人。而《谷风》三章，转以泾自比，以渭比新昏，何其怨而不怒耶！杜子美"在山泉水清，出山泉水浊"亦然。

（清）方东树《昭昧詹言》卷二十一，人民文学出版社本

元遗山诗云："神仙不到秋风客，富贵空悲春梦婆。"哀婉凄丽，情文双到，故天下后世传为名句，非仅以"秋风客"对"春梦婆"为工致也。玉溪生"此日六军同驻马，当时七夕笑牵牛"，飞卿"回日楼台非甲帐，去时冠剑是丁年"，此二联皆用逆挽句法，倍觉生动，故为名句。所谓逆挽者，倒扑本题，先入正位，叙现在事，写当下景，而后转溯从前，追述已往，以反衬相形，因不用平笔顺拖，而用逆笔倒挽，故名。且施于五六一联，此系律诗筋节关键处。中晚以后之诗，此联多随笔敷衍，平平顺下。二诗能于此一联，提笔振起，逆而不顺，遂倍精彩有力，通篇为之添色。是以传诵人口，亦非以"马"、"牛"、"丁"、"甲"见长，故求工对仗也。然使二联出工部手，则必更神化无迹，并不屑以"此日"、"当时"、"回日"、"去时"字面明点，必更出以浑成，使人言外得之。盖工部以我运法，其用法入化；温、李就法用法，其驭法有痕，此大家所由出名家上也。后人学其句，而不得所以然之妙，仅以字句对仗求工。如宋人"人间化鹤三千岁，海上看羊十九年"，徒凑两典，切姓以为工对，究之与其人身分，毫不相合，何所取义乎？元人"秋千院落春将半，夏五园

林月正中。杨柳昏黄水西月，梨花明白夜东风"，徒掇拾华泽字面，串凑成句，不惟景尽句中，了无意味，而格卑气靡，弄巧反拙矣。若明人之"春风颠似唐张旭，天气和如鲁展禽"，"白鹭下田千点雪，黄莺上树一枝花"，则卑靡纤佻，已近魔道。近人之"月影分明三太白，水光荡漾百东坡"，"酒瓶在手六国印，花露上身一品衣"，"事无可奈仍归赵，人恐相沿又发棠"，"白蛱蝶飞芳草外，红蜻蜓立藕花中"，"柳条软似千行线，荷叶圆于五两钱"，或工整而乏意趣，或雕凿而入尖巧，或写景琐屑，小而易尽，或取譬浅佻，俚而伤雅。既无高格，又失远神，皆下下乘诗也，不可为训。学者勿为所惑，从而效颦。

（清）朱庭珍《筱园诗话》卷三，《清诗话续编》本

"远想出宏域，高步超常伦"，文家具此能事，则遇困皆通，且不妨故设困境以显通之之妙用也。大苏文有之。

（清）刘熙载《艺概·文概》，上海古籍出版社本

客笔主意，主笔客意。如《史记·魏世家赞》、昌黎《送董邵南游河北序》，皆是此诀。

（清）刘熙载《艺概·文概》，上海古籍出版社本

冷句中有热字，热句中有冷字；情句中有景字，景句中有情字。诗要细筋入骨，必由善用此字得之。

（清）刘熙载《艺概·诗概》，上海古籍出版社本

正起反接，反接后复将反意驳倒，则与正接同实，且视正接者题位较展，而题义倍透。故此法尤为作家所尚。

（清）刘熙载《艺概·经义概》，上海古籍出版社本

题有题缝。题缝中笔法有四，曰：急脉缓受，缓脉急受，直脉曲受，曲脉直受。

（清）刘熙载《艺概·经义概》，上海古籍出版社本

谭友夏论诗，谓"一篇之朴，以养一句之灵；一句之灵，能回一篇

之朴"。此说每为淡艺者所诃，然征之于古，未尝不合。如《秦风·小戎》"言念君子"以下，即以灵回朴也，其上皆以朴养灵也。《豳风·东山》每章之意，俱因收二句而显，若"敦彼独宿"以及"其新孔嘉"云云，皆灵也；每二句之前，皆朴也。赋家用此法尤多。至灵能起朴，更可隅反。

（清）刘熙载《艺概·赋概》，上海古籍出版社本

古人书看似放纵者，骨里弥复谨严；看似奇变者，骨里弥复静正。或疑书真有放纵奇变者，真不知书矣，然岂惟不知书而已哉！

（清）刘熙载《游艺约言》，《古桐书屋续刻三种》，清光绪刊本

高手作书，于众所矜处不矜，于众所忽处不忽，观此始知俗书之矜所不必矜，忽所不可忽也。

（清）刘熙载《游艺约言》，《古桐书屋续刻三种》，清光绪刊本

《桃花扇》卷首之《先声》一出，卷末之《余韵》一出，皆云亭创格，前此所未有，亦后人所不能学也。一部极凄惨极哀艳极忙乱之书，而以极太平起，以极闲静极空旷结。真有华严镜影之观。非有道之士，不能作此结构。

（清）梁启超《论桃花扇》，《曲海扬波》卷一，《新曲苑》，中华书局本

《琵琶》文中，有疑合忽离，疑离忽合者，即如《几言谏父》一篇，偏不写其从谏，偏写其语言触忤，却不料有《听女迎亲》一篇，徒然一悔。又如《寺中遗像》一篇，偏不写其相会，偏写其当面错过，却不料有《两贤相会》一篇，突如其来。大约文章之妙，妙在人急而我缓之，人缓而我急之。人急而我不故示之以缓，则文澜不曲，人缓而我不故示之以急，则文势不奇。今观《琵琶》，其缓处如回廊渡月，其急处如疾雷破山。其缓处如王丞相营建康，多其纡折，其急处如亚夫将军从天而降，出人意外，岂非希有妙文。

（清）毛声山《成裕堂绘像第七才子书琵琶记》卷之一，引自《中国古典戏剧理论资料汇辑》，中国戏剧出版社本

有水中吐焰法，如公孙、朱武之重阳赏菊，何等幽闲自在！二人一段讨论，已是脱网忘机，却顷刻便有张雄、郭京兵马来捉；戴宗之在泰安山与安道全一段说话，与公孙、朱武一般，谁知顷刻便有童贯来取去军前效用，使他推辞不得；又如李应、黄信等，都是安分自守，却遭人连累，以致被拿入狱，皆是陡起风波，出于意料之外：此等处使人不敢作消受清福之想。

  （清）蔡元放《水浒后传读法》，引自《中国历代小说论著选》，江西人民出版社本

  有忙里偷闲法，于百忙叙事中，忽写景物时序。如阮小七、扈成初到孙新酒店，李应兵并龙角山，郭京、张雄兵到二仙山，乐和到雨花台，李俊在清水澳赏中秋，蔡京爱妾房中，燕青村居，呼延钰在杨刘村之类，都是于极忙中写出许多清幽景致，而且点出时序，令人耳目爽然一快。至于明珠峡说暹罗风水，临安说钱塘风水，愈忙愈闲，另是一样文情，以显其笔妙也。

  （清）蔡元放《水浒后传读法》，引自《中国历代小说论著选》，江西人民出版社本

  这部书写宝钗、袭人，全用暗中抨击之法。粗略看去，她们都像极好极忠厚的人，仔细想来都是恶极残极。这同当今一些深奸细诈之徒，嘴上说好话，见人和颜悦色，但行为特别险恶而又不被觉察，是一样的。作者对此深恶痛绝，特地以宝钗、袭人为例写出，指斥为妇人之举。

  （清）哈斯宝《〈新译红楼梦〉回批》第五回批语，内蒙古人民出版社本

六
有　无

空诸所有　无中生有

三十辐共一毂，当其无，有车之用；埏埴以为器，当其无，有器之用；凿户牖以为室，当其无，有室之用。故有之以为利，无之以为用。

（先秦）《老子·十一章》，《诸子集成》本

明道若昧，进道若退，夷道若纇；上德若谷，大白若辱，广德若不足，建德若偷，质真若渝，大方无隅，大器晚成，大音希声，大象无形，道隐无名。

（先秦）《老子·四十一章》，《诸子集成》本

视乎冥冥，听乎无声。冥冥之中，独见晓焉；无声之中，独闻和焉。

（先秦）《庄子·天地》，《诸子集成》本

繁会之音，生于绝弦。

（晋）陆机《演连珠》，《全晋文》卷九十九，《全上古三代秦汉三国六朝文》本

夫无形者，物之大祖也。无音者，声之大宗也……所谓无形者，一之谓也。所谓一者，无匹合于天下者也。卓然独立，块然独处，上通九天，下贯九野，员不中规，方不中矩，大浑而为一，叶累而无根，怀囊天地，为道关门，穆忞隐闵，纯德独存，布施而不既，用之而不勤。是故视之不

见其形，听之不闻其声，循之不得其身，无形而有形生焉，无声而五音鸣焉，无味而五味形焉，无色而五色成焉。是故有生于无，实出于虚，天下为之圈，则名实同居。音之数不过五，而五音之变，不可胜听也；味之和不过五，而五味之化，不可胜尝也；色之数不过五，而五色之变，不可胜观也。故音者，宫立而五音形矣；味者，甘立而五味亭矣；色者，白立而五色成矣；道者，一立而万物生矣。

（汉）刘安《淮南鸿烈·原道训》，《丛书集成》本

故萧条者，形之君；而寂寞者，音之主也。

（汉）刘安《淮南鸿烈·齐俗训》，《丛书集成》本

物之用者，必待不用者。故使之见者，乃不见者；使鼓鸣者，乃不鸣者也。

（汉）刘安《淮南鸿烈·说山训》，《丛书集成》本

视于无形，则得其所见矣。听于无声，则得其所闻矣。至味不慊，至言不文，至乐不笑，至音不叫，大匠不斫，大豆不具，不勇不斗，得道而德从之矣。譬若黄钟之比宫，太簇之比商，无更调焉……听有音之音者聋，听无音之音者聪，不聋不聪，与神明通……

（汉）刘安《淮南鸿烈·说林训》，《丛书集成》本

非易不可以治大；非简不可以合众。大乐必易，大礼为简。易故能天，简故能地。大乐无怨，大礼不责，四海之内，莫不系统，故能帝也。心有忧者，筐床衽席勿能安也；菰饭犓牛弗能甘也；琴瑟鸣竽弗能乐也。患解忧除，然后食甘寝宁，居安游乐……《诗》之失僻；乐之失刺；礼之失责。徵音非无羽声也，羽音非无徵声也。五音莫不有声，而以徵羽定名者，以胜者也。

（汉）刘安《淮南鸿烈·诠言训》，《丛书集成》本

伏闻古人云：画者，圣也。盖以穷天地之不至，显日月之不照。挥纤毫之笔，则万类由心；展方寸之能，而千里在掌。至于移神定质，轻墨落素，有象因之以立，无形因之以生。其丽也，西子不能掩其妍；其

正也，嫫母不能易其丑。故台阁标功臣之烈，宫殿彰贞节之名。妙将入神，灵则通圣，岂止开厨而或失，挂壁则飞去而已哉！此《画录》之所以作也。

（唐）朱景玄《唐朝名画录》，《画品丛书》，上海人民美术出版社本

古之善歌者有语，谓"当使声中无字，字中有声。"凡曲止是一声清浊高下如萦缕耳，字则有喉唇齿舌等音不同。当使字字举本皆轻圆，悉融入声中，令转换处无磊魄，此谓"声中无字"，古人谓之"如贯珠"，今谓之"善过度"是也。如宫声字，而曲合用商声，则能转宫为商歌之，此"字中有声"也，善歌者谓之"内里声"。不善歌者，声无抑扬，谓之"念曲"；声无含韫，谓之"叫曲"。

（宋）沈括《乐律一》，《梦溪笔谈校证》卷五，中华书局本

夫物用于有形而必弊，声藏于无形而不竭，以有数之法求无形之声，其法具存。无作则已，苟有作者，虽去圣人于千万岁后，无不得焉。

（宋）欧阳修《新唐书》卷二十一《礼乐十一》，中华书局本

为文须有出落，从有出落至无出落，方妙。敬甫病自在无出落，便似陶者苦窳，非器之美。所以古书不可不看。

（明）归有光《与沈敬甫四首》（第二首），《震川先生集》别集卷八，上海古籍出版社本

鹿园居士曰：儒一以贯之，一者无也，贯者有也，一以贯之，有无合一也。费而隐，费者有也，隐者无也。费而隐者，有无合一也。

（明）屠隆《鹿园论三教》，《鸿苞》卷二十七，明刊本

余读一再过，叹语之曰："余见今人诗，种有几。清者病无，有者病浊。非有者之必浊，其所有者浊也。杜子美不能为清，况今之人。李白清而伤无。

（明）汤显祖《徐司空诗草序》，《汤显祖诗文集》卷三十二，上海古籍出版社本

抽尽电丝，独挥月斧，从无讨有，从空挨实，无一字不系笑啼。《寻梦》《玩真》是《牡丹》心肾，坎离之会，而《玩真》悬凿步虚，几于盗神泄气，更觉真宰难为。

    （明）王思任《玉茗堂还魂记》第二十六出《玩真》眉批，《汇刻传剧》本

一曰洁

贝经云："若无妙指，不能发妙音。"而坡仙亦云："若言声在指头上，何不于君指上听。"未始是指，未始非指。不即不离，要言妙道，固在指也。修指之道，綦于严净，而后进于玄微。指严净则邪滓不容留，杂乱不容间，无声不涤，无弹不磨，而衹以清虚为体，素质为用。习琴学者，其初唯恐其取音之不多，渐渐陶熔，又恐其取音之过多。从有而无，因多而寡，一尘不染，一滓弗留，止于至洁之地，此为严净之究竟也。指既修洁，则取音愈希。音愈希，则意趣愈永。吾故曰：欲修妙音者，本于指。欲修指者，必先本于洁也。

    （明）徐上瀛《大还阁琴谱·溪山琴况》，引自《中国古代乐论选辑》，人民音乐出版社本

有生有扫。生如生叶生花，扫如扫花扫叶。何谓生？何谓扫？何谓生如生叶生花？何谓扫如扫花扫叶？今夫一切世间太虚空中本无有事，而忽然有之，如方春本无有叶与花，而忽然有叶与花，曰生。既而一切世间妄想颠倒有若干事，而忽然还无，如残春花落，即扫花，穷秋叶落，即扫叶，曰扫。然则如《西厢》，何谓生？何谓扫？最前"惊艳"一篇谓之生，最后"哭宴"一篇谓之扫。

    （清）金圣叹《西厢记·后候》批语，《金圣叹全集》（三），江苏古籍出版社本

《万竿烟雨图》则仿佛郭河阳，河阳名熙，世传其《潇湘图》最精，此盖借意成之，而墨法在有无之间，居然苍润。

    （清）侯方域《倪云林十万图记》，《壮悔堂文集》卷六，《四部备要》本

无穷，其无穷故动人不已；有度，其有度故含怨何终？乃知杜陵

《三别》傺厓灰颓,不足问津风雅。

     (清)王夫之《古诗评选》卷四,曹丕《清河见挽船士与妻别作》评语,《船山遗书》,太平洋书店重校刊本

  不谋而至,不介而亲,不裁而止,一引人远,一引人近,此所谓大音希声也。国初人不受唐宋缰棘,独出心手,直承风雅,仲申尤为大宗。

     (清)王夫之《明诗评选》卷四,胡翰《郁郁生孤桐》评语,《船山遗书》,太平洋书店重校刊本

  香山翁曰:须知千树万树,无一笔是树。千山万山,无一笔是山。千笔万笔,无一笔是笔。有处恰是无,无处恰是有,所以为逸。

  云林树法,分明如指上螺,四面俱有苔法皴法。多于人所不见处着意。

  今人用心在有笔墨处,古人用心在无笔墨处。倘能于笔墨不到处观古人用心,庶几拟义神明,进乎技已。

     (清)恽正叔《南田论画》,《历代论画名著汇编》本

  向传田横殁后,门下客作挽歌,《薤露》挽田横,《蒿里》挽五百从死之士。或曰作此等题须有一段英豪激烈之慨,今皆不言,只以数语写其萧瑟悲凉景况,何也?噫!是殆不知作者苦心,并不知文章体例也。田横不与刘、项共逐秦鹿,屏迹海隅,又不肯降志从汉,种种曲折,岂可明言?盖不唯恐罹汉高忌讳,即田横有知,亦扪心饮泣而不愿闻者,而门下客岂忍重提往事?故于不叙处,正藏一篇大文字在内。所谓可与知者道,难与俗人言也。

     (清)李调元《雨村诗话》卷上,《清诗话续编》本

  有路可走,卒归于无路可走,如屈子所谓登高吾不说,入下吾不能是也。无路可走,卒归于有路可走,如庄子所谓"今子有五石之瓠,何不虑以为大樽而浮于江湖","今子有大树,何不树之于无何有之乡,广莫之野"是也。而二子之书之全旨,亦可以此概之。

     (清)刘熙载《艺概·文概》,上海古籍出版社本

律诗之妙,全在无字处。每上句与下句转关接缝,皆机窍所在也。

(清)刘熙载《艺概·诗概》,上海古籍出版社本

东坡诗善于空诸所有,又善于无中生有,机括实自禅悟中来。以辩才三昧而为韵言,固宜其舌底澜翻如是。

(清)刘熙载《艺概·诗概》,上海古籍出版社本

文之道,在鼓之舞之以尽神。鼓舞有为而无为,有为正无为之所自也。

(清)刘熙载《游艺约言》,《古桐书屋续刻三种》,清光绪刻本

《琵琶》文中,有随笔生来、随手抹倒者。如正写春花,便接说春事已无有;正写夏景,便接说西风又惊秋;正写嫦娥,却云此事果无凭;正写嘱别,却云空自语惺惺,正写感叹,却云也不索气苦;正写遗嘱,却云与甚生人做主;正写才俊无书不读,却云没有一字;正写御苑名马无数,却云没有一匹;正写杏园春宴,却云今宵已醒繁华梦;正写黄门待漏,却云算来名利不如闲;至于写弹琴,却是不曾筑;写山鬼,却云没有鬼;写松树,却云没有树;写请官粮,偏失了官粮;写负真容,偏失了真容;写谏父,而谏时偏谏不听;写迎亲,而迎时偏迎不着;写抱琵琶,而牛赵斗筍偏不用琵琶;写入佛寺,而夫妇相会偏不在佛寺,此皆随笔生来、随手抹倒者也。随笔生来,本无忽有;随手抹倒,是有却无。此中饶有禅意,何必《西厢》"临去秋波"之句,始可以悟禅耶。

(清)毛声山《成裕堂绘像第七才子书琵琶记》卷之一,引自《中国古典编剧理论资料汇辑》,中国戏剧出版社本

七

虚　实

1. 虚实相生　无景处皆成妙境

　　夫境象非一，虚实难明。有可睹而不可取，景也；可闻而不可见，风也。虽系乎我形，而妙用无体，心也；义贯众象，而无定质，色也。凡此等，可以偶虚，亦可以偶实。

（唐）皎然《诗议》，《诗学指南》卷三，清乾隆教本堂刊本

　　庄子文章善用虚，以其虚而虚天下之实；太史公文字善用实，以其实而实天下之虚。

（宋）李涂《文章精义》，人民文学出版社本

　　"故人江海别，几度隔山川。乍见翻疑梦，相悲各问年。孤灯寒照雨，深竹暗浮烟。更有明朝恨，离杯惜共传。""暮蝉不可听，落叶岂堪闻。共是悲秋客，那知此路分。荒城背流水，远雁入寒云。陶令门前菊，余花可赠君。"前一首司空曙，后一首郎士元，皆前虚后实之格。今之言唐诗者多尚此。及观其作，则虚者枯，实者塞，截然不相通，徒驾宗唐之名而实背之也。其前实后虚者，即前格也，第反景物于上联，置情思于下联耳。如刘长卿"楚国苍山古，幽州白日寒。城池百战后，耆旧几家残"，则始可以言格。若刘商"晓晴江柳变，春梦塞鸿归。今日方知命，前年自觉非"，则下句几为上句压倒。

（宋）范晞文《对床夜语》卷二，《历代诗话续编》本

律诗重在对偶，妙在虚实。子美多用实字，高适多用虚字。唯虚字极难，不善学者失之。实字多则意简而句健；虚字多则意繁而句弱。赵子昂所谓两联宜实是也。

（明）谢榛《四溟诗话》卷一，人民文学出版社本

诗有实有虚，虚者其宗趣也，实者其名物也。

（明）焦竑《诗名物疏序》，《澹园集》卷十四，《金陵丛书》乙集本

李杜品格诚有辨矣，顾诗有虚有实，有实有虚，有虚虚，有实实，有虚而实，有实而虚，并行错出，何可端倪。乃右实而左虚，而谓李杜优劣，在虚实之辨，何与？且杜若《秋兴》诸篇，托意深远，《画马行》诸什，神情横逸，直将播弄三才，鼓铸群品，安在其万景皆实？而李如《古风》数十首，感时托物，慷慨沉著，安在其万景皆虚？

（明）屠隆《与友人论诗文》，《由拳集》卷二十三，明刊本

然公复自号愚公，而谓余曰：平生此道，恒以酒废病废游废，顷更以事佛废。此殆不然。公文字言酒言病言游言佛者，累累而是。公之废，无乃其所为兴者与？声音出乎虚，意象生于神。固有迫之而不能亲，远之而不能去者。

（明）汤显祖《调象庵集序》，《汤显祖诗文集》卷三十，上海古籍出版社本

凡为小说及杂剧、戏文，须是虚实相半。方为游戏三昧之笔，亦要情景造极而止，不必问其有无也。小说家如《西青杂记》、《飞燕外传》、《天宝遗事》诸书，《虬髯》、《红线》、《隐娘》、《白猿》诸传，杂剧家如《琵琶》、《西厢》、《荆钗》、《蒙正》等词，岂必真有是事哉！近来作小说，稍涉怪诞，人便笑其不经，而新出杂剧若《浣纱》、《青纱》、《义乳孤儿》等作，必事事考之正史，年月不合，姓字不同，不敢作也。如此则看史传足矣，何名为戏？

（明）谢肇淛《五杂俎》卷十五，明刊本

甚矣，文之难言也。世之言文者众矣，至于文章之妙不在实而在虚，则三尺童子皆知之，若夫实者为形，虚者为势，形与势常患其不能合而至于离。与夫能合之而亦无当于文者，则虽老师宿儒未之能知也。转磐石于千仞之上，其形非不魁然大也，乘高趋下其地非不峻急也，然而堑留不拒焉，则不能达，无他，形实而不能运故也。婴儿之躯至微也，当其蹈手舞足则反趾及领而无不如意，鹰雕乘风而击，而飞燕之微常捷出其上而制之，无他，势虚而便利故也。然婴儿能运其臂指而不能运千钧，飞燕能逐鸷鸟而不能搏九万而以六月息，于是论文者常患夫形势之不能合而至于离也。虽然形有大小，势亦如之，苟其巨细各足其性之所得而无羡于外，则形与势合亦何难之有？而为文者知夫文之难于势而自顾其力之不足于形也，不免小其形以就夫势，于是其议论不必根经术而铸百家，其气格不必法先秦而迫西汉，其间开合首尾抑扬错综不必与韩欧苏曾数大家相表里，如是则所谓势者不过为空疏无学，而机锋便诡者之所托足乃诩诩然自以为得文之虚，君子患夫此，故不得不正之以形，何也？势之运至微而形之巨细至显也。

（明）艾南英《匡庐小草序》，《天佣子集》卷二，艾氏家塾重刊本

青莲能虚，工部能实。青莲唯一于虚，故目前每有遗景；工部唯一于实，故其诗能人而不能天，能化而不能神。苏公之诗，出世人世，粗言细语，总归玄奥，恍忽变怪，无非情实，盖其才力既高，而学问识见，又迥出二公之上，故宜卓绝千古。至其遒不如杜，逸不如李，此自气运使然，非才之过也。

（明）袁宏道《答梅客生开府》，《瓶花斋集之九——尺牍》，《袁宏道集笺校》卷二十一，上海古籍出版社本

天下坚实者空灵之祖，故木坚则焰透，铁实则声宏。可一师最喜宋画，每以板实见长，而间作米家，又复空灵荒率，则是其以坚实为空灵也。与彼率意顽空者，又隔一纸。

（明）张岱《跋可上人大米画》，《琅嬛文集》卷之五，岳麓书社本

匠心独构。谈生、贾妹,皆无是公也,故名其曲曰《将无同》。风流自赏,如昔人评谢康乐诗:"似东海扬帆,风日流丽"。

(明)祁彪佳《远山堂曲品》,《中国古典戏曲论著集成》(六),中国戏剧出版社本

杨大中事,有《宝簪记》,吾以琐杂故斥之。此君能用实不能用虚,能用多不能用寡,第谓之稍胜《宝簪》可也。

(明)祁彪佳《远山堂曲品》,《中国古典戏曲论著集成》(六),中国戏剧出版社本

聊述魏珰时事,虽不妨翻实为虚;然如此不伦,终涉恶道。

(明)祁彪佳《远山堂曲品》,《中国古典戏曲论著集成》(六),中国戏剧出版社本

须用虚实。虚实者,各段中用笔之详略也。有详处,必要有略处。虚实互用。疏则不深遂,密则不风韵,但审察虚实,以意取之,画自奇矣。

(明)董其昌《画禅室随笔》,《历代论画名著汇编》本

树石人皆能之。笔致缥缈,全在云烟。乃联贯树石合为一处者,画之精神在焉。山水树石实笔也,云烟虚笔也。以虚运实,实者亦虚,通幅皆有灵气。

(明)孔衍栻《画诀》,《历代论画名著汇编》本

非有定体,惟画者自裁。有墨画处此实笔也。无墨处以云气衬,此虚中之实也。树石房廊等皆有白处,又实中之虚也。实者虚之,虚者实之。满幅皆笔迹,到处却又不见笔痕。但觉一片灵气,浮动于纸上。

(明)孔衍栻《面诀》,《历代论画名著汇编》本

当周瑜战曹仁之时,正孔明遣将取三城之时。妙在周瑜一边实写,孔明一边虚写。又妙在赵子龙一边在周瑜眼中实写,云长、翼德两边在周瑜耳中虚写。此叙事虚实之法。

(清)毛宗岗《绣像第一才子书》第五十一回批语,引自《三国演义资料汇编》,百花文艺出版社本

前文连写三次出师,而两间以吴国之事。此卷将写武侯四番出师,而又间以魏国之事。夫以吴事间伐魏不足奇,即以魏事间伐魏则奇矣。以魏之侵吴间伐魏不足奇,即以魏之侵汉间伐魏则更奇矣。且魏方侵汉,而不得侵而去,是前所间之两事为实,而今所间之一事为虚也。魏不侵汉,汉犹伐之,及其侵汉,汉乃不追而听其去,是有前三二事与后三事之实,而后间以此一事之虚也。断断续续,实实虚虚,岂非妙事妙文,天造地设。

(清)毛宗岗《绣像第一才子书》第九十九回批语,引自《三国演义资料汇编》,百花文艺出版社本

("经过的是紫金山、二龙山、桃花山、伞盖山、黄泥冈、白沙坞、野云渡、赤松林。"下批)数出八处险害,却是四虚四实,然犹就一部书论之也。若只就一回书论之,则是七虚一实耳。

(清)金圣叹《贯华堂第五才子书水浒传》第十五回夹批,《金圣叹全集》(一),江苏古籍出版社本

张青述鲁达被毒,下忽然又撰出一个头陀来,此文章家虚实相间之法也。然却不可便谓鲁达一段是实,头陀一段是虚。何则?盖为鲁达虽实有其人,然传中却不见其事;头陀虽实无其人,然戒刀又实有其物也。须知文到入妙处,纯是虚中有实,实中有虚,联绾激射,正复不定,断非一语所得尽赞耳。

(清)金圣叹《贯华堂第五才子书水浒传》第二十六回总批,《金圣叹全集》(一),江苏古籍出版社本

正赚徐宁时,只用空红羊皮匣子。及赚过徐宁后,却反两用雁翎砌就圈金赛唐猊甲。实者虚之,虚者实之,真神掀鬼踢之文也。

(清)金圣叹《贯华堂第五才子书水浒传》第五十五回总批,《金圣叹全集》(二),江苏古籍出版社本

第二回写少华山,第四回写桃花山,第十六回写二龙山,第三十一回写白虎山,至上篇而一齐挽结,真可谓奇绝之笔。然而吾嫌其同。何谓同?同于前若布棋,后若棋劫也。及读此篇,而忽然添出混世魔王一段,曾未尝有。突如其来得此一虚,四实皆活。夫而后知文章真有相救之

法也。

(清)金圣叹《贯华堂第五才子书水浒传》第五十九回总批,《金圣叹全集》(二),江苏古籍出版社本

盖至是而张生已三见莺莺矣,然而春院乃瞥见也,瞥见则未成乎其为见也;墙角乃遥见也,遥见则亦未成乎其为见也。夫两见而皆未成乎其为见,然则至是而张生为始见莺莺矣,是故作者于此,其用笔皆必致慎焉。其瞥见之文,则曰"尽人调戏"、"将花笑拈"、"兜率院"、"离恨天"、"这里遇神仙",都作天女三昧,忽然一现之辞。其遥见之文,则曰"遮遮掩掩"、"小脚难行"、"行近前来"、"我甫能见娉婷"、"真是百媚生",都作前殿夫人是耶何迟之辞。若至是则始亲见矣、快见矣、饱见矣、竟一日夜见矣,故其文曰"檀口点樱桃,粉鼻倚琼瑶,淡白梨花面,轻盈杨柳腰,满面堆着俏,一团真是娇",方作清水观鱼,数鳞数鬣之辞。人或不解者,谓此是实写。夫彼真不悟从来妙文,决无实写一法。夫实写,乃是堆垛土墼子,虽乡里人犹过而不顾者也。

(清)金圣叹《西厢记·闹斋》总批,《金圣叹全集》(三),江苏古籍出版社本

世之不知文者,谓此是实写,不知此非实写也,乃是写张生。直至第三遍见莺莺,方得仔细,以反衬前之两遍全不分明也。或问:必须写前之两遍不得分明者,何也?曰:莺莺千金贵人也,非十五左右对门女儿也,若一遍便看得仔细,两遍便看得仔细,岂复成相国小姐之体统乎哉?

(清)金圣叹《西厢记·闹斋》〔雁儿落〕曲批语,《金圣叹全集》(三),江苏古籍出版社本

实写者,一部大书,无数文字,七曲八折,千头万绪,至此而一齐结穴,如众水之毕赴大海,如群真之咸会天阙,如万方捷书齐到甘泉,如五夜火符亲会流珠。此不知于何年月日发愿动手欲造此书,而今于此年此月此日遂得快然而已阁笔,如后文"酬简"之一篇是也。又有空写一篇。空写者,一部大书,无数文字,七曲八折,千头万绪,至此如二无所用,如楚人之火烧阿房,如庄惠之快辨鯈鱼,如临济大师肋下三拳,如成连先生刺船径去。此亦不知于何年月日发愿动手造得一书,而即于此年此月此

日立地快然其便裂坏，如最后"惊梦"之一篇是也。

（清）金圣叹《西厢记·后候》批语，《金圣叹全集》（三），江苏古籍出版社本

"予未仕时，每拟作此传奇，恐闻见未广，有乖信史；寤歌之余，仅画其轮廓，实未饰其藻采也"。

（清）孔尚任《桃花扇本末》，《桃花扇》，人民文学出版社本

朝政得失，文人聚散，皆确考时地，全无假借。至于儿女钟情，宾客解嘲，虽稍有点染，亦非乌有子虚之比。

（清）孔尚任《桃花扇凡例》，《桃花扇》，人民文学出版社本

诗文工拙，难言久矣。其要大率以虚字活句斡旋，则入目易，以实字板腔填积，则成章亦拙。曾闻苏文忠见诸子课业，凡虚字少，实字多者，必涂抹掷还。此为文之法也。

（清）周亮工《尺牍新钞》一集，唐堂《与吴冠王》，引自《中国古代美学史资料选编》，北京大学出版社本

文有虚神，然当从实处入，不当从虚处入。尊作满眼觑着虚处，所以遮却实处半边，还当从实上用力耳。凡凌虚仙子，俱于实地修行得之，可悟为文之法也。

（清）周亮工《尺牍新钞》一集，韩廷锡《与友人论文》，引自《中国古代美学史资料选编》，北京大学出版社本

传奇所用之事，或古、或今，有虚、有实，随人拈取。古者，书籍所载，古人现成之事也；今者，耳目传闻，当时仅见之事也；实者就事敷陈，不假造作，有根有据之谓也；虚者，空中楼阁，随意构成，无影无形之谓也。人谓："古事多实，近事多虚。"予曰："不然。传奇无实，大半皆寓言耳。欲劝人为孝，则举一孝子出名，但有一行可纪，则不必尽有其事，凡属孝亲所应有者，悉取而加之，亦犹纣之不善不如是之甚也。一居下流，天下之恶皆归焉。其余表忠、表节，与种种劝人为善之剧，率同于此。若谓古事皆实，则《西厢》、《琵琶》，推为曲中之祖，莺莺果嫁君瑞乎？蔡邕之饿莩其亲，五娘之干蛊其夫，见于何书？果有实据乎？孟子云

"尽信书不如无书"，盖指《武成》而言也，经史且然，矧杂剧乎？凡阅传奇而必考其事从何来，人居何地者，皆说梦之痴人，可以不答者也。然作者秉笔，又不宜尽作是观。若纪目前之事，无所考究，则非特事迹可以幻生，并其人之姓名，亦可以凭空捏造，是谓虚则虚到底也。若用往事为题，以一古人出名，则满场脚色，皆用古人，捏一姓名不得；其人所行之事，又必本于载籍，班班可考，创一事实不得。非用古人姓字为难，使与满场脚色同时共事之为难也；非查古人事实为难，使与本等情由贯串合一之为难也。予既谓"传奇无实，大半寓言"，何以又云"姓名事实，必须有本"？要知古人填古事易，今人填古事难。古人填古事，犹之今人填今事，非其不虑人考，无可考也；传至于今，则其人其事，观者烂熟于胸中，欺之不得，罔之不能，所以必求可据，是谓实则实到底也。若用一二古人作主，因无陪客，幻设姓名以代之，则虚不似虚，实不成实，词家之丑态也，切忌犯之。"

（清）李渔《闲情偶寄·词曲部·结构第一》，《中国古典戏曲论著集成》（七）中国戏剧出版社本

"精爽交中路"想象空灵，固有实际，不似杜陵魂来魂去之语设为混沌，空有虚声而已。

（清）王夫之《古诗评选》卷四，潘岳《内顾诗》评语，《船山遗书》，太平洋书店重校刊本

空中楼阁如有虚者，而础皆贴地，户尽通天。

（清）王夫之《古诗评选》卷五，江淹《效阮公诗》评语，《船山遗书》，太平洋书店重校刊本

山之厚处即深处，水之静时即动时，林间阴影，无处营心。山外清光，何从着笔。空本难图，实景清而空景现。神无可绘，真境逼而神境生。位置相戾，有画处多属赘疣。虚实相生，无画处皆成妙境。

（清）笪重光《画筌》，《历代论画名著汇编》本

山实虚之以烟霭，山虚实之以亭台。山形欲转，逆其势而后旋。树影欲高，低其余而自耸。山面陡面斜，莫为两翼。树丛高丛矮，少作并肩。

石壁巑岏，一带倾欹也倚盼；树枝撑攫，几株向背而纷挐。横崖泉落，景已伏而忽通；孤嶂石飞，势将坠而仍缀。树排踪以卫峡，石颓卧以嶂虚。山外有山，虽断而不断；树外有树，似连而非连。

（清）笪重光《画筌》，《历代论画名著汇编》本

古人用笔极塞实处，愈见虚灵。今人布置一角，已见繁缛。虚处实则通体皆灵，愈多而愈不厌玩。此可想昔人惨淡经营之妙。

（清）恽正叔《南田论画》，《历代论画名著汇编》本

中二联或写景，或叙事，或述意，三者以虚实之分。景为实，事意为虚，有前实后虚、前虚后实法。凡作诗不写景而专叙事与述意，是有赋而无比兴，即乏生动之致，意味亦不渊永，结构虽工，未足贵也。善诗者常欲得生动之致，渊永之味，则中二联多寓事意于景。然景有大小、远近、全略之分，若无分别，亦难称作手。如："云霞出海曙，梅柳渡江春。淑气催黄鸟，晴光转绿蘋。"一大景，一小景也。"浮云连海岱，平野入青徐。孤嶂秦碑在，荒城鲁殿馀。"一远景，一近景也。"退朝花底散，归院柳旁迷。楼雪融城湿，宫云去殿低。"一半景，一全景也。至"蝉噪林逾静，鸟鸣山更幽。"王元美以写景一例少之。又"圆荷浮小叶，细麦落轻花。"宋人已议之矣。

（清）冒春荣《葚原诗说》卷一，《清诗话续编》本

《玄都坛歌》)："子规夜啼山竹裂，王母书下云旗翻。"虚景实写，此得之《离骚》。

（清）张谦宜《絸斋诗谈》卷四，《清诗话续编》本

《渼陂行》，笔力如渴龙搅海。"船舷暝戛云际寺，水面月出蓝田关"，山与关影浸陂中，船行其上，故曰"暝戛"；关头之月，亦在波间，故曰"水面月出"，皆蒙上"纯浸山"而言。此险中取巧法。写影中诸山，如在镜面上浮动，亦是虚景实描法。

（清）张谦宜《絸斋诗谈》卷四，《清诗话续编》本

诗有从题中写出，有从题外写入；有从虚处实写，实处虚写；有从此

写彼，有从彼写此；有从题前摇曳而来，题后迤逦而去，风云变幻，不一其态。要将通身解数，踢弄此题，方得如是。

（清）薛雪《一瓢诗话》，《清诗话》本

昔渔洋先生每谓开元天宝诸作全在兴象超诣，然如王右丞之作则句句皆真实出之者也。即王少伯斋斋心一诗，空洞极矣，而按之具有实地，如画家极空濛烟雨之致而无一笔不可寻其根源，此诗之所以为诗也。唐人惟白香山处处着实，转有求其著实而过者，如言音声之直而譬诸笔描，岂有不类于滞？是以渔洋先生极不劝人学之……然渔洋先生虽以此自高，而独具中和之气，不至太过，是以他家亦不能及。

（清）翁方纲《重刻吴莲洋诗集序》，《复初斋文集》卷三，清光绪重校本

乐府长短虽殊而法则一，短者一句中包含多义，长者即将短章析为各解，此即律诗之前后分解也。分解不出起承转合四字，若知分解，则能析字为句，析句为章，虽千万言，皆有纪律。如四体百骸，合而成人，能转旋无碍者，心统之也。老子曰："当其无有车之用。"故文章妙处，俱在虚空，或奇峰插天，或千流万壑，或喧湍激濑，或烟波浩渺，只须握定线索，十方八面，自会凭空结撰，并不费力也。今人补缀裒集，遮掩耳目，何足言文乎？观乐府"鸡鸣高树巅"一篇，可以悟矣。

（清）李调元《雨村诗话》卷上，《清诗话续编》本

江东胜乐道人作《长命缕》传奇，演单符郎与邢春娘重逢故事，本宋王明清《摭青杂说》。但春娘已落倡家作妓，而传奇则有《怀贞》等出，此亦劝善维持风俗之一端，固不必其事之实耳。

（清）焦循《剧说》，《中国古典戏曲论著集成》（八），中国戏剧出版社本

初学词求空，空则灵气往来。既成格调，求实，实则精力弥满。初学词求有寄托，有寄托则表里相宣，斐然成章。既成格调，求无寄托，无寄托则指事类情，仁者见仁，智者见智。北宋词，下者在南宋下，以其不能空，且不知寄托也；高者在南宋上，以其能实，且能无寄托也。南宋则下

不犯北宋拙率之病，高不到北宋浑涵之诣。

（清）周济《介存斋论词杂著》，人民文学出版社本

畸于虚而言之无物，畸于实而言无心得，是皆道所不存，不可以为文，即不可以权衡一代之文。

（清）魏源《国朝古文类钞叙》，《魏源集》，中华书局本

《旗亭记》作王之涣状元及第，语虽荒唐，亦快人心之论也。沈归愚尚书题词，云："特为才人吐奇气，鹓雏卑伏忽飞骞。科名一准方千例，地下何妨中状元。"按：《琵琶记》以蔡邕为状元，彼时原无此名，故令阅者为之绝倒。唐时虽已有状元之名，其实授官始于宋代，初阶不过金判、廷评，历俸既深，然后入馆承制，驯至宰执，非若今之状元，甫经释褐，即践清华如登仙，为科名之冠也。然则唐之状元，于之涣何关轻重？作是曲者，亦如尤西堂之扮李白登科，徒为多事矣。顾青莲不必登科，而以玉环考试，则不妨作第一人想；若"黄河远上"之词，双鬟久具双眼，又何论之涣之状元不状元乎？

（清）梁廷枏《曲话》，《中国古典戏曲论著集成》（八），中国戏剧出版社本

其自序略云："客有问于余曰：'《秣陵春》何为而作也？幽婚冥媾，毋乃诞乎？'余笑曰：'彼夫文人学士，放诞穷愁，怨女穷愁，怨女贞姬，忧思郁结，惝兮若亡，恍兮若见，窈兮冥兮，无所不之，而又何疑于余之说乎？余端居无憀，感慕若曾有托而然耶？果无托而然耶？余不自知也。'"

（清）姚燮《今乐考证》，《中国古典戏曲论著集成》（十），中国戏剧出版社本

《春秋》文见于此，起义在彼。左氏窥此秘，故其文虚实互藏，两在不测。

（清）刘熙载《艺概·文概》，上海古籍出版社本

文或结实，或空灵，虽各有所长，皆不免著于一偏。试观韩文，结实

处何尝不空灵，空灵处何尝不结实。

（清）刘熙载《艺概·文概》，上海古籍出版社本

陶诗云："愿言蹑清风，高举寻吾契。"又云："即事如已高，何必升华嵩。"可见其玩心高明，未尝不脚踏实地，不是偶然无所归宿也。

（清）刘熙载《艺概·诗概》，上海古籍出版社本

黄鲁直跋东坡《卜算子》"缺月挂疏桐"一阕云："语意高妙，似非吃烟火食人语，非胸中有万卷书，笔下无一点尘俗气，孰能至此！"余案：词之大要，不外厚而清。厚，包诸所有；清，空诸所有也。

（清）刘熙载《艺概·词曲概》，上海古籍出版社本

词尚清空妥溜，昔人已言之矣。惟须妥溜中有奇创，清空中有沈厚，才见本领。

（清）刘熙载《艺概·词曲概》，上海古籍出版社本

曲以破有、破空为至上之品。中麓谓小山词"瘦至骨立，血肉销化俱尽，乃炼成万转金铁躯"，破有也；又尝谓其"句高而情更款"，破空也。

（清）刘熙载《艺概·词曲概》，上海古籍出版社本

北曲楔子先于只曲，南曲引子先于正曲。语意既忌占实，又忌落空，既怕挂漏，又怕夹杂：此为大要。

（清）刘熙载《艺概·词曲概》，上海古籍出版社本

问分做截做与总做滚做，其文之意义何尚？曰：分截取乎结实，总滚取乎空灵。

（清）刘熙载《艺概·经义概》，上海古籍出版社本

文局有先空后实，有先实后空，亦有叠用实叠用空者；有先反后正，有先正后反，亦有叠用正叠用反者。其叠用者，必所发之题字不同。至正反俱有空实，空实俱有正反，固不待言。

（清）刘熙载《艺概·经义概》，上海古籍出版社本

文之善于用事者，实者虚之，虚者实之；文之善于抒理者，显者微之，微者显之。

         （清）刘熙载《艺概·经义概》，上海古籍出版社本

词换头处谓之过变，须辞意断而仍续，合而仍分，前虚则后实，前实则后虚。过变乃虚实转捩处。

         （清）沈祥龙《论词随笔》，《词话丛编》本

考杂剧传奇所标题目，或命曰记，或命曰传，其次曰谱，其次曰图，史职自居，何关附会。虽征之古人，或张冠而李戴，而按之世态，则形赠而影答，迹若诬于稗官，实则信于正史，良由好恶，非一人之私，等事述作，为百世之业，故能写德模音，雕文镂质，如将泥以复印，譬以镜而照心。

         （清）姚华《曲海一勺》，《新曲苑》本

在实写薛蟠犯案之前，已经虚写了三笔：在第三回末尾，黛玉来到王夫人处，金陵来信中已提到薛家如何如何，此其一。贾雨村授职应天府，从原告中听到薛蟠，此其二。这两笔都模模糊糊，隐约不明，后从新来的门子口中才讲清楚，但这也不是实写，此其三。所以此处真正实写薛蟠时，用如此这般几个字就交代了。这与画家画人眼，先画轮廓，再描睫毛，黑白分明之后，最后一笔点睛，是没有什么两样的。

         （清）哈斯宝《〈新译红楼梦〉回批》第四回批语，内蒙古人民出版社本

第十回中，请宝玉到薛蟠家，是接引之文。在本回里，请宝玉到冯紫英家，则是特写之章。接引之文要虚写，特写文章要实写。在薛蟠家请宝玉，冯紫英是后来才到的。在冯紫英家请宝玉，薛蟠早已在那里了。这就是文章交错互易之道。

         （清）哈斯宝《〈新译红楼梦〉回批》第十一回批语，内蒙古人民出版社本

在本回，作者才着意描写大雪，而降雪之兆早在第五回就有了的。第

五回的雪全是虚写，本回的雪全是实写，虚写为宾，实写为主。读者对照这两回，便明白虚实之道，通晓宾主之法。有云东汉人刘褒画《云汉图》，看画的都觉得闷热；又画《北风图》，看的人都觉得凉。现今这一段下雪的描述，也不下于刘褒作画。

（清）哈斯宝《〈新译红楼梦〉回批》第十九回批语，内蒙古人民出版社本

屠赤水曰：诗有虚有实，有虚虚，有实实，有虚而实，有实而虚，并行错出，何可端倪？乃右实而左虚，而谓李、杜优劣，在虚实之辨，何与？且杜若《秋兴》诸篇，托意深远；《画马行》诸作，神情横逸。直将播弄三才，鼓铸群品，要在其万景皆实？而李如《古风》数十首，感时托物，慷慨沉著，要在其万景皆虚？夫品格既高，风韵自远；凌空驾语，何害大雅？屈大夫伤时眷主，见诸篇什，诚然实景；至其远游等篇，凌虚经度，岂不高哉？大人、凌云，畴非佳境；仙游、招隐亦是美谈。今夫登阆风、坐天姥、傍日月、挟飞仙，既不能至，言以快心，思之神王，岂必据寸壤、处蓬茨，盘跚撇蹩食饮而已，然后为实景可贵哉？

（清）吴景旭《历代诗话·录品》己集八，中华书局本

从来创说者不宜尽出于虚，而亦不必尽由于实，苟事事皆虚则过于诞妄，而无以服考古之心，事事皆实则失于平庸，而无以动一时之听。如宋徽宗朝有岳武穆之忠、秦桧之奸、兀术之横，其事固实而详焉。更有不闻于史策、不著于纪载者，则自上帝降灾而始有赤须龙虬龙变幻之说也，有女土蝠化身之说也，有大鹏临凡之说也，其间波澜不测、枝节纷繁、冤仇并结、忠佞俱亡，以及父丧子兴、英雄复起，此诚忠臣之后，不失为忠；而大奸之报，不恕其奸，良可慨矣。若夫兀术一战朱仙而以武穆败之，再战朱仙而以岳雷驱之。虽云奔北而竟以一人兼敌父子之勇，不亦难乎！至于假乎仙魔之说，信其有也，固可信其无也亦可。总之，自始及终，皆归于天，故以言乎实，则有忠有奸有横之可考，以言乎虚则有起有复有变之足观，实者虚之，虚者实之，娓娓乎有令人听之而忘倦矣。

（清）金丰《新镌精忠演义说本岳王全传序》，引自《中国历代小说论著选》，江西人民出版社本

凡稗官小说，于人之名字、居处、年岁、履历，无不凿凿记出，其究归于子虚乌有。是书半属含糊，以彼实者之皆虚，知此虚者之必实。

（清）诸联《红楼评梦》，引自《中国历代小说论著选》，江西人民出版社本

且《水浒》所写马萑苻啸聚之事，不过因《宋史》中一语凭空捏造出来。既是凭空捏造，则其间之曲折变幻，都是作者一时之巧思耳。

（清）毛声山《第七才子书总论》，嘉庆本

若《三国志》所写帝王将相之事，则实实有是事。而其事无不极其曲折，极尽变幻，便捏造亦捏造不出，此乃天地自运其巧思，凭空生出如许奇奇怪怪之人，因做出如许奇奇怪怪之事也。

（清）毛声山《第七才子书总论》，嘉庆本

2. 万古不坏　其唯虚空

上人学苦空，百念已灰冷，剑头惟一吷，焦谷无新颖。胡为逐吾辈？文字争蔚炳，新诗如玉雪，出语便清警。退之论草书，万事未尝屏，忧愁不平气，一寓笔所骋。颇怪浮屠人，视身如丘井，颓然寄淡泊，谁与发豪猛？细思乃不然，真巧非幻影。欲令诗语妙，无厌空且静；静故了群动，空故纳万境。阅世走人间，观身卧云岭。咸酸杂众好，中有至味永。诗法不相妨，此语当更请。

（宋）苏轼《送参寥师》，《东坡七集》卷十，《四部备要》本

境空纳浩荡，日暮生沉寥。竹声池边起，欲断还萧萧。文人方微吟，万象各动摇。林间光景异，月出东山椒。门前谁剥啄，已逝不须邀。

（宋）陈与义《寄题兖州孙大夫绝生亭二首》之二，《陈与义集》卷十二，中华书局本

古以王官采诗，子教伯鱼学诗，诗岂小事哉？古诗远矣，汉魏以来，音调体制屡变，作者虽不必同，然其佳者必同。繁浓不如简淡，直肆不如

微婉，重而浊不如轻而清，实而晦不如虚而明，不易之论也。

    （宋）刘克庄《跋真仁夫诗卷》，《后村先生大全集》，《四部丛刊》本

  "四虚"序云：不以虚为虚，而以实为虚，化景物为情思，从首至尾，自然如行云流水，此其难也。否则偏于枯瘠，流于轻俗，而不足采矣，姑举其所选一二云："岭猿同旦暮，江柳共风烟。"又"猿声知后夜，花发见流年。"若猿，若柳，若花，若旦暮，若风烟，若夜，若年，皆景物也。化而虚之者一字耳，此所以次于四实也。

    （宋）范晞文《对床夜语》卷二，《历代诗话续编》本

  词要清空，不要质实。清空则古雅峭拔，质实则凝涩晦昧。姜白石词如野云孤飞，去留无迹；吴梦窗词如七宝楼台，眩人眼目，碎折下来，不成片段。此清空质实之说。梦窗《声声慢》云："檀栾金碧，婀娜蓬莱，游云不蘸芳洲。"前八字恐亦太涩。如《唐多令》云："何处合成愁？离人心上秋。纵芭蕉不雨也飕飕。都道晚凉天气好，有明月，怕登楼。前事梦中休，花空烟水流。燕辞归客尚淹流。垂柳不萦裙带住，漫长是，系行舟。"此词疏快却不质实。如是者集中尚为，惜不多耳。白石词如《疏影》、《暗香》、《扬州慢》、《一萼红》、《琵琶仙》、《探春》、《八归》、《淡黄柳》等曲，不惟清空，又且骚雅，读之使人神观飞越。

    （宋）张炎《词源·清空》，人民文学出版社本

  天地间清气，为六月风，为腊前雪，于植物为梅，于人为仙，于千载为文章，于文章为诗。冰霜非不高洁，然刻厉不足玩；花柳岂不明媚，而终近妇儿。兹清气者，若不必有，而必不可无。自《风雅》来三千年于此，无日无诗，无世无诗，或得之简远，或得之低黯，或得之古雅，或得之怪奇，或得之优柔，或得之轻盈：往往无清意，则不足以名世。夫固各有当也，而后出者顾规规然效之，于其貌焉耳，而曰吾自学为某家，不亦驰骋于末流，而诗无本矣乎？清以气，气岂可攫而学、揽而蓄哉！

    （元）刘将孙《养吾斋集·彭宏济诗序》，引自《宋金元文论选》，人民文学出版社本

写景述事，宜实而不泥乎实。有实用而害于诗者，有虚用而无害于诗者。此诗之权衡也。

（明）谢榛《四溟诗话》卷一，人民文学出版社本

贯休曰："庭花濛濛水泠泠，小儿啼索树上莺。"景实而无趣。太白曰："燕山雪花大如席，片片吹落轩辕台。"景虚而有味。

（明）谢榛《四溟诗话》卷一，人民文学出版社本

李西涯曰："诗用实字易，用虚字难。盛唐人善用虚字，开合呼应，悠扬委曲，皆在于此。用之不善，则柔弱缓散，不复可振。"夏正夫谓："涯翁善用虚字，若'万古乾坤此江水，百年风日几重阳'是也。"西涯虚实，以字言之；子昂虚实，以句言之：二公所论，不同如此。

（明）谢榛《四溟诗话》卷一，人民文学出版社本

送君不可俗，为君写风竹。君听竹梢声，是风还是哭？若个能描风竹哭，古云画虎难画骨。

（明）徐渭《附画风竹于簏送子甘题此》，《徐渭集》卷五，中华书局本

不尽组织朝政，惟以空中点缀。谑浪处甚于怒骂。传崔、魏者，善摭实无过《清凉扇》，善用虚无过《广爱书》。

（明）祁彪佳《远山堂曲品》，《中国古典戏曲论著集成》（六），中国戏剧出版社本

传崔、魏者，详核易耳，独此与《广爱书》得避实击虚之法，偏于真人前说假话。内如"儒秽"、"祠佛"数折，尤为趣绝。

（明）祁彪佳《远山堂曲品》，《中国古典戏曲论著集成》（六），中国戏剧出版社本

信手写去，意尽而止，空灵宛畅，曲尽其妙。

（明）王嗣奭《杜臆》卷一《赠卫八处士》评语，上海古籍出版社本

此诗即漫兴也。水势不易描写，故止咏水槛浮舟，此避实击虚之法。
（明）王嗣奭《杜臆》卷四《江上值水如海势聊短述》评语，
上海古籍出版社本

剧戏之道，出之贵实，而用之贵虚。《明珠》、《浣纱》、《红拂》、《玉合》，以实而用实者也；《还魂》、《二梦》，以虚而用实者也。以实而用实也易，以虚而用实也难。
（明）王骥德《曲律·杂论》，《中国古典戏曲论著集成》（四），
中国戏剧出版社本

文至院本、说书，其变极矣。然非绝世轶材，自不妄作。如宗秀罗贯中、国初葛可久，皆有志图王者；乃（不）遇真主，而葛寄神医工，罗传神稗史。今读罗《水浒传》，从空中放出许多罡煞，又从梦里收拾一场怪诞；其与王实甫《西厢记》始以蒲东遘会，终以草桥扬灵，是二梦语，殆同机局。总之，惟虚故活耳。第入调笑，辄紧处着慢，多多愈善；才征筹绝处逢生，种种易穷，岂直不堪犄角中原，较是更输扶余一着。而志西湖者遂曰罗后三世患哑，谓其导人以贼云。噫！无人非贼，惟贼有人；吾儒中顾安得有是贼子哉！此《水浒》之所为作也。
（明）王圻《文史门·杂书类·院本》，《稗史汇编》卷一百三，
引自《〈水浒传〉资料汇编》，百花文艺出版社本

吾闻文章之家，固有所谓避实取虚之法矣。今兹略于破高廉而详于取公孙，意者其用此法欤。然业已略于高廉，而详于公孙，则何不并略公孙而特详于公孙之师？盖所谓避实取虚之法，至是乃为极尽其变，而李大哥特以妙人见借，助成局段者也。是故凡李大哥插科打诨，皆所以衬出真人；衬出真人，正所以衬出公孙也。若不知作者意思如此，而徒李大哥科诨之是求，此真东坡所谓士俗不可医，吾未如之何也？
（清）金圣叹《第五才子书施耐庵水浒传》第五十二总批，《金圣叹全集》（二），江苏古籍出版社本

古语有之：画咸阳宫殿易，画楚人一炬难；画舳舻千里易，画八月

潮势难。今读《水浒》至东郭争功，其安得谓之画火、画潮第一绝笔也！

（清）金圣叹《贯华堂第五才子书水浒传》第十二回总批，《金圣叹全集》（一），江苏古籍出版社本

填词结句，或以动荡见奇，或以迷离称隽，著一实语，败矣。康伯乐。可正是销魂时候也，撩乱飞花。"晏叔原"紫骝认得旧游踪，嘶过画桥东畔路。"秦少游"放花无语对斜晖，此恨谁知。"深得此法。

（清）沈谦《填词杂说》，《词话丛编》本

参释曰：博陵，崔氏郡名。据五性之辩证，谓莺是永宁尉崔鹏女。然亦拟议如是耳，况词家子虚，原非信史，必谓崔是终永宁而归长安、非终长安而归博陵者，一何太凿！

（清）毛奇龄《毛西河论定〈西厢记〉》卷之一，楔子〔仙吕·赏花时〕曲批语，诵芬室重校本

太白《邯郸才人嫁为厮养卒妇》诗，妙在不说目前之苦，只追想宫中乐处，文章于虚里摹神，所以超凡入圣耳。

（清）马位《秋窗随笔》，《清诗话》本

汾阳孔文谷云："诗以达性，然须清远为尚。薛西原论诗，独取谢康乐、王摩诘、孟浩然、韦应物，言'白云抱幽石，绿筿媚清涟。'清也；'表灵物莫赏，蕴真谁为传？'远也；'何必丝与竹，山水有清音。''景昃鸣禽集，水木湛清华。'清远兼之也。总其妙在神韵矣。"神韵二字，予向论诗，首为学人拈出，不知先见于此。

（清）王士禛《带经堂诗话》卷三，人民文学出版社本

命题何者为最难……一曰咏物，不达物之理，即状物之情，物理易明，物情难肖。有唐咏物诸什，少陵外无一可者，惟玉溪差得二三，然少全作。大抵才识浅者，不能刻入正面，取其省力易写，或比拟，或夹写，如是而已。虽雕文镂采，曼声逸韵，恶能切其綮而哕其戴哉？第正面易于窒碍，窒碍复近乎猜谜，则非空灵不可也。空灵而后物情得。由此推之，

卉木也，飞走也，烟云也，山川也，状之无难事矣。

（清）黄子云《野鸿诗的》，《清诗话》本

文法有平有奇，须是兼备，乃尽文人之能事。上古文字初开，实字多，虚字少。典谟训诰，何等简奥，然文法自是未备。至孔子之时，虚字详备，作者神态毕出。《左氏》情韵并美，文采照耀。至先秦、战国，更加疏纵。汉人敛之，稍归劲质，惟子长集其大成。唐人宗汉，多峭硬。宋人宗秦，得其疏纵，而失其厚懋，气味亦少薄矣。文必虚字备而后神态出，何可节损？然枝蔓软弱，少古人厚重之气，自是后人文渐薄处。

（清）刘大魁《论文偶记》，人民文学出版社本

其十二，"晨风怀苦心"四句，承上启下，无此横波宽转，上下直紧，故古诗必顿挫取势。"燕赵多佳人"，全是空愿积想，故成妙绪。若实有其人，实历其境，直是一酒色汉子，又做此诗何干！愁极无聊，思放情声色，此反语法，与"姑酌金罍"同意。不曰亲近美人，而曰"衔泥巢君屋"，何等蕴藉！觉唐人"便令今日死君家"语太伧。

（清）张谦宜《𫄧斋诗谈》卷四，《清诗话续编》本

《刘少府山水障歌》中间"反思前夜风雨急"四句，向笔墨神通处一衬，将前后实写底俱映得灵异深沉，此以虚运实之妙。

（清）张谦宜《𫄧斋诗谈》卷四，《清诗话续编》本

《空囊》，布笔凡四层，写一"空"字，最为有法，凡看题无层次，便是思路不开。一二不厌其空，三四乃所以空，五六是空后实境，七与八则拗结扛题法。"不爨井晨冻，无衣床夜寒"，写"空"字只用映衬，却又切挚。

（清）张谦宜《𫄧斋诗谈》卷四，《清诗话续编》本

钟厚必哑，耳塞必聋。万古不坏，其唯虚空。诗人之笔，列子之风。离之愈远，即之弥工。仪神黜貌，借西摇东。不阶尺水，斯名应龙。

（清）袁枚《续诗品·空行》，《小仓山房诗集》卷二十，《四部备要》本

严冬友曰:"凡诗文妙处全在于空,譬如一室内人之所游焉息焉者,皆空处也。若室而塞之,虽金玉满堂而无安放此身处,又安见富贵之乐耶?钟不空则哑矣,耳不空则聋矣。"范景文《对床录》云:"李义山《人日诗》,填砌太多,嚼蜡无味,若其他怀古诸作,排空融化,自出精神。"一可以为戒,一可以为法。

(清)袁枚《随园诗话》卷十三,人民文学出版社本

诗有空写而不觉其空者,不读书人效之,便味同嚼蜡。屈翁山云:"白鹭一溪影,桃花何处湾?"其神韵色泽,味之弥长。欲为此等,当先读书。即如太白"床前明月光"一首,似不从读书得来,然其机神一片,又非藉书卷之气以发性灵,则断断不能。古人所传,亦有思妇劳人之什,然持较气味终别。又有故典与题全没关涉,信手拈来,妙不可言者。翁山《太白祠》句云:"才人自古蛟龙得,太白三间两水仙。"读之令人惊喜。如此捏合用事,岂非妙手!

(清)延君寿《老生常谈》,《清诗话续编》本

天以空而高,水以空而明,性以空而悟。空则超,实则滞。石以皱为贵,词亦然。能皱必无滑易之病,梦窗最善此。

(清)孙麟趾《词径》,《词话丛编》本

文至易躐处即须飞起,然天下事当得此意者不惟文。学文艺者执名相窠臼求之,则艺必难进,就使能进,亦复易退。要知非空诸所有,不能包诸所有也。

(清)刘熙载《游艺约言》,《古桐书屋续刻三种》,清光绪刊本

杜工部称庾开府曰:"清新","清"者,流丽而不浊滞;"新"者,创见而不尘腐也。

(清)张培仁《妙香室丛话》卷三,引自《笔记小说大观》,江苏广陵古籍刻印社本

此篇前半结过牛浦郎,递入鲍文卿传命案三件,其情节荒唐略同,两虚一实,衬托妙无痕迹。写向知县是个通才,却不费笔墨,只用一两句点

逗大略，又从鲍文卿口中传述。行文深得避实击虚之妙。

(清)无名氏《闲卧草堂儒林外史回评》(第二十四回)，引自《中国历代小说论著选》，江西人民出版社本

八

真　伪

1. 文之真不可使人忘事之幻

　　植物之中竹难写，古今虽画无似者。萧郎下笔独逼真，丹青以来唯一人。人画竹身肥臃肿，萧画茎瘦节节竦。人画竹梢死赢垂，萧画枝活叶叶动。不根而生从意生，不笋而成由笔成。野塘水边埼岸侧，森森两丛十五茎。婵娟不失筠粉态，萧飒尽得风烟情。举头忽看不似画，低耳静听疑有声。西丛七茎劲而健，省向天竺寺前石上见。东丛八茎疏且寒，忆曾湘妃庙里雨中看。幽姿远思少人别，与君相顾空长叹。萧郎萧郎老可惜，手战眼昏头雪色。自言便是绝笔时，从今此竹尤难得。

　　　　　　　　（唐）白居易《画竹歌》，《白居易集》卷十二，中华书局本

　　张氏子得天之和，心之术，积为行，发为艺；艺尤者，其画欤？画无常工，以似为工；学无常师，以真为师。故其措一意，状一物，往往运思，中与神会，仿佛焉若驱和役灵于其间者。

　　　　　　　　（唐）白居易《记画》，《白居易集》卷四十三，中华书局本

　　画工出幻事，缟素发原薮。萧萧白茅低，凛凛北风走……

　　　　　　　　（宋）张耒《挂虎图于寝壁示秬秸》，《柯山集》卷六，《丛书集成》本

　　舒王与吴彦律云："含风鸭绿鳞鳞起，弄日鹅黄袅袅垂。"自云此几

凌轹造物。

(宋) 王直方《王直方诗话》,《宋诗话辑佚》本

(梁) 相国于兢,善画牡丹,幼年从学,见牡丹盛开,乃落笔做之,不浃旬夺真。有人赠诗曰:"看时人出涩,展处蝶争来。"有全本《折枝图》传于世。

(宋) 李颀《古今诗话》,《宋诗话辑佚》本

杜子美《古柏行》云:"霜皮溜雨四十围,黛色参天二千尺。"沈存中《笔谈》云:"无乃太细长乎?"余谓诗意止言高大,不必以尺寸计也。《诗评》载王郊《大夫竹诗》示东坡,其一联云:"叶排千口剑,干耸万条枪。"坡曰:"十条竹一个叶也。"若郊者又何足以语诗乎?坡公云:"人看王郊诗,若能忍笑,诚为难事。"盖谓此耳。

(宋) 葛立方《韵语阳秋》卷十六,《历代诗话》本

智巧之于文,不能无也,而不可用也。虽未尝用也,而亦未尝无也,斯其为神乎?今之为文者,竭智巧以学之而不得其意,故其文非拘则腐,非诞则野,非有余则不足,求其工且不可致,况于神乎?公之文,非今之文也,得苏子之意者也。李白之诗,庄周之书,皆是理也,而不可以言传也。孔子曰:"知变化之道者,其知神之所为也。"知神之所为,则道自我出矣。文奚可胜用耶?

(明) 方孝孺《苏太史文集序》,《逊志斋集》卷十二,《四部备要》本

李载贽曰:"《水浒传》事节都是假的,说来却似逼真,所以为妙。常见近来文集,乃有真事说做假者,真钝汉也;何堪与施耐庵、罗贯中作奴?"

(明) 李贽《水浒传回评》第一回评语,引自《水浒传资料汇编》,百花文艺出版社本

秃翁曰:《水浒传》文字原是假的,只为他描写得真情出,所以便可与天地相终始。即此回中李小二夫妻两人情事,咄咄如画,若到后来混天

阵处都假了，费尽苦心亦不好看。

（明）李贽《李卓吾先生批评忠义水浒传》第十回总评，引自《水浒传资料汇编》，百花文艺出版社本

似假似真，令人惝恍。文至此，活矣！活矣！

（明）李贽《李卓吾批评琵琶记》，第三十七出《书馆悲逢》[太师引] 曲批语，《古本戏曲丛刊》初集本

戏则戏矣，倒须似真，若真者反不妨似戏也。今戏者太戏，真者亦太真，俱不是也。

（明）李贽《李卓吾批评琵琶记》，第八出《文场选士》总批，《古本戏曲丛刊》初集本

临川清远道人，自泥天灶取日膏月汁，烘烧五色之霞，绝不肯俯齐州抢烟片点，于是《四梦》熟而脍炙四天之下。四天之下，遂兢与传其薪，而乞其火，递相梦，梦凌夷，至胡柴白棍窜塞，睐哭其中，竟不以影质溺，则亦大可哈矣。道人去廿余年，而皖有眉隐山樵出，蚤慧蚤髯复蚤贵，肺肝锦洞，灵识犀通，奥简遍探，大书独括。曾以文魁发燥，表厌会场，奉使极旗亭邮道之踪，补衮益山龙縠藻之美。著作建明，别有颠尾，时命偶谬，丁遇人疴，触忌招訾，渭泾倒置。遂放意归田，白眼寄傲，只于桃花扇影之下，顾曲辨拙。一日，拍案大叫，以为天下事有何径正，万车载鬼，悉黎丘耳。乃不谱旧闻，妄舒臆舌，划雷晴里，布架空中，甫阅月而《春灯谜记》就，亦不减击钵之敏矣。中有十错认，自君臣、父子、兄弟、夫妇、朋友，以至伦物上下，无不认也，无不错也。文笋斗缝，巧轴转关，石破天来，峰穷境出，拟事既以胆贴，集唐若出前缘。为予监优两夕，千人万人，俱大欢喜，或痴其神，或悸其魄，或颤其首，或迸其泪。真有此学官之儿，真有此安抚之女，夺舍离魂，飞头易面，亦可谓偃师般倕之最狡极猰者矣。然予断之，两言而止：天下无可认真，而惟情可认真；天下无有当错，而惟文章不可不错。情可认真，此相如、孟光之所以一打而中也；文章不可不错，则山樵花笔之所以参伍而综也。作《易》者其有忧心乎？山樵之铸错也，续道人之残梦也。梦严出世，错宽出世，至梦与错交行于世，

以为世固当然，而天下事岂可问哉！

（明）王思任《十错认春灯谜记序》，《王季重十种》杂序，《中国文学珍本丛书》本

叔考匠心创词，能就寻常意境，层层掀翻，如一波未平，一波复起。词以淡为真，境以幻为实，《睡红》其一也。

（明）祁彪佳《远山堂曲品》，《中国古典戏曲论著集成》（六），中国戏剧出版社本

安定周邂逅邻舟之女，金太守竟以神拥信之。安理为逆奴所构，都宪兄不能庇其一弟：皆出情理之外。

（明）祁彪佳《远山堂曲品》，《中国古典戏曲论著集成》（六），中国戏剧出版社本

天地间有真必有假，无假则真不足贵矣。真者少，假者多，眩假而失真非也，恶假而摈真尤非也。世人不出此两途者鲜矣。

（明）王嗣奭《管天笔记外编》卷下，《四明丛书》本

文不幻不文，幻不极不幻。是知天下极幻之事，乃极真之事；极幻之理，乃极真之理。故言真不如言幻，言佛不如言魔。魔非他，即我也。我化为佛，未佛皆魔。魔与佛力齐而位逼，丝发之微，关头匪细。摧挫之极，心性不惊。此《西游》之所以作也。说者以为寓五行生克之理，玄门修炼之道。余谓三教已括于一部，能读是书者，于其变化横生之处引而伸之，何境不通？何通不洽？而必问玄机于玉匮，探禅蕴于龙藏，乃始有得于心也哉？至于文章之妙，《西游》、《水浒》实并驰中原，今日雕空凿影，画脂镂冰，呕心沥血，断数茎髭而不得惊人只字者，何如此书驾虚游刃，洋洋缅缅数百万言，而不复一境，不离本宗；日见闻之，厌饫不起；日诵读之，颖悟自开也！故闲居之士，不可一日无此书。

（明）袁于伶《西游记题辞》，引自《中国历代小说论著选》，江西人民出版社本

尝记《博物志》云："汉刘褒画《云汉图》，见者觉热，又画《北风图》，见者觉寒。"窃疑画本非真，何缘至此？然犹曰：人之见为之也。

甚而僧繇点睛，雷电破壁；吴道玄画殿内五龙，大雨辄生烟雾。是将执画为真，则既不可，若云赝也，不已胜于真者乎？

  （明）睡乡居士《二刻拍案惊奇序》，引自《中国历代小说论著选》，江西人民出版社本

  今小说之行世者，无虑百种，然而失真之病，起于好奇。知奇之为奇，而不知无奇之所以为奇。舍目前可纪之事，而驰骛于不论不议之乡。如画家之不图犬马，而图鬼魅者，曰：吾以骇听而止耳。夫刘越石清啸吹笳，尚能使群胡流涕解围而去。今举物态人情，恣其点染，而不能使人欲歌欲泣于其间，此其奇与非奇，固不待智者而后知之也。则为之解曰：文自《南华》、《冲虚》，已多寓言，下至非有先生、冯虚公子，安所得其真者而寻之？不知此以文胜，非以事胜也。至演义一家，幻易而真难，固不可相衡而论矣。有如《西游》一记，怪诞不经，读者皆知其谬。然据其所载，师弟四人，各一性情，各一动止，试摘取其一言一事，遂使暗中摹索，亦知其出自何人，则正以幻中有真，乃为传神阿堵，而已有不如《水浒》之讥，岂非真不真之关，固奇不奇之大较也哉。

  （明）睡乡居士《二刻拍案惊奇序》，引自《中国历代小说论著选》，江西人民出版社本

  野史尽真乎？曰：不必也。尽赝乎？曰：不必也。然则，去其赝而存其真乎？曰：不必也。

  （明）无碍居士《警世通言叙》，引自《中国历代小说论著选》，江西人民出版社本

  文章途辙，千途万方，符印古今浩劫不变者，惟真与伪二者而已。伪体兹多，稂莠烦殖，有以猎兔园、拾饾饤为经术者矣；有以开马肆、陈刍狗为理学者矣；有以拾断烂、党枯朽为史笔者矣；有以造木鸢、祈土龙为经济者矣。真文必淡，而陈羹馂酒、酸薄腐败者亦曰淡；真文必质，而盘木焦桐、卷曲枯朽者亦曰质；真文必简，而断丝折线、尺幅窘窄者亦曰简；真文必平，而涔蹄牛踪、行凑纡余者亦曰平；真文必变，而飞头岐尾、乳目脐口者亦曰变。真则朝日夕月，伪则朝华夕槿也；真则精金美

玉，伪则瓦砾粪土也。不待比量而区以别也。

（清）钱谦益《复李叔则书》，《牧斋有学集》卷三十九，《四部丛刊》本

后人有《西游记》者，殆《华严》之外篇也。其言虽幻，可以喻大；其事虽奇，可以证真；其意虽游戏三昧，而广大神通具焉。

（清）尤侗《西游真诠序》，《西游真诠》卷首，清同志堂本

得复札云：场中文宜假不宜真，且以不佞持论太真。少时应举几隽复失，及前辈名士下第，皆为舍易趋难，认真太过所误。窃谓不然。凡天下之事，假难而真易，真属天机，假因人力，以人力而夺天机，是岂容易能之乎？里中有老优者，尝为不佞述其为优五十年，其视起居饮食，对妻子，酬宾友，无一事而非剧场；及其登场，则又如身在离合生死荣辱得失之内，自为悲喜啼笑，与观剧者同为悲喜啼笑，不敢以轻心居之，息气应之也。吾友龙仲房，少以画牛得名。尝裸逐牛队，学其斗角磨痒，啮草眠云之势，居然牛也。人皆知剧场非真境，画牛非真牛矣，而不知优人不真则戏不成，画牛不真则似不显。天下极假之事，必以极真之功力为之，岂可以读书作文极真之事，反视以为假，藐以为易乎？不佞少时，畏假之难，不敢为假，非止于不欲为假也。足下乃谓假易而真难，以先辈名士不第为舍易趋难，舍假趋真之误。窃恐足下以此自误，彼先辈之言未尝误足下也。

（清）贺贻孙《答友人论文一》，《水田居文集》卷五，引自《中国美学史资料选编》，中华书局本

世有至真之文疑于假者：国策设辨，有同系影；漆园著论，譬诸画风；龙见鸟澜，初无定质；波诡云谲，难以形求；然此勾笔空肠，皆依实相真体。又其次者，织彩为花，铺锦成霞；鲛人泣珠，无非明月；蜃气出海，皆成楼台；亦须学问蹠实，乃能富有日新。凡此二者，假即似假，真则至真，故曰，大文必朴，又曰，修词立诚。朴诚者，真之至也。为文必本于朴诚，而后随境所触，随笔所之，旁见侧出，主客变换，恍惚离奇，鬼神莫测；譬如镜中西施，身影皆丽，雪夜梅花，香色难分。以是为文，则假乃即真之谓，而非反真之谓。不佞不必去假以存真，足下亦何必崇假

而灭真耶？

（清）贺贻孙《答友人论文二》，《水田居文集》卷五，引自《中国美术史资料选编》，中华书局本

大宋《落花诗》"泪脸补痕劳獭髓"，盖用邓夫人药中琥珀屑多，颊成红点，益助其妍，以形容堕瓣残香之零断也。思路至此，曲而细矣。"舞台收影费鸾肠"，孤鸾不舞，花枝倚风，有似于舞，妙用一"影"字，似幻似真，说得圆活。花落则影收，鸾应思之，此诗之不可以辞害志者也。（黄白山评："'费鸾肠'三字丑恶之极，且生撰以对'劳獭髓'意甚偏枯，有何风致而赏之耶！"）余尝叹二诗之妙，极不难知，夏子乔独以通篇不露出"落"字，事业远过其弟，子京果终于侍从，人因服夏藻鉴之精。余谓此真是富贵人相诗法，风骚家恐不烦尔尔。

（清）贺裳《载酒园诗话》，《清诗话续编》本

杨升庵曰："诗至杜而极盛；然诗教之衰自杜始。理学至程、朱而极明；然理学之暗自程、朱始。非杜与程、朱之过去，是尊杜与程、朱者之过也。"《客座赘语》曰："李于鳞诗律细而调高；然似吴中暴富儿局面，止是华美精致。若杜少陵，便如累世老财主，家中百物具足，即偶然陈朽间错，愈见其为富有也。"两段议论甚佳，故录之。

（清）袁枚《随园诗话补遗》卷一，人民文学出版社本

"不知今夜游何处，侍从皆骑白凤凰。"逼真神仙。"黄昏风雨黑如磐，别我不知何处去。"逼真剑侠。"千回饮博家仍富，几处执仇身不死。"逼真豪士。"天寒翠袖薄，日暮倚修竹。"逼真美人。"门前债主雁行列，屋里酒人鱼贯眼。"逼真无赖。"依倚将军势，调笑酒家胡。"逼真豪奴。近江宁友人燕山南《暑夜纳凉》诗云："破芭蕉畔一丝风"，逼真穷鬼语。陈毅《感事》云："偏是荒年饭量加"逼真饿鬼语。

（清）洪亮吉《北江诗话》卷一，人民文学出版社本

庄子寓真于诞，寓实于玄，于此见寓言之妙。

（清）刘熙载《艺概·文概》，上海古籍出版社本

赋当以真伪论，不当以正变论。正而伪，不如变而真。屈子之赋，所由尚已。

（清）刘熙载《艺概·赋概》，上海古籍出版社本

本书写红火热闹处。定要两事遥遥相对，写一样的两件事，又同又异，异中见同，缝合得十分工巧。如第十一回写了薛蟠，本回写了刘老老。在那一回里为宴行令，这一回里则为令开宴。那一回里，逗人发笑的是薛蟠，这一回里供人取笑的是刘老老。那一回里薛蟠不等宝玉说完，先站起来拦阻；这一回里鸳鸯未开口，刘老老便下席摆手。薛蟠说："我不来，别算我"，刘老老说："别这样捉弄人，我家去了"。推薛蟠坐下的是云儿，喝住刘老老的是鸳鸯。薛蟠和令是顿时着急，刘老老和令却想了半天。薛蟠说出的话句句讲他的行径，刘老老的每句话都是她的见识。薛蟠的动作都是出于真情，刘老老的举止全是故意作戏。真真假假，是本书的一条大纲，这就是遥相对称，似同而异。

（清）哈斯宝《〈新译红楼梦〉回评》，引自《中国历代小说论著选》，江西人民出版社本

（琵琶）以事之必不然而写之，总以明其寓言之非真耳。然事之虚幻，固为不必有之事；而文之真，至竟成必有之文，使人读其文之真而忘其事之幻，则才子之才，诚不可以意量而计测也。

（清）毛声山《第七才子总论》，嘉庆本

《红楼梦》一书，全部最要关键是"真假"二字。读者须知，真即是假，假即是真；真中有假，假中有真；真不是真，假不是假。明此数意，则甄宝玉、贾宝玉是一是二，便心目了然，不为作者冷齿，亦知作者匠心。

（清）王希廉《红楼梦总评》，引自《中国历代小说论著选》，江西人民出版社本

为人作传状志铭，须如绘像肖其人方好。即加修饰，亦须存四五分真面目。今人只雕一具足好相，逢人便印耳。

（清）龚炜《巢林笔谈续编》卷下，中华书局本

传者之事,何取于真;作者之意,岂遂可没;取而奇之,亦传者之情耳。

(明)梅孝己《墨憨斋新定洒雪堂传奇序》,《古本戏曲丛刊》(二集)本

事实虽不必一一求真,然总宜近于情理,不致过于荒唐者,乃为得之。元人杂剧,事实多半荒唐,不近情理,然彼乃大辂椎轮,自多疏处,只宜观其文气,不必论其事实也。若元以后传奇,尽有配置事实甚佳者,如梁伯龙之《浣纱记》,谱西施事,贯穿吴越春秋,热闹之中,亦复一丝不紊。如徐复祚之《红梨记》,虽非依据史传,然绾合南宋金人时事,于言情中,兼寓国家兴亡感想,事实均极佳。如汤若士之《四梦》、《还魂》情节新颖,固自可喜;而《邯郸》《南柯》,按唐人小说事,布置全剧,尤极清楚可法;《紫钗》则稍伤繁冗,经臧晋叔删改,遂成全璧。其他佳本尚多,不胜枚举。总之,军(事)实无论虚实,但必勿过于牵强荒谬斯可矣。

(清)许之衡《论传奇之结构》,《作曲法》,引自《中国古典编剧理论资料汇辑》,中国戏剧出版社本

写实事易,写假事难。金圣叹云:最难写打虎、偷汉。今观《水浒》写潘金莲、潘巧云之偷汉,均极工;而武松、李逵之打虎,均不甚工。李逵打虎,只是持刀蛮杀,固无足论;武松打虎,以一手按虎之头于地,一手握拳击杀之。夫虎为食肉类动物,腰长而软,若人力按其头,彼之四爪均可上攫,与牛不同也。若不信,可以一猫为虎之代表,以武松打虎之方法打之,则其事之能不能自见矣。盖虎本无可打之理,故无论如何写之,皆不工也。打虎如此,鬼神可知。

(清)夏曾佑《小说原理》,引自阿英《晚清文学丛钞·小说戏曲研究卷》本

2. 似者得其形遗其气　真者气质俱盛

戴容州云:"诗家之景,如兰田日暖,良玉生烟,可望而不可置于眉

睫之前也。"象外之象，景外之景，岂容易可谈哉？然题纪之作，目击可图，体势自别，不可废也。

（唐）司空图《与极浦书》，《司空表圣文集》卷三，《四部丛刊》本

夫阴阳陶蒸，万象错布，玄化亡言，神工独运。草木敷荣，不待丹碌之彩。云雪飘扬，不待铅粉而白。山不待空青而翠，凤不待五色而䌽。是故运墨而五色具，谓之得意。意在五色，则物象乖矣。夫画物，特忌形貌采章历历具足，甚谨甚细而外露巧密。所以不患不了，而患于了。既知其了，亦何必了。此非不了也。若不识其了，是真不了也。

（唐）张彦远《论画》，《历代论画名著汇编》本

似者得其形遗其气，真者气质俱盛。凡气传于华，遗于象，象之死也。

（五代·梁）荆浩《笔法记》，引自《中国美学史资料选编》，中华书局本

世之评画者曰："妙于生意，能不失真如此矣，是为能尽其技。"尝问："如何是当处生意？"曰""殆谓自然。"其问自然？则曰："能不异真者，斯得之矣。"且观天地生物，特一气运化尔，其功用妙移，与物有宜，莫知为之者，故能成于自然。今画者信妙矣，方且晕形布色，求物比之，似而效之，序以成者，皆人力之后先也。岂能以合于自然者哉？徐熙作花，则与常工异矣，其谓可乱本失真者，非也。若叶有向背，花有低昂，絪缊相成，发为余润，而花光滟逸，晔晔灼灼，使人目识眩耀，以此仅若生意可也。赵昌画花，妙于设色，比熙画更无生理，殆若女工绣屏障者。

（宋）董逌《书徐熙画牡丹图》，《广州画跋》卷三，《画品丛书》，上海人民美术出版社本

乐天言："画无常工，以似为工。"画之贵似，岂其形似之贵耶？要不期于所以似者贵也。今画师卷墨设色，摹取似类，见其似者，踉蹡其处而喜矣。则色以红白青紫，花房萼茎蕊叶，以尖圆斜直，虽寻常者犹不

失。曰：此为日精，此为木芍药，至于百花异英，皆按形得之，岂徒曰似之为贵，则知无心于画者，求于造物之先。凡赋形出象，发于生意，得之自然。待其见于胸中者，若花若叶，分布而出矣。然后发之于外，假之手而寄色焉，未尝求其似者而托意也。无本学画于徐熙，而微觉用意求似者，既遁天机，不若熙之进乎技。

    （宋）董逌《书李无本花木图》，《广川画跋》卷五，《画品丛书》，上海人民美术出版社本

  事至于过当，便是伪。

    （宋）朱熹《力行》，《朱子语类辑略》卷三，《丛书集成》本

  作者求与古人合，不若求与古人异；求与古人异，不若不求与古人合而不能不合，不求与古人异而不能不异。彼惟有见乎诗也，故向也求与古人合，今也求与古人异，及其无见乎诗已，故不求与古人合而不能不合，不求与古人异而不能不异。其来如风，其止如雨，如印印泥，如水在器，其苏子所谓不能不为者乎？

    （宋）姜夔《白石诗集》自叙二，《四部丛刊》本

  论诗者贵乎似，论似者可以言尽耶！少陵春水生二首云："二月六夜春水生，门前小滩浑欲平。鸬鹚溪鹅莫漫喜，吾与汝曹俱眼明。""一夜水高二尺强，数目不敢更禁当。南市津头有船卖，无钱即买系篱傍。"曾空青清樾轩二诗云："卧听滩声灇灇流，冷风凄雨似深秋。江边石上乌臼树，一夜水长到梢头。""竹间嘉树密扶疏，异乡物色似吾庐。清晓开门山负水，已有小舟来卖鱼。"似耶不似耶？学诗者不可以不辨。

    （宋）魏庆之《诗人玉屑》卷一"赵章泉论诗贵乎似"条，上海古籍出版社本

  杨轩《牡丹》诗云："杨妃歌舞态，西子巧谗魂。利剑斸不断，余妖钟此根。"东坡咏酴醾以"吴宫红粉"命意，而终之曰"馀妍入此花"。山谷咏桃花，以"九疑萼绿华"命意，而终之曰："犹记馀情开此花"。咏水仙以"凌波仙子"命意，而终之曰"种作寒花寄愁绝。"是皆以美人比花，而不失其为花。近世士大夫，有以墨梅诗传于时者，其一云："高

鬓长眉满汉宫，君王图上按春风。龙沙万里王家女，不著黄金买画工。"其一云："五换邻钟三唱鸡，云昏月淡正低迷。风帘不著栏干角，瞥见伤春背面啼。"予尝诵之于人，而问其咏何物，莫有得其仿佛者，告以其题，犹惑也。尚不知为花，况知其为梅，又知其为画哉？自赋诗不必此诗之论兴，作者误认而过求之，其弊遂至于此，岂独二诗而已。东坡《眉石砚》、《醉道士石》等篇，可谓横放而旷远，然亦未尝去题也。而论者犹戒其专力于是，则秉笔者，曷少贬乎？

（金）王若虚《滹南诗话》卷三，《历代诗话续编》本

《拜月》、《西厢》，化工也；《琵琶》，画工也。夫所谓画工者，以其能夺天地之化工，而其孰知天地之无工乎？今夫天之所生，地之所长，百卉具在，人见而爱之矣，至觅其工，了不可得，岂其智固不能得之欤！要知造化无工，虽有神圣，亦不能识知化工之所在，而其谁能得之？由此观之，画工虽巧，已落二义矣。文章之事，寸心千古，可悲也夫！

且吾闻之：追风逐电之足，决不在于牝牡骊黄之间；声应气求之夫，决不在于寻行数墨之士；风行水上之文，决不在于一字一句之奇。若夫结构之密，偶对之切；依于理道，合乎法度；首尾相应，虚实相生：种种禅病皆所以语文，而皆不可以语于天下之至文也。杂剧院本，游戏之上乘也，《西厢》、《拜月》，何工之有！盖工莫工于《琵琶》矣。彼高生者，固已殚其力之所能工，而极吾才于既竭。惟作者穷巧极工，不遗余力，是故语尽而意亦尽，词竭而味索然亦随以竭。吾尝揽《琵琶》而弹之矣：一弹而叹，二弹而怨，三弹而向之怨叹无复存者。此其故何耶？岂其似真非真，所以入人之心者不深耶！盖虽工巧之极，其气力限量只可达于皮肤骨血之间，则其感人仅仅如是，何足怪哉！《西厢》、《拜月》，乃不如是。意者宇宙之内，本自有如此可喜之人，如化工之于物，其工巧自不可思议尔。

（明）李贽《杂说》，《焚书》卷三，中华书局本

水浒传事节都是假的。说来却似逼真，所以为妙。常见近来文集，乃有真事说假者，真钝汉也！何堪与施耐庵罗贯中作奴。

（明）李贽《忠义水浒传》第一回评语，《明容与堂刻水浒传》，上海人民出版社本

且画之用，或不减于真，甚且过之。今夫一草一木一花一石一竹一禽一鱼一虫，以至竹篱茅舍，断桥垝垣，草衣芒蹻，人见其真者，如未之或见也。一入名手点染，好事者即成佳观。以此知真者细，入画则重，真者恒，入画则奇，真者近，入画则远。子第工真画者，何必真？即如今人作诗文，自诧名家，其远神近体，时似恒似，宁渠能起古人而肉朽骨，使之言笑步趋？余以为人巧之极，错以天工，不过如顾陆写生止耳。由此观之，世固鲜有真者，皆画之类也，子第工其画者，何必真也！

（明）钟惺《画龙说赠王生南游》，《钟伯敬合集》文集，《中国文学珍本丛书》本

山水不言示以天，每听诗家画家传。性习所至笔或后，笔亦时过性习先。点染何尝不求似，似者有时不必然。迁作精神漫作形，虎头半处即其全。四十以后始盘礴，身世之外自起落。自许波澜已老成，视之反似学人作。吾闻老子能婴儿，恰是至人神化时。

（明）钟惺《范漫翁画山水歌》，《钟伯敬合集》诗集，《中国文学珍本丛书》本

余尝概论诗文，似醇者中必杂，似深者中必浅，似细者中必粗，似静者中必乱，似密者中必疏，似腴者中必枯，似奇者中必迂，似达者中必僿。如此反勘，不可胜举，大约嫌其似而已。

（清）贺贻孙《诗筏》，《清诗话续编》本

《遁斋闲览》曰："杜牧《华清宫》诗：'长安回望绣成堆，山顶千门次第开。一骑红尘妃子笑，无人知是荔枝来。'尤脍炙人口。据《唐纪》，明皇以十月幸骊山，至春即还宫，是未尝六月在骊山也。然荔枝盛暑方熟，词意虽美，而失事实。"此辨甚正。按陈鸿《长恨传》叙玉妃授方士语曰："昔天宝十载，侍辇避暑骊山宫，秋七月，牵牛织女相见之夕，秦人风俗，夜张锦绣，陈饮食，树瓜花，焚香于庭，号为乞巧。宫掖间尤尚之。时夜殆半，休侍卫于东西厢，独侍上。上凭肩而立，因仰天感牛女事，密相誓心，愿世世为之夫妇。言毕，执手各呜咽。"白诗曰："七月七日长生殿，夜半无人私语时"，正咏其事。长生殿在骊山顶，则

暑月未尝不至华清，牧语未为无据也。然细推诗意，亦止形容杨氏之专宠，固不沾沾求核。正如义山"夜来江令醉，别诏宿临春"，致尧则曰"密旨不教江令醉，丽华含笑认皇慈"，盖总以写倖臣狎客之态，惟在得其神情，原不拘于醉不醉，真所谓"淡妆浓抹总相宜"也，无容膠执耳。

　　　　　　　　　　　　（清）贺贻孙《诗筏》，《清诗话续编》本

　　学诗如学书，必先求其似，然后求其不必似，乃得。

　　　　　　　　　（清）毛先舒《诗辩坻》卷三，《清诗话续编》本

　　余尝有诗题鲁得之竹云，倪迂画竹不似竹，鲁生下笔能破俗。言画竹当有逸气也。

　　　　　　　　　（清）恽正叔《南田论画》，《历代论画名著汇编》本

　　咏物贵似，然不可刻意太似。取形不如取神，用事不如用意。

　　　　　　　　　　（清）田同之《西圃词说》，《词话丛编》本

　　咏物固不可不似，尤忌刻意太似。取似不如取神，用事不若用意。

　　　　　　　　　　（清）王又华《古今词论》，《词话丛编》本

　　欧公学韩文，而所作文，全不似韩：此八家中所以独树一帜也。公学韩诗，而所作诗颇似韩：此宋诗之所以不能独成一家也。

　　　　　　　　（清）袁枚《随园诗话》卷六，人民文学出版社本

　　予每当风雨时，辄喜画竹，画毕视之，又不似竹。不似竹便是风雨。画竹易，画风雨难。然则画似竹易，画不似竹难。于诗中咏物亦然。

　　　　　　　　（清）厉志《白华山人诗说》卷一，《清诗话续编》本

　　元、韦两家皆学陶。然苏州犹多一"慕陶直可庶"之意，吾尤爱次山以不必似为真似也。

　　　　　　　　　（清）刘熙载《艺概·诗概》，上海古籍出版社本

　　七言初唐、盛唐虽各一体，然极七言之变，则元、白、温、李皆在所不废。元、白体至卑，乃《琵琶行》、《连昌宫词》、《长恨歌》未尝不可

读。但子由所云："元、白纪事，尺寸不遗"，所以拙耳。

（清）宋徵璧《抱真堂诗话》，《清诗话续编》本

古人之诗如画意，人物衣冠，不必尽似，而风骨宛然。近代之诗如写照，毛发耳目，无一不合，而神气索然。彼以神运，此以形求也。汉魏之古风，盛唐之近体，赠送酬答，不必知其为谁，而一段精神意气，非所与者不足当之，所谓写意也。近代之诗，赠送酬答，必点出姓氏官爵，甲不可乙，左不可右，以为工妙，而不知其反拙矣，所谓写照也。此说载于慎行《笔麈》。

（清）金埴《不下带编》卷四，中华书局本

3. 妙在不即不离间

老杜诗："重露成涓滴，稀星乍有无。"前辈谓此联能穷物理之变，探造化之微。又有句云："久露晴初湿，高云薄未还。"又"晚照斜初彻，浮云薄未归。"虽不迨前作，然含悠扬不迫之意，他人未易及也。若"塞云多断续，边日少光辉。"又"蜀星阴见少，江雨夜闻多"。则又与前所称者不同也。

（宋）范晞文《对床夜语》卷三，《历代诗话续编》本

诗难于咏物，词为尤难。体认稍真，则拘而不畅；模写差远，则晦而不明；要须收纵联密，用事合题，一段意思，全在结句，斯为绝妙。如史邦卿《东风第一枝》咏春雪云……《绮罗香》咏春雨云……《双双燕》咏燕云……白石《暗香》、《疏影》咏梅云……《齐天乐》赋促织云……此皆全章精粹，所咏瞭然在目，且不留滞于物。

（宋）张炎《词源·咏物》，人民文学出版社本

诗中传画意，画里见诗余；山色无还有，云光卷复舒。前溪渔父宿，旧宅梵王居；千古风流在，披图俨起予。

（元）袁桷论王维《辋川图》，《清容居士集》卷九，《丛书集成》本

夫意象应曰合，意象乖曰离，是故乾坤之卦，体天地之撰，意象尽矣。空同丙寅间诗为合，江西以后诗为离。

（明）何景明《与李空同论诗书》，《何大复先生全集》卷三十二，赐策堂本

凡作诗不宜逼真，如朝行远望，青山佳色，隐然可爱，其烟霞变幻，难于名状。及登临非复奇观，惟片石数树而已。远近所见不同，妙在含糊，方见作手。

（明）谢榛《四溟诗话》卷三，人民文学出版社本

王右丞诗云："江流天地外，山色有无中。"是诗家极俊语，即入画三昧。黄子久《江山览胜图》是画家极秀笔，却入诗三昧。吾尝挟短笻北固，于轻阴薄暮时，置眼暗淡间，远树若荠，人家若蜃市，恍然此卷之在目；归从青箱中拈出，列之几案，亦似此身复在北固。取右丞二语高咏之，都非人世间物也。

（明）王世贞《黄太痴江山览胜图跋》，《弇州四部稿》卷一百三十七，《四库全书》本

夫合而离也者，毋宁离而合也者，此伯承旨也。伯承叙称近代各公取古人行事，注议缉韵，类成断案，所愿舍是，伯承哉有味吾言也。

（明）王世贞《李氏拟古乐府序》，《弇州四部稿》卷六十四，《四库全书》本

画花赵昌意在似，徐熙意在不似，非高于画者，不能以似不似弟其高远。盖意不在似者，太史公之于文，杜陵老子之于诗也。

（明）屠隆《画笺》，《考槃余事》卷二，《丛书集成》本

摊烛作画，正如隔帘看月，隔水看花，意在远近之间，亦文章家法也。

（明）陈继儒《题灯下画扇》，《陈眉公先生全集》卷五十三，明崇祯吴震元等刻本

妙在不即不离间。

(明)陈继儒《陈眉公先生批评玉簪记》第六出《于湖借宿》总批，《六合同春》本

摹出多娇态度，点出狂痴行模，令人恍惚亲睹。

(明)陈继儒《陈眉公先生批评西厢记》第一出《佛殿奇逢》总批，《六合同春》本

屯蒙困垢，豫泰同人，忽醉忽醒，半真半假，俱妙！更佳处，声声女儿香口。

(明)王思任评《玉茗堂·还魂记》第十出《惊梦·绕阳台》眉批，暖红室刊《汇刻传剧》本

咏物毋得骂题，却要开口便见是何物。不贵说体，只贵说用。佛家所谓不即不离，是相非相，只于牝牡骊黄之外，约略写其风韵，令人仿佛中如灯镜传影，了然目中，却摸捉不得，方是妙手。元人王和卿《咏大蝴蝶》："挣破庄周梦，两翅驾东风。三百座名园，一采一箇空。谁道风流种？唬杀寻芳的蜜蜂。轻轻飞动，把卖花人搧过桥东。"只起一句，便知是大蝴蝶。下文势如破竹，却无一句不是俊语。古词《咏柳》"窥青眼"，开口便知是柳，下"偏宜向朱门羽戟，画桥游舫"，又"倚阑凝望，消得几番暮雨斜阳"等，皆从柳外做去，所以渺茫多趣。他如祝京兆《咏月》、陶陶区《咏雁》、梁伯龙《咏蛱蝶》等，非无一二佳语，只夹杂凡俗，便是不成片段。小令北调，王西楼最佳，如《咏浴裙》、《睡鞋》等曲，首首尖新。王渼陂、冯海浮《咏鞋杯》诸曲，亦多巧句。海浮"月儿芽弯环在腮上，笋儿尖穿破了鼻梁"，及"环儿脚一弯，花儿瓣两边"，又"心坎儿里踢蹬，肚囊儿里款行，肠褪儿里穿芳径"等，尤称妙绝；亦未免间以粗豪语，不无遗恨耳。问：如何是说体？如昔人《咏柳絮》"一似半天飘粉，送树疑酥，平地飞琼堵"是也。如何是说用？如《咏草》"斜阳外，几家断桥村坞"，又"池塘雨歇，梦回南浦"又"王孙何事在长途，好归去，又惊春暮"是也。

(明)王骥德《曲律》，《中国古典戏曲论著集成》（四），中国戏剧出版社本

第二段，上文如怒龙入云，鳞爪忽没忽现。又如怪鬼夺路，形状忽近忽远。一转却别作天清地朗，柳霏花拂之文，令读者惊喜摇惑不定。

（清）金圣叹《第五才子书施耐庵水浒传》第四十一回批语，《金圣叹全集》（二），江苏古籍出版社本

景之奇幻者，镜中看镜；情之奇幻者，梦中圆梦；文中奇幻者，评话中说评话。如豫章城双渐赶苏卿，真对妙景，焚妙香，运妙心，伸妙腕，蘸妙墨，落妙纸，成此妙裁也。虽然，不可无一，不可有二，江瑶柱连食，当复口臭，何今之弄笔小儿学之至十百，卒未休也。

豫章城双渐赶苏卿，妙绝处正在只标题目，便使后人读之如水中花影，帘里美人，意中早已分明，眼底正自分明不出。若使当时真尽说出，亦复何味耶？

（清）金圣叹《水浒传》第五十回评语，《金圣叹全集》（二），江苏古籍出版社本

尝有狂生题半身美人图，其末句云：妙处不传。此不直无赖恶薄语，彼殆亦不解此语为云何也。夫所谓"妙处不传"云者，正是独传妙处之言也。停目良久睇之，睇此妙处，振笔迅疾取之；取此妙处，累百千万言曲曲写之；曲曲写而至于妙处，只用一二言斗然直逼之，便逼此妙处。然而又必云"不传"者，盖言费却无数笔墨，止为妙处；乃既至妙处，即笔墨都停；夫笔墨都停处，此正是我得意处；然则后人欲寻我得意处，则必须于我笔墨都停处也。今相续之四篇，便似意欲独传妙处。夫意欲独传妙处，则只是画下半截美人也，亦大可嗤已。

（清）金圣叹《第六才子书西厢记·捷报》折首总评，《金圣叹全集》（三），江苏古籍出版社本

陈明卿曰：见善不喜，见恶不怒，此人主也。文章亦然。易喜易怒，文之下也；不喜不怒，难言矣；见善不喜，见恶不怒，其孰能与于此哉！《六经》是矣。若可喜而非无故以喜，可怒而非无故以怒；佯喜而亦似真，佯怒而亦似真，《史记》书耳。

（清）周亮工《书影》卷二，上海古籍出版社本

虎林闻子将，论作文之妙诀云：文有正位，不可太粘，亦不可太离。张宾王常阅友生一义云：他人说得少愈多，子说得多愈少了。张元长云：作文如打鼓。边鼓虽极多，中心却也少不得几下。二老真狐精也。以质今日诸君之文，如鱼饮水，冷暖应自知之。一为阅文之妙诀。引东坡云：观士人画，如阅天下马，取其意气所到；乃若画工，只取鞭策、皮毛、槽枥、刍秣，无一点俊发，看数天便倦。此真阅文三昧也。

　　　　　　　　　（清）周亮工《书影》卷四，上海古籍出版社本

寄意在有无之间，慷慨之中自多蕴藉。
　　　　　（清）王夫之《古诗评选》卷五，江淹《效阮公诗》评语，《船山遗书》，太平洋书店重校刊本

递换点染，得关生不关生之妙。
　　　　　（清）王夫之《明诗评选》卷二，孙蕡《蒋陵儿》评语，《船山遗书》，太平洋书店重校刊本

"落日飞鸟远"，合离之际，妙不可言。要此景在日鸟之外，亦在日鸟之间，冥搜得句，至此极矣。过此以往便入唐宋荒怪径中，将使诗如禅谜。
　　　　　（清）王夫之《古诗评选》卷五，谢朓《和宋记室省中》评语，《船山遗书》，太平洋书店重校刊本

色外取有意无意，小诗固不必轻，晚唐及宋，然于盛唐得魂理者，必竟为难。若此作正令人思路无用处，讵可不高？
　　　　　（清）王夫之《明诗评选》卷八，沈明臣《若邪词》评语，《船山遗书》，太平洋书店重校刊本

词要不亢不卑，不触不悖。蓦然而来，悠然而逝。立意贵新，设色贵雅，搆局贵变，言情贵含蓄。如骄马弄衔而欲行，粲女窥帘而未出，得之矣。
　　　　　　　　　（清）沈谦《填词杂说》，《词话丛编》本

咏物之作，须如禅家所谓不粘不脱、不即不离，乃为上乘。古今咏梅花者多矣，林和靖"暗香"、"疏影"之句独有千古，山谷谓不如"雪后

园林才半树，水边篱落忽横枝"；而坡公"竹外一枝斜更好"，识者以为文外独绝，此其故可为解人道耳。

（清）王士禛《带经堂诗话》卷十二，人民文学出版社本

诗有三要，曰：发窍于音，征色于象，运神于意。何谓音？曰：诗本空中出音，即庄生所云"天籁"是已。籁有大有细，总各有其自然之节；故作诗曰吟、曰哦，贵在叩寂寞而求之也。求之果得，则此中或悲或喜，或激或平，一一随其音以出焉……何谓象与意？曰：物有声即有色，象者，摹色以称音也。如舞曲者动容而歌，则意愜悉关飞动，无论兴比与赋，皆有恍然心目者。故诗家写景，是大半功夫。今读古人诗，望而知为谁氏作。象固然矣，斯不独征声，又当选色也。意之运神，难以言传，其能者常在有意无意间。何者？诗缘情而生，而不欲直致其情；其蕴含只在言中，其妙会更在言外。《易》曰："鼓之舞之以尽神。"善写意者，意动而其神跃然欲来，意尽而其神渺然无际，此默而成之，存乎其人矣。曰：是三者孰为先？曰：意立而象与音随之，余所以先论音，缘人不知韵语由来，则缀辑牵合举谓之诗，即千古自然之节胥泯焉；若悟其空中之音，则取象命意，自可由浅入深。故指示初学，音特居首也。

（清）李重华《贞一斋诗话》，《清诗话》本

其十八，古人于知己，别有一段关切绸缪处，心神结得厚重，缘物生情，无非妙谛。正须象外求合，不得执著色相。

（清）张谦宜《䌷斋诗谈》卷四，《清诗话续编》本

东坡云："作诗必此诗，定知非诗人。"此言最妙。然须知作此诗而竟不是此诗，则尤非诗人矣。其妙处总在旁见侧出，吸取题神，不是此诗，恰是此诗。

（清）袁枚《随园诗话》卷七，人民文学出版社本

昔人谓画花，赵昌意在似，徐熙意不在似。意在似，晚唐及宋、元人咏物诗也；意不在似，老杜咏物诗也。然意在似未必尽似，意不在似又何尝不似。

（清）乔亿《剑溪说诗》卷下，《清诗话续编》本

诗到极胜，非第不求人解，亦并不求己解。岂已真不解耶？非解所能解耳。

（清）厉志《白华山人诗说》卷一，《清诗话续编》本

高淡、婉约、艳丽、苍莽，各分门户。欲高淡、学太白、白石；欲婉约，学清真、玉田；欲艳丽，学飞卿、梦窗；欲苍莽，学《蘋洲》、《花外》。至于融情人景，因此起兴，千变万化，则由于神悟非言语所能传也。

（清）孙麟趾《词径》，《词话丛编》本

空中荡漾，最是词家妙诀，上意本可接入下意，却偏不入，而于其间传神写照，乃愈使下意栩栩欲动。《楚辞》所谓"君不行兮夷犹，蹇谁留兮中洲"也。

（清）刘熙载《艺概·词曲概》，上海古籍出版社本

东坡《水龙吟》起云："似花还似非花"。此句可作全词评语，盖不离不即也。时有举史梅溪《双双燕·咏燕》、姜白石《齐天乐·赋蟋蟀》令作评语者，亦曰"似花还似非花"。

（清）刘熙载《艺概·词曲概》，上海古籍出版社本

如不欲出，又不及藏。疏林闪月，乍阴乍阳。蔽亏隐射，凌乱回翔。将无姮娥，初整新妆。玉匣半启，镜洩清光。敛衽而退，恍堕渺茫。

（清）马荣祖《文颂·开遮》，《昭代丛书》己集卷三十八，世楷堂本

宋征璧曰：词家之旨，妙在离合。语不离则调不变宕，情不合则绪不联贯。每见柳永（词），句句联合，意过久许，笔犹未休，此是其病。

（清）沈雄《品词》，《古今词话·词品下卷》，《词话丛编》本

诗以超妙为贵，最忌拘滞呆板。故东坡云："赋诗必此诗，定非知诗人。"谓诗之妙谛，在不即不离，若远若近，似乎可解不可解之间。即严沧浪所谓"镜中之花，水中之月，但可神会，难以迹求"，司空表圣所谓"超以象外，得其环中"是也。盖兴象玲珑，意趣活泼，寄托深远，风韵

冷然，故能高踞题巅，不落蹊径，超超玄著，耿耿元精，独探真际于个中，遥流清音于弦外，空诸所有，妙合天籁。放翁云："文章本天成，妙手偶得之。"亦即此种境诣。诗至此境，如画家神品逸品，更出能品奇品之上。凡诗皆贵此诣，不止咏物诗以此诣为最上乘。乃是神来之候，其著想立意，用笔运法，无不高妙。若藐姑仙人，迥非尘中美色可比。非以不切题旨，别生枝节为训也。解人难索，后代诗家，未契真诠，误会秘旨，虽标神韵以为正宗，却执法相而求形似。抹月批风，浅斟低唱，流连光景，修饰词华，似是而非，半吞微吐，特作欲了不了之语，多构旁敲侧击之言，故为歇后，甘蹈虚锋。自诧王、孟嗣音，陶、韦的派，而不知马首之络，到处可移，狗尾之冠，终难续用，赝鼎饭色，讵足混真，徒枉费心力耳。至近代咏物诗，误此一关，尤为尘劫。词意谐俗，骨甘自贬；铅华媚人，色并非真。靡靡之音，陈陈之套，千年一律，万口同腔。外面似乎鲜妍风致，实则俗不可医，令人欲呕矣。不善求超脱，流弊一至于此！初学可不从切实处为下手用功地乎？

（清）朱庭珍《筱园诗话》卷一，《清诗话续编》本

麓台先生以画妙天下，一时受业者多极意临摹，惟恐不似，东［庄］于及门中称高足，公问汝意云何？答曰："正患其太似耳。"公拍案欣赏曰："得之矣。"

（清）龚炜《巢林笔谈》卷三，中华书局本

宋牧仲中丞家居，尝命作苏子瞻像，已侍其侧。后笏仕亮得黄州通守，诗名振天下。其论咏物诗甚佳。略曰：邵青门（长蘅）以咏物诗最难，即少陵咏物，亦非至处。余云：咏物有二种，一种刻画，如画家小李将军，则李义山、郑谷、曹唐是也；一种写意，工者颇多。要以少陵为正宗。必如青门言，咏物非少陵至处，岂《房兵曹马》、《蕃剑》、《萤火》诸什，犹有所不足乎？青门又云：《画鹰》一首，句句是画鹰，杜之佳处不在此，所谓诗不必太贴切也。余于此下一转语：当在切与不切之间。

（清）查为仁《莲坡诗话》，《清诗话》本

咏物虽小类，然极难作，贵有不粘不脱之妙。此体南宋诸老尤擅长。

（清）吴衡照《莲子居词话》卷一，《词话丛编》本

九

形　神

1. 笔精形似

若长短、刚软、深浅、广狭、与点睛之节，上下、大小、醲薄，有一毫小失，则神气与之俱变矣。

　　　　　（晋）顾恺之《魏晋胜流画赞》，《历代名画记》卷五，人民美术出版社本

醉客作人形，骨成而制衣服慢之，亦以助醉神耳。多有骨俱，然蔺生变趣，佳作者矣。

　　　　　（晋）顾恺之《论画》，《历代名画记》卷五，人民美术出版社本

小列女面如恨，刻削为容仪，不尽生气，又插置丈夫支体，不以自然；然服章与众物既甚奇，作女子尤丽衣髻，俯仰中，一点一画，皆相与成其艳姿；且尊卑贵贱之形，觉然易了，难可远过之也。

　　　　　（晋）顾恺之《论画》，《历代名画记》卷五，人民美术出版社本

桓豹奴是王丹阳外甥，形似其舅，桓甚讳之。宣武云："不恒相似，时似耳；恒似是形，时似是神。"桓逾不说。

　　　　　（南朝·宋）刘义庆《世说新语·排调》，《诸子集成》本

圣人含道应物，贤者澄怀味像。至于山水，质有而趋灵。是以轩辕、尧、孔、广成、大隗、许由、孤竹之流，必有崆峒、具茨、藐姑、箕首、大蒙之游焉，又称仁智之乐焉。夫圣人以神法道，而贤者通，山水以形媚道，而仁者乐，不亦几乎？余眷恋庐衡，契阔荆巫，不知老之将至。愧不能凝气怡身，伤跕石门之流。于是画象布色，构兹云岭。夫理绝于中古之上者，可意求于千载之下；旨微于言象之外者，可心取于书策之内。况乎身所盘桓，目所绸缪，以形写形，以色貌色也。且夫昆仑山之大，瞳子之小，迫目以寸，则其形莫睹，迥以数里，则可围于寸眸。诚由去之稍阔，则其见弥小。今张绡素以远映，则昆阆之形可围于方寸之内。竖划三寸，当千仞之高；横墨数尺，体百里之远。是以观画图者，徒患类之不巧，不以制小而累其似，此自然之势。如是，则嵩华之秀，玄牝之灵，皆可得之于一图矣。夫以应目会心为理者，类之成巧，则目亦同应，心亦俱会。应会感神，神超理得，虽复虚求幽岩，何以加焉？又神本亡端，栖形感类，理入影迹，诚能妙写，亦诚尽矣。于是闲居理气，拂觞鸣琴，披图幽对，坐究四荒，不违天励之丛，独应无人之野。峰岫峣嶷，云林森渺，圣贤映于绝代，万趣融其神思，余复何为哉？畅神而已。神之所畅，孰有先焉！

（南朝·宋）宗炳《画山水序》，《历代论画名著汇编》本

自近代以来，文贵形似，窥情风景之上，钻貌草木之中。吟咏所发，志惟深远；体物为妙，功在密附。故巧言切状，如印之印泥，不加雕削，而曲写毫芥。故能瞻言而见貌，即字而知时也。

（南朝·梁）刘勰《文心雕龙·物色》，人民文学出版社本

何逊诗实为清巧，多形似之言。扬都论者，恨其每病苦辛，饶贫寒气，不及刘孝绰之雍容也。

（北齐）颜之推《颜氏家训·文章》，《诸子集成》本

（沈）约于郊居宅造阁斋，（王）筠为《草木十咏》，书之于壁，皆直写文词，不加篇题。约谓人曰："此诗指物呈形，无假题署。"

（唐）姚思廉《梁书》卷三十三《王筠传》，中华书局本

每写起人形，妙绝于时，尝图裴楷像，颊上加三毛，观者觉神明殊

胜。又为谢鲲像，在石岩里，云"此事宜置丘壑中。"欲图殷仲堪，仲堪有目病，固辞。恺之曰："明府正为眼耳，若明点瞳子，飞白拂上，使如轻云之蔽目，岂不美乎！"仲堪乃从之。

　　　　（唐）房玄龄《晋书》卷九十二《顾恺之传》，中华书局本

　　意得神传，笔精形似。
　　　　（唐）张九龄《宋使君写真图赞并序》，《曲江张先生文集》卷十七，《四部丛刊》本

　　凡画山水，意在笔先。丈山尺树，寸马分人，远人无目，远树无枝，远山无石，隐隐如眉。远水无波，高与云齐，此是诀也。山腰云塞，石壁泉塞，楼台树塞，道路人塞。石看三面，路看两头。树看顶领，水看风脚，此是法也。凡画山水，平夷顶尖者巅，峭峻相连者岭。有穴者岫，峭壁者崖，悬石者岩，形圆者峦，路通者川。两山夹道，名为壑也；两山夹水，名为涧也。似岭而高者，名为陵也；极目而平者，名为坂也。依此者，粗知山水之仿佛也。观者先看气象，后辨清浊。定宾主之朝揖，列群峰之威仪。多则乱，少则慢，不多不少，要分远近。远山不得连近山，远水不得连近水。山腰掩抱，寺舍可安；断岸坂堤，小桥可置。布路处则林木，岸绝处则古渡，水断处则烟树，水阔处则征帆，林密处则居舍。临岩古木，根断而缠藤；临流石岸，欹奇而水痕。凡画林木，远者疏平，近者高密。有叶者枝嫩柔，无叶者枝硬劲。松皮如鳞，柏皮缠身。生土上者，根长而茎直；生石上者，拳曲而伶仃。古木节多而半死，寒林扶疏而萧森。有雨不分天地，不辨东西。有风无雨，只看树枝；有雨无风，树头低压。行人伞笠，渔人蓑衣。雨霁则云收天碧，薄雾霏微，山添翠润，日近斜晖。早景则千山欲晓，雾霭微微，朦胧残月，气色昏迷。晚景则山衔红日，帆卷江渚，路行人急，半掩柴扉；春景则雾锁烟笼，长烟引素，水如蓝染，山色渐青；夏景则古木蔽天，绿水无波，穿云瀑布，近水幽亭；秋景则天如水色，簇簇幽林，雁鸿秋水，芦鸟沙汀；冬景则借地为雪，樵者负薪，渔舟依岸，水浅沙平。凡画山水，须按四时。或曰烟笼雾锁；或曰楚岫云归；或曰秋天晓霁；或曰古冢断碑；或曰洞庭春色；或曰路荒人迷。如此之类，谓之画题。山头不得一样，树头不得一般。山藉树而为衣，树藉山而为骨。树不可繁，要见山之秀丽；山不可乱，须显树之精

神。能如此者，可谓名手之画山水也。

（唐）王维《论画之首》，《王右丞集笺注》卷二十八，上海古籍出版社本

侍御诗清雅，工于形似。如"风兼残雪起，河带断冰流"，吟之未终，皎然在目。

（唐）高仲武《中兴间气集》卷上，《唐人选唐诗（十种）》，上海古籍出版社本

昔谢赫云：画有六法。一曰气韵生动；二曰骨法用笔；三曰应物象形；四曰随类赋彩；五曰经营位置，六曰传模移写。自古画人，罕能兼之。彦远试论之曰：古之画，或能遗其形似而尚其骨气。以形似之外求其画，此难与俗人道也。今之画，纵得形似而气韵不生。以气韵求其画，则形似在其间矣。上古之画，迹简意淡而雅正，顾、陆之流是也。中古之画，细密精致而臻丽，展、郑之流是也。近代之画，焕烂而求备。今人之画，错乱而无旨，众工之迹是也。

（唐）张彦远《论画六法》，《代历名画记》卷一，人民美术出版社本

夫象物必在于形似，形似须全其骨气，骨气形似皆本于立意而归乎用笔，故工画者多善书。

（唐）张彦远《论画六法》，《历代名画记》卷一，人民美术出版社本

丹青之兴，比《雅》、《颂》之述作，美大业之馨香。宜物莫大于言，存形莫善于画。

（唐）张彦远《叙画之源流》，《历代名画记》卷一，人民美术出版社本

明年春，来于石鼓岩间，遇一叟。因问。具以其来所由而答之。叟曰："子知笔法乎？"曰："叟仪形野人也，岂知笔法邪？"叟曰："子岂知吾所怀耶？"闻而惭骇。叟曰："少年好学，终可成也。""夫画有六要：一曰气，二曰韵，三曰思，四曰景，五曰笔，六曰墨。曰画者，华也。但

贵似得真。岂此挠矣。"叟曰："不然。画者，画也。度物象而取其真。物之华，取其华；物之实，取其实。不可执花为实。若不知术，苟似可也。图真不可及也。"曰："何以为似？何以为真？"叟曰："似者，得其形，遗其气。真者，气质俱盛。凡气传于华，遗于象，象之死也。"

　　　　　　　　　　　　（唐）荆浩《笔法记》，《历代论画名著汇编》本

　　画笔善状物，长于运丹青，丹青入巧思，万物无遁形。诗画善状物，长于运丹诚，丹诚入秀句，万物无遁情。

　　　　　　　　　　（宋）邵雍《诗画吟》，《伊川击壤集》卷十八，《四部丛刊》本

　　解处中，江南人。事李后主为翰林司艺。特于画竹尽婵娟之妙，但闻泊翎毛，颇亏形似耳。

　　　　　　　　　　（宋）郭若虚《图画见闻志》卷四，人民美术出版社本

　　欧阳公尝得一古画牡丹丛，其下有一猫，未知其精粗。丞相正肃吴公，与欧公姻家，一见曰："此'正午牡丹'也。何以明之？其花披哆而色燥，此日中时花也；猫眼黑睛如线，此正午猫眼也。有带露花，则房敛而色泽。猫眼早暮则睛圆，日渐中狭长，正午则如一线耳。"此亦善求古人笔意也。

　　　　　　　　　　（宋）沈括《书画》，《梦溪笔谈校正》卷十七，中华书局本

　　野雁见人时，未起意先改。君从何处看，得此无人态？无乃槁木形，人禽两自在。

　　　　　　　（宋）苏轼《高邮陈直躬处士画雁二首》之一，《东坡七集》卷十四，《四部备要》本

　　古今论诗者多矣，吾独爱汤惠休称谢灵运为"初日芙蕖"，沈约称玉筯为"弹丸脱手"两语，最当人意。"初日芙蕖"，非人力所能为，而精彩华妙之意，自然见于造化之妙，灵运诸诗，可以当此者亦无几。"弹丸脱手"，虽是输写便利，动无留碍，然其精圆快速，发之在手，筯亦未能尽也。然作诗审到此地，岂复更有馀事。韩退之《赠张籍》云："君诗多态度，霭霭春空云。"司空图记戴叔伦语云："诗人之词，如蓝田日暖，

良玉生烟。"亦是形似之微妙者,但学者不能味其言耳。

(宋)叶梦得《石林诗话》卷下,《历代诗话》本

今世传古女人,形貌尽出一概,岂可异而别哉?古人有言:"画西施之面,美而不可说,规孟贲之目,大而不可畏,若形者忘焉。"若昉之于画,不特取其丽也。正以使形者犹可意色得之,更觉神明顿异,此其后世不复加也。

(宋)董逌《书周昉西施图》,《广川画跋》卷六,《画品丛书》,
上海人民美术出版社本

昔者人为齐王画者,问之画孰难?对曰:"狗马最难。"孰最易?曰:"鬼魅最易。"狗马人所知也,旦暮于前,不可类之,故难;鬼魅无形,无形者不可观,故易。岂以人易知故难画,人难知故画易耶?狗马信易察,鬼魅信难知,世有论理者,当知鬼神不异于人,而犬马之状,虽得形似,而不尽其理者,亦未可谓工也。然天下见理者少,孰当与画者论而索当哉!故凡遇知理者,则鬼神索于理不索于形似,为犬马则既索于形似,复求于理,则犬马之工常难。若夫画犬而至于变矣,则有形似而又托于鬼神怪妖者,此可求以常理哉,犹之一戏可也。

(宋)董逌《书犬戏图》,《广川画跋》卷二,《画品丛书》,上
海人民美术出版社本

形似之语,盖出于诗人之赋,"萧萧马鸣,悠悠旆旌"是也;激昂之语,盖出于诗人之兴,"周余黎民,靡有孑遗"是也。古人形似之语,如镜取形,灯取影也。故老杜所题诗,往往亲到其处,益知其工。激昂之言,孟子所谓"不以文害辞,不以辞害志",初不可形迹考,然如此乃见一时之意。余游武侯庙,然后知《古柏诗》所谓"柯如青铜根如石",信然决不可改,此乃形似之语。"霜皮溜雨四十围,黛色参天二千尺。云来气接巫峡长,月出寒通雪山白",此激昂之语,不如此则不见柏之大也。文章固多端,警策往往在此两体耳。

(宋)范温《潜溪诗眼》,《宋诗话辑佚》本

王筠为沈约作《草木十咏》,直写文词,不加篇题。约曰:"此诗指

物呈形，无假题注。"东坡作《竹䶉鼠诗》，模写肥腯丑浊之态，读之亦足想见风采。

（宋）许顗《彦周诗话》，《历代诗话》本

写生之句，取其形似，故词多迂弱。赵昌画黄蜀葵，东坡作诗云："檀心紫成晕，翠叶森有芒。"揣摸刻骨，造语壮丽，后世莫及。

（宋）许顗《彦周诗话》，《历代诗话》本

《江头五咏》物类虽同，格韵不等。同是花也，而梅花与桃李异观。同是鸟也，而鹰隼与燕雀殊科。咏物者要当高得其格致韵味，下得其形似，各相称耳。杜子美多大言，然咏丁香、丽春、栀子、鸂鶒、花鸭，字字实录而已，盖此意也。

（宋）张戒《岁寒堂诗话》卷下，《历代诗话续编》本

山谷词云："新妇矶边眉黛愁，女儿浦口眼波秋。"自谓以山色水光替却玉肌花貌，真得渔父家风，东坡谓其太澜浪，可谓善谑。盖渔父身上，自不宜及此事也。

（金）王若虚《滹南诗话》卷二，《历代诗话续编》本

清苑田景延，善写真，不惟极其形似，并与夫东坡所谓意思，朱文公所谓风神气韵之天者而得之。夫画形似，可以力求，而意思与天者，必至于形似之极，而后可以心会焉，非形似之外，又有所谓意思与天者也，亦下学而上达也。

（元）刘因《田景延写真诗序》，《静修先生文集》卷二，《丛书集成》本

吾自少好画水仙，日数十纸皆不能臻其极。盖业有专工，而吾意所寓，辄欲写其似。若水仙、树石，以至人物、牛马、虫鱼、肖翘之类，欲尽得其妙，岂可得哉？

（元）赵孟頫《论画》，《历代论画名著汇编》本

世间无事无三昧，老来戏谑涂花卉。藤长刺阔臂几枯，三合茅柴不成

醉。葫芦依样不胜揩，能如造化绝安排。不求形似求生韵，根拔皆吾五指栽，胡为乎，区区枝剪而叶裁？君莫猜，墨色淋漓雨拨开。

（明）徐渭《画百花卷与史甥，题曰漱老谑墨》，《徐渭集》卷五，中华书局本

世间惟拘儒老生不可与言文。耳多未闻，目多未见，而出其鄙委牵拘之识，相天下文章，宁复有文章乎。予谓文章之妙不在步趋形似之间。自然灵气，恍惚而来，不思而至。怪怪奇奇，莫可名状，非物寻常得以合之。苏子瞻枯株竹石，绝异古今画格，乃愈奇妙。若以画格程之，几不入格。米家山水人物，不多用意，略施数笔，形象宛然。正使有意为之，亦复不佳。故夫笔墨小技，可以入神而证圣。自非通人，谁与解此。吾乡丘毛伯选海内合奇文止百余篇，奇无所不合。或片纸短幅，寸人豆马；或长河巨浪，汹汹崩屋；或流水孤村，寒鸦古木；或岚烟草树，苍狗白衣；或彝鼎商周，《丘》、《索》、《坟》、《典》。凡天地间奇伟灵异高朗古宕之气，犹及见于斯编，神矣化矣。夫使笔墨不灵，圣贤减色，皆浮沉习气为之魔。士有志于千秋，宁为狂狷，毋为乡愿。试取毛伯是编读之。

（明）汤显祖《玉茗堂文之五·合奇序》，《汤显祖诗文集》卷三十三，上海古籍出版社本

古称绘事家貌鬼神多工，而人物乃拙，何也？冥漠者易诡，近取者难似也。夫高谈华誉，鬼神也，无才者之所跳匿也；缮修钱谷之事，人物也，经世之实画也。

（明）袁宏道《监司周公实政录序》，《潇碧堂集之十一——叙》，《袁宏道集笺校》卷三十五，上海古籍出版社本

予谓既工此道，当如画士之传真，闺女之刺绣，一笔稍差，使虑神情不似，一针偶缺，即防花鸟变形。使全部传奇之曲，得似诗余选本，如《花间》、《草堂》诸集，首首有可珍之句，句句有可宝之字，则不愧填词之名。无论必传，即传之千万年，亦非徼幸而得者矣。

（清）李渔《闲情偶寄·词曲部·词采第二》，《中国古典戏曲论著集成》（七），中国戏剧出版社本

得势，则随意经营，一隅皆是。失势，则尽心收拾，满幅都非。势之

推挽在于机微,势之凝聚由乎相度。画法忌板。以其气韵不生,使气韵不生,虽飞扬何益?画家嫌稚,以其形模非似,使形模非似,即老到奚庸!粗简或称健笔,易入画苑之魔,疏拙似非画家,适有高人之趣。按图画而寻其为邱壑则钝,见邱壑而忘其为图画则神。

(清)笪重光《画筌》,《历代论画名著汇编》本

六朝之时,始知烘染设色,微分浓淡;而远近层次,尚在形似意想间,犹未显然分明也。盛唐之诗,浓淡远近层次,方一一分明,能事大备。

(清)叶燮《原诗·外篇下》,人民文学出版社本

我之画不取形似,不落窠臼,谓之神逸。彼全从阴阳向背,形似窠臼上用功夫。

(清)吴历《墨井画跋》,《历代论画名著汇编》本

余因思《诗三百篇》,真如化工之肖物。如:《燕燕》之伤别;"籊籊竹竿"之思归;"蒹葭苍苍"之怀人;《小戎》之典制;《硕人》次章写美人之姚冶;《七月》次章写春阳之明丽,而终以"女心伤悲,殆及公子同归";《东山》之三章:"我来自东,零雨其濛。鹳鸣于垤,妇叹于室。"四章之"其新孔嘉,其旧如之何?"写闺阁之致,远归之情,遂为六朝唐人之祖。《无羊》之"或降于阿,或饮于池,或寝或讹。尔牧来思,何蓑何笠,或负其餱,麾之以肱,毕来既升。"字字写生,恐史道硕、戴嵩画手,未能如此极妍尽态也。

(清)王士禛《渔洋诗话》卷上,《清诗话》本

作诗必此诗,定知非诗人。此言出东坡,意取象外神,羚羊眠挂角,天马奔绝尘。其实论过高,后学未易遵。诗文随世运,无日不趋新,古疏后渐密,不切者为陈。譬如泛驾马,将越而适秦,灞浐终南景,何与西湖春。又如写生手,貌施而昭君,琵琶春风面,何关苎萝颦。是知兴会超,亦贵肌理亲。吾试为转语,案翻老斲轮,作诗必此诗,乃是真诗人。

(清)赵翼《论诗》,《瓯北集》卷四十六,嘉庆寿考堂本

杜诗之妙，有以意胜者，有以篇法胜者，有以俚质胜者，有以仓卒造状胜者。如"剑外忽传收蓟北"一首，仓卒间写出欲歌欲哭之状，使人千载如见。

（清）李调元《雨村诗话》卷下，《清诗话续编》本

孔东塘《桃花扇》，今盛行。其曲包括明末遗事；所写南渡诸人，而口吻毕肖，一时有纸贵之誉。

（清）李调元《雨村曲话》，《中国古典戏曲论著集成》（八），中国戏剧出版社本

山之精神写不出，以烟霞写之；春之精神写不出，以草树写之。故诗无气象，则精神亦无所寓矣。

（清）刘熙载《艺概·诗概》，上海古籍出版社本

往年潘郑盦尚书奉讳家居，与余吴下寓庐相距甚近，时相过从。偶与言及今人学问远不如昔，无论所作诗文，即院本传奇平话小说，凡出于近时者，皆不如乾、嘉以前所出者远甚。尚书云："有《三侠五义》一书，虽近时所出，而颇可观。"余携归阅之，笑曰："此《龙图公案》耳，何足辱郑盦之一盼乎？"及阅至终篇，见其事迹新奇，笔意酣姿，描写既细入毫芒，点染又曲中筋节，正如柳麻子说《武松打店》，初到店内无人，蓦地一吼，店中空缸空甓皆瓮瓮有声：闲中着色，精神百倍。如此笔墨，方许作平话小说；如此平话小说，方算得天地间另是一种笔墨，乃叹郑盦尚书欣赏之不虚也。

（清）俞樾《七侠五义序》，引自《中国历代小说论著选》，江西人民出版社本

学书必须摹仿，不得古人形质，无自得性情也。六朝人摹仿已盛，《北史》赵文深，周文帝令至江陵影覆寺碑。影覆即唐之响拓也。欲临碑必先摹仿，摹之数百过，使转行立笔尽肖，而后可临焉。

（清）《广艺舟双辑·学叙第二十二》，引自《历代书法论文选》，上海书画出版社本

歙程易畴学博瑶田，辨画工"带月荷锄归"之误。谓月一弯而在左，

缺亦在左者，有二时，一当初五、六日，人向南，日已过中，加未申时之间，月未及中；一当廿六七日，人向北，日升，加辰巳时之间，月已过中，二者并日在天，月虽如是而不可见。矧农人归恒薄暮，初三后数日间，则有新月可带，其画在人左，则必缺其右，若画在人右者，又必缺其左。廿六七之残月在天，当子夜时，其形亦然，然夜半以后，发晌以前，非农人归息之候云云。观此知画虽小道，贵有格致之功。且必运以灵思。

（清）陆以湉《冷庐杂识》卷三，引自《笔记小说大观》，江苏广陵古籍刻印社本

2. 以形写神

孟子曰："存乎人者，莫良于眸子。眸子不能掩其恶。胸中正，则眸子瞭焉。胸中不正，则眸子眊焉。听其言也，观其眸子，人焉廋哉？"

（先秦）《孟子·离娄上》，《诸子集成》本

臣闻情见于物，虽远犹疏，神藏于形，虽近则密。是以仪天步晷，而脩短可量，临渊揆水，而浅深难察。

（晋）陆机《演连珠》，《陆机集》卷八，中华书局本

抱朴子曰：体粗者系形，知精者得神。原始见终者，有可推之绪；得之未映者，无假物之因。是以昼见天地，未足称明，夜察分毫，乃为绝伦。

（晋）葛洪《抱朴子外篇·博喻》卷三十八，《诸子集成》本

壮士有奔腾大势，恨不尽激扬之态。

（晋）顾恺之《论画》，引自《历代名画记》卷五，人民美术出版社本

伏羲神农虽不似今世人，有奇骨而兼美好，神属冥芒，居然有得一之想。

（晋）顾恺之《论画》，引自《历代名画记》卷五，人民美术出版社本

人有长短，今既定远近以瞩其对，则不可改易阔促，错置高下也。凡

生人亡有手揖眼视而前亡所对者，以形写神而空其实对，荃生之用乖，传（神）之趋失矣。空其实对则大失，对而不正则小失，不可不察也。一像之明昧，不若悟对之神通也。

（晋）顾恺之《魏晋胜流画赞》，《历代论画名著汇编》本

顾长康画人，或数年不点目睛。人问其故，顾曰："四体妍蚩，本无关于妙处。传神写照，正在阿堵中。"

（南朝·宋）刘义庆《世说新语·巧艺》，《诸子集成》本

顾长康画裴叔，则颊上益三毛。人问其故，顾曰：裴楷俊郎有识具，正此是其识具。看画者寻之，定觉益三毛如有神明，殊胜未安时。

（南朝·宋）刘义庆《世说新语·巧艺》，《诸子集成》本

或曰：龙眠居士作《山庄图》，使后来入山者，信足而行，自得道路，如见所梦，如悟前世，见山中泉石草木，不问而知其名，遇山中渔樵隐逸，不名而识其人。此岂强记不忘者乎？曰：非也。画日者常疑饼，非忘日也，醉中不以鼻饮，梦中不以趾捉，天机之所合，不强而自记也。居士之在山也，不留于一物，故其神与万物交，其智与百工通。虽然，有道有艺。有道而不艺，则物虽形于心，不形于手。吾尝见居士作华严相，皆以意造而与佛合。佛，菩萨言之，居士画之，若出一人，况自画其所见者乎？

（宋）苏轼《书李伯时山庄图后》，《东坡七集》卷二十三，《四部备要》本

传神之难在目，顾虎头云：传形写影，都在阿堵中，其次在颧颊。吾尝于灯下顾自见颊影，使人就壁模之，不作眉目，见者皆失笑，知其为吾也。目与颧颊似，余无不似者，眉与鼻口可以增减取似也。传神与相一道。欲得其人之天，法当于众中阴察之。今乃使人具衣冠坐，注视一物，彼方敛容自持，岂复见其天乎。凡人意思，各有所在。或在眉目，或在鼻口。虎头云：颊上加三毛，觉精采殊胜，则此人意思，盖在须颊间也。优孟学孙叔敖抵掌谈笑，至使人谓死者复生，此岂举体皆似，亦得其意思所在而已。使画者悟此理，则人人可以为顾陆。吾曾见僧惟真画曾鲁公，初

不甚似。一日往见公,归而喜甚,曰:吾得之矣。乃于眉后加三纹,隐约可见,作俯首仰视眉扬而额蹙者,遂大似。南都程怀立,众称其能,于传吾神,大得其全。怀立举止如诸生,萧然有意于笔墨之外者也。故以吾所闻助发云。

    (宋)苏轼《传神记》,《东坡七集》续集卷十二,《四部备要》本

  二马并驱攒八蹄,二马宛颈鬃尾齐。一马住前双举后,一马却避长鸣嘶。老髯奚官骑且顾,前身作马通马语。后有八匹饮且行,微流赴吻若有声。前者既济出林鹤,后者欲涉鹤俯啄。最后一匹马中龙,不嘶不动尾摇风。韩生画马真是马,苏子作诗如见画。世无伯乐亦无韩,此诗此画谁当看?

    (宋)苏轼《韩幹马十四匹》,《东坡七集》卷八,《四部备要》本

  画写物外形,要物形不改。诗传画外意,贵有画中态。我今岂见画,观诗雁真在。尚想高邮间,湖寒沙璀璀。冰霜已凌厉,藻荇良琐碎。衡阳渺何处,中沚若烟海。

    (宋)晁补之《和苏翰林题李甲画雁》,《鸡肋集》卷八,《四部丛刊》本

  杜正献公自少清羸,若不胜衣,年过四十须发即尽白。虽立朝孤峻,凛然不可屈,而不为奇节危行,雍容持守,不以有所不为为贤,而以得其所为为幸。欧阳文忠公素出其门。公谢事居宋,文忠适来为守,相与欢甚。公不甚饮酒,惟赋诗唱酬。是时年已八十,然忧国之意,犹慷慨不已,每见于色。欧公尝和诗,有"貌先年老因忧国,事与心违始乞身",公得之大喜,常自讽诵。当时以为不惟曲尽公志,虽其形貌亦在模写中也。

    (宋)叶梦得《石林诗话》卷上,《历代诗话》本

  欧阳公像,公家与苏眉山皆有之而各自是也。盖苏本韵胜而失形,家本形似而失韵。夫形而不韵,乃所画影而非传神也。

（宋）陈师道《谈丛》，《后山集》卷十八，《四部备要》本

徐凝《瀑布》"一条界破青山色"，诚不如范文正"白虹下涧饮，长剑倚天立"。有僧议徐诗不见布，辄自吟："□轴卷不尽，天机长放来。"此得形而不得势，何异三韩使人云"金山不见金"！意外过求之敝也。

（宋）陈辅《陈辅之诗话》，《宋诗话辑佚》本

世之传神写照者，能稍得其形似，已得称为良工，今郭君拱辰叔瞻，乃能并写其精神意趣而尽得之，斯亦奇矣。予顷见友人林择之、游诚之，称其为人，而招之不至。今岁惠然来自昭武里中，士大夫数人，欲观其能。或一写而肖，或稍稍损益，卒无不似，而风神气韵，妙得其天致，有可笑者。为余作大小二像，宛然麇鹿之姿，林野之性，持以乐人，计虽相闻而不相识者，亦有以知其为予也。

（宋）朱熹《送郭拱辰序》，《晦庵先生朱文公文集》卷七十六，《朱子大全》，《四部备要》本

东坡云："论画以形似，见与儿童邻。赋诗必此诗，定非知诗人。"夫所贵于画者，为其似耳；画而不似，则如勿画。命题而赋诗，不必此诗，果为何语？然则坡之论非欤？曰：论妙在形似之外，而非遗其形似，不窘于题，而要不失其题，如是而已耳。世之人不本其实，无得于心，而借此论以为高。画山水者，未能正作一木一石，而托云烟杳霭，谓之气象。赋诗者茫昧僻远，按题而索之，不知所谓，乃曰格律贵耳。一有不然，则必相嗤点，以为浅易而寻常。不求是而求奇，真伪未知，而先论高下，亦自欺而已矣。岂坡公之本意也哉！

（金）王若虚《滹南诗话》，《滹南遗老集》卷三十九，《丛书集成》本

昔吴生画鬼神皆仿佛传记，兼能万物之性，是以落笔而妙天下。自孙知微父子、邱文播甥舅、石恪、邓隐皆祖宗之，是以能超俗而名家。今乃作金神之像如此，余之不知其说也。虽然盖无形应物成象。所谓无形者，非无形也，无常形也。然则应物而神，唯识而已。自求多福，自种自收，我心则神也。

（宋）黄庭坚《题石恭奉金神像》，《山谷外集》卷九，《四库全书》本

形，神之所寓也，形不同焉，而神亦与之异矣。予尝爱韩魏公记北岳庙之言曰："崒然而石，坳然而谷，泉焉而众派别，林焉而万千擢，岳之形也。倏霁忽冥，伏珍见祥，喜焉而风雨时，怒焉而雷雹发，岳之神也。"予谓惟是形则有是神，于是形而求是神则得之。不于是形而求是神，则不得也。

（元）刘因《书东坡〈传神记〉后》，《静修先生文集》卷三，《丛书集成》本

东坡先生诗曰："论画以形似，见与儿童邻。作诗必此诗，定知非诗人。"此言画贵神，诗贵韵也。然其言有偏，非至论也。晁以道和公诗云："画写物外形，要物形不改。诗传画外意，贵有画中态。"其论始为定。盖欲以补坡公之未备也。

（明）杨慎《论诗画》，《升庵文集》卷六十六，明刊本

李生曰：这回文字，种种逼真。第画王婆易，画武大难；画武大易，画郓哥难。今试着眼看郓哥处，有一语不传神写照乎？怪哉！

（明）李贽《李卓吾先生批评忠义水浒传》第二十五回总批，明容与堂本

诗道之所为贵者，在体物肖形，传神写意，妙入元中，理超象外，镜花水月，流霞回风，人得之解颐，鬼闻之欲泣也。

（明）屠隆《论诗文》，《鸿苞节录》卷六，清咸丰刊本

画家以古人为师，已是上乘。进此当以天地为师。每每朝看云气变幻，绝近画中山。山行时见奇树，须四面取之。树有左看不入画，而右看入画者。前后亦尔。看得熟，自然传神。传神者必须以形，形与心手相凑而相忘；神之所托也。

（明）董其昌《画禅室随笔》，《历代论画名著汇编》本

世人恒言传神写照，夫传神写照，乃二事也。只如此诗"扠身"句

是传神,"侧目"句是写照,传神要在远望中出,写照在细看中出。不尔,便不知颊上三毛如何添得也。

> (清)金圣叹《唱经堂杜诗解》卷一《画鹰》解,《金圣叹全集》(四),江苏古籍出版社本

叙事须有风韵,不可担板。今人见此,遂以为小说家伎俩。不观《晋书》、《南、北史》列传,每写一二无关系之事,使其人精神生动,此颊上三毫也。史迁《伯夷》、《孟子》、《屈》、《贾》等传,俱以风韵胜;其填《尚书》、《国策》,稍觉担板矣。

> (清)黄宗羲《论文管见》,《南雷文定》三集卷三,《四部备要》本

古人文字,偏于极琐屑处,写得其人须眉生动。

> (清)周亮工《尺牍新钞》一集,周圻《又与济叔论印章》,引自《中国美学史资料选编》,中华书局本

生平未写照。今年遇钱塘戴苍湄,称当今写照第一手,必欲为老夫写。写竟,苍湄曰"肖",诸人同曰"肖",老夫揽镜亦曰"肖"。因其盘礴凝注,浑洒疾徐,而悠然觉此道之通于诗文也。苍湄之言曰:"于静处得什三,于动处得什五,于有意属笔时得什七,于偶一触目焉,而具相貌于胸中者得什九。"此言易解也。又言曰:"貌本圆而以方写之,貌本长而以短写之;写者方短,而肖者圆长。"此言难解也。老夫曰:是所谓神也,诗文诀也。千古善写照之文人,莫司马迁若。试读其世家、列传,开口一二语,便令其人终身瞭然,及逐节逐句,境绝峰生处,转令人茫然,而终归于瞭然,是神在笔先,在文字外也。若夫诗之为道,则犹之自写照矣,自写照而假他人须眉乎?他人须眉即佳,自肯受乎?昔有论《史记》者云:"每于人疵处、缺略处,极力描写。"要知疵处、缺略处,人之余也,余者,神所寄也,所谓笔先、笔内外也,所谓以动写静,以方、短写圆、长之说也。然则作诗文者,独举余乎?余只可以出全,不可以摄全也,全之神注,借余以出之。譬如写照之必不能舍须眉颧颊以为神,而但曰须眉颧颊,不足以为神也。文之有词藻,诗之有格律,须眉颧颊也;曰如何为汉,如何为唐、宋诸大家、如何为六朝、汉、魏,如何为

初、盛、中、晚唐，须眉颧颊之妍媸老少也。不能貌者当学貌，而肖不肖置勿闻，不几令诗文诎丹青下耶？
　　　　　（清）周亮工《尺牍新钞》二集，方拱乾《与田雪龛》，引自
　　　　《中国美学史资料选编》，中华书局本

　　写生家每从闲冷处传神，所谓"颊上加三毛"也。然须从面目颧颊上先着精彩，然后三毛可加。近见诗家正意寥寥，专事闲语，譬如人无面目颧颊，但具三毛，不知果为何物。
　　　　　　　　　　　（清）贺贻孙《诗筏》，《清诗话续编》本

　　苏子瞻谓"桑之未落，其叶沃若"，体物之工，非"沃若"不足以言桑，非桑不足以当"沃若"，固也。然得物态，未得物理。"桃之夭夭，其叶蓁蓁"，"灼灼其华"，"有蕡其实"，乃穷物理。夭夭者，桃之稚者也。桃至拱把以上，则液流蠹结，花不荣，叶不盛，实不蕃。小树弱枝，婀娜妍茂，为有加耳。
　　　　　　　（清）王夫之《薑斋诗话》卷一，人民文学出版社本

　　含情而能达，会景而生心，体物而得神，则自有灵通之句，参化工之妙。若但于句求巧，则性情先为外荡，生意索然矣。松陵体永堕小乘者，以无句不巧也。然皮、陆二子差有兴会，犹堪讽咏。若韩退之以险韵、奇字、古句、方言，矜其饾饤之巧，巧诚巧矣，而于心情兴会一无所涉，适可为酒令而已。黄鲁直、米元章益堕此障中。近则王谑庵承其下游，不恤才情，别寻蹊径，良可惜也。
　　　　　　　（清）王夫之《薑斋诗话》卷二，人民文学出版社本

　　人不厌拙，只贵神清。景不嫌奇，必求境实。
　　　　　　　（清）笪重光《画筌》，《历代论画名著汇编》本

　　传神者，必以形，形与心手相凑而忘神之所托也。今人患在空竭心力，总不能离本来面目，以言乎神，乌可得乎？古有云：书法之要，妙在能合，神在能离。所谓离者，务须倍加工力，自然妙生。既脱于腕，仍养于心，方无右军习气。（笔笔摹拟不能脱化，即谓右军习气。）鲁公所谓

趣长笔短，常使意势有余，字外之奇，言不能尽。故学子敬者，画虎也，学无常者，画龙也。余谓学右军者，因无画之迹，亦无画之名矣。

     （清）宋曹《书法约言·总论》，引自《历代书法论文选》，上海书画出版社本

  神生于无形，成于有形，形然后数，形而成声。故曰神使气，气就形。形理如类有可类，或未形而未类，或同形而同类，类而可班，类而可识。圣人从天地识之别，故从有以至未有，以得细若气，微若声。然圣人因神而存之，虽妙必效情，核其华，道者明矣，非其（具）圣心，以乘聪明，孰能存天地之神，而成形之情哉！神者，物受之而不能知及其去来，故圣人畏而欲存之，唯欲存之，神之亦存。其欲存之者，故莫贵焉。

     （清）方苞《读子史·诂律书一则》，《方苞集》卷二，上海古籍出版社本

  东坡诗：论画以形似，见与儿童邻。作诗必此诗，定知非诗人。此论诗则可，论画则不可。未有形不似而反得其神者。此老不能工画，故以此自文。犹云胜固欣然，败亦可喜。空钩意钓，岂在鲂鲤。亦以不能奕，故作此禅语耳。又谓写真在目与颧，肖则余无不肖，亦非的论。唐白居易诗云：画无常工，以似为工。学无常师，以真为师。宋郭熙亦曰：诗是无形画，画是有形诗。而东坡乃以形似为非，直谓之门外人可也。

     （清）邹一桂《小山画谱》，《历代论画名著汇编》本

  人有言：绘雪者不能绘其清，绘月者不能绘其明，绘花者不能绘其馨，绘人者不能绘其情。以数者虚而不可以形求也。不知实者必肖，则虚者自出。故画北风图则生凉，画云汉图则生热，画水于壁则夜闻水声。谓为不能者，固不知画者也。

     （清）邹一桂《小山画谱》，《历代论画名著汇编》本

  唱曲之妙，全在顿挫。必一唱而形神毕出，隔垣叫之，其人之装束形容，颜色气象，及举止瞻顾，宛然如见，方是曲之尽境。

     （清）徐大椿《乐府清声·顿挫》，《中国古典戏曲论著集成》（七），中国戏剧出版社本

美成《青玉案》（当作《苏幕遮》）词："叶上初阳干宿雨。水面清圆，一一风荷举。"此真能得荷之神理者。觉白石《念奴娇》《惜红衣》二词犹有隔雾看花之恨。

（清）王国维《人间词话》，人民文学出版社本

3. 离形得似

深识书者，惟观神采，不见字形。若精意玄鉴，则物无遗照……文则数言乃成其意，书则一字已见其心，可谓简易之道。欲知其妙，初观莫测，久视弥珍。虽书已减藏，而心追目极，情犹眷眷者，是为妙矣。然虽考其法意所由，从心者为上，从眼者为下。先其草创立体，后其因循著名。虽功用多而有声，终性情少而无象，同乎糟粕，其味可知，不由灵台，必乏神气。其形悴者，其心不长。状貌显而易明，风神隐而难辨。有若贤才君子立行立言，言则可知，行不可见。自非冥心玄照，闭目深视，则识不尽矣。可以心契，非可言宣。

（唐）《张怀瓘文字论》，《法书要录》卷四，引自《中国美学史资料选编》，中华书局本

夫翰墨及文章至妙者，皆有深意，以见其志，览之即令了然，若与面会，则有智昏菽麦，混白黑于胸襟。若心悟精微，图古今于掌握，玄妙之意，出于物类之表，幽深之理，伏于杳冥之间。岂常情之所能言，世智之所能测？非有独闻之听，独见之明，不可议无声之音，无形之相。夫诵圣人之语，不如亲闻其言；评先贤之书，必不能尽其深意。有千年明镜，可以照之不陂；琉璃屏风，可以洞彻无碍。今虽录其品格，岂独称其材能，皆先其天性，后其习学，纵异形奇体，辄以情理一贯，终不出于洪荒之外，必不离于工拙之间。然智则无涯，法固不定；且以风神骨气者居上，妍美功用者居下。

草书伯英第一……逸少第八。或问曰："此品之中，诸子岂能悉过于逸少？"答曰："人之材能，各有长短，诸子于草，各有性识，精魄超然，神采射人。逸少则格律非高，功夫又少；虽圆丰妍美，乃乏神气，无戈戟铦锐可畏，无物象生动可奇，是以劣于诸子。得重名者，以真行故也。举

世莫之能晓，悉以为真草一概。若所见与诸子雷同，则何烦有论？今制品格以代权衡，于物无情，不饶不损。惟以理伏，颇能面质，冀合规于玄匠，殊不顾于聋俗，夫聋俗无眼有耳，但闻是逸少，必暗然悬伏，何必须见？见与不见，一也。虽自谓高鉴旁观，如三载婴儿，岂敢斟量鼎之轻重哉？……逸少草有女郎材，无丈夫气，不足贵也！贤人君子，非愚于此而智于彼，知与不知，用与不用也。书道亦尔，虽贱于此或贵于彼，鉴与不鉴也！智能虽定，赏遇在时也！"

（唐）《张怀瓘议书》，《法书要录》卷四，引自《中国美学史资料选编》，中华书局本

绝伫灵素，少回清真。如觅水影，如写阳春。风云变态，花草精神。海之波澜，山之嶙峋。俱似大道，妙契同尘。离形得似，庶几斯人。

（唐）司空图《诗品·形容》，人民文学出版社本

余尝论画，以为人禽、宫室、器用皆有常形，至于山石、竹木、水波、烟云，虽无常形而有常理。常形之失，人皆知之；常理之不当，虽晓画者有不知。故凡可以欺世而取应者，必托于无常形者也。虽然，常形之失，止于所失而不能病其全，若常理之不当，则举废之矣。以其形之无常，是以其理不可不谨也。世之工人或能曲尽其形，而至于其理，非高人逸才不能辨。与可之于竹石枯木，真可谓得其理者矣。如是而生，如是而死，如是而挛拳瘠蹙，如是而条达遂茂。根茎节叶，牙角脉缕，千变万化，未始相袭，而各当其处，合于天造，厌于人意。盖达士之所寓也欤！

（宋）苏轼《净因院画记》，《东坡七集》前集卷三十一，《四部备要》本

士之不能自成，其患在于俗学，俗学之患，枉人之材，窒人之耳目，诵其师传造字之语，从俗之文，才数万言，其为士之业尽此矣。夫学以明理，文以述志，思以通其学，气以达其文。古之人，道其聪明，广其闻见，所以学也；正志完气，所以言也。王氏之学，正如脱槷，案其形模而出之，不待修饰而成器耳，求为桓璧彝器，其可乎？

（宋）苏轼《送人序》，《东坡七集》续集卷八，《四部备要》本

徐生作鱼，庖中物耳。虽复妙于形似，亦何所赏？但令谗獠生涎耳。向若能作底柱析城，龙门嶓岋，惊涛险壮，使王鲔赤鲩之流，仰波而上溯，或其瑰怪雄杰，乘风霆而龙飞，彼或不自料其能薄，乘时射势不至乎中流，折角点额，穷其变态，亦可以为天下壮观也。

　　　　　　（宋）黄庭坚《题徐巨鱼》，《豫章黄先生文集》卷二十七，《四部丛刊》本

　　观物者莫先穷理，理有在者，可以尽察，不必求于形似之间也。

　　　　　　（宋）董逌《御府吴淮龙秘阁评定因书》，《广川画跋》卷三，《画品丛书》，上海人民美术出版社本

　　杨蟠字公济，（尝）为莼菜诗云："休说江东春水寒，到来且觅鉴湖船。鹤生嫩顶浮新紫，龙脱香髯带旧涎。玉割鲈鱼迎刃滑，香炊稻饭落匙圆。归期不待秋风起，漉酒调羹任我年。"时人以为读其诗，不必食莼羹，然后知其味。余以为可以言咏物，未可以语诗耳。

　　　　　　（宋）王直方《王直方诗话》，《宋诗话辑佚》本

　　写生之句，取其形似，故词多迂弱。赵昌画黄蜀葵，东坡作诗云："檀心紫成晕，翠叶森有芒。"揣摸刻骨，造语壮丽，后世莫及。

　　　　　　（宋）许𫖮《彦周诗话》，《历代诗话》本

　　仆之所谓画者，不过逸笔草草。不求形似，聊以自娱耳。

　　　　　　（元）倪瓒《论画》，《历代论画名著汇编》本

　　以中每爱余画竹，余之竹聊以写胸中逸气耳！岂复较其似与非、叶之繁与疏、枝之斜与直哉。或涂抹久之，他人视以为麻为芦，仆亦不能强辨为竹。真没奈览者何，但不知以中视为何物耳。

　　　　　　（元）倪瓒《论画》，《历代论画名著汇编》本

　　墨戏之作，盖士大夫词翰之余，适一时之兴趣。与夫评画者流，大有寥廓。尝观陈简斋墨梅诗云："意足不求颜色似，前身相马九方皋。"此真知画者也。

　　　　　　（元）吴镇《论画》，《历代论画名著汇编》本

品花何异九方皋，相马之天略皮肉。又如周昉画仕女，肌体虽丰意先足。紫绵朱粉漫夸妆，要见妖娆有其淑。

（明）吴承恩《题沈青门寄画海棠用东坡定惠院韵》，《吴承恩诗文集》卷一，古典文学出版社本

此回文字逼真，化工肖物。摩写宋江、阎婆惜并阎婆处，不惟能画眼前，且画心上；不惟能画心上，且并画意外。顾虎头、吴道子安得到此？至其中转转关目，恐施、罗二君亦不自料到此，余谓断有鬼神助之也。

（明）李贽《忠义水浒传》第二十一回评语，明容与堂本

人能以画寓意，明窗净几，指写景物，或观佳山水处，胸中便生景象，或观名花折枝，想其态度绰约，枝梗转折，向日舒笑，迎风欹斜，含烟弄雨，初开残落，布景笔端，不觉妙合天趣，自是一乐。若不以天生活泼为法，徒窃纸上形似，终为俗品。古之高尚士夫，如李公麟、范宽、李成、苏长公、米家父子辈，靡不尽臻神品，赏鉴大雅，须学一二名家，方得深知画意。

（明）屠隆《画笺》，《考槃余事》卷二，《丛书集成》本

今天下人握夜光，家抱连城，类悼于结撰，传景辄鸣。日凿一堂，狠云独喻千古；全舍津筏，狠云凭陵百代，而古人体裁，一切弁髦，而不知破规非圆，削矩非方，即令沉思出寰宇之外，酝酿在象数之先，终属师心，愈远本色矣。则吴公文章辨体之刻也，乌可以已哉？抑不佞闻之。胡宽营新丰，至鸡犬各识其家，而终非真新丰也。优人效孙叔敖抵掌惊楚王，而终非真叔敖也。岂非抱形似而失真境，泥皮相而遗神情者乎？

（明）袁宗道《刻文章辨体序》，《白苏斋类稿》卷七，《中国文学珍本丛书》本

传神之道，在于阿堵。所云叔则颊上三毛，皆形似之外得之。今画者求之形似，终不似也。

（明）袁中道《传神说》，《珂雪斋文集》卷十三，《中国文学珍本丛书》本

顾汉中题倪云林画云：初以董源为宗。后迁自题狮子林图云：此画得荆、关遗意，非王蒙辈所能梦见。俱不免有前人在。晚年随意抹扫，如狮子独行，脱落俦侣。一日灯下作竹树，傲然自得，晓起展视，全不似竹。迂笑曰：全不似处，不容易到耳。

（明）沈颢《画麈》，《历代论画名著汇编》本

《丹铅余录》云："英光堂帖，有朱元章临智永真草千文，与今本大不同，乃知古人临帖，不论形似也。"岳珂跋其后云："摹临两法本不同，摹帖如梓人作室，梁栌栋桷，虽具准绳，而缔创既成，气象自有工拙；临帖如双鹄并翔，青天浮云，浩荡万里，各随所至而息焉。《宝晋帖》盖进乎此者也。"又为赞曰："永之法，妍以婉。芾之体，峭以健。马牛其风，神合志通，彼妍我峭，唯妙唯肖。故曰'袒裼不渝，夜户不启。善学柳下惠，莫如鲁男子'。"余谓不但临摹法帖，看画亦然。今人见画不谙先观其韵，往往以形似求之，此画工鉴耳，非古人意趣，岂可同日语哉？欧阳文忠公诗云："古画画意不画形。"苏东坡云："作画以形似，见与儿童邻。"真名言也。

（明）俞弁《逸老堂诗话》卷下，《历代诗话续编》本

论画者曰："咫尺有万里之势。"一"势"字宜着眼。若不论势，则缩万里于咫尺，真是《广舆记》前一天下图耳。五言绝句，以此为落想时第一义。唯盛唐人能得其妙，如"君家住何处？妾住在横塘。停船暂借问，或恐是同乡"，墨气所射，四表无穷，无字处皆其意也。李献吉诗："浩浩长江水，黄州若个边？岸回山一转，船到堞楼前。"固自不失此风味。

（清）王夫之《薑斋诗话》卷二，人民文学出版社本

题中偏不欲显，象外偏令有余，一以为风度，一以为淋漓。呜呼！观止矣。

（清）王夫之《唐诗评选》卷一，李白《长相思》评语，《船山遗书》，太平洋书店重校刊本

此公七言平远深细，是中唐第一高手。纪事称其不为新语，律体务

实。所云新语者，十才子以降，枯枝败梗耳。虚实在神韵，不以比兴有无为别，如此空中构景，佳句独得，讵不贤于硬架而无情者乎！以此求之，知此公之奏雅于郑卫之滨，曲高和寡矣。

     （清）王夫之《唐诗评选》卷四，杨巨源《和大夫边春呈长安亲故》评语，《船山遗书》，太平洋书店重校刊本

  亦理亦情亦趣，逶迤而下，多取象外，不失圜中。

     （清）王夫之《古诗评选》卷五，谢灵运《田南树园激流植援》评语，《船山遗书》，太平洋书店重校刊本

  工部之工，在即物深致，无细不章。右丞之妙，在广摄四旁，圜中自显。如终南之阔大，则以"欲投人处宿，隔水问樵夫"显之；猎骑之轻速，则以"忽过"、"还归"、"回看"、"暮云"显之。皆所谓离钩三寸，鲅鲅金麟，少陵未尝问津及此也。然五言之变，至此已极。右丞妙手，能使在远者近，抟虚作实，则心自旁灵，形自当位。苟非其人，荒远幻诞，将有如一一鹤声飞上天，而自诧为灵通者，风雅扫地矣。是取径盛唐者节宣之度，不可不知也。

     （清）王夫之《唐诗评选》卷三，王维《观猎》评语，《船山遗书》，太平洋书店重校刊本

  字字欲飞，不以情，不以景，华严有两镜相入义，唯供奉不离不堕。

     （清）王夫之《唐诗评选》卷二，李白《春思》评语，《船山遗书》，太平洋书店重校刊本

  工苦安排备尽矣，人力参天，与天为一矣。"连山到海隅"，非徒为穷大语，读《禹贡》自知之。结语亦以形其阔大，妙在脱卸，勿但作诗中画观也，此正是画中有诗。

     （清）王夫之《唐诗评选》卷三，王维《终南山》评语，《船山遗书》，太平洋书店重校刊本

  合化无迹者谓之灵，通远得意者谓之灵。如逖五言，乃可以灵许之。

     （清）王夫之《唐诗评选》卷三，孙逖《江行有怀》评语，《船山遗书》，太平洋书店重校刊本

或问"不著一字,尽得风流"之说,答曰:太白诗:"牛渚西江夜,青天无片云,登高望秋月,空忆谢将军。余亦能高咏,斯人不可闻。明朝挂帆去,枫叶落纷纷。"襄阳诗:"挂席几千里,名山都未逢,泊舟浔阳郭,始见香炉峰,尝读远公传,永怀尘外踪,东林不可见,日暮但闻钟。"诗至此,色相俱空,政如羚羊挂角,无迹可求,画家所谓逸品是也。(《分甘余话》)

(清)王士禛《带经堂诗话》卷三,人民文学出版社本

疏影横斜,月白风清等作,为诗人咏物极致。若"认桃无绿叶,辨杏有青枝"及李笃翁之"胜如茉莉,赛得荼蘼",刘叔拟"看来毕竟此花强,只是欠些香。"岂非诗词一劫?程村常云:"咏物不取形而取神,不用事而用意。"二语可谓简尽。

(清)王士禛《花草蒙拾》,《词话丛编》本

子瞻称江瑶似荔子,又称杜诗似太史公书,赏其神味耳,形焉乎哉!

(清)邵长蘅《耐轩遗稿序》,《青门剩稿》卷四,愚斋丛书刻青门草堂藏本

董宗伯尝称子久秋山图为宇内奇丽巨观。予未得见也。暇日偶在阳羡与石谷共商一峰法,觉含毫渲染之间,似有苍深浑古之色。倘所谓离形得似,绚烂之极,仍归自然耶。

(清)恽正叔《南田论画》,《历代论画名著汇编》本

画有两字诀,曰活、曰脱。活者,生动也。用意用笔用色——生动,方可谓之写生。或曰当加一泼字。不知活可以兼泼,而泼未必皆活。知泼而不知活,则堕入恶道而有伤于大雅。若生机在我,则纵之损之,无不如意。又何尝不泼耶?脱者,笔笔醒透,则画与纸绢离。非笔墨跳脱之谓。跳脱乃是活意。花如欲语,禽如欲飞,石必崚嶒,树必挺拔。观者但见花鸟树石而不见纸绢,斯真脱画矣。

(清)邹一桂《小山画谱》,《历代论画名著汇编》本

爱看古庙破苔痕，惯写荒崖乱树根；画到神情飘没处，更无真相有真魂。

（清）郑燮《绝句二十一首》，《郑板桥集·诗钞》，上海古籍出版社本

摹拟形似，可以骇俗目，而不可炫其真识。

（清）纪昀《四百三十二峰草堂诗钞序》，《纪文达公遗集》卷九，清嘉庆刊本

东坡醉翁亭记豪纵，不类平日所作。或疑是涪翁，不知涪翁书正从老坡出也。公尝云："论画以形似，见与儿童邻。"即论书奚独不然？善相马者，妙在牝牡骊黄之外，否则圉人厩吏优为之矣。

（清）钱大昕《跋东坡书醉翁亭记》，《潜研堂文集》卷三十二，《四部丛刊》本

4. 取神似于离合之间

瞽师之放意相物，写神愈舞，而形乎弦者，兄不能以喻弟。

（汉）刘安《淮南子·齐俗训》，《诸子集成》本

失言绘画者，竟求容势而已。且古人之作画也，非以案城域，辨方州，标镇阜，划浸流。本乎形者，融灵而变动者心也。灵无所见，故所托不动；目有所极，故所见不周。于是乎以一管之笔，拟太虚之体，以判躯之状，尽寸眸之明。曲以为嵩高，趣以为方丈。以叐之画，齐乎太华；枉之点，表夫龙准。眉额颊辅，若晏笑兮；孤岩郁秀，若吐云兮。横变纵化而动生焉，前矩后方而灵出焉。然后宫观舟车，器以类聚。犬马禽鱼，物以状分，此画之致也。望秋云，神飞扬，临春风，思浩荡，虽有金石之乐，珪璋之琛，岂能仿佛之哉？披图按牒，效异山海，绿林扬风，白水激涧。呜呼，岂独运诸指掌，亦以明神降之。此画之情也。

（南朝·宋）王微《叙画》，《历代论画名著汇编》本

风范气候，极妙参神，但取精灵，遗其骨法。若拘以体物，则未见精粹；若取之象外，方厌膏腴，可谓微妙也。

（南朝·齐）谢赫《古画品录·张墨、荀勖条》，《画品丛书》，上海人民美术出版社本

夫心合于气，气合于心；神，心之用也，心必静而已矣。虞安吉云：夫未解书意者，一点一画皆求象本，乃转自取拙，岂是书邪？纵放类本，体样夺真，可图其字形，未可称解笔意，此乃类乎效颦，未入西施之奥室也。故其始学得其粗，未得其精，太缓者滞而无筋，太急者病而无骨，横毫侧管则钝慢而肉多，竖笔直锋则干枯而露骨。及其悟也，心动而手均，圆者中规，方者中矩，粗而能锐，细而能壮，长者不为有余，短者不为不足，思与神会，同乎自然，不知所以然而然矣。

（唐）李世民《指意》，引自《历代书法论文选》，上海书画出版社本

凌烟功臣少颜色，将军下笔开生面。良相头上进贤冠，猛将腰间大羽箭。褒公鄂公毛发动，英姿飒爽犹酣战。先帝御马玉花骢，画工如山貌不同。是日牵来赤墀下，迥立阊阖生长风。诏谓将军拂绢素，意匠惨淡经营中。须臾九重真龙出，一洗万古凡马空。玉花却在御榻上，榻上庭前屹相向。至尊含笑催赐金，圉人太仆皆惆怅。弟子韩幹早入室，亦能画马穷殊相。幹唯画肉不画骨，忍使骅骝气凋丧。将军画善盖有神，偶逢佳士亦写真。即今漂泊干戈际，屡貌寻常行路人。

（唐）杜甫《丹青引赠曹将军霸》，《杜诗详注》卷十三，中华书局本

文之神妙，莫先于诗。若妙与神，则吾岂敢？如梦得"雪里高山头白早，海中仙果子生迟"、"沉舟侧畔千帆过，病树前头万木春"之句之类，真谓神妙，在在处处，应当有灵物护之……

（唐）白居易《刘白唱和集解》，《白居易集》卷六十九，中华书局本

郭令公婿赵纵侍郎，尝令韩幹写真，众称其善。后又请周昉长史写之，二人皆有能名，令公尝列二真置于坐侧，未能定其优劣。因赵夫人归

省，令公问云："此画何人？"对曰："赵郎也。"又云："何者最似？"对曰："两画皆似，后画尤佳。"又问："何以言之？"云："前画者，空得赵郎状貌；后画者，兼移其神气，得赵郎情性笑言之姿。"令公问曰："后画者何人？"乃云："长史周昉。"是日遂定二画之优劣。

（唐）朱景玄《唐朝名画录》，《画品丛书》，上海人民美术出版社本

神、妙、奇、巧。神者，亡有所为，任运成象。妙者，思经天地，万类性情，文理合仪，品物流笔。奇者，荡迹不测，与真景或乖异致，其理偏得，此者亦为有笔无思。巧者，雕缀小媚，假合大经，强写文章，增邈气象。此谓实不足而华有余。

（唐）荆浩《笔法记》，《历代论画名著汇编》本

萧条淡泊，此难画之意，画者得之，览者未必识也。故飞走迟速，意浅之物易见，而闲和严静，趣远之心难形。若乃高下向背，远近重复，此画工之艺尔，非精鉴者之事也。

（宋）欧阳修《鉴画》，《欧阳文忠集》卷一百三十，《四部备要》本

摩诘本诗老，佩芷袭芳荪。……吴生虽妙绝，犹以画工论。摩诘得之于象外，有如仙翮谢笼樊。吾观二子皆神俊，又于维也敛衽无间言。

（宋）苏轼《王维吴道子画》，《苏轼诗集》卷三，中华书局本

覆却万方无涯，安排一字有神。更能识诗家病，方是我眼中人。

（宋）黄庭坚《荆南签判和卿用予六言见惠次韵奉酬四首》，《山谷全集》卷十六，《四部备要》本

大抵画以得其形似为难，而人物则又以神明为胜。苟求其理，物各有神明也，但患未知求于此耳。

（宋）董逌《书崔白蝉雀图》，《广川画跋》卷六，《画品丛书》，上海人民美术出版社本

田承君云："东人王居卿在扬州，孙巨源、苏子瞻适相会，居卿置酒

曰：'疏影横斜水清浅，暗香浮动月黄昏。'此和靖梅花诗，然而为咏杏花与桃花皆可用也。东坡曰：'可则可，恐杏花与桃花不敢承当。'一坐为之大笑。"

（宋）赵令畤《侯鲭录》卷八，《丛书集成》本

　　诗人写人物态度，至不可移易。元微之《李娃行》云"鬒鬒峨峨高一尺，门前立地看春风"，此定是娼妇；退之《华山女》诗云"洗妆拭面著冠帔，白咽红颊长眉青"，此定是女道士；东坡作《芙蓉城》诗亦用"长眉青"三字，云"中有一人长眉青，炯如微云淡疏星"，便有神仙风度。

（宋）许顗《彦周诗话》，《历代诗话》本

　　《西清诗话》云：太白历见司马子微、谢自然、贺知章，或以为可与神游八极之表，或以为谪仙人，其风神超迈英爽可知。后世词人，状者多矣，亦间于丹青见之，俱不若少陵"落月满屋梁，犹疑照颜色"，熟味之，百世之下，想见风采。

（宋）胡仔《苕溪渔隐丛话》前集卷五，人民文学出版社本

　　诗之极致有一，曰入神。诗而入神，至矣，尽矣，蔑以加矣！惟李杜得之。他人得之盖寡也。

（宋）严羽《沧浪诗话·诗辨》，《沧浪诗话校释》，人民文学出版社本

　　画之为用大矣，盈天地之间者万物，悉皆含毫运思，曲尽其态，而所以能曲尽者，止一法耳。一者何也？曰：传神而已矣。世徒知人之有神，而不知物之有神，此若虚深鄙众工，谓虽曰画而非画者，盖止能传其形，不能传其神也。故画法以气韵生动为第一。

（宋）邓椿《画继》卷九，人民美术出版社本

　　自然妙者为上，精工者次之，此着力不着力之分，学之者不必专一而逼真也。专于陶者失之浅易，专于谢者失之钝饤。孰能处于陶谢之间，易其貌，换其骨，而神存千古。

（明）谢榛《四溟诗话》卷四，人民文学出版社本

诗无神气，犹绘日月而无光彩。学李杜者，勿执于句字之间，当率意熟读，久而得之。此提魂摄魄之法也。

（明）谢榛《四溟诗话》卷二，人民文学出版社本

世人画龙得龙皮，叔也画龙得龙髓。当其停手凝思时，青天飒飒生风雨。却怪三年不点睛，那知一日飞腾去。

（明）唐顺之《题龙图》，《荆川先生文集》卷一，《四部丛刊》本

李载贽曰：《水浒传》事节都是假的，说来却似逼真，所以为妙。常见近来文集乃有真事说做假者，真钝汉也，何堪与施耐庵、罗贯中作奴。

（明）李贽《水浒传》第一回总评，明容与堂本

李卓吾曰：施耐庵、罗贯中真神手也，摩写鲁智深处，便是一个烈丈夫模样，摩写洪教头处，便是忌嫉小人底身分；至差拨处，一怒一喜，倏忽转移，咄咄逼真，令人绝倒，异哉！

（明）李贽《水浒传》第九回总评，明容与堂本

《水浒传》文字形容既妙，转换又神。如此回文字形容刻划周谨、杨志、索超处，已胜太史公一筹，至其转换到刘唐处来，真有出神入化手段。此岂工力可到？定是化工文字，可先天地始，后天地终也。不妄、不妄！

（明）李贽《水浒传》第十三回总评，明容与堂本

说淫妇便像个淫妇，说烈汉便像个烈汉，说呆子便像个呆子，说马泊六便像个马泊六，说小猴子便像个小猴子，但觉读一过，分明淫妇、烈汉、呆子、马泊六、小猴子光景在眼，淫妇、烈汉、呆子、马泊六、小猴子声音在耳，不知有所谓语言文字也何物。文人有此肺肠，有此手眼！若令天地间无此等文字，天地亦寂寞了也。不知太史公堪作此衙官否？

（明）李贽《水浒传》第二十四回总评，明容与堂本

曲与白竟至此乎！我不知其曲与白也。但见蔡公在床，玉娘在侧，啼啼哭哭而已，神哉技至此乎！

（明）李贽《李卓吾先生批评琵琶记》第二十三出眉批，《古本戏曲丛刊》初集本

其填词皆尚真色，所以入人最深，遂令后世之听者泪、读者颦，无情者心动，有情者肠裂，何物情种，具此传神乎？

（明）汤显祖《玉茗堂批评焚香记》，《古本戏曲丛刊》初集本

时取参观，更觉会心。辄泚笔淋漓，快叫欲绝。何物董郎，传神写照，道人意中事若是。适屠长卿访余署中，遂出相质。长卿曰：记崔张者凡五人：北则人知有玉、关，而不知有董；南则人知有李，而不知有陆。为子弦称冤。并以娑罗园题评见示，且欲易余董本。余戏谓长卿，昔东坡欲以仇池石易王晋叔韩干二驭（散）马。晋叔难之。钱穆公欲兼取二物，蒋颖叔欲焚画碎石。竟成聚讼。予请以石归苏，以画归王，今日请以娑罗归屠，玉茗归汤。

（明）汤显祖《玉茗堂批订董西厢叙》，《汤显祖诗文集》卷五十，上海古籍出版社本

平林远洲，水天一色，危峰突起，白云晴岚，横亘其中，一翁策蹇驴出垂杨、映修竹，苍头抱焦尾，撇蹦而前。杨铁史题笔所谓“今日抱琴何处去，美人只在段桥东”，当是西泠三刹风致，不知何以能尽阘游人，专此岑寂也。此帧黄子久笔尤媚润清新，至其气韵之生动，真足为湖山传神者，非久居武林天竺间，未易领略也。

（明）胡应麟《题黄子久西泠烟霭图》，《少室山房类稿》卷一百九，《少室山房文集》，明万历刊本

学古诗者，以离而合为妙。李，杜、元、白，各有其神，非慧眼不能见，非慧心不能写。直以肤色皮毛而已，以之悦俗眼可也。近世学古人诗，离而能合者，几人耳。而世反以不似古及唐为恨。昔人疑徐吏部不受右军笔法，而体裁似之，颜太保受右军笔法，而点画不似。解之者曰：徐得右军皮肤、眼、鼻、耳，所以似之；颜得右军筋骨、心髓，所以不似

也。故曰：恒似是形，时似是神。世眼以貌求，宜嗤其不似古也。

（明）袁中道《四牡歌序》，《珂雪斋文集》卷一，《中国文学珍本丛书》本

取汪昌朝所传韦将军闻歌纳妓剧，而杂之以虎易美妹事。其中以豪侠肝肠，不乏丽情婉转，是作者传神处。

（明）祁彪佳《远山堂曲品》，《中国古典戏曲论著集成》（六），中国戏剧出版社本

画秋景唯楚客宋玉最工。"寥慄兮若在远行，登山临水兮送将归。"无一语及秋，而难状之景都在语外。唐人极力摹写，犹是子瞻所谓写画论形似，作诗必此诗者耳。韦苏州"落叶满空山"，王右丞"渡头余落日"，差足嗣响。因画秋林及之。

（明）董其昌《画禅室随笔》，《历代论画名著汇编》本

自云，名亦命也。韵语行，无容兼取。不行，则故命也。此又若士极愤懑不平，托之不可知之命以自解。而文之至者一人知之，后世知之，非如制义之得失，升九天沉九渊者，命以升沉之也。若士积精焦志于韵语，而竟不自知其古文之到家。秾纤修短，都有矩蠖。机以神行，法随力满。言一事，极一事之意趣神色而止；言一人，极一人之意趣神色而止。何必汉宋，亦何必不汉宋。若士自云，汉宋文字各极其致是也。

（清）沈标飞《文集题词》，《汤显祖诗文集》附录，上海古籍出版社本

《水浒》所叙，叙一百八人，其人不出绿林，其事不出劫杀，失教丧心，诚不可训，然而吾独欲略其形迹，伸其神理者，盖此书七十回，数十万言，可谓多矣。而举其神理，正如《论语》之一节两节，浏然以清，湛然以明，轩然以轻，濯然以新。彼岂非《庄子》、《史记》之流哉！不然，何以有此。如必欲苛其形迹，则夫十五《国风》，淫污居半；《春秋》所书，弑夺十九，不闻恶神奸而弃禹鼎，增《梼杌》而诛倚相，此理至明，亦易晓矣。

（清）金圣叹《第五才子书序三》，《金圣叹全集》（一），江苏古籍出版社本

（"李固吓得只看娘子，娘子便漾漾地走进去，燕青亦更不再说。"下批）如画。三句写三个人，便活画出三个人神理来，妙笔！妙笔！

    （清）金圣叹《第五才子书施耐庵水浒传》第六十回夹批，《金圣叹全集》（二），江苏古籍出版社本

（"就石头边寻了毡笠儿，"下批）叫声"阿呀"，翻下青石来，一时手脚都慌了，不及知毡笠落在何处矣，写得入神。

    （清）金圣叹《第五才子书施耐庵水浒传》第二十二回夹批，《金圣叹全集》（一），江苏古籍出版社本

  步兵《咏怀》自是旷代绝作，远绍国风，近出入于《十九首》，而以高朗不怀、脱颖之气，取神似于离合之间，大要如晴云出岫，舒卷无定质，而当其有所不极则弘忍之力，肉视荆、聂矣。且其托体之妙，或以自安，或以自悼，或标物外之旨，或寄疾邪之思，意固径庭，而言皆一致。信其但然而又不徒然，疑其必然而彼固不然。不但当时雄猜之渠长无可施其怨忌，且使千秋以还了无觅脚根处。盖得之为教，相求于性情，固不当容浅人以耳目荐取。况公且视刘、项为孺子，则人头畜智者令可测，公不几令泗上亭长反唇哉！人固自有分际，求知音于老妪，必白居易而后可尔。

    （清）王夫之《古诗评选》卷四，阮籍《咏怀》评语，《船山遗书》，太平洋书店重校刊本

  昔人云：王维诗中有画。凡诗可入画者，为诗家能事。如风云雨雪景象之致虚者，画家无不可绘之于笔，若初寒、内外之景色，即董、巨复生，恐亦束手搁笔矣。天下惟理、事之入神境者，固非庸凡人可摹拟而得也。

    （清）叶燮《原诗·内篇下》，人民文学出版社本

  善学少陵者，无如昌黎歌行，盘空硬语，妥帖恢奇，乃神似非形似也。李商隐《韩碑》一首，媲杜凌韩，音声节奏之妙，令人含咀无尽。每怪义山用事隐僻，而此诗又别辟一境，诗人莫测如此。

    （清）田雯《古欢堂集杂著》卷二，《清诗话续编》本

少陵《江上值水如海势》诗："为人性僻耽佳句，语不惊人死不休。老去诗篇浑漫兴，春来花鸟莫深愁。新添水槛供垂钓，故著浮槎替入舟。焉得思如陶谢手，令渠述作与同游？"申凫盟《说杜》甚谯让之，谓"与题无涉，此老无故作矜夸语，抑又陋矣"。余初学时，亦以为然。后官楚入黄州，泊舟港口，约叶井叔登赤鼻绝顶，纵目千里，命酒豪饮。俄而潮平月上，风露苍凉，有白鹳数百只，鸣于树间。井叔顾余曰："望水天之一色，呼周郎而欲出，子不可无诗。"余瞪目不答。井叔又曰："子陶、谢手也，何逊谢焉？"余静默久之，因悟少陵此诗，盖目触江上光景，思成佳句，以吟咏其奔涛骇浪之势，而不可得，废然长叹。曰"性僻"，曰"惊人"，言平生所笃嗜在诗也。曰"老去漫兴"，与"晚节渐于诗律细"，似不相属，谦辞也。曰"花鸟莫深愁"，言诗人刻毒，遇一花一鸟，摹写无余，能令花鸟愁也。今老无佳句，不必"深愁"矣。花鸟尚然，况值此江势之大，闭口束手，能复有惊人篇章耶？故只可添水槛以垂钓，著浮槎以闲游而已。若述作之手，非陶、谢不可，吾则何敢。悠悠千载，犹思慕陶、谢不置焉。少陵殆抑然自下者，全无矜夸语气。言在题外，神合题中，而江如海势之奇观，隐跃纸上矣。何谓无涉？固哉凫盟之说杜也！

（清）田雯《古欢堂集杂著》卷三，《清诗话续编》本

画雁分明见雁鸣，缣绸飒飒荻芦声；笔头何限秋风冷，尽是关山离别情。

（清）郑燮《绝句二十一首·边维祺》，《郑板桥集·诗钞》，上海古籍出版社本

唐人《咏小女》诗云："见爷不相识，反走牵娘裙。"——是画小女之神。"发覆长眉侧，花簪小髻旁。"——是画小女之貌。"学语渠渠问，牵裳步步随。"——是画小女之态。"爱拈爷笔墨，闲学母裁缝。"——是写小女之憨。

（清）袁枚《随园诗话》卷七，人民文学出版社本

貌有不足，敷粉施朱。才有不足，征典求书。古人文章，俱非得已。

伪笑佯哀，吾其忧矣。画美无宠，绘兰无香。揆厥所由，君形者亡。

（清）袁枚《续诗品·葆真》，《小仓山房诗集》卷二十，《四部备要》本

东坡曰：观士人画，如阅天下马，取其意气所到。乃若画工，往往只取鞭策皮毛，糟枥刍秣而已，无一点俊发气，看数尺许便倦。仆曰：以马喻，固不在鞭策皮毛也，然舍鞭策皮毛，并无马矣。所谓俊发之气，莫非鞭策皮毛之间耳。世有伯乐而后有名马，亦岂不然耶！

（清）方薰《山静居论画》，《历代论画名著汇编》本

陈平佐汉，志见社肉；李斯亡秦，兆端厕鼠。推微知著，固智士之相机，搜闲传神，亦文家之妙用也。但必得其神志所在，则如图画名家，颊上妙于增毫；苟徒慕前人文辞之佳，强寻猥琐以求其似，则如见桃花而有悟。遂取桃花作饭，其中岂复有神妙哉！

（清）章学诚《古文十弊》之七，《文史通义·内篇五》，《四部备要》本

古人文成法立，未尝有定格也。传人适如其人，述事适如其事，无定之中，有一定焉。知其意者，旦暮遇之，不知其意，袭其形貌，神弗肖也。

（清）章学诚《古文十弊》之九，《文史通义·内篇五》，中华书局本

诗之妙全以先天神运，不在后天迹象。如王龙标"烽火城西百尺楼，黄昏独坐海风秋。更吹羌笛关山月，无那金闺万里愁"。此诗前二句便全是笛声之神，不至"更吹羌笛"句矣。王摩诘"隔牖风惊竹，开门雪满山"，咏雪之妙，全在上句"隔牖"五字，不言雪而全是雪声之神，不至"开门"句知。太白"风吹柳花满店香"，起句便全是劝酒之神，不至"吴姬劝酒"句矣。卢纶"林暗草惊风"，起句便全是黑夜射虎之神，不至"将军夜引弓"句矣。大抵能诗者无不知此妙，低手遇题，乃写实迹，故极求清脱，而终欠浑成。

（清）潘德舆《养一斋诗话》卷二，《清诗话续编》本

诗贵有神,如"云龙出水风声急,海鹤鸣皋日色清",诵之觉有一片天籁,悠然于耳目之间。他如同一"翻"字,而"返照入江翻石壁"终不如"孤月浪中翻"之活者,返照之翻尚在石壁,孤月之翻即在浪中也。至若"五更鼓角声悲壮,三峡星河影动摇",读之令人心神惕然,此是何等神气!记幼时先祖铁庵公讳极,字建中。每于花间小酌,辄呼寿昌至前,口授唐诗数首。一日,诵"星斗疏明禁漏残,紫泥封后独凭栏。露和玉屑金盘冷,月射珠光见阙寒。天衬楼台笼苑外,风吹歌管下云端。长卿只为长门赋,未识君臣际会难。"诵至前六句,忽觉无限晶光异彩,陆离于眉睫之间;一片金石清音,琳瑯于檐隙之际。此盖有自然之神韵,溢乎楮墨之外,初非人力所能与也。

(清)王寿昌《小清华园诗谈》卷上,《清诗话续编》本

人知和靖《点绛唇》、圣俞《苏幕遮》、永叔《少年游》三阕为咏春草绝调。不知先有正中"细雨湿流光"五字,皆能摄春草之魂者也。

(清)王国维《人间词话》,人民文学出版社本

此篇是放笔写严老大官之可恶,然行文有次第,有先后,如原泉盈科,放乎四海,虽支分派别,而脉终分明。非犹俗笔稗官,凡写一可恶之人,便欲打欲骂欲杀欲割,惟恐人不恶之,而究竟所记之事皆在情理之外,并不能行之于当世者。此古人所谓"画鬼怪易,画人物难"。世间惟最平实而为万目所共见者,为最难得其神似也。

(清)佚名《儒林外史回评》第六回评语,引自《中国历代小说论著选》,江西人民出版社本

5. 以精不以形　以神不以器

神也者,妙万物而为言者也。动万物者莫疾乎雷,挠万物者莫疾乎风,燥万物者莫熯乎火,说万物者莫说乎泽,润万物者莫润乎水,终万物、始万物者莫盛乎艮。故水火相逮,雷风不相悖,山泽通气,然后能变化,既成万物也。

(先秦)《周易·说卦》,《十三经注疏》本

秦穆公谓伯乐曰："子之年长矣，子姓有可使马求者乎？"伯乐对曰："良马可形容筋骨相也。天下之马者，若灭若没，若亡若失。若此者绝尘弭辙，臣之子皆下才也，可告以良马，不可告以天下之马也。臣有所与共担纆薪菜者，有九方皋，此其于马，非臣之下也，请见之。"穆公见之，使行求马。三月而反报曰："已得之矣，在沙丘。"穆公曰："何马也？"对曰："牝而黄。"使人往取之，牡而骊。穆公不说，召伯乐而谓之曰："败矣，子所使求马者，色物、牝牡尚弗能知，又何马之能知也？"伯乐喟然太息曰："一至于此乎！是乃其所以千万臣而无数者也。若皋之所观天机也，得其精而忘其粗，在其内而忘其外；见其所见，不见其所不见；视其所视，而遗其所不视。若皋之相者，乃有贵乎马者也。"

（先秦）《列子·说符篇》，《诸子集成》本

画西施之面，美而不可说；规孟贲之目，大而不可畏：君形者亡焉。

（汉）刘安《淮南子·说山训》，《诸子集成》本

使但吹竽，使工厌窍，虽中节而不可听，无其君形者也。

（汉）刘安《淮南子·说林训》，《诸子集成》本

臣闻鉴之积也无厚，而照有重渊之深；目之察也有畔，而视周天壤之际。何则？应事以精不以形，造物以神不以器。是以万邦凯乐，非悦钟鼓之娱，天下归仁，非感玉帛之惠。

（晋）陆机《演连珠》，《全晋文》卷九十九，《全上古三代秦汉三国六朝文》本

形于臣闻图影，未尽纤丽之容，察火于灰，不觌洪赫之烈。是以问道存乎其人，观物必造其质。

（晋）陆机《演连珠》，《全晋文》卷九十九，《全上古三代秦汉三国六朝文》本

列士有骨俱，然蔺生恨急烈，不似英贤之慨，以求古人，未之见也。于秦王之对荆卿，及复大闲，凡此类虽美而不尽善也。

（晋）顾恺之《论画》，引自《历代名画记》卷五，人民美术出版社本

虽不该备形妙，颇得壮气。

（南朝·齐）谢赫《古画品录·第一品卫协》，《画品丛书》本

虽略于形色，颇得神气。笔迹超越，亦有奇观。

（南朝·齐）谢赫《古画品录·第五品晋明帝》，《画品丛书》本

张怀瓘云：顾公远思精微，襟灵莫测，虽寄迹翰墨，其神气飘然在烟霄之上，不可以图画间求。象人之美，张得其肉，陆得其骨，顾得其神。神妙亡方，以顾为最。喻之书，则顾、陆比之钟、张，僧繇比之逸少，俱为古今之独绝。岂可以品第拘？谢氏黜顾，未为定鉴。

（唐）张彦远《历代名画记》卷五，人民美术出版社本

张怀瓘云：顾、陆及张僧繇，评者各重其一，皆为当矣。陆公参灵酌妙，动与神会，笔迹劲利，如锥刀焉。秀骨清像，似觉生动，令人懔懔若对神明，虽妙极象中，而思不融乎墨外。夫象人风骨，张亚于顾、陆也。

（唐）张彦远《历代名画记》卷六，人民美术出版社本

恺之每重嵇康四言诗，因为之图，恒云："手挥五弦易，目送归鸿难。"

（唐）房玄龄《晋书》卷九十三《顾恺之传》，中华书局本

鬼神人物，有生动之可状，须神韵而后全。若气韵不周，空陈形似，笔力未遒，空善赋彩，谓非妙也……然今之画人，粗善写貌，得其形似，则无其气韵。具其彩色，则失其笔法。岂曰画也。呜呼，今之人斯艺不至也。

（唐）张彦远《论画六法》，《历代名画记》卷一，人民美术出版社本

人不善赏花，只爱花之貌；人或善赏花，只爱花之妙。花貌在颜色，颜色人可效；花妙在精神，精神人莫造。

（唐）邵雍《善赏花吟》，《伊川击壤集》卷十一，《四部丛刊》本

书画之妙，当以神会，难可以形器求也。世之观画者，多能指摘其间形象、位置、彩色瑕疵而已，至于奥理冥造者，罕见其人。如彦远《画评》言："王维画物，多不问四时，如画花往往以桃、杏、芙蓉、莲花同画一景。予家所藏摩诘画《袁安卧雪图》有雪中芭蕉。此乃得心应手，意到便成，故造理入神，迥得天意，此难可与俗人论也。谢赫云："卫协之画，虽不该备形妙，而有气韵，凌跨群雄，旷代绝笔。"又欧文忠《盘车图》诗云："古画画意不画形，梅诗咏物无隐情。忘形得意知者寡，不若见诗如见画。"此真为识画也。

（宋）沈括《梦溪笔谈·书画》，《新校正梦溪笔谈》卷十七，中华书局本

善言画者，多云鬼神易为工，以谓画以形似为难。鬼神，人不见也，然至其阴威惨淡，变化超腾而穷奇极怪，使人见辄惊绝，及徐而定视，则千状万态，笔简而意足，是不亦为难哉！

（宋）欧阳修《题薛公期画》，《欧阳文忠集》卷七十三，《四部备要》本

论画以形似，见与儿童邻；赋诗必此诗，定非知诗人。诗画本一律，天工与清新；边鸾雀写生，赵昌花传神。何如此两幅，疏淡含精匀；谁言一点红，能寄无边春。

（宋）苏轼《书鄢陵王主簿所画折枝二首》之一，《东坡七集》前集卷十六，《四部备要》本

论画之高下者，有传形，有传神。传神者，气韵生动是也。如画猫者，张壁而绝鼠；大士者，渡海而灭风；朔圣真武者，叩之而响应；写人真者，即能得其精神。若此者，岂非气韵生动，机夺造化者乎？

（元）杨维桢《论画》，《历代论画名著汇编》本

庄周、李白神于文者也，非工于文者所及也。文非至工，则不可为神，然神非工之所可至也。

（明）杨慎《璅语》，《升庵文集》卷六十五，明刊本

嘉靖甲寅之秋，可山契丈过余山斋，袖出是卷见示，且索题识。展视之，云湖画菊；再视之，则沈石田之所歌赞也。翻阅数过，其菊枝枝朵朵，动荡活泼，花神尽为描得。再读题翰，歌调清婉，无一字不快人心，无一字不惬人意。观之令人神爽飞越，便有轻世出尘之想，但不知二公当时挥染有得，其胸中又作何样光景也。王廷瑞，我淮好礼者也，往往为四海名公见取，以故翰墨所得为多。今丈得之，并奇事哉！予固奇其事，顿忘貂续，信不为大方增重也。谨跋。山阳邑人射阳居士吴承恩。

（明）吴承恩《云湖画菊跋》，《吴承恩诗文集》补遗，古典文学出版社本

舟以载人，亦以覆人，人不得舟，则水行必溺，及岸则舟无所用。形以栖神，亦以凝神，神不得形，则灵光无托，神完则形无所用。

（明）屠隆《形神》，《鸿苞》卷三十五，明庚戌本

火可画，风不可描；冰可镂，空不可斡。盖神君气母，别有追似之手，庸工不与耳。古今高才，莫高于《易》。《易》者，象也。象也者，像也。其次则五经递广之，此外能言其所像人亦不多。左邱明、宋玉、蒙庄、司马子长、陶渊明、老杜、大苏、罗贯中、王实甫、我明王元美、徐文长、汤若士而已。

（明）王思任《批点玉茗堂牡丹亭叙》，《汤显祖诗文集》附录，上海古籍出版社本

精神聚而色泽生，此非雕琢之所能为也。精神道宝，闪闪著地，文之至也。晋诗如丛彩为花，绝少生韵，士衡病靡，太冲病骄，安仁病浮，二张病塞。语曰："情生于文，文生于情"，此言可以荡晋人之病。

（明）陆时雍《诗镜总论》，《历代诗话续编》本

神者，灵变惝恍，妙万物而为言。读破万卷而胸无一字，则神来矣，一落滓秽，神已索然。

（清）贺贻孙《诗筏》，《清诗话续编》本

多著直句，丽以神，不丽以色也。

　　　　（清）王夫之《古诗评选》卷六，庾信《咏画屏风》评语，《船山遗书》，太平洋书店重校刊本

字中句外，得写神之妙，古云实相难求，以此求之，何实相之不现哉！

　　　　（清）王夫之《明诗评选》卷四，张宇初《晚兴偶成》评语，《船山遗书》，太平洋书店重校刊本

此讵可以时诗求，又讵但以唐诗求也。寄思著笔，令于空界著色，千年来无斯作矣。第三句逗开，写神不写色，第四句又直对。明明是一株活柳，更不消道是咏柳诗。

　　　　（清）王夫之《明诗评选》卷六，杨慎《咏柳》评语，《船山遗书》，太平洋书店重校刊本

为丛菊写照，传神难，传韵尤难。

　　　　（清）恽正叔《南田论画》，《历代论画名著汇编》本

诗贵神似，形似末也。杨廷秀作《江西宗派诗序》云："形焉而已矣，高子勉不似二谢，二谢不似三洪，三洪不似徐师川，师川不似陈后山，而况似山谷乎？味焉而已矣，酸咸异和，山海异珍，而调腼之妙，出乎一手也。似与不似，求之可也，遗之亦可也。"宋人论诗，此最神解。试溯论之：《十九首》不似《三百》，曹、刘不似《十九首》，沈、谢不似曹、刘，李、杜不似沈、谢，况苏、黄乎？要各有独至之妙。又骚不似诗，赋不似骚，古体不似赋，今体不似古体，况辞曲乎？要实有同源之美。所谓二其形，一共味，一其法者也。东坡云："赋诗必此诗，定非知诗人。"徐熙画花卉，意在不似，有高于似者，是谓神似。诗曰："惟其有之，是以似之。"神似之谓也。

　　　　（清）叶矫然《龙性堂诗话初集》，《清诗话续编》本

钟惺云："《三百篇》后，四言之法有二：韦孟《讽谏》，其气和，去《三百篇》近，而有近之离；魏武《短歌》，其调高，去《三百篇》远，而有远之合。"予谓近而离者貌也，远而合者神也。

（清）张谦宜《㧑斋诗谈》卷八，《清诗话续编》本

《易》曰："阴阳不测之为神。"又曰："神也者，妙万物而为言者也。"孟子曰："大而化之之谓圣，圣而不可知之之谓神。"此神化神妙之说所由来也。夫阴阳不测，不离乎阴阳也；妙万物而为言，不离乎万物也；圣不可知，不离乎充实光辉也。然而曰圣，曰神，曰妙者，使人不滞于迹，即所知见以想见所不可知见也。学术文章，有神妙之境焉。末学肤受，泥迹以求之；其真知者，以谓中有神妙，可以意会而不可以言传者也。不学无识者，窒于心而无所入，穷于辨而无所出，亦曰可意会而不可言传也；君子恶夫似之而非者也。

（清）章学诚《辨似》，《文史通义·内篇三》，《四部备要》本

凡诗、文、书、画，以精神为主，精神者，气之华也。

（清）方东树《昭昧詹言》卷一，人民文学出版社本

昌黎炼质，少陵炼神。昌黎无疏落处，而少陵有之。然天下之至密，莫少陵若也。

（清）刘熙载《艺概·诗概》，上海古籍出版社本

学书通于学仙，练神最上，练气次之，练形又次之。

（清）刘熙载《艺概·书概》，上海古籍出版社本

词之雅郑，在神不在貌。永叔、少游虽作艳语，终有品格。方之美成，便有淑女与倡妓之别。

（清）王国维《人间词话》，人民文学出版社本

诗以神行，使人得其意于言之外，若远若近，若无若有，若云之于天，月之于水，心得而会之，口不得而言之，斯诗之神者也。而五七言绝，尤贵以此道行之。昔之擅其妙者，在唐有太白一人，盖非摩诘、龙标

之所及。吾尝以太白为五七言绝之圣，所谓鼓之舞之以尽神，由神入化，为盛德之至者也。

屈绍隆《粤游杂咏序》，引自《李太白全集》卷三十四附录，中华书局本

6. 形与神熔　形神俱妙

精神之于形骸，犹国之有君也。神躁于中，而形丧于外，犹君昏于上，国乱于下也。夫为稼于汤之世，偏有一溉之功者，虽终归燋烂，必一溉者后枯，然则一溉之益，固不诬也。而世常谓一怒不足以侵性，一哀不足以伤身，轻而肆之，是犹不识一溉之益，而望嘉谷于旱苗也。

是以君子知形恃神以立，神须形以存。悟生理之易失，知一过之害生，故脩性以保神，安心以全身，爱憎不栖于情，忧喜不留于意，泊然无感，而体气和平。又呼吸吐纳，服食养身，使形神相亲，表里俱济也。

（魏）嵇康《养生论》，李善注《文选》卷五十三，《四部备要》本

穷理尽性，事绝言象。

（南朝·齐）谢赫《古画品录·陆探微》，《画品丛书》，上海人民美术出版社本

筌神而不妙，昌妙而不神，神妙俱完，舍熙无矣。夫精于画者，不过薄其彩绘，以取形似，于气骨能全之乎？熙独不然，必先以其墨定其枝叶蕊萼等，而后傅之以色，故其气格前就，态度弥茂，与造化之功不甚远，宜乎为天下冠也。

（五代）刘道醇《圣朝名画评·花竹翎毛门》卷第三，《画品丛书》，上海人民美术出版社本

柳子厚诗在陶渊明下，韦苏州上。退之豪放奇险则过之，而温丽清深不及也。所贵乎枯淡者，谓其外枯而中膏，似淡而实美，渊明、子厚之流是也。若中边皆枯淡，亦何足道。佛云："如人食蜜，中边皆甜。"人食五味知其甘苦者皆是，能分别其中边者，百无一二也。

（宋）苏轼《评韩柳诗》，《东坡题跋》卷二，《丛书集成》本

欧阳价工传神，杨次公赠之诗曰："国手曾烦写几回？无人仿佛醉颜开。青铜鉴里寻常见，不谓今从笔下来。"奉职刘秘亦赠诗曰："笔妙今为第一人，心期造化夺天真。精神形骨从来一，移入青缣椎两身。"

（宋）李颀《古今诗话》，《宋诗话辑佚》本

范元实云：形似之语，盖若《诗》之赋，"萧萧马鸣，悠悠旆旌"是也。激昂之语，盖若《诗》之兴，"周余黎民，靡有孑遗"是也。古人形似之语，必实录是事，决不可易。故老杜所题诗，往往亲到其处，益知其工。激昂之语，孟子所谓"不以文害辞，不以辞害意"，初不可以形迹考，然如此乃见一诗之意。如《古柏》诗"柯如青桐根如石"，视之信然，虽圣人复生，不可改。此形似之语。"霜皮溜雨四十围，黛色参天二千尺。云来气接巫峡长，月出寒通雪山白"。此激昂之语，不如此则不见古柏之大也。文章固多端，然警策处往往此两体尔。

（宋）李颀《古今诗话》，《宋诗话辑佚》本

又云：诗人有写物之功。"桑之未落，其叶沃若"，他木殆不可以当此。林逋《梅花诗》云："疏影横斜水清浅，暗香浮动月黄昏"，决非桃李诗。皮日休《白莲花诗》云："无情有恨何人见？月晓风清欲堕时"，决非江梅诗。此乃写物之功。若石曼卿江梅诗云："认桃无绿叶，辨杏有青枝"，此至陋语，盖村学中体也。

（宋）苏轼《评诗人写物》，《东坡题跋》卷三，《丛书集成》本

眼处心生句自神，暗中摸索总非真。画图临出秦川景，亲到长安有几人。
（金）元好问《论诗三十首》，《遗山先生集》卷十一，《四部丛刊》本

黄氏神而不似，崔吴似而不神。惟李颇形神兼足，法度备该。所谓悬衡众表，龟鉴将来者也。

（元）李衎《息斋竹谱》，《历代论画名著汇编》本

东坡先生曰："论画以形似，见与儿童邻。作诗必此诗，定知非诗人。"升庵曰："此言画贵神，诗贵韵也。然其言偏，未是至者。晁以

道和之云：'画写物外形，要物形不改；诗传画外意，贵有画中态。'其论始定。"卓吾子谓改形不成画，得意非画外，因复和之曰："画不徒写形，正要形神在；诗不在画外，正写画中态。"杜子美云："花远重重树，云轻处处山。"此诗中画也，可以作画本矣。唐人画《桃源图》，舒元舆为之记云："烟岚草木，如带香气。熟视详玩，自觉骨戞青玉，身入境中。"此画中诗也，绝艺入神矣。吴道子始见张僧繇画，曰："浪得名耳。"已而坐卧其下，三日不能去。庾翼初不服逸少，有家鸡野鹜之论，后乃以为伯英再生。然则入眼便称好者，决非好也，决非物色之人也，况未必是吴之与庾，而何可以易识。噫！千百世之人物，其不易识，总若此矣。

（明）李贽《读史·诗画》，《焚书》卷五，中华书局本

诗道之所为贵者，在体物肖形，传神写意，妙入玄中，理超象外，镜花水月，流霞回风，人得之解颐，鬼闻之欲泣也。

（明）屠隆《论诗文》，《鸿苞》卷十七，明庚戌本

铅与金熔，则铅亦金矣，形与神熔，则形亦神矣。飞升之仙，肉身俱上，夫清虚之表，岂渣滓之形可居哉。形神俱妙，无复渣滓故也。

（明）屠隆《形神》，《鸿苞》卷三十五，明庚戌本

有我则形与神离，离则碍，碍所以凡。无我则形与神合，合则忘，忘所以圣。

（明）屠隆《形神》，《鸿苞》卷三十五，明庚戌本

每一接君诗，知君愧不尽。往往定慧心，见之赋比兴。札云苦吏牒，俗与劳相并。何以尘务中，穆如清风泳。乃知寄托殊，形神本渊净。以兹暇整情，何纷不可定。

（明）钟惺《蔡敬夫自澧州以诗见寄和之》，《钟伯敬合集》诗集，《中国文学珍本丛书》本

盈盈秋水，淡淡春山，将韦诗陈对其间，自觉形神无间。

（明）陆时雍《诗镜总论》，《历代诗话续编》本

写生家每从闲冷处传神，所谓"颊上加三毛"也。然须从面目颧颊上先着精彩，然后三毛可加。近见诗家正意寥寥，专事闲语，譬如人无面目颧颊，但见三毛，不知果为何物！

（清）贺贻孙《诗筏》，《清诗话续编》本

通首清贵，三四逼真，乐府咏物诗，唯此为至。李巨山咏物，五言律不下数十首，有脂粉而无颜色，颓唐凝滞既不足观，杜一反其弊，全用脱卸，则但有煮蒿凄怆之气，而已离营魄。两间生物之妙，正以神形合一，得神于形，而形无非神者，为人物而异鬼神，若独有恍惚，则聪明去其耳目矣。譬如画者，固以笔锋墨气曲尽神理，乃有笔墨而无物体，则更无物矣。宝大痴云林而贱右丞，亦少见多怪者之通病也。杜陵《苦竹》诸篇，其贤于巨山者，不能以寸，举一废一，何足以尽生物于尺素哉。

（清）王夫之《唐诗评选》卷三，杜甫《废畦》评语，《船山遗书》，太平洋书店重校刊本

清湘大涤子山水、花卉、人物、翎毛无不擅场，而兰竹尤绝妙冠时。盖以竹干叶皆青翠，兰花叶亦然，色相似也；兰有幽芳，竹有劲节，德相似也；竹历寒暑而不凋，兰发四时而有蕊，寿相似也。清湘之意，深得花竹情理，余故仿佛其意。

（清）郑燮《题兰竹石二十七则》，《郑板桥集》补遗，上海古籍出版社本

画竹之法，不贵拘泥成局，要在会心人得神，所以梅道人能超最上乘也。盖竹之体，瘦劲孤高，枝枝傲雪，节节干霄，有似乎士君子豪气凌云，不为俗屈。故板桥画竹，不特为竹写神，亦为竹写生。瘦劲孤高，是其神也；豪迈凌云，是（其）生也；依于石而不囿于石，是其节也；落于色相而不滞于梗概，是其品也。竹其有知，必能谓余为解人；石也有灵，亦当为余首肯。

（清）郑燮《题兰竹石二十七则》，《郑板桥集》补遗，上海古籍出版社本

7. 形意两俱足

山涧幽阻，音尘阔绝，忽见诸赞，叹慰良多，可谓俗外之咏。吾览三复，味玩增怀，奉和如别，虽辞不足观，然意寄尽此。

（南朝·宋）谢灵运《答范光禄书》，《全宋文》卷三十二，《全上古三代秦汉三国六朝文》本

须得书意，转深点画之间皆有意。自有言所不尽得其妙者，事事皆然。

（晋）王羲之《晋王右军自论书》，引自《法书要录》，《丛书集成》本

或问余曰：吴生何以不用界笔直尺，而能弯弧挺刃，植柱构梁？对曰：守其神，专其一。合造化之功，假吴生之笔，向所谓意存笔先，画尽意在也。凡事之臻妙者，皆如是乎。岂止画也。与乎庖丁发硎，郢匠运斤，效颦者徒劳捧心，代斲者必伤其手。意旨乱矣，外物役焉。岂能左手划圆，右手画方乎？夫用界笔直尺，界笔是死画也。守其神专其一，是真画也。死画满壁，曷如污墁。真画一划，见其生气。夫运思挥毫，自以为画，则愈失于画矣。运思挥毫，意不在于画，故得于画矣。不滞于手，不凝于心，不知然而然。虽弯弧挺刃，植柱构梁，则界笔直尺，岂得入于其间矣。

（唐）张彦远《论顾陆张吴用笔》，《历代名画记》卷二，人民美术出版社本

古人画虎鹘，尚类狗与鹜，今看画羽虫，形意两俱足。行者势若去，飞者翻若逐，拒者如举臂，鸣者如动腹。跃者趯其股，顾者注其目，乃知造物灵，未抵毫端速。毘陵多画工，图写空盈辐，宁公实神授，坐使群辈伏。草根有纤意，醉墨得已熟，权豪不可致，节行今仍独。

（宋）梅尧臣《观居宁画草虫》，《梅尧臣集编年校注》卷十四，上海古籍出版社本

无为道士三尺琴，中有万古无穷音。音如石上泻流水，泻之不竭由源深。弹虽在指声在意，听不以耳而以心。心意既得形骸忘，不觉天地白日

愁云阴。

（宋）欧阳修《赠无为军李道士二首》，《欧阳文忠集》卷四，《四部备要》本

古画画意不画形，梅诗咏物无隐情，忘形得意知者寡，不若见诗如见画。

（宋）欧阳修《盘车图》，《欧阳文忠集》卷六，《四部备要》本

观士人画如阅天下马，取其意气所到。乃若画工，往往只取鞭策皮毛，槽枥刍秣，无一点俊发，看数尺许便倦。汉杰真士人画也。

（宋）苏轼《又跋汉杰画山》，《东坡题跋》卷五，《丛书集成》本

凡物皆有可观。苟有可观，皆有可乐，非必怪奇玮丽者也。𫗦糟啜醨皆可以醉，果蔬草木皆可以饱。推此类也，吾安往而不乐？夫所为求福而辞祸者，以福可喜而祸可悲也。人之所欲无穷，而物之可以足吾欲者有尽，美恶之辨战乎中，而去取之择交乎前，则可乐者常少，而可悲者常多，是谓求祸而辞福。夫求祸而辞福，岂人之情也哉？物有以盖之矣。彼游于物之内，而不游于物之外。物非有大小也，自其内而观之，未有不高且大者也。彼挟其高大以临我，则我常眩乱反复，如隙中之观斗，又乌知胜负之所在？是以美恶横生而忧乐出焉，可不大哀乎！

（宋）苏轼《超然台记》，《东坡七集》前集卷三十二，《四部备要》本

君子可以寓意于物，而不可以留意于物。寓意于物，虽微物足以为乐，虽尤物不足以为病；留意于物，虽微物足以为病，虽尤物不足以为乐。老子曰："五色令人目盲，五音令人耳聋，五味令人口爽，驰骋田猎令人心发狂。"然圣人未尝废此四者，亦聊以寓意焉耳。刘备之雄才也，而好结毦；嵇康之达也，而好锻炼；阮孚之放也，而好蜡屐。此岂有声色臭味也哉？而乐之终身不厌。凡物之可喜，足以悦人而不足以移人者，莫若书与画。然至其留意而不释，则其祸有不可胜言者。钟繇至以此呕血发冢，宋孝武、王僧虔至以此相忌，桓玄之走舸，王涯之复壁，皆以儿戏害

其国、凶其身,此留意之祸也。始吾少时,尝好此二者,家之所有,惟恐其失之;人之所有,惟恐其不吾予也。既而自笑曰:"吾薄富贵而厚于书,轻死生而重画,岂不颠倒错缪,失其本心也哉!"自是不复好。见可喜者,虽时复蓄之,然为人取去,亦不复惜也。譬之烟云之过眼,百鸟之感耳,岂不顾然接之?去而不复念也。于是乎二物者,常为吾乐而不能为吾病。

(宋)苏轼《宝绘堂记》,《东坡七集》前集卷三十二,《四部备要》本

笔墨之迹托于有形,有形则有弊。苟不至于无,而自乐于一时,聊寓其心,忘忧晚岁,则犹贤于博奕也。虽然,不假外物而有导于内者,圣贤之高致也。唯颜子得之。

(宋)苏轼《题笔阵图》,《东坡题跋》卷四,《丛书集成》本

欧阳文忠公诗云:"古画画意不画形,梅诗写物无隐情。忘形得意知者寡,不若见诗如见画。"东坡诗云:"论画以形似,见与儿童邻,赋诗必此诗,定知非诗人。"或谓"二公所论,不以形似,当画何物?"曰:"非谓画牛作马也,但以气韵为主耳。"谢赫云:"卫协之画虽不该备形妙,而有气韵,凌跨雄杰。"其此之谓乎?陈去非作《墨梅》诗云:"含章檐下春风面,造化功成秋兔毫。意得不求颜色似,前身相马九方皋。"后之鉴画者,如得九方皋相马法,则善矣。

(宋)葛立方《韵语阳秋》卷十四,《历代诗话》本

体用一源者自理而观,则理为体,象为用,而理中有象,是一源也;显微无间者自象而观,则象为显,理为微,而象中有理,是无间也。先生后答语意甚明,子细消详,便见归著。且既曰有理而后有象,则理象便非一物,故伊川但言其一源与无间耳,其实体用显微之分则不能无也。今日理象一物,不必分别,恐陷于近日含胡之弊,不可不察。

(宋)朱熹《答何叔京》,《晦庵先生朱文公文集》卷四十,《朱子大全》,《四部备要》本

古人临书,临意不临形。若长、短、阔、狭、规规求似,强勉而不自

然，乃优孟之学孙叔敖耳。邓君临《兰亭》此卷，改用小字，绝不用旧本。而规模法度皆足，俊哉！

  （元）戴表元《题邓秀才临兰亭小本》，《剡源集》卷十八，《丛书集成》本

  唐太宗诏供奉官四人，临摹禊帖。赵模、诸葛贞得其笔意，汤晋彻得其形似，而冯承素于形意二者兼有之。此卷精神飞动，下于右军真迹一等，其或出于承素者欤。

  （明）宋濂《题禊帖》，《宋学士全集》卷十二，《丛书集成》本

  画有工似，有工意。工似者亲而近俗；工意者远而近雅。作诗亦然。余此诗从似而入意者也。何逊之题梅也，似而意者也。子美之"幸不折来"，意而意者也。李群玉之"玉鳞寂寂"，可谓工似，然亦不俗；如林处士之"霸离粉蝶"，俗矣。至云"疏影横斜"，"水边篱落"，可谓意中之似。若李锦瑟辈，直谜而已。如《雪》诗，则云"欲舞定随曹植马"，《人日》则云"舜格有苗，周称流火"，此可与工意者道哉？谓之似亦未也。唐人咏月多矣，如云"只益丹心苦，能添白发明"，深沉古雅，非子美不解。至公"暂将弓并曲，番与扇俱圆"，此恶道语也，似而俗者也！

  （明）袁宏道《风林纤落月跋》，《袁宏道集》卷三十二，上海古籍出版社本

  前宋刘义庆撰《世说新语》……每奏一语，几欲起王、谢、桓、刘诸人之骨，一一呵活眼前，而毫无追憾者。又说中本一俗语，经之即文；本一浅语，经之即蓄；本一嫩语，经之即辣。盖其牙室利灵，笔颠老秀，得晋人之意于言前，而因得晋人之言于舌外，此小史中之徐夫人也。

  （明）王思任《世说新语序》，《王季重十种》，《中国文学珍本丛书》本

  商一画景但画意，林二题画无画字。山光水光不归纸，无故烟岚落阶次。泉欲溅衣昼分寒，树不落叶冬留翠。观者漂渺于其旁，眼光不入神

高寄。

(明)谭元春《商孟和为予画山水,林茂之题其上,余并作歌》,《谭友夏合集》卷十八,《中国文学珍本丛书》本

若夫后世之诗,大都出于学士家,宜其易于兼长而不逮古者何也?贵意者率直而抒写则近于鄙朴,工词者龟勉而雕绘则苦于繁缛。盖词非意则无所动荡而盼倩不生;意非词则无所附丽而姿制不立。此如形神既离,则一为游气,一为腐材,均不可用。

(明)陈子龙《佩月堂诗稿序》,《陈忠裕全集》卷二十五,鞶山草堂本

意在字外。总是欣幸意。

(清)王夫之《明诗评选》卷二,詹同《清江曲送宋尚德自峡中回》评语,《船山遗书》,太平洋书店重校刊本

文通于时,乃至不欲取好景,亦不欲得好句,脉脉自持,一如处女,唯循意以为尺幅耳。此其以作者自命何如也。前有任笔沈诗之俗誉,后有宫体之陋习,故或谓之才尽。彼自不屑尽其才,才岂尽哉!

(清)王夫之《古诗评选》卷五,江淹《卧疾怨别刘长史》评语,《船山遗书》,太平洋书店重校刊本

把定一题、一人、一事、一物,于其上求形模,求比似,求词采,求故实;如钝斧子劈栎柞,皮屑纷霏,何尝动得一丝纹理?以意为主,势次之。势者,意中之神理也。唯谢康乐为能取势,宛转屈伸以求尽其意;意已尽则止,殆无剩语;夭矫连蜷,烟云缭绕,乃真龙,非画龙也。

(清)王夫之《薑斋诗话》卷二,人民文学出版社本

意至则事自恰合,与求事切题者,雅俗冰炭。右丞工于用意,尤工于达意,景亦意,事亦意,前无古人,后无嗣者,文外独绝,不许有两。

(清)王夫之《唐诗评选》卷三,王维《送梓州李使君》评语,《船山遗书》,太平洋书店重校刊本

当其始唱,不谋其中,言之已中,不知所毕,已毕之余,波澜合一,

然后知始以此始，中以此中，此古人天文斐蔚夭矫引申之妙。盖意伏象外，随所至而与俱流，虽令寻行墨者不测其绪，要非如苏子瞻所云"行云流水，初无定质"也。惟有定质，故可无定文，质既无定，则不得不以钩琐映带起伏间架为画地之牢矣。

    （清）王夫之《古诗评选》卷一，曹操《秋胡行》评语，《船山遗书》，太平洋书店重校刊本

  谢诗有极易入目者，而引之益无尽，有极不易寻取者，而径遂正自显然，顾非其人，弗与察尔！言情则于往来动止缥缈有无之中，得灵蚃而执之有象，取景则于击目经心丝分缕合之际，貌固有而言之不欺。而且情非虚情，情皆可景，景非滞景，景总含情。神理流于两间，天地供其一目，大无外而细无垠，落笔之先，匠意之始，有不可知者存焉。岂徒兴会标举，如沈约之所云者哉！自有五言，未有康乐，既有康乐，更无五言，或曰不然，将无知量之难乎？

    （清）王夫之《古诗评选》卷五，谢灵运《登上戍鼓山诗》评语，《船山遗书》，太平洋书店重校刊本

  不作意，不作色，语中若不足，量外若有余，在梁陈之间依然古道矣。

    （清）王夫之《古诗评选》卷五，萧琛《别诗》评语，《船山遗书》，太平洋书店重校刊本

  宽于用意，则尺幅万里矣。

    （清）王夫之《唐诗评选》卷四，杜甫《九日蓝田宴崔氏庄》评语，《船山遗书》，太平洋书店重校刊本

  以言起意，则言在而意无穷，以意求言，斯意长而言乃短，言已短矣，不如无言。故曰："诗言志，歌永言。"非志即为诗，言即为歌也。或可以兴，或不可以兴，其枢机在此。唐人刻画立意，不恤其言之不逮，是以竭意求工，而去古人愈远。欧阳永叔、梅圣俞乃推以为至极，如食稻种，适以得饥，亦为不善学矣。襄阳于盛唐中尤为褊露，此作寓意于言，风味深永，可歌可言，亦晨星之仅见。

    （清）王夫之《唐诗评选》卷一，孟浩然《鹦鹉洲送王九之江左》评语，《船山遗书》，太平洋书店重校刊本

意用一贯，文似不属，斯以见神行之妙。彼学杜学元白者正如蚓蠖之行，一耸脊一步，又如蜗之在壁，身欲去而粘不脱。苟有心目，闷欲遽绝。

（清）王夫之《明诗评选》卷二，顾梦圭《雷雪行》评语，《船山遗书》，太平洋书店重校刊本

园莫大于天地，画莫妙于造物。盖造物者，造天下之物也。未造物之先，物有其意，既造物之后，物有其形，则意也者，岂非为万形之始，而亦图画之所从出者欤？予尝闭目坐忘，嗒然若丧，斯时我尚不知其为我，何况于物？迨意念既萌，则舍我而逐于物，或为鼠肝，或为虫臂，其形状又安可胜穷也耶？传称赵子昂善画马，一日倦而寝，其妻窗隙窥之，偃仰鼾呼，俨然一马也。妻惧。醒以告。子昂因而改画大士像。未几，复窥之。则慈悲庄严，又俨然一大士。非子昂能为大士也，意在而形因之矣。万物在天地中，天地在我意中，即以意为造物，收烟云、丘壑、楼台、人物于一卷之内，皆以一意为之而有余。则也痴以意为园，无异以天地为园，岂仅图画之观云乎哉？虽然，天下事亦得其意已耳。

（清）廖燕《意园图序》，引自《中国美学史资料选编》，中华书局本

又如《长告将归过别揆恺功园中看荷花》云："繁花肯斗春三月，澹荡偏宜水一方。"以花自比，正喻夹写，句中有意，句外有味，此画中神品也。

（清）赵翼《瓯北诗话》卷十，人民文学出版社本

"辞达而已矣"，千古文章之大法也。东坡尝拈此示人。然以东坡诗文观之，其所谓达，第取气之滔滔流行，能畅其意而已。孔子之所谓达，不止如是也。盖达者，理义心术，人事物状，深微难见，而辞能阐之，斯谓之达。达则天地万物之性情可见矣。此岂易易事，而徒以滔滔流行之气当之乎？以其细者论之，"杨柳依依"，能达杨柳之性情者也，"蒹葭苍苍"能达蒹葭之性情者也。任举一境一物，皆能曲肖神理，托出豪素，百世之下，如在目前，此达之妙也。《三百篇》以后之诗，到此境者，陶乎？杜乎？坡未尽逮也。

（清）潘德舆《养一斋诗话》卷二，《清诗话续编》本

十

曲 直(隐 显)

1. 曲尽形容 含而不露

　　图画天地，品类群生。杂物奇怪，山神海灵，写载其状，托之丹青。千变万化，事各缪形。随色象类，曲得其情。

　　　　　　　（汉）王延寿《鲁灵光殿赋》，《文选》卷十一，《四部备要》本

　　义欲婉而正，辞欲隐而显。

　　　　　　　（南朝·梁）刘勰《文心雕龙·谐隐》，人民文学出版社本

　　山欲高，尽出之则不高；烟霞锁其腰，则高矣。水欲远，尽出之则不远；掩映断其派，则远矣。盖山尽出，不唯无秀拔之高，兼何异画碓嘴。水尽出，不唯无盘折之远，兼何异画蚯蚓。

　　　　　　　（唐）郭熙《林泉高致》，《历代论画名著汇编》本

　　凡书画当观韵。往时李伯时为余非李广夺胡儿马，挟儿南驰，取胡儿弓引满，以拟追骑。观箭锋所直，发之，人马皆应弦也。伯时笑曰："使俗子为之，当作中箭追骑矣。"余因此深悟画格。此与文章同一关纽，但难得人人神会耳。

　　　　　　　（宋）黄庭坚《题摹燕郭尚父图》，《豫章黄先生文集》卷二十七，《四部丛刊》本

　　东坡道人少日学《兰亭》，故其书姿媚，似徐季海；至酒酣放浪，意

态工拙，字特瘦劲，乃似柳诚悬；中岁喜学颜鲁公、杨风子书，其合处不减李北海。至于笔圆而韵胜，挟以文章妙天下，忠义贯日月之气，本朝善书，自当推为第一。

    （宋）黄庭坚《跋东坡墨迹》，《豫章黄先生文集》卷二十九，《四部丛刊》本

  书家论徐会稽笔法：怒猊抉石，渴骥奔泉。以余观之，诚不虚语。如季海笔少令韵胜，则与稚恭并驱争先可也。季海长处，正是用笔劲正而心圆。若论工不论韵，则王著优于季海，季海不下子敬。若论韵胜，则右军、大令之门，谁不服膺。往时观怒猊抉石、渴骥奔泉之论，茫然不知是何等语，老年乃于季海书中见之，如观人眉目也。

    （宋）黄庭坚《书徐浩题经后》，《豫章黄先生文集》卷二十八，《四部丛刊》本

  余尝评米元章书如快剑斲阵，强弩射千里，所当穿彻。书家笔势亦穷于此，然似仲由未见孔子时风气耳。

    （宋）黄庭坚《跋米元章书》，《豫章黄先生文集》卷二十九，《四部丛刊》本

  诗者述事以寄情，事贵详，情贵隐，及乎感会于心，则情见于词，此所以入人深也。如将盛气直达，更无余味，则感人也浅，乌能使其不知手舞足蹈，又况厚人伦，美教化，动天地，感鬼神乎？"桑之落矣，其黄而陨。""瞻乌爰止，于谁之屋。"其言止于乌与桑尔，及缘事以审情，则不知涕之无从也。"采薜荔兮江中，搴芙蓉兮木末"，"沅有芷兮澧有兰，思公子兮未敢言"，"我所思兮在桂林，欲往从之湘水深"之类，皆得诗人之意。至于魏晋南北朝乐府，虽未极淳，而亦能隐约意思，有足吟味之者。唐人亦多为乐府，若张籍王建元稹白居易以此得名。其述情叙怨，委曲周详，言尽意尽，更无余味。及其末也，或是诙谐，便使人发笑，此曾不足以宣讽。怨之情况，欲使闻者感动而自戒乎？甚者或谲怪，或俚俗，所谓恶诗也，亦何足道哉！

    （宋）魏泰《临汉隐居诗话》，《历代诗话》本

丁晋公《筑毬》诗，世称曲尽形容之妙。如半山《观棋》诗云："旁观应技痒，窃议儿女嗫。讳输宁断头，悔悟乃搏颊。"亦曲写人情之妙也。

（宋）吴聿《观林诗话》，《历代诗话续编》本

白献晋公云："闻说风情筋力在，只如初破蔡州时。"虽叙其功业与寿康，其语缓而不迫，此可为作诗法也。

（宋）黄彻《䂬溪诗话》卷九，《历代诗话续编》本

杜牧之《华清宫三十韵》，无一字不可人意。其叙开元一事，意直而词隐，晔然有《骚》、《雅》之风。至"一千年际会，三万里农桑"之语，置在此诗中，如使伶优与嵇阮辈并席而谈，岂不败人意哉。

（宋）周紫芝《竹坡诗话》，《历代诗话》本

沈存中云："退之《城南联句》云：'竹影金琐碎。'金琐碎者，日光也，恨句中无日字尔。"余谓不然，杜子美云："老身倦马河堤永，踏尽黄榆绿槐影。"亦何必用日字？作诗正欲如此。

（宋）葛立方《韵语阳秋》卷第二，《历代诗话》本

如曰："一千里色中秋月，十万军声半夜潮。"又曰："蝴蝶梦中家万里，子规枝上月三更。"又曰："深秋帘幕千家雨，落日楼台一笛风。"皆寒乞相，一览便尽。初如秀整，熟视无神气，以其字露也。（东坡）

（宋）魏庆之《诗人玉屑》卷十，中华书局本

咏物不待明说尽，只仿佛形容，便见妙处。如鲁直《酴醿》诗云："露湿何郎试汤饼，日烘苗令炷炉香"，东坡诗云；"作诗必此诗，定知非诗人。"此或一道也。鲁直咏物，曲尽其理，如猩猩笔诗，"平生几两屐，身后五车书"，其必此诗哉。

（宋）王构《修辞鉴衡》卷一，《丛书集成》本

诗有内外意，内意欲尽其理，外意欲尽其象，内外意含蓄，方妙。

（元）杨载《诗法家数》，《历代诗话》本

盖诗之为用，犹史也。史言一代之事，直而无隐，诗系一代之政，婉而微章。辞义不同，由世而异。中古之盛，政善民安，化成俗美，人情舒而不迫，风气淳而不散，其言庄以简，和以平，用而不匮，广而不宣，直而有曲，体顺成而和动，是谓德音。及其衰也，列国之言各殊，俭者多啬，强者多悍，淫乱者忘反，忧深者思蹙，其或好乐而无主，困敝而思治，亦随其俗之所尚，政之所本，人情风气之所感。故古诗之体，有美有刺，有正有变，圣人并存而不废。

（明）胡翰《古乐府诗类编序》，《皇明文衡》卷三十八，《四部丛刊》本

公书之传世者，真赝相半，非有识未易辨。盖真者猝难入目，笔意流动，而神藏不露，愈玩愈觉其妍。赝则其气索然，不待终览而厌之矣。此帖实公晚年妙笔，老气翩翩逼人。黄口小儿，日百临摹，虽近终不近也。

（明）宋濂《跋子昂真迹后》，《宋学士全集》卷十四，《丛书集成》本

"乐意相关禽对语，生香不断树交花"，论者以为至妙，予不能辨，但恨其意象太著耳。

（明）李东阳《怀麓堂诗话》，《李东阳集》第二卷，岳麓书社本

古诗妙在形容之耳，所谓水月镜花，所谓人外之人，言外之言。宋以后则直陈之矣。于是求工于字句，所谓心劳日拙者也。形容之妙，心了了而口不能解，卓如跃如，有而无，无而有。

（明）李梦阳《论学下篇》，《空同集》卷六十六，《四库全书》本

李昌符《婢仆》诗五十韵，路敬延《稚子》诗一百韵，皆可鄙笑者，然曲尽形容，颇见才致。

（明）王世贞《艺苑卮言》卷八，《历代诗话续编》本

《大风》千秋气概之祖，《秋风》百代情致之宗，虽词语寂寥，而意

象靡尽。《柏梁》诸篇，句调太质，兴寄无存，不足贵也。

（明）胡应麟《诗薮·内编》卷三，上海古籍出版社本

作商谜处，甚有光景，若陡然说破，便索然无味。

（明）陈继儒《陈眉公批评红拂记》第三十四出《红纳袄》曲之一眉批，《六合同春》本

凡法妙在转，转入转深，转出转显，转搏转峻，转敷转平。知之者谓之"至正"，不知者谓之"至奇"，误用者则为怪而已矣。

（明）陆时雍《诗镜总论》，《历代诗话续编》本

卢储之妇，能赏其文于未第之先，闺阁中如此具眼，不愧"女状头"之号矣。登第、成婚，俱是顺境，无他曲酸苦之态；词之秀逸，亦雅足配之。郑君词曲，可称文人之雄；所少者，曲折映带之妙耳。

（明）祁彪佳《远山堂曲品》，《中国古典戏曲论著集成》（六），中国戏剧出版社本

文章最妙，是目注此处，却不便写，却去远远处发来，迤逦写到将至时，便且住，却重去远远处更端再发来，再迤逦又写到将至时，便又且住。如是更端数番，皆去远远处发来，迤逦写到将至时，即便住，更不复写出目所注处，使人自于文外瞥然亲见。《西厢记》纯是此一方法，《左传》《史记》亦纯是此一方法。最恨是《左传》《史记》急不得呈教。

（清）金圣叹《读第六才子书〈西厢记〉法》，《第六才子书西厢记》卷之二，《金圣叹全集》（三），江苏古籍出版社本

文章最妙，是目注彼处，手写此处；若有时必欲目注此处，则必手写彼处。一部《左传》，便十六都用此法。若不解其意，而目亦注此处，手亦写此处，便一览已尽。《西厢记》最是解此意。

（清）金圣叹《读第六才子书〈西厢记〉法》，《第六才子书西厢记》卷之二，《金圣叹全集》（三），江苏古籍出版社本

古诗之妙，在首尾一意而转折处多，前后一气而变换处多。或意转而句不转，或句转而意不转；或气换而句不换，或句换而气不换。不转而

转,故愈转而意愈不穷;不换而换,故愈换而气愈不竭。善作诗者,能留不穷之意,蓄不竭之气,则几于化。

(清)贺贻孙《诗筏》,《清诗话续编》本

  诗家有一种至情,写未及半,忽插数语,代他人诘问,更觉情致淋漓。最妙在不作答语,一答便无味矣。如《园有桃》章云:"不知我者,谓我士也骄。彼人是哉,子曰何其。"三句三折,跌宕甚妙。接以"心之忧矣",只为不知者代嘲,绝无一语解嘲,无聊极矣。又《陟岵》章云:"父曰嗟,予子行役,夙夜无已。尚慎旃哉,犹来无止。"四句中有怜爱语,有叮咛语,有慰望语,低徊宛转,似只代父母作思子诗而已,绝不说思父母,较他人作思父母语,更为凄凉。汉、魏以来,此法不传久矣。惟唐岑参"昨日山有信"一首,末四句只代杜陵叟说话便止,全不说别弟及还东溪语,深得古人之意。但彼为忧乱行役而作,而此刚寻常别弟语,情景较浅耳。然在唐诗中未多观也。

(清)贺贻孙《诗筏》,《清诗话续编》本

  五言古以不尽为妙,七言古则不嫌于尽。若夫尽而不尽,非天下之至神,孰能与于斯?

(清)贺贻孙《诗筏》,《清诗话续编》本

  "庭燎有辉",乡晨之景,莫妙于此。晨色渐明,赤光杂烟而氤氲,但以"有辉"二字写之。唐人《除夕》诗"殿庭银烛上熏天"之句,写除夜之景,与此仿佛,而简至不逮远矣。"花迎剑佩"四字,差为晓色朦胧传神;而又云"星初落",则痕迹露尽。益叹《三百篇》之不可及也!

(清)王夫之《薑斋诗话》卷一,人民文学出版社本

  用事如不用,一色神采。究竟含蓄。

(清)王夫之《明诗评选》卷一,高启《当垆曲》评语,《船山遗书》,太平洋书店重校刊本

  曹子建《赠白马王彪》诗第六首,忽作旷达语,弥觉沉痛难为怀,而文势亦倍深曲矣。少陵"家乡既荡尽,远近理亦齐","反畏消息来,

寸心亦何有"等句,当从此等脱胎。子才仿《赠白马》诗,只知蝉联而下,略无纡折,似全不知古人妙处。蒋、赵五古,亦罕能于此着眼学古人也。

(清)尚镕《三家诗话》,《清诗话续编》本

诗贵和缓优柔,而忌率直迫切。元结沈千运是盛唐人,而元之《春陵行》、《贼退》诗,沈之"岂知林园主,却是林园客",已落率直之病。

(清)吴乔《围炉诗话》卷二,《丛书集成》本

盆画半藏,兰画半含;不求发泄,不畏凋残。

(清)郑燮《诗钞·题半盆兰蕊图》,《郑板桥集》,上海古籍出版社本

其八,"冉冉孤生竹,结根泰山阿",兴怨女之依夫。"兔丝生有时,夫妇会有宜",抽脉细,转调紧。"千里远结婚",缓铺。"伤彼蕙兰花",闪开,却是波澜转掉处。"将随秋草萎",婉甚。"君亮执高节,贱妾亦何为",平气按拍。怨极,却不肯作决绝语,非独用意忠厚,于情则是聊以自解,于法则是盘旋互救。一味哀怨,便直而易竭。

(清)张谦宜《𦈡斋诗谈》卷四,《清诗话续编》本

凡作人贵直,而作诗文贵曲。孔子曰:"情欲信,词欲巧。"孟子云:"智譬则巧,圣譬则力。"巧,即曲之谓也。崔念陵诗云:"有磨皆好事,无曲不文星。"洵知言哉!

(清)袁枚《随园诗话》卷四,人民文学出版社本

《羌村》第一首,"归客千里至"五字,乃"鸟雀噪"之语,下转入妻子,方为警动。若直作少陵自说千里归家,不特本句太实太直,而下文亦都偏紧无复伸缩之理矣。此等处最是诗家关捩,而评杜者皆未及。苏诗"塔上一铃独自语,明日颠风当断渡",下七字即塔铃之语也。乃少陵已先有之。

(清)翁方纲《石洲诗话》卷一,《清诗话续编》本

《易》取象，《诗》谲谏，犹之寓言也。但取象如《诗》之有比，谲谏则不必于象。

（清）宋大樽《茗香诗论》，《清诗话》本

伯鲁始以年家子见余于京师，呈诗文为贽，余告之曰：所为诗文，皆出之太易，凡诗阅一二字可意得其全句者，非佳诗也。文气贵直而其体贵屈，不直则无以达其机，不屈则无以达其情。为文词者主乎达而已矣。

（清）梅曾亮《舒伯鲁集序》，《柏枧山房文续集》，清咸丰六年刊本

恐其平直，以曲折出之，谓之婉。如清真"低声问"数句，深得婉字之妙。

（清）孙麟趾《词径》，《词话丛编》本

言情之作，贵在含蓄不露，意到即止。其立言，尤贵雅而忌俗。然所谓雅者，固非浮词取厌之谓。此中原有语妙，非深入堂奥者不知也。元人每作伤春语，必极情极态而出。白仁甫《墙头马上》云："谁管我'衾单枕独数更长'？则这半床锦褥枉呼做鸳鸯被。流落的男游别郡，耽阁的女怨深闺。"偶尔思春，出语那便如许浅露。况此时尚未两相期遇，不过春情偶动相思之意，并未实着谁人，则"男游别郡"语，究竟一无所指。至云："休道是转星眸上下窥，恨不的倚香腮左右偎，便锦被翻红浪，罗裙作地席。既待要暗偷期，咱先有意。爱别人可舍了自己。"此时四目相觑，闺女子公然作此种语，更属无状。大抵如此等类，确为元曲通病，不能止摘一人一曲而索其瑕也。

其《鹊踏枝》一曲云："怎肯道负花期，惜芳菲，粉悴胭憔也绿暗红稀。九十春光如过隙，怕春归又早春归。"如此，则情在意中，意在言外，含蓄不尽，斯为妙谛。惜其全篇不称也。

（清）梁廷枏《曲话》，《中国古典戏曲论著集成》（八），中国戏剧出版社本

问：生熟之候既闻命矣，敢问如何是露？

诗有十病，总其归曰露。意露则浅，气露则粗，味露则薄，情露则

短，骨露则戾，辞露则直，血脉露则滞，典实露则支，兴会露则放，藻采露则俗。王世懋谓少陵无露句者此也。

（清）陈仅《竹林答问》，《清诗话续编》本

用辞赋之骈丽以为文者，起于宋玉《对楚王问》，后此则邹阳、枚乘、相如是也。惟此体施之，必择所宜，古人自主文谲谏外，鲜或取焉。

（清）刘熙载《艺概·文概》，上海古籍出版社本

山谷诗取过火一路，妙能出之以深隽，所以露中有含，透中有皱，令人一见可喜，久读愈有致也。

（清）刘熙载《艺概·诗概》，上海古籍出版社本

律与绝句，行间字里，须有暧暧之致。古体较可发挥尽意，然亦须有不尽者存。

（清）刘熙载《艺概·诗概》，上海古籍出版社本

文尚奥衍久矣。直者曲之，奥也；狭者广之，衍也。奥，故熟者能避；衍，故绝处能生。

（清）刘熙载《游艺约言》，《古桐书屋续刻三种》，清光绪刊本

诗中有诗，文中有文，真也。诗莫作诗解，文莫作文解，寓也。

（清）刘熙载《游艺约言》，《古桐书屋续刻三种》，清光绪刊本

秘响旁通，伏采潜发。响而日秘；采而日伏，文至此其深矣乎！

（清）刘熙载《游艺约言》，《古桐书屋续刻三种》，清光绪刊本

词能直，固大佳。顾所谓直，诚至不易。不能直，分也。当于无字处为曲折，切忌有字处为曲折。

（清）况周颐《蕙风词话》，人民文学出版社本

作小词贵含蓄，言尽意不尽。韩南涧《霜天晓角采石蛾眉亭》云："倚天绝壁，直下江千尺。天际雨蛾横黛，愁与恨，几时极。暮潮风正急，酒阑闻塞笛，试问谪仙何处，青山外，远烟碧。"作长调贵曲折而清

空一气。王沂《摸鱼儿》云:"洗芳林夜来风雨,匆匆还送春去,方才送得春归了,那又送君南浦,君听取,怕此际春归也过吴中路,君行到处,便快折湖边,千条翠柳,为我系春住。春还往,休索吟春伴侣,残花今已尘土,姑苏台下烟波远,西子近来何许,能唤否,又恐怕残春到了无凭据,烦君妙语,更为我将春,连花带柳,写入翠笺句。"二作各极其妙。

    (清)陆以湉《冷庐杂识》卷六,引自《笔记小说大观》,江苏广陵古籍刻印社本

  讽刺之诗,意不可不露,亦不可太露,故不宜赋而宜比兴也。《咏蝉》诗云:"莫倚高枝纵繁响,也应回首顾螳螂。"《咏瀑布》诗云:"流到前溪无一语,在山作得许多声。"《咏铁马》诗云:"底事丁冬时作响,在人檐下不平鸣。"《咏夏云》诗云:"无限旱苗枯欲死,悠悠闲处作奇峰。"皆急切言之,而仍出之以蕴藉者,惟仁和单斗南先生《咏蚊》诗云:"性命博膏血,人间尔最愚。嚼肤凭利喙,反掌陨微躯。"此则痛诋之不遗余力,贪谗之吏,读此能无凛乎。

    (清)梁绍壬《两般秋雨庵随笔》卷一,引自《笔记小说大观》,江苏广陵古籍刻印社本

  问:"《西游补》,演义耳,安见其可传者?"曰:"凡人著书,无非取古人以自寓,书中之事,皆作者所历之境;书中之理,皆作者所悟之道;书中之语,皆作者欲吐之言;不可显著而隐约出之,不可直言而曲折见之,不可入于文集而借演义以达之。盖显著之路,不若隐约之微妙也;直言之浅,不若曲折之深婉也;文集之简,不若演义之详尽也。"

    (清)钮琇《续西游补杂记》,《西游补》,古典文学出版社本

  眼观彼处,手写此处,或眼观此处,手写彼处,便见文章异常微妙。海棠诗虽字字咏花,实篇篇历数黛玉的前后始末。螃蟹咏虽是句句嘲弄螃蟹,但篇篇讽嘲宝钗的先后首尾。这又叫指松评柏,文章的微妙于此毕露。

    (清)哈斯宝《〈新译红楼梦〉回批》第十五回批语,内蒙古人民出版社本

文夭矫变化，如生龙活虎，不可捉摸。然以法求之，只是一蓄字诀。前于葛巾传论文之贵用转字诀矣；蓄字诀与转笔相类，而实不同，愈蓄则文势愈紧、愈伸、愈矫、愈陡、愈纵、愈捷；盖转以句法言之，蓄则统篇法言也。朗吟诗而女似解其为己，且斜瞬之，此为一伸；拾金而弃之，若不知为金也者，为一缩。覆蔽金钏，又伸；解缆径去，又缩；沿江细访，并无音耗，又再缩；复南而囊舟殊渺，半年资罄而归，又再缩；至于合欢有兆，佳梦初成，明探蕉窗，已呈粉黛，相逢在此，老父何来，此借梦中而又作一伸，又作一缩。重游京口，再至江村，马缨之树依然，舟中之人宛在，妖梦可践，金钏犹存，至告以妾名，示以父字，极力一伸矣；乃讯之甚确，绝之益深，来时一团高兴，不啻冷水浇面，又极力一缩。倩冰矣，委禽矣，孟不以利动为嫌，女不以远婚为却，计已遂矣，礼已成矣，至此有风利不得泊之势，疑其一往无余矣，此则伸之又伸。试掩卷思之，欲再为缩住，真有计穷力竭，莫可如何者。乃展卷读之，平江恬静之际，复起惊涛；远丽迤逦而来，突成绝壁。积数载之相思，成三日之好合，一句戏言犹未了，满江星点共含悲，此一缩出人意表，力量极大、极厚。往下看去，又生出一番景象，有如古句所云："山穷水复疑无路，柳暗花明又一村"者。至大收煞处，犹不肯遽使芸娘出现，而以寄生认父，故作疑阵出之。解此一诀，为文可免平庸、直率、生硬、软弱之病。

（清）但明伦《王桂庵》后评，《聊斋志异》卷十二，上海古籍出版社本

2. 刻意形容　殊无远韵

王右丞、韦苏州，澄淡精致，格在其中，岂妨于遒举哉？贾浪仙诚有警句，然视其全篇，意思殊馁，大抵附于蹇涩，方可致才，亦为体之不备也，矧其下者哉！噫！近而不浮，远而不尽，然后可以言韵外之致耳。

（唐）司空图《与李生论诗书》，《司空表圣文集》卷二，《四部丛刊》本

弹琴不须弦，意在宫徵外，浊醪分美恶，于道犹蒂芥，平生分别尽，独此有泾渭；坐令刘石徒，笑我犹嗜味，秋风三十里，碧鳜兼紫蟹，参军

呼可应，肯使空樽对。

(宋)张耒《别外甥杨克一》，《柯山集》拾遗卷一，《丛书集成》本

老杜诗："本卖文为活，翻令室倒悬。荆扉生蔓草，土锉冷疏烟。"此言贫不露筋骨。如杜荀鹤"时挑野菜和根煮，旋斫青柴带叶烧"，盖不忌当头，直言穷愁之迹，所以鄙陋也。切忌当头，要影落出。

(宋)吴可《藏海诗话》，《历代诗话续编》本

且以文章言之，有巧丽，有雄伟，有奇，有巧，有典，有富，有深，有稳，有清，有古。有此一者，则可以立于世而成名矣；然而一不备焉，不足以为韵，众善皆备而露才用长，亦不足以为韵。必也备众善而自韬晦，行于简易闲淡之中，而有深远无穷之味，观于世俗，若出寻常。至于识者遇之，则暗然心服，油然神会。测之而益深，穷之而益来，其是之谓矣。其次一长有余，亦足以为韵；故巧丽者发之于平淡，奇伟有余者行之于简易，如此之类是也。自《论语》、《六经》，可以晓其辞，不可以名其美，皆自然有韵。左正明、司马迁、班固之书，意多而语简，行于平夷，不自矜衒，故韵自胜。自曹、刘、沈、谢、徐、庾诸人，割据一奇，臻于极致，尽发其美，无复余蕴，皆难以韵与之。惟陶彭泽体兼众妙，不露锋芒，故曰：质而实绮，癯而实腴，初若散缓不收，反复观之，乃得其奇处；夫绮而腴，与其奇处，韵之所从生，行乎质与癯，而又若散缓不收者，韵于是乎成。

(宋)范温《潜溪诗眼》，《宋诗话辑佚》本

韵有不可及者，曹子建是也……观子建"明月照高楼"、"高台多悲风"、"南国有佳人"、"惊风飘白日"、"谒帝承明庐"等篇，音节铿锵抑扬，态度温润清和，金声而玉振之，辞不迫切，而意已独至，与三百五篇异世同律，此所谓韵不可及也。

(宋)张戒《岁寒堂诗话》卷上，《历代诗话续编》本

有韵者切近而简远，可企任藩、项斯，无韵者幽深而峻洁，欲与孙

樵、陆龟蒙相上下。

（宋）刘克庄《送谢昉》，《后村先生大全集》卷九十六，《四部丛刊》本

虽然，方外之学，有为道日损之说，又有学至于无学之说，诗家亦有之。子美夔州以后，乐天香山以后，东坡海南以后，皆不烦绳削而自合。非技进于道者能之乎？诗家所以异于方外者，渠辈谈道不在文字，不离文字。诗家圣处不离文字，不在文字。唐贤所为，情性之外不知有文字云耳。以吾飞卿立之之卓，钻之之坚，得之之难，异时霜降水落，自见涯涘。吾见其泝石楼，历雪堂，问津斜川之上。万虑洗然，深入空寂，荡元气于笔端，寄妙理于言外。彼悠悠者，可复以昔之隐几者见待耶？

（金）元好问《陶然集诗序》，《遗山先生文集》卷三十七，《四部丛刊》本

《大风歌》而霸心存；《秋风辞》而悔心萌，诗外哉；否乎？

（明）李梦阳《论学下篇》，《空同集》卷六十六，《四库全书》本

班姬托扇以写怨，应场托雁以言怀，皆非徒作。沈约《咏月》曰："方晖竟户入，圆影隙中来。"刻意形容，殊无远韵。

（明）谢榛《四溟诗话》卷一，《历代诗话续编》本

大明王鏊曰："唐人虽为律诗，犹以韵胜，不以铿订为工。如崔颢《黄鹤楼诗》'鹦鹉洲'对'汉阳树'，李太白'白鹭洲'对'青天外'，杜子美'江汉思归客'对'乾坤一腐儒'，气格超然，不为律所缚，固自有余味也。后世取青媲白，区区以对偶为工，'鹦鹉洲'必对'鸬鹚堰'，'白鹭洲'必对'黄牛峡'，字虽切，而意味索然矣。"

（明）徐师曾《文体明辨序说·文章纲领·论诗》，人民文学出版社本

严又云："诗不必太切。"予初疑此言，及读子瞻诗，如"诗人老去"、"孟嘉醉酒"各二联，方知严语之当。又近一老儒赏咏道士号一鹤者云："赤壁横江过，青城被箭归。"使事非不极亲切，而味之殆如嚼

蜡耳。

（明）王世贞《艺苑卮言》卷四，《历代诗话续编》本

有一村学究道：李逵太凶狠，不该杀罗真人；罗真人亦无道气，不该磨难李逵。此言真如放屁。不知水浒传文字当以此回为第一。试看种种摩写处，那一事不趣？那一言不趣？天下文章当以趣为第一。既是趣了，何必实有是事，并实有是人？若一一推究如何如何，岂不令人笑杀！

（明）李贽《李卓吾批水浒传》第五十三回，明容与堂刻本

调古则韵高，情真则意远，华玉标此二者，则雄奇俊亮，皆所不贵。论虽稍偏，自是五言绝第一义。若太白之逸，摩诘之玄，神化幽微，品格无上，又不可以是泥也。

（明）胡应麟《诗薮·内编》卷六，上海古籍出版社本

夫诗以趣为主，致多则理诎，此亦一反。

（明）袁宏道《西京稿序》，《袁宏道集笺校》卷五十一，上海古籍出版社本

弹琴者在甲肉丝徽之会，而声自出，然间之甲肉丝徽，无声也。诗之为道，大类于是。情境可触，语言文字不足以尽之，而尽之于一二韵语，第语在韵先，韵从触发，诗乃佳耳。

（明）王思任《郁冈诗自选序》，《王季重十种》，《中国文学珍本丛书》本

诗在一叹三咏妙之人，其意已传，不必言之繁而绪之纷也。故曰"诗可以兴"。诗之可以兴人者，以其情也，以其言之韵也。夫献笑而悦，献涕而悲者，情也。闻金鼓而壮，闻丝竹而幽者，声之韵也。是故情欲其真，而韵欲其长也。二言足以尽诗道矣。乃韵生于声，声生于格，故标格欲其高也；韵出为风，风感为事，故风味欲其美也；有韵必有色，故色欲其韶也；韵动而气行，故气欲其清也。此四者，诗之至要也。

（明）陆时雍《诗镜总论》，《历代诗话续编》本

贪肉者，不贵味而贵臭；闻乐者，不闻响而闻音。凡一掇而有物者，

非其至者也。诗之所贵者，色与韵而已矣。

(明) 陆时雍《诗镜总论》，《历代诗话续编》本

诗被于乐，声之也。声微而韵，悠然长逝者，声之所不得留也。一击而立尽者，瓦缶也。诗之饶韵者，其钲磬乎？"相去日以远，衣带日以缓"，其韵古；"携手上河梁，游子暮何之"，其韵悠，"高台多悲风，朝日照北林"，其韵亮；"晨风飘歧路，零雨被秋草"，其韵矫；"采菊东篱下，悠然见南山"，其韵幽；"皇心美阳泽，万象咸光昭"，其韵韶；"扣枻新秋月，临流别友生"，其韵清；"野旷沙岸净，天高秋月明"，其韵冽；"天际识归舟，云中辨江树"，其韵远。凡情无奇而自佳，景不丽而自妙者，韵使之也。

(明) 陆时雍《诗镜总论》，《历代诗话续编》本

有韵则生，无韵则死；有韵则雅，无韵则俗；有韵则响，无韵则沉；有韵则远，无韵则局。物色在于点染，意态在于转折，情事在于犹夷，风致在于绰约，语气在于吞吐，体势在于游行，此则韵之所由生矣。陆龟蒙、皮日休知用实而不知运实之妙，所以短也。

(明) 陆时雍《诗镜总论》，《历代诗话续编》本

传奇情节恶其直遂。

(明) 冯梦龙《永团圆》第二十七折《都府捱婚》眉批，《古本戏曲丛刊》三集本

《捱婚》、《看条》及《书斋俚语》三折，具是本传大紧关目，原本太直遂，似乎高公势逼，蔡生惧而从之，蕙芳含怨，蔡母子强而命之，不成事体，须是十分委曲，描出一番万不得已景象。

(明) 冯梦龙《永团圆》总评，《古本戏曲丛刊》三集本

兄看《琵琶》，《西厢》，有何怪异？布帛菽粟之中，自有许多滋味。咀嚼不尽，传之永远，愈久愈新，愈淡愈远。

(明) 张岱《答袁箨庵》，《琅嬛文集》卷之三，岳麓书社本

钟馗之语带趣,想其作躯志俱在画图中。以俗境而独入雅道,盖由韵胜其辞耳。

(明)祁彪佳《远山堂剧品·福禄寺》,《中国古典戏曲论著集成》(六),中国戏剧出版社本

神韵所不待论。三句三意,不须承转,一比一赋,脱然自致,绝不入文士映带,岂亦非天授也哉?

(清)王夫之《古诗评选》卷一,汉高帝《大风歌》评语,《船山遗书》,太平洋书店重校刊本

"四面各千里"真得笔墨外画意。唐人说边关景物尽矣,皆无此妙。

(清)王夫之《古诗评选》卷五,袁淑《效古》评语,《船山遗书》,太平洋书店重校刊本

虚实在神韵,不以兴比有无为别。如此空中构景,佳句独得,讵不贤于硬架而无情者乎!

(清)王夫之《唐诗评选》卷四,杨巨源《和大夫边春呈长安亲故》评语,《船山遗书》,太平洋书店重校刊本

律句有神韵天然,不可凑泊者。如高季迪"白下有山皆绕郭,清明无客不思家",曹能始"春光白下无多日,夜月黄河第几湾",李太虚"节过白露犹余热,秋到黄州始解凉",程孟阳"瓜步江空微有树,秣陵天远不宜秋"是也。余昔登燕子矶有句云:"吴楚青苍分极浦,江山平远入新秋。"或庶几尔?

(清)王士禛《渔洋诗话》,《清诗话》本

诗虽不宜苟作,然必字字牵入道理,则诗道之厄也。吾选晦翁诗,惟取多兴趣者。(黄白山评:"胡澹庵尝以诗人荐朱子于朝,朱大憾其不知己,戒不复作诗。余谓澹庵虽不知朱子,却知诗,盖紫阳诗实胜当时诸人也。")如《次秀野雪后书事》:"惆怅江头几树梅,仗藜行遶去还来。前时雪压无寻处,昨夜月明依旧开。持寄遥怜人似玉,相思应恨却成灰。沉吟落日寒鸦起,却望柴荆独自回。"又《次雪韵》:"一夜同云匝四山,晓来千里共漫漫。不应琪树犹含冻,翻笑

杨花许耐寒。乘兴政须披鹤氅，瀹甘尤喜破龙团。无端酒思催吟笔，却恐长鲸吸海干。"二诗俱风致，"杨花"句尤具慧心。道学诸公诗，亦自有佳句。如徐崇父《毅斋即事》："苔色上侵闲坐处，鸟声来和独吟时"，殊清气。林虙斋《送光泽苏县丞》："松厅莫笑无公事，薤幕常能致俊流"，用事颇切。吕东莱《春日绝句》曰："一川晚色鹭分去，两岸烟光莺唤来。径欲卜居从钓叟，垂杨缺处竹门开。"尤雅靓也。

（清）贺裳《载酒园诗话》"朱熹"条，《清诗话续编》本

徐文长尺牍、题跋，极有简韶，得苏黄小品之遗，譬如山菽溪毛，偶一噉之，牙颊间爽然有世外味，他文亦未称是也。

（清）邵长蘅《书徐文长集后》，《青门簏稿》卷十一，愚斋丛书刻青门草堂藏本

格律声调，字法句法，固不可不讲，而诗却在字句之外。故《三百篇》及汉、魏古诗，后章与前章略换几句几字，又是一种咏叹丰神，令人吟绎不厌。后世徒于字句求之，非不工也，特无诗耳。

（清）薛雪《一瓢诗话》，《清诗话》本

足下论诗，讲体格二字，固传。仆意神韵二字，尤为要紧。体格是后天架子，可仿而能；神韵是先天真情，不可强而至。木马泥龙，皆有体格，其如死会无所用何！

（清）袁枚《再答李少鹤》，《小仓山房尺牍》卷十，民国十九年国学书局刊本

且余尝谓作诗之道，难于作史，何也？作史三长：才、学、识而已。诗则三者宜兼，而尤贵以情韵得之，所谓弦外之音，味外之味也。情深而韵长，不徒诗学宜然，即其人之余休后祚，亦于是徵焉。东坡诗风趣多，情韵少，晚年坎坷，亦其证也。

（清）袁枚《钱竹初诗序》，《小仓山房续文集》卷二十八，《四部备要》本

诗之与文，固是一理，而取径则不同。先生之诗体用宋贤，而咀诵之

余,别有余韵,由于自得。非如熙甫文佳而诗则平浅者所可比也。

(清)姚鼐《与王铁夫书》,《惜抱轩文后集》卷三,《四部备要》本

诗以神韵为心得之秘,此义非自渔洋始言之也,是乃自古诗家之要眇处,古人不言而渔洋始明著之也。神韵者,非风致情韵之谓也。吾谓神韵即格调者,特专就渔洋之承接李、何、王、李而言之耳。其实神韵无所不该,有于格调见神韵者,有于音节见神韵者,亦有于字句见神韵者,非可执一端以名之也。有于实际见神韵者,亦有于虚处见神韵者,有于高古浑朴见神韵者,亦有于情致见神韵者,非可执一端以名之也。此其所以然,在善学者自领之,本不必讲也。

……

请申析之,诗自宋、金、元接唐人之脉,而稍变其音,此后接宋、金、元者,全恃真才实学以济之。乃有明一代,徒以貌袭格调为事,无一人具真才实学以副之者。至我国朝,文治之光,仍全归于经术。是则造物精微之秘,衷诸实际,于斯时发泄之。然当其发泄之初,必有人焉,先出而为之伐毛洗髓,使斯文元气复还于冲淡渊粹之本然,而后徐徐以经术实之也,所以赖有渔洋首创神韵以涤荡有明诸家之尘滓也。其援严仪卿所云"镜中之花,水中之月"者,正为涤除明人尘滓之滞习言之,即所谓"诗有别才非关学"之一语,亦是专为骛博滞迹者偶下砭药之词,而非谓诗可废学也。须知此正是为善学者言,非为不学者言也。司空表圣《诗品》亦云"不著一字,尽得风流",夫谓不著一字,正是谓函盖万有也,岂以空寂言耶?渔洋之诗,虽非李、何之滞习,而尚有未尽化滞习者,如咏焦山鼎,只知铺陈钟鼎款识之料,如咏汉碑,只知叙说汉末事,此皆习作套语,所以事境偶有未能深切者,则未知铺陈排比之即连城玉璞也。盖渔洋未能喻"熟精文选理"理字之所以然,则必致后人误会"诗有别才"之语,致堕于空寂,则亦当使人知神韵初不如此,而岂可反误以神韵为渔洋咎乎?若赵秋谷之议渔洋,谓其不切事境,则亦何尝不中其弊乎?学者惟以读书切己为务,日从事于探讨古人,考析古人,则正惟恐其不能彻悟于神韵矣。

神韵者,视其人能领会,非人人皆得以问津也。其不能悟及此者,奚为而必强之?其不知而强附空阔以为神韵,与其不知而妄驳神韵者,皆坐

一不知之咎而已。不知何害，不知而妄议，则为害滋甚耳。

（清）翁方纲《神韵论》下，《复初斋文集》卷八，清光绪重校本

盛唐之杜甫，诗教之绳矩也，而未尝言及神韵。至司空图、严羽之徒，乃标举其概，而今新城王氏畅之。非后人之所诣，能言前古所未言也。天地之精华，人之性情，经籍之膏腴，日久而不得不一宣泄之也。自新城王氏一倡神韵之说，学者辄目此为新城言诗之秘，而不知诗之所固有者，非自新城始言之也。且杜云"读书破万卷，下笔如有神"，此神字即神韵也。杜云"熟精文选理"，韩云"周诗三百篇，雅丽理训诰"，杜牧谓"李贺诗使加之以理，奴仆命骚可矣"，此理字即神韵也。神韵者，彻上彻下，无所不谈。其谓"羚羊挂角，无迹可求"，其谓"镜花水月，空中之象"，亦皆即此神韵之正旨也，非坠入空寂之谓也。其谓"雅人深致"，指出"訏谟定命，远犹辰告"二句以质之，即此神韵之正旨也，非所云理字不必深求之谓也。然则神韵者，是乃所以君形者也。昔之言格调者，吾谓新城变格调之说而衷以神韵，其实格调即神韵也。今人误执神韵，似涉空言，是以鄙人之见，欲以肌理之说实之。其实肌理亦即神韵也。昔之人未有专举神韵以言诗者，故今时学者若欲目神韵为新城王氏之学，此正坐在不晓神韵为何事耳。知神韵之所以然，则知是诗中所自具，非至新城王氏始也。其新城之专举空音镜象一边，特专以针灸李、何一辈之痴肥貌袭者言之，非神韵之全也。且其误谓理字不必深求其解，则彼新城一叟，实尚有未喻神韵之全者，而岂得以神韵属之新城也哉？

（清）翁方纲《神韵论》上，《复初斋文集》卷八，清光绪重校本

且又闻其尝注杜诗，其注杜吾未见也。第就此序举杜诗"浣花溪里花饶笑"二句、"巡檐索共梅花笑"二句，谓杜集中只此二处是神韵，不通极矣。神韵者，非风致情韵之谓也。今人不知，妄谓渔洋诗近于风致情韵，此大误也。神韵乃诗中自具之本然，自古作家皆有之，岂自渔洋始乎？古人盖皆未言之，至渔洋乃明著之耳。渔洋所以拈举神韵者，特为明朝李、何一辈之貌袭者言之，此特亦偶举其一端，而非神韵之全

旨也。诗有于高古浑朴见神韵者，亦有于风致见神韵者，不能执一以论也。如"巡檐索共梅花笑"二句，则是于情致见神韵也；若"浣花溪里花饶笑"笑字，则不如此，此乃窃笑取笑之笑，与笑乐之笑不同，且此二句亦与情致不同。彼举眼但见二处皆有笑字，遂误混而言之。可乎？即观此语，则所谓注杜者，其谬更何待言，而以此序《坳堂诗》，其可乎？

……神韵者，本极超诣之理，非可执迹求之，而渔洋犹未免于滞迹也。芥舟诗正妙在不滞迹，虽不滞迹，亦不践迹，观者聊以存其真可矣。

（清）翁方纲《坳堂诗集序》，《复初斋文集》卷三，清光绪重校本

渔洋先生所讲神韵，则合丰致、格调为一而浑化之。此道至于先生，谓之集大成可也。

（清）翁方纲《石洲诗话》卷四，人民文学出版社本

大历十子以文房为最。诗重比兴：比但以物相比；兴则因物感触，言在于此而义寄于彼，如《关雎》、《桃夭》、《兔罝》、《樛木》。解此则言外有余味而不尽于句中。又有兴而兼比者，亦终取兴不取比也。若夫兴在象外，则虽比而亦兴。然则，兴最诗之要用也。文房诗多兴在象外，专以此求之，则成句皆有余味不尽之妙矣。较宋人人议论、涉理趣、以文以语录为诗者，有灵蠢仙凡之别。

（清）方东树《昭昧詹言》卷十八，人民文学出版社本

（毛文锡）词比牛薛诸人，殊为不及。叶梦得谓："文锡词以质直为情致，殊不知流于率露。诸人评庸陋词者，必曰：此仿毛文锡之《赞成功》而不及者。"其言是也。

（清）王国维《人间词话》，人民文学出版社本

3. 气骨　志力　色韵

予每论诗，以陶渊明、韩、杜诸公皆为韵胜。一日见林倅于经山，夜

话及此，林倅曰："诗有格有韵，故自不同，如渊明诗，是其格高，谢灵运'池塘春草'之句，乃其韵胜也。格高似梅花，韵胜似海棠花。"予时听之，矍然若有所悟，自此读诗顿进，便觉两眼如月，尽见古人旨趣，然恐前辈或有所未闻。

     （宋）陈善《诗有格高有韵胜》，《扪虱新话》下集卷一，《丛书集成》本

  格调虽不甚高，而工于模写，人物情态，悲欢穷泰，吐出胸臆，如在目前，吾于乐天有取焉。微之效颦，而终不似，才有余，韵不足也。

     （明）王鏊《文章》，《震泽长语》卷下，《丛书集成》本

  弘正七言律，李、何外，集中殊寡佳者，往往为杜陵变体所误，气骨虽胜，而音韵殊乖。

     （明）胡应麟《读顾华玉诗》，《少室山房类稿》卷一百五，《少室山房文集》，明万历刊本

  诗最贵丽，而丽非金玉锦绣也。晏同叔以"笙歌院落"为三昧，固高出至宝丹一等，然"梨花院落"，又待入小石调矣。丽语必格高气逸，韵远思深，乃为上乘。

     （明）胡应麟《诗薮·内编》卷五，上海古籍出版社本

  苏长公诗无所解，独二语绝得三昧，曰："作诗必此诗，定知非诗人。"盖诗惟咏物不可汗漫，至于登临、燕集、寄忆、赠送，惟以神韵为主，使句格可传，乃为上乘。今于登临必名其泉石，燕集则记其园林，寄赠则必传其姓氏，真所谓田庄牙人，点鬼簿，粘皮骨者，汉、唐何尝如此？最诗家下乘小道。即一二大家有之，亦偶然耳，可为法乎！

     （明）胡应麟《诗薮·内编》卷五，上海古籍出版社本

  王、杨、卢、骆以词胜，沈、宋、陈、杜以格胜，高、岑、王、孟以韵胜。词胜而后有格，格胜而后有韵，自然之理也。

     （明）胡应麟《诗薮·外编》卷四，上海古籍出版社本

  书法虽贵藏锋，然不得以模糊为藏锋。须有用笔如太阿刓截之意，盖

以劲利取势，以虚和取韵；颜鲁公所谓如印印泥，如锥画沙是也。

  （明）董其昌《画禅室随笔·评书法》，引自《中国历代书法论文选》，上海书画出版社本

  得弟寄诗与茂之，喜跃累日，平地突出士龙、子由，消此平生寂寞，造物于我奢矣。最可喜者，不学伯兄，甚有气骨，有志力，有色韵。

  （明）钟惺《寄叔弟恮》，《钟伯敬合集》，《中国文学珍本丛书》本

  雪湖尝告人曰："画梅以韵格胜。"夫韵在声后，格在局先。善歌善弈者可知而不可解，即可解而又不可知，雪湖直以梅知之，而以画解之，此其心之独至，千载而下，有必传者也。

  （明）王思任《刘雪湖梅谱序》，《王季重十种》，《中国文学珍本丛书》本

  诗有灵襟，斯无俗趣矣；有慧口，斯无俗韵矣。乃知天下无俗事，无俗情，但有俗肠与俗口耳。古歌《子夜》等诗，俚情亵语，村童之所赧言，而诗人道之，极韵极趣。

  （明）陆时雍《诗镜总论》，《历代诗话续编》本

  张籍王建诗有三病：言之尽也，意之丑也，韵之庳也。言穷则尽，意亵则丑，韵软则庳。杜少陵《丽人行》、李太白《杨叛儿》，一以雅道行之，故君子言有则也。

  （明）陆时雍《诗镜总论》，《历代诗话续编》本

  宋伯常云："云林画，江东以有无论清俗，其韵致超绝，当在子久、山樵之上。"沈石一日作云林画，其师赵同鲁见即呼曰："又过矣，又过矣。"盖云林妙处，实不可学，启南力胜于韵，故相去犹隔一秒。

  （清）侯方域《倪云林十万图记》，《壮悔堂文集》卷六，《四部备要》本

  咏桃源诗，古来最多，意又俱被说过，作者往往有叠床架屋之病，最难出色。朱碙东来诵黄岱洲其仁《过桃源》一绝云："桃源盘曲小山河，

一洞深深锁薜萝。行过溪桥云密处,但闻花外有渔歌。"淡而有味。《沧浪诗话》所谓作诗不贵用力,而贵有神韵,即此是也。

(清)袁枚《随园诗话补遗》卷六,人民文学出版社本

刘梦得诗稍近径露,大抵骨胜于白,而韵逊于柳。要其名隽独得之句,柳亦不能掩也。

(清)刘熙载《艺概·诗概》,上海古籍出版社本

十一
奇　正

1. 奇正相生　为环无端

太史公曰：兵以正合，以奇胜。善之者，出奇无穷。奇正还相生，如环无端。夫始为处女，适人开户；后为脱兔，适不及距：其田单之谓邪！

（汉）司马迁《史记》卷八十二《田单列传》，中华书局本

古今所谓文者，辞必高然后为奇，意必深然后为工，焕然如日月之经天也，炳然如虎豹之异犬羊也。是故以之明道，则显而微；以之扬名，则久而传。

（唐）孙樵《与友人论文书》，《孙樵集》卷二，《四部丛刊》本

余评李白诗，如张乐于洞庭之野，无首无尾，不主故常，非墨工椠人所可拟议。吾友黄介读《李杜优劣论》曰："论文正不当如此。"余以为知言。

（宋）魏泰《临汉隐居诗话》，《历代诗话》本

波澜开阖，如在江湖中，一波未平，一波已作。如兵家之阵，方以为正，又复是奇；方以为奇，忽复是正。出入变化，不可纪极，而法度不可乱。

（宋）姜夔《白石诗说》，人民文学出版社本

七言古诗，要铺叙，要有开合，有风度，要迢递险怪，雄俊铿锵，忌

庸俗软腐。须是波澜开合，如江海之波，一波未平，一波复起。又如兵家之阵，方以为正，又复为奇，方以为奇，忽复是正，出入变化，不可纪极。备此法者，惟李杜也。

（元）杨载《诗法家数》，《历代诗话》本

天下之论文者，嗜简涩则主于奇诡，乐敷畅则主于平易，二者皆非也。文不可以不工，而恶乎好奇；文不可以不达，而恶乎浅易。浅易以为达，好奇以为工，几何不至于怪且俗哉？善为文者，贵乎奇其意而易其辞，骤而览之，娓娓觉其易也，徐思而绎之，虽极意工巧者，莫加焉。若是者，其为至文乎？圣贤之文，与后世之词纯驳工拙多寡，不大相远也，而世人望之若天然不敢指拟之者，以其不务奇词而奇其意，故举天下好奇者莫及也。使其意不能过于众人，而惟辞之修，安在其为奇也哉！

（明）方孝孺《赠郑显则序》，《逊志斋集》卷十四，《四部备要》本

李靖曰："正而无奇，则守将也；奇而无正，则斗将也；奇正皆得，国之辅也。"譬诸诗：发言平易而循乎绳墨，法之正也；发言隽伟而不拘乎绳墨，法之奇也；平易而不执泥，隽伟而不险怪，此奇正参伍之法也。白乐天正而不奇；李长吉奇而不正；奇正参伍，李杜是也。

（明）谢榛《四溟诗话》卷二，人民文学出版社本

夫情景相触而成诗，此作家之常也。或有时不拘形胜，面西言东，但假山川以发豪兴尔。譬若倚太行而咏峨嵋，见衡漳而赋沧海，即近以彻远，犹夫兵法之出奇也。

（明）谢榛《四溟诗话》卷四，人民文学出版社本

书法要旨，有正与奇。所谓正者，偃仰顿挫，揭按照应，筋骨威仪，确有节制是也。所谓奇者，参差起复，腾凌射空，风情姿态，巧妙多端是也。奇即连于正之内，正即列于奇之中。正而无奇，虽庄严沉实，恒朴厚而少文。奇而弗正，虽雄爽飞妍，多谲厉而乏雅。

（明）项穆《书法雅言·正奇》，引自《历代书法论文选》，上海书画出版社本

吴莱立夫言作文如用兵，有正有奇，正者文之法，奇者不为法缚，千变万化，坐作击刺，一时俱起者也。及止部还伍，则肃然未尝乱。

（明）方以智《文章薪火》，《昭代丛书》本

元施、罗二公，大畅斯道，《水浒》《三国》，奇奇正正，河汉无极。论者以二集配伯喈、《西厢》传奇，号四大书，厥观伟矣。迄于皇明，文治聿新，作者竞爽。勿论廊庙鸿编，即稗官野史，卓然复绝千古。说书一家，亦有专门。然《金瓶》书丽，贻讥于海淫，《西游》、《西洋》，逞臆于画鬼，无关风化，奚取连篇。墨憨斋增补《平妖》，穷工极变，不失本末，其技在《水浒》、《三国》之间。

（明）笑花主人《今古奇观序》，《今古奇观》卷首，明刻本

江州城劫法场一篇，奇绝了；后面却又有大名府劫法场一篇，一发奇绝。潘金莲偷汉一篇，奇绝了；后面却又有潘巧云偷汉一篇，一发奇绝。景阳冈打虎一篇，奇绝了；后面却又有沂水县杀虎一篇，一发奇绝：其正其才如海。

劫法场、偷汉、打虎，都是极难题目，直是没有下笔处，他偏不怕，定要写出两篇。

（清）金圣叹《读第五才子书法》，《金叹圣全集》（一），江苏古籍出版社本

（"武松……大写下八字道：'杀人者打虎武松也。'"下批）奇文。奇笔、奇墨、奇纸，突然做出奇文来。卿试掷地，当作金石声。看他"者"字、"也"字，何等用得好！只八个字，亦有打虎之力。文只八字，却有两番异样奇彩在内，真是天地间有数大文也。依谢叠山例，是一篇（放）胆文字。

（清）金圣叹《贯华堂第五才子书水浒传》第三十回夹批，《金圣叹全集》（一），江苏古籍出版社本

此篇节节生奇，层层追险。节节生奇，奇不尽不止；层层追险，险不绝必追。真令读者到此，心路都休，目光尽灭，有死之心，无生之望也。如投宿店不得，是第一追……艎板下摸出刀来，是最后一追，第七追也。

一篇真是脱一虎机，踏一虎机。令人一头读，一头吓。不惟读亦读不及，虽吓亦吓不及也。

（清）金圣叹《贯华堂第五才子书水浒传》第三十六回总批，《金圣叹全集》（二），江苏古籍出版社本

尝观古学剑之家，其师必取弟子，先置之断崖绝壁之上，迫之疾驰；经月而后，授以竹枝，追刺猿猱，无不中者；夫而后归之室中，教以剑术，三月技成，称天下妙也。圣叹叹曰：嗟乎！行文亦犹是矣。夫天下险能生妙，非天下妙能生险也。险故妙，险绝故妙绝；不险不能妙，不险绝不能妙绝也。游山亦犹是矣。不梯而上，不缒而下，未见其能穷山川之窈窕，洞壑之隐秘也。梯而上，缒而下，而吾之所至，乃在飞鸟徘徊，蛇虎踯躅之处，而吾之力绝，而吾之气尽，而吾之神色索然犹如死人，而我之耳目乃一变换，而吾之胸襟乃一荡涤，而吾之识略乃得高者愈高，深者愈深，奋而为文笔，亦得愈极高深之变也。行文亦犹是矣。不阁笔，不卷纸，不停墨，未见其有穷奇尽变出妙入神之文也。笔欲下而仍阁，纸欲舒而仍卷，墨欲磨而仍停，而吾之才尽，而吾之髭断，而吾之目矐，而吾之腹痛，而鬼神来助，而风云忽通，而后奇则真奇，变则真变，妙则真妙，神则真神也。吾以此法遍阅世间之文，未见其有合者。今读还道村一篇，而独赏其险妙绝伦。嗟乎！支公畜马，爱其神骏，其言似谓自马以外都更无有神骏也者；今吾亦虽谓自《水浒》以外都更无有文章，亦岂诬哉！

（清）金圣叹《贯华堂第五才子书水浒传》第四十一回总评，《金圣叹全集》（二），江苏古籍出版社本

景之奇幻者，镜中看镜；情之奇幻者，梦中圆梦；文之奇幻者，评话中说评话。如豫章城双渐赶苏卿，真对妙景、焚妙香、运妙心、伸妙腕、蘸妙墨、落妙纸，成此妙裁也。

（清）金圣叹《贯华堂第五才子书水浒传》第五十回总批，《金圣叹全集》（二），江苏古籍出版社本

写许多诱兵忽然而出，忽然而入，番番不同，人人善谑，奇矣。然尤奇者，如李逵、鲁智深、武松、刘唐、穆弘、李应入去后，忽然一断，便

接入车仗人夫。读者至此孰不以为已作收煞？而殊不知乃正在半幅也。徐徐又是朱同、雷横引出宋江、吴用、公孙胜一行六七十人，真所谓愈出愈奇，越转越妙。此时忽然接入花荣神箭，又作一断，读者于此始自惊叹，以为夫而后方作收煞耳，而殊不知犹在半幅。徐徐又是秦明、林冲、呼延灼、徐宁四将夹攻。夫而后引入卦歌影中。呜呼！章法之奇，乃令读者欲迷，安得阵法之奇，不令员外中计也。

（清）金圣叹《贯华堂第五才子书水浒传》第六十回总批，《金圣叹全集》（二），江苏古籍出版社本

古今必传之诗，虽极平常，必有一段精光闪烁，使人不敢以平常目之，及其奇怪，则亦了不异人意耳。乃知"奇""平"二字，分拆不得。

（清）贺贻孙《诗筏》，《清诗话续编》本

苏子由云："子瞻文奇，吾文但稳，吾诗亦然。"此子由极谦退语，然余谓诗文奇难矣，奇而稳尤难。南威、西施，亦犹人也，不过耳目口鼻，天然匀称，增之一分则太长，减之一分则太短，便是绝色。诸葛武侯老吏谓桓温曰："诸葛公无他长，但事事停当而已。"殷浩阅内典叹曰："此理只在阿堵边。"后代诗文名家，非无奇境，然苦不稳、不匀称、不停当，不在阿堵边。

（清）贺贻孙《诗筏》，《清诗话续编》本

吾尝谓眼前寻常景，家人琐俗事，说得明白，便是惊人之句。盖人所易道，即人所不能道也。如飞星过水，人人曾见，多是错过，不能形容，亏他收拾点缀，遂成奇语。骇其奇者，以为百炼方就，而不知彼实得之无意耳。即如"池塘生春草"，"生"字极现成，却极灵幻。虽平平无奇，然较之"园柳变鸣禽"，更为自然。"枫落吴江冷"、"空梁落燕泥"，与摩诘"雨中山果落"、老杜"叶里松子僧前落"，四落字俱以现成语为灵幻。又如老杜"杖藜还客拜"、"旧犬喜我归"、王摩诘"野老与人争席罢"、高达夫"庭鸭喜多雨"，皆现成琐俗事，无人道得，道得即成妙诗。何尝炼"还"字、"喜"字、"罢"字以为奇耶？诗家固不能废炼，但以炼骨炼气为上，炼句次之，炼字斯下矣。惟中晚始以炼字为工，所谓"推敲"是也。然如"僧敲月下门"，"敲"字所以胜

"推"字者，亦只是眼前现成景，写得如见耳。若喉吻间吞吐不出，虽经百炼，何足贵哉？

（清）贺贻孙《诗筏》，《清诗话续编》本

太白祖述《骚》、《雅》，下逮梁、陈，七言无所不包，奇之又奇，而字字有本，讽刺沉切，自古未有也，后人宜以为法。

（清）赵执信《声调谱》，《清诗话》本

曾受韬钤之法于蹇翁，揣摩之久，虽变化无穷，不出奇正二字。从受诗古文辞之学于横山，亦不越正变二字。譬夫两军相当，鼓之则进，麾之则却，壮者不得独前，怯者不得独后，兵之正也。出其不意，攻其无备，水以木罂而渡，沙可唱筹而量，兵之奇也。温柔敦厚，缠绵悱恻，诗之正也。慷慨激昂，裁云镂月，诗之变也。用兵而无奇正，何异驱羊？作诗而昧正变，真同梦呓。然兵须训练于平时，诗要冥搜于象外。

（清）薛雪《一瓢诗话》，《清诗话》本

黄帝握机，机在奇正。龙虎风云，或分或并。如环相生，循之无竟。前茅虑无，中权后劲。起伏何常，首尾并命。神乎机乎，我实为政。

（清）马荣祖《文颂·奇正》，《昭代丛书》本

姜尧章曰：真书以平正为善，此世俗之论，唐人之失也。古今真书之神妙，无出钟元常，次则王逸少。今观二家书皆潇洒纵横，何拘平正。

（清）梁章钜《学字》，《退庵随笔》卷二十二，引自《笔记小说大观》，江苏广陵古籍刻印社本

诗文一源。昌黎诗有正有奇，正者，即所谓"约《六经》之旨而成文"；奇者，即所谓"时有感激怨怼奇怪三辞"。

（清）刘熙载《艺概·诗概》，上海古籍出版社本

文尚奇而稳，此旨本昌黎《答刘正夫书》。奇则所谓异也，稳则所谓是也。

（清）刘熙载《艺概·经义概》，上海古籍出版社本

出语不能庸，此是吾人病。灵均好奇服，奇或亦为正。

（清）刘熙载《昨非集》卷三，清刊本

2. 去邪祟之奇　归平正之奇

　　自近代词人，率好诡巧，原其为体，讹势所变。厌黩旧式，故穿凿取新，察其讹意，似难而实无他术也，反正而已。故文反正为乏，辞反正为奇。效奇之法，必颠倒文句，上字而抑下，中辞而出外，回互不常，则新色耳。夫通衢夷坦，而多行捷径者，趋近故也；正文明白，而常务反言者，适俗故也。然密会者以意新得巧，苟异者以失体成怪。旧练之才，则执正以驭奇；新学之锐，则逐奇而失正；势流不反，则文体遂弊。秉兹情术，可无思耶！

　　赞曰：形生势成，始末相承。湍回似规，矢激如绳。因利骋节，情采自凝。枉辔学步，力止襄陵。

（南朝·梁）刘勰《文心雕龙·定势》，人民文学出版社本

　　夫谓之奇，则非正矣，然亦无伤于正也。谓之奇，即非常矣。非常者，谓不如常者；谓不如常，乃出常也。无伤于正而出于常，虽尚之亦可也。此统论奇之体耳。未以文言之失也。

　　夫文者非他，言之华者也，其用在通理而已，固不务奇，然亦无伤于奇也。使文奇而理正，是尤唯也。生意便其易者乎？夫言亦可以通理矣，而以文为贵者非他，文则远，无文即不远也。以非常之文，通至正之理，是所以不朽也。生何嫉之深邪？夫绘事后素，既谓之文，岂苟简而已哉？……《书》之文不奇，《易》之文可为奇矣，岂碍理伤圣乎？

（唐）皇甫湜《答李生第二书》，《皇甫持正集》卷四，汲古阁本

　　来书所谓今之工文，或先于奇怪者，顾其文工与否耳。夫意新则异于常，异于常则怪矣；词高则出于众，出于众则奇矣。虎豹之文不得不炳于犬羊，鸾凤之音不得不锵于乌鹊，金玉之光不得不炫于瓦石，非有意先之也，乃自然也。必崔嵬然后为岳，必滔天然后为海。明堂之栋，必挠云

霓；骊龙之珠，必锢深泉。

(唐)皇甫湜《答李生第一书》，《皇甫持正文集》卷四，汲古阁本

张孝师画亦多变态，不失常途。

(唐)朱景玄《唐朝名画录》，《画品丛书》，上海人民美术出版社本

韩、欧之文，粹然一出于正，柳与苏好奇而尖之驳。

(宋)王十朋《读苏文》，《梅溪王先生文集》前集卷十九，《四部丛刊》本

"谢朝华之已披，启夕秀于未振"，学诗者尤当领此。陈腐之语，固不必涉笔，然求去其陈腐不可得，而翻为怪怪奇奇不可致诘之语以欺人，不独欺人，而且自欺，诚学者之大病也。诗人首二谢，灵运在永嘉，因梦惠连，遂有"池塘生春草"之句。玄晖在宣城，固登三山，遂有"澄江静如练"之句。二公妙处，盖在于鼻无垩、目无膜尔。鼻无垩，斤将曷运？目无膜，篦将曷施？所谓混然天成，天球不琢者与？灵运诗，如"矜名道不足，适己物可忽"，"清晖能娱人，游子澹忘归"；玄晖诗如"春草秋更绿，公子未西归"，"大江流日夜，客心悲未央"等语，皆得三百五篇之余韵，是以古今以为奇作，又曷尝以难解为工哉？东坡《跋李端叔诗卷》云"暂借好诗消永夜，每逢佳处辄参禅。"盖端叔作诗，用意太过，参禅之语，所以警之云。

(宋)葛立方《韵语阳秋》卷一，《历代诗话》本

唐三百年，文章三变而后定，以其归于平也。而柳子厚之称韩文公，乃曰文益奇，文公亦自谓怪怪奇奇。二公岂不知此，盖在流俗中以为奇，而其实则文之正体也。宋景文公知之矣，谓其粹然一出于正……韩文公之文非无奇处，正如长江数千里，奇险时一闻见，皆有触而后发，使所在而然，则为物之害多矣。

(宋)楼钥《答綦君更生论文书》，《攻媿集》卷六十六，《四部丛刊》本

文虽奇，不可损正气，文虽工，不可掩素质。
　　　　　　（宋）吴子良《荆溪林下偶谈》卷二，《丛书集成》本

后生新进，法诸古，参诸今，或有得焉，则丽而不浮也，奇而不僻也，易而不俚也，始可与言诗之味已。是说也，当与能诗者道之。
　　　　　　（明）贝琼《乾坤清气序》，《清江贝先生文集》卷一，《四部丛刊》本

文章好奇，自是一病，好奇之过，反不奇矣。元次山集凡十一卷，《大唐中兴颂》一篇，足名世矣。诗如欸乃一绝已入选，《舂陵行》及《贼退示官吏》，虽为杜公所称，取其志，非取其辞也。其余如《洞溪》诗："松膏乳水田肥良，稻苗如蒲米粒长。縻色如珈玉液酒，酒熟犹闻松节香。"又："修竹多夹路，扁舟皆到门"东坡常书之，然此外亦无留良矣。
　　　　　　（明）杨慎《升庵诗话》卷二，《历代诗话续编》本

其文集罕传，余家有之，特标其论诗一节，又有韵语云："自知非诗，诗未为奇；奇研昏练，爽夏魄凄。神而不知，知而难状；挥之八垠，卷之万象。河浑沆清，放恣纵横；涛怒霆蹴，掀鳌倒鲸。搀空擢壁，崢水掷戟；鼓煦呵春，霞溶露滴。邻女自嬉，补袖而舞；色丝屡空，续以麻绚。鼠革丁丁，燄之则穴；蚁聚汲汲，积而隙凸。上有日星，下有风雅；历试自是，非吾心也。"其目曰"诗赋"，首句言"自知非诗"，乃是诗也；谓"来为奇"，乃是奇也，句法亦险怪。
　　　　　　（明）杨慎《升庵文集》卷五十四，明刊本

李长吉师心，故尔作怪，亦有出人意表者。然奇过则凡，老过则稚，此君所谓不可无一，不可有二。
　　　　　　（明）王世贞《艺苑卮言》卷四，《历代诗话续编》本

世人厌平常而喜新奇，不知言天下之至新奇，莫过于平常也。日月常而千古常新，布帛菽粟常而寒能暖，饥能饱，又何其奇也！是新奇正在于平常。世人不察，反于平常之外觅新奇，是岂得谓之新奇乎？
　　　　　　（明）李贽《复耿洞老书》，《焚书》卷二，中华书局本

今之文，诚好奇矣，仆以为实未尝奇；今之谈文者辄曰，必无奇矣，仆以为实未尝真识奇。夫文者何也，如织新锦，必不可带腐丝；如画水墨，必不可带俗笔；如奏钧天，必不可唱野腔山曲；如调鼎鼐，必不可放酸酱败醢。今曰必无奇。必无奇，则是抽烂茧，沤脆麻，可组龙衮；著胭脂，堆金粉，可画辋川；蛙鸣蝉噪可以鼖鼓辟雍；而五侯鲭乃不羹，可以㿥葰俎豆也。必无之理也。故曰言之无文，行之不远，既曰文矣，焉得无奇？如其不奇，是不文也！第奇自有平正之奇，有邪祟之奇。今之严于正文体者，正欲去邪祟之奇，归之平正之奇，非欲去奇而归之不奇也。今人才脱卸一领蓝袍，便作老先生话，说平说正。老头巾气大是衰飒豪气。且自己烹龙㿥凤，鼎味要汤，而教人断肉餮齑野芹为贡，仆不能为此瞒心语。

（清）周亮工《尺牍新钞》卷九，叶秉敬《寄吴宾晖》，《丛书集成》本

《离骚》之所以妙者，在乱辞无绪，绪益乱则忧益深，所寄益远。古人亦不能自明，读者当危坐诚正，以求所然。知粹然一出于正，即不得以奥郁高深奇之也。

（清）周亮工《尺牍新钞》卷十，周庚《与夫之》，《丛书集成》本

"去者日以疏"与"明月何皎皎"二首，平平无奇，然古今选诗者，不敢删此二首为十七首，即拟《十九首》者，至此愈难措手，此其故何也？

（清）贺贻孙《诗筏》，《清诗话续编》本

变化而不失其正，千古诗人惟杜甫为能。高、岑、王、孟诸子，设色止矣；皆未可语以变化也。夫作诗者，至能成一家之言足矣。此犹清、任、和三子之圣，各极其至；而集大成，圣而不可知之之谓神，惟夫子。杜甫，诗之神者也。夫惟神，乃能变化。子言"多读古人之诗而求工于诗"者，乃囿于今之称诗者论也。

（清）叶燮《原诗·内篇下》，人民文学出版社本

王元美云："奇过则凡"，学长吉者宜知之。

（清）沈德潜《说诗晬语》卷上，《清诗话》本

《梦游龙湫》，中间却只说蛟，是诗人笔墨脱化处，死坐见条龙出，便是呆汉。

《冰渡行》，中间写鬼神呵护，便是空中结撰，灵气惝恍。诗家打透此关，真乃无往不利。一篇见神见鬼文章，却以人事平实结，是以正为奇，笔阵不可端倪。

（清）张谦宜《𥳑斋诗谈》卷七，《清诗话续编》本

《陈后山诗话》云："诗欲其好，则不能好矣。王介甫以工，苏子瞻以新，黄鲁直以奇，皆有意见好；非如杜子美奇、工、易、新、陈，自然无一不好也。"戴植《鼠璞》云："王介甫但知巧语之为诗，不知拙语亦诗也；山谷但知奇语之为诗，不知常语亦诗也。"

（清）赵翼《瓯北诗话》卷十一，人民文学出版社本

韩昌黎诗云："险语破鬼胆，高词媲皇坟"。此是公自赞其诗，不可徒作赞他人诗看。然皆经籍光芒，故险而实平。

（清）李调元《雨村诗话》卷下，《清诗话续编》本

《古渔父》首篇颇奇，后三篇柳州杂著类也。其余杂论及投报诸书，文诡而理不失正。

（清）章学诚《唐刘蜕集说后》，《校雠通义·外篇》，上海古籍出版社本

按二人文虽俱学韩，李能自立，不屑屑随韩步趋。虽才力稍逊，而学识足以达之。故能神明韩法，自辟户庭。皇甫则震于韩氏之奇，而不复求其所以致奇之理。藉口相如、扬雄，不知古人初非有意为奇。而韩氏所得，尤为平实，不可袭外貌而目为奇也。

中唐文字，竞为奇碎。韩公目击其弊，力挽颓风，其所撰著，一出之于布帛菽粟，务神实用；不为矫饰雕镂，徒侈美观。惟其才雄学富，有时溢为奇怪，而矫时励俗，务去陈言。学者不察，辄妄诩为奇耳。湜于韩

门，所得最为粗浅，而又渐染中唐奇碎之病，宜其有是累也……

如李生初问，以谓"今之工文，或先于奇怪"。则当对以水之波澜，山之岩峭；所积深厚，发于外者不知其然而然，乃可使后生者知文章之本于所积。是亦韩氏仁义之途，诗书之源之旨也。今乃答以"虎豹之文，不得不炳于犬羊；鸾凤之音，不得不锵于乌鹊"，是欲使人不揣其本，但袭炳与锵者，而冀至于鸾凤虎豹，则固不知鸾凤虎豹之质矣。

……

李生又曰："《诗》《书》之文不奇。"此言离合参半，无庸深辨。而湜则曰："平处多，奇处少，《易》文大抵奇也。"不知湜意将谓《易》文胜《诗》《书》耶？抑谓《诗》《书》奇处之少胜平处之多耶？《易》比虎豹鸾凤而《诗》《书》不堪比耶？《诗》《书》奇处少者可比虎豹鸾凤，而平处多者不堪比耶？即湜之喻而穷湜之辨，而悖义害道不可以殚诘也。惜李生者名位卑微，且其所得亦未能卓然自树，故不及终抗其辨。向令两持不下，取其平于韩子，韩子虽甚爱湜，恐有不得而终讳者焉。吾故辨而正之，以戒后之好奇而不衷于理者，使之有以自反。

（清）章学诚《皇甫持正文集书后》，《文史通义·外篇二》，嘉业堂本

李昌谷"洒酣喝月使倒行"，语奇矣，而理解不足。若宋遗民郑所南"翻海洗青天"，则语至奇而理亦至足，遂为古今奇语之冠。

（清）洪亮吉《北江诗话》卷五，人民文学出版社本

诗奇而入理，乃谓之奇。若奇而不入理，非奇也。卢玉川、李昌谷之诗，可云奇而不入理者矣。诗之奇而入理者，其惟岑嘉州乎！如《游终南山》诗："雷声傍太白，雨在八九峰。东望紫阁云，西入白阁松。"余尝以乙巳春夏之际，独游南山紫、白二阁，遇急雨，回憩草堂寺，时原空如沸，山势欲颓，急雨劈门，怒雷奔谷，而后知岑诗之奇矣。又尝以己未冬杪，谪戍出关，祁连雪山，日在马首，又昼夜行戈壁中，沙石吓人，没及髁膝，而后知岑诗"一川碎石大如斗，随风满地石乱走"之奇而实确也。大抵读古人之诗，又必身亲其地，身历其险，而后知心惊魄动者，实

由于耳闻目见得之,非妄语也。

(清)洪亮吉《北江诗话》卷五,人民文学出版社本

战国说士之言,其用意类能先立地步,故得如善攻者使人不能守,善守者使人不能攻也。不然,专于措辞求奇,虽复可惊可喜,不免脆而易败。

(清)刘熙载《艺概·文概》,上海古籍出版社本

赋取乎丽,而丽非奇不显,是故赋不厌奇。然往往有以竟体求奇,转至不奇者,由不知以蓄奇为泄奇地耳。

(清)刘熙载《气概,赋概》,上海古籍出版社本

七律贵有奇句,然须奇而不诡于正,若奇而无理,殊伤雅音,所谓"奇过则凡"也。如赵秋谷之"客舍三千两鸡狗,岛人五百一头颅"。不惟显露槎枒,绝无余味,亦嫌求奇太过,无理取闹矣。此外如诗话所传"金欲两千酬漂母,鞭须六百报平王","羲画破天烦妹补,羿弓饶月待妻奔",皆故为过火语,实无取义,不可为训。石破天惊之句,出人意外者,其意仍须在人意中也。

(清)朱庭珍《筱园诗话》卷三,《清诗话续编》本

文章之妙在于事先料不到它的变化反复,事出突然而又合理。现在王熙凤趁戏谑之间送茶,说了那几句话,使读者觉得宝黛之盟已定不可移,以为作者构思就是如此。书中诸人也该这样作想。后来突然转折,无意中生变,而且变得端端在理,这是何等之奇。

(清)哈斯宝《〈新译红楼梦〉回评》,引自《中国历代小说论著选》,江西人民出版社本

3. 善为文者　因事出奇

体韵遒举,风采飘然。一点一拂,动笔皆奇。

(南朝·齐)谢赫《古画品录·第二品·陆绥》,《画品丛书》,上海人民美术出版社本

夫决水于江河淮海也，水顺道而行，滔滔汩汩，日夜不止，冲砥柱，绝吕梁，放于江湖而纳之海。其舒为沦涟，鼓为波涛，激之为风飙，怒之为雷霆，蛟龙鱼鼋，喷薄出没，是水之奇变也。而水初岂如此哉，是顺道而决之，因其所遇而变生焉。沟渎东决而西竭，下满而上虚，日夜激之，欲见其奇，彼其所至者，蛙蛭之玩耳。江河淮海之水，理达之文也，不求奇而奇至矣。激沟渎而求水之奇，此无见于理，而欲以言语句读为奇之文也。

      （宋）张耒《答李推官书》，《张右史文集》卷五十八，《四部丛刊》本

  扬子云之文，好奇而卒不能奇也，故思苦而词艰。善为文者，因事以出奇。江河之行，顺下而已。至其触山赴谷，风博物激，然后尽天下之变。子云惟好奇，故不能奇也。

      （宋）陈师道《后山诗话》，《历代诗话》本

  唐人不学杜诗，惟唐彦谦与今黄亚夫庶、谢师厚景初学之。鲁直，黄之子，谢之婿也。其于二父，犹子美之于审言也。然过于出奇，不如杜之遇物而奇也。三江五湖，平漫千里，因风石而奇尔。

      （宋）陈师道《后山诗话》，《历代诗话》本

  茶山衣钵放翁诗，南渡百年无此奇。入妙文章本平淡，等闲言语变瑰琦。三春花柳天裁剪，历代兴衰世转移。李杜陈黄题不尽，先生摹写一无遗。

      （宋）戴复古《读放翁先生剑南诗草》，《石屏诗集》卷六，《四部丛刊》本

  夫人皆为文，文不能皆奇，以俗学窒之，俗虑汩之耳。迂则不俗，不俗则奇，非极天下之迂不能极天下之奇。

      （宋）刘克庄《题傅自得文卷》，《后村题跋》卷一，《丛书集成》本

  "看似寻常最奇崛，成如容易却艰辛"。半山语也，乐府妙处，要不

出此二句。世人极力模拟，但见其寻常而容易者，未见其奇崛而艰辛者。

（宋）刘克庄《跋方寔孙乐府》，《后村题跋》卷一，《丛书集成》本

奇外无奇更出奇，一波才动万波随。只知诗到苏黄尽，沧海横流却是谁？

（金）元好问《论诗三十首》，《遗山先生文集》卷十一，《四部丛刊》本

此篇有水穷云起之妙，吾读之而不知其为水浒也。张顺渡江迎医，而杀一盗，杀一淫，此是极奇手段。作此传者，真是极奇文字。及请得安道全，忽出神行太保迎接上山，此又机法之变，而不可测识者也。噫，奇矣！

（明）袁无涯《忠义水浒全传》第六十四回评语，引自《水浒传会评本》，北京大学出版社本

人亦有言："不遇盘根错节，不足以见利器。"夫不遇难题，亦不足以见奇笔也。此回，要写宋江打祝家庄。夫打祝家庄亦寻常战斗之事耳，乌足以展耐庵之经纬，故未制文，先制题：于祝家庄之东，先立一李家庄，于祝家庄之西，又立一扈家庄。三庄相连，势如翼虎，打东则中帅西救，打西则中帅东救，打中则东西合救，夫如是而题之难御，遂如六马乱驰，非一缰所鞿；伏箭乱发，非一牌所隔；野火乱起，非一手所扑矣。耐庵而后回锦心，舒绣手，弄柔翰，点妙墨，早于杨雄、石秀未至山泊之日，先按下东李，此之谓紥其右臂。入下回，十六虎将浴血苦战，生擒西扈，此之谓戗其左腋。东西定而歼厥三祝，曾不如缚一鸡之易者，是皆耐庵相题有眼，择题有法，捣题布力，故得至是。人徒就篇尾论长数短，谓亦犹夫能事，殊未向篇首一筹量其落笔之万难也。

（清）金圣叹《贯华堂第五才子书水浒传》第四十六回评语，《金圣叹全集》（二），江苏古籍出版社本

薛霸手起棍落之时，险绝矣，却得燕青一箭相救；乃相救不及一纸，而满村发喊，枪刀围匝，一二百人，又复擒卢员外而去。当是时，又将如之何？为小乙者，势不得不报梁山。乃无端行劫，反几至于不免。于一幅

之中，而一险初平，骤起一险；一险未定，又加一险，真绝世之奇笔也。

（清）金圣叹《贯华堂第五才子书水浒传》第六十一回评语，
《金圣叹全集》（二），江苏古籍出版社本

　　文贵奇，所谓"珍爱者必非常物"。然有奇在字句者，有奇在意思者，有奇在笔者，有奇在邱壑者，有奇在气者，有奇在神者。字句之奇，不足为奇，气奇则真奇矣；神奇则古来亦不多见。次弟虽如此，然字句亦不可不奇，自是文家能事。扬子《太玄》、《法言》，昌黎甚好之，故昌黎文奇。

　　奇气最难识：大约忽起忽落，其来无端，其去无迹。读古人文，于起天转接之间，觉有不可测识处，便是奇气。奇，正与平相对。气虽盛大，一片行去，不可谓奇。奇者，于一气行走之中，时时提起。太史公《伯夷传》可谓神奇。

（清）刘大櫆《论文偶记》，人民文学出版社本

　　文法有平有奇，须是兼备，乃尽文人之能事。

（清）刘大櫆《论文偶记》，人民文学出版社本

　　书画贵有奇气，不在形迹间。尚奇，此南宗义也。故前人论书曰：既追险绝，复归平正。论画曰：山有可望者，可游者，可居者，反是则非画。

　　气格要奇，笔法须正。气格笔法皆正，则易入平板。气格笔法皆奇，则易入险恶。前人所以有狂怪求理，卤莽求笔之谓。

　　画凡命图新者，用笔当入古法。图名旧者，用笔当出新意。图意奇奥，当以平正之笔达之。图意平淡，当以别趣设之。所谓化臭腐为神奇矣。

（清）方薰《山静居论画》，《历代论画名著汇编》本

　　有形就有影，有影就有形。有形无影是为晦，有影无形是为怪。晦乃文章之忌，怪则是文章之奇。这个张道士的金麒麟是影，史湘云的金麒麟是形。第二十九回中假宝玉是影，真宝玉是形。本回中现形之前先显影，是怪；第二十九回形销之后才显影，是怪。所以都无晦，都奇妙。然而本

回金麒麟形影皆是客，第二十九回宝玉则为主，故益为奇妙。

     （清）哈斯宝《〈新译红楼梦〉回评》第十二回批语，引自《中国历代小说论著选》，江西人民出版社本

  客曰："主人之书善矣，将有所闻于古耶？抑无耶？"余曰："昔娲石补天，五色孰窥其迹？羿弓射日，九鸟竟坠何方？大抵传闻，不无附会。盖有可为无，无可为有者，人心之幻也。有不尽有，无不尽无者，文辞之诞也。幻故不测事，孰察其端倪？诞故不穷言，孰究其涯际？蜃楼海市，景现须臾，牛鬼蛇神，情生万变，讵可据史载之实录，例野乘之纪闻乎！且子独不见夫蟫乎？坠粉残编之内者，蛃鱼也。含灵积卷之中者，脉望也。常则觅生活于故纸，变则化臭腐为神奇。子安得执其常，以疑其变乎哉！"客唯唯退。余遂书之以为序。

     （清）杜陵男子《蟫史序》，引自《中国历代小说论著选》，江西人民出版社本

  尝论天下有愈奇而愈传者，有愈实则愈奇者。奇而传者，不幽之事是也；实而奇者，传事之情是也。

     （清）周裕度《〈天马媒〉题词》，《古本戏曲丛刊》三集本

十二

繁 简（疏 密）

1. 丰不余一言　约不失一辞

余蒙隆宠，忝当上嗣，忧惶踧踖，上书自陈。欲繁辞博称，则父子之间不文也，欲略言直说，则喜惧之心不达也。里语曰："汝无自誉，观汝作家书。"言其难也。

（魏）曹丕《典论》，《丛书集成》本

臣闻柷敔希声，以谐金石之和；鼛鼓疏击，以节繁弦之契。是以经治必宜其通，图物恒审其会。

（晋）陆机《演连珠》，《全晋文》卷九十九，《全上古三代秦汉三国六朝文》本

夫鉴周日月，妙极机神，文成规矩，思合符契；或简言以达旨，或博文以该情，或明理以立体，或隐义以藏用。故《春秋》一字以褒贬，丧服举轻以包重，此简言以达旨也。邻诗联章以积句，儒行缛说以繁辞，此博文以该情也。书契断决以象夬，文章昭晰以象离，此明理以立体也。四象精义以曲隐，五例微辞以婉晦，此隐义以藏用也。故知繁略殊形，隐显异术，抑引随时，变通会适，征之周、孔，则文有师矣。

（南朝·梁）刘勰《文心雕龙·征圣》，人民文学出版社本

其源出于陈思，杂有景阳之体。故尚巧似，而逸荡过之，颇以繁富为累。嵘谓若人兴多才高，寓目辄书，内无乏思，外无遗物，其繁富，宜

哉！然名章迥句，处处间起；丽典新声，络绎奔会。譬犹青松之拔灌木，白玉之映尘沙，未足贬其高洁也。

（南朝·梁）钟嵘《宋临川太守谢灵运》，《诗品》卷上，人民文学出版社本

详观众术，抑惟小道，弃之如或可惜，存之又恐不经。载籍既务在博闻，笔削则理宜详备，晋谓之乘，义在于斯。今录其推步尤精，使能可记者，以为《艺术传》，式备前史云。

（唐）房玄龄《晋书》卷九十五《艺术传序》，中华书局本

然章句之言，有显有晦。显也者，繁辞缛说，理尽于篇中；晦也者，省字约文，事溢于句外。然则晦之将显，优劣不同，较可知矣。夫能略小存大，举重明轻，一言而巨细咸该，片语而洪纤靡漏，此皆用晦之道也。昔古文义，务却浮词。《虞书》云："帝乃殂落，百姓如丧考妣。"《夏书》云："启呱呱而泣，予不子。"《周书》称"前徒倒戈，血流漂杵。"《虞书》云："四罪而天下咸服。"此皆文如阔略，而语实周赡。故览之者初疑其易，而为之者方觉其难，固非雕虫小技所能斥苦其说也。

（唐）刘知幾《史通》卷六《叙事》，《史通通释》，上海古籍出版社本

晋世干宝著书，乃盛誉丘明而深抑子长，其义云：能以三十卷之约，括囊二百四十年之事，靡有遗也。寻其此说，可谓劲挺之词乎？案春秋时事，入于左氏所书者，盖三分得一耳。丘明自知其略也，故为《国语》以广之，然《国语》之外，尚多亡逸，安得言其括囊靡遗者哉？向使丘明世为史官，皆仿《左传》也，至于前汉之严君平、郑子真，后汉之郭林宗、黄叔度、晁错、董生之对策，刘向、谷永之上书，斯并德冠人伦，名驰海内，识洞幽显，言穷军国。或以身隐位卑，不预朝政；或以交烦事博，难为次序。皆略而不书，斯则可也。必情有所吝，不加刊削，则汉氏之志传百卷，并列于十二纪中，将恐碎琐多芜，阗单失力者矣。

（唐）刘知幾《史通》卷二《二体》，《史通通释》，上海古籍出版社本

夫记事之体，欲简而且详，疏而不漏，若烦则尽取，省则多捐，此乃忘折之中宜，失均平之理。惟夫博雅君子，知其利害者焉。

（唐）刘知幾《史通》卷八《书事》，《史通通释》，上海古籍出版社本

余以为近史芜累，诚则有诸，亦犹古今不同，势使之然也……丘明随闻见而成传，何有故为简约者哉！

（唐）刘知幾《史通》卷九《烦省》，《史通通释》，上海古籍出版社本

夫论史之烦省者，但当要其事有妄载，苦于榛芜，言有缺书，伤于简略，斯则可矣。必量世事之厚薄，限篇第以多少，理则不然。

（唐）刘知幾《史通》卷九《烦省》，《史通通释》，上海古籍出版社本

夫事必简而不烦，然后能传于久远。此千卷之书者，刻之金石，托之山崖，未尝不为无穷之计也。然必待集录而后著者，岂非以其繁而难于尽传哉？故著其大略而不道其详者，公之志也。

（宋）欧阳修《〈集古录〉自序·录目记》，《欧阳文忠集》，《四部备要》本

《檀弓》云："南宫绦之妻之始之丧"，三"之"不能去其一；"进使者而问故"，夫子之所以问使者，使者所以答夫子，一"进"字足矣。丰不余一言，约不失一辞。（谅哉！）

《檀弓》与《左氏》纪太子申生事详略不同，读《左氏》然后知《檀弓》之高远也。

（宋）吕本中《童蒙诗训》，《宋诗话辑佚》本

《盘谷序》云："坐茂林以终日，濯清泉以自洁。采于山，美可茹；钓于水，鲜可食。"《醉翁亭记》云："野花发而幽香，佳木秀而繁阴。临溪而渔，溪深而鱼肥；酿泉为酒，泉香而酒洌。山殽野蔌，杂然而前陈。"欧公文势，大抵化韩语也。然"钓于水，鲜可食。"与"临溪而渔，溪深而鱼肥"、"采于山"与"山殽前陈"之句，烦简工夫，则有

不侔矣。

     （宋）洪迈《容斋三笔》卷一，《容斋随笔》，上海古籍出版社本

  欧阳公《进新唐书表》曰："其事则增于前，其文则省于旧。"夫文贵于达而已，繁与省各有当也。

     （宋）洪迈《容斋随笔》卷一，上海古籍出版社本

  余尝爱达父文，能通其意，多不为繁；又能道人意，少不为略。散语幽寂，有兰芷之洁，合语华润，有桃李之艳。

     （宋）叶适《罗袁州文集序》，《水心文集》卷十二，《叶适集》，中华书局本

  古人之诗，大篇短章皆工；后人不能皆工，始以一联一句擅名。顷赵紫芝诸人，尤尚五言律体。紫芝之言曰："一篇幸止有四十字，更增一字，吾未如之何矣。"其言如此。以余所见，诗当由丰而入约，先约则不能丰矣；自广而趋狭，先狭则不能广矣。《鸱鸮》、《七月》诗之皆极其节奏变态，而能止顾一切束以四十字乎？

     （宋）刘克庄《野谷集序》，《后村先生大全集》卷九十四，《四部丛刊》本

  若以文章正理论之，亦适其宜而已，岂专以是为贵哉；盖简而不已，其弊将至于俭陋而不足观也已。

     （金）王若虚《文辨》，《滹南遗老集》卷三十六，《丛书集成》本

  事有至大物有至多者，万言之文不足以尽其理，诗四句何以毕之？所谓至简而至精粹者也。故必平帖、精当、切至、清新，理不晦而语不滞，庶几其至矣。

  五言难于七言，四句难于八句，何者？言愈简而义愈精也。

     （元）郝经《唐宋近体诗选序》，《郝文忠公全集》卷三十，清乾隆刊本

（为文）宜繁宜简？曰：不在繁，不在简。状情写物，在辞达。辞达，则二三言而非不足，辞未达，则千百言而非有余。

（明）苏伯衡《空同子瞽说二十八首》，《苏平仲集》卷十六，《丛书集成》本

乐天《长恨歌》凡一百二十句，读者不厌其长；元微之《行宫》诗才四句，读者不觉其短，文章之妙也。

（明）瞿佑《归田诗话》卷上，《历代诗话续编》本

论文或尚繁，或尚简。予曰：繁非也，简非也，不繁不简亦非也。或尚难，或尚易。予曰：难非也，易非也，不难不易亦非也。繁有美恶，简有美恶，难有美恶，易有美恶，惟求其美而已。故博者能繁，命之曰该赡，左氏、相如是也，而请客者顷刻能千言；精者能简，名之曰要约，《公羊》、《穀梁》是也，而曳白者终日无一字；奇者工于难，命之曰复奥，庄周、御寇是也，而郐模、刘辉亦诡而晦；辨者工于易，张仪，苏秦是也，而张打油、胡打铰亦浅而露。论文者当辨其美恶，而不当以繁简难易也。

（明）杨慎《论文》，《升庵文集》卷五十二，明刊本

诗文以气格为主，繁简勿论。或以用字简约为古，未达权变。

（明）谢榛《四溟诗话》卷一，人民文学出版社本

作诗繁简各有其宜，譬诸众星丽天，孤霞捧日，无不可观。若《孔雀东南飞》、《南山有乌》是也。

（明）谢榛《四溟诗话》卷一，人民文学出版社本

史恶繁而尚简，素矣。曷谓繁？丛胜亢阆之谓也，非文多之谓也。曷谓简？峻洁谨严之谓也，非文寡之谓也。故文之繁简，可以定史之优劣，而尚有不必然也。较卷轴之重轻，计年代之近远，纰乎论哉！

（明）胡应麟《史书佔毕》，《少室山房笔丛》卷十三，中华书局本

赵子龙为生。传事能不支蔓。但曲有繁简之宜，未必一简便属胜场。

如此记，每一人立脚未定，便复下场，何以耸观者耳目？

      （明）祁彪佳《远山堂曲品》，《中国古典戏曲论著集成》（六），中国戏剧出版社本

《芙蓉屏》之记崔俊臣也，简而隽，此少逊也。惟此关目更自委婉。

      （明）祁彪佳《远山堂曲品》，《中国古典戏曲论著集成》（六），中国戏剧出版社本

画有繁减，乃论笔墨，非论境界也。北宋人千丘万壑，无一笔不减，元人枯枝瘦石，无一笔不繁。予曾有诗云："铁干银钩老笔翻，力能从减意能繁，临风自许同倪瓒，入骨谁评到董源？"悟此解者，其惟吾半千乎。

      （清）周亮工《尺牍新钞》三集，程正揆《与龚半千》，引自《中国美学史资料选编》，中华书局本

愈碎愈整，愈繁愈简，态似侧而愈正，势欲断而愈连。草蛇灰线，蛛丝马迹，汉人之妙，难以言传，魏、晋以来，知者鲜矣。

      （清）贺贻孙《诗筏》，《清诗话续编》本

无限早朝诗，此但拈其一曲而已无不该。古人之约以意，不约以辞，如一心之使百骸。后人敛词攒意，如百人而牧一羊，治乱之音，于此判矣。

      （清）王夫之《古诗评选》卷一，《鸡鸣歌》评语，《船山遗书》，太平洋书店重校刊本

古人论诗曰：诗罢有余地，谓言简而意无穷也。如上官昭容称沈诗，"不愁明月尽，还有夜珠来"，是也。画之简者类是。东坡云，此竹数寸耳，而有寻丈之势。画之简者，不独有势而实有其理。

      （清）恽正叔《南田论画》，《历代论画名著汇编》本

乐氏多贤，故详其前后世系，因以为章法。结赵破齐，具毅报惠王书，故叙次不得过详。

      （清）方苞《史记评语》，《方苞集》集外文补遗卷二，上海古籍出版社本

管仲之功，焜耀史籍，于本传叙列则赘矣，其微时事，则以称鲍叔者见之，此虚实详略之准也。其书不可多载，故揭其指要，其事人所共知，故著其权略。晏子之事，亦人所共见，故本传不复叙列，与管仲同；而总论其为人，即于叙次其显名于诸侯见之，与管仲异；此章法之变化也。于管仲传，举鲍叔能知其贤；于晏子传，举其能知越石父子及御者。"三归反坫"，正与"食不重肉、妾不衣帛"反对，观此，可知文之义法无微而不具也。管、晏事迹，见于其书及他载籍者，不可胜纪，故独记其轶事。

      （清）方苞《史记评语》，《方苞集》集外文补遗卷二，上海古籍出版社本

  所示群贤论述，皆未得体要，盖其大致，不越三端：或详讲学宗指及师友渊源；或条举平生义侠之迹；或盛称门墙广大，海内向仰者多，此三者皆徵君之末迹也：三者详而徵君之志事隐矣。

  古之晰于文律者，所载之事，必与其人之规模相称。太史公传陆贾，其分奴婢装资，琐琐者皆载焉。若萧曹世家而条举其治绩，则文字虽增十倍，不可得而备矣。故尝见义于《留侯世家》曰："留侯所以容与上言天下事甚众，非天下所以存亡，故不著。"此明示后世缀文之士以虚实详略之权度也。宋、元诸史，若市肆簿籍，使览者不能经篇，坐此义不讲耳。

  徵君义侠，舍杨、左之事，皆乡曲自好者所能勉也；其门墙广大，乃度时揣己，不敢如孔、孟之拒孺悲、夷之，非得已也；至论学，则为书甚具，故并弗采著于传上，而虚言其大略。昔欧阳公作《尹师鲁墓志》，至以文自辨，而退之之志李元宾，至今有疑其太略者。夫元宾年不及三十，其德未成，业未著，而铭辞有曰"才高乎当世，而行出乎古人"，则外此尚安有可言者乎？

  仆此传出，必有病其太略者。不知德者群贤所述，惟务徵实，故事愈详，而义愈狭。今详者略，实者虚，而徵君所蕴蓄，转似可得之意言之外，他日载之家乘，达于史官，慎毋以彼而易此。

      （清）方苞《与孙以宁书》，《方苞集》卷六，上海古籍出版社本

  命题何者为最难……一曰记事，太详则语冗而势涣，故香山失之浅；

太简则意暗而气馁，故昌谷失之促。二者均有过、不及之弊；非有才气溢涌、手眼兼到者不能。

（清）黄子云《野鸿诗的》，《清诗话》本

《观公孙大娘弟子舞剑器行》，只"传芬芳"、"神扬扬"六字，已将前叙舞态勾起，不用再说，此烦简相生之妙。

（清）张谦宜《絸斋诗谈》卷四，《清诗话续编》本

文有繁有简，繁者不可减之使少，犹之简者不可增之使多。《左氏》之繁胜于《公》、《穀》之简，《史记》、《汉书》互有繁简，谓文未有繁而能工者，非通论也。

（清）钱大昕《与友人书》，《潜研堂文集》卷三十三，《四部丛刊》本

李华《吊古战场文》云："其存其殁，家莫闻知。人或有言，将信将疑。悁悁心目，寤寐见之。"六语委曲深痛，文家真境，万不可移减一字者。魏泰则云："陈陶诗'可怜无定河边骨，犹是春闺梦里人'，愈工于前。"此以繁简为工拙者也。陈诗诚紧悚，然岂能谓李文之不逮哉！文章各有境界，宜繁而繁，宜简而简，乃各得之。推简者为工，则减字法成不刊典，而文章之妙，晦而不出矣。王右丞"黄云断春色"，郎士元"春色临关尽，黄云出塞多"，一语化作两语，何害为佳！必谓王系盛唐，能以简胜，此矮人之观也。然李西涯犹谓"南山与秋色，气势两相高"，不如"千崖秋气高"，"野火烧不尽，春风吹又生"，不如"春入烧痕青"，则为简字诀所误者亦多矣。

（清）潘德舆《养一斋诗话》卷二，《清代诗话续编》本

诗有一语不失正鹄不嫌少，左右逢源不嫌多，盖其志各趋，其造同得也。綦毋潜、祖咏、丘为、张子容、卢象、裴迪语皆质实有味，要为孟亭、辋川中人，所谓不嫌少者也。王龙标、常盱眙、刘夏县以下，诗非不具体而微，然如发哀弹、裂秋管，唧咋满耳，荡志移情焉。其间独取储光羲之古淡，元次山之敦厚，可以养吾神，全吾气。

（清）佚名《静居绪言》，《清诗话续编》本

繁处独简，简处独繁；平处忽耸，耸处忽平；合处能离，离处能合；此运局之新也。因小见大，因近见远，因平见险，因易见难，因人见己，因景见情，此命意之新也。平字得奇，俗字得雅，朴字得工，熟字得生，常字得险，哑字得响，此炼字之新也。

（清）陈仪《诗问四种·竹林答问》，齐鲁书社本

无层次而有层次者佳，有层次而无层次者拙。状成平褊，虽多邱壑不为工。看入深重，即少林峦而可玩。真境现时，岂关多笔。眼光收处，不在全图。合景色于草昧之中，味之无尽。擅风光于掩映之际，览而愈新。密致之中，自兼旷远。率易之内，转见便娟。

（清）笪重光《画筌》，《历代论画名著汇编》本

一部传奇，必有数场长剧。长剧则为长套，短剧则为短套。长套唱情较多，动作较繁。此等场子，为全剧精华所在，宜与短出繁简相间为妙。若出出长套，则唱者仍不外生旦数人，连续演唱，势必有力竭声嘶之患，故宜以短出间之也。短出出场人物，宜安插一切配角。盖配角过于少用，则分配不均，若使演长出，又虑其不胜任，故用于短出。俾作线索，实为最宜，即就文词而论，亦浓淡相间，愈见精采也。

（清）许之衡《论传奇之结构》，《作曲法》，引自《中国古典编剧理论资料汇辑》，中国戏剧出版社本

2. 繁不如简

孟子曰：博学而详说之，将以反说约也。

（先秦）《孟子·离娄下》，《诸子集成》本

兄文章之高远绝异，不可复称言，然犹皆欲微多，但清新相接，不以此为病耳。若复令小省，恐其妙欲不见，可复称极，不审兄由以为尔不云今意视文，乃好清省。

（晋）陆云《与兄平原书》，《全晋文》卷一百零二，《全上古三代秦汉三国六朝文》本

有作文唯尚多，而家多猪羊之徒，作《蝉赋》二千余言，《隐士赋》三千余言，既无藻伟体，都自不似事。文章实自不当多……张公文无他异，正自清省，无烦长作文，正尔自复佳。

（晋）陆云《与兄平原书》，《全晋文》卷一百零二，《全上古三代秦汉三国六朝文》本

夫眇汎沧流，则不识崖涘；杂陈钟石，则莫辨宫商。虽复吟诵回环，编离字灭，终无所辨。仰酬睿旨，微表寸长。

（南朝·梁）沈约《与范述曾论竟陵王赋书》，《全梁文》卷二十八，《全上古三代秦汉三国六朝文》本

文以辨洁为能，不以繁缛为巧；事以明核为美，不以深隐为奇，此纲领之大要也。

（南朝·梁）刘勰《文心雕龙·议对》，人民文学出版社本

夫前史所有，而我书独无，世之作者，以为耻愧。故上自晋、宋，下及陈、隋，每书必序，课成其数。盖为史之道，以古传今，古既有之，今何为者？滥觞肇迹，容或可观；累屋重架，无乃太甚。譬夫方朔始为《客难》，续以《宾戏》、《解嘲》，枚乘首鸣《七发》，加以《七章》、《七辨》。音辞虽异，旨趣皆同。此乃读者所厌闻，老生之恒说也。

（唐）刘知幾《史通》卷四《序例》，《史通通释》，上海古籍出版社本

弹琴之法，必须简静。非谓人静，乃手静也。手指鼓动谓之喧，简要轻稳谓之静。又须两手相附，若双鸾对舞，两凤同翔，来往之势，附弦取声，不须声外摇指，正声和畅，方为善矣。故古之君子，皆因事而制，或怡情以自适，或讽谏以写心，或幽愤以传志。故能专精注神，感动神鬼，或只能一两弄而极精妙者。今之学者，惟多为能。故曰：多则不精，精则不多。知音君子，详而察焉。

（唐）薛易简《琴诀》，引自《中国古代乐论选辑》，人民音乐出版社本

长篇最难，晋魏以前，诗无过十韵者，盖常使人以意逆志，初不以序

事倾尽为工。至老杜《述怀》、《北征》诸篇，穷极笔力，如太史公纪、传，此固古今绝唱。然《八哀》八篇，本非集中高作，而世多尊称之不敢议，此乃揣骨听声耳。其病盖伤于多也。如李邕、苏源明诗中极多累句，余尝痛刊去，仅各取其半，方为尽善。然此语不可为不知者言也。

（宋）叶梦得《石林诗话》卷上，《历代诗话》本

前人诗如"竹影金琐碎"，"竹日静晖晖"，又"野林细错黄金日，溪岸宽围碧玉天。"此荆公诗也。"错"谓"交错"之"错"。又"山月入松金破碎"，亦荆公诗，此句造作，所以不入七言体格。如柳子厚"清风一披拂，林影久参差"。能形容体态，而又省力。

（宋）吴可《藏海诗话》，《历代诗话续编》本

山谷尝谓诸洪，言"作诗不必多，如三百篇足矣。某平生诗甚多，意欲止留三百篇，余者不能认得"。诸洪皆以为然。徐师川独笑曰："诗岂论多少，只要道尽眼前景致耳。"山谷回顾曰："某所说止谓诸洪作诗太多，不能精致耳。"

（宋）吕本中《童蒙诗训》，《宋诗话辑佚》本

蜀人石耆公言："苏黄门尝语其侄孙在庭少卿曰：'《哀江头》即《长恨歌》也。《长恨》冗而凡，《哀江头》简而高'在庭曰：'《常武》与《桓》二诗，皆言用兵，而繁简不同，盖此意乎？'黄门摇手曰：'不然。'"

（宋）陆游《老学庵笔记》卷七，中华书局本

杜《八哀诗》崔德符谓可以表里《雅》《颂》，中古作者莫及，韩子苍谓其笔力变化，当与太史公诸赞方驾。惟叶石林谓长篇最难，魏晋以前，无过十韵，常使人以意逆志，初不以叙事倾尽为工，此八篇本非集中高作，而世多尊称，不敢议其病，盖伤于多。如李邕、苏源明篇中多累句，刊去其半，方尽善。余谓崔韩比此诗于太史公纪传，固不易之语，至于石林之评累句之病，为长篇者不可不知。

（宋）刘克庄《后村诗话》后集卷二，中华书局本

《八哀诗》如张曲江云："仙鹤下人间，独立霜毛整。""上君白玉堂，倚君金华省。"如李北海云："古人不可见，前辈复谁继？"又云："碑板照四裔。"又云："半屋珊瑚钩，麟麒组成屦。紫骝随剑几，义取无虚岁。"又云："独步四十年，风听九皋唳。"子美惟于此二公尤尊敬，如李临淮云："平生白羽扇，零落蛟龙匣。"极悲壮。又云："青蝇纷营营，风雨秋一叶。内省未入朝，死泪终映睫。"其形容临淮忧谗畏讥，不敢入朝之意，说得出。余人如郑虔之类，非无可说，但每篇多芜词累句，或为韵所拘，殊欠条鬯，不如《饮中八仙》之警策。盖《八仙》篇，每人只三二句，《八哀诗》或累押二三十韵，以此知繁不如简，大手笔亦然。

（宋）刘克庄《后村诗话》新集卷一，中华书局本

大词之料，可以敛为小词；小词之料，不可展为大词。若为大词，必是一句之意引而为二三句，或引他意入来捏合成章，必无一唱三叹。如少游《水龙吟》云："小楼连苑横空，下窥绣毂雕鞍骤"，犹不免为东坡见诮。

（宋）张炎《词源·杂论》，人民文学出版社本

繁秾不如简淡，直肆不如微婉，重而浊不如轻而清，实而晦不如虚而明。

（宋）王构《修辞鉴衡》卷一，《丛书集成》本

成皋王传易及子玄易问作诗有"缩银法"何如？予因举李建勋诗"未有一夜梦，不归千里家。"此联字繁辞拙，能为一句，即缩银法也。限以炷香。香及半，玄易曰："归梦无虚夜。"香几尽，传易曰："夜夜乡山梦寐中。"予曰："一速而简切，一迟而流畅。其悟如池中见月，清影可掬。若益之以勤，如大海息波，则天光无际。悟不可恃，勤不可间。悟以见心，勤以尽力。此学诗之梯航，当循其所由而极其所至也。"翌日，传易复问余曰："昨所谈建勋之作，句稳意切，莫辨其疵，无乃虚字多邪？"予曰："晚唐人多用虚字，若司空曙'以我独沉久，愧君相见频'；戴叔伦'此别又万里，少年能几时'；张籍'旅泊今已远，此行殊未归'；马戴'此境可长往，浮生自不能'，此皆一句一意，虽瘦而健，虽粗而雅。盖建勋两句一意，则流于议论，乃书生讲章，未尝有一夜之梦而不归

乎千里之家也。欧阳永叔亦有此病，《明妃曲》：'耳目所及尚如此，万里焉能制夷狄。'夫'耳目'之'所及'者'尚'然'如此'，况'万里'之外，'焉能制'其'夷狄'也哉！"传易曰："然。"

(明) 谢榛《四溟诗话》卷三，《历代诗话续编》本

初唐体质浓厚，格调整齐，时有近拙近板处。盛唐气象浑成，神韵轩举，时有太实太繁处。

(明) 胡应麟《诗薮·内编》卷五，上海古籍出版社本

凡著述贵博而尤贵精。浅闻眇见，曷免空疏；夸多炫靡类失卤莽。博也而精，精矣而博，世难其人。洪景卢《万首唐绝》，文士滑稽假托，并载集中，此博也弊也。嘉靖初，有辑唐诗行世，纪者至一千四百余家。余骤揭其目，欣然；比阅，则六朝、五季几三之一，甚至析名与字而二之，为之绝倒而罢。夫博而不精，以骇肤立可耳，稍近当行，讹漏百出，得不慎与！

(明) 胡应麟《诗薮·外编》卷三，上海古籍出版社本

简之胜繁，以简之得者论也；繁之逊简，以繁之失者论也。要各有攸当焉。繁之得者，遇简之得者，则简胜；简之失者，遇繁之得者，则繁胜。执是以论繁简，庶几乎。

(明) 胡应麟《史书佔毕》，《少室山房笔丛》卷十三，中华书局本

删其烦冗，便觉直捷可观。

(明) 陈继儒《陈眉公批评音释琵琶记》，《六合同春》本

诗有作至数十卷而泛泛言无一深者，尝置之箱笈几案间，只如无物，故其收效常不如少。若使运用心力时，如鸿之灭云，如峡之犯舟，如雨之吹磷，如檐之滴溜，窃恐不能日过十首也。能过十首，吾何少之羡焉？

(明) 谭元春《郊寒辨》，《谭友夏合集》卷十四，《中国文学珍本丛书》本

全以简练为胜，遂使一折之中无余景，一语之中无余情。且有蹈袭

《千金》处,"夜宴"曲更不宜全抄。

     (明)祁彪佳《远山堂曲品·评赤松》,《中国古曲戏曲论著集
    成》(六),中国戏剧出版社本

  此记波澜,只在荆公误认宋广平为康璧耳,搬弄到底,至于完姻之日,欲使两女互易,真戏场矣,柳沃若挑斗一段,大有逸趣;但韦安石之构国香,境界叠见,其中宜删繁就简。

     (明)祁彪佳《远山堂曲品·鹣钗》,《中国古典戏曲论著集成》
    (六),中国戏剧出版社本

  此篇为朱、雷二人合传。前半忽作香致之调,后半别成跳脱之笔,真是才子腕下,无所不有。

  写雷横孝母,不须繁辞,只落落数笔,便活画出一个孝子。写朱仝不肯做强盗,亦不须繁辞,只落落数笔,便直提出一副清白肚肠。

     (清)金圣叹《贯华堂第五才子书水浒传》第五十四评语,《金
    圣叹全集》(二),江苏古籍出版社本

  头绪繁多,传奇之大病也。荆、刘、拜、杀(《荆钗记》、《刘知远》、《拜月亭》、《杀狗记》)之得传于后,止为一线到底,并无旁见、侧出之情。三尺童子,观演此剧,皆能了了于心,便便于口,以其始终无二事,贯串只一人也。后来作者,不讲根源,单筹枝节,谓多一人可增一人之事。事多则关目亦多,令观场者如入山阴道中,人人应接不暇。殊不知戏场脚色,止此数人;使换千百个姓名,也只此数人装扮。(陆丽京云:"说得病透,下得乐真,笠翁诚医国手。")止在上场之勤不勤,不在姓名之换不换。与其忽张、忽李,令人莫识从来,何如只扮数人,使之频上、频下,易其事而不易其人,使观者各畅怀来,如逢故物之为愈乎?作传奇者,能以"头绪忌繁"四字刻刻关心,则思路不分,文情专一,其为词也,如孤桐劲竹,直上无枝,虽难保其必传,然已有荆、刘、拜、杀之势矣。

     (清)李渔《闲情偶寄·词曲部·结构第一》,《中国古典戏曲
    论著集成》(七),中国戏剧出版社本

  白不厌多之说,前论极详,而此复言洁净。洁净者,简省之别名也。洁则忌多,减始能净,二说不无相悖乎?曰:不然。多而不觉其多者,多

即是洁；少而尚病其多者，少亦近芜。予所谓多，谓不可删逸之多，非唱沙作米、强凫变鹤之多也。作宾白者，意则期多，字惟求少，爱虽难割，嗜亦宜专。每作一段，即自删一段，万不可删者始存，稍有可削者即去。此言逐出初填之际，全稿未脱之先，所谓慎之于始也。

(清)李渔《闲情偶寄·词曲部·宾白第四》，《中国古典戏曲论著集成》，(七)，中国戏剧出版社本

窗棂以明透为先，栏杆以玲珑为主。然此皆属第二义。其首重者止在一字之坚，坚而后论工拙。尝有穷工极巧以求尽善，乃不逾时而失头堕趾，反类画虎未成者，计其新而不计其旧也。总其大纲，则有二语：宜简不宜繁，宜自然不宜雕斫。凡事物之理，简斯可继，繁则难久。顺其性者必坚，戕其体者易坏。木之为器，凡合榫使就者，皆顺其性以为之者也。雕刻使成者，皆戕其体而为之者也。一涉雕镂，则腐朽可立待矣。故窗棂栏杆之制，务使头头有榫，眼眼着撒。然头眼过密，榫撒太多，又与雕镂无异，仍是戕其体也。故又宜简不宜繁。根数愈少愈佳，少则可坚；眼数愈密愈贵，密则纸不易碎。然既少矣，又安能密？曰：此在制度之善，非可以笔舌争也。窗栏之体，不出纵横、欹斜、屈曲三项……但取其简者、坚者、自然者变之，事事以雕镂为戒，则人工渐去，而天巧自呈矣。

(清)李渔《闲情偶寄·居室部·窗栏第二》，《笠翁一家言全集》，芥子园刊本

唐体诗有涯涘，后之作者，患在薄弱，不患泛滥。古体诗无涯涘，后人泛滥之弊，遂同于五七字为句之文。"简贵"二字，时刻须以自警。

(清)吴乔《围炉诗话》卷之二，《清诗话续编》本

来书云作文甫脱稿，甚以为可，既久视之，则微伤芜秽，有味乎其言之。文章莫贵于洁，病其芜，必求其洁。

(清)邵长蘅《答汤谷宾》，《青门簏稿》，卷十一，愚斋丛书刻青门草堂藏本

文贵简。凡文笔老则简，意真则简，辞切则简，理当则简，味淡则简，气蕴则简，品贵则简，神远而含藏不尽则简。故简为文章尽境。程子

云"玄言贵含蓄意思,勿使无德者眩,知德者厌。"此语最属有味。

(清)刘大櫆《论文偶记》,人民文学出版社本

古之传者,五字播其芳声;今之作者,千篇侪于废纸。苦境不过,甘处不来,即苦即甘,乃属悬解。此中妙境,难为人言。但取多多以为观美,一寸灵台,究何乐哉!

(清)潘德舆《养一斋诗话》,《清诗话续编》本

文侯端冕听高歌,少作精严故不磨。诗渐凡庸人可想,侧身天地我蹉跎。

(清)龚自珍《己亥杂诗》,《龚自珍全集》第十辑,上海人民出版社本

良史者,必仁人也,且史家不能逃古今之大势。许叔重解字之文曰:字,孳也,孳生愈多也。今字多于古字,今事赜于古事,是故今史繁于古史。等而下之,百世可知矣。等而上之,自结绳以迄周平王,姓氏其何几?左邱明聚百四十国之书为《春秋》,二百四十年之间,乃七十万言,其事如蚁。岂非周末文胜,万事皆开于古,而又耳目相接,文献具在,不能以已于文,遂创结绳以还未尝有者乎?圣门之徒,无讥其繁者。设令遇近儒,必以唐虞之史法绳之,议其缛而不师古矣。二三君子,他日掌翰林,主国史,走犹思朝上状,夕上状。自上国文籍,至于九州四荒,深海穹峪,棘臣蛮妾,皆代为搜辑而后已,而不忍从简之说进,今事无足疑也。

(清)龚自珍《与徽州府志局纂修诸子书》,《龚自珍全集》第五辑,上海人民出版社本

汉诗无字不活,无句不稳,句意相生,缠绵不断,而章法次第,井然有章,真《三百篇》之嫡派,所谓"质极而文,淡而不厌"者也。魏诗多一份缘饰,遂让汉人一分,然未甚相远。曹氏父子兄弟,妙处可与汉人争席。七子中仲宣最胜,应、刘诸人气稍散缓,押韵或不浑成,遂有疏滞字句,又不及曹、王矣。此外嵇、阮犹可观。阮公《咏怀》诗赋至八十二首,未免过多,胸中安能有八十二种意旨耶?故往往有复处、率处、滞

处、参错处。《文选》收取十七首，然求其可入汉人而敌曹、王者，四五而已。甚矣诗之取裁贵简也！

（清）庞垲《诗义固说》下，《清诗话续编》本

简洁

厚不因多，薄不因少。旨哉斯言，朗若天晓。务简先繁，欲洁去小。人方辞费，我一笔了。喻妙于微，游物之表，夫谁则之，不鸣之鸟。

（清）黄钺《二十四画品》，《壹斋集》，清咸丰九年刻本

何谓暗场？盖此事为剧中应有情节，而一一铺渲，则觉其累赘，只须补述于道白中，根节自不遗漏，故谓之暗场也。凡事实之近习见、近无谓者，均可以此法施之，一以免场子之陈旧，一可使局势之紧密。若不明此法，事实一一铺叙，则不胜其繁缛，而局势亦涣散无味矣。如《邯郸梦》卢生贬谪时，历叙程途种种之苦及赦还回朝则居显职、历要津等事。只用口述，不必实渲，即用暗场法也。若用实渲，岂不甚拙耶！

（清）许之衡《论传奇之结构》，《作曲法》，引自《中国古典编剧理论资料汇辑》，中国戏剧出版社本

传奇头绪过繁，最易犯线索不清之弊。盖头绪繁则必多设关目，多添角色，全剧前后必有照应不及之处，如是线索遂乱矣。线索既乱，使观者茫然，不知其事之始末，乃剧家大忌也。如前述之《临川梦》，叙汤若士之不附权贵、星变陈言、宦余谱曲、俞二姑之读曲殉情等事，线索一贯，乃忽有土司嗉承恩作乱、梅国桢平之，横插数出，突兀之至，令人不解。细玩其白中寓意，乃谓若士陈言时事，已虑及此，梅国桢之焦头烂额，不如若士之曲突徙薪。此种见解，施之文章则可，施之戏剧，则突起突止，令人莫明其妙矣。多添角色，亦是一病。若属配角，尚可从宽；若稍重要之角，必须各有起有结，决不能随便添入也。

（清）许之衡《论传奇之结构》，《作曲法》，引自《中国古典编剧理论资料汇辑》，中国戏剧出版社本

3. 疏密相间

　　（"只见宋万亲自骑马又来相请。"下批）前已表出朱贵，此又表出宋万，笔墨周详。独不及杜迁者，王伦为杜迁所引，且姑留以伴之，亦文家疏密相间之法也。
　　　　　　　（清）金圣叹《贯华堂第五才子书水浒传》第十八回夹批，《金圣叹全集》（一），江苏古籍出版社本

　　（"黑旋风笑道：'虽然没了功劳，也吃我杀得快活。'"下批）三打祝家庄，通篇以密见奇。中间又夹叙李逵，正复以疏为妙。一文之中，疏密并行，真是奇事。
　　　　　　　（清）金圣叹《贯华堂第五才子书水浒传》第四十九回夹批，《金圣叹全集》（二），江苏古籍出版社本

　　夫文之疏密浓淡，各有程度，尺寸不逾，乃为宗工。矫而论之，则与其密宁疏，与其浓宁淡。诗旨亦然，要自有说存焉，而非生涩枯寂之谓也。
　　　　　　　（清）侯方域《辟疆园集序》，《壮悔堂文集》卷二，《四部备要》本

　　文徵仲述古云：看吴仲圭画，当于密处求疏。看倪云林画，当于疏处求密。家香山翁每爱此语。尝谓此古人眼光铄破四天下处。余则更进而反之曰：须疏处用疏，密处加密。合两公神趣而参取之，则两公参用合一之元微也。
　　　　　　　（清）恽正叔《南田论画》，《历代论画名著汇编》本

　　文贵疏。宋画密，元画疏；颜、柳字密，钟、王字疏；孟坚文密，子长文疏。凡文力大则疏；气疏则纵，密则拘；神疏则逸，密则劳；疏则生，密则死。子长挈捏大意，行文不妨脱略。
　　　　　　　（清）刘大櫆《论文偶记》，人民文学出版社本

　　曹升六云："秋锦论词必尽扫蹊径。尝谓梦窗之密，玉田之疏，兼之

乃工。"

（清）江顺诒《词学集成》卷五，《词话丛编》本

《左传》善用密，《国策》善用疏。《国策》之章法笔法奇矣，若论字句之精严，则左公允推独步。

（清）刘熙载《艺概·文概》，上海古籍出版社本

太史公文，疏与密皆诣其极。密者，义法也。

（清）刘熙载《艺概·文概》，上海古籍出版社本

古赋意密体疏，俗赋体密意疏。

（清）刘熙载《艺概·赋概》，上海古籍出版社本

灵风飒集，花飞乱红。或疏或密，飘瞥西东。谁与位置，分合随风。密如缛绣，疏若惊鸿。浑忘色相，游戏神通。霹雳在手，粉碎虚空。

（清）马荣祖《文颂·疏密》，《昭代丛书》本

一、是书当以读《庄子》之法读之。《庄子》惝恍，《聊斋》绵密。虽说鬼说狐，如华严楼阁，弹指即现；如未央宫阙，实地造成。绵密实惝恍也。

（清）冯镇峦《读聊斋杂说》，引自《中国历代小说论著选》，江西人民出版社本

十三

浓　淡（深　浅）

1. 淡蕴于浓　绚烂之极归于平淡

　　盖胥靡为宰，寂莫为尸，大味必淡，大音必希；大语叫叫，大道低回。是以声之眇者不可同于众人之耳；形之美者不可棍（混）于世俗之目；辞之衍者不可齐于庸人之听。今夫弦者，高张急徽，追趋逐嗜，则坐者不期而附矣，试为之施《咸池》，揄《六经》，发《箫韶》，咏《九成》，则莫有和也。是故钟期死，伯牙绝弦破琴而不肯与众鼓；矇人亡，则匠石辍斤而不敢妄凿。师旷之调钟，俟知音者之在后也；孔子作《春秋》，几君子之前睹也。老聃有遗言，贵知我者希，此非其操与！

　　　　　　　　　（汉）扬雄《解难》，引自《汉书·扬雄传》，中华书局本

　　素处以默，妙机其微。饮之太和，独鹤与飞。犹之惠风，荏苒在衣。阅音修篁，美曰载归。遇之匪深，即之愈希。脱有形似，握手已违。

　　　　　　　　　（唐）司空图《诗品·冲淡》，《诗品集解·续诗品注》，人民文学出版社本

　　作诗无古今，唯造平淡难。譬身有两目，瞭然瞻视端。《邵南》有遗风，源流应未殚。所得六十章，小大珠落盘。光彩若明月，射我枕席寒。含香祝草郎，下马一借观。既观坐长叹，复想李杜韩。愿执戈与戟，生死事将坛。

　　　　　　　　　（宋）梅尧臣《读邵不疑学士诗卷，杜挺之忽来，因出示之，且伏高致，辄书一时之语以奉呈》，《宛陵先生集》卷四十六，《四部丛刊》本

柳子厚诗，在陶渊明下、韦苏州上；退之豪放奇险则过之，而温丽靖深不及也。所贵乎枯淡者，谓其外枯而中膏，似淡而实美，渊明、子厚之流是也。若中边皆枯淡，亦何足道。佛云："如人食蜜，中边皆甜。"人食五味，知其甘苦者皆是，能分别其中边者，百无一二也。

（宋）苏轼《评韩柳诗》，《东坡题跋》卷二，《丛书集成》本

苏二处，见东坡先生与其书云："二郎侄：得书知安，并议论可喜，书字亦进，文字亦若无难处。止有一事与汝说：凡文字，少小时须令气象峥嵘，彩色绚烂，渐老渐熟，乃造平淡。其实不是平淡，绚烂之极也。汝只见爷伯而今平淡，一向只学此样，何不取旧日应举时文字看，高下抑扬，如龙蛇捉不住。当且学此，只书字并然。善思吾言。"云云。此一帖乃斯文之秘，学者宜深味之。

（宋）赵令畤《侯鲭录》卷八，《丛书集成》本

杜诗叙年谱，得以考其辞力。少而锐，壮而肆，老而严，非妙于文章不足以致此。如说华丽平淡，此是造语也，方少则华丽，年加长渐入平淡也。

（宋）吴可《藏海诗话》，《历代诗话续编》本

凡文章先华丽而后平淡，如四时之序。方春则华丽，夏则茂实，秋冬则收敛，若外枯中膏者是也，盖华丽茂实已在其中矣。

（宋）吴可《藏海诗话》，《历代诗话续编》本

士大夫学渊明之诗，往往故为平淡之语，而不知渊明制作之妙，已在其中矣。如《读山海经》云："亭亭明玕照，落落清瑶流。"岂无雕琢之功？盖"明玕"谓竹，"清瑶"谓水，与所谓"红皱晒檐瓦，黄团击门衡"者异矣。

（宋）周紫芝《竹坡诗话》，《历代诗话》本

有明上人者，作诗甚艰，求捷法于东坡，作两颂以与之。其一云："字字觅奇险，节节累枝叶，咬嚼三十年，转更无交涉。"其一云："冲口出常言，法度法前轨，人言非妙处，妙处在于是。"乃知作诗到平淡处，

要似非力所能。东坡尝有书与其侄云："大凡为文，当使气象峥嵘，五色绚烂，渐老渐熟，乃造平淡。"余以不但为文，作诗者尤当取法于此。

（宋）周紫芝《竹坡诗话》，《历代诗话》本

《龟山语录》云："渊明诗所不可及者，冲淡深粹，出于自然；若曾用力学，然后知渊明诗，非著力之所能成也。"

（宋）胡仔《苕溪渔隐丛话》后集卷三，人民文学出版社本

陶潜谢朓诗皆平淡有思致，非后来诗人怵心刿目雕琢者所为也。老杜云"陶谢不枝梧，风骚共推激。紫燕自超诣，翠驳谁剪剔"是也。大抵欲造平淡，当自组丽中来，落其华芬，然后可造平淡之境，如此则陶谢不足进矣。今之人多作拙易语，而自以为平淡，识者未尝不绝倒也。梅圣俞《和晏相诗》云："因今适性情，稍欲到平淡。苦词未圆熟，刺口剧菱芡。"言到平淡处甚难也。所以《赠杜挺之诗》有"作诗无古今，欲造平淡难"之句。李白云："清水出芙蓉，天然去雕饰。"平淡而到天然处，则善矣。

（宋）葛立方《韵语阳秋》卷第一，《历代诗话》本

看诗者，欲惩穿凿之弊，欲只以平易观之，若有意要平易，便不平易。

（宋）吕祖谦《诗说拾遗》，《东莱集》，《金华丛书》本

其言若近而远，若淡而深。近而淡者可能，远而深者不可能也。

（宋）刘克庄《跋裘元量司直诗，《后村先生大全集》卷一〇一，《四部丛刊》本

夫诗，宣志而道和者也。故贵宛不贵崄，贵质不贵靡，贵情不贵繁，贵融洽不贵工巧。故曰："闻其乐而知其德。"故音也者，愚智之大防，庄诐简佞浮乎之界分也。至元、白、韩、孟、皮、陆之徒为诗，始连联斗押，累累数千百言不相下，此何异于入市攫金，登场角戏也？彼觌冠冕佩玉，有不缩腕投竿而走者乎！何也？耻其非君子也。三代而下，汉、魏最近古，乡使繁巧险靡之习，诚贵于情质宛洽，而庄诐简佞浮乎意义，殊无

大高下；汉、魏诸子，不先为之邪？故曰：争者士之屑也。然予独怪夫昌黎之从数子也。请与足下论战：世称善战非孙武、司马穰苴辈乎？然特世俗论尔，何则？此变诈之兵也，荀子所谓施于暴乱昏嫚之国而后可者也。仆常谓兵莫善于《六韬》，仁以渐之，义以断之，礼以治之，信以驱之，勇以合之，知以行之，蓄之神幽，而动之霆击。故尚父得之佐武王，王天下。夫诗因若是已。足下将为武与穰苴邪？抑尚父邪？且夫图高不成，不夫为高，趋下者，未有能振者也，矧足下负纫之具哉！

（明）李梦阳《与徐氏论文书》，《空同子集》卷六十二，明万历浙江思山堂本

《画谱》亦言"周昉画美人多肥，盖当时宫禁贵戚所尚"，予谓不然。《楚辞》云"丰肉微骨调以娱"，又云"丰肉微骨体便娟"，便是留佳丽之谱与画工也；盖肉不丰，是一生色髑髅，肉丰而骨不微，一田家新妇耳。

（明）杨慎《周昉画》，《升庵文集》卷六十六，明刊本

方逊志云："杜子美论书，则贵瘦硬；论画马，则鄙多肉。"此自其天资所好而言耳，非通论也。大抵字之肥瘦各有宜，未必瘦者皆好，而肥者便非也。譬之美人然，东坡云："妍媸肥瘦各有态，玉环、飞燕谁敢轻。"又曰："书生老眼省见稀，图画但怪周昉肥。"此言非特为女色评，持以论书画可也。予尝与陆子渊论字，子渊云："字譬如美女，清妙清妙，不清则不妙。"予戏答曰："丰艳丰艳，不丰则不艳。"子渊首肯者再。

（明）杨慎《字画肥瘦》，《升庵文集》卷六十四，明刊本

作诗虽贵古淡，而富丽不可无。譬如松篁之于桃李，布帛之于锦绣也。

（明）谢榛《四溟诗话》卷一，人民文学出版社本

律诗虽宜颜色，两联贵乎一浓一淡。若两联浓，前后四句淡，则可；若前后四句浓，中间两联淡，则不可。亦有八句皆浓者，唐四杰有之；八句皆淡者，孟浩然、韦应物有之。非笔力纯粹，必有偏枯之病。

（明）谢榛《四溟诗话》卷二，人民文学出版社本

渊明托旨冲淡，其造语有极工者，乃大入思来，琢之使无痕迹耳。后人苦一切深沉，取其形似，谓为自然，谬之千里。

（明）王世贞《艺苑卮言》卷三，《历代诗话续编》本

余始读谢灵运诗，初甚不能入，既入而渐爱之，以至于不能释手。其体虽或近俳，而其意有似合掌者，然至秾丽之极而反若平谈，琢磨之极而更似天然，则非余子所可及也。

（明）王世贞《书谢灵运集后》，《读书后》卷三，《四库全书》本

玉麟堂帖
宋吴琚模刻，秾而不清，多杂米家笔法。

（明）屠隆《书笺》，《考槃余事》卷一，《丛书集成》本

王生之接甚浓，顾老之去甚淡，若为后来关目而设此折。（第二十八出《访旧》总评）

说亲中有许多凑泊机缘，不比寻常撮合，所以为妙。（第三十出《议婚》总评）

（明）汤显祖《玉茗堂批评〈异梦记〉》，《古本戏曲丛刊》二集本

余兹一与诸士约：宁以平，毋宁以波；宁以朴，毋宁以纤；宁以显，毋宁以幽；宁以实，毋宁以幻。

（明）胡应麟《观风录序》，《少室山房类稿》卷八十六，《少室山房文集》，明万历刊本

古今世道人心之变始乎质终乎文者，势也。文章亦然，始于朴未有不日趋于华。善为文者反是，始于朴渐入于华，要归于返朴，是说也，苏文忠公先之，曰渐老渐熟乃造平淡者是已。然必曰非平淡也，绚烂之极也，平淡乃绚烂之极，则世之自号为绚烂者，不仅平淡已乎？然予为举业，至年三十而始知平淡之为高，至年四十而始能为平淡之文，盖学问渐克识思愈进，笔力愈劲，视世人所自号为绚烂者不啻如鲍鱼腐草而已。

（明）艾南英《温伯芳近艺序》，《天佣子集》卷四，艾氏家塾重刊本

山之巉险壁立,绠而度,栈而行,水之怒涛飞沫,则唯一气为万物母者能之。盖元气磅礴,随物赋形,东坡所谓非平淡也,绚烂之极也,此岂崇饰句字所能得,又况乎古所谓辞者非崇饰句字之所尽乎?

(明)艾南英《答夏彝仲论文书》,《天佣子集》卷五,艾氏家塾重刊本

墨太枯则无气韵,然必求气韵而漫羡生矣。墨太润则无文理,然必求文理而刻画生矣。凡六法之妙,当于运墨先后求之。

(明)顾凝远《画引》,《历代论画名著汇编》本

一曰丽

丽者,美也。于清静中发为美音。丽从古淡出,非从妖冶出也。若音韵不雅,指法不隽,徒以繁声促调,触人之耳,而不能感人之心,此媚也,非丽也。譬诸西子,天下之至美,而具有冰雪之姿,岂效颦者可与同日语哉!美与媚,判若秦越,而辨在深微,审音者当自知之。

(明)徐上瀛《溪山琴况》,《琴谱》,清康熙大还阁本

《三国》一书有近山浓抹,远树轻描之妙。画家之法,于山与树之近者,则浓之重之;于山与树之远者,则轻之淡之。不然,林麓迢遥,峰岚层叠,岂能于尺幅之中一一而详绘之乎?作文亦犹是已,如皇甫嵩破黄巾,只在朱隽一边打听得来⋯⋯武侯退曹丕五路之兵,唯遣使人吴国实写⋯⋯只一句两句,正不知包却几许事情,省却几许笔墨。

(清)毛宗岗《读〈三国志〉法》,《绣像第一才子书》,世德堂本

陶元亮诗,淡而不厌,何以不厌,厚为之也。诗固有浓而薄,淡而厚者矣。

(清)贺贻孙《诗筏》,《清诗话续编》本

简文诗非艳不作,顾有艳字而无艳情,此作亭亭自立,可以艳矣。

(清)王夫之《古诗评选》卷五,简文帝《怨诗》评语,《船山遗书》,太平洋书店重校刊本

词家刻意、俊语、浓色，此三者皆作者神明。然须有浅淡处平处，忽著一二乃佳耳。如美成秋思，平叙景物已足，乃出"醉头扶起寒怯"，便动人工妙。

（清）毛先舒《诗辩坻》卷四，《清诗话续编》本

案谭云："艳之害诗易见，淡之害诗难知。"语极有会。

（清）毛先舒《诗辩坻》卷四，《清诗话续编》本

词以自然为宗，但自然不从追琢中来，便率易无味，如所示云，绚烂之极乃造平淡耳，若使语音淡远者，稍加刻画，缕金错绣者，渐近自然，则骎骎乎绝唱矣。

（清）彭孙遹《金粟词话》，《词话丛编》本

郎君胄诗，不能高岸，而有谈言微中之妙。刘须溪谓其"浓景中别有淡意"，余则谓其淡语中饶有腴味。如"乱流江渡浅，远色海山微"，"河来当塞曲，山远与沙平"，"荒城背流水，远雁入寒云"，"罢磬风枝动，悬灯雪屋明"，虽萧寂而不入寒苦。（黄白山评："'罢磬'一联，乃僧无可诗。"）至若"月到上方诸品净，心持半偈万缘空"，读之真躁心欲消，妄心欲熄矣。吾尝喜其一绝："或棹轻舟或杖藜，寻常适意钓前溪。草堂竹径在何处，落日孤烟寒渚西。"可与卢纶"饥食松花渴饮泉，偶从山后到山前。阳坡软草厚如织，因与鹿麌相伴眠"一诗相匹，真善写隐沦之趣也。

（清）贺裳《载酒园诗话又编》，《清诗话续编》本

诗中平淡处，当自绚烂中来。今人以枵腹作俗浅语，而自以为平淡，且以歇后语为言外意者，宁不令识者代其入地！

（清）田同之《西圃诗话》，《清诗话续编》本

"清新""俊逸"，杜老所重，要是气味神采，非可涂饰而至。然亦非以此立诗之标准。观其他日称李，又云："笔落惊风雨，诗成泣鬼神"；甚自诩，亦云："语不惊人死不休"，则其于庾鲍诸贤，咸有分寸在。

（清）赵执信《谈龙录》，人民文学出版社本

诗宜朴不宜巧，然必须大巧之朴；诗宜淡不宜浓，然必须浓后之淡。譬如大贵人功成宦就，散发解簪，便是名士风流。若少年纨绔遽为此态，便当笞责。富家雕金琢玉，别有规模，然后竹几藤床，非村夫贫相。

（清）袁枚《随园诗话》卷五，人民文学出版社本

贵人举止，咳唾生风。优昙花开，半刻而终。我饮仙露，何必千钟？寸铁杀人，宁非英雄？博极而约，淡蕴于浓。若徒棪樛，非浮丘翁。

（清）袁枚《续诗品·矜严》，人民文学出版社本

盖其用力全在使事典切，琢句浑成，而神韵又极高朗，此正是细腻风光，看是平易，实则洗炼功深。观唐以来诗家，有力厚而太过者，有气弱而不及者；惟青邱适得诗境中恰好地步，固不必石破天惊，以奇杰取胜也。

（清）赵翼《瓯北诗话》卷八，人民文学出版社本

李生又以松柏不艳比文章，此言可与入道矣。盖浮艳非文所贵，而有意为奇，乃是伪体；松柏贞其本性，故拔出于群木，惟其不为浮艳与有意之奇，故能凌霜雪而不凋。其郁青不改者，所以为真艳也，不畏岁寒者，所以为真奇也。文能如是，两汉以还，不多觏也。李生以为文章不艳不奇，故欲取以为此；而不知果能如是，乃是真艳真奇，绝非凡葩众卉所敢拟也。

（清）章学诚《皇甫持正文集书后》，《文史通义·外篇二》，
《章氏遗书》卷八，嘉业堂本

归震川直接八家。姚惜抱谓其于不要紧之题，说不要紧之语，却自风韵疏淡，是于太史公深有会处，不可不知此旨……有寥寥短章而逼真《史记》者，乃其最高淡之处也。

（清）吴德旋《初月楼古文绪论》第四十二条，人民文学出版社本

谢公每一篇，经营章法，措注虚实，高下浅深，其文法至深，颇不易识。其造句天然浑成，兴象不可思议执著，均非他家所及。此所以能成一

大宗硕师，百世不祧也。
（清）方东树《昭昧詹言》卷五，人民文学出版社本

唐人除李青莲之外，五绝第一，其王右丞乎？七绝第一，其王龙标乎？右丞以淡淡而至浓，龙标以浓浓而至淡，皆圣手也。
（清）潘德舆《养一斋诗话》卷二，《清诗话续编》本

文之不饰者乃饰之极，盖人饰不如天饰也，是故《易》言"曰贲。"
（清）刘熙载《游艺约言》，《古桐书屋续刻三种》，清光绪刊本

真古无托，托古之意即俗也；真美无饰，饰美之意即丑也。
（清）刘熙载《游艺约言》，《古桐书屋续刻三种》，清光绪刊本

书谱云：古质而今妍。可知妍质为书所不能外也，然质能蕴妍，妍每掩质，物理类然。
（清）刘熙载《游艺约言》，《古桐书屋续刻三种》，清光绪刊本

词宜清空，然须才华富、藻采缛，而能清空一气者为贵。清者不染尘埃之谓，空者不著色相之谓，清则丽，空则灵，如日月之曙，如气之秋，表圣品诗，可移之词。
（清）沈祥龙《论词随笔》，《词话丛编》本

曾鸥江《点绛唇》后段云："来是春初，去是春将老。长亭道。一般芳草。只有归时好。"看似毫不吃力，政恐南北宋名家未易道得。所谓自然从追琢中出也。
（清）况周颐《蕙风词话》，人民文学出版社本

词有淡远取神，只描取景物，而神致自在言外，此为高手。然不善学之，最易落套。亦如诗中之假王、孟也。
（清）况周颐《蕙风词话》，人民文学出版社本

欲造平淡，当自组丽中来。即倚声家言自然，从追琢中出也。
（清）况周颐《蕙风词话》，人民文学出版社本

填词以到恰好地位为最难，太易则剽滑，太难则晦涩，二者交讥。至如浅俗之病，初学尤易触犯，第浅俗之病，人所易见，醒悟不难，惟纤佻之病，聪颖子弟不特不知其为病，且认为得意之笔。此则必须痛改，范以贞正，然后克跻大雅之林。

（清）蒋兆兰《词说》，《词话丛编》，本

新城诗似觉平易，其难正在此。诗到自然极难，自然到极处，反觉平易。细按其命意措词，原是不平不易也。李长吉几乎呕出心肝，亏他绝世聪颖呕得出，故妙。人无长吉之才，刻意追新取异，露出一种咽塞之态，意晦词涩，奚取焉？

（清）龚炜《巢林笔谈续编》卷上，中华书局本

乐，和而已，而周子加以淡之一言，犹先进野人云也。然而节有度，守有序，无促韵。无繁声，无足以悦耳，则诚淡也。至淡之旨，其旨愈长，惟其淡也，而和亦至焉矣。

（清）汪烜《乐教第七》，《乐经律吕通解》卷五，《丛书集成》本

妙纪既臻，菁华日振。气厚则苍，神和乃润。不丰而腴，不刻而隽。山雨洒衣，空翠粘鬓。介乎迹象，尚非精进。如松之阴，匠心斯印。

（清）黄钺《二十四画品》，《壹斋集》，咸丰九年刻本

诗以淡而弥永。陈对沤《岁莫即事》云："羁绪宵来颇未降，空阶独绕影成双。一堆老雪明如月，賸供诗人牢落窗。"深得淡中之味。

（清）查为仁《莲坡诗话》，《清诗话》本

2. 贵"浅而能深"

属笔之家，亦各有病。其深者则患譬烦言冗，申诫广喻，欲弃而惜，不觉成烦也。其浅者则患乎姘而无据，证援不给，皮肤鲜泽，而骨

髋迥弱也。繁华昈晔，则并七曜以高丽；沈微沦妙，则侪玄渊之无测。人事靡细而不侠，王道无微而不备，故能身贱而言贵，千载弥彰焉。

（晋）葛洪《抱朴子外篇·辞义》，《诸子集成》本

构位之始，宜明大体：树骨于训典之区，选言于宏富之路，使意古而不晦于深，文今而不坠于浅，义吐光芒，辞或廉锷，则为伟矣。

（南朝·梁）刘勰《文心雕龙·封禅》，人民文学出版社本

诗有表里浅深，人直见其表而浅者，孰为能见其里而深者哉！犹之花焉，凡其华彩光焰，漏洩呈露，烨然尽发于表，而其里索然，绝无余蕴者，浅也；若其意味风韵，含蓄蕴藉，隐然潜寓于里，而其表淡然，若无外饰者，深也。然浅者歆羡常多，而深者玩嗜反少，何也？知花斯知诗矣。衣锦尚䌹，恶其文著，暗然日章，淡而不厌。先儒谓水晶精光外发而莫掩，终不如玉之温润中存而不露。至理皆然，何独曰诗之犹花云乎哉！

（宋）包恢《书徐致远无弦稿后》，《敝帚集》，引自《宋金元文论选》，人民文学出版社本

"落月满屋梁，犹疑照颜色。"言梦中见之，而觉其犹在，即所谓"梦中魂魄犹言是，觉后精神尚未回"也。诗本浅，宋人看得太深，反晦矣。传神之说非是。

（明）杨慎《升庵诗话》卷十一，《历代诗话续编》本

填塞之病有三：多引古事，叠用人名，直书成句……传奇不比文章。文章做与读书人看，故不怪其深；戏文做与读书人与不读书人同看，又与不读书之妇人小儿同看，故贵浅不贵深。使文章之设，亦为与读书人、不读书人及妇人小儿同看，则古来圣贤所作之经、传，亦只浅而不深，如今世之为小说矣。人曰："文士之作传奇，与著书无别，假此以见其才也，浅则才子何见？"予曰："能于浅处见才，方是文章高手。施耐庵之《水浒》、王实甫之《西厢》，世人尽作戏文、小说看，金圣叹特标其名曰《五才子书》、《六才子书》者，其意何居？盖愤天下之小视其道，不知为古今来绝大文章，故作此等惊人语以标其目。"

噫！知言哉！

    （清）李渔《闲情偶寄·词曲部·词采第二》，《中国古典戏曲名著集成》（七），中国戏剧出版社本

  诗之近自然者，入想必须痛切；近沉深者，出手又似自然。

          （清）贺贻孙《诗筏》，《清诗话续编》本

  一浅一深，俱致极人心，太白尚逊其峭出。

    （清）王夫之《明诗评选》卷一，刘基《走马行》评语，《船山遗书》，太平洋书店重校刊本

  意贵深，语贵浅。意不深则薄，语不浅则晦。宁失之薄，不失之晦。今人之所谓深者，非深也，晦也。此不知匠意之过也。

      （清）冒春荣《葚原诗说》卷三，《清诗话续编》本

  深不得钩棘，浅不得浮油，宜于中间思忖。

      （清）张谦宜《絸斋诗谈》卷一，《清诗话续编》本

  《中元设醮》结句云："夜半群灵应弭节，荒园风起柳条条。"若说定有神来便呆，说定无神来亦蠢，浅景发深思，文心甚巧。盖亦从"神君之来则风肃然"化出意思。说鬼神，只从人事浅浅逗出，大有本领。

      （清）张谦宜《絸斋诗谈》卷七，《清诗话续编》本

  前年读足下《汪宜人传》，纡徐层折，在《望溪集》中，为最佳文字。此种境界，似易实难。仆深喜足下晚年有进于此。仆之文，非足下之献而谁献焉？尚有近作数篇，意欲增入，须明春乃来。衰年心事，类替人持钱之客，腊残岁暮，汲汲顾景，终日辜榷薄册，为交待后人计甚殷，岂不知假我数年，未必不再有进境，然难必主人之留客与否也？一笑。

    （清）袁枚《与程蕺园书》，《小仓山房文集》卷三十，《四部备要》本

  直而能曲，浅而能深，文章妙诀也。有大可发挥，绝可议论而偏出以浅淡之笔，简净之句，后之人虽什百千万而莫能过者，此三百篇之真旨，

汉、魏人间亦有之。

（清）厉志《白华山人诗说》卷一，《清诗话续编》本

　　昔人谓狮子搏象用全力，搏兔亦用全力。余以为杜诗亦然。故有时似浅而实不浅，似淡而实不淡，似粗而实不粗，似易而实不易。此境最难，然其秘只在"深入浅出"四字耳。如："舍南舍北皆春水，但见群鸥日日来。花径不曾缘客扫，蓬门今始为君开。盘飧市远无兼味，樽酒家贫只旧醅。肯与邻翁相对饮，隔篱呼取尽余杯。"（《客至》）浅矣而不可谓之浅。"清江一曲抱村流，长夏江村事事幽。自去自来梁上燕，相亲相近水中鸥。老妻画纸为棋局，稚子敲针作钓钩。多病所须惟药物，微躯此外复何求。"（《江村》）淡矣而不可谓之淡。若："去年花里逢君别，今日花开又一年。世事茫茫难自料，春愁黯黯独成眠。身多疾病思田里，邑有流亡愧俸钱。闻道欲来相问讯，西楼望月几回圆。"（韦应物《寄李儋元锡》）便不禁咀嚼矣。

（清）王寿昌《小清华园诗谈》卷上，《清诗话续编》本

　　何谓深？曰：少陵之"夜阑更秉烛，相对如梦寐"，暨"喜心翻倒极，呜咽泪沾巾"，情之深也。"不为困穷宁有此，只缘恐惧转须亲"，意之深也。"天明登前途，独与老翁别"，味之深也。又情之深者，白乐天之"银台金阙夕沉沉，独宿相思在翰林。三五夜中新月色，二千里外故人心。渚宫东面烟波冷，浴殿西头钟漏深。犹恐清光不同见，江陵卑湿足秋阴"（《八月十五日夜禁中独直对月忆元九》）是也。意之深者，杜子美之"瞿唐峡口曲江头，万里风烟接素秋。花萼夹城通御气，芙蓉小苑入边愁。珠帘绣柱围黄鹄，锦缆牙墙起白鸥。回首可怜歌舞地，秦中自古帝王州"（《秋兴》）是也。味之深者，李义山之"井络天彭一掌中，漫夸天设剑为峰。阵图东聚夔江石，边柝西悬雪岭松。堪叹故君成杜宇，可能先主是真龙？将来为报奸雄辈，莫向金牛访旧踪"（《井络》）是也。

（清）王寿昌《小清华园诗谈》卷上，《清诗话续编》本

　　乍见道理之人，言多理障；乍见故典之人，言多事障。故艰深正是浅陋，繁博正是寒俭。文家方以此自足而夸世，何耶？

（清）刘熙载《艺概·文概》，上海古籍出版社本

乐府易不得，难不得。深于此事者，能使豪杰起舞，愚夫愚妇解颐，其神妙不可思议。

（清）刘熙载《艺概·诗概》，上海古籍出版社本

放翁诗明白如话，然浅中有深，平中有奇，故足令人咀味。观其《斋中弄笔》诗云："诗虽苦思未名家。"虽自谦实自命也。

（清）刘熙载《艺概·诗概》，上海古籍出版社本

《离骚》东一句，西一句，天上一句，地下一句，极开阖抑扬之变，而其中自有不变者存。

（清）刘熙载《艺概·赋概》，上海古籍出版社本

词深于兴，则觉事异而情同，事浅而情深。故没要紧语正是极要紧语，乱道语正是极不乱道语。固知"吹皱一池春水，干卿甚事"，原是戏言。

（清）刘熙载《艺概·词曲概》，上海古籍出版社本

或问比与兴之别，余曰："宋德祐太学生《百字令》、《祝英台近》两篇，字字譬喻，然不得谓之比也。以词太浅露，未合风人之旨。如王碧山咏萤咏蝉诸篇，低回深婉，托讽于有意无意之间，可谓精于比义……若兴则难言之矣。托喻不深，树义不厚，不足以言兴。深矣厚矣，而喻可专指，义可强附，亦不足以言兴。所谓兴者，意在笔先，神余言外，极虚极活，极沉极郁，若远若近，可喻不可喻，反复缠绵，都归忠厚。求之两宋，如东坡《水调歌头》、《卜算子》（雁），白石《暗香》、《疏影》，碧山《眉妩》（新月），《庆佳朝》（榴花）、《高阳台》（戏雪庭除一篇）等篇，亦庶乎近之矣。"

（清）陈廷焯《白雨斋词话》，人民文学出版社本

十四

巧　拙

大巧若拙

大巧若拙，大辩若讷。

（先秦）《老子·四十五章》，《诸子集成》本

北宫奢为卫灵公赋敛以为钟，为坛乎郭门之外，三月而成上下之县。王子庆忌见而问焉，曰："子何术之设？"

奢曰："一之间，无敢设也。奢闻之，'既雕既琢，复归于朴。'侗乎其无识，傥乎其怠疑，萃乎芒乎，其送往而迎来；来者勿禁，往者勿止，从其强梁，随其曲傅，因其自穷，故朝夕赋敛而毫毛不挫，而况有大涂者乎！"

（先秦）《庄子·山木》，《诸子集成》本

规模背时利，文字觑天巧。

（唐）韩愈《答孟郊》，《韩昌黎诗系年集释》卷一，古典文学出版社本

功倍愈拙，不胜其色。

（唐）张彦远《论画》，《历代论画名著汇编》本

天生太白、少伯，以主绝句之席，勿论有唐三百年，两人为政，亘古今来，无复有骖乘者矣。子美恰与两公同时，又与太白同游，乃姿其崛强之性，颓然自放，独成一家，可谓巧于用拙，长于用短，精于用粗，婉于

用赣也。

（唐）卢世㴶《紫房余论》，引自《李太白全集·附录》卷三十四，中华书局本

宁律不谐，而不使句弱；用字不工，不使语俗：此庾开府之所长也。然有意于为诗也。至于渊明，则所谓不烦绳削而自合。虽然巧于斧斤者，多疑其拙；窘于检括者，辄痛其放。孔子曰："宁武子其智可及也，其愚不可及也。"渊明之拙于放，岂可为不知者道哉！

（宋）黄庭坚《题意可诗后》，《豫章黄先生文集》卷二十六，《四部丛刊》本

"开帘风动竹，疑是故人来"与"徘徊花上月，空度可怜宵"，此两联虽见唐人小说中，其实佳句也。郑谷诗"轻睡可忍风敲竹，饮散那堪月在花"意盖与此同，然论其格力，适堪揭酒家壁，与市人书扇耳？天下事每患自以为工处著力太过，何但诗也。

（宋）叶梦得《石林诗话》卷上，《历代诗话》本

诗语固忌用巧太过，然缘情体物，自有天然工妙，虽巧而不见刻削之痕，老杜"细雨鱼儿出，微风燕子斜"，此十字殆无一字虚设；两细著水面为沤，鱼常上浮而淰，若大雨则伏而不出矣；燕体轻弱，风猛则不能胜，唯微风乃受以为势，故又有"轻燕受风斜"之语。至"穿花蛱蝶深深见，点水蜻蜓款款飞"，"深深"字若无"穿"字，"款款"字若无"点"字，皆无以见其精微如此。然读之浑然，全似未尝用力，此所以不碍其气格超胜。使晚唐诸子为之，便当如"鱼跃练波抛玉尺，莺穿丝柳织金梭"体矣。

七言难于气象雄浑，句中有力，而舒徐不失言外之意。自老杜"锦江春色来天地，玉垒浮云变古今"，与"五更鼓角声悲壮，三峡星河影动摇"等句之后，尝恨无复继者。韩退之笔力最为杰出，然每苦意与语俱尽。《和裴晋公破蔡州回》诗所谓"将军旧压三司贵，相国新兼五等崇"，非不壮也，然意亦尽于此矣。不若刘禹锡《贺晋公留守东都》云："天子旌旗分一半，八方风雨会中州"，语远而体大也。

（宋）叶梦得《石林诗话》卷下，《历代诗话》本

宁拙毋巧，宁朴毋华，宁粗毋弱，宁僻毋俗，诗文皆然。

（宋）陈师道《后山诗话》，《后山集》卷二十三，《四部备要》本

诗语大忌用工太过，盖练句胜则意必不足。（语工而意不足，则格力必弱，此自然之理也。）"红稻啄余鹦鹉粒，碧梧栖老凤凰枝"，可谓精切，而在其集中，本非佳处；不若"暂止飞鸟将数子，频来语燕定新巢"为天然自在。其用事若"宓子弹琴邑宰日，终军弃繻英妙年"，虽字字皆本出处，然比"今日朝廷须汲黯，中原将帅忆廉颇"，虽无出处一字，而语意自到。故知造语用事虽同出一人之手，而优劣自异，信乎诗之难也。

（宋）蔡启《蔡宽夫诗话》，《宋诗话辑佚》本

范元实云：老杜诗凡一篇皆工拙相半，古人文章类如此。皆拙固无取，使其皆工，则峭急而无古气，如李贺之流是也。然后世学者，当先学其工者，精神气骨皆在于此。如《望岳》诗云："齐鲁青未了"，《洞庭》云："吴楚东南坼，乾坤日夜浮。"语既高妙有加，而言东岳与洞庭之大，无过于此。后来文士极力道之，终有限量，益知其不可及。《望岳》第二句如此，故先云"岱宗夫如何"。深庭先如此，后乃云"亲朋无一字，老病有孤舟"。（使）《洞庭》诗无前两句，而皆如后二句，语虽健，终不工。《望岳》诗无第二句，而云"岱宗夫如何"，虽曰乱道可也。今人学诗先得老杜平漫处，乃邻女之效颦者耳。

（宋）李颀《古今诗话》，《宋诗话辑佚》本

作诗贵雕琢，又畏有斧凿痕，贵破的，又畏粘皮骨，此所以为难。李商隐《柳诗》云："动春何限叶，撼晓几多枝。"恨其有斧凿痕也。石曼卿《梅诗》云："认桃无绿叶，辨杏有青枝。"恨其粘皮骨也。能脱此二病，始可以言诗矣。刘梦得称白乐天诗云："郢人斤斲无痕迹，仙人衣裳弃刀尺。世人方内欲相从，行尽四维无处觅。"若能如是，虽终日斲而鼻不伤，终日射而鹄必中，终日行于规矩之中，而其迹未尝滞也。山谷尝与杨明叔论诗，谓以俗为雅，以故为新，百战百胜。如孙吴之兵，棘端可以

破镞；如甘蝇飞卫之射，捏聚放开，在我掌握，与刘所论，殆一辙矣。

（宋）葛立方《韵语阳秋》卷三，《历代诗话》本

文章不难于巧而难于拙；不难于曲而难于直；不难于细而难于粗；不难于华而难于质。可与知者道，难与俗人言也。

（宋）李涂《文章精义》，人民文学出版社本

写字不要好时却好。

（宋）朱熹《论文》下，《朱子语类》卷一百四十，清同治应元书院本

雕刻伤气，敷衍露骨。若鄙而不精巧，是不雕刻之过，拙而无委曲，是不敷衍之故

（宋）姜夔《白石诗说》，人民文学出版社本

曾向吟边问古人，诗家气象贵雄浑。雕镂太过伤于巧，朴拙惟宜怕近村。

（宋）戴复古《论诗十绝》，《石屏诗集》卷七，《四部丛刊》本

文字觑天巧，未闻取于拙也。今侯体仁之诗文，第见其巧，未见其拙，而乃独以存拙名何哉？予观圣贤矫周末文弊之过，故礼从野，智恶凿。野近于拙，凿穷于巧。礼智犹然，况诗文乎！尝闻之曰：江左齐梁，竞争一韵一字之奇巧，不出月露风云之形状。至唐末则益多小巧，甚至于近鄙俚。迄于今，则弊尤极矣。体仁之存拙，岂非欲矫时弊乎！以今视古，不巧不拙无如渊明。知之者谓其胸中之巧，亦不足以称之；不知者或谓其切于事情，但不文尔，是疑其拙也。此可与智者道，体仁为自知之。抑一言蔽处，又能思之，非巧非拙，得其正矣。此予迂说，然乎否耶？

（宋）包恢《书侯体仁存拙稿后》，《敝帚集》，引自《宋金元文论选》，人民文学出版社本

南昌徐君德夫为方遇时父作诗评，其论甚高。盖今之为诗者尚语，而德夫尚意；尚巧，而德夫尚拙。以德夫之论考时父之诗，往往意胜于语，

拙多于巧。时父可谓善为诗，德夫可谓善评诗矣。

      （宋）刘克庄《跋表弟方遇诗》，《后村题跋》卷一，《丛书集成》本

  世所以宝贵古器物者，非直以其古也。余尝见人家藏槃匜鼎洗之属，凡出于周汉以前者，其质极轻，其范铸极精，其款识极高简，其模拟物象殆类神鬼所为，此所以贵也。苟质范无取，款识不合，徒取其风日剥裂、苔藓模糊者而宝贵之，是土鼓瓦釜得与清庙钟磬并陈也？时父勉之。使语意俱到，巧拙相参，他日必为大作者，而不为小小家数矣！

      （宋）刘克庄《跋表弟方遇诗》，《后村题跋》卷一，《丛书集成》本

  所引谢宣城"好诗流转圆美如弹丸"之语，余以宣城诗考之，如锦工机锦，玉人琢玉，极天下之巧妙；穷极巧妙，然后能流转圆美。近时学者往往误认弹丸之喻，而趋于易。故放翁诗云："弹丸之论方误人。"又朱文公："紫微论诗，字字欲响，其晚年诗多哑了。"然则欲知紫微诗者，以《场父集序》观之，则知弹丸之语，非主于易。

      （宋）刘克庄《江西诗派序·吕紫微》，《后村先生大全集》卷九十五，《四部丛刊》本

  盛唐人有似粗而非粗处，有似拙而非拙处。

      （宋）严羽《沧浪诗话·诗评》，《历代诗话》本

  诗中有拙句，不失为奇作。若退之逸诗云："偶上城南土骨堆，共倾春酒两三杯。"子美诗云："两个黄鹂鸣翠柳，一行白鹭上青天"之类是也。

      （宋）佚名《漫叟诗话》，《宋诗话辑佚》本

  以巧为巧，其巧不足；巧拙相济，则使人不厌。唯甚巧者，乃能就拙为巧，所谓游戏者。一文一质，道之中也。雕琢太甚，则伤其全。经营过深，则失其本。

      （金）王若虚《滹南诗话》，《滹南遗老集》卷三十八，《丛书集成》本

善为诗者，由至工而入于不工。工则粗，不工则细；工则生，不工则熟。

(元) 方回《程斗山吟稿序》，《桐江集》卷一，宛委别藏钞本

诗太拙则近于文，太巧则近于词。宋之拙者，皆文也；元之巧者，皆词也。

(明) 李东阳《麓堂诗话》，《历代诗话续编》本

诗不能受瑕。工拙之间，相去无几，顿自绝殊。如《塘上行》云："莫以豪贤故，弃捐素所爱。莫以鱼肉贱，弃捐葱与薤。莫以麻枲贱，弃捐菅与蒯。"《浮萍篇》则曰："茱萸自有芳，不若桂与兰。新人虽可爱，无若故所欢。"本自伦语，然佳不如《塘上行》。

(明) 徐祯卿《谈艺录》，《历代诗话》本

《鹤林玉露》曰："诗惟拙句最难。至于拙则浑然天成，工巧不足言矣。"若子美"雷声忽送千峰雨，花气浑如百和香"之类，语平意奇，何以言拙？刘禹锡《望夫石》诗："望来已是几千载，只是当年初望时。"陈后山谓"辞拙意工"是也。

(明) 谢榛《四溟诗话》卷一，《历代诗话续编》本

李靖曰："正而无奇，则守将也；奇而无正，则斗将也。奇正皆得，国之辅也。"譬诸诗，发言平易而循乎绳墨，法之正也；发言隽伟而不拘乎绳墨，法之奇也；平易而不执泥，隽伟而不险怪，此奇正参伍之法也。白乐天正而不奇，李长吉奇而不正，奇正参伍，李杜是也。

(明) 谢榛《四溟诗话》卷二，《历代诗话续编》本

诗格变自苏黄，固也。黄意不满苏，直欲凌其上，然故不如苏也。何者？愈巧愈拙，愈新愈陈，愈近愈远。

(明) 王世贞《艺苑卮言》卷四，《历代诗话续编》本

评者谓之院画，不以为重，以巧太过，而神不足也。不知宋人之画，

亦非后人可造堂室，如李唐、刘松年、马远、夏珪，此南渡以后四大家也。画家虽以残山剩水目之，然可谓精工之极。

（明）屠隆《画笺·考槃余事》卷二，《丛书集成》本

权龙褒《夏日》诗"严霜白皓皓，明月赤团团"，诚可笑也。然自是其语可笑，非以不切故。使秋夜得此一联，将遂为佳句乎！如孟浩然"微云淡河汉，疏雨滴梧桐"，二语，本秋夜景，即夏日得此一联，将不谓佳句乎！后世评诗者，谓吾不切则可，谓之不工不可。工而不切，何害其工？切而不工，何取于切？余凤持此论，俟大雅折衷之。

（明）胡应麟《诗薮·内编》卷五，上海古籍出版社本

独怪今之为曲者，南与北声调虽异，而过宫下韵一也。自高则诚《琵琶》首为不寻宫数调之说，以掩覆其短，今遂藉口谓曲严于北而疏于南，岂不谬乎？大抵元曲妙在不工而工，其精者采之乐府，而粗者杂以方言；至郑若庸《玉玦》，始用类书为之；而张伯起之徒，转相祖述为《红拂》等记，则滥觞极矣。曲白不欲多，唯杂剧以四折写传奇故事，其白有累千言者。观《西厢》二十一折，则白少可见，尤不欲多骈偶，如《琵琶》黄门诸篇，业且厌之；而屠长卿《昙花》白终折无一曲，梁伯龙《浣纱》，梅禹金《玉合》白终本无一散语，其谬弥甚。汤义仍《紫钗》四记，中间北曲，骎骎乎涉其藩矣，独音韵少谐，不无铁绰板唱大江东去之病，南曲终无才情，若出两手，何也？

（明）臧懋循《元曲选·序》，《元人百种曲》卷首，博古堂本

吴康虞刻逸初堂法帖，自二王以下，皆从墨迹钩出，虽刃初发铏，而玉未离璞，深淳可爱。康虞精心裁鉴，又妙庄严钩刻，必购好手。然吾闻董太史尝语人云："吾宝鼎不如戏鸿。盖戏鸿刻手颇朴，兢兢尺寸不违，笔意俱在。而宝鼎出吴中巧匠，以意为锋，务求刻露，其于淳古之意，或反失之。"予深味此语。夫得不在工，而失不在拙，合之于守，而离之于变，远近雅俗之间，有难言者。康虞其目意审之。

（明）钟惺《题吴康虞逸初堂法帖后》，《钟伯敬合集》，《中国文学珍本丛书》本

夫诗文之道，非苟然也。其大患有二：朴者无味，灵者有痕。故有志者常精心于二者之间，而验其候以为浅深，必一句之灵，能回一篇之运，一篇之朴，能养一句之神，乃为善作。谭子曰：古人一语之妙，至于不可思议，而常借前后左右宽裕朴拙之气，使人无可喜而忽喜焉。如心居内，目居外，神光一寸耳，其余皆皮肉肤毛也。若满身皆心，心外皆目，人乃大不祥矣。然前后左右所以藏此一语者，亦必真如古人之宽朴，苟以古人不可思议之语，藏于今人漫无精气之篇，将并其妙语而累之。

（明）谭元春《题简远堂诗》，《谭友夏合集》卷二十三，《中国文学珍本丛书》本

画求熟外生。然熟之后，不能复生矣。要之烂熟圆熟本自有别。若圆熟，则又能生也。工不如拙。然既工矣，不可复拙。惟不欲求工而自出新意，则虽拙亦工，虽工亦拙也。生与拙惟元人得之。

学者既已入门，便拘绳墨。惟吉人静女，傲书童稚，聊自抒其天趣。辄恐人见而称说是非。虽一一未肖，实有名流所不能者，生也，拙也。彼云生拙，与入门更是不同。盖画之元气苞孕未泄，可称混沌初分，第一粉本也。

然则何取于生而拙。生则无莽气，故文，所谓文人之笔也。拙则无作气，故雅，所谓雅人深致也。

（明）顾凝远《画引》，《历代论画名著汇篇》本

命意见巧，文章之贱工也。而世多听荧，索解政少。

（清）毛先舒《诗辩坻》卷第四，《清诗话续编》本

曾止山《过日集》言当今布衣诗和公为第一，予亦谓其沉郁之中，发为孤响，矫顾腾骞，极意雕琢，而朴气不漓，比之退之，未知孰胜？

（清）魏禧《季子文集序》，《魏叔子文集》卷八，易堂藏板本

又尝谓汉、魏诗不可论工拙，其工处乃在拙，其拙处乃见工，当以观商、周尊彝之法观之。六朝之诗，工居十六七，拙居十三四，工处见长，拙处见短。唐诗诸大家、名家，始可言工；若拙者则竟全拙，不堪寓目。宋诗在工拙之外，其工处固有意求工，拙处亦有意为拙，若以工拙上下

之，宋人不受也。此古今诗工拙之分剂也。

(清) 叶燮《原诗·外篇下》，人民文学出版社本

　　李贺《新笋》诗："斫取青光写《楚辞》，腻香春粉黑离离。无情有恨何人见？露压烟啼千万枝。"汗青写《楚辞》，既是奇事，"腻香春粉"，形容竹尤妙，但结句以情恨咏竹，似觉不类。故不若陆龟蒙《咏白莲》诗："素花多蒙别艳欺，此花端合在瑶池。无情有恨何人见？月晓风清欲坠时。"可为白莲传神也。虽第三句相同，实非蹈袭，盖着题不得避耳。胜棋所用，败棋之着也；良庖所宰，族庖之刀也，而工拙则相远矣。

(清) 田同之《西圃诗说》，《清诗话续编》本

　　或问庄孔阳以张东海草书，庄曰："好到极处，俗到极处。"又问若何而可？曰："写到好处，变到拙处。"诗道亦然。虽然，宁独诗与字然哉？

(清) 叶矫然《龙性堂诗话续集》，《清诗话续编》本

　　诗家巧易而拙难，中晚今体不及初盛，只不能拙，唐人古体不及汉、魏，亦只不能拙。董玄宰评黄庭坚书云："凡书要拙多于巧。"诗可知矣。

(清) 叶矫然《龙性堂诗话续集》，《清诗话续编》本

　　画赢宵缩，天下两隆，如何弱手，好弯强弓？因謇徐言，因跛缓步，善藏其拙，巧乃益露。

(清) 袁枚《续诗品·藏拙》，人民文学出版社本

　　昌黎《赠东野》云："文字觑天巧。"此"巧"字讲得最精，盖作人之道，贵拙不贵巧，作文亦然。然至于"天巧"，则大巧若拙，非后世之所谓巧也。孟子曰："能与人规矩，不能使人巧。"巧从心悟，非洞澈天机者不足语此。若以安排而得，则昌黎所云："规摹虽巧何足夸，景趣不远真可惜"也。

(清) 潘德舆《养一斋诗话》卷九，《清诗话续编》本

杜诗一首之中，好丑杂陈，至天地悬隔者，莫如"四更山吐月"一首。此二起句，高深清浑，笔有化工。第三句则曰："尘匣元开镜。"直儿童语矣。第四语："风帘自上钩"，则又隽拔自如，即目得景，不可思议也。五六"兔应疑鹤发，蟾亦恋貂裘"，又系卑格。收云："斟酌姮娥寡，天寒奈九秋。"夫恒娥之寡不奈寒，何斟酌之有？"斟酌"二字，下得痴重可笑。岂非好丑相悬不可以道里计耶？然杜之拙处在此，其高出千古处亦在此。非丑拙之不可及，盖题无巨细，句无妍媸，一派滚出，所以为江河力量也。若著意修饰，使之可人，则近人之作耳。

（清）潘德舆《养一斋诗话》卷一，《清诗话续编》本

范氏温曰："老杜诗，凡一篇皆工拙相半，古人文章类如此。使其皆工，则峭急无古气，如李贺之流是也。"又曰："齐、梁诸诗人，以至刘梦得、温飞卿辈，往往以绮丽风花伤其正气，由于理不胜而词有余也。杜公虽涉于风花点染，然穷理尽性，巧移造化矣。"按王敬美云："杜诗有深句，有雄句，有老句，有秀句，有丽句，有险句，有拙句，有累句，拙累不能为掩瑕也。抑知拙累正所以为古气哉？"陈后山云："诗欲其好，则不能好。王介甫以工，苏子瞻以新，黄鲁直以奇，而杜子美之诗，工、易、新、陈、奇、常，莫不好也。"观此乃知诗不嫌拙。昔赵秋谷议渔洋、竹垞之诗曰："朱贪多，王爱好。"爱好则与"拙"字相反，故为渔洋诗病。范氏之言信当矣。然予考王氏琪曰："子美诗有近质者，如'麻鞋见天子'，'垢腻脚不袜'之类，所谓转石于千仞之山，势也。学者效之过甚，岂远大者难窥乎？"屠氏隆亦曰："人谓少陵最可喜处，不避粗硬，不讳朴野。予谓老杜大家，言其兼雅俗文质，无所不有，是矣。乃其所以擅场当时，称雄百代者，则多得之悲壮瑰丽，沈郁顿挫。至其不避粗硬，不讳朴野，固云无所不有，亦其资性则然，擅场正不在此。"此二则最平正无流弊。盖"拙"字不可故避，致来"爱好"之讥；亦不可目为擅场，但装拗语硬语，自许浣花衣钵，实堕小径旁门，如王元美所谓"不画人物而画鬼魅"，柴虎臣所谓"献吉摹仿杜诗，多任心率笔，拙而无味，俗而伤雅"者也。范氏能知杜诗工拙相半，固为有见。但李贺、温岐，刻划害理，其病正坐一巧。梦得优游，差胜两家。范氏并贬之，似太过。至谓"杜诗凡一篇皆工拙相半，"亦不尽然。杜有全首拙者，七言绝最多；全首工者，七言绝亦有之。他诗愈多。其工拙杂糅之作，诚难更

仆数,终不得谓其篇篇皆如此耳。

（清）潘德舆《养一斋李杜诗话》卷二,《清诗话续编》本

诗能于易处见工,便觉亲切有味。白香山、陆放翁擅场在此。

（清）刘熙载《艺概·诗概》,上海古籍出版社本

学书者始由不工求工,继由工求不工。不工者,工之极也。《庄子·山木篇》曰:"既雕既琢,复归于朴。"善夫!

（清）刘熙载《艺概·书概》,上海古籍出版社本

词已就,有酒正盈钟。兴浅未须愁庾亮,还将啸咏引诸公,忘拙便为工。

（清）刘熙载《望江梅·席上二首》之二,《昨非集》卷四,《古桐书屋六种》清光绪刊本

词过经意,其蔽也斧琢。过不经意,其蔽也祧襫。不经意而经意,易,经意而不经意,难。

（清）况周颐《蕙风词话》,人民文学出版社本

大巧若拙,归朴返真。草衣卉服,如三代人。相遇殊野,相言弥亲。寓显于晦,寄心于身。譬彼冬严,乃和于春。知雄守雌,聚精会神。

（清）黄钺《二十四画品》,《壹斋集》,清咸丰九年刻本

昔人论诗,有用巧不如用拙之语。然诗有用巧而见工,亦有用拙而逾胜者。同一咏杨妃事,玉溪云:"夜半燕归宫漏永,薛王沈醉寿王醒。"此用巧而见工也。马君辉云:"养子早知能背国,宫中不赐洗儿钱。"此用拙而逾胜也。然皆得言外不传之妙。

（清）吴骞《拜经楼诗话》卷四,《清诗话》本

十五

生　熟

1. 画到生时是熟时

贾岛、姚合、魏野、林逋欲道未道,余料遗意,仲畴能剔决而新之,且律调皆熟,其用心亦至矣。于熟之中更加之熟,则不可,熟而又新,则可也。新之如何?料与意皆不必全似贾、合也,必出于己而得于天,则所进岂易量哉。

　　　　　　(元)方回《跋俞仲畴诗》,《桐江集》卷四,上海商务印书馆影钞本

他人之诗,新则不熟,熟则不新。熟而不新则腐烂,新而不熟则生涩。惟公诗熟而生,新而熟,可百世不朽。

　　　　　　(元)方回《恢大山西山小稿序》,《桐江续集》卷三十三,《四库全书珍本初集》本

或问作诗中正之法。四溟子曰:"贵乎同不同之间:同则太熟,不同则太生。二者似易实难,握之在手,主之在心。使其坚不可脱,则能近而不熟,远而不生。此惟超悟者得之。

　　　　　　(明)谢榛《四溟诗话》卷三,《历代诗话续编》本

变调者,变古调为新调也。此事甚难,非其人不行,存此说以俟作者。才人所撰诗、赋、古文,与佳人所制锦绣花样,无不随时更变。变则新,不变则腐。变则活,不变则板。至于传奇一道,尤是新人耳目之事,

与玩花、赏月，同一致也。使今日看此花，明日复看此花，昨夜对此月，今夜复对此月，则不特我厌其旧，而花与月亦自愧其不新矣。故桃陈则李代，月满即哉生。花、月无知，亦能自变其调，矧词曲出生人之口，独不能稍变其音，而百岁登场，乃为三万六千日雷同合掌之事乎？吾每观旧剧，一则以喜，一则以惧。喜则喜其音节不乖，耳中免生芒刺；惧则惧其情事太熟，眼角如悬赘疣。学书、学画者，贵在仿佛大都，而细微曲折之间，正不妨增减出入。若止为依样葫芦，则是以纸印纸，虽云一线不差，少天然生动之趣矣。因创二法，以告世之执斠斤者。

（清）李渔《闲情偶记·演习部·变调第二》，《中国古典戏曲论著集成》（七），中国戏剧出版社本

杜诗韩文，其生处即其熟处，盖其熟境，皆从生处得力。百物由生得熟，累丸斫垩，以生为熟，久之自能通神。若舍难趋易，先走熟境，不移时而腐败矣。

（清）贺贻孙《诗筏》，《清诗话续编》本

唐人五言古，气沉力厚，初看似难入眼，反复读之乃佳者，惟杜少陵、王少伯二人。但少伯在沉厚中时有生拗费力处，若少陵则生处皆熟，拗处皆圆，每于似生似拗之间，忽复光怪烁闪，捉摸不住，所以高少伯数筹耳。若少伯七言绝，却又浑融无迹，在诸体之上，又非少陵所及矣。

（清）贺贻孙《诗筏》，《清诗话续编》本

对诗之美恶，果有常主乎？生熟、新旧二义，以凡事物参之：器用以商、周为宝，是旧胜新；美人以新知为佳，是新胜旧；肉食以熟为美者也；果实以生为美者也。反是则两恶。推之诗独不然乎？舒写胸襟，发挥景物，境皆独得，意自天成，能令人永言三叹，寻味不穷，忘其为熟，转益见新，无适而不可也。若五内空如，毫无寄托，以剿袭浮辞为熟，搜寻险怪为生，均为风雅所摈。论文亦有顺逆二义，并可与此参观发明矣。

（清）叶燮《原诗·外篇》，人民文学出版社本

又曰：僻词作者少，宜浑脱乃近自然。常调作者多，宜生新斯能

振动。

（清）徐釚《词苑丛谈》，上海古籍出版社本

隐侯云："弹丸脱手。"固是诗家妙喻。然过熟则滑，唯生熟相济，于生中求熟，熟处带生，方不落寻常蹊径。

（清）沈德潜《说诗晬语》，《清诗话》本

四十年来画竹枝，日间挥写夜间思。冗繁削尽留清瘦，画到生时是熟时。

（清）郑燮《题画竹六十九则》，《郑板桥集·补遗》上海古籍出版社本

李太白、王龙标七绝，为有唐之冠。其实龙标第一，盖太白熟，龙标生。"生"字有二义，一训生熟，一训生死。然生硬熟软，生秀熟平，生辣熟甘，生新熟旧，生痛熟木。果生坚熟落，谷生茂熟槁，惟其不熟，所以不死。

（清）牟愿相《小澥草堂杂论诗》，《清诗话续编》本

作诗须生中有熟，熟中有生。生不能熟，如得龙鲊熊白，而盐豉烹饪，稍有未匀，便觉减味。熟不能生，如乐工度曲，腔口烂熟，虽字真句稳，未免优气。能兼两者之胜，殊难其人。

（清）叶矫然《龙性堂诗话初集》，《清诗话续编》本

诗家熟后求生，密后求疏，巧后求拙。盖诗之熟者、密者、巧者，终带伧气，非绝诣也。虽然，宁独诗哉！

（清）叶矫然《龙性堂诗话初集》，《清诗话续编》本

晚唐人七律，只于声调求变，而又实无可变，故不得不转出三、五拗用之调。此亦是熟极求生之理，但苦其词太浅俚耳。然大约出句拗第几字，则对句亦拗第几字，阮亭先生已言之。至方干"每见北辰思故园"，则单句三、五自拗。此又一格，盖必在结句而后可耳。

（清）翁方纲《石洲诗话》卷二，《清诗话续编》本

宋人萧德藻梅诗，有"江妃危立冻蛟背，海月冷挂珊瑚枝"，看似崛强，实与"雪满山中高士卧，月明林下美人来"，一太熟，一太生，同是诗家左道。凡学诗者，入手即阔此二种，方有根基可望，勿认萧君二语胜于季迪也。

（清）潘德舆《养一斋诗话》，《清诗话续编》本

问：王筠称沈约诗为"弹丸脱手"，言其圆熟也。故曰"文到妙来无过熟"。而韩子苍言："诗不可太熟，亦须令生。"近人论文，一味忌语生，往往不佳。此言何谓邪？

诗不宜太生，亦不宜太熟，生则涩，熟则滑，当在不生不熟之间，"捶钩鸣镝"，其候也。诗不宜太露，亦不宜太隐，露则浅，隐则晦，当在不露不隐之间，"草蛇灰线"，其趣也。诗不宜陈，亦不宜新，陈则俗，新则巧，当在不陈不新之间，"初日芙蓉"其光景也。

（清）陈仅《竹林答问》，《清诗话续编》本

词调有生熟，有谐拗，熟者多谐，生者多拗。熟而谐者，贵逐字锤炼，求其新警；生而拗者，贵一气旋转，求其浑成。新警，则熟者不熟；浑成，则生者不生矣。

（清）沈祥龙《论词随笔》，《词话丛编》本

2. 工夫极处　得近天然

寓言十九，重言十七，卮言日出，和以天倪。

（先秦）《庄子·寓言》，《诸子集成》本

夫物有常容，因乘以导之，因随物之容。故静则建乎德，动则顺乎道。宋人有为其君以象为楮叶者，三年而成。丰杀茎柯，毫芒繁泽，乱之楮叶之中而不可别也。此人遂以功食禄于宋邦。列子闻之曰："使天地三年而成一叶，则物之有叶者寡矣。"故不乘天地之资，而载一人之身，不随道理之数，而学一人之智；此皆一叶之行也。故冬耕之稼，后稷不能羡也；丰年大禾，臧获不能恶也。以一人力，则后稷不足；随自然，则臧获

有余。故曰:"恃万物之自然而不敢为也。"

(先秦)《韩非子·喻老》,《诸子集成》本

某素不能诗,何能知诗,但尝得于所闻大概。以为诗家者流,以汪洋淡泊为高。其体有似造化之未发者,有似造化之已发者,而皆归于自然,不知所以然而然也。所谓造化之未发者,则冲漠有际,冥会无迹,空中之音,相中之色,欲有执者,曾不可得而自有,尸居而龙见,渊默而雷声者焉!所谓造化之已发者,真景见前,生意呈露,浑然天成,无补天之缝罅;物各付物,无刻楮之痕迹。盖自有纯真而非影,全是而非似者焉!故观之虽若天下之至质,而实天下之至华;虽若天下之至枯,而实天下之至腴。如彭泽一派,来自天稷者,尚庶几焉!而亦岂能全合哉!

(宋)包恢《答傅当可论诗》,《敝帚集》,引自《宋金元文论选》,人民文学出版社本

李贽曰:《水浒传》文字形容既妙,转换又神。如此回形容刻画周谨、杨志、索超处,已胜太史公一筹;至其转换到刘唐处来,真有出神入化手段。此岂人力可到?定是化工文字,可先天地始,后天地终也。不妄,不妄!

(明)李贽《李卓吾先生批评忠义水浒传》第十三回总批,明容与堂本

古画
上古之画,迹简意淡,真趣自然,画谱绘鉴虽备,而历年远甚,笺素败腐,不可得矣。

(明)屠隆《画笺》,《考槃余事》卷二,《丛书集成》本

意趣具于笔前,故画成神足,庄重严律,不求工巧,而自多妙处。后人刻意工巧,有物趣而乏天趣。

(明)屠隆《画笺》,《考槃余事》卷二,《丛书集成》本

古人画稿,谓之粉本。草草不经意处,乃其天机偶发,生意勃然,落

笔趣成，自有神妙，有则宜宝藏之。

（明）屠隆《画笺》，《考槃余事》卷二，《丛书集成》本

　　临模古画，着色最难，极力模拟，或有相似，惟红不可及。然无出宋人摹写唐朝五代之画，如出一手，秘府多宝藏之。今人临画，惟求影响，多用己意，随丰苟简，虽极精工，先乏天趣，妙者亦板。

（明）屠隆《画笺》，《考槃余事》卷二，《丛书集成》本

　　评者谓士夫画，世独尚之。盖士气画者，乃士林中能作隶家画品，全法气韵生动，不求物趣，以得天趣为高。观其曰写，而不曰画者，盖欲脱尽画工院气故耳。此等谓之寄兴，但可取玩一世。若之善画，何以上拟古人。而为后世宝藏如赵耘云、黄子久、王叔明、吴仲圭之四大家，及钱舜举、倪云林、赵仲穆辈，形神俱妙，绝无邪学，可垂久不磨，此真士气画也。虽宋人复起亦甘心服其天趣，然亦得宋人之家法而一变者。

（明）屠隆《画笺》，《考槃余事》卷二，《丛书集成》本

　　一曰逸

　　先正云：以无累之神，合有道之器，非有逸致者，则不能也。第其人必具超逸之品，故自发超逸之音。本从天性流出，而亦陶冶可到。如道人弹琴，琴不清亦清。朱紫阳曰："古乐虽不可得而见，但诚实人弹琴，便雍容平淡，故当先养其琴度，而次养其手指，则形神并洁，逸气渐来，临缓则将舒缓而多韵，处急则犹运急而不乖，有一种安闲自如之景象，尽是潇洒不群之天趣。所为得之心，而应之手；听其音，而得其人，此逸之所征也。

（明）徐上瀛《大还图琴谱·溪山琴况》，清刊本

　　古诗，短体如《十九首》，长篇如《孔雀东南飞》，皆是工夫极处，殆近天然。

（清）张谦宜《𫄨斋诗谈》卷八，《清诗话续编》本

　　人物、花卉、鸟兽、虫鱼、冠服、审其时代。衣纹应有专家，顾盼想其性情，爪发更无遗憾。春葩秋萼，花叶全师造化，写艳如浮其香。云翼霜蹄，飞走合于自然，清神兼肖其貌。鲜鳞缭绕于溪潭，荇藻弄影，草虫

飞缀于条叶,风日摇姿。顾、吴、陆、李、韩、戴、徐,黄昔号擅长,世珍遗迹。援毫傅彩,造于精微。能事此者,览而自悟。

(清)笪重光《画筌》,《历代论画名著汇编》本

十六

雅　俗

辨雅俗

五曰雅。

皎曰:"正四方之风为雅。正有小大,故有大小雅。"王云:"雅者,正也。言其雅言典切,为之雅也。"

(唐)[日]弘法大师《文镜秘府论·地卷·六义》,《文镜秘府论校注》,中国社会科学出版社本

人所易言,我寡言之,人所难言,我易言之,自不俗。

(宋)姜夔《白石诗说》,人民文学出版社本

数物以"个",谓食为"吃",甚近鄙俗,独杜子美善用之。云"峡口惊猿闻一个","两个黄鹂鸣翠柳","却绕井桐添个个","临岐意颇切,对酒不能吃","楼头吃酒楼下卧","梅熟许同朱老吃",盖篇中大概奇物,可以映带之也。

(宋)魏庆之《诗人玉屑》卷六"善用俗字"条,上海古籍出版社本

作山林诗易,作台阁诗难。山林诗或失之野。台阁诗或失之俗。野可犯,俗不可犯也。盖惟李杜能兼二者之妙。若贾浪仙之山林,则野矣;白乐天之台阁,则近乎俗矣。况其下者乎?

(明)李东阳《麓堂诗话》,《历代诗话续编》本

杜诗"江平不肯流",意求工而语反拙,所谓凿混沌而画蛇足,必灭性命而失卮酒也。不若李群玉乐府云"人老自多愁,水深难急流"也。又不若巴渝《竹枝词》云:"大河水长漫悠悠,小河水长似箭流。"词愈俗愈工,意愈浅愈深。

(明)杨慎《升庵诗话》卷四,《历代诗话续编》本

古诗有用近俗字而不俗者,如孙光宪《采莲》诗曰:"菡萏香连十顷陂,小姑贪戏采莲迟。晚来弄水船头湿,更脱红裙裹鸭儿。"李群玉《钓鱼》诗曰:"七尺青竿一丈丝,菰蒲叶里逐风吹。几回举手抛芳饵,惊起沙滩水鸭儿。"又《赠琵琶妓》诗有曰:"我见鸳鸯飞水去,君还望月苦相思。一只裙带同心结,早寄黄莺孤雁儿。"卢仝新年亦有诗云:"新年何事最堪悲,病客还听百舌儿。太岁只游桃李径,青风肯换岁寒枝。"

(明)杨慎《升庵诗话》卷十一,《历代诗话续编》本

诗忌粗俗字,然用之在人,饰以颜色,不失为佳句。譬诸富家厨中,或得野蔬,以五味调和,而味自别,大异贫家矣。绍易君曰:"凡诗有鼠字而无猫字,用则俗矣,子可成一句否?"予应声曰:"猫蹲花砌午",绍易君曰:"此便脱俗。"

(明)谢榛《四溟诗话》卷三,《历代诗话续编》本

凡作诗要知变俗为雅,易浅为深,则不失正宗矣。因观于濆《沙场》诗:"士卒浣征衣,交河水流血。"施肩吾《及第后过江》诗:"江神亦世情,为我风色好。"二作如此。胡不云"战士浣征衣,忽变交河色","尚忆布衣归,江神亦风浪",庶得稳帖。

(明)谢榛《四溟诗话》卷四,《历代诗话续编》本

以时文为南曲,元末、国初未有也,其弊起于《香囊记》。《香囊》乃宜兴老生员邵文明作,习《诗经》,专学杜诗,遂以二书语句匀入曲中,宾白亦是文语,又好用故事作对子,最为害事。夫曲本取于感发人心,歌之使奴、童、妇女皆喻,乃为得体;经、子之谈,以之为诗且不可,况此等耶?直以才情欠少,未免矮补成篇。吾意:与其文而晦,曷若

俗而鄙之易晓也。

（明）徐渭《南词叙录》，《中国古典戏曲论著集成》（三），中国戏剧出版社本

填词如作唐诗，文既不可，俗又不可，自有一种妙处，要在人领解妙语，未可言传。名士中有作者，为予诵之，予曰：齐、梁长短句诗，非曲子。何也？其词丽而晦。

（明）徐渭《南词叙录》，《中国古典戏曲论著集成》（三），中国戏剧出版社本

老、贴旦口中，虽不必文，亦不该太俗。

（明）汤显祖《玉茗堂批评〈红梅记〉》第十四出《抵扬》总评，《古本戏曲丛刊》初集本

骂语不妨粗。

（明）陈继儒《陈眉公批评音释琵琶记》，《汇刻传奇》本

甚粗，不成母子之话。

（明）陈继儒《陈眉公批评音释琵琶记》，《汇刻传奇》本

诗不患无材，而患材之扬。诗不患无情，而患情之肆。诗不患无言，而患言之尽。诗不患无景，而患景之烦。知此始可与论雅。

（明）陆时雍《诗镜总论》，《历代诗话续编》本

一曰雅

古人之于诗则曰风雅，于琴则曰大雅。自古音沦没，即有继空谷之响，未免郢人寡和，则且苦思求售，去故谋新，遂以弦上作琵琶声，此以雅音而翻为俗调也。惟真雅者不然。修其清静贞正，而藉琴以明心见性。遇不遇，听之也，而在我足以自况。斯真大雅之归也。然琴中雅俗之辨，争在纤微。喜工柔媚则俗，落指重浊则俗，性好炎闹则俗，指拘局促则俗，取音粗厉则俗，入弦仓卒则俗，指法不式则俗，气质浮躁则俗，种种俗态，未易枚举。但能体认得静、远、淡、逸四字，有正始风，斯俗情悉去，臻于大雅矣。

（明）徐上瀛《大还阁琴谱·溪山琴况》，清刻本

今人之所尚，时优之所习，皆在热闹二字。冷静之词，文雅之曲，皆其深恶而痛绝者也。然戏文太冷，词曲太雅，原足令人生倦。此作者自取厌弃，非人有心置之也。然尽有外貌似冷，而中藏极热，文章极雅，而情事近俗者。何难稍加润色，播入管弦；乃不问短长，一概以冷落弃之，则难服才人之心矣。予谓：传奇无冷、热，只怕不合人情。如其离、合、悲、欢，皆为人情所必至，能使人哭，能使人笑，能使人怒发冲冠，能使人惊魂欲绝，即使鼓板不动，场上寂然，而观者叫绝之声，反能震天动地。是以人口代鼓乐，赞叹为战争，较之满场杀伐，征鼓雷鸣，而人心不动，反欲掩耳避喧者为何如？岂非冷中之热，胜于热中之冷；俗中之雅，逊于雅中之俗乎哉？

（清）李渔《闲情偶寄·演习部·选剧第一》，《中国古典戏曲论著集成》（七），中国戏剧出版社本

词贵显浅之说，前已道之详矣。然一味显浅，而不知分别，则将日流粗俗，求为文人之笔而不可得矣。元曲多犯此病，乃矫艰深隐晦之弊而过焉者也。极粗极俗之语，未尝不入填词，但宜从脚色起见。如在花面口中，则惟恐不粗不俗；一涉生、旦之曲，便宜斟酌其词。无论生为衣冠、仕宦，旦为小姐、夫人，出言吐词，当有隽雅春容之度；即是生为仆从，旦作梅香，亦须择言而发，不与净、丑同声：以生、旦有生、旦之体，净、丑有净、丑之腔故也。元人不察，多混用之。观《幽闺记》之陀满兴福，乃小生脚色，初屈后伸之人也，其《避兵》曲云："遥观巡捕卒，都是棒和枪。"此花面口吻，非小生曲也。均是常谈俗语，有当用于此者，有当用于彼者。又有极粗、极俗之语，止更一二字，或增减一二字，便成绝新绝雅之文者，神而明之，只在一熟。当存其说，以俟其人。

（清）李渔《闲情偶寄·词曲部·词采第二》，《中国古典戏曲论著集成》（七）中国戏剧出版社本

径莫便于捷，而又莫妙于迂。凡有故作迂途以取别致者，必另开耳门一扇，以便家人之奔走，急则开之，缓则闭之，斯雅俗俱利而理致兼收矣。

（清）李渔《闲情偶寄·居室部·房舍第一》，《笠翁一家言全集》，芥子园刊本

学古人诗，不可学其粗俗，非不可学，不能学也。非极细人不能粗，非极雅人不能俗。

（清）贺贻孙《诗筏》，《清诗话续编》本

韵胜即雅。竟陵淫溢已甚，亦由韵不足耳。

（清）王夫之《明诗评选》卷八，刘涣《绝句》评语，《船山遗书》，太平洋书店重校刊本

问："律古五七言中，最不宜用字句，若何？"

阮亭答："凡粗字、纤字、俗字，皆不可用。词曲字面尤忌。即如杜子美诗：'红绽雨肥梅'一句中，便有二字纤俗，不可以其大家而概法之。"

历友答："诗，雅道也，择其言尤雅者为之可耳。而一切涉纤、涉巧、涉浅、涉俚、涉佻、涉诡、涉淫、涉靡者，戒之如避酖毒可也。然则如之何？曰'丽以则'，屏温八叉，放韩致尧，其庶几乎？"

萧亭答："王敬美先生曰：'律诗句有不可入古者，古诗字有必不可为律者。'又曰：'作古诗先须辨体，无论两汉难至，苦心摹做，时隔一尘；即为建安，不可堕落六朝一语；为三谢纵极排丽，不可襟入唐音。小诗欲作王、韦，长篇欲作老杜，便应全用其体。不可羊质虎皮，虎头蛇尾。词曲家非当家本色，虽丽语博学无用。'惟诗亦然。况鄙俗之言不典之语乎？"

（清）王士禛等《师友传诗录》，《清诗话》本

又曰："写景诗虽不嫌雕刻，亦须以雅致者为佳。如郑巢之'茶烟开瓦雪，鹤迹上潭冰'，刘得仁之'劲风吹雪聚，渴鸟啄冰开'，乃可。如许棠之'晓嶂猿窥户，寒湫鹿舐冰'，'舐'字不雅。许裳以《洞庭》诗得名，数篇之外，皆枯寂无味。"

（清）吴乔《围炉诗话》卷之三，《清诗话续编》本

诗求可喜，必先去可厌，如"诸峰接一魂"，究竟不稳，不稳则不雅。友夏曰："迫尽山川精髓，使游人毛竖发立。"吾终不能为矮人观场。

（清）贺裳《载酒园诗话又编》，《清诗话续编》本

用字宜雅不宜俗，宜稳不宜险，宜秀不宜笨。一字之工，未足庇其全首；一字之病，便足累其通篇，下笔时最当斟酌。盖近体与古诗不同，既以五言八句为限，其体则方，其调则圆。

（清）冒春荣《葚原诗说》卷二，《清诗话续编》本

赠人诗切姓最俗，此亦为俗手而言，若古人之精切有味，刚刚安顿得好，则又不为嫌矣。王荆公《上元喜呈贡父》云："车马纷纷白昼同，万家灯火暖春风。别开闾阖壶天外，特起蓬莱陆海中。尽取繁华供侠少，只分牢落与衰翁。不知太乙游何处，定把青藜独照公。"前四句了不异人，第五句忽然束一笔，六句著到刘身上，刚刚起起末二句。侠少看灯，衰翁读书，两两相形，妙不可言。而笔气之灵动坚整，又最起发后学。

（清）延君寿《老生常谈》，《清诗话续编》本

雅如美人之貌，趣是美人之态。有貌无态，如皋不笑，终觉寡情；有态无貌，东施效颦，亦将却步。

（清）谢章铤《赌棋山庄词话》卷十一，《词话丛编》本

入手须辨雅俗。近今有两种格体：一为考试起见，读试帖，如剪彩刻绘，全无生气；一为应酬起见，翻类书，用故事，如记里点冠，绝少性情。此固毕劫不知诗也。

（清）陆以湉《冷庐杂识》卷三，引自《笔记小说大观》，江苏广陵古籍刻印社本

邱文庄尝云："眼前景致口头语，便是诗家绝妙词。"此言是矣，然元、白又何以轻而俗邪？此中两参，乃得三昧耳。

（清）周容《春酒堂诗话》，《清诗话续编》本

许旭庵曰：才人之文，出笔便雅；即使题甚俗，而能愈俗愈雅。庸人之文，落笔便俗；极使题极雅，而偏愈雅愈俗。读此回书，慧心者可以悟道，岂止雅云尔哉。

（清）孟芥舟《女仙外史回评》（第六回），引自《中国历代小说论著选》，江西人民出版社本

十七

动 静（收 纵）

1. 飞动之美

顾长康从会稽还。人问山川之美，顾云："千岩竞秀，万壑争流，草木蒙笼其上，若云兴霞蔚。"

（南朝·宋）刘义庆《世说新语·言语》，《诸子集成》本

若探妙测深，尽形得势，烟华落纸将动，风采带字欲飞，疑神化之所为，非人世之所学，惟张有道、钟元常、王右军其人也。

（南朝·梁）庾肩吾《书品论·上之上》，《全梁文》卷六十六，《全上古三代秦汉三国六朝文》本

王维……《辋川图》，山谷郁郁盘盘，云水飞动；意出尘外，怪生笔端。

（唐）朱景玄《唐朝名画录》，《画品丛书》，上海人民美术出版社本

杜排律五十百韵者，极意铺陈，颇伤芜碎。盖大篇冗长，不得不尔。惟赠李白、汝阳、哥舒、见素诸作，格调精严，体骨匀称，每读一篇，无论其人履历，咸若指掌，且形神意气，踊跃毫楮。如周昉写生，太史序传，逼夺化工。而杜从容声律间，尤为难事，古今绝诣也。

（明）胡应麟《诗薮·内编》卷四，上海古籍出版社本

杜《谒玄元皇帝庙》十四韵，雄丽奇伟，势欲飞动，可与吴生画手，并绝古今。《岷山图》诗气象笔力，皆迥不侔。君采、用修舍此取彼，何耶？

（明）胡应麟《诗薮·内编》卷四，上海古籍出版社本

神藻飞动，乃所谓龙跃天门，虎卧凤阁也。

（清）王夫之《唐诗评选》卷三，李白《愁思》评语，《船山遗书》，太平洋书店重校刊本

作诗须用活字，使天地人物，一入笔下，俱活泼泼如蠕动，方妙。杜诗"客睡何曾着，秋天不肯明"，"肯"字是也。即元方回《瀛奎律髓》之所谓"眼"也。

（清）李调元《雨村诗话》卷下，《清诗话续编》本

2. 静中有动　动中有静

古人诗有"风定花犹落"之句，以谓无人能对。王荆公以对"鸟鸣山更幽"。"鸟鸣山更幽"本宋王籍诗。元对"蝉噪林逾静，鸟鸣山更幽"，上下句只是一意；"风定花犹落，鸟鸣山更幽"，则上句乃静中有动，下句动中有静。

（宋）沈括《梦溪笔谈·艺文一》，《新校正梦溪笔谈》卷十四，中华书局本

"风定花犹落，鸟鸣山更幽。"前辈谓上句置静意于动中，下句置动意于静中，是犹作意为之也。刘长卿"片云生断壁，万壑遍疏钟"。其体与前同，然初无所觉，咀嚼既久，乃得其意。

（宋）范晞文《对床夜语》卷三，《历代诗话续编》本

南朝人诗云："蝉噪林逾静，鸟鸣山更幽。"荆公尝集句云："风定花犹落，鸟鸣山更幽。"说者谓上句静中有动意，下句动中有静意。此说亦巧矣。至荆公绝句云"茅檐相对坐终日，一鸟不鸣山更幽"，却觉无味。

盖鸟鸣即山不幽，鸟不鸣即山自幽矣，何必言更幽乎？此所以不如南朝之诗为工也。

（宋）曾季狸《艇斋诗话》，《历代诗话续编》本

古人论真行，与篆隶辨圆方者微有不同。真行始于动，中以静，终以媚。媚者，盖锋稍溢出，其名曰姿态。锋太藏则媚隐，太正则媚藏而不悦，故大苏宽之以则笔取妍之说。赵文敏师李北海，净均也。媚则赵胜李，动则李胜赵。夫子建见甄氏而深悦之，媚胜也。后人未见甄氏，读子建赋，无不深悦之者，赋之媚亦胜也。

（明）徐渭《赵文敏墨迹洛神赋》，《徐文长集》卷二十一，明万历四十二年刻本

真中有幻，动中有静，寂处有音，冷处有神，句中有句，味外有味，诗之绝类离群者也。

（清）吴雷发《说诗菅蒯》，《清诗话》本

韩昌黎谓张旭书"变动犹鬼神，不可端倪"。此语似奇而常。夫鬼神之道，亦不外屈信阖辟而已！

（清）刘熙载《艺概·书概》，上海古籍出版社本

礼而曰文，自易说，乐而曰静，便难说，是当会其意矣。乐者，情之动于外者也，驰于外，便不静了。惟其由中出，则静亦静，动亦静。和而有节，故说是静，静便是坦易处。若动而失其中之本然，便险陂去矣。礼本是静物事文，非威仪交错之谓，乃顺理成章之谓。若说到仪文上去，则下文简字直接不上。盖礼而烦琐拘急，便不文了，惟其顺物之理而作，则从容不迫，故说是文，文便是简能处也。易简二字，实就礼乐说，不必言如乾之易，如坤之简。

（清）汪烜《乐记或问》，《乐经律吕通解》卷一，引自《中国古代乐论选辑》，人民音乐出版社本

惨淡经营，似有似无，本于意中融变。即令朱黄杂沓，或工或诞，多于象外追维。千笔万笔易，当知一笔之难。一点两点工，终防多点之拙。

山川之气本静，笔躁动则静气不生，林泉之姿本幽，墨粗疏则幽姿顿减。

（清）笪重光《画筌》，《历代论画名著汇编》本

十八

轻 重(厚 薄)

1. 清轻配典重

夫用字有数般：有轻，有重；有重中轻，有轻中重；有虽重浊可用者，有轻清不可用者。事须细律之。若用重字，即以轻字拂之便快也。

（唐）［日］弘法大师《文镜秘府论·南卷·论文意》，《文镜秘府论校注》，中国社会科学出版社本

"细数落花因坐久，缓寻芳草得归迟。""细数落花"、"缓寻芳草"，其语轻清；"因坐久""得归迟"，则其语典重。以轻清配典重，所以不堕唐末人句法中。盖唐末人诗轻佻耳。

（宋）吴可《藏海诗话》，《历代诗话续编》本

诗贵轻清，恶重浊。王君诗如人炼形跳出顶门，极天下之轻，如人绝粒，不食烟火，极天下之清，殆欲遗万事而求其内，离一世而立于独矣。虽然，古诗如人伦刑政之大，鸟鲁草木之微，莫不赅备，非必遗事也。考槃于君，小弁于亲，卷卷而不忍舍，非必离世也。

（宋）刘克庄《跋王元度诗》，《后村题跋》卷二，《丛书集成》本

余谐诗友周一之、马怀玉、李子明，晚过徐比部汝思书斋，适唐诗一卷在几，因而披阅，历谈声律调格，以分正变。汝思曰："闻子能假古人之作为己稿，凡作有疵而不纯者，一经点窜则浑成。子聊试笔力，

成则人各一大白，否则三罚而勿辞。如戴叔伦《除夜宿石头驿》诗云：'旅馆谁相问？寒灯独可亲。一年将尽夜，万里未归人。寥落悲前事，支离笑此身。愁颜与衰鬓，明日又逢春。'此晚唐入选者，可能搜其疵而正其格欤？"予曰："观此体轻气薄如叶子金，非锭子金也。凡五言律，两联若纲目四条，辞不必详，意不必贯，此皆上句生下句之意。八句意相联属，中无罅隙，何以含蓄？颔联虽曲尽旅况，然两句一意，合则味长，离则味短。晚唐人多此句法。"遂勉更六句云："灯火石头驿，风烟扬子津。一年将尽夜，万里未归人。萍梗南浮越，功名西向秦。明朝对清镜，衰鬓又逢春，"举座鼓掌笑曰："如此气重体厚，非'锭子金'而何！"

（明）谢榛《四溟诗话》卷三，人民文学出版社本

上古文字初开，实字多，虚字少。典谟训诰，何等简奥，然文法要是未备。至孔子之时，虚字详备，非者神态毕出。《左氏》情韵并美，文采照耀。至先秦、战国，更加疏纵。汉人敛之，稍归劲质，惟子长集其大成。唐人宗汉多峭硬。宋人宗秦，得其疏纵，而失其厚懋，气味亦少薄矣。文必虚字备而后神态出，何可节损？然枝蔓较弱，少古人厚重之气，自是后人文渐薄处。

（清）刘大櫆《论文偶记》，人民文学出版社本

律诗不难于凝重，亦不难于流动，难在又凝重又流动耳。

（清）刘熙载《艺概·诗概》，上海古籍出版社本

詹何对楚王曰："臣闻先大夫之言，蒲且子之弋也，弱弓纤缴，乘风振之，连双鸽于青云之际，用心专，动手均也。臣因其事，仿而学钓，五年始尽其道，当臣之临河持竿，心无杂虑，惟鱼之念，投纶持竿，手无轻重，物莫能乱，鱼见臣之钓饵，犹沉埃聚沫，吞之不疑，所以能以弱制强，以轻制重也。操觚当作如是观。

（清）张培仁《妙香室丛话》卷六，引自《笔记小说大观》，江苏广陵古籍刻印社本

2. 惟能厚　斯能无厚

　　向捧读回示，辱谕以惺所评《诗归》，反覆于厚之一字，而下笔多有未厚者，此洞见深中之言，然而有说：

　　夫所谓反覆于厚之一字者，心知诗中实有此境也；其下笔未能如此者，则所谓知而未蹈，期而未至，望而未之见也。何以言之？诗至于厚而无余事矣。然从古未有无灵心而能为诗者，厚出于灵，而灵者不即能厚。弟尝谓古人诗有两派难入手处：有如元气大化，声臭已绝，此以平而厚者也，《古诗十九首》、苏、李是也；有如高岩凌壑，岸壁无阶，此以险而厚者也，汉《郊祀》、《铙歌》、魏武帝乐府是也。非不灵也，厚之极，灵不足以言之也。然必保此灵心，方可读书养气，以求其厚，若夫以顽冥不灵为厚，又岂吾孩之所谓厚哉？

　　曹能始谓弟与谭友夏诗，清新而未免于痕；又言《诗归》一书，和盘托出，未免有好尽之累。夫所谓有痕与好尽，正不厚之说也。弟心服其言。然和盘托出，亦一片婆心婆舌，为此顽冥不灵之人设。至于痕则未可强融，须由清新入厚以救之，岂有舍其清新而即自谓无痕者哉？何时得相聚？一细论之。

（明）钟惺《与高孩之观察》，《隐秀轩集》，明天启刻本

　　庄子云："彼节者有间，而万刃者无厚。"所谓"无厚"者，金之至精，炼之至熟，刃之至神，而厚之至变至化者也。夫惟能厚，斯能无厚。古今诗文能厚者有之，能无厚者未易观也。无厚之厚，文惟孟、庄，诗惟苏、李、十九首与渊明。后来太白之诗，子瞻之文，庶几近之。虽然，无厚与薄，毫厘千里，不可不辨。

（清）贺贻孙《诗筏》，《清诗话续编》本

　　陶元亮诗淡而不厌。何以不厌？厚为之也。诗固有浓而薄，淡而厚者矣。

（清）贺贻孙《诗筏》，《清诗话续编》本

　　钟氏《诗归》失不掩得，得亦不掩失。得者如五丁开蜀道，失者则

钟鼓之享鹦鹉。大率以深心而成僻见，僻见而涉支离，误认浅陋为高深，读之使人怏怏耳。然其持论亦偏，曰："诗以静好柔厚为教者也，豪则喧，俊则薄，喧不如静，薄不如厚。"愚意远喧而取静可也，避豪而得闷不可也；戒薄而求厚可也，舍俊而奖纯不可也，何必豪与俊独无诗，夏葛冬裘，曲房旷阁，固不可举一耳。

（清）贺裳《载酒园诗话》卷一，《清诗话续编》本

今人论诗，动言贵厚而贱薄，此亦耳食之言。不知宜厚宜薄，惟以妙为主。

（清）袁枚《随园诗话》卷四，人民文学出版社本

毛西河曰："古诗人之意，有故为僞语而实重，故为薄语而实厚者。'衮衣留周公'，辞甚僞而情则重。'麦秀伤故都'，语虽薄而思则厚。盖风人之旨，意在言外，必考时论事而后知之"。此"青青子衿"之篇，朱子以为刺淫奔，不如小序以为刺学校也。朱子之意，亦不过以为词意僞薄，施之于学校，不相似耳。阎百诗尝曰：唐人朱庆馀作《闺情》一篇，戏水部郎中张籍云："洞房昨夜停红烛，待晓堂前拜舅姑，妆罢低声问夫婿，画眉深浅入时无？"问使无献水部一题，则僞僞数言，特闺阁语耳。有能解其以生平就正贤达之意乎？又窦梁宾以才藻见赏于进士卢东表。适东表及第，梁宾喜而为诗曰："晓妆初罢眼初睸，小玉惊人踏破裙，手把红笺书一纸，上头名字有郎君，"若掩其题则靡丽轻薄，与妇喜夫弟何异？盖风人寓言，往往不可猝辨如此。

（清）梁章钜《学诗一》，《退庵随笔》卷二十，引自《笔记小说大观》，江苏广陵古籍刻印社本

十九

大 小（长 短）

1. 工细亦阔大

　　臣闻示应于近，远有可察，托验于显，微或可包。是以寸管下傃，天地不能以气欺；尺表逆立，日月不能以形逃。

（晋）陆机《演连珠》，《陆机集》卷八，中华书局本

　　学画花者，以一株花置深坑中，临其上而瞰之，则花之四面得矣。学画竹者，取一株竹，因月夜照其影于素壁之上，则竹之真形出矣。学画山水者，何以异此。盖身即山川而取之，则山水之意度见矣。真山水之川谷，远望之以取其势，近看之以取其质。真山水之云气，四时不同。春融怡、夏蓊郁、秋疏薄、冬暗淡，尽见其大象而不为斩刻之形，则云气之态度活矣。真山水之烟岚，四时不同。春山艳冶而如笑，夏山苍翠而如滴，秋山明净而如妆，冬山惨淡而如睡，画见其大意而不为刻画之迹，则烟岚之景象正矣。真山水之风雨，远望可得，而近者玩习不能究错纵起止之势。真山水之阴晴，远望可尽，而近者拘狭不能得明晦隐见之迹。

（宋）郭熙《林泉高致·山水训》，《历代论画名著汇编》本

　　范公家神刻，为其子擅自增损，不免更作文字发明，欲后世以家集为信，续得，录呈。尹氏子卒，请韩太尉别为墓表，以此见朋友门生故吏与孝子用心常异，修岂负知己者。范、伊二家，亦可为鉴。更思之，然能有意于传久，则须纪大而略小。此可与通识之士语，足下必深晓此。但因葬

期速，恐仓卒不及，遂及斯言也。幸察！

（宋）欧阳修《与杜䜣论祁公墓志书》，《欧阳文忠集》外集卷十九，《四部备要》本

明允姓苏氏，讳洵，眉州眉山人也。始举进士，又举茂才异等，皆不中。归，焚其所为文，闭户读书。居五六年，所有既富矣。乃始复为文，盖少或百字，多或千言，其指事析理，引物托谕，侈能尽之约，远能见之近，大能使之微，小能使之著，烦能不乱，肆能不流。其雄壮俊伟，若决江河而下也。其辉光明白，若引星辰而上也。其略知是，以余之所言，于余之所不言，可推而知也。

（宋）曾巩《苏明允哀词》，《元丰类稿》卷四十一，中华书局本

凡世之所贵，必贵其难。真书难于飘扬，草书难于严重，大字难于结密而无间，小字难于宽绰而有余。

（宋）苏轼《跋王晋卿所藏莲华经》，《东坡题跋》卷四，《丛书集成》本

小字古称《黄庭经》，大字焦山《瘗鹤铭》；小敛大纵出一手，譬如写真妙丹青。写真但要写得似，小纤大浓皆可喜；小如眼中见瞳人，大如镜中见全身。

（元）方回《为合密府判题赵子昂大字兰亭》，《桐江续集》卷二十四，《四库全书珍本初集》本

诗社以杨妃袜为题，杨廉夫一联云："安危岂料关天步，生死犹能系俗情。"题目虽小，而议论甚大，所以诸人莫能及。

（明）瞿佑《归田诗话》卷下，《历代诗话续编》本

诗贵意。意贵远不贵近，贵淡不贵浓，浓而近者易识，淡而远者难知。如杜子美"钩帘宿鹭起，中药流莺啭"、"不通姓字粗豪甚，指点银瓶索酒尝"、"衔泥点污琴书内，更按飞虫打著人"，李太白"桃花流水杳然去，别有天地非人间"，王摩诘"返景入深林，复照莓苔上"，皆淡而愈浓，近而愈远，可与知者道，难与俗人言。

（明）李东阳《怀麓堂诗话》，《李东阳集》，岳麓书社本

大篇决流，短章敛芒，李杜得之。大篇约为短章，涵蓄有味；短章化为大篇，敷演露骨。

（明）谢榛《四溟诗话》卷二，人民文学出版社本

五代时写生，徐熙独步，以其全用水墨，不假丹青。骤阅间粗枝老柄，极似潦冽，熟玩之，神韵飞动，天真烂然。犹李成、关仝山水，迫视几不类，远观则云烟苍翠，恍坐千岩万壑中，皆前古所未有也。仝昔黄荃父子称亚熙，然工在形似，下熙格固已数等。

（明）胡应麟《又跋陈道复水墨牡丹真迹》，《少室山房类稿》卷一百九，《少室山房文集》明万历本

元词开场，止有冒头数语，谓之"正名"，又曰"楔子"，多则四句，少则二句，似为简捷。然不登场则已，既用副末上场，脚才点地，遂尔抽身，亦觉张皇失次。增出"家门"一段，甚为有理。然"家门"之前，另有一词。今之梨园，皆略去前词，只就"家门"说起。止图省力，埋没作者一段深心。大凡说话、作文，同是一理：入手之初，不宜太远，亦正不宜太近。文章所忌者，开口骂题。便说几句闲文，才归正传，亦未尝不可，胡遽惜字如金，而作此卤莽减裂之状也！作者万勿因其不读而作省文。至于末后四句，非止全该，又宜别俗。元人楔子，太近老实，不足法也。

（清）李渔《闲情偶记·词曲部·格局第六》，《中国古典戏曲论著集成》（七），中国戏剧出版社本

情乍近而终远，词在苦而如甘。入室之誉，以此当之，庶几无愧。……"明月照高楼，流光正徘徊。"可谓物外传心，空中造色。结语居然在人意中，而如从天陨。匪可识寻，当由智得。

（清）王夫之《古诗评选》卷四，曹植《七哀诗》评语，《船山遗书》，太平洋书店重校刊本

尺幅小，山水宜宽；尺幅宽，山水宜紧。卷之上下，隐截峦垠；幅之左右，吞吐岩树。一纵一横，会取山形树影；有结有散，应知境辟神开。（画法不离纵横聚散四字，所谓一阴一阳之为道。）巧在善留，全形具而

妨于凑合；圆因用闪，正势列而失其机神。

（清）笪重光《画筌》，《历代论画名著汇编》本

咏物，小小体也；而老杜《咏房兵曹胡马》则云："所向无空阔，真堪托死生。"德性之调良，俱为传出。郑都官《咏鹧鸪》则云："雨昏青草湖边过，花落黄陵庙里啼。"此又以神韵胜也。彼胸无寄托，笔无远情，如谢宗可、瞿佑之流，直猜谜语耳。

（清）沈德潜《说诗晬语》，《清诗话》本

"匆匆不暇草书"，方知草书非易就者，小诗亦然。盛唐诸体诗，中、晚、宋、元名家间有仿佛者。惟李、杜绝句，浑成天趣，开元千百年后，不能一至其妙，乃知小诗之难，难于大篇也。子瞻云："文章曹植今堪笑，却卷波澜入小诗。"然则小诗岂易涉笔也乎？

（清）叶矫然《龙性堂诗话续集》，《清诗话续编》本

（凤姐道："可是别误了正事，才刚老爷叫你作什么？"下批）一段赵嬷讨情闲文，却引出道（通）部脉络。所谓由小及大，譬如登高必自卑之意。细思大观园一事，若从如何奉旨起造，又如何分派众人，从头细细直写，将来几千样细事如何能顺笔一气写清？又将落于死板拮据之乡。故只用琏、凤夫妻二人一问一答，上用赵嬷讨情作引，下用蓉、蔷来说事作收，余者随笔顺笔略一点染，则耀然洞彻矣，此是避难法。

（清）《脂砚斋重评石头记》第十六回夹批，人民文学出版社本

李于鳞云："唐无五古诗，而有其古诗。"此正不相沿袭处。唐去汉、魏已稍远，隋末纤靡甚矣，倘沿去则日趋日下。曲江诸人振起之功甚伟，不可谓唐无古诗。独工部出，目短曹、刘，气靡屈、贾，前无古人，后无来者。予尝谓读《北征》诗与荆公《上仁宗书》，唐、宋有大文章，后人敛衽低首，推让不遑，不敢复言文字矣。

此言出，人必谓震其长篇大作耳。不知"齐鲁青未了"才五字，《读孟尝君传》才数行，后人越发不能。古人手段，纵则长河落天，收则灵珠在握，神龙九霄，不得以大小论。

（清）延君寿《老生常谈》，《清诗话续编》本

数寸之楮，作山寺浮图，要使其高插天。此如须弥芥子，现三千大千世界；一刹那顷，有八万四千过去未来。彼夏虫安可语冰。

（清）戴熙《赐砚斋题画偶录》，《历代论画名著汇编》本

是书当以读《左传》之法读之。《左传》阔大，《聊斋》工细。其叙事变化，无法不备；其刻划尽致，无妙不臻。工细亦阔大也。

（清）冯镇峦《读聊斋杂说》，引自《中国历代小说论著选》，江西人民出版社本

2. 一二言未尝不足　千万言未尝有余

乐天《长恨歌》凡一百二十句，读者不厌其长；元微之《行宫》诗才四句，读者不觉其短，文章之妙也。

（明）瞿佑《归田诗话》卷上，《历代诗话续编》本

总之，文字短长，视其人之笔性。笔性遒劲者，不能强之使长；笔性纵肆者，不能缩之使短。文患不能长，又患其可以不长而必欲使之长。如其能长而又使人不可删逸，则虽为宾白中之古风、史、汉，亦何患哉。予则乌能当此，但为糠粃之导，以俟后来居上之人。

（清）李渔《闲情偶寄·词曲部·宾白第四》，《中国古典戏曲论著集成》（七），中国戏剧出版社本

诗有长言之味短，短言之味长。作者任意所至，不复自止，一经明眼人删削，遂大开生面者。然明眼人往往不能补短，但能截长。如柳子厚"渔翁夜傍西岩宿，晓汲清湘然楚竹。烟消日出不见人。欸乃一声山水绿。回看天际下中流，岩上无心云相逐"。东坡删其后二句，严仪卿云："使子厚复生，亦必心服。"谢朓诗云："洞庭张乐地，潇湘帝子游。云去苍梧野，水还江汉流。停骖我怅望，辍棹子夷犹。广平听方藉，茂陵将见求。心事将已矣，江上徒离忧。"仪卿欲删去"广平听方藉，茂陵将见

求"十字，只用八句，余谓即玄晖复生，亦当拍掌叫快。

（清）贺贻孙《诗筏》，《清诗话续编》本

夫谓文无深与博，亦即无所为简。行千里者以千里为至，行一里者以一里为至。《左氏春秋》，一人之笔也，或一二言而止，或连篇累牍，千百言而不止。一二言未尝不足，千百言未尝有余，灾变战伐下至琐亵猥鄙之事，无不备载。未闻徒举其大端，而屏其细，故以为简也，而文自简明。康海作《武功志》，不啻残砖败瓦，而处人于荒村僻巷间也。而说者称羡之，良可怪矣。

（清）焦循《文说三》，《雕菰楼集》卷十，《丛书集成》本

或谓七言如挽强用长。余谓更当挽强如弱，用长如短，方见能事。

（清）刘熙载《艺概·诗概》，上海古籍出版社本

长篇宜横铺，不然则力单；短篇宜纡折，不然则味薄。

（清）刘熙载《气概·诗概》，上海古籍出版社本

最可怪者，人以《西厢》之十六折为少，而欲续之；以《琵琶》之四十二出为多，而欲删之。夫诚知《西厢》之不必续，则知《琵琶》之不可删矣。凫胫虽短，续之则伤；鹤颈虽长，断之则悲。文之妙者，一句包得数篇，则短亦非短；数篇只如一句，则长亦非长。汤若士先生《牡丹亭》传奇，长至五十余折，至今脍炙人口，读之不厌其多。近日吾友悔庵先生，有《读离骚》、《吊琵琶》、《桃花源》、《黑白卫》等乐府数种，每种止三四折，亦复脍炙人口，读之不觉其少，又何独疑于《琵琶》。

（清）毛声山《成裕堂绘像第七才子书琵琶记》卷之一，引自《中国古典编剧理论资料汇辑》，中国戏剧出版社本

3. 离合跌宕

东坡答李廌书云，惠示古赋近诗，词气卓越，意趣不凡，甚可喜也。

但微伤冗，后当稍收敛之，今未可也。足下之文，正如川之方增，极其所至，霜降水落，自见涯涘，然不可不知也。

（元）王构《修辞鉴衡》卷一，《丛书集成》本

何涛领五百官兵、五百公人，而写来恰似深秋败叶，聚散无力。晁盖等不过五人，再引十数个打鱼人，而写来便如千军万马，奔腾驰骤，有开有合，有诱有劫，有伏有应，有冲有突。凡若此者，岂谓当时真有是事？盖是耐庵墨兵笔陈，纵横入变耳。

（清）金圣叹《贯华堂第五才子书水浒传》第十八回总批，《金圣叹全集》（一），江苏古籍出版社本

有欲合放纵法。如白龙庙前，李俊、二张、二童、二穆等救船已到，却写李逵重要杀入城去；还道村玄女庙中，赵能、赵得都已出去，却有树根绊跌，士兵叫喊等，令人到临了又加倍吃吓是也。

（清）金圣叹《读第五才子书法》，《金圣叹全集》（一），江苏古籍出版社本

李易安春情：“清露晨流，新桐初引。”用《世说》全句，浑妙。尝论诗贵开宕，不欲沾滞，忽悲忽喜，乍远乍近，斯为妙耳。如游乐词，微须著愁思，方不痴肥。李春情词本闺怨，结云：“多少游春意”，"更看今日晴未"，忽尔拓开，不但不为题束，并不为本意所苦，直如行云舒卷自如，人不觉耳。

（清）毛先舒《诗辩坻》卷第四，《清诗话续编》本

诗以离合为跌宕，故莫善于用远合近离。近离者，以离开上句之意为接也。离后复转，而与未离之前相合，即远合也。

（清）刘熙载《艺概·诗概》，上海古籍出版社本

词要放得开，最忌步步相连；又要收得回，最忌行行愈远。必如天上人间，去来无迹，斯为入妙。

（清）刘熙载《艺概·词曲概》，上海古籍出版社本

抑扬之法有四，曰：欲抑先扬，欲扬先抑，欲抑先抑，欲扬先扬。沉

郁顿挫，必于是得之。

（清）刘熙载《艺概·经义概》，上海古籍出版社本

文忽然者为断，变化之谓也，如敛笔后忽放笔是；复然者为续，贯注之谓也，如前已敛笔，中放笔，后复敛笔以应前是。

（清）刘熙载《艺概·经义概》，上海古籍出版社本

有欲擒故纵法，如龙角山之毕丰本可杀却，却放他走脱，以为后来借金兵，饮马之地；铁罗汉等三人本可同倭兵一齐了却，却放他逃回本岛，以为后来征三岛之地；既获共涛，本可将萨头陀一齐擒获，却放他逃去躲在塔上，以为共涛女儿立功救死之地：如此安放，真是七穿八透之文。

（清）蔡元放《水浒后传读法》，引自《中国历代小说论著选》，江西人民出版社本

法度编

蒋树勇　编选

一

论 法 度

1. 天下万事皆有一定之法　学之者须循序而渐进

　　子墨子之有天之，辟人，无以异乎轮人之有规，近人之有矩也。今夫轮人操其规，将以量度天下之圜与不圜也……此其故何？则圜法明也。匠人亦操其矩，将以量度天下之方与不方也……此其故何？则方法明也。
（先秦）《墨子·天志》，《诸子集成》本

　　孟子曰：离娄之明，公输子之巧，不以规矩，不能成方圆；师旷之聪，不以六律，不能正五音；尧舜之道，不以仁政，不能平治天下。今有仁心仁闻，而民不被其泽，不可法于后世者，不行先王之道也。故曰：徒善不足以为政，徒法不能以自行。《诗》云："不愆不忘，率由旧章。"遵先王之法而过者，未之有也。圣人既竭目力焉，继之以规矩准绳，以为方圆平直，不可胜用也；既竭耳力焉，继之以六律，正五音，不可胜用也；既竭心思焉，继之以不忍人之政，而仁覆天下矣。
（先秦）《孟子·离娄上》，《诸子集成》本

　　孟子曰：羿之教人射，必志于彀；学者亦必志于彀。大匠诲人必以规矩，学者亦必以规矩。
（先秦）《孟子·告子上》，《诸子集成》本

　　是以执术驭篇，似善弈之穷数；弃术任心，如博塞之邀遇。故博塞之文，借巧傥来，虽前驱有功，而后援难继，少既无以相接，多亦不知所

删，乃多少之并惑，何妍蚩之能制乎！若夫善弈之文，则术有恒数。按部整伍，以待情会，因时顺机，动不失正。数逢其极，机入其巧，则义味腾跃而生，辞气丛杂而至。视之则锦绘，听之则丝簧，味之则甘腴，佩之则芬芳。断章之功，于斯盛矣。

（南朝·梁）刘勰《文心雕龙·总术》，人民文学出版社本

夫识画之诀，在乎明六要，而审六长也。所谓六要者：气韵兼力，一也；格制俱老，二也；变异合理，三也；彩绘有泽，四也；去来自然，五也；师学舍短，六也。所谓六长者：粗卤求笔，一也；僻涩求才，二也；细巧求力，三也，狂怪求理，四也；无墨求染，五也；平画求长，六也。

（五代）刘道醇《圣朝名画评·序》，《画品丛书》，上海人民美术出版社本

世之论书者，多自谓书不必有法，各自成一家。此语得其一偏。譬如西施、毛嫱，容貌虽不同，而皆为丽人；然手须是手，足须是足，此不可移也。作家亦然，虽形气不同，掠须是掠，磔须是磔，千变万化，此不可移也。若掠不成掠，磔不成磔，纵其精神筋骨犹西施、毛嫱，而手足乖戾，终不为完人。杨朱、墨翟，贤辩过人，而卒不入圣域。尽得师法，律度备全，犹是奴书，然须自此入。过此一路，乃涉妙境，无迹可窥，然后入神。

（宋）沈括《艺文》，《补笔谈》卷二，《新校正梦溪笔谈》，中华书局本

凡作一文，皆须有宗有趣，终始关键，有开有合；如四渎虽纳百川，或汇而为广泽，汪洋千里，要自发源注海耳。

老夫绍圣以前，不知作文章斧斤，取旧所作读，皆可笑。绍圣以后，始知作文章，但以老病惰懒，不能下笔。外甥勉之，为我雪耻。

（宋）黄庭坚《答洪驹父书》，《豫章黄先生录》卷十九，《四部丛刊》本

余尝以为天下万事皆有一定之法，学之者须循序而渐进。

（宋）朱熹《跋病翁先生诗》，《朱文公文集》卷八十四，《四部丛刊》本

得魏人单炜教书法，心悟所以然，无一食去纸笔。暮年，书稍近《兰亭》，余谓君："当自成体，何必《兰亭》也。"君曰："不然。天下之书，篆籀隶楷皆一法，法备而力到皆一体。其不能为《兰亭》者，未到尔，非自成体也。"此论余尤骇之。

(宋) 叶适《徐文渊墓志铭》，《叶适集》卷二十一，中华书局本

词之作必须合律，然律非易学，得之指授方可。若词人方始作词，必欲合律，恐无是理；所谓"千里之程，起于足下"，当渐而进可也。正如方得离俗为僧，便要坐禅守律，未曾见道，而病已至，岂能进于道哉？音律所当参究，词章先宜精思。俟语句妥溜，然后正之音谱，二者得兼，则可造极玄之域。今词人才说音律，便以为难，正合前说，所以望望然而去之。苟以此论制曲，音亦易谐，将于于然而来矣。

(宋) 张炎《词源·杂论》，人民文学出版社本

夫理，文之本也；法，文之末也。有理则有法矣，未有无理而有法者也。六经理之极，文之至，法之备也。故《易》有阴阳奇耦之理，然后有卦画爻象之法；《书》有道德仁义之理，而后有典谟训诰之法；《诗》有性情教化之理，而后有风赋比兴之法；《春秋》有是非邪正之理，而后有褒贬笔削之法；《礼》有卑高上下之理，然后有隆杀度数之法；《乐》有清浊盛衰之理，而后有律吕舒缀之法。始皆法在文中，文在理中，圣人制作裁成，然后为大法，使天下万世知理之所在而用之也。

(元) 郝经《答友人论文法书》，《郝文忠公陵川全集》卷二十三，清乾隆刊本

诗本性情，能知之矣；本于法度，知之不能详矣。风雅颂体有三焉，释雅颂复有异焉，夫之之别明矣。黄初而降，能知风之为风，若雅颂则杂然不知其要领。至于盛唐，犹导其遗法而不变，而雅颂之作，得之者十无二三焉。故夫绮心者流丽而莫返，抗志者豪宕而莫拘，卒至殀其天年，而世之年盛意满者犹不悟。何也？杨刘弊绝，欧阳兴焉。于六义经纬，得之而有遗者也。江西大行，诗之法度，益不能以振，陵夷渡南，靡烂而不可

救，入于浮屠老氏证道之言，弊孰能以救哉？

吴子高居湖湘，为诗以法度自导，高者腾霄汉，幽者抉泉石，忧乐得中，合于采诗之说矣。候神人于执期，望飞仙于蓬瀛，佽心之萌，帝者之事，公卿之作，雅颂得之。愿与子高异日相见而论焉。

（元）袁桷《跋吴子高诗》，《清容居士集》卷四十九《丛书集成》本

学士大夫之于文亦然。经之以杼柚，纬之以情思，发之以议论，鼓之以气势，和之以节奏，人人之所同也。出于口而书于纸，而巧拙见焉。巧者有见于中而能使了然于口与手，犹善工之工于染也。拙者中虽有见，而辞则不能达，犹不善工之不工于染也。天下之技莫不有妙焉，而况于文乎？不得其妙，未有能入其室者也。是故三代以来，为文者至多，臻其妙者，春秋则左邱明，战国则荀况、庄周、韩非，秦则李斯，汉则司马迁、贾谊、董仲舒、班固、刘向、扬雄，唐则韩愈、柳宗元、李翱，宋则欧阳修、王安石、曾巩及吾祖老泉、东坡、颍滨，上下数千百年间，不过二十人尔？岂非其妙难臻，故其人难得欤！

（明）苏伯衡《染说》，《苏平仲集》卷三，《丛书集成》本

读论文一篇，仆窃疑焉。足下之意，不过执以艰深之词文浅易之见耳，恐不然。夫文自有格，不祖其格，终不足以知文。今人有左氏、迁乎？而足下以左氏、迁律人邪？欧、虞、颜、柳字不同而同一笔，其不同特肥瘦长扁整流疏密劲温耳。此十者，字之象也，非笔之精也。乃其精则固无不同者。夫文亦犹是耳。足下谓迁不同左氏，左氏不同古经，亦其象耳。仆不敢谓，然幸足下思之，有教再布。

（明）李梦阳《答吴谨书》，《空同集》卷六十二，《四库全书》本

诗贵先合度，而后工拙。纵横、格轨，各具风雅；繁钦《定情》，本之郑卫；"生年不满百"，出自《唐风》；王粲《从军》，得之二《雅》；张衡《同声》，亦合《关雎》。诸诗固自有工丑，然而并驱者，托之轨度也。

（明）徐祯卿《谈艺录》，《历代诗话》本

然则不能无文，而文不能无法。是编者，文之工匠而法之至也。圣人以神明而达之于文，文士研精于文以窥神明之奥。其窥之也，有偏有全，有小有大，有驳有醇，而皆有得也。而神明未尝不在焉。所谓"法"者，神明之变化也。《易》曰："刚柔交错，天文也；文明以止，人文也。"学者观之可以知所谓法矣。

（明）唐顺之《文编序》，《荆川先生文集》卷十，《四部丛刊》本

有贱工者，见夫善为乐者之若无所转，而以为果无所转也，于是直其气与声而出之，戛戛然一往而不复，是击腐木湿鼓之音也；言文者，何以异此？

（明）唐顺之《董中峰侍郎文集序》，《荆川先生文集》卷十，《四部丛刊》本

虽有善书，非善刻者固不能发其精神而传于世也。释氏亦云："譬如箜篌，非有妙指，不发妙音。"字刻亦然。

（明）唐顺之《跋李怀琳书绝交书后》，《荆川先生文集》卷十七，《四部丛刊》本

孔曰："草创之，讨论之，修饰之，润色之。"千古为文之大法也。孟曰："不以文害辞，不以辞害意，以意逆志，是为得之。"千古谈诗之妙诠也。

（明）胡应麟《诗薮·内编》卷五，上海古籍出版社本

汉唐以后谈诗者，吾于宋严羽卿得一悟字，于明李献吉得一法字，皆千古词场大关键。第二者不可偏废，法而不悟，如小僧缚律；悟不由法，外道野狐耳。

（明）胡应麟《诗薮·内编》卷一，上海古籍出版社本

今人但取给便，未尝深求，故自荐绅以至负贩，莫不洋洋授辞。余向不解事，朝歌夕吟，便已自置上坐。研精以来，益自愧不如古人远也。献吉、仲默、于鳞、元美，才气要亦大过人，规摹昔制，不遗余力，苦加椎驳，可议甚多。今人之才又不如诸子，而放乎规矩，猥云超乘，后世可尽欺耶！

（明）陈子龙《六子诗序》，《陈忠裕全集》卷二十五，簳山草堂本

诗文各自有法，既为之须按其法，即道学先生不得谓诗文绪余而不加之意，此亦有物有则之理也。但为诗而止以诗人自待，为文而止以文士自待，诗文纵佳，减一格矣。李杜以诗名，韩苏以文名，其所重者有在矣。可曰：诗人之诗，文士之文而已耶。
      （明）王嗣奭《文学》，《管天笔记新编》卷下，《四明丛书》本

本领者，将军也。心意者，副将也。本领极要紧，心意附本领而生。
      （清）冯班《日记》，《钝吟杂录》卷六，《丛书集成》本

布局观乎缣楮，命意寓于规程。统于一而缔搆不棼，审所以而开阖有准。
      （清）笪重光《画筌》，《历代论画名著汇编》本

不浚其源而言文，譬之扬蹄涔之波者，不识渤澥之广，炫萤尾之照者，不睹日月之明，几文之成，不能也。不究其法而言文，譬之骤新羁之驷而驰其衔辔，操匠郢之斤而辍其规矩，几文之成，不能也。
      （清）邵长蘅《与魏叔子论文书》，《青门簏稿》卷十一，愚斋丛书刻青门草堂藏本

夫用兵，危事也，而赵括易言之，此其所以败也。夫诗，难事也，而豁达李老易言之，此其所以陋也。
      （清）袁枚《随园诗话》卷三，人民文学出版社本

白公五古上接陶，下开苏、陆；七古乐府，则独辟町畦，其钩心斗角，接笋合缝处，殆于无法不备。
      （清）翁方纲《石洲诗话》卷二，人民文学出版社本

时文当知法度，古文亦当知有法度，时文法度显而易言，古文法度隐而难喻，能熟于古文，当自得之；执古文而示人以法度，则文章变化，非一成之文所能限也。
      （清）章学诚《文理》，《文史通义·内篇二》，《四部备要》本

世之能文章者，以为言语之工，体撰之妙，能状能言之景，显难达之

情，拟之化工造物，而文章之能事尽矣；行乎不得不行，止乎不得不止，拟之万斛泉源，随地涌出，而文章之能事尽矣；思涉乐其必笑，方言哀而已叹，拟之雍门鼓瑟，成连蹈海，而文章之能事尽矣。夫知古人之所言而不知古人所不言，未可谓知言也；知古人之所蹈而不知古人所不蹈，未可谓知行也。三百之诗具在也，文字无所加损也，声音无所歧异也，体物之工，言情之婉，陈义之高，未尝有所改变也；然而说诗之旨一有所异，则诗之得失霄壤判焉。是则文章之难，不在其言，而在其所以为言也。

（清）章学诚《杂说》，《文史通义·内篇六》，《章氏遗书》本

文字精深在法与意；华妙在兴象与词。

（清）方东树《昭昧詹言》卷一，人民文学出版社本

不知用意，则浅近；不知用法，则板俗；不知选字造语，则滑熟平易。

（清）方东树《昭昧詹言》卷一，人民文学出版社本

字句文法，虽诗文末事，而欲求精其学，非先于此实下功夫不得。此古人不传之秘，谢、鲍、韩、黄屡以诏人，但浅人不察耳。

（清）方东树《昭昧詹言》卷一，人民文学出版社本

"书法"二字见《左传》，为文家言法之始。《庄子·寓言》篇曰"言而当法"；晁公武称陈寿《三国志》"高简有法"；韩昌黎谓"经承子厚口讲指画为文辞者，悉有法度可观"；欧阳永叔称尹师鲁为文章"简而有法"，具见法之宜讲。

（清）刘熙载《艺概·文概》，上海古籍出版社本

文之尚理法者，不大胜亦不大败；尚才气者，非大胜则大败。观汉程不识、李广、唐李勣、薛万彻之为将，可见。

（清）刘熙载《艺概·文概》，上海古籍出版社本

叙事要有法，然无识则法亦虚；论事要有识，然无法则识亦晦。

（清）刘熙载《艺概·文概》，上海古籍出版社本

刘文房诗，以研炼字句见长，而清赡闲雅，蹈乎大方。其篇章亦尽有法度，所以能断截晚唐家数。

（清）刘熙载《艺概·文概》，上海古籍出版社本

2. 义——言有物　法——言有序

述其文，则曰："简而有法。"此一句，在孔子六经，惟《春秋》可当之。其他经非孔子自作文章，故虽有法而不简也。修于师鲁之文不薄矣。而世代之无识者，不考文之轻重，但责言之多少，云师鲁文章不合只著一句道了。

既述其文，则又述其学曰："通知古今。"此语若必求其可当者，惟孔、孟也。

既述其学，则又述其论议云："是是非非，务尽其道理，不苟止而妄随。"亦非孟子不可当此语。

（宋）欧阳修《论尹师鲁墓志》，《欧阳文忠集》卷七十三，《四部备要》本

甚哉，班史之疏于义法也。太史公序《礼乐》而不条次为书，盖以汉兴，礼仪皆仍秦故，不合圣制，无可陈者。郊庙乐章，并非雅声，故独举《马歌》，藉黯言以明己意，且以著弘之阴贼耳，其称引古昔皆与汉事相发，无泛设者。

固乃漫原制作之义，则古礼乐及先圣贤之微言，可胜既乎，是以不贯不该，固然而无所归宿也。其于汉之礼仪则缺焉，而独载《房中》、《郊祀》之歌及乐人员数，夫郊庙诗歌，乃固所称体异《雅》《颂》，又不协于钟律者也。既可备著于篇，则叔孙所撰，藏于理官者，故为不可条次，以姑存一家之典法乎？用此知韩、柳、欧、苏、曾、王诸文家，叙列古作者，皆不及于固，卓矣哉！非肤学所能识也。

（清）方苞《书汉书礼乐志后》，《方苞集》卷二，上海古籍出版社本

记事之文，惟《左传》、《史记》各有义法，一篇之中脉相灌输，而

不可增损。然其前后相应，或隐或显，或偏或全，变化随宜，不主一道。

《五代史·安重海传》总揭数义于前，而次弟分疏于后；中间又凡举四事，后乃详书之。此书疏论策体，记事之文，古无是也。

《史记》伯夷、孟、荀、屈原传议论与叙事相间。盖四君子之传以道德节义，而事迹则无可列者，若据事直书，则不能排纂成篇，其精神心术所运，足以兴起乎百世者，转隐而不著，故于《伯夷传》，叹天道之难知；于《孟、荀传》见仁义之充塞；于《屈原传》，感忠贤之敝壅，而阴以寓己之悲愤。其他本纪、世家、列传有事迹可编者，未尝有是也。

《重海传》乃杂以论断语，夫法之变，盖其义有不得不然者。欧公最为得《史记》法，然犹未详其义而漫效焉。后之人又可不察而仍其误邪？

　　　　（清）方苞《书五代史安重海传后》，《方苞集》卷二，上海古籍出版社本

《礼》、《乐》、《律》、《历》四书，或曰，褚少孙所补，或曰盖子长为之而未具：皆非也。其序《礼》、《乐》，用意尤深。盖太初所定改正朔，易服色，已具《历书》及《封禅书》至宗庙百官之仪，则袭秦故，不合圣制者。汉之乐，自文、景以前，习常肄旧而已。武帝所作十九章，文虽尔雅，然自《青阳》、《朱明》、《西暤》、《玄冥》而外，多诹诞，且非雅声。其甚者，如《太乙》、《马歌》，则汲黯所谓先帝、百姓不知其音者，故止序其大略，而不后排纂为书。盖伤汉之兴，几无所谓礼乐也，故于四时之歌明著其旨曰："世多有，故不论。"则非为之而未具明矣。其续以《戴记》荀卿之文，或乃少孙所为邪？

汉之乐既无可次，而律则往古成法，故独著其通于兵事，以为法戒。武帝改历，虽有公孙卿札书，而洛下闳运算，曰顺夏正，于历术则无可议者，故直述其事。凡此皆著书之义法。一定而不可易者，非故欲如此也。

　　　　（清）方苞《读史记八书》，《方苞集》卷二，上海古籍出版社本

十篇之序，义并严密，而辞微约，览者或不能遽得其条贯，而义法之精变，必于是乎求之，始的然其有准焉。欧阳氏《五代史志考》序论，遵用其义法，而韩、柳书经子后语，气韵亦近之，皆其渊源之所

渐也。

（清）方苞《书史记十表后》，《方苞集》卷二，上海古籍出版社本

夫纪事之文，成体者莫如左氏；又其后，则昌黎韩子：然其义法，皆显然可寻。惟太史公《礼》、《乐》、《封禅》三书及《货殖》、《儒林传》，则于其言之乱杂而无章者寓焉。岂所谓"定、哀之际多微辞"者耶。

（清）方苞《又书货殖传后》，《方苞集》卷二，上海古籍出版社本

昔昌黎韩子欲削荀氏之不合者，附于至人之籍。惜其书不传。余师其意，去其悖者、蔓者、复者，但且佻者，得篇完者六，节取者六十有二。其篇完者，所芟薙几半，然间取而诵之，辞意相承，未且其有阙也。夫四子之书，减一字，则义不著，辞不完；盖无意于文，而乃臻其极也。荀氏之辞有枝叶如此，岂非其中有不足者邪？

抑吾观周末诸子，虽学有醇驳，而言皆有物，汉、唐以降，无若其义蕴之充实者。宋儒之书，文理则备矣，抑不若四子之旨运而辞文，岂气数使然邪？抑浸润于先王之教泽者，源远而流长，有不可强也。

（清）方苞《书删定荀子后》，《方苞集》卷二，上海古籍出版社本

盖诸体之文，各有义法，表志尺幅甚狭，而详载本议，则臃肿而不中绳墨；若约略剸截俾情事不详，则后之人无所取鉴，而当日忘身家以排廷议之义，亦不可得而见矣……以是裁之，《车逻河议》必附载开海口语中，以俟史氏之采择，于义法乃安。凡此类，唐、宋杂家多不讲，有明诸公亦习而不察。足下审思而详论之，则知非仆之臆说也。

（清）方苞《答乔介夫书》，《方苞集》卷六，上海古籍出版社本

来示欲于志有所增，此未达于文之义法也。昔王介甫志钱公辅母，以公辅登甲科为不足道，况琐琐者乎？此文乃用欧公法，若参以退之、介甫法，尚可损三之一。假而周、秦人为之，则存者十二三耳。此中出入离合，足下当能辨之。足下喜诵欧公文，试思所熟者，王武恭、杜祁公诸志

乎？抑黄梦升、张子野诸志乎？然则在文言文，虽功德之崇，不若情辞之动人心目也，而况职事族姻之纤悉乎？

夫文未有繁而能工者，如煎金锡，粗矿去，然后黑浊之气竭而光润生。《史记》、《汉书》长篇，乃事之体本大，非按节而分寸不遗也。

（清）方苞《与程若韩书》，《方苞集》卷六，上海古籍出版社本

留侯"所与上从容言天下事甚众，非天下所以存亡，故不著"。此三语，著为留侯立指之大指。纪事之文，义法尽于此矣。

（清）方苞《史记评语》，《方苞集》补遗卷二，上海古籍出版社本

赵奢、李牧将略，及赵括之败，具详始末，假而牧再破秦，颇破齐、燕，复一一叙列，则语芜而气漫矣。变化无方，各有义法，此史之所以能洁也。

（清）方苞《史记评语》，《方苞集》补遗卷二，上海古籍出版社本

夏太后、华阳太后薨、葬，不应载不韦《传》。以夏太后有"后百年旁当有万家邑"语，史公好奇欲传之，而以入《秦本纪》，则无关体要。故因庄襄王之葬，牵连书之；而庄襄王之葬所以见不韦《传》，又以后与庄襄王合葬芷阳者，乃不韦姬也。但此等止为文章波澜而设，据史法则不宜书。

（清）方苞《史记评语》，《方苞集》补遗卷二，上海古籍出版社本

汉兴，为御史大夫者五人，皆在张苍之前，张苍既相，而申屠嘉代之，故于苍相淮南，预书"十四年迁为御史大夫"，然后五人之为御史大夫，脉络相贯，而主客之分判然，苍以前为丞相者，名迹显著，故不复言。嘉以后为丞相六人，别无所表见，故最其名氏，而以娓娓备员蔽之。别有见者，不列，皆义法之不得不然者。

（清）方苞《史记评语》，《方苞集》补遗卷二，上海古籍出版社本

此篇侧入逆叙处，酷似《左传》，盖以吴及六国之败亡必牵连以书，设篇终更举周丘之师及汉制诏，则为附赘悬疣。故因叙吴兵之起，而及周丘之别出，因周丘之胜，而侧入吴王之败走，因吴王之败走，而及天子之制诏。然后追叙吴、楚之攻梁及亚夫之守战，吴王之走死，六国之灭亡，而弓高侯出诏书以示胶西王，亦自然而节合矣。凡此皆义法所当然，非有意侧入逆叙以为奇也。

      （清）方苞《史记评语》，《方苞集》补遗卷二，上海古籍出版社本

  子长世表、年表、月表序，义法精深变化，退之、子厚读经、子，永叔史志论，其源并出于此。孟坚《艺文志》七略序，淳实渊懿，子固序群书目录，介甫序《诗》、《书》、《周礼》义，其源并出于此。概弗编辑，以《史记》、《汉书》，治古文者必观其全也。独录《史记·自序》，以其文虽载家传后，而别为一篇，非《史记》本文耳。

      （清）方苞《古文约选序例》，《方苞集》集外文卷四，上海古籍出版社本

  退之、永叔、介甫俱以志铭擅长。但序事之文，义法备于《左》、《史》；退之变《左》、《史》之格调，而阴用其义法；永叔摹《史记》之格调，而曲得其风神；介甫变退之之壁垒，而阴用其步伐。学者果能探《左》、《史》之精蕴，则于三家志铭，无事规橅，而自与之并矣。

      （清）方苞《古文约选序例》，《方苞集》集外文卷四，上海古籍出版社本

  退之自言所学，在"辨古书之正伪，与虽正而不至焉者"，盖黑之不分，则所见为白者非真白也。子厚文笔古隽，而义法多疵；欧、苏、曾、王亦间有不合。故略指其瑕，俾瑜者不为掩耳。

      （清）方苞《古文约选序例》，《方苞集》集外文卷四，上海古籍出版社本

  前晤吾兄，极称近日古文家以桐城方氏为最。予常日课诵经史，于近时作者之文，无暇涉猎，因吾兄言，取方氏文读之，其波澜意度，颇有

韩、欧阳、王之规橅，视世俗冗蔓猥杂之作，固不可同日语。惜乎其未喻乎古文之义法尔。夫古文之体，奇正浓淡详略，本无定法，要其为文之旨有四：曰明道，曰经世，曰阐幽，曰正俗。有是四者，而后以法律约之，夫然后可以羽翼经史而传之天下后世。至于亲戚故旧聚散存没之感，一时有所寄托而宣之于文，使其姓名附见集中者，此其人事迹原无足传，故一切阙而不载。非本有可纪而略之，以为文之义法如此也。方氏以世人诵欧公、王恭武、杜祁公诸志不若黄梦升、张子野诸志之熟，遂谓功德之崇，不若情辞之动人心目，然则使方氏援笔而为王、杜之志，亦将舍其勋业之大者，而徒以应酬之空言了之乎？

……盖方所谓古文义法者，特世俗选本之古文，未尝博观而求其法也。法且不知，而义于何有？

（清）钱大昕《与友人书》，《潜研堂文集》卷三十三，清嘉庆刻本

昔虞廷之谟曰："诗言志，歌永言。"孔庭之训曰："不学诗，无以言。"言者，心之声也。文辞之于言，又其精者。诗之于文辞，又其谐之声律者。然则"在心为志，发言为诗"，一衷诸理而已。理者，民之秉也，物之则也，事境之归也，声旨律度之矩也。是故渊泉时出，察诸文理焉；金玉声振，集诸条理焉；畅于四支，发于事业，美诸通理焉。义理之理，即文理之理，即肌理之理也。韩子曰："周诗《三百篇》，雅丽理训诰。"杜云："熟精《文选》理。"曩人有以杜诗此句质之渔洋先生，渔洋谓理字不必深求其义，先生殆失言哉！杜牧之序李长吉诗，亦曰"使加之以理，奴仆命骚可也"。今之骋才藻，貌为长吉者知此乎？不惟长吉也，太白超绝千古，固不以此论之，然后人不善学者，辄徒以驰纵才力为能事，故虽以杨廉夫之雄姿，而不免诗妖之目。即以李空同、何大复之流，未尝不具才力，而卒以剿袭格调自欺以欺人，此事岂可强为，岂可假为哉！

（清）翁方纲《志言集序》，《复初斋文集》卷四，清光绪刻本

士生今日，经籍之光，盈溢于世宙，为学必以考证为准，为诗必以肌理为准。《记》曰："声相应，故生变；变成方，谓之音。"又曰："声成文，谓之音。声音之道，与政通矣。"此数言者，千万世之

诗视此矣。学古有获者，日览千百家之诗可也。惟是检之于密理，约之于肌理，则窃欲隅举焉。于唐得六家，于宋、金、元得五家，钞为一编，题曰《志言》，时以自勉，亦时以勉各同志，庶几有专师而无泛骛也欤！

      （清）翁方纲《志言集序》，《复初斋文集》卷四，清光绪刻本

  孟子曰："义理之悦我心，犹刍豢之悦我口。"义理不可空言也，博学以实之，文章以达之，三者合于一，庶几哉周孔之道虽远，不啻累译而通矣。

      （清）章学诚《原道》下，《文史通义·内篇二》，中华书局本

  归震川氏取《史记》之文，五色标识以示义法，今之通人，如闻其事必窃笑之，余不能为归氏解也。然为不知法度之人言，未尝不可资其领会，特不足据为传受之秘尔。

      （清）章学诚《文理》，《文史通义·内篇三》，中华书局本

  学问成家，则发挥而为文辞，证实而为考据。比为人身，学问其神智也，文辞其肌肤也，考据其骸骨也，三者备而后谓之著述。著述可随学问而各自名家，别无所谓考据家与著述家也。鄙俗之夫，不知著述随学问以名家，辄以私意妄分为考据家、著述家，而又以私心妄议为著述家终胜于考据家。是直见人具体，不知其有神智，而妄别人有骸骨家与肌肤家，又谓肌肤家之终胜骸骨家也，此为何许语耶！

      （清）章学诚《诗话》，《文史通义·内篇五》，中华书局本

  语云：太上立德，其次立功，其次立言。人生不朽之三，固该本末兼内外而言之也。鄙人则谓著述一途，亦有三者之别：主义理者，著述之立德者也；主考订者，著述之立功者也；主文辞者，著述之立言者也。"言之无文，行而不远"，宋儒语录，言不雅驯，又腾空说，其义虽有甚醇，学者罕诵习之。则德不虚立，即在功言之中，亦犹理不虚立，即在学文二者之中。足下思鄙人之旧话，而欲从事于立言，可谓知所务矣。然而考索之家，亦不易易，大而《礼》辨郊社，细若《雅》注虫鱼，是亦专门之业，不可忽也。阮氏《车考》，足下以谓仅究一车之用，是又不然。治

经而不究于名物度数，则义理腾空，而经术因以卤莽，所系非浅鲜也。子贡曰："文武之道，未坠于地，贤者识大，不贤者识小。"皆夫子之所师也。人生有能有不能，耳目有至有不至，虽圣人有所不能尽也。立言之士，读书但观大意，专门考索名数，究于细微，二者之于大道，交相为功，殆犹女余布而农余粟也。而所以不能通乎大方者，各分畛域而交相诋也。

（清）章学诚《答沈枫墀论学》，《文史通史·外篇三》，《章氏遗书》，嘉业堂本

学于道也，道混沌而难分，故须义理以析之；道恍惚而难凭，故须名数以质之；道隐晦而难宣，故须文辞以达之，三者不可有偏废也。义理必须探索，名数必须考订，文辞必须闲习，皆学也，皆求道之资而非可执一端谓尽道也。君子学以致其道，亦从事于三者，皆无所忽而已矣。今足下之于义理，不能不加探索之功，名数不能不加考订之功。独于文辞，乃谓不须闲习，将俟道德至而发为自然之文。不知闲习文辞，亦学以致道之一事，致之之功不尽，道亦安能遽至乎！是则欲求文之大原，即于其原先受病也。道由粗以致精，足下未涉其粗，岂可躐等而言神化耶？

近日学者多以考订为功，考订诚学问之要务，然于义理不甚求精，文辞置而不讲，天质有优有劣，所成不能无偏可也。纷趋风气，相与贬义理而薄文辞，是知徇一时之名，而不知三者皆分于道，环生迭运，衰盛相倾，未见卓然能自立也。

（清）章学诚《与朱少白论文》，《章氏遗书·外集》二，嘉业堂本

欲学杜、韩，须先知义法粗胚，今列其统例于左：如**创意**；（去浮浅俗陋。）**造言**；（忌平显习熟。）**选字**；（与造言同，同去陈熟。）**章法**；（有奇有正，无一定之形。）**起法**；（有破空横空而来；有快刃劈下；有巨笔重压；有勇猛涌现；有往复跌宕；有峥嵘飞动。从鲍、谢来者，多是凝对，山谷多用此体，以避迂缓平冗。）**转接**；（多用横、逆、离三法，断无顺接正接。）**气脉**；（草蛇灰线，多即用之以为章法者。）**笔力截止**；（恐冗絮，说不尽也。）**不经意助语闲字**；（必坚老生稳。）**倒截逆挽不测**；**豫吞**；（此最是精神旺处，与一直下者不同，孟子、庄子多此法。）**离合**；（专言行文。）**伸缩**；（专言叙事。）**事外曲致**；（专言写情景。）

意象大小远近，皆令逼真；（情真景真，能感人动人。）顿挫；（往往用之未转接前。）交代；（题面，题之情事，归宿意旨。）参差。（专用之行文局，陈叙情事。）而其秘妙，尤在于声响不肯驰骤，故用顿挫以回旋之；不肯全使气势，故用截止，以笔力斩截之；不肯平顺说尽，故用离合、横截、逆提、倒补、插、遥接。至于意境高古雄深，则存乎其人之学问道义胸襟，所谓本领，不徒向文字上求也。

（清）方东树《昭昧詹言》卷八，人民文学出版社本

太史公文，疏与密皆诣其极。密者，义法也。苏子由称其"疏荡有奇气"，于义法犹未道及。

（清）刘熙载《艺概·文概》，上海古籍出版社本

义法居文之大要。《史记·十二诸侯年表序》称孔子次《春秋》，"约其文辞，去其烦重，以制义法"。此言"义法"之始也。

（清）刘熙载《艺概·文概》，上海古籍出版社本

长于理则言有物，长于法则言有序。始文者矜言物序，何不实于理法求之。

（清）刘熙载《艺概·文概》，上海古籍出版社本

有题之理法，有文之理法。以文言之，言有物为理，言有序为法。

（清）刘熙载《艺概·经义概》，上海古籍出版社本

3. 体制虽殊　规矩绳墨固无异也

乐令善于清言，而不长于手笔。将让河南尹，请潘岳为表。潘云："可作耳，要当得君意。"乐为述己所以为让，标位二百许语。潘直取错综，便成名笔。时人咸云："若乐不假潘之文，潘不取乐之旨，则无以成斯矣。"

（南朝·宋）刘义庆《世说新语·文学》，《诸子集成》本

杜诗初年甚精细,晚年横逆不可当,只意到处便押一个韵。如自秦州入蜀诸诗,分明如画,乃其少作也。李太白诗,非无法度,乃从容于法度之中,盖圣于诗者也。《古风》两卷,多效陈子昂,亦有全用其句处。太白去子昂不远,其尊慕之如此。然多为人所乱,有一篇分为三篇者,有三篇合为一篇者。

(宋)朱熹《论文》下,《朱子语类》卷一百四十,清刊本

老杜《还成都草堂》诗云:"城郭喜我来","大官喜我来"等语,本古乐府《木兰诗》"爷娘闻我归","阿姊闻我归"之语,老杜用此体。

(宋)曾季狸《艇斋诗话》,《历代诗话续编》本

《扪虱新话》云:韩以文为诗,杜以诗为文,世传以为戏。然文中要自有诗,诗中要自有文,亦相生法也。文中有诗,则句语精确,诗中有文,则词调流畅。谢玄晖曰:"好诗圆美流转如弹丸。"此所谓诗中有文也。唐子西曰:"古文虽不用偶俪,而散句之中,暗有声调,步骤驰骋,亦有节奏。"此所谓文中有诗也。观子美到夔州以后诗,简易钝熟,无斧凿痕,信是如弹丸矣。

(宋)蔡梦弼《杜工部草堂诗话》卷一,《历代诗话续编》本

文与诗同生于人心,体制虽殊,而其造意出辞,规矩绳墨,固无异也。

(明)刘基《苏平仲文集序》,《诚意伯文集》卷五,《四部丛刊》本

尉迟楚好为之,谒空同子曰:"敢问文有体乎?"曰:"何体之有?《易》有似《诗》者,《诗》有似《书》者,《书》有似《礼》者,何体之有?""有法乎?"曰:"初何法?典谟训诰,国风雅颂,初何法?""难乎?易乎?"曰:"吾将言其难也,则《古诗》、《三百篇》多出于小夫、妇人;吾将言其易也,则成一家言者,一代不数人。"

(明)苏伯衡《空同子瞽说二十八首》,《苏平仲集》卷十六,《丛书集成》本

宗考功子相过旅馆曰："子尝谓作近体之法，如孙登请客。未喻其旨，请详示何如？"曰："凡作诗先得警句，以为发兴之端，全章之主。格由主定，意从客生。若主客同调，方谓之完篇。譬如苏门山深松草堂，具以琴樽，其中纶巾野服，兀然而坐者，孙登也。如此主人，庸俗辈不得跻其阶矣。惟竹林七贤，相继而来，高雅如一，则延之上坐，如足其八数尔。"子相曰："若作古体，亦用此法，可乎？"曰："凡作古体近体，其法各有异同，或出于有意无意之间，妙之所由来，不可必也。妙则天然，工则浑然，二体之法，至矣尽矣。"

（明）谢榛《四溟诗话》卷三，《历代诗话续编》本

宋潜溪曰："濂尝受学吴立夫，问作文之法。谓有篇联，脉胳贯通；有段联，奇耦迭生；有句联，长短合节；有字联，宾主对待。又问作赋之法。谓有音法，倡和阖辟；有韵法，清浊谐协；有辞法，呼吸相应；有章法，布置谨严。总不越生、承、还三者而已。然字有不齐，体亦不一，须随类附之，不使玉瓒与瓦缶并陈，斯得矣。又在三者外，非精择不能也。尝谓作文如用兵，兵法有正有奇，正是法度，要部伍分明，奇是不为法度所缚，千变万化，坐作进退击刺一时俱起。及欲止，什自归什，伍自归伍，元不曾乱。"王生曰："此殆相传作文真诀乎？"

（明）王文禄《文脉》卷三，《丛书集成》本

杜之律，李之绝，皆天授神诣。然杜以律为绝，如"窗含西岭千秋雪，门泊东吴万里船"等句，本七言律壮语，而以为绝句，则断锦裂缯类也。李以绝为律，如"十月吴山晓，梅花落敬亭"等句，本五言绝妙境，而以为律诗，则骈拇枝指类也。

（明）胡应麟《诗薮·内编》卷六，上海古籍出版社本

作诗之法，情胜于理；作文之法，理胜于情。乃诗未尝不本理以纬夫情，文未尝不因情以宣乎理，情理并至，此盖诗与文所不能外也。

（清）周亮工《尺牍新钞》二集，邹祗谟《与陆荩思》，上海杂志公司本

结语并以形其阔大，妙在脱卸，勿但作诗中画观也，此正是画中

有诗。

（清）王夫之《唐诗评选》卷三，王维《终南山》评语，《船山遗书》，太平洋书店重校刊本

大约古文及书、画、诗，四者之理一也。其用法取境亦一。气骨间架体势之外，别有不可思议之妙。凡古人所为品藻此四者之语，可聚观而通证之也。

（清）方东树《昭昧詹言》卷一，人民文学出版社本

咏事之词有通阕述其事而美刺自见者，有上半阕述其事，下半阕或议论或赞叹者，其法皆与古文家纪传相通。至于咏节义，述忠孝，则刚健婀娜之笔，婉转慷慨之情，四者缺一，难免负题。

（清）谢章铤《赌棋山庄词话》卷二，《词话丛编本》

词有过变，隐本于诗。《宋书·谢灵运传论》云："前有浮声，则后须切响。"盖言诗当前后变化也。而双调换头之消息，即此已寓。

（清）刘熙载《艺概·词曲概》，上海古籍出版社本

小令难得变化，长调难得融贯。其实变化融贯，在在相须，不以长短别也。

（清）刘熙载《艺概·词曲概》，上海古籍出版社本

词曲本不相离，惟词以文言，曲以声言耳。词、辞通。《左传》襄二十九年杜注云："此皆各依其本国歌所常用声曲。"《正义》云："其所作文辞，皆准其乐音，令宫商相和，使成歌曲。"是辞属文，曲属声，明甚。古乐府有曰辞者，有曰曲者，其实辞即曲之辞，曲即辞之曲也。襄二十九年《正义》又云："声随辞变，曲尽更歌。"此可为词、曲合一之证。

（清）刘熙载《艺概·词曲概》，上海古籍出版社本

尝论书法，譬之云水树石。云之委蛇也，水之演漾也，在书则篆近之。树之轮囷也，石之磊砢也，在书则八分近之。以力而言，云水之为力也隐，树石之为力也显，书力亦有隐显之分：隐则腕力胜者多筋是已，显

者指力胜者多骨是已。文章家之有练筋骨也，练筋者综诸脉理，练骨者核于字句，隐显盖亦犹是，李习之、孙可之两家，其大较也时有善书者。以两家为问，余告之如此知必如宝在怀中，探而自得矣。

    （清）刘熙载《文喻》，《昨非集》卷二，《古桐书屋六种》，清同治刊本

  朱元章讲画石之法，说：秀、瘦、皱、透。文章也是如此。在借扇机一段中，宝钗说："你便要去，也不敢惊动。"这是秀。"想了一回，脸红起来。"这是瘦。说"你要仔细，我和谁玩过！你来疑我。"这是皱。"你们博古通今，才知负荆请罪。"这是透。这便是文章作者呕尽心血之处。读者看到这里，理应肃立，向作者沏茶行礼。

    （清）哈斯宝《〈新译红楼梦〉回评》第十二回批语，内蒙古人民出版社本

4. 体格不同　各有法度

  夫文章之体，五言最难，声势沉浮，读之不美。句多精巧，理合阴阳，包天地而罗万物，笼日月而掩苍生。其中四时调于递代，八节正于轮环；五音五行，和于生灭；六律六吕，通于寒暑。

    （唐）［日］弘法大师《文镜秘府论·南卷·论文意》，《文镜秘府论校注》，中国社会科学出版社本

  史笔善记事，画笔善状物；状物与记事，二者各得一。诗史善记意，诗画善状情；状情与记意，二者皆能精。状情不状物，记意不记事，形容出造化，想像成天地。体用自此分，鬼神无敢异。诗者岂于此，史画而已矣。

    （宋）邵雍《史画吟》，《伊川击壤集》卷十八，《四部丛刊》本

  黄鲁直云："杜之诗法出审言，句法出庾信，但过之尔。杜之诗法，韩之文法也。诗文各有体，韩以文为诗，杜以诗为文，故不工尔。"

    （宋）陈师道《后山诗话》，《历代诗话》本

  沈括存中、吕惠卿吉父、王存正仲、李常公择，治平中，同在馆下谈

诗。存中曰："韩退之诗乃押韵之文尔，虽健美富赡，而格不近诗。"吉父曰："诗正当如是，我谓诗人以来未有如退之者。"正仲是存中，公择是吉父，四人交相诘难，久而不决。公择忽正色谓正仲曰："君子群而不党，公何党存中也？"正仲勃然曰："我所见如是，顾岂党邪？以我偶同存中，遂谓之党，然则君非吉父之党乎？"一坐大笑。予每评诗，多与存中合。

（宋）魏泰《临汉隐居诗话》，《历代诗话》本

小诗精深，短章蕴藉，大篇有开阖，乃妙。

（宋）姜夔《白石诗说》，人民文学出版社本

守法度曰诗，载始末曰引，体如行书曰行，放情曰歌，兼之曰歌行。悲如蛩螿曰吟，通乎俚俗曰谣，委曲尽情曰曲。

（宋）姜夔《白石诗说》，人民文学出版社本

作诗不与作文比，以韵成章怕韵虚。押得韵来如砥柱，动移不得见工夫。

（宋）戴复古《邵武太守王子文，日与李贾、严羽共观前辈一两家诗，及晚唐诗。子文见之，谓无甚高论，亦可作诗家小学须知》，《石屏集》卷七，《台州丛书》本

七言律难于五言律，七言下字较粗实，五言下字较细嫩。七言若可截作五言，便不成诗，须字字去不得方是。所以句要藏字，字要藏意，如联珠不断，方妙。

（元）杨载《诗法家数》，《历代诗话》本

古诗与律不同体，必各用其体乃为合格。然律犹可间出古意，古不可涉律。

（明）李东阳《麓堂诗话》，《历代诗话续编》本

范德机曰："绝句则先得后两句，律诗则先得中四句。当以神气为主，全篇浑成，无铓钉之迹，唐人间有此法。"

（明）谢榛《四溟诗话》卷二，人民文学出版社本

一夕，朱驾部伯邻招饮官舍，因阅《雅音会编》，予笑曰："此康生偶尔集次，始为近体泄机也。且如东韵几二百字，其稳当可用者，应题得句，大抵不出十余字，但前后错综不同尔。统观诸家之作，其文势句法，判然在目，若品汇诸韵相间，不露痕迹，而妙于藏用也。或得其捷要而易入，或窥其浅近而深求。夫百篇同韵，当试古人押字不苟处，能造奇语于众妙之中，非透悟弗能也。或才思稍窘，但搜字以补其缺，则非浑成气格，此作近体之弊也。"伯邻曰："观其排律，或百韵，或三五十韵，意思繁衍，句法变化，众险迭出而益胜，但择稳当者，信乎不多也。"予曰："短律贵乎精工，长律宜浩瀚奇崛，其法不可并论。"

（明）谢榛《四溟诗话》卷三，人民文学出版社本

七言绝所以难于七言律者，以四句中起承转结如八句，而一气浑成又如一句耳。若只作四句诗，易耳易耳。五言绝尤难于七言绝，盖字句愈少，则巧力愈有所不及，此千里马所以难于盘蚁封也。

（清）贺贻孙《诗筏》，《清诗话续编》本

徐凝"一条界破青山色"，子瞻以为恶诗。然入填词中，尚是本色语。若梁昭明《拟古》诗云："窥红对镜敛双眉，含愁拭泪坐相思，念人一去几多时"三句，竟是一半《浣溪沙》矣。至"眼语笑靥近来情，心怀心想甚分明。忆人不忍语，含恨独吞声"，又是《临江仙》换头也。然则齐、梁以后，不独浸淫近体，亦已滥觞填词矣。或谓唐人近体盛而古诗元气遂薄，不知唐人一副元气，流浃在近体中，能使三百余年不落宋、元词曲一派者，非古诗存之，而近体存之也。

（清）贺贻孙《诗筏》，《清诗话续编》本

诗语可入填词，如诗中"枫落吴江冷"，"思发在花前"，"天若有情天亦老"等句，填词屡用之，愈觉其新。独填词语无一字可入诗料，虽用意稍同，而造语迥异。如梁邵陵王纶《见姬人》诗"却扇承枝影，舒衫受落花"，与秦少游词"照水有情聊整鬓，倚栏无绪更兜鞋"，同一意致。然邵陵语可入填词，少游语决不可入诗，赏鉴家自知之。

（清）贺贻孙《诗筏》，《清诗话续编》本

五言著议论不得，用才气驰骋不得。七言则须波澜壮阔，顿挫激昂，大开大阖耳。

（清）王士禛《诗问》卷四，《诗问四种》，齐鲁书社本

遵起承转合之法者，亦有二体：一者合于举业之式，前联为起，如起比虚做，以引起下文；次联为承，如中比实做；第三联为转，如后比又虚做；末联为合，如束题，杜诗之《曲江对酒》是也。一者首联为起，中二联为承，第七句为转，第八句为合，如杜诗之《江村》是也。八比前后虚实一定，七律不然。

（清）吴乔《围炉诗话》卷之二，《清诗话续编》本

沈东江（谦）曰：承诗启曲者，词也。上不可似诗，下不可似曲。然诗曲又俱可入词，贵人自运。

（清）徐釚《词苑丛谈》，上海古籍出版社本

乐府中不宜杂古诗体，恐散朴也，作古诗正须得乐府意。古诗中不宜杂律诗体，恐凝滞也，作律诗正须得古风格。与写篆八分不得入楷法，写楷书宜入篆八分法同意。

（清）沈德潜《说诗晬语》，《清诗话》本

严沧浪谓"七律难于五律，五绝难于七绝"。近体四种，判若白黑，即唐人复起，不易其言。盖七绝本七律而来，第主风神，不主气格，故曰易。五言则字句愈促，含蕴愈深，故曰难。然七绝主风神是矣，或风神太露，意中言外无复余地，则又失盛唐家法。然此体中晚人多有妙者，直是风神太露，得在此，失亦在此。至如五绝，人多以小诗目之，故不求至工。然作者于此，务从小中见大，纳须弥于芥子，现国土于毫端，以少许胜人多许。谓"五绝难于七绝"，夫岂欺我哉！

（清）冒春荣《葚原诗说》卷之三，《清诗话续编》本

宁都魏伯子云："绝句本截律诗，然读首一句即知是绝，与律不同。律诗首句每有端凝浩瀚巍峨之意，绝诗首句多带轻利。"此语

诚然。

（清）叶矫然《龙性堂诗话续集》，《清诗话续编》本

天然之音，止有五字。今笛中之五六工尺上，配合宫商角徵羽之五音，犹琴之五弦。加文弦、武弦而成七，所谓变宫、变徵而成七调也。故南北正调，原止有五，唐律之五言是也。若七字则为变调，而名变宫、变徵矣。七言难于五言十倍，以其杂变调故也。故虽变调，必须排荡而成，不可轻易下笔。盖八句不出起承转收，神而明之，存乎其人尔。

（清）李调元《雨村诗话》卷上，《清诗话续编》本

八音之内，磬最难和，以其促数而无余韵也。可悟五言绝句之妙。

（清）管世铭《读雪山房唐诗序例》，《清诗话续编》本

长篇波澜，贵层叠尤贵陡变，贵陡变尤贵自在，总须能见其大，不得琐屑铺陈。短篇却要有千岩万壑之势，此古风之大略也。

（清）潘德舆《养一斋诗话》卷二，《清诗话续编》本

词有长调，犹诗有歌行。昔人状歌行之妙云："昂昂若千里之驹，泛泛若水中之凫。"是真言歌行之妙者矣。余谓歌行以驰骋变化为奇，若施之长调，终非正格。王之美云："歌行如骏马蓦坡，一往称块，长调如娇女弄花，百媚横生。"二语真词家秘密藏。

（清）陆鎣《问花楼词话》，《词话丛编》本

作字者，可以篆隶入楷书，不可以楷法入篆隶。作诗者，可以古体入律诗，不可以律诗入古体。以古体作律诗，则有唐初气味；以律诗入古体，便落六朝陋习矣。然于转韵长篇，则又可不拘。

（清）王寿昌《小清华园诗谈》卷上，《清诗话续编》本

作短篇之法，不外婉而成章；作长篇之法，不外尽而不污。

（清）刘熙载《艺概·文概》，上海古籍出版社本

五言上二字下三字，足当四言两句，如"终日不成章"之于"终日

七襄，不成报章"是也。七言上四字下三字，足当五言两句，如"明月皎皎照我床"之于"明月何皎皎，照我罗床帏"是也。是则五言乃四言之约，七言乃五言之约矣。太白尝有"寄兴深微，五言不如四言，七言又其靡也"之说。此特意在尊古耳，岂可不达其意而误增闲字以为五七哉！

（清）刘熙载《艺概·诗概》，上海古籍出版社本

  诗有合两句成七言者，如"君子有酒旨且多"，"夜如何其夜未央"是也；有合两句成五言者，如"祈父亶不聪"是也。后世七言每四字作一顿，五言每两字作一顿，而五言亦或第三字属上，上下间皆可以"兮"字界之。

（清）刘熙载《艺概·诗概》，上海古籍出版社本

  七言为五言之慢声，而长短句互用者，则以长句为慢声，以短句为急节。此固不当与句句七言者并论也。

（清）刘熙载《艺概·诗概》，上海古籍出版社本

  诵显而歌微。故长篇诵，短篇歌；叙事诵，抒情歌。

（清）刘熙载《艺概·诗概》，上海古籍出版社本

  问短篇所尚，曰："咫尺应须论万里。"问长篇所尚，曰："万斛之舟行若风。"二句皆杜诗，而杜之长短篇即如之。杜诗又云："大城铁不如，小城万丈余。"其意亦可相通相足。

（清）刘熙载《艺概·诗概》，上海古籍出版社本

  长篇宜横铺，不然则力单；短篇宜纡折，不然则味薄。

（清）刘熙载《艺概·诗概》，上海古籍出版社本

  长篇认叙事，短篇认写意；七言以浩歌，五言以穆诵。此皆题实司之，非人所能与。

（清）刘熙载《艺概·诗概》，上海古籍出版社本

玉田谓"词与诗不同，合用虚字呼唤"。余谓用虚字正乐家歌诗之法也。朱子云："古乐府只是诗，中间却添出许多泛声，后人怕失了那泛声，逐一声添个实字，遂成长短句，今曲子便是。"案：朱子所谓实字，谓实有个字，虽虚字亦是有也。

（清）刘熙载《艺概·诗曲概》，上海古籍出版社本

曲莫要于依格。同一宫调，而古来作者甚多，既选定一人之格，则牌名之先后，句之长短，韵之多寡、平仄，当尽用此人之格，未有可以张冠李戴、断鹤续凫者也。

（清）刘熙载《艺概·词曲概》，上海古籍出版社本

曲家高手，往往尤重小令。盖小令一阕中，要具事之首尾，又要言外有余味？所以为难，不似套数可以任我铺排也。

（清）刘熙载《艺概·词曲概》，上海古籍出版社本

曲有煞尾，有度尾。煞尾如战马收缰，度尾如水穷云起。煞尾犹词之歇拍也，度尾犹词之过拍也。如水穷云起，带起下意也。填词则不然。过拍只须结束上段，笔宜沉著。换头另意另起，笔宜挺劲。稍涉曲法，即嫌伤格。此词与曲之不同也。

（清）况周颐《蕙风词语》，人民文学出版社本

夫古诗律诗，体格不同，气象亦异，各有法度，各有境界分寸。即以使事选材，用意运笔而论，有宜于古者，有宜于律者，有古律皆宜、古律皆不宜者。是所宜之中，且争毫厘，分寸略差，失等千里。作者相题行事，各还其本来，各成其当然之诣，不亦善乎？何必以五古平淡之味，施之五律，以求高瘦；以七古苍莽之气，行之七律，以破谨严，致犯枯槁颓唐之病耶？盖离则两美，合则两伤。近代名家，五律惯作带对不对流水之格，七律动作拗体吴体，以求高求峭，皆此种见解议论误之也。

（清）朱庭珍《筱园诗话》卷一，《清诗话续编》本

严沧浪云："学诗入门须正，立志须高。"若入门一误，即有下劣诗魔中之，不可救矣。古人谓"取法乎上，仅得其中"，亦言宗法之不可不

正也。五古以神骨气味为主，愈古淡则愈高浑，火色俱纯，金丹始就，故不可染盛唐以后习径，戒其杂也。七古以才气笔力为主，愈变化则愈神明，楼阁弹指，即现虚空，故不妨兼唐、宋诸家众长，示其大也。

（清）朱庭珍《筱园诗话》卷一，《清诗话续编》本

短章贵酝酿精深，渊涵广博，色声香味俱净，始造微妙之诣。大篇则当如天马腾空，神龙行雨，纵横跌宕，变化神明，莫可端倪，始见才力之奇。故五七古各有界限，而长篇短幅，造诣取境，又各不同。相题行事，各还其真，则两得其胜。苟拘彼以例此，一有所偏，易位而施，则两美俱失矣。

（清）朱庭珍《筱园诗话》卷四，《清诗话续编》本

二

学　　法

1. 法在人　故必学　巧在己　故必悟

孟子曰："梓、匠、轮、舆，能与人规矩，不能使人巧。"

（先秦）《孟子·尽心下》，《诸子集成》本

臣闻形见曰象，书者法象也。心不能妙探于物，墨不能曲尽于心，虑以图之，势以生之，气以和之，神以肃之，合而裁成，随变所适，法本天体，贵乎会通。观彼遗踪，悉其微旨，虽寂寥千载，若面奉微音。其趣之幽深，情之比兴，可以默识，不可言宣。亦犹冥密鬼神有矣，不可见而以知，启其玄关，会其至理，即与大道不殊。夫《经》是圣文，尚传而不秘；书是妙迹，乃秘而不传。存殁光荣，难以过此，诚不朽之盛事。

（唐）张怀瓘《六体书论》，引自《历代书法论文选》，上海书画出版社本

余尝问诗于圣俞，其声律之高下，文语之疵病，可以指而告余也；至其心之得者，不可以言而告也。余亦将以心得意会而未能至之者也。

（宋）欧阳修《书梅圣俞稿后》，《欧阳文忠公文集》，外集卷二十三，《四部丛刊》本

余始得李邕书，不甚好之。然疑邕以书自名，必有深趣。及看之久，遂为他书少及者，得之最晚，好之尤笃。譬犹结交，其始也难，则其合也

必久。余虽因邕书得笔法，然为字绝不相类，岂得其意而忘其形者邪？因见邕书，追求钟、王以来字法，皆可以通，然邕书未必独然。凡学书者得其一，可以通其余，余偶从邕书而得之耳。

      （宋）欧阳修《李邕书》，引自《历代书法论文选》，上海书画出版社本

  凡学书欲先学用笔，用笔之法欲双钩、回腕、掌虚、指实。以无名指倚笔则有力。古人学书不尽临摹，张古人书于壁间观之，入神则下笔，时随人意。学字既成，且养于心中，无俗气，然后可以作，示人为楷式。凡作字，须熟观魏晋人书，会之于心，自得古人笔法也。欲学草书，须精真书。知下笔向背，则识草书法。草书不难工矣。

      （宋）黄庭坚《跋与张载熙书卷尾》，《山谷集》卷二十九，《四诗全书》本

  龙图燕学士肃悟木理，选指南车不成，出见车驰门动而得其法。蜀人王冕为举子，诗义左之右之，君子宜之而悟针法规矩，可得其法，不可得其巧，舍规矩则无所求其巧矣。法在人，故必学，巧在己，故必悟。今人学书而拟其点画，已失其法，况其巧乎。

      （宋）陈师道《谈丛》，《后山集》卷十八，《四部备要》本

  老苏尝自言升里转斗里量，因闻此遂悟文章妙处。（文章纡余委曲，说尽事理，惟欧阳公为得之。至曾子固加之，字字有法度，无遗恨矣。文章有本末首尾，元无一言乱说，观少游五十策可见。）

      （宋）吕本中《童蒙诗训》，《宋诗话辑佚辑》本

  学诗须透脱，信手自孤高。衣钵无千古，丘山只一毛。句中池有草，字外目俱蒿。可口端何似，霜螯略带糟。

      （宋）杨万里《和李天麟二首》之一，《诚斋集》卷四，《四部丛刊》本

  《诗说》之作，非为能诗者作也，为不能诗者作，而使之能诗；能诗而后能尽我之说，是亦为能诗者作也。虽然，以我之说为尽，而不造乎自得，是足以为能诗哉？后之贤者，有如以水投水者乎？有如得兔忘筌者

乎？噫！我之说已得罪于古之诗人，后之人其勿重罪余乎！

（宋）姜夔《白石诗说》，人民文学出版社本

学诗浑似学参禅，语可安排意莫传。会意即超声律界，不须炼石补青天。

（宋）《诗人玉屑》卷一"龚圣任学诗"条，上海古籍出版社本

后山论诗说换骨，东湖论诗说中的，东莱论诗说活法，子苍论诗说饱参，入处虽不同，然其实皆一关捩，要知非悟入不可。

（宋）曾季狸《艇斋诗话》，《历代诗话续编》本

古人诗人，虽趣尚不同，体制不一，要皆出于自得，至其词达理顺，皆足以名家，何尝有以句法绳人者？鲁直开口论句法，此便是不及古人处，而门徒亲党，以衣钵相传，号称法嗣，岂诗之真理也哉？

（金）王若虚《诗话》，《滹南遗老集》卷四十，《丛书集成》本

自孔孟氏没，理浸废，文浸彰，法浸多，于是左氏释经而有传注之法，庄、荀著书而有辨论之法，屈、宋尚辞而有骚赋之法，马迁作史而有序事之法，自贾谊、董仲舒、刘向、扬雄、班固至韩、柳、欧、苏氏作为文章，而有文章之法，皆以理为辞，而文法自具。篇篇有法，句句有法，字字有法，所以为百世师也。故今之为文者，不必求人之法以为法，明夫理而已矣。精穷天下之理，而造化在我，以是理，为是辞，作是文，成是法，皆自我作。

（元）郝经《答友人论文法书》，《郝文忠公陵川全集》卷二十三，清刊本

余尝以为声诗述作之盛，四方语谚，若不相似，考其音节，则未有不同焉者，何也？诗盛于周，稍变于建安黄初，下于唐，其声犹同也。豫章黄太史出，感比物联事之冗，于是谓声由心生，因声以求，几逐于外。清浊高下，语必先之，于声何病焉？法立则弊生，骤相模仿，豪宕怪奇，而诗益浸淫矣。临川王文公语规于唐，其自高者始宗师之，拘焉若不能以广，较而论之，其病亦相似也。

余君国辅,生临川,守宗会源,其所为诗,质者合自然,华者存至理,雍容悼叹,知时之不遇,犹先王国风之意也,《小弁》之怨为亲亲,《黍离》之悯为宗周,酌古之诗详之矣,秉彝好德,诗之道也。在昔先正以是言之矣。桷从子瑛,曩尝获师国辅,仰其高风,敢申以言之。

（元）袁桷《书余国辅诗后》,《清容居士集》卷四十八,《丛书集成》本

诗道有法,昔人贵在妙悟。新不欲杜撰,旧不欲抄袭,实不欲粘带,虚不欲空疏,浓不欲脂粉,淡不欲干枯,深不欲艰涩,浅不欲率易,奇不欲谲怪,平不欲凡陋,沉不欲黯惨,响不欲叫啸,华不欲轻艳,质不欲俚野。如禅门之作三观,如玄门之炼九还,观熟斯现心珠,炼久斯结黍米,岂易臻从境者！

（明）屠隆《论诗文》,《鸿苞节录》卷六,清刊本

严氏以禅喻诗,旨哉。禅则一悟之后,万法皆空,棒喝怒呵,无非至理。诗则一悟之后,万象冥会,呻吟咳唾,动触天真。然禅必深造而后能悟,诗虽悟后,仍须深造。自昔瑰奇之士,往往有识窥上乘,业阻半途者。

（明）胡应麟《诗薮·内编》卷二,上海古籍出版社本

汉唐以后谈诗者,吾于宋严羽卿得一悟字,于明李献吉得一法字,皆千古词场大关键。第二者不可偏废,法而不悟,如小僧缚律；悟不由法,外道野狐耳。

（明）胡应麟《诗薮·内编》卷五,上海古籍出版社本

《奉先刘少府新画山水障歌》评语：

所画本奉先山水,而不为奉先所局,乘兴自遣,遂写沧州,此一句乃一篇之纲。前后描写,大而玄圃、潇湘,细而野亭、侧岛,皆沧州景。而身苦漂泊,亦思归老沧州,故以青鞋布袜终焉,此用谢玄晖语。画有六法："气韵生动"第一,"骨法用笔"次之。杜以画法为诗法,通篇字字跳跃,天机盎然,见其气韵,乃"堂上不合生枫树",突然而起,从天而下,已而忽入"前夜风雨急",已而忽入两儿挥洒,突兀顿挫,不知所自

来，见其骨法。至末因貌山僧，转云门、若耶，青鞋布袜，阕然而止，总得画法经营位置之妙。而篇中最得画家三昧，尤在"元气淋漓障犹湿"一语，试一想像，此画至今在目，真是下笔有神；而诗中之画，令顾、陆奔走笔端。

（明）王嗣奭《杜臆》卷一，上海古籍出版社本

谱，载音之具，微是则无所法，在善学者以迹会神，以声致趣，求之于法内，得之于法外。极其妙则为游鱼出听，为六马仰秣，为瓠巴，为伯牙矣，神而明之，存乎其人也，安恤其谱之有无哉，先贤有言曰："大匠与人以规矩，不能使人巧。"兹刻也，固初学之师，大匠之规矩也，惟青于蓝者得之。

（明）萧鸾《〈杏庄太音补遗〉序》，引自《中国古代乐论选辑》，人民音乐出版社本

中两联句句递下，大彻悟后自不当留一丝蹭蹬，只此是正法眼藏。信阳一派座主奴也。生将一片全锦分科裁剪，浅人步趋之，有死无生。

（清）王夫之《明诗评选》卷六，徐渭《燕子楼》评语，《船山遗书》，太平洋书店重校刊本

何、李往复论诗文书，虽词不相下，而意实相师，若必欲定其孰为是非，孰为高下，则痴人前说梦矣。何之言曰："作者须自创一堂室，自开一户牖。"信然，则韩起八代，谢语天拔，似于诗之另辟一堂户，而反谓古法亡于韩、谢，则又何也？故献吉乘间即以"法"之一字攻之。然献吉之所谓法者，尺寸方圆之规矩也。梓人作室，梁栌榱题，虽准规矩，而缔造既成，工拙不同，又非区区徒法之为也。项籍喜兵法，略知其意，渊明读书，不求甚解，宁必尺尺而寸寸之乎？总之，变化从心，言不尽意，何不能舍李之法，李亦喻何之筏。知其解者，横说竖说，无所不悦而已；不知者目以文人相轻，自古已然，则又何、李之所窃笑也。

（清）叶矫然《龙性堂诗话初集》，《清诗话续编》本

先师杨戬夏有言："杜诗许读不许摹，恐锢蔽人聪明。"此言是透顶议论，却费解。盖其意，欲读杜诗者熟视其起伏转折锤锻镂刻之法，及其

布意运笔，仍要从自己性灵中流出，用法由我，愈出愈新乃妙。若拘拘然亦步亦趋，将竭精力以袭其皮毛之不暇，岂能自造一词！禅家呵下十成死语，正谓此等。

（清）张谦宜《絸斋诗谈》卷四，《清诗话续编》本

若班固序上官桀持盖事，故意分风雨为二，错落之以为古，范史书阴兴持盖，则云障翳风雨，词非不达也，而已不古矣。昌黎志房君云，名声益彰彻大行，故意重累之以为古，欧公志江邻几，则云内行修饬，词非不简也，而反不古矣。凡此之类，指不胜屈。故就幼时所曾留意者书之，为足下告。至于识解之超，见闻之阔，法度之缜密，波澜之抑扬流宕，则又在作者之神而明之，而非先生所可教也。足下思之哉！思之哉！余不尽。

（清）袁枚《与孙俌之秀才书》，《小仓山房文集》卷三十五，清刻本

孔子论诗，但云兴观群怨。又云"温柔敦厚"足矣。孟子论诗，但云"以意逆志"，又云"言近而指远"，足矣。不料今之诗流有三病焉：其一，填书塞典，满纸死气，自矜淹博。其一，全无蕴藉，矢口而道，自夸真率。近又有讲声调而圈平点仄以为谱者，戒蜂腰、鹤膝、叠韵、双声以为严者，栩栩然矜独得之秘。不知少陵所谓"老去渐于诗律细"，其何以谓之律，何以谓之细，少陵不言。元微之云："欲得人人服，须教面面全。"其作何全法，微之亦不言。盖诗境甚宽，诗情甚活，总在乎好学深思，心知其意，以不失孔、孟论诗之旨而已。

（清）袁枚《随园诗话补遗》卷三，人民文学出版社本

是以学文之事，可授受者规矩方圆，其不可授受者心营意造。至于纂类摘比之书，标识评点之册，本为文之末务，不可揭以告人，只可用以自志；父不得而与子，师不能以传弟，盖恐以古人无穷之书，而拘于一时有限之心手也。律诗当知平仄，古诗宜知音节，顾平仄显而易知，音节隐而难察，能熟于古诗，当自得之；执古诗而定人之音节，则音节变化，殊非一成之诗所能限也。赵伸符氏取古人诗为《声调谱》，通人讥之，余不能为赵氏解矣。然为不知音节之人言，未尝不可生其启悟，特不当举为天下之式法尔。时文当知法度，古文亦当知有法度，时文法度显而易言，古文

法度隐而难喻，能熟于古文，当自得之；执古文而示人以法度，则文章变化，非一成之文所能限也。

（清）章学诚《文理》，《文史通义·内篇三》，中华书局本

谢、鲍、杜、韩，其余闲字语助，看似不经意，实则无不坚确老重成炼者，无一懦字率字便文漫下者。此虽一小事，而最为一大法门。苟不悟此，终不成作家。然却非雕饰细巧，只是稳重老辣耳。如太白岂非作祖不二，大机大用全备？世人不得其深苦之意，及文法用笔之险，作用之妙，而但袭其词，率成滑易。此原不足为太白病，但末流不可处，要当戒之。太白之后，真知太白，惟有欧阳公。其言太白用意用笔之险，曰："回视蜀道如平川。"此语可谓真能学太白矣。

（清）方东树《昭昧詹言》卷一，人民文学出版社本

事莫贵于真知。周挺斋不阶古昔，撰《中原音韵》，永为曲韵之祖；明嘉、隆间江西魏良辅创水磨调，始行于娄东，后遂号为昆腔，真知故也。余谓曲可不度，而声音之道不可不知。郑渔仲《七音略序》云："释氏以参禅为大悟，以通音为小悟。"夫小悟亦岂易言哉！

（清）刘熙载《艺概·词曲概》，上海古籍出版社本

2. 学法乎上

古之学者皆有规法，今之学者但任胸怀，无自然之逸气，有师心之独任。偶有能者，时见一斑，忽不悟者，终身瞑目，而欲乖款段，度越骅骝，斯亦难矣。吾当告勉夫后生，然自古叹知音者希，可谓绝弦也。

（唐）李嗣真《书后品》，引自《历代书法论文选》，上海书画出版社本

公曰："余少年苦不达为文之节度。读《上林赋》，如观君子佩玉冠冕，还折揖让，音吐皆中规矩，终日威仪无不可观。"

（宋）苏籀《栾城先生遗言》，《丛书集成》本

公言班固诸叙，可以为作文法式。

（宋）苏籀《栾城先生遗言》，《丛书集成》本

黄鲁直云："杜之诗法出审言，句法出庾信，但过之尔。"杜之诗法，韩之文法也。

（宋）陈师道《后山诗话》，《历代诗话》本

仆于诗初无师法，然少好之，老而不厌，数以千计，及一见黄豫章，尽焚其稿而学焉。豫章以谓譬之弈焉，弟子高师一著，仅能及之，争先则后矣。仆之诗，豫章之诗也。豫章之学博矣，而得法于杜少陵，其学少陵而不为者也，故其诗近之而其进则未也。故仆尝谓豫章之诗如其人，近不可亲，远不可疏，非其好莫闻其声，而仆负戴道上，人得易之，故谈者谓仆诗过于豫章。足下观之，则仆之所有，从可知矣，何以教足下。虽然，仆所闻于豫章，愿言其详。豫章不以语仆，仆亦不能为足下道也，而足下歉然，欲授仆之言，其何求之下耶？昔者能仁以华示其徒，而饮光笑之，能仁曰："吾道付是子矣！"其授受乃如此，虽大可以喻小，子其懋焉，吾将贺子之一笑也。

（宋）陈师道《答秦觏书》，《后山居士文集》卷十，上海古籍出版社本

《名贤诗话》云：黄鲁直自黔南归，诗变前体。且云："须要唐律中作活计，乃可言诗。以少陵渊蓄云萃，变态百出，虽数十百韵，格律益严。盖操制诗家法度如此。"予观鲁直，如《吴［余干廖明略］白露亭燕集》诗："江静明光烛，山空响管弦。风生学士座，云绕令君筵。百粤余生聚，三吴喜接连。庖霜刀落鲙，执玉酒明船。叶县飞来舄，壶公谪处天。谈多时屡谑，舞短更成妍。而我孤登览，观诗未究宣。老夫看镜罢，衰白敢争先？"直可拍肩挽袂矣。

（宋）李颀《古今诗话》，《宋诗话辑佚》本

国朝诸人诗为一等，唐人诗为一等，六朝诗为一等，陶阮、建安七子、两汉为一等，风骚为一等，学者须以次参究，盈科而后进，可也。黄鲁直自言学杜子美，子瞻自言学陶渊明，二人好恶，已自不同。鲁直学子

美,但得其格律耳;子瞻则又专称渊明,且曰"曹刘鲍谢李杜诸子皆不及也。"夫鲍谢不及则有之,若子建李杜之诗,亦何愧于渊明?即渊明之诗,妙在有味耳,而子建诗,微婉之情、洒落之韵、抑扬顿挫之气,固不可以优劣论也。古今诗人推陈王及《古诗》第一,此乃不易之论。至于李杜,尤不可轻议。欧阳公喜太白诗,乃称其"清风明月不用一钱买,玉山自倒非人推"之句。此等句虽奇逸,然在太白诗中,特其浅浅者。鲁直云:"太白诗与汉魏乐府争衡",此语乃真知太白者。王介甫云:"白诗多说妇人,识见污下。"介甫之论过矣。孔子删诗三百五篇,说妇人者过半,岂可亦谓之识见污下耶?元微之尝谓自诗人以来,未有如子美者,而复以太白为不及,故退之云:"不知群儿愚,那用故谤伤。"退之于李杜,但极口推尊,而未尝优劣,此乃公论也。子美诗奄有古今,学者能识《国风》《骚》人之旨,然后知子美用意处,识汉魏诗,然后知子美遣词处。至于掩颜谢之孤高,杂徐庾之流丽,在子美不足道耳。欧阳公诗学退之,又学李太白。王介甫诗,山谷以为学三谢。苏子瞻学刘梦得,学白乐天太白,晚而学渊明。鲁直自言学子美。人才高下,固有分限,然亦在所习,不可不谨,其始也学之,其终也岂能过之。屋下架屋,愈见其小,后有作者出,必欲与李杜争衡,当复从汉魏诗中出尔。

(宋)张戒《岁寒堂诗话》卷上,《历代诗话续编》本

初学诗者,须学古人好语,或两字,或三字。如山谷《猩猩毛笔》:"平生几两屐,身后五车书。""平生"二字出《论语》,"身后"二字,晋张翰云:"使我有身后名。""几两屐"阮孚语,"五车书",庄子言惠施。此两句乃四处合来。又"春风春雨花经眼,江北江南水拍天。""春风春雨","江北江南",诗家常用。杜云:"且看欲尽花经眼。"退之云:"海气昏昏水拍天。"此以四字合三字,入口便成诗句,不至生硬。要诵诗之多,择字之精,始乎摘用,久而自出肺腑,纵横出没,用亦可,不用亦可。

(宋)杨万里《诚斋诗话》,《历代诗话续编》本

作诗正须辨尽诸家体制,然后不为旁门所惑。今人作诗,差入门户者,正以体制莫辨也。世之技艺,犹各有家数,市缣帛者,必分道地,然后知优劣,况文章乎?仆于作诗,不敢自负,至识则自谓有一日之长,于

古今体制，若辨苍素，甚者望而知之。来书又谓："忽被人捉破发问，何以答之？"仆正欲人发问而不可得者。不遇盘根，安别利器，我叔试以数十篇诗，隐其姓名，举以相试，为能别得体制否？惟辨之未精，故所作或杂而不纯。今观盛集中，尚有一二本朝立作处，毋乃坐是而然耶？

又谓：盛唐之诗"雄深雅健"。仆谓此四字，但可评文，于诗则用"健"字不得。不若《诗辨》"雄浑悲壮"之语为得诗之体也。毫厘之差，不可不辨。坡、谷诸公之诗，如米元章之字，虽笔力劲健，终有子路未事夫子时气象。盛唐诸公子诗，如颜鲁公书，既笔力雄壮，又气象浑厚，其不同如此。只此一字，便见吾叔脚跟未点地处也。

所论屈原《离骚》，则深得之，实前辈之所未发，此一段文亦甚佳。大概论武帝以前皆好，无可议者。但李陵之诗，非房中感故人还汉而作，恐未深考，故东坡亦惑"江汉"之语，疑非少卿之诗，而不考其胡中也。

妙喜自谓：参禅精子，仆亦自谓：参诗精子。尝谒李友山论古今人诗，见仆辨析毫芒，每相激赏，因谓之曰："吾论诗，若那吒太子析骨还父，析肉还母。"友山深以为然。当时临川相会匆匆，所惜多顺情放过，盖倾盖执手，无暇引惹，恐未能卒竟其辨也。鄙见若此，若不以为然，却愿有以相复，幸甚。

（宋）严羽《答出继叔临安吴景仙书》，《沧浪诗话校释》附录，人民文学出版社本

要求字面，当看温飞卿、李长吉、李商隐及唐人诸家诗句中字面好而不俗者，采摘用之。即如《花间集》小词，亦多好句。

（宋）沈义父《乐府指迷》，人民文学出版社本

贺铸字方回，言学诗于前辈，得八句法云，平淡不流于浅俗，奇古不邻于怪僻，题咏不窘于物象，叙事不病于声律，比兴深者通物理，用事工者如己出。格成于篇中，浑然不可镂；气出于言外，浩然不可屈。尽心于诗，守此勿失。

（宋）王构《修辞鉴衡》卷一，《丛书集成》本

崔鹦能诗，或问作诗之要，答曰："但多读而勿使，斯为善。"

（宋）李錞《李希声诗话》，《宋诗话辑佚》本

绍兴六年夏，仆与年兄何元章，会于钱塘江上，余因举东坡诗云：
"天外黑风吹海立，浙东下雨过江来。"元章云："立字最为有力，乃水涌
起之貌。"老杜《三大礼赋》云："九天之云下垂，四海之水欲立。"东坡
之意，盖出于此。或者妄易"立"为"至"，只可一笑。
　　　　　　　　　　　　　（宋）马永卿《懒真子》卷五，《丛书集成》本

宋人多讥病《醉翁亭记》，此盖以文滑稽曰何害为佳，但不可为法耳。
　　　（金）王若虚《文辨》，《滹南遗老集》卷三十六，《丛书集
　　　成》本

读清宁五七言诗已清润明快，古赋已浏亮纯雅，记序已宛委有法，而
予窃有献焉。清宁，庐陵人也，姑以庐陵言之。欧公，天下之文也，百世
之师也，宜以为归。须溪，衰世之作也，然其评诗，百年之间，一人而
已，独非子之师乎？因二公之盛，浚六经之源，益溯而求之，海内之名，
必归子矣。
　　　（元）揭傒斯《吴清宁文集序》，《揭文安公文粹》卷一，《丛书
　　　集成》本

三代无文人，六经无文法。非无人也，人尽能文；非无法也，何文非
法？秦汉以来，班马之雄深，韩柳之古健，欧苏之峻雅，何莫不得乎
此也？
　　　（明）宋濂《王君子与文集序》，《宋文宪公全集》卷七，《四部
　　　备要》本

唐子西云："六经之后便有司马迁、班固。六经不可学。学文者，舍
迁、固，将奚取法？"呜呼！斯言至矣。濂尝讽二家书。迁之文，如神龙
行天，电雷惚恍而风雨骤至，万物承其涉泽，各致余妍。固之文，类法
驾整队，黄麾后前，万马夹仗，六引分旌而循规蹈矩，不敢越尺寸。呜
呼！法之固堪法，其能从易致哉？然而渊冲之容可以揽结，雄毅之气可以
掇拾。古语有云：取法者宜上。固当有潜心而愿学者矣！濂犹恨未见其
人，岂逸驾奔驰，实不可攀欤！抑去古逾远，声光不可得而袭欤！
　　　（明）宋濂《吴濰州文集序》，《宋学士全集》卷七，《丛书集
　　　成》本

宋诗深，却去唐远；元诗浅，去唐却近。顾元不可为法，所谓"取法乎中，仅得其下"耳。极元之选，惟刘静修、虞伯生二人，皆能名家，莫可轩轾。世恒为刘左袒，虽陆静逸鼎仪亦然。予独谓高牙大纛，堂堂正正，攻坚而折锐，则刘有一日之长，若藏锋敛锷，出奇制胜，如珠之走盘，马之行空，始若不见其妙。而探之愈深，引之愈长，则于虞有取焉。然此非谓道学名节论，乃为诗论也。与予论合者，惟张沧洲亨父，谢方石鸣治。亨父已矣，方石亦归老数千里外。知我罪我，世固有君子存焉，当何如哉？

（明）李东阳《麓堂诗话》，《历代诗话续编》本

观《乐记》记乐声处，便识得诗法。

（明）李东阳《麓堂诗话》，《历代诗话续编》本

仆少壮时，振翮云路，尝周旋鹓鸾之末，谓学不的古，苦心无益。又谓文必有法式，然后中谐音度。如方圆之于规矩，古人用之，非自作之，实天生之也。今人法式古人，非法式古人也，实物之自则也。当是时，笃行之士，翕然臻向，弘治之间，古学遂兴。而一二轻俊，恃其才辩，假舍筏登岸之说，扇破前美。稍稍闻见，便横肆讥评，高下今古。谓文章家必自开一户牖，自筑一堂室；谓法古者为蹈袭，式往者为影子，信口落笔者为泯其比拟之迹。而后进之士，悦其易从，惮其难趋，乃即附唱答响，风成俗变，莫可止遏，而古之学废矣。今其流传之辞，如抟沙弄蠭，涣无纪律，古之所云开阖照应，倒插顿挫者，一切废之矣。仆窃忧之，然莫之敢告也。又每窃叹独立之鲜，勇往之寡；又每伤世之人，何易之悦而难之惮也？而易之悦者，乃又不自谓其易之悦也，曰文主理已矣，何必法也？吁！"言之弗文，行而弗远"。兹非孔子言邪？且六经何者非理，乃其文何者非法也？斯言也，仆怀之稔矣，然莫之敢告也。今足下既有同应之声，又相求也，仆安敢终默也？且人情未有不忽近而务远者，何也？知其实者少，而徇乎名者多也。世远则论定，持定采名，则旷世相慕，故汉文帝拊髀思颇、牧，而不知李广、魏尚者，以其近也。近则疑，疑则实昧，实昧则忽之矣，斯时俗之重悲也。

今足下于仆同时最近，涉疑而不疑，又无倾盖之谈，接衽之雅，乃一

旦走千里之使，声应而气求之，仆以是知足下立之独而往之勇也。以是而的古，何古之不的矣。谚有之曰："一年二年，与佛齐肩；三年四年，佛在一边。"言志之难久也。幸足下无悦其易，无惮其难，积久而用成，变化叵测矣。斯古之人所以始同而终异，异而未尝不同也，非故欲开一户牖，筑一堂室也。足下诚不弃刍荛，幸采焉察焉。《墨本赋》一通，《战国策》一部，附献左右者。

（明）李梦阳《答周子书》，《李空同全集》卷六十一，明万历浙江思山堂本

古今之论文者，有魏文帝《典论》，陆机《文赋》，挚虞《文章流别论》，任昉《文章缘起》，刘勰《文心雕龙》，柳子厚《与崔立之论文书》，近代则有徐昌谷《谈艺录》诸篇。作文之法，盖无不备矣，苟有志于文章者，能于此求之，欲使体备质文，辞兼丽则，则去古人不远矣。

（明）何良俊《四友斋丛说》卷二十三，中华书局本

方洲尝述交游中语云："总是学人，与其学欧、曾，不若学马迁、班固。"不知学马迁莫如欧，学班莫如曾。今我此文，正是学马、班，岂谓学欧、曾哉？但其所学，非今人所谓学。今人何尝学马、班，只是每篇中抄得三五句史、汉金文，其余文句，皆举子对策与写柬寒温之套，如是而谓之学马、班，亦可笑也。

（明）王慎中《寄道原弟书（八）》，《王遵岩集》卷六，清刊本

谢茂秦论诗，五言绝以少陵"日出篱东水"作诗法。又宋人以"迟日江山丽"为法。此皆学究教小儿号嗄者。若"打起黄莺儿，莫教枝上啼。啼时惊妾梦，不得到辽西"，与"山中何所有？岭上多白云。只可自怡悦，不堪持赠君"一法，不惟语意之高妙而已，其篇法圆紧，中间增一字不得，着一意不得，起结极斩绝，然中自纾缓，无余法而有余味。

（明）王世贞《艺苑卮言》卷四，《历代诗话续编》本

又云：临古人书，须先得其大意，自首至尾，从容玩味，看其用笔之法，从何起构，作何结煞，体势法度，一一身处其地而仿佛如见之。如此

既久，方可下笔。下笔之时，亦便勿求酷似，须泛滥容与，且合且离，神游意会，久而习之，得其大概。

（明）王嗣奭《管天笔记外编》卷下，《四明丛书》本

学盛唐诗，乃天经地义，安得有过？过在不求其意与法，而仿效皮毛。苟如是以学中唐，亦人奴也。余谓盛唐诗厚，厚则学之者恐入于重浊，又为二李所坏，落笔先似二李。中唐诗清，清则学之者易近于新颖，故谓人当于此入门也。总之，古人诗文如乳母然，孩提时不能自立，不得不依赖之。学识既成，自能舍去。

（清）吴乔《诗问四种·答万季野诗问补遗》，齐鲁书社本

人之登厕，不可无书，无书则不畅。书须浅陋，不足严待，又逐段易了者，《韵府群玉》、《五车韵瑞》最善。展卷终是有益，而应酬简易，此为捷径。若自好之士而作诗时用之，则自塞诗路，以做韵而已。明诗无深造，二书为之也。

（清）吴乔《围炉诗话》卷之一，《清诗话续编》本

多可观者。其病有二：一在务多；一在强学少陵，率而下笔，秦武王与乌获争雄，一举鼎而绝脰矣。

（清）贺裳《载酒园诗话又编》，《清诗话续编》本

夫诗以求工为主，何以同时便不可学？如皮日休、陆龟蒙、贾岛、孟郊、卢仝、马异、刘沧、许浑诸人，皆有心相肖，天然匹偶，彼此同学之意。黄山谷，苏门六君子之一也。尝云："子瞻诗句妙一世，乃云学庭坚体，盖退之戏效孟郊、樊宗师之体，以文滑稽耳。"如山谷斯言，爱之斯学之，苏且学黄也。

（清）田雯《古欢堂集杂著》卷三，《清诗话续编》本

《文王》七章，语意相承而下，陈思《赠白马王》诗，颜延之《秋胡行》，祖其遗法。

（清）沈德潜《说诗晬语》卷上，《清诗话》本

古人文字最不可攀处，只是文法高妙。

（清）刘大櫆《论文偶记》，人民文学出版社本

近人论文，不知有所谓音节者；至语以字句，则必笑以为末事。此论似高实谬。作文若字句安顿不妙，岂复有文字乎？但所谓字句音节，须从古人文字中实实讲贯过始得。非如世俗所云也。

（清）刘大櫆《论文偶记》，人民文学出版社本

造屋先画，点兵先派，诗虽百家，各有疆界。我用何格，如盘走丸，横斜超纵，不出于盘。消息机关，按之甚细，一律未调，八风扫地。

（清）袁枚《续诗品·布格》，《续诗品注》，人民文学出版社本

高密李君所撰《重订主客图》大意以学诗当先学五律，而后及于七律。其述严沧浪谓七言难于五言，又讥今人专务七律而不知五律，此皆中窾之言也。然谓先学步而后趋以见当从五律入门，则非也。五律虽较七律少二字，似易于成句乎，然其精诣正复何减七律。故不能知五古之上下源流者，未有能为五律者也。且先以五言古诗论之。五言古诗，汉魏以上区为高格，唐宋以下区为变格，此非知言者也。且如渔洋之五律即逊于其七律。何者？渔洋先生胸中固已界划汉魏以上唐宋已下五古为二派矣。其于五古所见如此，宜其五律之不能造微也。岂惟渔洋哉，今欲精选五律，在唐则杜公而外有几人哉，惟义山、樊川耳。李君之为是选也，其言曰"取晚唐之近于中唐者"。此一语已走样矣。夫中唐十子之五律皆已渐即于平弱矣，而何晚唐近中唐之足云哉！不曰取唐之近杜者，而曰取晚唐之近中者，适见其无主见而已。吾则谓义山、樊川二家五律初不袭杜而能造其微处，故自盛唐诸家而后七律尚多名篇，而五律渐少矣。张、王自当以其乐府为主，而今乃取其五律，此则非持平之论矣。至于宋贤东坡、山谷、放翁亦五律稍减于七律，遗山以下则更无五律，惟虞道园有数首耳。近日所谓南施北宋者，宋固不足论，施愚山七言实无足取，而五言尚或近似者，正以其易于藏匿乎？学者岂得因易学而先攻之乎……吾则谓学诗者宜先博取七言，引申气格，推荡才笔，既有成局，而再敛之以入五言，则必不肯苟落笔矣。即如学正楷，必先从寸外大楷写定，而

后细入蝇楷，亦即此一理耳。

（清）翁方纲《书李石桐重订主客图后二首》之一，《复初斋文集》卷十八，清光绪重校本

唐之创律诗也，五言犹承齐、梁格诗而整饬其音调，七言则沈、宋新裁。其体最时，其格最下，然却最难，尺幅窄而束缚紧也。能不受其画地湿薪者，惟有老杜，法度整严而又宽舒，音容郁丽而又大雅，律之全体大用，金科玉律也。但初学不能骤得，且求唐人之次者以为导引。如白香山之疏以达，刘梦得之圜以闳，李义山之刻至，温飞卿之轻俊，此亦杜之四科也。宜田册子中未举香山，而言二刘，一长卿也。然长卿起结多有不逮。

（清）方世举《兰丛诗话》，《清诗话续编》本

诗有似浮泛而胜精切者，如刘和州《先主庙》，精切矣；刘随州《漂母祠》，无所为切，而神理自不泛，是为上乘。比之禅，和州北宗，随州南宗。但不可骤得，宜先法精切者，理学家所谓脚踏实地。

（清）方世举《兰丛诗话》，《清诗话续编》本

音韵之说，消息甚微，虽千言万语，不能道破，惟熟读唐人诗，久而自得。

（清）方南堂《辍锻录》，《清诗话续编》本

今晨草草作《同游海幢寺记》……此文儒为主中主，禅为主中宾，琴与诗为宾中主，画与棋与酒为宾中宾。其序次前五节皆以禅消纳之，为后丰重发无和尚张本，而儒止瞥然一见，如大海中日影，大山中雷声，此子长《河渠》、《平准书》，伯夷、屈原、贾生列传法也。海幢形势佳胜，先于独游时写足，入同游后，不必烦笔墨，此子长《项羽本纪》、《李将军传》法也。敬古文法尽出子长，其孟坚以下，时参笔势而已。

（清）恽敬《与黄香石》，《大云山房文稿·言事》卷二，《四部备要》本

韩公天质近圣贤豪杰，而为文从诸经诸子入，故用意深博，下笔奥衍

精醇。梅厓止文人而为文，又从韩公入，故词甚古，意甚今，求炼则伤格，求道则伤调。自皇甫持正、李南纪、孙可之以后学韩者皆犯之，然其法度之正，声气之雅，较之破度败律以为新奇者，已如负青天而下视矣。

（清）恽敬《答伊扬州书二》，《大云山房文稿》二集卷二，《四部备要》本

太白诗法，齐尚父、淮阴侯之兵法也；少陵诗法，孙、吴之兵法也。以同时将略论，在汉，李则飞将军，杜则程不识；在唐，李则汾阳王，杜则李临淮。然则李愈与？曰：杜犹节制之师，百世之常法。

（清）乔亿《剑溪说诗》卷上，《清诗话续编》本

郑善夫曰："长篇沉着顿挫，指事陈情，有根节，有骨格，此老杜独擅之能，唐人皆出其下。然诗亦不以此为贵，但可以为难而已。宋人往往学之，遂以诗当文，滥觞不已，诗道大坏，由老杜启之也。"愚谓此说甚透，非议杜，正劝人善学杜耳。

（清）乔亿《剑溪说诗》卷下，《清诗话续编》本

非淹贯坟籍，不能取词。非深思格物，体道躬行，不能陈理。若徒向他人借口，纵说得端的，亦只剿说常谈。强哀者无涕，强笑者无欢，不能动物也。非数十年深究古人，精思妙悟，不解义法。

（清）方东树《昭昧詹言》卷一，人民文学出版社本

读阮公、陶公、杜、韩诗，须求其本领，兼取其文法，盖义理与文辞合焉者也。谢、鲍但取其创言造句及律法之严，谢又优于鲍。若小谢、小庾，不过句法清新，非但本领义理未深，即文法亦无甚深妙。

（清）方东树《昭昧詹言》卷四，人民文学出版社本

姜白石冥心独选，摆落一切，直书即目，诚为独造，然终是宋体文体。后人学之，恐有流病。不典而浅易，则空疏人弄笔便能之。故不如明远，字字典，字字炼，步步留境象，深固奥涩，语重法密，气往势留，响沉句峭，可为楷式。

（清）方东树《昭昧詹言》卷六，人民文学出版社本

学老杜诗有八字诀,曰学其开阖顿挫,沉郁动荡。此工部独至之诣,他人莫及。顾开阖顿挫之奇,妙在用笔;沉郁动荡之奇,妙在气味。求用笔,须悟会于字句之先;求气味,须体验于字句之外,执杜以求杜,执诗以求诗,终莫能得其神髓。惟融杜法于心,浃以神明,契诸方寸,不泥其迹,不肖其形,斯不必执杜法杜而无往不与杜合,不屑就诗求诗,自然妙与诗印,则即心即杜,我与古人俱化矣。相遇以天,岂斤斤步古人后哉!

　　　　　　　　(清)朱庭珍《筱园诗话》卷三,《清诗话续编》本

　　晋诗张景阳"黑蜧跃重渊,商羊舞野迟。飞廉应南箕,丰隆迎屏翳",生堆强砌。刘越石"何其不梦周","遗爱常在去",歇后可笑。"暮宿丹水山",不雅。"本是昆山璆",不现成。龙泉曰"龙渊",天曰"圆象",地曰"方仪",粉饰可厌。陶公,汉、魏后一人,若"鬼神茫昧然","曲肱岂伤冲","芳菊开林耀","我来淹已弥",皆不浑成,习气未除耳。昔人论诗,多标古人佳句,已经标出,吾不更赘。今但指古人疵处,使人知所避耳,非敢刻于古人也。宋、齐以下,竟尚靡靡,累句犹多,吾不暇指之矣。

　　　　　　　　(清)庞垲《诗义固说》上,《清诗话续编》本

　　学古人后诗不可过离,亦不可过即。离则伤法,即则伤气。必须从法入,从法出,能以无法为有法,斯为得之。诗乃人之行略,人高则诗亦高,人俗则诗亦俗,一字不可掩饰。且其中须有书卷,非故事堆砌也。读书即多,下笔自有色泽,有不期然而然者,若故意为之,觉见之浅矣。

　　　　　　　　(清)邹弢《三借庐笔谈》卷九,引自《笔记小说大观》,江苏广陵古籍刻印社本

3. 学法乎经

　　唐之文章,初未去周、隋、五代之气,中间称得李、杜,其才始用为胜,而号雄歌诗,道未极浑备。至韩、柳氏起,然后能大吐古人之文,其言与仁义相华实而不杂。如韩《元和圣德》、《平淮西》,柳《雅章》之

类，皆辞严义密，制述如经，能崒然耸唐德于盛汉之表蔑愧让者，非先生之文则谁与？

（宋）穆修《唐柳先生集后序》，《河南穆公集》卷二，《四部丛刊》本

臣闻析薪者求其理，法古者师其意。

（宋）黄庭坚《引连珠》，《山谷别集》卷六，《四库全书》本

世谓三代无文人，六经无文法。吾以为文人无出三代，文法无大六经。象、象、大传，一何幽也；诰、颂、典、谟，一何雅也。《春秋》高古简严，《礼》、《乐》宏肆诰博。谓圣人无意于文乎，胡不示人以璞也？夫周之所尚，孔之所修，四教所先，四科所列，何物哉！

（明）胡应麟《诗薮·内编》卷一，上海古籍出版社本

不佞尝论文：非法无以反经，非奇无以尽变。合则双奂，离则两伤。

（明）谢肇淛《观风录序（代）》，《居东集》卷二，明刊本

郑所南云：诗之法祖于三百篇，下逮曹子建、陶渊明辈；诗之律宗于盛唐，主以杜，兼之李，次以孟浩然、高适、王维辈。要在漱诗书之润，益其灵根岁月，至才华吐为天芳，其体制欲温柔敦厚，雅洁浏亮，意新语健，兴趣高远，追淳古之风归于性情之正，毋为时所夺焉。

（明）王嗣奭《管天笔记外编》卷下，《四明丛书》本

竹坡称集句之工，推王荆公为得此中三昧。余谓只是记览熟耳，云何"三昧"？山谷所谓，真堪一笑者也。且攻乎此，去诗道益远。

（清）何文焕《历代诗话考索》，《历代诗话》本

我读《论语》，得为文之法，曰："草创之，讨论之，修饰之，润色之。"讨论之事，至宋人而废矣。或疑其说，应之曰："子以苏子由何如？"曰："善矣。"子由论刘先主曰："用孔明，非将也，据蜀，非地也。"考《蜀志》：孔明在先主时，未尝为将，至南征始自将耳。若不据蜀，便无地可以措足。此语乃不讨论之过也。宋文多如此，而读者不以为

怪。故知当时论文无讨论之功也，如韩退之绝无此等病累。

（清）冯班《读古浅说》，《钝吟杂录》卷四，《丛书集成》本

闻之先辈曰：夫文者，非仅辞章之谓也，圣贤之文以载道，学者之文蕲弗畔道。故学文者必先浚文之源，而后究文之法。浚文之源者何？在读书，在养气。

（清）邵长蘅《与魏叔子论文书》，《青门簏稿》卷十一，愚斋丛书刻青门草堂藏本

作四字诗多受束于《三百篇》句法，不受束者惟曹孟德耳。《太平广记》载刘讽宿山驿，月明，有数女子自屋后出，命酌庭中，歌曰："明月清风，良宵会同。星河易翻，欢娱不终。绿尊翠杓，为君斟酌。今夕不饮，何时欢乐？"山谷、子瞻谓为鬼中子建。又有一篇云："玉户金釭，愿陪君王。邯郸宫中，金石丝簧。郑女卫姬，左右成行。纨绮缤纷，翠眉红妆。王欢瞻盼，为王歌舞。愿得君欢，长无灾苦。"子瞻谓"邯郸宫中，金石丝簧"二句，不惟人不能作，知之者亦极难得。诚然诚然。孟德英雄，此女贵姬，各言其实境，不受束缚耳。

（清）吴乔《围炉诗话》卷之二，《清诗话续编》本

《春秋》之制义法，自太史公发之，而后之深于文者亦具焉。义即《易》之所谓"言有物"也；法即《易》之所谓"言有序"也。义以为经而法纬之，然后为成体之文。是篇两举天下地域之凡，而详略异焉。其前独举地物是衣食之源，古帝王所因而利道之者也；后乃备举山川境壤之支湊，以及人民谣俗性质作业，则以汉兴海内为一，而商贾无所不通，非此不足以征万货之情，审则宜类，而施政教也。两举庶民经业之凡，而中别之。前所称农田树畜，乃本富也；后所称贩鬻儥贷，则末富也。上能富国者，太公之教诲，管仲之整齐也；下能富家者，朱公、子赣、白圭是也。计然则杂用富家之术以施于国，故别言之不得侪于太公、管仲也。然自白圭以上，皆各有方略，故以能试所长许之。猗顿以下，则商贾之事耳，故别言之而不得侪于朱公、子赣、白圭也。是篇大义与《平准》相表里，而前后措注，又各有所当如此。是之谓"言有序"，所以至赜而不可恶也。夫纪事之文，成体者莫如《左氏》，又其后则昌黎韩子，然其义

法，皆显然可寻。惟太史公《礼》、《乐》、《封禅》三书，及《货殖》、《儒林传》则于其言之乱杂而无章者寓焉，岂所谓定、哀之际多微辞者邪！

（清）方苞《又书货殖传后》，《方苞集》卷二，上海古籍出版社本

太史公《自序》，年十岁，诵古文，周以前书皆是也。自魏、晋以后，藻绘之文兴，至唐韩氏起八代之衰，然后学者以先秦、盛汉辩理论事质而不芜者为古文。盖六经及孔子、孟子之书之支流余肄也……盖古文所从来远矣，六经《语》、《孟》其根源也。得其支流，而义法最精者，莫如《左传》、《史记》，然各自成书，具有首尾，不可以分剟。其次《公羊》、《穀梁传》、《国语》、《国策》，虽有篇法可求，而皆通纪数百年之言与事，学者必览其全而后可取精焉。惟两汉书疏及唐、宋八家之文，篇各一事，可择其尤。而所取必至约，然后义法之精可见。故于韩取者十二，于欧十一，余六家或二十、三十而取一焉。两汉书疏，则百之二三耳。学者能切究于此，而以求《左》、《史》、《公》、《穀》、《语》、《策》之义法，则触类而通，用为制举之文，敷陈论策，绰有余裕矣。虽然，此其末也。先儒谓韩子因文以见道，而其自称，则曰"学古道、故欲兼通其辞"。群士果能因是以求六经《语》、《孟》之旨，而得其所归，躬蹈仁义，自勉于忠孝，则立德立功以仰答我皇上爱育人才之至意，皆始基于此。是则余为是编以助流政教之本志也夫。

（清）方苞《古文约选序》，《方苞集》集外文卷四，上海古籍出版社本

三传、《国语》、《国策》、《史记》为古文正宗，然皆自成一体，学者必熟复全书，而后能辨其门径，入其窔奥。故是编所录，惟汉人散文及唐、宋八家专集，俾承学治古文者，先得其津梁，然后可溯流穷源，尽诸家之精蕴耳。

（清）方苞《古文约选凡例》，《方苞集》集外文卷四，上海古籍出版社本

退之、永叔、介甫，俱以志铭擅长。但序事之文，义法备于《左》、

《史》。退之变《左》、《史》之格调，而阴用其义法；永叔摹《史记》之格调，而曲得其风神；介甫变退之之壁垒，而阴用其步伐。学者果能探《左》、《史》之精蕴，则于三家志铭，无事规橅而自与之并矣。故于退之诸志，奇崛高古清深者皆不录，录马少监、柳柳州二志，皆变调，颇肤近。盖志铭宜实征事迹。或事迹无可征，乃叙述久故交亲，而出之以感慨，马志是也；或别生议论，可兴可观，柳志是也。于永叔独录其叙述亲故者，于介甫独录其别生议论者，各三数篇，其体制皆师退之，俾学者知所从入也。

（清）方苞《古文约选凡例》，《方苞集》集外文卷四，上海古籍出版社本

《易》、《诗》、《书》、《春秋》及四书，一字不可增减，文之极则也。降而《左传》、《史记》、韩文，虽长篇，句字可薙芟者甚少。其余诸家，虽举世传诵之文，义枝辞冗者，或不免矣。未便削去，姑钩划于旁，俾观者别择焉。

（清）方苞《古文约选凡例》，《方苞集》集外文卷四，上海古籍出版社本

4. 不敢背于古　而卒归于自为其言

祥符、天禧中，杨大年、钱文僖、晏元献、刘子仪以文章立朝，为诗皆宗尚李义山，号"西昆体"。后进多窃义山语句。赐宴，优人有为义山者，衣服败敝，告人曰："我为诸馆职挦扯至此。"闻者欢笑。

（宋）刘攽《中山诗话》，《历代诗话》本

《乐毅论》横纵驰骋，不似小字；《瘗鹤铭》法度森严，不似大字。此后世作者所以不可仰望也。

（宋）陆游《跋乐毅论》，《渭南文集》卷二十九，《陆游集》，中华书局本

汉隶岁久风雨剥蚀，故其字无复锋芒。近者杜伸微乃故用秃笔作隶，自谓得汉刻遗法，岂其然乎！

（宋）陆游《老学庵笔记》卷四，中华书局本

楚词、杜、黄，固法度所在，然不若遍考精取，悉为吾用，则姿态横出，不窘一律矣。如东坡、太白诗，虽规摹广大，学者难依；然读之使人敢道，澡雪滞思，无穷苦艰难之状，亦一助也。

（宋）魏庆之《诗人玉屑》卷五，上海古籍出版社本

或人问诗于邓子，邓子曰：诗有四忌，学白居易者忌平易，学李长吉者忌奇僻，学李太白者忌怪诞，若学作举子诗者，尤忌说功名。平易之过，如钞录账目，了无精采。奇僻之过，如作隐语，专以罔人。怪诞之过，有类乞丐道人，作飞仙无根语。论功名之过，如诏谀卦影，诗不说青则必论旌麾，此尤可羞也。若能不作此数格，然后可以论诗。东坡曰："要知西掖承平事，记取刘郎种竹初。"此虽平易，自有精采。又曰："阳虫陨羿丧厥啄，羽渊之化帝视尾。"此虽奇僻，自非隐语。又曰："岁寒水冷天地闭，为我起鞭蛰鱼龙。"此虽怪诞，要非乞丐道人所能近似也。至论功名，则曰："正与群帝骖龙翔，独留杞梓扶明堂。"是岂复有卦影气味乎？此四者，不可笔墨求之，要运于笔墨之外者，自有所谓浩然之气，充塞乎天地之间。学者不可不知也。

（宋）邓肃《栟榈集·诗评》，《四库全书》本

先生戏笔所作，枯株竹石，虽出一时取适，而绝去古今画格，自我作古。蘧家所藏枯木，并拳石丛筱二纸，连手帖一幅，乃是在黄州与章质夫庄敏公者，帖云："某近者百事废懒，唯作墨木颇精。奉寄一纸，思我当一展观也。"后又书云："本只作墨木，余兴未止，更作竹石一纸，同往。前者未有此体也。"是公亦欲使后人知之耳。

（宋）何薳《春渚纪闻》卷六《东坡事实》，《丛书集成》本

文字法度一不敢背于古，而卒归于自为其言。

（明）王慎中《与江午坡书》，《遵岩集》卷十七，清刻本

老杜字法之化者，如"吴楚东南坼，乾坤日夜浮"，"碧知湖外草，红见海东云"，"坼"、"浮"、"知"、"见"四字，皆盛唐所无也。然读者但见其闳大而不觉其新奇……句法之化者，"无风云出塞，不夜月临关"，

"露从今夜白，月是故乡明"，"江山有巴蜀，栋宇自齐梁"，"近泪无干土，低空有断云"之类，错综震荡，不可端倪，而天造地设，尽谢斧凿。篇法之化者，《春望》、《洞房》、《江汉》、《遣兴》等作，意格皆与盛唐大异。日用不知，细味自别。

（明）胡应麟《诗薮·内编》卷五，上海古籍出版社本

盖诗文至近代而卑极矣。文则必欲准于秦、汉，诗则必欲准于盛唐，剿袭模拟，影响步趋。见人有一语不相肖者，则共指以为野狐外道，曾不知之准秦、汉矣，秦、汉人曷尝字字学六经欤，诗准盛唐矣，盛唐人曷尝字字学汉、魏欤！秦、汉而学六经，岂复有秦、汉之文？盛唐而学汉、魏，岂复有盛唐之诗？唯夫代有升降，而法不相识，各极其变，各穷其趣，所以可贵。原不可以优劣论也。

（明）袁宏道《叙小修诗》，《袁宏道集笺注》卷四，上海古籍出版社本

晋人循理而法生，唐人用法而意出，宋人用意而古人之理法具在。知此方可看帖。

（清）冯班《诫子帖》，《钝吟杂录》卷七，《丛书集成》本

余尝与友人论文，谓四五十年前，人争趋仄经幽谷，而四达之衢，舍而不由，遂成芜废；今则荆榛既辟，人皆知舍邪径而就康庄，所患车马不良，徒御不善，中道踯躅，不能致于千里。惟诗亦然。百余年来，宗派不一，亘相訾謷，譬之尚质，敝必至于鬼；尚文，敝必至于僿。后之救弊者，不得其道，其趋愈下，而不可复挽。至近代诗家，折衷颇当，昌言正论，昭布天下，后生学子，当不至惑于歧路。然使仅仅循途守辙，不能大振风雅，服文人才士之心，将反为趋歧路者之所藉口。此不可不虑也。

（清）归庄《顾天石诗序》，《归庄集》卷三，上海古籍出版社本

舍性灵而趋声响，学王、李之过也；舍气格而事口角者，学袁、徐之过也；舍章法而求字句者，学钟、谭之过也。

（清）贺贻孙《诗筏》，《清诗话续编》本

康乐波折极为纡回，法曹入手，便转而心期相赏，依为同调，神明既肖，不事琴瑟之专一也。后来三苏、二王、元白、皮陆、何李、钟谭倡和齐声，古道泯矣。

    （清）王夫之《古诗评选》卷一，谢惠连《代悲哉行》评语，《船山遗书》，太平洋书店重校刊本

  文之难者，以本质之华，尽法之变耳。若华而离质，变而亡法，不足云也。譬如木焉，发华英泽，吐自根株，故称嘉树；若华而离根者，斯如聚落英、饰剪彩耳。尽法之变，如曲有音有拍，必音拍具正，然后出其曼衮顿挫，或扬为新变声耳。未有字不审音，腔不中拍，便事游移高下，妄取娱耳，以为工歌，知音者必不能赏。此亦可以征德，岂徒论文！

    （清）毛先舒《诗辩坻》卷第四，《清诗话续编》本

  今天下治古文众矣。好古者株守古人之法，而中一无所有，其弊为优孟之衣冠。天资卓荦者师心自用，其弊为野战无纪之师，动而取败。蹈是二者，而主以自满假之心，辅以流俗谀言，天资学力所至，适足助其背驰，乃欲卓然并立于古人，呜呼难哉！

    （清）魏禧《宗子发文集序》，《魏叔子文卷》卷八，易堂刻本

  诗家之规则不一端，而曰体格，曰声调，恒为先务，论诗者所为总持门也。诗家之能事不一端，而曰苍老，曰波澜，目为到家，评诗者所为造诣境也。以愚论之：体格、声调与苍老、波澜，何尝非诗家要言妙义？然而此数者，其实皆诗之文也，非诗之质也；所以相诗之皮也，非所以相诗之骨也。

    （清）叶燮《原诗·外篇上》，人民文学出版社本

  五言排律，近时作者动必数十韵，大约用之称功颂德者居多，其称颂处，必极冠冕阔大，多取之当事公卿大人先生高阀扁额上四字句，不拘上下中间，添足一字，便是五言弹丸佳句矣。排律如前半颂扬，后半自谦，杜集中亦有一二。今人守此法，而决不敢变，善于学杜者，其在斯乎！

    （清）叶燮《原诗·外篇下》，人民文学出版社本

欧阳公《诗话》云："国朝浮图，以诗名于世者九人，号'九僧诗'。时有进士许洞，会诸诗僧分题，出一纸，约不得犯此一字。其字乃山、水、风、云、竹、石、花、草、雪、霜、星、月、禽、鸟之类，于是诸僧各阁笔。"余意除却十四字，纵复成诗，亦不能佳，犹疱人去五味，乐人去丝竹也。直用此策困之耳，狙狯伎俩，何关风雅！按九僧皆宗贾岛、姚合，贾诗非借景不妍！要不特贾，即谢朓、王维，不免受困。

欧公在颍州作雪诗，戒不得用玉、月、梨、梅、练、絮、白、舞、鹅、鹤、银等事。后四十年，子瞻继守颍州，小雪，与客会饮聚星堂，复举前事，请客各赋一篇。客诗不传，两公之什具在，殊不足观。固知钓奇立异，设苛法以困人，究亦自困耳。正犹以毳饭召客，亦须陪穆父忍饥半日，岂得独饱？

（清）贺裳《载酒园诗话》卷一，《清诗话续编》本

宋法刻画，而元变化。然变化本由于刻画，妙在相参而无碍。习之者视为岐而二之。此世人迷境。如程、李用兵，宽严易路。然李将军何难于刁斗，程不识不妨于野战。顾神明变化何如耳。

（清）恽正叔《南田论画》，《历代论画名著汇编》本

记事之文，惟《左传》、《史记》各有义法。一篇之中，脉相灌输而不可增损。然其前后相应，或隐或显，或偏或全，变化随宜，不主一道。

（清）方苞《书五代史安重海传后》，《方苞集》卷二，上海古籍出版社本

诗不学古，谓之野体。然泥古而不能通变，犹学书者但讲临摹，分寸不失，而己之神理不存也。

（清）沈德潜《说诗晬语》卷上，《清诗话》本

……体与法有不变者，有至变者。言理者宗经，言治者宗史。词命贵典要，叙事贵详晰，议论贵条畅，此体之不变者也。有辟有阖，有呼有应，有揿有纵，有顿有挫，如刑官用三尺，大将将数十万兵而纪律不乱，此法之不变者也。引经、断史、援史证经，词命中有叙事中兼议论，此体之至变者也。泯阖辟呼应操纵顿挫之迹，而意运神随，纵横百出，即在作

者亦不知其然而然，此法之至变者也。吾得其不变者，而至变者存焉。

（清）沈德潜《答滑苑祥书》（三），《归愚文钞》卷九，清乾隆教忠室本

画竹意在笔先，用墨干淡并兼。从人不得其法，今年还是去年。

（清）郑燮《题画竹六十九则》，《郑板桥集·补遗》上海古籍出版社本

兰草写三台，无人敢笔栽。取得新奇法，墨香吹出来。

（清）郑燮《题画兰二十一则》，《郑板桥集·补遗》上海古籍出版本

古人文章可告人者惟法耳。然不得其神而徒守其法，则死法而已。要在自家于读时微会之。李翰云："文章如千军万马，风恬雨霁，寂无人声。"此语最形容得气好。论气不论势，文法总不备。

（清）刘大櫆《论文偶记》，人民文学出版社本

少年或从问古文法。夫文无所谓古今也，惟其当而已。得其当，则六经至于今日，其为道也一。知其所以当，则于古虽远，而于今取法，如衣食之不可释；不知其所以当，而敝弃于时，则存一家之言，以资来者容有俟焉。

（清）姚鼐《古文辞类纂序》，《古文辞类纂》卷首，《四部备要》本

方纲序曰：诗家为古诗无弗谐平仄者。无弗谐，则无所事论已。古诗平仄之有论也，自渔洋先生始也。夫诗有家数焉，有体格焉，有音节焉。是三者常相因也，而不可泥也；相通也，而不可紊也。先生之论古诗，盖为失谐者言之也。紊亦失也，泥亦失也；紊斯理之，泥斯通之，夫言岂一端而已！言固各有当也。

（清）翁方纲《王文简古诗平仄论序》，《清诗话》本

文章千变万化，如碧空之云，无一同者，无一复者，而无一处不自成章法，不可泥也。

（清）翁方纲《王文简古诗平仄论》，《清诗话》本

故曰，文成而法立。法之立也，有立乎其先、立乎其中者，此法之正本探原也；有立乎其节目、立乎其肌理界缝者，此法之穷形尽变也。杜云"法自儒家有"，此法之立本者也；又曰"佳句法如何"，此法之尽变者也。夫惟法之立本者，不自我始之，则先河后海，或原或委，必求诸古人也。夫惟法之尽变者，大而始终条理，细而一字之虚实单双，一音之低昂尺黍，其前后接笋，乘承转换、开合正变，必求诸古人也。乃知其悉准诸绳墨规矩，悉校诸六律五声，而我不得丝毫以己意与焉。故曰，禹之治水，行其所无事也。行乎所不得不行，止乎所不得不止。应有者尽有之，应无者尽无之，夫然后可以谓之诗，夫然后可以谓之法矣。

（清）翁方纲《诗法论》，《复初斋文集》卷八，光绪刻本

七言律诗，至杜工部而曲尽其变。盖昔人多以自在流行出之，作者独加以沉郁顿挫。其气盛，其言昌，格法、句法、字法、章法，无美不备，无奇不臻，横绝古今，莫能两大。

（清）管世铭《读雪山房唐诗序例》，《清诗话续编》本

王介甫诗，昔人谓如邓艾用兵，专以奇险为功，确论也。古体学杜、韩而不袭，殊胜六一；今体亦能我行我法，依傍一空。余另有读本，真卓然大家也。

（清）延君寿《老生常谈》，《清诗话续编》本

凡为文辞，必则古昔，得其意而已矣。古人法度，有必不可违者，有界在可否间者，亦有必不可行者，不可不辨也。必不可违者而违之，是谓悖矣；必不可行而行之，是谓愚矣；愚之与悖，稍通千文字者皆知免矣。惟界在可否间者；其中又有轻重之别，虽无一定科律，而作者选言，不能不决出于一途，则权衡事理，务于至当，如韩退之之所谓无难无易，惟其是而已矣。

（清）章学诚《驳孙何碑解》，《文史通义·外篇二》，《章氏遗书》卷八，嘉业堂本

凡学诗之法：一曰创意艰苦，避凡俗浅近习熟迂腐常谈，凡人意中所

有。二曰造言，其忌避亦同创意，及常人笔下皆同者，必别选一番言语，却又非以艰深文浅陋，大约皆刻意与古人远。三曰选字，必避旧熟，亦不可僻，以谢、鲍为法，用字必典。用典又避熟典，须换生。又虚字不可随手轻用，须老而古法。四曰隶事避陈言，须如韩公翻新用，五曰文法，以断为贵。逆摄突起，峥嵘飞动倒挽，不许一笔平顺挨接。入不言，出不辞，离合虚实，参差伸缩。六曰章法，章法有见于起处，有见于中间，有见于末收。或以二句顿上起下，或以二句横截。然此皆粗浅之迹，如大谢如此。若汉、魏、陶公，上及《风》、《骚》，无不变化入妙，不可执著。鲍及小谢，若有若无，间有之，亦甚短浅，然自成章。齐、梁以下，有句无章。迨于杜、韩，乃以《史》、《汉》为之，几与六经同工。欧、苏、黄、王，章法尤显。此所以为复古也。

（清）方东树《昭昧詹言》卷一，人民文学出版社本

汉、魏人用笔，断截离合，倒装递转，参差变化，一波三折，空中转换挢挖，无一滞笔平顺迂缓骎塞。谢、鲍已不能知，后来惟李、杜、韩、苏四家，能尽其变势。

（清）方东树《昭昧詹言》卷二，人民文学出版社本

大抵下字必典，而不空率；造语必新，而不袭熟；凝重有法，思清文明，而不为轻便滑易；同一用事，而尤必择其新切者；同一感寄，而恒含蓄；同一写景，而必清新：古之作者皆同，而玄晖尤极意芊绵蒨丽，其于曹公之苍凉悲壮，子建之质厚高古，苏、李、阮公之激荡僄忽，渊明之脱口自然，仲宣之跌宕壮阔，公干之紧健亲切，康乐、明远之工巧惊奇，皆不一袭似，故尔克自成一家。退之所谓力去陈言如是。然玄晖于公干、康乐、明远三家，时相出入，缔情缠绵似公干，琢句似谢、鲍。

（清）方东树《昭昧詹言》卷七，人民文学出版社本

问：作诗必当专守一家格律，或可杂收博采与？

学诗未能到自铸洪炉地位，不妨博取以尽其变，但不可于一诗杂出两家格律耳。昔尝以此砭一旧友，其人不见省，故其遗诗遂无一篇完整，可叹也。

（清）陈仪《竹林答问》，《清诗话续编》本

刘文房诗以研炼字句见长，而清赡闲雅，蹈乎大方。其篇章亦尽有法度，所以能断截晚唐家数。

（清）刘熙载《艺概·诗概》，上海古籍出版社本

乐府调有疾、徐，韵有疏、数。大抵徐、疏在前，疾、数在后者，常也。若变者，又当心知其意焉。

（清）刘熙载《艺概·诗概》，上海古籍出版社本

性情素也，规格绚也，以素加绚，则功力要哉！譬如作书，步武前人法帖，初欲其合，继欲其离。能合而不能离，与能离而不能合，皆弊也。

（清）徐熊飞《修竹庐谈诗问答》，《诗问四种》，齐鲁书社本

余自小性好填词，时穷音律。所编诸剧，未尝不取古法，亦未尝全取古法……毋失古法，而不为古法所拘；欲求古法，而不期古法自备。

（清）黄图珌《看山阁集闲笔·后识》，《中国古典戏曲论著集成》（七），中国戏剧出版社本

三

用　法

1. 能者出入纵横　何可拘碍

予从子辽喜学书，尝论曰："书之神韵，虽得之于心，然法度必资讲学……"又曰："运笔之时，当使意在笔前。"此古人之良法也。

（宋）沈括《书画》，《梦溪笔谈校证》卷十七，中华书局本

世之论书者，多自谓书不必有法，各自成一家。此语得其一偏。譬如西施、毛嫱，容貌虽不同，而皆为丽人，然手须是手，足须是足，此不可移者。作字亦然，虽形气不同，掠须是掠，磔须是磔，千变万化，此不可移也。若掠不成掠，磔不成磔，纵其精神筋骨犹西施、毛嫱，而手足乖戾，终不为完人。杨朱、墨翟，贤辩过人，而卒不入圣域。尽得师法，律度备全，犹是奴书，然须自此入。过此一路，乃涉妙境，无迹可窥，然后入神。

（宋）沈括《艺文》，《补笔谈》卷二，《梦溪笔谈校证》，中华书局本

衡口出常言，法度法前轨。人言非妙处，妙处在于是。

（宋）周紫芝《竹坡诗话》引苏轼诗，《历代诗话》本

然比之古人，入则重视叠矩，出则奔轶绝尘，安能得其仿佛耶！

（宋）黄庭坚《跋唐道人编余草稿》，《山谷别集》卷十二，《四库全书》本

杨大年刘子仪皆喜唐彦谦诗，以其用事精巧，对偶亲切。黄鲁直诗体虽不类，然亦不以杨刘为过。如彦谦《题汉高庙》云："耳闻明主提三尺，眼见愚民盗一抔。"虽是著题，然语皆歇后。一抔事无两出，或可略土字；如三尺，则三尺律、三尺喙皆可，何独剑手？"耳闻明主"，"眼见愚民"，尤不成语。余数见交游，道鲁直语意殊不可解。苏子瞻诗有"买牛但自捐三尺，射鼠何劳换六钧"，亦与此同病。六钧可去弓字，三尺不可去剑字，此理甚易知也。

（宋）叶梦得《石林诗话》卷中，《历代诗话》本

诗禁体物语，此学诗者类能言之也。欧阳文忠公守汝阴，尝与客赋雪于聚星堂，举此令，往往皆阁笔不能下。然此亦定法，若能者，则出入纵横，何可拘碍。郑谷"乱飘僧舍茶烟湿，密洒歌楼酒力微"，非不去体物语，而气格如此其卑。苏子瞻"冻合玉楼寒起粟，光摇银海眩生花"，超然飞动，何害其言玉楼银海。韩退之两篇，力欲去此弊，虽冥搜奇谲，亦不免有缟带银杯之句。杜子美"暗度南楼月，寒生北渚云"，初不避云月字。若"随风且开叶，带雨不成花"，则退之两篇，工殆无以愈也。

（宋）叶梦得《石林诗话》卷下，《历代诗话》本

歌曲自唐、虞三代以前，秦、汉以后，皆有；造语险易，则无定法。今必以"斜阳芳草"、"淡烟细雨"绳墨后来作者，愚甚矣。故曰：不知书者，尤好耆卿。

（宋）王灼《碧鸡漫志》卷第二，《中国古典戏曲论著集成》（一），中国戏剧出版社本

盖逐字逐句铢铢而较者决不足为大家数，而前辈号大家数者，亦未尝不留意于句律也。

（宋）刘克庄《后村诗话》前集卷二，中华书局本

欧阳公云，作文之体，初欲奔驰，久当搏节，使简重严正，或时放肆以百舒，勾为一体，则尽善矣。

（宋）王构《修辞鉴衡》卷二，《丛书集成》本

东坡先生，人中麟凤也。其文似《战国策》；同之以谈道，如庄周。其诗似李白，而辅之以极名理似乐天。其书似颜鲁公，而飞扬韵胜。出新意于法度之中，奇妙理于豪放之外。窃尝以为书仙。

　　（金）赵秉文《跋东坡四达斋铭》，《闲闲老人滏水文集》卷二十，《丛书集成》本

古之诗人，虽趣尚不同，体制不一，要皆出于自得。至其辞达理顺，皆足以名家，何尝有以句法绳人者。鲁直开口论句法，此便是不及古人处。而门徒亲党，以衣钵相传，号称"法嗣"，岂诗之真理也哉！

　　（金）王若虚《滹南诗话》，《滹南遗老集》卷四十，《丛书集成》本

诗至律，诗家之一厄也……余每就律举崔颢《黄鹤》、少陵《夜归》等篇，先作其气，而后论其格也。崔、杜之作，虽律而有不为律缚者。

　　（元）杨维桢《蕉囱律选序》，《东维子文集》卷七，《四部丛刊》本

传有之：三代无文人，六经无文法。无文人者，动作威仪，人皆成文；无文法者，物理即文，而非法之可拘也。秦、汉以下，则大异于斯，求文于竹帛之间，而文之功用隐矣。虽然，此以文之至者言之尔。文之为用，其亦溥博矣乎！何以见之？施之于朝廷，则有诏、诰、册、祝之文；行之师旅，则有露布、符、檄之文；托之国史，则有记、表、志、传之文。他如序、记、铭、箴、赞、颂、歌、吟之属，发之于性情，接之于事物，随其洪纤，称其美恶，察其伦品之详，尽其弥纶之变。如此者，要不可一日无也。然亦岂易致哉！必也本之于至静之中，参之于欲动之际。有弗养焉，养之无弗充也；有弗审焉，审之无不精也。然后严体裁之正，调律吕之和，合阴阳之化，摄古今之事，类人己之情，著之篇翰，辞旨皆无所畔背，虽未造于至文之域，而不愧于适用之文矣。

　　（明）宋濂《曾助教文集序》，《宋学士全集》卷七，《丛书集成》本

唐人诗法六格，宋人广为十三，曰："一字血脉，二字贯串，三字栋梁，数字连序，中断，钩锁连环，顺流直下，单抛，双抛，内剥，外剥，

前散,后散,谓之层龙绝艺。"作者泥此,何以成一代诗豪邪?

(明)谢榛《四溟诗话》卷一,《历代诗话续编》本

杨仲弘律诗三十四格,谓自杜甫门人吴成邹遂传其法,然窘于法度,殆非正宗。

(明)谢榛《四溟诗话》卷二,《历代诗话续编》本

学《选》诗不免乎套子,去套子则语新而句奇。务新奇则太工,辞不流动,气乏浑厚。如辞胜气,气胜辞,套子用否之间,善作者不堕于一隅也。

(明)谢榛《四溟诗话》卷三,《历代诗话续编》本

太史公与班掾之才,固各天授。然《史记》以风神胜,而《汉书》以矩矱胜。惟其以风神胜,故其遒逸疏宕,如餐霞,如吃雪,往往自眉睫之所及,而指次心思之所不及;令人读之,解颐不已。惟其以矩矱胜,故其规划布置,如绳引,如斧刊,亦往往于其复乱庞杂之间,而有以极其首尾节膝之密,令人读之,鲜不濯筋而洞髓者。

(明)茅坤《刻汉书详林序》,《茅鹿门集》卷之一,明万历刻本

李东阳曰:"诗必有具眼,亦必有具耳。眼主格,耳主声。"又曰:"法度既定,溢而为波,变而为奇,乃有自然之妙。"

(明)王世贞《艺苑卮言》卷一,《历代诗话续编》本

诗有常体,工自体中。文无定规,巧运规外,乐《选》律绝,句字夐殊,声韵各协。下逮填词小技,尤为谨严。《过秦论》也,叙事若传,《夷平传》也,指辨若论。至于序、记、志、述、章、令、书、移,眉目小别,大致因同。然《四诗》拟之则佳,《书》《易》放之则丑,故法合者,必穷力而自运;法离者,必凝神而并归,合而离,离而合,有悟存焉。

(明)王世贞《艺苑卮言》卷一,《历代诗话续编》本

时季子开远方学艺,求可为法者。予教之曰:"文字,起伏离合断接

而已。极其变，自熟而自知之。父不能得其子也。虽然，尽于法与机耳。法若止而机若行。"钱、王远矣，因取汤许二公文字数百篇，为指画以示。汤公止中有行，行而常止。许公行中有止，止而常行。皆所为"正清"者也。不纵横气来，不纵横袭见；得天高而入深，故法圣而机神。此予之所迁延流离而不能得者也。而以教吾子，此岂不谓之大愚也哉。

（明）汤显祖《汤许二会元制义点阅题词》，《汤显祖诗文集》卷三十三，上海古籍出版社本

夫才逞则御之以格，格定则通之以变，气扬则沉之使实，节促则澹之使和。数语也，瑯琊法门，以始其不俟也。不深不玄，不沉不坚，出之自然，完之粹然。数语也，琅琊法眼，以终授不俟也。

（明）胡应麟《报李仲子允达》，《少室山房类稿》卷一百十九，《少室山房文集》，明万历本

余窃谓万古此天地，则万古此人心，声诸心者为言，诗特言之成章者耳，何古今人不相及邪？盖诗有法，言有旨，言近而指远者，善言也。法而不拘，不曰诗之善者与？谪仙有云："大雅久不作"，而其为诗天才放逸，真若无所事法，而子美则周旋法度之中，而后之言诗者莫先焉。宋以文为诗，而元人乃谓唐诗主于达性情，故于《三百篇》为近；宋诗主于立议论，故于《三百篇》为远。是元人之言，唐人之心也，谓元之诗无盛唐之法，可乎？

（明）梅原汇《重刻翰林杨仲弘诗集序》，《杨仲弘诗集》卷首，《四部丛刊》本

二十年前，与友人论诗，退而书之，以为如涉之用筏也，故名曰《诗筏》。今取视之，几不知其为谁人之语，盖予既舍之矣。余既舍之，而欲人之思之可乎？虽然，予固望人之舍也。苟能舍之，斯能用之矣。"深则厉，浅则揭"，奚以筏为？河桥之鹊，渡则去焉，葛陂之龙，济则掷之，又奚以筏为？君其涉于江而浮于海，望之而不见所极，送君者自崖而返，君自此远矣。是为用筏耶？为舍筏耶？为不用之用，不舍之舍耶？夫苟如是，而后吾书可传也，亦可烧也。

（清）贺贻孙《诗筏·自序》，《清诗话续编》本

大言小言，故属诗派；了语危语，亦归韵文。纤纤杂组，诗谜肇端；离合、姓名、拆白缘起。又有五平、五仄、叠数、回文、药名、集句，连类莫殚。近世复有牙签凑字，八音限韵，正复巧同楮叶，戏类棘门。文章儇习，雅道所戒。独有《子夜》，双关不厌，当由语质情长，不失雅调故耶？

（清）毛先舒《诗辩坻》卷第二，《清诗话续编》本

又法者，国家之所谓律也。自古之五刑宅就，以至于今，法亦密矣。然岂无所凭而为法哉！不过揆度于事、理、情三者之轻重大小上下，以为五服五章刑赏生杀之等威差别，于是事、理、情当于法之中。人见法而适惬其事、理、情之用，故又谓之曰"定位"。

（清）叶燮《原诗·内篇上》，人民文学出版社本

文章一道，本摅写挥洒乐事，反若有物焉，以桎梏之，无处非碍矣。于是强者必曰：古人某某之作如是，非我则不能得其法也。弱者亦曰：古人某某之作如是，今之闻人某某传其法如是，而我亦如是也。其黠者心则然而秘而不言；愚者心不能知其然，绕夸而张于人，以为我自有所本也。

（清）叶燮《原诗·内篇下》，人民文学出版社本

问曰："先生近日所进如何？"答曰："问者谓古诗、唐诗各自成体，作唐体者不受困于宋、明，即得成诗。今知不然。汉、魏诗如手指，屈伸分合，不失天性。唐体如足指，少陵丈夫足指，虽受行縢，不伤跬步。凡守起承转合之法者，则同妇女足指，弓弯纤月，娱目而已。受几许痛苦束缚，作得何事？唐诗尚不称余意，何况定远，又况自所作者而欲为之地耶！直是前步既错，未如之何耳！犹忆四十年前，见贺黄公《铜雀台妓》诗云：'闲抚金炉嗟薄命，八年两度见分香。'其刺子桓隐而切矣，定远敌手也。"

（清）吴乔《围炉诗话》卷之二，《清诗话续编》本

子瞻诗包罗万象，一由我法，集中一种烟云满纸，咳唾琳琅者为最，清空如话者次之，至有时斗韵露异，不无小巧，求真得浅，未免添足。退之、香山、义山亦时时有之，要不碍其为大家。胡元瑞以为于诗无解，蟪

蛄岂知春秋哉!

（清）叶矫然《龙性堂诗话续集》，《清诗话续编》本

徐文长先生画雪竹，纯以瘦笔、破笔、燥笔、断笔为之，绝不类竹；然后以淡墨水钩染而出，枝间叶上，罔非雪积，竹之全体，在隐跃间矣。今人画浓枝大叶，略无破阙处，再加渲染，则雪与竹两不相入，成何画法？此亦小小匠心，尚不肯刻苦，安望其穷微索渺乎！问其故，则曰：吾辈写意，原不拘拘于此。殊不知"写意"二字，误多少事，欺人瞒自己，再不求进，皆坐此病。必极工而后能写意，非不工而遂能写意也。

（清）郑燮《题画·竹》，《郑板桥集》，上海古籍出版社本

夫为文不根柢古人，是偭规矩也；为文而刻画古人，是手执规矩不能自为方圆也。孟子有言梓匠轮舆能与人规矩，不能使人巧，是虽非为论文设，而千古论文之奥具是言矣。夫巧者心所为，心所以能巧，则非心之自能为。学不正则杂，学不博则陋，学不精则肤，杂而兼以陋且肤，是恶能生巧！即恃聪明以为巧，亦巧其所巧，非古人之所谓巧也。惟根本六经，而旁参以史子集，使理之疑似，事之经权，了然于心，脱然于手，纵横伸缩，惟意所如，而自然不悖于道，其为巧也，不有不期然而然者乎。

（清）纪昀《香亭文稿序》，《纪文达公遗集》卷九，清嘉庆刊本

诗必研诸肌理，而文必求其实际。夫非仅为空谈格韵者言也，持此足以定人品学问矣。乃今于曹子俪笙诗文集发之。圣门善言德行，则文章即行事也。《乐记》："声音之道与政通"，则文章即政事也。泥于言法者，或为绳墨所窘；矜言才藻者，或外绳墨也驰：是皆不知文词与事境合而一之者也。

（清）翁方纲《延晖阁集序》，《复初斋文集》卷四，清光绪刻本

今人易言近体，难言古诗，真乃不知甘苦者。殊不知古诗可长可短，近体限定字数，若非具大手眼，便如印板，何足言诗！故唐律之圣者，间于八句之中，别有五花八门之妙，自成黄钟大吕之音。

（清）李调元《雨村诗话》卷上，《清诗话续编》本

朱子论孟子说义理，精细明白，活泼泼地，荀子说了许多，令人对之如吃糙米饭。又论作文不可如秃笔写字，全无锋刃可观。愚谓作诗文虽有本领，而如吃糙米饭，如秃笔写字，皆无取。昔人议《圣教序》为板俗，今如某公之文，某公之诗，便是如此。虽亦有本领，不得古人行文之妙，则皆无当于作者。故本领固最要，而文法高妙，别有能事。

（清）方东树《昭昧詹言》卷一，人民文学出版社本

"驰骋田猎，令人心发狂。"以左氏之才之学，而文必范我驰驱，其识虑远矣。

（清）刘熙载《艺概·文概》，上海古籍出版社本

东坡《进呈陆宣公奏议劄子》云："药虽进于医手，方多传于古人。"《上神宗皇帝书》云："大抵事若可行，不必皆有故事，"盖法高于意则用法，意高于法则用意，用意正其神明于法也。文章一道，何独不然。

（清）刘熙载《艺概·文概》，上海古籍出版社本

东坡论吴道子画"出新意于法度之中，寄妙理于豪放之外"。推之于书，但尚法度与豪放，而无新意妙理，末矣。

（清）刘熙载《艺概·书概》，上海古籍出版社本

作律诗虽争起笔，尤贵以气格胜。须要成竹在胸，操纵随手，自起至结，首尾元气贯注，相生相顾，镕成一片。精力弥满，浑沦无迹，自然高厚沉雄，官止神行，所谓中声也。此诣惟工部、右丞擅长，他人鲜及，乃近体最上大乘法门。然代不数人，人不数篇，非火候纯足，意兴兼到，时一得之，难以强求。次者，起笔既得势，首联屼拔警策，则三四宜展宽一步，稍放和平，以舒其气而养其度，所谓急脉缓受也。不然，恐太促太紧矣。三四和平，则五六宜振拓，切忌平拖，顺流放过去。一平顺，后半即率弱不称，须用提笔振起，方为得手。要著力凝炼，必使成杰句警语，镇得住，撑得起，拓得开，勒得转，以为上下关键，乃一篇树骨之要害处也。五六既好，结句则相机取神，切无忽略草率，就势行之。或推开一步，或追入一层，或反掉以顾首，或纡徐以取姿，或从旁点而正意不露，或翻余波而远韵悠然，总要全副精神赴之，如是则章法完密，无懈可击

矣。若起势非岿健，系属平起，则三四不得不著力凝炼，以求警策。而以五六为筋节血脉，放缓一步，舒上下之气，通前后之息。结句又用提笔振作，以为归宿可也。古人律诗法度，大致多此二式，略拈出以为初学下手用笔之助。然诗家贵参活法，忌泥死法，千变万化，不可执一律拘。是又在人能神而明之，有定实无定也。

（清）朱庭珍《筱园诗话》卷四，《清诗话续编》本

南宋四大家，当时称尤、萧、范、陆，谓尤延之、萧东夫、范石湖、陆放翁也。然三人皆非放翁匹，而延之尤卑。后萧之诗失传，乃以杨诚斋代之，改为尤、杨、范、陆，而萧之姓氏与诗，几泯灭无闻。身后名之显晦，亦有幸有不幸焉。然诚斋诗浅俗鄙滑，颓唐粗硬，纯堕恶趣，真江西派中魔魁，竟负虚名，浪传至今，殊不可解。东夫诗虽亦染江西派习气，而风骨棱棱，较诚斋为雅音矣。仅传其咏梅花句云："百千年薛著枯树，一两点花供老枝。"又云："湘妃危立冻蛟背，海月冷挂珊瑚枝。"又云："悬崖雪堕惊孤鹤，压屋云凉眠定僧。"笔意崎崟，力求生造，在拗体中，亦斩新耳目之句。归愚先生乃贬其意象孤孑，入于涩体，未免是丹非素之习，所见不广。夫言岂一端，体各有当，拗律、吴体，皆以生峭奇逸为工，本避熟求新，乃作此体，何得以常法绳之！

（清）朱庭珍《筱园诗话》卷四，《清诗话续编》本

诗人用笔，要提得空，放得下，转得快，入得透，出得轻；又要能刚能柔，能大能小，能正能奇，能使死者生，能使断者续，能使笨者灵，方尽用笔之妙。盖以一笔作数笔用，又以数笔作一笔用也。此须如庖丁之用刀，游刃于虚，以无厚入有间，故迎刃而解，批郤导窾，官止神行，虽一日解十二牛，犹若新发于硎。精艺入神，非可尽以言传。学者目击道存，悟澈三昧，得用笔之妙于天，忘用笔之法于手。心之所至，笔亦至焉；心所不至，笔先至焉。笔中有笔，笔外亦有笔，即无笔处无非笔，而有笔处反若无笔。如是则笔等神龙，足补造化，天不能限，人何能测乎！

（清）朱庭珍《筱园诗话》卷四，《清诗话续编》本

余三十年论诗，只识得一"法"字，近来方识得一"脱"字。诗盖有法，离他不得，却又即他不得；离则伤体，即则伤气。故作诗者先从法

入，后从法出，能以无法为有法，斯之谓脱也。

(清) 徐增《而庵诗话》，《清诗话》本

解数及起承转合，今人看得甚易，似为不足学。若欲精于此法，则累十年不能尽。宗家每道佛法无多子；愚谓诗法虽多，而总归于解数，起承转合，然则诗法亦无多子也。学人当于此下手，尽力变化，至于大成，不过是精于此耳。向来论诗，皆属野狐，正法眼藏，毕竟在此不在彼也。

(清) 徐增《而庵诗话》，《清诗话》本

无论近体古体，皆有一定之绳墨，特不可为绳墨所缚，反至夭阏性情耳。古体绳墨如草蛇灰线，看似无迹，其实离合顿挫，皆有天然凑泊之妙。譬如李贰师、郭汾阳士卒游行自在中，未尝不队伍森严也。若舍弃绳墨，以跅弛驰突自诩，其与任华、刘叉相去几何矣！才力虽强，不足法也。

(清) 徐熊飞《修竹庐谈诗问答》，《诗问四种》，齐鲁书社本

2. 纵心所欲　不逾准绳

宓子贱治单父，有若见之曰："子何臞也？"宓子曰："君不知不齐不肖，使治单父，官事急，心忧之，故臞也。"有若曰："昔者舜鼓五弦，歌《南风》之诗而天下治。今以单父之细也，治之而忧，治天下将奈何乎？故有术而御之，身坐于庙堂之上，有处女之色，无害于治，无术而御之，身虽瘁臞，犹未有益。"

(先秦)《韩非子·外储说左上》，《诸子集成》本

若吾子之文，辨明而曲畅，峻洁而舒迟，变动往来，有驰而止，而皆中于节，使人喜慕而不厌者，诚难得也。

(宋) 欧阳修《与陈之方书》，《欧阳文忠公文集·居士外集》卷十八，《四部丛刊》本

艺之至者，如疱丁之刀，轮扁之斲，无不中也。颜鲁公之书，刻于石

者多矣，而有精有粗，虽他人皆莫可及。然在其一家，自有优劣，余意传模镌刻之有工拙也。

（宋）欧阳修《唐杜济神道碑》，《集石录跋尾》，《欧阳文忠集》卷一百四十，《四部备要》本

白之诗连类引义，虽中于法度者寡，然其辞闳肆隽伟，殆骚人所不及，近世还未有也。旧史称白有逸才，志气宏放，飘然有超世之心。余以为实录。而新书不著其语，故录之使览者得详焉。

（宋）曾巩《李白诗集后序》，《曾巩集》卷十二，中华书局本

知者创物，能者述焉，非一人而成也。君子之于学，百工之于技，自三代历汉至唐而备矣，故诗至于杜子美，文至于韩退之，书至于颜鲁公，画至于吴道子，而古今之变，天下之能事毕矣。道子画人物如以灯取影，逆来顺往，旁见侧出，横斜平直，各相乘除，得自然之数，不差毫末。出新意于法度之中，寄妙理于豪放之外，所谓游刃有余地，运斤成风，盖古今一人而已。余于他画，或不能必其主名，至于道子，望而知其真伪也。然世罕有真者，如史全叔所藏，平生盖一二见而已。

（宋）苏轼《书吴道子画后》，《东坡七集·前集》卷二十三，《四部备要》本

献之少时学书，逸少从后取其笔而不可，知其长大必能名世。仆以为不然。知书不在于笔牢，浩然听笔之所之而不失法度，乃为得之，然逸少所以重其不可取者，独以其小儿用意精至，猝然掩之，而意未始不在笔。不然则是天下有力者莫不能书也。

（宋）苏轼《书所作字后》，《东坡题跋》卷四，《丛书集成》本

物一理也，通其意则无适而不可，分科而医，医之表也，占色而画，画之陋也。和缓之医，不别老少；曹、吴之画，不择人物。谓彼长于是则可，曰能是不能是，则不可。世之书篆，不兼隶行，不及草，殆未能通其意者也。如君谟真、行、草、隶无不如意。其遗力余意变为飞白，可爱而不可学，非通其意，能如是乎？

（宋）苏轼《跋君谟飞白》，《东坡题跋》卷四，《丛书集成》本

予兄子瞻少而知画，不学而得用笔之理。辙少闻其余，虽不能深造之，亦庶几焉，凡今世自隋、晋以上，画之存者无一二矣，自唐以来，乃时有见者。世之志于画者，不以此为师，则非画也。予昔游成都，唐人遗迹遍于老佛之居，先蜀之老有能评之者，曰："画格有四，曰：能、妙、神、逸。盖能不及妙，妙不及神，神不及逸。"称神者二人，曰范琼、赵公祐，而称逸者一人，孙遇而已。范、赵之工，方圆不以规矩，雄杰伟丽，见者皆知爱之，而孙氏纵横放肆，出于法度之外，循法者不逮其精，有从心不逾矩之妙。于眉之福海精舍为行道天王，其记曰"集润州高座寺张僧繇"。予每观之，辄叹曰："古之画者必至于此，然后为极软！"其后东游至岐下，始见吴道子画，乃惊曰："信矣，画必以此为极也！"盖道子之迹，比范、赵为奇，而比孙遇为正，其称画圣，抑以此耶？

（宋）苏辙《汝州龙兴寺修吴画殿记一首》，《栾城后集》卷二十一，《四部备要》本

东坡先生佩玉而心若槁木，立朝而意在东山。其商略终古，盖流俗不得而言。其于文事补衮则华虫黼黻，医国则卢扁和秦。虎豹之有美，不雕而常自然，至于恢诡诘怪滑稽于秋兔之颖。尤以酒而能神，故其滴沥，醉余攀申。取诸造物之炉锤，尽用文章之斧斤。寒烟淡墨，权奇轮囷。挟风霜而不栗，听万物之皆春。

（宋）黄庭坚《苏李画枯木道士赋》，《山谷集》卷一，《四库全书》本

余评李白诗，如张乐于洞庭之野，无首无尾，不主故常，非墨工槧人所可拟议。吾友黄介读《李杜优劣论》曰："论文正不当如此。"余以为知言。

（宋）陈师道《后山诗话》，《历代诗话》本

吾友夏均父，贤而有文章，其于诗，盖得听谓规矩备具，而出于规矩之外，变化不测者。后果多从先生长者游，闻人之所以言诗者而得其要妙，所谓无意于文之文，而非有意于文之文也。

（宋）吕本中《夏均父集序》，《后村先生大全集》卷九十五，《四部丛刊》本

凡人做文字，不可太长，照管不到，宁可说不尽。欧、苏文皆说不曾尽。东坡虽是宏阔，澜翻成大片滚将去，他里面自有法。令人不见得他里面藏得法，但只管学他一滚做将去。

（宋）朱熹《论文上》，《朱子语类》卷一百三十九，清同治应元书院本

李太白非无法度，乃从容于法度之中，盖圣于诗者也。

（宋）魏庆之《诗人玉屑》卷十四，上海古籍出版社本

学者须先晓规矩法度，然后加以精勤，自入能品。能之至极，心悟妙理，心手相应，出乎规矩法度之外，无所适而而非妙者，妙之极极也。由妙入神，无复踪迹，直如造化之生成神之至也。然先晓规矩法度，加以精勤，乃至于能；能之不已，至于心悟而自得，乃造于妙；由妙之极，遂至于神。要之不可无师授与精勤耳。

（宋）张邦基《墨庄漫录》卷十，《丛书集成》本

苏文忠公诗，初若豪迈天成，其实关键甚密。再来杭州《寿星院碧寒轩》诗，句句切题，而未尝拘。其云："清风肃肃摇窗扉，窗里修竹一尺围。纷纷苍雪落夏簟，冉冉绿雾沾人衣。"寒碧各在其中。第五句："日高山蝉抱叶响"，颇似无意，而杜诗云："抱叶寒蝉静"，并叶言之，寒亦在中矣。"人静翠羽穿林飞"，固不待言，末句却说破："道人绝粒对寒碧，为问鹤骨何缘肥？"其妙如此。

（宋）周必大《二老堂诗话》，《历代诗话》本

往岁卜居城南，遇梓人焉，曰筑室之制，崇广纤钜必谨其规体，梗楠杞梓，若一而用之，则堂观亭室各不相类。余于是悟作诗法亦犹是也。近世之清俭者局于律，师宕逸者邻于豪，角立墨守，迄无以融液，诗几乎息矣。噫！风雅颂之体，夫子何自而分哉？清江罗道士诗，余读云审剂轻重，分析清浊，大者合绳墨，小者适程度，似欲各取其长，诚非苟于言诗者，余闻学仙之说，内固而神益清，养之以岁年，斯熟矣。诗其果有二道乎？

（元）袁桷《书清江罗道士诗后》，《清客居士集》卷四十八，《丛书集成》本

后官成均，与郓人曹彦礼先生同馆，见其所藏柳公《易赋》、《灵宝经》真迹，非唯笔精墨妙，严劲缜密，神采飞动，至于界画粘缀，硬黄捣练，各极其工之精者矣。

    （元）虞集《跋柳诚悬墨迹》，《道园学古录》卷四十，《四部备要》本

米南宫书，神气飞扬，筋骨雄毅，而晋魏法度，自整然也。汉人只知程不识用兵纪律精严，不知李广之无斥候，为合作也。

    （元）虞集《题米南宫画迹》，《道园学古录》卷十，《四部备要》本

驰骋于法度之中，逍遥于尘垢之外。纵心所欲，不逾准绳。

    （元）管道昇《墨竹谱》，《历代论画名著汇编》本

陈绎曾曰："凡律高则用重，律中则用正，律下则用子。"律大要欲调句耳，诗至于化，自然合律，何必庸心为哉？

    （明）谢榛《四溟诗话》卷二，人民文学出版社本

玉台翁云："子美诗之圣，尧夫更别传。后来操翰者，二妙罕能兼。"古今能知康节之诗者，玉台翁一人而已。虽然，所谓别传者，则康节所自得，而少陵之诗法康节未尝不深入其奥也。康节可谓兼乎二妙者也。南江王子深于诗法者也，间以余言质于南江，南江曰："然龙溪王子盖有得乎别传之意者，而亦未尝不深于诗法也。"

    （明）唐顺之《跋自书康节诗送王龙溪后》，《荆川先生文集》卷十七，《四部丛刊》本

震泽以前存而弗论，足下远不见杨仪部、祝京兆、徐迪功，近不见黄勉之、王履吉、袁永之、皇甫伯仲耶？不亦咸彬彬有声哉？然或漫衍而绵力，或迫诘而艰思，或清微而类促，或铺缀而无经，或蹈袭而鲜致，或率意而乏情，或闲丽而近弱，所见唯有陆浚明，差强人耳。陆之叙事颇亦典则往往未极而尽，当是才短。归生笔力小，竟胜之，而规格旁离，操纵唯意，单辞甚工，边幅不足。每得其文，读之未意辄解，随解辄竭，若欲含至法于辞中，吐铄劲于言外，虽复累本，殆难其选。仆不恨足下称归文，

恨足下不见李于鳞文耳。于鳞生平胸中无唐以后书，停蓄古始，无往不造。至于叙致宛转穷极苦心，然仆犹以为顾、陆、张、王之肖扬神色态度，了无小憾，比之化工尚隔一尘，海内故自有人，足下未悉耳。

（明）王世贞《答陆汝陈》，《弇州四部稿》卷一百二十八，《四库全书》本

且吾闻之：追风逐电之足，决不在于牝牡骊黄之间；声应气求之夫，决不在于寻行数墨之士；风行水上之文，决不在于一字一句之奇。若夫结构之密，偶对之切；依于理道，合乎法度；首尾相应，虚实相生：种种禅病皆所以语文，而皆不可以语于天下之至文也。

（明）李贽《杂说》，《焚书》卷三，明万历刻本

唐伯虎《夏山琴趣图》，甚秀润妍美，而或以为摹本，余未能辨也。第伯虎跌宕不羁，而于绘事往往精工缜密，法度森然，是亦唐人四科之一也。余尝于弇山堂见伯虎像，青袍布笠风骨癯然，自是四海九州一穷措大面目，与绘事尤不类云。

（明）胡应麟《题唐子畏夏山琴趣图》，《少室山房类稿》卷一百九，《少室山房文集》，明万历本

七言古诗要铺叙，要有开合，有风度，迢递险怪，雄俊铿锵，忌庸俗软腐。须是波澜开合，如江海之波，一波未平，一波复起。又如兵家之阵，方以为正，又复为奇，方以为奇，忽复是正，出入变化，不可纪极。备此法者，唯李、杜也。开合灿然，音韵铿然，法度森然，神思悠然，学问充然，议论超然。

（明）胡震亨《唐音癸签》卷三，古典文学出版社本

夫诗之有律，其名何自而起？《易》曰："师出以律。"诗之有律，犹兵之有法也。其首尾结撰，浅深开合之次弟，抑扬点夺，有余不尽之态，与夫寄流动于排偶，不为律所缚而终归于律者，惟志于法者能之，而思之独造，韵之沉雄，皆附法以见，而后能传于世。予为诸生二十年，近十年而始敢为碑记叙论之文，近五年而始敢为诗，然于诗犹为古乐歌行，而终不敢为律，盖惮其法之严而遂至于自废也。及观隆、万以来以诗名海内者

盖亦有灭法而弃规矩者矣，其游魂厉魄至今犹能依附草木为祟人间，而予且斤斤守其绳墨而不效，然则予虽惮其严而终不敢以无法自便也。呜呼，天下笔岂有以无法而成者哉……而今之为诗文者辄以去病之言为口实，回顾吾所为文何如，呜呼，亦不思之甚矣。

　　　　　　　　（明）艾南英《张龙生近刻诗集序》，《天佣子集》卷四，艾氏家塾重刊本

　　金华宋景濂先生，醇乎儒者也。经、史、子集，无不通贯。举其辞义，如河流滂沛，不待疏决，自无壅窒；如疱丁解牛，不待鼓刀，自得肯綮之妙。其作为文笔，法度森严，无冗长语。温润者，又如玉产蓝田，粹然不见其瑕疵也；莹洁者，又如珠子合浦，粲然不睹其椭洼也；春容典重者，又如金钟大镛在东序，动中律吕，瞰然不闻其乱杂之声也。故乡先生柳公道传，称具雄浑可爱；黄公晋卿，许其温雅俊逸；莆田陈公众仲，亦谓辞韵风裁，类夫柳、黄二公；庐陵欧阳公玄，亦谓神思、气韵，飘逸而沉雄。

　　　　　　　　（明）孔克仁《潜溪后集序》，《宋学士全集》附录卷一，《丛书集成》本

　　风格色泽，诗家所谨，若臻神境，又自无不可，近世事与近世字面，初入手时，决当慎之，后来顾当用之如何。区区准绳，非所论于法之外。

　　　　　　　　（清）毛先舒《诗辩坻》卷四，《清诗话续编》本

　　伯子之论文曰：由规矩者，熟于规矩，能生变化；不由规矩者，功力所到，亦生变化，既有变化，自合规矩。伯子于古人文无专好，其自为文亦不孜孜求古人之法，虽颇嗜漆园太史公书，为文遇意成章，为风水之相遭，如云在天，卷舒无定，得庄、史之意，然未尝稍有摹仿。吾故尝语季弟以功力变化而合规矩。伯子所自道则然也。

　　　　　　　　（清）魏禧《伯子文集叙》，《魏叔子文集》卷八，易堂藏板本

　　古者识之具也。化者识其具而弗为也。具古以化，未见夫人也。尝憾其泥古不化者，是识拘之也。识拘于似则不广，故君子惟借古以开今也，又曰"至人无法"，非无法也，无法而法，乃为至法。凡事有经必有权，

有法必有化。一知其经，即变其权，一知其法，即功于化。夫画，天下变通之大法也，山川形势之精英也，古今造物之陶冶也，阴阳气度之流行也，借笔墨以写天地万物而陶泳乎我也。今人不明乎此，动则曰："某家皴点，可以立脚。非似某家山水，不能传久。某家清澹，一可以立品。非似某家工巧，只足娱人。"是我为某家役，非某家为我用也。纵逼似某家，亦食某家残羹耳，于我何有哉！或有谓余曰："某家博我也，某家约我也。我将于何门户？于何阶级？于何比拟？于何效验？于何点染？于何鞹皴？于何形势？能使我即古而古即我？"如是者知有古而不知有我者也。我之为我，自有我在。古之须眉，不能生在我之面目；古之肺腑，不能安入我之腹肠。我自发我之肺腑，揭我之须眉。纵有时触着某家，是某家就我也，非我故为某家也。天然授之也。我于古何师而不化之有？

（清）石涛《变化》，《石涛画语录》，人民美术出版社本

　　从来文章必有所自能者，技成而善化辙迹耳。故细心以观，虽韩、柳之文，李、杜之诗，未尝无所本。而曰"唐人妙处正在无法"，岂其然哉？拙者字比句拟，剽窃成风，几乎万口一响，若此诚陋。然曰"信腕信口，皆成律度"，亦终无是理也。即如石公所称："古有以平而传者，如'睫在眼前人不见'之类是也；以俚而传者，如'一百饶一下，打汝九十九'之类是也；以俳而传者，如'迫窘诘曲几穷哉'之类是也。"虽传正传其丑耳，如西施与嫫姆并传，遂谓嫫姆与西施并美耶？石公曰："古之为诗者，有泛寄之情，无直书之事；其为文也，有直书之事，无泛寄之情。晋、唐以后，为诗者有赠别、有叙事，为文者有辩说、有论叙。架空而言，不必有其事与其人，是诗之体已不虚，文之体已不能实矣。古人之法，顾安可概。"予以信如所云，则商、周十五国之篇，止有比兴而无赋，湘累纫椒兰，园吏之言鹏莺，皆实有是事，亦不尽然矣。至盛推宋诗文，谓"其中实有可以起秦、汉而轶盛唐，韩、柳、元、白、欧则诗之圣，苏则诗之神。陶仅取其趣，谢仅取其料，李、杜稍假以大"，似犹出六子之下。甚至以"明诗文无一可传，可传者仅《劈破玉》、《打枣竿》、《银柳丝》、《挂真凡》之类"。此则古人无舌，不能起之复言，然后人有眼，中郎亦不能遮之尽黑也。予以蹈袭者王莽法《周官》也，屏弃者亦秦人烧《诗》、《书》也。石公从陕还，亦自知悔，而年已不待。其弟《柴紫书序》中屡言之，可谓善自救败。独恨其锄莠不尽，尚留俟

后人耘耨耳。

（清）贺裳《载酒园诗话》卷一，《清诗话续编》本

石涛画竹，好野战，略无纪律，而纪律自在其中。燮为江君颖长作此大幅，极力仿之。横涂竖抹，要自笔笔在法中，未能一笔逾于法外。甚矣石公之不可及也！功夫气候，僭差一点不得。

（清）郑燮《题画·竹》，《郑板桥集》，上海古籍出版社本

《宋史》："嘉祐间，朝廷颁阵图以赐边将。王德用谏曰：'兵机无常，而阵图一定；若泥古法，以用今兵，虑有偾事者。'"《技术传》："钱乙善医，不守古方，时时度越之，而卒与法会。"此二条，皆可悟作诗文之道。

（清）袁枚《随园诗话》卷五，人民文学出版社本

东坡大气旋转，虽不屑屑于句法、字法中别求新奇，而笔力所到，自成创格。如《百步洪》诗："有如兔走鹰隼落，骏马下注千丈坡，断弦离柱箭脱手，飞电过隙珠翻荷。"形容水流迅驶，连用七喻，实古所未有。又如《答章传道》云："欲将驹过隙，坐待石穿溜。"《游径山》云："肯将红尘脚，暂著白云履。"《泛舟城南》云："能为无事饮，可作不夜归。"《孔毅父妻挽词》云："那将有限身，长泻无穷涕。"《哭子遯》云："仍将恩爱刀，割此衰老肠。""欲除苦海浪，先干爱河水。"《送鲁元翰》云："聊乘应舍筏，直溯无生源。"《栖贤三峡桥》云："长输不尽溪，欲满无底窦。"《答王晋卿欲夺仇池石》云："守子不贪宝，完我无瑕玉。"《送黄师是》云："愿君五袴手，招此半菽魂。"《答李端叔谢送牛戬画》云："知君论将口，似予识画眼。"《和陶归园田居》云："以彼无尽灯，写我有限年。"《赵景贶以洞庭春色酒见饷》云："应呼钓诗钩，亦号扫愁帚。"此虽随笔听至，自成创句，所谓"风行水上，自然成文"；然未免句法重叠。若《浚井》之"上除青青芹，下洗凿凿石。"《白鹤新居凿井不得泉使工再凿》云："丰我粢与醪，利汝椎与钻。"《和陈传道雪中观灯》云："未忍便倾浇别酒，且来同看照愁灯。"则又不泥一格矣。又《与赵景贶陈履常同过欧阳叔弼小斋》云："梦回闻剥啄，谁乎赵陈予。"句法之奇，自古未有，然老横莫有敢议其拙率者，可见其才大无所不可也。当时共骇此句。

（清）赵翼《瓯北诗话》卷五，人民文学出版社本

抑人之学文，其功力所能至者，陈理义必明当，布置取舍繁简廉肉不失法，吐辞雅驯，不芜而已。古今至此者，盖不数数得，然尚非文之至。文之至者，通乎神明，人力不及施也。

（清）姚鼐《复鲁絜非书》，《惜抱轩文集》卷六，《四部丛刊》本

君家念鲁先生，尝言"文贵谨严雄健"，夫谨严存乎法度，雄健存乎气势。气势必由书卷充积，不可貌袭而强为也；法度资乎讲习，疏于文者，则谓不过方圆规矩，人皆可与知能。不知法度犹律令耳，文境变化，非显然之法度所能浚；亦犹狱情变化，非一定之律令所能尽。故深于文法者，必有无形与声而又复至当不易之法，所谓文心是也；精于治狱者，必有非典非故而自协无理人情所勘，所谓律意是也。文心律意，非作家老吏不能神明，非方圆规矩所能尽也；然用功纯熟，可以旦暮遇之。

（清）章学诚《与邵二云》，《文史通义·外篇三》，《章氏遗书》卷九，嘉业堂本

文章之事，工部所谓天成，著力雕镂，便觌面千里。俪体尚然，何况散行。然此事如禅宗，箍桶脱落，布袋打开之后，信口接机，头头是道，无一滴水外散，乃为天成。若未到此境界，一松口便属乱统矣。是以敬观古今之文，越天成越有法度，如《史记》，千古以为疏阔，而柳子厚独以洁许之。今读伯夷、屈原等列传，重叠拉杂，及删其一字一句，则其意不全，可见古人所得矣。至所谓疏古，乃通身枝叶扶疏，气象浑雅，非不检之谓也。敬于此事，如禅宗看话头、参知识，盖三十年。惜钝根所得，不过如此。然于近世文人病痛，多能言之。其最粗者，如袁中郎等，乃卑薄派，聪明交游客能之；徐文长等乃琐异派，风狂才子能之；艾千子等乃描摹派，占毕小儒能之；侯朝宗、魏叔子进乎此矣，然枪棓气重，归熙甫、汪苕文、方灵皋进乎此矣，然袍袖气重。能摒脱此数家，则掉臂游行，另有蹊径，亦不妨仍落此数家，不染习气者，入习气亦不染，即禅宗入魔法也。

（清）恽敬《与舒白香》，《大云山房文稿·言事》卷一，《四部备要本》

章有章法,句有句法,字有字法;到纯熟后,纵笔所如,无非法者。

(清)吴德旋《初月楼古文绪论》,人民文学出版社本

《笠翁十种曲》,鄙俚无文,直拙可笑。意在通俗,故命意、遣辞力求浅显。流布梨园者在此,贻笑大雅者亦在此。究之:位置、脚色之工,开合、排场之妙,科白、打诨之宛转入神,不独时贤罕与颉颃,即元、明人亦所不及,宜其享重名也。

(清)杨恩寿《词余丛话》卷二,《中国古典戏曲论著集成》(九),中国戏剧出版社本

太白诗虽若升天乘云,无所不之,然自不离本位。故放言实是法言,非李赤之徒所能托也。

(清)刘熙载《艺概·诗概》,上海古籍出版社本

神仙,迹若游戏,骨里乃极谨严,旭、素草书如之。

(清)刘熙载《游艺约言》,《古桐书屋续刻三种》,清光绪刊本

唐人七古,高、岑、王、李诸公规格最正,笔最雅炼,"散行中时作对偶警拔之句,以为上下关键,非惟于散漫中求整齐,平正中求警策,而一篇之骨,即树于此。兼以词不欲尽,故意境宽然有余;气不欲放,故笔力锐而时敛,最为词坛节制之师。至李、杜而纵横动荡,绝迹空行,如风雨交飞,鱼龙变化,几于鬼斧神工,莫可思议矣。然文成法立,规矩森严,个中自有细针密缕,丝毫不乱,特运用无痕耳。所谓神而明之,大而化之也。歌行至此,已臻绝诣,后人莫能出其范围。

(清)朱庭珍《筱园诗话》卷三,《清诗话续编》本

山谷云:余初未尝识画。然参禅而知无功之功,学道而知至道不烦。于是观画,悉知巧拙工俗,造微入妙。然岂可为单见寡闻者道。又曰:如虫蚀木,偶尔成文。吾观古人妙处,类多如此。仆曰:此为行家说法,不为学者说法。行家知工于笔墨,而不知化其笔墨,当悟此意。学者未入笔墨之境,焉能画外求妙?凡画之作,功夫到处,处处是法。功成以后,但觉一片化机。是为极致。然不从缜烂而得此平淡天成者,

未之有也。

      （清）方薰《山静居论画》，《历代论画名著汇编》本

  公尝言"志与诗篇浑漫与"，此言"晚节渐于诗律细"，何也？律细，言用心精密。漫与，言出手纯熟。熟从精处得来，两意未尝不合。

     （清）仇兆鳌《杜甫诗〈遣闷戏呈路十九曹长〉评》，《杜诗详注》卷十八，中华书局本

3. 文多拘忌　伤其真美　自然无迹　斯为雅道

  人法地，地法天，天法道，道法自然。

       （先秦）《老子·二十五章》，《诸子集成》本

  或曰："女有色，书亦有色乎？"曰："有。女恶华丹之乱窈窕也，书恶淫辞之淈法度也。"

       （汉）扬雄《法言吾子》，《诸子集成》本

  今既不被管弦，亦何取于声律耶……故使文多拘忌，伤其真美。

      （南朝·梁）钟嵘《诗品序》，《诗品》，《历代诗话》本

  宋光禄大夫颜延之
  其源出于陆机。尚巧似。体裁绮密，情喻渊深，动无虚散，一句一字，皆致意焉。又喜用古事，弥见拘束，虽乖秀逸，是经纶文雅才。雅才减若人，则蹈于困踬矣。汤惠休曰："谢诗如芙蓉出水，颜如错彩镂金。"颜终身病之。

      （南朝·梁）钟嵘《诗品》卷中，《历代诗话》本

  客有自秦少游许来见东坡。坡问少游近有何诗句，客举秦《水龙吟》词云："小楼连苑横空，下临绣毂雕鞍骤。"坡笑曰："又连远，又横空，又绣毂，又雕鞍，又骤，也劳攘。"坡亦有此词云："燕子楼中，佳人何在，空锁楼中燕。"

       （宋）杨万里《诚斋诗话》，《历代诗话续编》本

退之以文为诗，子瞻以诗为词，如教坊雷大使之舞，虽极天下之工，要非本色，今代词手，惟秦七黄九尔，唐诸人不迨也。

（宋）陈师道《后山诗话》，《历代诗话》本

晋、魏间诗，尚未知声律对偶，然陆云相谑之词，所谓"日下荀鸣鹤，云间陆士龙"者，乃指为的对。至"四海习凿齿，弥天释道安"之类不一。乃知此体出于自然，不待沈约而后能也。旧不解"四海"、"弥天"为何等语，因读梁慧皎《高僧传》，载凿齿与道安书云："夫不终朝而雨六合者，弥天之云也；宏渊源而润八极者，四海之流也。"故摘其语以为戏耳。始晋初为佛学者，皆从其师姓，如支遁本姓关，从支谦学，故为支。道安以佛学皆本释迦为师，请以释命氏，遂为定制。则释道安者，亦其姓也。

（宋）叶梦得《石林诗话》卷下，《历代诗话》本

工部诗得造化之妙。如李太白《鹦鹉洲》诗云"字字欲飞鸣"，杜牧之云"高摘屈宋艳，浓薰班子香"；如东坡云"我携此石归，袖中有东海。平生五千卷，一字不救饥"，鲁直《茶》诗"煎成车声绕羊肠"，其因事用字，造化中得其变者也。

（宋）吴可《藏海诗话》，《历代诗话续编》本

宁拙毋巧，宁朴毋华，宁粗毋弱，宁僻毋俗，诗文皆然。

（宋）魏泰《临溪隐居诗话》，《历代诗话》本

有明上人者，作诗甚艰，求捷法于东坡，作两颂以与之。其一云："字字觅奇险，节节累枝叶。咬嚼三十年，转更无交涉。"其一云："衡口出常言，法度法前轨。人言非妙处，妙处在于是。"乃知作诗到平淡处，要似非力所能。东坡尝有书与其侄云："大凡为文，当使气象峥嵘，五色绚烂，渐老渐熟，乃造平淡。"余以不但为文，作诗者尤当取法于此。

（宋）周紫芝《竹坡诗话》，《历代诗话》本

记文甚健，说尽事理，但恐亦当更考欧、曾遗法，料简刮摩，使其清明峻洁之中，自有雍容俯仰之态，则其传当愈远，而使人愈无遗憾矣。僭易并及，愧悚之深，不审明者于意云何？亦幸有以反覆之也。

　　　　（宋）朱熹《答巩仲至》，《晦庵先生朱文公文集》卷六十四，《四部丛刊》本

诗本无体，《三百篇》皆天籁自鸣。下速黄初，迄于今人，异辋故所出亦异。或者弗省，遂艳其各有体也。

　　　　（宋）姜夔《白石道人诗集自叙》，《白石道人诗集》，《四部备要》本

雕刻伤气，敷衍露骨。若鄙而不精巧，是不雕刻之过，拙而无委曲，是不敷衍之故。

　　　　（宋）姜夔《白石诗说》，人民文学出版社本

远斋徐致远之诗，其当以是观之欤！王半山有谓："看似寻常最奇崛，成如容易却艰辛。"今泛观远斋诗，或者见其若出之易，而语之平也。抑不知其阅之多，考之详，炼之熟，琢之工；所以磨磢圭角，而剥落皮肤求造真实者，几年于兹矣！故其字字句句有依据，有法度，欲会众体众格，而无一字妄用，一语苟作者。切无谓其寻常容易，乃奇崛之最，实自其艰辛而得也。余则尤于其爱花之时而见之矣！夫以四时之花，其华彩光焰漏泄呈露者，名品固非一。若春兰、夏莲、秋菊、冬梅，则皆意味风韵含蓄蕴藉，而与众花异者。惟其似之，是以爱之。求其人，其惟屈大夫与周濂溪，陶靖节与林和靖之徒乎！远斋既爱四花，复希慕四君子。人如是，歌诗亦如之，真可谓深而不浅者矣。

　　　　（宋）包恢《书徐致远无弦稿后》，《敝帚集》，宜秋馆校刊本

须是本色，须是当行。

　　　　（宋）严羽《沧浪诗话·诗法》，人民文学出版社本

诗语固忌用巧太过，然缘情体物，自有天然之妙，虽巧而不见刻削之痕。老杜"细雨鱼儿出，微风燕子斜"，此十字殆无一字虚设。雨细著水

面为沤，鱼常上浮而淰，若大雨则伏而不出矣。燕体轻弱，风猛则不能胜，惟微风乃受以为势，故有轻燕受风余之语。至"穿花蛱蝶深深见，点水蜻蜓款款飞"，"深深"字若无"穿花"字，"款款"字若无"点水"字，皆无以见其精微如此。然读之浑然，全似未尝用力。此所以不碍其气格超胜，使晚唐诸子为之，便当入"鱼跃练江抛玉尺，莺穿丝柳织金梭"体矣。

（宋）王构《修辞鉴衡》卷一，《丛书集成》本

文以意为主，辞以达意而已。古之人不尚虚饰，因事遣辞，形吾心之所欲言者耳，间有心之所不能言者，而能形之于文，斯亦文之至乎！譬之水不动则平，及其石激渊洄，纷然而龙翔，宛然而凤蹙，千变万化，不可殚穷，此天下之至文也。亡宋百余年间，唯欧阳公之文不为尖新艰险之语，而有从容闲雅之态，丰而不余一言，约而不失一辞，使人读之者亹亹不厌。盖非务奇之为尚，而其势不得不然之为尚也。

（金）赵秉文《竹溪先生文集引》，《闲闲老人滏水集》卷十五，《丛书集成》本

万古文章有坦途，纵横谁似玉川卢？真书不入今人眼，儿辈从教鬼画符。

（金）元好问《论诗三十首》第十三，人民文学出版社本

近世儒先，以韵书首于江左，其理未竟，论者疑焉。夫声与韵，文字之自然，童歌巷语，肇于唐虞，旁叶偶传，与君臣赓歌相表里，非若今世，拘拘然以清浊为高下论也。小学废已久，言六书皆本于许慎，或者谓扬雄《太玄》奇字，与许氏不合，皆其私臆。殊不知屈氏而下，若司马诸赋，其不易解辨，岂亦其所自制？故昌黎韩子谓凡为文，宜略识字，则世所为许学者，苟趋省易，实秦相斯之学也。按魏李登始为声韵，增益衍广，实原七均，七均之说，成于江左。江左之文绮而萎，其于韵若法律为师，条分目析，锱铢之不可混也。降于隋唐，守其说而莫之变，能变者宋惟吴棫氏。今世所行《唐韵》，博极群籍之要，见于其序。而近世附益，终莫能已，噫，学其果有止也邪，眉山陈君元吉，少以《春秋》试有司第一，南极交广，以游夫幽冀之平衍，搜奇尊闻，包络捃拾，因韵以广，

卒为是书，名曰《韵海》。班然而居，编悬在庭，各得其职，虽第而轻重之，同律吕也。属辞此事，春秋之教，殆犹其微与。昔颜鲁公为《韵海镜源》，集古今韵字，凡三百余卷，识者谓其擿华撮要，该于理著，四库散落不具，而今也卒俟君以成，合流纳污，愈远愈清，至于海者，百川之功也。敢漏所闻而因以序之。

（元）袁桷《陈元吉〈韵海〉序》，《清容居士集》卷二十二，《丛书集成》本

画一窠一石，当逸墨撇脱，有士人家风；才多，便入画工之流矣。

（元）陶宗仪《南村辍耕录》卷八，中华书局本

思切清古，失之太工。

（元）陈绎曾《诗谱》，《历代诗话续编》本

《古诗十九首》，平平道出，且无用工字面，若秀才对朋友说家常话，略不作意。如"客从远方来，寄我双鲤鱼。呼童烹鲤鱼，中有尺素书"是也。及登甲科，学说官话，便作腔子，昂然非复在家之时。若陈思王"游鱼潜绿水，翔鸟薄天飞。始出严霜结，今来白露晞"是也。此作平仄妥贴，声调铿锵，诵之不免腔子出焉。魏晋诗家常话与官话相半，迨齐、梁开口俱是官话。官话使力，家常话省力，官话勉然，家常话自然。夫学古不及，则流于浅俗矣。今之工于近体者，惟恐官话不专，腔子不大，此所以泥乎盛唐，卒不能超越魏进而追两汉也。嗟夫！

（明）谢榛《四溟诗话》卷三，人民文学出版社本

密则疑于无所谓法，严则疑于有法而可窥，然而文之必有法，出乎自然而不可易者，则不容异也。

（明）唐顺之《董中峰侍郎文集序》，《荆川先生文集》卷十，《四部丛刊》本

篇法之妙！有不见句法者；句法之妙，有不见字法者。此是法极无迹，人能之至，境与天会，未易求也。有俱属象而妙者，有俱属意而妙者，有俱作高调而妙者，有直下不偶对而妙者，皆兴与境谐，神合气完使

之然。

（明）王世贞《艺苑卮言》卷一，《历代诗话续编》本

风雅《三百》，古诗《十九》，人谓无句法，非也。极自有法，无阶级可寻耳。

（明）王世贞《艺苑卮言》卷一，《历代诗话续编》本

《拜月》、《西厢》，化工也；《琵琶》，画工也。夫所谓画工者，以其能夺天地之化工，而其孰知天地之无工乎？今夫天之所生，地之所长，百卉具在，人见而爱之矣，至觅其工，了不可得，岂其智固不能得之与！要知造化无工，虽有神圣，亦不能知识化工之所在，而其谁能得之！由此观之，画工虽巧，已落二义矣。文章之事，寸心千古，可悲也夫！

且吾闻之：追风逐电之足，决不在于牝牡骊黄之间；声应气求之夫，决不在于寻行数墨之士；风行水上之文，决不在于一字一句之奇。若夫结构之密，偶对之切；依于理道，合乎法度；首尾相应，虚实相生；种种禅病皆所以语文，而皆不可以语于天下之至文也。杂剧、院本，游戏之上乘也，《西厢》、《拜月》，何工之有！

（明）李贽《杂说》，《焚书》卷三，中华书局本

思王《野田黄雀行》，坦之云："词气纵逸，渐远汉人。"昌毂亦云："锥处囊中，锋颖太露。"二君皆自卓识，然此诗实仿"翩翩堂前燕"，非《十九首》调也。第汉诗如炉冶铸成，浑融无迹。魏诗虽极步骤，不免巧匠雕镂耳。

（明）胡应麟《诗薮·内编》卷一，上海古籍出版社本

谈艺者有谓七言律一句不可两入故事，一篇中不可重犯故事。此病犯者故少，能拈出亦见精严。然我以为皆非妙悟也。作诗到精神传处，随分自佳，下得不觉痕迹，纵使一句两入，两句重犯，亦自无伤。如太白《峨眉山月歌》四句入地名者五，然古今目为绝唱，殊不厌重。蜂腰、鹤膝、双声、叠韵，休文三尺法也，古今犯者不少，宁尽被汰耶？

（明）王世懋《艺圃撷余》，《历代诗话》本

诗固忌用巧太过，然缘情体物，自有天然工妙，虽巧而不见刻削之痕。老杜"细雨鱼儿出，微风燕子斜"，及"穿花蛱蝶深深见，点水蜻蜓款款飞"等语，读之浑然，全似未尝用力，此所以不碍其气格超胜，与晚唐诸家之体物者迥别也。咏物者宜于此细参。

（明）胡震亨《唐音癸签》卷三，古典文学出版社本

书之为言散也，舒也，意也，如也。欲书必舒散怀抱，至于如意所愿，斯可称神。书不变化，匪足语神也。所谓神化者，岂复有外于规矩哉？规矩入巧，乃名神化，固不滞不忮，有圆通之妙焉。况大造之玄功，宣泄于文字，神化也者，即天机自发，气韵生动之谓也。日月星辰之经纬，寒暑昼夜之代迁，风雷云雨之聚散，山岳河海之流峙，非天地之变化乎！高士之振衣长啸，挥麈淡玄；佳人之临镜拂花，舞袖流盼。如艳卉之迎风泫露，似好鸟之调舌搜翎，千态万状，愈出愈奇。更若烟雾林影，有相难看；潜鳞翔翼，无迹可寻，此万物之变化也。人之于书，形质法度，端厚和平，参互错综，玲珑飞逸，诚能如是，可以语神矣。世之论神化者，徒指体势之异常，毫端之奋笔，同声而赞赏之，所识何浅陋者哉。

（明）项穆《书法雅言·神化》，引自《历代书法论文选》，上海书画出版社本

科诨虽不可少，然非有意为之。如必欲于某折之中，插入某科诨一段，或预设某科诨一段，插入某折之中，则是觅妓追欢，寻人卖笑，其为笑也不真，其为乐也，亦甚苦矣。妙在水到渠成，天机自露。我本无心说笑话，谁知笑话逼人来，斯为科诨之妙境耳。

（清）李渔《闲情偶寄·词曲部·科诨第五》，《中国古典戏曲论著集成》（七），中国戏剧出版社本

下虚字难在有力，下实字难在无迹。然力能透出纸背者，不论虚实，自然浑化。彼用实而有迹者，皆力不足也。

（清）贺贻孙《诗筏》，《清诗话续编》本

等闲拈出，自然染骨透髓，是知不在刻镂。

    （清）王夫之《明诗评选》卷一，刘基《无愁果有愁曲》评语，《船山遗书》，太平洋书店重校刊本

晚唐即极雕琢，必不能及初唐之体物。如"日气含残雨"，尽贾岛推敲，何曾道得。三四工妙，尤在"日气含残雨"之上。

    （清）王夫之《唐诗评选》卷三，杜审言《夏日过郑士山斋》评语，《船山遗书》，太平洋书店重校刊本

古诗无定体，似可任笔为之，不知自有天然不可越之榘矱。故李于鳞谓唐无五古诗，言亦近是，无即不无，但百不得一二而已。所谓榘矱者，意不枝，词不荡，曲折而无痕，戌削而不竞之谓。若于鳞所云无古诗，又唯无其形埒字句与其粗豪之气耳。不尔，则"子房未虎啸"及《玉华宫》二诗，乃李、杜集中霸气灭尽，和平温厚之意者，何以独入其选中？

    （清）王夫之《薑斋诗话》卷二，人民文学出版社本

咏物词极不易工，要须字字刻画，字字天然，方为上乘，即间一使事，亦必脱化无迹乃妙。

    （清）彭孙遹《金粟词话》，《词语丛编》本

前辈谓史梅溪之句法，吴梦窗之字面，因是确论。尤须雕组而不失天然，如"绿肥红瘦"、"宠柳娇花"，人工天巧可称绝唱。若"柳腴花瘦"、"蝶凄蜂惨"，即工亦巧，匠琢山骨矣。

    （清）王士禛《花草蒙拾》，《词话丛编》本

来禽夫子本神清，香茗才华未让兄。徐庚文章建安作，悔教诗法掩诗名。

    （清）王士禛《戏仿元遗山论诗绝句·三十二首》，《渔洋山人精华录训纂》卷五下，《四部备要》本

诗法须自《十九首》，方烂然天真。唐诗已是声色边事，况宋、元、明耶！

    （清）吴乔《围炉诗话》卷之二，《清诗话续编》本

柳七最尖颖，时有俳狎，故子瞻以是呵少游。若山谷亦不免，如"我不合太捆就"类，下此则算酪体也。惟易安居士"最难将息"、"怎一个愁字了得"，深妙稳雅，不落蒜酪，亦不落绝句，真此道本色当行第一人也。

（清）刘体仁《七颂堂词绎》，《词话丛编》本

文字总要生动，镂金错采，所以为笨伯也。词尤不可参一死句，辛稼轩非不自立门户，但是散仙入圣，非正法眼藏，改之处处吹影，乃博刀圭之讥，宜矣。

（清）刘体仁《七颂堂词绎》，《词话丛编》本

余儿时尝闻先君语曰："方干暑夜正浴，时有微雨，忽闻蝉声，因而得句。急叩友人门，其家已寝，惊起问故。曰：'吾三年前未成之句，今已获之，喜而相告耳。'乃'蝉曳余声过别枝也'。"后余见其全诗，上句为"鹤盘远势投孤屿"，殊厌其太露咬文嚼字之态，不及下语为工。凡作诗炼字，又必自然无迹，斯为雅道。

（清）贺裳《载酒园诗话》卷一，《清诗话续编》本

人之臧否，不在形骸；诗之工拙，不专声调。捉刀人须眉不及崔琰，不害其为英雄。若侏儒自恶其短，而高冠巍屦重裘，饰为魁梧也，不大可笑乎！且作诗宜有气格，不宜有气质。宋人误以气质为气格，遂以生硬为高，鄙俚为朴。始于数名家作俑，至末流益甚。如王庭珪《送胡澹庵谪新州》"痴儿不了公家事，男子要为天下奇"，立意亦佳，但上句口角浮薄，下句有悻悻之状。又如俞秀老"夜深童子唤不醒，猛虎一声山月高"，此岂佳事，而谓可与"炉烟消尽寒灯晦，童子开门雪满松"，"日午独觉无余声，山童隔竹敲茶臼"并驱也。至所谓折句法，尤可憎。如胡考"鹦鹉杯且酌清浊，麒麟阁懒画丹青"，正所谓折腰之步，令人呕哕。至如杨次公"八十丈虹晴卧影，一千顷玉碧无瑕"，僧显万"河摇星斗三更后，月挂梧桐一丈高"，摹拟处总落粗俗。又黄白石《咏雪》"愿缩天人散花手，放渠奔走趁晨炊"，语既酸鄙，状尤扭捏。即刘过《送王简卿》"放开笔下闲风月，收拾胸中旧甲兵"，亦非雅谈也。宋人力贬绮靡，

意欲淡雅，不觉竟入酸陋。如戴敏才"引些渠水添池满，移个柴门傍竹开"，二虚字恶甚。其子复古"一心似水惟平好，万事如棋不着高"，高菊磵"主人一笑先呼酒，劝客三杯便当茶"，王梦弼"三年受用惟栽竹，一日工夫半为梅"，方翥《寄友》"胸中襞积千般事，到得相逢一语无"，程东夫"荒村三月不肉味，并与瓜茄倚阁休"，当时自以为入情切事，不知皆村儿之语，徒供后人捧腹耳。宋诗之恶，生硬鄙俚两途尽之。更有二种，"山如仁者寿，水似圣之清"，太学究气；"浮云一任闲舒卷，万古青山只么清"，太禅和气，皆凌夷风雅者也。

（清）贺裳《载酒园诗话》卷一，《清诗话续编》本

文姬《悲愤诗》，灭去脱卸转接之痕，若断若续，不碎不乱，读去如惊蓬坐振，沙砾自飞。视《胡笳十八拍》似出二手。宜范史取以入传。

（清）沈德潜《说诗晬语》，《清诗话》本

唐玄宗"剑阁横云峻"一篇，王右丞"风劲角弓鸣"一篇，神定气足，章法、句法、字法俱臻绝顶，此律诗正体。而太白："五月天山雪，无花只有寒。笛中闻折柳，春色未曾看。"一气直下，不就羁缚。右丞："万壑树参天，千山响杜鹃。山中一夜雨，树杪百重泉。"分顶上二语而一气赴之，尤为龙跳虎卧之笔。此皆天然入妙，未易追摹。

（清）沈德潜《说诗晬语》，《清诗话》本

《耳聋》，此前拗后顺格。"叹世鹖冠子，衰年鹿皮翁"，一是愁多，一是老迈，乃耳聋之根。"眼复几时暗，耳从前月聋"，陪一句，点一句。"猿鸣秋泪缺，雀噪晚愁空"，一是哀也不知，一是闹也不觉，暗托出个"聋"意。"黄落惊山树，呼儿问朔风"，并聋人情态画出。此刻划题意法，学者珍之。刻划而人不觉，是第一手。

（清）张谦宜《絸斋诗谈》卷四，《清诗话续编》本

杜浣花炼字蕴藉，用事天然，若不经意，粗心读之，了不可得，所以独超千古。余子皆如烧青接绿矣。

（清）薛雪《一瓢诗话》，《清诗话》本

《石头记》用截法，岔法，突然法，伏线法，由近渐远法，将繁改简法，重作轻抹法，虚稿（敲）实应法。种种诸法总在人意料之外，且不曾见一丝牵强，所谓信手拈来无不是是也。

（清）《脂砚斋重评石头记》第二十七回批语，人民文学出版社本

宜田又云："意有专注，迹涉趋逗，亦见丑态。"旨哉言乎！只就无学无才而好和险韵者观之，每于上文早谋安顿，便是趋逗，便是丑态。

（清）方世举《兰丛诗话》，《清诗话续编》本

太白五言律，如听钧天广乐，心开目明；如望海上仙山，云起水涌。又或通篇不着对偶，而兴趣天然，不可凑泊。常尉、孟山人时有之，太白尤臻其妙。不知者多纂入古诗，反减其美，今皆一一正之。

（清）管世铭《读雪山房唐诗序例》，《清诗话续编》本

韩诗固宗杜，又何尝不慕李，而纵笔为之，乃过于生造，无飘洒自然之妙。

（清）乔亿《剑溪说诗又编》，《清诗话续编》本

题面题绪，作旨归宿，必交代清楚，又忌太分明。此是一大事，作者与庸手凡俗，所由判霄尘也。譬名手作画，无不交代溪径道路明白者。然既要清楚交代，又不许挨顺平铺直叙，骎塞见絮缓弱。汉、魏人大抵皆草蛇灰线，神化不测，不令人见。苟寻绎而通之，无不血脉贯注生气，天成如铸，不容分毫移动。昔人譬之无缝天衣，又曰："美人细意熨贴平，裁缝灭尽针线迹。"此非解读六经及秦、汉人文法，不能悟入，试取《诗》、《书》及《大学》、《中庸》经传沉潜玩味，自当有解悟处。

（清）方东树《昭昧詹言》卷一，人民文学出版社本

四书语入曲，最难巧切，最难自然，惟元人每喜为之。

（清）梁廷枏《曲话》卷二，《中国古典戏曲论著集成》（八），中国戏剧出版社本

问：赵秋谷《声调谱》颇为后人讥贬，如叔父言，谱必不可废乎？

难言之矣。要之诗必使人可读，吾宁从其可读者，不敢以钩辀格磔强目为古诗也。试思杜、韩诸家，原未尝按谱填词，何以倚马千言，竟无一句不合声调者，可知为天籁之自然矣。如若人言，非独声调可废，即平仄音韵，亦何尝非后起困人之具邪！

（清）陈仅《竹林答问》，《清诗话续编》本

潘邠老谓七言诗第五字要响，如"返照入江翻石壁，归云拥树失山村"，"翻"字，"失"字；五言诗第三字要响，如"圆荷浮小叶，细麦落轻花"，"浮"字，"落"字。余谓此例何可尽拘，但论句中自然之节奏，则七言可以上四字作一顿，五言可以上二字作一顿耳。

（清）刘熙载《艺概·诗概》，上海古籍出版社本

伏应、提顿、转接、藏见、倒顺、绾插、浅深、离合诸法，篇中段中联中句中均有取焉。然非浑然无迹，未善也。

（清）刘熙载《艺概·诗概》，上海古籍出版社本

词要放得开，最忌步步相连；又要收得回，最忌行行愈远。必如天上人间，去来无迹，斯为入妙。

（清）刘熙载《艺概·词曲概》，上海古籍出版社本

文之要三：主意要纯一而贯摄，格局要整齐而变化，字句要刻画而自然。

（清）刘熙载《艺概·经义概》，上海古籍出版社本

问哀感顽艳，"顽"字云何诠？释曰："拙不可及，融重与大于拙之中，郁勃久之，有不得已者出乎其中而不自知，乃至不可解，其殆庶几乎，犹有一言蔽之：若赤子之笑啼然，看似至易，而实至难者也。"

（清）况周颐《蕙风词话》卷五，人民文学出版社本

凡人学词，功候有浅深，即浅亦非疵，功力未到而已。不安于浅而致饰焉，不恤颦眉、龋齿，楚楚作态，乃是大疵，最宜切忌。

（清）况周颐《蕙风词话》卷一，人民文学出版社本

此文有一好字可入者，必欲入之；有一好句可入者，必欲入之；有一好事可入者，必欲入之。斯稚气也，而杂矣、芜矣、陋矣。

（清）徐枋《论文杂说》，《居易堂集》卷二十，《四部丛刊》本

作五古大篇，离不得规矩法度，所谓神明变化者，正从规矩法度中出，故能变化不离其宗，然用法须水到渠成，文成法立，自然合符，毫无痕迹，始入妙境。少陵大篇，最长于此。往往叙事未终，忽插论断，论断未尽，又接叙事。写情正迫，忽入写景，写景欲转，遥接生情。大开大阖，忽断忽连，参差错综，端倪莫测。如神龙出没云中，隐现明灭，顷刻数变，使人迷离。此运《左》、《史》文笔为诗法也，千古独步，勿庸他求矣。

（清）朱庭珍《筱园诗话》卷一，《清诗话续编》本

古人论乐，以丝不如竹，竹不如肉，曰渐近自然。唯诗亦然。用字须活，选言须雅，诗成读之，如天生现成有此一首诗供吾抄出者，则合乎自然矣，乌不佳！

（清）庞垲《诗义固说》上，《清诗话续编》本

练句要归自然，或五言，或七言，必令极圆极稳，读者上口，自觉矫矫有气。若一字不圆，便松散无力。

（清）庞垲《诗义固说》下，《清诗话续编》本

词忌堆积，堆积近缛，缛则伤意；词忌雕琢，雕琢近涩，涩则伤气。

（清）吴衡照《莲子居词话》卷一，《词话丛编》本

《琵琶》为南曲之宗，《西厢》乃北调之祖，调高辞美，各极其妙。虽《琵琶》之谐声、协律，南曲未有过于此者，而行文布置之间，未尝尽善。学者维取其调畅音和，便于歌唱，较之《西厢》，则恐陈腐之气尚有未销，情景之思犹然不及。噫，所谓画工，非化工也。

（清）黄图珌《看山阁集闲笔》，《中国古典戏曲论著集成》（七），中国戏剧出版社本

如以文言之，则大家之有法，犹弈师之有谱，曲工之有节，匠氏之有绳，度不可不讲求而自得者也。后之作者，惟其知字而不知句，知句而不知篇。于是有开而无合，有呼而无应，有前后而无操纵顿挫，不散则乱。譬诸驱乌合之市人，而思制胜于天下，其不立败者几希。古人之于文也，扬之欲其高，敛之欲其深，推而远之欲其雄且骏。其高也如垂天之云，其深也如行地之泉，其雄且骏也如波涛之汹涌，如万骑千乘之奔驰，而及其变化离合，一归于自然也。又如神龙之蜿蜒而不露其首尾。盖凡开合呼应操纵顿挫之法，无不备焉。则今之所传唐宋诸大家举如此也。

（清）汪琬《答陈霭公论文书》，《尧峰文钞》卷三十二，《四部丛刊》本

字有一定步武，一定绳尺，不必我去造作。右军书，因物付物，纯任自然，到得自然之极，自能变化从心，涵盖事有，宜其俎豆千秋也。

（清）周星莲《临池管见》，引自《历代书法论文选》，上海书画出版社本

陈氏子龙曰："以沉挚之思，而出之必浅近，使读之者骤遇之，如在耳目之前，久诵之，而得隽永之趣，则用意难也。以儇利之词，而制之必工炼，使篇无累句，句无累字，圆润明密，言如贯珠，则铸词难也。其为体也纤弱，明珠翠羽，犹嫌其重，何况龙鸾？必有鲜妍之姿，而不藉粉泽，则设色难也。其为境也婉媚，虽以惊露取妍，实贵含蓄不尽，明在低回唱叹之余，则命篇难也。"张氏纲孙曰："结构天成，而中有艳语、隽语、奇语、豪语、苦语、痴语、浮要紧语，如巧匠运斤，豪无痕迹。"毛氏先舒曰："北宋词之盛也，其妙处不在豪快，而在高健，不在艳冶，而在幽咽，豪快可以气取，艳冶可以言工；高健幽咽则关乎神理骨性，难可强也。"又曰："言欲层深，语欲浑成。"诸家所论，未尝专属一人，而求之两宋，惟《片玉》，梅溪足以备之。周之胜史，则又在浑之一字。词至于浑而无可复进矣。

（清）冯煦《蒿庵论词》，人民文学出版社本

《争坐位》稿为镕金出冶，随地流走，元气浑然，不复以姿媚为念。夫不复以姿媚为念者，其品乃高，所以此帖为行书之极致。试观北魏

《张猛龙碑》，后有行书数行，可识鲁公书法所由来矣。《兰亭》一帖，固为千古风流，此后美质日增，惟求妍妙，甚至如鲁公此等书，亦欲强入南派，昧所从来，是使李固摇头，魏徵妩媚，殊无学识矣。

    （清）阮元《颜鲁公〈争坐位〉帖跋集》卷一，《揅经室三》，《丛书集成》本

  《默堂集》宋陈渊撰……为诗不甚雕琢，然时露真趣，异乎宋儒之以诗谈理者。

    （清）永瑢等《四库全书总目提要》集部·别集类十一，中华书局本

  《渭南文集》宋陆游撰……游以诗名一代，而文不甚著，集中诸作，边幅颇狭，然元祐党家，世承文献，遣词命意，尚有北宋典型。故根柢不必其深厚，而修洁有余；波澜不必其壮阔，而尺寸不失。士龙清省，庶乎近之，较南渡末流，以鄙俚为真切，以庸沓为详尽者，有云泥之别矣。游《剑南诗稿》有《文章》诗曰："文章本天成，妙手偶得之。粹然无瑕疵，岂复须人为？君看古彝器，巧拙两无施。汉最近先秦，固已殊淳漓。"其文因未能及是，其旨趣则可概见也。

    （清）永瑢等《四库全书总目提要》集部·别集类十三，中华书局本

四

诗 之 病

1. 不知诗病　何由能诗　不观诗法　向由知病

诗有六迷

以虚诞而为高古，以缓漫而为冲澹，以错用意而为独善，以诡怪而为新奇，以烂熟而为稳约，以气少力弱而为容易。

（唐）皎然《诗式》，《历代诗话》本

夫病有二：一曰无形，一曰有形。有形病者，花木不时，屋小人大，或树高于山，桥不登于岸，可度形之类也。是如此之病，不可改图。无形之病，气韵俱泯，物象全乖，笔墨虽行，类同死物，以斯格拙，不可删修。

（五代）荆浩《笔法记》，引自《中国画论类编》，中国古典艺术出版社本

今之学者有三弊：一溺于文章，二牵于训诂，三惑于异端。苟无此三者，则将何归，必趋于道矣。

（宋）程颐《河南程氏遗书》卷十八，《二程全书》，中华书局本

方回言学诗于前辈，得八句云："平淡不流于浅俗；奇古不邻于怪僻；题诗不窘于物象；叙事不病于声律；比兴深者通物理；用事二者如己出；格见于成篇，浑然不可镌；气出于言外，浩然不可屈。"尽心于诗，守此勿失。

（宋）王直方《王直方诗话》，《宋诗话辑佚》本

画山水者，有无形病，有有形病。有形病者易医，无形病则不能医。诗家亦然。凡可以指瑕镌改者，有形病也，混然不可指摘，不受镌改者，无形病不可医也。

（宋）吴可《藏海诗话》，《历代诗话续编》本

昔人有言，诗有三百四病，马有三百八病，诗病多于马病，信哉！高子勉能诗，涪翁与之诗云："更能识诗家病，方是我眼中人。"此亦苦口也。

（宋）吴聿《观林诗话》《历代诗话续编》本

不知诗病，何由能诗？不观诗法，何由知病？名家者各有一病，大醇小疵，差可耳。

（宋）姜夔《白石诗说》，人民文学出版社本

一戒乎生硬，二戒乎烂熟，三戒乎差错，四戒乎直置，五戒乎妄诞，六戒乎绮靡，七戒乎蹈袭，八戒乎浊秽，九戒乎砌合，十戒乎俳偕。

（宋）魏庆之《诗人玉屑》卷五，中华书局本

气高而易怒，力劲而易露，情多而易暗，才赡而易疏，道情而易僻，思深而易涩，放逸而易迁，飞动而易浮，新奇而易怪，容易而易弱。

（宋）魏庆之《诗人玉屑》卷十五，中华书局本

语忌直，意忌浅，脉忌露，味忌短，音韵忌散缓，亦忌迫促。

（宋）严羽《沧浪诗话·诗法》，人民文学出版社本

和韵最害人诗。古人酬唱不次韵，此风始盛于元、白、皮、陆。本朝诸贤，乃以此而斗工，遂至往复有八九和者。

（宋）严羽《沧浪诗话·诗评》，人民文学出版社本

然次韵实作诗三大病也。诗道至宋人已自衰弊，而又专以此相尚。才识如东坡，亦不免波荡而从之，集中次韵者几三之一，虽穷极技巧，倾动

一时，而害于天全多矣。

　　　　　　（金）王若虚《滹南诗话》，《滹南遗志集》卷三十九《丛书集成》本

　　比喻多而失于难解，嗟怨频而流于不平，过称誉岂其中心，专模拟非其本色；愁苦甚则有感，欢喜多则无味；熟字千用自弗觉，难字几出人易见。

　　　　　　（明）谢榛《四溟诗话》卷四，人民文学出版社本

　　此回文字极不济，那里张旺便到李巧奴家，就到巧奴家，缘何就杀死他四命？不是，不是。即王定六父子过江亦不合便撞着张顺，张顺却缘何不渡江南来接王定六父子？都少关目。

　　　　　　（明）李贽《李卓吾批评〈水浒传〉》第六十五回评，明容与堂本

　　夫诗难言矣。非诗之难，而所为诗者之难也。高者索之意象，以泄其发扬蹈厉之声，是直为雄耳；次则俫色揣称，习为妍华。宛丽可怜之曲又直为靡耳。今守内鸡坛林立，不啻人灵蛇而家夜光，然于二者之中，未有能孑然自振者也。

　　　　　　（明）谢肇淛《傅伯俊诗序》，《居东集》卷三，明刊本

　　遇事命意，意忌庸、忌陋、忌袭。立意命句，句忌腐、忌涩、忌晦。意卓矣，而束之以音。屈意以就音而意能自达者，鲜矣。句奇矣，而摄之以调，屈句以就调而句能自振者，鲜矣。此词之所以难也。

　　　　　　（明）俞彦《爱园词话》，《词话丛编》本

　　诗有魔鬼：宫体淫哇，齐、梁至初唐之魔鬼也。打油钉铰，晚唐、两宋之魔鬼也。木偶被文绣，弘、嘉之魔鬼也。今日兼有之。问曰："丈既知俗病与魔鬼，诗宜尽脱之矣。"答曰："谈何容易。弘、嘉之魔鬼，实能净尽脱之，馀则五十余年，全在其中行坐寝食，近乃觉之，而衰病无可进矣。正大高古之诗，有来生在。言此，欲使英年有志节者早自觉悟，毋若乔之愦愦一生，悔无所及耳！"

　　　　　　（清）吴乔《围炉诗话》卷之一，《清诗话续编》本

又曰："诗求可喜，必先去可厌。如常建之'诸峰接一魂'，毕竟不稳，不稳则不雅。"

（清）吴乔《围炉诗话》卷之三，《清诗话续编》本

杂体有大言、小言、两头纤纤、五杂组、离合姓名、五平、五仄、十二辰、回文等项，近于戏弄，古人偶为之，然而大雅弗取。

（清）沈德潜《说诗晬语》卷下，《清诗话》本

高仲武以郎士元"暮蝉不可听，落叶岂堪闻"谓工于发端。然"暮蝉"、"落叶"有两景乎？"不可听"、"岂堪闻"有两意乎？此诗论未当处。

（清）沈德潜《说诗晬语》卷下，《清诗话》本

后之不如少陵七律者，病有多端：起无气，句无调，字不坚牢，意不排荡，对偶不灵活，情景不真新，当句自解，归结无致，句中不见作者气象，使事不免笔端拘滞。此数条所当猛省。

（清）黄子云《野鸿诗的》，《清诗话》本

朱子论文：忌意凡思缓；软弱；没紧要；不子细；辞意一直无余；浮浅；不稳；絮；巧；昧晦；不足；轻；薄；冗。愚谓此虽论文，皆可通之于诗。

（清）方东树《昭昧詹言》卷一，人民文学出版社本

文有七戒，曰：旨戒杂，气戒破，局戒乱，语戒习，字戒僻，详略戒失宜，是非戒失实。

（清）刘熙载《艺概·文概》，上海古籍出版社本

骨有余而韵不足，格有余而神不足，气有余而情不足，则为板重之病，为晦涩之病，非平实不灵，即生硬枯瘦矣。初唐诸人、西江一派是也。肉有余而骨不足，词有余而意不足，风调有余而神力不足，则为绮靡之病，为肤浮之病，非涂泽堆垛，即空调虚腔矣。西崑、晚唐派中人及明七子是也。必也有骨有肉，有笔有书，文质得中，词意恰称，始无所偏重

矣。有格有韵，有才有情，有气有神，有声有色，杀活在手，奇正从心。雄浑而兼沈著，高华而实精切，深厚而能微妙，流丽而极苍坚，如此始为律诗成就之诣。盖骨肉停匀，而色声香味无不具足也。自盛唐后，代无几人。若及此诣，便是大家之诗。

（清）朱庭珍《筱园诗话》卷一，《清诗话续编》本

2. 诗忌语病

圣俞尝云："诗句义理虽通，语涉浅俗而可笑者，亦其病也。如有《赠渔父》一联云：'眼前不见市朝事，耳畔惟闻风水声。'说者云患肝肾风。又有《咏诗者》云：'尽日觅不得，有时还自来。'本谓诗之好句难得耳，而说者云，此是人家失却猫儿诗。人皆以为笑也。"

（宋）欧阳修《六一诗话》，《历代诗话》本

诗人贪求好句，而理有不通，亦语病也。如"袖中谏草朝天去，头上宫花侍宴归"，诚为佳句矣，但进谏必以章疏，无直用稿草之理。唐人有云："姑苏台下寒山寺，夜半钟声到客船。"说者亦云，句则佳矣，其如三更不是打钟时！如贾岛《哭僧》云："写留行道影，焚却坐禅身。"时谓烧杀活和尚，此尤可笑也。

（宋）欧阳修《六一诗话》，《历代诗话》本

晋宋间诗人造语虽秀拔，然大抵上下句多出一意。如"鱼戏新荷动，鸟散余花落"，"蝉噪林逾静，鸟鸣山更幽"之类，非不工矣，终不免此病。其甚乃有一人名而分用之者，如刘越石"宣尼悲获麟，西狩泣孔丘"，谢惠连"虽好相如达，不同长卿慢"等语，若非前后相映带，殆不可读，然要非全美也。唐初余风犹未殄，陶冶至杜子美，始净尽矣。

（宋）蔡启《蔡宽夫诗话》，《宋诗话辑佚》本

有语忌、有语病。语病易除，语忌难除。诗病古人亦有之，惟语忌则不可有。

（宋）严羽《沧浪诗话·诗法》，人民文学出版社本

康伯可、柳耆卿音律甚协，句法亦多有好处，然未免有鄙俗语。

（宋）沈义父《乐府指迷》，人民文学出版社本

四六，文章之病也，而近世以来，制诰表章率皆用之，君臣上下之相告语，欲其诚意交孚，而骈俪浮辞不啻如俳优之鄙，无乃失体邪？后有明王贤大臣禁绝之，亦千古之快也。

（金）王若虚《文辨》，《滹南遗老集》卷三十七，《四部丛刊》本

古语变而四六，古声变而词曲，文之弊也甚矣！

（明）王祎《文训》，《明文在》卷十九，清康熙刊本

下语忌杜撰，押韵忌现成。

（清）贺贻孙《诗筏》，《清诗话续编》本

小词须风流蕴藉，作者当知三忌：一不可入渔鼓中语言，二不可涉演义家腔调，三不可像优伶开场时叙述。偶类一端，即成俗劣。顾时贤犯此极多，其作俑者白石山樵也。

（清）贺裳《皱水轩词筌》，《词话丛编》本

安仁情深而语冗繁。

（清）黄子云《野鸿诗的》，《清诗话》本

诗不可入词曲尖巧轻倩语，不可入经书板重古奥语，不可入子史僻涩语，不可入稗官鄙俚语，不可入道学理语，不可入游戏趣语，并一切禅语丹经修炼语，一切杀风景语，及烂熟典故与寻常应付公家言，皆在所忌，须扫而空之，所谓陈言务去也。自宋以来，如邵尧夫、二程子、陈白沙、庄定山诸公，则以讲学为诗，真是押韵语录。其好二氏书者，又以禅机丹诀为诗，直是偈语道情矣。此外讲考据者，以考据为诗；工词曲者，以词曲为诗；好新颖者，以冷典僻字、别名琐语入诗；好游戏者，以稗官小说、方言俚谚入诗。凌夷至今，风雅扫地。有志之士，急须别裁伪体，扫除群魔，力扶大雅，上追元音，勿为左道所惑，误入迷津。若夫已入歧途

者，宜及早回头，捐除故技，更求正道，如康崑崙之于段师，虽失之东隅，犹可救之桑榆也。

（清）朱庭珍《筱园诗话》卷四，《清诗话续编》本

3. 病俗实为大忌

语言拘忌，莫如近世浅俗之甚。王仲宣《赠蔡子笃诗》云："我友云徂。"今人以为语之大病矣。余尝诵《饭牛歌》"长夜漫漫何时旦"，谓人曰："此岂亦宁戚讖语耶？"

（宋）吴聿《观林诗话》，《历代诗话续编》本

学诗先除五俗：一曰俗体，二曰俗意，三曰俗句，四曰俗字，五曰俗韵。

（宋）严羽《沧浪诗话·诗法》，人民文学出版社本

诗之忌有四：曰俗意，曰俗字，曰俗语，曰俗韵。诗之戒有十：曰不可硬碍人口，曰陈烂不新，曰差错不贯串，曰直置不宛转，曰妄诞事不实，曰绮靡不典重，曰蹈袭不识使，曰秽浊不清新，曰砌合不纯粹，曰徘徊而劣弱。诗之为难有十：曰造理，曰精神，曰高古，曰风流，曰典丽，曰质干，曰体裁，曰劲健，曰耿介，曰凄切。

（元）杨载《诗法家数》，《历代诗话》本

又曰：学诗先除五俗，后极三来。五俗：一曰俗体，二曰俗意，三曰俗句，四曰俗字，五曰俗韵。此幼学入门事。三来者，神来，气来，情来是也。盖神不来则浊，气不来则弱，情不来则泛。

（明）解缙《春雨杂述·论诗作法》，宝颜堂秘笈本

尽有一篇好者，却排几句俗语在前，便触忤人，如好眉目，又着此疮痏，可恶！

（明）归有光《与沈敬甫书》，《震川先生集》别集卷七，《四部丛刊》本

萧氏父子以文笔相竞，然文之衰也，自其倡之于上，而风会遂迻，顾就彼互质，昭明尤拙，简之尤巧，元帝介巧拙之间。彼其以掇拾为长而文不相属，义不相比，则真艺圃之蒉稗也。

     （清）王夫之《古诗评选》卷五，萧统《玄圃诗》评语，《船山遗书》，太平洋书店重校刊本

  中唐之病，在谋求句而不谋篇，琢字而不琢句，以故神情离脱者往往有之。如两皇甫郎卢严耿诸人，乍可讽咏，旋同磊直……自矜独得，夸俊于一句之安，取新于一字之别，得己自雄，不思其反，或掇拾以成章，抑乖离之不恤。

     （清）王夫之《唐诗评选》卷三，钱起《早下江宁》评语，《船山遗书》，太平洋书店重校刊本

  又曰："疏率自任，元次山之本趣也，然有过于轻朴者。王季友诗磊块有筋骨，但亦务寒苦以见长。如'雀鼠昼夜无，知我厨廪贫'，宛然阆仙。又有'日月不能老，化肠为筋否'，僻涩太甚，必涉鄙俚，不逮贾、孟也。"

     （清）吴乔《围炉诗话》卷之三，《清诗话续编》本

  又曰："贾岛诗最佳者，终以卷首《古意》为尤。五言诗实为清绝，有孟襄阳不能过者。其句多是深思静会得之。阆仙有精思而无快笔，往往意工于词。而好用倒句，又是一病。效贾体者多专意中联，忽略首尾，故人都少之。《纪事》谓'阆仙变格入僻，以矫元、白'。愚谓元、白之艳，己自讳之，亦何足矫。当矫者，鄙俚率直也。贾古诗此病亦多。'郊寒岛瘦，元轻白俗'，病总在乎俗。酸陋亦是俗。元、白有袒裼裸裎之容，阆仙有囚首垢面之状。好色而淫，怨诽而乱，均伤大雅。"

     （清）吴乔《围炉诗话》卷之三，《清诗话续编》本

  凡摹拟最忌入俗，姚合形容山邑荒僻，官况萧条，曰"马随山鹿放，鸡杂野禽栖"，真刻画而不伤雅。至"县古槐根出"犹可；下云"官清马骨高"，"官清"字太着痕迹，"马骨高"尤入俗浑。梅圣俞乃言胜前二语，真是颠倒。

     （清）贺裳《载酒园诗话》卷一，《清诗话续编》本

神韵超妙者绝，气力雄浑者胜，元轻白俗，皆其病也。然病轻犹其小疵，病俗实为大忌，故渔洋谓初学者不可读乐天诗。

（清）田同之《西圃诗说》，《清诗话续编》本

毛稚黄云："诗必相题，猥琐尖新淫亵等题，可无作也；诗必相韵，故拈险俗生涩之韵，可无作也。"昏昏长夜，得此豁然。

（清）沈德潜《说诗晬语》，《清诗话》本

宋人起而矫之，轻倩流转，别开蹊径，古人固而存之之义绝焉。自是格愈降，调愈卑，靡靡然皮傅而已，虽骈其词，仍无资于读书，文之中，又唯骈体为尤敝。

（清）袁枚《胡稚威骈体文序》，《小仓山房文集》卷十一，清乾隆刻本

朱子曰："韩子为文，虽以力去陈言为务，而又必以文从字顺各识其职为贵。"此言乃指出文章利害，旨要深趣，贯精粗而不二者矣。浅俗之辈，指前相袭，一题至前，一种鄙浅凡近公家作料之意与辞，充塞胸中喉吻笔端，任意支给，雅俗莫辨，顷刻可以成章，全不知有所谓格律品藻之说，迷闷迎拒之艰。万手雷同，为伧俗可鄙，为浮浅无物，为粗犷可贱，为纤巧可憎，为凡近无奇，为滑易不留，为平顺寡要，为遣词散漫无警，为用意肤泛无当，凡此皆不知去陈言之病也。又有一种浮浅俗士，未尝深究古人文律，贯序无统，僻晦翳昧，颠倒脱节，寻其意绪，不得明了。或轻重失类，或急突无序，或比儗不伦，或疏密离合，浮切不分，调乖声哑，或思周到，或事义多漏，或赘疣否隔，为骈拇枝指，或下字懦，又不切不确不典，凡此皆为不知文从字顺各识其职之病。

（清）方东树《昭昧詹言》卷一，人民文学出版社本

善古诗必属雅材。俗意俗字俗调，苟犯其一，皆古之弃也。

（清）刘熙载《艺概·诗概》，上海古籍出版社本

诗要避俗，更要避熟。剥去数层方下笔，庶不堕"熟"字界里。

（清）刘熙载《艺概·诗概》，上海古籍出版社本

诗一戒滞累尘腐,一戒轻浮放浪。凡出辞气当远鄙倍,诗可知矣。

(清)刘熙载《艺概·诗概》,上海古籍出版社本

4. 好奇务新　乃诗之病

诗须要有为而作。用事当以故为新,以俗为雅。好奇务新,乃诗之病。

(宋)苏轼《题柳子厚诗》,《东坡题跋》卷二,《丛书集成》本

徐彦伯为文,多变易求新,以凤阁为鹓阁,龙门为虬户,金谷为铣溪,玉山为璃岳,竹马为筱骖,月兔为魄兔。进士效之,谓之:"涩体"。

(宋)尤袤《全唐诗话》卷一,《历代诗话》本

王、杨、卢、骆有文名,人议其疵曰:杨好用古人姓名,谓之点鬼簿;骆好用数对,谓之算博士。

(宋)魏庆之《诗人玉屑》卷十一,中华书局本

自我作古,不求根据,过于生涩,则为杜撰矣。

(明)谢榛《四溟诗话》卷一,《历代诗话续编》本

忠信之徒也,巧则儇矣;拙于读书者,经术纯固之儒也,巧则戈戈则詹詹矣;拙于为文者,大家先正之遗也,巧则鄙倍,自以为新奇,而朽腐矣。

(清)侯方域《宋牧仲文序》,《壮悔堂文集·遗稿》,《四部备要》本

问:"有一字至七字,或一字至九字诗,此旧格耶?抑俗体耶?"
答:"格则于昔有之,终近游戏,不必措意。他如地名、人名、药名、五音、建除体等,总无关于风雅,一笑置之可矣。"

(清)王士禛《师友诗传续录》,《清诗话》本

韩、孟联句体,可偶一为之,连篇累牍,有伤诗品。

(清)沈德潜《说诗晬语》,《清诗话》本

晚唐人诗："鹭鸶飞破夕阳烟"、"水面风回聚落花"、"菱荷翻雨泼鸳鸯"，因是好句，然句好而意尽句中矣。又张蠙《洞庭湖诗》："青草浪高三月渡，绿杨花扑一溪烟。"绿杨一语，分明村巷小景，赋洞庭湖宜尔耶？"破"字"聚"字，"泼"字"扑"字，求新在此，不登大雅之堂正在此。

（清）沈德潜《说诗晬语》，《清诗话》本

5. 一涉议论　便是鬼道

故善接论者，度所长而论之，厉之不动，则不说也。傍无听述，则不难也。不善接论者，说之以杂反（彼意在狗，而说以马；彼意大同，而说以小异）。说之以杂反，则不入矣（以方入圆，理终不可）。

（魏）刘劭《材理第四》，《人物志》卷上，《四部备要》本

《国风》、《离骚》固不论，自汉魏以来，诗妙于子建，成于李、杜，而坏于苏、黄。余之此论，固未易为俗人言也。子瞻以议论作诗，鲁直又专以补缀奇字，学者未得其所长，而先得其所短，诗人之意扫地矣。

（宋）张戒《岁寒堂诗话》卷上，《历代诗话续编》本

庾信《哀江南赋》堆垛故实，以寓时事，虽记闻为富，笔力亦壮，而荒芜不雅，了无足观。如"崩于巨鹿之沙，碎于长平之瓦"，此何等语？至云"申包胥之顿地，碎之以首"，尤不成文也。

（金）王若虚《文辨》，《滹南遗老集》卷三十四，《丛书集成》本

拟古乐府，如《郊祀》、《房中》，须极古雅，发以峭峻；《铙歌》诸曲，勿便可解，勿遂不可解，须斟酌浅深质文之间。汉魏之辞，务寻古色。《相和》、《瑟曲》诸小调，系北朝者，句使胜质；齐、梁以后，句使胜文。近事毋俗，近情毋纤。拙不露态，巧不露痕。宁近无远，宁朴无虚。有分格，有来委，有实境，一涉议论，便是鬼道。

（明）王世贞《艺苑卮言》卷一，《历代诗话续编》本

吾问者妄谓乐府发自性情，规沿风雅，大篇贵朴，天然浑成，小语虽巧，勿离本色。以故李宾之拟古乐府，病其太涉论议，遇尔抑剪，以为十不得一。

（明）王世贞《书李西涯古乐府后》，《续书后》卷四，《四库全书》本

禅家戒事理二障，余戏谓宋人诗，病政坐此。苏、黄好用事，而为事使，事障也；程、邵好谈理，而为理缚，理障也。

（明）胡应麟《诗薮·内编》卷二，上海古籍出版社本

作诗最忌敷陈多于比兴，咏叹少于发挥，是即南北宗所由分也。

（清）方南堂《辍锻录》，《清诗话续编》本

五

死法活法

1. 识活法

　　夫水行莫如用舟，而陆行莫如用车。以舟之可行于水也而求推之于陆，则没世不行寻常。古今非水陆与？周鲁非舟车与？今蕲行周于鲁，是犹推舟于陆也。劳而无功，身必有殃。彼未知夫无方之传，应物而不穷者也。

　　　　　　　　　　（先秦）《庄子·天运》，《诸子集成》本

　　故礼义法度者，应时而变者也。今取猿狙而衣以周公之服，彼必龁啮挽裂，尽去而后慊。观古今之异，犹猿狙之异乎周公也。

　　　　　　　　　　（先秦）《庄子·天运》，《诸子集成》本

　　尚书令荀彧奉使犒军，见余，谈论之末，或言闻君善左右射，此实难能，余言执事未睹夫项发口纵，俯马蹄而仰月支也。或喜笑曰："乃尔。"余曰："埒有常径，的有常所，虽每发辄中，非至妙也。若夫驰平原，赴丰草，要狡兽，截轻禽，使弓不虚弯，所中必洞，斯则妙矣。"

　　　　　　　　　　（魏）曹丕《典论·自序》，《全三国文》卷八，《全上古三代秦汉三国六朝文》本

　　孟子曰：执中无权，犹执一也。守法而不智，则天下之死法也。道不患不知，患不疑。法不患不立，患不活。以信合道则道疑，以智先法则法活。道疑而法活，虽度世可也，况乃延寿命乎。

　　　　　　　　　　（宋）苏轼《书北极灵签》，《东坡题跋》卷六，《丛书集成》本

李公麟云，吴画学于张而过之，盖张守法度而吴有英气也。眉山公谓孙知微之画，工匠手尔。

（宋）陈师道《谈丛》，《后山集》卷十九，《四部备要》本

学诗当识活法。所谓活法者，规矩备具，而能出于规矩之外；变化不测，而亦不背于规矩也。是道也，盖有定法而无定法，无定法而有定法。知是者，则可以与语活法矣。谢之晖有言，"好诗转圆美如弹丸"，此真活法也。近世惟豫章黄公，首变前作之弊，而后学者知所趣向，毕精尽知，左规右矩，庶几至于变化不测。然余区区浅末之论，皆汉、魏以来有意于文者之法，而非无意于文者之法也。

（宋）吕本中《夏均父集序》，《后村先生大全集》卷九十五《江西诗派》引，《四部丛刊》本

潘邠老言七言诗第五字要响，如"返照入江翻右壁，归云拥树失山村"，翻字、失字是响字也。五言诗第三字要响，如"圆荷浮小叶，细麦落轻花"，浮字、落字是响字也。所谓响者，致力处也。予窃以为字字当活，活则字字自响。

（宋）吕本中《童蒙诗训》，《宋诗话辑佚》本

我得茶山一转语，文章切忌参死句。知君此外无他术，有求宁踏三山路。

（宋）陆游《赠应秀才》，《剑南诗稿校注》卷三十一，上海古籍出版社本

为文有活法，拘泥者窒之，则能今而不能古。梦锡之文，从昔不胶于俗，纵横运转如盘中丸，未始以一律拘，要其终亦不出于盘。盖其束发事远游，周览天下山川之胜，以作其气，所与交者，又皆当世名士，文章安得不美耶！

（宋）张孝祥《题杨梦锡客亭类稿后》，《于湖居士文集》，《四部丛刊》本

学有余而约以用之，善用事者也；意有余而约以尽之，善措辞者也；乍叙事而问以理言，得活法者也。

（宋）姜夔《白石诗说》，人民文学出版社本

须参活句,勿参死句。

（宋）严羽《沧浪诗话·诗法》,人民文学出版社本

方北山,绍兴名士也。有绝句云:"舍人早定江西派,句法须将活处参。参取陵阳正法眼,寒花乘露落毵毵。"舍人即吕居仁,陵阳正法眼,即韩子苍《夜泊宁陵》一诗也。

（宋）黄昇《玉林诗话》,《宋诗话辑佚》本

文章一技,要自有话法。若胶古人之陈迹,而不能点化其句语,此乃谓之死法。死法专祖蹈袭,则不能生于吾言之外,活法夺胎换骨,则不能毙于吾言之内。毙吾言者,故为死法,生吾言者故为活法。

（宋）俞成《文章活法》,《萤雪丛说》卷一,《丛书集成》本

荆公谓东坡《醉白堂记》为韩、白优劣论,盖以拟伦之语差多,故戏云尔,而后人遂为口实。夫文岂有定法哉？意所至则为之题,意适然殊无害也。

（金）王若虚《文辨》,《滹南遗老集》卷三十六,《丛书集成》本

枯桩者,死法也;非枯桩者,活法也。吾儒之学,上穷性理,下缀诗文,必得活法。释氏虽枯槁其形,寂灭其情,活泼泼处,一口吸尽四大海水可也。

（元）方回《景疏庵记》,《桐江集》卷二,宛委别藏钞本

往岁卜居城南,遇梓人焉,曰:筑室之制,崇广纤巨,必谨其规体,梗楠杞梓,若一而用之,则堂观亭室,各不相类,余于是悟作诗法亦犹是也。近世工清俭者局于律,师宕逸者邻于豪,角立墨守,讫天以融液,诗几乎息矣。噫,风雅颂之体,夫子何自而分哉？清江罗道士诗,余读之审剂轻重,分析清浊,大者合绳墨,小者适程度,似欲各取其长,诚非苟于诗者。余闻学仙之说,内固而神益清,养之以岁年斯孰矣。诗其果有二道乎。

（元）袁桷《书清江罗道士诗后》,《清容居士集》卷四十八,《丛书集成》本

画,技之微者也。其用不过充玩好,资议论而已。及其至也,亦是以攘造化之巧,达幽明之际,感发心志,流通精神,画亦未可少哉!故其为道,始于摹拟肖似,而极于变化,千形万状,不可窥测,上下数千百年,变为数十百家。其所为所见亦有不同,而同归于妙而已。

(明)李东阳《题括苍陈氏画》,《李东阳集·文前稿》卷二十,
岳麓书社本

律诗起承转合,不为无法,但不可泥,泥于法而为之,则撑拄对待,四方八角,无圆活生动之意。然必待法度既定,从容闲习之余,或溢而为波,或变而为奇,乃有自然之妙,是不可以强致也。若并而废之,亦奚以律为哉!

(明)李东阳《麓堂诗话》,《历代诗话续编》本

昔人以"打起黄莺儿","三日入厨下"为作诗之法,后乃有以"溪回松风长"为法者,犹论学文以《孟子》及《伯夷传》为法。要之,未必尽然,亦各因其所得而入而已。所入虽异,而所至则同。若执一而求之,甚者乃至于废百,则刻舟胶柱之类,恶可与言诗哉?

(明)李东阳《麓堂诗话》,《历代诗话续编》本

唐人诗法六格,宋人广为十三,曰:"一字血脉,二字贯串,三字栋梁,数字连序,中断,钩锁连环,顺流直下,单抛,双抛,内剥,外剥,前散,后散,谓之层龙绝艺。"作者泥此,何以成一代诗豪邪?

(明)谢榛《四溟诗话》卷一,人民文学出版社本

余观古之善用兵者,见于载籍详矣;要皆不离于法,而法未尝不通乎变。故舍法而求其变,非律之正也;泥法而不知变,非算之胜也。善有贯通融合,神而明之者存焉,而岂易言哉……夫决机两阵之间,变幻呼吸之顷,而必曰某当用某兵,某为按其某法,刻舟胶柱,其何以行之哉?夫兵家之法,犹弈者医经,而史氏所载,则棋之势,药之方也。药不必执方,而妙于处方者必效,棋不必拘势,而妙于用势者必赢,存诸其人尔矣。今余所辑,将不必立传,战不必立名。一人而彼此异事,则先后叠书;一战而颠未详书,使奇正自备,庶几观者各随所见,而采取其长,以独得之圆

机，触已行之故智，其有跃然而兴者乎？

（明）吴承恩《诸史将略序（代作）》，《吴承恩诗文集》卷二，古典文学出版社本

王允宁生平所推伏者，独杜少陵。其所好谈说，以为独解者，七言律耳。大要贵有照应，有开阖，有关键，有顿挫，其意主兴主比，其法有正插，有倒插。要之杜诗亦一二有之耳，不必尽然。予谓允宁释杜诗法如朱子注《中庸》一经，支离圣人之言，束缚小乘律，都无禅解。

（明）王世贞《艺苑卮言》卷七，《历代诗话续编》本

文章新奇，无定格式，只要发人所不能发，句法字法调法，一一从自己胸中流出，此真新奇也。近日有一种新奇套子，似新实腐，恐一落此套，则尤可厌恶之甚。

（明）袁宏道《答李元善》，《瓶花集之十·尺牍》，《袁宏道集笺校》，上海古籍出版社本

云："参活句勿参死句。"按：禅家言死句、活句，与诗法全不相涉也。禅家当机煞活，有时提倡，有时破除，有时如击石火闪电光，有时拖泥带水，若刻舟求剑。死在句下，不得转身之路，便是死句。诗人所谓死活句，全不同，不可相喻。诗有活句，隐秀之词也。直叙事理，或有词无意，死句也。隐者兴在象外，言尽而意不尽者也。秀者，章中迫出之词，意象生动者也。禅须参悟，若"高台多悲风，出入君怀袖"，参之亦何益？凡沧浪引禅家语多如此，此公不知参禅也。

（清）冯班《严氏纠缪》，《钝吟杂录》卷五，《丛书集成》本

经曰："因缘和合，无法不有。"自古淫妇无印板偷汉法，偷儿无印板做贼法，才子亦无印板做文字法也。因缘生法，一切具足。是故龙树著书，以破因缘品而开其篇，盖深恶因缘。而耐庵作《水浒》一传，直以因缘生法，为其文字总持，是深达因缘也。夫深达因缘之人，则岂惟非淫妇也，非偷儿也，亦复非奸雄也，非豪杰也。何也？写豪杰、奸雄之时，其文亦随因缘而起，则是耐庵固无与也。或问曰：然则耐庵何如人也？曰：才子也。何以谓才子也？曰：彼固宿讲于龙树之学者也。讲于龙树之

学，则菩萨也。菩萨也者，真能格物致知者也。

（清）金圣叹《第五才子书施耐庵水浒传》第五十五回总批，《金圣叹全集》（二），江苏古籍出版社本

……填词之理，变幻不常，言当如是，又有不当如是者。如填生、旦之词，贵于庄雅，制净、丑之曲，务带诙谐，此理之常也。乃忽遇风流放佚之生、旦，反觉庄雅为非；作迂腐不情之净、丑，转以诙谐为忌；诸如此类者，悉难胶柱。恐以一定之陈言，误泥古拘方之作者，是以宁为阙疑，不生蛇足。若是，则此种变幻之理，不独词曲为然，帖括诗文皆若是也。岂有执死法为文，而能见赏于人，相传于后者乎？

（清）李渔《闲情偶寄·词曲部·结构第一》，《中国古典戏曲论著集成》（七），中国戏剧出版社本

诗有眼，犹弈有眼也。诗思玲珑，则诗眼活；弈手玲珑，则弈眼活。所谓眼者，指诗弈玲珑处言之也。学诗者但当于古人玲珑中得眼，不必于古人眼中寻玲珑。今人论诗，但穿凿一二字，指为古人诗眼，此乃死眼，非活眼也。凿中央之窍则混沌死，凿字句之眼则诗歌死。

（清）贺贻孙《诗筏》，《清诗话续编》本

唐末诗人，躐延让魔境最多。然运思甚艰，故延让又有诗云："莫话诗中事，诗中难更无？吟安一个字，捻断数茎须。险觅天应闷，狂搜海亦枯。不同文赋易，为著者之乎。"噫，可谓攻苦极矣。沧浪谓诗家"须参活句，勿参死句"。彼晚唐人如此用之，只从死句去参，其堕魔障又何怪哉！

（清）贺贻孙《诗筏》，《清诗话续编》本

因事起情，事为情用，非曰脱卸法尔。玄然若必遵始末之蹊径，虽得句如今古一相接，犹之浅也。"良辰在何许"以下四十字，字字有夷、齐在内，呼之欲出。虽然如此评唱，犹恐阮公笑人。

（清）王夫之《古诗评选》卷四，阮籍《咏怀》评语，《船山遗书》，太平洋书店重校刊本

风藻绝人。通篇皆赋，今人读之若兴者然，雅人于诗固不著死急。

（清）王夫之《古诗评选》卷四，张华《杂诗》评语，《船山遗书》，太平洋书店重校刊本

奕奕珊珊，不疑似人间得也，近体无此种风味行尸坐肉耳。益知言起承转合，言宾主，言情景，言蜂腰鹤膝，如田舍妇竭产以供实银妆裹，堪哀堪笑。

（清）王夫之《古诗评选》卷六，卢思道《上巳禊饮》评语，《船山遗书》，太平洋书店重校刊本

句句翻新，千条一缕，以动古今人心脾，灵愚共感，其自然独绝处则在顺手积古，宛尔成章，令浅人言格局，言提唱，言关锁者总无下口分在。

（清）王夫之《唐诗评选》卷一，张若虚《春江花月夜》评语，《船山遗书》，太平洋书店重校刊本

襄阳律其可取者，在一致而气局拘迫，十九沦于酸馅，又往往于情景分界处为格法所束，安排无生趣，于盛唐诸子，品居中下，犹齐梁之沈约，取合于浅人，非风雅之遗意也。

（清）王夫之《唐诗评选》卷三，孟浩然《临洞庭》评语，《船山遗书》，太平洋书店重校刊本

步步活写，生情无限。

（清）王夫之《明诗评选》卷二，孙贲《次归州》评语，《船山遗书》，太平洋书店重校刊本

两节自有相关处。凡两节诗自贤于三段，三段者，两端虚，中间实也；四段者中复分情景也。皎然老髠画地成牢者在此，有心血汉自不屑入。

（清）王夫之《明诗评选》卷五，宗泐《登相国寺楼》评语，《船山遗书》，太平洋书店重校刊本

看他用气处，破尽一切虚实起落之陋。

（清）王夫之《明诗评选》卷六，刘基《春兴》评语，《船山遗书》，太平洋书店重校刊本

时诗犹言时文也，认题目，认景，认事，钻研求肖，借客形主，以反跌正，皆科场文字手笔。竟陵以后体屡变，而要不出此，为正其名，曰时诗，明其非诗也。

    （清）王夫之《明诗评选》卷六，倪之潞《白门出城登松风阁时为清明前五日》评语，《船山遗书》，太平洋书店重校刊本

  一目一心所得，不安排，不扯泄于贵溪分宜，犹见国初人风味，未经专门开铺面人坏尽。历下如青州白丸子治病，竟陵如吉祥寺香油梳发，要皆专门套子货，但解作教师也。

    （清）王夫之《明诗评选》卷八，夏言《苑中寓直记事》评语，《船山遗书》，太平洋书店重校刊本

  "海暗三山雨"接"此乡多宝玉"不得。迤逦说到"花明五岭春"，然后彼句可来，又岂尝无法哉？非皎然、高棅之法耳。若果足为法，乌容破之？非法之法，则破之不尽，终不得法。诗之有皎然、虞伯生，经义之有茅鹿门、汤宾尹、袁了凡，皆画地成牢以陷人者，有死法也。死法之立，总缘识量狭小。如演杂剧，在方丈台上，故有花样步位，稍移一步则错乱。若驰骋康庄，取涂千里，而用此步法，虽至愚者不为也。

    （清）王夫之《薑斋诗话》卷下，《清诗话》本

  《乐记》云："凡音之起，从人心生也。"因当以穆耳协心为音律之准。"一三五不论，二四六分明"之说，不可恃为典要。"昔闻洞庭水"，"闻"、"庭"二字俱平，正尔振起。若"今上岳阳楼"易第三字为平声，云"今上巴陵楼"，则语蹇而戾于听矣。"八月湖水平"，"月"、"水"二字皆仄，自可；若"涵虚混太清"易作"混虚涵太清"，为泥磬土鼓而已。又如"太清上初日"，音律自可；若云"太清初上日"，以求合于粘，则情文索然，不复能成佳句。又如杨用修警句云："谁起东山谢安石，为君谈笑净烽烟？"若谓"安"字失粘，更云"谁起东山谢太傅"，拖沓便不成响。足见凡言法者，皆非法也。释氏有言："法尚应舍，何况非法？"艺文家如此，思过半矣。

    （清）王夫之《薑斋诗话》卷下，《清诗话》本

昔者宁都魏叔子，以经济有用之文学，显天下百余年。而建昌之新城，为叔子教授之地，遵其道尤挚。乃自闽中朱梅崖出，新城人变而从之，又自上江姚姬传出，新城人又变而从之，于是西江诸文士闻风附和，皆视叔子为弁髦，而耻言及之。呜呼！此于叔子何所损，吾特恐经济有用之文学不明于世，而人别驱于虚伪之域，举无益于时艰也。盖尝观梅崖之文，好宏伟而失之艰深，且全为应酬而作，已大失古人立言之旨。姬传则务为严谨，而不能扩充其体，变化其法，以追马太史、韩吏部之高踪。今奉法之吏，遍天下矣，然必用法而得法外意，乃为超世之才，而可以持天下之大经大权以挽末流之积弊。朱、姚经济之学何如哉？即以文论，一则直举其胸情，不为法所囿；一则求工于字句，而惟法是拘；其浅深虚实之别，不俟明者始知也。而梅崖乃诋叔子为小儿叫跳，然则孟子之英气，韩子之雄文，皆小儿叫跳矣。老苏何以目为温醇耶？夫朱之所宗者扬子云，子云能奇而不能庸，庸则伪；姚之所宗者方望溪，望溪能敛而不能放，放则迂。叔子本领切实，有是失乎？夫以叔子见道之宏，持节之固，育材之多，能使当时之贤人君子生死无异词，能使身后之妻子弟侄死义死孝，遵其教而不易所守，此即文章不工，亦为取其立言之有本，舍其末而不论；而况其文宗仰之正，无体不工，而乃以小儿叫跳诋之乎？或谓以小儿之叫跳诋叔子，叔子固不受其诬，以儒者之深博求叔子，叔子究亦有可议。然近世名儒最深者莫如陆稼书，而稼书则推叔子确是一家言，直与欧、苏相上下，最博者莫如杭堇圃，而堇圃则推叔子为古文大家；岂所见皆出梅崖下乎？且宁都学显，望溪亦尝推之也。

(清)尚镕《书魏叔子文集后》，《持雅堂文集》卷五，清道光刻本

彼曰："凡事凡物皆有法，何独于诗而不然？"是也。然法有死法，有活法。若以死法论，今誉一人之美，当问之曰："若固眉在眼上乎？鼻口居中乎？若固手操作而足循履乎？"夫妍媸万态，而此数者必不渝，此死法也。彼美之绝世独立，不在是也。又朝庙享燕，以及士庶宴会，揖让升降，叙坐献酬，无不然者，此亦死法也。而格鬼神，通爱敬，不在是也。然则彼美之绝世独立，果有法乎？不过即耳目口鼻之常而神明之。而神明之法，果可言乎？彼享燕之格鬼神、合爱敬，果有法乎？不过即揖让献酬而感通之。而感通之法，又可言乎？死法则执涂之人能言之。若曰活法，法既活而不可执矣，又焉得泥于法？而所谓诗之法，得毋平平仄仄之

拮乎？村塾曾读《千家诗》者，亦不屑言之。若更有进，必将曰：律诗必首句如何起，三四如何承，五六如何接，末句如何结；古诗要照应，要起伏，析之为句法，总之为章法。此三家村词伯相传久矣，不可谓称诗者独得之秘也。若舍此两端，而谓作诗另有法，法在神明之中，巧力之外，是谓变化生心。变化生心之法，又何若乎？则死法为定位，活法为虚名；虚名不可以为有，"定位"不可以为无。不可为无者，初学能言之；不可为有者，作者之匠心变化，不可言也。

（清）叶燮《原诗·内篇上》，《清诗话》本

余与友人说诗曰："古人有通篇言情者，无通篇叙景者，情为主，景为宾也。情为境遇，景则景物也。"又曰："七律大抵两联言情，两联叙景，是为死法。盖景多则浮泛，情多则虚薄也。然顺逆在境，哀乐在心，能寄情于景，融景入情，无施不可，是为活法。"又曰："首联言情，无景则寂寥矣，故次联言景以畅其情。首联叙景，则情未有著落，故次联言情以合乎景，所谓开承也。此下须转情而景，景而情，或推开，或深入，或引古，或邀宾，须与次联不同收，或收第三联，或收至首联，看意之所在而收之，又有推开暗结者。轻重虚实，浓淡深浅，一篇中参差用之，偏枯即不佳。"又曰："意为情景之本，只就情景中有通融之变化，则开承转合不为死法，意乃得见。"又曰："子美诗云：'晚节渐于诗律细。'律为音律，拗句诗不必学。"

（清）吴乔《围炉诗话》卷之一，《清诗话续编》本

本中，字居仁……尝序《诗社宗派图》，谓诗有活法，若灵均自得，忽然有入，然后惟意所出，万变不穷。杨诚斋又从而序之，亦以学者属文，当优游厌饫，以悟活法。孙毅祥《野老遗闻》云："作诗文若不得其道，则千诗一诗，千句一句，自少壮至老熟，犹旦暮也。"居仁之于诗，每一见一变，至于骎骎今朱其未已，此岂偶然哉？以是知诗有活法，不知研求，徒讲究夺胎换骨者，末矣。

（清）张泰来《江西诗社宗派图录》，《清诗话》本

周末诸子，精深闳博，汉、唐、宋文家皆取精焉。但其著书于指事类情，汪洋自恣，不可绳以篇法。其篇法完具者间亦有之，而体制亦别，故

概弗采录。览者当自得之。

（清）方苞《古文约选序例》，《方苞集》集外文卷四，上海古籍出版社本

诗贵性情，亦须论法。杂乱而无章，非诗也。然所谓法者，行所不得不行，止所不得不止，而起伏照应，承接转换，自神明变化于其中，若泥定此处应如何，彼此应如何，不以意运法，转以意从法，则死法矣。试看天地间水流云在，月到风来，何处著得死法！

（清）沈德潜《说诗晬语》，《清诗话》本

昔东坡居士作枯木竹石，使有枯木石而无竹，则黯然无色矣。余作竹作石，固无取于枯木也。意在画竹，则竹为主，以石辅之。今石反大于竹，多于竹，又出于格外也。不泥古法，不执己见，惟在活而已矣。

（清）郑燮《题画竹六十九则》，《郑板桥集》补遗，上海古籍出版社本

古人文章可告人者，惟法耳。然不得其神而徒守其法，则死法而已。要在自家于读时微会之。李翰云："文章如千军万马，风恬雨霁，寂无人声。"此语最形容得气好。论气不论势，文法总不备。

（清）刘大櫆《论文偶记》，人民文学出版社本

"赋诗必此诗，定非知诗人"。《十九首》正看侧看，离看合看，无施不可，注定诗柄，殊非活法。

（清）张谦宜《絸斋诗谈》卷四，《清诗话续编》本

欧阳子授扬子制器有法以喻书法，则诗文之赖法以定也审矣。忘筌忘蹄，非无筌蹄也。律之运宫，必起于审度，度即法也。顾其用之也无定方，而其所以用之，实有立乎法之先而运乎法之中者。故法非徒法也，法非板法也。且以诗言之，诗之作作于谁哉，则法之用用于谁哉？诗中有我在也，法中有我以运之也。即其同一诗也，同一法也，我与若俱用此法，而用之之理、用之之趣各有不同者，不能使子面如吾面也。同一时、同一

境、同一事之作，而其用法之所以然，父不能得之于子，师不能传之于弟；即同一在我之作，而今岁不能仿昨岁语，今日不能用昨日之语，况其隔时地、分古今，而强我以就古人之法，强执古人以定我之法，此则蔑古之尤者也，而可谓之效古哉？

（清）翁方纲《诗法论》，《复初斋文集》卷八，清光绪刻本

  文章亦如造化也。四序虽定而万物之生成不然，谷生于夏而收于秋，麦生于冬而成于夏，有一定之时，无一定之物也。文之起承转合亦然。徐文长曰："冷水浇背，陡然一惊。"便是兴、观、群、怨之副本。唯能于虚空中卒然而起，是谓妙起。本承也，而反特起，是谓妙承。至于转，尤难言，且先将上文撇开，如杜诗云："江云飘素练，石壁断空青。"此殆是转之神境。所以古乐府偏于本题所无者，忽然排宕而出，妙在有意无意之间，如白云卷空，虽属无情，却有天然位次。只是心放活，手笔放松，忽如救火捕贼，刻不容迟；忽如蛇游鼠伏，徐行慢衍，是皆转笔之变化也。至于合处，或有转而合者，有合而开者，有一往情深去而不返者。人所到，我不必争到；人不到，我却独到。要在人神而明之。果能久于其道，定与古人并驱也。

（清）李调元《雨村诗话》卷上，《清诗话续编》本

  作诗必用本题故典及字句作料，乃是钝根。王阮亭乃一生不悟。

（清）方东树《昭昧詹言》卷一，人民文学出版社本

  《九日》　用文章叙事体，一气转折，遒劲顿挫，不直致，不枯瘦。乃知严沧浪所讥"以文为诗"之论，非也。在《三百篇》中多有之。夫诗人随兴至所发，有何一定，此则偶因在涪而发耳。一结换意出场，尤见忠爱。

（清）方东树《昭昧詹言》卷十七，人民文学出版社本

  炼篇、炼章、炼句、炼字，总之所贵乎炼者，是往活处炼，非往死处炼也。夫活，亦在乎认取诗眼而已。

（清）刘熙载《艺概·诗概》上海古籍出版社本

神气至灵物，变化难具陈。偃师矜巧判，毕竟非真人。

（清）刘熙载《论文四首》之二，《昨非集》卷三，《古桐书屋六种》，清同治刊本

文贵于达，直达曲达者，皆达也。就一篇中论之，要随在各因其宜，不拘成见。

（清）刘熙载《游艺约言》，《古桐书屋续刻三种》，清光绪刊本

如题之法，有约题，有展题，不然谓之死于题下。行文之法，有约文，有展文，不然谓之死于文下。

（清）刘熙载《游艺约言》，《古桐书屋续刻三种》，清光绪刊本

诗之规格，巧行乎其间矣。夫千金良骥，驰骤康庄，又何取乎泛驾。

（清）宋徵璧《抱真堂诗话》，《清诗话续编》本

2. 虽有定法　不可胶柱鼓瑟

古有云：丈山尺树，寸马豆人；远山无皴，远水无痕，远林无叶，远树无枝，远人无目，远阁无基。虽然定法，不可胶柱鼓瑟。要在量山察树，忖马度人，可谓不尽之法。

（五代）荆浩《山水诀》，《历代论画名著汇编》本

足下谓世之善书者，能钟、王、虞、柳，不过一艺，己之所学，乃尧、舜、周、孔之道，不必善书。又云因仆之言欲勉学之者，此皆非也。夫所谓钟、王、虞、柳之书者，非独足下薄之，仆因亦薄之矣。世之有好学其书而悦之者，与嗜饮茗，阅画图无异，但其性之一僻尔，岂君子之所务乎！然至于书，则不可无法。古之始有文字也，务乎纪事，而因物取类，为其象。故《周礼》六艺，有六书之学。其点画曲直，皆有其说。扬子曰："断木为棋，梡革为鞠。"亦有法焉。而况书乎？

（宋）欧阳修《与石推官第二书》，《欧阳文忠集》卷六十六，《四部备要》本

文章本心术，万古无辙迹。

（宋）黄庭坚《寄晁文忠十首》，《山谷外集诗注》卷十二，《山谷全集》，《四部备要》本

丹阳洪氏注韩文有云："字字有法，法左氏、司马迁也。"予谓左氏之文，因字字有法矣，司马迁何足以当之？文法之疏莫迁若也。

（金）王若虚《文辨》，《滹南遗老集》卷三十五，《丛书集成》本

或问文章有体乎？曰：无。又问无体乎？曰：有。然则果何如？曰：定体则无，大体须有。

（金）王若虚，《文辨》，《滹南遗老集》卷三十七，《丛书集成》本

梅圣俞爱严维"柳塘春水漫，花坞夕阳迟"之句，以为天容时，态融合骀荡，如在目前。或者病之曰："夕阳迟系花，而春水漫不系柳。"苕溪又曰："不系花而系坞。"予谓：不然。夕阳迟固不在花，然亦何关乎坞哉。诗言"春日迟迟"者舒长之貌耳。老杜云："迟日江山丽"，此复何所系耶？彼自咏自然之景。如"称花院落溶溶月，柳絮池塘淡淡风"，初无他意，而论者妄为云云，何也？裴光约诗云："行人折柳和轻絮，飞燕衔泥带落花"。或曰："柳常有絮，泥或无花。"苕溪以为得其膏肓，此亦过也。据一时所见，则泥之有花，不害于理，若必以有常责之，则絮亦岂常有哉？

（金）王若虚《诗话》，《滹南遗老集》卷三十八，《丛书集成》本

文有大法无定法，观前人之法而自为之，而自立其法。彼为绮，我为锦，彼为榭，我为观，彼为舟，我为车，则其法不死，文自新而法无穷矣……

文固有法，不必志于法，法当立诸己，不当立诸人。不欲为作者则已，欲为作者名家而如古之人，舍是将安之乎？

（元）郝经《答友人论文法书》，《郝文忠公陵川全集》卷二十三，清乾隆刊本

周室既衰,圣人之经,皆见弃于诸侯,而《周礼》独为诸侯之所恶,故《周礼》未历秦火而先亡。吏将无法而为奸,必藏其法,俾民不得见。使家有其法,而人通其意,吏安得而舞之?

      (明)方孝孺《周礼考次月录序》,《逊志斋集》卷十二,《四部备要》本

唐与近代之文,不能无法,而能毫厘不失乎法,以有法为法,故其为法也严而不可犯。

      (明)唐顺之《董中峰侍郎文集序》,《荆川先生文集》卷十,《四部丛刊》本

且夫不能有法,而何以议于无法?有人焉见夫汉以前之文,疑于无法,而以为果无法也,于是率然而出之,决裂以为体,饾饤以为词,尽去自古以来开阖首尾经纬错综之法,而别为一种臃肿佶涩浮荡之文。其气离而不属,其声离而不节,其意卑,其语涩,以为秦与汉之文如是也,岂不犹腐木湿鼓之音,而且诧曰:吾之乐合乎神。呜呼!今之言秦与汉者纷纷是矣,知其果秦乎汉乎否也?

      (明)唐顺之《董中峰侍郎文集序》,《荆川先生文集》卷十,《四部丛刊》本

吾来自意而往之法。意至而法偕至,法就而意融乎其间矣。夫意无方而法有体也,意来甚难而出之若易,法径甚易而窥之若难。此所谓相为用也。左氏法先意者也,司马氏意先法者也。然而未有不相为用者也。

      (明)王世贞《五岳山房文稿序》,《弇州四部稿》卷六十七,《四库全书》本

诗有常体,工自体中。文无定规,巧运规外。乐《选》律绝,句字夐殊,声韵各协。下迨填词小技,尤为谨严。《过秦论》也,叙事若传。《夷平传》也,指辨若论。至于序、记、志、述、章、令、书、移,眉目小别,大致固同。然《四诗》拟之则佳,《书》《易》放之则丑。故法合者,必穷力而自运;法离者,必凝神而并归。合而离,离而合,有悟存焉。

      (明)王世贞《艺苑卮言》卷一,《历代诗话续编》本

《风雅 三百》，《古诗十九》，人谓无句法，非也。极自有法，无阶级可寻耳。

（明）王世贞《艺苑卮言》卷一，《历代诗话续编》本

谈艺者有谓七言律一句不可两入故事，一篇中不可重犯故事。此病犯者故少，能拈出亦见精严。然我以为皆非妙语也。作诗到神情传处，随分自佳，下得不觉痕迹，纵使一句两入，两句重犯，亦自无伤。如太白《峨眉山月歌》，四句入地名者五，然古今目为绝唱，殊不厌重。蜂腰，鹤膝，双声，叠韵，休文三尺法也，古今犯者不少，宁尽被汰也？

（明）王世懋《艺圃撷余》，《历代诗话》本

夫法因于敝而成于过者也。矫六朝骈丽饤饾之习者，以流丽胜，饤饾者，固流丽之因也。然其过在轻纤，盛唐诸人以阔大矫之；已阔矣，又因阔而生莽，是故续盛唐者，以情实矫之；已实矣，又因实而生俚，是故续中唐者，以奇僻矫之；然奇则其境必狭，而僻则务为不根以相胜，故诗之道，至晚唐而益小。

（明）袁宏道《雪涛阁集序》，《袁宏道集笺校》卷十八，上海古籍出版社本

自宋元以来，诗文芜烂，鄙俚杂沓。本朝诸君子出而矫之，文准秦汉，诗则盛唐，人始知有古法。及其后也，剽窃雷同，如赝鼎伪觚，徒取形似，无关神骨。先生出而振之，甫乃以意役法，不以法役意，一洗应酬格套之习，而诗文之精光始出。如名卉为寒气所勒，索然枯槁，而杲日一照，竞皆鲜敷。如流泉壅闭，日归腐败，而一加疏沦，波澜掀舞，淋漓秀润。至于今天下文慧人士，始知心灵无涯，搜之愈出，相与各呈其奇，而互穷其变，然后人人有一段真面目溢露于楮墨之间，即方圆黑白相反，纯疵错出，而皆各有所长以垂之不朽，则先生之功于斯为大矣。

（明）袁中道《中郎先生全集序》，《珂雪斋文集》卷三，上海杂志公司本

少陵五言律，其法最多，颠倒纵横，出人意表。余谓万法总归一法，

一法不如无法。水流自行，云生自起，更有何法可设？

（明）陆时雍《诗镜总论》，《历代诗话续编》本

今之为是选也，幸而有不徇名之意，若不幸而有必黜名之意，则难矣；幸而有不畏博之力，若不幸而有必胜博之力，又难矣；幸而有不隔灵之眼，若不幸而有必骛灵之眼，又难矣。法不前定，以笔所至为法；趣不强括，以诣所安为趣；词不准古，以情所迫为词；才不由天，以念所冥为才。恬一时之声臭，以动古今之波澜。波澜无穷，而光采有主，古人进退焉。虽一字之耀目，一言之从心，必审其轻重、深浅而安置之。凡素所得名之人，与素所得名之诗，或有不能违心而例收者，亦必其人之精神，止可至今日，而不能不落吾手眼。因而代获无名之人，人收无名之篇。若今日始新出于纸而从此诵之将千万口；即不能保其诵之盈千万口，而亦必古人之精神，至今日而当一出，古人之诗之神所自为审定安置，而选者不知也。惟春与钟子，克虑厥始。惟春克勷厥中，惟钟子克成厥终。《诗归》哉！

（明）谭元春《诗归序》，《唐诗归》卷首，明刻本

四句迭为承受，始于平原，盛于康乐，当时翻为新制，然亦《三百篇》所固有也。构此者非以为脉络，正使来去低回，倍增心曲尔。后人舍此用法，裂肌割肉，俾就矩矱，神死而气不独生，又何足道。

（清）王夫之《古诗评选》卷四，陆机《为颜彦先赠妇》评语，《船山遗书》，太平洋书店重校刊本

亦往往在人意中，顾他人诗，人人意即薄劣，谢独不尔。世有眼前景物之说，谂此亦非不然，虽然，岂易言哉。谢诗往往分两层说，且如此诗用"想见"两字，不换气直下是何等蕴藉。抑知诗无定体，存乎神韵而已。

（清）王夫之《古诗评选》卷五，谢灵运《从斤竹涧越岭溪行》评语，《船山遗书》，太平洋书店重校刊本

此即是法，不如此者即非法，当于神气求之。

（清）王夫之《明诗评选》卷一，沈明臣《湘水巫云曲》评语，《船山遗书》，太平洋书店重校刊本

用神用气用韵度,但不用俗诗画地牢耳。子价真为渊源。五六人事点染成致,非七才子辈寻事填腔,活字印板套也。

　　　　　(清)王夫之《明诗评选》卷六,朱日藩《鸡笼山房雨霁》评语,《船山遗书》,太平洋书店重校刊本

　　圣人之制律也,其用通之于历,历有定数,律有定声。历不可从疏术测,律不可以死法求。任其志之所之,限其言之必诎,短音朴节,不合于管弦,不应于舞踏,强以声律续其本无而使合也,是犹布九九之算以穷七政之纪,则强盈虚、进退、胐朓、迟疾之忽微以相就。何望其上合于天运下应于民时也哉?

　　　　　(清)王夫之《舜典三》,《尚书引义》卷一,中华书局本

　　予尝与论文章之法,法譬诸规矩,规之形圆,矩之形方。而规矩所造,为椭、为掣、为眼、为倨句磬折,一切无可名之形,纷然各出。故曰:规矩者,方圆之至也。至也者,能为方圆,能不为方圆,能为不方圆者也。使天下物形不出于方,必出于圆,则其法一再用而穷。言古文者,曰伏、曰应、曰断、曰续。人知所谓伏应,而不知无所谓伏应者,伏应之至也;人知所谓断续,而不知无所谓断续者,断续之至也。今夫入坛墠,履鬼神之室,明神肃森,拱挺异列,若生人之可怖,接以人经之法,頯胲广狭,股脚睢尻之相距,皆不差尺寸,然卒以为不若人者,俯仰拱挺,终日累年不能自变化,故也。今夫山屹然峛屴,终古而不变,此山之法也。泻水于盂,盂方则方,盂圆则圆者,水之法也。山以不变为法,水以善变为法。今夫山,禽兽孕育飞走,草木生落,造云雨,色四时,一日之间而数变。今夫水,泻于平地,必注于龟,流其所不平,泻之万变而不失。今夫文何独不然。故曰:变者,法之至者也,此文之法也。若夫积理以为文,则吾叙子发论备矣。

　　　　　(清)魏禧《陆悬圃文序》,《魏叔子文集》卷八,易堂刻本

　　或曰:今之称诗者,高言法矣。作诗者果有法乎哉?且无法乎哉?
　　余曰:法者,虚名也,非所论于有也;又法者,定位也,非所论于无也。子无以余言为惝恍河汉,当细为子晰之。
　　自开辟以来,天地之大,古今之变,万汇之赜,日星河岳,赋物象

形,兵刑礼乐,饮食男女,于以发为文章,形为诗赋,其道万千。余得以三语蔽之:曰理、曰事、曰情,不出乎此而已。然则,诗之一道,岂有定法哉!先揆乎其理,揆之于理而不谬,则理得;次征诸事,征之于事而不悖,则事得;终絜诸情,絜之于情而可通,则情得。三者得而不可易,则自然之法立。故法者,当乎理,确乎事,酌乎情,为三者之平准,而无所自为法也。故谓之曰"虚名"。又法者,国家之所谓津也。自古之五刑宅就以至于今,法亦密矣。然岂无所凭而为法哉!不过揆度于事、理、情三者之轻重大小上下,以为五服五章、刑赏生杀之等威、差别,于是事理情当于法之中。人见法而适惬其事理情之用,故又谓之曰"定位"。

(清)叶燮《原诗·内篇下》,人民文学出版社本

乃称诗者,不能言法所以然之故,而晓曰法。吾不知其离一切以为法乎?将有所缘以为法乎?离一切以为法,则法仍不能凭虚而立;有所缘以为法,则法仍托他物以见矣。吾不知统提法者之于何属也?

(清)叶燮《原诗·内篇上》,人民文学出版社本

夫识辨不清,挥霍无具,徒倚法之一语,以牢笼一切,譬之国家有法,所以儆愚夫愚妇之不肖,而使之不犯,未闻与道德仁义之人讲论习肄,而时以五刑五罚之法恐惧之而迫协之者也。惟理、事、情三语,无处不然。三者得,则胸中通达无阻,出而敷为辞,则夫子所云辞达。达者通也,通乎理,通乎事,通乎情之谓。而必泥乎法,则反有所不通矣。辞且不通,法更于何有乎?

(清)叶燮《原诗·内篇上》,人民文学出版社本

规矩者,方圆之极则也;天地者,规矩之运行也。世知有规矩,而不知夫乾旋坤转之义,此天地之缚人于法,人之役法于蒙,虽攘先天后天之法,终不得其理之所存。所以有是法不能了者,反为法障之也。古今法障不了,由一画之理不明。一画明,则障不在目而画可从心。画从心而障自远矣。夫画者,形天地万物者也。舍笔墨其何以形之哉!墨受于天,浓淡枯润随之;笔操于人,勾皴烘染随之。古之人未尝不以法为也。无法则于世无限焉。是一画者,非无限而限之也,非有法而限之也,法无障,障无法。法自画生,障自画退。法障不参,而乾旋坤转之义得矣,画道彰矣,

一画了矣。

（清）石涛《石涛画语录·了法章第二》，人民美术出版社本

古人写树叶苔色，有深墨浓墨，成分字、个字、一字、品字、厶字，以至攒三聚五，梧叶、松叶、柏叶、柳叶等垂头、斜头诸叶，而形容树木、山色、风神态度。吾则不然。点有风雪雨晴四时得宜点，有反正阴阳衬贴点，有夹水夹墨一气混杂点，有含苞藻丝缨络连牵点，有空空阔阔干燥没味点，有有墨无墨飞白如烟点，有焦似漆邋遢透明点。更有两点，未肯向学人道破。有没无没地当头劈面点，有千岩万壑明净无一点。噫！法无定相，气概成章耳。

（清）石涛《石涛画语录·题画》，人民美术出版社本

古人未立法之前，不知古人法何法？古人既立法之后，便不容今人出古法。千百年来，遂使今之人不能出一头地也。师古人之迹而不师古人之心，宜其不能出一头地也，冤哉！

（清）石涛《石涛画语录·题画》，人民美术出版社本

老友以此索画奇山奇木，余何敢异乎古人？以形作画，以画写形，理在画中。以形写画，情在形外。至于情在形外，则无乎非情也。无乎非情也，无乎非法也。

（清）石涛《石涛画语录·题画》，人民美术出版社本

唐人七律，宾主、起结、虚实、转折、浓淡、避就、照应，皆有定法。意为主将，法为号令，字句为部曲兵卒。由有主将，故号令得行，而部曲兵卒莫不如臂指之用，旌旗金鼓，秩然井然。弘、嘉诗惟有旌旗炫目，金鼓聒耳而已。

（清）吴乔《围炉诗话》卷之二，《清诗话续编》本

正意出过即须转，正意在次联者居多，故唐诗多在第五句转。金圣叹以为定法，则固矣。昌黎《蓝关》诗，第三联方出正意，第七句方转。

（清）吴乔《围炉诗话》卷之二，《清诗话续编》本

至于文之法，有不变者，有至变者。文体有二：曰叙事，曰议论，是谓定体。辞断意续，筋络相束，奔放者忌肆，雕刻者忌促，深䆳者忌诡，敷演者忌俗，是谓定格。言道者必宗经，言治者必宗史，道情欲婉而畅，述事欲法而明，是谓定理。此法之不变者也。若夫川横驰骛，变化百出，各视工力之所及，巧拙不相师，后先不相袭，此法之至变者也。

（清）邵长蘅《与魏叔子论文书》，《青门簏稿》卷十一，愚斋丛书刻青门草堂藏本

三四语多流走，亦竟有散行者；然必有不得不散之势乃佳。苟艰于属对，率尔放笔，是借散势以文其陋也。又有通体俱散者，李太白《夜泊牛渚》、孟浩然《晚泊浔阳》、释皎然《寻陆鸿渐》等章，兴到成诗，人力无与，匪垂典则，偶存标格而已。外是：八句平对，五六散行，前半扇对之式，皆极诗中变态。

（清）沈德潜《说诗晬语》卷上，《清诗话》本

谢茂秦古体，局于规格，绝少生气。五言律句烹字炼，气逸调高。集中"云出三边外，风生万马间"、"人吹五更笛，月照万家霜"、"绝漠兼天尽，交河荡日寒"、"夜火分千树，春星落万家"，高、岑遇之，行当把臂。七言《送谢武选》一章，随题转折，无迹有神，与高青丘《送沈左司》诗，并推神来之作。

（清）沈德潜《说诗晬语》卷下，《清诗话》本

格律声调，字法句法，固不可不讲，而诗却在字句之外。故《三百篇》及汉、魏古诗，后章与前章略换几句几字，又是一种咏叹丰神，令人吟绎不厌。后世徒于字句求之，非不工也，特无诗耳。

（清）薛雪《一瓢诗话》，《清诗话》本

文成而法立。法之立也，有立乎其先、立乎其中者，此法之正本探原也；有立乎其节目、立乎其肌理界缝者，此法之穷形尽变者也。杜云"法自儒家有"，此法之立本者也；又曰"佳句法如何"，此法之尽变者也。夫惟法之立本者，不自我始之，则先河后海、或原或委，必求诸古人也。夫惟法之尽变者，大而始终条理，细而一字之虚实单双，一音之低昂

尺黍，其前后接笋，乘承转换，开合正变，必求诸古人也。乃知其悉准诸绳墨规矩，悉校诸六律五声，而我不得丝毫从己意与焉。故曰，禹之治水，行其所无事也。行乎所不得不行，止乎所不得不止。应有者尽有之，应无者尽无之，夫然后可以谓之诗，夫然后可以谓之法矣。

（清）翁方纲《诗法论》，《复初斋文集》卷八，清光绪刻本

济南文献百年稀，白雪楼空宿草菲。未及尚书有边习，犹传林雨忽沾衣。

边仲子诗稿手迹，予尝见之，前有徐东痴手题数行，渔洋以红笔题其卷端。其诗皆渔洋红笔圈点，或偶改一二字。此句"野风欲落帽，疏雨忽沾衣"，实是"疏"字。渔洋红笔压改"林"字，盖以"林"与"野"相对也。不知此"野"字原不必定以"林"为对，自以"疏"为是，改"林"则滞矣。渔洋竟有偶失检处。

（清）翁方纲《石洲诗话》卷八，《清诗话续编》本

文者辞也，其法万变，而大要在必去陈言。理者所陈事理、物理、义理也；见理未周，不赅不备，体物未亮，状之不工，道思不深，性识不超，则终于粗浅凡近而已。义者法也；古人不可及，只是文法高妙，无定而有定，不可执著，不可告语，妙运从心，随手多变，有法则体成，无法则伧荒。率尔操觚，纵有佳意佳语，而安置布放不得其所，退之所以讥六朝人为乱杂无章也。

（清）方东树《昭昧詹言》卷一，人民文学出版社本

七言长篇，不过一叙、一议、一写三法耳。即太史公亦不过用此三法耳；而颠倒顺逆，变化迷离而用之，遂使百世下目眩神摇，莫测其妙，所以独掩千古也。

（清）方东树《昭昧詹言》卷十一，人民文学出版社本

王若虚云："以巧为巧，其巧不足；巧拙相济，则使人不厌。惟甚巧者，乃能就拙为巧。"此真笃论。又曰："首二句论事，次二句犹须论事；首二句状景，次二句犹须状景。不能遽止，自然之势。颈联、颔联，初无此说，特后人私立名字而已。"破颈联，颔联之说可也，谓论事状景必四

句,亦平衍无笔力之作也。持论最难。

(清)潘德舆《养一斋诗话》卷二,《清诗话续编》本

太史公时有河汉之言,而意理却细入无间。评者谓"乱道却好",其实本非乱道也。

(清)刘熙载《艺概·文概》,上海古籍出版社本

东坡文虽打通墙壁说话,然立脚自在稳处。譬如舟行大海之中,把舵未尝不定,视放言而不中权者异矣。

(清)刘熙载《艺概·文概》,上海古籍出版社本

法以去弊,亦易生弊。立论之当慎,与立法同。

(清)刘熙载《艺概·文概》,上海古籍出版社本

文之所尚,不外当无者尽无,当有者尽有。故昌黎《答李翊书》云:"惟陈言之务去。"《樊绍述墓志铭》云:"其富若生蓄,万物必具。"柳州《愚溪诗序》云:"漱涤万物,牢笼百态。"

(清)刘熙载《艺概·文概》,上海古籍出版社本

治胜乱,至治胜治。至治之气象,皥皥而已。文或秩然有条而辙迹未泯,更当跻而上之。

(清)刘熙载《艺概·文概》,上海古籍出版社本

律体中对句用开合、流水、倒挽三法,不如用遮表法为最多。或前遮后表,或前表后遮。表谓如此,遮谓不如彼,二字本出禅家。昔人诗中有用"是"、"非"、"有"、"无"等字作对者,"是""有"即表,"非"、"无"即遮。惟有其法而无其名,故为拈出。

(清)刘熙载《艺概·诗概》,上海古籍出版社本

或问:诗偏于叙则掩意,偏于议则病格,此说亦辨意格者所不遗否?曰:遗则不是,执则浅矣。

(清)刘熙载《艺概·诗概》,上海古籍出版社本

律体可喻以僧家之律：狂禅破律，所宜深戒；小禅缚律，亦无取焉。

（清）刘熙载《艺概·诗概》，上海古籍出版社本

作文作诗作书，皆须兼意与法；任意废法，任法废意，均无是处。

（清）刘熙载《游艺约言》，《古桐书屋续刻三种》，清光绪刊本

不毁万物，当体便无；不设一物，当体便有。书之有法而无法，至此进乎技矣。

（清）刘熙载《游艺约言》，《古桐书屋续刻三种》，清光绪刊本

诗也者，无定法而有定法者也。诗人一缕心精，蟠天际地，上下千年，纵横万里，笔落则风雨惊，篇成则鬼神泣，此岂有定法哉！然而重山峻岭，长江、大河之中，自有天然筋节脉络，针线波澜，若蛛丝马迹，首尾贯注，各具精神结撰，则又未始无法。故起伏承接，转折呼应，开阖顿挫，擒纵抑扬，反正烘染，伸缩断续，此诗中有定之法也。或以错综出之，或以变化运之；或不明用而暗用之，或不正用而反用之；或以起伏承接而兼开阖纵擒，或以抑扬伸缩而为转折呼应；或不承接之承接，不呼应之呼应；或忽以纵为擒，以开为阖，忽以抑为扬，以断为续；或忽以开阖为开阖，以抑扬为抑扬，忽又以不开阖为开阖，不抑扬为抑扬；时奇时正，若明若灭，随心所欲，无不入妙：此无定之法也。作诗者以我运法，而不为法用。故始则以法为法，继则以无法为法。能不守法，亦不离法，斯为得之。盖本无定以驭有定，又化有定以归无定也。无法之法，是为活法妙法。造诣至无法之法，则法不可胜用矣。所谓行乎其所当行，止乎其所不得不止，神而明之，存乎其人也。若泥一定之法，不以人驭法，转以人从法，则死法矣。

（清）朱庭珍《筱园诗话》卷一，《清诗话续编》本

按长短句，本无定法。惟以浩落感慨之致卷舒其间；行乎不得不行，止乎不得不止；因自然之波澜，以为波澜。《易》所云："风行水上，涣。"乃天下之大文也。要在熟读古人诗，吟咏而自得之耳。昔人云："诗在心头，泥古则失。"是已。然而起伏顿挫，亦有自然之节奏在。

（清）张笃庆《诗问》卷三，《诗问四种》，齐鲁书社本

或问仆画法。仆曰：画有法，画无定法，无难易，无多寡。嘉陵山水，李思训期月而成，吴道子一夕而就，同臻其妙。不以难易别也。李、范笔墨稠密，王、米笔墨疏落，各极其趣。不以多寡论也。画法之妙，人各意会而造其境。故无定法也。

（清）方薰《山静居论画》，《历代论画名著汇编》本

有画法而无画理，非也。有画理而无画趣，亦非也。画无定法，物有常理。物理有常，而其动静变化机趣无方。出之于笔，乃臻神妙。

（清）方薰《山静居论画》，《历代论画名著汇编》本

3. 金针不度

"萧萧马鸣，悠悠旆旌。"以"萧萧""悠悠"字，而出师整暇之情状，宛在目前；此语非惟创始之为难，乃中之之为工也。荆轲云："风萧萧兮易水寒，壮士一去兮不复还。"自常人观之，语既不多，又无新巧，然而此二语遂能写出天地愁惨之状，极壮士赴死如归之情，此亦所谓中的也。古诗："白杨多悲风，萧萧愁杀人。""萧萧"两字，处处可用，然惟坟墓之间，白杨悲风，尤为至切，所以为奇。乐天云："说喜不得言喜，说怨不得言怨。"乐天特得其粗尔。此句用悲愁字，乃愈见其亲切处，何可少耶？诗人之工，特在一时情味，因不可预设法式也。

（宋）张戒《岁寒堂诗话》卷上，人民文学出版社本

古之为文也，理明义熟，辞以达志尔。若源泉奋地而出，悠然而行，奔注曲折，自成态度，汇于江而注之海，不期于工而自工，无意于法而皆自为法，故古之为之，法在文成之后，辞由理出，文自辞生，法以文著，相因而成也。非与求法而作之也。后世之为文也则不然，先求法度，然后措辞以求理。若抱杼轴，求人之丝集枲而织之，经营比次，络绎接续，以求端绪。未措一辞，铃制夭阏于胸中，惟恐其不工而无法。故后之为文，法在文成之前，以理从辞，以辞从文，以文从法，一资于人而无我。是以愈工而愈不工，愈有法而愈无法。只为近世之文，弗逮乎古矣。

（元）郝经《答友人论文法书》，《郝文忠公全集》，清乾隆刊本

呜呼，三代无文人，《六经》无文法。非无人也，人尽能文；非无法也，何文非法。秦汉以来，班马之雄深，韩柳之古健，欧苏之峻雅，何莫不得乎此也。

　　　　　　（明）宋濂《王君子与文集序》，《宋学士全集》卷七，《丛书集成》本

　　唐人不言诗法，诗法多出宋，而宋人于诗无所得。所谓法者，不过一字一句对偶雕琢之工，而天真兴致，则未可与道。其高者先之捕风捉影，而卑者坐于黏皮带骨，至于江西诗派极矣。

　　　　　　（明）李东阳《麓堂诗话》，《历代诗话续编》本

　　汉以前之文，未尝无法，而未尝有法，法寓于无法之中。故其为法也，密而不可窥。唐与近代之文，不能无法，而能毫厘不失乎法，以有法为法。故其为法也严而不可犯。密则疑于无所谓法，严则疑于有法而可窥。然而文之必有法，出乎自然而不可易者，则不容异也。

　　　　　　（明）唐顺之《董中峰侍郎文集序》，《荆州先生文集》卷十，《四部丛刊》本

　　晋宋人书但以风流胜，不为无法，而妙处不在法。至唐人始专以法为蹊径，而尽态极妍矣。

　　　　　　（明）董其昌《评法书》，《画禅室随笔》卷一，清康熙裕文堂本

　　唐人妙处，正在无法耳。如六朝、汉、魏者，唐人既以为不必法；沈、宋、李、杜者，唐人虽慕之，亦决不肯法，此李唐所以度越千古也。

　　　　　　（明）袁宏道《答张东问》，《李东阳集》卷二十一，上海古籍出版社本

　　文章无定例，只在合宜。王荆公论仲尼不应作世家，只是不知变例。以死板法为例，文章便无意，只是不曾学《春秋》。

　　　　　　（清）冯班《日记》，《钝吟杂录》卷六，《丛书集成》本

　　又曰：今人以宋文好新而法亡，好易而失雅；夫文之法最严，孰过于

欧、曾、苏、王者？荆川有言曰："汉以前之文，未尝无法，而未尝有法：法寓于无法之中，故其为法也，密而不可窥。唐与宋之文，不能无法，而能毫厘不失乎法；以有法为法，故其为法也，严而不可犯。"余尝三复以为至言。然余极推宋大家之文，以其有法；而其稍病宋大家之文，亦因其过于尺寸铢两，毫厘不失乎法。视《史》、《汉》风神，如天衣无缝，为稍差者，以其法太严耳。宋之文由乎法，而不至于有迹而太严者，欧阳子也。故尝推为宋之第一人。予方以法太严稍病宋人，而今人谓其无法，还亦可笑乎！若乃王、李之文，徒见夫汉以前之文似于无法也，窃而效之，决裂以为体，佶伫以为词，尽去自宋以来开阖首尾，经纬错综之法，而别为一种臃肿、窘涩、浮荡之文；其气离而不属，其意卑，其语涩，乃真无法之至者。而今人以为有法，可乎？

（清）周亮工《书影》卷六，上海古籍出版社本

严仪卿谓"律诗难于古诗"。彼以律诗欲才就法为难耳，而不知古诗中无法之法更难。且律诗工者能之，古诗非工者所能，所谓"其中非尔力"，则古诗难于律诗也。又谓"七言律难于五言律"。彼谓七言律格调易弱耳，而不知五言律音韵易促也。五字之中，铿然悠然，无懈可击，有味可寻，一气浑成，波澜独老，名为坚城，实则化境，则五言律难于七言律也。若"绝句难于八句，五言绝难于七言绝"，二语甚当。惜未言五言古难于七言古耳。

（清）贺贻孙《诗筏》，《清诗话续编》本

诗家化境，如风雨驰骤，鬼神出没，满眼空幻，满身飘忽，突然而来，倏然而去，不得以字句诠，不可以迹相求。如岑参《归白阁草堂》起句云"雷声傍太白，雨在八九峰。东望白云阁，半入紫阁松。"又《登慈恩寺》诗中间云："秋色从西来，苍然满关中。五陵北原上，万古青濛濛。"不惟作者至此，奇气一往，即讽者亦把捉不住，安得刻舟求剑，认影作真乎？近见注诗者。将"雨在八九"、"云入紫阁"、"秋从西来"、"五陵"、"万古"语，强为分解，何异痴人说梦。

（清）贺贻孙《诗筏》，《清诗话续编》本

一解弈者，以诲人弈为游资。后遇一高手，与对弈，至十数子，辄揶

揄之曰："此教师棋耳！"诗文立门庭使人学己，人一学即似者，自诩为"大家"，为"才子"，亦艺苑教师而已。

（清）王夫之《薑斋诗话》卷二，人民文学出版社本

一往动人，而不入流俗，声情胜也。声情不由习得，故天下无必不可学文之心，而有必不可学诗之腕。岂独曾子固哉！

（清）王夫之《古诗评选》卷一，晋乐府辞《休洗红》评语，《船山遗书》，太平洋书店重校刊本

一色用兴写成，藏锋不露。歌行虽尽意排宕，然吃紧处亦不可一丝触犯，如禅家普说相似，正使横说竖说，皆绣出鸳鸯耳。金针不度，一度即非金针了。张文昌只在此遏捺不住，便已失之千里。

（清）王夫之《明诗评选》卷二，朱器封《均州乐》评语，《船山遗书》，太平洋书店重校刊本

神情自语。此诗之佳在顺笔成致辞，不立疆畛，乃使通篇如一语。以含颔联作腹联，以腹朕作颔联，俱无不可。就中非无次弟，但在触目生心时，不关法律，雅俗大辨正于此分，不知此者，旦暮自缚死耳。

（清）王夫之《明诗评选》卷六，邵宝《盂城驿即事》评语，《船山遗书》，太平洋书店重校刊。

诗本无定法，亦不可以讲法。学者但取盛唐以上、《三百》以下之作，随拈当吾意者，以题参诗，以诗按题，观其起洁，审其顿折，下字琢句，调声设色，曲加寻榷，极尽吟讽，自应有得力处。然后旁推触类，一以贯之，仰观古昔，高下在心矣。讵复虚怯之气，捃摭之华，能恫喝者耶！

（清）毛先舒《诗辩坻》卷第四，《清诗话续编》本

苟于情、于事、于景、于理，随在有得，而不戾乎风人永言之旨，则就其诗论工拙可耳，何得以一定之程格之，而抗言《风》、《雅》哉？如人适千里者，唐、虞之诗如第一步，三代之诗如第二步，彼汉、魏之诗，以渐而及，如第三第四步耳。作诗者知此数步为道途发始之所必经，而不可谓行路者必于此数步焉为归宿，遂弃前途而弗迈也。

（清）叶燮《原诗·内篇上》，人民文学出版社本

吾尝居泰山之下者半载，熟悉云之情状：或起于肤寸，滃沦六合；或诸峰竞出，升顶即灭；或连阴数月，或食时即散；或黑如漆，或白如雪，或大如鹏翼，或乱如散鬠；或块然垂天，后无继者；或联绵纤微，相续不绝；又忽而黑云兴，士人从法占之曰将雨，竟不雨；又晴云出，法占者曰将晴，乃竟雨，云之态以万计，无一同也。以至云之色相，云之性情，无一同也。云或有时归，或有时竟一去不归，或有时全归，或有时半归，无一同也。此天地自然之文，至天也。若以法绳天地之文，则泰山之将出云也，必先聚云族而谋之曰，吾将出云，而为天地之文矣；先之以某云，继之以某云，以某云为起，以某云为伏，以某云为照应，为波澜，以某云为逆入，以某云为空翻，以某云为开，以某云为阖，以某云为掉尾。如是以出之，如是以归之，一一使无爽，而天地之文成焉。无乃天地之劳于有泰山，泰山且劳于有是云，而出云且无日矣。苏轼有言："我文如万斛源泉，随地而出。"亦可与此相发明也。

（清）叶燮《原诗·内篇上》，人民文学出版社本

《饮中八仙歌》，一路如连山断岭，似接不接，似闪不闪，极行文之乐事。用《史记》合传例为歌行，须有大力为根。至于错综剪裁，又乘一时笔势兴会得之，此有法而无法者也。此等诗以笔健为贵，清则劲而上腾，若加重色雕刻，便累坠不能高举矣。词家所宜知也。

（清）张谦宜《𫄧斋诗谈》卷四，《清诗话续编》本

或惜云松诗虽工不合唐格，余尤谓不然，夫诗宁有定格哉？《国风》之格不同乎《雅》、《颂》，皋禹之歌不同乎《三百篇》，汉魏六朝之诗不同乎三唐，谈格者奚从？善乎杨诚斋之言曰："格调是空间架，拙人最易藉口。"周栎园之言曰："吾非不能为何、李格调以悦世也，但多一分格调者必损性情，故不为也。"

（清）袁枚《赵云松瓯北集序》，《小仓山房文集》卷二十八，《四部备要》本

若鹿门所讲起伏之法，吾尤不以为然。六经三传，文之祖也，果谁为之法哉？能为文，则无法如有法；不能为文，则有法如无法。霍去病不学

孙、吴,但能取胜,是即去病之有法也;房琯学古车战,乃致大败,是即琯之无法也。文之为道,亦何异焉?

(清)袁枚《书茅氏八家文选》,《小仓山房文集》卷三十,《四部备要》本

上古简质,结绳未远,文字肇兴,书取足以达微隐通形名而已矣。因事命篇,本无成法,不得为后史之圆求备,拘于一定之名义者也。夫子叙而述之,取其疏通知远,足以垂教矣。世儒不达,以谓史家之初祖,实在《尚书》,因取后代一成之史法,纷纷拟《书》者,皆妄也。

(清)章学诚《书教上》,《文史通义·内篇一》,中华书局本

归震川氏取《史记》之文,五色标识以示义法,今之通人如闻其事,必窃笑之,余不能为归氏解也。然为不知法度之人言,未尝不可资其领会,特不足据为传授之秘尔。据为传授之秘,则是郢人宝燕石矣。夫书之难以一端尽也,仁者见仁,智者见智。诗之音节,文之法度,君子以谓可不学而能。如啼笑之有收纵,歌哭之有抑扬,必欲揭以示人,人反拘而不得歌哭啼笑之至情矣。然使一己之见,不事穿凿过求,而偶然浏览,有会于心,笔而志之,以自省识,未尝不可资修辞之助也。乃因一己所见,而谓天下之人皆当范我之心手焉,后人或我从矣;起古人而问之,乃曰:余之所命,不在是矣。毋乃冤欤!

(清)章学诚《文理》,《文史通义·内篇三》,中华书局本

东坡云:"我书意造本无法。"盖无法者法之至。佛言无法可说是名佛法,即此意也。

(清)刘熙载《游艺约言》,《古桐书屋续刻三种》,清光绪刊本

文无一定局势,因题为局势;无一定柱法,因题为柱法;无一定句调,因题为句调。不然,则所谓局势、柱法、句调者粗且外矣。

(清)刘熙载《艺概·经义概》,上海古籍出版社本

天地之道,一辟一翕;诗文之道,一开一合。章法次序已定开合,段

落犹须匀称,少则节促,多则脉缓,促与缓皆伤气,不能尽淋漓激楚之致。观古歌行妙处,一句赶一句,如高山转石,欲住不能,以抵归宿之处乃佳。其法亦无一定,惟斟酌得中为主。其开处有事物与本意相通者,不妨层层开去,只要收处断得住,一二句掉合本题,自然错综离奇,耸人心目。

(清)庞垲《诗义固说》上,《清诗话续编》本

人见佳山水,辄曰如画。见善丹青,辄曰逼真。则知形影无定法,真假无滞趣,惟在妙悟人得之。不尔,虽工未为上乘也。故论画者有神品妙品之别,有大家名家之殊。丝毫弗爽也。

(清)王鉴《染香庵跋画》,《历代论画名著汇编》本

诗至宋、齐,渐以句求;唐贤乃明下字之法。汉人高古天成,意旨方且难窥,何况字句?故一切圈点,概不敢用,亦不必用。

(清)费锡璜《汉诗总说》,《清诗话》本

论晚唐诗,必首温、李,盖以气骨尚存也。

义山诗。不独风格时为拔萃,而尤深锤炼之工。《韩碑》之作,直窥杜陵之藩翰,为长吉之滥觞。同段、温之流派者,时势然也。范元实云:"义山诗,人但知其巧丽,盖俗学只得其皮肤耳。予尝爱梦得《先主庙》诗,山谷使予读义山宣帝诗,然后知梦得之浅近。"

义山绝句,颇有一唱三叹之作,然长于讥刺,不善于风喻。诗人有法在音韵格律之外,学者尤当知之。此法古人各有所得,而成一家则者,须将名篇巨著,熟玩自知。譬若易牙之庖,不失五味,欧冶之锻,不失五金,彼之杯羹起疾,利器通神者,有独得之奇也。

(清)佚名《静居绪言》,《清诗话续编》本

六

韵　律

1. 妙知声律　始可言文

若夫敷衽论心，商榷前藻，工拙之数，如有可言。夫五色相宣，八音协畅，由乎玄黄律吕，各适物宜，欲使宫羽相变，低昂互节，若前有浮声，则后须切响。一简之内，音韵尽殊；两句之中，轻重悉异，妙达此旨，始可言文。至于先士茂制，讽高历赏，子建函京之作，仲宣霸岸之篇，子荆零雨之章，正长朔风之句，并直举胸情，非傍诗史，正以音律调韵，取高前式。自骚人以来，此秘未睹。至于高言妙句，音韵天成，皆暗与理合，匪由思至，张、蔡、曹、王，曾无先觉；潘、陆、谢、颜，去之弥远。世之知音者，有以得之，知此言之非谬。如曰不然，请待来哲。

（南朝·梁）沈约《宋书》卷六十七《谢灵运传论》，中华书局本

又诗人综韵，率多清切，楚辞辞楚，故讹韵实繁。及张华论韵，谓士衡多楚，《文赋》亦称知楚不易，可谓衔灵均之声余，失黄钟之正响也。凡切韵之动，势若转圜，讹音之作，甚于枘方。免乎枘方，则无大过矣。练才洞鉴，剖字钻响，识疏阔略，随音所遇，若长风之过籁，南郭之吹竽耳。古之佩玉，左宫右徵，以节其步。声不失序，音以律文，其可忘哉！

（南朝·梁）刘勰《文心雕龙·声律》，人民文学出版社本

范詹事《自序》："性别宫商，识清浊，特能适轻重，济艰难。"古今

文人多不全了斯处，纵有会此者，不必从根本中来。沈尚书亦云："自灵均以来，此秘未睹"，"或暗与理合，非由思至。张、蔡、曹、王，曾无先觉，潘、陆、颜、谢，去之弥远。"大旨钧使"宫羽相变，低昂舛节，若前有浮声，则后须切响。一简之内，音韵尽殊；两句之中，轻重悉异。"辞既美矣，理又善焉。但观历代众贤，似不都暗此处，而云"此秘未睹"，近于诬乎？

按范云："不从根本中来"，尚书云："非由思至"。斯可谓揣情谬于玄黄，摛句差其音律也。范又云："时有会此者。"尚书云："或暗与理合。"则美咏清讴，有辞章调韵者，虽有差谬，亦有会合。推此以往，可得而言……自魏文属论，深以清浊为言；刘桢奏书，大明体势之致。岨峿妥帖之谈，操末续颠之说，兴玄黄于律吕，比五色之相宣，苟此秘未睹，兹论为何所指邪？故愚谓前英已早认宫徵，但未屈曲指的若今论所申。

（南齐）陆厥《与沈约书》，《南齐书·陆厥传》，中华书局本

刘滔亦云："得者暗与理合，失者莫诚所由，唯知岨峿难安，未悟安之有术。若'南国有佳人'，'夜半不能寐'，岂用意所得哉？"

（唐）[日]弘法大师《文镜秘府论·天卷·四声论》，《文镜秘府论校注》，中国社会科学出版社本

昔永嘉之末，天下分崩，关河之地，文章殄灭。魏昭成、道武之世，明元、太武之时，经营四方，所未遑也。虽复网罗俊民，献纳左右，而文多古质，未营声调耳。及太和任运，志在辞彩，上之化下，风俗俄移。故《后魏文苑序》云："高祖驭天镜，锐情文学。盖以颉顽汉彻。淹跨曹丕，气远韵高，艳藻独构。衣冠仰止，咸慕新风，律调颇殊，曲度遂改。辞罕渊源，言多胸臆，练古雕今，有所未值。至于雅言丽则之奇，绮合绣联之美，眇历年岁，未闻独得。既而陈郡袁翻、河内常景，晚拔畴类，稍革其风。及肃宗御历，文雅大盛。学者如牛毛，成者如麟角。孔子曰：'才难，不其然乎！'"从此之后，才子比肩，声韵抑扬，文情婉丽，洛阳之下，吟讽成群。及徙宅邺中，辞人间出，风流弘雅，泉涌云奔，动合宫商，韵谐金石者，盖以千数，海内莫之比也。郁哉焕乎，于斯为盛。乃瓮牖绳枢之士，绮襦纨袴之童，习俗已久，渐以成性。假使对宾谈论，听讼

断决，运笔吐辞，皆莫之犯。
> （唐）[日] 弘法大师《文镜秘府论·天卷·四声论》，《文镜秘府论校注》，中国社会科学出版社本

颍川钟嵘之作《诗评》，料简次第，议其工拙。乃以谢朓之诗末句多骞，降为中品，侏儒一节，可谓有心哉！又云："但使清浊同流，口吻调和，斯为足矣。至于平上去入，余病未能。"经谓：嵘徒见口吻之为工，不知调和之有术，譬如刻木为鸢，抟风远飏，见其抑扬天路，骞翥烟霞，咸疑羽翮之行然，焉知王尔之巧思也。四声之体调和，此其效乎！除四声已外，别求此道，其犹之荆者而北鲁、燕，虽遇牧马童子，何以解钟生之迷。或复云："余病未能。"观公此病，乃是膏肓之疾，纵使华佗集药，鹊鹖投针，恐魂归岱宗，终难起也。嵘又称："昔齐有王元长者，尝谓余曰：'宫商与二仪俱生，往古诗人，不知用之。唯范晔、谢公颇识之耳。'"今读范侯赞论，谢公赋表，辞气流靡，罕有挂碍，斯盖独悟于一时，为知声之创首也。
> （唐）[日] 弘法大师《文镜秘府论·天卷·四声论》，《文镜秘府论校注》，中国社会科学出版社本

凡文章体例，不解清浊规矩，造次不得制作。制作不依此法，纵令合理，所作千篇，不堪施用。但比来潘郎，纵解文章，复不闲清浊；纵解清浊，又不解文章。若解此法，即是文章之士。为若不用此法，声名难得。故《论语》云："学而时习之"，此谓也。若"思而不学，则危殆也"。又云："思之者，德之深也。"
> （唐）[日] 弘法大师《文镜秘府论·南卷·论文意》，《文镜秘府论校注》，中国社会科学出版社本

遣词必中律，利物常发硎。绮绣相展转，琳琅愈青荧。
> （唐）杜甫《桥陵诗三十韵因呈县内诸官》，《杜诗详注》卷三，中华书局本

晚节渐于诗律细，谁家数去酒杯宽。
> （唐）杜甫《遣闷戏呈路十九曹长》，《杜诗详注》卷十八，中华书局本

觅句新知律,摊书解满床。试吟青玉案,莫羡紫罗囊。暇日从时饮,明年共我长。应须饱经术,已似爱文章。十五男儿志,三千弟子行。曾参与游夏,达者得升堂。

     (唐)杜甫《又示宗武》,《杜诗详注》卷二十一,中华书局本

论曰:昔伶伦造律,盖为文章之本也。是以气因律而生,节假律而明,才得律而清焉。宁预于词场,不可不知音律焉。孔圣删诗,非代议所及。自汉、魏至于晋、宋,高唱者十有余人;然观其乐府,犹有小失。齐、梁、陈、隋,下品实繁,专事拘忌,弥损厥道。夫能文者,非谓四声尽要流美,八病咸须避之,纵不拈缀,未为深缺。即"罗衣何飘飘,长裾随风还,"雅调仍在,况其他句乎?故词有刚柔,调有高下,但令词与调合,首末相称,中间不败,便是知音。

     (唐)殷璠《河岳英灵集序论》,《河岳英灵集》卷首,《四部丛刊》本

魏建安后讫江左,诗律屡变,至沈约、庾信,以音韵相婉附,属对精密。及之问、沈佺期又加靡丽,回忌声病,约句准篇,如锦绣成文,学者宗之,号为"沈、宋"。语曰:"苏、李居前,沈、宋比肩。"谓苏武、李陵也。

     (宋)欧阳修《新唐书》卷二○二《宋之问传》,中华书局本

元微之戏赠韩舍人云:"玉磬声声彻,金铃个个圆。高疏明月下,细腻早春前。"此律诗法也。五言律诗,若无甚难者,然国朝以来,惟东坡最工,山谷晚年乃工。山谷尝云:"要须唐律中作活计,乃可言诗。"虽山谷集中,亦不过《白云亭宴集》十韵耳。

     (宋)张戒《岁寒堂诗话》卷上,《历代诗话续编》本

欧尹追还六籍醇,先生诗律擅雄浑。导河积石源流正,维岳嵩高气象尊。玉磬潀潀非俗好,霜松郁郁有春温。向来不导无讥评,敢保诸人未及门。

     (宋)陆游《读宛陵先生诗》,《剑南诗稿》卷十八,上海古籍出版社本

"树摇幽鸟梦，萤入定僧衣。""劲风吹雪聚，渴鸟啄冰开。""古厅眠易魇，老吏语多虚。""坡暖冬生笋，松凉夏健人。""林花扫更落，径草踏还生。""垂枝松落子，侧顶鹤听棋。""古塔虫蛇善，阴廊鸟雀痴。""病尝山药遍，贫起草堂低。""废巢侵烧色，荒冢入锄声。""地古多生药，溪灵不聚鱼。""陇狐来试客，沙鹘下欺人。""远钟惊漏压，微月被灯欺。""古壁灯熏画，秋琴雨漫弦。""草碍人行缓，花繁鸟度迟。"右数联亦晚唐警句，前此少有表而出者，盖不独"鸡声"、"人迹"、"风暖"、"日高"等作而已。情景兼融，句意两极，琢磨瑕垢，发扬光彩，殆玉人之攻玉，锦工之机锦也。然求其声谐《韶濩》，气泂金石，则无有焉，识者口未诵而心先厌之矣。今之以诗鸣者，不曰"四灵"，则曰晚唐，文章与时高下，晚唐为何时耶！放翁云："文章光焰伏不起，甚者自谓宗晚唐。"

（宋）范晞文《对床夜语》卷二，《历代诗话续编》本

顾璟芳言：词之小令，犹诗之绝句。字句虽少，音节虽短，而风情神韵，正自悠长，作者须有一唱三叹之致。淡而艳，浅而深，正而远，方是胜场。且词体中，长调每一韵到底，而小令每用转韵，故层折多端，姿态百出，索解正自不易。

（宋）沈义父《乐府指迷》，人民文学出版社本

近世作词者不晓音律，乃故为豪放不羁之语，遂借东坡、稼轩诸贤自诿。诸贤之词，固豪放矣，不豪放处，未尝不叶律也。如东坡之《哨遍》、杨花之《水龙吟》，稼轩之《摸鱼儿》之类，则知诸贤非不能也。

（宋）沈义父《乐府指迷》，人民文学出版社本

试听阴山敕勒歌，朔风悲壮动山河。南楼烟月无多景，缓步微吟奈尔何。物理兴衰不可常，每从气韵见文章。谁知万古中天月，只办南楼一夜凉。

（元）刘因《宋理宗南楼风月横向披二首》，《静修先生文集》卷十一，《丛书集成》本

大概作乐府切忌有伤于音律，乃作者之大病也。且如女真《风流体》

等乐章，皆以女真人音声歌之，虽字有舛讹，不伤于音律者，不为害也。大抵先要明腔，后要识谱。审其音而作之，庶不有忝于先辈焉。

     （明）朱权《太和正音谱·古今群英乐府格势》，《中国古典戏曲论著集成》（三），中国戏剧出版社本

  《三百篇》已有声律，若"蒹葭苍苍，白露为霜"，暨《离骚》"洞庭波兮木叶下"之类渐多。六朝以来，黄钟瓦缶，审音者自能辨之。

     （明）谢榛《四溟诗话》卷二，人民文学出版社本

  凡字异而意同者，不可概用之，宜分乎彼此，此先声律而后义意，用之中的，尤见精工。然禽不如鸟，翔不如飞，莎不如草，凉不如寒，此皆声律中之细微。作者审而用之，勿专于义意而忽于声律也。

     （明）谢榛《四溟诗话》卷三，人民文学出版社本

  乐府大篇必仿汉、魏，小言间取六朝，近体旁参唐律。用本题事而不失本曲调，上也；调不失而题小舛，次也；题甚合而调或乖，则失之千里矣。近代诗流，率精于证题，而疏于合调。漫发此论。

     （明）胡应麟《诗薮·内编》卷一，上海古籍出版社本

  李驳何云："七言律若可剪二字，言何必七也？"此论不起于李，前人三令五申久矣。顾诗家肯綮，全不系此。作诗大法，惟在格律精严，词调稳惬。使句意高远，纵字字可剪，何害其工？骨体卑陋，虽一字莫移，何补其拙？如老杜"风急天高"，乃唐七言律第一首。今以此例之，即八句无不可剪作五言者。又如"江间波浪兼天涌，塞上风云接地阴"、"五更鼓角声悲壮，三峡星河影动摇"等句。上二字皆可剪。亦皆杜句最高者，曷尝坐此减价？又如王维"漠漠水田飞白鹭，阴阴夏木啭黄鹂"，李嘉祐剪为"水田飞白鹭，夏木啭黄鹂"；"九天阊阖开宫殿，万国衣冠拜冕旒"，老杜剪为"阊阖开黄道，衣冠拜紫宸"，何害王句之工？即如宋人"为看竹因来野寺，独行春偶过溪桥"，上下粘带，不可动摇，而丑拙愈甚。自诗家有此论，举世无不谓然，甚矣独见之寡也。

     （明）胡应麟《诗薮·内编》卷五，上海古籍出版社本

昭代填词者，无虑数十百家，矜格律则推词隐，擅才情则推临川。临川胸罗二酉，笔组七襄，《玉茗四种》，脍炙词坛，特如龙脯不易入口，宜珍览未宜登歌，以声律未谐也。词隐独追正始，字叶宫商，斤斤罔失尺寸，《九宫谱》爰定章程，良一代宗工哉，特奉行者过当，或不免逢迎白家老妪。求乎雅俗惬心，既惊四筵。亦赏独座，庶几极则，嗟呼盖难言之。

（明）沈宠绥《弦索辨讹序》，《中国古典戏曲论著集成》（五），中国戏剧出版社本

六朝尚有本非诗人偶然出语绝佳者。如刘俣云："城上草，植根非不高，所恨风霜早。"十三字说身境心事如见，以六朝诗法宽故也。唐诗韵狭，有平仄，黏须对偶，故非老乎不佳。

（清）吴乔《围炉诗话》卷之二，《清诗话续编》本

唐人多以句法就声律，不以声律就句法，故语意多曲，耐人寻味。后人不知此法，顺笔写去，一见了然，无意味矣。如老杜"清旭楚宫南，霜空万里含"，顺之当云"万里楚宫南，霜空清旭含"也。"北归冲雨雪，谁悯敞貂裘"，顺之当云"谁悯貂裘敞，北冲雨雪归"也。"野禽啼杜宇，山蝶梦庄周"，顺之当云"庄周山蝶梦，杜宇野禽啼"也。玩此可以类推。

（清）冒春荣《葚原诗说》卷之一，《清诗话续编》本

作诗家数不必画一，但求合律，便可造进。譬如作乐，八音迭奏，原各就其所发以成之，圣人闻之，三月忘味，何也？知其所以然，始可与言诗矣。

（清）薛雪《一瓢诗话》，人民文学出版社本

诗以咏我言，本从声韵出，中有条缕分，古疏后渐密，隐侯辨仄平，孙炎著反切，关键一以开，千载莫能易。双声与叠韵，六朝始梳栉，碻磝音响连，腥臊字母壹。北有魏伯起，南有谢希逸（原注：碻磝叠韵见《南史·谢庄传》，腥臊双声见《北史·魏收传》），此法皆讲求，秘矜专门术。杜陵益精严，对属百不失，侵簪月影寒，逼履江光彻（原注：杜

诗侵簪叠韵，逼履双声，见《云溪友议》）。老去诗律细，此亦细之一。倘其可不拘，何以名为律？无如读杜者，过眼付一瞥，但夸奔绝尘，不屑驾循辙。海昌有周子，遥契得真诀，手著《括略》编，韵学乃渐泄。从来文字缘，每随气运辟，古人抉其大，后人剔其窄，非必后所增，都自凿空获。即如近体诗，古人所未识，抑扬抗坠间，妙有自然节，古人纵复生，不能变此格。是知本天籁，岂钻牛角僻。兹谱虽小道，源出唇齿舌，讵画混沌眉，乃导崑峇脉。反语田颠童，测字杭兀术，矮揉尚称奇，矧此谐揉绎，允作杜功臣，艺苑更绳尺，音签韵府外，另竖一帜赤。

（清）赵翼《题周松霭杜诗双声叠韵谱括略》，《瓯北集》卷三十九，清嘉庆寿考堂本

诗必言律。律也者，非语句承接，义意贯串之谓也。凡体裁之轻重，章法之短长，波澜之广狭，句法之曲直，音节之高下，词藻之浓淡，于此一篇略不相称，便是不谐于律。故有时宁割文雅，收取俚直，欲其相称也。杜子美云："老去渐于诗律细。"呜乎！难言之矣。

（清）方南堂《辍锻录》，《清诗话续编》本

作诗以意为主，而句不精炼，妙意不达也；炼句以达为主，而音不合节，虽达非诗也。然则音韵之于诗亦重矣哉！今人不知，误以为高响为音韵，其失之更远。

（清）方南堂《辍锻录》，《清诗话续编》本

自书契肇兴，而声音寓焉，同类相召，本于天籁，而人声应之，轩辕栗陆以纪号，皋陶庞降以命名；股肱丛脞，虞廷之赓歌也；崑峇沧浪，禹贡之敷土也，童蒙盘桓，文王之演《易》也。瞻天象则有蜥蛛辟历，辨土性则有瓯娄污邪，宣尼删《诗》，存三百五篇，而斯理弥显。伊威蟏蛸，町疃熠耀，则数句相联；崔嵬虺隤，高冈元黄，则隔章遥对。倘有好古知音者，类而列之牙舌唇齿喉，犁然各当于心矣，天下之口相似，古今之口亦相似也。岂古昔圣贤，犹昧于兹，直待焚夹西来，方启千古之长夜哉！

（清）阮元《杜诗双声叠韵谱序》，《潜研堂文集》卷二十五，《丛书集成》本

问：沈休文《晋书·谢灵运传论》云："子建'函京'之作，仲宣'灞岸'之篇，子荆'零雨'之章，正长'朔风'之句，并直举胸臆，非傍诗史，正以音律调韵，取高前式。"休文盖假四诗以为四声之准也。古诗之转为律，休文一人之力，何以能之？抑别有说欤？

休文何能为力！夫古诗之不能不为唐律，此声音之自然，即作者亦不知其然而然，故魏、晋之音调异于两汉，宋、齐之音调异于魏、晋，自梁以降至陈、隋，则名虽古诗，已全律体，非一朝一夕之故也。

（清）陈仪《竹林答问》，《清诗话续编》本

文要不散神，不破气，如乐律然，既已认定一宫为主，则不得复以他宫杂之。

（清）刘熙载《艺概·经义概》，上海古籍出版社本

词贵协律与审韵。律欲细，依其平仄，守其上去，毋强改也。韵欲纯，限以古，通谐以今吻，毋混叶也。律不协，则声音乖。韵不审，则宫商乱。虽有佳词，奚取哉？

（清）沈祥龙《论词随笔》，《词话丛编》本

家西林先生（颖芳）言词之兴也，先有文字，从而婉转其声，以腔就词者也。洎及乎传播通久，音律确然，继起诸词人，不得不以辞就腔。于是必遵前词字脚之多寡，字面之平仄，号曰填词。或变易前词仄字而平，或变易前词平字而仄，要于音律无碍，或前词字少而今多之，则融洽多字于腔中，或前词字多而今少之，则引伸其少字于腔外，亦仍与音律无碍。盖当时作者述者皆善歌，故制辞度腔而字之多寡平仄参焉。今则歌法已失，其传音律之故不明，变易融洽引伸之技，何由而施。操觚家按腔运词，兢兢尺寸，不易之道也。此论极韪，所谓融洽引伸之旨，实发宜兴万氏（树）所未发。

（清）吴衡照《莲子居词话》卷一，《词话丛编》本

2. 眼主格　耳主声

荆公诗及四六，法度甚严。汤进之丞相尝云："经对经，史对史，释

氏事对释氏事，道家事对道家事。"此说甚然。

（宋）曾季狸《艇斋诗话》，《历代诗话续编》本

金针格云，诗以声律为窍，物象为骨，意格为髓。又云，炼句不如炼字，炼字不如炼意，炼意不如炼格。又云，诗第一联谓之破题，欲如狂风卷浪，势欲滔天。第二联谓之颔联，第三联谓之颈联，须字字对。第四联谓之落句，欲如高山放石，一去不回。

（宋）王构《修辞鉴衡》卷一，《丛书集成》本

七言律诗有上三下四格，谓之折腰句。白乐天守吴门日，答客问杭州诗云："大屋檐多装雁齿，小航船亦画龙头。"欧阳公诗云："静爱竹时来野寺，独寻春偶到溪桥。"卢赞元《雨》诗："相行客过溪桥滑，免老农忧麦陇干。"刘后村《卫生》诗云："采下菊宜为枕睡，碾来芎可入茶尝。"《胡琴》诗云："出山云各行其志，近水梅先得我心。"皆此格也。

（元）韦居安《梅磵诗话》卷上，《历代诗话续编》本

君子论诗，先情性而后体格。老杜以五言为律体，七言为古风，而论者谓有《三百篇》之余旨，盖以情性而得之也。刘禹锡赋《三阁》，石介作《宋颂》，后之君子又以《黍离》配《三阁》，《清庙猗那》配《宋颂》，亦以其所合者情性耳。然则求诗于删后者，既得其情性，而离去齐梁晚梁（唐）季宋之格者，君子谓之得诗人之古可也。

（元）吴复《辑录铁崖先生古乐府序》，《铁崖古乐府》，《四部丛刊》本

诗必有具眼，亦必有具耳。眼主格，耳主声。闻琴断，知为第几弦，此具耳也。月下隔窗辨五色线，此具眼也。费侍郎廷言尝问作诗，予曰："试取所未见诗，即能识其时代格调，十不失一，乃为有得。"费殊不信。一日，与乔编修维翰观新颁中秘书，予适至，费即掩卷，问曰："请问此何代诗也？"予取读一篇，辄曰："唐诗也。"又问何人，予曰："须看两首。"看毕曰；"非白乐天乎？"于是二人大笑，启卷视之，盖《长庆集》，印本不传久矣。

（明）李东阳《麓堂诗话》，《历代诗话续编》本

唐律多于联上著工夫，如雍陶《白鹭》、郑谷《鹧鸪》诗二联，皆学究之高者。至于起结，即不成语矣，如杜子美《白鹰》起句，钱起《湘灵鼓瑟》结句，若奏金石以破蟋蟀之鸣，岂易得哉？

（明）李东阳《麓堂诗话》，《历代诗话续编》本

人但知律诗起结之难，而不知转语之难，第五第七句尤宜著力。如许浑诗，前联是景，后联又说，殊乏意致耳！

（明）李东阳《麓堂诗话》，《历代诗话续编》本

《扪虱新话》曰："诗有格有韵。渊明'悠然见南山'之句，格高也；康乐'池塘生春草'之句，韵胜也。"格高似梅花，韵胜似海棠。欲韵胜者易，欲格高者难。兼此二者，惟李杜得之矣。

（明）谢榛《四溟诗话》卷二，人民文学出版社本

绝句体裁不一，或截半律，或截两联，或云关扭在第三句，信俱有之。但绝句亦有古今体，自汉已有，如"藁砧今何在"四首是也。六代甚夥，不可殚述。至唐绝则平仄铿然，上下黏合，一如律体。李、杜多失黏处，实仿古绝，非唐调也。

（清）叶矫龙《龙性堂诗话续集》，《清诗词续编》本

香山《长庆集》以讽谕、闲适、感伤三类分卷，而古调、乐府、歌行各体，即编于三类之内；后集不复分此三类，但以格诗、律诗分卷。古来诗未有以"格"称者，大历以后始有。"齐、梁格"、"元和格"，则以诗之宗派而言；"辘轳格"、"进退格"，则律诗中又增限制，无所谓"格诗"也。兹乃分格、律二种，其自序谓"迩来复有格律诗"。《洛中集记》亦曰："分司东都以来，赋格律诗凡八百首。"《序元少尹集》亦曰："著格诗若干首，律诗若干首。"是"格"与"律"对言，实香山创名。此外亦无有人称格诗者。既以"格"与"律"相对，则古体诗、乐府、歌行俱属格诗矣。而俗本于后集十一卷之首格诗下，复系"歌行、杂体"字样，是直以格诗又为古诗中之一体矣。汪立名辨之甚晰。

（清）赵翼《瓯北诗话》卷四，《清诗话续编》本

3. 音节为神气之迹

律诗全在音节，格调风神尽具音节中。李、何相驳书，大半论此。所谓俊亮沉著，金石鞞铎等喻，皆是物也。

（明）胡应麟《诗薮·内编》卷五，上海古籍出版社本

七歌创作，原不仿《离骚》，而哀实过之；读《骚》未必堕泪，而读此不能终篇，则节短而声促也。

（明）王嗣奭《杜臆》卷三《乾元中寓居同谷县作歌七首》评语，上海古籍出版社本

维崧顿首：尚木先生足下，前承翰教，云声律一道，海内知者不过数人，嗣当作论诗一书，冀相往复以图不朽。归期卒卒，此事未果。道里淹阻，会讯未由。敢以刍荛之论为足下悉之，幸赐教焉。维崧自就傅时，屈首家学，浮沉制艺，间一锋颖旁溢，作为古文策论以自愉快，实不知天下有诗也。年十四随家君后侨寓大桁，得以典谒见诸先生长者，而一时才喆如云，间皖桐诸君，车骑骈罗，声采辐凑，窥其往来赠答，实皆有诗，于时私心好之，间学为诗，忽忽不能工也。又以素乏指示，未遂咀嚼，幼好玉台西昆长吉诸体，少年才思猖冶，上灵惑溺，既已染指，遂成面墙。深沉思之，不觉自失。壬午，舒章来阳羡，酒间极论考究金石，出入宫徵。时虽爱居，骤闻钟鼓，未尝不私相叹赏，至于酒罢。嗣后流浪戎马，纠缠疾病，幽忧瞀乱，无所不至。又常涉历于人情世故之间，因之浸淫于性命述作之事，益知诗者先民所以致其忠厚，感君父而飨鬼泣也。独是心慕手追，在云间陈李贤门、昆季姜东、梅村先生数公已耳。近益与莱阳姜垓、钱塘陆圻、吴县叶襄、同郡龚云起、任元祥研阐体格，简练音律，深叹诗家渊源，良有定论。五言必首河梁建安；七言必首垂拱四子，以及高岑李杜；五律贵宗王孟；七律善学维颀；排律沈宋最擅其长；绝句王李独臻其胜。要期深造，务协天然而又益之以风力，极之以含蕴。礼不云乎温柔敦厚而不愚，则诗之为教尽矣。虽然诸体搜扬，庶儿无负，七言堂奥，可更深言。夫诗一贵于境地，二贵于音节。音节圆亮，七律便属长城。境地缥缈，七古乃为合作。昔者仲嘿明月，一叙深慨长歌，一道杜陵不如四子。

仆初守此议，窃效季路终身。既而思之，终有未尽。必也静如玉洁，动若玑驰，徘徊要眇，便娟依迟。譬之大海安澜，澄莹皎彻，明镜如拭，千里一色，继则鱼龙夭矫，珊瑚络驿，鲛人怪物，波委云属。于其际卒之，江妃一笑，万象杳冥，老子犹龙，成连移我矣。若夫七律起伏安顿，承接照应，八句之中，情事互宣，七字之中，波澜莫贰。忽然而始，不知所自；卒然而止，不知所往。抑扬浓淡，反复悠长。要而论之，七律之佳者必其可歌者也。其不可歌者，必其意节有不安也。游鱼出听，牧马仰秣，又何为哉？是以仆于七律，一忌拗韵，恐伤气也；一忌和韵，恐伤格也；一忌七言排律，恐伤篇法也。凡此数者格守高曾奉为禘祫，足下闻之颇以为然否？至于拟古乐府，当日贵池吴次尾师谓予以不宜多作。近则梁园侯朝宗亦以沿习为讥。然仆以为才情之士，不妨模范，用见倩聘耳。顷览松陵吴北骞汉槎后杂体三十首，仆以为可上睨文通，下拂君采，足下曾见之否？河清可俟，赏音实难。仆与足下不能不相视而叹也。

（清）陈维崧《与宋尚木论诗书》，《陈迦陵文集》卷四，《四部丛刊》本

问："古诗以音节为顿挫，此语屡闻命矣，终未得其解。"

答："此须神会，难以粗迹求之。如一连二句皆用韵，则文势排宕，即此可以类推。熟子美、子瞻二家，自了然矣。专为七言而发。"

（清）王士禛《师友诗传续录》，《清诗话》本

音节高则神气必高，音节下则神气必下，故音节为神气之迹。一句之中，或多一字，或少一字；一字之中，或用平声，或用仄声；同一平字仄字，或用阴平、阳平、上声、去声、入声，则音节迥异，故字句为音节之矩。积字成句，积句成章，积章成篇，合而读之，音节见矣；歌而咏之，神气出矣。

（清）刘大櫆《论文偶记》，人民文学出版社本

用一乐器：瑟曰鼓，琴曰操。同二著述；文曰作，诗曰吟。可知音节之不可不讲。然音节一事，难以言传。少陵"群山万壑赴荆门"，使改"群"字为"千"字，便不入调。王昌龄"不斩楼兰更不还"，使改"更"字为"终"字，又不入调。字义一也；而差之毫厘，失以千里；其

他可以类推。

（清）袁枚《随园诗话补遗》卷一，人民文学出版社本

律诗当知平仄，古诗宜知音节。顾平仄显而易知，音节隐而难察，能熟于古诗，当自得之。执古诗而定入之音节，则音节变化，殊非一成之诗所能限也。赵伸符氏取古人诗为《声调谱》，通人讥之。余不能为赵氏解矣。然为不知音节之人言，术尝不可生其启悟，特不当举为天下之式法尔。

（清）章学诚《文理》，《文史通义·内篇三》，中华书局本

音节难言也，近体在字句轻重清浊，古体在气调舒疾低昂。

音节不但四声，必兼喉舌腭齿唇，方为尽善。

《困学纪闻》曰："李虚己初与曾致尧倡酬，致尧谓曰：'子之诗虽工而音韵犹哑。'虚己初未悟。既而得沈休文所谓'前有浮声，后须切响'，遂精于格律。"愚谓古人诗固音节铿锵，有时调哑，又未尝不妙，天趣足也。

（清）乔亿《剑溪说诗》卷下，《清诗话续编》本

欲成面目，全在字句音节，尤在性情。使人千载下如相接对。

（清）方东树《昭昧詹言》卷一，人民文学出版社本

问：古乐府音节有可寻否？

乐府音节，虽每篇各异，大抵前路多纡徐，后路多曲折。其节拍前舒后急，离合往复，有"朱弦疏越，一唱三叹"之神，可以意会，不可以言传。梁、陈、初唐以五律为乐府，盛唐以七绝为乐府，殊有古乐今乐之慨矣！

（清）陈仅《竹林答问》，《清诗话续编》本

言辞者必兼及音节，音节不外谐与拗。浅者但知谐之是取，不知当拗而拗，拗亦谐也；不当谐而谐，谐亦拗也。

（清）刘熙载《艺概·文概》，上海古籍出版社本

阮亭先生所讲声调音节，最为入细，作七古不可不知。所谓"以音节为抑扬，以笔力为操纵"二语，真七古妙谛也。凡字以轻清为阳，以重浊为阴。用阳字为扬，用阴字为抑。平声为扬，仄声为抑。而阳中之阴，阴中之阳，与夫字虽阳而音哑，字虽阴而声圆者，个中又各有区别，用时必须逐字推敲，难以言尽。作平韵一韵到底七古，不惟上句落脚之字，宜上去入三声间杂用之，不可犯复，即下句四仄三平，亦须酌其音而用之。总须铿锵金石，一片宫商，无哑字、哑韵、雌声、重声梗滞其间，自然协调。至押仄韵七古，上句落脚平字，须调于上下平轻重之间；落脚仄字，须避下句押韵本声。如押入韵，则用上去二声，不可再用入声字，以犯下句韵脚之声；押去、上韵亦然。搀杂互用，音节乃妙。至转韵七古，或六句一转，或四句一转，八句一转，不可多寡过于悬殊，致畸轻畸重，总须匀称。所押之韵，亦要平仄相间。至中间忽夹一段句句押韵者，须一滚而出，如涛翻云涌，又须急其节拍，为繁音变调，若风驰雨骤之交至，即古骚赋中乱词之遗也。斟酌平仄阴阳响哑，而选择用之，参差错杂，相间成音，此即五声迭奏之意，人籁上合天籁矣。

（清）朱庭珍《筱园诗话》卷四，《清诗话续编》本

4. 诗而不可乐　非真诗

暨音声之迭代，若五色之相宣。

（晋）陆机《文赋》，《陆机集》卷一，中华书局本

夫音律所始，本于人声者也。声含宫商，肇自血气，先王因之，以制乐歌。故知器写人声，声非学器者也。故言语者，文章神明枢机；吐纳律吕，唇吻而已。古之教歌，先揆以法，使疾呼中宫，徐呼中徵。夫商徵响高，宫羽声下，抗喉矫舌之差，攒唇激齿之异，廉肉相准，皎然可分……凡声有飞沉，响有双迭。双声隔字而每舛，迭韵杂句而必睽；为则响发而断，飞则声飚不还，并辘轳交往，逆鳞相比；迂其际会，则往蹇来连，其为疾病，亦文家之吃也。失吃文为患，生于好诡，逐新趣异，故喉唇纠纷；将欲解结，务在刚断。左碍而寻右，末滞而讨前，则声转于吻，玲玲如振玉；辞靡于耳，累累如贯珠矣。是以声画妍蚩，寄在吟咏，吟咏滋味，流于字句。气力穷于和韵。异音相从谓之和，同声相应谓之韵。韵气

一定，故余声易遣；和体抑扬，故遗响难契。属笔易巧，选和至难，缀衣难精，而作韵甚易，虽纤意曲变，非可缕言，然振其大纲，不出兹论。

（南朝·梁）刘勰《文心雕龙·声律》，人民文学出版社本

吴丝蜀桐张高秋，空山凝云颓不流。江娥啼竹素女愁，李凭中国弹箜篌。昆山玉碎凤凰叫，芙蓉泣露香兰笑。十二门前融冷光，二十三丝动紫皇。女娲炼石补天处，石破天惊逗秋雨。梦入神山教神妪，老鱼跳波瘦蛟舞。吴质不眠倚桂树，露脚斜飞湿寒兔。

（唐）李贺《李凭箜篌引》，《李贺诗歌集注》卷一，上海人民出版社本

别浦云归桂花渚，蜀国弦中双凤语。芙蓉叶落秋鸾离，越王夜起游天姥。暗佩清臣敲水玉，渡海蛾眉牵白鹿。谁看挟剑赴长桥，谁看浸发题春竹？竺僧前立当吾门，梵宫真相眉棱尊。古琴大轸长八尺，峄阳老树非桐孙。凉馆闻弦惊病客，药囊暂别龙须席。请歌直请卿相歌，奉礼声卑复何益？

（唐）李贺《听颖师弹琴歌》，《李贺诗歌集注》外集，上海人民出版社本

又曰：声病之辞，非文也。夫声成文谓之音。五音克谐，然后中律度。故《舜典》曰："诗言志，歌永言，声依永，律和声。"声之不和，病也；去其病则和。和则动天地，感鬼神，反不得谓之文乎？犹绘事徂绣中有精粗耳。

（唐）陆龟蒙《复友生论文书》，《甫里先生文集》卷十八，《四部丛刊》本

夫诗格律，须如金石之声。《谏猎书》甚简小直置，似不用事，而句句皆有事，甚善甚善；《海赋》太能；《鵩鸟赋》等，皆直把无头尾；《天台山赋》能律声，有金石声。孙公云："掷地金声。"此之谓也。《芜城赋》，大才子有不足处，一歇哀伤便已，无有自宽知道之意。

（唐）[日]弘法大师《文镜秘府论·南卷·论文意》，《文镜秘府论校注》，中国社会科学出版社本

夫执鉴写形，持衡品物，非伯乐不能分驽骥之状，非延陵不能别

《雅》、《郑》之音。若空混吹竽之人，即异闻《韶》之叹。近代唯沈隐侯斟酌《二南》，剖陈三变，摅云、渊之抑郁，振潘、陆之风徽。俾律吕和谐，宫商辑洽，不独子建总建安之霸，客儿擅江左之雄。

    （五代）刘昫《旧唐书》卷一百九十上《文苑传序》，中华书局本

  清浊二声，为乐之本。而今自以为知乐者，犹未能达此，安得言其细微之旨？

    （宋）欧阳修《论乐说》，《欧阳文忠公集·试笔》，《欧阳修全集》下册，世界书局本

  人之心也发而为声，声之出也形而为言。声成文而音宣，言成文而诗作。圣人稽四始之正，笔而为经，考五声之和，鼓以为乐，是故言依声而成象，诗依乐以宣心，感于人神，穆乎风俗，昭昭六义，赋实在焉。及乎大醇既醨，旁流斯激，风雅条散，故态屡迁，律吕脉分，新声间作。

    （宋）范仲淹《赋林衡鉴序》，《范文正公集》卷四，《四部丛刊》本

  盖诗文分平侧，而歌词分五音，又分五声，又分六律，又分清浊轻重。且如近世所谓《声声慢》、《雨中花》、《喜迁莺》，既押平声韵，又押入声韵。《玉楼春》本押平声韵，又押上去声，又押入声。本押仄声韵，如押上声则协，如押入声，则不可歌矣。

    （宋）李清照《词论》，《李清照集校注》卷三，人民文学出版社本

  乐天《听歌诗》云："长爱《夫怜》第二句，诸君重唱夕阳关。"注谓王右丞辞"秦川一半夕阳关"，此句尤佳，今《摩诘集》载此诗，所谓"汉主离宫接露台"者是也。然题乃是《和太常韦主簿温阳寓目》，不知何以指为《想夫怜》之辞。大抵唐人歌曲，本不随声为长短句，多是五言或七言诗，歌者取其辞与和声相叠成音耳。予家有古《凉州》、《伊州》辞，与今遍数悉同，而皆绝句诗也。岂非当时人之辞，为一时所称者，皆为歌人窃取而播之曲调乎？

    （宋）蔡启《蔡宽夫诗话》，《宋诗话辑佚》本

古之乐章、乐府、乐歌、乐曲，皆出于雅正。粤自隋唐以来，声诗间为长短句，至唐人则有《尊前》、《花间》集。迄于崇宁，立大晟府，命周美成诸人讨论古音，审定古调。沦落之后，少得存者。由此八十四调之声稍传，而美成诸人又复曾演慢曲、引、近，或移宫换羽为三犯、四犯之曲，按月律为之，其曲遂繁。美成负一代词名，所作之词，浑厚和雅，善于融化诗句，而于音谱且间有未谐，可见其难矣。作词者多效其体制，失之软媚而无所取。此惟美成为然，不能学也。

（宋）张炎《词源·原序》，人民文学出版社本

前辈好词甚多，往往不协律腔，所以无人唱。如秦楼楚馆所歌之词，多是教坊乐工及市井做赚人所作，只缘音律不差，故多唱之。求其下语用字，全不可读。

（宋）沈义父《乐府指迷·可歌之词》，《乐府指迷笺释》，人民文学出版社本

《诗》三百篇，孔子皆被之弦歌。古人赋诗见志，盖不独诵其章句，必有声韵之文，但今不传尔。琴中有《鹊巢操》、《驺虞操》、《伐檀》、《白驹》等操，皆今诗文，则知当时作诗，皆以歌也。又琴，古人有谓之雅琴、颂琴者，盖古之为琴，皆以歌乎诗，古之《雅》、《颂》，即今之琴操尔。《雅》、《颂》之声，固有不同，郑康成乃曰："《豳风》兼《雅》、《颂》。"夫歌风安得当《雅》、《颂》兼乎？舜《南风歌》，楚《白雪辞》，本合歌舞，汉高《大风歌》，项羽《垓下歌》，亦入琴曲。今琴家遂有《大风起》、《力拔山》之操，盖以始语名之尔。然则古人作歌固可弹之于琴，今世不复如此。予读《文中子》，见其与杨素、苏琼、李德林语，归而援琴鼓荡之什，乃至其声，至隋末犹存。

（宋）陈善《扪虱新话》卷一，《丛书集成》本

语之成文者有韵，犹乐之成音者有均，一也。均法废，世以胡部新声为古乐；韵学流，人又以唐人近体为古诗矣。可不痛哉！余尝有意绪正其事，以为乐出于中声，与人之歌诗，最为不远。《三百篇》国风、雅、颂，可以被弦歌，荐宗庙者，本不求如后世音切之备，然当时人之诵念精

熟，士大夫寻常叙述，邂逅寄托，必取断其一二，以流畅其意者，诸成文而有韵之故也。汉魏后，诗犹入乐府。遇其理到处流传，至今儿童、妇女辈能讽之兴起。若如今人，直谓之无诗无乐可也。

  （元）戴表元《程宋旦古诗编序》，《剡源集》卷第七，《丛书集成》本

  士大夫以今乐成鸣者，奇巧莫如关汉卿、庾吉甫、杨淡斋、卢苏斋，豪爽则有如冯海粟、滕王霄，酝藉则有如贯酸斋、马昂父。其体裁各异而宫商相宜，皆可被于弦竹者也。继起者不可枚举，往往泥文采者失音节，谐音节者亏文采，兼之者实难也。夫词曲本古诗之流，既以乐府名编，则宜有风雅余韵在焉。苟专逐时变，竞俗钱，不自知其流于街谈市谚之陋，而不见夫锦脏绣腑之为懿也，则亦何取于今之乐府可被于弦竹者哉！

  （元）杨维桢《周月湖今乐府序》，《东维子文集》卷十一，《四部丛刊》本

  大凡声音，各应于律吕，分于六宫十一调，共计十七宫调：
  仙吕调唱，清新绵邈。南吕宫唱，感叹伤悲。中吕宫唱，高下闪赚。黄钟宫唱，富贵缠绵。正宫唱，惆怅雄壮。道宫唱，飘逸清幽。大石唱，风流酝藉。小石唱，旖旎妩媚。高平唱，倏物滉漾，般涉唱，拾掇坑堑。歇指唱，急并虚歇。商角唱，悲伤宛转。双调唱，健捷激袅。商调唱，凄怆怨慕。角调唱，呜咽悠扬。宫调唱，典雅沉重。越调唱，陶写冷笑。

  （元）燕南芝庵《唱论》，《中国古典戏曲论著集成》（一），中国戏剧出版社本

  陈公父论诗专取声，最得要领。潘祯应昌尝谓予诗宫声也。予讶而问之。潘言其父受于乡先辈曰："诗有五声，全备者少，惟得宫声者为最优。盖可以兼众声也。李太白、杜子美之诗为宫，韩退之之诗为角，以此例之，虽百家可知也。"予初欲求声于诗，不过心口相语，然不敢以示人。闻潘言，始自信以为昔人先得我心，天下之理，出于自然者，固不约而同也。赵㧑谦尝作《声音文字通》十二卷，未有刻本，本入内阁而亡其十一，止存总目一卷，以声统字，字之于诗，亦一本而分者。于此观

之，尤信。门人辈有闻予言，必让予曰"莫太泄漏天机"，否也！

（明）李东阳《麓堂诗话》，《历代诗话续编》本

古诗歌之声调节奏，不传久矣。比尝听人歌《关雎》、《鹿鸣》诸诗，不过以四字平引为长声，无甚高下缓急之节，意古之人不徒尔也。今之诗，惟吴、越有歌。吴歌清而婉，越歌长而激，然士大夫亦不皆能。予所闻者，吴则张亨父，越则王古直仁辅，可称名家，亨父不为人歌，每自歌所为诗，真有手舞足蹈意。仁辅性亦僻，不时得其歌。予值有得意诗，或令歌之，因以验予所作，虽不必能自为歌，往往合律，不待强致，而亦有不容强者也。

（明）李东阳《麓堂诗话》，《历代诗话续编》本

宋范季随云："唐末诗人，虽格致卑浅，然谓其非诗则不可。今人作诗，虽句语轩昂，但可远听，其理则不可究。"

（明）杨慎《升庵诗话》卷七，《历代诗话续编》本

刘禹锡曰："建安里中儿，联歌竹枝，聆其音，中黄钟之羽，其卒章，激讦如吴声。虽伧儜不可分，而含思宛转，有淇澳之艳音也。"唐去汉魏乐府为近，故歌诗尚论律吕。梦得亦审音者，不独工于辞藻而已。

（明）谢榛《四溟诗话》卷二，人民文学出版社本

不佞生非吴越通，智意短陋，加以举业之耗，道学之牵，不得一意横绝流畅于文赋律吕之事。独以单慧涉猎，妄意诵记操作。层积有窥，如暗中索路，闯入堂序，忽然霄光得自转折，始知上自葛天，下至胡元，皆是歌曲。曲者，句字转声而已。葛天短而胡元长，时势使然。总之，偶方奇圆，节数随异。四六之言，二字而节，五言三，七言四，歌诗者自然而然。乃至唱曲，三言四言，一字一节，故为缓音。以舒上下长句，使然而自然也。独想休文声病浮动，发乎旷聪，伯琦四声无入，通乎朔响。安诗填词，率履无越。不佞少而习之，衰而未融，乃辱足下流赏，重以大制五种，缓隐浓淡，大合家门。至于才情，烂熳陆离，叹时道古，可笑可悲，定时名乎。不佞《牡丹亭》记，大受吕玉绳改窜，云便吴歌。不佞哑然笑曰：昔有人嫌摩诘之冬景芭蕉，割蕉加梅，冬则冬矣，然非王摩诘冬景

也。其中驰荡淫夷，转在笔墨之外耳。若夫北地之于文，犹新都之于曲。余子何道哉。

（明）汤显祖《答凌初成》，《汤显祖诗文集》卷四十七，上海人民出版社本

夫曲之不美听者，以不识声调故也。盖曲之调，犹诗之调。诗惟初、盛之唐，其音响宏丽圆转，称大雅之声。中、晚以后，降以宋、元，渐萎苶偏波，以施于曲，便索然卑下不振。故凡曲调，欲其清，不欲其浊；欲其圆，不欲其滞；欲其响，不欲其沉；欲其俊，不欲其痴；欲其雅，不欲其粗；欲其和，不欲其杀；欲其流利轻滑而易歌，不欲其乖剌艰涩而难吐。其法须先熟读唐诗，讽其句字，绎其节拍，使长灌注融液于心胸口吻之间，机括既熟，音律自谐，出之词曲，必无沾唇拗嗓之病。昔人谓孟浩然诗，讽咏之久，有金石宫商之声，秦少游诗，人谓可入大石调，惟声调之美，故也。惟诗尚尔，而矧于曲，是故诗人之曲，与书生之曲、俗子之曲，可望而知其概也。

（明）王骥德《曲律·论声调》，《中国古典戏曲论著集成》（四），中国戏剧出版社本

言乎声调，声则宫商叶韵，调则高下得宜，而中乎律吕，铿锵乎听闻也。请以今时俗乐之度曲者譬之：度曲者之声调，先研精于平仄阴阳；其吐音也，分唇鼻齿腭、开闭撮抵诸法，而曼以笙箫，严以鼙鼓，节以头腰截板，所争在渺忽之间，其于声调可谓至矣。然必须其人之发于喉、吐于口之音以为之质，然后其声绕梁，其调遏云，乃为美也。使其发于喉者哑然，出于口者飒然，高之则如蝉，抑之则如蚓，吞吐如振车之铎，收纳如鸣窑之牛；而按其律吕，则于平仄阴阳、唇鼻齿腭、开闭撮抵诸法，毫无一爽，曲终而无几微愧色，其声调是也。而声调之所丽焉以为传者，则非也。则徒恃声调以为美，可乎？

（清）叶燮《原诗·外篇上》，人民文学出版社本

唐无词，所歌皆诗也。宋无曲，所歌皆词也。宋诸名家，要皆妙解丝肉，精于抑扬抗坠之间，故能意在笔先，声协字表。今人不解音律，勿论不能创调，即按谱征词，亦格格有心乎不相赴之病，欲与古人较工拙于毫

厘，难矣！

（清）王士禛《花草蒙拾》，《词话丛编》本

论诗之要领，"声色"二字足以尽之。《书》曰："诗言志，歌永言。"古人之诗未有不协声律者，自唐以前，能诗之士未有不知音律者，故言诗而声在其中。《骚》、《雅》、汉、魏、六朝、三唐之声各不同，以乐随世变，故声亦随世变也。自宋人逐腔填词，以长短句为乐府，而诗遂仅为纸上之言。其体虽效古人，不过揣摩其音响而已，岂能知历代之诗之声之所从出哉？近世更思标新立异，就字句间弄巧，或并其音响而失之，诗道之所以益丧也。汉以前诗，皆不假雕绘，直道胸臆，此所谓太白不饰也，然而真色在焉。魏、晋而下，始事藻饰，务尚字句，采获典实，于是诗始有色矣。色之为物，久则必渝。汉人诗所以久而益新者，是真色，非设色故也。六朝之色，在当时非不可观，至唐则已陈，故唐人另调丹黄，染成新彩，于是其色一变。宋之色黯然无光，其染彩之水不洁故也。

（清）冒春荣《葚原诗说》卷之四，《清诗话续编》本

金先于石，余响较多。竹不如肉，为其音和。诗本乐章，按节当歌。将断必续，如往复过。箫来天霜，琴生海波。三日绕梁，我思韩娥。

（清）袁枚《续诗品·结响》，《续诗品注》，人民文学出版社本

五音凌乱不成诗，万籁无声下笔迟。听到宫商谐畅处，此中消息几人知。

（清）张问陶《论诗十二绝句》，《船山诗草》卷十一，清嘉庆乙亥刊本

综而论之，凡文者，在声为宫商，在色为翰藻。即如孔子《文言》云龙风虎一节，乃千古宫商、翰藻、奇偶之祖；非一朝一夕之故一节，乃千古嗟叹成父之祖，子夏《诗序》情文声音一节，乃千古声韵、性情、排偶之祖。吾固曰：韵者即声音也，声音即文也。然则今人所使单行之文，极其奥折奔放者，乃古之笔，非古之文也。沈约之说，或可横指为八代之衰体，孔子、子夏之文体，岂亦衰乎？是故唐人四六之音韵，虽愚者能效之；上溯齐、梁，中材已有所限；若汉、魏以上，至于孔、卜，此非

上哲不能拟也。

（清）阮元《文韵说》，《揅经室续集》卷三，《丛书集成》本

《闲存诗草》者，桐城吴伯芬先生所作也。其子长卿以示曾亮。因题其后曰：

今世之闻乐者，肃然穆然，其声动人心，非皆能辨其词也。取《清庙》、《生民》之词，而倩屈诵之，未有不听而思卧者。故诗之道，声而已矣。海峰刘先生之言诗，殆主于声者乎。而得其宗者，吴先生也。同学若王悔生、陈策心诗，皆未及见，独幸见先生诗。其音节清亮，情辞相称，追唐人而从之，非学七子者所能及。刘先生复古之功，固不可没哉！方其举鸿博报罢，流离京师，一试学博，而终老于穷乡，同时司文章之命而为人先游者，不乏人也。而士之笃信于寂寞之道者，固如此，此盖有所恃哉！然亦乌知乎后世慨慕而太息之必有其人焉，而甘为之也？呜呼！其可尚也夫！

（清）梅曾亮《闲存诗草跋》，《柏枧山房文集》卷五，清咸丰刊本

唐词多述本意，有调无题……唐人因调以制词，故命名多属本意；后人填词以从调，故赋咏可离原唱也。

（清）冯金伯《体制》，《词苑萃编》卷一，《词话丛编》本

5. 四声论

夫四声者，无响不到，无言不摄，总括三才，苞笼万象。刘滔云："虽复雷霆疾音，虫鸟殊鸣，万籁争吹，八音递奏，出口入耳，触身动物，固无能越也。"唯当形声之外，言语道断，此所不论，竟蔑闻于终古，独见知于季代，亦足悲夫。虽师旷调律，京房改姓，伯喈之出变音，公明之察鸟语，至于此声，竟无先悟。且《诗》、《书》、《礼》、《乐》，圣人遗旨，探赜索隐，亦未之前闻。

（唐）[日]弘法大师《文镜秘府论·天卷·四声论》，《文镜秘府论校注》，中国社会科学出版社本

宋末以来，始有四声之目。沈氏乃著其谱论，云起自周颙……萧子显《齐书》云："沈约、谢朓、王融，以气类相推，文用宫商，平上去入为四声。世呼为永明体。"然则萧赜永明元年，即魏高祖孝文皇帝太和之六年也。

（唐）［日］弘法大师《文镜秘府论·天卷·四声论》，《文镜秘府论校注》，中国社会科学出版社本

又吴人刘勰著《雕龙篇》云："音有飞沉，响有双叠。双声隔字而每舛，叠韵离句其必睽。沉则响发如断，飞则声飏不还。并鹿庐交往，逆鳞相比。迕其际会，则往蹇来替，其为疹病，亦文家之吃也。"又云："声尽妍蚩，寄在吟咏，滋味流于下句，风力穷于和韵。异音相慎谓之和，同声相应谓之韵，韵气一定，则余声易遣，和体抑扬，故遗响难契矣。"此论理到优华，控引弘博，计其幽趣，无以间然。但恨连章结句，多时涩阻，所谓能言之者也，未必能行者也。

（唐）［日］弘法大师《文镜秘府论·天卷·四声论》，《文镜秘府论校注》，中国社会科学出版社本

颍川钟嵘之作《诗评》，料简次第，议其工拙。乃以谢朓之诗末句多蹇，降为中品，侏儒一节，可谓有心哉！又云："但使清浊同流，口吻调和，斯为足矣。至于平上去入，余病未能。"经谓：嵘徒见口吻之为工，不知调和之有术。譬如刻木为鸢，抟风远飏，见其抑扬天路，骞翥烟霞，咸疑羽翮之行然，焉如王尔之巧思矣。四声之体调和，此其效乎！除四声已外，别求此道，其犹之荆者而北鲁、燕，虽遇牧马童子，何以解钟生之迷。或复云："余病未能。"观公此病，乃是膏肓之疾，纵使华佗集药，鹝鹊投针，恐魂岱宗，终难起也。嵘又称："昔齐有王元长者，尝谓余曰：'宫商与二仪俱生，往古诗人，不知用之，唯范晔、谢公颇识之耳。'"今读范侯赞论，谢公赋表，辞气流靡，罕有挂碍，斯盖独悟于一时，为知声之创首也。

（唐）［日］弘法大师《文镜秘府论·天卷·四声论》，《文镜秘府论校注》，中国社会科学出版社本

洛阳王斌撰《五格四声论》，文辞郑重，体例繁多，割拆推研，忽不

能别矣……

　　齐仆射阳休之，当世文匠也，乃以音有楚、夏，韵有讹切，辞人代用，今古不同，遂辨其尤相涉者五十六韵，科以四声，名曰《韵略》。制作之士，咸取则焉，后生晚学，所赖多矣。

（唐）［日］弘法大师《文镜秘府论·天卷·四声论》，《文镜秘府论校注》，中国社会科学出版社本

　　魏定州刺史甄思伯，一代伟人，以为沈氏《四声谱》，不依古典，妄自穿凿，乃取沈君少时文咏犯声处以诘难之。又云："若计四声为纽，则天下众生无不入纽，万声万纽，不可止为四也。"经以为三王异礼，五帝殊乐，质文代变，损益随时，岂得胶柱调瑟、守株伺兔者也。古人有言："知今不知古，谓之盲瞽；知古不知今，谓之陆沉。"孔子曰："温故而知新，可以为师矣。"《易》曰："一开一阖谓之变，往来无穷谓之道。"甄公此论，恐未成变通矣。且夫平上去入者，四声之总名也。征整政只者，四声之实称也。然则名不离实，实不远名，名实相凭，理自然矣。故声者逐物以立名，纽者因声以转注。万声万纽，纵如来言，但四声者，譬之轨辙，谁能行不由轨乎？纵出涉九州，巡游四海，谁能入不由户也。四声总括，义在于此。

（唐）［日］弘法大师《文镜秘府论·天卷·四声论》，《文镜秘府论校注》，中国社会科学出版社本

　　经数闻江表人士说：梁王萧衍不知四声，尝从容谓中领军朱异曰："何者名为四声？"异答云："'天子万福'，即是四声。"衍谓异："'天子寿考'，岂不是四声也？"以萧主之博洽通识，而竟不能辨之。时人咸美朱异之能言，叹萧主之不悟。故知心有通塞，不可以一概论也。今寻公文咏，辞理可观；但每触笼网，不知回避，方验所说非赁虚矣。

（唐）［日］弘法大师《文镜秘府论·天卷·四声论》，《文镜秘府论校注》，中国社会科学出版社本

　　齐太子舍人李节，知音之士，撰《音谱决疑》。其序云："案《周礼》：'凡乐：圜钟为宫，黄钟为角，大蔟为徵。沽洗为羽，商不合律，盖与宫同声也。五行则火土同位，五音则宫商同律，暗与理合，不其然

乎。吕静之撰《韵集》,分取无方。王微之制《鸿宝》,咏歌少验。平上去入,出行闾里,沈约取以和声之,律吕相合。窃谓宫商徵羽角,即四声也。羽,读如括羽之羽,亦之和同,以拉群音,无所不尽。岂其藏理万古,而未改于先悟者乎?"经每见当世文人,论四声者众矣,然其以五音配偶,多不能谐,李氏忽以《周礼》证明,商不合律,与四声相配便合,恰然悬同。愚谓钟、蔡以还,斯人而已。

(唐)[日]弘法大师《文镜秘府论·天卷·四声论》,《文镜秘府论校注》,中国社会科学出版社本

八病爰超,沈隐侯永作拘囚;四声未分,梁武帝长为聋俗。后生莫晓,更恨文律烦苛,知音者稀,常恐词林交丧,雅俗不作,则后死者焉得而闻乎?

(唐)卢照邻《南阳公集序》,《卢照邻集》卷六,中华书局本

乐章有宫商五音之说,不闻四声。近者周颙、刘绘流出,宫商畅于诗体,轻重低昂之节,韵合情高,此未损文格。沈休文酷裁八病,碎用四声,故风雅殆尽。后之才子,天机不高,为沈生弊法所媚;懵然随流,溺而不返。

(唐)释皎然《诗式》,《历代诗话》本

文以五音不夺,五彩得所立名,章因事理俱明、文义不昧树号。因文诠名,唱名得义,名义已显,以觉未悟。三教于是分镳,五乘于是并辙。于焉释经妙而难入,李篇玄而寡和,桑籍近而争唱。游、夏得闻之日,屈、宋作赋之时,两汉辞宗,三国文伯,体韵心传,音律口授。沈侯、刘善之后,王、皎、崔、元之前,盛谈四声,争吐病犯,黄卷溢箧,缃帙满车。贫而乐道者,望绝访写;童而好学者,取决无由。

(唐)[日]弘法大师《文镜秘府论·天卷·序》,《文镜秘府论校注》,中国社会科学出版社本

夫文章之兴,与自然起;宫商之律,共二仪生。是故奎星主其文书,日月焕乎其章,天籁自谐,地籁冥韵。葛天唱歌,虞帝吟咏,曹、王入室摛藻之前,游、夏升堂学文之后,四纽未显,八病无闻。虽然,五音妙其

调,六律精其响,铨轻重于毫忽,韵清浊于锱铢;故能九夏奏而阴阳和,六乐陈而天地顺。和人理,通神明,风移俗易,鸟翔兽舞。自非雅诗雅乐,谁能致此感通乎!颙、约已降,兢、融以往,声谱之论郁起,病犯之名争兴;家制格式,人谈疾累;徒竞文华,空事拘检;灵感沈秘,雕弊实繁。窃疑正声之已失,为当时运之使然。洎八体、十病、六犯、三疾,或文异义同,或名通理隔,卷轴满机,乍阅难辨,遂使披卷者怀疑,搜写者多倦。予今载刀之繁,载笔之简,总有二十八种病,列之如左。其名异意同者,各注目下。后之览者,一披总达。

     (唐)[日] 弘法大师《文镜秘府论·西卷·论病》,《文镜秘府论校注》,中国社会科学出版社本

  然声之不等,义各随焉。平声哀而安,上声厉而举,去声清而远,入声直而促。词人参用,体固不恒。请试论之:笔以四句为科,其内两句末并用平声,则言音流利,得靡丽矣;兼用上、去、入者,则文体动发,成宏壮矣。看徐、魏二作,足以知之。徐陵《定襄侯表》云:"鸿者写状,皆旌烈士之风;麟阁图形,咸纪诚臣之节。莫不轻死重气,效命酬恩;弃草莽者如归,膏平原者相袭。"魏收《赤雀颂序》云:"苍精父天,铨与象立;黄神母地,辅政机修。灵图之迹鳞袭,天启之期翼布;乃有道之公器,为至人之大宝。"徐以靡丽标名,魏以宏壮流称,观于斯文,亦其效也。又名之曰文,皆附之于韵。韵之字类,事甚区分。缉句成章,不可违越。若令义虽可取,韵弗相依,则犹举足而失路,抃掌而乖节矣。故作者先在定声,务谐于韵,文之病累,庶可免矣。

     (唐)[日] 弘法大师《文镜秘府论·西卷·文笔十病得失》,《文镜秘府论校注》,中国社会科学出版社本

  古人作诗,不惟不拘韵,并不拘四声,宜平则仄读为平,宜仄则平读为仄,观"望"、"忘"二字可见。《三百》至晋、宋皆然,故不言声病。休文作四声韵,而声病之说起焉。可知声病虽王元长等所立,而实因乎沈氏之四声矣。梁武帝不许四声,诗中高见。

     (清)吴乔《围炉诗话》卷之一,《清诗话续编》本

  沈约四声八病,最害诗,其自运亦促促不能畅人。

诗一厄于嬴秦偶语者弃市，再厄于赵宋习诗赋者仗一百，至追贬前代诗人陶渊明、李白、杜甫等官，然总不若沈休文四声八病蠹诗入微。近有赵执信又著《声调谱》，言古诗中有律调，更气死人。唐韩昌黎于平韵古诗故作聱牙诘曲之调，苏东坡和之，我用我法耳，赵执信遂以律人耶？

（清）牟愿相《小澥草堂杂论诗》，《清诗话续编》本

世人但知双声之不拘四声，不知叠韵亦不拘平、上、去三声。凡字之同母者，虽平仄有殊，皆叠韵也。

（清）王国维《人间词话》，人民文学出版社本

6. 欲作好诗　先选好韵

夫五色相宣，八音协畅，由乎玄黄律吕，各适物宜，欲使宫羽相变，低昂互节，若前有浮声，则后须切响。一简之内，音韵尽殊；两句之中，轻重悉异，妙达此皆，始可言文。至于先士茂制，讽高历赏，子建函京之作，仲宣霸岸之篇，子荆零雨之章，正长朔风之句，并直举胸情，非傍诗史，正以音律调韵，取高前式。自骚人以来，此秘未睹。

（南朝·梁）沈约《宋书》卷六十七《谢灵运传论》，中华书局本

响在彼弦，乃得克谐，声萌我心，更失和律，其故何哉？良由内听难为聪也。故外听之易，弦以手定，内听之难，声与心纷，可以数求，难以辞逐。凡声有飞沉，响有双叠，双声隔字而每舛，叠韵杂句而必睽；沉则响发而断，飞则声飏不还，并辘轳交往，逆鳞相比迂其际会，则往蹇来连其为疾病，亦文家之吃也。夫吃文为患，生于好诡，逐新趣异，故喉唇纠纷；将欲解结，务在刚断。左碍而寻右，末滞而讨前，则声转于吻，玲玲如振玉；辞靡于耳，累累如贯珠矣。

（南朝·梁）刘勰《文心雕龙·声律》，人民文学出版社本

是以声画妍蚩，寄在吟咏，吟咏滋味，流于字句；（字句）气力穷于和韵。异音相从谓之和，同声相应谓之韵。韵气一定，故余声易遣；和体

抑扬，故遗响难契。属笔易巧，选和至难，缀文难精，而作韵甚易。
　　　　　　　　（南朝·梁）刘勰《文心雕龙·声律》，人民文学出版社本

　　夫文章，第一字与第五字须轻清，声即稳也；其中三字纵重浊，亦无妨。如"高台多悲风，朝日照北林"。若五字并轻，则脱略无所止泊处；若五字并重，则文章暗浊。事须轻重相间，仍须以声律之。如"明月照积雪"，则"月""雪"相拨；及"罗衣何飘飘"，则"罗""何"相拨：亦不可不觉也。
　　　　　　　　（唐）[日] 弘法大师《文镜秘府论·南卷·论文意》，《文镜秘府论校注》，中国社会科学出版社本

　　元氏曰：声有五声，角徵宫商羽也。分于文字四声，平上去入也。宫商为平声，徵为上声，羽为去声，角为入声。
　　　　　　　　（唐）[日] 弘法大师《文镜秘府论·天卷·调声》，《文镜秘府论校注》，中国社会科学出版社本

　　公言东坡律诗最忌属对偏枯，不容一句不善者。古诗用韵，必须偶数。
　　　　　　　　（宋）苏籀《栾城先生遗言》，《丛书集成》本

　　和平常韵要奇特押之，则不与众人同。如险韵，当要稳顺押之方妙。
　　　　　　　　（宋）吴可《藏海诗话》，《历代诗话续编》本

　　近时论诗者，皆谓偶对不切，则失之粗；太切，则失之俗。如江西诗社所作，虑失之俗也，则往往不甚对，是亦一偏之见尔，老杜《江陵诗》云："地利西通蜀，天文北照秦。"《秦州诗》云："水落鱼龙夜，山空鸟鼠秋。"……如此之类，可谓对偶太切矣，又何俗乎？如"杂蕊红相对，他时锦不如"，"磨灭余篇翰，平生一钓舟"之类，虽对不求太切，而未尝失格律也。
　　　　　　　　（宋）葛立方《韵语阳秋》卷第一，《历代诗话》本

　　或问："何谓双声叠韵？"曰："行穿诘曲崎岖路，又听钩辀格磔声。"上句叠韵，下句双声也。"何谓蜂腰鹤膝"？曰："词源倒流三峡水，笔阵

独扫千人军。""无边落木萧萧下,不尽长江滚滚来。"前一联蜂腰,后一联鹤膝也。

(宋)杨万里《诚斋诗话》,《历代诗话续编》本

作诗不与作文比,以韵成章怕韵虚。押得韵来如砥柱,动移不得见工夫。

(宋)戴复古《石屏诗集·论诗十绝》,《四部丛刊》本

和韵最害人诗,古人酬唱不次韵,此风始盛于元、白、皮、陆,而本朝诸贤,乃以此而斗工,遂至往复有八九和者。

(宋)严羽《沧浪诗话·诗评》,《历代诗话》本

朱文公云,紫微论诗,欲字字响,其晚年诗多哑了。
李虚己侍郎,字公受,少从江南先达学作诗,后与曾致尧倡酬,每曰,公受之诗虽工,恨哑耳。虚己初未悟,久乃造入,以其法授晏元献,元献以授二宋,自是不传。

(宋)王构《修辞鉴衡》卷一,《丛书集成》本

孔经父《杂说》谓:"退之诗好押韵累句以工,而不知叠用韵之病也。双鸟诗,两头字、两秋字。孟郊诗,两鱼字。李花诗,两花字。示爽诗,两千字。"殊不知古之作者,初不问此。杜子美八仙诗,两船字、两天字、两眠字、三前字。狄明府诗,两诋字,此岂可以常法待之哉。

(宋)吴曾《能改斋漫录》卷十,《丛书集成》本

诗之有韵,如风中之竹,石间之泉,柳上之莺,墙下之蛩。风行铎鸣,自成音响,岂容拟议。

(金)王若虚《滹南诗话》,《滹南遗老集》卷三十九,《丛书集成》本

诗未问工不工,且要对属亲切,轻轻重重得其平,又复情多而景少,谈多而丽少。

(元)方回《吴尚贤诗评》,《桐江集》卷五,宛委别藏影抄本

押韵稳健，则一句有精神，如柱磉欲其坚牢也。

（元）杨载《诗法家数·作诗准绳》，《历代诗话》本

昔邵子以音声穷天地事物之变，莫能逃其情焉。邵子没，虽有书不得其传，故有能言而莫精其义者，则于声之轻重清浊且不能辨，尚何望其造前人之微妙也哉！余初来杭时，识竹川上人于祥符戒坛寺，见其为歌诗，清越有理致，遂相与往来。因语及声音之学，而出其所为书，则集凡天下之音声，比其开发收闭之类，而各使相从。凡有声而无字者，咸切而注之。审音以知字，因母以识子，如指其掌也。

（明）刘基《竹川上人集韵序》，《诚意伯文集》卷五，《四部丛刊》本

诗有纯用平侧字而自相谐协者。如"轻裾随风还"，五字皆平；"桃花梨花参差开"，七字皆平；"月出断岸口"一章，五字皆侧。惟杜子美好用侧字，如"有客有客字子美"，七字皆侧，"中夜起坐万感集"，六字侧者尤多。"壁色立积铁"，"业白出石壁"，至五字皆入而不觉其滞。此等虽难学，亦不可不知也。

（明）李东阳《麓堂诗话》，《历代诗话续编》本

古《采莲曲》、《陇头流水歌》，皆不协声韵，而有《清庙》遗意。作诗不可用难字，若柳子厚《奉寄张使君》八十韵之作，篇长韵险，逞其问学故尔。

（明）谢榛《四溟诗话》卷一，人民文学出版社本

诗宜择韵。若秋、舟，平易之类，作家自然出奇；若眸、瓯，粗俗之类，讽诵而无音响；若锼、搜，艰险之类，意在使人难押。

（明）谢榛《四溟诗话》卷一，人民文学出版社本

予一夕过林太史贞恒馆留酌，因谈诗法妙在平仄四声而有清浊抑扬之分。试以"东""董""栋""笃"四声调之，"东"字平平直起，气舒且长，其声扬也；"董"字上转，气咽促然易尽，其声抑也；"栋"字去而悠远，气振愈高，其声扬也；"笃"字下入而疾，气收斩然，其

声抑也。夫四声抑扬,不失疾徐之节,惟歌诗者能之,而未知所以妙也。非悟何以造其极,非喻无以得其状。譬如一鸟,徐徐飞起,直而不迫,甫临半空,翻若少旋,振翮复向一方,力竭始下,塌然投于中林矣。沈休文固已订正,特言其大概。若夫句分平仄,字关抑扬,近体之法备矣。凡七言八句,起承转合,亦具四声,歌则扬之抑之,靡不尽妙。如子美《送韩十四江东省亲》诗云:"兵戈不见老莱衣,叹息人间万事非。"此如平声扬之也。"我已无家寻弟妹,君今何处访庭闱?"此如上声抑之也。"黄牛峡静滩声转,白马江寒树影稀。"此如去声扬之也。"此别应须各努力,故乡犹恐未同归。"此如入声抑之也。安得姑苏邹伦者,樽前一歌,合以金石,和以琴瑟,宛乎清庙之乐,与子按拍赏音,同饮巨觥而不辞也。贞恒曰:"必待吴歌而后剧饮,其如明月何哉!"因与一醉而别。

(明)谢榛《四溟诗话》卷三,人民文学出版社本

夫平仄以成句,抑扬以合调。扬多抑少,则调匀;抑多扬少,则调促。若杜常《华清宫》诗:"朝元阁上西风急,都入长杨作雨声。"上句二入声,抑扬相称,歌则为中和调矣。王昌龄《长信秋词》:"玉颜不及寒鸦色,犹带昭阳日影来。"上句四入声相接,抑之太过;下句一入声,歌则疾徐有节矣。刘禹锡《再过玄都观》诗:"种桃道士归何处,前度刘郎今又来。"上句四去声相接,扬之又扬,歌则太硬;下句平稳。此一绝二十六字皆扬,惟"百亩"二字是抑。又观《竹枝词》所序,以知音自负,何独忽于此邪?

(明)谢榛《四溟诗话》卷三,人民文学出版社本

凡字有两音,各见一韵,如二冬"逢",遇也;一东"逢",音蓬,《大雅》"鼍鼓逢逢";四支"衰",减也;十灰"衰"音崔,杀也,《左传》"皆有等衰";十三元"繁",多也;十四寒"繁",音盘,《左传》"曲县繁缨";四豪"陶"姓也,乐也;二萧"陶"音遥,相随之貌,《礼记》"陶陶遂遂",皋陶,舜臣名。作诗宜择韵审音,勿以为末节而不详考。贺知章《回乡偶书》云:"少小离乡老大回,乡音无改鬓毛衰。"此灰韵"衰"字,以为支韵"衰"字误矣。何仲默《九日对菊》诗云:"亭亭似与霜华斗,冉冉偏随月影繁。"此元韵"繁"字,以为寒韵

"繁"字亦误矣。予书此二诗，以为作者诫。

（明）谢榛《四溟诗话》卷三，人民文学出版社本

  沈休文所载"八病"，如平头、上尾、蜂腰、鹤膝、大韵、小韵、旁纽、正纽，以上尾、鹤膝为最忌。休文之拘滞，正与古体相反，唯近律差有关耳，然亦不免商君之酷。今按"平头"谓第一字不得与第六字同平声，律诗如"风劲角弓鸣，将军猎渭城"，"风"之与"将"，何损其美？"上尾"谓第五字不得与第十字同声，如古诗"西北有高楼，上与浮云齐"，虽隔韵，何害？律固无是矣，使同韵如前诗"鸣"之与"城"又何妨也。"蜂腰"谓第二字与第四字同上去入韵，如老杜"望尽似犹见"，江淹"远与君别者"之类，近体宜少避之，亦无妨。"鹤膝"第五字不得与第十五字同，如老杜"水色含群动，朝光接太虚，年侵频怅望"之类，八句俱如是，则不宜，一字犯亦无妨。五"大韵"谓重叠相犯，如"胡姬年十五，春日独当炉"，又"端坐苦愁思，揽衣起西游"，"胡"与"揽"，"愁"与"游"犯。六"小韵"，十字中自有韵，如"薄帷鉴明月，清风吹我襟"，"明"与"清"犯。七"傍纽"，十字中已有"田"字，不得着"宣"、"延"字。八"正纽"，十字中已有"壬"字，不得着"衽"、"任"。后四病尤无谓，不足道也。

（明）王世贞《艺苑卮言》卷三，《历代诗话续编》本

  前人《酒泉子》：填词平仄断句皆定数，而词人语意所到，时有参差。古诗亦有此法，而词中尤多。即此词中字字（之）多少，句之长短，更换不一，岂专恃歌者上下纵横取协耶！此本无关大数，然亦不可不知，故为拈出。

（明）汤显祖《评语选录》，《汤显祖诗文集》卷五十，上海古籍出版社本

  有韵则生，无韵则死；有韵则雅，无韵则俗；有韵则响，无韵则沉；有韵则远，无韵则局。物色在于点染，意态在于转折，情事在于犹夷，风致在于绰约，语气在于吞吐，体势在于游行，此则之所由生矣。陆龟蒙、皮日休知用实而不知运实之妙，所以短也。

（明）陆时雍《诗镜总论》，《历代诗话续编》本

诗之有韵，以沈约为宗。而沈尚简严，用不多字。后渐广之，江河日下，几不识孰为沈韵矣。吾想一韵之中，只数字可用，余皆奇险幽僻，诗中屏弃不用者，多可删去。总之，用险韵决无好诗，查《韵府》必多累句。

（明）张岱《诗韵确序》，《琅嬛文集》卷一，岳麓书社本

宾白之学，首务铿锵。一句聱牙，俾听者耳中生棘；数言清亮，使观者倦处生神。世人但以"音韵"二字，用之曲中，不知宾白之文，更宜调声协律。世人但知四六之句，平间仄、仄间平非可混施叠用，不知散体之文，亦复如是。"平仄仄平平仄仄，仄平平仄仄平平"二语，乃千古作文之通诀。无一语、一字可废声音者也。

（清）李渔《闲情偶寄·词曲部·宾白第四》，《中国古典戏曲论著集成》（七），中国戏剧出版社本

古人用韵，无过十字者，独《閟宫》之四章，乃用十二字。使就此一韵，引而伸之，非不可以成章，而于义必有不达，故末四句转一韵。是知以韵从我者，古人之诗也；以我从韵者，今人之诗也。自杜拾遗、韩吏部，未免此病也。

诗主性情，不贵奇巧。唐以下人有强用一韵中字几尽者，有用险韵者，有次人韵者，皆是立意以此见巧，便非诗之正格。

且如孔子作《易》彖、象、传，其用韵有多有少，少尝一律，亦有无韵者。可知古人作文之法，一韵无字，则及他韵；他韵不协，则竟单行，圣人无必无固，于文见之矣。

（清）顾炎武《古人用韵无过十字》，《日知录集释》卷二十一，上海古籍出版社本

今人作诗，动必次韵，以此为难，以此为巧。吾谓其易而拙也……夫其巧于和人者，其胸中本无诗，而拙于自言者也。故难易巧拙之论破，而次韵之风可少衰也。

凡诗不束于韵，而能尽其意，胜于为韵束。而意不尽，且或无其意，而牵入他意，以足其韵者，千万也。故韵律之道，疏密适中为上，不然，则宁疏无密。文能发意，则韵虽疏不害。

（清）顾炎武《次韵》，《日知录集释》，上海古籍出版社本

下语忌杜撰，押韵忌现成。

（清）贺贻孙《诗筏》，《清诗话续编》本

　　前辈有禁人用哑韵者，谓押韵要官样，勿用哑韵，如四支与十四盐皆哑韵，不可用也。而不知诗家妙处，全在押韵，押韵妙处，决不在官样。果禁哑韵，则孔子订《诗》，当预作四韵删正，"燕婉"、"戚施"之句，必不列于《风》，而"昭假迟迟"、"式于九围"，不列于《颂》矣，可为喷饭。

（清）贺贻孙《诗筏》，《清诗话续编》本

　　古诗及歌行换韵者，必须韵意不双转。自《三百篇》以至庾、鲍七言，皆不待钩锁，自然蝉连不绝。此法可通于时文，使股法相承，股中换气。近有顾梦麟者，作《诗经塾讲》，以转韵立界限，划断意旨。劣经生桎梏古人，可恶孰甚焉！晋《清商》、《三洲》曲及唐人所作，有长篇拆开可作数绝句者，皆蠹虫相续成一青蛇之陋习也。

（清）王夫之《薑斋诗话》卷二，人民文学出版社本

韵度自非老妪所省，世人莫浪云元轻白俗。

（清）王夫之《唐诗评选》卷四，白居易《杭州春望》评语，《船山遗书》，太平洋书店重校刊本

　　皇甫汸云："诗苟音律欠谐，终非妙境，故无取拗体。"斯言殆不尽然。又云："元、白六韵，七言排律之始。"岂未睹崔融、杜甫诸公之作耶？

（清）毛先舒《诗辩坻》卷第三，《清诗话续编》本

　　古歌行押韵，初唐有方，至盛唐便无方。然无方而有方者也，亦须推按，勿得纵笔以扰乱行阵，为李将军之废刁斗也。古人有变韵不变意，变意不变韵之法。如子美"内府殷红玛瑙盘，婕妤传诏才人索。盘赐将军拜舞归，轻纨细绮相追飞"，四句一事，却故将二句属上文韵，变二句属下文韵，此变韵不变意。"贵戚权门得笔迹，始觉屏障生光辉"，与上"盘赐"二句意不相属，却联为同韵，此变意不变韵。读之使人惚恍，寻

之丝迹宛然，此亦行文之一奇也。

（清）毛先舒《诗辩坻》卷第四，《清诗话续编》本

词本无韵，故宋不制韵，任意取押，虽与诗韵相通不远，然要是无限度者。予友沈子去矜创为词韵，而家稚黄取刻之。虽有功于词甚明，然反失其古意。

（清）毛奇龄《西河词话》卷一，《词话丛编》本

五古，汉、魏无转韵者，至晋以后渐多，唐时五古长篇，大都转韵矣。惟杜甫五古，终集无转韵者。毕竟以不转韵者为得。韩愈亦然。如杜《北征》等篇，若一转韵，首尾便觉索然无味。且转韵便似另为一首，而气不属矣。五古乐府，或数句一转韵，或四句一转韵，此又不可泥。乐府被管弦，自有音节，于转韵见宛转相生层次之妙。若写怀投赠之作，自宜一韵，方见首尾联属，宋人五古不转韵者多，为得之。

（清）叶燮《原诗·外篇下》，人民文学出版社本

七古终篇一韵，唐初绝少，盛唐间有之，杜则十有二三，韩则十居八九。逮于宋，七古不转韵者益多。初唐四句一转韵，转必蝉联双承而下，此犹是古乐府体；何景明称其音节可歌，此言得之而实非。七古即景即物，正格也。盛唐七古，始能变化错综。盖七古直叙，则无生动波澜，如平芜一望；纵横则错乱无条贯，如一屋散钱；有意作起伏照应，仍失之板；无意信手出之，又苦无章法矣。此七古之难，难尤在转韵也。若终篇一韵，全在笔力能举之，藏直叙于纵横中，既不患错乱，又不觉其平芜，似较转韵差易。韩之才无所不可，而为此者，避虚而走实，任力而不任巧，实启其易也。至如杜之《哀王孙》，终篇一韵，变化波澜，层层掉换，竟似逐段换韵者，七古能事，至斯已极，非学者所易步趋耳。

（清）叶燮《原诗·外篇下》，人民文学出版社本

问："七言平韵、仄韵句法同否？"

阮亭答："七言古平仄相间换韵者，多用对仗，间似律句无妨。若平韵到底者，断不可杂以律句。大抵通篇平韵，贵飞扬；通篇仄韵，贵矫健。皆要顿挫，切忌平衍。"

历友答："七古平韵，上句第五字，宜用仄字，以抑之也；下句第五字，宜用平字，以扬之也。仄韵，上句第五字，宜用平字，以扬之也；下句第五字，宜用仄字，以抑之也。七言古，大约以第五字为关捩，犹五言古，大约以第三字为关捩。彼俗所云一三五不论，不惟不可以言近体，而亦不可以言古体也。安得谓古诗不拘平仄而可任意用字乎？故愚谓古诗尤不可一字轻下也。"

（清）王士禛等《师友诗传录》，《清诗话》本

今有癣疥之疾而为害甚大，本举手可除，而人乐此美疢，固留不舍，习以成风，安然不觉者，是步韵和人诗。夫和诗之体非一，意如问答而韵不同部者，谓之和诗；同其部而不同其字者，谓之和韵；同其字而次第不同者，谓之用韵；次第皆同，谓之步韵。萧衍、王筠《和太子忏悔》诗，始是步韵。步韵，乃趋承贵要之体也。

（清）吴乔《围炉诗话》卷之一，《清诗话续编》本

句法须求健举，七言古诗尤亟。然歌行杂言中，优柔舒缓之调，读之可歌可泣，感人弥深，如白氏及张、王乐府具在也。今人几不知有转韵之格矣。此种音节，惧遂亡之。奈何！

（清）赵执信《谈龙录》，《清诗话》本

汉五言一韵到底者多，而"青青河畔草"一章，一路换韵联折而下，节拍甚急，而"枯桑知天风"二语，忽用排偶承接，急者缓之，是神化不可到境界。

（清）沈德潜《说诗晬语》卷上，《清诗话》本

转韵初无定式，或二语一转，或四语一转，或连转几韵，或一韵叠下几语。大约前则舒徐，后则一滚而出，欲急其节拍以为乱也。此亦天机自到，人工不能勉强。

（清）沈德潜《说诗晬语》卷上，《清诗话》本

三句一转，秦皇《峄山碑》文法也，元次山《中兴颂》用之，岑嘉州《走马川行》亦用之，而三句一转中，又句句用韵，与《峄山碑》

又别。

（清）沈德潜《说诗晬语》卷上，《清诗话》本

歌行转韵者，可以杂入律句，借转韵以运动之，纯绵裹针，软中自有力也。一韵到底者，必须铿金锵石，一片宫商，稍混律句，便成弱调也。不转韵者，李、杜十之一二，韩昌黎十之八九。后欧、苏诸公，皆以韩为宗。

（清）沈德潜《说诗晬语》卷上，《清诗话》本

七字每平仄相间，而义山《韩碑》一篇中，"封狼生貙貙生羆"，七字平也；"帝得圣相相曰度"，七字仄也。气盛则言之短长与与声之高下皆宜。

（清）沈德潜《说诗晬语》卷上，《清诗话》本

诗中韵脚，如大厦之有柱石，此处不牢，倾折立见。故有看去极平，而断难更移者，安稳故也。安稳者，牢之谓也。杜诗；"悬崖置屋牢。"可悟韵脚之法。

（清）沈德潜《说诗晬语》卷下，《清诗话》本

律诗起句，可不用韵，故宋人以来，有入别韵者。然必于通韵中借入，如冬韵诗起句入东，支韵诗起句入微，豪韵诗起句入萧、肴是也。若庚、青韵诗，起句入真、文、寒、删；先韵诗，起句入覃、盐、咸，乱杂不可为训。

（清）沈德潜《说诗晬语》卷下，《清诗话》本

古人同作一诗，不必同韵，即同韵亦在一韵中，不必句句次韵也。自元、白创始，而皮、陆倡和，又加甚焉。以韵为主，而以意相从，中有欲言，不能通达矣。近代专以此见长，名曰和韵，实则趁韵，宜血脉横亘，句联意断也。有志之士，当不囿于俗。

（清）沈德潜《说诗晬语》卷下，《清诗话》本

曹子建《弃妇篇》，笔妙何减《长门》？然二十四语中，重二"庭"

韵，二"灵"韵，二"鸣"韵，二"成"韵。古人虽有之，不得引为口实。

（清）沈德潜《说诗晬语》卷下，《清诗话》本

有平起，有仄起，有引句即用韵起。仄起者，其声峭急；平起者，其声和缓；仄起而用韵者，其响更切；平起而用韵者，其声稍浮。下笔自得消息。如杜审言"独有宦游人，偏惊物候新"，岑参"诏出未央宫，登坛拜总戎"，李白"犬吠水声中，桃花带雨浓"，王维"柳暗百花明，春深五凤城"，杜甫"落日在帘钩，溪边春事幽"，顾况"何地避春愁，终年忆旧游"，此皆仄起用韵者也。如董思恭"琵琶马上弹，行路曲中难"，刘希夷"佳人眠洞房，回首见垂扬"，高适"诸生曰万盈，四十乃知名"，杜甫"宫衣亦有名，端午被恩荣"，严维"苏就佐郡时，近出白云司"，韩翃"春城乞食还，高论此中闲"，喻凫"空为《梁父吟》，谁竟是知音"，此皆平起用韵者也。至郎士元之"暮蝉不可听，落叶岂堪闻"，高仲武谓"工于发端"。试问"不可听"、"岂堪闻"有两意乎？此起句之最率者。

（清）冒春荣《葚原诗说》卷之一，《清诗话续编》本

五律句中，于平仄仄平用占之外，一三字虽不拘，然必须音韵合调，使呼应惬顺。若于不拘平仄字，随笔填凑成句，句虽无病，调则有病。宜平而仄，宜仄而平，诵之自不合调矣。

（清）冒春荣《葚原诗说》卷之一，《清诗话续编》本

宋曾致尧谓李虚己曰："子诗虽工，而音韵犹哑。"《爱日斋诗话》曰："欧公诗，如闺中孀妇，终身不见华饰。"味此二语，当知音韵、风华，固不可少。

（清）袁枚《随园诗话》卷五，人民文学出版社本

欲作佳诗，先选好韵。凡其音涉哑滞者、晦僻者，便宜弃舍。"葩"即"花"也，而"葩"字不亮；"芳"即"香"也，而"芳"字不响：以此类推，不一而足。宋、唐之分亦从此起。李、杜大家不用僻韵；非不能用，乃不屑用也。昌黎斗险，掇《唐韵》而拉杂砌之，不过一时游戏，

如僧家作盂兰会，偶一布施穷鬼耳。然亦止于古体、联句为之。今人效尤务博，竟有用之于近体者，是犹奏雅乐而杂侏儒，坐华堂而宴乞丐也。不已慎乎！

（清）袁枚《随园诗话》卷六，人民文学出版社本

雅堂常言："作七古诗，雅不喜一韵到底。"余深然其言。顾宁人云："诗转韵方活，《三百篇》无不转韵。"

（清）袁枚《随园诗话》卷九，人民文学出版社本

唐相陆扆云："士不饮酒，已成半士。"余谓：诗题洁用韵响，便是半个诗人。

（清）袁枚《随园诗话》卷十三，人民文学出版社本

酱百二瓮，帝岂尽甘！韵八千字，人何乱探！次韵自系，叠韵无味。斗险贪多，偶然游戏。勿瓦缶撞，而铜山鸣！食鸡取跖，烹鱼去丁。

（清）袁枚《续诗品·择韵》，《续诗品注》，人民文学出版社本

梅村古诗胜于律诗，而古诗擅长处，尤妙在转韵。一转韵，则通首筋脉，倍觉灵活。如《永和宫词》，方叙田妃薨逝，忽云："头白宫娥暗聚麀，庸知朝露非为福。宫草明年战血腥，当时莫向西陵哭。"又如《王郎曲》，方叙其少时在徐氏园中作歌伶，忽云："十年芳草长洲绿，主人池馆空乔木。王郎三十长安城，老大伤心故园曲。"《雁门尚书行》，已叙其全家殉难，有幼子漏刃，其兄来秦携归，忽云："回首潼关废垒高，知公于此葬蓬蒿。"益觉回顾苍茫。此等处，关棙一转，别有往复回环之妙。其秘诀实从《长庆集》得来；而笔情深至，自能俯仰生姿，又天分也。惟用韵太泛滥，往往上、下平通押。如《遇刘雪舫》，则真、文、元、庚、青、蒸、侵通押；《游石公山》，则支、微、齐、鱼通押。他类此者甚多，未免太不检矣。按《洪武正韵》有东无冬，有阳无江，于《唐韵》多所并省；岂梅村有意遵用，以存不忘先朝之意耶？

（清）赵翼《瓯北诗话》卷九，人民文学出版社本

次韵用韵，至苏公而极其变化。然不过长袖善舞，一波三折，又与韩

公之用力真押者不同，未可概以化境目之。

（清）翁方纲《石洲诗话》卷三，人民文学出版社本

遗山七言歌行，真有牢笼百代之意。而却亦自有间笔、对笔，又搀和以平调之笔，又突兀以叠韵之笔，此固有陆务观所不能到者矣。

（清）翁方纲《石洲诗话》卷五，人民文学出版社本

换韵，老杜甚少，往往一韵到底。太白则多，句数必匀，匀则不缓不迫，读之流利。元白歌行，或一韵即换，未免气促，今读熟不觉耳。吾辈终当布置均平。

（清）方世举《兰丛诗话》，《清诗话续编》本

《赠崔立之》一首，工于展拓，妙于收束。其铺叙处用转折以取势，转折处用警句以整顿，遂不嫌拖沓，无懈可击。至全用仄韵到底，工部已有之，盛于作者，极于东坡，歌行之能事备矣。鄙意以为作仄韵颇易于见长，学者当先从转韵入手，再作平韵，终作仄韵，功夫方有层次。

（清）延君寿《老生常谈》，《清诗话续编》本

魏、晋以前诗，句法浑沦，读之几忘其有韵，至颜、谢韵脚琤琤。太白使韵如转丸，变易不常。杜五言彻首尾一韵，韵皆平正。及观退之用韵，或转或不转，并神施鬼设，极搏攫之奇。此固为大才，亦诗逊李、杜专门，未免造作耳。

（清）乔亿《剑溪说诗又编》，《清诗话续编》本

古诗纯乎天籁，虽不拘平仄，而音节未有不谐者。至律诗则不能不讲平仄矣。乃不知何时何人，创为一三五不论之说，以疑误后学；村师里儒，靡然从之。律诗且如此，则更何论古诗乎？不知律诗平仄固严，即古诗不拘平仄，而实别有一定之平仄，不可移易。即拗体之律诗，而其中亦有必应拗之字及必应相救之字。唐、宋大家之诗具在，覆按自得，皆非可以意为之者也。自明以来，虽词坛老宿，间有不尽合者。不知此即自然之天籁，自有诗学以来，不约而同，若稍歧出，即为落调，虽词华极美，格意极高，终不得谓之合作。吾闽人尤多不讲此者，执裾而谈，尚疑信参

半，毋怪其不能旗鼓中原也。

（清）梁章钜《退庵随笔》，《清诗话续编》本

宜以诗生韵，不宜以韵生诗。意到其间自然成韵者，上也；句到其间韵自来凑者，次也；以句求韵尚觉妥适者，又其次也；若由韵而成诗，是诗由韵生而非由我作，诗之下者也。

（清）王寿昌《小清华园诗谈》卷下，《清诗话续编》本

问：苕溪渔隐谓三句换韵，其法三叠而止，何邪？

此谬论也。彼但见山谷诗耳。

问：昔人言"觏闵既多，受侮不少"，为对偶之始。然《康衢》"凿井而饮，耕田而食"，《商颂》"赫赫厥声，濯濯厥灵"，似更在前矣。

此言是也。大凡天地间有声必有韵，有物必有偶，故音韵对偶之学，非强而成也。所异者，古人无心，今人有意耳。必欲返律为古，琢雕而朴，是谓中国之声文，不如夷貊侏离之语也。其可乎？

（清）陈仅《竹林答问》，《清诗话续编》本

《楚辞·大招》云："四上竞气，极声变只"。此即古乐节之"升歌笙入，间歌合乐"也。屈子《九歌》全是此法。乐府家转韵转意转调，无不以之。

（清）刘熙载《艺概·诗概》，上海古籍出版社本

双声、叠韵之论，盛于六朝，唐人犹多用之。至宋以后，则渐不讲，并不知二者为何物。乾、嘉间，吾乡周松霭先生著《杜诗双声叠韵谱括略》，正千余年之误，可谓有功文苑者矣。其言曰："两字同母谓之双声，两字同韵谓之叠韵。"余按用今日各国文法通用之语表之，则两字同一子音者谓之双声。如《南史·羊元保传》之"官家恨狭，更广八分"，"官家更广"四字，皆从 k 得声。《洛阳伽蓝记》之"狞奴慢骂"，"狞奴"二字，皆从 n 得声。"慢骂"二字，皆从 m 得声也。两字同一母音者，谓之叠韵。如梁武帝"后牖有朽柳"，"后牖有"三字，双声而兼叠韵。"有朽柳"三字，其母音皆为 u。刘孝绰之"梁皇长康强"，"梁长强"三字，其母音皆为 ian 也。自李淑《诗苑》伪造沈约之说，以双声叠韵为诗中八

病之二,后世诗家多废而不讲,亦不复用之于词。余谓苟于词之荡漾处多用叠韵,促节处用双声,则其铿锵可诵,必有过于前人者。惜世之专讲音律者,尚未悟此也!

(清)王国维《人间词话》,人民文学出版社本

7. 律令合时方帖妥

性别宫商,识清浊,斯自然也。观古今文人,多不全了此处;纵有会此者,不必从根本中来。言之皆有实证,非为空谈。年少中,谢庄最有其分,手笔差易,文不拘韵故也。吾思乃无定方,特能济难适轻重。所禀之分,犹当未尽。但多公家之言,少于事外远致,以此为恨。亦由无意于文名故也。

(南朝·宋)范晔《狱中与诸甥侄书》,《宋书·范晔传》,中华书局本

宫商之声有五,文字之别累万。以累万之繁,配五声之约,高下低昂,非思力所学,又非止若斯而已也。十字之文,颠倒相配;字不过十,巧历已不能尽,何况复过于此者乎?灵均以来,未经用之于怀抱,固无从得其仿佛矣。若斯之妙,而圣人不尚,何耶?此盖曲折声韵之巧,无当于训义,非圣哲立言之所急也。是以子云譬之雕虫篆刻,云壮夫不为。

自古辞人,岂不知宫羽之殊、商徵之别?虽知五音之异,而其中参差变动,所昧实多,故鄙意所谓此秘未睹者也。以此而推,则知前世文士,便未悟此处。若以文章之音韵,同弦管之声曲,则美恶妍蚩,不得顿相乖反。譬由子野操曲,安得忽有阐缓失调之声?以《洛神》比陈思他赋,有似异手之作,故知天机启则律吕自调,六情滞则音律顿舛也。士衡虽云炳若缛锦,宁有濯色江波,其中复有一片是卫文之服?此则陆生之言,即复不尽者矣。韵与不韵,复有精粗,轮扁不能言,老夫亦不尽辨此。

(南朝·梁)沈约《答陆厥书》,《南齐书》卷五十二,中华书局本

其声也,惊诡嚾嘈,萦行离乱,骈浮回合,岩危琐散;或发曲无渐,

或收音去半；既合意于将晓，亦流妍于始旦。杂沓逶迤，噭跳参差；攒娇动叶，促哢萦枝；分宫析徵，万矩千规；因风起啭，曳响生奇。

（南朝·梁）沈约《反舌赋》，《全梁文》卷二十五，《全上古三代秦汉三国六朝文》本

昔曹、刘殆文章之圣，陆、谢为体贰之才，锐精研思，千百年中，而不闻宫商之辨，四声之论。或谓前达偶然不见，岂其然乎？尝试言之：古曰诗颂，皆被之金竹，故非调五音，无以谐会。若"置酒高堂上"，"明月照高楼"，为韵之首。故三祖之词，文或不工，而韵入歌唱，此重音韵之义也，与世之言宫商异矣。今既不被管弦，亦何取于声律耶？齐有王元长者，尝谓余云："宫商与二仪俱生，自古词人不知之，惟颜宪子乃云律吕音调，而其实大谬；唯见范晔、谢庄颇识之耳。尝欲进《知音论》，未就。"王元长创其首，谢朓、沈约扬其波，三贤或贵公子孙，幼有文辩。于是士流景慕，务为精密，襞积细微，专相陵架。故使文多拘忌，伤其真美。余谓文制，本须讽读，不可蹇碍，但令清浊通流，口吻调利，斯为足矣。至平上去入，则余病未能；蜂腰鹤膝，闾里已具。

（南朝·梁）钟嵘《诗品·诗品序》，人民文学出版社本

古人之文，宏材逸气，体度风格，去今实远，但缉缀疏朴，未为密致耳。今世音律谐靡，章句偶对，讳避精详，贤于往昔多矣。宜以古之制裁为本，今之辞调为末，并须两存，不可偏弃也。

（北齐）颜之推《颜氏家训·文章篇》，《诸子集成》本

沈休文独以音韵为切，重轻为难，语虽甚工，旨则未远。夫荆璧不能无瑕，隋珠不能无颣，文旨既妙，岂以音韵为病哉？此可以言规矩之内，不可以言文章外意也。较其师友，则魏文与王、陈、应、刘讨论之矣。江南唯于五言为妙，故休文长于音韵，而谓"灵均以来，此秘未睹"，不亦诬人甚矣！

（唐）李德裕《文章论》，《李文饶文集》外集卷三，《四部丛刊》本

古人辞高者，盖以言妙而适情，不取于音韵。意尽而止，成篇不拘于只耦。故篇无定曲，辞寡累句。譬诸音乐，古词如金石琴瑟，尚于至音，今文如丝竹鞞鼓，迫于促节。则知声律之为弊也，甚矣！

（唐）李德裕《文章论》，《李文饶文集》外集卷三，《四部丛刊》本

乐章有宫商五音之说，不闻四声。近自周颙、刘绘流出，宫商畅于诗体，轻重低昂之节，韵合情高，此未损文格。沈休文酷裁八病，碎用四声，故风雅殆尽。后之才子，天机不高，为沈生弊法所媚，慴然随流，溺而不返。

（唐）皎然《诗式》，《历代诗话》本

律家之流，拘而多忌，失于自然，吾常所病也。必不得已，则削其俗巧，与其一体。一体者，由不明诗对，未阶大道。若《国风》、《雅》、《颂》之中，非一手作，或有暗同，不在此也。其诗云："终朝采菉，不盈一匊。"又诗曰："采采卷耳，不盈倾筐。"兴虽别而势同。若《颂》中，不名一体，夫累对成章，高手有互变之势，列篇相望，殊状更多。若句句同区，篇篇共辙，名为贯鱼之手，非变之才也。俗巧者，由不辨正气，习俗师弱弊之过也。其诗云："树阴逢歇马，鱼潭见洗船。"又诗云："隔花遥劝酒，就水更移床。"何则？夫境象不一，虚实难明，有可睹而不可取，景也；可闻而不可见，风也；虽系乎我形，而妙用无体，心也；义贯众象，而无定质，色也。凡此等，可以对虚，亦可以对实。

（唐）［日］弘法大师《文镜秘府论·南卷·论文意》，《文镜秘府论校注》，中国社会科学出版社本

论云：经案陆士衡《文赋》云："其为物也多姿，其为体也屡迁，其会意也尚巧，其遣言也贵妍，暨音声之迭代，若五色之相宣。"又云："丰约之裁，俯仰之形，因宜适变，曲有微情，或言拙而喻巧，或理朴而辞轻，或袭故而弥新，或沿浊而更清。譬犹舞者起节以投袂，歌者应弦而遣声。"文体周流，备于兹赋矣。陆公才高价重，绝世孤出，实辞人之龟镜，固难得文名焉。至于四声条贯，无闻焉尔。李充之制《翰林》，褒贬古今，斟酌病利，乃作者之师表；挚虞之《文章志》，区别优劣，编辑胜

辞，亦才人之苑囿。其于轻重巧切之韵，低昂曲折之声，并秘之胸怀，未曾开口。纵复屈、宋奋飞于南楚，扬、马驰骛于西蜀，或升堂擅美，或入室称奇，争日月之光，竦凌云之气；敬通、平子，分路扬镳；武仲、孟坚，同途竞远；曹植、王粲、孔璋、公幹之流，潘岳、左思、士龙、景阳之辈，自《诗》、《骚》之后，晋、宋已前，杞梓相望，良亦多矣。莫不扬藻敷芬，文美名香，飚彩与锦肆争华，发响共珠林合韵。然其声调高下，未会当今，唇吻之间，何其滞欤。

（唐）[日] 弘法大师《文镜秘府论·天卷·四声论》，《文镜秘府论校注》，中国社会科学出版社本

夫赋之作，本乎诗者也。自两汉以来，文士如司马相如、扬雄、班固辈，皆为之，盖六义之一也。洎隋唐始以科试取进士，而赋之名变而为律，则与古戾矣。然拘变声病，以难后学，至使鸿藻硕儒，有不能下笔者。虽壮夫不为，亦仕进之羽翼，不可无也。

（宋）王禹偁《答张知白书》，《小畜集》卷十八，《四部丛刊》本

予自童时即好作文字，每于他文，虽不能工，然犹能措词，至于倚声制曲，力欲为之，不能出一语。传称裨谌谋于国则否，谋于野则获，杜南阳以谓性质之蔽，夫诗曲类也。善为诗不能制曲，岂谋野蔽耶。

（宋）张耒《倚声制曲之首·序》，《柯山集》卷三，《丛书集成》本

鲁直云："东坡居士曲，世所见者数百首，或谓于音律小不谐。居士词横放杰出，自是曲子缚不住者。"

（宋）赵令畤《侯鲭录》卷八，《丛书集成》本

张文潜云："以声律作诗，其末流也，而唐至今谨守之。独鲁直一扫古今，直出胸臆，破弃声律，作五七言，如金石之作，钟声和鸣，浑然天成，有言外意。近来作诗者颇有此体，然自吾鲁直始也。"

（宋）王直方《王直方诗话》，《宋诗话辑佚》本

秦汉以前，字书未备，既多假借，而音无反切，平侧皆通用。（如

"庆云、卿云、皋陶、咎繇"之类,大率如此。《诗》:"瞻彼日月,悠悠我思;道之云远,曷云能来!""燕燕于飞,下上其音;之子于归,远送于南。"思与来,音与南,皆以为协律。魏晋间此体犹在:刘越石"握中有白璧,本自荆山璆。惟彼太公望,共此谓滨叟。"潘安仁"位同单父邑,愧无子贱歌。岂敢陋微官,但恐忝所荷"是也。)自齐梁后,既拘以四声,又限以音韵,故大率以偶俪声响为工,文气安得不卑弱乎?惟陶渊明韩退之(时时)摆脱(世俗)拘忌(故栖字与乖字,阳字与清字),皆取其傍韵用,盖笔力自足以胜之也。

(宋)蔡启《蔡宽夫诗话》,《宋诗话辑佚》本

孔毅夫《杂记》云:"退之诗好押狭韵,累句以示工,而不知重叠用韵之为病也。《双鸟》诗押两头字,《李花》诗押两花字。"苕溪渔隐曰:"读皇甫湜《公安园池》诗,亦押两闲字,'日夜不得闲','君子不可闲'。盖退之好重叠用韵,以尽己之诗意,不恤其为病也。"

(宋)胡仔《苕溪渔隐丛话》前集卷第十七,人民文学出版社本

名渐垂竹帛,文不谐律吕。

(宋)陆游《秋怀》,《剑南诗稿》卷十九,上海古籍出版社本

忆在茶山听说诗,亲从夜半得玄机。常忧老死无人付,不料穷荒见此奇。律令合时方帖妥,工夫深处却平夷。人间可恨知多少,不及同君叩老师。

(宋)陆游《追怀曾文清公呈赵教授赵近尝示诗》,《剑南诗稿》卷二,上海古籍出版社本

右《村石洞十咏》,余尝评公不用诗家常律,及其意深义精,自成宫徵,而工诗者反皆退舍,殆过古人矣。然惟公能之,欲学者辄不近也。

(宋)叶适《题陈止斋帖》,《水心题跋》卷一,《丛书集成》本

盖国风骚选,不主一体,至沈、谢始拘平仄,诗之变,诗之衰也。

(宋)刘克庄《山石别集序》,《后村先生大全集》卷九十六,《四部丛刊》本

押韵不必有出处，用事不必拘来历。

      （宋）严羽《沧浪诗话·诗法》，人民文学出版社本

  陈后山云："子瞻以诗为词，虽工非本色，今代词手，惟秦七黄九耳。"予谓后山以子瞻词如诗，似矣，而以山谷为得体，复不可晓。晁无咎云："东坡小词多不谐律吕，盖横放杰出，曲子中缚不住者。"其评山谷则曰："词固高妙，然不是当行家语，乃著腔子唱如诗耳。"此言得之。

   （金）王若虚《诗话》，《滹南遗老集》卷三十九，《丛书集成》本

  予尝从黄子学诗。黄子集汉、魏以来古诗，几数十百篇。诗之作尚矣，盖古今之言诗者异焉。古之言诗主于声，今之言诗主于辞。辞者声之寓也。昔者孔子自卫反鲁，乃与鲁太师言乐。乐既正矣，而后雅颂各得其所。史迁则曰：古诗三百余篇，圣人特取其三百而被之弦歌，所谓洋洋盈耳者，不独主于声也，或因其断章取义而欲以导其言语之所发，或本其直指全体而务以约其性情之无邪。是又不以其辞哉？制氏世世在大乐官，盖颇识其钟鼓之铿锵，而不能言其义。《鹿鸣》、《驺虞》、《伐檀》、《文王》四调，犹得为汉雅乐之所肄，且混于赵、燕、楚、代之讴者无几。自其辞言，古今义理之极致一也。目其声言，则乐师矇瞍之任未必能胜夫齐、鲁、韩、毛四家之训诂者也。虽然，古之安乐怨怒哀思之音，盖将因其辞之所寓者而尽见之。故当时之闻《韶》者则从容和缓，观《武》者则发扬蹈历，是独非以其声辞之俱备然哉？自汉魏以来，诚不可以望古《三百篇》。至于上下千有余载，作者间出。如以其声，则沈休文之《乐志》，王僧虔之录，自能辨之。苟以其辞，则今无越乎黄子之所集者。吾犹恐古之言诗不专主于声，而今之言诗亦不专主于辞也，何则？古之言诗本无定声，亦无定韵，声取其谐，韵取其协，平固未始尝为平，仄固未始尝为仄，清固未始不叶为浊，浊固未始不叶为清。自近世王元长、沈休文之徒，始著四声，定八病，无复古人深意。新安吴棫材老，乃用是而补音补韵，先俊亦尝取是而叶《诗》叶《离骚》。盖古今之字文不同，南北之语言或异，而音韵随之。是虽不待于叶而自能叶焉者也。故当观其辞。然则古之言诗者辞，而言乐者则声也。采诗之官不置，乐府之置不设，吾无以声为也。若夫今之言诗，既曰古近二体，古体吾不敢知，而近体乃谓之为

律者，何也？又安得不求夫声辞之具备，而后为至哉？考乎古者，考此足矣。

(元) 吴莱《古诗考录后序》，《渊颖吴先生文集》卷十二，《四部丛刊》本

佳处斲削清瘦可爱，自拘声病，气骨茶然。唐诸家声律皆出此。

(元) 陈绎曾《诗谱》，《历代诗话续编》本

近世之诗，大异于古。工兴趣者，超乎形器之外，其弊至于华而不实。务奇巧者，窘乎声律之中，其弊至于拘而无味。或以简淡为高，或以繁艳为美，要之皆非也。人不能无思也，而复有言；言之而中理也，则谓之文；文而成音也，则谓之诗。苟出乎道，有益于教而不失其法，则可以为诗矣。于世数无补焉，兴趣极乎幽闲，声律极乎精协，简而止乎数十言，繁而至于数千倍，皆苟而已，何足以为诗哉！世固有嗜橘、柚、柤、梨者，然饥则必饭稻啖肉而后可饱。稻与肉不可一日无也。适口之味，爽然入乎齿舌，非不可喜，而于人何所补乎？自古以来，适口者多于五谷，而稻肉不足以悦人，斯人几何不馁而死也！

(明) 方孝孺《刘氏诗序》，《逊志斋集》卷十二，《四部备要》本

古律诗各有音节，然皆限于字数，求之不难。惟乐府长短句，初无定数，最难调叠，然亦有自然之声。古所谓"声依永"者，谓有长短之节，非徒永也。故随其长短，皆可以播之律吕，而其太长太短之无节者，则不足以为乐。今泥古诗之成声，平侧短长，字字句句，摹仿而不敢失，非惟格调有限，亦无以发人之情性。若往复讽咏，久而自有所得，得于心而发之乎声，则虽千变万化，如珠之走盘，自不越乎法度之外矣。如李太白《远别离》、杜子美《桃竹杖》，皆极其操纵，曷尝按古人声调？而和顺委曲乃如此，固初学所未到。然学而未至乎是，亦未可与言诗也。

(明) 李东阳《麓堂诗话》，《历代诗话续编》本

今之歌诗者，其声调有轻重、清浊、长短、高下、缓急之异，听之者

不问，而知其为吴为越也。汉以上古诗弗论。所谓律者，非独字数之同，而凡声之平仄，亦无不同也。然其调之为唐为宋为元者，亦较然明甚。此何故耶？大匠能与人以规矩，不能使人巧。律者，规矩之谓，而其为调则有巧存焉。苟非心领神会，自有所得，虽日提耳而教之，无益也。

（明）李东阳《麓堂诗话》，《历代诗话续编》本

五七言古诗仄韵者，上句末字类用平声，惟杜子美多用仄。如《玉华宫》、《哀江头》诸作，概亦可见。其音调起伏顿挫，独为遒健，似别出一格。回视纯用平字者，便觉萎弱无生气。自后则韩退之苏子瞻有之，故亦健于诸作。此虽细故末节，盖举世历代而不之觉也。偶一启钥，为知音者道之。若用此太多，过于生硬，则又矫枉之失，不可不戒也。

（明）李东阳《麓堂诗话》，《历代诗话续编》本

沈约之韵，未必悉合声律。而今诗人守之如金科玉条。此无他，今之诗学李、杜，李杜学六朝，往往用沈韵，故相袭不能革也。若作填词，自可通变。

（明）杨慎《填词用韵宜谐俗》，《词品》卷一，《词话丛编》本

范德机曰："诗当取材于汉魏，而音律以唐为宗。"此近体之法，古诗不泥音律，而调自高也。

（明）谢榛《四溟诗话》卷一，人民文学出版社本

拘于律则为律所制，是诗奴也，其失也卑，而五音不克谐；不受律则不成律，是诗魔也，其失也冗，而五音相夺伦。

（明）李贽《读律肤说》，《焚书》卷三，中华书局本

寄吴中曲论良是。"唱曲当知，作曲不尽当知也"，此语大可轩渠。凡文以意趣神色为主。四者到时，或有丽词俊音可用。尔时能一一顾九宫四声否？如必按字摸声，即有窒滞逆拽之苦，恐不能成句矣。

（明）汤显祖《答吕姜山》，《汤显祖诗文集》卷四十七，上海古籍出版社本

兄以工《梦》破梦，梦竟得破耶？儿女之梦难除，尼父所以拜嘉鱼，大人所以占维熊也。更为兄向南海大士祝之。曲谱诸刻，其论良快。久玩之，要非大了者。庄子云："彼鸟知永意。"此亦安知曲意哉。其辨各曲落韵处．粗亦易了。周伯琦作《中原韵》，而伯琦于伯辉致远中无词名。沈伯时指乐府迷，而伯时于花庵玉林间非词乎。词之为词，九调四声而已哉！且所引腔证，不云未知出何调犯何调，则云又一体又一体。彼所引曲未满十，然已如是，复何能纵观而定其字句音韵耶？弟在此自谓知曲意者，笔懒韵落，时时有之，正不妨拗折天下人嗓子。兄达者，能信此乎。何时握兄手，听海潮音，如雷破山，若然而笑也。

     （明）汤显祖《答孙俟君》，《汤显祖诗文集》卷四十六，上海古籍出版社本

  临川之于吴江，故自冰炭。吴江守法，斤斤三尺，不欲令一字乖律，而毫锋殊拙；临川尚趣，直是横行，组织之工，几与天孙争巧，而屈曲聱牙，多令歌者齚舌。

     （明）王骥德《曲律·杂论》，中国古典戏曲论著集成（四），中国戏剧出版社本

  近世作家如汤义仍，颇能模仿元人，运以俏思，尽有酷肖处，而尾声尤佳。惜其使才自造，句脚、韵脚所限，便尔随心胡凑，尚乖大雅。至于填调不谐，用韵庞杂，而又忽用乡音，如"子"与"宰"叶之类，则乃拘于方土，不足深论，止作文字观，犹胜依样画葫芦而类书填满者也。义仍自云："骀荡淫夷，转在笔墨之外。佳处在此，病处亦在此。"彼未尝不自知。只以才足逞而律实未谙，不耐检核，悍然为之，未免护前。况江西弋阳土曲，句调长短，声音高下，可以随心入腔，故总不必合调，而终不悟矣。而一时改手，又未免有斲小巨木、规圆方竹之意，宜乎不足以服其心也。如"留一道画不□耳的愁眉待张敞"，改为"留着双眉待敞"之类。

     （明）凌蒙初《谭曲杂札》，《汤显祖诗文集》附录，上海古籍出版社本

  五言古诗，实继国风雅颂之后，若苏、李之天成，曹、刘之自得，以

至陶靖节之高风逸韵,盖卓卓乎不可尚焉。三谢以降,正音日靡。唐兴,沈、宋变为近体,至陈伯玉,始力复古作,迨李、杜后出,诗道大兴,而作者日盛矣。然于其间求夫音节雅畅、辞意浑融,足以继绝响而间渊明之阃域者,唯韦应物、柳子厚为然尔。自时厥后,日以律法相高,议论相尚,而诗道日晦焉。

(明)吴讷《晦庵诗抄序》,《皇明文衡》卷四十三,《四部丛刊》本

爱君者,屈子之平情,然则其书真屈子之平文也,抱平情以抒平文,此奚待有多言者乎?兹不得已而终至多言,然则吾知其皆平情之自成曲折,平文之自为连断也。夫情至于曲折之时,则必为其转声焉。故文当夫连断之间,则必有其转字焉。信知笔端之转字,为即喉中之转声。今先不察其声,因而不识其字,则方不晓过此以下之胡为复有如是缁缁不绝者耶,又况《离骚》之缁缁不绝,乃不止于一番而已。以如此之书,遭如此之人,人既不入书,书又不入人。

(清)金圣叹《离骚序略》,《唱经堂汇稿》,《中国文学珍本丛书》本

鄙人之论云:"诗以写发性灵耳,值忧喜悲愉,宜纵怀吐辞,蕲快吾意,真诗乃见。若模拟标格,拘忌声调,则为古所域,性灵斯掩,几亡诗矣。"予案是说非也。标格声调,古人以写性灵之具也。由之斯中隐毕达,废之则辞理自乖。夫古人之传者,精于立言为多,取彼之精,以遇吾心,法由彼立,杼自我成,柯则不远,彼我奚间?此如唱歌,又如音乐,高下徐疾,豫有定律,案节而奏。自足怡神,闻其音者,歌哭抃舞,有不知其然者,政以声律节奏之妙耳。倘启唇纵恣,戛击任乎,砰磅伊亚,自为起阕,奏之者无节,则聆之者不忻,欲写性灵,岂复得耶!离朱之察,不废玑衡,夔、旷之聪,不斥琯律。虽法度为借资,实明聪之由人。藉物见智,神明逾新,标格声调,何以异此!鄙人之论又云:"夫诗必自辟门户,以成一家,倘蹈前辙,何由特立!"此又非也。上溯玄始,以迄近代,体既屡变,备极范围,后来作者,予心我先,既有敏手,何由创发?此如藻采错炫,不出五色之正间;爻象递变,不离八卦之奇偶。出此则入彼,远吉则趋凶。借如万历以来,文凡几变,诗复几更,哆口高谈,皆欲

呵佛。然而文尚隽韵者，则黄、苏小品；谈真率者，近施、罗演义。诗之佻亵者，效《吴歌》之昵昵；龌龊者，拾学究之余沈。嗤笑轩冕，甘侧舆台，未餐霞露，已饫粪壤。旁蹊踯躅，曾何出奇；咕咕喋喋，伎俩颇见。岂若思古训以自淑，求高曾之规矩耶？若乃借旨酿蜜，取喻镕金，因变成化，理自非诬。然采取炊冶，功必先之，自然之效，罕能坐获。要亦始于稽古，终于日新而已。

（清）毛先舒《诗辩坻》卷第一，《清诗话续编》本

梵偈四五七字为句而无韵，殊不碍读，子瞻杂文多效之。诗入歌喉，故须有韵，韵乃其末务也。故《三百篇》叶者居多，《菁菁者莪》篇叶"仪"以就"莪"、"阿"，固可，叶"莪"、"阿"以就"仪"，亦无不可，于意无伤故也。诗宗《三百篇》，自当遵其用韵之法。汉至六朝，此意未失。休文四声韵，小学家言，本不为诗，诗人亦不遵用。唐玄宗时，孙愐始就陆法言之《切韵》以为《唐韵》。肃宗时以此为取士之式，诗从此受桎梏。元、白作步韵诗，直是菹醢。或曰古体可用古韵，唐体当用《唐韵》。夫然则唐体别自为诗，不宗《三百》耶？古人多有韵，韵又皆叶用，毛晃误以为古人实有是读而作《古韵》，何异于衮衣玉食之世，论茹毛饮血事耶？

（清）吴乔《围炉诗话》卷之一，《清诗话续编》本

诗本乐歌，定当有韵，犹今曲之有韵也。今之《曲韵》，"庚"、"青"、"真"、"文"等合用，初无碍乎歌喉。诗已不歌，而碍部反狭，奉"平水韵"如圣经国律，而置性情之道如弁髦，事之顾奴失主，莫甚于此！

（清）吴乔《围炉诗话》卷之一，《清诗话续编》本

子美《饮中八仙歌》押二"船"字，二"眠"字，二"天"字，二"前"字。说者谓此篇是八段，不妨重押。《学林新编》云："观诗题，则是一歌也。通篇在'船'字中押，不移别韵，则非分八段。"盖子美诗重韵者不少，因历举诸篇以及《十九首》、曹子建、谢康乐、陆士衡、阮嗣宗、江文通、王仲宣重韵之句，以见古有此体，子美因之。其言甚辨。余谓古人重诗而轻韵，故《十九首》以下多有重韵之诗；后人重韵而轻诗，

见重押者骇为异物耳。施愚山谓步韵者是做韵,非做诗。余谓自唐以来,以意凑韵,重韵轻诗者,皆是做韵。

(清)吴乔《围炉诗话》卷之一,《清诗话续编》本

古人作诗,不以辞害志,不以韵害辞。今人奉韵以害辞,泥辞以害志。十二侵乃舌押上腭成声,非闭口也,闭口则无声矣。韵家别为立部,非也。纵使侵等果是闭口字,亦为小学审声中事,与诗道何涉?此又诗人奉行之过也。

(清)吴乔《围炉诗话》卷之一,《清诗话续编》本

茂秦屡诲人以悟,然所云悟,特声律耳。其得处为淹雅,失处则不免流于平熟。诗法中固有"横空盘硬语,妥帖力排奡"者,乌可拘此一途?

(清)贺裳《载酒园诗话》卷一,《清诗话续编》本

诗与曲不同,在昔有被管弦者,多合律吕,后人所作,未必尽被管弦,不过写志意、通事情,不失平仄已也。孟子曰:"以意逆志。""不以辞害志。"若拘拘于五音清浊,喉牙唇舌之间,有不割蕉加梅,亦几希矣。

(清)薛雪《一瓢诗话》,人民文学出版社本

"切响浮声发巧深"一篇,盖以缚于声律者,未必皆合天机也。然音节配对,如双声叠韵之类,皆天地自然之理,亦未可以"巧"字概抹之。

(清)翁方纲《石洲诗话》卷五,《清诗话续编》本

叶韵必不可用。不得其唇吻喉舌清浊高下,而惟韵书之附见者是从,徒见窘迫。于本韵中不得已而寻扯以便棘手,曾何合于自然之古音乎?李间有之,杜则绝无,昌黎惟用之于四言。四言宜也,是仿《三百篇》。若他体用之,则龟兹王驴非驴、马非马矣。

(清)方世举《兰丛诗话》,《清诗话续编》本

方氏静宏曰:"太白耻为郑、卫之作,律诗故少。编者多以律类入古中,不知其近体犹存雅调耳。"按太白复古之功,不独在乐府歌行,于五

律亦可见。《李诗纬》所谓"太白五律,犹为古诗之遗,特于《风》、《骚》为近",是也。故知其薄声律,乃得诗源,谓其惮拘束,则成瞽论。观其一生,七律只得八首,固缘阳冰编次之时,著述十丧八九,亦由七律初行,笃于古者尚不屑为耳。太白尝自言:"寄兴深微,五言不如四言,七言又其靡也。"何况七律哉?柴虎臣乃云:"太白不长于七律,故集中厥体甚少。"吾不知"三山半落青天外,二水中分白鹭洲","城隅渌水明秋月,海上青山隔暮云","楼台含雾星辰满,仙峤浮空岛屿微"等诗,柴氏何所见而断其不长也?

(清)潘德舆《养一斋李杜诗话》卷一,《清诗话续编》本

问:气以运意,转韵诗当何以运意?

转韵以意为主,意转则韵换,有意转而不换韵,未有韵换而意不转者。故多寡缓急,皆意之所为,不可勉强。

(清)陈仅《竹林答问》,《清诗话续编》本

词固必期合律,然《雅》、《颂》合律,桑间、濮上亦未尝不合律也。"律和声"本于"诗言志",可为专讲律者进一格焉。

(清)刘熙载《艺概·词曲概》,上海古籍出版社本

夫诗之有声调,犹乐之有律吕也,工之有规矩也。乐有殊号,律吕之制则同;工有殊才,规矩之用则一。是故诗之为道,声调所不能尽也。泥于声调者,不可以为诗,不娴声调者,亦不可以言诗。以声调为诗,譬之土偶之为人,有形骸而无神气。神气不充,不可以为人;去声调以为诗,如樵唱牧笛之声,呕哑嘲哳,自谓悦耳,求之太常协律之所掌,不能与《雅》、《颂》比次也。声调之辨,有正有变;变声者,由正而变,不诡于正,所以济正声之穷也。《乐记》曰:"声相应,故生变,变成方,谓之音。"变而无方,非所以为变也。夫正变之际,声诗之枢纽;不知声者,不可与言诗。

(清)翟翚《声调谱拾遗·自序》,《清诗话》本

七
用　事

1. 用事要融化不涩

　　沈隐侯曰：文章当从三易：易见事，一也；易识字，二也；易读诵，三也。刑子才常曰：沈侯文章用事，不使人觉，若胸臆话也，深以此服之。

（北齐）颜之推《颜氏家训·文章篇》，《四部丛刊》本

　　诗之用事，不可牵强，必至于不得不用而后用之，则事词为一，莫见其安排斗凑之迹。苏子瞻尝为人作挽诗云："岂意日斜庚子后，忽惊岁在己辰年。"此乃天生作对，不假人力。温庭筠诗亦有用甲子相对者，云："风卷蓬根屯戊巳，月移松影守庚申。"两语本不相类。其题云："与道士守庚申，时闻西方有警事。"邂逅适然，固不可知，然以其用意附会观之，疑若得此对而就为之题者。此蔽于用事之弊也。

（宋）叶梦得《石林诗话》卷上，《历代诗话》本

　　苏子瞻尝两用孔稚圭鸣蛙事，如"水底笙簧蛙两部，山中奴婢橘千头。"虽以"笙簧"易"鼓吹"，不碍其意同。至"已遣乱蛙成两部，更邀明月作三人"，则"成两部"不知为何物，亦是歇后。故用事宁与出处语小异而意同，不可尽牵出处语而意不显也。

（宋）叶梦得《石林诗话》卷中，《历代诗话》本

　　李光远《观潮》诗云："默运乾坤不暂停，东西云海烁阳精。连山高

浪俄兼涌，赴壑奔流为逆行"。"默运乾坤"四字，重浊不成诗，语虽有出处，并不当用，须点化成诗家材料，方可入用。如诗家论翰墨气骨头重，乃此类也。如杜牧之作李长吉诗序云："绝去笔墨畦畛"，斯得之矣。又如"焠"字并非诗中字，第二联对句太粗生，少锻炼。

（宋）吴可《藏海诗话》，《历代诗话续编》本

  王荆公晚年亦喜称义山诗，以为唐人知学老杜而得其藩篱，惟义山一人而已。每诵其"雪岭未归天外使，松州犹驻殿前军"，"永忆江湖归白发，欲回天地入扁舟"，与"池光不受月，暮气欲沉山"，"江海三年客，乾坤百战场"之类，虽老杜亡以过也。义山诗合处信有过人，若其用事深僻，语工而意不及，自是其短。世人反以为奇而效之，故昆体之弊，适重其失。

（宋）蔡启《蔡宽夫诗话》，《宋诗话辑佚》本

  前史称王筠善押强韵，固是诗家要处，然人贪于捉对用事者，往往多有趁韵之失。退之笔力雄赡，务以词采恁陵一时，故间亦不免此患。如《和席八》"降阙银河晓，东风右掖春"，诗终篇皆叙西垣事。然其一联云："傍砌看红药，巡池咏白蘋。"事除柳浑外，别无出处；若是用此，则于前后诗意无相干，且趁蘋字韵而已。然则人亦有事非当用，而炉锤驱驾，若出自然者。杜子美《收京诗》以樱桃对杖杜，荐樱桃事，初若不类，及其云"赏因歌杖杜，归及荐樱桃，"则浑然天成，略不见牵强之迹，如此乃为工耳。

（宋）蔡启《蔡宽夫诗话》，《宋诗话辑佚》本

  安禄山之乱，哥舒翰与贼将权乾祐战潼关，见黄旗军数百队，官军以为贼，贼以为官军，相持久之，忽不知所在。是日昭陵奏陵内前石马皆汗流。子美诗所谓"玉衣晨自举，铁马汗常趋"，盖记此事也。李晟平朱泚，李义山作诗复引用之云："天教李令心如日，可待昭陵石马来。"此虽一等用事，然义山但知推美西平，不知于昭陵似不当耳。乃知诗家使事难。若子美，所谓不为事使者也。

（宋）蔡启《蔡宽夫诗话》，《宋诗话辑佚》本

杜牧好用故事，仍于事中复使事，若"虞卿双璧截肪鲜"是也。亦有趁韵撰造非事实者，若"珊瑚破高齐，作婢舂黄糜"是也。李询得珊瑚，其母令衣青衣而舂，初无"黄糜"字。其《晚晴赋》云："忽引舟于青湾，睹八九之红芰。姹然如妇，嫣然如女。"芰，菱也，牧乃指为荷花。其为《阿房宫赋》云："长桥卧波，未雲何龙？"牧谓龙见而雲，故用龙以比桥，殊不知龙者，龙星也。《春秋》书"龙斗于郑之时门"。退之诗云："庚午憩时门，临泉观斗龙。"韩自河阳还汴，但道经时门，岂复睹当日之斗龙耶？

（宋）魏泰《临汉隐居诗话》，《历代诗话》本

黄庭坚喜作诗得名，好用南朝人语，专求古人未使之事，又一二奇字，缀葺而成诗，自以为工，其实所见之僻也。故句虽新奇，而气乏浑厚。

（宋）魏泰《临汉隐居诗话》，《历代诗话》本

钱起寓宿驿舍，厢外有人咏曰："曲终人不见，江上数峰青。"及殿试《湘灵鼓瑟诗》落句意久不属，遂以此一联续之，因中魁选。

（宋）李颀《古今诗话》，《宋诗话辑佚》本

凡作诗若正尔填实，谓之"点鬼簿"，亦谓之"堆垛死尸"。能如《猩猩毛笔诗》曰，"平生几两屐？身后五车书"。又如"管城子无食肉相，孔方兄有绝交书。"精妙明密，不可加矣，当以此语反三隅也。

（宋）许顗《彦周诗话》，《历代诗话》本

韦应物《赠李侍御》云："心同野鹤与尘远，诗似冰壶彻底清。"又《杂言送人》云："冰壶见底未为清，少年如玉有诗名。"此可为用事之法，盖不拘故常也。

（宋）黄彻《䂬溪诗话》卷三，《历代诗话续编》本

《西清诗话》云："杜少陵云：'作诗用事，要如禅家语：水中着盐，饮水乃知盐味。'此说诗家秘密藏也。如'五更鼓角声悲壮，三峡星河影动摇'，人待见凌轹造化之工，不知乃用事也。《祢衡传》：'挝《渔阳操》，声悲壮。'《汉武故事》：'星辰动摇，东方朔谓民劳之应。'则善用

事者，如系风捕影，岂有迹耶？"

（宋）胡仔《苕溪渔隐丛话》前集卷第十，人民文学出版社本

唐王建《牡丹诗》云："可怜零落蕊，收取作香烧。"虽工而格卑。东坡用其意云："未忍污泥沙，牛酥煎落蕊。"超然不同矣。

（宋）陆游《老学庵笔记》卷十，中华书局本

东坡先生《省试刑赏忠厚之至论》有云："皋陶为士，将杀人，皋陶曰杀之三，尧曰宥之三。"梅圣俞为小试官，得之以示欧阳公。公曰："此出何书？"圣俞曰："何须出处！"公以皆偶忘之，然亦大称叹。初欲以为魁，终以此不果。及揭牍，见东坡姓名，始谓圣俞曰："此郎必有所据，更恨吾辈不能记耳。"及谒谢，首问之，东坡亦对曰："何须出处。"乃与圣俞语合。公赏其豪迈，太息不已。

（宋）陆游《老学庵笔记》卷八，中华书局本

少年喜读书，晚悔昔草草。追今得书味，又恨身已老。渊明非生面，稚岁识已早。极知人更贤，未契诗独好。尘中谈久暌，暇处目偶到。故交了无改，乃似未见宝。貌同觉神异，旧玩出新妙。雕空那有痕，灭迹不须扫。腹腴八珍初，天巧万象表。向来心独苦，肤见欲幽讨。寄谢颍滨翁，何谓淡且槁。

（宋）杨万里《读渊明诗》，《诚斋集》卷二十二，《四部丛刊》本

庾信《月》诗云："渡河光不湿"，杜云："入河蟾不没"；唐人云："因过竹院逢僧语，又得浮生半日闲"，坡云："殷勤昨夜三更雨，又得浮生一日凉"；杜《梦李白》云："落月满屋梁，犹疑照颜色"，山谷《簟诗》云："落日映江波，依稀比颜色"；退之云："如何连晓语，只是说家乡"，占居仁云："如何今夜雨，只是滴芭蕉"；此皆用古人句律而不用其句意，以故为新，夺胎换骨。

（宋）杨万里《诗话》，《诚斋集》卷一百十四，《四部丛刊》本

欧阳问坡所作《刑赏忠厚之至论》有"皋陶曰杀之三，尧曰宥之

三",此见何书。坡曰:"事在《三国志·孔融传注》。欧退而阅之,无有。他日再问坡,坡云:"曹操灭袁绍,以袁熙妻赐其子丕,孔融曰:'昔武王伐纣,以妲己赐周公。'操惊问何经见,融曰:'以今日之事观之,意其如此。'尧、皋陶之事,某亦意其如此。"欧退而大惊曰:"此人可谓善读书,善用事,他日文章必独步天下。"

(宋)杨万里《诗话》,《诚斋集》卷一百十四,《四部丛刊》本

学有余而约以用之,善用事者也;意有余而约以尽之,善措辞者也;乍叙事而间以理言,得活法者也。

(宋)姜夔《白石诗说》,人民文学出版社本

王彦辅《麈史》曰:"子美善用故事及常语,多倒其句而用之,盖如此则语峻而体健。如"露从今夜白"、"月是故乡明"之类是也。"

(宋)蔡梦弼《杜工部草堂诗话》卷二,《历代诗话续编》本

词至东坡,倾荡磊落,如诗如文,如天地奇观,岂与群儿雌声学语较工拙;然犹未至用经用史,牵雅颂入郑卫也。目辛稼轩前,用一语如此者必且掩口。及稼轩横竖烂漫,乃如禅宗棒喝,头头皆是;又如悲笳万鼓,平生不平事并巵酒,但觉宾主酣畅,谈不暇顾,词至此亦足矣。

(宋)刘辰翁《辛稼轩词序》,《须溪集》卷六,《豫章丛书》本

词用事最难,要体认著题,融化不涩。如东坡《永遇乐》云:"燕子楼空,佳人何在,空锁楼中燕!"用张建封事。白石《疏影》云:"犹记深宫旧事,那人正睡里,飞近蛾绿。"用寿阳事。又云:"昭君不惯胡沙远,但暗忆江南江北。想佩环月夜归来,化作此花幽独。"用少陵诗。此皆用事不为事所使。

(宋)张炎《词源·用事》,人民文学出版社本

用故事当如己出,如杜甫寄人诗云:"经欲依刘表,还疑厌祢衡",此事用王粲依刘表曹公厌祢衡,却点化只作杜甫欲去依他人恐他厌之语。此便是如己出也。

(宋)王构《修辞鉴衡》卷一,《丛书集成》本

东坡云，诗须要有为而作，若用事当以故为新，以俗为雅。好奇务新，乃诗之病。柳子厚晚年诗，颇似渊明，知诗病者也。

(宋）王构《修辞鉴衡》卷一，《丛书集成》本

沈隐侯曰："古儒士为文，当从三易：易见事，一也；易识字，二也；易诵读，三也。"邢子才曰："沈隐侯文章用事，不使人觉，若胸臆语，深以此服之。"杜工部作诗类多故实，不似用事者，是皆得作者之奥。樊宗师为文，奥涩不可读，亦自名家。才不逮宗师者，固不可效其体。

(宋）周辉《清波杂志》卷十，《丛书集成》本

余见陈同甫亮在太学中，议论作文之法：经句不全两，史句不全三，不用古人句，只用古人意。若用古人语，不用古人句，能造古人所不到处。至于使事而不为事使；或似使事而不使事；或似不使事而使事，皆是使他事来影带出题意，非直使本事也。若夫布置开阖，首尾该贯，曲折关键，意思常新，若方若圆，若长若短，断自有成辈，不可随他规矩尺寸走也。苟自得作文三昧，又非常法所能尽也。

(宋）俞成《萤雪丛说》卷一，《丛书集成》本

东坡《和李公择诗》云："敝袭赢马占河滨，野阔天低掺玉尘。自笑餐毡典属国，来看换酒谪仙人。"盖为苏、李也。用事亲切如此，他人不及。

(宋）佚名《漫叟诗话》，《宋诗话辑佚》本

东坡最善用事，既显而易读，又切当。若《招持服人游湖不赴》云："却忆呼卢袁彦道，难邀骂坐灌将军。"《柳氏求字答》云："君家自有元和脚，莫厌家鸡更问人。"天然奇作。《贺人洗儿词》云："犀钱玉果，利市平分沾四座，深愧无功，此事如何到得侬。"南唐时宫中尝赐洗儿果，有近臣谢表云："猥蒙宠数，深愧无功。"李主曰："此事卿安得有功？"尤为亲切。

(宋）佚名《漫叟诗话》，《宋诗话辑佚》本

龙山先生为文章，法六经，尚奇语，诗极精深，体备诸家，尤长子贺。浑源刘京叔为《龙山小集序》云："《古漆井》、《苦夜长》等诗，雷翰林希颜、麻征君知几诸公称之，以为全类李长吉。"乱后隐居海上，教授郡侯诸子，卑士先与余读贺诗，虽历历上口，于义理未晓，又从而开省之，然恨不能尽其传。及龙山入燕，吾友孙伯成从之学，余继起海上，朝夕侍侧，垂十五年，诗之道颇得闻之。尝云：五言之兴，始于汉而盛于魏；杂体之变，渐于晋而极于唐。穷天地之大，竭万物之富，幽之为鬼神，明之为日月，通天下之情，尽天下之变，悉归于吟咏之微。逮李长吉一出，会古今奇语而臣妾之，如"千岁石床啼鬼工，雄鸡一声天下白"之句，诗家比之"载鬼一车"、"日中见斗"；"洞庭明月一千里，凉风雁啼天在水"过，《楚辞》远甚。又云：贺之乐府，观其情状，若乾坤开阖，万汇溅溅神其变也，欬骇人耶。韩吏部一言为天下法，悉力称贺。杜牧又诗之雄也，极所推让，前叙已详矣。人虽欲为贺，莫敢企之者，盖知之犹难，行之愈难也。至有博洽书传，而贺集不一过目，为可惜也。

双溪中书君诗鸣于世，得贺最深，尝与龙山论诗及贺，出所藏旧本，乃司马温公物也，然亦不无少异。龙山因之校定，且曰：喜贺者尚少，况其作者耶？意欲刊行，以广其传，冀有知之者。会病不起，余与伯成绪其志而为之。此书行，学贺者多矣，未必不发自吾龙山也。

（金）赵衎《重刊李长吉诗集序》，《李贺歌诗编》，《四部丛刊》本

窃尝谓子美之妙，释民所谓学至于无学者耳。今观其诗，如元气淋漓，随物赋形；如三江五湖，合而为海，浩浩瀚瀚，无有涯涘；如祥光庆云，千变万化，不可名状；固学者之所以动心而骇目。及读之熟，求之深，含咀之久，则九经百氏古人之精华，所以膏润其笔端者，犹可仿佛其余韵也。夫金屑丹砂，芝术参桂，识者例能指名之；至于合而为剂，其君臣佐使之互用，甘苦酸咸之相入，有不可复以金屑丹砂，芝参术桂而名之者矣。故谓杜诗为无一字无来处，亦可也；谓不从古人中来，亦可也。前人论子美用故事，有著盐水中之喻，固善矣，但未知九方皋之相马，得天机于灭没存亡之间，物色牝牡，人所共知者为可略耳。

（金）元好问《杜诗学引》，《遗山先生文集》卷三十六，《四部丛刊》本

余自学诗来,见作诗人讳寒语,兼不喜用书,云:"二者能累诗。"是矣!然古诗人作寒语,无如渊明最多;用书无如太白、子美,而三人诗传至今,不见累之也!

(元)戴表元《汤子文诗序》,《剡源集》卷第九,《丛书集成》本

陈古讽今,因彼证此,不可著迹,只使影子可也。虽死事亦当活用。

(元)杨载《诗法家数·作诗准绳》,《历代诗话》本

凡用事,但可用其事意,而以新语融化之。

(元)陈绎曾《文说·用事法》,文学津梁本

刘辰翁谓黄太史盛欲用万卷书与古人争能于一字,然不知意多情远,句累而格近也。钟嵘云:任昉博物,动辄用事,所以诗不能奇。然则用事不可耶?少陵"读书破万卷,下笔如有神"。未尝不用事,而浑然不觉,乃为高品也。

(明)安磐《颐山诗话》,《四库全书珍本》初集本

堆垛古人,谓之"点鬼薄"。太白长篇用之,自不为病,盖本于屈原。

(明)谢榛《四溟诗话》卷一,人民文学出版社本

《世说新语》:徐孺子九岁时,尝月下戏。或云:"若令月中无物,当极明邪?"子美诗:"斫却月中桂,清光应更多。"意祖于此。造句奇拔,观者不觉用事,所谓"读书破万卷,下笔如有神",杜老不欺人也。

(明)谢榛《四溟诗话》卷四,人民文学出版社本

《孺子歌》:"沧浪之水清兮,可以濯我缨。"孟子屈原,两用此语,各有所寓。李陵《与苏武》诗:"临河濯长缨,念子怅悠悠。"此偶然写意尔。沈约《渡新安江贻游好》诗:"愿以潺湲水,沾君缨上尘。"所谓袭故而弥新,意更婉切。柳宗元《衡阳别刘禹锡》诗:"今朝不用临河

别，垂泪千行便濯缨。"至怨至悲，太不雅矣。

（明）谢榛《四溟诗话》卷四，人民文学出版社本

辛稼轩词，或议其多用事而欠流便。予览其琵琶一词，则此论未足凭也。《贺新郎》云："凤尾龙香拨。自开元《霓裳》曲罢，几番风月。最苦浔阳江上路，画舸亭亭催别。记出塞黄云堆雪。马上离愁三万里，认孤鸿没处分胡越。弦解语，恨难说。　辽阳驿使音尘绝。琐窗寒，轻挑谩捻，泪珠盈睫。推手含情还却手，一抹《梁州》哀彻。千古事，云飞烟灭。贺老定场无消息。悄沉香亭北繁华歇。弹到此，为呜咽。"此篇用事最多，然圆转流丽，不为事所使，称是妙手。

（明）陈霆《渚山堂词话》卷二，《词话丛编》本

今人作诗，必入故事。有持清虚之说者，谓盛唐诗即景造意，何尝有此？是则然矣。然以一家言，未尽古今之变也。古诗，两汉以来，曹子建出而始为宏肆，多生情态，此一变也。自此作者多入史语，然不能入经语。谢灵运出而《易》辞、《庄》语，无所不为用矣。剪裁之妙，千古为宗，又一变也。中间何、庾加工，沈、宋增丽，而变态未极。七言犹以闲雅为致，杜子美出而百家稗官，都作雅音，马浡牛溲，咸成郁致，于是诗之变极矣。子美之后，而欲令人毁靓妆，张空拳，以当市肆万人之观，必不能也。其援引不得不日加而繁。然病不在故事，顾所以用之何如耳？善使故事者，勿为故事所使。如禅家云："转《法华》勿为《法华》转。"使事之妙，在有而若无，实而若虚，可意悟不可言传，可力学得，不可仓卒得也。宋人使事最多，而最不善使，故诗道衰。我朝越宋继唐，正以有豪杰数辈，得使事三昧耳。第恐数十年后，必有厌而扫除者，则其滥觞末弩为之也。

（明）王世懋《艺圃撷余》，《历代诗话》本

唐人小说。如柳毅传书洞庭事，极鄙诞不柜，文人亟当唾去，而诗人往往好用之。夫诗中用事，本不论虚实，然此事特诳而不情，造言者至此，亦横议可诛者也。何仲默每戒人用唐宋事，而有"旧井潮深柳毅祠"之句，亦大卤莽，今特拈出，为学诗之鉴。黎惟敬本学仲默诗，而与余游西山玉龙洞，有"封书谁识洞庭君"之句，暗用柳毅而不露，而语独奇

峻,得诗家三昧。总之不如不用为善,然二君用事,偶经意不经意耳,若因此妄生分别相,则痴人前说梦也。

  (明)胡应麟《二酉缀遗中》,《少室山房笔丛》卷三十六,中华书局本

  诗自模景述情外,则有用事而已。用事非诗正体,然景物有限,格调易穷,一律千篇,只供厌饫。欲观人笔力材诣,全在阿堵中。且古体小言,姑置可也,大篇长律,非此何以成章!

  用事之工,起于太冲《咏史》。唐初王、杨、沈、宋,渐入精严。至老杜苞孕汪洋,错综变化,而美善备矣。用事之僻,始见商隐诸篇。宋初杨、李、钱、刘,愈流绮刻。至苏、黄堆垒诙谐,粗疏诡谲,而陵夷极矣。

  (明)胡应麟《诗薮·内编》卷四,上海古籍出版社本

  杜用事错综,固极笔力,然体自正大,语尤坦明。晚唐、宋初,用事如作谜:苏如积薪,陈如守株,黄如缘木。

  (明)胡应麟《诗薮·内编》卷四,上海古籍出版社本

  杜用事门目甚多,姑举人名一类。如"清新庾开府,俊逸鲍参军",正用者也;"聪明过管辂,尺牍倒陈遵",反用者也;"谢民登山屐,陶公漉酒巾",明用者也;"伏柱闻周史,乘槎似汉臣",暗用者也;"举天悲富骆,近代惜卢王",并用者也;"高岑殊缓步,沈鲍得同行",单用者也;"汲黯匡君切,廉颇出将频",分用者也;"共传收庾信,不比得陈琳",串用者也。至"对棋陪谢傅,把剑觅徐君","侍臣双宋玉,战策两穰苴","飘零神女雨,断续楚王风","晋室丹阳尹,公孙白帝城",锻炼精奇,含蓄深远,迥出前代矣。

  (明)胡应麟《诗薮·内编》卷四,上海古籍出版社本

  "荒庭垂橘柚,古屋画龙蛇","锡正常近鹤,杯渡不惊鸥",杜用事入化处,然不作用事看,则古庙之荒凉,画壁之飞动,亦更无人可著语。此老杜千古绝技,未易追也。

  (明)胡应麟《诗薮·内编》卷四,上海古籍出版社本

杜《诸将》诗："昨日玉鱼蒙葬地，早时金碗出人间。"说者谓杜本用茂陵"玉碗遂出人间"语，以上有玉鱼字，遂易作金碗。或谓卢充幽婚自有金碗事，杜不应窜易原文。然单主卢充，又落汗漫。二说迄今纷挐，不知杜盖以金碗字入玉碗语，一句中事词串用，两无痕迹。如《伯夷传》杂取经子，镕液成文，正此老炉锤妙处，而注家坐失之。淮阴侯云："此自兵法，顾诸君不省耳。"余于注杜者亦云。

（明）胡应麟《诗薮·外编》卷四，上海古籍出版社本

宋人用史语，如山谷"平生几两屐，身后五车书"，源流亦本少陵；用经语，如后山"咒功先服猛，戒力得扶颠"，剪裁亦法康乐。然工拙顿自千里者，有斧凿之功，无镕炼之妙。矜持于句格，则面目可憎；架叠于篇章，则神韵都绝。

（明）胡应麟《诗薮·外编》卷五，上海古籍出版社本

凡用事用语，虽千镕百炼，若黄金在冶，至铸形成体之后，妙夺化工，无复丝毫痕迹，乃为至佳；藉读之少令人疑似，便落第二义；况颛搜隐僻，巧作形模，此崑体之所以失也。然本唐遗法，故格调风致，种种犹在。熙宁诸子，负其才力，一变而为议论，又一变而为簿牍，又一变而为俳优，遂令后世词坛，列为大戒。元人而下，此义几亡。明至嘉、隆，始复吐气云。

（明）胡应麟《诗薮·外编》卷五，上海古籍出版社本

胡武平："西北浮云连魏阙，东南初日满秦楼。"上句用"西北有高楼，上与浮云齐"语，下句用"日出东南隅，照我秦氏楼"语，联合成句，词意天然，读之绝不类引入昔人者，而兴象高远，优入盛唐，盖梅句虽极精严，而犹若有意，此则无迹可寻矣。

（明）胡应麟《诗薮·外编》卷五，上海古籍出版社本

宋人用事，虽种种魔说，然中有绝工者，如梅昌言："亚夫金鼓从天落，韩信旌旗背水陈"，冠裳伟丽，字字天然，此用事第一法门也。惜其语与开元不类，盖盛唐法稍宽耳。若元和诸子，刘中山伎俩最高，亦未见精严若此。而梅绝不以用事名，宋道所以弗竞也。

（明）胡应麟《诗薮·外编》卷五，上海古籍出版社本

使事自老杜开山作祖,晚唐若李商隐深僻可笑,宋人一代坐困此道。后之作者,鉴戒前规,遂为大忌。国朝诸公,间有用者,束而未畅。惟弇州信手匠心,天然凑泊,千秋妙解,独擅斯人。观察系兴,尤得三昧,极盛之后,殆难继矣。

(明)胡应麟《诗薮·续编》卷二,上海古籍出版社本

用事不可着迹,只使影子可也。虽死事亦当活用。

(明)胡震亨《唐音癸签》卷四,古典文学出版社本

此言前人未见之事,后人见之,可备填词制曲之用者也。即前人已见之事,尽有摹写未尽之情,描画不全之态。若能设身处地,伐隐攻微,彼泉下之人,自能效灵于我,授以生花之笔,假以蕴绣之肠,制为杂剧,使人但赏极新极艳之词,而竟忘其为极腐极陈之事者。此为最上一乘,予有志焉,而未之逮也。

(清)李渔《闲情偶寄·词曲部·结构第一》,《中国古典戏曲论著集成》(七),中国戏剧出版社本

若论填词用宜用之书,则无论经、传、子、史,以及诗、赋、古文,无一不当熟读,即道家、佛氏、九流、百工之书,下至孩童所习《千字文》、《百家姓》,无一不在所用之中。至于形之笔端,落于纸上,则宜洗濯殆尽。亦偶有用着成语之处。点出旧事之时,妙在信手拈来,无心巧合,竟似古人寻我,并非我觅古人。此等造诣,非可言传,只宜多购元曲,寝食其中,自能为其所化。

(清)李渔《闲情偶寄·词曲部·词采第二》,《中国古典戏曲论著集成》(七),中国戏剧出版社本

秦少游"斜阳外,寒鸦万点,流水绕孤村"。晁无咎云:"此语虽不识字者,亦知是天生好言语。"渔隐云:"无咎不见炀帝诗耳。"盖以隋炀帝有"寒鸦千万点,流水绕孤村"之句也。余谓此语在炀帝诗中,只属平常,入少游词,特为妙绝。盖少游之妙,在"斜阳外"三字见闻空幻;又"寒鸦"、"流水",炀帝以五言划为两景,少游词用长短句错落,与"斜阳外"三景合为一景,遂如一幅佳图。此乃点化之神,必如此乃可用

古语耳。

（清）贺贻孙《诗筏》，《清诗话续编》本

沈佺期《答魑魅》诗"魑魅来相问"，又云"影答余他岁"，是用《南华》"罔两问影"语，而易为"魑魅"。崔颢《孟门行》："黄雀衔黄花"，用杨宝事，而易"玉环"为"黄花"。皆是隐映古事，而小变之，避常径也，并不当以误用驳之。又如"倾城倾国"，李延年为妹歌也，"朝为行云，暮为行雨"者，高唐神女也，而刘庭芝"倾国倾城汉武帝，为云为雨楚襄王"。《陌上桑》罗敷本拒使君，而骆宾王"罗敷使君千骑归"。并是裁染词色，掩映古文。

（清）毛先舒《诗辩坻》卷第三，《清诗话续编》本

作诗文有意逞博，便非佳处。犹主人勉强遍处请生客，客虽满座，主人无自在受用处。多读古人书，多见古人，犹主人启户，客自到门，自然宾主水乳，究不知谁主谁宾。此是真读书人，真作手。若有意逞博，搦管时翻书抽帙，搜求新事、新字句，以此炫长，此贫儿称贷营生，终非己物，徒见蹴踏耳。

（清）叶燮《原诗·外篇下》，人民文学出版社本

自何、李、李、玉以来，不肯用唐以后事。似不必拘泥。然六朝以前事，用之即多古雅。唐、宋以下，便不尽尔。此理亦不可解。总之，唐、宋以后事，须择其尤雅者用之。如刘后村七律专好用本朝事，直是恶道。

（清）王士禛《诗问四种·诗话》卷四，齐鲁书社本

问："诗中典故，何以活用？"
答："昔董侍御玉虬（文骥）外迁陇右道，龚端毅公（礼部尚书）及予辈赋诗送之。董亦有诗留别，起句云：'逐臣西北去，河水东南流。'初以为常语，徐乃悟其用魏主'此水东流而朕西上'之语。叹其用事之妙。此所谓活用也。"

（清）王士禛《师友诗传续录》，《清诗话》本

问："少陵诗以经中全句为诗。如《病橘》云：'虽多亦奚为？'《遣

闷》云：'致远思恐泥。'又云：'丹青不知老将至，富贵于我如浮云'之句，在少陵无可无不可，或且叹为妙绝；苦效不休，恐易流于腐，何如？"

答："以《庄》、《易》等语入诗，始谢康乐。昔东坡先生写杜诗，至'致远思恐泥'句，停笔语人曰：'此不足学。'故前辈谓诗用史语易，用经语难。若'丹青'二句，笔势排宕，自不觉耳。"

（清）王士禛《师友诗传续录》，《清诗话》本

欧、梅恶西昆之使事，力欲矫之。然如梅圣俞《咏蝇》曰"怒剑休追逐，凝屏漫指弹"，亦事也，岂言出其口而忘之乎？余意俗题不得雅事衬贴，何以成文？但不宜句句排砌如类书耳。

（清）贺裳《载酒园诗话》卷一，《清诗话续编》本

用古人成语作己诗，前辈恒有之，若用谚语得天然之趣者，则未多见。南宋高菊硐《清明对酒》云，"南北山头多墓田，清明祭扫各纷然。纸灰飞作白蝴蝶，泪血染成红杜鹃。日落狐狸眠冢上，夜归儿女笑灯前。人生有酒须当醉，一滴何曾到九泉？"收处用来妙绝。

（清）田雯《古欢堂集杂著》卷四，《清诗话续编》本

又曰："小令中调，有排荡之势者，吴彦高之"南朝千古伤心事"，范希文"塞下秋来风景异"是也。长调极狎昵之情者，周美成之"衣染莺黄"，柳耆卿之"晚晴初"是也。于此足悟偷声变律之妙。

（清）徐釚《偷声变律之妙》，《词苑丛谈》，卷一上海古籍出版社本

凤洲、沧溟论卢次楩云："卢是一富贾胡，群宝悉聚，所乏陶朱公通融出入之妙。"以此知诗之为道，别有化裁，区区书簏，恐不足道也！

（清）田同之《西圃诗说》，《清诗话续编》本

今人作诗必入故事，有持清虚之说者，谓盛唐诗即景造意，何尝有此。是则然矣，然病不在故事，顾所以用之何如耳。善使故事者，勿为故事所使，有而若无，实而若虚，可意悟不可言传，可力学得不可仓卒得

也。宋人使事最多而最不善使，故诗道衰。独有明诗人能越宋而继唐者，正得使事三昧耳。

（清）田同之《西圃诗说》，《清诗话续编》本

凡诗人作语，要令事在语中，而人不知。杜诗"五更鼓角声悲壮，三峡星河影动摇"，盖暗用《史记·天官书》："天一，枪、棓、矛、盾动摇，角大，兵起"之语，而语中有用兵之意。诗至此诚为工矣！我先公《题吕芝房铁庵》诗有句云："离奇柳树嵇中散，窈窕梅花宋广平。"人皆以为写景之工，殊不知暗用两"铁"字在内，确切典雅，直是事在语中而人不知者，其工妙可与少陵相逼。

（清）田同之《西圃诗说》，《清诗话续编》本

作诗用故实，以不露痕迹为高，昔人所谓使事如不使也。盛庶斋谓："杜诗：'荒庭垂橘柚，古壁画龙蛇。'皆寓禹事，于题禹庙最切。'青青竹笋迎船出，白白江鱼入馔来。'皆养亲事，于题中扶侍字最切。"余谓："刘宾客诗：'楼中饮兴同明月，江上诗情为晚霞。'一用庾亮，一用谢朓，读之使人不觉，亦是此法。

（清）顾嗣立《寒厅诗话》，《清诗话》本

近体以气格为主，风神为辅，用事不化则伤气格，用字不妙则损风神。唐人惟老杜"读书破万卷"，使事用字，多从经史中来。然下笔有神，融洽无迹，尤非余子所能学步。

（清）冒春荣《葚原诗说》卷一，《清诗话续编》本

裁翦书籍成诗，黄山谷最欲以此见长，后贤缘此宗仰。然炼锤固多，痕迹亦复不少。若古大家未有不融化而出，譬彼百花酿蜜，岂容渣滓入口？

（清）李重华《贞一斋诗说》，《清诗话》本

作诗能不隶事而浑厚老到，方是实学。若捃摭故实，翻腾旧句；或故寻僻奥，以炫丑博；乍可潜形牛渚，终遭温峤燃犀。

（清）薛雪《一瓢诗话》，《清诗话》本

用事全在活泼泼地，其妙俱从比兴中流出，一经刻画评驳，则闷杀才人，丧尽风雅也。故村学究断不可与谈诗。有识量者，得其道，守其道，以俟知者。倘识量未定，为其所移，一盲引众盲，相将入火坑矣。

（清）薛雪《一瓢诗话》，《清诗话》本

作诗用事，要如释语；水中著盐，饮水乃知。杜少陵以锦襕传人，人自不能承当。

（清）薛雪《一瓢诗话》，《清诗话》本

余每作古咏物诗，必将此题之书籍无所不搜，及诗之成也，仍不用一典。常言人有典而不用，犹之有权势而不逞也。

（清）袁枚《随园诗话》卷一，人民文学出版社本

唐人近体诗，不用生典，称公卿不过皋、夔、萧、曹，称隐士不过梅福、君平，叙风景不过夕阳芳草，用字面不过月露风云，一经调度，便日月斩新。犹之易牙治味，不过鸡猪鱼肉；华佗用药，不过青粘漆叶：其胜人处，不求之海外异国也。

（清）袁枚《随园诗话》卷六，人民文学出版社本

用典一也，有宜近体者，有宜古体者，有近古体俱宜者，有近古体俱不宜者。用典如水中著盐，但知盐味，不见盐质。用僻典如请生客入座，必须问名探姓，令人生厌。宋乔子旷好用僻书，人称"孤穴诗人"，当以为戒。或称予诗云："专写性情，不得已而适逢典故，不分门户，乃无心而自合唐音。"虽有不及，不敢不勉。

（清）袁枚《随园诗话》卷七，人民文学出版社本

小雅才兼大雅才，僧虔用典出新裁。幽怀妙笔风人旨，浙派如何学得来？

（清）袁枚《仿元遗山论诗·厉樊榭》，《小仓山房诗集》卷二十七，《四部备要》本

杜《古柏行》中间虽有"忆昨"一折，然"落落盘踞"以下，只是

浑浑就古柏唱叹。朱注分"上二句咏成都之柏，此二句咏夔府之柏"，殊可不必。要知此等处，不须十分板划也。

东坡和张耒《高丽松扇》诗："可怜堂上十八公，老死不入明光宫。万牛不来难自献，裁作团团手中扇。""万牛"句，可作《古柏行》"谁能送"三字注脚。又东坡《木山》诗："木生不愿回万牛，愿终天年仆沙洲。"即从"不露文章"意脱化而出。古人之善用事如此。

（清）翁方纲《石洲诗话》卷一，人民文学出版社本

刘宾客自称其《平蔡州》诗："城中晨鸡喔喔鸣，城头鼓角声和平"云云，意欲驾于韩《碑》、柳《雅》。此诗诚集中高作也。首句"城中"，一作"汝南"，古《鸡鸣歌》云："东方欲明星烂烂，汝南晨鸡登坛唤。"蔡州，即汝南地。但曰："晨鸡"，自是用乐府语，而"城中"、"城头"，两两唱起，不但于官军入城事醒切，抑且深合乐府神理，似不必明出"汝南"，而后觉其用事也。末句"勿惊元和十二载"，更妙。此以《竹枝》歌谣之调，而造老杜诗史之地位。正与"大历三年调玉烛"二句近似，此由神到，不可强也。其第二首"汉家飞将下天来，马箠一挥门洞开"，亦确是李愬夜半入蔡真情事。下转入从容镇抚，归到相公，正复得体。叙淮西事，当以梦得此诗为第一。

（清）翁方纲《石洲诗话》卷二，人民文学出版社本

晏殊《珠玉词》极流丽，能以翻用成语见长。如"垂杨只解惹春风，何曾系得行人住"。又，"春风不解禁杨花，濛濛乱扑行人面。"等句是也。翻复用之，各尽其妙。

（清）李调元《珠玉词》，《雨村词话》卷二，《词话丛编》本

作诗不能不用故实，眼前情事，有必须古事衬托而始出者。然用事之法最难，或侧见，或反引，或暗用，吸精取液，于本事恰合，令读者一见了然，是为食古而化。若本无用意处，徒取经史字面，铺张满纸，是侏儒自丑其短，而固高冠巍屧，绿衣红裳，其恶状愈可憎也。

（清）方南堂《辍锻录》，《清诗话续编》本

少陵曰："作诗用事，要如释语'水中著盐，饮水乃知盐味。'"东坡

曰："用事当以故为新，以俗为雅，好奇务新，乃诗之病。"荆公曰："用汉人语，止可以汉人语对，若参以异代语，便不相类。"愚谓少陵语尤精到，坡语亦佳，荆舒则太拘忌矣。他诗不具论，李、杜二集可睹也。

（清）乔亿《剑溪说诗》卷下，《清诗话续编》本

邢子才曰："沈侯文章用事，不使人觉，若胸臆语也。"正与杜旨同。
（清）乔亿《剑溪说诗》卷下，《清诗话续编》本

古人用事即是用意，加以真气行之，健笔举之，故征引虽繁，不为事累。
（清）乔亿《剑溪说诗》卷下，《清诗话续编》本

虞伯生曰："文章之妙，唯浙中庖者知之。若川人之为庖也，粗块而大脔，浓醯而厚酱，非不果然餍也，而饮食之味微矣。浙中之庖则不然，凡水陆之产，皆择取柔甘，调其涪齐，澄之有方，而洁之不已，视之泠然水也，而五味之和，各得所求，羽毛鳞角之珍，不易故性。为文之妙，亦犹是耳。"按此与司空图盐梅之喻，各有意义，非言用事，而用事之法，不出乎此矣。
（清）乔亿《剑溪说诗》卷下，《清诗话续编》本

后人长篇，率皆横征事实，否则力薄不可支持。试阅老杜《咏怀》、《北征》等作，曾用几故实耶？若青莲大篇，随手事实，滚滚而来，则又不为使事也。正如大风拔木，屋瓦皆飞，气之所过，物必从之，风何有意于其间哉？
（清）乔亿《剑溪说诗又编》，《清诗话续编》本

大家用事，若不知其用事者，此其妙也。用事全见瘢痕，视不典而不足于用者虽贤，去大家境界远矣。
（清）方东树《昭昧詹言》卷十一，人民文学出版社本

牛鬼蛇神诗中不忌，词则大忌，运用典故须活泼。
（清）孙麟趾《词径》，《词话丛编》本

用事之法：实事虚用，死字活用，常事翻用，旧事新用，两事合用，旁事借用。事过烦则裁之以简约，事过苦则出之以和平，事近亵则持之以矜庄，事近怪则寄之以淡雅。写神仙事除铅汞语，写僧佛事除蔬笋味，写儒先事除头巾气，写仕宦事除冠带样。本余事也，或用之作正面；本正事也，或用之作余波。甚且名作在前，人避我犯，目中且无千古，何至人云亦云耶？

（清）陈仅《竹林答问》，《清诗话续编》本

词中用事，贵无事障。晦也，肤也，多也，板也，此类皆障也。姜白石词用事入妙，其要诀所在，可于其《诗说》见之，曰："僻事实用，熟事虚用。""学有余而约以用之，善用事者也。""乍叙事而间以理言，得活法者也。"

（清）刘熙载《艺概·词曲概》，上海古籍出版社本

用故事须如讼人告干证，又如一花一石偶然安放。否则穷人补衣，但贴上一块而已。

（清）魏际瑞《伯子论文》，《昭代丛书》乙集卷二十，世楷堂本

古人诗入三昧，更无从堆垛学问，正如眼中着不得金屑。坡公谓浩然诗韵高才短，嫌其少料。评孟良是，然坡诗正患多料耳。坡胸中万卷书，下笔无半点尘，为诗何独不然？

（清）施闰章《蠖斋诗话》，《清诗话》本

作问必先选料。大约用古人之事，则取其新僻，而去其陈因。用古人之语，则取其清隽，而去其平实。用古人之字，则取其鲜丽，而去其浅俗。

（清）王又华《古今词论》，《词话丛编》本

词中用事要融化不涩，如东坡《永遇乐》云："燕子楼空，佳人何在？空锁楼中燕。"用张建封事。白石《疏影》云："犹记深宫旧事，那人正睡里，飞近蛾绿。"用寿阳事，又云："昭君不惯胡沙远，但暗忆江

南江北。想佩环月下归来，化作此花幽独。"用少陵诗。皆用事不为所使。

（清）王又华《古今词论》，《词话丛编》本

辛稼轩别开天地，横绝古今，《论》、《孟》、《诗》小序、《左氏春秋》、《南华》、《离骚》、《史》、《汉》、《世说》、选学、李、杜诗，拉杂运用，弥见其笔力之峭。

（清）吴衡照《莲子居词话》卷一，《词话丛编》本

词有袭前人语而得名者，虽大家不免。如方回"梅子黄时雨"，耆卿"杨树岸，晓风残月"，少游"寒鸦数点，流水绕孤村"，幼安"是他春带愁来，春归何处？却不解带将愁去"等句，唯善于调度，正不以有蓝本为嫌。

（清）吴衡照《莲子居词话》卷一，《词话丛编》本

青田："蝴蝶不知身是梦，飞上花枝。"翻用《南华》，有作熟反生之妙。

（清）吴衡照《莲子居词话》卷三，《词话丛编》本

有一老友语余云："制曲之难，无才学者不能为，然才学却又用不着。"旨哉斯言！余见新旧传奇中，多有填砌汇书，堆垛典故，及琢炼四六句，以示博丽精工者，望之如恆钉牲筵，触目可憎。夫文各有体，曲虽小技，亦复有曲之体。若典汇、四六，原自各成一家，何必活剥生吞，强施之于曲乎？若此者，余甚不取。

（清）黄周星《制曲枝语》，《中国古典戏曲论著集成》（七），中国戏剧出版社本

2. 夺胎换骨　点铁成金

山谷黄鲁直《诗话》曰："子美作诗，退之作文，无一字无来处，盖后人读书少，故谓杜韩自作此语耳。古人之为文章，真能陶冶万物，虽取

古人陈言入翰墨，如灵丹一粒，点铁成金也。"

（宋）蔡梦弼《杜工部草堂诗话》卷一，《历代诗话续编》本

"椎床破面枨触人，作无义语怒四邻。尊中欢伯见尔笑，我本和气如三春。"前两句本粗恶语，能煅炼成诗，真造化乎，所谓点铁成金矣。

（宋）吴可《藏海诗话》，《历代诗话续编》本

李光远《观潮》诗云："默运乾坤不暂停，东西云海淬阳精。连山高浪俄兼涌，赴壑奔流为逆行。""默运乾坤"四字重浊不成诗，语虽有出处，亦不当用，须点化成诗家材料方可入用。如诗家论翰墨气骨头重，乃此类也。如杜牧之作《李长吉诗序》云："绝去笔墨畦畛，斯得之矣。"又如"淬"字亦非诗中字；第二联对句太粗生，少锻炼。

（宋）吴可《藏海诗话》，《历代诗话续编》本

白乐天《长恨歌》云："玉容寂寞泪阑干，梨花一枝春带雨。"人皆喜其工，而不知其气韵之近俗也。东坡作送人小词云："故将别语调佳人，要看梨花枝上雨。"虽用乐天语，而别有一种风味，非点铁成黄金乎，不能为此也。

（宋）周紫芝《竹坡诗话》，《历代诗话》本

诗家有换骨法，谓用古人意而点化之，使加工也。李白诗云："白发三千丈，缘愁似个长。"荆公点化之，则云："缲成白发三千丈。"刘禹锡云："遥望洞庭湖水面，白银盘里一青螺。"山谷点化之，则云："可惜不当湖水面，银山堆里看青山。"孔稚圭《白苎歌》云："山虚钟声彻"山谷点化之，则云："山空响管弦。"卢仝诗云："草石是亲情。"山谷点化之，则云："小山作朋友，香草当姬妾。"学诗者不可不知此。

（宋）葛立方《韵语阳秋》卷第二，《历代诗话》本

《冷斋夜话》云："山谷言诗意无穷，而人才有限，以有限之才，追无穷之意，虽渊明、少陵不得工也。不易其意，而造其语，谓之换骨法。规摹其意形容之，谓之夺胎法。如郑谷诗：'自缘今日人心别，未必秋香一夜衰。'此意甚佳，而病在气不长；两汉文章，雄深雅健，其气长故

也。曾子固曰：'诗当使人一览语尽，却意有余，乃古人用心处。'荆公《菊诗》曰'千花百卉凋零后，始见闲人把一枝。'东坡曰：'万事到头都是梦，休休，明日黄花蝶也愁。'又李翰林曰：'鸟飞不尽暮天碧。'又曰：'青天尽处没孤鸿。'其病如前所论。山谷《达观台》诗曰：'瘦藤拄到风烟上，乞与游人眼豁开，不知眼界阔多少，白鸟去尽青天回。"凡此之类，皆换骨法也。顾况诗曰：'一别二十年，人堪几回别。'其诗简缓而意精确。荆公《与故人诗》曰：'一日君家把酒杯，六年波浪与尘埃。不知鸟石江头路，到老相寻得几回。'乐天诗：'临风杪秋树，对酒长年身。醉貌如霜叶，虽红不是春。'东坡诗：'儿童误喜朱颜在，一笑那知是酒红。'凡此之类，皆夺胎法也。学者不可不知。"若溪渔隐曰：""飞鸟不尽暮天碧'之句，乃郭功甫《金山行》，《冷斋》以为李翰林诗，何也？"

（宋）胡仔《苕溪渔隐丛话》前集卷三十五，人民文学出版社本

王君玉谓人曰：诗家不妨间用俗语，尤见功夫。雪止未消者，俗谓之待伴；尝有雪诗："待伴不禁鸳瓦冷，羞明常怯玉钩斜。""待伴"、"羞明"皆俗语，而采拾入句，了无痕颣，此点瓦砾为黄金手也。余谓非特此为然，东坡亦有之："避谤诗寻医，畏病酒入务"。又云："风来震泽帆初饱，雨入松江水渐肥"。"寻医"、"入务"、"风饱"、"水肥"，皆俗语也。又南人以饮酒为软饱，北人以昼寝为黑甜，故东坡云："三杯软饱后，一枕黑甜余。"此亦用俗语也。

（宋）魏庆之《诗人玉屑》卷六"点石化金"条，上海古籍出版社本

"仰看明星当空大，无处告诉只颠狂。""但使残年饱吃饭，案头干死读书萤。""却似春风相欺得，更接飞虫打著人。""堂上不合生枫树。""不分桃花红似锦。""惜君只欲苦死留，数日不可更禁当。"皆化俗为雅，灵丹点铁矣。又"王孙若个边"，"若个"犹"那个"。"遮莫邻鸡报五更"，"遮莫"犹"尽教"。若"爷娘妻子走相送"。则本《木兰》"不闻爷娘哭子声"。又"昏黑应须到上头"，乃是常琮全语。

（宋）范晞文《对床夜语》卷二，《历代诗话续编》本

旧说载王禹玉久在翰苑，曾有诗云："晨光未动晓骖催，又向坛头饮社杯。自笑治聋终不是，明年强健更重来。"或曰："古人之诗，有此意乎？"仆曰："白乐天为忠州刺史，《九日题涂溪》云：'蕃草席铺枫岸叶，竹枝歌送菊花杯。明年尚作南宾守，或值重阳更一来。'亦此意也。但古人作诗，必有所疑，谓之神仙换骨法，然非深于此道者亦不能也。

（宋）马永卿《懒真子》卷二，《丛书集成》本

夺胎换骨之法，诗家有之，须善融化，则不见蹈袭之迹。陆鲁望诗云："溪山自是清凉国，松竹合封萧洒侯。"戴式之《赠叶竹山》诗云："山中便是清凉国，门下合封萧洒侯。"王性之诗云："云气与山为态度，月华借水作精神。"式之《舟中》诗云："云为山态度，水借月精神。"如此下语，则成蹈袭。李淑《诗苑》云："诗有三偷语，最是钝贼，学诗者不可不戒。"

（元）韦居安《梅磵诗话》，《历代诗话续编》卷上

独李太白有"人烟寒橘柚，秋色老梧桐"句，而黄鲁直更之曰："人家围橘柚，秋色老梧桐"。晁无咎极称之，何也？余谓只改两字，而丑态毕具，真点金作铁手耳。

（明）王世贞《艺苑卮言》卷四，《历代诗话续编》本

孟淑卿，苏州人，训导澄之女，工诗，号荆山居士。尝论朱淑真诗曰："作诗贵脱胎化质，僧诗无香火气乃佳，铅粉亦然。朱生故有俗病，李易安可与语耳"。

（明）陈继儒《佘山诗话》卷上，《丛书集成》本

"夺胎接骨"，宋人谬说。只是向古人集中作贼耳。冷斋称王荆公《菊化诗》："千花万卉凋零后，始见闲人把一枝。"此为胜郑都官《十日菊》。谬也。荆公诗多渗漏，上句"凋零"二字不妥，下句云"一枝"，似梅花；"闲人"二字牵凑。何如微之云："不是花中偏爱菊，此花开后更无花。"语意俱足。郑诗亦浑成，非荆公听及。

（清）冯班《读古浅说》，《钝吟杂录》卷四，《丛书集成》本

谢惠连《捣衣》诗曰："腰带准畴昔，不知今是非。"至张籍《白纻歌》则曰："裁缝长短不能定，自持刀尺向姑前。"裴说《寄边衣》则曰："愁捻银针信手缝，惆怅无人试宽窄。"虽语益加妍，意实原本于谢，正子瞻所云："鹿入公庖，馔之百方，究其所以美处，总无加于煮食时"也。然疱馔变换得宜，实亦可口。又如金昌绪"打起黄莺儿，莫教枝上啼。啼时惊妾梦，不得到辽西。"令狐楚则曰："绮席春眠觉，纱窗晓望迷。朦胧残梦里，犹自在辽西"。张仲素更曰："袅袅城边柳，青青陌上桑。提笼忘采叶，昨夜梦渔阳。"或反语以见奇，或循蹊而别悟，若尽如此，何病于偷。

（清）贺裳《载酒园诗话》卷一，《清诗话续编》本

偷法一事，名家不免。如刘梦得"山围故国周遭在，潮打空城寂寞回。淮水东边旧时月，夜深还过女墙来。"杜牧之"烟笼寒水月笼沙，夜泊秦淮近酒家。商女不知亡国恨，隔江犹唱《后庭花》。"韦端己"江雨霏霏江草齐，六朝如梦鸟空啼。无情最是台城柳，依旧烟笼十里堤。"三诗虽各咏一事，意调实则相同。愚意偷法一事，诚不能不犯，但当为韩信之背水，不则为虞诩之增灶，慎毋为邵青之火牛可耳。若霍去病不知学古兵法，究亦非是。

（清）贺裳《载酒园诗话》卷一，《清诗话续编》本

余尝谓白香山《琵琶行》一篇，从杜子美《观公孙大娘弟子舞剑器行》诗得来。"临颖美人在白帝，妙舞此曲神扬扬。与余问答既有以，感时抚事增惋伤"。杜以四语，白成数行，所谓演法也。凫胫何短，鹤胫何长，续之不能，截之不可，各有天然之致，不惟诗也，文亦然。杨升庵曰："郭象《庄子注》云：'工人无为于刻木，而有为于运矩；主上无为于亲事，而有为于用臣。'柳子厚演之为《梓人传》一篇，凡数百言。毛苌《诗传》云：'涟，风行水成文也。'苏老泉演之为《苏文甫字说》一篇，亦数百言。皆得脱胎换骨之三昧。"知此则余之论白、杜之诗，了然无疑义矣。

（清）田雯《古欢堂集杂著》卷三，《清诗话续编》本

东坡《峡山寺》诗："山僧本幽独，乞食况未还。云碓水自舂，松门

风为关。"语意全本皇甫孝常《送少微上人》诗,但令人不觉耳。又窦庠《金山行》:"欻然风生波出没,灌濩晶荧无定物。居人相顾非世间,如到日宫经月窟。信知灵境长有灵,住者不得无仙骨。"数语即东坡《金山》诗所脱胎也。在庠诗本非高作,而苏公脱出实境来,神妙遂至不可测。古人之善于变化如此!

(清)翁方纲《石洲诗话》卷二,人民文学出版社本

忆昔从公侍书殿,天闲过目如飞电。池边尽有吮毫人,神骏谁能夸独擅?公今骑鲸隘九州,人间空复看骅骝。惟应驭气可相逐,黄竹雪深千万秋。

杜诗:"天下何曾有山水?人间不解重骅骝。"此用其语意而更翻出下二句来,是从骅骝二字又得路也。

似是"驭气"承"骑鲸","黄竹"承"骅骝",而要之浑沦不可凑泊也。

寻常故实,一入道园乎,则深厚无际;盖所关于读书者深矣。南宋已后,程学、苏学,百家融液,而归于静深澄澹者,道园一人而已。

(清)翁方纲《七言诗三昧举隅·虞道园子昂画马》,《清诗话》本

用前人成句入诗词者极多,然必另有意象以点化之,不能用入排偶或直写偶句也。如欧公长短句云:"平山栏槛倚晴空,山色有无中。"此实别有意象,故坡公复作长短句云:"记得醉翁语,山色有无中。"以王摩诘语专归之欧,转见别致。若韦苏州"绿阴生昼寂,孤花表春余",而王荆公直袭"绿阴"全句,又对之曰:"幽草弄秋妍",此可云意象点化乎?叶石林犹附和之曰:"大抵荆公阅唐诗最多,其去取之间,用意犹精",贡谀亦玉矣。石林又云:"顷见晁无咎举鲁直,'人家围橘柚,秋色老梧桐',自以为莫能及。"吾不解黄鲁直、晁无咎、叶石林皆博雅之流,竟不读李太白诗耶!太白"人烟寒橘柚,秋色老梧桐",千古名句,儿童皆能拾诵,而鲁直乃袭之,又故易二字耶?抑果由暗合耶?刘贡父云:"讽古人诗多,则往往为己得。"吾谓后人作诗,无论立志太卑,有意袭古,与读诗太多无意合古者,要当精心洗涤,斯免诟笑。特书此以存鉴焉。

(清)潘德舆《养一斋诗话》卷七,《清诗话续编》本

山谷词云："断送一生惟有，破除万事无过。"盖用韩诗"断送一生惟有酒"、"破除万事无过酒"。后山以为才去一字，对切而语益峻。余谓此真歇后，非"弯六钧"、"捐三尺"比也。

（清）何文焕《历代诗话考索》，《历代诗话》本

刘禹锡诗曰："旧时王谢堂前燕，飞入寻常百姓家。"妙处全在"旧"字及"寻常"字。四溟云："或有易之者曰：'王谢堂前燕，今飞百姓家。'点金成铁矣。"谢公又拟之曰："王谢豪华春草里，堂前燕子落谁家？"尤属恶劣。

（清）何文焕《历代诗话考索》，《历代诗话》本

3. 用人若己

凡用旧合机，不啻自其口出；引事乖谬，虽千载而为瑕。

（南朝·梁）刘勰《文心雕龙·事类》，人民文学出版社本

赞曰：经籍深富，辞理遐亘。皓如江海，郁若昆邓。文梓共采，琼珠交赠。用人若己，古来无懵。

（南朝·梁）刘勰《文心雕龙·事类》人民文学出版社本

语似用事义非用事

此二门始有之，而弱手不能知也。如康乐公"彭薛才知耻，贡公未遗荣。或可优贪竞，岂足称达生？"此申商榷三贤，虽许其退身，不免遗议。盖康乐欲借此成我诗，非用事也。如《古诗》："仙人王子乔，难可与等期。"曹植《赠白马王彪》："虚无求列仙，松子久吾欺。"又古诗："师涓久不奏，谁能宣我心？"上句言仙道不可信，次句让求之无效。下句略似指人，如魏武呼"杜康"为酒。盖作者存其毛粉，不俗委曲伤乎天真，并非用事也。

（唐）释皎然《诗式》，《历代诗话》本

江邻几善为诗，清淡有古风。苏子美坐进奏院事谪官，后死吴中，江

作诗云："郡邸狱冤谁与辩,皋桥客死世同悲。"用事甚精当。尝有古诗云:"五十践衰境,加我在明年。"论者谓莫不用事,能令事如己出,天然浑厚,乃可言诗,江得之矣。

(宋)刘攽《中山诗话》,《历代诗话》本

荆公尝云:"诗家病使事太多,盖皆取其与题合者类之,如此乃是编事,虽工何益?若能自出己意,借事以相发明,情态毕出,则用事虽多,亦何所妨。"故公诗如"董生只为公羊感,岂肯捐书一语真","桔槔俯仰何妨事?抱瓮区区老此身"之类,皆意与本题不类,此真所谓使事也。

(宋)蔡启《蔡宽夫诗话》,《宋诗话辑佚》本

萧文奂能书善画,于扇上图山水,咫尺之内,便觉万里为遥。老杜《戏题山水图》云:"尤工远势古莫比,咫尺应论须万里。"乍读似非用事。如"男儿既介胄,长揖别上官"用"介胄之士不拜","妇人在军中,兵气恐不扬"用"军中岂有女子乎",皆用其意,而隐其语。

(宋)黄彻《䂬溪诗话》卷六,《历代诗话续编》本

杜集多用经书语,如"车辚辚,马萧萧",未尝外入一字,如"天属尊《尧典》,神功协《禹谟》","卿月升金掌,王春度玉墀","霁潭鳣发发,春草鹿呦呦"。皆浑然严重,如天阶赤墀,植璧鸣玉,法度森锵。然后人不敢用者,岂所造语肤浅不类耶。

(宋)黄彻《䂬溪诗话》卷七,《历代诗话续编》本

诗家用古人语,而不用其意,最为妙法……《左传》云:"深山大泽,实生龙蛇。"而山谷《中秋月》诗云:"寒藤老木被光景,深山大泽皆龙蛇。"《周礼·考工记》云:"车人盖圆以象天,轸方以象地。"而山谷云:"丈夫要弘毅,天地为盖轸。"《孟子》云:"《武成》取二三策。"而山谷称东坡云:"平生五车书,未吐二三策。"

(宋)杨万里《诚斋诗话》,《历代诗话续编》本

凤台王彦辅《麈史》曰:"古之善赋诗者,工于用人语,浑然若出于己意。予于李杜见之。颜延年《赭白马赋》曰:'旦刷幽燕,夕秣荆楚。'"

子美《骢马行》曰："昼洗须腾泾渭深,夕趋可刷幽并夜。"太白《天马歌》曰："鸡鸣刷燕暮秣越。"盖皆用颜赋也。韩退之曰："李杜文章在,光焰万丈长。"信哉!

(宋)蔡梦弼《杜工部草堂诗话》卷二,《历代诗话续编》本

使事要事自我使,不可反为事使。仆曰:如公太一图诗:"不是峰头十丈花,世间那得莲如许!"当如是耶？公徐曰:事可使即使,不须强使耳。

(宋)魏庆之《诗人玉屑》卷七,上海古籍出版社本

前辈云,诗家病使事太多,盖皆取其与题合者类之,如此乃是编事,虽工何益。李商隐《人日》诗云:"文王喻复今朝是,子晋吹笙此日同。舜格有苗旬太远,周称流火月难穷。镂金作胜传荆俗,翦彩为人起晋风。独想道衡诗思苦,离家恨得二年中。"正如前语。若《隋宫》诗云:"玉玺不缘归日角,锦帆应是到天涯。"又《筹笔驿》云:"管乐有才真不忝,关张无命欲何如。"则融化斡旋如自己出,精粗顿异也。

(宋)范晞文《对床夜语》卷四,《历代诗话续编》本

李商隐《贾谊》诗云:"可怜夜半虚前席,不问苍生问鬼神。"韩偓云:"如今冷笑东方朔,唯用诙谐侍汉皇。"又"长卿只为《长门赋》,未识君臣际会难。"皆反其事而言之。是时韩在翰林,故出此语,视李为切。

(宋)范晞文《对床夜语》卷四,《历代诗话续编》本

《漫斋语录》云:大率诗语出入经史,自然有力。然须是看多做多,使自家机杼风骨先立,然后使得经史中全语作一体也。如是自出语弱,却使经史中语,则头尾不相勾副,如两村夫舁一枝画梁,自觉经史语在人眼中不入看也。

(宋)何汶《竹庄诗话》卷一,中华书局本

立门庭者必饾饤,非饾饤不可以立门庭。盖心灵人所自有而不相贷,无从开方便法门,任陋人支借也。人讥"西昆体"为獭祭鱼,苏子瞻、

黄鲁直亦獭尔。彼所祭者，肥油江豚；此所祭者，吹沙跳浪之鳡鲨也。除却书本子，则更无诗。如刘彦昺诗："山围晓气蟠龙虎，台枕东风忆凤皇。"贝廷琚诗："我别语儿溪上宅，月当二十四回新。""如何万国尚戎马，只恐四邻无故人。"用事不用事，总以曲写心灵，动人兴、观、群、怨，却使陋人无从支借；唯其不可支借，故无有推建门庭者，而独起四百年之衰。

（清）王夫之《薑斋诗话》卷下，《清诗话》本

以诗入诗，最是凡境。经史诸子，一经征引，都入咏歌，方别于潢潦无源之学。但实事贵用之使活，熟语贵用之使新，语如己出，无斧凿痕，斯不受古人束缚。

（清）沈德潜《说诗晬语》，《清诗话》本

诗写性情，原不专恃数典，然古事已成典故，则一典已自有一意，作诗者借彼之意，写我之情，自然倍觉深厚，此后代诗人不得不用书卷也。吴梅村好用书卷，而引用不当，往往意为词累。初白好议论，而专用白描，则宜短节促调，以遒紧见工，乃古诗动千百言，而无典故驱驾，便似单薄。故梅村诗嫌其使典过繁，翻致腻滞，一遇白描处，即爽心豁目，情余于文。初白诗又嫌其白描太多，稍觉寒俭，一遇使典处，即清切深稳，词意兼工。此两家诗之不同也。如初白与朱竹垞各咏甘泉汉瓦，两诗相较：竹垞诗光怪陆离，令人不敢逼视；初白诗平易近人，便难争胜。至与竹垞《水碓联句》、《观造竹纸联句》，各搜典故，运用刻划，工力悉敌，莫可轩轾。有书无书之异，了然可见矣。

（清）赵翼《瓯北诗话》卷十，人民文学出版社本

《诗品》曰："吟咏情性，亦何贵于用事。"愚谓情性有难以直抒者，非假事陈词则不可，顾所用何如耳！

（清）乔亿《剑溪说诗》卷下，《清诗话续编》本

问：钟嵘《诗品》云："吟咏性情，何贵用事？"其所引诸诗云云，亦自有理，然否？

钟记室自为大明、泰始中诸人下砭语耳。作诗自有两种，有不须用事

者，有当用事者。但须事来就我，不可有甓积凑砌之痕耳。至廊庙典章，天廷掞藻，而欲以俭腹当之，此唐末诗人所以见窘于紫薇也。

（清）陈仅《竹林答问》，《清诗话续编》本

用成语贵浑成脱化，如出诸己。贺方回"旧游梦挂碧云边，人归落雁后，思发在花前"，用薛道衡句。欧阳永叔"平山栏槛倚晴空，山色有无中"，用王摩诘句。均妙。李易安"清露晨流，新桐初引"，用《世说新语》，更觉自然。稼轩能合经、史、子而用之，自其才力绝人处，他人不宜轻效。

（清）沈祥龙《论问随笔》，《词话丛编》本

4. 用事精巧

事类者，盖文章之外，据事以类义，援古以证今者也。昔文王繇《易》，剖判爻位，《既济》九三，远引高宗之伐；《明夷》六五，近书箕子之贞；斯略举人事，以征义者也。至若《胤征》羲和，陈政典之训；《盘庚》诰民，叙迟任之言：此全引成辞，以明理者也。然则明理引乎成辞，征义举乎人事，乃圣贤之鸿谟，经籍之通矩也。《大畜》之象："君子以多识前言往行。"亦有包于文矣。

（南朝·梁）刘勰《文心雕龙·事类》，人民文学出版社本

诗须要有为而作，用事当以故为新，以俗为雅，好奇务新乃诗之病。柳子厚晚年诗极似陶渊明，知诗病者也。

（宋）苏轼《题柳子厚诗》，《东坡题跋》卷二，《丛书集成》本

杨大年、刘子仪皆喜唐彦谦诗，以其用事精巧，对偶亲切。黄鲁直诗体虽不类，然亦不以杨、刘为过。

（宋）叶梦得《石林诗话》卷中，《历代诗话》本

古今人用事有趁笔快意而误者，虽名辈有所不免。苏子瞻"石建方欣洗腧厕，姜庞不解叹蚺蜮"，据《汉书》，腧厕本作厕腧，盖中衣也，

二字义不应可颠倒用。鲁直"啜羹不如放麑,乐羊终愧巴西",本是西巴,见《韩非子》,盖贪于得韵,亦不暇省尔。

(宋)叶梦得《石林诗话》卷中,《历代诗话》本

凡作诗有用事出处,有造语出处,如"五陵衣马自轻肥",虽出《论语》,总合其语,乃潘岳"裘马悉轻肥"。"柳絮才高不道盐",虽谢女事,乃借张融以《海赋》示人,人评其赋,但不道盐耳。"红袖泣前鱼",本《战国策》事,乃陆韩卿《中山王孺子妾歌》"安陵泣前鱼"。坡作《太白画像诗》云:"大儿汾阳中令君,小儿天台坐忘真。"其事乃用白交汾阳于行伍中,竟脱白于祸;天台司马子微谓"白有仙风道骨,可与神游八极之表"。所造之语,乃《祢衡传》云:"大儿孔文举,小儿杨德祖。"

(宋)黄彻《䂮溪诗话》卷九,《历代诗话续编》本

李商隐诗好积故实,如《喜雪》云:"班扇慵裁素,曹衣讵比麻。鹅归逸少宅,鹤满令威家。"又"洛水妃虚妒,姑山客谩夸";"联辞虽许谢,和曲本惭巴"。一篇中用事者十七八。尝观临川《咏枣》止数韵:"馀甘入邻家,尚得馋妇逐。赘享古已然,《豳诗》自宜录。"用"女赘枣修","八月剥枣"。"谁云食之昏",用范晔"枣膏昏蒙"。"愿比赤心投,皇明傥予烛",用萧琛"陛下投臣以赤心,臣敢不报以战栗"。以是知凡作者,须饱材料。传称任昉用事过多,属辞不得流便。余谓昉诗所以不能倾沈约者,乃才有限,非事多之过。坡集有全篇用事者,如《贺人生子》,自"忧葱佳气夜充闾,喜见徐卿第二雏",至"我亦从来识英物,试教啼看定何如";《戏张子野买妾》,自"锦里先生自笑狂,身长九尺鬚眉苍",至"平生谬作安昌客,略遣彭宣到后堂",句句用事,曷尝不流便哉。

(宋)黄彻《䂮溪诗话》卷十,《历代诗话续编》本

诗句固难用经语,然善用者,不胜其韵。李师中云:"夜如何其斗欲落,岁云暮矣天无晴。"又:"山如仁者寿,风似圣之清。"又:"诗成白也知无敌,花落虞兮可奈何。"

(宋)杨万里《诚斋诗话》,《历代诗话续编》本

诗有实字而善用之者，以实为虚。杜云："弟子贪原宪，诸生老伏虔。""老"字盖用"赵充国请行，上老之"。有用文语为诗句者，尤工。杜云："侍臣双宋玉，战策两穰苴。"盖用如"六五帝，三五"。有用法家吏文语为诗句者，所谓以俗为雅。坡云："避谤诗寻医，畏病酒入务。"如前卷僧四显万探支阑入，亦此类也。

（宋）杨万里《诚斋诗话》，《历代诗话续编》本

文人用故事，有直用其事者，有反其意而用之者。李义山诗："可怜半夜虚前席，不问苍生问鬼神。"虽说贾谊，然反其意而用之矣。林和靖诗："茂陵他日求遗稿，犹喜曾无封禅书。"虽说相如，亦反其意而用之矣。直用其事，人皆能之，反其意而用之者，非学业高人，超越寻常拘挛之见，不规规然蹈袭前人陈迹者，何以臻此！

（宋）魏庆之《诗人玉屑》卷七，上海古籍出版社本

荆公《桃源行》云："望夷宫中鹿为马，秦人半死长城下。"指鹿为马乃二世事，而长城之役，乃始皇也。又指鹿事不在望夷宫中。荆公此诗，追配古人，惜乎用事失照管，为可恨耳。

（宋）魏庆之《诗人玉屑》卷七，上海古籍出版社本

东坡最善用事，既显而易读，又切当。若招持服人游湖不赴云："颇忆呼卢袁彦道，难邀骂坐灌将军。"柳氏求书答云："君家自有元和脚，莫厌家鸡更问人。"天然奇特。

（宋）魏庆之《诗人玉屑》卷七，上海古籍出版社本

文人自是好相采取。韩文、杜诗号不蹈袭者，然无一字无来处。乃知世间所有好句，古人皆已道之，能者时复暗合孙吴耳。大抵文字中，自立语最难，用古人语又难于不露筋骨，此除是具倒用大司农印手段始得。

（宋）陈善《扪虱新话》上集卷三，《丛书集成》本

东坡在儋耳时，余三从兄讳延之，自江阴担簦万里，绝海往见。留一月。坡尝诲以作文之法曰：儋州虽数百家之聚，州人之所须，取之市而

足。然不可徒得也。必有一物以摄之。所谓一物者，钱是也。作文亦然。天下之事，散在经传子史中，不可徒得，必得一物以摄之，然后为己用。所谓一物者，意是也。不得钱不可以取物，不得意不可以用事，此作文之要也。吾兄拜领其言而书诸绅。

（元）陈秀明《东坡文谈录》，《丛书集成》本

赵子昂曰："作诗但用隋唐以下故事，便不古也；当以隋唐以上为主。"此论执矣。隋唐以上泛用则可，隋唐以下泛用则不可。学者自当斟酌，不落凡调。

（明）谢榛《四溟诗话》卷二，人民文学出版社本

《人物志》："一国之政，以无味和五味。"注曰："水以无味，故五味得其和。犹君体平淡，则百官施其用。"《隆庆改元望京都有感》云："盐梅无水不成味，宰辅得君方尽才。"因翻用《说命》和羹事，又被古人道破，此即"无米粥"之法，学者心会可也。

（明）谢榛《四溟诗话》卷四，人民文学出版社本

最喜用事当家，最忌用事重沓及不著题。枝山《燕曲》云："苏小道：'伊不管流年，把春色衔将去了，却飞入昭阳姓赵。'"两事相联，殊不觉其重复，此岂寻常所及？末"赵"字，非灵丹在握，未易熔液。予窃爱而效之，《宫词》云："罗浮少个人儿赵。"恨不及也。

（明）徐渭《南词叙录》，《中国古典戏曲论著集成》（三），中国戏剧出版社本

观宋人使事持论咏物，往往极天下之工，而诗道遂为之下裂，是其验也。然元和七言律，可以工言者，梦得、子厚而已。乐天工而太易，以易而没其工。此外虽昌黎之才力，于近体固未遑矣。

（明）胡应麟《再题柳州岭外诗后》，《少室山房类稿》卷一百五，《少室山房文集》，明万历刊本

用事患不得肯綮，得肯綮，则一篇之中八句皆用，一句之中二字串用，亦何不可！婉转清空，了无痕迹，纵横变幻，莫测端倪，此全在神运

笔融，犹斲轮甘苦，心手自知，难以言述。
　　　　　　　　（明）胡应麟《诗薮·内编》卷四，上海古籍出版本

　　陈藏一《话腴》载："李太守与伯珍医士书简云：'遣白金三十两奉谢，以备橘黄之需。'咸不晓所谓橘黄之义。及观《世说》有'枇杷黄，医者忙。橘子黄，医者藏'，乃知古人用事不苟如此。"
　　　　　　　　（明）俞弁《逸老堂诗话》卷下，《历代诗话续编》本

　　使事合情，弄丸之巧，高亮清新，嘉州以还，不多得也。
　　　　　　　　（清）王夫之《明诗评选》卷五，王稚登《寄袁南宁》评语，《船山遗书》，太平洋书店重校刊本

　　问："作律诗忌用唐以后事，其信然与？"
　　答："自何、李、李、王以来，不肯用唐以后事，似不必拘泥。然六朝以前事，用之即多古雅。唐、宋以下，便不尽尔。此理亦不可解。总之：唐、宋以后事，须择其尤雅者用之。如刘后村七律，专好用本朝事，直是恶道。"
　　　　　　　　（清）王士禛《师友诗传续录》，《清诗话》本

　　画家画古人图像，皆须考其时代，如冠舄、衣褶、车服之类，一有踳误杜撰，后人得而指之。诗赋亦然，宋史绳祖《学斋占毕》，称杜牧《阿房宫赋》"烟斜雾横，焚椒兰也"二句尤不可及，谓六经止以椒兰为香，《楚辞》言椒浆兰膏亦然；若沉檀、龙麝等字，皆出于西京以后。近世文士作《婕妤怨》、《明妃曲》，而引用梅妆、莲步，更为可笑，此类齐、梁间事，汉时宁有之耶！故知作诗赋作画，皆贵考据典故，乃不贻讥后人。
　　　　　　　　（清）王士禛《带经堂诗话》卷十三，人民文学出版社本

　　或谓作诗使事，必用六朝已上为古，此说亦拘墟不足信，要之唐、宋事须选择用之，不失古雅乃可。如刘后村诗专用本朝故实，毕竟欠雅……此类数十联，皆宋事也。后见后村四六亦然。
　　　　　　　　（清）王士禛《带经堂诗话》卷十七，人民文学出版社本

晋荀勖久在中书，专管机事，久之以守尚书令，甚惘惘，或有贺之者，勖曰："夺我凤凰池，诸君贺我耶！"故后人呼中书为凤池。卫瓘见乐广而奇之，命诸子造焉，曰："此人之水镜，见之莹然。"乐非真有镜，荀非真有池也。飞卿《和太常嘉莲》诗曰："同心表瑞荀池上，半面分妆乐镜中。"推其意不过言莲生池内，池内水澄如镜，照见花影耳，却如此使事，反觉支离。即笺启中，已属混语，况入之于诗！后有厌薄昆体者，正此种流弊。

（清）贺裳《载酒园诗话》卷一，《清诗话续编》本

刘禹锡《哭吕衡州》曰："遗草一函归太史，孤坟三尺近要离。"若必拘拘切合，则要离冢在吴，《旧唐书》称温自衡州还，郁郁不得志而没，秦、吴相去数千里，不亦太失事实乎！然总以形容旅榇藁葬之悲，所谓镜花水月，不必果有其事。然用事亦有不可不详辨者，如东坡《赠朝云》诗曰："不似杨枝别乐天，却如通德伴伶玄。阿奴络秀不偕老，天女维摩总解禅。"按伯仁语仲智曰："阿奴火攻，固出下策。"则阿奴乃络秀之子，与伶玄、乐天不伦，可谓大谬，当日开林或安东耳。不应子瞻不辨，当系一时笔误，或后人传写之讹。又仲智对母曰："伯仁志大而才短，名重而识暗，非自全之道。嵩性抗直，亦不容于世。惟阿奴碌碌，当在阿母目下。"颛以呼嵩，嵩又以呼谟，岂周氏尽以阿奴称弟耶？但加之于浚，殊无所本。

按东坡为高密、建安两郡王生母孙氏封康国太夫人制曰："举觞座上，有伯仁、仲智之贤；持节洛滨，皆汝南、琅玡之贵。"足辨前诗系校者之误。

江邻几哭苏子美曰"郡邸狱冤谁与辨？皋桥客死世同悲"，二语殊胜梦得前诗。子美坐宴客谪官，没于吴中，故用皋桥事尤切。盖使事虽不必拘，确切则尤妙，但不必过于吹毛。

（清）贺裳《载酒园诗话》卷一，《清诗话续编》本

少时读杜，最厌"冠冕通南极，文章落上台"二语，嫌其板而肥腻。今乃知正阴用尉陀魋结见陆生事，深切南海。次句则因相国自制文。因叹古人下笔，无一字苟且，深愧向来浅率。

（清）贺裳《载酒园诗话又编》，《清诗话续编》本

诗中所用虚实字及典故，细细检点，有相碍者、相犯者，有事不犯而意犯者，时时换改，务令处处关会，互相助势为妙。又有生新字转落套，平常字恰入情者，更宜审之。

(清）张谦宜《絸斋诗谈》卷三，《清诗话续编》本

王紫绶《虔城八首》有句云："京师不返吴王子，岭表犹传征贰师。"吴伟业《扬州怀古》结云："当时止有黄公覆，西去偏随阮步兵。"皆以古事贴今人。此技虽小，精切为难，要博学，又要细心，颠倒剥换，必求恰好，此便是锻炼工夫。

(清）张谦宜《絸斋诗谈》卷八，《清诗话续编》本

《三馀编》言："诗家使事，不可太泥。"白傅《长恨歌》："峨眉山下少人行。"明皇幸蜀，不过峨眉。谢宣城诗："澄江净如练。"宣城去江百余里，县治左右无江。相如《上林赋》："八川分流。"长安无八川。严冬友曰："西汉时，长安原有八川，谓：泾、渭、灞、浐、沣、滈、潦、潏也，至宋时则无矣。"

(清）袁枚《随园诗话》卷一，人民文学出版社本

用事如用兵，愈多愈难。以汉高之雄略，而韩信只许其能用十万，可见部勒驱使，谈何容易。有梁溪少年作怀古诗，动辄二百韵。予笑曰："子独不见唐人咏蜀葵诗乎？"其人请诵之。曰："能供牡丹争几许，被人嫌处只缘多。"

(清）袁枚《随园诗话》卷五，人民文学出版社本

"博士卖驴，书券三纸，不见驴字"，此古人笑好用典者之语。余以为：用典如陈设古玩，各有攸宜：或宜堂，或宜室，或宜书舍，或宜山斋，竟有明窗净几，以绝无一物为佳者，孔子所谓"绘事后素"也。世家大族，夷庭高堂，不得已而随意横陈，愈昭名贵。暴富儿自夸其富，非所宜设而设之，置槭㝉于大门，设尊罍于卧寝：徒招人笑。

(清）袁枚《随园诗话》卷六，人民文学出版社本

考据之学，离诗最远；然诗中恰有考据题目，如《石鼓歌》、《铁券行》之类，不得不征文考典，以侈侈隆富为贵。但须一气呵成，有议论、波澜方妙，不可铢积寸累，徒作算博士也。其诗大概用七古方称，亦必置之于各卷中诸诗之后，以备一格。若放在卷首，以撑门面；则是张屏风、床榻于仪门之外，有贫儿骤富光景，转觉陋矣。圣人编诗，先《国风》而后《雅》、《颂》，何也？以《国风》近性情故也。余编诗三十二卷，以七言绝冠首，盖亦衣锦尚絅，恶此而逃之之意。

（清）袁枚《随园诗话补遗》卷二，人民文学出版社本

用一僻典，如请生客。如何选材，而可不择？古香时艳，各有攸宜。所宜之中，且争毫厘。锦非不佳，不可为帽。金貂满堂，狗来必笑。

（清）袁枚《续诗品·选材》，《续诗品注》，人民文学出版社本

用事选料，当取诸唐以前，唐以后故典，万不可入诗，尤忌以宋、元人诗作典故用。

（清）方南堂《辍锻录》，《清诗话续编》本

古人于事之不能已于言者，则托之歌诗，于歌诗不能达吾意者，则喻以古事。于是用事遂有正用、侧用、虚用、实用之妙。如子美《荆南兵马使太常卿赵公大食刀歌》云："万岁持之护天子，得君乱丝为君理。"此侧用法也。刘禹锡《葡萄歌》云："为君持一斗，往取凉州牧。"此虚用法也。李颀《送刘十》云："闻道谢安掩口笑，知君不免为苍生。"此实用也。李端《寻太白道士》云："出游居鹤上，避祸入羊中。"此正用也。细心体认，得其一端，已足名家，学之不已，何患不抗行古人耶！

（清）方南堂《辍锻录》，《清诗话续编》本

六曰："饤饾成语，死气满纸。"此又上不粘天，下不著地，无谓之甚者也。成语有当用者，有不当用者，岂可概以饤饾为戒！气之死生，关乎义之充馁，非可立为成格，教人为趋避也。

（清）章学诚《论文辨伪》，《文史通义·外篇一》，《章氏遗书》卷七，嘉业堂本

运用书卷，词难于诗，稼轩《永遇乐》岳倦翁尚谓其用事太实。然亦有法：材富则约以用之，语陈则新以用之，事熟则生以用之，意晦则显以用之，实处间以虚意，死处参以话语，如禅家转《法华》，弗为《法华》转，斯为善于运用。

（清）沈祥龙《论词随笔》，《词话丛编》本

词曲说白之内，往往引用古人典故，务须查明出处，心中了了，则可以传神。

（清）黄幡绰《梨园原》，《中国古典戏曲论著集成》（九），中国戏剧出版社本

5. 何贵于用事

夫属词比事，乃为通谈。若乃经国文符，应资博古。撰德驳奏，宜穷往烈。至乎吟咏情性，亦何贵于用事？"思君如流水"，既是即目，"高台多悲风"，亦惟所见；"清晨登陇首"，羌无故实；"明月照积雪"，讵出经、史。观古今胜语，多非补假，皆由直寻。颜延、谢庄，尤为繁密，于时化之。故大明、泰始中，文章殆同书钞。近任昉、王元长等，辞不贵奇，竞须新事，尔来作者，浸以成俗。遂乃句无虚语，语无虚字，拘挛补衲，蠹文已甚。但自然英旨，罕值其人。词既失高，则宜加事义，虽谢天才，且表学问，亦一理乎！

（南朝·梁）钟嵘《诗品总论》，《诗品注》卷首，人民文学出版社本

彦升少年为诗不工，故世称沈诗任笔，昉深恨之。晚节爱好既笃，文亦遒变，善诠事理，拓体渊雅，得国士之风，故擢居中品。但昉既博物，动辄用事，所以诗不得奇。少年士子，效其如此，弊矣。

（南朝·梁）钟嵘《诗品》卷中，《诗品注》，人民文学出版社本

不用事第一；作用事第二；（其有不用事而措意不高者，黜入第二格。）直用事第三；（其中亦有不用事而格稍下，贬居第三。）有事无事第

四；(此于第三格中稍下，故入第四。)有事无事，情格俱下第五。(情格俱下，有事无事可知也。)

(唐)皎然《诗式》，《历代诗话》本

诗人皆以征古为用事，不必尽然也。今且于六义之中，略论比兴。取象曰比，取义曰兴。义即象下之意。凡禽鱼、草木、人物、名数，万象之中义类同者，尽入比兴，《关雎》即其义也。如陶公以"孤云"比"贫士"；鲍照以"直"比"朱丝"，以"清"比"玉壶"。时久呼比为用事，呼用事为比。如陆机《齐讴行》："鄙哉牛山叹，未及至人情。爽鸠苟以徂，吾子安得停？"此规谏之忠，是用事非比也。如康乐公《还旧园作》："偶与张邴合，久欲归东山。"此叙志之忠，是比非用事也。详味可知。

(唐)皎然《诗式》，《历代诗话》本

有人云，陈无己"闭门十日雨"，即是退之"长安闭门三日雪"。余以为作诗者容有意思相犯，亦不必为病，但不可太甚耳。

(宋)王直方《王直方诗话》，《宋诗话辑佚》本

杨亿、刘筠作诗务积故实，而语意轻浅。一时慕之，号"西昆体"，识者病之。

(宋)魏泰《临汉隐居诗话》，《历代诗话》本

近世士大夫习为时学，忌博闻者，率引经以自强。余谓挟天子以令诸侯，诸侯必从，然谓之尊君则不可；挟六经以令百氏，百氏必服，然谓之知经则不可。

(宋)强幼安《唐子西文录》，《历代诗话》本

诗以用事为博，始于颜光禄而极于杜子美。以押韵为工，始于韩退之而极于苏、黄。然诗者，志之所之也。情动于中而形于言，岂专意于咏物哉……苏、黄用事押韵之工，至矣尽矣，然究其实，乃诗人中一害，使后生只知用事押韵之为诗，而不知咏物之为工，言志之为本也。风雅自此扫地矣。

(宋)张戒《岁寒堂诗话》卷上，《历代诗话续编》本

世谓推故事，参骈语，起于唐，不知自西京邹、杨辈已然，至唐尤甚尔，及韩、柳出，而后天下知有古文。
　　　　　（宋）刘克庄《序徐先辈集》，《后村先生大全集》卷九十六，《四部丛刊》本

　　四六家必用全句，必使故事，然鸣庆欠融化，梅亭稍堆垛，要是文字之病。太渊所作，剪截冗长，划去繁芜，如以凤胶续断，獭髓灭瘢，人见其粹美无瑕，意脉相贯，孰知良工之心苦焉。
　　　　　（宋）刘克庄《序林大渊稿》，《后村先生大全集》，卷九十八，《四部丛刊》本

　　不必太着题，不必多使事。
　　　　　（宋）严羽《沧浪诗话·诗法》，《沧浪诗话校释》人民文学出版社本

　　押韵不必有出处，用事不必拘来历。
　　　　　（宋）严羽《沧浪诗话·诗法》，《沧浪诗话校释》，人民文学出版社本

　　诗用古人名，前辈谓之点鬼簿，盖恶其为事所使也。如老杜"但见文翁能化俗，焉知李广不封侯"，"今日朝廷须汲黯，中原将帅忆廉颇"等作，皆借古以明今，何患乎多？李商隐集中半是古人名，不过因事造对，何益于诗？至有一篇而叠用者，如《茂陵》云："玉桃偷得怜方朔，金屋修成贮阿娇。谁料苏卿老归国，茂陵松柏雨萧萧。"此犹有微意。《牡丹》诗云："锦帏初见卫夫人，绣被犹堆越鄂君。石崇蜡烛何曾剪，荀令香炉可待熏。"不切甚矣。
　　　　　（宋）范晞文《对床夜语》卷三，《历代诗话续编》本

　　文字不必多用事，只用意便得。
　　　　　（宋）王构《修辞鉴衡》卷二，《丛书集成》本

　　文章不使事最难，使事多亦最难。不使事，难于立意；使事多，难于遣词。能立意者未必能造语，能遣词者未必能免俗，此又其最难者。大抵

为文者多，知难者少。

（宋）陈善《扪虱新话》上集卷四，《丛书集成》本

范元实《诗话》："白乐天《长恨歌》工矣，而用事犹误。'峨嵋山下少人行'。明皇幸蜀，不行峨眉山也，当改云剑门山。'七月七日长生殿，夜半无人私语时。'长生殿乃斋戒之所，非私语地也。华清宫自有飞霜殿，乃寝殿也，当改'长生'为'飞霜'则尽矣。"按郑嵎《津阳门》诗："金沙洞口长生殿，玉蕊峰头王母祠。"则长生殿乃在骊山之上，夜半亦非上山时也。又云："飞霜殿前月悄悄，迎风亭下风飕飕。"据此，元实之所评信矣。

（明）杨慎《升庵诗话》卷七，《历代诗话续编》本

用事多则流于议论。子美虽为诗史，气格自高。

（明）谢榛《四溟诗话》卷二，人民文学出版社本

为文好用事，自邹阳始。诗好用事，自庾信始。其后流为西昆体，又为江西派，至宋末极矣。

（明）王鏊《文章》，《震泽长语》卷下，《丛书集成》本

子美之后，而欲令人毁靓妆，张空拳，以当市肆万人之观，必不能也。其援引不得不日加而繁。然病不在故事，顾所以用之何如耳？善使故事者，勿为故事所使。如禅家云："转《法华》勿为《法华》转。"使事之妙，在有而若无，实而若虚，可意悟不可言传，可力学得不可仓卒得也。宋人使最多，而最不善使，故诗道衰。

（明）王世懋《艺圃撷余》，《历代诗话》本

自义山、牧之，用晦开用事议论之门，元人尤喜模仿。如"夜深正好看明月，又抱琵琶过别船"，"如何十二金人外，犹有当年铁未销"，"却爱曹瞒台上瓦，至今犹属建安年"，"中郎有女能传业，传得胡笳业不如"，皆世所传诵。晚唐尖巧余习，深入膏肓。弘、正前尚中此，嘉、隆始洗削一空。

（明）胡应麟《诗薮·外编》卷六，上海古籍出版社本

曲之佳处，不在用事，亦不在不用事。好用事，失之堆积；无事可用，失之枯寂。要在多读书，多识故实，引得的确，用得恰好，明事暗使，隐事显使，务使唱去人人都晓，不须解说。又有一等事，用在句中，令人不觉，如禅家所谓撮盐水中，饮水乃知咸味，方是妙手。《西厢》、《琵琶》用事甚富，然无不恰好，所以动人。《玉玦》句句用事，如盛书柜子，翻使人厌恶，故不如《拜月》一味清空，自成一家之为愈也。

（明）王骥德《曲律·论用事》，《中国古典戏曲论著集成》（四），中国戏剧出版社本

梁陈以来所尚者使事而拙者不能，多读书虽读亦复不解，适其愈下，则有纂集类书以供填入之恶习。故序古则乱汉为秦，迤张作李，纪地则燕与秦连，闽与粤混，求如此作以"远入隗嚣营，旁侵酒泉路"记陇头水者，鲜矣。尝谓天下书皆有益而无损，下至酒坊账册，亦可因之以识人姓字，其能令人趋入于不通者，惟类书耳。《事文类聚》、《白孔六帖》、《天中记》、《潜确类书》、《世说新语》、《月令》、《广义》一流恶书，案头不幸有此，真如疟鬼缠人，且如传尸劳瘵，非铁铸汉，其不死者千无一二也，悲夫！

（清）王夫之《古诗评选》卷一，张正见《陇头水》评语，《船山遗书》，太平洋书店重校刊本

问："钟嵘《诗品》云：'吟咏性情，何贵用事？'白乐天则谓文字须雕藻两三字文采，不得全直致，恐伤鄙朴。二说孰是？"

答："仲韦所举古诗，如'高台多悲风'、'明月照积雪'、'清晨登陇首'，皆书即目，羌无故实，而妙绝千古。若乐天云云亦是，而其自为诗却多鄙朴。特其风味佳，故虽云'元轻白俗'，而终传于后耳。"

（清）王士禛《师友诗传续录》，《清诗话》本

五字清晨登陇首，羌无故实使人思。定知妙不关文字，已有千秋幼好辞。

（清）王士禛《戏仿元遗山论诗绝句》三十二首之二，《渔洋山人精华录》卷五，《四部备要》本

作词不待用事，用之妥切，则语始有情。

（清）贺裳《皱水轩词筌》，《词话丛编》本

古有佳事入之诗反俗者，如王介甫应学士召，王介以诗讽之曰："蕙帐一空生晓寒"，极有清气，上句"草庐三顾动春蛰"，一何鄙俚，皆由不炼字之故。若以雅字易去"动春蛰"，则善矣。

（清）贺裳《载酒园诗话》卷一，《清诗话续编》本

宋人好用成语入四六，后并用之于诗，故多硬懋。如丁黼《送钱尉》诗"不能刺刺对婢子，已是昂昂真大夫"，所谓食生不化者也。

（清）贺裳《载酒园诗话》卷一，《清诗话续编》本

子瞻七言律好用典实，自是博洽之累。或曰其源实本之义山，良然。

（清）叶矫然《龙性堂诗话初集》，《清诗话续编》本

况诗与古文不同，诗可用成语，古文则必不可用，故杜诗多用古人句，而韩于经史诸子之文，只用一字，或至两字而止，若直用四字，知为后人之文矣。

（清）刘大櫆《论文偶记》，人民文学出版社本

一气运掉，掔转如意，故事凑笔也。厚厚堆起，与本意绝不相关者，强搬故事也。

（清）张谦宜《絸斋诗谈》卷一，《清诗话续编》本

古人为诗有著意用事及成语者，亦有无心用事暗与古合者，必如注家所云某字出某文，其句出某集，不知是先查就而后布置耶，抑先布置而后填故事乎？必若此，老杜、韩昌黎一抄袭博士耳，岂足传哉！此余之私忿也，不知有同心者谁。

（清）张谦宜《絸斋诗谈》卷八，《清诗话续编》本

《南史》谓"任昉用事过多，属辞不得流便"。后人喜用事者，尚鉴

兹哉。

（清）乔亿《剑溪说诗》卷下，《清诗话续编》本

有某孝廉作诗善用僻典，尤通释氏之书，故所作甚多，无一篇晓畅者。一日示余二诗，余口噤不能读。遂谓人曰："记得少时诵李、杜诗，似乎首首明白"。闻者大笑。始悟诗文一道，用意要深切，立辞要浅显，不可取僻书释典，夹杂其中。但看古人诗文，不过将眼面前数千字搬来搬去，便成绝大文章。乃知圣贤学问，亦不过将伦常日用之事，终身行之，便为希贤希圣，非有六臂三首牛鬼蛇神之异也。

（清）钱泳《履园谭诗》，《清诗话》本

宋词三派，曰婉丽、曰豪宕、曰醇正，今则又益一派，曰饾饤。宋人咏物，高者摹神，次者赋形，而题中有寄托，题外有感慨，虽词实无愧于六义焉。至国朝小长芦出，始创为征典之作，继之者樊榭山房。长芦腹笥浩博，樊榭又熟于说部，无处展布，借此以抒其丛杂。然实一时游戏，不足为标准也。

（清）谢章铤《赌棋山庄词话》卷九，《词话丛编》本

多用事与不用事，各有其弊。善文者满纸用事，未尝不空诸所有；满纸不用事，未尝不包诸所有。

（清）刘熙载《艺概·文概》，上海古籍出版社本

沈雄曰：后村《清平乐》云："除是无身方了，有身定有闲愁。"特用《楞严》"因我有身，所以有患"句也，疑是妙悟一流人语。稼轩《踏莎行》云："长沮桀溺耦而耕，某何为是栖栖者。"龙洲《西江月》云："天时地利万人和，燕可代与？曰可。"用经书语入词，毕竟非第一义。

（清）沈雄《用语》，《古今词语·词品》卷下，《词话丛编》本

诗言志。古人善诗者，皆不喜以故事填塞；若填塞则词重而体不灵，气不逸，必俗物也。本地风光，用之不尽。或有故事赴于笔下，即用之不见痕迹，方是作者。

（清）徐增《而庵诗话》，《清诗话》本

6. 诗用俗语　俚语　方言

　　《杜鹃诗》，识者谓前四句非诗也，乃题下自注，而后人写之误耳。余以为不然，此正与古谣语无以异，岂复以韵为限也！

（宋）王直方《王直方诗话》，《宋诗话辑佚》本

　　老杜《八仙诗》序李太白："天子呼来不上船，自称臣是酒中仙。"船，方言也，所谓襟纽是已。杜诗又有云："家家养乌鬼，顿顿食黄鱼。"川峡路民多供事乌蛮鬼以临江，故顿顿食黄鱼耳。俗人不解，作畜养字读，遂使沈存中自解以乌鬼为鸬鹚也。

（宋）王直方《王直方诗话》，《宋诗话辑佚》本

　　诗人用事，有乖语意到处，辄从其方言为之者，亦自一体，但不可为常耳。吴人以作为佐音，淮楚之间以十为忱音，不通四方。然退之"非阁复非桥，可居兼可过。君欲问方桥，方桥如此作"，乐天"绿浪东西南北水，江栏三百九十桥"，乃皆用二音，不知当时所呼通尔，或是姑为戏也。呼儿为囝，父为郎罢，此闽人语也。顾况作《补亡训传》十三章，其哀闽之词曰："囝别郎罢心摧血"，况善谐谑，故特取其方言为戏，至今观者为之发笑。然五方之音各不同，自古文字，曷尝不随用之。楚人发语之辞曰羌，曰蹇，平语之词曰些，一经屈宋采用，后世遂为佳句，但世俗常情，不能无贵远鄙近耳。今毗陵人平语皆曰钟，京口人曰兜，淮南人曰坞，犹楚人曰些，尝有士人学为骚词，皆用此三语，闻者无不抚掌。

（宋）蔡启《蔡宽夫诗话》，《宋诗话辑佚》本

　　诗疏不可不阅，诗材最多。其载谚语如"络纬鸣，懒妇惊"之类，尤宜入诗用。

（宋）强幼安《唐子西文录》，《历代诗话》本

　　李方叔云："常言俗语，文章所忌，要在斲句清新，令高妙出群，须众中拈出时，使人人读之，特然奇绝者，方见功夫也。又不可使言语有尘

埃气，唯轻快玲珑，使文采如月之光华。"

（宋）王正德《余师录》卷四，《丛书集成》本

东坡在黄州时，尝赴何秀才会，食油果甚酥，因问主人，此名为何。主人对以无名。东坡又问为甚酥。坐客皆曰："是可以为名矣。"又潘长官以东坡不能饮，每为设醴。坡笑曰："此必错著水也。"他日忽思油果，作小诗求之云："野饮花前百事无，腰间惟系一葫芦，已倾潘子错著水，更觅君家为甚酥。"李端叔尝为余言，东坡云："街谈市语，皆可入诗，但要人镕化耳。"此诗虽一时戏言，观此亦可以知其镕化之功也。

（宋）周紫芝《竹坡诗话》，《历代诗话》本

数物以"个"，谓食为"吃"，甚近鄙俗，独杜子美善用之。云"峡口惊猿闻一个"，"两个黄鹂鸣翠柳"，"却绕井桐添个个"，"临歧意颇切，对酒不能吃"，"楼头吃酒楼下卧"，"梅熟许同朱老吃"，盖篇中大概奇特，可以映带之也。

（宋）魏庆之《诗人玉屑》卷六，中华书局本

唐人诗句中用俗语者，惟杜荀鹤、罗隐为多。杜荀鹤诗，如曰："只恐为僧僧不了，为僧得了尽输僧。"曰："乍可百年无称意，难教一日不吟诗。"曰："啼得血流无用处，不如缄口过残春。"曰："举世尽从愁里老，谁人肯向死前闲。"曰："世间多少能言客，谁是无愁行睡人。"曰："逢人不说人间事，便是人间无事人。"曰："莫道无金空有寿，有金无寿欲何如。"罗隐诗，如曰："西施若解亡人国，越国亡来又是谁。"曰："今宵有酒今宵醉，明日愁来明日愁。"曰："能消造化几多力，不受阳和一点尘。"曰："只知事逐眼前去，不觉老从头上来。"曰："时来天地皆同力，运去英雄不自由。"曰："采得百花成蜜后，不知辛苦为谁甜。"曰："明年更有新条在，绕乱春风卒未休。"今人多引此语，往往不知谁作。

（宋）王楙《杜荀鹤罗隐诗》，《野客丛书》卷十四，《丛书集成》本

宋人论诗云：今人论诗，往往要出处。"关关雎鸠，"出在何处？此

语似高而实卑也。何以言之？圣人之心如化工，然后矢口成文，吐辞为经。自圣人以下，必须则古昔，称先王矣，若以无出处之语皆可为诗，则凡道听途说，街谈巷语，酗徒之骂坐，里媪之詈鸡，皆诗也，亦何必读书哉！此论既立，而村学究从而演之曰：寻常言语，口头话，便是诗家绝妙辞。噫！《三百篇》中，如《国风》之微婉，二《雅》之委蛇，三《颂》之简奥，岂寻常语、口头话哉？

（明）杨慎《宋人论诗》，《升庵文集》卷五十四，明刊本

解元唐寅子畏，晚年作诗，专用俚语，而意愈新。尝有诗云："不炼金丹不坐禅，不为商贾不耕田。起来就写青山卖，不使人间造业钱。"君子可以知其养矣。

（明）顾元庆《夷白斋诗话》，《丛书集成》本

凡作传奇，不宜频用方言，令人不解。近日填词家见花面登场，悉作姑苏口吻，遂以此为成律，每作净、丑之白，即用方言。不知此等声音，止能遍于吴、越。过此以往，则听者茫然。传奇，天下之书，岂仅为吴、越而设？至于他处方言，虽云入曲者少，亦视填词者所生之地。如汤若士生于江右，即当规避江右之方言，粲花主人吴石渠生于阳羡，即当规避阳羡之方言。盖生此一方，未免为一方所囿，有明是方言，而我不知其为方言，及入他境，对人言之而人不解，始知其为方言者，诸如此类，易地皆然。欲作传奇，不可不存桑弧蓬矢之志。

（清）李渔《闲情偶寄·词曲部·宾白第四》，《中国古典戏曲论著集成》（七），中国戏剧出版社本

北地之裔，怒声醉呹，掣如狂咒，康德涵、何大复而下愈流愈莽。公安乍起，即为竟陵所夺，其党未盛，故其败未极。以俗诞而坏公安之风矩者雷何思、江进之数子而已。若竟陵则普天率土干死时文之经生，拾沈行乞之游客，乐其酸俗淫佻而易从之，乃至鬻色老妪且为分坛坫之半席，则回思北地，又不胜朱弦疏越之想。

（清）王夫之《明诗评选》卷四，李梦阳《赠青石子》评语，《船山遗书》，太平洋书店重校刊本

……孟载依风埒之偏,窃杜之垢腻以为芳泽。数行之间,鹅鸭充斥,三首之内,柴米喧阗,冲口市谈,满眉村皱,乃至云"丈夫遇知己,胜如得美官",云"李白好痛饮,不闻目有座,子夏与丘明,不闻饮酒过"……云"先生种苎不种桑,布作衣裘布为裤",如此之类,盈篇积牍不可胜摘……又何怪乎近者山左两河之间以烂枣糕、酸浆水之脾舌自鸣风雅。

（清）王夫之《明诗评选》卷六,杨基《客中寒食有感》评语,《船山遗书》,太平洋书店重校刊本

拟古咏怀,断不宜入近世事与近世字面,锦葛同裘,嫌不称也。若本叙述近事,即方言谣谚,不妨引入,顾用之何如耳。

（清）沈德潜《说诗晬语》,《清诗话》本

孙月峰云:"乐府贵俚。"亦不尽然。如汉代《房中》诸曲,博奥《尔雅》,岂得云"俚"?惟民谣里唱时有之,然亦须炼到。

里语不妨入乐府,但要炼得雅,李大村秧鼓歌是如此。

乐府主于痛快淋漓,若以枘木不尽言为上,先不知古今之变已。

古诗与乐府分界,只是动气静气之交。

（清）张谦宜《𫘧斋诗谈》卷二,《清诗话续编》本

茂秦引《诗法》曰:"《事文类聚》不可用,盖宋事多也。"余谓宋事何不可用? 街谈巷语,皆可入诗,唯在炉锤手妙。

（清）何文焕《历代诗话考索》,《历代诗话》本

又必观其所演何事,如演朝廷文墨之辈,则词语仍不妨稍近藻绘,乃不失口气;若演街巷村野之事,则铺述竟作方言可也。总之,因人而施,口吻极似,正所谓本色之至也。

（清）徐大椿《乐府传声·元曲家门》,《中国古典戏曲论著集成》(七),中国戏剧出版社本

7. 忌"掉书袋"

苏子瞻自在场屋,笔力豪骋。不能屈折于作赋。省试时,欧阳文忠公

锐意欲革文弊，初未之识。梅圣俞作考官，得其《刑赏忠厚之至论》，以为似孟子。然中引："皋陶曰'杀之'三。尧曰'宥之'三。"事不见所据。亟以示文忠，大喜，往取其赋，则以为他考官所落矣，即擢第二。及放榜，圣俞终以前所引为疑，遂以问之，子瞻徐曰："想当然耳！何必须要有出处。"圣俞大骇，然人已无不服其雄俊。

（宋）叶梦得《石林燕语》卷八，《丛书集成》本

古人读书多，故作文时偶用一二古字，初不以为工，亦自不知孰为古、孰为今也。近时乃或抄缀《史》、《汉》中字入文辞中，自谓工妙，不知有笑之者。偶见此书，为之太息，书以为后生戒。

（宋）陆游《跋前汉通用古字韵编》，《渭南文集》卷二十八，《陆游集》，中华书局本

今人解杜诗，但寻出处，不知少陵之意，初不如是。且如《岳阳楼》诗："昔闻洞庭水，今上岳阳楼。吴楚东南坼，乾坤日夜浮。亲朋无一字，老病有孤舟。戎马关山北，凭轩涕泗流。"此岂可以出处求哉！纵使字字寻得出处，去少陵之意益远矣。盖后人无不知杜诗所以妙绝古今者在何处，但以一字亦有出处为工。如《西昆酬唱集》中诗，何曾有一字无出处者，便以为追配少陵，可乎？且今人作诗，亦未尝无出处，渠不自知，若为之笺注，亦字字有出处，但不妨其为恶诗耳！

（宋）陆游《老学庵笔记》卷七，《丛书集成》本

文字好用经语亦一病。老杜诗："致思远恐泥。"东坡写此诗到此句云："此诗不足为法。"

（宋）朱熹《论文下》，《朱子语类》卷一百四十，清同治应元书院本

最忌骨董，最忌趁贴。

（宋）严羽《沧浪诗话·诗法》，《沧浪诗话校释》，人民文学出版社本

顾瑛谓铁崖以此变宋体，脱诗人之牿，真令尖酸汉一肚皮古董，两肋

腔格局无卖弄处。快绝！

(清) 王夫之《明诗评选》卷六，杨维桢《又湖州作》评语，《船山遗书》，太平洋书店重校刊本

少陵《李潮八分小篆歌》，开诗中考据之端。而竹垞为诗，每好以此等为能事。云松才学宏富，亦好考据以见长，然吊诡搜奇，俱觉冗蔓可厌。近日此风盛行，而诗遂同胥抄矣。

(清) 尚镕《三家诗话》，《清诗话续编》本

读黄豫章诗，当取其清空平易者。如《曲肱亭》："仲蔚蓬蒿宅，宣城诗句中。人贤忘巷陋，境胜失途穷。寒萐书万卷，零乱刚直胸。偃蹇勋业外，啸歌山水重。晨鸡催不起，拥被听松风。"不甚矫揉，政自佳。其诗病在好奇，又喜使事，究其所得，实不如杨、刘。如"春将国艳熏花骨，日借黄金缕水纹"，何等费力！咏弈棋"湘东一目诚堪死，天下中分尚可持"，终亦巧累于理。"霜林收鸭脚，春网荐琴高"，按鸭脚即银杏，以叶似鸭脚得名；仙人琴高跨鲤而来，故言鲤者多引其事。今日"荐琴高"，何异微生一瓢，右军两只耶！

(清) 贺裳《载酒园诗话》，《清诗话续编》本

援引典故，诗家所尚。然亦有羌无故实而自高，胪陈卷轴而转卑者。假如作田家诗，只宜称情而言；乞灵古人，便乖本色。

(清) 沈德潜《说诗晬语》，《清诗话》本

今世天下相率为汉学者，搜求琐屑，征引猥杂，无研寻义理之味，多矜高自满之气，愚鄙，窃不以为安，自顾行能无可称年过，学落不能导率英少，第有相望之意，不敢不忠，尝以是语人，今故亦举为足下告也，或索采纳否。

(清) 姚鼐《复汪孟慈书》，《文后集》卷三，《惜抱轩全集》，《四部备要》本

魏泰道辅《隐居诗话》云："黄庭坚喜作诗得名，好用南朝人语，专求古人未使之一二奇字，缀葺而成诗。狭也。"自以为工、其实所见之

狭也。

（清）翁方纲《石洲诗话》卷三，人民文学出版社本

问：咏物如何始佳？答：未易言佳，先勿涉呆。一呆典故，二呆寄托，三呆刻画，呆衬托。去斯三者，能成词不易，矧复能佳，是真佳矣。题中之精蕴佳，题外之远致尤佳。自性灵中出佳，从追琢中来亦佳。

（清）况周颐《蕙风词话》卷五，人民文学出版社本

放翁、稼轩，一扫纤艳，不事斧凿，高则高矣，但时时掉书袋。要是一癖。

（清）王弈清《历代诗余》卷一一八，《词话丛编》本

《雪坡文集》宋姚勉撰……诗法颇有渊源，虽微涉粗豪，然落落有气，文亦颇婉雅可观，无宋末语录之俚语。

（清）永瑢等《四库全书总目》卷一六四，集部·别集类十七，中华书局本

八

章　法

1. 谨布置　定间架

艮其辅，言有序，悔亡。

（先秦）《周易·艮》，《四部丛刊》本

然后选义按部，考辞就班，抱景者咸叩，怀响者毕弹。或因枝以振叶，或沿波而讨源，或本隐以之显，或求易而得难，或虎变而兽扰，或龙见而鸟澜，或妥贴而易施，或岨峿而不安。罄澄心以凝思，眇众虑而为言。笼天地于形内，挫万物于笔端。始踯躅于燥吻，终流离于濡翰，理扶质以立干，文垂条而结繁，信情貌之不差，故每变而在颜；思涉乐其必笑，方言哀而已叹。或操觚以率尔，或含毫而邈然。

（晋）陆机《文赋》，《陆机集》卷一，中华书局本

人有长短，今既定远近以瞩其对，则不可改易阔促，错置高下也。

（晋）顾恺之《论画》，引自《顾恺之研究资料》，人民美术出版社本

其西，石泉又见，乃因绝际作通冈，伏流潜降，小复东出，下涧为石濑，沦没于渊。所以一西一东而下者，欲使自然为图。

（晋）顾恺之《画云台山记》，引自《顾恺之研究资料》，人民美术出版社本

若以临见妙裁，寻其置陈布势，是达画之变也。

（晋）顾恺之《魏晋胜流画赞·孙武》，引自《顾恺之研究资料》，人民美术出版社本

夫设情有宅，置言有位；宅情曰章，位言曰句。故章者，明也，句者，局也。局言者，联字以分疆，明情者，总义以包体，区畛相异，而衢路交通矣。夫人之立言，因字而生句，积句而成章，积章而成篇。篇之彪炳，章无疵也；章之明靡，句无玷也；句之清英，字不妄也；振本而末从，知一而万毕矣。夫裁文匠笔，篇有小大；离章合句，调有缓急；随变适会，莫见定准。句司数字，待相接以为用；章总一义，须意穷而成体。其控引情理，送迎际会，譬舞容回环，而有缀兆之位；歌声靡曼，而有抗坠之节也。寻诗人拟喻，虽断章取义，然章句在篇，如茧之抽绪，原始要终，体必鳞次。启行之辞，逆萌中篇之意，绝笔之言，追媵前句之首；故能外文绮交，内义脉注，跗萼相衔，首尾一体。若辞失其朋，则羁旅而无友；事乖其次，则飘寓而不安。是以搜句忌于颠倒，裁章贵于顺序，斯固情趣之指归，文笔之同致也。

（南朝·梁）刘勰《文心雕龙·章句》，人民文学出版社本

何谓"附会"？谓总文理，统首尾，定与夺，合涯际，弥纶一篇，使杂而不越者也。若筑室之须基构，裁衣之待逢缉矣。夫才量学文，宜正体制，必以情志为神明，事义为骨髓，辞采为肌肤，宫商为声气，然后品藻玄黄，摛振金玉，献可替否，以裁厥中，斯缀思之恒数也。

（南朝·梁）刘勰《文心雕龙·附会》，人民文学出版社本

夫画道之中，水墨最为上。肇自然之性，成造化之功。或咫尺之图，写千里之景，东西南北，宛尔目前；春夏秋冬，生于笔下。初铺水际，忌为浮泛之山。次布路岐，莫作连绵之道。主峰最宜高耸，客山须是奔趋，回抱处僧舍可安，水陆边人家可置。村庄著数树以成林，枝须抱体；山崖合一水而泻瀑，泉不乱流，渡口只宜寂寂，人行须是疏疏。泛舟楫之桥梁，且宜高耸；著渔人之钓艇，低乃无妨。悬崖险峻之间，如安怪木；峭壁巉岩之处，莫可通途。远岫与云容相接，遥天共水色交光。山钩锁处，沿流最出其中；路接危时，栈道可安于此。平地楼台，

偏宜高柳映人家；名山寺观，雅称奇杉衬楼阁，远景烟笼，深岩云锁。酒旗则当路高悬，客帆宜遇水低挂。远山须宜低排，近树惟宜拨进。手亲笔砚之余，有时游戏三昧。岁月遥永，颇探幽微，妙悟不在多言，善学者还从规矩。

（唐）王维《论画三首·画学秘诀》，《王右丞集笺注》卷二十八，上海古籍出版社本

凡作一文，皆须有宗有趣，终始关键，有开有阖。如四渎虽纳百川，或汇而为广泽，汪洋千里，要自发源注海耳。

（宋）黄庭坚《答洪驹父书》，《豫章黄先生文集》卷十九，《四部丛刊》本

山谷云："作诗正如作杂剧，初时布置，临了须打诨，方是出场。"盖是读秦少章诗，恶其终篇无所归也。

（宋）王直方《王直方诗话》，《宋诗话辑佚》本

又有甚者。作文如作宫室，其式有四：曰门，曰庑，曰堂，曰寝，缺其一，紊其二，崇寝之不伦，广狭之不类，非宫室之式也。今则不然，作室之政不自梓人出，而杂然听之于众工，堂则隘而庑有容，门则纳千驷而寝不可以置一席，室而君子弃焉，庶民哂焉。今其言曰："文乌用式，在我而已。"是废宫室之式而求宫室之美也。

（宋）杨万里《答徐赓书》，《诚斋集》卷六十六，《四部丛刊》本

抑又有甚者，作文如治兵，择械不如择卒，择卒不如择将。尔械锻矣，授之羸卒则如无械；尔卒精矣，授之妄校尉则如无卒。千人之军，其裨将二，其大将一；万人之军，其大将一，其裨将十。善用兵者，以一令十，以十令万，是故万人一人也。虽然，犹有阵焉。今则不然，乱次以济，阵乎？驱市人而战之，卒乎？十羊九牧，将乎？以此当笔阵之劲敌，不败奚归焉？藉第令一胜，所谓适有天幸耳。

（宋）杨万里《答徐赓书》，《诚斋集》卷六十六，《四部丛刊》本

作大篇，尤当布置：首尾匀停，腰腹肥满。多见人前面有余，后面不

足；前面极工，后面草草。不可不知也。

（宋）姜夔《白石诗说》，人民文学出版社本

范元实云：古人文章必谨布置，如老杜《赠韦见素诗》云："纨袴不饿死，儒冠多误身。"此一篇立意也，故令静听而具陈之。自"甫昔少年日"至"再使风俗淳"，皆儒冠事业也。自"此意竟萧条"至"蹭蹬无纵鳞"，言误身如此也，则意举而文备。固已有是诗矣，然必言所以见韦者，于是有厚愧真知之句。所以真知者谓传诵其诗也。然宰相职在荐贤，不当徒爱人而已，士固不能无望，故曰"窃效贡公喜，难甘原宪贫"。果然无益则去之可也，故曰"焉能心怏怏，只是走踆踆"，必入海而去秦也。其去，于人情必有迟迟不忍去之意，故曰"尚怜终南山，回首清渭滨"。所知不可以不别，故曰"常拟报一饭，况怀辞大臣"。夫如是则忘江海之外，虽见素亦不可得而矣，故曰"白鸥没浩荡，万里谁能驯"终焉。此诗前贤录为压卷，为其布置最得正体，如官府甲第厅堂房室各有定处，不可乱也。韩文公《原道》与《书》之《尧典》盖如此，其他虽谓之变体可也。

（宋）张镃《诗学规范》，《宋诗话辑佚》本

作慢词看是甚题目，先择曲名，然后命意；命意既了，思量头如何起，尾如何结，方始选韵，而后述曲。最是过片不要断了曲意，须要承上接下。如姜白石词云："曲曲屏山，夜凉独自甚情绪。"于过片则云，"西窗又吹暗雨。"此则曲之意脉不断矣。

（宋）张炎《词源·制曲》，人民文学出版社本

布置者，谓诗之全篇用意曲折也。《诗眼》云："山谷尝言文章必谨布置。每见后学多告以《原道》命意曲折，尝以概考古人法度，如《赠韦左丞诗》，前贤录为压卷，盖布置最得正体。"

（宋）佚名《诗宪》，《宋诗话辑佚》本

山水之法，在乎随机应变。先记皴法不杂，布置远近相映。大概与写字一般，以熟为妙……先命题目，此谓之上品。

（元）陶宗仪《南村辍耕录》卷八，引自黄子久《写山水诀》，中华书局本

首尾开阖，繁简奇正，各极其度，篇法也。抑扬顿挫，长短节奏，各极其致，句法也。点掇关键，金石绮彩，各极其造，字法也。篇有百尺之锦，句有千钧之弩，字有百炼之金。文之与诗，固异象同则，孔门一唯，曹溪汗下后，信手拈来，无非妙境。

（明）王世贞《艺苑卮言》卷一，《历代诗话续编》本

每一题到，茫然思不相属，几谓无措。沉思久之，如瓴水去室，乱丝抽绪，种种纵横垒集，却于此时要下剪裁手段，宁割爱勿贪多。又如数万健儿，人各自为一营，非得大将军方略，不能整顿摄服，使一军无哗，若尔朱荣处贴葛荣百万众。求之诗家，谁当为比？

（明）王世懋《艺圃撷余》，《历代诗话》本

窃谓君子之学，凡以致道也。道致矣，而性命之深窅与事功之曲折，无不了然于中者，此岂待索之外哉。吾取其了然者而抒写之，文从生焉。故性命事功其实也，而文特所以文之而已。惟文以文之，则意不能无首尾，语不能无呼应，格不能无结构者，词与法也，而不能离实以为词与法也。

（明）焦竑《与友人论文》，《澹园集》卷十二，《金陵丛书》本

斐郎虽属多情，却有一种落魄不羁气象，即此可以想见作者胸襟矣。境界纡回宛转，绝处逢生，极尽剧场之变。大都曲中光景，依稀《西厢》、《牡丹亭》之季孟间。而所嫌者，略于细笋关接处，如撞入卢家及一进相府更不提起卢氏婚姻，便就西席，何先生之自轻乃尔！此等皆作者所略而不置问也。上卷末折《拷使》，平章诸妾跪立满前，而鬼旦出场一人独唱长曲，使合场皆冷，及似道与众妾直到后来才知是慧娘阴魂，苦无意味。毕竟依新改一折名《鬼辩》者方是，演者皆从之矣。下卷如曹悦种种波澜，悉妙于点缀。词坛若此者亦不可多得。

（明）汤显祖《〈红梅记〉总评》，《汤显祖诗文集》卷五十，上海古籍出版社本

作曲，犹造宫室者然。工师之作室也，必先定规式，自前门而厅、而堂、而楼，或三进、或五进、或七进，又自两厢而及轩寮……前后、左

右、高低、远近，尺寸无不了然胸中，而后可施斤斲。作曲者，亦必先分段数，从何意起，何意接，何意作中段敷衍，何意作后段收煞，整整在目，而后可施结撰。此法，从古之为文、为辞赋、为歌诗者皆然。

（明）王骥德《曲律·论章法》，《中国古典戏曲论著集成》（四），中国戏剧出版社本

章法不用意搆思，一味填塞，是补衲也。焉能出人意表哉？所贵乎取势布景者合而观之，若一气呵成，徐玩之又神理凑合，乃为高手。然而取势之法，又甚活泼，未可拘挛。

（明）赵左《论画》，《历代论画名著汇编》本

至于结构二字，则在引商刻羽之先，拈韵抽毫之始，如造物之赋形，当其精血初凝，胞胎未就，先为制定全形，使点血而具五官百骸之势。倘先无成局，而由顶及踵，逐段滋生，则人之一身，当有无数断续之痕，而血气为之中阻矣。工师之建宅亦然，基址初平，间架未立，先筹何处建厅，何方开户，栋需何木，梁用何材，必俟成局了然，始可挥斤运斧。倘造成一架，而后再筹一架，则便于前者不便于后，势必改而就之，未成先毁，犹之筑舍道旁，兼数宅之匠赀，不足供一厅一堂之用矣。故作传奇者，不宜卒急拈毫。袖手于前，始能疾书于后。有奇事，方有奇文。未有命题不佳，而能出其锦心，扬为绣口者也。尝读时髦所撰，惜其惨淡经营，用心良苦，而不得被管弦、副优孟者，非审音协律之难，而结构全部规模之未善也。

（清）李渔《闲情偶寄·词曲部·结构第一》，《中国古曲戏曲论著集成》（七），中国戏剧出版社本

予遨游一生，遍览名园，从未见有盈亩累丈之山，能无补缀穿凿之痕，遥望与真山无异者。犹之文章一道。结构全体难，敷陈零段易。唐宋八大家之文，全以气魄胜人，不必句栉字篦，一望而知为名作，以其先有成局，而后修饰词华，故粗览细观，同一致也。

（清）李渔《闲情偶寄·居室部·山石第五》，《笠翁一家言全集》，芥子园刊本

行文之旨，全在裁制，无论细大，皆可驱遣。当其闲漫纤碎处，反宜动色而陈，凿凿娓娓，使读者见其关系，寻绎不倦。至大议论人人能解者，不过数语发挥，便须控驭，归于含蓄。若当快意时，听其纵横，必一泻无复余地矣。譬如渴虹饮水，霜隼拎空，瞥然一见，瞬息灭没，神力变以，转更夭矫。

　　　　（清）侯方域《与任王谷论文书》，《壮悔堂集》卷三，《四部备要》本

　　古风长篇，先须搆局，起伏开阖，线索勿紊。借如正意在前，掉尾处须击应；若正意在后，起手处先须伏脉。未有初不伏脉而后突出一意者，亦未有始拈此意而后来索然不相呼应者。若正意在中间，亦要首尾击应。实叙本意处，不必言其余，拓开作波澜处，却要时时点著本意，离即之间方佳。此如画龙。见龙头处即是正面本意，余地染作云雾。云雾是客，龙是主，却于云雾隙处都要隐现爪甲，方见此中都有龙在，方见客主。否是，一半画龙头，一半画云雾耳，主客既无别，亦非可为画完龙也。

　　　　（清）毛先舒《诗辩坻》卷第四，《清诗话续编》本

　　若更有进，必将曰：律诗必首句如何起，三四如何承，五六如何接，末句如何结，古诗要照应，要起伏，析之为句法，总之为章法。此三家村词伯相传久矣，不可谓称诗者独得之秘也。

　　　　（清）叶燮《原诗·内篇上》，人民文学出版社本

　　长篇须有间架，以杜氏祖孙二诗为法。审言《和李嗣真奉使存抚河东》，叙事之有间架者也。起手八联，宽衍大局也。"已属群生泰"以下，出朝廷存抚之意，即出嗣真也。"城阙周京转"以下，出河东也。"昔出诸侯静"，因河东为高祖兴王之地而追叙之也。"隐隐帝乡远"以下，叙嗣真之奉使也。"雨霈鸿私涤"以下，实叙存抚之事也。"杀气西冲白"以下，畅言旁及也。"缅邈朝廷问"以下，叙嗣真之眷注才学也。"澄清得使者"一语，完奉使之事也。"莫以崇班阁"以下，自托也。末联总收前文也。子美《上韦左丞》诗，人误置之古诗中，实排律言情之有间架者也。黄山谷所说最善：起手曰"纨袴不饿死，儒冠多误身"，是一篇正意，（略略点出作眼目破题也。）故令韦静听而具陈之。（如出题。）"甫昔

少年日"以下，言儒冠之求志也。"此意竟萧条"以下，言误身也。意举而文备，宜乎有是诗矣。是诗独献于韦者，以厚愧真知在赞诵佳句也。大臣职在荐贤，不徒爱士，故效贡禹之弹冠而走跋涉也。知韦不能荐，故欲去秦也。临去有倦倦之情，故托意于终南、渭水也。去不可以不别知交，故曰"常拟报一饭，况怀辞大臣"也。一去不可复见，故结语云云也。余谓山谷之说是诗极善。然宋人知赋而不知兴比，用兴比则有纵横出没，与此二篇不同。韦左丞名济，山谷以为见素。

（清）吴乔《围炉诗话》卷之二，《清诗话续编》本

袁箨庵曰：词有三法，章法、句法、字法，有此三者，方可称词。嘻，难言矣。（徐氏引箨庵语）

（清）徐釚《体制》，《词苑丛谈》卷一，上海古籍出版社本

沈云卿《龙池乐章》，崔司勋《黄鹤楼诗》，意得象先，纵笔所到，遂擅古今之奇。所谓章法之妙，不见句法，句法之妙，不见字法者也。

（清）沈德潜《说诗晬语》，《清诗话》本

王元美谓："章法之妙，有不见句法者；句法之妙，有不见字法者。"此最上法门，即工巧之至而入自然者也。学者工夫未到，岂能顿诣此境？故作诗必先谋章法、句法、字法，久之从容于法度之中，使人不易得其法。若不讲此，非邪魔即外道矣。

（清）冒春荣《葚原诗说》卷之一，《清诗话续编》本

一首有一首章法，一题数首又合数首为章法，有起结，有次序，有照应，阙一不得，增一不得，乃见体裁。陈思《赠白马王》，谢家兄弟酬答，杜少陵《游何将军山林》之类是也。今人一题数首至二三十首，意思词采，彼此互见，虽搆多篇，索其指归，一首可了。买菜求益，不如割爱为愈。

（清）冒春荣《葚原诗说》卷之一，《清诗话续编》本

篇法有起有束，有收有敛，有唤有应，大抵一开则一合，一扬则一抑，一象则一意，无偏用者。

（清）冒春荣《葚原诗说》卷之二，《清诗话续编》本

初学时无论古今体诗，一题在手，先安排法局，然后下笔。及工夫粹精，随事随物，流出胸臆，自成确当不可易之格，自有独造未经道之语。
　　　　　　　　　　　　（清）黄子云《野鸿诗的》，《清诗话》本

《瓜园诗》，铺叙有次第，以章法错行，不觉其板，当学此。
　　　　　　　　　　　　（清）张谦宜《絸斋诗谈》卷五，《清诗话续编》本

七言古可以豪放驰骋，故放翁得意处多。然须以结构坚牢，精神肃穆者为最。
　　　　　　　　　　　　（清）张谦宜《絸斋诗谈》卷五，《清诗话续编》本

七律至于杜子美，古今变态尽矣。试举十数首观之，章法无一同者。
　　　　　　　　　　　　（清）乔亿《剑溪说诗》卷下，《清诗话续编》本

李义山《筹笔驿》一律，脍炙人口，而其章法之妙，则罕有能言之者。自纪文达师一批，而精神毕见，真学诗者之宝筏也。批云："'鱼鸟犹疑畏简书，风云长为护储胥'，此二句陡然抬起。'徒令上将挥神笔，终见降王走传车'，此二句又陡然抹杀。然后以'管乐有才真不忝'句解首联，以'关张无命欲何如'句解次联。此杀活在手之本领，笔笔有龙跳虎卧之势。'他年锦里经祠庙，梁甫吟成恨有余'，'他年'乃当年之谓，言他时经其祠庙恨尚有余，况今日亲见行兵之地乎？亦加一倍法，通篇无一钝置语。"此等杰作，非吾师之慧眼灵心，岂能如此披郤导窾，使人心开目明？若如方虚谷之瞎批，真不值一笑矣。
　　　　　　　　　　　　（清）梁章钜《退庵随笔》，《清诗话续编》本

少陵《寄高达夫》诗云："佳句法如何？"可见句之宜有法矣。然欲定句法，其消息未有不从章法篇法来者。
　　　　　　　　　　　　（清）刘熙载《艺概·诗概》，上海古籍出版社本

伏应转接，夹叙夹议，开阖尽变，古诗之法。近体亦俱有之，惟古诗波澜较为壮阔耳。
　　　　　　　　　　　　（清）刘熙载《艺概·诗概》，上海古籍出版社本

律诗声谐语俪，故往往易工而难化。能求之章法，不惟于字句争长，则体虽近而气脉入古矣。

（清）刘熙载《艺概·诗概》，上海古籍出版社本

词有三法：章法、句法、字法也。章法贵浑成，又贵变化；句法贵精炼，又贵洒脱；字法贵新隽，又贵自然。

（清）沈祥龙《论词随笔》，《词话丛编》本

祭泰伯祠是书中第一个大结束。凡作一部大书，如匠石之营宫室，必先具结构于胸中，孰为厅堂，孰为卧室，孰为书斋灶厩，一一布置停当，然后可以兴工。此书之祭泰伯祠，是宫室中之厅堂也。从开卷历历落落写诸名士，写到虞博士，是其结穴处，故祭泰伯祠亦是其结穴处，譬如珉山导江，至敷浅原是大总汇处，以下，又迤逦而入于海。书中之有泰伯祠，犹之乎江汉之有敷浅原也。

（清）无名氏《闲卧草堂本儒林外史回评》第三十三回，引自《中国历代小说论著选》，江西人民出版社本

陈思王《吁嗟篇》，咏飞蓬也。《选诗拾遗》直作《飞蓬篇》。其首句点明"蓬"字，三四虚点"飞"字；下接"无休闲"，入"东西"、"南北"，纵横处说；"云间"、"沉泉"，从直处说；当东反西，忽亡复存，从不定处说；"八泽"、"五山"，从广远处说。无一闲字，无一闲句，章法次序，一丝不乱，真《三百篇》之遗也。又妙在"回风"、"惊飙"二句，不然方东西南北横行，何以上下也？已沉泉已，何由忽东西存亡也？不乃脱支节乎？"无恒处"缴"无休闲"，"根荄连"缴"本根逝"，周旋回互，其妙如此，若读此诗而犹不解作诗之法，所谓举一隅不能反三隅者，不足与言诗已。今人作诗不点题，一病也；转递不相关切，二病也；语无次第，骈拇枝指，凑泊取足，三病也。纵有一二佳句，犹人五体不备，一官虽成，何取乎？故当急以此药之。

（清）庞垲《诗义固说》上，《清诗话续编》本

射有的则决拾有准，军有旗则步伐不乱，赋诗命题，即射之的、军之旗也。近日诗家，亦知立题，而莫解诠题，滥填景物，生插故事，章法次

第,漫不讲焉。譬若箭发不指的,军行不视旗,其不为节制家所诮者几希矣!

(清)庞垲《诗义固说》下,《清诗话续编》本

2. "立主脑""总纲领"

凡大体文章,类多枝派,整派者依源,理枝者循干。是以附辞会义,务总纲领,驱万涂于同归,贞百虑于一致,使众理虽繁,而无倒置之乖,群言虽多,而无棼丝之乱;扶阳而出条,顺阴而藏迹,首尾周密,表里一体:此附会之术也。夫画者谨发而易貌,射者仪毫而失墙,锐精细巧,必疏体统。故宜诎寸以信尺,枉尺以直寻,弃偏善之巧,学具美之绩,此命篇之经略也。

夫文变多方,意见浮杂,约则义孤,博则辞叛;率故多尤,需为事贼。且才分不同,思绪各异,或制首以通尾,或尺接以寸附;然通制者盖寡,接附者甚众。若统绪失宗,辞味必乱;义脉不流,则偏枯文体。夫能悬识凑理,然后节文自会,如胶之粘木,豆之合黄矣。是以驷牡异力,而六辔如琴;并驾齐驱,而一毂统辐;驭文之法,有似于此。去留随心,修短在手,齐其步骤,总辔而已。

(南朝·梁)刘勰《文心雕龙·附会》,人民文学出版社本

若乃尊贤隐讳,固尼父之圣旨,盖纤瑕不能玷瑾瑜也;奸慝惩戒,实良史之直笔,农夫见莠,其必锄也:若斯之科,亦万代一准焉。至于寻繁领杂之术,务信弃奇之要,明白头讫之序,品酌事例之条,晓其大纲,则众理可贯,然史之为任,乃弥纶一代,负海内之责,而赢是非之尤。秉笔荷担,莫此之劳。迁固通矣,而历诋后世。若任情失正,文其殆哉!

赞曰:史肇轩黄,体备周孔。世历斯编,善恶偕总。腾褒裁贬,万古魂动。辞宗丘明,直归南董。

(南朝·梁)刘勰《文心雕龙·史传》,人民文学出版社本

我虽不知文,尝闻于达者。文以意为车,意以文为马。理强意乃胜,气盛文如驾。理维当即止,妄说即虚假。气如决江河,势盛乃倾泻。文莫

如六经，此道亦不舍。但于文最高，窥不见隙罅。故令后世儒，其能及者寡。文章古亦众，其道则一也。譬如张众乐，要以归之雅。区区为对偶，此格最污下。求之古无有，欲学固未暇。君为时俊髦，我志安苟且；聊献师所传，无以吾言野。

（宋）张耒《与友人论文因以诗投之》，《张右史文集》，《四部丛刊》本

每论著述文章皆要有纲领。（文定文字有纲领，龟山无纲领。）

（宋）朱熹《论文上》，《朱子语类》卷一百三十九，清同治应元书院本

凡作诗须命终篇之意，切勿以先得一句一联，因而成章；如此则意不多属。然古人亦不免如此。如述怀、即事之类，皆先成诗，而后命题者也。

（宋）魏庆之《诗人玉屑》卷六"陵阳谓须先命意"条，上海古籍出版社本

山谷谓秦少游云，凡始学诗，须要每作一篇，先立大意。若长篇须曲折三致意焉，乃为成章耳。

（宋）王构《修辞鉴衡》卷一，《丛书集成》本

立意要高古浑厚，有气概，要沉著。忌卑弱浅陋。

（元）杨载《诗法家数》，《历代诗话》本

古人作文一篇，定有一篇之主脑。主脑非他，即作者立言之本意也。传奇亦然。一本戏中，有无数人名，究竟俱属陪宾；原其初心，止为一人而设。即此一人之身，自始至终，离合悲欢，中具无限情由，无穷关目，究竟俱属衍文；原其初心，又止为一事而设。此一人一事，即作传奇之主脑也。然必此一人一事，果然奇特，实在可传，而后传之，则不愧传奇之目，而其人其事与作者姓名，皆千古矣。如一部《琵琶》，止为蔡伯喈一人；而蔡伯喈一人，又止为重婚牛府一事。其余枝节，皆从此一事而生——二亲之遭凶，五娘之尽孝，拐儿之骗财匿书，张大公之疏财仗义，皆由于此。是"重婚牛府"四字，即作《琵琶记》之主脑也。一部《西

厢》止为张君瑞一人；而张君瑞一人，又止为白马解围一事。其余枝节，皆从此一事而生——夫人之许婚，张生之望配，红娘之勇于作合，莺莺之敢于失身，与郑恒之力争原配而不得，皆由于此。是"白马解围"四字，即作《西厢记》之主脑也。余剧皆然，不能悉指。后人作传奇，但知为一人而作，不知为一事而作，尽此一人所行之事，逐节铺陈，有如散金碎玉。以作另出则可，谓之全本，则为断线之珠，无梁之屋，作者茫然无绪，观者寂然无声，无怪乎有识梨园望之而却走也。此语未经提破，故犯者孔多。而今而后，吾知鲜矣。

  （清）李渔《闲情偶寄·词曲部·结构第一》，《中国古典戏曲论著集成》（七），中国戏剧出版社本

  前于玄德传中，忽然夹叙曹操，此又于玄德传中，忽然带表孙坚；一为魏太祖，一为吴太祖，三分鼎足之所从来也。分鼎虽属孙权，而伏线则已在此。此全部大关目处。

  （清）毛宗岗《绣像第一才子书》第二回批语，世德堂本

  或问：石碣天文，为是真有是事？为是宋江伪造？此痴人说梦之智也。作者亦只图叙事既毕，重将一百八人姓名一一排列出来，为一部七十回书点睛结穴耳。盖始之以石碣，终之以石碣者，是此书大开阖。为事则有七十回，为人则有一百单八者，是此书大眼节。若夫其事其人之为有为无，此固从来著书之家之所不计，而奈之何今之读书者之惟此是求也？

  （清）金圣叹《第五才子书施耐庵水浒传》第七十回总批，《金圣叹全集》（二），江苏古籍出版社本

  凡意或有首尾，或有主客，或有对待。混而言之则昏晦，分而言之则明朗。故四六属辞之法，必分事意为两壁，而以对偶明之也。又一意之中，必分主从，从者常多而意短，主者常少而意长，若不为分以明之，则主从混淆，而轻重不分矣。故少其隔联，以明主意；多其散联以明从意。此四六属辞。用四六限段节、拘对偶、分散隔联之本意也。

  （清）陈维崧《四六金针·属辞》，《丛书集成》本

  一篇诗只立一意，起手、中间、收结互相照应，方得无懈可击。唐人

必然。宋至明初，犹不大失。弘、正以后，一句七字犹多不贯，何况通篇！

（清）吴乔《围炉诗话》卷之一，《清诗话续编》本

长篇于意转处换韵则气畅，平仄谐和是元白体。高适《燕歌行》云："汉家烟尘在东北，汉将辞家破残贼。男儿本自重横行，天子非常赐颜色。摐金伐鼓下榆关，旌旆逶迤碣石间。校尉羽书飞瀚海，单于猎火照狼山。山川萧条极边土，胡骑凭陵杂风雨。战士军前半死生，美人帐下犹歌舞！大漠穷秋塞草腓，孤城落日斗兵稀。身当恩遇常轻敌，力尽关山未解围。铁衣远戍辛勤久，玉箸应啼别离后。少妇城南欲断肠，征人蓟北空回首。边庭飘飖那可度，绝域苍茫无所有。杀气三时作阵云，寒声一夜传刁斗。相看白刃雪纷纷，死节从来岂顾勋？君不见沙场征战苦，至今犹忆李将军。"诗之繁于词者，七古五排也。五排有间架意易见，七古之顺叙者亦然。达夫此篇，纵横出没如云中龙，不以古文四宾主法制之，意难见也。四宾主法者，一主中主，如一家惟一主翁也；二主中宾，如主翁之妻妾儿孙奴婢，即主翁之分身以主内事者也；三宾中主，如主翁之朋友亲戚，任主翁之外事者也；四宾中宾，如朋友之朋友，与主翁无涉者也。于四者中除却宾中宾，而主中主亦只一见，惟以宾中主勾动主中宾而成文章，八大家无不然也。《燕歌行》之主中主，在忆将军李牧善养士而能破敌。于达夫时，必有不恤士卒之边将，故作此诗。而主中宾，则"壮士军前半死生，美人帐下犹歌舞"，"相看白刃雪纷纷，死节从来岂顾勋"四语是也。其余皆是宾中主。自"汉家烟尘"至"未解围"，言出师遇敌也。此下理当接以"边庭"云云，但迳直无味，故横间以"少妇"、"征人"四语。"君不见"云云，乃出正意以结之也。文章出正面，若以此意行文，须叙李牧善养士能破敌之功烈，以激励此边将。诗用兴比出侧面，故止举"李将军"，使人深求而得，故曰"言之者无罪，而闻之者足以戒"也。王右丞之《燕支行》，正意只在"终知上将先伐谋"，法与此同。右丞之《陇头吟》，却又不然，起手四句是宾，"关西老将不胜愁"六句是主，主多于宾，乃是赋义。

（清）吴乔《围炉诗话》卷之二，《清诗话续编》本

陈去非云："唐人苦吟，故造语奇且工，但韵格不高。倘能取唐人诗

而缀入少陵绳墨中，速肖之术也。"诗必先意，次局，次语，去非之说倒矣。

（清）吴乔《围炉诗话》卷之三，《清诗话续编》本

造意搆篇，此是大框廓。工夫细密，又在炼句琢字，虽近迹象，神明即寓其中。于读诗时，细心密咏，便见古人气格从何处生来，反照求合，随力所能纯熟，自长一格价。

（清）张谦宜《𫄸斋诗谈》卷三，《清诗话续编》本

固贵立意，然古人只似带出，似借指点，或借证明，而措语又必新警，从无正衍实说。此当于《十九首》、汉、魏、阮公求之。

（清）方东树《昭昧詹言》卷一，人民文学出版社本

文固要句句字字受命于主脑，而主脑有纯驳平陂高下之不同，若非慎辨而去取之，则差若毫厘，缪以千里矣。

（清）刘熙载《艺概·文概》，上海古籍出版社本

文有本位。孟子于本位毅然不避，至昌黎则渐避本位矣，永叔则避之更甚矣。凡避本位易窈眇，亦易迨懦。文至永叔以后，方以避本位为独得之传，盖亦颇矣。

（清）刘熙载《艺概·文概》，上海古籍出版社本

篇意前后摩荡，则精神自出。如《豳风·东山》诗，种种景物，种种情思，其摩荡只在"徂""归"二字耳。

（清）刘熙载《艺概·诗概》，上海古籍出版社本

功名富贵四字，是此书之大主脑，作者不惜千变万化以写之。起首不写王侯将相，却先写一夏总甲。夫总甲是何功名？是何富贵？而彼意气扬扬，欣然自得，颇有"官到尚书吏到都"的景象。牟尼之所谓"三千大千世界。"庄子所谓"朝菌不知晦朔，蟪蛄不知春秋"也。文笔之妙乃至于此。

（清）无名氏《卧闲草堂本儒林外史回评》（第二回），引自
《中国历代小说论著选》（上），江西人民出版社本

3. 气象连络　意脉贯通

凡三段山，画之虽长，当使画甚促，不尔不称。
　　　　　　（晋）顾恺之《画云台山记》，引自《顾恺之研究资料》，人民美术出版社本

作者措意，虽有声律，不妨作用。如壶公瓢中自有天地日月，时时抛针掷线，似断而复续，此为诗中之仙。拘忌之徒，非可企及矣。
　　　　　　（唐）释皎然《诗式》，《历代诗话》本

陈君节，字明信，言炼句不如炼韵。余以为若只觅好韵，则失于首尾不相贯穿。
　　　　　　（宋）王直方《王直方诗话》，《宋诗话辑佚》本

《大雅·绵》九章，初颂太王迁豳，建都邑，营宫室而已。其卒章乃曰："虞芮质厥成，文王蹶厥生，予曰有疏附，予曰有先后，予曰有奔走，予曰有御侮。"事不接，文不属，如连山断岭，虽相去绝远，而气象连络，观者知其脉理之通也。盖附丽不相凿枘，此最为文之高致。老杜陷贼时诗，有曰："少陵野老吞声哭，春日潜行曲江曲。江头宫殿锁千门，细柳新蒲为谁绿？忆昔霓旌下南苑，苑中万物生颜色。昭阳殿里第一人，同辇随君侍君侧。辇前才人带弓箭，白马嚼啮黄金勒。翻身向天仰射云，一箭正坠双飞翼。明眸皓齿今何在？血污游魂归不得。清渭东流剑阁深，去住彼此无消息。人生有情泪沾臆，江水江花岂终极。黄昏胡骑尘满城，欲往城南望城北。"予爱其词气如百万战马，注坡蓦涧，如履平地，得诗人之遗法。如白乐天诗词甚工，然拙于纪事，寸步不违，犹恐失之，所以望老杜藩垣而不及也。
　　　　　　（宋）李颀《古今诗话》，《宋诗话辑佚》本

学文切不可学怪句，且先明白正大，务要十句百句只如一句，贯穿意脉。说得通处，尽管说去，说得反复，竭处自然住。所谓行乎其所当行，止乎其所不得不止，真作文之大法也。
　　　　　　（宋）李涂《文章精义》，人民文学出版社本

大概作诗，要从首至尾，语脉联属，如有理词状。古诗云："唤婢打鸦儿，莫教枝上啼。啼时惊妾梦，不得到辽西。"可为标准。

（宋）魏庆之《诗人玉屑》卷五，上海古籍出版社本

桓温见《八阵图》曰："此常山蛇势也，击其首则尾应，击其尾则首应，击其中则首尾俱应"。予谓此非特兵法，亦文章法也。文章亦要宛转回复，首尾俱应，乃为尽善。山谷论诗文亦云："每作一篇，先立大意，长篇须曲折三致意，乃成章耳。"此亦常山蛇势也。

（宋）陈善《扪虱新话》下集卷二，《丛书集成》本

仆尝谓诗文有不可易之法者，辞断而意属，联类而比物也。上考古圣立言，中征秦、汉绪论，下采魏、晋声诗，莫之有易也。

（明）何景明《与空同论诗书》，《何大复先生全集》卷三十二，赐策堂本

绝句者，一句一绝，起于《四时咏》"春水满四泽，夏云多奇峰。秋月扬明辉，冬岭秀孤松"是也。或以为陶渊明诗，非。杜诗"两个黄鹂鸣翠柳"实祖之。王维诗："柳条拂地不忍折，松柏梢云从更长。腾花欲暗藏猱子，柏叶初齐养麝香。"宋六一翁亦有一首云："夜凉吹笛千山月，路暗迷人百种花。棋散不知人换世，酒阑无奈客思家。"皆此体也。乐府有"打起黄莺儿"一首，意连句圆，未尝间断，当参此意，便有神圣工巧。

（明）杨慎《升庵诗话》卷十一，《历代诗话续编》本

左舜齐曰："一句一意，意绝而气贯。"此绝句之法。一句一意，不工亦下也；两句一意，工亦上也。以工为主，勿以句论。赵、韩所选唐人绝句，后两句皆一意。舜齐之说，本于杨仲宏。

（明）谢榛《四溟诗话》卷一，人民文学出版社本

唐人诗法六格，宋人广为十三，曰："一字血脉，二字贯串，三字栋梁，数字连序，中断，钩锁连环，顺流直下，单抛，双抛，内剥，外剥，前散，后散：谓之层龙绝艺。"作者泥此，何以成一代诗豪邪？

（明）谢榛《四溟诗话》卷一，人民文学出版社本

七言律不难中二联，难在发端及结句耳。发端，盛唐人无不佳者。结颇有之，然亦无转入他调及收顿不住之病。篇法有起有束，有放有敛，有唤有应，大抵一开则一阖，一扬则一抑，一象则一意，无偏用者。句法有直下者，有倒插者，倒插最难，非老杜不能也。字法有虚有实，有沉有响，虚响易工，沉实难至。五十六字，如魏明帝凌云台材木，铢两悉配，乃可耳。篇法之妙，有不见句法者；句法之妙，有不见字法者。此是法极无迹，人能之至，境与天会，未易求也。有俱属象而妙者，有俱属意而妙者，有具作高调而妙者，有直下不对偶而妙者，皆兴与境诣，神合气完使之然。五言可耳，七言恐未易能也。勿和韵，勿拈险韵，勿傍用韵，起句亦然，勿偏枯，勿求理，勿搜僻，勿用六朝强造语，勿用大历以后事。此诗家魔障，慎之慎之。

（明）王世贞《艺苑卮言》卷一，《历代诗话续编》本

若"打起黄莺儿，莫教枝上啼，啼时惊妾梦，不得到辽西"，与"山中何所有？岭上多白云，只可自怡悦，不堪持赠君"一法，不惟语意之高妙而已，其篇法圆紧，中间增一字不得，着一意不得，起结极斩绝，然中自舒缓，无余法而有余味。

（明）王世贞《艺苑卮言》卷四，《历代诗话续编》本

此记亦有许多曲折，但当要紧处却缓慢，却泛散，是以未尽其美，然亦不可不谓之不知趣矣。

（明）李贽《杂述·玉合》，《焚书》卷四，中华书局本

凡传奇最忌支离。

（明）冯梦龙《风流梦小引》，《墨憨斋重定三会亲风流梦》，《古本戏曲丛刊》初集本

本传其事有据，其人可征，惟欲针线相联，天衣无缝，不能尽歾傅会，然与凿空硬入者不无径庭。

（明末清初）西周生《醒世姻缘凡例》，引自《中国历代小说论著选》，江西人民出版社本

有草蛇灰线法，如景阳冈勤叙许多"哨棒"字，紫石街连写若干"帘子"字等是也。骤看之，有如无物，及至细寻，其中便有一条线索，拽之通体俱动。

（清）金圣叹《读第五才子书法》，《金圣叹全集》（一），江苏古籍出版社本

譬如文字，则双文是题目，张生是文字，红娘是文字之起承转合，有此许多起承转合，便令题目透出文字，文字透入题目也；其余如夫人等，算只是文字中间所用之乎者也等字。

（清）金圣叹《读第六才子书〈西厢记〉法》，《金圣叹全集》（三），江苏古籍出版社本

永日环堤乘彩舫，烟草萧疏，恰似晴江上。（天成妙景，天成妙句。）水浸碧天风皱浪，菱花荇蔓随双桨。红粉佳人翻丽唱，惊起鸳鸯，两两飞相向。且把金樽倾美酿，休思往事成惆怅。（从丽唱生出鸳鸯，从鸳鸯生出往事，文字只是一片。）

从来词家，多以前半不堪，生出后半不堪之情，此独前半写得萧然天放，后半陡然因丽唱转出鸳鸯，因鸳鸯转出往事，又是一样身分也。

（清）金圣叹《批欧阳永叔词十二首》，《金圣叹全集》（四），江苏古籍出版社本

每出脉络联贯，不可更移，不可减少。非如旧剧，东拽西牵，便凑一出。

（清）孔尚任《桃花扇小引》，《桃花扇》，人民文学出版社本

古人律诗，亦是一篇文章。语或似无伦次，而意若贯珠。十二月一日诗："今朝腊月春意动，云安县前江可怜。"此诗立意，念岁月之迁易，感异乡之飘泊。其曰"一声何处送书雁，百丈谁家上水船？"则羁愁、旅思皆在目前，"未将梅蕊惊愁眼，要取楸花媚远天。"梅望春而花；楸将夏而乃繁，言滞留之势，当自冬过春，始终见梅、楸，则百花之开落，皆在其中矣。以此益念故国、思朝廷，故曰："明光起草人所羡，肺病几时朝日边？"……今人不求意趣关钮，但以相似语言为贯穿，岂不失之浅近

也哉？

（清）吴景旭《历代诗话》巳集八，中华书局本

编戏有如缝衣，其初则以完全者剪碎，其后又以剪碎者凑成。剪碎易，凑成难。凑成之工，全在针线紧密；一节偶疏，全篇之破绽出矣。

（清）李渔《闲情偶寄·词曲部·结构第一》，《中国古典戏曲论著集成》（七），中国戏剧出版社本

头绪繁多，传奇之大病也。《荆》、《刘》、《拜》、《杀》之得传于后，止为一线到底，并无旁见侧出之情。三尺童子，观演此剧，皆能了了于心，便便于口，以其始终无二事，贯穿只一人也。后来作者，不讲根源，单筹枝节，谓多一人可增一人之事。事多则关目亦多，令观场者如入山阴道中，人人应接不暇。殊不知戏场脚色，止此数人；使换千百个姓名，也只此数人装扮。止在上场之勤不勤，不在姓名之换不换。与其忽张忽李，令人莫识从来，何如只扮数人，使之频上频下，易其事而不易其人，使观者各畅怀来，如逢故物之为愈乎？作传奇者，能以"头绪忌繁"四字刻刻关心，则思路不分，文情专一。其为词也，如孤桐劲竹，直上无枝，虽难保其必传，然已有《荆》、《刘》、《拜》、《杀》之势矣。

（清）李渔《闲情偶寄·词曲部·结构第一》，《中国古典戏曲论著集成》（七），中国戏剧出版社本

双词虽分二股，前后意见必须联属。若判然两截，则是两首单词，非一首双调矣。大约前段布景，后半说情者居多，即《毛诗》之"兴"、"比"二体。若首尾皆述情事，则赋体也。即使判然两事，亦必于头尾相续处用一二语或一二字作过文，与作帖括中搭题文字同是一法。

（清）李渔《窥词管见》，《词话丛编》本

乐府古诗佳境，每在转接无端，闪铄光怪，忽断忽续，不伦不次。如群峰相连，烟云断之，水势相属，缥渺间之。然使无烟云缥渺，则亦不见山连水属之妙矣。《孤儿行》从"不如早去，下从地下黄泉"后，忽接"春气动，草萌芽"，《饮马长城窟》篇从"展转不可见"，忽接"枯桑知天风，海水知天寒"，语意原不相承，然通篇精神脉络，不接而接，全在

此处。末段"客从远方来",至"下有长相忆",突然而止,又似以他人起手作结语。通篇零零碎碎,无首无尾,断为数层,连如一绪,变化浑沦,无迹可寻,其神化所至耶!若陆士衡拟此题,则一味板调,读之徒令人厌。昭明以二诗并列,谬矣。

(清)贺贻孙《诗筏》,《清诗话续编》本

发语难得有力,有力故能挽起一篇之势;结语难得有情,有情故能锁住一篇之意。能挽起一篇,故一篇之情亦动;能锁住一篇,故一篇之势亦完,两相资也。唐中宗正月晦日幸昆明池赋诗,群臣应制。殿前结彩楼。命上官昭容选一首为新翻御制曲。群臣悉集其下,须臾纸落如飞,各认其名而怀之。既退,惟沈、宋二诗不下。又移时,一纸飞坠,则沈诗也。评曰:"二诗工力悉敌,沈诗落句云:'微臣雕朽质,羞睹豫章才。'盖词气已竭。宋诗云:'不愁明月尽,自有夜珠来。'犹自健举。"所云"健举",岂非结语有情,通篇之势亦完耶!昭容妇人,乃能辨工拙于毫厘如此,令人叹服不置。但结语犹易得,若发语有力,则虽唐人名家,亦人不数篇而已,故发语尤难。

(清)贺贻孙《诗筏》,《清诗话续编》本

忽从"杨柳"、"桃李"带出"伤心"、"断肠"四字,乍看亦是等闲,通首关目全从此出,脉行肉里,神寄影中,巧参化工,非复有笔墨之气。

(清)王夫之《唐诗评选》卷一,刘庭芝《公子行》评语,《船山遗书》,太平洋书店重校刊本

昔人云:"一绪连文,则珠联璧合。"文唯一绪,则珠璧斯可联合。又云:"讲之如独茧之丝。"盖作者有情,故措词必有义,倘词义闪烁无端绪,则中情必诡,不足录也。《离骚》断乱,人故不易学,然讲之亦仍自义相连贯。岂如今人,但取铺词,不顾乖义,首句张甲,次句李乙,且无当于庸音,何《离骚》之足拟!

(清)毛先舒《诗辩坻》卷第四,《清诗话续编》本

书家谓索靖有一笔飞白书。画家谓戚文秀画《清济灌河图》,中有一

笔，超腾回折逾五丈，通贯于波浪之间。予谓文家亦有此诀，唯司马子长之史，韩退之、苏子瞻之文，杜、李、韩、苏之歌行大篇足以当之。

（清）王士禛《带经堂诗话》卷三，人民文学出版社本

　　作诗宜首尾贯彻，老杜《简苏徯》曰："君不见道边废弃池，君不见前者摧折桐。百年死树中琴瑟，一斛旧水藏蛟龙。丈夫盖棺事始定，君今幸未成老翁，何恨憔悴在山中。"颇有高致，但结句曰"深山穷谷不可处，霹雳魍魉兼狂风"，忽如此转，不惟与上意相反，味亦索然，纵竿头进步，不宜尔。

（清）贺裳《载酒园诗话》卷一，《清诗话续编》本

　　为诗须有章法、句法、字法。章法有数首之章法，有一首之章法。总是起结血脉要通；否则痿痹不仁，且近攒凑也。句法，杜老最妙。

（清）何世璂《然镫记闻》，《清诗话》本

　　文姬《悲愤诗》，灭去脱卸转接之痕，若断若续，不碎不乱，读去如惊蓬坐振，沙砾自飞。视《胡笳十八拍》似出二手。宜范史取以入传。

（清）沈德潜《说诗晬语》卷上，《清诗话》本

　　七言律，平叙易于径遂，雕镂失之佻巧，比五言为尤难。贵属对稳，贵遣事切，贵捶字老，贵结响高，而总归于血脉动荡，首尾浑成。后人只于全篇中争一联警拔，取青妃白，有句无章，所以去古日远。

（清）沈德潜《说诗晬语》卷上，《清诗话》本

　　一首有一首章法；一题数首，又合数首为章法。有起，有结，有伦序，有照应；若阙一不得，增一不得，乃见体裁。陈思《赠白马王》、谢家兄弟酬答，子美《游何将军园》之类是也。又有随所兴触，一章一意，分观错杂，总述累累。射洪《感遇》、太白《古风》、子美《秦州杂诗》之类是也。后人一题至十数章，甚或二三十章。然意旨辞采，彼此互犯，虽搆多篇，索其指归，一章可尽，不如割爱之为愈已。

（清）沈德潜《说诗晬语》卷下，《清诗话》本

黄山谷尝云："少陵《赠韦左丞》，诸前辈推为排律压卷，盖其布置最为得体，如官府甲第，厅事堂房，各有定处，不相淆也。"学者当以斯言为法。大抵排律不难句炼字锻，工巧相生，惟抒情陈意，通篇贯彻，而不失伦次者为难。有唐一代，端以此事推杜。

（清）冒春荣《葚原诗说》卷之三，《清诗话续编》本

绝句字句虽少，含蕴倍深。其体或对起，或对收，或两对，或两不对，格句既殊，法度亦变。对起者，其意必尽后二句。对收者，其意必作流水呼应，不然则是不完之律。亦有不作流水者，必前二句已尽题意，此特涵泳以足之。两对者，后二句亦有流水，或前暗对而押韵，使人不觉。亦有板对四句者，此多是漫兴写景而已。两不对者，大抵以一句为主，余三句尽顾此句，或在第一，或在第二，或在第三四。亦有以两句为主者，又有两呼两应者，或分应，或各应，或错综。又有前后两截者，有一意直叙者，有前二句开说、后二句绾合者，有以倒叙为章法者，有以错叙为章法者。惟此体最多变局，在人善用之。

（清）冒春荣《葚原诗说》卷之三，《清诗话续编》本

凡百韵或数十韵长篇，必有过脉。大约一句挽上，一句生下，此文之筋也。无此便联络不上，但用之有明暗、曲直、继续、飞黏之不同耳。排者，开也。一意分数层，一事分数段，须依法逐节说去，方饱满流动。若没头没眼，堆砌字句，便不成章。后学戒之。

（清）张谦宜《䌹斋诗谈》卷二，《清诗话续编》本

《观曹将军画马图》，先叙二马，次叙七马，兼及画中厮养，落落历历，甚有章法。末感慨厩活马作结，气完法密，笔路异人。按其通篇，如"十日飞霹雳"，言画马如真龙；"贵戚"二句，言无一人不求其画马；"此皆骑战"云云，见所画非凡马；"争神骏"，言个个精壮；"气深稳"，言个个调良，绝非外强中干之比，皆其画之神理也。"皆与此图筋骨同"，是上下黏合要语，不然后面一段，几为闲文矣。所谓结撰者，仿此推之。"迥若寒空动烟雪"，写马身之轻，正是他动脚快处，贴著便看得出，从骨法神气上想像。谁有此思路？

（清）张谦宜《䌹斋诗谈》卷四，《清诗话续编》本

七律章法，宜田尤善言之。只就一首，如刘梦得《西塞山怀古》，白香山所让能，其妙安在？宜田云："前半专叙孙吴，五句以七字总括东晋、宋、齐、梁、陈五代，局阵开拓，乃不紧迫。六句始落到西塞山，'依旧'二字有高峰堕石之捷速。七句落到怀古，'今逢'二字有居安思危之遥深。八句'芦荻'是即时景，仍用'故垒'，终不脱题。此抟结一片之法也。至于前半一气呵成，具有山川形势，制胜谋略，因前验后，兴废皆然，下只以'几回'二字轻轻兜满，何其神妙！"

宜田又言："七律八句，要抟结完固，宛转玲珑，句中寓有层叠，乃妙。若只是四层，未见圆活，俗语所谓'死版货'"。

宜田札至："数年前偶得句云：'破寺门前野水多。'只此七字。"因记赠公有"人烟补断山"之句，亦只此五字。所谓好句本在世间，为宜田桥梓拾得，正不必凑泊成篇也。

（清）方世举《兰丛诗话》，《清诗话续编》本

长篇贵有操纵，忌章法散漫，而筋骨或懈。有一二字之向背，通篇脉络攸关。

长篇固通体有大提挈、大结束、大转换，逐段中又自有小提挈、小结束、小转换，间有不提挈、不结束，而未有不转换者。

（清）乔亿《剑溪说诗》卷下，《清诗话续编》本

古人文法之妙，一言以蔽之曰：语不接而意接。血脉贯续，词语高简，六经之文皆是也。俗人接则平顺骏蹇，不接则直是不通。韩公曰："口前截断第二句。"太白云："云台阁道连窈冥。"须于此会之。

（清）方东树《昭昧詹言》卷一，人民文学出版社本

汉、魏、曹、阮、杜、韩，非但陈义高深，意脉明白，而又无不文法高古硬札。其起处雄阔，擘头涌来，不可端倪；其接处横绝，恣肆变化，忽来忽止，不可执著，所以为雄。

（清）方东树《昭昧詹言》卷一，人民文学出版社本

曹子建《赠白马王彪》诗，颜延之《秋胡行》，皆以次章首句蝉连上

章之尾，此本《大雅》：《文王》、《下武》、《既醉》三篇章法也。而蔡中郎《饮马长城窟》，晋《西洲曲》，复施其法于一章之中，缠绵委折，而节拍更紧，遂极情文之妙。

（清）梁章钜《退庵随笔·学诗一》，《清诗话续编》本

又黄陶庵云："'池塘生春草'，单拈此句，亦何淡妙之有！此句之根在四句之前，'卧疴对空林，衾枕昧节候'，乃其根也。'褰开暂窥临'下，历言所见之景，至于池塘草生，则卧疴前所未见者，其时节流换可知矣。此等处皆浅浅易晓，然其妙在章而不在句，不识读诗者何以必就句中求之也。"陶庵此解，与田氏承君之意近似而不同，盖专赏其章法也。然此等章法，真浅浅易晓，无足为贵，谢客自矜神到，断不在此。

（清）潘德舆《养一斋诗话》卷二，《清诗话续编》本

诗家连篇歌咏，须意思错综，章法联贯，分之自为一章，合之统如一章；又有行乎不得不行之情寄托其间，在作者方非夸斗，在读者不厌流连。否则材虽富，句虽佳，总未免平原才多之患，风雅遗则，转于是衰矣。稽诸前哲，古体则《十九首》、阮嗣宗《咏怀》、陈伯玉《感遇》、李太白《古风》；近体则杜少陵《秋兴》，人人脍炙，稍有訾议者，必嗤其妄，作者原自不苟也。虞山以下，非独多篇，且频频叠韵，瑕瑜究不相掩。

（清）杨际昌《国朝诗话》卷之二，《清诗话续编》本

《庄子》文法断续之妙，如《逍遥游》忽说鹏，忽说蜩与鸴鸠、斥鷃，是为断；下乃接之曰"此大小之辨也"，则上文之断处皆续矣，而下文宋荣子、许由、接舆、惠子诸断处，亦无不续矣。

（清）刘熙载《艺概·文概》，上海古籍出版社本

章法不难于续而难于断。先秦文善断，所以高不易攀。然"抛针掷线"，全靠眼光不走；"注坡蓦涧"，全仗缰辔在手。明断，正取暗续也。

（清）刘熙载《艺概·文概》，上海古籍出版社本

律诗要处处打得通，又要处处跳得起。草蛇灰线，生龙活虎，两般能

事，当以一手兼之。

（清）刘熙载《艺概·诗概》，上海古籍出版社本

律诗一联中有以上下句论开合者，一句中有以上下半句论开合者，惟在相篇法而知所避就焉。

（清）刘熙载《艺概·诗概》，上海古籍出版社本

律有似乎无起无收者。要知无起者后必补起，无收者前必豫收。

（清）刘熙载《艺概·诗概》，上海古籍出版社本

绝句意法，无论先宽后紧，先紧后宽，总须首尾相衔，开阖尽变。至其妙用，惟在借端托寓而已。

（清）刘熙载《艺概·诗概》，上海古籍出版社本

词中承接转换，大抵不外纡徐斗健，交相为用，所贵融会章法，按脉理节拍而出之。

（清）刘熙载《艺概·词曲概》，上海古籍出版社本

题有筋有节。文家辨得一节字，则界画分明；辨得一筋字，则脉络联贯。

（清）刘熙载《艺概·经义概》，上海古籍出版社本

《奉先刘少府山水障子歌》，起手用突兀之笔，中段用翻腾之笔，收处用逸宕之笔。突兀则气势壮，翻腾则波澜阔，逸宕则神韵远，诸法备矣，须细细揣摩。

（清）施补华《岘佣说诗》，《清诗话》本

古人诗话最密，有章法，有句法，有字法。而字法在句法中，句法在章法中，一章之法，又在连章之中，特浑含不露耳。至于连章则尤难，合观之，连章若一章；分观之，各章又自成章。其先后次第，自有一定不紊之条理，观工部《秋兴》、《诸将》、《咏怀古迹》、《前后出塞》诸作可见。

（清）朱庭珍《筱园诗话》卷二，《清诗话续编》本

文章有穿针引线之法。贾雨村月下吟诵一联："玉在匮中求善价，钗于奁内待时飞"，这是一整套情节的枢纽。玉是黛玉，钗是宝钗，全书故事写的都是这两个人。"求善价"就是《四书》上说的美玉待善贾而沽的意思。"待时飞"，雨村的字不正是时飞么？要想知道宝钗的故事，必须等待由雨村的事里引出，所以说"待时飞"。这便是网罗全书的情节，在此处提纲挈领，总揽一笔。在平平常常的一句话里就藏有如此硕大的机关，可见作者胸怀如何。

　　　　　　　　（清）哈斯宝《〈新译红楼梦〉回批》，第一回批语，内蒙古人民出版社本

　　这部书的作者，文思之深有如大海之水，文章的微妙有如牛毛之细，络脉贯通，针线交织。

　　　　　　　　（清）哈斯宝《〈新译红楼梦〉回批》卷首，内蒙古人民出版社本

4. 彼此相伏　前后相因

　　五言七言，句语虽殊，法律则一。起句尤难，起句先须阔占地步，要高远，不可苟且。中间两联，句法或四字截，或两字截，须要血脉贯通，音韵相应，对偶相停，上下匀称。有两句共一意者，有各意者。若上联已共意，则下联须各意，前联既咏状，后联须说人事。两联最忌同律。颈联转意要变化，须多下实字。字实则自然响亮，而句法健。其尾联要能开一步，别运生意结之，然亦有合起意者，亦妙。

　　　　　　　　（元）杨载《诗法家数》，《历代诗话》本

　　诗要首尾相应，多见人中间一联，尽有奇特，全篇凑合，如出二手，便不成家数。此一句一字，必须著意联合也，大概要沉著痛快优游不迫而已。

　　　　　　　　（元）杨载《诗法家数》，《历代诗话》本

　　《三国》一书有首尾大照应、中间大关锁处。如首卷以十常侍为起，而末卷有刘禅之宠中贵以结之，又有孙皓之宠中贵以双结之；此一大照应

也……照应既在首尾，而中间百余回之内若无有与前后相关合者，则不成章法矣。于是有伏完之托黄门寄书，孙亮之察黄门盗密以关合前后……凡若此者，皆天造地设以成全篇之结构者也。

（清）毛宗岗《读三国志法》，《绣像第一才子书》卷首，世德堂本

《三国》一书，有浪后波纹，雨后霢霂之妙。凡文之奇者，文前必有先声，文后亦必有余势。如董卓之后，又有从贼以继之……武侯出师一段大文之后，又有姜维伐魏一段文字以荡漾之是也。诸如此类，皆他书中所未有。

（清）毛宗岗《读三国志法》，《绣像第一才子书》卷首，世德堂本

《三国》一书有隔年下种，先时伏着之妙。善圃者投种于地，待时而发。善弈者下一闲着，于数十着之前，而其应在数十着之后。文章叙事之法亦犹是已。

（清）毛宗岗《读三国志法》，《绣像第一才子书》卷首，世德堂本

《三国》一书，有添丝补锦，移针匀绣之妙。凡叙事之法，此篇所缺者补之于彼篇。上卷所多者匀之于下卷，不但使前文不沓拖，而亦使后文不寂寞。不但使前事无遗漏，而又使后事增渲染……前能留步以应后，后能回照以应前，令人读之真一篇如一句。

（清）毛宗岗《读三国志法》，《绣像第一才子书》卷首，世德堂本

此卷叙刘、曹相攻之始，而中间夹写公孙瓒并袁术二段文字。瓒之事，只在满宠口中虚写，术之事却用一半虚写，一半实写。不独瓒、术二人于此卷中收场，而玉玺下落亦于此卷中结局。前者汉帝失玉玺，今者玉玺归汉帝，相去十数卷，遥遥相对，而又预伏七十回后曹丕篡汉之由。有应有伏，一笔不漏，一笔不繁。每见近人纪事，叙却一头，抛却一头，失枝脱节，病在遗忘；未说这边，又说那边，手忙脚乱，病在冗杂。今试读《三国演义》，其亦可以搁笔矣。

（清）毛宗岗《绣像第一才子书》第二十一回批语，世德堂本

文有伏线之妙。荥阳城中之事,先于东岭关前伏线,此即伏于一卷之内者也。玉泉山顶之事,早于镇国寺中伏线,此伏于数十卷之前者也。其间一传家信,一叙乡情,闲闲冷冷,极没要紧处,却是极要紧处。如此叙事,虽龙门复生,无以过之。关公斩蔡阳在后卷,而此卷先有蔡阳欲赶关公一段文字。廖化归关公,尚隔数十卷,而此卷先有廖化救二夫人一段文字,皆所谓隔年下种者也,至于关公行色匆匆,途中所历,忽然遇一少年,忽然遇一老人,忽然遇一强盗,忽然遇一和尚,点缀生波,殊不寂寞,天然有此妙事,助成此等妙文。若但过一关杀一将,五处关隘,一味杀去,有何意趣?

(清)毛宗岗《绣像第一才子书》第二十七回批语,世德堂本

文有余波在后者:前有玄德三顾草庐一段奇文,后便有刘琦三求诸葛一段小文是也。文有作波在前者:将有孔明为玄德用兵一段奇文,却先有孔明为刘琦画策一段小文是也。

(清)毛宗岗《绣像第一才子书》第三十九回批语,世德堂本

读《三国》者,读至此卷,而知文之彼此相伏、前后相因,殆合十数卷而只如一篇,只如一句也……文如常山蛇然,击首则尾应,击尾则首应,击中则首尾皆应,岂非结构之至妙者哉!

(清)毛宗岗《绣像第一才子书》第九十四回批语,世德堂本

文之以前伏后者,有实笔,有虚笔。姜维伐魏在六出祁山之后,而一出祁山之前,先写一姜维,此以实笔伏之者也。钟、邓入蜀,在九伐中原之后,而一伐中原之前,先在夏侯渊口中,写一钟会,写一邓艾,此以虚笔伏之者也。且前有武侯之嘱阴平,葬定军,又虚中之虚。此处夏侯渊之言,又虚中之实。叙事作文,如此结构,可谓匠心。

(清)毛宗岗《绣像第一才子书》第一○七回批语,世德堂本

有鸾胶续弦法。如燕青往梁山泊报信,路遇杨雄、石秀,彼此须互不相识,且由梁山泊到大名府,彼此既同取小径,又岂有止一小径之理?看他便顺手借如意子打鹊求卦,先斗出巧来,然后用一拳打倒石秀,逗出姓

名来等是也，都是刻苦算得出来。
（清）金圣叹《读第五才子书法》，《金圣叹全集》（一），江苏古籍出版社本

此书每欲起一篇大文字，必于前文先露一个消息，使文渐渐隐隆而起，犹如山川出云，乃始肤寸也。如此处将起五台山，却先有七宝村名字；林冲将入草料场，却先有小二浑家浆洗绵袄；六月将劫生辰纲，却先有阮氏鬓边石榴花等是也。
（清）金圣叹《第五才子书施耐庵水浒传》第三回夹批，《金圣叹全集》（一），江苏古籍出版社本

如此一回大书，愚夫读之，则以为东郭争功，定是杨志分中一件惊天动地之事。殊不知止为后文生辰纲要重托杨志，故从空结出两层楼台，以为梁中书爱杨志地耳。故篇中凡写梁中书加意杨志处，文虽少，是正笔。写与周谨、索超比试处，文虽绚烂纵横，是闲笔。夫读书而能识宾主旁正者，我将与之遍读天下之书也。
（清）金圣叹《第五才子书施耐庵水浒传》第十二回总批，《金圣叹全集》（一）、江苏古籍出版社本

（"那汉道：'见制使手段和小人师父林教头一般。'"下批）轻轻将水泊雪中一番交手提出来，真有飞针走线之法。
（清）金圣叹《第五才子书施耐庵水浒传》第十六回夹批，《金圣叹全集》（一），江苏古籍出版社本

文章有移堂就树之法。如长夏读书，已得爽垲，而堂后有树，更多嘉荫，今欲弃此树于堂后，诚不如移此树来堂前。然大树不可移而至前，则莫如新堂可以移而去后。不然，而树在堂后，非不堂是好堂，树亦好树，然而堂已无当于树，树尤无当于堂。今诚相厥便宜，而移堂就树，则树固不动而堂已多荫，此真天下之至便也。此言莺莺之于张生，前于酬韵夜本已默感于心，已又于闹斋日复自明睹其人，此真所谓口虽不吐，而心无暂忘也者。今乃不端不的出自意外，忽然鼓掌应募，驰书破贼，乃正是此人此时则虽欲矫情箝口，假不在意，其奚可得？其理、其情、其势固必当感天谢地，心荡口说，快然一泻其胸中沉忧，以见此一照眼之妙人，初非两

廊下之无数无数人所可得而比。然而一则太君在前，不可得语也；二则僧众实繁，不可得语也；三则贼势方张，不可得语也。夫不可得语而竟不语，彼读书者至此不将疑莺莺此时其视张生应募，不过一如他人应募，淡淡焉了不系于心乎？作者深悟文章旧有移就之法，因特地于未闻警前先作无限相关心语，写得张生已是莺莺心头之一滴血，喉头之一寸气，并心、并胆、并身、并命，殆及后文则只须顺手一点，便将前文无限心语隐隐然都借过来，此为后贤所宜善学者其一也。

（清）金圣叹《西厢记·寺警》批语，《金圣叹全集》（三），江苏古籍出版社本

　　少陵有倒插法，如《送重表侄王砯评事》篇中"上云天下乱"云云，"次云最少年"云云，初不说出某人，而下倒补云："秦王时在座，真气惊户牖。"此其法也。《丽人行》篇中，"赐名大国虢与秦"，"慎莫近前丞相嗔"，亦是此法。又有反接法，《述怀》篇云："自寄一封书，今已十月后。"若云"不见消息来"，平千语耳，此云："反畏消息来，寸心亦何有。"斗觉惊心动魄矣。又有透过一层法，如《无家别》篇中云："县吏知我至，召令习鼓鼙。"无家客而遣之从征，极不堪事也，然明说不堪，其味便浅，此云："家乡既荡尽，远近理亦齐。"转作旷达，弥见沉痛矣。又有突接法，如《醉歌行》突接"春光澹沲秦东亭"，《简薛华醉歌》突接"气酣日落西风来"，上写情欲尽未尽，忽入写景，激壮苍凉，神色俱王，皆此老独开生面处。

（清）沈德潜《说诗晬语》卷上，《清诗话》本

　　写景写情，不宜相碍，前说晴，后说雨，则相碍矣。亦不可犯复，前说沅澧，后说衡湘，则犯复矣。即字面亦须避忌字同义异者，或偶见之，若字义俱同，必从更易。如"暮云空碛时驱马"、"玉靶角弓珠勒马"，终是石丞之累。杜诗云："新诗改罢自长吟。"改则弊病去，长吟则神味出。

（清）沈德潜《说诗晬语》卷下，《清诗话》本

　　虚字呼应，是诗中之线索也。线索在诗外者胜，在诗内者劣。今人多用虚字，线索毕露。使人一览略无余味，皆由不知古人诗法故耳。或问线索在诗外诗内之说，曰：此即书法可喻。书有真、有行、有草，行草牵系

联带，此线索之可见者也；真书运笔全在空中，故不可见，然其精神顾盼，意态飞动处，亦实具牵系联带之妙。此惟善书者知之。故诗外之线索，亦惟善诗者得之。

（清）冒春荣《葚原诗说》卷之一，《清诗话续编》本

蜀王孟昶有吴道子画钟馗一轴，用大指抉鬼眼。嫌其势拙，命黄筌改中指。一月不进呈，已而另画以献。问之，对云："吴画精神尽在大指，臣画精神尽在中指，故不敢妄改耳。"凡诗文作者，注意某一处，某一字，其通篇力量照应，亦必趁此一路，学者不可不知。

（清）张谦宜《絸斋诗谈》卷一，《清诗话续编》本

杜诗云："毫发无遗恨，波澜独老成。"最为诗家传灯衣钵。大凡诗中好句，左瞻右顾，承前启后，不突不纤，不横溢于别句之外，不气尽于一句之中，是句法也。起须劈空，承宜开拓，一联婉蜒，一联崒嵂，景不雷同，事不疏忽；去则辞楼下殿，住则回龙顾祖；意外有余意，味后有余味；不落一路和平，自有随手虚实，是章法也。悟此句法章法，然后读此二句，益信杜公"毫发"字、"波澜"字非泛写，而实是一片婆心，指点后人作诗之法。

（清）薛雪《一瓢诗话》，《清诗话》本

（"又值人来回，有雨村处遣人回话。"下批）又一紧，故不能终局也。此处渐渐写雨村亲切，正为后文地步伏脉千里，横云断岭法。

（清）《脂砚斋重评石头记》第十七回至第十八回夹批，人民文学出版社本

律诗篇法，有上半篇开下半篇合，有上半篇合下半篇开。所谓半篇者，非但上四句与下四句之谓，即二句与六句，六句与二句，亦各为半篇也。

（清）刘熙载《艺概·诗概》，上海古籍出版社本

诗之局势非前张后歙，则前歙后张，古体律、绝无以异也。

（清）刘熙载《艺概·诗概》，上海古籍出版社本

词之章法,不外相摩相荡,如奇正、空实、抑扬、开合、工易、宽紧之类是已。

　　　　　　　　　　　（清）刘熙载《艺概·词曲概》,上海古籍出版社本

　　炼字,数字为炼,一字亦为炼;句则合句首、句中、句尾以见意,多者三四层,少亦不下两层。词家或遂谓字易而句难,不知炼句固取相足相形,炼字亦须遥管遥应也。

　　　　　　　　　　　（清）刘熙载《艺概·词曲概》,上海古籍出版社本

　　贺方回《青玉案》词收四句云:"试问闲愁都几许?一川烟草,满城风絮,梅子黄时雨。"其末句好处,全在"试问"句呼起,及与上"一川"二句并用耳。或以方回有"贺梅子"之称,专赏此句,误矣。且此句原本寇莱公"梅子黄时雨如雾"诗句,然则,何不目莱公为"寇梅子"耶？

　　　　　　　　　　　（清）刘熙载《艺概·词曲概》,上海古籍出版社本

　　局法,有从前半篇推出后半篇者,有从后半篇推出前半篇者。推法固顺逆兼用,而顺推往往不如递推者,递推之路较宽且活也。

　　　　　　　　　　　（清）刘熙载《艺概·经义概》,上海古籍出版社本

　　文有关键便紧。有题字之关键,如做此动彼是也;有文法之关键,如前伏后应是也。

　　　　　　　　　　　（清）刘熙载《艺概·经义概》,上海古籍出版社本

　　题目既定,句以成篇,字以成句,五字七字必令意全句中,不可增减,而后谓之完足。近见有句于此,亦可卜度其意之所在,而觉句中少数字而不显切。又有三五字已尽本意,而强增一二字以趁韵脚,牵率矫强,百丑具见,何以为诗？作者须于一句之中,首尾自相呼应,一篇之中,前后句相呼应,相生相续以成章,然后无背于古而可以传也。

　　　　　　　　　　　（清）庞垲《诗义固说》上,《清诗话续篇》本

　　这一回,上半部是第四十回的引线,下半部是全书的结纽。你要记住

贾雨村"虽才干优长，未免贪酷"，故被革职，以及倾颓的庙宇，龙钟老僧这些话。看了最后一回，方能知道本书千里伏线长绵不断的妙处。

（清）哈斯宝《〈新译红楼梦〉回批》第二回批语，内蒙古人民出版社本

宝钗为讨贾母喜欢，点了《醉打山门》，因宝玉央告，念了《寄生草》。宝玉听得兴意发作，又因席上吵嘴弄得意灰心死。既然如此，则后日的出家，实已萌于此时。这就叫做隔年撒种之法。

（清）哈斯宝《〈新译红楼梦〉回批》第八回批语，内蒙古人民出版社本

……"行宫见月伤心色"二句，暗摄下意。盖以幸蜀之靡日不思，引起还京之徬徨念旧，一直说去。中间暗藏马嵬改葬一节，此行文飞渡法也。

（清）爱新觉罗·弘历等《唐宋诗醇》卷二十二，浙江书局刻本

此篇重新把虞华轩提出刻画一翻，是文章之变体，提清薄俗浇漓，色色可恶，惟是见了银子未免眼热，只此一端，华轩颇可以自豪。以伏后文不买田之局。是国手布子，步步照应。

（清）无名氏《闲卧草堂本儒林外史回评》第四十七回，引自《中国历代小说论著选》，江西人民出版社本

……观此一回，写得蒋士奇极其慷慨，极其亲热。世有如此人，那得不教人仰慕？作此书者真有关于世道人心，文章之巧，又其余事耳。篇中叙卖小梅时，若使蒋公在家，何无一语相阻？又何妨周济何成数金，竟将小梅接到家中，认为己女？今补叙不在家中。固是生出后面许多绝妙文章，然亦是文心细腻，无微不照。

（清）月岩《孝义雪月梅传回评》第四回，引自《中国历代小说论著选》，江西人民出版社本

有花乃有人，有人乃有笑；见其花如见其人，欲见其人，必袖其花。乃未见其人，而先见其里落之花，见其门前之花，则野鸟格磔中，固早有含笑捻花人在矣。未见其人，先闻其声，见其花，见其笑，而后审视而得

见所欲见之人。既照应起笔，即引逗下文，文中贵有顿笔也。至入门而夹道写花，庭外写花，室内写花，借许多花引出入来；而复未写其人，先写其笑，写其户外之笑，写其入门之笑，写其见面之笑，又照应上元之言，照应上元之笑。许多笑字，配对上许多花字，此遥对法也。随手借视碧桃撇开，写花写笑，双双绾住，然后再写花，再写人，再写笑。树上写笑，将堕写笑，堕时写笑，堕后写笑，束住笑字，正叙袖中之花，入正面矣，却以园中花作一夹衬，随又撇开。写其笑，写其来时之笑，写其见母之笑，写其见客之笑，写其转入之笑；又恐冷落花字，以山花零落，小作映带，然后笑与花反复并写，从花写笑，从笑而写不笑；既不笑矣，笑字无从写矣，偏以不笑反复映衬，而忽而零涕，忽而哽咽，忽而抚哭哀痛，无非出力反衬笑字。更以其子见人辄笑，大有母风，收拾全篇笑字。此作者以嘻笑为文章，如评中所云，隐于笑者矣。故为琐琐批出，而不禁失声大笑。

（清）但明伦《〈婴宁〉后评》，《聊斋志异》卷二，上海古籍出版社本

本传与前传有明点法，有暗照法，如阮小七登山祭奠，将山寨旧事指示众人，到登云山下失母，说李铁牛失母；顾大嫂说孙立前日样子，打登州时写孙立打扮；登云山用替天行道旗；蒋敬舟中吃酒，说张顺被劫；中国众人，船到清水澳，阮小七要泗水取鱼，李应说张顺、李逵浔阳旧事，赋诗回说柴进曾做方腊驸马之类，是明点也。穆春之在双峰庙几个转身，与武松在鸳鸯楼相似；到登云山脚下酒店，与梁山泊朱贵酒店相似；牛都监拿解黄信，与清风寨黄信拿解花荣相似；公孙胜破萨头陀，写掣出松纹古定剑，以照前传之破高濂；六和塔下，武松见了众人，叫声"阿呀"，以照前传景阳冈遇虎之类是也。至于本传前后，自作明照暗照之处甚多，俱见各回细评下。

（清）蔡元放《水浒后传读法》，引自《中国历代小说论著选》，江西人民出版社本

有移花接木法，前传说燕青能通各路乡谈，是赞他心地聪明，口舌利便耳；然其所通，不过中国诸乡语耳！至于金人，乃外番之国，中间又隔了大辽，从未与中国通问，燕青何由而能通其番语手？然要写他扮作金

人，用木夹去救吴胜夫妇，与入金营献青子，及黄河渡口赚乌禄，若不能通其番语，何以能建功耶？故就他能通各路乡谈而推广之，作移花接木之用，庶不棘手耳。

（清）蔡元放《水浒后传读法》，引自《中国历代小说论著选》，江西人民出版社本

5. 起承转合

对句好可得，结句好难得，发句好尤难得。

（宋）严羽《沧浪诗话·诗法》，人民文学出版社本

发端忌作举止，收拾贵在出场。

（宋）严羽《沧浪诗话·诗法》，人民文学出版社本

作大词，先须立间架，将事与意分定了。第一要起得好，中间只铺叙，过处要清新，最紧是末句，须是有一好出场方妙。小词只要些新意，不可太高远，却易得古人句，同一要练句。

（宋）沈义父《乐府指迷·大词小词作法》，人民文学出版社本

过处多是自叙，若才高者，方能发起别意，然不可太野，走了原意。

（宋）沈义父《乐府指迷·过处》，人民文学出版社本

起承转合
破题
或对景兴起，或比起，或引事起，或就题起。要突兀高远，如狂风卷浪，势欲滔天。
颔联
或写意，或写景，或书事、用事引证。此联要接破题，要如骊龙之珠，抱而不脱。
颈联
或写意、写景、书事、用事引证，与前联之意相应相避。要变化，如疾雷破山，观者惊愕。

结句

或就题结，或开一步，或激前联之意，或用事，必放一句作散场，如剡溪之棹，自去自回，言有尽而意无穷。

（元）杨载《诗法家数》，《历代诗话》本

大抵诗之作法有八：曰起句要高远；曰结句要不著迹；曰承句要稳健；曰下字要有金石声；曰上下相生；曰首尾相应；曰转折要不著力；曰占地步，盖首两句先须阔占地步，然后六句若有本之泉，源源而来矣。地步一狭，譬犹无根之潦，可立而竭也。

（元）杨载《诗法家数》，《历代诗话》本

乔孟符吉博学多能，以乐府称，尝云：作乐府亦有法。曰凤头、猪肚、豹尾六字是也。大概起要美丽，中要浩荡，结要响亮，尤贵在首尾贯穿，意思清新。苟能若是，斯可以言乐府矣。此所谓乐府，乃今乐府，如《折桂令》、《水仙子》之类。

（元）陶宗仪《作今乐府法》，《南村辍耕录》卷八，中华书局本

绝句篇法
首句起
　《画松》
画松一似真松树，待我寻思记得无。曾在天台山上见，石桥南畔第三株。
次句起
　《金陵即事》
第三句起
前二句皆闲，至第三句方咏本题。
扇对
　《存殁口号》
席谦不见近弹棋，毕曜仍传旧小诗。玉局他年无限笑，白杨今日几人悲？
郑公彩绘随长夜，曹霸丹青已白头。天下何曾有山水？人间不解重

骅骝。

问对

首句闲，次句说本题，第三句闲，结再说本题，应第二句，即《磨笄山诗》也。

顺去

松下问童子；问余何事栖碧山；

湘中老人；行到水穷处；首座茶。

藏咏

《江南逢李龟年》

岐王宅里寻常见，崔九堂前几度闻。正是江南好风景，落花时节又逢君。

中断别意

前二句说本题，后二句说题外意，"愿领龙骧十万兵"是也。

四句两联

两个黄鹂鸣翠柳；迟日江山丽。

借喻

借本题说他事，如咏妇人者，必借花为喻；咏花者，必借妇人为比。

右十法，绝句之篇法也。此最为紧，推此以往，思过半矣。

（元）范德机《木天禁语》，《历代诗话》本

凡起句当如爆竹，骤响易彻，结句当如撞钟，清音有余。郑谷《淮上别友》诗："君向潇湘我向秦。"此结如爆竹而无余音。予易为起句，足成一首，曰："君向潇湘我向秦，杨花愁杀渡江人。数声长笛离亭外，落日空江不见春。"

（明）谢榛《四溟诗话》卷一，人民文学出版社本

篇法有起有束，有放有敛，有唤有应。大抵一开则一阖，一扬则一抑，一象则一意，无偏用者。句法有直下者，有倒插者。倒插最难，非老杜不能也。字法有虚有实，有沉有响，虚响易工，沉实难至。五十六字，如魏明帝凌云台材木，铢两悉配，乃可耳。篇法之妙，有不见句法者；句法之妙，有不见字法者。此是法极无迹，人能之至，境与天会，未易求也。

（明）王世贞《艺苑卮言》卷一，《历代诗话续编》本

歌行有三难：起调，一也；转节，二也；收结，三也。惟收结为尤难：如作平调舒徐绵丽者，结须为雅词，勿使不足，令有一唱三叹意；奔腾汹涌驱突而来者，须一截便住，勿留有余；中作奇语峻夺人魄者，须令上下脉相顾，一起一伏，一顿一挫，有力无迹，方成篇法。

（明）胡震亨《唐音癸签》卷三，古典文学出版社本

排场有起伏转折，俱独辟境界，突如而来，倏然而去，令观者不能预拟其局面。凡局面可拟者，即厌套也。

（清）孔尚任《桃花扇凡例》，《桃花扇》，人民文学出版社本

严沧浪《诗辨》有云："发端忌作举止，收拾贵在出场。"又云："诗难处在结裹。譬如番刀，须用北人结裹，南人便非本色。"此数语最得之。

（清）贺贻孙《诗筏》，《清诗话续编》本

发语难得有力，有力故能挽起一篇之势；结语难得有情，有情故能锁住一篇之意。能挽起一篇，故一篇之情亦动；能锁住一篇，故一篇之势亦完，两相资也……但结语犹易得，若发语有力，则虽唐人名家，亦人不数篇而已，故发语尤难。

（清）贺贻孙《诗筏》，《清诗话续编》本

起承转收，一法也。试取初盛唐律验之，谁必株守此法者？法莫要于成章；立此四法，则不成章矣。且道"卢家少妇"一诗作何解？是何章法？又如"火树银花合"，浑然一气；"亦知戍不返"，曲折无端。其他或平铺六句，以二语括之；或六七句意已无余，末句用飞白法飚开，义趣超远：起不必起，收不必收，乃使生气灵通，成章而达。至若"故国平居有所思"，"有所"二字，虚笼喝起，以下曲江、蓬莱、昆明、紫阁，皆所思者，此自《大雅》来；谢客五言长篇用为章法；杜更藏锋不露，抟合无垠：何起何收，何承何转？陋人之法，乌足展骐骥之足哉！近世唯杨用修辨之甚悉。用修工于用法，唯其能破陋人之法也。

（清）王夫之《薑斋诗话》卷下，《清诗话》本

起承转收以论诗，用教幕客作应酬或可；其或可者，八句自为一首尾也。塾师乃以此作经义法，一篇之中，四起四收，非蜡虫相衔成青竹蛇而何？两间万物之生，无有尻下出头，枝末生根之理。不谓之不通，其可得乎？

（清）王夫之《薑斋诗话》卷下，《清诗话》本

从起入颔，羚羊挂角；从颔入腹，独茧抽丝。第七句狮吼雪山，龙含秋水，合成旖旎，韶采惊人，古今推为绝唱，当不诬。其所以如辨才人说古今事理，未有豫立之机，两鸿纤一致，人但歆欲于其珠玉。

（清）王夫之《唐诗评选》卷四，沈佺期《独不见》评语，《船山遗书》，太平洋书店重校刊本

《连昌宫词》虽中唐之调，然铺次亦见手笔。起数语自古法。"杨氏诸姨车斗风"，陡接"明年十月东都破"，数语过禄山，直截见才。俗手必将姚、宋、杨、李置此，逦迤叙出兴废，便自平直。"尔后相传六皇帝"一句，略而有力，先为结语一段伏脉。于此复出"端正楼"数语，掩映前文，笔墨飞动。后追叙诸相秉用，曲终雅奏，兼复溯洄有致，姚、宋详，杨、李略。通篇开阖有法，长庆长篇若此，固未易才。

（清）毛先舒《诗辩坻》卷第三，《清诗话续编》本

元秋涧王恽述承旨王公论文语曰："入手当如虎首，中如豕腹，终如虿尾。首取其猛，腹取其楦攘，尾取其螫而毒也。"见本集。乔吉梦符论今乐府法亦云："凤头，猪肚，豹尾。大概起要美丽，中要浩荡，结要响亮。"

（清）王士禛《带经堂诗话》卷三，人民文学出版社本

问："律诗论起承转合之法否？"
答："勿论古文今文、古今体诗，皆离此四字不可。"

（清）王士禛《师友诗传续录》，《清诗话》本

问："范德机谓：'律诗第一联为起，第二联为承，第三联为转，第四联为合。'又曰：'起承转合四字，施之绝句则可，施之律诗则未尽然。'似乎自相矛盾？"

答:"起承转合,章法皆是如此,不必拘定第几联第几句也。律、绝分别,亦未前闻。"

(清)王士禛《师友诗传续录》,《清诗话》本

问:"排律之法何如?"
答:"首尾开阖,波澜顿挫。八字尽之。"

(清)王士禛《师友诗话续录》,《清诗话》本

又问:"布局如何?"答曰:"古诗如古文,其布局千变万化。七律颇似八比:首联如起讲、起头,次联如中比,三联如后比,末联如束题。但八比前中后一定,诗可以错综出之,为不同耳。"

(清)吴乔《答万季野诗问》,《清诗话》本

起联如李远之"有客新从赵地回,自言曾上古丛台",太伤平浅。刘禹锡之"王濬楼船下益州,金陵王气黯然收"稍胜。而少陵之"童稚情亲四十年,中间消息两茫然",能使次联"更为后会知何地,忽漫相逢是别筵"倍添精彩,更胜之矣。至于义山之"海外徒闻更九州,他生未卜此生休",则势如危峰矗天,当面崛起,唐诗中所少者。而"昨夜星辰昨夜风,画楼西畔桂堂东",乃是具文见意之法。起联以引起下文而虚做者,常道也。起联若实,次联反虚,是为定法。

(清)吴乔《围炉诗话》卷之一,《清诗话续编》本

七言绝句起自古乐府,盛唐遂踞其巅。太白、龙标,无以加矣,它如旗亭雪夜,画壁斗奇,非其自信者深乎?"工夫转换之妙,全在第三句,若第三句用力,则末句易工"。沧溟之言韪矣。然实二十八字俱有关合,乃成一首,学者细玩"黄河远上"之篇,思过半矣。

(清)田雯《古欢堂集杂著》卷二,《清诗话续编》本

诗之五言八句,如制艺之起承转合为篇法也。起联道破题意,次联承其意,第三联用开笔,结句收转,与起联相应,以成章法。须著精神,切弗草率。苟一结衰惫,前路虽佳,亦非全璧。

(清)冒春荣《葚原诗说》卷之一,《清诗话续编》本

近体以起承转合为首尾腰腹，此脉络相承之次弟也。首动则尾随，首击则尾应。腹承首后，腰居尾前，不过因首尾以为转动而已。是故一诗之气力在首尾，而尾之气力视首更倍，如龙行空，如舟破浪，常以尾为力焉。唐人佳句，二联为多，起次之，结句又次之，可见结之难工也。其法有于结句见诗意者，有点明题字者，有放开一步，或宕出远神，或就本位收住者，有寓意者，有补缴者。张说"不作边城将，谁知恩遇深"，就题上"夜饮"作收也。王维"君问穷通理，渔歌入浦深"，从上句"解带"、"弹琴"宕出远神也。杜甫"何当击凡鸟，毛血洒平芜"，就画鹰说到真鹰，放开一步法也。凡结句皆就上文体势成之，举一可以反三。

（清）冒春荣《葚原诗说》卷之一，《清诗话续编》本

律诗或兴起，或比起，或引事起，或就题起，句要突兀高远。颔联要承接，如骊龙之珠，抱而不脱。颈联或写意，或写景，与前联之意相应，又要变化。结句或就题，或开一步，或缴前联之意，言有尽而意无穷。

（清）冒春荣《葚原诗说》卷之二，《清诗话续编》本

七律不难中二联，难在发端及结句耳。发端与结句，唐人无不妙者，然亦无转入他调及收顿不住之病。

（清）冒春荣《葚原诗说》卷之二，《清诗话续编》本

凡诗无论古今体、五七言，总不离起承转合四字，而千变万化出于其中。近体分起承转合，自不必言。若古体之或短或长，则就四字展之、缩之、顿之、挫之而已。起结例用二语或四语。而杜《送王砅评事》，则"我之曾老姑"至"盛事垂不朽"凡三十八句，总只当一起。《北征》诗"至尊尚蒙尘"以下四十八句，总只当一结。至转法，或一转，或数转，惟视其诗之短长。此类不可枚举。又有即起即承、即承即转、即转即合者，亦惟意所至，随手成调。总之，法则一而出入变化乎法者固不一也。

（清）冒春荣《葚原诗说》卷之四，《清诗话续编》本

客问结选之秘，签曰："一篇全在起结著力，起欲如俊鹘摩天，结欲如盘弓勒马。"

起法之陡健者，其势自纡徐，足以函盖通章。

凡起句领韵，须令宽裕流行，下意可接。

凡诗起得突直，须用婉秀语承之，即月峰所谓节奏也。

结句今人往往离根，盖自五六转处，不曾豫留七八地也。此诀要细心玩味。

好诗只在布置处见本领，不然便成四副春联。

（清）张谦宜《絸斋诗谈》卷二，《清诗话续编》本

其六，"涉江采芙蓉"，陡起。"采之欲遗谁"，折下。"还顾望旧乡"，转开。"同心而离居"，平收。此篇语简意畅，起极热衷，收极冷淡，首尾拗应，正是章法。

（清）张谦宜《絸斋诗谈》卷四，《清诗话续编》本

吞吐之妙，全在换头煞尾。古人名换头为过变。或藕断丝连，或异军突起。皆须令读者耳目振动，方成佳制。换头多偷声，须和婉，和婉则句长节短，可容攒簇。煞尾多减字，须峭劲，峭劲则字过音留，可供摇曳。

（清）周济《宋四家词选目录叙论》，《宋四家词选》卷首，中华书局本

凡作长排，前有来路，后有去路，中间铺张排比，则以清分段落为第一义。盖既分段落，不能不讲究层次，而诸法从此生矣。点叙有景，寄托有情。写景者每以情为精神，言情者或借景为色泽。细叙处碎而弥雅，浑举处简而悉包。一意相生，发波澜于兴会；两端并重，分详略于主宾。铸局处有提贯，有合应，而草蛇灰线之中，浑成尤妙；过段处有衔承，有遥接，而叠嶂层峦之内，突峙更奇。缥缈远神，全在篇始篇终数语；奓张大气，每于段首段末两联。排联多，则不能句句皆奇，惟当于沧涟中时逢警策；选韵窄，则难于联联悉稳，不如于宽坦内力讲精工。惨淡经营，落笔之先，已定全局；转旋离合，含毫之际，纯任自然。字不妨重，亦须检点；意尤恶复，更忌支离。勿杂凑而无章，勿窘步而自缚，勿前懈而后促，勿直叙而平铺。起首贵突兀，进路贵纡徐，层折贵分明，音节贵浏亮，血脉贵团聚，步骤贵舂容，藻采贵停匀，气机贵磅礴，收束贵谨密，结尾贵混茫。神明变化，存乎其人。噫！岂易言哉！孰玩唐贤诸长律，道

在斯矣。有志之士，当不以鄙言为河汉也。

（清）陈仅《竹林答问》，《清诗话续编》本

柳文如奇峰异嶂，层见叠出，所以致之者有四种笔法：突起，纡行，峭收，缦回也。

（清）刘熙载《艺概·诗概》，上海古籍出版社本

起有分合缓急，收有虚实顺逆，对有反正平串，接有远近曲直。欲穷律法之变，必先于是求之。

（清）刘熙载《艺概·诗概》，上海古籍出版社本

元陆辅之《词旨》云："对句好可得，起句好难得，收拾全藉出场。"此盖尤重起句也。余谓起收对三者皆不可忽。大抵起句非渐引即顿入，其妙在笔未到而气已吞；收句非绕回即宕开，其妙在言难止而意无尽；对句非四字六字即五字七字，其妙在不类于赋与诗。

（清）刘熙载《艺概·词曲概》，上海古籍出版社本

词之承接转换，大抵不外纡徐斗健，交相为用，所贵融会章法，按脉理节拍而出之。

（清）刘熙载《艺概·词曲概》，上海古籍出版社本

曲一宫之内，无论牌名几何，其篇法不出始、中、终三停。始要含蓄有度，中要纵横尽变，终要优游不竭。

（清）刘熙载《艺概·词曲概》，上海古籍出版社本

起、承、转、合四字，起者，起下也，连合亦起在内；合者，合上也，连起亦合在内；中间用承用转，皆兼顾起合也。

（清）刘熙载《艺概·经义概》，上海古籍出版社本

空中起步，实地立脚，绝处逢生，局法具此三者，文便不可胜用；尤在审节次而施之。

（清）刘熙载《艺概·经义概》，上海古籍出版社本

文不外乎始、中、终。始有不得，求诸中、终；终有不得，求诸始、中；中有不得，求诸始、终。但执本句、本字以论得失，非知文者也。

（清）刘熙载《游艺约言》，《古桐书屋续刻三种》，清光绪刊本

七古起处宜破空岪起，高唱入云，有黄河落天之势，而一篇大旨，如帷灯匣剑，光影已摄于毫端。中间具纵横排荡之势，宜兼有抑扬顿挫之奇，雄放之气，镇以渊静之神，故往而能回，疾而不飘也。于密处叠造警句，石破天惊；于疏处轩起层波，山曲水折。如名将临大敌，弥见整暇也。至接笔，则或挺接、反接、遥接，无平接者，故愈显嶒峻。转笔，则或疾转、逆转、突转，无顺转者，故倍形生动。其关键勒束处，无不呼吸相生，打成一片，故筋节紧贯，血脉灵通，外极雄阔，而内极细密也。结处宜层层绾合，面面周到，而势则悬崖勒马，突然而止，断不使词尽意尽，一泻无余，此作七古之笔法也。若再能不以词接而以神接，不以句转而以气转，或不接之接，不转之转，尤为大家不传之秘，入无上上乘禅矣。

（清）朱庭珍《筱园诗话》卷一，《清诗话续编》本

张砥中曰：凡词前后两结最为紧要。前结如奔马收缰，须勒得住，尚存后面地步，有住而不住之势。后结如众流归海，其收得尽，回环通首源流，有尽而不尽之意。

（清）王又华《古今词论》，《词话丛编》本

夫五言与七言不同；律与绝句不同。字有字法，句有句法，章有章法。不知连断则不成句法；不知解数则不成章法；总不出顿挫与起承转合诸法耳。即盖代才子，不能出其范围也。

（清）徐增《而庵诗话》，《清诗话》本

6. 工于发端

诗有无头尾之体。凡诗头，或以物色为头，或以身为头，或以身意为

头，百般无定，任意以兴来安稳，即任为诗头也。
（唐）[日] 弘法大师《文镜秘府论·南卷·论文意》，《文镜秘府论校注》，中国社会科学出版社本

文字起句发意最好。李斯上秦始皇《谏逐客书》起句，至矣尽矣，不可以加矣；张伯玉《六经阁记》，谓"六经阁者，诸子百家皆在焉，不书，尊经也"。亦是起处发意，但以下笔力差乏。
（宋）李涂《文章精义》，人民文学出版社本

大抵起句便见所咏之意，不可泛入闲事，方入主意。咏物尤不可泛。
（宋）沈义父《乐府指迷·起句》，人民文学出版社本

五言律起句最难，六朝人称谢朓工于发端。如"大江流日夜，客心悲未央"，雄压千古矣。唐人多以对偶起，虽森严，而乏高古。宋周伯弜，选唐三体诗，取起句之工者二："酒渴爱江清，余酣漱晚汀。"又"江天清更愁，风柳入江楼"是也。语诚工，而气衰飒。余爱柳恽"汀洲采白蘋，日落江南春"；吴均"咸阳春草芳，秦帝卷衣裳"，又"春从何处来，拂水复惊梅"；梁元帝"山高巫峡长，垂柳复垂杨"；唐苏颋"北风吹早雁，日日渡河飞"；张柬之"淮南有小山，嬴女隐其间"；王维"风动角弓鸣，将军猎渭城"；杜子美"将军胆气雄，臂悬两角弓"；孟浩然"八月湖水平，涵虚混太清"。虽律也，而含古意，皆起句之妙，可以为法，何必效晚唐哉？伯弜之见，诚小儿也。
（明）杨慎《升庵诗话》卷二，《历代诗话续编》本

晦叔云：七言律大抵多引韵起，若以侧句入尤峻健，如老杜幽栖地僻是也。然犹是对偶，若以散句起，又佳，如苦忆荆州醉司马是也。
（明）杨慎《叶晦叔论诗》，《升庵文集》卷五十四，明刊本

五言律首句用韵，宜突然而起，势不可遏，若子美"落日在帘钩"是也。若许浑"天晚日沉沉"，便无力矣。
（明）谢榛《四溟诗话》卷二，人民文学出版社本

诗称发端之妙者，谢宣城而后，王右丞一人而已。郎士元诗起句云："暮蝉不可听，落叶岂堪闻"，合掌可笑。高仲武乃云："昔人谓谢朓工于发端，比之于今，有惭沮矣。"若谓出于讥戏，何得入选？果谓发端工乎，谢宣城地下当为拊掌大笑。

（明）王世懋《艺圃撷余》，《历代诗话》本

杨用修论发端，以玄晖"大江流日夜"为妙绝，余谓此未足当也。千古发端之妙，无出少卿三起语，如"嘉会难再遇，三载如千秋"，"携手上河梁，游子暮何之"，寻常儿女，可泣鬼神。次则子建"高台多悲风，明月照高楼"，咳唾天仙，复绝凡俗。康乐"百川赴巨海，众星环北辰"，虽稍远本色，然是后来壮语之祖，不妨并拈出也。

（明）胡应麟《诗薮·外编》卷二，上海古籍出版社本

王维"积水不可极，安知沧海东"，亦可谓工于发端矣。谢灵运登海口盘屿山诗："莫辨洪波极，谁知大壑东。"良自有本。

（明）胡震亨《唐音癸签》卷十一，古典文学出版社本

圣叹每言作文最争落笔，若落笔落得者，便通篇争气力，如落笔落不着，便通篇减神彩。东坡先生作《韩文公潮州庙碑》时，云曾悟及此事最是难解之事也。

（清）金圣叹《西厢记·赖婚》批语，《金圣叹全集》（三），江苏古籍出版社本

予谓词曲中开场一折，即古文之冒头、时文之破题，务使开门见山，不当借帽覆顶。即将本传中立言大意，包括成文，与后所说"家门"一词，相为表里。前是暗说，后是明说。暗说似破题，明说似承题。如此立格，始为有根有据之文。场中阅卷，看至第二、三行而始觉其好者，即是可取可弃之文。开卷之初，能将试官眼睛一把拿住，不放转移，始为必售之技。吾愿才人举笔尽作是观，不止填词而已也。

（清）李渔《闲情偶寄·词曲部·格局第六》，《中国古典戏曲论著集成》（七），中国戏剧出版社本

至若"秦时明月汉时关",句非不炼,格非不高。但可作律诗起句,施之小诗,未免有头重之病。

（清）王夫之《薑斋诗话》卷下,《清诗话》本

七言绝起忌矜势,太白多直抒旨邑,两言后只用溢思作波掉,唱叹有余响。拙手往往安排起法,欲留佳思在后作好,首既嚼蜡,后十四字中,地窄而舞拙,意满而词滞。古亦多用景物唱起,然须正意着景中令足,后来神韵自不匮耳。

（清）毛先舒《诗辩坻》卷第三,《清诗话续编》本

问:律中起句,易涉于平,宜用何法?"

答:"古人谓玄晖工于发端,如《宣城集》中'大江流日夜,客心悲未央',是何等气魄!唐人起句,尤多警策,如王摩诘'风劲角弓鸣,将军猎渭城'之类,未易枚举。杜子美尤多。"

（清）王士禛《师友诗传续录》,《清诗话》本

或问"诗工于发端,如何?"应之曰:"如谢宣城'大江流日夜,客心悲未央',杜工部'带甲满天地,胡为君远行',王右丞'风劲角弓鸣,将军猎渭城'、'万壑树参天,千山响杜鹃',高常侍'将军族贵兵且强,汉家已是浑邪王',老杜'将军魏武之子孙,于今为庶为清门'是也。"

（清）王士禛《渔洋诗话》卷中,《清诗话》本

陈思极工起调,如"惊风飘白日,忽然归西山",如"明月照高楼,流光正徘徊",如"高台多悲风,朝日照北林",皆高唱也。后谢玄晖"大江流日夜,客心悲未央",极苍苍莽莽之致。

（清）沈德潜《说诗晬语》卷上,《清诗话》本

歌行起步,宜高唱而入,有"黄河落天走东海"之势。以下随手波折,随步换形,苍苍莽莽中,自有灰线蛇踪,蛛丝马迹,使人眩其奇变,仍服其警严。至收结处,纡徐而来者,防其平衍,须作斗健语以止之;一往峭折者,防其气促,不妨作悠扬摇曳语以送之,不可以一格论。

（清）沈德潜《说诗晬语》卷上,《清诗话》本

起手贵突兀。王右丞"风劲角弓鸣",杜工部"莽莽万重山"、"带甲满天地",岑嘉州"送客飞鸟外"等篇,直疑高山坠石,不知其来,令人惊绝。

(清)沈德潜《说诗晬语》卷上,《清诗话》本

诗有赋起,有比起,有兴起,有两句双起而下六句分发其意者,有篇中主在一句余承其意者,有六句具若散布而意在结句者。

(清)冒春荣《葚原诗说》卷之一,《清诗话续编》本

起联有对起,有散起。唐人散者居多,惟杜甫好用对起,其对起法,有一意相承者,又有两意分对者,大抵熟于诗律,故拈著便对。若起联是两意,则次联必分应之,或中二联各应一句,或中二联止应一句,至末联再应一句,或前三联各开说,用末联总收。近体诗莫多于老杜,故法莫备于老杜。

(清)冒春荣《葚原诗说》卷之一,《清诗话续编》本

起联须突兀,须峭拔,方得题势,入手平衍,则通身无气力矣。有开门见山道破题意者,有从题前落想入者,亦有倒提递入者,俱以得势为佳。

(清)冒春荣《葚原诗说》卷之一,《清诗话续编》本

诗有就题便为起句者,如李白"牛渚西江夜",周朴"湖州安吉县,门与白云齐",张祜"一到东林寺,春深景致芳"是也。又有离题为起句者,如齐己《渔父》诗"湘潭春水满,湘岸草青青",曹松《闻猿》诗"曾宿三巴路,今来不愿听",于鹄《牡丹》诗"万计教人买,华轩保惜深",崔道融《春闺》诗"寒食月明雨,落花香满泥"是也。

(清)冒春荣《葚原诗说》卷之一,《清诗话续编》本

诗先要起句得手。杜诗云"客睡何曾着",又云"亦知戍不返",如此起法,何人有此?永定河观察兰公以余言为然,尝朗诵以为乐。

(清)李调元《雨村诗话》卷下,《清诗话续编》本

起法以突奇先写为上乘，汁浆起棱，横空而来也。其次则队仗起。其次乃叙起。叙起居十之九，最好亦最为平顺。必曲、必衬、必开合，必起笔势，必夹写，必夹议。若平直起，老实叙，此为凡才，杜、韩、李、苏、黄诸大家所必无也。

（清）方东树《昭昧詹言》卷十一，人民文学出版社本

诗文以起为最难，妙处全在此，精神全在此。必要破空而来，不自人间，令读者不测其所开塞方妙。

（清）方东树《昭昧詹言》卷十一，人民文学出版社本

莫难于起句。不能如太白、杜、坡天外落笔，便当以退之为宗，且得老成安定辞也。

（清）方东树《昭昧詹言》卷十一，人民文学出版社本

山谷之妙，起无端，接无端，大笔如椽，转折如龙虎，扫弃一切，独提精要之语。每每承接处，中亘万里，不相联属，非寻常意计所及。此小家何由知之，亦无此力，故作家不易得也。

（清）方东树《昭昧詹言》卷十二，人民文学出版社本

大抵山谷所能，在句法上远：凡起一句，不知其所从何来，断非寻常人胸臆中所有；寻常人胸臆口吻中当作尔语者，山谷则所不必然也。

（清）方东树《昭昧詹言》卷十二，人民文学出版社本

"累累乎端如贯珠"，歌法以之，盖取分明而联络也。曲之章法，所尚亦不外此。

（清）刘熙载《艺概·词曲概》，上海古籍出版社本

辨小令之当行与否，尤在辨其务头。盖腔之高低，节之迟速，此为关锁。故但看其务头深稳浏亮者，必作家也。俗手不问本调务头在何句何字，只管平塌填去，关锁之把既差，全阕为之减色矣。

（清）刘熙载《艺概·词曲概》，上海古籍出版社本

凡文发端必有交代，若无交代，是犹前无发端也；交代后必有发端，若无发端，是犹前无交代也。自一篇以至数句皆然。

（清）刘熙载《游艺约言》，《古桐书屋续刻三种》，清光绪刊本

作慢词起处，必须笼罩全阕。近人辄作景语徐引，乃至意浅笔弱，非法甚矣。元曾允元为《草堂诗余》之殿。其［水龙吟·春梦］起调云："日高深院无人，杨花扑帐春云暖。"从题前摄起题神。已下逐层意境，自能迤逦入胜。其过拍云："尽云山烟水，柔情一缕，又暗逐，金鞍远。"尤极迷离惝悦，非雾非花之妙。

（清）况周颐《蕙风词话》卷三，人民文学出版社本

凡五七律诗，最争起处。凡起处最宜经营，贵用屾峭之笔，洒然而来，突然涌出，若天外奇峰，壁立千仞，则入手势便紧健，气自雄壮，格自高，意自奇，不但取调之响也。起笔得势，入手即不同人，以下迎刃而解矣。如陈思王之"惊风飘白日，忽然归西山"。谢康乐之"昏旦变气候，山水含清晖"。谢宣城之"大江流日夜，客心悲未央"。有唐杜审言之"独有宦游人，偏惊物候新"。王右丞之"太乙近天都，连山到海隅"，"万壑树参天，千山响杜鹃"。孟山人之"八月湖水平，涵虚混太清"，"山暝听猿愁，沧江急夜流"。杜工部之"细草微风岸，危樯独夜舟"，"带甲满天地，胡为君远行"，"四更山吐月，残夜水明楼"，"莽莽万重山，孤城山谷间"。岑嘉州之"送客飞鸟外，城头楼最高"。皇甫冉之"暝色赴春愁，归人南渡头"。温飞卿之"古戍落黄叶，浩然离故关"。韦端己之"清瑟泛遥夜，绕弦风雨哀"。李玉溪之"高阁客竟去，小园花乱飞"。马戴之"孤云与归鸟，千里片时间"。宋人王半山之"春风取花去，酬我以清阴"，"客思似杨柳，春风千万条"。陈后山之"水净偏明眼，城荒可当山"，"晨起公私迫，昏归鸟雀催"，"留滞常思动，艰虞却悔来"。陈简斋之"白菊生新紫，黄芜失旧青"，"暖日薰杨柳，浓春醉海棠"。葛无怀之"月趁潮头上，山随舵尾行"。以上诸联，或雄厚，或紧遒，或生峭，或恣逸，或高老，或沉著，或飘脱，或秀拔，佳处不一，皆高格响调，起句之极有力、最得势者，可为后学法式。作诗宜效此种起笔，自不患平矣。

（清）朱庭珍《筱园诗话》卷四，《清诗话续编》本

《古诗十九首》"行行重行行",非泛用起手也,五字包括终篇。盖本诗人"聊以行国"来,先有"与君生别离"一段在胸中,留之不得,舍之不忍,行而又行,不能自已,故下即云云,皆述行行时意兴也。末意以相思老人,岁月不居,勿以我为念,当于前途努力加餐耳。无可奈何,强以相慰,情词可感。

(清)庞垲《诗义固说》上,《清诗话续编》本

唱法之最紧要不可忽者,在于起调之一字,通首之调,皆此字领之;通首之势,皆此字蓄之;通首之神,皆此字贯之;通首之喉,皆此字开之。如治丝者,引其端而后能竟其绪,此一字,乃端也。未有失其端而绪不紊者。人但知调从此字为始,高则入某调,低则入某调,七调从此而定,此语诚然,不知此乃其大端耳。其转变之法,盖无穷尽焉。有唱高调,而此字反宜低者;有唱低调,而此字反宜高者;亦有唱高宜高,唱低宜低者;有宜阴起翻阳者;有宜阳起翻阴者;亦有宜先将此字轻轻蓄势,唱过二三字,方起调者。此字一梗,则全曲皆梗,此字一和,则全曲自和。故此一字者,造端在此。关键在此。其详审安顿之法,不可不十分加意也。

(清)徐大椿《乐府传声·起调》,《中国古典戏典论著集成》(七),中国戏剧出版社本

陈眉公曰:制词贵于布置停匀,气脉贯串。其过迭处,尤当如常山之蛇,顾首顾尾。

(清)王又华《古今词论》,《词话丛编》本

沈雄曰:起句言景者多,言情者少,叙事者更少。大约质实则苦生涩,清空则流宽易。换头起句更难,又断断不可犯,此所以从头起句,照管全章及下文,换头起句联合上文及下文段也。

(清)沈雄《起句》,《古今词话·词品》卷上,《词话丛编》本

7. 一段意思　全在结句

文字有终篇不见主意,有结句见主意者,贾谊《过秦论》"仁义不施

而攻守之势异也"，韩退之《守戒》"在得人"之类是也。

（宋）李涂《文章精义》，人民文学出版社本

篇终出人意表，或反终篇之意，皆妙。

（宋）姜夔《白石道人诗说》，《历代诗话》本

一篇全在尾句，如截奔马。词意俱尽，如临水送将归是已；意尽词不尽，如抟扶摇是已；词尽意不尽，剡溪归棹是已；词意俱不尽，温伯雪子是已。所谓词意俱尽者，急流中截后语，非谓词穷理尽者也。所谓意尽词不尽者，意尽于未当尽处，则词可以不尽矣，非以长语益之者也。至如词尽意不尽者，非遗意也，辞中已仿佛可见矣。词意俱不尽者，不尽之中，固已深尽之矣。

（宋）姜夔《白石道人诗说》，《历代诗话》本

诗难处在结裹，譬如番刀，须用北人结裹，若南人便非本色。

（宋）严羽《沧浪诗话·诗法》，人民文学出版社本

诗难于咏物，词为尤难。体认稍真，则拘而不畅；模写差远，则晦而不明；要须收纵联密，用事合题，一段意思，全在结句，斯为绝妙。

（宋）张炎《词源·咏物》，人民文学出版社本

结句须要放开，含有余不尽之意，以景结情最好。如清真之"断肠院落，一帘风絮"，又"掩重关，遍城钟鼓"之类是也。或以情结尾，亦好。往往轻而露，如清真之"天便教人，霎时厮见何妨"，又云"梦魂凝想鸳侣"之类，便无意思，亦是词家病，却不可学也。

（宋）沈义父《乐府指迷·结句》，人民文学出版社本

诗结尤难，无好结句，可见其人终无成也。

（元）杨载《诗法家数》，《历代诗话》本

跋语不可多，多则冗。尾语宜峻峭，以其不可复加之意。

（元）陶宗仪《南村辍耕录》卷九，中华书局本

乐府篇法

张籍为第一，王建近体次之，长吉虚妄不必效，岑参有气，惜语硬，又次之。张、王最古，上格如《焦仲卿》、《木兰词》、《羽林郎》、《霍家奴》、《三妇词》、《大垂手》、《小垂手》等篇，皆为绝唱。李太白乐府，气语皆自此中来，不可不知也。

要诀在于反本题结，如《山农词》，结却用"西江贾客珠百斛，船中养犬多食肉"是也。又有含蓄不发结者，又有截断顿然结者，如"君不见蜀葵花"是也。

（元）范德机《木天禁语》，《历代诗话》本

凡起句当如爆竹，骤响易彻；结句当如撞钟，清音有余。郑谷《淮上别友》诗："君向潇湘我向秦。"此结如爆竹而无余音。予易为起句，足成一首，曰："君向潇湘我向秦，杨花愁杀渡江人。数声长笛离亭外，落日空江不见春。"

（明）谢榛《四溟诗话》卷一，人民文学出版社本

律诗无好结句，谓之虎头鼠尾。即当摆脱常格，复出不测之语。若天马行空，浑然无迹。张祜《金山寺》之作，则有此失也。

（明）谢榛《四溟诗话》卷二，人民文学出版社本

世称"诗头曲尾"，又称"豹尾"，必须急并响亮，含有余不尽之意。作词者安得豹尾，满目皆狗尾耳！况所续者又非貂耶？古之诗人无算，而起句高者，可屈指数也。六朝人称谢朓工于发端，如"大江流日夜，客心悲未央"，杨升庵称其"雄压千古"……诗人多而好句尚少，词尾不尤为难事耶？

（明）李开先《词谑·词尾》，《中国古典戏曲论著集成》（三），中国戏剧出版社本

歌行有三难，起调一也，转节二也，收结三也。惟收为尤难。如作平调，舒徐绵丽者，结须为雅词，勿使不足，令有一唱三叹意。奔腾汹涌，驱突而来者，须一截便住，勿留有余。中作奇语，峻夺人魄者，须令上下脉相顾，一起一伏，一顿二挫，有力无迹，方成篇法。此是秘密大藏印可

之妙。

（明）王世贞《艺苑卮言》卷一，《历代诗话续编》本

施、罗二公真是妙手，临了以梦结局，极有深意。见得从前种种都是说梦，不然天下那有强盗生封侯而死庙食之理？只是借此以发泄不平耳。读者认真，便是痴人说梦！

（明）李贽《水浒传》第一百回总评，明容与堂本

崔郎中作《黄鹤楼》诗，青莲短气。后题《凤凰台》，古今日为勍敌，识者谓前六句不能当，结语深悲慷慨，差足胜耳。

（明）王世懋《艺圃撷余》，《历代诗话》本

结句则杜审言"寄语洛城风日道，明年春色倍还人"，沈佺期"两地江山万余里，何时重谒圣明君"，崔颢"日暮乡关何处是，烟波江上使人愁"，王维"玉靶宝弓珠勒马，汉家将赐霍嫖姚"……大率唐人诗主神韵，不主气格，故结句率弱者多。惟老杜不尔，如"醉把茱萸仔细看"之类，极为深厚浑雄。然风格亦与盛唐稍异，间有滥觞宋人者，"出师未捷身先死"之类是也。

（明）胡应麟《诗薮·内编》卷五，上海古籍出版社本

"前逢锦车使，都护在楼兰"，虞世南用为起句，殊未安；不若王摩诘"萧关逢候吏，都护在燕然"，改作结句较妥也。

（明）胡震亨《唐音癸签》卷十一，古典文学出版社本

有獭尾法，谓一段大文字后，不好寂然便住，更作余波演漾之。如梁中书东郭演武归去后，知县时文彬升堂；武松打虎下冈来，遇着两个猎户；血溅鸳鸯后，写城壕边月色等是也。

（清）金圣叹《读第五才子书法》，《金圣叹全集》（一），江苏古籍出版社本

上半部之末出，暂摄情形，略收锣鼓，名为"小收煞"。宜紧，忌宽；宜热，忌冷。宜作郑五歇后，令人揣摩下文，不知此事如何结果。如

做把戏者，暗藏一物于盆、盎、衣、袖之中，做定而令人射覆，此正做定之际，众人射覆之时也。戏法无真假，戏文无工拙，只是使人想不到，猜不着，便是好戏法、好戏文。猜破而后出之，则观者索然，作者赧然，不如藏拙之为妙矣。

（清）李渔《闲情偶寄·词曲部·格局第六》，《中国古典戏曲论著集成》（七），中国戏剧出版社本

全本收场，名为"大收煞"。此折之难，在无包括之痕，而有团圆之趣。如一部之内，要紧脚色共有五人，其先东西南北，各自分开，到此必须会合。此理谁不知之？但其会合之故，须要自然而然，水到渠成，非由车辏。最忌无因而至，突如其来，与勉强生情，拉成一处，令观者识其有心如此，与恕其无可奈何者，皆非此道中绝技，因有包括之痕也。骨肉团聚，不过欢笑一场，以此收锣罢鼓，有何趣味？水穷山尽之处，偏宜突起波澜，或先惊而后喜，或始疑而终信，或喜极、信极而反致惊疑，务使一折之中，七情俱备，始为到底不懈之笔，愈远愈大之才，所谓有团圆之趣者也。予训儿辈，尝云："场中作文，有倒骗主司入彀之法。开卷之初，当以奇句夺目，使之一见而惊，不敢弃去，此一法也。终篇之际，当以媚语摄魂，使之执卷留连，若难遽别，此一法也。收场一出，当勾魄摄魄之具，使人看过数日而犹觉声音在耳、情形在目者，全亏此出撒娇，作临去秋波那一转也。"

（清）李渔《闲情偶寄·词曲部·格局第六》，《中国古典戏曲论著集成》（七），中国戏剧出版社本

诗词之内好句原难，如不能字字皆工，语语尽善，须择其菁华所萃处，留备后半幅之用。宁为处女于前，勿作强弩之末。大约选词一家，遇前工后拙者，欲收不能，有前不甚佳而能善其后者，即释手不得……临去秋波那一转，未有不令人消魂欲绝者也。

（清）李渔《窥词管见》，《词话丛编》本

词要住得恰好。小令不能续之使长，长词不能缩之使短，调之单者，欲增之使双而不得，调之双者，欲去半调而使单亦不能，为此方是好词。其不可继续增减处，全在善于煞尾。无论说尽之话，使人不能再赘一词，

即有有意蕴藉，不吐而吞，若为歇后语者，亦不能为添蛇足，才是善于煞尾。

（清）李渔《窥词管见》，《词话丛编》本

诗有极寻常语，以作发局无味，倒用作结方妙者。如郑谷《淮上别故人》诗云："扬子江头杨柳春，杨花愁杀渡江人。数声风笛离亭晚，君向潇湘我向秦。"盖题中正意，只"君向潇湘我向秦"七字而已，若开头便说，则浅直无味，此却倒用作结，悠然情深，令读者低徊流连，觉尚有数十句在后未竟者。唐人倒句之妙，往往如此，姑举其一为例。

（清）贺贻孙《诗筏》，《清诗话续编》本

前半泛写，后半专叙，盛宋词人多此法。如子瞻《贺新凉》后段只说榴花，《卜算子》后段只说鸣雁，周清真寒食词后段只说邂逅，乃更觉意长。

（清）毛先舒《诗辩坻》卷第四，《清诗话续编》本

结句收束上文者，正法也；宕开者，别法也。上官昭容之评沈、宋，贵有余力也。"曲终人不见，江上数峰青"，贵有远神也。义山《马嵬》诗一代杰作，惜于结语说破。绝句是合，律及长诗是结。温飞卿《五丈原》诗以"谯周"结武侯，《春日偶成》以"钓渚"结旅情。刘长卿之"白马翩翩春草绿，邵陵西去猎平原"，宕开者也。子美《褥段》诗之"振我粗席尘，愧客茹藜羹"，收上文者也。此法人用者多。

（清）吴乔《围炉诗话》卷之一，《清诗话续编》本

《小戎》四章，奇文古色，斑斓陆离。读至"在其板屋，乱我心曲"二语，逸情绝调，悠然无尽。今之学诗者，无论古体近体，凡收处皆当从此神会。

（清）田雯《古欢堂集杂著》卷三，《清诗话续编》本

又曰：填词结句，或以动荡见奇，或以迷离称隽，著一实语败矣。康伯可"正是销魂时候也，撩乱花飞"，晏叔原"紫骝认得旧游踪，嘶过画

桥东畔路",秦少游"放花无语对斜晖,此恨谁知",深得此法。

（清）徐釚《体制》,《词苑丛谈》卷一,上海古籍出版社本

又曰：词起结最难,而结难于起,盖不欲转入别调也。"呼翠袖,为君舞","倩盈盈翠袖揾英雄泪",正是一法。然又须结得有"不愁明月尽,自有夜珠来"之妙乃得。又曰：稼轩"杯汝来前",《毛颖传》也。"谁共我,醉明月",《恨赋》也。皆非词家本色。

（清）徐釚《体制》,《词苑丛谈》卷一,上海古籍出版社本

诗篇结局为难,七言古尤难。前路层波叠浪而来,略无收应,成何章法？支离其词,亦嫌烦碎。作手于两言或四言中,层层照管,而又能作神龙掉尾之势,神乎技矣。

（清）沈德潜《说诗晬语》卷上,《清诗话》本

收束或放开一步,或宕出远神,或本位收住。张燕公："不作边城将,谁知恩遇深？"就夜饮收住也。王右丞："君问穷通理,渔歌入浦深。"从解带弹琴宕出远神也。杜工部："何当击凡鸟,毛血洒平芜。"就画鹰说到真鹰,放开一步也。就上文体势行之。

（清）沈德潜《说诗晬语》卷上,《清诗话》本

结句须含蓄为佳,如登山诗"更登奇尽处,天际一仙家",此句意俱未尽也；别友诗"前程吟此景,为子上高楼",此乃句尽意未尽也。春闺诗"欲寄回文字,相思织不成",此则意句具尽矣。

（清）冒春荣《葚原诗说》卷之一,《清诗话续编》本

《步出万里桥门至江上》。某尝论诗,通篇皆切近语,须向外境推开收,不如此则无烟波荡漾之妙；通篇皆推开高一步说话,须靠题切近收,如此方有归宿。放翁是诗,因闲步想到报国,可谓恢张之极；末仍结到万里桥,此法甚妙。

（清）张谦宜《䌷斋诗谈》卷五,《清诗话续编》本

《秋兴八首》章法联络之妙,诸家评详矣。余独爱"蓬莱宫阙对南

山"一首，思玄宗，因后日西禁，而追忆其当阳临御时也。通首皆虚，只第七句"一卧沧江惊岁晚"，点出"秋"字。末句"几回青琐点朝班"，又挽足全首之意。若"惊岁晚"下再作凄凉语，便与上文不称。今人诗全不讲收束，以此为金丹可也。

（清）李调元《雨村诗话》卷下，《清诗话续编》本

第七句又难，此尾耳。尾要掉，不掉则如弃甲曳兵而走，安能使落句善刀而藏，为之四顾，为之踌躇满志哉！何以掉之？要思鹰鹯转尾，翔而后集。八句是集，七句要翔。

（清）方世举《兰丛诗话》，《清诗话续编》本

凡结句都要不从人间来，乃为匪夷所思，奇险不测。他人百思所不解，我却如此结，乃为我之诗。如韩《山石》是也。不然，人人胸中所可有，手笔所可到，是为凡近。

（清）方东树《昭昧詹言》卷十一，人民文学出版社本

苏斋师教人作诗，结语有用尖笔者，有用圆笔者，随势用之。此亦从《三百篇》出来。《三百篇》中，有就本事近结者，《頍弁》、"间关"之类；有离本事远结者，《斯干》、《无羊》之类，亦随势为之。若《甘棠》、《小星》章，俱单句结；后人作古体诗，亦常用之。

（清）梁章钜《退庵随笔》，《清诗话续编》本

五七律结语兜得驻，统首皆振拔矣。

（清）厉志《白华山人诗说》卷二，《清诗话续编》本

问：沧浪"结句好难得，发句好尤难得"，然与？

鄙意结句为难。入手时一鼓作气，可以自主，至结句鼓衰力竭，又须从上生意，一有不属，全篇尽弃，故好者尤鲜。梁、陈之诗无结句，唐末诗亦然。此虽关于运会，亦当时但争工字句，故不免作强弩之末也。

（清）陈仅《竹林答问》，《清诗话续编》本

情不断者,尾声之别名也,又曰"余音",曰"余文",似文字之大结束也。须包括全套,在广大清明之气象,出其渊衷静旨,欲吞而又吐者。诚所谓言有尽而意无穷也。

(清)黄图珌《看山阁集闲笔·情不断》卷三,《中国古典戏曲论著集成》(七),中国戏剧出版社本

《轻肥》结句斗绝,有一落千丈之势。

(清)爱新觉罗·弘历等《唐宋诗醇》卷十九,浙江书局刻本

语云:"神龙见首不见尾。"龙非无尾,一使人见,则失其神矣。此作文之秘诀也。我国小说名家能通此旨者,如《水浒记》(耐庵本书止于三打曾头市,余皆罗贯中所续,今通行本则全采割裂增减施、罗两书首尾成之)。……非残缺也,残缺其章回,正以完全其精神也。即如王实甫之《会真记》传奇、孔云亭之《桃花扇》传奇,篇幅虽完,而意思未尽,亦深得此中三昧,是固非千篇一律之英雄封拜、儿女团圆者所能梦见也。

(清)黄人《小说小话》,引自阿英《晚清文学丛钞·小说戏曲研究卷》本

九
句　　法

1. 句法之学　自是一家工夫

叹息高生老，新诗日又多。美名人不及，佳句法如何？
　　　　　　（唐）杜甫《寄高三十五书记》，《杜诗评注》卷三，中华书局本

安心有道年颜少，遇物无情句法新。
　　　　　　（宋）苏轼《次旧韵赠清凉长老》，《东坡后集》卷七，《东坡七集》，《四部备要》本

秦郎忽过我，赋诗如卷阿。句法本黄子，二豪与揩磨。
　　　　　　（宋）苏轼《次韵范淳父送秦少章》，《集注分类东坡诗》卷二十二，《四部丛刊》本

谢公遂如此，宰木已三霜。无人知句法，秋月自澄江。二子学迈俗，窥杜见牖窗。试斲郢人鼻，未免伤手创。蟹胥与竹萌，乃不美羊腔。自往见谢公，论诗得濠梁。世方尊两耳，未敢筑受降。丹穴凤凰羽，风林虎貌章。小谢有家法，闻此不听冰。相思北风恶，归雁落斜行。
　　　　　　（宋）黄庭坚《奉答谢公静与荣子邕论狄元规孙少述诗长韵》，《豫章黄先生文集》卷二，《四部丛刊》本

但熟观杜子美到夔州后古律诗，便得句法简易，而大巧出焉。
　　　　　　（宋）黄庭坚《与王观复第二书》，《豫章黄先生文集》卷十九，《四部丛刊》本

寄我五字诗,句法窥鲍谢。

　　　　　(宋)黄庭坚《寄陈适用》,《山谷全集·外集诗注》卷十,《四部备要》本

一洗万古凡马空,句法如此今谁工?

　　　　　(宋)黄庭坚《题韦偃马》,《山谷全集·外集诗注》卷十五,《四部备要》本

比来工五字,句法妙何逊。

　　　　　(宋)黄庭坚《元翁坐中见次元寄到和孔四饮王夔玉家长韵因次韵率元翁同作寄溢城》,《山谷全集·外集诗注》卷十二,《四部备要》本

　　禅宗论云间有三种语:其一为随波逐浪句,谓随物应机,不主故常;其二为截断众流句,谓超出言外,非情识所到;其三为函盖乾坤句,谓泯然皆契,无间可伺。其深浅以是为序。余尝戏谓学子言,老杜诗亦有此三种语,但先后不同。"波漂菰米沉云黑,露冷莲房坠粉红"为函盖乾坤句;以"落花游丝白日静,鸣鸠乳燕青春深"为随波逐浪句;以"百年地僻柴门迥,五月江深草阁寒"为截断众流句。若有解此,当与渠同参。

　　　　　(宋)叶梦得《石林诗话》卷上,《历代诗话》本

　　句法之学,自是一家工夫。昔尝问山谷:"耕田欲雨刈欲晴,去得顺风来者怨。"山谷云:"不如'千岩无人万壑静,十步回头五步坐'。"此专论句法,不论义理,盖七言诗四字三字作两节也。此句法出《黄庭经》,自"上有黄庭下关元"已下多此体。张平子《四愁诗》句句如此,雄健稳惬。至五言诗亦有三字二字作两节者。老杜云:"不知西阁意,肯别定留人。"肯别邪?定留人邪?山谷尤爱其深远闲雅,盖与上七言同。

　　　　　(宋)范温《潜溪诗眼》,《宋诗话辑佚》本

　　杜子美诗云:"红稻啄余鹦鹉粒,碧梧栖老凤凰枝。"此语反而意奇。退之诗云:"舞鉴鸾窥沼,行天马度桥。"亦效此理。

　　　　　(宋)李颀《古今诗话》,《宋诗话辑佚》本

韩愈之妙在用叠句，如"黄帘绿幕朱户闲"是一句能叠三物，如"洗妆拭面著冠帔，白咽红颊长眉青"是两句叠六物。惟其叠多，故事实而语健。又诸诗《石鼓歌》最工，而叠语亦多，如"雨淋日炙野火烧，鸾翔凤翥众仙下，金绳铁索锁钮壮，古鼎跃水龙腾梭"，韵韵皆叠，每句之中，少者两物，多者三物，乃至四物，几乎皆是一律。惟其叠语故句健，是以为好诗也。

（宋）吴沆《环溪诗话》卷中，《丛书集成》本

前人文章各自一种句法。如老杜"今君起柂春江流，子亦江边具小舟"，"同心不减骨肉亲，每语见许文章伯"，如此之类，老杜句法也。东坡"秋水今几竿"之类，自是东坡句法。鲁直"夏扇日在摇，行乐亦云聊"，此鲁直句法也。学者若能遍考前作，自然度越流辈。

（宋）吕本中《童蒙诗训》，《宋诗话辑佚》本

晚因子厚识渊明，早学苏州得右丞。忽梦少陵谈句法，劝参庾信谒阴铿。

（宋）杨万里《书王右丞诗后》，《诚斋集》卷七，《四部丛刊》本

句法何曾问外人，单传山谷当家春。截来云锦花无样，倒写珠胎海亦贫。汗竹香中翻墨汁，扶桑梢上挂头巾。诗名官职看双美，向道儒冠不误身。

（宋）杨万里《书黄庐陵伯庸诗卷》，《诚斋集》卷三十八，《四部丛刊》本

句法天难秘，工夫子但加。参时且柏树，悟罢岂桃花。要共东西玉，其如南北涯。肯来谈个事，分坐白鸥沙。

（宋）杨万里《和李天麟二首》之二，《诚斋集》卷四，《四部丛刊》本

东坡《煎茶》诗云："活水还将活火烹，自临钓石汲深情"，第二句七字而具五意：水清，一也；深处清，二也；石下之水，非有泥土，三

也；石乃钓石，非寻常之石，四也；东坡自汲，非遣卒奴，五也。"大瓢贮月归春瓮，小杓分江入夜瓶"，其状水之清美极矣，分江二字，此尤难下。"雪乳已翻煎处脚，松风仍作泻时声"，此倒语也，尤为诗家妙法，即少陵"红稻啄余鹦鹉粒，碧梧栖老凤凰枝"也。"枯肠未易禁三碗，卧听山城长短更"，又翻却卢仝公案。仝吃到七碗，坡不禁三碗，山城更漏无定，长短二字，有无穷之味。

（宋）杨万里《诚斋诗话》，《历代诗话续编》本

古人诗中有句，今人诗更无句，只是一直说将去，这般诗一日作百首也得。如陈简斋诗"乱云交翠壁，细雨湿青松"。"暖日薰杨柳，浓阴醉海棠"。他是甚么句法。

（宋）朱熹《论文下》，《朱子语类》卷一百四十，清同治应元书院本

苏子卿诗："俯观江汉流，仰视浮云翔。"魏文帝云："俯视清水波，仰看明月光。"曹子建云："俯降千仞，仰登天阻。"何敬祖云："仰视垣上草，俯察阶下露。"又"俯临清泉渊，仰观嘉木敷。"谢灵运云："俯濯石下潭，仰看条上猿。"又"俛视乔木杪，仰聆大壑淙。"辞意一也。古人句法极多，有相袭者，如前所议"日暮碧云合"及"朝游江北岸"之类皆是。若嵇叔夜"目送归鸿，手挥五弦。俯仰自得，游心太玄"，则运思写心迥不同矣。

（宋）范晞文《对床夜语》卷一，《历代诗话续编》本

诗者，始于舜皋之赓歌。三代列国，风雅继作，今之三百五篇是也。其句法自三字至八字，皆起于此。三字句，若"鼓咽咽、醉言归"之类；四字句，若"关关雎鸠，在河之洲"之类；五字句，若"谁谓雀无角，何以穿我屋"之类；七字句，若"交交黄鸟交于棘"之类；八字句，若《十月之交》曰，"我不敢效我友自逸"之类。汉魏以降，述作相望。梁陈以来，格致浸多。自唐迄于国朝，而体制大备矣。

（宋）王构《修辞鉴衡》卷一，《丛书集成》本

风雅《三百》，古诗《十九》，人谓无句法，非也。极自有法，无阶

级可寻耳。

（明）王世贞《艺苑卮言》卷一，《历代诗话续编》本

七言绝所以难于七言律者，以四句中起承转结如八句，而一气浑成又如一句耳。若只作四句诗，易耳易耳，五言绝尤难于七言绝。盖字句愈少，则巧力愈有所不及，此千里马所以难于盘蚁封也。

（清）贺贻孙《诗筏》，《清诗话续编》本

今之为古文者，止知工句，次则工格，而不知工意。学者须先工意，次及格，又次及句。及其将成也，可难工者反在句。盖意格到则俱到，而一篇止一意格，句则自首至尾，千言百句，无不须工。譬之贫家，意格犹制衣服，一衣可衣数年，句如办柴米，日日阙少不得。而句之拙者，又能累意格不工，譬如人绝柴米，并将衣服典鬻去也。

（清）魏禧《与鼓躬庵》，《魏叔子文集》卷七，易堂刻本

宋人诗话多论字句，以致后人见闻愈狭。然炼字与琢句不同，琢句者，淘汰陈浊也。常言俗语，惟靖节、子美能用之；学此，便流于尧夫《击壤集》五七字为句之语录也。

（清）吴乔《围炉诗话》卷之一，《清诗话续编》本

祖咏之"万里寒光生积雪，三边曙色动危旌"，子美之"麒麟不动炉烟上，孔雀徐开扇影还"，其用"生"、"动"、"不动"、"徐开"字，能使诗意跃出，是造句之妙，非琢炼之妙也。

（清）吴乔《围炉诗话》卷之一，《清诗话续编》本

中二联不宜纯乎写景。如："明月松间照，清泉石上流。竹喧归浣女，莲动下渔舟。"景象虽工，讵为模楷？至宗陆放翁，八句皆写景矣。

（清）沈德潜《说诗晬语》卷上，《清诗话》本

句法有倒装横插、明暗呼应、藏头歇后诸法。法所从生，本为声律所拘，十字之意，不能直达，因委曲以就之，所以律诗句法多于古诗，实由唐人开此法门。后人不能尽晓其法，所以句多直率，意多浅薄，与前人较

工拙，其故即在此。

（清）冒春荣《葚原诗说》卷之一，《清诗话续编》本

句法有倒插，有折腰，有交互，有掉字，有倒叙，有混装对，非老杜不能也。倒插句法，如"织女机丝虚夜月，石鲸鳞甲动秋风"，顺讲则"夜月虚织女机丝，秋风动石鲸鳞甲"，与"画省香炉违伏枕，山楼粉堞隐悲笳"皆是。折腰句法，如"渔人网集澄潭下，估客船随返照来"，"集"字、"随"字，句中之腰也。交互句法，如"花径不曾缘客扫，蓬门今始为君开"，谓花径不曾因客而扫，今为君扫，蓬门不曾为客而开，今为君开，上下两意，交互成对。掉字句法，如"桃花细逐杨花落，黄鸟时兼白鸟飞"，及李商隐"座中醉客延醒客，江上晴云杂雨云"之类。倒叙句法，如"侵陵雪色还萱草，漏泄春光有柳条"，"有"已有"还"，"还"有"有"，一字两相关带，故是倒叙。混装对句法，如"涧道余寒历冰雪，石门斜日到林丘"，谓历涧道冰雪，尚有余寒，到石门林丘，已见斜日，故为混装对。

（清）冒春荣《葚原诗说》卷之二，《清诗话续编》本

渔洋云："韩、苏七言诗，学《急就篇》句法：如'鸦、鸱、鹰、鹃、鸩、鹄、鸥'，'骓、驳、骃、骆、骊、骝、骡'等句。近又得五言数语，韩诗'蚌、螺、鱼、鳖、虫'，卢仝'鳗、鳝、鲇、鲤、鳍'"云云。然此种句法，间作七言可耳；五言即非所宜，解人当自知之。盖渔洋先生所谓五古者，专指《唐贤三昧》一种淡远之体而言；此体幽闲贞静，何可杂以急管繁弦？他日先生又谓"东坡效韦苏州之作，是《生查子》词"者，即此旨也。至于五言诗，则初不限以一例。先生又尝云："感兴宜阮、陈，山水闲适宜玉、韦，铺张叙述宜老杜。"若是则格由意生，自当句由格生也。如太白云："天上白玉京，十二楼五城。"若以"十二楼五城"之句入韦苏州诗中，岂不可怪哉？不必至昌黎、玉川方为尽变也。

（清）翁方纲《石洲诗话》卷一，人民文学出版社本

颔颈两联，如二句一意，无异车前驺仗，有何生气？唐贤之可法者，如王维"愁看北渚三湘远，恶说南风五两轻"，岑参"愁窥白发羞微禄，悔别青山忆旧溪"，杜甫"岂有文章惊海内，漫劳车马驻江干"，"忆昨赐

沾门下省，退朝擎出大明宫"，"万里秋风吹锦水，谁家别泪湿罗衣"，"路经滟滪双蓬鬓，天入沧浪一钓舟"，"时危兵甲黄尘里，日短江湖白发前"，"万里悲秋常作客，百年多病独登台"，钱起"且贪原兽轻黄屋，宁畏渔人犯白龙"，韩翃"落日澄江乌榜外，秋风疏柳白门前"，刘禹锡"黄河一曲当城下，缇骑千重照路傍"，"怀旧空吟闻笛赋，到乡翻似烂柯人"，白居易"当君白首同归日，是我青山独往时"，"曾犯龙鳞容不死，欲骑鹤背觅长生"，杨汝士"文章旧价留鸾掖，桃李新阴在鲤庭"，李商隐"此日六军同驻马，当时七夕笑牵牛"，"永忆江湖归白发，欲回天地入扁舟"，温庭筠"石麟埋没藏秋草，铜雀荒凉对暮云"，"回日楼台非甲帐，去时冠剑是丁年"，"百二关山扶玉座，五千文字闷瑶缄"，薛逢"一自犬戎生蓟北，便从征战老汾阳"，唐彦谦"耳闻明主提三尺，眼见愚民盗一杯"，韩偓"谋身拙为安蛇足，报国危曾捋虎须"，"左牵犬马诚难测，右袒簪缨最负恩"，谭用之"鹦鹉语中分百里，凤凰声里住三年"，皆神韵天成，变化不测。宋、元以后，此法不讲，故曰近凡庸。

（清）管世铭《读雪山房唐诗序例》，《清诗话续编》本

  诗家例用倒句法，方觉奇峭生动。如韩之《雉带箭》云："将军大笑官吏贺，五色离披焉前堕。"杜之《冬狩行》云："草中狐兔尽何益，天子不在咸阳宫。"使上下句各倒转，则平率已甚。夫人能为之，不必韩、杜矣。

（清）洪亮吉《北江诗话》卷二，人民文学出版社本

  用意高深，用法高深，而字句不典不古不坚老，仍不能脱凡近浅俗。故字句亦为文豪一大事。

（清）方东树《昭昧詹言》卷一，人民文学出版社本

  七律之妙，在讲章法与句法。句法不成就，则随手砌凑，软弱平缓，神不旺，气不壮，无雄奇杰特。章法不成就，则率漫复乱，无先后起结、衔承次第、浅深开合、细大远近虚实之分，令人对之惛昧，不得爽豁。故句法则须如铸成，一字不可移易，又须有奇警华妙典贵，声响律切高亮。章法则须一气呵成，开合动荡，首尾一线贯注。

（清）方东树《昭昧詹言》卷十四，人民文学出版社本

唐、宋以来，诗家多有倒用之句。谢叠山谓"语倒则峭"。其法亦起于《三百篇》。如《谷风》之"不远伊迩，薄送我畿"，《简兮》之"赫如渥赭，公言锡爵"，《小明》之"至于艽野，二月初吉"，《閟宫》之"秋而载尝，夏而福衡"，《殷武》之"勿予祸適，稼穑匪懈"是也。有倒用之字，倒一字者，如"有敦瓜苦"，"菀彼桑柔"，"以我齐明"，"矧敢多又"。倒二三字者，如"婉如清扬"，"终其永怀"，"匪言不能"，"式饮庶几"，"何辜今之人"是也。他若"中谷"、"中逵"、"中林"、"中路"、"中田"、"家室"、"裳衣"、"衡从"、"穋黍"、"瑟琴"、"鼓钟"、"斯螽"、"下上"、"羊牛"、"甥舅"、"孙子"、"女士"、"京周"、"鼐鼎"、"息偃"之类，不胜枚举。然在古人，却非有意为之，亦大抵趁韵之故，遂开后人法门耳。

（清）梁章钜《退庵随笔》，《清诗话续编》本

又云："作诗言大章法，固是要义。然学者多熟作八股，都羡慕大章法之布置，而不知五字七字之句法，至要至难。句法要整齐，又要变化，全在字之虚实双单，断无处处整齐之理。能知变化，方能整齐也。"

（清）梁章钜《退庵随笔》，《清诗话续编》本

王若虚谓"古之诗人，词达理顺，未有以句法绳人者。鲁直开口论句法，便是不及古人处"。然老杜不尝云"为人兴僻耽佳句"，"佳句法如何"乎？"未有以句法绳人者"，亦矫枉过正之论也。大抵句法非诗之全体，亦不可废，即若虚所谓"词达理顺"者，不研句法，又何以能之！

（清）潘德舆《养一斋诗话》卷二，《清诗话续编》本

律诗主句，或在起，或在结，或在中，而以在中为较难。盖限于对偶，非高手为之，必至物而不化矣。

（清）刘熙载《艺概·诗概》，上海古籍出版社本

少陵寄高达夫诗云："佳句法如何？"可见句之宜有法矣。然欲定句法，其消息未有不从章法篇法来者。

（清）刘熙载《艺概·诗概》，上海古籍出版社本

"清风明月不用一钱买",上四字共知也,下五字独得也。凡佳章中必有独得之句,佳句中必有独得之字。惟在首在腰在足,则不必同。

(清)刘熙载《艺概·诗概》,上海古籍出版社本

贺黄公谓:"姜论史词,不称其'软语商量',而赏其'柳昏花暝',固知不免项羽学兵法之恨。"然"柳昏花暝",自是欧秦辈句法,前后有画工化工之殊。吾从白石,不能附和黄公矣。

(清)王国维《人间词话》,人民文学出版社本

夔川句法杳难攀,再见涪翁与后山。留得紫微图派在,更谁参透少陵关。

(清)汪琬《读宋人诗五首》之一,《尧峰文钞》诗卷五,《四部丛刊》本

2. 以工为主　勿以句论

凡诗,两句即须团却意,句句必须有底盖相承,翻覆而用。四句之中,皆须团意上道,必须断其小大,使人事不错。

(唐)[日]弘法大师《文镜秘府论·南卷·论文意》,《文镜秘府论校注》,中国社会科学出版社本

老杜云:"美名人不及,佳句法如何。"盖诗欲气格完邃,终篇如一。然造句之法亦贵峻洁不凡也。

(宋)魏泰《临汉隐居诗话》,《历代诗话》本

意格欲高,句法欲响,只求工于句字,亦末矣。故始于意格,成于句字,句意欲深、欲远,句调欲清、欲古、欲和,是为作者。

(宋)姜夔《白石诗说》,人民文学出版社本

须参活句,勿参死句。

(宋)严羽《沧浪诗话·诗法》,《沧浪诗话校释》,人民文学出版社本

词中句法，要平妥精粹。一曲之中，安能句句高妙？只要拍搭衬副得去，于好发挥笔力处，极要用工，不可轻易放过，读之使人击节可也。如东坡杨花词："似花还似非花，也无人惜从教坠。"又云："春色三分，二分尘土，一分流水。"如美成《风流子》云："凤阁绣帏深几许？听得理丝簧。"如史邦卿《春雨》云："临断岸新绿生时，是落红带愁流处。"《灯夜》云："自怜诗酒瘦，难应接许多春色。"如吴梦窗《登灵岩》云："连呼酒，上琴台去，秋与云平。"《闰重九》云："帘半卷，带黄花，人在小楼。"姜白石《扬州慢》云："二十四桥仍在，波心荡，冷月无声。"此皆平易中有句法。

（宋）张炎《词源·句法》，人民文学出版社本

遇两句可作对，便须对。短句须剪裁齐整。遇长句，须放婉曲，不可生硬。

（宋）沈义父《乐府指迷·造句》，人民文学出版社本

古之诗人，虽趣尚不同，体制不一，要皆出于自得。至其辞达理顺，皆足以名家，何尝有以句法绳人者。鲁直开口论句法，此便是不及古人处。而门徒亲党以衣钵相传，号称法嗣，岂诗之真理也哉？

（金）王若虚《滹南诗话》卷三，《历代诗话续编》本

左舜齐曰："一句一意，意绝而气贯。"此绝句之法。一句一意，不工亦下也；两句一意，工亦上也。以工为主，勿以句论。赵、韩所选唐人绝句，后两句皆一意。舜齐之说，本于杨仲弘。

（明）谢榛《四溟诗话》卷一，人民文学出版社本

子美"星垂平野阔，月涌大江流"，句法森严，"涌"字尤奇。可严则严，不可严则放过些事。若"鸿雁几时到，江湖秋水多"，意在一贯，又觉闲雅不凡矣。

（明）谢榛《四溟诗话》卷一，人民文学出版社本

诗以两联为主，起结辅之，浑然一气。或以起句为主，此顺流之势，

兴在一时。

（明）谢榛《四溟诗话》卷二，人民文学出版社本

《诗人玉屑》集唐人句法，悉分其类，有裨于初学。但风骚句法，皆有标题。若"马倦时衔草、人疲数望城"，则曰"公明布卦"；若"芹泥随燕嘴，花蕊上蜂须"，则曰"东方占鹊"。殆与棋谱、牌谱相类，论诗不宜如此。

（明）谢榛《四溟诗话》卷二，人民文学出版社本

凡作诗文，或有两句一意，此文势相贯，宜乎双用。如李斯上秦始皇书："不问可否，不论曲直，非秦者去，为客者逐。"王褒《圣主得贤臣颂》："生于穷巷之中，长于蓬茨之下，无有游观广览之知，顾有至愚报陋之累。"秦、汉以来，文法类此者多矣，自不为病。王勃《寻道观》诗："玉笈《三山记》，金箱《五岳图》。"骆宾王《题玄上人林泉》诗："芳杜湘君曲，幽兰楚客词。"皆句意虽重，于理无害。若别更一句，便非一联造物矣。至于太白《赠浩然》诗，前云"红颜弃轩冕"，后云"迷花不事君"，两联意颇相似。刘文房《灵祐上人故居》诗，既云"几日浮生哭故人"，又云"雨花垂泪共沾巾"，此与太白同病。兴到而成，失于检点。意重一联，其势使然；两联意重，法不可从。

（明）谢榛《四溟诗话》卷三，人民文学出版社本

作诗亦有权宜，或先句法而后体制。譬匠氏选材，虽有巨细长短，而各致其用，可堂则堂，不可则亭矣。于濆《塞下曲》，先得"乌鸢已相贺"之句，出自《淮南子》"大厦成而燕雀相贺"。此"贺"字尤有味，如赋一绝则不孤此句，流于敷演，格斯下矣。诗云："紫塞晓屯兵，黄沙披甲卧。战鼓声未齐，乌鸢已相贺。燕然山上云，半是离乡魂。卫霍待富贵，岂能无乾坤？"予拟一绝云："汉将讨楼兰，旗荡朔云破。战鼓半天声，乌鸢已相贺。"

（明）谢榛《四溟诗话》卷四，人民文学出版社本

盛唐句法浑涵，如两汉之时，不可以一字求。至老杜而后，句中有奇字为眼，才有此，句法便不浑涵。昔人谓石之有眼为研之一病，余亦谓句

中有眼为诗之一病。如"地坼江帆隐，天清木叶闻"，故不如"地卑荒野大，天远暮江迟"也。如"返照入江翻石壁，归云拥树失山村"，故不如"蓝水远从千涧落，玉山高并两峰寒"也。此最诗家三昧，具眼自能辨之。

（明）胡应麟《诗薮·内编》卷五，上海古籍出版社本

不过三家村塾师教村童对语长伎耳。择艺吟圃者乃以传之三百年千人一齿，呜呼！蔑言作者，即求一解诗人，亦不可得一。

（清）王夫之《明诗评选》卷六，高启《梅花》评语，《船山遗书》，太平洋书店重校刊本

诗贵活句，贱死句。石曼卿《咏红梅》云："认桃无绿叶，辨杏有青枝。"于题甚切，而无丰致、无寄托，死句也。明人充栋之集，莫非是物，二李为尤甚耳。子瞻能识此病，故曰："赋诗必此诗，定非知诗人。"其题画云："野雁见人时，未起意先改。君于何处看，得此无人态？"措词虽未似唐人，而能于画外见作画者鱼鸟不惊之致，乃活句也。咏物非自寄则规讽，郑谷《鹧鸪》，崔珏《鸳鸯》，已失此意，何况曼卿宋人耶？梅询退位而热中，其侄女咏蜡烛以刺之云："樽前独垂泪，应为未灰心"。询见之有愧色。视《红梅》何如！

（清）吴乔《围炉诗话》卷之一，《清诗话续编》本

诗有名为佳联而上下句工力不能均敌者，如夏子乔"山势蜂腰断，溪流燕尾分"，陈传道"一鸠鸣午寂，双燕话春愁"，唐子西"片云明外暗，斜日两边晴"，皆下句胜上句，李涛"扫地树留影，拂床琴有声"，则上句胜下句，以此知工力悉配之难。（黄白山评："凡两句不能并工者，必是先得一好句，徐琢一句对之。上句妙于下句者，必下句为韵所缚也。下句妙于上句者，下句先成，以上句凑之也。如老杜'接宴身兼杖'，何等工妙，下句'听歌泪满衣'，则庸甚。然此韵中除"衣"字别无可对。'百年地僻柴门迥，五月江深草阁寒'，上句费力，下句天成。题下注云'得寒字'。五月中'寒'字颇难入诗，想杜公先为此字运思，偶成七字，然后凑成一篇，其上句之不称宜也。"）宋延清初唐名家，然如"秋虹映晚日"，固不及下句"江鹤弄晴烟"之妙。又《江南曲》："采花惊曙鸟，摘叶喂春蚕"，

摘叶喂蚕仅一事，因采花而鸟惊，一句中有两折，亦上句胜也。

（清）贺裳《载酒园诗话》卷一，《清诗话续编》本

《林间录》载洞山语云："语中有语，名为死句；语中无语，名为活句。"予尝举似学诗者……

夹山曰："坐却舌头，别生见解；参他活意，不参死意。"达观曰："才涉唇吻，便落意思，并是死门，故非活路。"（《居易录》）

（清）王士禛《带经堂诗话》卷三，人民文学出版社本

三四贵匀称，承上斗峭而来，宜缓脉赴之；五六必耸然挺拔，别开一境。上即和平，至此必须振起也。崔司勋《赠张都督》诗："出塞清沙漠，还家拜羽林"，和平矣，下接云："风霜臣节苦，岁月主恩深'。"杜工部《送人从军》诗："今君度沙碛，累月断人烟"，和平矣，下接云："好武宁论命？封侯不计年。"《泊岳阳城下》诗："岸风翻夕浪，舟雪洒寒灯"，和平矣，下接云："留滞才难尽，艰危气益增。"如此拓开，方振得起。温飞卿《商山早行》，于"鸡声茅店月，人迹板桥霜"下，接"槲叶落山路，枳花明驿墙"，周处士朴赋董岭水，于"禹力不到处，河声流向西"下，接"过衙山色远，近水月光低"，便觉直塌下去。

（清）沈德潜《说诗晬语》卷上，《清诗话》本

杨蜕夏先生有言："大家之文，赏音者必略其字句，而不知大家之妙，正在修词。试读王、唐、瞿、薛之作，其不成句法者有乎？其用字不熨贴者有乎？"此言盖为诗家琢句发也。夫积字成句，一字不稳则全句病，故字法宜炼；积句成章，一句病则全章亦病，故句法不可不琢。且句之布置起落，即是章法，非句外另有章也；字之平排侧注，虚实吞吐，既成句法，非字外另有句也。

（清）张谦宜《䌷斋诗谈》卷三，《清诗话续编》本

《戏题王宰画山水图歌》，用笔少，光景多。"山水尽亚洪涛风"，风势水势树势，七字藏三层意，此谓活笔。

（清）张谦宜《䌷斋诗谈》卷四，《清诗话续编》本

莫将死句入诗中，此诀传来自放翁。扫尽粗豪见灵活，唐堂真比稼堂工。

（清）袁枚《仿元遗山论诗·潘稼堂》，《小仓山房诗集》卷二十七，《四部备要》本

李太白言他人之语，为春无草木，山无烟霞。可悟西昆诸公之句。即洞山禅所云"十成死句"也。郭景纯云："林无静树，川无停流。"嵇中散云：'手挥五弦，目送飞鸿。"此皆所谓一喝不作一喝用也。可悟死句之无味。然专讲之，又恐纤佻，为钟、谭恶习。

（清）方东树《昭昧詹言》卷一，人民文学出版社本

杜诗"风帘自上钩"，"风江飒飒乱帆秋"，此非倒字，乃笔力高简故也。西涯云："诗用倒字倒句，乃觉劲健。"因效之曰："风江卷地山蹴空，谁复壮游如两翁？"论者曰："非但得倒字，且得倒句。"此真诗人魔气。诗贵劲健，乃笔力使然，若以字句颠倒求之，必有首尾衡决者矣。

（清）潘德舆《养一斋诗话》卷四，《清诗话续编》本

张砥中曰：一调中通首皆拗者，遇顺句必须精警，通首皆顺者，遇拗句必须纯熟。此为句法之要。

（清）王又华《古今词论》，《词话丛编》本

3. 有警句 则全首俱动

或文繁理富，而意不指适。极无两全，尽不可益。立片言而居要，乃一篇之警策。虽众辞之有条，必待兹而效绩。亮功多而累寡，故取足而不易。

（晋）陆机《文赋》，《陆机集》卷一，中华书局本

蔡天启云："尝与张文潜论韩、柳五言警句，文潜举退之'暖风抽宿麦，清雨卷归旗'，子厚'壁空残月曙，门掩候虫秋'，皆为集中第一。"

（宋）叶梦得《石林诗话》卷上，《历代诗话》本

陆士衡《文赋》云："立片言以居要，乃一篇之警策"，此要论也。文章无警策则不足以传世，盖不能竦动世人。如老杜及唐人诸诗，无不如此。但晋、宋间人，专致力于此，故失于绮靡而无高古气味。老杜诗云："语不惊人死不休。"所谓惊人语，即警策也。

（宋）吕本中《童蒙诗训》，《宋诗话辑佚》本

诗有惊人句。杜《山水障》："堂上不合生枫树，怪底江山起烟雾。"又："斫却月中桂，清光应更多。"白乐天云："遥怜天上桂华孤，为问姮娥更寡无？月中幸有闲田地，何不中央种两株。"韩子苍《衡岳图》："故人来自天柱峰，手提石廪与祝融。两山陂陀几百里，安得置之行李中。"此亦是用东坛云："我持此石归，袖中有东海。"杜牧之云："我欲东召龙伯公，上天揭取北斗柄。""蓬莱顶上斡海水，水尽见底看海空。"李贺云："女娲炼石补天处，石破天惊逗秋雨。"

（宋）杨万里《诚斋诗话》，《历代诗话续编》本

荆公送人至清凉寺题诗壁间云："断芦洲渚荠花繁，看上征鞍立寺门。投老难堪与公别，倚岗从此望回辕。""看上征鞍立寺门"之句为一篇警策，尤尽别离情意之实，古人未尝道也。若使置之断句尤佳，惜乎在第二语耳。譬犹金玉天下贵宝，制以为器，须是安顿得宜，尤增其光辉。

（宋）佚名《诗事》，《宋诗话辑佚》本

陆机《文赋》："立片言以居要，乃一篇之警策。"盖以文喻马也，言马因警策而弥骏，以喻文资片言盖明也。夫驾之法，以策驾乘，今以一言聚于众辞，若策驱驰，故云"警策"。在文谓之"警策"，在诗谓之"佳句"也。若水之有波澜，若兵之有先锋也。六经亦有警策，诗之思无邪、礼之毋不敬是也。

（明）杨慎《论文·警策》，《升庵外集》卷五十三，清道光甲辰影明板重刊本

严沧浪谓："作诗譬诸刽子手杀人，直取心肝。"此说虽不雅，喻得极妙。凡作诗，须知道紧要下手处，便了当得快也。其法有三：曰事，曰

情,曰景。若得紧要一句,则全篇立成。熟味唐诗,其枢机自见矣。

(明)谢榛《四溟诗话》卷四,人民文学出版社本

遣句落大历以下时亦渐入宋人,但大历以下必有起落,在回互,能不作起落回互,即有宋句,犹未害神气所必略句而观全体也。何仲默一派全体落恶劣中,但于句争唐人,争建安,古诗即亡于仿古者之手。如新安大贾烹茶对弈,心魂却寄盐绢薄上,雅人固不屑与立谈也。

(清)王夫之《明诗评选》卷二,沈明臣《上滩行》评语,《船山遗书》,太平洋书店重校刊本

子美《闷》诗曰:"卷帘惟白水,隐几即青山。"联中无闷,闷在篇中。读其通篇,觉此二句亦闷。宋、明则通篇说闷矣。

(清)吴乔《围炉诗话》卷之四,《清诗话续编》本

词有警句,则全首俱动,若贺方回非不楚楚,总拾人牙慧,何足比数。

(清)刘体仁《七颂堂词绎》,《词话丛编》本

联句始见于陶集,而盛于韩、孟。有人作四句相联成篇,若陶集所载是也。或人作一联,若子美与李之芳及其甥宇文彧联句是也。有先出一句,次者对之,再出一句,前人复对之,相联成章,则韩、孟《城南》之作是也。其要在对偶精切,词意均敌,如出一手。黄山谷尝云:"退之与东野意气相入,故能杂然成章。后人联句,盖由笔力难相近耳"。

(清)冒春荣《葚原诗说》卷之四,《清诗话续编》本

"不以文害辞,不以辞害志",此千古说诗妙谛也。然作诗妙谛,亦不外此二语。作诗一句未稳,便害一章,一字未稳,便害一句,并害全诗。然则孟子之言,宁独为说诗者发欤?

(清)叶矫然《龙性堂诗话初集》,《清诗话续编》本

同锵玉珮,独姣宋朝。同歌苕花,独美孟姚。拔乎其萃,神理超超。布帛菽粟,终逊琼瑶。《折杨》《皇华》,敢望钧韶。请披彩衣,飞入

丹霄。

（清）袁枚《续诗品·拔萃》，人民文学出版社本

　　七言律诗，最要五六句得力，如"忆昨赐沾门下省，退朝擎出大明宫"，"万里秋风吹锦水，谁家别泪湿罗衣"是也。宋、元以后，只是三四句好耳。

（清）管世铭《读雪山房唐诗序例》，《清诗话续编》本

　　一语为千万语所托命，是为笔头上担得千钧。然此一语正不在大声以色，盖往往有以轻运重者。

（清）刘熙载《艺概·文概》，上海古籍出版社本

　　诗无论五七言及句法倒顺，总须将上半句与下半句比权量力，使足相当。不然，头空足弱，无一可者。

（清）刘熙载《艺概·诗概》，上海古籍出版社本

　　题字句少则宜用坼字诀，字句多则宜用并字诀。虽用并字诀，然紧要之字句仍须特说，是亦未尝非坼字也。

（清）刘熙载《艺概·经义概》，上海古籍出版社本

　　多句之中必有一句为主，多字之中必有一字必主。炼字句者，尤须致意于此。

（清）刘熙载《艺概·经义概》，上海古籍出版社本

　　"自怜诗酒瘦，难应接，许多春色。""能几番游？看花又是明年。"此等语亦算警句耶？乃值如许笔力？

（清）王国维《人间词话》，人民文学出版社本

4. 句法最忌直率

　　郑谷有《咏落叶诗》云："返蚁难寻穴，归禽易见窠。满廊僧不厌，

一个俗嫌多。"未尝及凋零飘坠之意，人一见之，自然知为落叶，亦影略句法也。

（宋）李颀《古今诗话》，《宋诗话辑佚》本

结句须要放开，含有余不尽之意，以景语结情最好。如清真之"断肠院落，一帘风絮"，又"掩重关，遍城钟鼓"之类是也。或以情结尾，亦好。往往轻而露，如清真之"天便教人，霎时厮见何妨"，又云"梦魂凝想鸳侣"之类，便无意思，亦是词家之病，却不可学也。

（宋）沈义父《乐府指迷·结句》，人民文学出版社本

"东风摇百草"，摇字稍露峥嵘，便是句法为人所窥。"朱华冒绿池"，冒字更揿眼耳。"青袍似春草"，复是后世巧端。

（明）王世贞《艺苑卮言》卷二，《历代诗话续编》本

少陵故多变态，其诗有深句，有雄句，有老句，有秀句，有丽句，有险句，有拙句，有累句。后世别为大家，特高于盛唐者，以其有深句、雄句、老句也；而终不失为盛唐者，以其有秀句、丽句也。轻浅子弟，往往有薄之者，则以其有险句、拙句、累句也，不知其愈险愈老，正是此老独得处，故不足难之，独拙、累之句，我不能为掩瑕。虽然，更千百世无能胜之者何？要曰无露句耳。其意何尝不自高自任？然其诗曰："文章千古事，得失寸心知。"曰："新诗句句好，应任老夫传。"显然其辞，而隐然言外，何尝有所谓吾道主盟代兴哉？自少陵逗漏此趣，而大智大力者，发挥毕尽，至使吠声之徒，群肆抒剥，遏哉唐音，永不可复。噫嘻慎之！

（明）王世懋《艺圃撷余》，《历代诗话》本

句法，宜婉曲不宜直致，宜藻艳不宜枯瘁，宜溜亮不宜艰涩，宜轻俊不宜重滞，宜新采不宜陈腐，宜摆脱不宜堆垛，宜温雅不宜激烈，宜细腻不宜粗率，宜芳润不宜噍杀。又总之，宜自然不宜生造。意常则造语贵新，语常则倒换须奇。他人所道，我则引避；他人用拙，我独用巧。平仄调停，阴阳谐叶，上下引带，减一句不得，增一句不得。我本新语，而使人闻之，若是旧句，言机熟也；我本生曲，而使人歌之，容易上口，言音

调也。一调之中，句句琢炼，毋令有败笔语，毋令有欺嗓音，积以成章，无遗恨矣。

(明) 王骥德《曲律·论句法》，《中国古典戏曲论著集成》(四)，中国戏剧出版社本

句法最忌直率，直率则浅薄而少深婉之致。戴叔伦之“如何百年内，不见一人闲”，不若赵嘏“星星一镜发，草草百年身”。韩愈之“况与故人别，那堪羁宦秋”，不若灵一“官柳乡愁乱，春山客路遥”。贯休之“故国在何处，多年未得归”，不若司马札“芳草失归路，故乡空暮云”。两相比较，浅薄深婉自见。

(清) 冒春荣《葚原诗说》卷之一，《清诗话续编》本

予看宋诗，又进一解，凡月明风软，柳暗桃红，此皆不用说，故造句贵有传神之妙。

(清) 张谦宜《絸斋诗谈》卷八，《清诗话续编》本

词之好处，有在句中者，有在句之前后际者。陈去非《虞美人》：“吟诗日日待春风，及至桃花开后却匆匆。”此好在句中者也。《临江仙》：“杏花疏影里，吹笛到天明。”此因仰承“忆昔”，俯注“一梦”，故此二句不觉豪酣，转成怅悒，所谓好在句外者也，倘谓现在如此，则骙甚矣。

(清) 刘熙载《艺概·词曲概》，上海古籍出版社本

十

字　　法

1. 一字之工

　　是以缀字属篇，必须拣择：一避诡异，二省联边，三权重出，四调单复。诡异者，字体瑰怪者也。曹摅诗称"岂不愿斯游，褊心恶呦呴"。两字诡异，大疵美篇，况乃过此，其可观乎！联边者，半字同文者也。状貌山川，古今咸用，施于常文，则龃龉为瑕，如不获免，可至三接，三接之外，其《字林》乎！重出者，同字相犯者也。《诗》、《骚》适会，而近世忌同，若两字俱要，则宁在相犯。故善为文者，富于万篇，贪于一字，一字非少，相避为难也。单复者，字形肥瘠者也。瘠字累句，则纤疏而行劣；肥字积文，则黯黕而篇暗，善酌字者，参伍单复，磊落如珠矣。凡此四条：虽文不必有，而体例不无。若值而莫悟，则非精解。

（南朝・梁）刘勰《文心雕龙・练字》，人民文学出版社本

　　陈舍人从易，当时文方盛之际，独以醇儒古学见称，其诗多类白乐天。盖自杨、刘唱和，《西昆集》行，后进学者争效之，风雅一变，谓"西昆体"。由是唐贤诸诗集几废而不行。陈公时偶得杜集旧本，文多脱误，至《送蔡都尉诗》云："身轻一鸟"，其下脱一字。陈公因与数客各用一字补之。或云"疾"，或云"落"，或云"起"，或云"下"，莫能定。其后得一善本，乃是"身轻一鸟过"。陈公叹服，以为虽一字，诸君亦不能到也。

（宋）欧阳修《六一诗话》，《历代诗话》本

诗人以一字为工，世固知之，惟老杜变化开阖，出奇无穷，殆不可以形迹捕。如"江山有巴蜀，栋宇自齐梁"，远近数千里，上下数百年，只在"有"与"自"两字间，而吞纳山川之气，俯仰古今之怀，皆见于言外。《滕王亭子》"粉墙犹竹色，虚阁自松声"，若不用"犹"与"自"两字，则余八言凡亭子皆可用，不必滕王也。此皆工妙至到，人力不可及，而此老独雍容闲肆，出于自然，略不见其用力处。今人多取其已用字模放用之，偃蹇狭陋，尽成死法。不知意与境会，言中其节，凡字皆可用也。

（宋）叶梦得《石林诗话》卷中，《历代诗话》本

赵德有诗云"冥冥小雨不成泥"。参寥言冥冥之雨，却是作泥者，不若霏霏也。以道以为然。

（宋）王直方《王直方诗话》，《宋诗话辑佚》本

萧楚才知溧阳县时，张乖崖作牧，一日召食，见公几案有一绝云："独恨太平无一事，江南闲杀老尚书。"萧改恨字作幸字，公出视稿曰："谁改吾诗？"左右以实对。萧曰："与公全身。公功高位重，奸人侧目之秋，且天下一统，公独恨太平，何也？"公曰："萧第一字之师也。"

（宋）陈辅《陈辅之诗话》，《宋诗话辑佚》本

东坡作《病鹤诗》，尝写"三尺长胫瘦躯"，缺其一字，使任德翁辈下之，凡数字。东坡徐出其稿，盖"阁"字也。此字既出，俨然如见病鹤矣。

（宋）强幼安《唐子西文录》，《历代诗话》本

东坡诗，叙事言简而意尽。忠州有潭，潭有潜蛟，人未之信也。虎饮水其上，蛟尾而食之，俄而浮骨水上，人方知之。东坡以十字道尽云："潜鳞有饥蛟，掉尾取渴虎。"言"渴"则知虎以饮水而召灾，言"饥"则蛟食其肉矣。

（宋）强幼安《唐子西文录》，《历代诗话》本

"瞑色赴春愁"下得"赴"字好，若下"起"字便是小儿语也。"无

人觉来往，疏懒兴何长"，下得"觉"字大好。足见吟诗要一字两字工夫。

（宋）阮阅《增修诗话总龟》卷六，《四部丛刊》本

予与乡人翁行可同舟溯汴，因谈及诗，行可云："王介甫最善下字，如'荒埭野鸡催月晓，空场老雉挟春骄'，下得挟字最好，如《孟子》挟长挟贵之挟。"予谓介甫又有"紫苋凌风怯，苍苔挟雨骄"，陈无己有"寒气挟霜侵败絮，宾鸿将子度微明"，其用挟字，正与王介甫前一联同。（末言陵墓遭发，金玉出于人间矣。）

（宋）严有翼《艺苑雌黄》，《宋诗话辑佚》本

杜诗四韵并绝句，味之皆觉字多，以字字不闲故也。他人虽长篇，若无可读。正如贤人君子，虽处朝廷，但得一二相助，已号得人，若不能为有无者，纵累千百辈，蔑如也。

（宋）黄彻《䂬溪诗话》卷四，《历代诗话续编》本

汪内相将赴临川，曾吉父以诗送之，有"白玉堂中曾草诏，水晶宫里近题诗"之句，韩子苍改云："白玉堂深曾草诏，水晶宫冷近题诗。"吉父闻之，以子苍为一字师。

（宋）周紫芝《竹坡诗话》，《历代诗话》本

《鸡肋集》云："诗以一字论工拙，如'身轻一鸟过'，'身轻一鸟下'，过与下，与疾与落，每变而每不及，易较也。如鲁直之言，犹碔砆之于美玉是也。然此犹在工拙精粗之间，其致思未失也。记在广陵日，见东坡云：'陶渊明意不在诗，诗以寄其意耳。采菊东篱下，悠然望南山，则既采菊又望山，意尽于此，无余蕴矣，非渊明意也。采菊东篱下，悠然见南山，则本自采菊，无意望山，适举首而见之，故悠然忘情，趣闲而景远，此未可于文字精粗间求之，以比碔砆美玉不类。'"

（宋）胡仔《苕溪渔隐丛话》前集卷第三，人民文学出版社本

苕溪渔隐曰："诗句以一字为工，自然颖异不凡。如灵丹一粒，点石成金也。浩然云：'微云淡河汉，疏雨滴梧桐。'上句之工，在一'淡'

字，下句之工，在一'滴'字，若非此二字，亦乌得而为佳句哉？"

（宋）胡仔《苕溪渔隐丛话》前集卷第九，人民文学出版社本

四六有初语平平，而去其一字，精神百倍，妙语超绝者，介甫《贺韩魏公致仕启》云："言天下之所未尝，任大臣之所不敢。"其初句尾有"言""任"二字而去之也。

（宋）杨万里《诚斋诗话》，《历代诗话续编》本

（刘昭禹）尝与人论诗曰："五言如四十个贤人，著一字如屠沽不得。觅句者，若掘得玉合子底，必有盖，但精心求之，必获其宝。"在湖南累为宰，后署天策府学士，严州刺史，卒于桂州幕中。有诗三百首。

（宋）尤袤《全唐诗话》卷之三，《历代诗话》本

临川王介甫曰："老杜云：'诗人觉来往'，下得'觉'字大好；'暝色赴春愁'，下得'赴'字大好；若下'见'字'起'字，即小儿言语。足见吟诗要一两字工夫也。"

（宋）蔡梦弼《杜工部草堂诗话》卷二，《历代诗话续编》本

郑谷在袁州，齐己携诗诣之。有早梅诗云："前村深雪里，昨夜数枝开。"谷曰："数枝"非早梅也，未若"一枝"。齐己不觉下拜。自是士林以谷为一字师。

（宋）魏庆之《诗人玉屑》卷六"一字师"条，上海古籍出版社本

韩文公云："六字常语一字难。"《文心雕龙》谓："善为文者，富于万篇，贫于一字。"

（宋）王应麟《评诗》，《困学纪闻》卷十八，商务印书馆本

下字
或在腰，或在膝、在足，最要精思，宜的当。

（元）杨载《诗法家数》，《历代诗话》本

唐诗绝句，今本多误字，试举一二，如杜牧之《江南春》云"十里

莺啼绿映红"，今本误作"千里"，若依俗本，"千里莺啼"，谁人听得？"千里绿映红"，谁人见得？若作十里，则莺啼绿红之景，村郭楼台，僧寺酒旗，皆在其中矣。又《寄扬州韩绰判官》云"秋尽江南草未凋"，俗本作"草木凋"。秋尽而草木凋，自是常事，不必说也，况江南地暖，草本不凋乎。此诗杜牧在淮南而寄扬州人者，盖厌淮南之摇落，而羡江南之繁华，若作草木凋，则与"青山明月"、"玉人吹箫"不是一套事矣。余戏谓此二诗绝妙，"十里莺啼"，俗人添一撇坏了，"草未凋"，俗人减一画坏了，甚矣，士俗不可医也。又如陆龟蒙《宫人斜》诗云"草着愁烟似不春"，只一句，便见坟墓凄恻之意。今本作"草树如烟似不春"，"草树如烟"，正是春景，如何下得"不春"字。读者往往忽之，亦食不知味者也。

（明）杨慎《升庵诗话》卷八，《历代诗话续编》本

杜诗："关山同一点。""点"字绝妙。东坡亦极爱之，作《洞仙歌》云"一点明月窥人"，用其语也；《赤壁赋》云"山高月小"，用其意也。今书坊本改"点"作"照"，语意索然。且"关山同一照"，小儿亦能之，何必杜公也。幸《草堂诗余》注可证。

（明）杨慎《升庵诗话》卷十四，《历代诗话续编》本

宋仁宗时，老人星见。柳耆卿托内侍以《醉蓬莱》词进仁宗，阅首句"渐亭皋叶下""渐"字，意不怪，至"宸游凤辇何处"，与真宗挽歌暗同，惨然久之。读之"太液波翻"，忿然曰："何不言'太液波澄'耶？"掷之地，罢不用。此词之不遇者也。高宗在德寿宫游聚景园，偶步入一酒肆，见素屏有俞国宝书《风入松》一词，嗟赏之，诵至"明日重携残酒，来寻陌上花钿"，曰："未免酸气！"改"明日重扶残醉"，仍即日予释褐，此词之遇者也。耆卿词毋论触讳，中间不能一语形容老人星，自是不佳；"重扶残醉"胜初语数倍，乃见二主具眼。

（明）王世贞《艺苑卮言》附录一，《弇州四部稿》卷一百五十二，《四库全书》本

余尝论诗之一道，途径甚狭，不特篇中韵脚甚少，即句中字法亦甚少。唐人妙句天生，只有一字，得之者便妙，失之者便不妙。如贾阆仙用

"推敲"二字,大费沉吟,然"推敲"之外,更无有第三字为之陪伴,则诗道之精严,亦概可见矣。

(明)张岱《诗韶确序》,《琅嬛文集》卷之一,岳麓书社本

老杜诗:"花蕊上蜂须。"妙在"上"字。李白诗:"清水出芙蓉。"妙在"出"字。韦苏州诗:"微雨暗深林。"更妙在"暗"字。欧阳永叔问:"绿杨楼外出秋千。"妙在"出"字。

(明)何孟春《余冬诗话》卷上,《丛书集成》本

诗有极寻常语,以作发局无味,倒用作结方妙者。如郑谷《淮上别故人》诗云:"扬子江头杨柳青,杨花愁杀渡江人。数声风笛离亭晚,君向潇湘我向秦。"盖题中正意,只"君向潇湘我向秦"七字而已,若开头便说,则浅直无味,此却倒用作结,悠然情深,令读者低徊流连,觉尚有数十句在后未竟者。唐人倒句之妙,往往如此,姑举其一为例。

(清)贺贻孙《诗筏》,《清诗话续编》本

《艺苑卮言》云:"'东风摇百草','摇'字稍露峥嵘,便是句法为人所窥。'朱华冒绿池','冒'字更捩眼。"前辈讵昧下字之工,恐斲雕丧朴,故于此兢兢。钟、谭之于"烟花换客愁","桃李务青春","白足傲履袜"等句,中间一字,极意阐扬,乃嗤前人阅诗疏卤也。

(清)毛先舒《诗辩坻》卷第四,《清诗话续编》本

坡诗"蒌蒿满地芦芽短,正是河豚欲上时",非但风韵之妙,盖河豚食蒿芦则肥,亦如梅圣俞之"春洲生荻芽,春岸飞杨花"无一字泛设也。

(清)王士禛《渔洋诗话》卷中,《清诗话》本

叶梦得云:"'细雨鱼儿出,微风燕子斜。'细雨著水面为沤,鱼浮而浛,大雨则伏而不出;燕体轻微,不能胜猛风,惟微风则有颉颃之致。全似未尝用力,所以不碍气格。晚唐人为之,则有'鱼跃练江抛玉尺,莺穿丝柳织金梭'矣。诗以一字为工,人皆知之。如杜诗之'江山有巴蜀,

栋宇自齐梁'，则远近数千里，上下数百年，只在'有'、'自'二字，而吞吐山水之气，俯仰古今之怀，皆见言外，人力不可及。"

（清）吴乔《围炉诗话》卷之四，《清诗话续编》本

"自君之出矣，不复理残机。思君如满月，夜夜减清辉。"辛弘智亦曰："自君之出矣，梁尘静不飞。思君如满月，夜夜减容辉。"后二句只差一字，实两意也。张之"思君如满月"，直指君说，"夜夜减清辉"，言恩情日衰，犹月之渐昏。辛诗止是为郎憔悴耳，意却浅。

（清）贺裳《载酒园诗话又编》，《清诗话续编》本

古人用字之法极妙。曾见善本《樊川集》："杜诗韩笔愁来读。""笔"字何等灵妙！俗本刻作"杜诗韩籍愁来读"，神韵顿损。

（清）薛雪《一瓢诗话》，《清诗话》本

老杜善用"自"字，如"村村自花柳"、"花柳自无私"、"寒城菊自花"、"故园花自发"、"风月自清夜"、"虚阁自松声"之类，下一"自"字，便觉其寄身离乱感伤时事之情，掬出纸上。不独此也，凡字经老杜笔底，各有妙处。若止"自"字，则李义山"青楼自管弦"、"秋池不自冷"、"不识寒郊自转蓬"之类，未始非无穷感慨之情，所以直登老杜之堂，亦有由矣。

（清）薛雪《一瓢诗话》，《清诗话》本

下字如下石，石破天方惊。岂敢追前辈，亦非畏后生。常念古英雄，慷慨争功名。我噤不得用，借此鸣訇鍧。尽才而后止，华夏有正声。凡彼小伎艺，传者皆其精。奚可圣人教，饱食忘经营。

（清）袁枚《改诗》，《小仓山房诗集》卷十五，《四部备要》本

夫古文者，即古人立言之谓也，能字字立于纸上则古矣。今之为文者，字字卧于纸上。夫纸上尚不能立，安望其能立于世间乎？

（清）袁枚《与孙俌之秀才书》，《小仓山房续文集》卷三十五，《四部备要》本

诗得一字之师，如红炉点雪，乐不可言。

（清）袁枚《随园诗话》卷四，人民文学出版社本

诗人体物入微，真能笔通造化。乔知之《长信宫树》云："余花鸟弄尽，败叶虫书遍。"沈佺期《芳树》云："啼鸟弄花疏，游蜂饮香遍。"偶一歌咏，一则秋气萧条，一则春光明媚，即此可悟用字法。

（清）方南堂《辍锻录》，《清诗话续编》本

用意高深，用法高深，而字句不典不古不坚老，仍不能脱凡近浅俗。故字句亦为文家一大事。

（清）方东树《昭昧詹言》卷一，人民文学出版社本

谢、鲍、杜、韩，其于闲字语助，看似不经意，实则无不坚确老重成炼者，无一懦字率字便文漫下者。此虽一小事，而最为一大法门。苟不悟此，终不成作家。然却非雕饰细巧，只是稳重老辣耳。如太白岂非作祖不二，大机大用全备？世人不得其深苦之意，及文法用笔之险，作用之妙，而但袭其词，率成滑易。此原不足为太白病，但末流不可处，要当戒之。太白之后，真知太白，惟有欧阳公。其言太白用意用笔之险，曰："回视蜀道如平川。"此语可谓真能学太白矣。

（清）方东树《昭昧詹言》卷一，人民文学出版社本

作诗固是贵有本领，而字句率滑，不典不固，终无以自拔于流俗。今以鲍、谢两家为之的，于谢取其华妙章法，一字不率苟随意；于鲍取其生峭涩奥，字字炼，步步留，而又一往俊逸。明远诗令人不可断截，其思清意属，句重有味，无懈笔败笔也。一字不苟，故能如此。

（清）方东树《昭昧詹言》卷六，人民文学出版社本

老杜《北征》诗："见耶背面啼。"王若虚谓"'耶'当为'即'字之误。盖以前人诗中亦或用'耶娘'字，而此诗之体不应尔也。"此说亦太滞矣。"耶"固方言，然《北征》中间叙述家庭琐屑，如"呕泄卧数日"，"瘦妻面复光"，"问事竞挽须"等句，何尝援据经典，而独疑"耶"字之破体也！且"见耶背面啼"，正小儿久别情景，换一"即"

字，情事全然缪戾，不止于晦闷而已。甚矣古人之作不可妄易一字也！《哀江头》诗："一笑正坠双飞翼。"或改作"箭"字。不知"箭"字已括入上句"仰射"二字中，此句"一笑"二字，别含情绪也。深浅曲直，奚啻天渊，可妄动笔耶！

（清）潘德舆《养一斋诗话》卷二，《清诗话续编》本

杜诗《义鹘行》云："斗上捩孤影。"一"斗"字形容鹘之奇变极矣。文家用笔得"斗"字诀，便能一落千丈，一飞冲天。《国策》其尤易见者。

（清）刘熙载《艺概·文概》，上海古籍出版社本

颜延年诗体近方幅，然不失为正轨，以其字字称量而出，无一苟下也。文中子称之曰："其文约以则，有君子之心。"盖有以观其深矣。

（清）刘熙载《艺概·诗概》，上海古籍出版社本

题中要紧之字，宜先于空中刻镂，反处攻击；若非要紧之字，或可作平常说出。

（清）刘熙载《艺概·经义概》，上海古籍出版社本

文家会用字者，一字能抵无数字；不会用字者，一字抵不到一字。字如此，则句与段落皆可知矣。

（清）刘熙载《游艺约言》，《古桐书屋续刻三种》，清光绪刊本

2. 句中之眼

"采菊东篱下，悠然见南山。"因采菊而见山，境与意会，此句最有妙处。近岁俗本皆作"望南山"，则此一篇神气多索然矣。古人用意深微，而俗士率然妄以意改，此最可疾。

（宋）苏轼《东坡诗话》，《萤雪轩丛书》第七卷，嵩山堂本

赋自是中郎父子旧业，更须留意。作五言六韵诗，若能此物，取青紫

如拾芥耳。老舅往尝作六七篇,曾见之否?或未有,当漫寄。大体作者题诗,尤当用老杜句法。若有鼻孔者,便知是好诗也。

　　　　(宋)黄庭坚《与洪驹父书六首》之六,《山谷外集》卷十,《四库全书》本

　　"采菊东篱下,悠然见南山",此其闲远自得之意,直若超然邈出宇宙之外。俗本多以见字为望字,若尔,便有褰裳濡足之态矣。乃知一字之误,害理有如是者。《渊明集》世既多本,校之不胜其异。有一字而数十字不同者,不可概举。若"只鸡招近局",或以局为属,虽于理似不通,然恐是当时语。"我土日以广",或以土为志,于义亦两通,未甚相远。若此等类,纵误不过一字之失,如见与望,则并其全篇佳意败之。此校书者不可不谨也。

　　　　(宋)蔡启《蔡宽夫诗话》,《宋诗话辑佚》本

　　东坡以渊明"采菊东篱下,悠然见南山",无识者以"见"为"望",不啻碔砆之与美玉。然余观乐天效渊明诗有云:"时倾一尊酒,坐望东南山。"然则流俗之失久矣。惟韦苏州《答长安丞裴说》诗有云:"采菊露未晞,举头见秋山。"乃知真得渊明诗意,而东坡之说为可信。

　　　　(宋)吴曾《能改斋漫录》卷三,上海古籍出版社本

　　东坡云:"陶潜诗:'采菊东篱下,悠然见南山。'采菊之次,偶然见山,初不用意,而景与意会,故可喜也。今皆作'望南山'。杜子美云:'白鸥没浩荡,万里谁能驯。'盖灭没于烟波间耳,而宋敏求谓予云:'鸥不解没,改作波字。'二诗改此两字,觉一篇神气索然也。"

　　　　(宋)胡仔《苕溪渔隐丛话》前集卷第三,人民文学出版社本

　　东坡云:"近世人轻以意改书。鄙浅之人好恶多同,(故)从而和之(者众),遂使古书就讹舛。孔子曰:'吾犹及史之阙文也。'蜀本《庄子》云:'用志不分,乃凝于神。'与《易》阴疑于阳,《礼》使人疑汝于夫子同。今四方本皆作凝。陶潜诗:采菊东篱下,悠然见南山。采菊之次偶然见山,境与意会,今皆作'望南山'。杜子美云:'白波没浩荡',盖灭没于烟波间(耳),而宋敏求云:'鸥不解没,改作波字。'二诗改此

两字，觉一篇神气索然也。"

（宋）张镃《诗学规范》，《宋诗话辑佚》本

东莱吕居仁曰："诗每句中须有一两字响，响字乃妙指。如子美'身轻一鸟过'，'飞燕受风斜'，'过'字'受'字皆一句响字也。"

（宋）蔡梦弼《杜工部草堂诗话》卷二，《历代诗话编》本

汪彦章移守临川，曾吉甫以诗迓之云："白玉堂中曾草诏，水晶宫里近题诗。"先以示子苍，子苍为改两字云："白玉堂深曾草诏，水晶宫冷近题诗。"迥然与前不侔，盖句中有眼也。古人炼字，只于眼上炼，盖五字诗以第三字为眼，七字诗以第五字为眼也。

（宋）魏庆之《诗人玉屑》卷八，中华书局本

诗用生字，自是一病。苟欲用之，要使一句之意，尽于此字上见工，方为稳帖。如唐人"走月逆行云"，"芙蓉抱香死"，"笠卸晚峰阴"，"秋雨慢琴弦"，"松凉夏健人"，"逆"字"抱"字"卸"字"慢"字"健"字，皆生字也，自下得不觉。

（宋）范晞文《对床夜语》卷五，《历代诗话续编》本

诗句中有字眼，两眼者妙，三眼者非，且二联用连绵字，不可一般。中腰虚活字，亦须回避。

五言字眼多在第三，或第二字，或第四字，或第五字。

字眼在第三字

鼓角悲荒塞，星河落晓山。　　江莲摇白羽，天棘蔓青丝。　　竹光团野色，舍影漾江流。

字眼在第二字

屏开金孔雀，褥隐绣芙蓉。　　碧知湖外草，红见海东云。　　坐对贤人酒，门听长者车。

字眼在第五字

两行秦树直，万点蜀山尖。　　香雾云鬟湿，清辉玉臂寒。　　市桥官柳细，江路野梅香。

字眼在第二、五字

把坼江帆隐，天清木叶闻。　　野润烟光薄，沙暄日色迟。　　楚设关河险，吴吞水府宽。

杜诗法多在首联两句，上句为颔联之主，下句下颈联之主。

（元）杨载《诗法家数》，《历代诗话》本

句中要有字眼，或腰，或膝，或足，无一定之处。

（元）杨载《诗法家数》，《历代诗话》本

李康成《玉华仙子歌》："璇阶电绮阁，碧题霜罗幕。"蔡孚《打球篇》："红鬣锦鬃风骤骤，黄骆丝鞭电紫骝。"以电霜风雷实字为眼，工不可言，惟初唐有此句法。

（明）杨慎《升庵诗话》卷三，《历代诗话续编》本

……本末二字云者，一篇之眼也。何谓眼？如人身然。百体相率似肤毛，臣妾辈相似也。至眸子则豁然朗而异，突以警，故作者之精而旨者，瞰是也。文贵眼此也，故诗有诗眼，而禅句有禅眼。《大学》首篇，人人熟之者也，而文之体要尽是矣，通其故，千万篇一也。首凥与脊也，然而一开一阖者，则又且无定立也，随其所宜而适也。故凡作者长短不同此同也，丰瘠不同此同也，诗与文不同此同也。自上古之文与诗，与公之优之唱而白之宾者不同此同也。多此者添蛇足也，不及者断鹤足也！而昧此而妄作者貂不足也；指画并攫挓泥而思饱其腹也，将以动众焉，而顾失其诼也。

（明）徐渭《论中五》，《徐文长三集》卷十七，《徐渭集》，中华书局本

下字为句中之眼，古谓百炼成字，千炼成句，又谓前有浮声，后须切响。要极新，又要极熟；要极奇，又要极稳。虚句用实字铺衬，实句用虚字点缀。务头须下响字，勿令提挈不起。押韵处，要妥贴天成，换不得他韵。照管上下文，恐有重字，须逐一点勘换去。又闭口字少用，恐唱时费力。今人好奇，将剧戏标目，一一用经、史隐晦字代之。夫列标目，欲令人开卷一览，便见传中大义，亦且便缮阅，却用隐晦字样，彼庸众人何以易解？此等奇字，何不用作古文？而施之剧戏，可付一

笑也!

(明)王骥德《曲律·论字法》,《中国古典戏曲论著集成》(四),中国戏剧出版社本

牛峤《杨柳枝》词:"吴王宫里色偏深,一簇烟条万缕金。不忿钱塘苏小小,引郎松下结同心。"按古乐府《苏小小歌》有云:"妾乘油壁车,郎跨青骢马。何处结同心,西陵松柏下。"牛诗用此意咏柳而贬松,唐人所谓尊题格也。后人改松作枝,语意索然矣。

(明)陈继儒《佘山诗话》卷下,《丛书集成》本

盖诗文只此数字,出高人之手,遂现空灵,一落凡夫俗子,便成臭腐,此其间真有差之毫厘,失之千里,特恨遇之者不能解,解之者不能说,即使其能解能说矣,与彼不知者说,彼仍不解,说亦奚为?故曰:诗文一道,作之者固难,识之者尤不易也。

(明)张岱《一卷冰雪文序》,《琅嬛文集》卷一,岳麓书社本

有大落墨法,如吴用说三阮,杨志北京斗武,王婆说风情,武松打虎,还道村捉宋江,打祝家庄等是也。

(清)金圣叹《读第五才子书法》,《金圣叹全集》(一),江苏古籍出版社本

文章最妙,是先觑定阿堵一处已。却于阿堵一处之四而将笔来左盘右旋,右盘左旋,再不放脱,却不擒住。分明如狮子滚球相似,本只是一个球,却教狮子放出通身解数,一时满棚人看狮子,眼都看花了,狮子却是并没交涉,人眼自射狮子,狮子眼自射球。盖滚者是狮子,而狮子之所以如此滚、如彼滚,实都为球也。《左传》、《史记》便纯是此一方法,《西厢记》亦纯是此一方法。

(清)金圣叹《读西厢法》,《金圣叹全集》(三),江苏古籍出版社本

曲中有"务头",犹棋中有眼,有此则活,无此则死。进不可战,退不可守者,无眼之棋,死棋也;看不动情,唱不发调者,无"务头"之曲,死曲也。一曲有一曲之"务头",一句有一句之"务头",字不聱牙,

音不泛调,一曲中得此一句即使全曲皆灵,一句中得此一二字即使全句皆健者,"务头"也。由此推之,则不特曲有"务头",诗、词、歌、赋以及举子业,无一不有"务头"矣。

  (清)李渔《闲情偶寄·词曲部·音律第三》,《中国古典戏曲论著集成》(七),中国戏剧出版社本

  诗有眼,犹弈有眼也。诗思玲珑,则诗眼活;弈手玲珑,则弈眼活。所谓眼者,指诗弈玲珑处言之也。学诗者但当于古人玲珑中得眼,不必于古人眼中寻玲珑。今人论诗,但穿凿一二字,指为古人诗眼。此乃死眼,非活眼也。凿中央之窍则混沌死,凿字句之眼则诗歌死。

  (清)贺贻孙《诗筏》,《清诗话续编》本

  唐人五言律之妙,或有近于五言古者,然欲增二字作七言律则不可。七言律之奇,或有近于七言古者,然欲减二字作五言律则不能。其近古者,神与气也。作诗文者,以气以神,一涉增减,神与气索然矣。

  (清)贺贻孙《诗筏》,《清诗话续编》本

  诗固不可率尔下字,然当使法格融浑,虽有字法,生于自然。自宋人"诗眼"之说,摘次唐人一二字,酷欲仿效,不能益工,只见丑耳。

  (清)毛先舒《诗辩坻》卷第一,《清诗话续编》本

  唐人于诗中用意,有在一二字中,不说破不觉,说破则其意焕然者。如崔国辅《魏宫词》云:"朝日点红妆,拟上铜雀台。画眉犹未了,魏帝使人催。"称"帝"者,曹丕也。下一"帝"字,而其母"狗彘不食其余"之语自见,严于铁钺矣!《诗归》评"媚甚"。呵呵!

  韩翃《寒食》诗云:"春城无处不飞花,寒食东风御柳斜。日暮汉宫传蜡烛,轻烟散入五侯家。"唐之亡国由于宦官握兵,实代宗授之以柄。此诗在德宗建中初,只"五侯"二字见意,唐诗之通于《春秋》者也。

  (清)吴乔《围炉诗话》卷之一,《清诗话续编》本

  词字字有眼,一字轻下不得。如咏美人足,前云"微褪细跟",下云

"不觉微尖点拍频"，二微字，殊草草。

（清）刘体仁《七颂堂词绎》，《词话丛编》本

　　作诗虽不必拘拘字句，然往往以字不工而害其句，句不工而害其篇。如林处士"鸟恋药栏长独立，树欺诗壁半旁生"，脍炙今古。愚意"欺"字未善，当作爱惜逊避之意，始与"旁生"字相应。又东坡长君迈有"叶随流水归何处，牛带寒鸦过别村"，写景亦佳，然"何处"固不及"别村"之工。作诗虽贵句烹字炼，至入险僻，则亦可憎。如武允蹈"露萱钳宿蝶，风木撼鸣鸠"，极其苦搜，十字中止得一"钳"字，余更不新。然新而入俗，何贵于新？又"屋头风过雁，灯背月移窗"，亦由苦吟而出，究意不雅。

（清）贺裳《载酒园诗话》卷一，《清诗话续编》本

　　介甫云："绿搅寒芜出，红争暖树归。鱼吹塘水动，雁拂塞垣飞。宿鸟惊沙净，晴云漏昼稀。却愁春梦里，灯火着征衣。"方万里曰："未有名为诗而句中无眼者，请以此观。"余意人生好眼，只须两只，何必尽作大悲相乎？此诗曰"搅"，曰"争"，曰"吹"，曰"拂"，曰"惊"，曰"漏"，六只眼睛，未免太多。

　　此诗虽小失检点，本亦不恶，但尊以为法，则郭有道之垫角巾也。

（清）贺裳《载酒园诗话》卷一，《清诗话续编》本

　　《堂成》诗曰："暂止飞鸟将数子，频来语燕定新巢。"妙在下一"定"字，将"频来"二字，"语"字，节节皆生动矣，上句不如也。

（清）贺裳《载酒园诗话又编》，《清诗话续编》本

　　《宿建德江》："野旷天低树，江清月近人。""低"字"近"字，宋人所谓诗眼，却无造作痕，此唐诗之妙也。

（清）张谦宜《䌷斋诗谈》卷五，《清诗话续编》本

　　感怀诗必有点眼处，然有点眼不觉者。如白香山《故衫》七律，点眼在"吴郡"、"杭州"两地名。故衫本不足以作诗，作故衫诗，非古人裘敝履穿之意，盖慨身世耳。斥外以来，已迁忠州，苟邀眷顾，可以召

远,乃忠州不已,又转杭州,杭州不已,又转苏州,是则衫为故物,而人亦故物矣。如此推求,乃得诗之神理。

(清)方世举《兰丛诗话》,《清诗话续编》本

揭全文之指,或在篇首,或在篇中,或在篇末。在篇首则后必顾之,在篇末则前必注之,在篇中则前注之,后顾之。顾注,抑所谓文眼者也。

(清)刘熙载《艺概·文概》,上海古籍出版社本

诗眼,有全集之眼,有一篇之眼,有数句之眼,有一句之眼;有以数句为眼者,有以一句为眼者,有以一二字为眼者。

(清)刘熙载《艺概·诗概》,上海古籍出版社本

"词眼"二字见陆辅之《词旨》。其实辅之所谓眼者,仍不过某字工,某句警耳。余谓眼乃神光所聚,故有通体之眼,有数句之眼,前前后后无不待眼光照映。若舍章法而专求字句,纵争奇竞巧,岂能开阖变化、一动万随耶?

(清)刘熙载《艺概·词曲概》,上海古籍出版社本

题有题眼,文有文眼。题眼或在题中实字,或在虚字,或在无字处;文眼即文之注意实字、虚字、无字处是也。

(清)刘熙载《艺概·经义概》,上海古籍出版社本

有题要,有题绪。善扼题要,所以统题绪也;善理题绪,所以拱题要也。

(清)刘熙载《艺概·经义概》,上海古籍出版社本

点题字缓急蓄泄之异,皆从题之真际涵泳得之。先点必后做,后点必先做;先点以开下,后点以结上。后经终义,先经始事。点者,乃经也。

(清)刘熙载《艺概·经义概》,上海古籍出版社本

点题字有明有暗。如作破题,明破为破,暗破亦为破也,但须相其宜而行之。

(清)刘熙载《艺概·经义概》,上海古籍出版社本

点题字要自然，又戒率意。或在比中，或在比外，皆须出得有力。

(清) 刘熙载《艺概·经义概》，上海古籍出版社本

3. 字字当活　活则字字自响

是以缀字属篇，必须练择：一避诡异，二省联边，三权重出，四调单复。诡异者，字体瑰怪者也。曹摅诗称"岂不愿斯游，褊心恶呦呐"。两字诡异，大疵美篇，况乃过此，其可观乎！联边者，半字同文者也。状貌山川，古今咸用，施于常文，则龃龉为瑕，如不获免，可至三接，三接之外，其字林乎！重出者，同字相犯者也。《诗》、《骚》适会，而近世忌同，若两字俱要，则宁在相犯。故善为文者，富于万篇，贫于一字，一字非少，相避为难也。单复者，字形肥瘠者也。瘠字累句，则纤疏而行劣；肥字积文，则黯黕而篇暗；善酌字者，参伍单复，磊落如珠矣。凡此四条，虽文必有，而体例不无。若值而莫悟，则非精解。

(南朝·梁) 刘勰《文心雕龙·练字》，人民文学出版社本

潘邠老言："七言诗第五字要响，如'返照入江翻石壁，归云拥树失山村'，翻字，失字是响字也。五言诗第三字要响，如'圆荷浮小叶，细麦落轻花'，浮字，落字是响字也。所谓响者，致力处也。"予窃以为字字当活，活则字字自响。

(宋) 吕本中《童蒙诗训》，《宋诗话辑佚》本

惟诗似未甚进，盖体未宏放，句未锻炼，字未汰择，借使一两联可观，要之未可摘诵，令人洞心骇目也。如"成败"、"萧何"等语，此不应收。用诗固有以俗为雅，然亦须曾经前辈取镕，乃可因承尔。如李之"耐可"，杜之"遮莫"，唐人之"里许"、"若个"之类是也。昔唐人《寒食》诗，有不敢用"饧"字，《重九》诗，有不敢用"糕"字，半山老人不敢作郑花诗，以俗为雅，彼固未肯引里母、田妇，而坐之于平王之子，卫侯之妻之列也。何也？彼固有可甚靳而不轻也。

(宋) 杨万里《答庐谊伯书》，《诚斋集》卷六十六，《四部丛刊》本

杜子美晚年诗都不可晓。吕居仁尝言诗字字要响，其晚年诗都哑了，不知是如何，以为好否？

（宋）朱熹《论文下》，《朱子语类》卷一百四十，清同治应元书院本

举南轩诗云："卧听急雨打芭蕉。"先生曰："此句不响。"曰："不若作'卧闻急雨到芭蕉。'"

（宋）朱熹《论文下》，《朱子语类》卷一百四十，清同治应元书院本

尝与人论诗曰："五言如四十个贤人，著一字如屠沽不得。觅句者，若掘得玉合子底，必有盖，但精心求之，必获其宝。"

（宋）尤袤《全唐诗话》卷三，《历代诗话》本

仆尝请益曰：下字之法当如何？公曰：正如弈棋，三百六十路都有好着，顾临时如何耳。

（宋）魏庆之《诗人玉屑》卷六"下字"条，中华书局本

下字贵响，造语贵圆。

（宋）严羽《沧浪诗话·诗法》，人民文学出版社本

句法中有字面，盖词中一个生硬字用不得，须是深加锻炼，字字敲打得响，歌诵妥溜，方为本色语。如贺方回、吴梦窗皆善于炼字面，多于温庭筠、李长吉诗中来。字面亦词中之起眼处，不可不留意也。

（宋）张炎《词源·字面》，人民文学出版社本

七言句法不要有闲字，若减两字成五言，而意思足便是有闲字也。

（宋）王构《修辞鉴衡》卷一，《丛书集成》本

杜老《兵车行》："长者虽有问，役夫敢伸恨。"寻常读之，不过以为漫语而已。更事之余，始知此语之信。盖赋敛之苛，贪暴之苦，非无访察之司，陈讨之令，而言之未必见理，或反得害。不然，虽幸复伸，而异时疾怒报复之祸尤酷，此民之所以不敢言也。"虽"字"敢"字，曲尽

事情。

（元）吴师道《吴礼部诗话》，《历代诗话续编》本

诗用倒字倒句法，乃觉劲健。如杜诗"风帘自上钩"，"风窗展书卷"，"风鸳藏近渚"，"风"字皆倒用。至"风江飒飒乱帆秋"，尤为警策。予尝效之曰："风江卷地山蹴空，谁复壮游如两翁。"论者曰："非但得倒字，且得倒句。"予不敢应也。论者乃举予西涯诗曰："不知城外春多少，芳草晴烟已满城。"以为此倒句非耶。予于是得印可之益，不为少矣。

（明）李东阳《麓堂诗话》，《历代诗话续编》本

五言诗皆用实字者，如释齐己"山寺钟楼月，江城鼓角风。"此联尽合声律，要含虚活意乃佳。诗中亦有三昧，何独不悟此邪？予亦效颦曰："渔樵秋草路，鸡犬夕阳村。"

（明）谢榛《四溟诗话》卷一，人民文学出版社本

刘昭禹云："五言律如四十贤人，著一屠沽不得。"王长公云："七言律如凌云台材木，必铢两悉配乃可。"二譬绝类，铢两语尤精密，习近体者当细参。

（明）胡应麟《诗薮·内编》卷五，上海古籍出版社本

诗在与人商论，深求其疵而去之。等闲一字放过则不可。诗自有稳当字，第思之未到耳。王贞白尝以诗谒贯休，休指其御沟诗云："此波涵圣泽"，波字未稳。王作色而去。休度其必来，书"中"字掌中以待，王果来云："欲更'中'字如何？"休展手示之，遂定交。要当如此乃是。

（明）胡震亨《法微》三，《唐音癸签》卷四，古典文学出版社本

字要骨格，肉须裹筋，筋须藏肉，帖乃秀润。在布置，稳不俗，险不怪，老不枯，润不肥。变态贵形不贵苦，苦生怒，怒生怪；贵形不贵作，作入画，画入俗，皆是病也。

（明）毛晋《海岳志林》，引自《笔记小说大观》，江苏广陵古籍刻印社本

昌黎"陈言之务去",所谓"陈言"者,每一题,必有庸人思路共集之处,缠绕笔端,剥去一层,方有至理可言。犹如玉在璞中,凿开顽璞,方始见玉,不可认璞为玉也。不知者求之字句之间,则必如曹成王碑,乃谓之"去陈言"。岂文从字顺者,为昌黎之所不能去乎?

(清)黄宗羲《论文管见》,《金石要例》附,《丛书集成》本

下虚字难在有力,下实字难在无迹。然力能透出纸背者,不论虚实,自然浑化。彼用实而有迹者,皆力不足也。

(清)贺贻孙《诗筏》,《清诗话续编》本

诗用连二字有可颠倒互换者,有不可颠倒互换者。如"云烟"可作"烟云","山河"可作"河山"之类,此可以互换者也。"云霞"即不可作"霞云","山川"即不可作"川山",此不可互换者。总以昔人运过适于上口者为顺耳。尝见诗流用"丘壑"为"壑丘",又有称"海湖"者,真可笑也。司马相如赋"鸾凤飞而北南",曹植乐府"下下乃穷极地天","地天泰"本《易》卦。又《礼记》"吾得坤乾焉","坤乾"是商《归藏易》。《王风》"羊牛下来",《齐风》"颠倒裳衣",如此类须有所本可以倒互。然终近古调,入近体似未宜,斯在作者酌其当耳。

(清)毛先舒《诗辩坻》卷第四,《清诗话续编》本

问:"诗中用古人及数目,病其过多。若偶一用之,亦谓之点鬼簿、算博士耶?"

答:"唐诗如'故乡七十五长亭','红阑四百九十桥'皆妙,虽算博士何妨!但勿呆相耳。所云点鬼簿,亦忌堆垛。高手驱使,自不觉耳。"

(清)王士禛《师友诗传续录》,《清诗话》本

下字尤忌气质,如王镐《送潘文叔》"催租例扰潘邠老,付麦谁怜石曼卿",语意俱佳,"例"字却张致可厌。

(清)贺裳《载酒园诗话》卷一,《清诗话续编》本

奇字亦前人所常用,而于古体最宜,不知者诵以为怪。嗟夫!诗文固不必怪也。然班、马等赋,所以使人嵬眼浭耳者,政由时出奇字以衬复

之。方今文章尚古，吾党之士，独不欲访子云之亭，而熏班、马之香欤？

（清）田雯《古欢堂集杂著》卷一，《清诗话续编》本

阮亭云：花间字法，最著意设色、异纹细艳，非后人纂组所及，如"泪沾红袖黦，犹结同心苣，豆蔻花间趖晚日，画梁尘黦，洞庭波浪飐晴天。"山谷所谓古蕃锦，其殆是耶。

（清）徐釚《品藻二》，《词苑丛谈》卷四，上海古籍出版社本

秀水李竹嬾嬾（日华）曰："李嘉祐诗：'水田飞白鹭，夏木啭黄鹂。'王摩诘但加'漠漠''阴阴'四字，而气象斗生。江为诗：'竹影横斜水清浅，桂香浮动月黄昏。'林君复改二字为'疏影''暗香'以咏梅，遂成千古绝调。二说所谓点铁成金也。若寇莱公化韦苏州'野渡无人舟自横'句为'野水无人渡，孤舟尽日横'，已属无味；而王半山改王文海'鸟鸣山更幽'句为'一鸟不鸣山更幽'，直是死句矣。学诗者宜善会之"。

（清）顾嗣立《寒厅诗话》，《清诗话》本

字法要炼，然不可如王觉斯之炼字，反觉俗气可厌。如"气蒸云梦泽，波撼岳阳城。""蒸"字、"撼"字，何等响，何等确，何等警拔也！"

（清）何世璂《然镫记闻》，《清诗话》本

诗中用字，本之书卷，出之胸臆，取之善则无病，否则为累。大概诗家常用者，自然秀而隐，反是则笨而险；近体中常用者，自然雅而清，反是则俗而浊。世有喜新厌熟，务用艰涩字面者，固不可与言诗矣。至于古诗字料，尤难入近体。六朝人竞尚绮靡，专以他字替本字，自唐兴律体，扫涤繁芜，一轨大雅，学者所宜亟辨，恶可混用乎？

（清）冒春荣《葚原诗说》卷之一，《清诗话续编》本

所谓琢句，非是故意跷蹊以为新颖，安于庸腐以为名理，溺于浮艳以为风流，惑于仙佛以为高旷，假借老病以为感慨，忿口骂世以为悲壮，故意颓放枯瘠以为老气。必须文从理顺之中，有洗旧翻新之巧。意不尽于句

中，景以溢于兴外。刻苦却不扭捏，平易却不肤浅。初仍作意，久浑自然。务使五七字内，线穿铁铸，一字摇撼不动、增减不得为度。

（清）张谦宜《絸斋诗谈》卷三，《清诗话续编》本

予近诗有"软炊白粱饭"之句，"炊"字失严，换"嚼"字太俚，"爨"字太重，以"供"字易之，恰好。知下字须颠播分两，不得草草。

（清）张谦宜《絸斋诗谈》卷八，《清诗话续编》本

有一种故实字句入不得诗者，如稊稗相似，断宜拔去，方不败苗。

（清）薛雪《一瓢诗话》，《清诗话》本

余尝谓：一切诗文，总须字立纸上，不可字卧纸上。人活则立，人死则卧，用笔亦然。徐之原句是立，改句是卧：识者辨之。

（清）袁枚《随园诗话补遗》卷五，人民文学出版社本

夫古文者，即古人立言之谓也，能字字立于纸上则古矣。今之为文者，字字卧于纸上。夫纸上尚不能立，安望其能立于世间乎？

（清）袁枚《与孙俌之秀才书》，《小仓山房文集》卷三十五，《四部备要》本

诗文字句工夫，末也，而所系非轻。抑知弈有《官子谱》耶？既审枰面，能内固外侵，复善纽杀，而官子路径不分明，失着良多，则不为善弈者。夫弈之官子，犹诗文字句也。秉笔之士，而可忽诸！

（清）乔亿《剑溪说诗又编》，《清诗话续编》本

窃闻望溪先生论文，务一字动摇不得。余服膺数十年，凡诵读及搦管时，未尝不字字经心，但恐不免疏脱耳。

（清）乔亿《剑溪说诗又编》，《清诗话续编》本

"诗要字字作，亦要字字读"，遗山岂欺余哉！

（清）乔亿《剑溪说诗又编》，《清诗话续编》本

洁净；远势；转折；换气；束落；参活语；不使滞笔重笔；一气浑转

中留顿挫之势；下语必惊人；务去陈言；力开生面：此数语，通于古文作字。

（清）方东树《昭昧詹言》卷八，人民文学出版社本

李西涯《渐台水》乐府末句："君不还，妾当死。台高高，水瀰瀰。"张亨父欲易为"君当还"，乃见楚王出游，不忍绝望意。西涯自谓用"不"字，乃见"高高"、"瀰瀰"，无可奈何，有余不尽意。质之谢方石，亦不能决。予谓字法固当著功，要之先争命意。意之上者，无问字法；意之下者，虽炼字施百分力，终无入处；惟意之次者，须字法转斡，使遒健耳。此诗末四句，意本平平，无论"不"字、"当"字，味皆不足，则舍旃可矣，何必用精神于不必用者也。西涯尝自述其题扇诗云："扬风帆，出江树。家遥遥，在何处？"意到矣，机自流，神自远，何尝校算字法而后出群哉？其《观棋》三言曰："胜与负，相为端。我因君，得大观。"此等率笔，虽百般改字又何益？若谢方石者，《送人兄弟》云："坐来风雨不知夜，梦入池塘都是春。"此直剥宋人雪诗"看来天地不知夜，飞入园林总是春"全句，而味亦不足者也。西涯诗中巨公，何亦传赏不置？

（清）潘德舆《养一斋诗话》卷四，《清诗话续编》本

冷句中有热字，热句中有冷字；情句中有景字，景句中有情字。诗要细筋入骨，必由善用此字得之。

（清）刘熙载《艺概·诗概》，上海古籍出版社本

诗有双关字，有偏举字。如陶诗"望云惭高鸟，临水愧游鱼"，"云"、"鸟"、"水"、"鱼"是偏举，"高"、"游"是双关。偏举，举物也；双关，关己也。

（清）刘熙载《艺概·诗概》，上海古籍出版社本

4. 用字之法

五言律诗，固要贴妥，然贴妥太过，必流于衰。苟时能出奇，于第三

字中下一拗字，则贴妥中隐然有峻直之风。老杜有全篇如此者，试举其一云："带甲满天地，胡为君远行？亲朋尽一哭，鞍马去孤城。草木岁月晚，关河霜雪清。别离已昨日，因见古人情。"散句如"乾坤万里眼，时序百年心"，"梅花万里外，雪片一冬深"，"一径野花落，孤村春水生"，"虫书玉佩藓，燕舞翠帷尘"，"村春雨外急，邻火夜深明"，"山县早休市，江桥春聚船"，"老马夜知道，苍鹰饥著人"，用实字而拗也。"行色递隐见，人烟时有无"，"蝉声集古寺，鸟影度寒塘"，"檐雨乱淋幔，山雪低度墙，飞星过水白，落月动沙虚"，用虚字而拗也。其他变态不一，却在临时斡旋之何如耳。苟执以为例，则尽成死法矣。

（宋）范晞文《对床夜语》卷二，《历代诗话续编》本

虚活字极难下，虚死字尤不易，盖虽是死字？欲使之活，此所以为难。老杜"古墙犹竹色，虚阁自松声"及"江山有巴蜀，栋宇自齐梁"，人到于今诵之。予近读其《瞿塘两崖》诗云："入天犹石色，穿水忽云根。""犹"、"忽"二字如浮云著风，闪烁无定，谁能迹其妙处。他如"江山且相见，戎马未安居"，"故国犹兵马，他乡亦鼓鼙"，"地偏初衣夹，山拥更登危"，"诗书遂墙壁，奴仆且旌旄"，皆用力于一字。

（宋）范晞文《对床夜语》卷二，《历代诗话续编》本

诗用实字易，用虚字难。盛唐人善用虚，其开合呼唤，悠扬委曲，皆在于此。用之不善，则柔弱缓散，不复可振，亦当深戒，此予所独得者。夏正夫尝谓人曰："李西涯专在虚字上用工夫，如何当得？"予闻而服之。

（明）李东阳《麓堂诗话》，《历代诗话续编》本

诗文以气格为主，繁简勿论。或以用字简约为古，未达权变。善用助语字，若孔鸾之尾，不可少也。太白深得此法。

（明）谢榛《四溟诗话》卷一，人民文学出版社本

律诗重在对偶，妙在虚实。子美多用实字，高适多用虚字。惟虚字极难，不善学者失之。实字多则意简而句健，虚字多则意繁而句弱。赵子昂所谓两联宜实是也。

子美《和裴迪早梅相忆》之作，两联用二十二虚字，句法老健，意

味深长，非巨笔不能到。

韦应物曰："江汉曾为客，相逢每醉还。浮云一别后，流水十年间。欢笑情如旧，萧疏鬓已斑。何由不归去，淮上有秋山。"此篇多用虚字，辞达有味。

李西涯曰："诗用实字易，用虚字难。盛唐人善用虚字，开合呼应，悠扬委曲，皆在于此。用之不善，则柔弱缓散，不复可振。"夏正夫谓涯翁善用虚字，若"万古乾坤此江水，百年风月几重阳"是也。西涯虚实，以字言之；子昂虚实，以句言之。二公所论，不同如此。

（明）谢榛《四溟诗话》卷一，人民文学出版社本

子建诗多有虚字用工处，唐人诗眼本于此尔。若"朱华冒绿池"、"时雨净飞尘"、"松子久吾欺"、"列坐竟长筵"、"严霜依玉除"、"远望周千里"，其平仄妥帖，尚有古意。

（明）谢榛《四溟诗话》卷二，人民文学出版社本

凡"山河""廊庙"之类，颠倒通用，若"天地"不可倒用，倒则为泰卦。曹子建《桂之树行》曰："下下乃穷极地天。"岂别有见耶？又如"诗酒""儿女"，皆两物也，倒则为一矣。

（明）谢榛《四溟诗话》卷四，人民文学出版社本

诗莫贱于用字，自汉、魏至宋、元以及成、弘，虽恶劣之尤，亦不屑此。王、李出而后用字之事兴。用字不可谓魔；只是亡赖，偏方下邑劣措大赖岁考捷径耳。王、李则有万里、千山、雄风、浩气、中原、白雪、黄金、紫气等字，钟、谭则有归、怀、遇、觉、肃、钦、澹、静、之、乎、其、以、孤光、太古等字。舍此，则王、李、钟、谭更无可言诗矣。钟、谭以其数十字之学，而诮王、李数十字之非，此婢妾争针线盐米之智，中郎不屑也。中郎深诋王、李诋其用字，非诋其所用之字，竟陵不知，但用字之即可诋，雨避中郎之所斥，窃师王、李用字之法而别用之。中郎不天，视此等劣措大作何面孔邪？王、李用字是王、李劣处，王、李犹不全恃用字以立宗，全恃用字者，王、李门下重儓也。钟、谭全恃用字，即自标以为宗，则钟、谭者亦王、李之重儓，而不足为中郎之长鬣审矣。无目者犹以公安、竟陵相承，而言公安即以轻俊获不令之极，亦不宜如此之

酷也。

（清）王夫之《明诗评选》卷六，袁宏道《和萃芳馆主人鲁印山韵》评语，《船山遗书》，太平洋书店重校刊本

用奇字奇语，全要有配有衬，不则似乞丐破帽上嵌夜明珠。

（清）张谦宜《𫄧斋诗谈》卷一，《清诗话续编》本

子美诗引中用字最妙，如议婚姻曰"平章"，修虎落曰"弌遏"，治屋曰"检校"，耘草曰"耗稻"，行脚曰"步趾"，今人便不能如此古雅矣。

（清）叶矫然《龙性堂诗话初集》，《清诗话续编》本

诗中谐隐，始于古《稿砧》诗，唐贤绝句，间师此意。刘梦得"东边日出西边雨，道是无晴却有晴"，温飞卿"玲珑骰子安红豆，入骨相思知不知"，古趣盎然，勿病其俚与纤也。李商隐"只应同楚水，长短入淮流"，亦是一家风味。

（清）管世铭《读雪山房唐诗序例》，《清诗话续编》本

赵松雪尝言作律诗用虚字殊不佳，中两联须填满方好。此语虽力矫时弊，幼学者正不可不知。唐人如贾至《早朝大明宫》等作，实开其端。此外则少陵之"五更鼓角声悲壮，三峡星河影动摇"，"锦江春色来天地，玉垒浮云变古今"，杜樊川之"深秋帘幕千家雨，落日楼台一笛风"，陆放翁之"楼船夜雪瓜州渡，铁马秋风大散关"皆是。本朝惟吴梅村最为擅长，赵瓯北《十家诗话》所摘凡数十联。刘公戬谓"七律如强弓硬弩，古来能开到十分满者，殆无几人"。每以此意读前人七律诗，庶动笔时自不至有滑调耳。

（清）梁章钜《退庵随笔》，《清诗话续编》本

文中用字，在当不在奇。如宋子京好用奇字，亦一癖也。

（清）刘熙载《艺概·文概》，上海古籍出版社本

玉田谓"词与诗不同，合用虚字呼唤"。余谓用虚字正乐家歌诗之法

也。朱子云："古乐府只是诗中间却添出许多泛声，后人怕失了那泛声，逐一声添个实字，遂成长短句。今曲子便是。"案：朱子所谓实字，谓实有个字，虽虚字亦是有也。

（清）刘熙载《艺概·词曲概》，上海古籍出版社本

曲于句中多用衬字，固嫌喧客夺主，然亦有自昔相传用衬字处，不用则反不灵活者。

（清）刘熙载《艺概·词曲概》，上海古籍出版社本

《春秋》本文，有实字，有虚字，有无字处。《公羊》、《穀梁》于实虚字皆有发明，其发明无字处乃所谓补苴罅漏，张皇幽邈也。

（清）刘熙载《游艺约言》，《古桐书屋续刻三种》，清光绪刊本

词忌用替代字。姜成《解语化》之"桂华流瓦"，境界极妙。惜以"桂华"二字代"月"耳。梦窗以下，则用代字更多。其所以然者，非意不足，则语不妙也。盖意足则不暇代，语妙则不必代。此少游之"小楼连苑"，"绣毂雕鞍"，所以为东坡所讥也。

（清）王国维《人间词话》，人民文学出版社本

沈伯时《乐府指迷》云："说桃不可直说破桃，须用'红雨''刘郎'等字。咏柳不可直说破柳，须用'章台'等字。"若惟恐人不用代字者。果以是为工，则古今类书具在，又安用词为耶？宜其为《提要》所讥也。

（清）王国维《人间词话》，人民文学出版社本

宋人七律句中好用虚字，每流滑弱，南渡后尤甚。赵松雪力矫其失，谓七律须有健句压纸，为通篇警策处，以树诗骨。此言极是。又谓七律中二联，以用实字无一虚字为妙，则矫枉过正，未免偏矣。诗之工拙，句之软健，在笔力气势，不在用字虚实也。用虚字者，能庄重精当，使虚字如实字，则运虚为实，句自老成。用实字者，能生动空灵，使实字如虚字，则化实入虚，句自峭拔。是在平日体贴之功，临文运用之妙耳。用笔果超妙，运气果雄浑，则勿论用虚用实，皆可成妙句也，何必定忌虚字耶？

（宋）朱庭珍《筱园诗话》卷三，《清诗话续编》本

十一 相 题

1. 量体裁衣　相题立格

唐人命题，言语亦自不同。杂古人之集而观之，不必见诗，望其题引而知其为唐人今人矣。

（宋）严羽《沧浪诗话·诗评》，《沧浪诗话校释》，人民文学出版社本

绝句括尽题意方佳。清献赵公《八咏楼》诗云："隐侯诗价满东吴，《八咏》篇章意思殊。闻说当时清瘦甚，不知还为苦吟无？"又《绣川湖》诗云："东南山水闻之久，未省人曾说义乌。万顷波涛惊客眼，始知中有绣川湖。"二诗括尽题意，得绝句体。

（元）韦居安《梅磵诗话》卷上，《历代诗话续编》本

"绊惹东风别有情，世间谁敢斗轻盈。楚王宫里三千女，饥损蛮腰学不成。"蛮腰或作纤腰，非。咏柳而贬美人，咏美人而贬柳，唐人所谓尊题格也，诗家常例。

（明）杨慎《升庵诗话》卷八，《历代诗话续编》本

题目诗最难工妙。如东坡《为俞康直郎中作所居四咏》，中有《退圃诗》一首云："百丈休牵上濑船，一钩归钓缩头鳊。园中草木知无数，独有黄杨厄闰年。"其于"退"字略不发明，而"休牵上濑"、"归钓缩

头"、"黄杨厄闰",则已曲尽"退"字之妙。此咏题三昧也。

(明)朱承爵《存余堂诗话》,《历代诗话》本

题目是作书第一件事,只要题目好,便书也作得好。

或问:题目如《西游》、《三国》如何?答曰:这个都不好。《三国》人物事体说话太多了,笔下拖不动,趓不转,分明如官府传话奴才,只是把小人声口,替得这句出来,其实何曾自敢添减一字?《西游》又太无脚地了,只是逐段捏捏撮撮,譬如大年夜放烟火,一阵一阵过,中间全没贯串,便使人读之,处处可住。

《水浒传》方法,都从《史记》出来,却有许多胜似《史记》处。若《史记》妙处,《水浒》已是件件有。

(清)金圣叹《读第五才子书法》,《金圣叹全集》(一),江苏古籍出版社本

人亦有言:不遇盘根错节,不足以见利器。夫不遇难题,亦不足以见奇笔也。此回要写宋江打祝家庄。夫打祝家庄,亦寻尝战斗之事耳,乌足以展耐庵之经纬?故未制文,先制题;于祝家庄之东,先立一李家庄;于祝家庄之西,又立一扈家庄。三庄相连,势如翼虎。打东则中帅西救,打西则中帅东救,打中则东西合救。夫如是而题之难御,遂如六马乱驰,非一缰所鞯;伏箭乱发,非一牌所隔;野火乱起,非一手所扑矣。耐庵而后回锦心,舒绣手,弄柔翰,点妙墨,早于杨雄、石秀未至山泊之日,先按下东李,此之谓絷其右臂。入下回,十六虎将浴血苦战,生擒西扈,此之谓刐其左腋。东西定,而歼厥三祝,曾不如缚一鸡之易者,是皆耐庵相题有眼,摔题有法,捣题有力,故得至是。

(清)金圣叹《第五才子书施耐庵水浒传》第四十六回总批,
《金圣叹全集》(二),江苏古籍出版社本

凡做诗,先相题之来处去处,此即吾之起结所从生也。次搜题之层数,与夫内境外境。且如一书房,内面之陈设,是谓内境;外面之院落盆景,是谓外境。既有两样,即是层数,或由外看进,或自内看出,即吾之颈联腹联起承转折章法也。我造题,我又先看题,次运题,缺者补之,丑处遮之,难处斡旋之,然后可以告成篇矣。诗之结,乃其到头紧要一著,

如蚕作茧，如树结果，须以通身气力赴之。造题制序，当法唐人。

（清）张谦宜《纲斋诗谈》卷三，《清诗话续编》本

《小立》，前六句将见景物说完，末二句点入题字，通体悠然。诗有倒运题意者，此类是也。要之，外面景物，即立时所见，字字是题，宜知此诀。若通篇与本题不相关照，突点便是支离，暗说又近蒙混，皆诗病也。

（清）张谦宜《纲斋诗谈》卷五，《清诗话续编》本

古人诗易，门户独开；今人诗难，群题纷来。专习一家，硁硁小哉；宜善相之，多师为佳。地殊景光，人各身分，天女量衣，不差尺寸。

（清）袁枚《续诗品·相题》，《续诗品注》，人民文学出版社本

《南山诗》古今推为杰作。《潜溪诗话》记"孙莘老谓《北征》不如《南山》，王平甫则谓《南山》不如《北征》，各不相下。时黄山谷年尚少，适在座，曰：'若论工巧，则《北征》不及《南山》；若书一代之事，与《国风》、《雅》、《颂》相表里，则《北征》不可无，《南山》虽不作可也。'其论遂定"云。此固持平之论，究之山谷所谓工巧，亦未必然。凡诗必须切定题位，方为合作；此诗不过铺排山势及景物之繁富，而以险韵出之，层叠不穷，觉其气力雄厚耳。世间名山甚多，诗中所咏，何处不可移用，而必于南山耶！而谓之"工巧"耶！则与《北征》固不可同年语也。

（清）赵翼《瓯北诗话》卷三，《清诗话续编》本

梅村身阅鼎革，其所咏多有关于时事之大者。如《临江参军》、《南厢园叟》、《永和宫词》、《雒阳行》、《殿上行》、《萧史青门曲》、《松山哀》、《雁门尚书行》、《临淮老妓行》、《楚两生行》、《圆圆曲》、《思陵长公主挽词》等作，皆极有关系。事本易传，则诗亦易传。梅村一眼觑定，遂用全力结撰此数十篇，为不朽计，此诗人慧眼，善于取题处。白香山《长恨歌》，元微之《连昌宫词》，韩昌黎《元和圣德诗》，同此意也。

（清）赵翼《瓯北诗话》卷九，《清诗话续编》本

乐府制题，提笔为要，篇中安章顿句，各有其故，或在题前，或在题后，或题不足而诗补之，或诗不足而题补之。如《上邪》一首，作者胸中有无限深意，非若今人之草草下笔也。

（清）李调元《雨村诗话》卷上，《清诗话续编》本

立题最是要紧事，总当以简为主，所以留诗地也。使作诗义意必先见于题，则一题足矣，何必作诗？然今人之题，动必数行，盖古人以诗咏题，今人以题合诗也。

（清）方南堂《辍锻录》，《清诗话续编》本

元人诗题太细碎，殊欠浑雅。

（清）乔亿《剑溪说诗》卷下，《清诗话续编》本

人之能诗不能诗，与诗之高不高，不必观诗，但披其卷帙，看是何题，并作何体，则得其梗概矣。

（清）乔亿《剑溪说诗》卷下，《清诗话续编》本

依题阘贴，气必至于庸俗。离题高腾，致每见其超佚。

（清）厉志《白华山人诗说》卷二，《清诗话续编》本

李白《大鹏赋序》云："睹阮宣子《大鹏赞》，鄙心陋之。"《大猎赋序》于相如《子虚》、《上林》，子云《长杨》、《羽猎》，且谓龌龊之甚，皆是尊题法。尊题，则赋之识见气体不由不高矣。

（清）刘熙载《艺概·赋概》，上海古籍出版社本

文莫贵于尊题。尊题自破题、起讲始，承题及分比，只是因其已尊而尊之。尊题者，将题说得极有关系，乃见文非苟作。

（清）刘熙载《艺概·经义概》，上海古籍出版社本

有认题，有肖题。善认题，故题外无文；善肖题，故文外无题。

（清）刘熙载《艺概·经义概》，上海古籍出版社本

认题、肖题，全在善于读题。《春秋》僖二十一年《穀梁传》云：

"以重辞也。"宣七年《传》云："而缓辞也。"文家重读、轻读、急读、缓读之法，此已开之。

（清）刘熙载《艺概·经义概》，上海古籍出版社本

肖题者，无所不肖也，肖其神，肖其气，肖其声，肖其貌。有题字处，切以肖之；无题字处，补以肖之。自非肖题，则读题、认题亦归于无用矣。

（清）刘熙载《艺概·经义概》，上海古籍出版社本

题义有而文无，是谓减题；题义无而文有，是谓添题。文贵如题，或减或添俱失之。

（清）刘熙载《艺概·经义概》，上海古籍出版社本

题有平有串，做法未尝不通。盖在平题为分做者，在串题为截做；在平题为总做者，在串题为滚做也。至宜分宜截，宜总宜滚，善相题者自知之。

（清）刘熙载《艺概·经义概》，上海古籍出版社本

昔人论布局，有原、反、正、推四法：原以引题端，反以作题势，正以还题位，推以阐题蕴。

（清）刘熙载《艺概·经义概》，上海古籍出版社本

身在瓮处方能运瓮，身在衣内方能胜衣。斯意也，在文则一驭题一称题也。

（清）刘熙载《游艺约言》，《古桐书屋续刻三种》，清光绪刊本

消多为少，衍少为多，驭题作文皆有之。

（清）刘熙载《游艺约言》，《古桐书屋续刻三种》，清光绪刊本

作词须择题，题有不宜于词者：如陈腐也，庄重也，事繁而词不能叙也，意奥而词不能达也。几见论学问、述功德而可施诸词乎？几见如少陵之赋《北征》，昌黎之咏石鼓而可以词行之乎？

（清）沈祥龙《论词随笔》，《词话丛编》本

诗有题，所以标明本意，使读者知其为此事而作也。古人立一题于此，因意标题，以词达意，后人读之，虽世代悬隔，以意逆志，皆可知其所感，诗依题行故也。若诗不依题，前言不顾后语，南辕转赴北辙，非病则狂，听者奚取？自宋以还，诗家每每堕此，不省古人用意所在，而借口云寄慨在无伦次处。呜呼！无伦次可以为诗耶？

（清）庞垲《诗义固说》上，《清诗话续编》本

盖人物乃人所共见，不容丝毫假借于其间，非如鬼怪，可以任意增减也。尝谓太史公一生好奇，如程婴立赵孤诸事，不知见自何书，极力点缀，句句欲活，及作《夏本纪》，亦不得不恭恭敬敬，将《尚书》录入，非子长之才长于写秦汉短于写三代，正是其量体裁衣，相题立格，有不得不如此者耳。

（清）无名氏《闲卧草堂本儒林外史回评》第三十六回，引自《中国历代小说论著选》，江西人民出版社本

2. 不粘本题　方得神情绵邈

"清晖能娱人，游子淡忘归"，凡登览皆可用。"微云淡河汉，疏雨滴梧桐"，凡燕集皆可书。"海日生残夜，江春入旧年"，北固之名奚与？"天阙象纬逼，云卧衣裳冷"，奉先之义奚存？而皆妙绝千古，则诗之所尚可知，今题金山而必曰金玉之金，咏赤城而必云赤白之赤，皆逐末忘本之过也。

（明）胡应麟《诗薮·内编》卷五，上海古籍出版社本

崔颢《黄鹤楼》，李白《凤凰台》，但略点题面，未尝题黄鹤、凤凰也。杜赠李但云庾开府、鲍参军、阴子坚，未尝远引李陵，近攀李峤也。二谢题戏马台，则并题面不拈，但写所见之景。故古人之作，往往神韵超然，绝去斧凿。宋、元虽好用事，亦间有一二，未若近世之拘。

（明）胡应麟《诗薮·内编》卷五，上海古籍出版社本

咏物著题，亦自无嫌于切。第单欲其切，易易耳。不切而切，切而不

觉其切,此一关前人不轻拈破也。

(明)胡应麟《诗薮·内编》卷五,上海古籍出版社本

沈先生启南,以诗豪名海内,而其咏物尤妙。予少尝学诗先生,记其数联,如《咏钱》云:"有堪使鬼原非缪,无任呼兄亦不来。"《门神》云:"检尔功名惟故纸,傍谁门户有长情?"《咏帘》云:"外面令人倍惆怅,里边容眼自分明。"《混堂》云:"未能洁己嗟先乱,亦复随波惜众同。"《杨花》云:"借风为力终无赖,与水何缘却托生。"先生又尝作《落花诗》,其警联云:"无方漂泊关游子,如此衰残类老夫。""送雨送春长寿寺,飞来飞去洛阳城。""美人天远无家别,逐客春深尽族行。""懊恼夜生听雨枕,浮沉朝入送春杯。""万物死生宁离土,一场恩怨本同风。"皆清新雄健,不拘拘题目,而亦不离乎题目,兹其所以为妙也。

(明)都穆《南濠诗话》,《历代诗话续编》本

作诗必句句着题,失之远矣,子瞻所谓"赋诗必此诗,定非知诗人"。如咏梅花诗,林逋诸人,句句从香色摹拟,犹恐未切;庾子山但云"枝高出手寒",杜子美但云"幸不折来伤岁暮,若为看去乱乡愁"而已,全不黏住梅花,然非梅花莫敢当也。如子美《黑白二鹰》诗,若在今人,必句句在"黑白"二字寻故实,子美却写二鹰神情,只劈头点出黑白。如一幅双鹰图,从妙手绘出,便觉奇矫之骨,抟空之气,惊秋之意,俱从纸上活现,只轻轻将粉墨染黑白二色而已。又如刘希夷《嵩山闻笙》诗云:"月出嵩山来,月明山益空。山人爱清景,散发卧秋风。风止夜何清,独夜草虫鸣。仙人不可见,乘月近吹笙。"前七句凭空说来,不露"笙"字,而笙中天籁清机,已缭绕耳边矣。至第八句方出"笙"字,便接以"绛唇吸灵气,玉指调真声,真声是何曲,三山鸾鹤情"四句,抬出吹笙者于云霞缥缈之上。至"昔去落尘俗,愿言闻此曲。今来卧嵩岑,何幸承幽音。神仙乐吾事,笙歌铭夙心"六句,方轻点"闻"字,而以低回容与结之,绝不黏笙,却句句是笙,句句是闻笙,句句是嵩岳闻笙也。又如李颀《琴歌》云:"主人有酒欢今夕,请奏鸣琴广陵客。月落城头乌半飞,霜凄万树风入衣。铜炉华烛烛增辉,初弹《渌水》后《楚妃》。一声已动物皆静,四座无言星欲稀。清淮奉使千余里,敢告云山从此始。"只第二句点出"琴"字,其余满篇霜月风星,乌飞树响,铜炉华

烛，清淮云山，无端点缀，无一字及琴，却无非琴声，移在筝笛琵琶觱篥不得也。又如岑参《宿东溪王屋李隐者》题，若只将隐者高处赞叹，便是俗笔。岑诗云："山店不凿井，百家同一泉。晚来南村黑，雨色和人烟。霜畦吐寒菜，沙雁噪河田。隐者不可见，天坛飞鸟边。"只写山中幽绝景况，已有一高人宛然在目矣。又如太白《访戴天山道士不遇》诗云："犬吠水声中，桃花带雨浓。树深时见鹿，溪午不闻钟。野竹分清霭，飞泉挂碧峰。无人知所去，愁倚两三松。"无一字说"道士"，无一字说"不遇"，却句句是"不遇"，句句是"访道士不遇"。何物戴天山道士，自太白写来，便觉无烟火气。此皆以不必切题为妙者。不能尽举，姑以数首概其余耳。

（清）贺贻孙《诗筏》，《清诗话续编》本

《画鹰》，首句未画先衬，言下便有活鹰欲出；次点"画"字以存题，以下俱就生鹰摹写，其画之妙可知。运题入神，此百代之法也。一结有千觔动力，须学此种笔势。

（清）张谦宜《𦈡斋诗谈》卷四，《清诗话续编》本

《登裴迪秀才小台作》："落日鸟边下，秋原人外闲。"写台却以人物衬出，宽远入妙，方是台上眼光。"遥知远林际，不见此檐间"，悬想题外，却是转入题中，此法又妙。

（清）张谦宜《𦈡斋诗谈》卷五，《清诗话续编》本

题详尽，则诗味浅薄无余蕴。（邱庸谨为此说，不得以杜不尽尔非之。）

（清）乔亿《剑溪说诗》卷下，《清诗话续编》本

破题是个小全篇。人皆知破题有题面，有题意，以及分合明暗、反正倒顺、探本推开、代说断做、照下缴上诸法，不知全篇之神奇变化，此为见端。

（清）刘熙载《艺概·经义概》，上海古籍出版社本

章旨在本题者，阐本题即所以阐章旨也。章旨在上下文者，必以本题

摄之。摄有三位：实字、虚字、无字处。

（清）刘熙载《艺概·经义概》，上海古籍出版社本

有题面与题意同者，有题面与题意异者。实与而文不与，实不与而文与，皆所谓异也。

（清）刘熙载《艺概·经义概》，上海古籍出版社本

名手作词，题中应有之义，不妨三数语说尽。自余悉以发抒襟抱，所寄托往往委曲而难明。长言之不足，至乃零乱拉杂，胡天胡帝。其言中之意，读者不能知，作者亦不蕲其知。以谓流于跌宕怪神、怨怼激发，而不可以为训，则亦左徒之"骚""些"云尔。夫使其所作，大都众所共知，无甚关系之言，宁非浪费楮墨耶？

（清）况周颐《蕙风词话》卷一，人民文学出版社本

诗之《三百篇》、《十九首》，词之五代、北宋，皆无题也。非无题也，诗词中之意，不能以题尽之也。自《花庵草堂》每调立题，并古人无题之词亦为之作题。如观一幅佳山水，而即曰此某山某河，可乎？诗有题而诗亡，词有题而词亡。然中材之士，鲜能知此而自振拔者矣。

（清）王国维《人间词话》，人民文学出版社本

词贵离合，不粘本题，方得神情绵邈。菊庄［踏莎行·赋愁］云："脉脉红楼，萋萋绿野，一江春水茫茫泻。"不言愁而愁自至，非离合之妙乎？

（清）冯金伯《品藻》，《词苑萃编》卷八，《词话丛编》本

月岩曰：此回是一部大书纲领，题目必安排得宽大，后面才做得出好文章来。如正写岑秀才奉母避仇，却即倒写何生家一番起落。天时人事，实非意料。中间插出蒋士奇、何成，一以安顿岑姓，一以败坏何家。文心周匝，笔意圆通，毋得草率看过。

（清）月岩《孝义雪月梅传回评》第一回，引自《中国历代小说论著选》，江西人民出版社本

十二 叙　事

1. 叙事乃铺张实事

叙事如老杜《送表侄王评事诗》云:"我之曾祖姑,尔之高祖母。"从头如此叙说,都无遗。其后忽云:"秦王时在坐,真气照户牖。"再论其事,他人不敢更如此道也。

（宋）王直方《王直方诗话》,《宋诗话辑佚》本

夫记者,所以纪日月之远近,工费之多寡,主佐之姓名,叙事如书史法,尚书顾命是也。叙事之后,略作议论以结之,然不可多。盖记者,以备不忘也。

（元）陶宗仪《南村辍耕录》卷九,中华书局本

夫叙者,次序其语,前之说勿施于后,后之说勿施于前,其语次第不可颠倒,故次叙其语曰"叙"。

（元）陶宗仪《南村辍耕录》卷九,中华书局本

前回正叙刘备脱离袁绍之事,后回将叙袁绍再攻曹操之事。而此回忽然夹叙东吴,如天外奇峰,横插入来。事既变,叙事之文亦变,《三国》一书,诚非他书所能及。

（清）毛宗岗《绣像第一才子书》第二十九回批语,世德堂本

前自三顾草庐之后,便当接火烧博望一篇,却夹叙孙权杀黄祖,刘琦

屯江夏以间之。至火烧博望之后，便当接火烧新野一篇，却夹叙曹操杀孔融，刘琮献荆州以间之。盖几处同时之事，不得详却一处，略却数处也。看他叙新野，又叙荆州；叙荆州，又叙东吴与许昌，头绪多端，如一线穿，却不见断续之痕。

（清）毛宗岗《绣像第一才子书》第四十回批语，世德堂本

文有正笔，有奇笔。如玄德之杀杨高，士元之取涪关，刘琐之谒紫虚，冷苞之议决水，皆以次而及者也，正笔也；如黄忠之救魏延，玄德之入敌寨，魏延之捉冷苞，法正之见彭羕，皆突如其来者也，奇笔也。正笔发明于前，奇笔推原于后，正笔极其次第，奇笔极其突兀，可谓叙事妙品。

（清）毛宗岗《绣像第一才子书》第六十二回总评，世德堂本

有夹叙法，谓急切里两个人一齐说话，须不是一个说完了，又一个说，必要一笔夹写出来。如瓦官寺崔道成说"师兄息怒，听小僧说"；鲁智深说"你说你说"等是也。

（清）金圣叹《读第五才子书法》，《金圣叹全集》（一），江苏古籍出版社本

叙事长篇动人啼笑处，全在点缀生活，如一本杂剧，插科打诨，皆在净丑。《焦仲卿》篇形容阿母之虐，阿兄之横，亲母之依违，太守之强暴，丞吏、主簿、一班媒人张皇趋附，无不绝倒，所以入情。若只写府吏、兰芝两人痴态，虽刻划逼肖，决不能引人涕泗纵横至此也。文姬《悲愤》篇，苦处在胡儿抱颈数语，与同时相送相慕者一番牵别，令人欲泣。《孤儿行》写得兄嫂有权，大兄无用，南北奔走，皆奉兄嫂严令，便自传神，至"大兄言办饭，大嫂言视马"，则大兄未尝无爱弟意，然终拗大嫂不过，孤儿之命可知矣。末后啖瓜覆车，无端点缀，尤是一出闹场佳剧，令人且悲且笑。而收场仍不放过兄嫂，作者用意深矣。《木兰诗》有阿姊理妆，小弟磨刀一段，便不寂寞，而"出门见火伴"，又是绝妙团圆剧本也。后人极力摹拟，非无佳境，然一概直叙，全乏波澜，如古本《琵琶记》，有词曲，无关目，有生旦，乏净丑，对之但觉闷闷耳。

（清）贺贻孙《诗筏》，《清诗话续编》本

仆平日持论，以为文章莫难于叙事，唐以后文章亦莫厄于叙事。昌黎自成彼调，然苦生割失自然，惟《毛颖传》直逼子长，要是游戏笔墨耳；河东自《段太尉逸事》而外，多学六朝，庐陵澹宕处极得史迁风神，而奇气不如；苏长公自言平生不为行状墓碑，大较叙事是其所短。四公地位乃尔，他亡论已。

（清）邵长蘅《与贺天石论文书》，《青门簏稿》卷十一，愚斋丛书刻青门草堂藏本

苏《石鼓歌》，《凤翔八观》之一也。凤翔，汉右扶风，周、秦遗迹皆在焉。昔刘原父出守长安，尝集古簋、敦、镜、甗、尊、彝之属，著《先秦古器记》一编。是则其地秦迹尤多，所以此篇后段，忽从嬴氏刻石颂功发出感慨，不特就地生发，兼复包括无数古迹矣。非随手泛泛作《过秦论》也。苏诗此歌，魄力雄大，不让韩公，然至描写正面处，以"古器"、"众星"、"缺月"、"嘉禾"错列于后，以"郁律蛟蛇"、"指肚"、"箍口"浑举于前，尤较韩为斟酌动宕矣。而韩则"快剑斫蛟"一连五句，撑空而出，其气魄横绝万古，固非苏所能及。方信铺张实际，非易事也。

（清）翁方纲《石洲诗话》卷三，《清诗话续编》本

《庄子》是跳过法，《离骚》是回抱法，《国策》是独辟法，《左传》、《史记》是两寄法。

（清）刘熙载《艺概·文概》，上海古籍出版社本

马迁之《史》，与《左氏》一揆。《左氏》"先经以始事"，"后经以终义"，"依经以辩理"，"错经以合异"；在马则夹叙夹议，于诸法已不移而具。

（清）刘熙载《艺概·文概》，上海古籍出版社本

叙事不合参入断语。太史公寓主意于客位，允称微妙。

（清）刘熙载《艺概·文概》，上海古籍出版社本

屈子《卜居》，《史记·伯夷传》，妙在于所不疑事，却参以活句。欧

文往往似此。

（清）刘熙载《艺概·文概》，上海古籍出版社本

论事叙事，皆以穷尽事理为先。事理尽后，斯可再讲笔法。不然，离有物以求有章，曾足以适用而不朽乎？

（清）刘熙载《艺概·文概》，上海古籍出版社本

叙事之学，须贯六经九流之旨；叙事之笔，须备五行四时之气。"维其有之，是以似之"。弗可易矣。

（清）刘熙载《艺概·文概》，上海古籍出版社本

大书特书，牵连得书，叙事本此二法，便可推扩不穷。

（清）刘熙载《艺概·文概》，上海古籍出版社本

叙事有寓理，有寓情，有寓气，有寓识。无寓，则如偶人矣。

（清）刘熙载《艺概·文概》，上海古籍出版社本

叙事有特叙，有类叙，有正叙，有带叙，有实叙，有借叙，有详叙，有约叙，有顺叙，有倒叙，有连叙，有截叙，有豫叙，有补叙，有跨叙，有插叙，有原叙，有推叙，种种不同。惟能线索在手，则错综变化，惟吾所施。

（清）刘熙载《艺概·文概》，上海古籍出版社本

叙事要有尺寸，有斤两，有剪裁，有位置，有精神。

（清）刘熙载《艺概·文概》，上海古籍出版社本

论事调谐，叙事调涩。左氏每成片引人言，是以论入叙，故觉谐多涩少也。

（清）刘熙载《艺概·文概》，上海古籍出版社本

赋兼叙列二法：列者，一左一右，横义也；叙者，一先一后，竖义也。

（清）刘熙载《艺概·赋概》，上海古籍出版社本

题前有豫作，题后有补作，题中亦补作，亦豫作。

（清）刘熙载《艺概·经义概》，上海古籍出版社本

题前题后，不必全题之前，全题之后也。如题有三层，一层之后即二层之前，二层之后即三层之前，而一层乃复有前，三层乃复有后也。

（清）刘熙载《艺概·经义概》，上海古籍出版社本

以《长恨歌》之壮采，而所隶之事，只"小玉双成"四字，才有余也。梅村歌行，则非隶事不办。白吴优劣，即于此见。不独作诗为然，填词家亦不可不知也。

（清）王国维《人间词话》，人民文学出版社本

先着墨写一件大事，其后又勉强用一件小事来比附，这叫图影之道。因后文中有特书的大事，前文定写一件小事来接引，叫做宾主之法。

（清）哈斯宝《〈新译红楼梦〉回批》第二十五回批评，内蒙古人民出版社本

2. 叙事洁净

大国史之美者，以叙事为工；而叙事之工者，以简要为主。简之时义大矣哉！

（唐）刘知幾《叙事》，《史通》卷六，中华书局本

又叙事之省，其流有二焉：一曰省句，二曰省字。《左传》宋华耦来盟，称其先人得罪于宋，"鲁人以为敏"。（原注：鲁人，谓钝人也。《礼记》已有注解。）夫以钝者称敏，则明贤达所嗤，此为省句也。《春秋经》曰："陨石于宋，五。"夫闻之陨，视之石，数之五，加以一字太详，减其一字太略，求诸折中，简要合理，此为省字也。其反于是者，若《公羊》称郤克眇，季孙行父秃，孙良夫跛，齐使跛者逆跛者，秃者逆秃者，眇者逆眇者。盖宜除"跛者"已下句，但云各以其类逆。必事加再述，

则于文殊费，此为烦句也。《汉书·张苍传》云："年老口中无齿。"盖于此一句之内，去"年"及"口中"可矣。夫此六文成句，而三字妄加，此为烦字也。然则省句为易，省字为难，洞识此心，始可言史矣。若句尽余剩，字皆重复，史之烦芜，职由于此。

（唐）刘知幾《叙事》，《史通》卷六，中华书局本

今之记事也则不然。或隔卷异篇，遽相矛盾；或连行接句，顿成乖角。是以《齐史》之论魏收，良直邪曲，三说各异；《周书》之评太祖，宽仁好杀，二理不同。非惟言无准的，固亦事成首鼠者矣。夫人有一言，而史辞再三，良以好无芜音，不求说理，而言之反覆，观者惑焉。

（唐）刘知幾《浮词》，《史通》卷六，中华书局本

孟坚又云：刘向、扬雄博极群书，皆服其善叙事。岂时无英秀，易为雄霸者乎？不然，何虚誉之甚也！《史记·邓通传》云："帝崩，景帝立。"向若但云"景帝立"，不言"文帝崩"，斯亦可知矣，何用兼书其事乎？又《仓公传》称其"传黄帝扁鹊之脉书，五色诊病，知人死生，决嫌疑，定可治。召问其所长，对曰：传黄帝扁鹊之脉书"，以下他文，尽同上说。夫上既有其事，下又载其言，言事虽殊，委曲何别？按迁之所述，多有此类，而刘、扬服其善叙事也何哉？

（唐）刘知幾《杂说上》，《史通》卷十六，中华书局本

《水浒》余尝戏以拟《琵琶》，皆不事文饰，而曲尽人情耳。然《琵琶》自本色外，"长空万里"等篇，即词人中不妨翘举。而《水浒》可撰语，稍涉声偶者，辄呕哕不足观，信其伎俩易尽，第述情叙事，针工密致，亦滑稽之雄也。

（明）胡应麟《庄岳委谈下》，《少室山房笔丛》卷四十一，中华书局本

《三国》一书，有同树异枝、同枝异叶、同叶异花、同花异果之妙。作文者以善避为能，又以善犯为能，不犯之而求避之，无所见其避也，唯犯之而后避之，乃见其能避也……孟获之擒有七，祁山之出有六，中原之伐有九，求其一字之相犯而不可得。妙哉文乎！譬犹树，同是树枝，同是

枝叶,同是叶花,同是花,而其植根安蒂,吐芳结子,五色纷披,各成异采。读者于此,可悟文章有避之一法,又有犯之一法也。

(清)毛宗岗《读三国志法》,《绣像第一才子书》,世德堂本

吾观今之文章之家,每云我有避之一诀,固也。然而吾知其必非才子之文也。夫才子之文,则岂惟不避而已,又必于本不相犯之处,特特故自犯之,而后从而避之。此无他,亦以文章家之有避之一诀,非以教人避也,正以教人犯也。犯之而后避之,故避有所避也。若不能犯之,而但欲避之,然则避何所避乎哉!是故行文非能避之难,实能犯之难也。譬诸弈棋者,非救劫之难,实留劫之难也。将欲避之,必先犯之。夫犯之而至于必不可避,而后天下之读吾文者,于是乎而观吾之才之笔矣。犯之而至于必不可避,而吾之才之笔,为之踌躇,为之四顾,춤然中窾,如土委地,则虽号于天下之人曰:吾才子也,吾文才子之文也,彼天下之人,亦谁复敢争之乎哉?故此书于林冲买刀后,紧接杨志卖刀,是正所谓才子之文必先犯之者,而吾于是始乐得而徐观其避也。

(清)金圣叹《第五才子书水浒传,第十一回首评,《金圣叹全集》(一),江苏古籍出版社本

文章家有过枝接叶处,每每不得写前后大篇一样出色。然其叙事洁净,用笔明雅,亦殊未可忽也。譬诸游山者游过一山,又问一山,当斯之时,不无借径于小桥曲岸,浅水平沙。然而前山未远,魂魄方收,后山又来,耳目又费,则虽中间少有不称,然政不致逐败人意,又况其一桥一岸一水一沙,乃殊非七十回后一望荒屯绝徼之比。想后晚凉新浴,豆花棚下,摇蕉扇,说曲折,兴复不浅也。

(清)金圣叹《第五才子书水浒传》第三十回总批,《金圣叹全集》(一),江苏古籍出版社本

3. 叙事"倒插之法"

大约文字之妙,多在逆翻处,不有糜芳之告,翼德之疑,则玄德之识

不奇，子龙之忠亦不显。三国叙事之法，往往善于用逆，所以绝胜他书。
　　　　　　　　　　（清）毛宗岗《绣像第一才子书》第四十一回首评，世德堂本

　　此卷序事之法，有倒生在前者，其人将来，而必先有一语以启之，如操之夸黄祖是也；有补叙在后者，其人既死，而举其未死之前追叙之，如操之恶杨修是也；有横间在中者，正叙此一事，而忽引他事以夹之，如两军交战之时，而杂以曹操、杨修两人之生平是也。
　　　　　　　　　　（清）毛宗岗《绣像第一才子书》第七十二回批语，世德堂本

　　（"李逵看他屋里都是铁砧、铁锤、火炉、钳凿家伙，寻思道：这人必是个打铁匠人，山寨里正用得着，何不叫他也去入伙？"下批）公孙到，方才破高廉。高廉死，方才惊太尉；太尉怒，方才遣呼延；呼延至，方才赚徐宁；徐宁来，方才用汤隆。一路文情本乃如此生去，今却忽然先将汤隆倒插前面，不惟教钩镰之文未起，并用钩镰之故亦未起，乃至并公孙先生，亦尚坐在酒店中间，而铁匠却已预先整备。其穿插之妙，真不望世人知之矣。
　　　　　　　　　　（清）金圣叹《第五才子书施耐庵水浒传》第五十三回夹批，《金圣叹全集》（二），江苏古籍出版社本

　　（"李逵引过汤隆来参见宋江、吴用并众头领等。"下批）活写出新得兄弟，分外快活来。看他如此倥偬之际，只知得意自家新有兄弟，全是一派天真。然其实描写李逵得意处，却都是遮掩其倒插之法耳。读者毋为作者所瞒也。
　　　　　　　　　　（清）金圣叹《第五才子书施耐庵水浒传》第五十三回卷批，《金圣叹全集》（二），江苏古籍出版社本

　　极写华州太守狡猾者，所以补写史进、鲁达两番行刺不成之故也。然读之殊无补写之迹，而自令人想见其时其事，盖以不补为补，又补写之一法也。
　　　　　　　　　　（清）金圣叹《第五才子书施耐庵水浒传》第五十八回总批，《金圣叹全集》（二），江苏古籍出版社本

　　古人用笔，笔笔俱为全局布置，如用兵者，非算全阵，不可调遣一人

也。如此诗，直算至末首揽衣出户，引领入房，然后以"空房难独守"一句引起，却为此句不便唐突遽说，故先用序事例补在前。看其通首纯用倒叙，真是奇法，笑杀陆机、刘铄辈，每好作拟古，竟不思"青青河畔草"，古人从何处布置也。

（清）金圣叹《唱经堂古诗解》，《金圣叹全集》（四），江苏古籍出版社本

少陵有倒插法，如《送重表侄王砅评事》篇中"上云天下乱"云云，"次云最少年"云云，初不说出某人，而下倒补云："秦王时在座，真气惊户牖。"此其法也。《丽人行》篇中，"赐名大国虢与秦"、"慎莫近前丞相嗔"，亦是此法。又有反接法，《述怀》篇云："自寄一封书，今已十月后。"若云"不见消息来"，平平语耳，此云："反畏消息来，寸心亦何有。"斗觉惊心动魄矣。又有透过一层法，如《无家别》篇中云："县吏知我至，召令习鼓鞞。"无家客而遣之从征，极不堪事也，然明说不堪，其味便浅，此云："家乡既荡尽，远近理亦齐。"转作旷达，弥见沉痛矣。又有突接法，如《醉歌行》突接"春光淡沲秦东亭"，《简薛华醉歌》突接"气酣日落西风来"，上写情欲尽未尽，忽入写景，激壮苍凉，神色俱王，皆此老独开生面处。

（清）沈德潜《说诗晬语》卷上，《清诗话》本

文之顺逆，因题而名。顺谓从题首递下去，逆谓从题末绕上来。以一篇位次言之，大抵前路宜用顺，后路宜用逆，盖一戒凌躐，一避板直也。

（清）刘熙载《艺概·经义概》，上海古籍出版社本

十三

养　势

1. 为文须"有万里之势"

　　凡为文，上句重，下句轻，则或为上句压倒。《昼锦堂记》云："仕宦而至将相，富贵而归故乡。"下云："此人情之所荣，而今昔之所同也。"非此两句，莫能承上句。《居士集序》云："言有大而非夸。"此虽只一句，而体势则甚重。下乃云："达者信之，众人疑焉。"非用两句，亦载上句不起。韩退之与人书云："泥水马弱不敢出，不果鞠躬亲问，而以书。"若无"而以书"三字，则上重甚矣。此为文之法也。

（宋）强幼安《唐子西文录》，《历代诗话》本

　　今人作诗，多从中对联起，往往得联多而韵不协，势既不能易韵以就我，又不忍以长物弃之，因就一题，衍为众律，然联虽旁出，意尽联中，而起结之意，每苦无余。于是别生支节而傅会，或即一意以支吾，制衿露肘，浩博之士，犹然架屋叠床，贫俭之才弥窘，所以《秋兴》八首，寥寥难继，不其然乎！每每思之，未得其解。忽悟少陵诸作，多有漫兴，时于篇中取题，意兴不局，岂非柏梁之余材，创为别馆，武昌之剩竹，贮作船钉。英雄欺人，颇窥伎俩，有识之士，能无取裁？

（明）王世懋《艺圃撷余》，《历代诗话》本

　　《三国》一书有横云断岭、横桥锁溪之妙。文有宜于连者，有宜于断者……盖文之短者，不连叙则不贯串。文之长者，连叙则惧其累坠，故必

叙别事以间之，而后文势乃错综尽变。后世稗官家鲜能及此。

（清）毛宗岗《读三国志法》，《绣像第一才子书》，世德堂本

上面正写苦况，则一篇文字已毕。然自嫌笔势直塌下来，因更掉起此一节，谓之龙王掉尾法，文家最重是此法。

（清）金圣叹《西厢记·酬韵》批语，《金圣叹全集》（三），江苏古籍出版社本

二章往复养势，虽体似《风》、《雅》，而神韵自别。

（清）王夫之《古诗评选》卷二，嵇康《赠秀才入军》评语，《船山遗书》，太平洋书店重校刊本

七言歌行，虽主气势，然须间出秀语，不得全豪；叙述情事，勿太明直，当使参差，更附景物，乃佳耳。唐代卢、骆组壮，沈、宋轩华，高、岑豪激而近质，李、杜纤佚而好变，元、白迤逦而详尽，温、李朦胧而绮密。陈其格律，校其高下，各有专诣，不容斑杂。唯张、王乐府，最为俚近，举止龊露，不足效也。

（清）毛先舒《诗辩坻》卷第三，《清诗话续编》本

律诗贵工于发端，承接二句尤贵得势，如懒残履衡岳之石，旋转而下，此非有伯昏无人之气者不能也。如"万壑树参天，千山响杜鹃"，下即云："山中一夜雨，树杪百重泉"。"昔闻洞庭水，今上岳阳楼"，下云："吴楚东南坼，乾坤日夜浮。""古戍落黄叶，浩然离故关"，下云："高风汉阳渡，初日郢门山。""锦瑟怨遥夜，绕弦风雨哀"，下云："孤灯闻楚角，残月下章台。"此皆转石万仞手也。

（清）王士禛《带经堂诗话》卷三，人民文学出版社本

五言排律，当以少陵为法，有层次，有转接，有渡脉，有盘旋，有闪落收缴，又妙在一气。七言排律，杜陵集止有三首，其难可知。一是句长髓不满，一是调缓骨易酥。

（清）张谦宜《𫖮斋诗谈》卷二，《清诗话续编》本

《白头吟》古词，突然而起，忽然而收，此即是法，须知其取势留味

之妙。

（清）张谦宜《絸斋诗谈》卷八，《清诗话续编》本

　　凡短章，最要层次多。每一二句，即当一大段，相接有万里之势。山谷多如此。凡大家短章皆如此。必备叙、写、议三法，而又须加以远势，又加以变化。

（清）方东树《昭昧詹言》卷十一，人民文学出版社本

　　长篇波澜，贵层叠尤贵陡变，贵陡变尤贵自在，总须能见其大，不得琐屑铺陈。短篇却要有千岩万壑之势。此古风之大略也。乐府字面节拍，全异古风，须俟讽诵既多，沛然心口，始可偶一为之。不然神韵音节，龃龉安排，初则短长任我，必来凫胫鹤颈之嫌；继则面目摹人，亦有优孟衣冠之诮。

（清）潘德舆《养一斋诗话》卷二，《清诗话续编》本

　　杨仲弘论七言绝句，以第三句为主，而第四句发之。沈确士谓"盛唐人多与此合"。此皆臆说也。绝句四语耳，自当一气直下，兜裹完密。三句为主，四句发之，岂首二句便成无用邪？此徒爱晚唐小巧议论，止在末二句动人，而于盛唐大家元气浑沦之作，未曾究心，始有此等曲说。确士转谓"盛唐多与此合"，既不识盛唐，而七绝之体，亦将由此而破矣。

（清）潘德舆《养一斋诗话》卷三，《清诗话续编》本

　　白石云："小诗精深，短章酝藉，大篇有开阖，乃妙。"余谓小律短章，岂无开阖？凡文字，一启口便有起落之势，亦开阖也。如《论语》首章说一"学"字，下用"而"字转出"时习"，不已具开阖势邪？

（清）何文焕《历代诗话考索》，《历代诗话》本

2．"开阖尽变""寸水兴波"

　　波澜开阖，如在江湖中，一波未平，一波已作。如兵家之阵，方以为正，又复是奇；方以为奇，忽复是正。出入变化，不可纪极，而法度不

可乱。

（宋）姜夔《白石诗说》，人民文学出版社本

卓吾曰：此回文字不可及处只在石勇寄书一节，若无此段，一同到梁山泊来，只是做强盗耳，有何波澜？有何变幻？真是不可思议文字。

（明）李贽《李卓吾先生批评忠义水浒传》第三十五回总批，明容与堂本

《三国》一书，乃文章之最妙者……假令今人作稗官，欲平空拟一《三国》之事，势必劈头便叙三人，三人便各据一国，有能如是之绕乎其前、出乎其后、多方以盘旋乎其左右者哉？古事所传，天然有此等波澜，天然有此等层折，以成绝世妙文。然则读《三国》一书，诚胜读稗官万万耳！

（清）毛宗岗《读三国志法》，《绣像第一才子书》卷首，世德堂本

《三国》一书有星移斗转、雨复风翻之妙。杜少陵诗曰："天上浮云如白衣，斯须改变成苍狗。"此言世事之不可测也，《三国》之文亦犹是尔……论其呼应有法，则读前卷定知其有后卷；论其变化无方，则读前文更不料其有后文。于其可知，见《三国》之文之精，于其不可料，更见《三国》之文之幻矣。

（清）毛宗岗《读三国志法》，《绣像第一才子书》卷首，世德堂本

有横云断山法。如两打祝家庄后，忽插出解珍解宝争虎越狱事；又正打大名城时，忽插出截江鬼、油里鳅谋财倾命事等是也。只为文字太长了，便恐累坠，故从半腰间暂时闪出，以间隔之。

（清）金圣叹《读第五才子书法》，《金圣叹全集》（一），江苏古籍出版社本

又忽用一句掉尾，添笔更灵妙。意其说，却忽然止；意其止，又忽然说：蜿蜒夭矫至此。读至此，觉《国风》"我躬不阅"二句，犹为情浅，真忠孝血泪之言。

（清）金圣叹《唱经堂古诗解》，《金圣叹全集》（四），江苏古籍出版社本

此回多用奇恣笔法。如林冲娘子受辱，本应林冲气忿，他人劝回，今偏倒将鲁达写得声势，反用林冲来劝，一也。阅武坊卖刀，大汉自说宝刀，林冲、鲁达自说闲话，大汉又说可惜宝刀，林冲、鲁达只顾说闲话，此事譬如两峰对插，抗不相下，后忽突然合笋，虽惊蛇脱急，无以为喻，二也。还过刀钱，便可去矣，却为要写林冲爱刀之至，却去问他祖上是谁，此时将答是谁为是耶，故便就林冲问处，借作收科云："若说时辱没杀人"，此句虽极会看书人亦只知其余墨淋漓，岂能知其惜墨如金耶！三也。白虎节堂，是不可进去之处，今写林冲误入，则应出其不意，一气赚入矣，偏用厅前立住了脚，屏风后堂又立住了脚，然后曲曲折折来至节堂，四也。如此奇文，吾谓虽起史迁示之，亦复安能出手哉？

　　　　（清）金圣叹《第五才子书施耐庵水浒传》第六回总批，《金圣叹全集》（一），江苏古籍出版社本

又如公人心怒智深，不得不问。才问，却被智深兜头一喝，读者亦谓终亦不复知是某甲矣，乃遥遥直至智深拖却禅杖去后，林冲无端夸拔杨柳，遂答还董超、薛霸最先一问。疑其必说，则忽然不说；疑不复说，则忽然却说。譬如空中之龙，东云见鳞，西云露爪，真极奇极恣之笔也！

　　　　（清）金圣叹《第五才子书施耐庵水浒传》第八回总批，《金圣叹全集》（一），江苏古籍出版社本

前半篇两赵来捉，宋江躲过，俗笔只一句可了。今看他写得一起一落，又一起又一落，再一起再一落，遂令宋江自在厨中，读者本在书外，却不知何故一时便若打并一片心魂，共受若干警吓者。灯昏窗响，壁动鬼出，笔墨之事，能令依正一齐震动，真奇绝也。

　　　　（清）金圣叹《第五才子书施耐庵水浒传》第四十一回总批，《金圣叹全集》（二），江苏古籍出版社本

于一幅之中，即一险初平，骤起一险，一险未定，又加一险，真绝世之奇笔也……

六日之内而杀宋江，不已险乎？六日之内杀宋江，而终亦得劫法场者，全赖吴用之见之早也。乃今独于一日之内而杀卢俊义，此其势于宋江

为急，而又初无一人预为之地也。呜呼！生平好奇，奇不望至此；生平好险，险不望至此。奇险至于如此之极，而终又得劫法场，才子之为才子，信也。

（清）金圣叹《第五才子书施耐庵水浒传》第六十一回总批，
《金圣叹全集》（二），江苏古籍出版社本

何谓二近？《请宴》一近，《前候》一近。盖近之为言几几乎如将得之也。几几乎如将得之之为言，终于不得也。终于不得，而又如此几几乎如将得之之言者，文章起倒变动之法也。三纵者，《赖婚》一纵，《赖简》一纵，《拷艳》一纵。盖有近则有纵也，欲纵之故近之。亦欲近之故纵之。纵之为言几几乎如将失之也。几几乎如将失之之为言，终于不失也。终于不失，而又为此几几乎如将失之之言者，文章起倒变动之法既已如彼，则必又如此也。

（清）金圣叹《西厢记·后候》批语，《金圣叹全集》（三），江苏古籍出版社本

《西厢》后半不知凡有若干锦片姻缘，而于此忽作如是大决撒语。文章家最喜大起大落之笔，如此真称奇妙绝世也。

（清）金圣叹《西厢记·闹简》批语，《金圣叹全集》（三），江苏古籍出版社本

歌行，李飘逸而失之轻率，杜沉雄而失之粗硬，选家辨其两短，斯为得之。

（清）毛先舒《诗辩坻》卷第三，《清诗话续编》本

子美《枏树叹》，亦近粗直，然至"天意"处一断，"沧波老树"复起作两层叙，便复有致。

（清）毛先舒《诗辩坻》卷第三，《清诗话续编》本

钱起亦天宝人，而《湘灵鼓瑟》诗，虽甚佳而气象萧瑟；《过王舍人宅》诗，浓淡得宜。刘长卿《登干越亭》诗，前段尚宽和，至"得罪"三联，忽出哀苦之词，遂觉通篇尽是哀苦。唐人诗法如是，若通篇哀苦，失操纵法。李嘉祐《江亭》诗，失却此意。杨巨源《赠老将》诗，前十

联极笔铺张,后四联收归"老"字意,只在"功成封宠将"一语,则前之铺张非虚语,"封宠将"所以老将困穷也。裴晋公度之"灰心缘忍事","苍蝇漫发声",谓元稹辈也。蒋防《杜宾客》诗,命意布局措词皆可法。陈彦博《恩赐魏文贞诸孙旧第》诗亦然。义山《有感》排律二首,为甘露之变而作,可见其曾学子美也。《碧瓦》、《镜槛》、《拟意》、《独居有怀》四首,用意难测,未审是艳情否?《酬令狐郎中见寄》诗,有曰"天怒识雷霆",又曰:"危于讼阁铃",已知绚意之不释然矣,其后复为彼所感。桓司马所谓"人不可无势,我乃能驾驭卿"者也。

(清)吴乔《围炉诗话》卷之二,《清诗话续编》本

状天坛遇雨曰:"疾行穿雨过,却立视云背。"《罗浮寺》曰:"夜宿最高峰,瞻望浩无邻。海黑天宇旷,星辰来逼人。"景奇语奇,登山时却实有此事。《插田歌》叙述田夫计吏问答,如"田夫语计吏:君家侬定记。一来长安道,眼大不相觑。计吏笑致辞:长安真大处。省门高轲峨,侬入无度数。昨来补卫士,惟用筒竹布。君看二三年,我作官人去。"匪徒言动如生,言外感伤时事,使千载后人犹为之欲哭欲泣。又《葡萄歌》曰:"田野生葡萄,缠绕一枝高。移来碧墀下,张王日高高。分歧浩繁缛,修蔓蟠诘曲。扬翘向庭柯,意思如有属。为之立长架,布濩当轩绿。米液溉其根,理疏看渗漉。繁葩组绶结,悬实珠玑蹙。马乳带轻霜,龙鳞曜初旭。有客汾阴至,临堂瞪双目。自言我晋人,种此如种玉。酿之成美酒,令人饮不足。为君持一斗,往取凉州牧。"形容葡萄形味,既自入神,忽思及孟佗、张让,隐讽当日中尉之盛,可谓寸水兴波之笔。

(清)贺裳《载酒园诗话又编》,《清诗话续编》本

古人长篇,勿徒学其敷演,须于转折接落处求其换手法,又须求某处凝聚,某处盘旋,某处关锁拦截,此上乘法。长篇布置之妙,正以错综变化为上。

(清)张谦宜《䌷斋诗谈》卷二,《清诗话续编》本

《丹青引》与《画马图》一样做法,细按之,彼如神龙在天,此如狮子跳踯,有平涉飞腾之分。此在手法上论,所以古人文章贵于超忽变化也。"褒公鄂公毛发动,英姿飒爽来酣战",人是活的,马是活的可想。

映衬双透，只用"玉花宛在御榻上"二句已足，此是何等手法！

（清）张谦宜《絸斋诗谈》卷四，《清诗话续编》本

（"正说着，只见荣国府中的王兴媳妇来了，在前探头。"下批）惯起波澜，惯能忙中写闲，又惯用曲笔，又惯综错，真妙。

（清）《脂砚斋重评石头记》第十四回夹批，人民文学出版社本

《羌村》第一首，"归客千里至"五字，乃"鸟雀噪"之语。下转入妻子，方为警动。（鸟雀知远人之来，而妻子转若出自不意者，妙绝！妙绝！）若直作少陵自说千里归家，不特本句太实太直，而下文亦都逼紧无复伸缩之理矣。此等处最是诗家关捩，而评杜者皆未及。

苏诗"塔上一铃独自语，明日颠风当断渡"，下七字即塔铃之语也。乃少陵已先有之。

（清）翁方纲《石洲诗话》卷一，人民文学出版社本

《忆旧游寄谯郡元参军》诗，以董糟丘陪起入题，先用"回山转海不作难"二句一顿，方能引起下文如许热闹。"一溪初入千花明"云云，东坡每能效此种句。前段入汉东太守，主中之宾也，插入紫阳真人，又宾中之宾也。又复折回汉东太守"手持锦袍"云云，不特气力横绝，而用笔回环，亦极奇幻不测。"当筵意气"五句，用单句作过脉，有峰回岭断之妙。"君家严君"云云，又起一波，引起下半首，便不更添一人，只以美人歌曲略作点缀，与前面文字虚实相生恰好。末路回映渭桥，章法完密。一首长歌，以惊艳绝世之笔，写旧游朋从之欢，乍读去令人目炫心摇，不知从何处得来？细心绎之，中之离离合合，一丝不乱。

（清）延君寿《老生常谈》，《清诗话续编》本

陈思王《箜篌引》"置酒高殿上"云云，一路说得极其繁华，忽接"惊风飘白日"数语，顿成"华屋"、"山丘"之感，而用笔之跌宕排奡，遂开千古法门。

（清）延君寿《老生常谈》，《清诗话续编》本

"一波未平，一波已作。出入变化，不可纪极，而法度不可乱"，此

姜白石诗说也。是境常于韩文遇之。

（清）刘熙载《艺概·文概》，上海古籍出版社本

伏应转接，夹叙夹议，开阖尽变，古诗之法。近体亦俱有之，惟古诗波澜较为壮阔耳。

（清）刘熙载《艺概·诗概》，上海古籍出版社本

大起大落，大开大合，用之长篇，比如黄河之百里一曲，千里一曲一直也。然即短至绝句，亦未尝无尺水兴波之法。

（清）刘熙载《艺概·诗概》，上海古籍出版社本

空中荡漾，最是词家妙诀。上意本可接入下意，却偏不入，而于其间传神写照，乃愈使下意栩栩欲动，《楚辞》所谓"君不行兮夷犹，蹇谁留兮中洲"也。

（清）刘熙载《艺概·词曲概》，上海古籍出版社本

张平子始言度曲，《西京赋》所谓"度曲未终，云起雪飞"是也。制曲者体此二语。则于曲中扬抑之道思过半矣。

（清）刘熙载《艺概·词曲概》，上海古籍出版社本

文中要有邱壑，有路径。路径在通处见，邱壑在别处见。

（清）刘熙载《游艺约言》，《古桐书屋续刻三种》，清光绪刊本

文章有拉来推去之法，已用在本回。所谓拉来推去之法，好比一个小姑娘想捉一只蝴蝶，走进花园却不见一蝶，等了好久，好不容易看见一只蝴蝶飞来，巴望它落在花上以便捉住，那蝶儿却忽高忽低、忽远忽近地飞舞，就是不落在花儿上。忍住性子等到蝶儿落在花上，慌忙去捉，不料蝴蝶又高飞而去。折腾好久才捉住，因为费尽了力气，便分外高兴，心满意足。为看宝黛二人的命运而展开此书，又何异于为捉蝶儿走进花园？一直读至本回，何异于等待蝶儿飞来？进了荣国府，想这次可要见到宝玉出场了，不料又从贾母说起，写了邢、王二夫人、李纨、凤姐、迎春三姐妹，还有贾赦、贾政，宝玉仍不出场，这又何异于巴望蝶儿落在花儿上？蝴蝶

偏偏忽高忽低，时上时下地飞来飞去，就是不落在花儿上？忍性等到宝玉出场，急着要看宝黛相会，不料宝玉却转身而去，这与忍性等到蝶落花上，慌忙去捉，不料蝶儿高飞而去，又有何异？使读者急不可耐，然后再出场，才能使他们高兴非常，心花怒放。呵，作者的笔是神是鬼？为何如此细腻工巧？

  （清）哈斯宝《〈新译红楼梦〉回批》第三回批语，内蒙古人民出版社本

  全书笔法自谓从《儒林外史》脱化出来，惟穿插藏闪之法则为从来说部所未有。一波未平，一波又起，或竟接连起十余波。忽东忽西，忽南忽北，随手叙来，并无一事完全，并无一丝挂漏。阅之觉其背面无文字处尚有许多文字，虽未明明叙出，而可以意会得之。此穿插之法也。劈空而来，使阅者茫然不解其如何缘故，急欲观后文，而后文又舍而叙他事矣；及他事叙毕，再叙明其缘故，而其缘故仍未尽明，直至全体尽露，乃知前文所叙并无半个闲字。此藏闪之法也。

  （清）花也怜侬《海上花列传例言》，引自《中国历代小说论著选》，江西人民出版社本

3. 层次皆成曲折

  文中有"于是""尔乃"，于转句诚佳，然得不用之益快，有故不如无……四言转句，以四句为佳。

  （晋）陆云《与兄平原书》，《全晋文》卷一〇二，《全上古三代秦汉三国六朝文》本

  《远别离》篇最有楚人风，所贵乎楚言者，断如复断，乱如复乱，而词义反复屈折，行乎其间，实未尝断而乱也，使人一唱三叹而有遗音。

  （元）范德机语，引自《李太白全集》卷三十四附录，中华书局本

  "门外喝儿吠，知是萧郎至。划袜下香阶，冤家今夜醉。扶得入罗帏，不肯脱罗衣。醉则从他醉，犹胜独睡时。"此唐人小辞。前辈言，观

此可知诗法，或以问子苍，曰："只是转折多。"盖八句而四转折也。
（明）杨慎《升庵诗话》卷五，《历代诗话续编》本

李秃翁曰：《水浒传》文字不可及处，全在伸缩次第。但看这回，若一味形容梁山泊得胜，便不成文字了。绝妙处正在董平一箭，方有伸缩，方有次第，观者亦知之乎？
（明）李贽《李卓吾先生批评忠义水浒传》第七十八回总批，明容与堂本

卓吾曰：描画琼妖纳延、史进、花荣、寇镇远、孙立弓马刀剑处委曲次第，变化玲珑，是丹青上手，若斗阵法处，则村俗不可言矣。
（明）李贽《李卓吾先生批评忠义水浒传》第八十七回总批，明容与堂本

陶祭酒石篑，每论予文云："时文之妙，全在曲折转换之间。子才虽大，学虽博，而去之转远。"予心佩其言，辄极力求合，而转不肖也。今观仲达之文，一幅之内，烟波万状，如书家小字得大字法，如画家咫尺之间，具千里万里之势。禅门亦云："于一毫端，现宝王刹；坐微尘里，转大法轮。"皆小中现大意也。仲达真慧业文人，妙得此理三昧，而偶示一班于此技者耶？
（明）袁中道《李仲达文序》，《珂雪斋文集》卷二，《中国文学珍本丛书》本

此卷以雀始，以马终。有曹操得雀，却远引舜母梦雀。有舜母梦雀，却便有神母梦斗。又因铜雀生出金凤，又因金凤生出玉龙。前有凤与龙，后有鹤与马。将有的卢之跃，先有白鹤之鸣。至于张虎丧马，赵云夺马，刘备送马，刘表还马，蒯越相马，伊籍谏马：种种波澜，无不层折入妙，此文中佳境。
（清）毛宗岗《绣像第一才子书三国演义》第三十四回批语，世德堂本

玄德第三番访孔明，已无阻隔。然使一去便见，一见便允，又径直没趣矣。妙在诸葛均不肯引见，待玄德自去，于此作一曲。及令童子通报，

正值先生昼眠，则又一曲。玄德不敢惊动，待其自醒，而先生只是不醒，则又一曲。及半晌方醒，只不起身，却自吟诗，则又一曲。童子不即传言，直待先生问，有俗客来否，然后说知，则又一曲。及既知之，却不即见，直待入内更衣，然后出迎，则又一曲。此未见以前之曲折也。及初见时，玄德称誉再三，孔明谦让再三，只不肯赐教，于此作一曲……及既受聘，却不即行，直待留宿一宵，然后同归新野，则又一曲。此既见之后之曲折也。文之曲折至此，虽九曲武夷，不足拟之。

（清）毛宗岗《绣像第一才子书三国演义》第三十八回批语，世德堂本

史进本题，只是要到老种经略相公处寻师父王进耳。忽然一转，却就老种经略相公外另变出一个小种经略相公来。就师父王进外另变出一个师父李忠来。读之真如绛云在霄，伸卷万象，非复一目之所得定也。

（清）金圣叹《第五才子书施耐庵水浒传》第二回总批，《金圣叹全集》（一），江苏古籍版社本

加亮说阮，其曲折迎送，人所能也；其渐近即纵之，既纵即又另起一头，复渐渐逼近之，真有如诸葛之于孟获者，此定非人之所能也。故读说阮一篇，当玩其笔头落处，不当随其笔尾去处，盖读稗史亦有法矣。

（清）金圣叹《第五才子书施耐庵水浒传》十四回总批，《金圣叹全集》（一），江苏古籍出版社本

有倒插法。谓将后边要紧字，蓦地先插放前边。如五台山下铁匠间壁父子客店，又大相国寺岳庙间壁菜园，又武大娘子要同王干娘去看虎，又李逵去买枣糕，收得汤隆等是也。

（清）金圣叹《读第五才子书法》，《金圣叹全集》（一），江苏古籍出版社本

文章之妙，无过曲折。诚得百曲、千曲、万曲，百折、千折、万折之文，我纵心寻其起尽，以自容与其间，斯真天下之至乐也。

（清）金圣叹《西厢记·赖简》批语，《金圣叹全集》（三），江苏古籍出版社本

观荆川与鹿门论文书，底蕴已和盘托出，而鹿门一生仅得其转折波澜而已，所谓精神不可磨灭者，未之有得。缘鹿门但学文章，于经史之功甚疏，故只小小结果，其批评又何足道乎。不知者遂与荆川、道思并称，非其本色矣。

（清）黄宗羲《答张尔公论茅鹿门批评八家书》，《南雷文定》前集卷三，《四部备要》本

情中百转，自足低回，不更不阑入景物，自古体也。

（清）王夫之《古诗评选》卷五，虞羲《送友人上湘》评语，《船山遗书》，太平洋书店重校刊本

不序事，不发议，一色以情中曲折立宛转之文。此道自竟陵椓丧殆尽，云间起白骨而肉之，功不在岐黄下矣。

（清）王夫之《明诗评选》卷一，李雯《古别离》评语，《船山遗书》，太平洋书店重校刊本

两次传简何以不复？此处颇费措置，作者著眼俱在下一折内。如初次约生，下一折是跳墙，则于讪怨中尽情相许，以起下不成就意。二次约生，下一折是合欢，则于惊疑中尽情撇脱，以起下成就意，总是抑扬顿挫之法。

（清）毛奇龄《毛西河论定〈西厢记〉》卷首，诵芬室重校本

七古如太白"锦城虽云乐，不如早还家"，少陵"明眸皓齿今何在，血污游魂归不得"，昌黎"将军欲以巧伏人，盘马弯弓惜不发"，庐陵"耳目所及尚如此，万里安能制夷狄"，东坡"桃花流水在人世，武陵岂必皆神仙"，山谷"安知忠臣痛至骨，世上但赏琼琚词"，放翁"亦知兴废古来有，但恨不见秦先亡"等句，皆古人妙处。三家富于才调，此等伸缩转换之妙，似未曾领取也。

（清）尚镕《三家诗话》，《清诗话续编》本

"晚来江间失大木，猛风中夜飞白屋。天兵斩断青海戎，杀气南行动坤轴，不尔苦寒何太酷！巴东之峡生凌澌，彼苍回斡人得知！"中间一转，真如危流折舵，似此斯为老手。若帆驶水顺，纵复一日千里，亦安

足奇!

(清）贺裳《载酒园诗话又编》，《清诗话续编》本

《觉衰》诗极有转折变化之妙，起曰："久知老会至，不谓便见侵。今年宜未衰，稍已来相寻。"一句一转，每转中下字俱有层折。"齿疏发就种，奔走力不任"二语，正见"见侵"处，若一直说去，便是俗笔。遽曰："咄此可奈何，未必伤我心。彭聃安在哉？周孔亦已沉。古称寿圣人，曾不留至今。但愿得美酒，朋友常共斟。是时春向暮，桃李生繁阴。日照天正碧，杳杳归鸿吟。出门呼所亲，扶杖登西林。高歌足自快，《商颂》有遗音。"中间转笔处，如良御回辕，长年捩舵。至文情之美，则如疾风卷云，忽吐华月，危峰才度，便入锦城也。

(清）贺裳《载酒园诗话又编》，《清诗话续编》本

古人诗有看似平铺，而转折多，波澜大，使人寻味无穷。能留心于此，笔墨自添光景。

(清）张谦宜《絸斋诗谈》卷一，《清诗话续编》本

李泰伯《寄祖秘丞》诗，反复数千言，叙次明白，却无换笔转调，遂成账簿格。忽忆《庐江妇》、《木兰行》及《北征》，其层次皆成曲折，令人读之不厌。此学者所宜法也。他人诗甚细碎，此公声响大，是意思真实之验。

(清）张谦宜《絸斋诗谈》卷五，《清诗话续编》本

崔颢《江边老人愁》，毛稚黄以为叙事坦直，无复出奇。予谓所以然者，只是平铺叙法，无转换变没之态。可见布笔之法，不可不讲。

(清）张谦宜《絸斋诗谈》卷八，《清诗话续编》本

当折落不折落，不当折落忽然折落，李、杜小诗且然，何况大篇？若元、白诸公，但稳顺声势而已。

(清）乔亿《剑溪说诗》卷下，《清诗话续编》本

汉、魏人用笔，断截离合，倒装逆转，参差变化，一波三折，空中转

换拶挽，无一滞笔平顺迂缓骏骞。谢、鲍已不能知。后来惟李、杜、韩、苏四家，能尽其变势。

（清）方东树《昭昧詹言》卷二，人民文学出版社本

路已尽而复开出之，谓之转。如"谁得似长亭树，树若有情时，不会得青青如此"。"当时送行，共约雁归时，人赋归欤。雁归也，问人归如雁也无？""甚近来翻致无书？书纵远，如何梦也都无？"皆用转笔以见其妙者也。

（清）孙麟趾《词径》，《词话丛编》本

深而晦不如浅而明也，惟有浅处，乃见深处之妙。譬如画家，有密处必有疏处，能深入不能显出则晦，能流利不能蕴藉则滑；能尖新不能浑成则纤，能刻画不能超脱则滞。一句一转，忽离忽合，使阅者眼光摇晃不定，技乃神矣。

（清）孙麟趾《词径》，《词话丛编》本

凡宝、黛二人相见争怄之事，若游园归后将荷包剪碎一段，史湘云来时斗口一段，看《会真记》以谑词激怒一段，怡红院不开门一段，因落花伤感一段，贾母处裁衣口角一段，元妃赐物时论金玉口角一段，清虚观怀麒麟后一段，剪玉穗子大闹一段，潇湘馆大闹掷帕与拭泪一段，两人诉肺腑一段，向袭人误认黛玉一段，铰肩套儿一段，听宝与湘说林妹妹再不说这话一段，放心不放心二人辨说一段，黛玉奠亲后宝玉过谈并看《五美吟》一段，梦中见剖心一段，听琴后论知音一段，闻雪雁宝玉定亲之语自己糟蹋身子一段，闻傻大姐语过宝玉见面一段，皆关目之紧要者。须玩其一节深一节处，斯不负作者之苦心。

（清）姚燮《读红楼梦纲领》，引自《中国历代小说论著选》，
江西人民出版社本

滔滔汩汩说去，一转便见主意，《南华》、《华严》最长于此。东坡古诗惯用其法。

（清）刘熙载《艺概·诗概》，上海古籍出版社本

屈子之辞，沉痛常在转处。"气缭转而自缔"，《悲回风》篇语可以借评。

（清）刘熙载《艺概·赋概》，上海古籍出版社本

一转一深，一深一妙，此骚人三昧。倚声家得之，便自超出常境。

（清）刘熙载《艺概·词曲概》，上海古籍出版社本

文章之妙不在于事先可料变化反复，而是在于事出突然且又合乎事理。现在王熙凤戏谑之间借着送茶叶说了那几句话，使读者觉得宝黛姻缘已定不可移，以为作者构思就是如此。书中诸人也该这样作想。后来突然转折，无意中生变，而且变得端端在理，这是何等之奇。

（清）哈斯宝《〈新译红楼梦〉回批》第十四回批语，内蒙古人民出版社本

选中题目之后，并不全盘写出，必从远处绕来，曲曲折折，最后正好落在本题上，这就是文章的奇妙处。写海棠诗，探春请宝玉，便有人送来海棠，但众聚会之后，反而越说离题越远，好不容易返回本题，说明日开社，突然明日又变成当天，当天又改变成立即出题。海棠花是宝玉眼见的，却从李纨口中道出，后用迎春"花还未赏"一词推开，接着马上又用宝钗"不过是白海棠"一语拉回来。这叫曲径通幽，适见文章之妙。

（清）哈斯宝《〈新译红楼梦〉回批》第十五回批语，内蒙古人民出版社本

我说过在上回中本回的题儿有三起，现在都一个个接连起来了。可是作者用笔犀利敏捷，又超出了我意料。高手下棋，在不显处下了三个子，突然把后面的子用在前面，接着动用另两个棋子，破敌阵好似星落云散一般，对手却蒙在鼓里，摸不着头脑。因为对手只顾防他前下的两子，没在意他后下的一子。这叫做以尾作首之计。看来文章中也有此法。上一回先写刘老老插了一头花，再写林黛玉亲自捧上一杯茶，请刘老老坐在自己床上，最后写探春给板儿一个佛手，所以我原以为这一回定依此顺序影写。不料作者却把前两桩远搁一边，先让板儿将得到的佛手与巧姐换了。再写妙玉用自己茶杯倒茶，让黛玉坐在自己蒲团上，最后写刘老老从镜中看自

己带了满头花，此即以首作尾之法，又出人意料之外。

（清）哈斯宝《〈新译红楼梦〉回批》第十七回批语，内蒙古人民出版社本

文章最妙，是目注此处，却不便写，却去远远处发来，迤逦写到将至时，便且住，却重去远远处更端再发来。再迤逦又写到将至时，便又且住。如是更端数番，皆去远远处发来，迤逦写到将至时，即便住，更不复写出目所注处，使人自于文外瞥然亲见。《红楼梦》之作，全书都用此法。潇湘之病几次变重，突然见好，又因别故害起病来。贾母变卦，当初将黛玉挂在嘴边心头，这一番钟爱今又哪里去了？探伤时凤姐借茶开玩笑说颦卿，今又变成什么了？说贾母、凤姐是老小母猴，真可谓当之无愧。

（清）哈斯宝《〈新译红楼梦〉回批》第二十八回批语，内蒙古人民出版社本

文章原非一途，要在各极其妙。此回前半于琐碎中叙得洁净可爱，后半陡接一梦。如阴雨数日，忽见晴天；如行黑暗，忽然开朗。笔墨淋漓，无奇不备。一结愈见其妙。予本一多情人，今读此结句，真欲泪下。因缀一绝云：莫问何家事，休题尚义村，寒风吹老树，夜雨泣孤魂。

（清）月岩《孝义雪月梅传回评》第三回，引自《中国历代小说论著选》，江西人民出版社本

4. 节奏顿挫

《禁脔》云："此东坡《芦雁》诗，欲叙雁闲暇之态，故笔力顿挫如此。又诗曰：'我生木强鄙，少以气自挤。孤舟到江海，引手扪象犀。迩来辄自悟，留气下暖脐。'亦顿挫也。夫言顿挫者，乃是覆却便文采粲然；非如常格诗，但排比句语而成熟，读之殊无气味。"

（宋）何溪汶《竹庄诗话》卷十，中华书局本

长篇中须有节奏，有操，有纵，有正，有变。若平铺稳布，虽多无益。唐诗类有委曲可喜之处，惟杜子美顿挫起伏，变化不测，可骇可愕，盖其音响与格律正相称。回视诸作，皆在下风。然学者不先得唐调，未可

遽为杜学也。

（明）李东阳《麓堂诗话》，《历代诗话续编》本

解大绅如递夹快马，急速而少步骤。

（明）王世贞《艺苑卮言》卷五，《历代诗话续编》本

孔明乃《三国志》中第一妙人也，读《三国志》者，必贪看孔明之事，乃阅过三十五回尚不见孔明出现，令人心痒难熬。及水镜说出"伏龙"二字，偏不肯便道姓名，愈令人心痒难熬。至此卷徐庶既去之后，再回身转来，方才说出孔明，读者至此，急欲观其与玄德遇矣；孰意徐庶往见，而孔明作色，却又落落难合。写来如海上仙山，将近忽远。绝世妙人，须此绝世妙文以付之。

（清）毛宗岗《绣像第一才子书 三国演义》第三十六回批语，世德堂本

又有月度回廊之法。如仲春夜和，美人无眠，烧香卷帘，玲珑待月，其时初昏，月始东升，泠泠清光，则必自廊檐下度廊柱，又下度曲栏，然后渐渐度过间阶，然后至锁窗，而后照美人。虽此多时，彼美人者，亦既久已明明伫立，暗中略复少停其势，月亦不能不来相照。然而月之必由廊而栏、而阶、而窗、而后美人者，乃正是未照美人以前之无限如迤、如逦、如隐、如跃，别样妙境。非此即将极嫌此美人何故突然便在月下，为了无身分也。此言莺莺之于张生，前以"酬韵"夜，虽已默感于心，已于"闹斋"日，复又明睹其人。然而身为千金贵人，上奉慈母，下凛师氏，彼张生则自是天下男子，此岂其珠玉心地中所应得念？岂其莲花香口中所应得诵哉？然而作者则无奈何也！设使莺莺真以慈母、师氏之故，而珠玉心地终不敢念，莲花香口终不敢诵，则终将《西厢记》乃不得以一笔写莺莺爱张生也乎！作者深悟文章旧有渐度之法，而于是闲闲然先写残春，然后闲闲然写有融花之一人，然后困闲然写到前后酬韵之事。至此却忽然收笔云：身为千金贵人，吾爱吾宝，岂须别人堤备。然后又闲闲然写"独与那人兜的便亲"。要知如此一篇大文，其意原来却只要写得此一句于前，以为后文张生忽然应募、莺莺警心照眼作地。而法必闲闲渐写，不可一口便说者，盖是行文必然之次

第，此为后贤所宜善学者又一也。

（清）金圣叹《西厢记·寺警》批语，《金圣叹全集》（三），江苏古籍出版社本

杀出庙门时，看他一枪先搠倒差拨，接手便写陆谦一句；写陆谦不曾写完，接手却再搠富安。两个倒矣，方翻身回来，刀剜陆谦，剜陆谦未毕，回头却见差拨爬起，便又且置陆谦，先割差拨头挑在枪上，然后回转身来，作一顿割陆谦富安头，结做一处。以一个人杀三个人，凡三、四个回身，有节次、有间架、有方法、有波折，不慌不忙，不疏不密，不缺不漏，不一片，不烦琐，真鬼于文，圣于文也。

（清）金圣叹《第五才子书施耐庵水浒传》第九回总批，《金圣叹全集》（一），江苏古籍出版社本

乐府之妙，全在繁音促节，其来于于，其去徐徐，往往于回翔屈折处感人，是即"依永""和声"之遗意也。齐、梁以来，多以对偶行之，而又限以八句，岂复有咏歌嗟叹之意耶？

（清）沈德潜《说诗晬语》卷上，《清诗话》本

文章最要节奏，譬之管弦，繁奏中必有希声窈渺处。

（清）刘大櫆《论文偶记》，人民文学出版社本

近人论文，不知有所谓音节者，至语以字句，即必笑以为末事。此论似高实谬。作文若字句安顿不妙，岂复有文字乎？但所谓字句音节，须从古人文字中实实讲贯过始得，非如世俗所云也。

（清）刘大櫆《论文偶记》，人民文学出版社本

予为李青州作《淡灾篇》，用五言古体，中说尽人事，而后得神助。先平地而后入山，颇有原委次第，不似他家漫作诳语。作诗须见大意如此。

（清）张谦宜《𫲨斋诗谈》卷八，《清诗话续编》本

诗有道焉：性情礼义，诗之体也；始终条理，诗之用也。无体不立，无用不行，相为表里，如四时成岁，五官成形，乃天人之常也。苟春行秋

令，目居眉上，即为天变人妖矣。为诗而始终条理失伦，用之既乖，体将安托？故成章以达浅深次序之法，不可不讲也。

（清）庞垲《诗义固说》上，《清诗话续编》本

苏武别李陵诗第二首，"黄鹄一远别"四句兴而比，下二句比而赋，言羽翼当乖，何以遣怀，唯歌可喻，故云"幸有弦歌曲，可以喻中怀"也。此言歌而未及歌也。歌辞甚多，宜唱何曲，故云"请为《游子吟》"。《游子吟》亦分别之词，其词既泠泠然悲，比之以丝竹，更有余哀也。听此歌至激烈处，引动己怀，故怆然凄然，欲尽展此曲，而念吾友之不得归，伤心泪下，不能双飞俱远也。原是浅深次第相生，何尝重复。沧浪未解此，而曰"古诗政不以此论"，致后来学者，以杂乱之词托古人自解。呜呼！古人岂有无伦次诗文耶？

（清）庞垲《诗义固说》上，《清诗话续编》本

十四

对　仗

1. 言对为美　贵在精巧　事对所先　务在允当

　　赞曰："断章有检，积句不恒。理资配主，辞忌失朋。环情草调，宛转相腾。离合同异，以尽厥能。"

（南朝·梁）刘勰《文心雕龙·章句》，人民文学出版社本

　　是以言对为美，贵在精巧；事对所先，务在允当。若两事相配，而优劣不均，是骥在左骖，驽为右服也。若夫事或孤立，莫与相偶，是夔之一足，踦踽而行也。若气无奇类，文乏异采，碌碌丽辞，则昏睡耳目。必使理圆事密，联璧其章，迭用奇偶，节以杂佩，乃其贵耳。类此而思，理自见也。

（南朝·梁）刘勰《文心雕龙·丽辞》，人民文学出版社本

　　上句偶然孤发，其意未全，更资下句引之方了。其对语一句便显，不假下句。此少相敌，功夫稍殊。请试论之：夫对者，如天尊、地卑，君臣、父子，盖天地自然之数。若斧斤迹存，不合自然，则非作者之意。又诗语二句相须，如鸟有翅，若惟擅工一句，虽奇且丽，何异于鸳鸯五色，只翼而飞者哉？

（唐）皎然《诗式》卷一，《历代诗话》本

　　或曰：文词妍丽，良由对嘱之能；笔札雄通，实安施之巧。若言不对，语必徒申，韵而不切，烦词枉费。元氏云："《易》曰：'水流湿，火

就燥。''云从龙，风从虎。'《书》曰：'满招损，谦受益。'此皆圣作切对之例也。况乎庸才凡调，而对而不求切哉！"

余览沈、陆、王、元等诗格式等，出没不同。今弃其同者，撰其异者，都有二十九种对，具出如后，其赋体对者，合彼重字、双声、叠韵三类，与此一句；或叠韵、双声，各开一对，略之赋体；或以重字属联绵对，今者开合俱举，存彼三名，后览达人，莫嫌烦冗。

    （唐）［日］弘法大师《文镜秘府论·东卷·论对》，《文镜秘府论校注》，中国社会科学出版社本

或曰：夫为文章诗赋，皆须属对，不得令有跛眇者。跛者，谓前句双声，句句直语，或复空谈：如此之例，名为跛。眇者，谓前句物色，后句人名，或前句语风空，后句山水：如此之例，名眇。何者？风与空则无形而不见，山与水则有踪而可寻，以有形对无色：如此之例，名为眇。或云：景风心色等，可以对虚，亦可以对实。今江东文人作诗，头尾多有不对。如"侠客倦艰辛，夜出小平津；马色迷关吏，鸡鸣起戍人。露鲜花剑影，月照宝刀新；问我将何去？北海就孙宾。"

此即首尾不对之诗，其有故不对者若之。

    （唐）［日］弘法大师《文镜秘府论·东卷·二十九种对》，《文镜秘府论校注》，中国社会科学出版社本

夫诗，有生杀回薄，以象四时，亦禀人事，语诸类并如之。诸为笔，不可故不对，得还须对。

    （唐）［日］弘法大师《文镜秘府论·南卷·论文意》，《文镜秘府论校注》，中国社会科学出版社本

凡文章不得不对，上句若安重字、双声、叠韵，下句亦然。若上句偏安，下句不安，即名为离支；若上句用事，下句不用事，名为缺偶。故梁朝湘东王《诗评》云："作诗不对，本是吼文，不名为诗。"

    （唐）［日］弘法大师《文镜秘府论·南卷·论文意》，《文镜秘府论校注》，中国社会科学出版社本

在于文章，皆须对属，其不对者，止得一处二处有之。若以不对为常，则非复文章。（若常不对，则与俗之言无异。）就如对属之间，甚须

消息。远近比次，若叙瑞云："轩辕之世，凤鸣阮隃；汉武之时，麟游雍畤。"（持"轩辕"对"汉武"，世悬隔也。）大小必均，若叙物云："鲋离东海，得水而游；鹏骞南溟，因风而举。"（将"鲋"拟"鹏"，状殊绝也。）美丑当分，若叙妇人云："等毛嫱之美容，类嫫母之至行。"（"毛嫱"、"嫫母"，貌相妨也。）强弱须异，若叙平贼云："摧鲸鲵如折朽，除蝼蚁若拾遗。"（"鲸鲵"、"蝼蚁"，力全校也。）苟失其类，文即不安。以意推之，皆可知也。而有以"日"对"景"，将"风"偶"吹"，持"素"拟"白"，取"鸟"合"禽"，虽复异名，终是同体。若斯之辈，特须避之。故援笔措辞，必先知对，比物各从其类，拟人必于其伦。此之不明，未可以论文矣。

（唐）［日］弘法大师《文镜秘府论·北卷·论对属》，《文镜秘府论校注》，中国社会科学出版社本

荆公诗用法甚严，尤精于对偶。尝云，用汉人语，止可以汉人语对，若参以异代语，便不相类。如"一水护田将绿去，两山排闼送青来"之类，皆汉人语也。此法惟公用之不觉拘窘卑凡。如"周颙宅在阿兰若，娄约身随窣堵波"，皆以梵语对梵语，亦此意。尝有人面称公诗"自喜田园安五柳，但嫌尸祝扰庚桑"之句，以为的对。公笑曰："伊但知柳对桑为的，然庚亦自是数。"盖以十干数之也。

（宋）叶梦得《石林诗话》卷中；《历代诗话》本

对句法，人不过以事以意，出处备具，谓之妙。荆公曰："平昔离愁宽带眼，迄今归思满琴心。"又曰："欲寄荒寒无善画，赖传悲壮有能琴。"不如东坡特奇，如曰："见说骑鲸游汗漫，亦曾扪虱话酸辛。"又曰："龙骧万斛不敢过，渔舟一叶从掀舞。"以鲸为虱对，龙骧为渔舟对，大小气焰之不等，其意若玩世，谓之秀杰之气，终不可没。

（宋）王直方《王直方诗话》，《宋诗话辑佚》本

晚唐诗句尚切对，然气韵甚卑。郑棨《山居》云："童子病归去，鹿麑寒入来。"自谓铢两轻重不差。有人作《梅花》云："强半瘦因前夜雪，数枝愁向晓来天。"对属虽偏，亦有佳处。

（宋）蔡居厚《诗史》，《宋诗话辑佚》本

律诗中间对联，两句意甚远，而中实潜贯者，最为高作。如介甫《示平甫诗》云："家世到今宜有后，士才如此岂无时。"《答陈正叔》云："此道未行身有待，古人不见首空回。"鲁直《答彦和诗》云："天于万物定贫我，智效一官全为亲。"《上叔父夷仲诗》云："万里书来儿女瘦，十月山行冰雪深。"欧阳永叔《送王平甫下第诗》云："朝廷失士有司耻，贫贱不忧君子难。"《送张道州诗》云："身行南雁不到处，山与北人相对愁。"如此之类，与规规然在于媲青对白者，相去万里矣。鲁直如此句甚多，不能概举也。

(宋)葛立方《韵语阳秋》卷第一，《历代诗话》本

近时论诗者，皆谓偶对不切，则失之粗；太切，则失之俗。如江西诗社所作，虑失之俗也，则往往不甚对，是亦一偏之见尔。老杜《江陵》诗云："地利西通蜀，天文北照秦。"《秦州》诗云："水落鱼龙夜，山空鸟鼠秋。""丛篁低地碧，高柳半天青。"《竖子至》云："相梨且缀碧，梅杏半传黄。"如此之类，可谓对偶太切矣，又何俗乎？如"杂蕊红相对，他时锦不如"，"磨灭余篇翰，平生一钓舟"之类，虽对不求太切，而未尝失格律也。学诗者当审此。

(宋)葛立方《韵语阳秋》卷第一，《历代诗话》本

律诗用自字、相字、共字、独字、谁字之类，皆是实字，及彼我可称，当以为对，故杜老未尝不然。今略纪其句于此："径石相萦带，川云自去留。""山花相映发，水鸟自孤飞。""衰颜聊自哂，小吏最相轻。""高城秋自落，杂树晚相迷。""百鸟各相命，孤云无自心。""胜地初相引，徐行得自娱。""云里相呼疾，沙边自宿稀。""暗飞萤自照。水宿鸟相呼。""猿挂时相学，鸥行炯自如。""自吟诗送老，相劝酒开颜。""俱飞蛱蝶元相逐，并蒂芙蓉本自双。""自去自来堂上燕，相亲相近水中鸥。""此时对雪遥相忆，送客逢春可自由。""梅花欲开不自觉，棣萼一别永相望。""桃花气暖眼自醉，春渚日落梦相牵。"此以自字对相字也。"自须开竹径，谁道避云梦。""自笑灯前舞，谁怜醉后歌。""死去凭谁报，归来始自怜。""哀歌时自短，醉舞为谁醒。""离别人谁在，经过老自休。""永夜角声悲自语，中天月色好谁看。"此以自字对谁字也。"野人时独往，云木晓相参。""正月莺相见，非时鸟共闻。""江上形容吾独

老,天涯风俗病相亲。""纵饮久判人共弃,懒朝真与世相违。""此日此时人共得,一谈一笑俗相看。"此以共字、独字对相字也。

(宋)洪迈《容斋续笔》卷五,上海古籍出版社本

花必用柳对,是儿曹语;若其不切,亦病也。

(宋)姜夔《白石诗说》,人民文学出版社本

《续金针格》云:诗以声律为窍,物象为骨,意格为髓。又云:炼句不如炼字,炼字不如炼意,炼意不如炼格。又云:诗有自然句,有神助句。容易句率然遂成,辛苦句深思而得。又云:诗之四联,谓之破题,欲如狂风卷浪,势欲滔天。下二联谓之景联,须字字对。第四联谓之落句,欲如高山放石,一去不回。又第一与第三句对,第二与第四句对,如云:"去年花下留连饮,暖日夭姚莺乱啼";"今日江边容易别,淡烟衰草马频嘶",谓之扇对。

(宋)张镃《诗学规范》,《宋诗话辑佚》附辑本

古人好对偶,被放翁用尽。

(宋)刘克庄《后村诗话》前集卷二,中华书局本

不可以对"麒麟"。然寄贾岳州严巴州两阁老云:"貔虎闲金甲,麒麟受玉鞭。"以"貔虎"对"麒麟"为正对矣。《哭韦晋之》云:"鹏鸟长沙讳,犀牛蜀郡怜。"以"鹏鸟"对"犀牛"为正对矣。子美岂不知对属之偏正邪?盖其纵横出入无不合也。

(宋)蔡梦弼《杜工部草堂诗话》卷一,《历代诗话续编》本

对偶之佳者曰:"数点雨声风约住,一枝花影月移来。""柳摇台榭东风软,花压栏杆春昼长。""天下三分明月夜,扬州十里小红楼。""梨园子弟白发新,江州司马青衫湿。"数联皆天衣无缝,妙合自然。

(宋)周密《浩然斋雅谈》卷上,《词话丛编》本

宋景文有诗曰:"扪虱须逢英俊主,钓鳌岂在牛蹄湾。"以小物与大为对,而语壮气劲可嘉也。而东坡一联曰:"闻说骑鲸游汗漫,亦尝扪虱

话悲辛。"则律切而语益奇矣。

（宋）陈岩肖《庚溪诗话》卷下，《历代诗话续编》本

欧公尝言古诗中，时作一两联属对，尤见工夫。观公《内制集序》云："若夫凉竹簟之暑风，瞻茅檐之冬日。睡余支枕，念昔平生；顾瞻玉堂，如在天上。"乃知公不独用之于诗也……文中时复作四言句，使相间错成文，又益奇也。

（宋）陈善《论作文工夫》，《扪虱新话》卷一，《丛书集成》本

韩子苍云："老杜'两个黄鹂鸣翠柳，一行白鹭上青天'，古人用颜色字亦须匹配得相当方用，翠上方见得黄，青上方见得白。"此说有理。

（宋）曾季貍《艇斋诗话》，《历代诗话续编》本

李商隐《隋宫》中四句云："玉玺不缘归日角，锦帆应是到天涯。于今腐草无萤火，终古垂杨有暮鸦。"日角、锦帆、萤火、垂杨是实事，却以他字面交蹉对之，融化自称，亦其用意深处，真佳句也。

（元）吴师道《吴礼部诗话》，《历代诗话续编》本

老杜七言长篇，句多作对，皆深稳矫健。《洗兵马行》除首尾及攀龙附凤云云两句不对，司徒尚书一联稍散异，余无不对者，尤为诸篇之冠。韩公长句皆不对，其体正相反。

（元）吴师道《吴礼部诗话》，《历代诗话续编》本

律诗对偶最难，如贾浪仙"独行潭底影，数息树边身"，至有"两句三年得"之句。许用晦"湘潭云尽暮山出，巴蜀雪消春水来"，皆有感而后得者也。戴石屏"夕阳山外山"，对"春水渡傍渡"亦然。若晏元献对"无可奈何花落去，似曾相识燕归来"，尤觉相称耳。

（明）李东阳《麓堂诗活》，《历代诗话续编》本

唐五言多对起。沈、宋、王、李，冠裳鸿整，初学法门，然未免绳削之拘。要其极至，无出老杜。如"国破山河在，城春草木深"、"战哭多新鬼，愁吟独老翁"、"冠冕通南极，文章落上台"、"死去凭谁报，归来

始自怜"……之类，对偶未尝不精，而纵横变幻，尽越陈规，浓淡浅深，动夺天巧。百代而下，当无复继。

……唐人五言律，对结者甚少，唯杜最多。"无家问消息，作客信乾坤"之类，即不尽如对起神境，而句格天然，故非余子所办，材富力雄故耳。

（明）胡应麟《诗薮·内编》卷五，上海古籍出版社本

对结者须意尽，如王之涣"欲穷千里目，更上一层楼"，高达夫"故乡今夜思千里，霜宾明朝又一年"，添著一语不得乃可。

（明）胡应麟《诗薮·内编》卷六，上海古籍出版社本

诗律对偶，圆如连珠，浑如合璧。连珠互映，自然走盘；合璧双关，一色无痕。八句一气而气逾老，一句三折而句逾遒。逾老逾沉，逾遒逾宕。首贵耸拔，意已趋下；结须流连，旨则收上。七言固尔，五字亦然，神而化之，存乎其人，非笔舌所能宣也。

（清）贺贻孙《诗筏》，《清诗话续编》本

对偶有极巧者，亦是偶然凑手，如"金吾"、"玉漏"、"寻常"、"七十"之类，初不以此碍于理趣，求巧则适足取笑而已。贾岛诗："高人烧药罢，下马此林间。"以"下马"对"高人"，噫！是何言与！

（清）王夫之《薑斋诗话》卷二，人民文学出版社本

作诗对仗须精整，不定以青对白，以冬对夏，以北对南为也，要审死活、虚实、平侧。借如"登山临水"，"高山流水"，"登"、"临"为活，"高"、"流"为死，不得易位相对仗也，或有假借作变对耳。又如"高山流水"，"吴山越水"，"高"、"流"为虚，"吴"、"越"为实，亦不得易位为对仗也，或假借斯有之。又如"山水"二字，平可对"云霞"。若"江水"，乃说江中之水，二字侧不可对"云霞"，但可以"山云"对之。即以一物对二物，亦无不可，总须论字面平侧。如以"鹦鹉"对"龙蛇"，或对"鸂鸯"，以一对二之类；若以"鹦鹉"对"神龙"、"彩鸾"，便是以平对侧，非其法也。以二对一亦然。如"枫柳"可对"梧桐"，"春柳"便不可与"梧桐"对耳。有自对者，必简"伐鼓撞钟惊海上，新

妆袄服照江东",摩诘"赭圻将赤岸,击汰复扬舲",又云"门外青山如屋里,东家流水入西邻",子美"桃花细逐杨花落,黄鸟时兼白鸟飞"。又有借对者,如"高凤"对"聚萤","世家"对"道德","鸟道"对"渔翁"。"高凤"本人,乃借"凤"对"萤"耳。"世家"义本侧,乃借其字面作平对"道德"耳。"渔"借作"鱼"对"鸟"。如此古人间有,亦只是游戏法,不为经理。古最忌合掌对,如"朝"对"晓","听"对"闻"之类,古人亦多有之,(玄宗"马色分朝景,鸡声逐晓风",郎君胄"暮蝉不可听,落叶岂堪闻"。)虽时有拙致,似不足效。

(清)毛先舒《诗辩坻》卷第四,《清诗话续编》本

佳句每难佳对,义山之才,犹抱此恨。如《秋日晚思》"枕寒庄蝶去",虽用庄周梦蝶事,实是寒不成寐耳;对曰"窗冷胤萤消",此却是真萤,未免借对,不如上句远矣。《雪》诗"马似困盐车",佳句也;上云"人疑游面市",却丑。《深树见樱桃一颗》曰:"痛已被莺含",事容有之,实为俊句;上句"惜堪充凤食",又涉牵凑。《僧壁》曰:"琥珀初成忆旧松",实胜贾岛"种子作乔松",总言禅腊之久耳;上句"蚌胎未满思新桂",语虽工,思之殊不甚关切。

(清)贺裳《载酒园诗话》卷一,《清诗话续编》本

对仗固须工整,而亦有一联中本句自为对偶者。五言如王摩诘"赭圻将赤岸,击汰复扬舲",七言如杜必简"伐鼓撞钟惊海上,新妆袄服照江东",杜子美"桃花细逐杨花落,黄鸟时兼白鸟飞"之类,方板中求活时或用之。

(清)沈德潜《说诗晬语》卷下,《清诗话》本

文之骈,即数之偶也。而独不近取诸身乎?头,奇数也;而眉目,而手足,则偶矣。而独不远取诸物乎?草木,奇数也;而由蘖而瓣萼,则偶矣。山峙而双峰,水分而交流,禽飞而并翼,星缀而连珠,此岂人为之哉!

(清)袁枚《胡稚威骈体文序》,《小仓山房文集》卷十一,《四部备要》本

诗人遇成语佳对,必不肯放过。坡公尤妙于剪裁,虽工巧而不落纤

佻，由其才分之大也。如："时复中之徐邈圣，无多酌我次公狂。"(《赠孙莘老》)"休惊岁岁年年貌，且对朝朝暮暮人。"(《寄陈述古》)"三过门间老病死，一弹指顷去来今。"(《过永乐长老已卒》)"岂意日斜庚子后，忽惊岁在戊辰年。"(《孔长源挽诗》)"大木百围生远籁，朱弦三叹有遗音。"(《答仲屯田》)……此等诗虽非坡公著意之作，然自然凑泊，触手生春，亦见其学之富而笔之灵也。

（清）赵翼《瓯北诗话》卷五，人民文学出版社本

荆公谓"用《汉书》语止可以《汉书》语对，若参以异代语，便不相类"。李雁湖又谓"公以梵语对梵语，如'阿兰若'、'窣堵波'之类"。此理亦是神气之谓。

（清）翁方纲《石洲诗话》卷三，人民文学出版社本

长排隔句对者多，杜有隔两句者尤趣，局易板，联宜变也。又有起对而承接转不对者更活，然只有杜，杜亦惟末年有之，总是功夫熟而后可。

（清）方世举《兰丛诗话》，《清诗话续编》本

《三百篇》中，对偶之句，层见叠出，已开后代律体之端。如"觏闵既多，受侮不少"，"发彼小豝，殪此大兕"，"升彼大阜，从其群丑"，"念子懆懆，视我迈迈"，"诲尔谆谆，听我藐藐"。又有扇对，如"昔我往矣"四句。有当句对，如"螓首蛾眉"，"桧楫松舟"，"有闻无声"，"唱予和汝"，"匪莪伊蒿"，"彼疏斯粺"。有以对句起者，"喓喓草虫，趯趯阜螽"，"青青子衿，悠悠我心"。有以对局结者，"厌厌良人，秩秩德音"，"允矣君子，展也大成。"

（清）梁章钜《退庵随笔》，《清诗话续编》本

赋中骈偶处，语取蔚茂；单行处，语取清瘦。此自宋玉、相如已然。

（清）刘熙载《艺概·赋概》，上海古籍出版社本

文要针锋相对：起对收，收对起，起收对中间。但有一字一句不针对，即为无著，即为不纯。

（清）刘熙载《艺概·经义概》，上海古籍出版社本

词中对句贵整炼工巧，流动脱化，而不类于诗赋。史梅溪之"做冷欺花，将烟困柳"，非赋句也，晏叔原之"落花人独立，微雨燕双飞"，晏元献之"无可奈何花落去，似曾相识燕归来"，非诗句也。然不工诗赋，亦不能为绝妙好词。

（清）沈祥龙《论词随笔》，《词话丛编》本

2. 不可泥于对属

诗曰："萧萧马鸣，悠悠旆旌。"（谓非极对也。）又曰："古墓犁为田，松柏摧为薪。"又曰："日月光太清，列宿曜紫微。"又曰："亭皋木叶下，陇首秋云飞。"

全其文彩，不求至切，得非作者变通之意乎！若谓今人不然，沈给事诗亦有其例。诗曰："春豫过灵沼，云旗出凤城。"此例多矣。但天然语，今虽虚亦对实，如古人以"芙蓉"偶"杨柳"。亦名声类对。

（唐）［日］弘法大师《文镜秘府论·东卷·二十九种对》，《文镜秘府论校注》，中国社会科学出版社本

如："平生少年日，分手易前期；及尔同衰暮，非复别离时。勿言一樽酒，明日难共持；梦中不识路，何以慰相思？"

此总不对之诗，如此作者，最为佳妙。夫属对法，非真风花竹木，用事而已。若双声即双声对，叠韵即叠韵对。

（唐）［日］弘法大师《文镜秘府论·东卷·二十九种对》，《文镜秘府论校注》中国社会科学出版社本

荆公云："凡人作诗，不可泥于对属。如欧阳公作《泥滑滑》云：'画帘阴阴隔宫烛，禁漏杳杳深千门。'千字不可以对宫字。若当时作朱门，虽可以对，而句力便弱耳。"

（宋）王直方《王直方诗话》，《宋诗话辑佚》本

范文正公为《岳阳楼记》，用对语说时景，世以为奇。尹师鲁读之，

曰：传奇体耳。《传奇》，唐裴铏所著小说也。

（宋）陈师道《后山诗话》，《历代诗话》本

　　韩退之作古诗，有故避属对者，"淮之水舒舒，楚山直丛丛"是也。

（宋）强幼安《唐子西文录》，《历代诗话》本

　　排律结句，不宜对偶。若杜子美"江湖多白鸟，天地有青蝇"，似无归宿。

（明）谢榛《四溟诗话》卷二，人民文学出版社本

　　"女也不爽，士贰其行；士也罔极，二三其德。"语似排偶，而下三语与上一语相匹。李白："剑阁重开蜀北门，上皇车马若云屯。少帝长安开紫极，双悬日月照乾坤。"窃取此法而逆用之。盖从无截然四方八段之风雅也。

（清）王夫之《薑斋诗话》卷一，人民文学出版社本

　　七言古至右丞，气骨顿弱，已逗中唐。如"卫霍才堪一骑将，朝廷不数贰师功"，"愿得燕弓射天将，耻令越甲鸣吾君"，极欲作健，而风格已夷，即曲借对仗，无复浑劲之致。须溪评王嫩复胜老，爱忘其丑矣。

（清）毛先舒《诗辩坻》卷第三，《清诗话续编》本

　　问："荆公谓：'汉人语仍以汉人语对用，异代则不类。'此定式否？"
　　答："在大家无所不可，非定式亦非确论也。如以《左氏》、《国语》、《檀弓》、《国策》语对汉人语，何不可之有？推之魏、晋已下皆然。古人又谓经语对经语，史语对史语，差有理。"

（清）王士禛《师友诗传续录》，《清诗话》本

　　对仗精工，诚为佳事，但作诗必先观大意，往往以争奇字句之间，意不得远，则亦不贵。飞卿《山中与道友夜坐闻边防不宁因示同志》曰："龙沙铁马犯烟尘，迹近群鸥意倍亲。风卷蓬根屯戊己，月移松影守庚申。韬钤岂足为经济，严鐍何尝是隐沦。心许故人知此意，古来知者竟谁人？"汉有戊己校尉。又人身有三尸虫，每遇庚申日，乘人之寐，诉人过

于上帝,道家于此日,辄不寐以守之。温以边警,又与道友夜坐,故用此二事,组织干支,真为工巧。但上下不贯,乍观触目,缔思则言外殊无感发人意。(黄白山评:"此诗起二句倒叙题面,中两联并分承此二句,而末联总结其意。谓其上下不贯,何不观其全篇章法,而单擿其一联耶!)若其咏《苏武庙》曰"回日楼台非甲帐,去时冠剑是丁年",运思虽亦小巧,却一意贯串,泯然无迹,妙矣。

(清)贺裳《载酒园诗话》卷一,《清诗话续编》本

戴叔伦《除夜宿石头驿》曰:"旅馆谁相问?寒灯独可亲。一年将尽夜,万里未归人。寥落悲前事,支离笑此身。愁颜与衰鬓,明日又逢春"。首联写客舍萧条之景,次联呜咽自不待言,第三联不胜俯仰盛衰之感,恰与"衰鬓"、"逢春"紧相呼应,可谓深得性情之分。反谓"五言律两联若纲目四条,辞不必详,意不必贯,八句意相联属,中无罅隙,何以含蓄?"遂改为"灯火石头驿,风烟扬子津。一年将尽夜,万里未归人。萍梗南浮越,功名西向秦。明朝对青镜,衰鬓又逢春"。只图对仗整齐,堆垛排挤,有词无意,何能动人?真所谓胶离朱之目也。至欲改"澄江静如练"为"秋江静如练",此何止于血指!

(清)贺裳《载酒园诗话》卷一,《清诗话续编》本

温、李擅长,固在属对精工,然或工而无意,譬之剪彩为花,全无生韵,弗尚也。义山"此日六军同驻马,当时七夕笑牵牛",飞卿"回日楼台非甲帐,去时冠剑是丁年",对句用逆挽法,诗中得此一联,便化板滞为跳脱。

(清)沈德潜《说诗晬语》卷上,《清诗话》本

有对而不对、不对而对者,如李颀"春风灞水上,饮马杏花时",虽不对而声势自相应。若杜甫"江汉思归客,乾坤一腐儒",则上句"思归"是联字,下句"腐儒"是联字,合读若对,字实不对,亦不可不知其疵也。

(清)冒春荣《葚原诗说》卷之一,《清诗话续编》本

对句宜工,亦不宜太切,如清风、明月,绿水、青山,黄莺、紫燕,

桃红、柳绿，便是蒙馆对法。

（清）冒春荣《葚原诗说》卷之一，《清诗话续编》本

  对偶上下相称最难。戴石屏以"尘世梦中梦"，对"夕阳山外山"固不佳，即"春水渡旁渡"，犹未尽致也。然此等终不需费力求之，虽得一名联，又何足以尽诗妙哉！"五月天山雪，无花只有寒。笛中闻《折柳》，春色未曾看。""正月今欲半，陆浑花未开。出关见青草，春色正东来。""带甲满天地，胡为君远行？亲朋尽一哭，鞍马去孤城。""万壑树参天，千山响杜鹃。山中一夜雨，树杪百重泉。"此数公之于律体，如大匠运斤成风，如骏马直下千丈，何曾似石屏等之琐琐刻画哉！此诗体高下大小之判，入门者不可不审。

（清）潘德舆《养一斋诗话》卷三，《清诗话续编》本

  问：律诗中二联，既名为联，自当以平对为正格？
  是固然。但譬如两扇板门，要能开阖方好，否则用钉钉杀，有何趣味？若两联皆实，岂不成关门闭户掩柴扉乎？

（清）陈仪《竹林答问》，《清诗话续编》本

3. 论对

  故丽辞之体，凡有四对：言对为易，事对为难，反对为优，正对为劣。言对者，双比空辞者也；事对者，并举人验者也；反对者，理殊趣合者也；正对者，事异义同者也。长卿《上林赋》云："修容乎礼园，翱翔乎书圃。"此言对之类也；宋玉《神女赋》云："毛嫱鄣袂，不足程式，西施掩面，比之无色。"此事对之类也；仲宣《登楼赋》云："钟仪幽而楚奏，庄舄显而越吟。"此反对之类也；孟阳《七哀》云："汉祖想枌榆，光武思白水。"此正对之类也。凡偶辞胸臆，言对所以为易也；征人之学，事对所以为难也；幽显同志，反对所以为优也；并贵共心，正对所以为劣也。又言对事对，各有反正，指类而求，万条自昭然矣。

（南朝·梁）刘勰《文心雕龙·丽辞》，人民文学出版社本

叶石林曰："杜工部诗对偶至严，而《送杨六判官》云：'子云清自守，今日起为官。'独不相对。窃意'今日'字当是'令尹'字传写之讹耳。"余谓不然。此联之工，正为假"云"对"日"，两句一意，乃诗家活法。若作"令尹"字，则索然无神，夫人能道之矣。且送杨姓，故用子云为切题，岂应又泛然用一令尹耶？如"次弟寻书札，呼儿检赠篇"之句，本是假以"弟"对"儿"，诗家此类甚多。

（宋）叶梦得《石林诗话拾遗》，《历代诗话》本

诗家有假对，本非用意，盖造语适到，因以用之。若杜子美"本无丹灶术，那免白头翁"，韩退之"眼穿长讶双鱼断，耳热何辞数爵频"，借丹对白，借爵对鱼，皆偶然相值；立意下句，初不在此。而晚唐诸人，遂立以为格。贾岛"卷帘黄叶落，开户子规啼"，崔峒"因寻樵子径，得到葛洪家"为例，以为假对胜的对，谓之高手，所谓痴人面前不得说梦也。

（宋）蔡启《蔡宽夫诗话》，《宋诗话辑佚》本

杜牧之云："杜若芳州翠，严光钓濑喧。"此以杜与严为人姓相对也。又有"当时物议朱云小，后代声名白日悬"，此乃以朱云对白日，皆为假对，虽以人姓名偶物，不为偏枯，反为工也。如涪翁"世上岂无千里马，人中难待九方皋"，尤为工致。

（宋）吴聿《观林诗话》，《历代诗话续编》本

四六有伐山语，有伐材语。伐材语者，如已成之柱桷，略加绳削而已；伐山语者，则搜山开荒，自我取之。伐材谓熟事也，伐山谓生事也。生事必对熟事，熟事必对生事，若两联皆生事，其伤于奥涩；若两联皆熟事，则无工。盖生事必用熟事对出也。

（宋）王铚《四六话》卷上，《丛书集成》本

琢对
要宁粗毋弱，宁拙毋巧，宁朴毋华。忌俗野。

（元）杨载《诗法家数》，《历代诗话》本

江淹《贻袁常侍》诗曰："昔我别秋水，秋月丽秋天。今君客吴坂，春日媚春泉。"子美《哭苏少监》诗曰："得罪台州去，时违弃硕儒。移官蓬阁后，谷贵殁潜夫。"此皆隔句对，亦谓之"扇对格"。然祖于《采薇》诗："昔我往矣，杨柳依依，今我来思，雨雪霏霏。"予《赠纪丞》诗曰："谢庄曾授简，月白见秋毫。崔立能吟句，松寒起夜涛。"僭附于名篇之末，亦见余一体尔。

（明）谢榛《四溟诗话》卷四，人民文学出版社本

王维诗："门外青山如屋里，东家流水入西邻。"严维诗："木奴花映桐庐县，青雀舟随白鹭涛。"谓之当句对。

（明）杨慎《升庵诗话》卷七，《历代诗话续编》本

律诗所谓偷春格者，首联对，次联不对也。扇对格者，首句与第三句为对，次句与第四句为对也。

（清）吴乔《围炉诗话》卷之一，《清诗话续编》本

中联以虚实对、流水对为上。即征实一联，亦宜各换意境。略无变换，古人所轻。即如："蝉噪林逾静，鸟鸣山更幽。"何尝不是佳句，然王元美以其写景一例少之。至"圆荷浮小叶，细麦落轻花"，宋人已议之矣。

（清）沈德潜《说诗晬语》卷上，《清诗话》本

律诗以对仗工稳为正格。有前二联不相属对者；有起联对而次联用流水句者，谓之换柱对；有以第三句对首句、第四句对次句者，谓之开门对。为类颇多，姑略举之。有全首俱对者，老杜多此体；有全首俱不对者，太白多此体，皆属变格，或间出而用之。

（清）冒春荣《葚原诗说》卷之一，《清诗话续编》本

"玉窗朝日映，罗帐春风吹。拭泪攀杨柳，长条踠地垂。"（沈佺期）"言从石菌阁，新下穆陵关。独向池阳去，白云留故山。"（王维）"无家对寒食，有泪如金波。斫却月中桂，清光应更多。"（杜甫）"遗荣期入道，辞老竟抽簪。岂不惜贤达，其如高尚心。"（唐玄宗）"清晨入古寺，

初日照高林。曲径通幽处，禅房花木深。"（常建）此换柱对格也。"昔年秋露下，羁旅逐东征。今岁春光动，崎岖别上京。"（韩愈）"几思闻静话，夜雨对禅床。未得重相见，秋灯照影堂。"（郑谷）"昨夜越溪难，含悲赴上兰。今朝逾岭易，抱笑入长安。"（失名）此开门对格也。

（清）冒春荣《葚原诗说》卷之一，《清诗话续编》本

有两句中字法参差相对者，谓之犄角对。如"众水会涪万，瞿唐争一门"（杜甫），"众水"与"一门"对，"涪万"与"瞿唐"对。"舳舻争利涉，来往任风潮"（孟浩然），"舳舻"与"风潮"对，"利涉"与"来往"对是也。

（清）冒春荣《葚原诗说》卷之一，《清诗话续编》本

有双声对者，如"留连千里宾，独待一年春"，此头双声也。"我出崎岖岭，君行磝蹈山"，此腹双声也。"野外风萧索，云里月朦胧"，此尾双声也。又有叠韵对者，如"徘徊四顾望，怅怏独心愁"，"平明披黼帐，窈窕步花庭"，此头叠韵也。"疏云雨滴沥，薄雾树朦胧"，"磴危攀薜荔，石滑践莓苔"，此尾叠韵也。

（清）冒春荣《葚原诗说》卷之一，《清诗话续编》本

有本句中自相对偶者，谓之四柱对。如"赭圻将赤岸，击汰复扬舲"（王维），"四年三月半，新笋晚花时"（元稹），"远山芳草外，流水落花中"（司空曙）是也。

（清）冒春荣《葚原诗说》卷之一，《清诗话续编》本

有借字音相对者，谓之假对。如"枸杞因吾有，鸡栖奈尔何"（杜甫），"厨人具鸡黍，稚子摘杨梅"（孟浩然），一借"枸"作"狗"，一借"杨"作"羊"。"根非生下土，叶不堕秋风"，"五峰高不下，万木几经秋"，俱借"下"作"夏"。"因游樵子径，得到葛洪家"，"卷帘黄叶落，镶印子规啼"，"残春红药在，终日子规啼"，以"红"、"黄"对"子"，皆假色也。"白首为迁客，青山绕万重"，"闲听一夜雨，更对柏岩僧"，以"迁"对"万"，以"柏"对"一"，皆假数也。

（清）冒春荣《葚原诗说》卷之一，《清诗话续编》本

有次联不对至第三联方对者，谓蜂腰对，言已断而复续也。如贾岛诗"下第惟空囊，如何在帝乡？杏园啼百舌，谁醉在花傍？泪落故山远，病来春草长。知音逢岂易，孤棹负三湘"是也。

（清）冒春荣《葚原诗说》卷之一，《清诗话续编》本

对法不可合掌，如一动必一静，一高必一下，一纵必一横，一多必一少，此类可以递推。如耿沣"冒寒人语少，乘月烛来稀"，"稀"、"少"合掌。李宗嗣"普天皆灭焰，匝地尽藏烟"，"皆"、"尽"合掌。贾岛"流星透疏木，走月逆行云"，"流"、"走"合掌。曹松"汲水疑山动，扬帆觉岸行"，"行"、"动"合掌。顾在镕"犬为孤村吠，猿因冷木号"，"号"、"吠"并声。崔颢"川从陕路去，河绕华阴流"，"川"、"河"并水。此皆诗之病也。

（清）冒春荣《葚原诗说》卷之一，《清诗话续编》本

律体中对句用开合、流水、倒挽三法，不如用遮表法为最多。或前遮后表，或前表后遮。表谓如此，遮谓不如彼，二字本出禅家。昔人诗中有用"是""非"、"有""无"等字作对者，"是"、"有"即表，"非""无"即遮。惟有其法而无其名，故为拈出。

（清）刘熙载《艺概·诗概》，上海古籍出版社本

立柱须明三对。大抵言对不如意对，正对不如反对，平对不如串对。

（清）刘熙载《艺概·经义概》，上海古籍出版社本

十五

衬　染

1. 烘云托月　以宾衬主

博望一烧，有无数衬染：写云浓、月淡是反衬；写秋飚、夜风、林木、芦苇是正衬；写徐庶夸奖是顺衬；写夏侯轻侮，关、张不信是逆衬。

　　　　　　（清）毛宗岗《绣像第一才子书三国演义》第三十九回批语，世德堂本

文有正衬，有反衬，写鲁肃老实以衬孔明之乖巧，是反衬也。写周瑜乖巧以衬孔明之加倍乖巧，是正衬也。譬如写国色者，以丑女形之而美，不若以美女形之而觉其更美。写虎将者，以懦夫形之而勇，不若以勇夫形之而觉其更勇。读此可悟文章相衬之法。

　　　　　　（清）毛宗岗《绣像第一才子书三国演义》第四十五回批语，世德堂本

《三国》一书有以宾衬主之妙。如将叙桃园兄弟三人，先叙黄巾兄弟三人：桃园其主也，黄巾其宾也……诸如此类，不可悉数，善读是书者，可于此悟文章宾主之法。

　　　　　　（清）毛宗岗《读三国志法》，《绣像第一才子书三国演义》，世德堂本

《三国》一书有奇峰对插，锦屏对峙之妙。其对之法，有正对者，有

反对者，有一卷之中自为对者，有隔数十卷而遥为对者。

    （清）毛宗岗《读三国志法》，《绣像第一才子书三国演义》，世德堂本

  只如写李逵，岂不段段都是妙绝文字，却不知正为段段都在宋江事后，故便妙不可言。盖作者只是痛恨宋江奸诈，故处处紧接出一段李逵朴诚来，做个形击。其意思自在显宋江之恶，却不料反成李逵之妙也。此譬如刺枪，本要杀人，反使出一身家数。

    （清）金圣叹《读第五才子书法》，《第五才子书施耐庵水浒传》，《金圣叹全集》（一），江苏古籍出版社本

  有背面铺粉法，如要衬宋江奸诈，不觉写作李逵真率；要衬石秀尖利，不觉写作杨雄糊涂是也。

    （清）金圣叹《读第五才子书法》，《第五才子书施耐庵水浒传》，《金圣叹全集》（一），江苏古籍出版社本

  鲁达、武松两传，作者意中却欲遥遥相对，故其叙事亦多仿佛相准。如鲁达救许多妇女，武松杀许多妇女；鲁达酒醉打金刚，武松酒醉打大虫；鲁达打死镇关西，武松杀死西门庆；鲁达瓦官寺前试禅杖，武松娱蚣岭上试戒刀；鲁达打周通，越醉越有本事；武松打蒋门神，亦越醉越有本事；鲁达桃花山下，踏匾酒器，揣了滚下山去；武松鸳鸯楼上，踏匾酒器，揣了跳下城去。皆是相准而立，读者不可不知。

    （清）金圣叹《第五才子书施耐庵水浒传》第四回总批，《金圣叹全集》（一），江苏古籍出版社本

  前文写朱仝家眷，忽然添出"令郎"二字者，所以反衬知府舐犊之情也。此篇写徐宁失妻，忽然又添定一六七岁孩子者，所以表徐氏之有后，而先世留下镇家之甲定不肯漫然轻弃于人也。作文向闲处设色，惟《毛诗》及《史记》有之。耐庵真正才子，故能窃用其法也。

    （清）金圣叹《第五才子书施耐庵水浒传》第五十五回总批，《金圣叹全集》（二），江苏古籍出版社本

  （"宣赞听得弓弦响，却如箭来，把刀只一隔，铮地一声响，射在刀

面上。"下批）不是写花荣，乃是写宣赞。写宣赞者非止写宣赞也，写宣赞所以写关胜也。古有之云：欲知其人，先看所使。但极写宣赞，便已衬出关胜来也。

      （清）金圣叹《第五才子书施耐庵水浒传》第六十三回总批，《金圣叹全集》（二），江苏古籍出版社本

  写雪天擒索超，略写索超而勤写雪天者，写得雪天精神，便令索超精神。此画家所谓衬染之法，不可不一用也。

      （清）金圣叹《水浒传回评》第六十三回总批，《金圣叹全集》（二），江苏古籍出版社本

  亦尝观于烘云托月之法乎？欲画月也，月不可画，因而画云。画云者，意不在于云也。意不在于云者，意固在于月也……将写双文，而写之不得，同置双文勿写而先写张生者，所谓画家烘云托月之秘法。

      （清）金圣叹《西厢记·惊艳》批语，《金圣叹全集》（三），江苏古籍出版社本

  作《西厢记》人，吾偷相其用笔真是千古奇绝。前《请宴》一篇止用一红娘，他却是张生、莺莺两人文字；此《琴心》一篇，双用莺莺、张生，反走过红娘，他却正是红娘文字。寄语茫茫天涯，何处锦绣才子，吾欲与君挑灯促席、浮白欢笑，唱之，诵之，讲之，辨之，叫之，拜之。世无解者，烧之，哭之。

      （清）金圣叹《西厢记·琴心》批语，《金圣叹全集》（三），江苏古籍出版社本

  《西厢记》写红娘，凡三用加意之笔：其一于《借厢》篇中峻拒张生，其二于《琴心》篇中过尊双文，其三于《拷艳》篇中切责夫人。一时便似周公制度，乃尽在红娘一片心地中，凛凛然，侃侃然，曾不可得而少假借者。写红娘直写到此田地时，须悟全不是写红娘，须悟全是写双文。

      （清）金圣叹《读第六才子书西厢记法》，《金圣叹全集》（三），江苏古籍出版社本

《蝶恋花·闺思》

庭院深深深几许？问得无端。三个"深"字奇绝。唐人诗，每以此为能。**杨柳堆烟**，写出"深深"。**帘幕无重数**。写出"深深"。**玉勒雕鞍游冶处，楼高不见章台路**。只为此五字，便怨到"庭院"。衬入"楼高"字妙，犹言如此尚然也。文章家有加染法，即此。**雨横风狂三月暮。门掩黄昏，无计留春住**。留得无端。**泪眼问花花不语**，问得无端。"问花"，待得花有情。"花不语"，怨得花无情。**乱红飞过秋千去**。人自去远，与庭院何与？人自不归，与春何与？人自无音耗，与花何与？亦可谓林木池鱼之殃矣。

通篇不出正意，只是怨庭院、怨春、怨花，章法奇甚。"杨柳堆烟"句，是衬"庭院"句；"雨横风狂"句，是衬"留春"句；"乱红飞过"句，是衬"问花"句。凡作三段文字，须要分疏读之，不得混帐过去。

（清）金圣叹《唱经堂批欧阳永叔词十二首》，《金圣叹全集》（四），江苏古籍出版社本

昆山张元长云：作文如打鼓，边鼓虽要极多，中心却少不得几下。予谓鼓心里，但少不得几下耳，却多打不得；以打鼓边左右时，其下下意，都送到鼓心里去也。今人之文，高者下下打边，呆者下下捶心，求其中边皆甜者乌有哉！

（清）周亮工《尺牍新钞》二集，林嗣环《与吴介兹》，上海杂志公司本

诗文俱有主宾。无主之宾，谓之乌合。俗论以比为宾，以赋为主，以反为宾，以正为主，皆塾师赚童子死法耳。立一主以待宾，宾无非主之宾者，乃俱有情而相浃洽。若夫"秋风吹渭水，落叶满长安"，于贾岛何与？"湘潭云尽暮烟出，巴蜀雪消春水来"，于许浑奚涉？皆乌合也。"影静千官里，心苏七校前"，得主矣，尚有痕迹；"花迎剑佩星初落"，则宾主历然，镕合一片。

（清）王夫之《薑斋诗话》卷下，《清诗话》本

《观打鱼歌》，本是捉得魴鱼，偏说走却鲤鱼，不惟周旋时禁，（唐姓李，禁人食鲤鱼。）亦且灵蠢相形，妙有烟波。此是衬法。

（清）张谦宜《𥳑斋诗谈》卷四，《清诗话续编》本

《大食刀歌》，诗中龙象。村汉把笔可笑，书生弄刀亦可笑，故于"拔刀"之上，先写一"短衣虎毛"之壮士。如画狮子，四旁木石都作猛势。文家亦有配色法。

（清）张谦宜《絸斋诗谈》卷四，《清诗话续编》本

《春夜喜雨》："野径云俱黑，江船火独明"，此是借火衬云。"晓看红湿处，花重锦官城"，此是借花衬雨。不知者谓止是写花，"红"下用"湿"字，可见其意。

（清）张谦宜《絸斋诗谈》卷四，《清诗话续编》本

《放船》："送客苍溪县，山寒雨不开。直愁骑马滑，故作放舟回。"此是叙题法。"青惜峰峦过，黄知橘柚来"，写船行之疾，却借山林衬出。此上一下四句法。

（清）张谦宜《絸斋诗谈》卷四，《清诗话续编》本

《雨》之首章："秋日新沾影。"注云："《雪》诗中偏写月，《雨》诗中偏写日，皆以反攻逆击见奇，笔端不可方物。"予谓此种文法，皆从《孟子》偷出，则是以所贱事亲也，掐得分外有力。文家亦知此诀，但不能中窍耳。

（清）张谦宜《絸斋诗谈》卷八，《清诗话续编》本

不但诗宗杜，诗题亦应宗杜。如杜诗《陪李金吾花下饮》，题不曰"招饮"，而曰"陪饮"，滑稽之甚。末句云："可怕李金吾。"谑浪之辞，似诃禁犯夜，直是面笑李金吾矣。

（清）李调元《雨村诗话》卷下，《清诗话续编》本

诗有借叶衬花之法。如杜诗"今夜鄜州月，闺中只独看"，自应说闺中之忆长安，却接"遥怜小儿女，未解忆长安"，此借叶衬花也。总之古人善用反笔，善用傍笔，故有伏笔，有起笔，有淡笔，有浓笔，今人曾梦见否？

（清）李调元《雨村诗话》卷下，《清诗话续编》本

诗中点缀，亦不可少，过于枯寂，未免有妨风韵。然须典切大雅，稍

涉浓缛，便尔甜俗可厌。吾最爱周䌹《送人尉黔中》云："公庭飞白鸟，官俸请丹砂。"亦何雅切可风也！

点缀与用事，自是两路。用事所关在义意，点缀不过为颜色丰致而设耳。今人不知，遂以点缀为用事，故所得皆浅薄，无大深意。

（清）方南堂《辍锻录》，《清诗话续编》本

词之妙全在衬跌。如文文山《满江红·和王夫人》云："世态便如翻覆雨，妾身元是分明月。"《酹江月·和友人驿中言别》云："镜里朱颜都变尽，只有丹心难灭。"每二句若非上句，则下句之声情不出矣。

（清）刘熙载《艺概·词曲概》，上海古籍出版社本

点鬼狐二字，即从鬼口中说出狐，从狐口中说出鬼，用意用笔，已极曲折，而作者犹嫌其直也，本李欲窥莲，却先从莲口中隐露李之为鬼，然后写鬼之窥莲为狐，因以狐语狐，使知议我者为窥我之人，而即以渠之窥我者窥之，而见其为鬼。以鬼窥狐，复以狐窥鬼，以鬼之指狐而不信其为狐，以狐之指鬼而不信其为鬼，复以鬼语鬼，而使鬼怨狐，劝之绝狐，狐复怒鬼，戒之绝鬼。鬼狐相敌，而势两不相下矣，乃又托为鬼之诬狐，致狐去而鬼独留，夫然后开门并纳鬼狐者，不死于狐而死于鬼矣，死于鬼而始悔于狐矣。始死而鬼去，复苏而狐来，以狐绝鬼，复以狐致鬼，鬼避狐，狐质鬼，而后鬼乃自认为鬼，狐亦自认为狐。鬼狐二字，至此方算正点。又从狐口中鬼狐并写，而后以始知狐鬼皆真，作一小束。五花八门，千山万水，真耐人寻绎也。

（清）但明伦《聊斋志异》卷二《莲香》"生闻其语始知狐鬼皆真"句后评，上海古籍出版社会校会注会评本

有借树开花法，如要写孙氏弟兄与扈成上登云山，便写一毛豸是毛仲义之子，与山泊旧仇，要借邹润来生事陷害，以逼成之；要写收宋清上山，便借一曾世雄是曾涂之子，与山泊旧仇，生事陷害以逼成之；要写救吕小姐，便写一百足虫是赵能之子，与山泊旧仇，来山上寻事以凑合之之类。不须另起一头，另撰一事，只借前传所有之人事生来，却又随手了结，文字何等省力。

（清）蔡元放《水浒后传读法》，引自《中国历代小说论著选》，江西人民出版社本

有烘云托月法，燕青之与卢俊义是主仆而骨肉者也，俊义既死，燕青既欲竭忠图报，已无其由；今写一卢俊德，是俊义嫡亲瓜葛，燕青不辞劳瘁，不避艰险，尽力以救其妻女，则俊义若在，其报称又当何如耶！此是借旁形，正如烘云托月一般。不然，请问看官，传中必写此一事者，岂专为要他女儿为妻，乃费如许笔墨耶！

     （清）蔡元放《水浒后传读法》，引自《中国历代小说论著选》，江西人民出版社本

"这个学生虽是启蒙，却比一个举业的还劳神。""他祖母溺爱不明"，这不明明是说，宝玉原是极好的，全是他祖母带坏的么？读者须知，这便是帘中花影之法。

     （清）哈斯宝《〈新译红楼梦〉回批》第二回批语，内蒙古人民出版社本

此书凡写实事，都不平淡描述，定要先虚写一笔作引子。前文虽写过赵姨娘，并非特笔着墨，所以这回又从他亲生女儿口中数道一遍，使得赵姨娘母子二人虽未出场，却比出场还要栩栩如生。这便是文章家牵线影动之法。

     （清）哈斯宝《〈新译红楼梦〉回批》第十四回批语，内蒙古人民出版社本

本书写红火热闹处，定要两事遥遥相对，写一样的两件事，又同又异，异中见同，缝合得十分工巧。如第十一回写了薛蟠，本回写了刘老老。在那一回里为宴行令，这一回里则为令开宴。那一回里，逗人发笑的是薛蟠，这一回里供人取笑的是刘老老。那一回里，薛蟠不等宝玉说完，先站起来拦阻，这一回里鸳鸯未开口，刘老老便下席摆手。薛蟠说："我不来，别算我。"刘老老说："别这样捉弄人，我家去了。"推薛蟠坐下的是云儿，喝住刘老老的是鸳鸯。薛蟠和令是顿时着急，刘老老和令却想了半天。薛蟠说出的话句句讲他的行径，刘老老的每句话都是她的见识。薛蟠的动作都是出于真情，刘老老的举止全是故意作戏。真真假假，是本书的一条大纲，这就是遥相对称，似同而异。

     （清）哈斯宝《〈新译红楼梦〉回批》第十六回批语，内蒙古人民出版社本

此处又见烘云托月之法。画月的,不可平直去画月亮,而要先画云彩,画云并非本意,意不在云而在月。然而,仔细想来,意又在云。画云一不适度,过浓过淡,云便有了笔病,而云之病即月之病。云彩画得薄厚恰到好处,但不慎失笔,有纹丝污玷,则云又有了笔病,云之病又成了月之病。云画得薄厚恰到好处,无点滴渍痕,则望之若在,视之若真,吸之若来,吹之若去,这云便画得工巧了。赏画之人,见画云工巧,总要说月儿画得美,没一个人赞赏云儿画的好。这虽辜负作画人画云的匠心,但也着实切中作画人原意。不能只评月不评云,云月二者之间有妙理贯通,欲合之而又不可合,欲分之而更不可分。

　　　　　　　（清）哈斯宝《〈新译红楼梦〉回评》第廿回批语,内蒙古人民出版社本

　　作画人虽能绘花,却画不出花香,故在花旁画蝴蝶飞舞。以示花香。这不是画蝴蝶,仍是画花。虽能画雪,但画不出雪寒,所以要画个雪中烤火的人,以示其寒。这不是画火,仍就是画雪。本书多用此法暗中烘托故事,读者应细想。倘若不明画花绘雪的妙用,误会为画蝶画火,岂不辜负了作者用心?如此说来,可知今之写紫鹃,依旧是写潇湘:她的重恩使下人如此诚服,不必说护灵送友,甚至连她当年钟情之人也不肯辜负呢。

　　　　　　　（清）哈斯宝《〈新译红楼梦〉回批》第三十七回批语,内蒙古人民出版社本

2. 点染著色　斯为妙耳

　　向寄友夏《寒河图》,多其位置,竹树陂岸,不寒河不已。病起偶得佳纸,作一古树,不觉高出于纸,茅斋之外,不益一物,空处忽露半舟,曰此寒河也。戏题而寄之,作诗之法亦如此。孤树何曾追寸波,偶添舟影即寒河。高人宛在茅堂里,却悔从前点染多。

　　　　　　　（明）钟惺《题画（并序）》,《钟伯敬合集》诗集,《中国文学珍本丛书》本

　　此卷写风之将来,有无数曲折。写风之既至,又有无数点染。所云曲

折者，如孔明上坛三次，下坛三次，并无动静是也……所云点染者：如丁奉、徐盛迎风而走，守坛将士当风而立是也……至于此卷有风，却于前卷先写雾，于后卷又写雨，其余写月写星写云，不一而足，俱与风相映射。吾尝叹今之善画者，能画花画云画月，而独不能画风。今读七星坛一篇，而如见乎丹青矣！，

      （清）毛宗岗《绣像第一才子书三国演义》第四十九回批语，世德堂本

  今夫天下一切小技，不独双陆为然。凡属高手，无不用此法已，曰"那辗"。"那"之为言"搓那"，"辗"之为言"辗开"也……夫题有以一字为之，有以三五六七乃至数十百字为之。今都不论其字少之与字多，而总之题则有其前，则有其后，则有其中间。抑不宁惟是已也，且有其前之前，且有其后之后。且有其前之后，而尚非中间，而犹为中间之前；且有其后之前，而既非中间，而已为中间之后，此真不可以不致察也。诚察题之有前，又察其有前前，而于是焉先写其前前，夫然后写其前，夫然后写其几几欲至中间，而犹为中间之前，夫然后始写其中间至于其后。亦复如是，而后信题固蹙而吾文乃甚舒长也，题固急而吾文乃甚纡迟也，题固直而吾文乃甚委折也，题固竭而吾文乃甚悠扬也。如不知题之有前、有后、有诸迤逦，而一发遂取其中间，此譬之以橛击石，确然一声则遽已耳，更不能多有其余响也。盖那辗与不那辗，其不同有如此者。而今红娘此篇，则正用此法。

      （清）金圣叹《西厢记·前候》批语，《金圣叹全集》（三），江苏古籍出版社本

  长篇为仿元、白者败尽，挨日顶月，指三说五，谓之诗史，其实盲词而已。此作点染生色，于闲处见精彩，虽多率笔，无伤风旨。

      （清）王夫之《明诗评选》卷二，祝允明《董烈妇行》评语，《船山遗书》，太平洋书店重校刊本

  "作诗虽贵古淡，而富丽不可无。譬松篁之于桃李，布帛之于锦绣也。"余谓如画然，秋山平远，野水寒林，复加点染著色，斯为妙耳。黄、倪而外有熙、筌，渊明之后有三谢，非"富丽"之谓也。徒云"富

丽"，则"黄金"、"白雪"等语皆佳矣。

（清）田雯《古欢堂集杂著》卷三，《清诗话续编》本

诗家点染法，有以物色衬地名者，如郑都官"雨昏青草湖边过，花落黄陵庙里啼"是也。有以地名衬物色者，如韦端己"落星楼上吹残角，偃月营中挂夕晖"是也。

（清）顾嗣立《寒厅诗话》，《清诗话》本

昔在都访方朝初，叩其所传，云弱冠时在蜀中交石泉罗翁，教之曰："门户一差，终身难返。凡诗正面无多，当从四旁渲染。"余叹为知言。

（清）张谦宜《䌶斋诗谈》卷一，《清诗话续编》本

《王兵马使二角鹰》，开口无一"鹰"字，而鹰之神理已跃跃纸上。如晕梅花，四旁皆染淡墨。

（清）张谦宜《䌶斋诗淡》卷四，《清诗话续编》本

篇意前后摩荡，则精神自出。如《豳风·东山》诗，种种景物，种种情思，其摩荡只在"组""归"二字耳。

（清）刘熙载《艺概·诗概》，上海古籍出版社本

张融作《海赋》不道盐，因顾凯之之言乃益之。姚铉令夏竦为《水赋》，限以万字。竦作三千字。铉怒，不视，曰："汝何不于水之前后左右广言之?"竦益得六千字。可知赋须当有者尽有，更须难有者能有也。

（清）刘熙载《艺概·赋概》，上海古籍出版社本

词有点，有染。柳耆卿《雨淋铃》云："多情自古伤离别，更那堪冷落清秋节。今宵酒醒何处，杨柳岸晓风残月。"上二句点出离别冷落。"今宵"二句乃就上二句意染之。点染之间，不得有他语相隔，隔则警句亦成死灰矣。

（清）刘熙载《艺概·词曲概》，上海古籍出版社本

往年潘郑盦尚书奉讳家居，与余吴下寓庐相距甚近，时相过从。偶与

言及今人学问远不如昔，无论所作诗文，即院本传奇平话小说，凡出于近时者，皆不如乾、嘉以前所出者远甚。尚书云："有《三侠五义》一书，虽近时所出，而颇可观。"余携归阅之，笑曰："此《龙图公案》耳，何足辱郑盦之一盼乎？"及阅至终篇，见其事迹新奇，笔意酣恣，描写既细入毫芒，点染又曲中筋节，正如柳麻子说《武松打店》，初到店内无人，蓦地一吼，店中空缸空甓皆瓮瓮有声：闲中着色，精神百倍。如此笔墨，方许作平话小说；如此平话小说，方算得天地间另是一种笔墨。乃叹郑盦尚书欣赏之不虚也。

（清）俞樾《七侠五义序》，引自《中国历代文论选》，上海古籍出版社本

十六

夸　张

夸而有节　饰而不诬

以重言为真，以寓言为广。

（先秦）《庄子·天下》，《诸子集成》本

儒书称尧、舜之德，至优至大，天下太平，一人不刑；又言文、武之隆，遗在成康，刑错不用四十余年。是欲称尧、舜，褒文、武也。夫为言不益，则美不足称；为文不渥，则事不足褒。尧、舜虽优，不能使一人不刑；文，武虽盛，不能使刑不用。言其犯刑者少，用刑希疏，可也。言其一人不刑，刑错不用，增之也……

儒书称楚养由基善射，射一杨叶，百发能百中之。是称其巧于射也。夫言其射一杨叶中之，可也；言其百发而百中，增之也。

夫一杨叶射一杨叶而中之，中之一再，行败穿不可复射矣。如就叶悬于树而射之，虽不欲射叶，杨叶繁茂，自中之矣。是必使上取杨叶，一一更置地而射之也？射之数十行，足以见巧，观其射之者亦皆知射工，亦必不至于百，明矣。言事者好增巧美，数十中之，则言其百中矣。百与千，数之大者也。实欲言十则言百，百则言千矣。是与《书》言"协和万邦"，《诗》曰"子孙千亿"，同一意也。

（汉）王充《儒增篇》，《论衡》卷八，上海人民出版社本

儒书言董仲舒读《春秋》，专精一思，志不在他，三年不窥园菜。夫言不窥园菜，实也；言三年，增之也。仲舒虽精，亦时解休，解休之间，

犹宜游于门庭之侧；则能至门庭，何嫌不窥园菜？闻用精者察物不见，存道以亡身；不闻不至门庭，坐思三年，不及窥园也。《尚书毋佚》曰："君子所毋逸，先知稼穑之艰难，乃佚"者也。人之筋骨，非木非石，不能不解。故张而不弛，文王不为；弛而不张，文王不行；一弛一张，文王以为常。圣人材优，尚有弛张之时。仲舒材力劣于圣，安能用精三年不休。

（汉）王充《儒增篇》，《论衡》卷八，上海人民出版社本

凡天下之事，不可增损，考察前后，效验自列。自列，则是非之实有所定矣。世称纣力能索铁伸钩，又称武王伐之，兵不血刃。夫以索铁伸钩之力当人，则是孟贲、夏育之匹也；以不血刃之德取人，则是三皇、五帝之属也。以索铁之力，不宜受服；以不血刃之德，不宜顿兵。今称纣力，则武王德贬，誉武王，则纣力少。索铁不血刃，不得两立；殷、周之称，不得两全。不得两全，则必一非。

孔子曰："纣之不善，不若是之甚也，是以君子恶居下流，天下之恶皆归焉。"孟子曰："吾于《武城》取二三策耳。以至仁伐不仁；如何其血之浮杵也？"若孔子言，殆（且）浮杵；若孟子之言，兵不血刃。浮杵过其实，不血刃亦失其正。一圣一贤，共论一纣，轻重殊称，多少异实。纣之恶不若王莽。纣杀比干，莽鸩平帝；纣以嗣立，莽盗汉位。杀主隆于诛臣，嗣立顺于盗位，士众所畔，宜盛于纣。汉诛王莽，兵顿昆阳，死者万数，军至渐台，血流没趾。而独谓周取天下，兵不血刃，非其实也。

（汉）王充《语增篇》，《论衡》卷七，上海人民出版社本

《尚书》曰："祖伊谏纣曰：'今我民罔不欲丧。'"罔，无也。我天下民无不欲王亡者。夫言欲王之亡，可也。言"无不"，增之也。

纣虽恶，民臣蒙恩者非一。而祖伊增语，欲以惧纣也。故曰："语不益，心不惕；心不惕，行不易。"增其语欲以惧之，冀其警悟也。苏秦说齐王曰："临菑之中，车毂击，人肩磨，举袂成幕，连衽成帷，挥汗成雨。"齐虽炽盛，不能如此。苏秦增语，激齐王也。祖伊之谏纣，犹苏秦之说齐王也。

贤圣增文，外有所为，内未必然。何以明之？夫《武成》之篇，言

"武王伐纣，血流浮杵"。助战者多，故至血流如此。皆欲纣之亡也，土崩瓦解，安肯战乎？然祖伊之言"民无不欲"，如苏秦增语。《武成》言"血流浮杵"，亦太过焉。死者血流，安能浮杵？案武王伐纣于牧之野。河北地高，壤靡不干燥。兵顿血流，辄燥入土。安得杵浮？且周、殷士卒，皆赍盛粮，无杵臼之事。安得杵而浮之？言血流杵，欲言诛纣，惟兵顿士伤，故至浮杵。

（汉）王充《艺增篇》，《论衡》卷八，上海人民出版社本

　　世俗所患，患言事增其实，著文垂辞，辞出溢其真，称美过其善，进恶没其罪。何则？俗人好奇，不奇，言不用也。故誉人不增其美，则闻者不快其意；毁人不益其恶，则听者不惬于心。闻一增以为十，见百益以为千。使夫纯朴之事，十剖百判；审然之语，千反万畔。墨子哭于练丝，杨子哭于岐道，盖伤失本，悲离其实也。蜚流之言，百传之语，出小人之口，驰闾巷之间，其犹是也。诸子之文，笔墨之疏，人贤所著，妙思所集，宜如其实，犹或增之；倪经艺之言如其实乎？言审莫过圣人，经艺万世不易，犹或出溢增过其实。增过其实皆有事为，不妄乱误以少为多也。然而必论之者。方言经艺之增与传语异也。

（汉）王充《艺增篇》，《论衡》卷八，上海人民出版社本

　　《诗》云："鹤鸣九皋，声闻于天。"言鹤鸣九折之泽，声犹闻于天，以喻君子修德穷僻，名犹达朝廷也。［言］其闻高远，可矣。言其闻于天，增之也。

　　彼言声闻于天，见鹤鸣于云中，从地听之，度其声鸣于地，当复闻于天也。夫鹤鸣云中，人闻声仰而视之，目见其形；耳目同力，耳闻其声，则目见其形矣。然则耳目所闻见，不过十里。使参天之鸣，人不能闻也。何则？天之去人，以万数远，则目不能见，耳不能闻。今鹤鸣从下闻之，鹤鸣近也。以从下闻其声，则谓其鸣于地，当复闻于天，失其实矣。其鹤鸣于云中，人从下闻之，如鸣于九皋。人无在天上者，何以知其闻于天上也？无以知，意从准况之也。诗人或时不知，至诚以为然；或时知，而欲以喻事，故增而甚之。

　　《诗》曰："维周黎民，靡有孑遗"是谓周宣王之时，遭大旱之灾也。诗人伤旱之甚，民被其害，言无有孑遗一人不愁痛者。夫旱甚，则有之

矣；言无孑遗一人，增之也。

　　夫周之民，犹今之民也。使今之民也，遭大旱之灾，贫羸无蓄积，扣心思雨。若其富人，谷食饶足者，廪困不空，口腹不饥，何愁之有。天之旱也，山林之间不枯，犹地之水，丘陵之上不湛也。山林之间，富贵之人，必有遗脱者矣。而言"靡有孑遗"，增益其文，欲言旱甚也。

　　　　　　　　　　（汉）王充《艺增篇》，《论衡》卷八，上海人民出版社本

　　《易》曰："丰其屋，蔀其家，窥其户，阒其无人也。"非无其人也，无贤人也。《尚书》曰："毋旷庶官"。旷，空；庶，众也。毋空众官，置非其人，与空无异，故言空也……今《易》宜言"阒其少人"，《尚书》宜言"无少众官"。以"少"言之，可也；言"空"而无人，亦尤甚焉。

　　　　　　　　　　（汉）王充《艺增篇》，《论衡》卷八，上海人民出版社本

　　夫形而上者谓之道，形而下者谓之器。神道难摹，精言不能追其极；形器易写，壮辞可得喻其真；才非短长，理自难易耳。故自天地以降，豫入声貌，文辞所被，夸饰恒存。虽《诗》、《书》雅言，风格训世，事必宜广，文亦过焉。是以言峻则嵩高极天，论狭则河不容舠，说多则子孙千亿，称少则民靡孑遗，襄陵举滔天之目，倒戈立漂杵之论，辞虽已甚，其义无害也。且夫鸮音之丑，岂有泮林而变好；荼叶之苦，宁以周原而成饴；并意深褒赞，故义成矫饰。大圣所录，以垂宪章。孟轲所云："说诗者不以文害辞，不以辞害意"也。

　　自宋玉、景差，夸饰始盛，相如凭风，诡滥愈甚！故上林之馆，奔星与宛虹入轩；从禽之盛，飞廉与鷦鹩俱获。及扬雄《甘泉》，酌其余波，语瑰奇，则假珍于玉树，言峻极，则颠坠于鬼神……而虚用滥形，不其疏乎……至如气貌山海，体势宫殿，嵯峨揭业，熠耀焜煌之状，光采炜炜而欲然，声貌岌岌其将动矣。莫不因夸以成状，沿饰而得奇也。于是后进之才，奖气挟声，轩翥而欲奋飞，腾掷而羞踬步，辞入炜烨，春藻不能程其艳；言在萎绝，寒谷未足成其凋；谈欢则字与笑并，论戚则声共泣偕，信可以发蕴而飞滞，披瞽而骇聋矣。

　　然饰穷其要，则心声锋起，夸过其理，则名实两乖。若能酌《诗》、《书》之旷旨，翦扬、马之甚泰，使夸而有节，饰而不诬，亦可谓之懿也。

　　　　　　　　　　（南朝·梁）刘勰《文心雕龙·夸饰》，人民文学出版社本

酌奇而不失其真，玩华而不坠其实。

（南朝·梁）刘勰《文心雕龙·辨骚》，人民文学出版社本

范蜀公云："武侯庙柏今十丈，而杜工部云'黛色参天二千尺'，古之诗人好大其事，大率如此。"而沈存中又云："霜皮溜雨四十围，乃是七尺，而长二千尺，无乃大细长乎？"余以为论诗正不当尔，二公之言皆非也。

（宋）王直方《王直方诗话》，《宋诗话辑佚》本

杜题柏："霜皮溜雨四十围，黛色参天二千尺。"说者谓太细长，诚细长也，如句格之壮何！题竹："雨洗娟娟净，风吹细细香。"说者谓竹无香，诚无香也，如风调之美何！宋人咏蟹："满腹红膏肥似髓，贮盘青壳大于杯。"荔枝："甘露落来鸡子大，晓风吹作水晶团。"非不酷肖，毕竟妍丑何如？诗固有以切工者，不伤格，不贬调，乃可。

（明）胡应麟《诗薮·内编》卷五，上海古籍出版社本

杜甫武侯庙柏诗云："霜皮溜雨四十围，黛色参天二千尺。"沈存中以四十围乃是径七尺，讥此柏无乃太细长，此犹郑康成注《毛诗》，一一要合周礼也。昔文与可为东坡画竹，有"扫取寒梢万丈长"之句，坡戏谓与可竹长万丈，当用绢二百五十匹，已复从而实之曰："世间亦有千寻竹，月落空庭影许长。"与可会坡意，即写修竹数竿遗坡曰："此竹数尺耳，而有万丈之势。"观二公谈笑之语如此，可默会诗人之意矣。存中恶足知之耶？

（明）胡震亨《唐音癸签》卷十一，古典文学出版社本

天汉桥下写英雄失路，使人如坐冬夜，紧接演武厅前写英雄得意，使人忽上春台，咽处加一倍咽，艳处加一倍艳，皆作者瞻顾非常，趋走有龙虎之状处。

（清）金圣叹《第五才子书施耐庵水浒传》第十一回总批，《金圣叹全集》（一），江苏古籍出版社本

"感时花溅泪,恨别鸟惊心","无风云出塞,不夜月临关",是律句中加一倍写法。

(清)施补华《岘佣说诗》,《清诗话》本

十七

叠　复

复而不厌　颐而不乱

　　诗下双字极难，须使七言五言之间除去五字三字外，精神兴致，全见于两言，方为工妙。唐人记"水田飞白鹭，夏木啭黄鹂"为李嘉祐诗，摩诘窃取之，非也。此两名好处，正在添"漠漠""阴阴"四字，此乃摩诘为嘉祐点化，以自见其妙，如李光弼将郭子仪军，一号令之，精彩数倍。不然，如嘉祐本句，但是咏景耳，人皆可到，要之，当令如老杜"无边落木萧萧下，不尽长江滚滚来"，与"江天漠漠鸟双去，风雨时时龙一吟"等，乃为超绝。近世王荆公"新霜浦溆绵绵白，薄晚林峦往往青"，与苏子瞻"沉沉炉香初泛夜，离离花影欲摇春"，皆可以追配前作也。

（宋）叶梦得《石林诗话》卷上，《历代诗话》本

　　《载驰》诗反覆说尽情意，学者宜考。《蒹葭》诗说得事理明白，尤宜致思也。

（宋）吕本中《童蒙诗训》，《宋诗话辑佚》本

　　诗中用双叠字易得句。如"水田飞白鹭，夏木啭黄鹂"，此李嘉祐诗也。王摩诘乃云"漠漠水田飞白鹭，阴阴夏木啭黄鹂。"摩诘四字下得最为稳切。若杜少陵"风吹客衣日杲杲，树搅离思花冥冥"，"无边落木萧萧下，不尽长江滚滚来"，则又妙不可言矣。

（宋）周紫芝《竹坡诗话》，《历代诗话》本

太史公作《张耳陈余传》："秦将诈称二世使人遗李良书曰：'良尝事我得显幸。良诚能反赵为秦，赦良罪，贵良。'"四句叠用四"良"字。《冯唐传》："上曰：'咄乎，吾独不得廉颇、李牧为吾将，吾岂忧匈奴哉？'"两句叠用三"吾"字，而语若飞动，减一字不得。杜少陵《曲江》诗云："一片花飞减却春，风飘万点正愁人。且看欲尽花经眼，莫厌伤多酒入唇。江上小堂巢翡翠，花间高冢卧麒麟。细推物理须行乐，何用浮名绊此身？"三联中叠用三"花"字，而意不重复，又何好也！

（宋）陆游《老学庵续笔记》，中华书局本

诗书之女，有若重复而意实曲折者。《诗》曰："云谁之思，西方美人。彼美人兮，西方之人兮。"此思贤之意自曲折也。又曰："自古在昔，先民有作。"此考古之意自曲折也。《书》曰："眇眇予末小子。"此谦托之意自曲折也。又曰："孺子其朋，孺子其朋其往。"告戒之意自曲折也。

（宋）陈骙《文则》，人民文学出版社本

苏子卿诗："幸有弦歌曲，可以喻中怀。请为游子吟，泠泠一何悲。丝竹厉清声，慷慨有余哀。长歌正激烈，中心怆以摧。欲展《清商曲》，念子不能归。"今人观之，必以为一篇重复之甚，岂特如《兰亭》"丝竹管弦"之语邪！古诗正不当以此论之也。

（宋）严羽《沧浪诗话·诗评》，《沧浪诗话校释》，人民文学出版社本

《十九首》："青青河畔草，郁郁园中柳。盈盈楼上女，皎皎当窗牖。娥娥红粉妆，纤纤出素手。"一连六句，皆用叠字。今人必以为句法重复之甚。古诗正不当以此论之也。

（宋）严羽《沧浪诗话·诗评》，《沧浪诗话校释》，人民文学出版社本

王维诗云："漠漠水田飞白鹭，阴阴夏木啭黄鹂"二句，以"漠漠""阴阴"二字，唤起精神。又"无边落木萧萧下，不尽长江滚滚来"二句，亦以"萧萧""滚滚"唤起精神，若曰"水田飞白鹭，夏木啭黄

鹏","木叶无边下，长江不尽来"，则绝无光彩矣。见得连绵不是装凑赘语。

（宋）王构《修辞鉴衡》卷一，《丛书集成》本

　　七言近体，起自初唐应制，句法严整。或实字叠用，虚字单使，自无敷演之病。如沈云卿《兴庆池侍宴》："汉家城关疑天上，秦地山川似镜中。"杜必简《守岁侍宴》："弹弦奏节梅风入，对局探钩柏酒传。"宋延清《奉和幸太平公主南庄》："文移北斗成天象，酒近南山献寿杯。"观此三联，底蕴自见。暨少陵《怀古》："一去紫台连朔漠，独留青冢向黄昏。"此上二字虽虚，而措辞稳帖。《九日蓝田崔氏庄》："蓝水远从千涧落，玉山高并两峰寒。"此中二字亦虚，工而有力。中唐诗虚字愈多，则异乎少陵气象。刘文房七言律，《品汇》所取二十一首，中有虚字者半之。如"暮雨不知溳口处，春风只到穆陵西"之类。钱仲文七言律，《品汇》所取十九首，上四字虚者亦强半。如"不知凤沼霖初霁，但觉尧天日转明"，"鸳衾久别难为梦，凤管遥闻更起愁"之类。凡多用虚字便是讲，讲则宋调之根，岂独始于元白！高棅所选，以正宗大家为主，兼之羽翼接武，亦不免三二滥觞者。

（明）谢榛《四溟诗话》卷四，人民文学出版社本

　　老杜好句中叠用字，惟"落花游丝"妙绝。此外，如"高江急峡"、"小院回廊"，皆排比无关妙处。又如"桃花细逐杨花落"、"便下襄阳向洛阳"之类，颇令人厌。唐人绝少述者，而宋世黄、陈竞相祖袭。国朝献吉病亦坐斯。嘉、隆一洗此类并诸拗涩变体，而独取其雄壮闳大句语为法，而后杜之骨力风格始见，真善学下惠者。

（明）胡应麟《诗薮·内编》卷五，上海古籍出版社本

　　严谓古诗不当较量重复，而引属国数章见例，是则然矣。古人佳处，岂在是乎？观少卿三章及两汉诸作，足知冗非所贵，第信笔天成，间遇一二，不拘拘窜定耳。"青青河畔草"一章，六用叠字而不觉，正古诗妙绝处。不可概论。然亦偶尔，未必古人用意为之。

（明）胡应麟《诗薮·外编》卷二，上海古籍出版社本

有绵针泥刺法，如花荣要宋江开枷，宋江不肯；又晁盖番番要下山，宋江番番劝住，至最后一次便不劝是也。笔墨外，便有利刃直截进来。

    （清）金圣叹《读第五才子书法》，《金圣叹全集》（一），江苏古籍出版社本

  诗用叠字最难，《卫》诗："河水洋洋，北流活活，施罛浟浟，鳣鲔发发，葭菼揭揭，庶姜孽孽。"连用六叠字，可谓复而不厌，赜而不乱矣。《古诗》："青青河畔草，郁郁园中柳，盈盈楼上女。皎皎当窗牖，娥娥红粉妆，纤纤出素手。"连用六叠字，亦极自然。下此，即无人可继。

    （清）顾炎武《日知录·诗用叠字》，《日知录集释》卷二十一，上海古籍出版社本

  用复字者，亦形容之意，"河水洋洋"一章是也。"青青河畔草，郁郁园中柳"，顾用之以骈宕。善学诗者，何必有所规画以取材？

    （清）王夫之《薑斋诗话》卷一，人民文学出版社本

  无但赏其精拔，虽云创获要自有渊渟之度，方令咏叹者警心。汉、魏人邈不可及者此尔，唐、宋作精拔语，即一往向尽矣。乐府中有复句叠序者，正自各有思理，不容不尔，读至复叠处，居然若初见。

    （清）王夫之《明诗评选》卷一，赵南星《秋胡行》评语，《船山遗书》，太平洋书店重校刊本

  词欲婉转而忌复，不独"不恨古人吾不见"，与"我见青山多妩媚"为岳亦斋所诮，即白石之工，如"露湿铜铺"与"候馆吟秋"，总是一法。

    （清）刘体仁《七颂堂词绎》，《词话丛编》本

  《鸱鸮》诗连下十"予"字，《蓼莪》诗连下九"我"字，《北山》诗连下十二"或"字，情至不觉音之繁词之复也。后昌黎《南山》用《北山》之体而张大之，（下五十余"或"字。）然情不深而侈其词，只是汉赋体段。

    （清）沈德潜《说诗晬语》卷上，《清诗话》本

《楚辞》托陈引喻，点染幽芬于烦乱瞀忧之中，令人得其悃款悱恻之旨。司马子长云："一篇之中，三致意焉。"深有取于辞之重节之复也。后人穿凿注解，撰出提挈照应等法，殊乖其意。

（清）沈德潜《说诗晬语》卷上，《清诗话》本

　　"水田飞白鹭，夏木啭黄鹂"，本李嘉祐诗，王摩诘添"漠漠"、"阴阴"四字，论者谓倍觉生动。今甲子岁，梅雨连旬，低田俱成巨浸，余亦用此二句云："但见水田飞白鹭，不闻夏木啭黄鹂。"虽蹈故事、拾唾余，而形容雨多水大光景，似宛然在目。

（清）赵翼《瓯北诗话》卷十二，人民文学出版社本

　　作近体诗前后复字须避，即古体诗亦不宜重叠用之。刘梦得赠白乐天诗："雪里高山头白早"，又"于公必有高门庆"，自注云："高山本高，高门使之高，二字为义不同。"观唐人之忌复字如此，我辈又焉得不检点乎？

（清）梁章钜《退庵随笔》，《清诗话续编》本

　　双声叠韵字，要著意布置。有宜双不宜叠、宜叠不宜双处。重字则既双且叠，尤宜斟酌。如李易安之"凄凄惨惨戚戚"，三叠韵，六双声，是锻炼出来，非偶然拈得也。

（清）周济《宋四家词选目录叙论》，《词话丛编》本

　　诗家用着力字多见重复，或由材窘，然情景既工，亦不须避，如杜工部屡用"动"字，反奇妙也。邱南斋（象升）《岭南集·腰古驿》句："雨沉埋古驿，榕老逼危楼。"《茶亭晚行》句："晚云摩石黑，骤雨逼天青。"二"逼"字皆佳。《那乌山》句："树阴昏古庙，涧水溜残矶。"《出洋》句："蜃气昏如雨，鼍声暴似风。"两"昏"字皆佳。

（清）杨际昌《国朝诗话》卷之一，《清诗话续编》本

　　《三百篇》形容情景处，多以叠字，其连句用者，若《卫风·硕人》之卒章是也。《古诗十九首》，用叠字亦精。杨公筠湄（素蕴）《赠戴又还》诗："莽莽朝歌道，辚辚西归轮。戚戚一杯酒，恨恨别故人。遥遥十

余年，悠悠各苦辛。"连用六句。《宿周府庵》诗："亭亭门前柏，青青林中竹。灼灼涧底花，呦呦山下鹿。"连用四句，皆不厌其烦。

（清）杨际昌《国朝诗话》卷之一，《清诗话续编》本

沈去矜曰："日千词专工小令，读之不纤不诡，不浅不深，生色真香，在离即之间。晚唐人用叠字多不见佳。易安《声声慢》，连下十四叠字，不嫌其复。日千亦连下十二叠字。此等语自宜于填词家耳。"

（清）沈雄《词评》卷下，《古今诗话》，《词话丛编》本

十八 白 描

白描不可近俗,修饰不得太文,生香真色,在离即之间,不特难知,亦难言。僻词作者少,宜浑脱,乃近自然;常调作者多,宜生新,斯能震动。

(清)王又华《古今词论》,《词话丛编》本

元人白描,纯是口头言语,化俗为雅。亦不宜过于高远,恐失词旨;又不可过于鄙陋,恐类乎俚下之谈也。其所贵乎《清真》,有元人白描本色之妙也。

(清)黄图珌《看山阁集闲笔·文学部·词宜化俗》,《中国古典戏曲论著集成》(七),中国戏剧出版社

牛浦未尝不同安东董老爷相与,后来至安东时董公未尝不迎之致敬以有礼,然在子午宫会道士时,则未尝一至安东与董公相晋接也,刮刮而谈,诌出许多话说,书中之道士不知是谎,书外之阅者深知其谎,行文之妙,真李龙眠白描手也。

(清)无名氏《闲卧草堂本儒林外史回评》第二十三回,引自《中国历代小说论著选》,江西人民出版社本

十九

修改锤炼

1. 磨淬剪截之功

丹青初炳而后渝，文章岁久而弥光，若能櫽括于一朝，可以无惭于千载也。

赞曰：羿氏舛射，东野败驾。虽有俊才，谬则多谢。斯言一玷，千载弗化。令章靡疚，亦善之亚。

（南朝·梁）刘勰《文心雕龙·指瑕》，人民文学出版社本

鸠居鹊巢，茑施松上，附生疣赘，不知剪截。

（唐）刘知幾《史通》卷三《表历》，《史通通释》，上海古籍出版社本

陶冶性灵存底物，新诗改罢自长吟。熟知二谢将能事，颇学阴何苦用心。

（唐）杜甫《解闷十二首》其七，《杜诗详注》卷十七，中华书局本

在一人家见白公诗草数纸，点窜涂抹，及其成篇，殊与初作不侔也。

（宋）王直方《王直方诗话》，《宋诗话辑佚》本

李太白三拟词选不如意，悉焚之，唯留恨、别赋。及禄山反，制《胡无人》云："太白入月敌可摧。"及禄山死，太白入月去。

（宋）李颀《古今诗话》，《宋诗话辑佚》本

韩子苍云："东坡今集本《蜜酒歌》少两句，改数字。苏公下笔奇伟，尚窜定如此。尝语参寥曰：'如老杜言新诗改罢自长吟者，乃知此老用心甚苦，后人不复见其剞劂，但称其浑厚耳。'"

(宋)胡仔《苕溪渔隐丛话》前集卷第八，人民文学出版社本

《冷斋夜话》云："白乐天每作诗，令一老妪解之，问曰：'解否？'妪曰解，则录之，不解，则又复易之。故唐末之诗，近于鄙俚。"又张文潜云："世以乐天诗为得于容易而来，尝于洛中一士人家，见白公诗草数纸，点窜涂之，及其成篇，殆与初作不侔。"

(宋)胡仔《苕溪渔隐丛话》前集卷第八，人民文学出版社本

《后山诗话》云："苏诗始学刘禹锡，故多怨刺，学不可不谨也。晚学太白，至其得意，则似之矣，然失于粗，以其得之易也。"

(宋)胡仔《苕溪渔隐丛话》前集卷第四十二，人民文学出版社本

东坡《赤壁赋》云："扣舷而歌之，歌曰"云云，"客有吹洞箫者，倚歌而和之，其声呜呜然，如怨如慕"，山谷为坡写此赋为图障云："扣舷而歌曰"，又云："其声呜呜，如怨如慕"，去"之""歌""然"三字，觉神观精锐。孙仲孟作上梁文云："老蟾驾月，上千岩紫翠之间，一鸟呼风，啸万木丹青之表"，周茂振曰："既呼又啸，易啸为响。"

(宋)杨万里《诚斋诗话》，《历代诗话续编》本

钦夫文字不甚改，改后往往反不好。亚夫曰："欧公文字愈改愈好。"……

欧公文，亦多是修改到妙处。顷有人买得他《醉翁亭记》稿，初说滁州四面有山，凡数十字，末后改定，只曰："环滁皆山也。"五字而已，如寻常不经思虑，信意所作言语。

(宋)朱熹《论文上》，《朱子语类》卷一百三十九，清同治应元书院刊本

草就篇章只等闲，作诗容易改诗难。玉经雕琢方成器，句要丰腴字要安。

(宋)戴复古《论诗十绝》其十，《石屏诗集》卷七，《四部丛刊》本

《笔谈》云：唐人以诗主人物，故虽小诗，莫不挺操极工而后已，而所谓月锻季炼者，信非虚言。退之《城南联句》首句云："竹影金锁碎"，见日光耳，非竹影也。若题中有日字，则曰："竹影金锁碎"可也。

(宋)张镃《诗学规范》，《宋诗话辑佚》附辑本

子苍蜀人，学出苏氏，与豫章不相接，吕公强之入派，子苍殊不乐。其诗有磨淬剪截之功，终身改窜不已，有已写寄人数年，而追取更易一两字者，故所作少而善。

(宋)刘克庄《江西诗派序·韩子苍》，《后村先生大全集》卷九十五，《四部丛刊》本

柳子厚"渔翁夜傍西岩宿"之诗，东坡删去后二句，使子厚复生，亦必心服。谢朓："洞庭张乐地，潇湘帝子游。云去苍梧野，水还江汉流。停骖我怅望，辍棹子夷忧。广平听方籍，茂陵将见求。心事俱已矣，江上徒离忧"。予谓"广平听方籍，茂陵将见求"一联删去，只用八句，方为浑然。不知识者以为何如。

(宋)严羽《沧浪诗话·考证》，《沧浪诗话校释》，人民文学出版社本

词既成，试思前后之意不相应，或有重叠句意，又恐字面粗疏，即为修改；改毕净写一本，展之几案间，或贴之壁，少顷再观，必有未稳处，又须修改；至来日再观，恐又有未尽善者；如此改之又改，方成无瑕之玉。倘急于脱稿，倦事修择，岂能无病，不惟不能全美，抑且未协音声。作诗者且犹旬锻月炼，况于词乎！

(宋)张炎《词源·制曲》，人民文学出版社本

古语云：大匠不示人以璞，盖恐人见其斧凿痕迹也。黄鲁直于相国寺，得宋子京《唐文稿》一册，归而熟观之，自是文章日进。此无他也，见其窜易句字与初造意不同，而识其用意所起故也。

(宋)朱弁《曲洧旧闻》卷四，《丛书集成》本

读欧公文，疑其自肺腑流出，而无斲削工夫。及见其草，逮其成篇，与始落笔十不存五六者，乃知为文不可容易。班固云："急趋无善乐。"良有以也。

（宋）朱弁《曲洧旧闻》卷四，《丛书集成》本

旧说欧阳文忠公曾作一二字小简，亦必属稿，其不轻易如此。然今集中所见乃明白平易，反若未尝经意者，而自然尔雅，非常人所及。东坡大抵相类。初不过为文采也，至黄鲁直始专集取古人才语，以叙事虽造次，闲必期于工，遂以名家。二十年前士大夫翕然效之，至有不治他事而专为之者，亦各一时所尚而已。方古文未行时，虽小简亦多用四六，而世所传宋景文公《刀笔集》，虽平文而务为奇险，至或作三字韵语，近世盖未之见。予在馆中时，盛暑中傅崧卿给事以冰馈同舍，其简云："蓬莱道山，群仙所游；清异人镜，不风自凉；火云剩空莫之能炎，饷以冷雪是谓附益。"读者莫解。或曰："此灵棋经耶。"一坐大笑，而不知其渊源亦有自也。

（宋）朱弁《曲洧旧闻》卷九，《丛书集成》本

全篇锻炼，首尾有法。

（元）陈绎曾《诗谱》，《历代诗话续编》本

皮日休曰："百炼成字，千炼成句。"

（明）王世贞《艺苑卮言》卷一，《历代诗话续编》本

读大作，玼玼琤琤，鲜发可喜。加以珑琢，魁卷无疑。苏有妪卖水磨扇者，磨一月，直可两，半月者八百钱。工力贵贱可知。吾乡文字，近不能与天下争价者，一两日水磨耳。

（明）汤显祖《与康曰颖》，《汤显祖诗文集》卷四十九，上海古籍出版社本

陈后山携所作谒南丰，一见爱之，因留款语。适欲作一文字，因托后山为之。后山穷日力方成，仅数百言。明日以逞南丰，南丰云，"大略也好，只是冗字多，不知可略删动否？"后山因请改窜。南丰就坐，取笔抹

处，连一两行，便以授后山。凡削去一二百字，后山读之，则其意尤完，因叹服，遂以为法。所以后山文字简洁如此。

（明）陈继儒《佘山诗话》卷上，《丛书集成》本

诗不改不工，老杜所谓"语不惊人死不休"是也。今人第哂香山诗率易，不知其诗亦非草草就者。宋张文潜尝得公诗草真迹，点窜多与初作不侔矣。

（明）胡震亨《唐音癸签》卷二十六，古典文学出版社本

伯子曰："多作不如多改，善改不如善删，然其所删，亦颇有可观者。

（清）魏禧《伯子文集序》，《魏叔子文集》卷八，易堂刻本

今夫和之璧，晋之垂棘，宋之结绿，见而钦为宝也，而毋遽焉，雕之琢之，合肉好焉。南山之松柏，龙门之桐，吴楚之豫章梗楠，望而知为材也，而毋遽焉，度之绳之，中尺度焉。然后出为世用，其不以为珪璋，为梁栋也，有是理哉？

（清）邵长蘅《贺徐学人成进士序》，《青门剩稿》卷四，愚斋丛书刻青门草堂藏本

诗不可不造句。江中日早，残冬立春，亦寻常意思，而王湾云："海日生残夜，江春入旧年。"一经锤炼，便成警绝，宜张曲江悬以示人。

（清）沈德潜《说诗晬语》卷下，《清诗话》本

写景写情，不宜相碍，前说晴，后说雨，则相碍矣。亦不可犯复，前说沅澧，后说衡湘，则犯复矣。即字面亦须避忌字同义异者，或偶见之，若字义俱同，必从更易。如"暮云空碛时驱马"、"玉靶角弓珠勒马"，终是右丞之累。杜诗云："新诗改罢自长吟。"改则弊病去，长吟则神味出。

（清）沈德潜《说诗晬语》卷下，《清诗话》本

《魏将军歌》中四句云："星缠宝铰金盘陀，夜骑天驷超天河。欃枪荧惑不敢动，翠蕤云旃相荡摩。"质言之，只是匹马纵横，削平僭乱，如

入无人之境耳，却作浓语括之。此设色所以可贵，然须有力量锤炼得有火色。

（清）张谦宜《絸斋诗谈》卷四，《清诗话续编》本

诗少作则思涩，多作则手滑；医涩须多看古人之诗，医滑须用剥进几层之法。

（清）袁枚《随园诗话》卷四，人民文学出版社本

《北史》称：庾自直为隋炀帝改诗，许其诋呵。帝必削改至于再三，俟其称善而后已。炀帝虽非令主，如此虚心，亦云难得。第"改章难于造篇，易字艰于代句。"刘勰所言，深知甘苦矣。

（清）袁枚《随园诗话》卷八，人民文学出版社本

叶多花蔽，词多语费，割之为佳，非忍不济。骊龙选珠，颗颗明丽，深夜九渊，一取万弃。知熟必避，知生必避。入人意中，出人头地。

（清）袁枚《续诗品·割忍》，《续诗品注》，人民文学出版社本

改诗难于作，辛苦无定程。万谋箸不下，九转丹难成。游觉后历妙，陈悔前茅轻。抽丝绪益引，汲井泉弥清。妆严绝色显，叶割孤花明。如探海岳胜，人到仙不行；如奏钧天律，乌哑凤始鸣。脱去旧门户，仍存古典型。

（清）袁枚《改诗》，《小仓山房诗集》卷十五，《四部备要》本

坡诗放笔快意，一泻千里，不甚锻炼。如少陵《登慈恩寺塔》云："俯视但一气，焉能辨皇州？"以十字写塔之高，而气象万千。东坡《真兴寺阁》云："山川与城郭，漠漠同一形；市人与鸦鹊，浩浩同一声。"以二十字写阁之高，尚不如少陵之包举。此炼不炼之异也。又少陵《出塞》诗："落日照大旗，马鸣风萧萧。"觉字句外别有幽、燕沉雄之气。坡公《五丈原怀诸葛公》诗："吏士寂如水，萧萧闻马挝。"虽形容军容整肃，而魄力不及远矣。

（清）赵翼《瓯北诗话》卷五，人民文学出版社本

情景脱化，亦俱从字句锻炼中出，古人到后来，只更无锻炼之迹耳。而《宋诗钞》则惟取其苍直之气，其于词场祖述之源流，概不之讲。后人何自而含英咀华？势必日袭成调，陈陈相因耳。此乃所谓腐也。何足以服嘉、隆诸公哉？

（清）翁方纲《石洲诗话》卷三，人民文学出版社本

琢玉为器，所弃之玉未必不良于所存者也，玉人攻去而不惜者？以为瑜而无当，不异于瑕也；制锦为衣，所割之锦未必不美、于所留者也，锦工断弃而不顾者，以为华而无当，不异于敝也。噫！吾观文学之士，不求其当而争夸于美且富者，何纷纷耶！

（清）章学诚《杂说》，《文史通义·内篇六》，《章氏遗书》卷六，嘉业堂本

唐子西曰："吾于他文，不至蹇涩，唯作诗极艰苦，悲吟累日，仅自成篇。初读时未见可羞处，姑置之；后数日取读，便觉瑕疵百出，辄复悲吟累日，反复改定，比之前作稍有加焉；后数日复取读，疵病复出。凡如此数四，乃敢示人，然终不能工。"甚矣古人成诗之难也！

（清）乔亿《剑溪说诗》卷下，《清诗话续编》本

一唱三叹，由于千锤百炼。今人都以平淡为易易，知其未吃甘苦来也。右丞"雨中山果落，灯下草虫鸣"，其难有十倍于"草枯鹰眼疾，雪尽马蹄轻"者。到此境界，乃自领之，略早一步，则成口头语，而非诗矣。

（清）潘德舆《养一斋诗话》卷三，《清诗话续编》本

词成，录出粘于壁，隔一二日读之，不妥处自见，改去，仍录出粘于壁，隔一二日再读之，不妥处又见，又改之。如是数次，浅者深之，直者曲之，松者炼之，实者空之。然后录呈精于此者，求其评定，审其弃取之所由，便知五百年后此作之传不传矣。

（清）孙麟趾《词径》，《词话丛编》本

炼篇、炼章、炼句、炼字，总之所贵乎炼者，是往活处炼，非往死处

炼也。夫活亦在乎认取诗眼而已。

（清）刘熙载《艺概·诗概》，上海古籍出版社本

2. 炼句妙在浑然

炼句

要雄伟清健，有金石声。

（元）杨载《诗法家数》，《历代诗话》本

凡炼句妙在浑然。一字不工，仍造物之不完，愚论已详首卷。许浑《原上居》诗："独愁秦树老，孤梦楚山遥。"此上一字欠工，因易为"羁愁秦树老，归梦楚山遥"。释无可《送裴明府》诗："山春南去棹，楚夜北归鸿。"此亦上一字欠工，因易为"江春南去棹，关夜北归鸿"。刘长卿《别张南史》诗："流水朝还暮，行人东复西。"此上二字欠工，因易为"旅思朝还暮，生涯东复西"。周朴《塞上行》诗："巷有千家月，人无万里心。"此中二字欠工。因易为"巷冷几家月，人孤千里心"。诸作完其造物，以俟后之赏鉴者。

（明）谢榛《四溟诗话》卷四，人民文学出版社本

对有工而反俗者，如许浑《赠王山人》"君臣药在宁忧病，子母钱多岂患贫"，固知炼句必先拣料。

（清）贺裳《载酒园诗话》卷一，《清诗话续编》本

炼句之法，莫如徐讽勤改，其紧要尤在审势。如通体壮丽，忽著清淡句不得。余可类推。上文气紧，须用缓句；上文气重，须用劲句。下文向里，则上句放开；下句拖漾，则上句卷收。此皆古人成法，不可离者。但不可推句掩意，爱句伤气耳。若夫句中分派头，此又随人笔性学力，不可豫定者也。

（清）张谦宜《𬘓斋诗谈》卷三，《清诗话续编》本

坡诗不以炼句为工，然亦有研炼之极，而人不觉其炼者。如："年来万事足，所欠惟一死"，"饥来据空案，一字不堪煮"，"周公与管蔡，恨

不茅三间";人间无正味,美好出艰难","剑米有危炊,毡针无稳坐","舌音渐獠变,面汗尝骍羞","云碓水自舂,松门风为关","潜鳞有饥蛟,掉尾取渴虎"。此等句在他人虽千锤万杵,尚不能如此爽劲;而坡以挥洒出之,全不见用力之迹,所谓天才。

(清)赵翼《瓯北诗话》卷五,人民文学出版社本

炼字在字上用力。若炼句,当以浑成自然为尚,著一毫斧凿痕不得,不能以字法论也。宋人《诗眼》谓"好句要须好字",以"炼字不如炼句"语为未安,不亦谬乎?

(清)陈仪《竹林答问》,《清诗话续编》本

康乐诗较颜为放手,较陶为刻意,炼句用字,在生熟深浅之词。

(清)刘熙载《艺概·诗概》,上海古籍出版社本

3. 诗改一字　界判人天

"白鸥没浩荡,万里谁能驯?""没"若作"波"字,则失一篇之意。如鸥之出没万里,浩荡而去,其气可知。又"没"字当是一篇暗关锁也,盖此诗只论浮沉耳。今人诗不及古人处,惟是做不成。

(宋)吴可《藏海诗话》,《历代诗话续编》本

世俗所谓乐天《金针集》,殊鄙浅,然其中有可取者,"炼句不如炼意",非老于文学不能道此。又云:"炼字不如炼句",则未安也。好句要须好字,如李太白诗:"吴姬压酒唤客尝",见新酒初熟,江南风物之美,工在"压"字。老杜《画马诗》:"戏拈秃笔扫骅骝",初无意于画,偶然天成,工在"拈"字。抑诗:"汲井漱寒齿",工在"汲"字。工部又有所喜用字,如"修竹不受暑","野航恰受两三人","吹面受和风","轻燕受风斜","受"字皆入妙。老坡尤爱"轻燕受风斜",以谓燕迎风低飞,乍前乍却,非"受"字不能形容也。至于"能事不受相促迫","莫受二毛侵",虽不及前句警策,要自稳惬尔。

(宋)范温《潜溪诗眼》,《宋诗话辑佚》本

诗在与人商论，深求其疵而去之，等闲一字放过则不可，殆近法家，难以言恕矣。故谓之诗律。东坡云："敢将诗律斗深严"，余亦云：律伤严，近寡恩。大凡立意之初，必有难易二涂。学者不能强所劣，往往舍难而趋易，文章罕工，每坐此也。作诗自有稳当字，第思之未到耳。皎然以诗名于唐，有僧袖诗谒之，然指其《御沟诗》云："'此波涵圣泽'，波字未稳当改。"僧怫然作色而去。僧亦能诗者也，皎然度其去必复来，乃取笔作"中"字掌中，握之以待。僧果复来，云欲更为"中"字如何，然展手示之，遂定交。要当如此乃是。

（宋）强幼安《唐子西文录》，《历代诗话》本

作诗在于练字，如老杜"飞星过水白，落月动沙虚"，是练中间一字。"地坼江帆隐，天清木叶闻"，是练末后一字。《酬素都督早春》诗云："红入桃花嫩，青归柳叶新"，若非"入"与"归"二字，则与儿童之诗何异。

（宋）阮阅《诗话总龟》后集卷二十四，《四部丛刊》本

王荆公绝句云："京口瓜洲一水间，钟山只隔数重山。春风又绿江南岸，明月何时照我还。"吴中士人家藏其草，初云"又到江南岸"，圈去到字，注曰不好，改为过，复圈去而改为入，旋改为满，凡如是十许字，始定为绿。黄鲁直诗："归燕略无三月事，高蝉正用一枝鸣。"用字初曰抱，又改曰占、曰在、曰带、曰要，至用字始定。予闻于钱伸仲大夫如此。今豫章所刻本，仍作"残蝉犹占一枝鸣"。向巨原云："元不伐家有鲁直所书东坡《念奴娇》，与今人歌不同者数处，如浪淘尽为浪声沉，周郎赤壁为孙吴赤壁，乱石穿空为崩云，惊涛拍岸为掠岸，多情应笑我早生华发为多情应是笑我生华发，人生如梦为如寄。"不知此本今何在也？

（宋）洪迈《容斋续笔》卷八，上海古籍出版社本

半山《挽裕陵》云："玉暗蛟龙蛰，金寒雁鹜飞。"《挽吴春卿》云："曲突非无验，方穿有不行。"炼字斲对无遗巧。

（宋）刘克庄《后村诗话》前集卷二，中华书局本

岭下保冒县沙水村进士徐信，言东坡北归时，过其书斋，煮茗题壁，

又书一帖云：尝见王平甫自负其甘露寺诗："平地风烟飞白鸟，半山云木卷苍藤。"余应之曰：精神全在"卷"字上，但恨"飞"字不称耳。平甫沉吟久之，请余易，余遂易之以"横"字，平甫叹服。大抵作诗当日煅月炼，非欲夸奇斗异，要当淘汰出合用字。此建中靖国元年正月三日甲子玉局老书，而赵德麟以为陈知默诗，东坡必不误矣。

（宋）魏庆之《诗人玉屑》卷八，上海古籍出版社本

句法中有字面，盖词中一个生硬字用不得，须是深加煅炼。字字敲打得响，歌诵妥溜，方为本色语。如贺方回、吴梦窗皆善于炼字面，多于温庭筠、李长吉诗中来。字面亦词中之起眼处，不可不留意也。

（宋）张炎《词源·字面》，人民文学出版社本

诗要炼字，字者眼也。如老杜诗："飞星过水白，落月动檐虚。"炼中间一字。"地坼江帆隐，天清木叶闻。"炼末后一字。"江入桃花嫩，青归柳叶新。"炼第二字。非炼归入字，则是儿童诗。又曰"暝色赴春愁"，又曰"无因觉往来"。非炼赴觉字便是俗诗。如刘沧诗云："香消南国美人尽，怨入东风芳草多。"是炼消入字。"残柳宫前空露叶，夕阳川上浩烟波"。是炼空浩二字，最是妙处。

（元）杨载《诗法家数》，《历代诗话》本

前辈有教人炼字之法，谓如老杜"飞星过水白，落月动沙虚"，是炼第三字法，"地坼江帆隐，天清木叶闻"，是炼第五字法之类。不知古人落想便幻，触景便幽，"飞星过水白"，与《人日》诗"云随白水落"皆当时实有此境，入他想中，无非空幻。"落月动沙虚"，则满眼是幻，不可思议，但非老杜形容不出耳。岂胸中先有"飞星水白"、"落月沙虚"八字，而后炼"过"、"动"二字以欺人乎？"天清木叶闻"与孟浩然"荷枯雨滴闻"，两"闻"字亦真亦幻，皆以落韵自然为奇，即作者亦不自知，何暇炼乎？落韵自然，莫如摩诘，如"潮来天地青"，"行踏空庭落叶声"，"青"字"声"字偶然而落，妙处岂复有痕迹可寻，总之本领人下语下字，自与凡人不同，虽未尝不炼，然指他炼处，却无炉火之迹。若不求其本领，专学他一二字为炼法，是药汞银，非真丹也。吾尝谓眼前寻常景，家人琐俗事，说得明白，便是惊人之句。盖人所易道，即人所不

能道也。如飞星过水，人人曾见，多是错过，不能形容，亏他收拾点缀，遂成奇语。骇其奇者，以为百炼方就，而不知彼实得之无意耳。即如"池塘生春草"，"生"字极现成，却极灵幻。虽平平无奇，然较之"园柳变鸣禽"更为自然。"枫落吴江冷"，"空梁落燕泥"，与摩诘"雨中山果落"，老杜"叶里松子僧前落"，四"落"字俱以现成语为灵幻。又如老杜"杖藜还客拜"，"旧犬喜我归"，王摩诘"野老与人争席罢"，高达夫"庭鸭喜多雨"，皆现成琐俗事，无人道得，道得即成妙诗，何尝炼"还"字、"喜"字、"罢"字以为奇耶？诗家固不能废炼，但以炼骨炼气为上，炼句次之，炼字斯下矣。惟中晚始以炼字为工，所谓"推敲"是也。然如"僧敲月下门"，"敲"字所以胜"推"字者，亦只是眼前现成景，写得如见耳。若喉吻间吞吐不出，虽经百炼，何足贵哉。

（清）贺贻孙《诗筏》，《清诗话续编》本

诗人一字苦冥搜，论古应从象罔求。不是临川王介甫，谁知暝色赴春愁。

（清）王士祯《戏仿元遗山论诗绝句三十二首》，《渔洋人精华录训纂》卷五下，《四部备要》本

诗有不用浅深，不用变换，略易一二字，而其味油然自出者，妙于反覆咏叹也。《苤苢》、《殷其靁》后，张平子《四愁》得之。

（清）沈德潜《说诗晬语》卷上，《清诗话》本

诗句中有眼，须炼一实字，句便雅健。如"行云星隐见，叠浪月光芒"（杜甫），"古砌碑横草，阴廊画杂苔"（司空曙）"旅愁春入越，乡梦夜归秦"（杜甫），"星河秋一雁，砧杵夜千家（韩翃），"夜潮人到郭，昏雾鸟啼山"（张祜），"残暑蝉催尽，新秋雁带来"（白居易）。又须用一响字，如"白沙留月色，绿竹助秋声"（李白），"孤灯然客梦，寒杵捣乡愁"（岑参），"荷香销晚夏，菊气入新秋"（骆宾王）。又有故用一拗字者，如"掬水月在手，弄花香满衣"（于良史），"渡口月初上，人家渔未归"（刘长卿），"残影郡楼月，一声关树鸡"（刘沧）。此皆第三字致力也。

（清）冒春荣《葚原诗说》卷之一，《清诗话续编》本

所谓炼字者，非两合为一，少并成多之类。只是字字有来历，字字相照顾，无处不明净，无处不牢固，然后托得我意思出，藏得我意思住。然又须浑成不见斧凿痕，如做填金嵌宝器皿，光彩耀目，而以手扪之，平滑无碍，迹若天成。此非料足，实是手高。

（清）张谦宜《𦈼斋诗谈》卷三，《清诗话续编》本

炼字之法，莫妙于换了再看。熟字不稳换生字，生字不稳，亦不妨换熟字。雅俗虚实，哓哑明晦，死生宽紧之类，莫不互更迭改，务求快心。久久习惯，久久淹博，自然矢不虚发矣。

（清）张谦宜《𦈼斋诗谈》卷三，《清诗话续编》本

《月夜忆舍弟》："戍鼓断人行，秋边一雁声。"若作"雁一声"，便浅俗，"一雁声"便沉雄。诗之贵炼，只在字法颠倒间便定。

（清）张谦宜《𦈼斋诗谈》卷四，《清诗话续编》本

诗改一字，界判人天。非个中人不解。齐己《早梅》云："前村深雪里，昨夜几枝开。"郑谷曰："改'几'字为'一'字，方是早梅。"齐乃下拜。其作《御沟诗》曰："此波涵帝泽，无处濯尘缨。"以示皎然，皎然曰："'波'字不佳"，其怒而去。皎然暗书一"中"字在手心待之，须臾，其人狂奔而来，曰"已改'波'字为'中'字矣"。皎然出手心示之，相与大笑。

（清）袁枚《随园诗话》卷十二，人民文学出版社本

刘梦得"瀼西春水縠纹生"句，晏同叔谓作生熟之"生"解乃健。予思之不得其义，殆宋人炼字之法，力求峭健，多拗曲而不明，并以此忖度唐贤欤？赵昌父谓"古人以学为诗，今人以诗为学"。炼字之法传，即"以诗为学"之一端也。

（清）潘德舆《养一斋诗话》卷一，《清诗话续编》本

有炼实字者，如老杜"浮云连海岱，平野入青徐"，"连"字、"入"字为单炼；"花妥莺捎蝶，溪喧獭趁鱼"，"妥、捎"，"喧、趁"，每句各两字为双炼。此其一隅也。有炼虚字者，如"江山有巴蜀，栋宇自齐

梁","有"字、"自"字是也。有炼半虚半实字者，如"桑麻深雨露，燕雀半生成"是也。有炼叠字者，如"练练川上云，纤纤林表霓"，"练练"、"纤纤"是炼，然犹有本也。若"野日荒荒白，江流泯泯清"，"山市戎戎暗，江云淰淰寒"，戛戛生造，而景象神趣，全在数叠字内现出，巧夺天工矣。炼实字易，诗人多能之。炼虚字难，炼半虚半实字及炼叠字更难。此事盛唐以后，鲜乎为继矣。

（清）陈仅《竹林答问》，《清诗话续编》本

炼字，数字为炼，一字亦为炼；句则合句首、句中、句尾以见意，多者三四层，少亦不下两层。词家或遂谓字易而句难，不知炼句固取相足相形，炼字亦须遥管遥应也。

（清）刘熙载《艺概·经义概》，上海古籍出版社本

炼字贵坚凝，又贵妥溜。句中有炼一字者，如"雁风吹裂云痕"是，有炼两三字者，如"看足柳昏花暝"是，皆极炼如不炼也。

（清）沈祥龙《论词随笔》，《词话丛编》本

七律下字炼句，须解高、亮二字；不高不亮，诗虽好，亦减成色。讲求高亮，尤须辨虚响实响。凡声有余，意不足，或意虽是，气不沉，光太露者，皆谓之虚响。明七子学盛唐，每犯此病。

（清）施补华《岘佣说诗》，《清诗话》本

《清苑斋集》宋赵师秀撰……其诗亦学晚唐，然大抵多得于武功一派，专以炼句为工，而句法又以炼字为要。如《诗人玉屑》载师秀《冷泉夜坐》诗："楼钟晴更响，池水夜知深"一联，后改"更"字为"听"字，改"知"字为"观"字。《病起》诗："朝客偶知承送药，野僧相保为持经"一联，后改"承"字为"亲"字，"为"字为"密"字，可以知其门径矣。又《梅磵诗话》杜小山问句法于师秀，答曰：但能饱吃梅花数斗，胸次玲珑，自能作诗云云。故其诗主于野逸清瘦，以矫江西之失，而开宝遗风，则不复沿溯也。

（清）永瑢等《四库全书总目》卷一六二，集部·别集类十五，中华书局本

4. 炼句炼字　不如炼意

何故谓之诗？诗者言其志。既用言成章，遂道心中事。不止炼其辞，抑亦炼其意。炼辞得奇句，炼意得余味。

（宋）邵雍《论诗吟》，《伊川击壤集》卷十一，《四部丛刊》本

诗人以诗主人物，故虽小诗，莫不挺踪极工而后已。所谓"句锻月炼"者，信非虚言。小说崔护《题城南诗》，其始曰："去年今日此门中，人面桃花相映红。人面不知何处去，桃花依旧笑春风。"后以其意未全，语未工，改第三句曰："人面只今何处在。"至今所传此两本，唯《本事诗》作"只今何处在。"唐人工诗，大率多如此。虽有两"今"字不恤也，取语意为主耳。后人以其有两"今"字，只多行前篇。

（宋）沈括《艺文》一，《梦溪笔谈》卷十四，中华书局本

诗以意为主，又须篇中炼句，句中炼字，乃得工耳。以气韵清高深眇者绝，以格力雅健雄豪者胜。元轻白俗，郊寒岛瘦，皆其病也。

（宋）张表臣《珊瑚钩诗话》卷一，《历代诗话》本

虞伯生《送袁伯长扈驾上都》诗中联云："山连阁道晨留辇，野散周庐夜属橐。"以示赵承旨。子昂曰：美则美矣。若改"山"为"天"，"野"为"星"，则尤美。虞深服之。盖炼字炼句之法，与篇法并重，学者不可不知，于此可悟三昧。(《古夫于亭杂录》)

（清）王士禛《带经堂诗话》卷三，人民文学出版社本

今夫吴子之剑，铦矣利矣，其光溢矣，方且炼质于《三百篇》、《楚骚》之冶，淬铓于子史之炉，苏、李为室，魏、晋为铗，李、杜以为镡，韩、苏以为锷，三唐、宋、元诸家以为脊、为韬、为鹿卢，直之无前，举之无上，案之无下，运之无旁。

（清）邵长蘅《吹剑集序》，《青门剩稿》卷四，愚斋丛书刻青门草堂藏本

古人不废炼字法，然以意胜而不以字胜，故能平字见奇，常字见险，陈字见新，朴字见色。近人挟以斗胜者，难字而已。

（清）沈德潜《说诗晬语》卷下，《清诗话》本

以十字道一字者，拙也，约之以五字则工矣。以五字道一事者，拙也，见数事于五字则工矣。如韦应物"浮云一别后，流水十年间"，权德舆则以"十年曾一别"五字尽之。如高适"大都秋雁少，只是夜猿多"，马戴则云"楚雨沾猿暮，湘云拂雁秋"，"猿"、"雁"之外更道数事。此所谓炼字、炼句尤不如炼意也。

（清）冒春荣《葚原诗说》卷之一，《清诗话续编》本

作诗高手在炼意，炼格、炼词次之。词、格之炼，人恒知之，至炼意则未必知也。故知炼意者，可与言诗。

（清）叶矫然《龙性堂诗话初集》，《清诗话续编》本

或者以其平易近人，疑其少炼；抑知所谓炼者，不在乎奇险诘曲、惊人耳目，而在乎言简意深，一语胜人千百。此真炼也。放翁工夫精到，出语自然老诘，他人数言不能了者，只用一二语了之。此其炼在句前，不在句下，观者并不见其炼之迹，乃真炼之至矣。试观唐以来古体诗，多有至千余言四五百言者；放翁古诗，从未有至三百言以外，而浑灏流转，更觉沛然有余，非其炼之极功哉！至近体之刮垢磨光，字字稳惬，更无论矣。

（清）赵翼《瓯北诗话》卷六，人民文学出版社本

诗有似率而实炼者，盖炼在意在气在篇，不在字句也。字句又何尝不炼，但出语自然，不使人觉耳。

（清）乔亿《剑溪说诗》卷下，《清诗话续编》本

炼字不如炼句，炼句不如炼意，炼意不如炼格。何谓炼字？曰：如王子安之"兰气薰山酌，松声韵野弦"，岑嘉州之"涧花然暮雨，潭树暖春云"之类是也。何谓炼句？曰：如少陵之"美花多映竹，好鸟不归山"，太白之"山随平野尽，江入大荒流"，刘随州（长卿）之"竹怜新雨后，山爱夕阳时"之类是也。何谓炼意？如左太冲之"非必丝与竹，山水有

清音",庾子山之"今朝梅树下,定有咏花人",常少府之"天际一帆影,预悬离别心",暨王湾之"客路青山外,行舟绿水前。潮平两岸阔,风正一帆悬。海日生残夜,江春入旧年。乡书何处达?归雁洛阳边"(《次北固山下》)之类是也。何谓炼格?如古之"橘柚垂华实,乃在深山侧。闻君好我甘,窃独自雕饰。委身玉盘中,历年冀见食。芳菲不相投,青黄忽改色。人倘欲我知,因君为羽翼"。及右丞之"绝域阳关道,胡沙与塞尘。三春时有雁,万里少行人。首蓿随天马,葡萄逐汉臣。当令外国惧,不敢觅和亲"(《送刘司直赴安西》)。少陵之"西蜀樱桃也自红,野人相赠满筠笼。数回细写愁仍破,万颗匀圆讶许同。忆昨赐沾门下省,退朝擎出大明宫。金盘玉筋无消息,此日尝新任转蓬"(《野人送朱樱》)。其余如《秋兴八首》、《诸将五篇》等作,皆格之最整炼者也。

(清)王寿昌《小清华园诗谈》卷上,《清诗话续编》本

问:渔洋谓炼意,或谓安顿章法,惨淡经营处耳。此语渔洋亦自觉未安,究何如为炼意?

渔洋之言,乃炼局之法。炼意则同是一意,或高出一层,或翻进一层,或加以含蓄,或出以委婉,有与人不同处。即如登岘山者,胸中谁不有羊公数语,而孟浩然"人事有代谢"四句,更有人再能著笔否?此可隅反。

(清)陈仪《竹林答问》,《清诗话续编》本

问:炼意、炼句、炼字三项工夫,一诗中能并到否邪?

炼句、炼字皆以炼意为主,句、字须从意中出也。

(清)陈仪《竹林答问》,《清诗话续编》本

唐人"天清木叶闻","雨余看柳重"等句,炼在韵上一字,当即所谓炼韵也。选韵易,炼韵难。王直方"只觅好韵"之语,乃是选韵,非炼韵也。

(清)陈仪《竹林答问》,《清诗话续编》本

《文赋》云:"论精微而朗畅。"精微以意言,朗畅以辞言。精微者,不惟其难惟其是,朗畅者,不惟其易惟其达。

(清)刘熙载《艺概·文概》,上海古籍出版社本

论诗者，或谓炼格不如炼意，或谓炼意不如炼格。惟姜白石《诗说》为得之，曰："意出于格，先得格也。格出于意，先得意也。"

（清）刘熙载《艺概·诗概》，上海古籍出版社本

词以炼章法为隐，炼字句为秀。秀而不隐，是犹百琲明珠而无一线穿也。

（清）刘熙载《艺概·词曲概》，上海古籍出版社本

文家皆知炼句炼字，然单炼字句则易，对篇章而炼字句则难。字句能与篇章映照，始为文中藏眼，不然，乃修养家所谓瞎炼也。

（清）刘熙载《艺概·经义概》，上海古籍出版社本

论诗者谓炼字不如炼意，此未能炼意者之言也。夫炼字，亦炼字之意而已矣，岂舍意而别有所谓"炼字"乎？

（清）刘熙载《游艺约言》，《古桐书屋续刻三种》，清光绪刊本

填词之法首在炼意。命意既精，副以妙笔，自成佳构。次曰布局，虚实相生，顺逆兼用，抟扼紧凑，或离或即，波澜老成。前有引喤，后有妍唱，方为极布局之能事。次第炼句，四言偶句，必将锤炼，勿落平庸。散句尤宜斟酌，警策处多由此出。试观陆辅之《词旨》，所摘警句，皆散句也。偶句虽工，终是平板，散句之妙，直有不可思议者。此其所以尤宜注意也。次曰炼字，字生而炼之使熟，字俗而炼之使雅。篇中无一支辞长语，第觉处处清新。情生文，文生情。斯词乏能事毕矣。

（清）蒋兆兰《词说》，《词话丛编》本

5. 炼字炼句　诗家小乘

炼句炼字，诗家小乘，然出自名手，皆臻化境。盖名手炼句如掷杖化龙，蜿蜒腾跃，一句之灵，能使全篇俱活。炼字如壁龙点睛，鳞甲飞动，一字之警，能使全句皆奇。若炼一句只是一句，炼一字只是一字，非诗人也。

（清）贺贻孙《诗筏》，《清诗话续编》本

炼字乃小家筋节。四六文，梁、陈诗之余，炼字之妙，大不易及。子瞻文集只"山高月小，水落石出"八字耳。永叔曾无一字。唐诗炼字处不少，失此字便粗糙。画家云"烘染过度即不接"，苦吟炼句之谓也。注意于此，即失大端。唐僧无可云"听雨寒更尽，开门落叶深"，以雨声比落叶也。又云"微阳下乔木，远烧入秋山"，以远烧比微阳也。比物以意而不指其物，谓之象外句，非苦吟者不能也。

（清）吴乔《围炉诗话》卷之一，《清诗话续编》本

问曰："造句炼字如何？"答曰："造句乃诗之末务，炼字更小，汉人至渊明皆不出此。康乐诗矜贵之极，遂有琢句。梁、陈别论。陈伯玉复古之后，李、杜诸公偶一涉之，不以经意。中唐犹不甚重，至晚唐而人皆注意于此。所存既小，不能照顾通篇，以致神气萧飒。诗道至此，大厄运也。"

（清）吴乔《围炉诗话》卷之一，《清诗话续编》本

6. 诗不厌改

赋诗新句稳，不觉自长吟。

（唐）杜甫《长吟》，《杜诗详注》卷十四，中华书局本

韩子苍绍兴初寄居临川，周表卿时为宜黄丞。岁满，公以诗送之云："往时束带侍明光，曾看挥毫对御床，只道骅骝已腾踏，不知雕鹗尚摧藏。官民四合峰峦绿，驿路千林橘柚黄，莫恋乡关留不去，汉廷今重甲科郎。"其后改"峰峦绿"为"峰峦雨"，"橘柚黄"为"橘柚霜"。改"莫恋乡关留不去"，作"莫为艰难归故里"，益见其工。东坡曾语参寥云，如杜新诗改罢自长吟，乃知杜老用心甚苦。予以是知诗不厌改。

（宋）吴曾《记诗》，《能改斋漫录》卷十一，《丛书集成》本

老杜云："新诗改罢自长吟。"文字频改，工夫自出。近世欧公作文，先贴于壁，时加窜定，有终篇不留一字者。鲁直长年多改定前作，此可见大略，如《宗室挽诗》云："天网恢中夏，宾筵禁列侯"，后乃改云："属举左官律，不通宗室侯"，此工夫自不同矣。

（宋）吕本中《童蒙诗训》，《宋诗话辑佚》本

余编校《文苑英华》，如诗中数字异同，固不足怪。至苏《九日侍宴应制得时字韵》诗，《颐集》与《英华》略同，首句"嘉会宜长日"，而《岁时杂咏》作"并数登高日"……窃意《杂咏》乃传书录当时之本，其后编集八句，皆有改定，《文苑》因从之耳。杜甫云："新诗改罢自长吟。"信乎不厌雕琢也！

（宋）周必大《二老堂诗话》，《历代诗话》本

自昔词人琢磨之苦，至有一字穷岁月，十年成一赋者。白乐天诗词，疑皆冲口而成，及见今人所藏遗稿，涂窜甚多，欧阳文忠公作文既毕，贴之墙壁，坐卧观之，改正尽善，方出以示人。尝于文忠公诸孙望之处，得东坡先生数诗稿，其《和欧叔弼》诗云："渊明为小邑"，继圈去为字，改作求字，又连涂小邑二字，作县令字，凡三改乃成今句。至"胡椒铢两多，安用八百斛"，初云"胡椒亦安用，乃贮八百斛"，若如初语，未免后人疵议。又知虽大手笔，不以一时笔快为定，而惮于屡改也。

（宋）何薳《诗词事略》，《春渚纪闻》卷七，《丛书集成》本

"桃花细逐杨花落，黄鸟时兼白鸟飞"。[李商老云："尝见]徐师川说一士大夫家有老杜墨迹，其初云：'桃花欲共杨花语'，自以淡墨改三字，乃知古人字不厌改也。不然，何以有日锻月炼之语？"

（宋）佚名《漫叟诗话》，《宋诗话辑佚》本

吕氏《童蒙训》云："杜云：'新诗改罢自长吟'。文字频改，工夫自出，近世欧公作文，先贴于壁，时加窜定，有终篇不留一字者。"鲁直长年多改定前作。韩子苍云：今集本东坡蜜酒歌，少两句，改数字。苏公下笔奇伟，尚窜定如此。张文潜云：世以乐天诗为得于容易而来，尝于洛中一士人家，见白公诗草数纸，点窜涂之，及其成篇，殆与初作不侔。《唐子西语录》云："诗语最难事也。吾于他（原文作"佗"）文，不至塞涩，惟作诗甚苦。悲吟累日，仅能成篇。初读时未见可羞处，姑置之。明日取读，瑕疵百出，辄复悲吟累日，反复改正此之前时稍稍有加焉。复数日取出读之，疵病复出。凡如此数四，方敢示人，然终不能奇。"李贺母责贺曰："是儿必欲呕出心乃已。"非过论也。今之君子，动辄千百言，

略不经意，真可愧哉！

（明）陈继儒《读书镜》卷七，《丛书集成》本

7. 不可多改

醉汉琼筵风味殊，通仙铁笛海云孤。总饶割就时人景，却愧王维旧雪图。

（明）汤显祖《见改窜牡丹词者失笑》，《汤显祖诗文集》卷十九，上海古籍出版社本

《牡丹亭记》，要依我原本，其吕家改的，切不可从。虽是增减一二字以便俗唱，却与我原做的意趣大不同了。

（明）汤显祖《与宜伶罗章二》，《汤显祖诗文集》卷四十九，上海古籍出版社本

千招不来，仓猝忽至，十年矜宠，一朝捐弃。人贵知足，惟学不然，人功不竭，天巧不传。知一重非，进一重境；亦有生金，一铸而定。

（清）袁枚《续诗品三十二首·勇改》，人民文学出版社本

诗不可不改；不可多改。不改，则心浮；多改，则机室。要像初拓《黄庭》，刚到恰好处。孔子曰："中庸不可能也。"此境最难。

（清）袁枚《随园诗话》卷三，人民文学出版社本

8. "由丰入约" 留有余地

桓赫曰："刻削之道，鼻莫如大，目莫如小。鼻大可小，小不可大也。目小可大，大不可小也。"举事亦然，为其后可复者也，则事寡败矣。

（先秦）《韩非子·说林下》，《诸子集成》本

以余所见诗，当由丰入约，先约则不能丰矣；自广而趋狭，先狭则不能

广矣。《鸱鸮》、《七月》诗之皆极其节奏变态,而能上顾一切束以四十字乎?

(宋)刘克庄《野谷集序》,《后村先生大全集》卷九十四,《四部丛刊》本

9. 炼句下语　最是紧要

政贵有恒,辞尚体要,不惟好异。

(先秦)《尚书·毕命》,《十三经注疏》本

善歌者使人继其声,善教者使人继其志。其言也约而达。微而臧,罕譬而喻,可谓继志矣。

(先秦)《礼记·学记》,《十三经注疏》本

凡乐辞曰诗,诗声曰歌,声来被辞,辞繁难节;故陈思称李延年闲于增损古辞,多者则宜减之,明贵约也。

(南朝·梁)刘勰《文心雕龙·乐府》,人民文学出版社本

腴辞弗剪,颇累文骨。

(南朝·梁)刘勰《文心雕龙·议对》,人民文学出版社本

逮左氏为书,不遵古法,言之与事,同在传中。然而言事相兼,烦省合理,故使读者寻绎不倦,览讽忘疲。至于《史》、《汉》则不然,凡所包举,务存恢博,文辞入记,繁富为多。是以《贾谊》、《晁错》、《董仲舒》、《东方朔》等传,唯上录言,罕逢载事。夫方述一事,得其纪纲,而隔以大篇,分其次序。遂令披阅之者,有所懵然。

(唐)刘知幾《史通》卷二《载言》,《史通通释》,上海古籍出版社本

《易》以六爻穷变化,《经》以一字成褒贬,《传》包五始,《诗》含六义。故知文尚简要,语恶烦芜,何必款曲重沓,方称周备。

(唐)刘知幾《史通》卷三《表历》,《史通通释》,上海古籍出版社本

夫词寡者出一言而已周，才芜者资数句而方浃。案《左传》称绛父论甲子，隐言于赵孟；班《书》述楚老哭龚生，莫识其名氏。苟举斯一事，则触类可知。

  （唐）刘知幾《史通》卷六《浮词》，《史通通释》，上海古籍出版社本

昔尼父裁经，义在褒贬，明如日月，特用不刊。而史传所书，贵乎博录而已。至于本事之外，时寄抑扬，此乃得失禀于片言，是非由于一句。谈何容易，可不慎欤？但近代作者，溺于烦富，则有发言失中，加字不惬，遂令后之览者，难以取信。

  （唐）刘知幾《史通》卷六《浮词》，《史通通释》，上海古籍出版社本

《汉书·张苍传》云："年老口中无齿。"盖于此一句之内，去"年"及"口中"可矣。夫此六文成句，而三字妄加，此为烦字也。

  （唐）刘知幾《史通》卷六《叙事》，《史通通释》，上海古籍出版社本

盖饵巨鱼者，垂其千钧，而得之在于一筌。捕高鸟者，张其万罝，而获之由于一目。夫叙事者，或虚益散辞，广加闲说，必取其所要，不过一言一句耳。苟能同夫猎者渔者，既执而罝钓，必收其所留者，唯一筌一目而已，则庶几骈枝尽去，而尘垢都捐，华逝而实存，滓去而沈在矣！嗟乎！能损之又损，而玄之又玄，轮扁所不能语斤，伊挚所不能言鼎也。

  （唐）刘知幾《史通》卷六《叙事》，《史通通释》，上海古籍出版社本

昔古文义，务却浮词。《虞书》云："帝乃殂落，百姓如丧考妣。"《夏书》云："启呱呱而泣，予不子。"《周书》称"前徒倒戈，血流漂杵"。《虞书》云："四罪而天下咸服"。此皆文如阔略，而语实周赡，故览之者初疑其易，而为之者方觉其难，固非雕虫小技所能斥非其说也。

  （唐）刘知幾《史通》卷六《叙事》，《史通通释》，上海古籍出版社本

或有称咏松句云"影摇千尺龙蛇动,声撼半天风雨寒"者。一僧在坐,曰:"未若'云影乱铺地,涛声寒在空。'"或以语圣俞。圣俞曰:"言简而意不遗,当以僧语为优。"

(宋)王直方《王直方诗话》,《宋诗话辑佚》本

《楚国先贤传》云:"孙隽字文英,与李元礼俱娶太尉桓叔元女,时人谓桓叔元两女乘龙,言得婿如龙也。杜诗云:"门阑多喜色,女婿近乘龙。"宋景文亦云:"承家男得凤,择婿女乘龙。"事而不如宋之切当,至造语则杜浑厚而有工,是知文章当以韵为胜也。

(宋)潘淳《潘子真诗话》,《宋诗话辑佚》本

世谓兄弟为友于,谓子孙为贻厥者,歇后语也。子美诗曰:"山鸟山花皆友于",退之诗"谁谓贻厥无基址",(虽)韩、杜(亦)未能免俗。(何也?)

(宋)洪刍《洪驹父诗话》,《宋诗话辑佚》本

石曼卿诗云:"水活冰无日,枝柔树有春"。语活而巧。

(宋)吴可《藏海诗话》,《历代诗话续编》本

杨亿、刘筠作诗务积故实,而语意轻浅,一时慕之,号"西昆体",识者病之。

(宋)魏泰《临汉隐居诗话》,《历代诗话》本

唐人有诗云:"山僧不解数甲子,一叶落知天下秋。"及观陶元亮诗云:"虽无纪历志,四时自成岁。"便觉唐人费力。如《桃源记》言:"尚不知有汉,无论魏晋",可见造语之简妙。盖晋人工造语,而元亮其尤也。

(宋)强幼安《唐子西文录》,《历代诗话》本

欧阳公《进新唐书表》曰:"其事则增于前,其文则省于旧。"夫文贵于达而已,繁与省各有当也。《史记·卫青传》:"校尉李朔、校尉赵不虞、校尉公孙戎奴,各三从大将军获王,以千三百户封朔为涉轵侯,以千

三百户封不虞为随成侯,以千三百户封戎奴为从平侯。"《前汉书》但云:"校尉李朔、赵不虞、公孙戎奴,各三从大将军,封朔为涉轵侯,不虞为随成侯,戎奴为从严侯。"比于《史记》五十八字中省二十三字,然不若《史记》为朴赡可喜。

(宋)洪迈《容斋随笔》卷一,上海古籍出版社本

且所贵乎简者,非谓欲语言之少也,乃在中与不中尔。若句句亲切,虽多何害,若不亲切,愈少愈不达矣。

(宋)朱熹《小学》,《朱子语类辑略》卷二,《丛书集成》本

语贵脱洒,不可拖泥带水。

(宋)严羽《沧浪诗话·诗法》,《沧浪诗话校释》,人民文学出版社本

练句下语,最是紧要。如说桃,不可直说破桃,须用"红雨"、"刘郎"等字;说柳,不可直说破柳,须用"章台"、"灞岸"等字。又用事,如曰"银钩空满",便是书字了,不必更说书字;"玉筋双垂",便是泪了,不必更说泪。如"绿云缭绕",隐然髻发;"困便湘竹"分明是簟;正不必分晓,如教初学小儿,说破这是甚物事,方见妙处。往往浅学俗流,多不晓此妙用,指为不分晓,乃欲直捷说破,却是赚人与耍曲矣。如说情,不可太露。

(宋)沈义父《乐府指迷》,人民文学出版社本

山谷谓余作诗使《史》、《汉》间全语,有气骨,后因读孟浩然诗,见以吾一日长,异方之乐令人悲。及吾亦从此游,方悟山谷之语。

(宋)王构《修辞鉴衡》卷一,《丛书集成》本

金陵半山寺乃荆公旧宅,屋后有谢公墩,下临深沟,上有古木,余尝与漕幕诸公同游。荆公旧有诗云:"我名公字偶相同,我屋公墩在眼中。公去我来墩属我,不应墩姓尚随公。"他人欲檃括此意,非累数十言不可,而公以二十八字尽之,真得束广就狭体。

(元)韦居安《梅磵诗话》卷上,《历代诗话续编》本

古歌辞贵简远，《大风歌》止三句；《易水歌》止二句，其感激悲壮，语短而意益长。《弹铗歌》止一句，亦自有含悲饮恨之意。后世穷技极力，愈多而愈不及。予尝题柯敬仲墨竹曰："莫将画竹论难易，刚道繁难简更难。君看萧萧只数叶，满堂风雨不胜寒。"画法与诗法通者，盖此类也。

（明）李东阳《麓堂诗话》，《历代诗话续编》本

《书》曰："辞尚体要。"子曰："辞达而已矣。"荀子曰："乱世之征，文章匿采。"扬子所云"说铃书肆"，正谓其无体要也。吾观在昔文弊于宋。奏疏至万余言，同列书生，尚厌观之，人主一日万机，岂能阅之终乎？其为当时行状、墓铭，如将相诸碑，皆数万字。朱子作《张魏公浚行状》，四万字犹以为少。流传至今，盖无人能览一过者，繁冗故也。元人修《宋史》，亦不能删节。如反贼李全一传，凡二卷，六万余字，虽览之数过，亦不知其首尾何说，起没何地。宿学尚迷焉，能晓童稚乎？予语古今文章，宋之欧、苏、曾、王皆有此病，视韩、柳远不及矣。韩、柳视班、马又不及，班、马比三传又不及，三传比《春秋》又不及。予读左氏书赵朔赵同赵括事，茫然如堕蒙瞍，既书字，又书名，又书官，似谜语诳儿童者。读《春秋》之经，则如天开月明矣。然则古今文章，《春秋》无以加矣。公、榖之明白，其亚也；左氏浮夸繁冗，乃圣门之荆棘，而后人实以为珍宝，文弊之始也。爰忘其丑，可乎哉！

（明）杨慎《辞尚简要》，《升庵文集》卷五十二，明刊本

凡作近体，诵要好，听要好，观要好，讲要好。诵之行云流水，听之金声玉振，观之明霞散绮，讲之独茧抽丝。此诗家四关。使一关未过，则非佳句矣。

（明）谢榛《四溟诗话》卷一，人民文学出版社本

白乐天诗，善用俚语，近乎人情物理。元微之虽同称，差不及也。李西涯诗话云："乐天赋诗，用老妪解，故失之粗俗。"此语盖出于宋僧洪觉范之妄谈，殆无是理也。近世学者往往因此而蔑裂弗视。吴文定公读《白氏长庆集》，有云："苏州刺史十编成，句近人情得俗名。垂老读来尤有味，文人从此莫相轻。"

（明）俞弁《逸老堂诗话》卷下，《历代诗话续编》本

自来作传奇者，止重填词，视宾白为末着。常有《白雪阳春》其调而《巴人下里》其言者，予窃怪之……曲之有白，就文字论之，则犹经文之于传注；就物理论之，则如栋梁之于榱桷；就人身论之，则如肢体之于血脉；非但不可相无，且觉稍有不称，即因此贱彼，竟作无用观者。故知宾白一道，当与曲文等视。有最得意之曲文，即当有最得意之宾白。但使笔酣墨饱，其势自能相生。常有因得一句好白而引起无限曲情，又有因填一首好词而生出无穷话柄者，是文与文自相触发，我止乐观厥成，无所容其思议。此系作文恒情，不得幽渺其说而作化境观也。

（清）李渔《闲情偶寄·词曲部·宾白第四》，《中国古典戏曲论著集成》（七），中国戏剧出版社本

咏古诗下语善秀，乃可歌可弦，不而犯史垒。足知以诗史称杜陵，定罚而非赏。

（清）王夫之《古诗评选》卷一，曹丕《煌煌京洛行》评语，《船山遗书》，太平洋书店重校刊本

七言长篇，此为最初元声矣。一面叙事，一面点染生色，自有次第，而非史传笺注论说之次第。逶迤淋漓，合成一色，虽尽力抉出示人，而浅人终不测其所谓，正令读者恨其少。若白乐天一流，方发端三四句，人即见其多，迨后信笔狂披，直如野巫请神哝哝数百句，犹自以为不足，而云略请一圣千圣降临，然后知六代之所谓纵横者，异唐人之纵横远矣。

（清）王夫之《古诗评选》卷一，庾信《杨柳行》评语，《船山遗书》，太平洋书店重校刊本

又曰："诗有简而妙者。如阮籍'一身不自保，何况恋妻子'，不如裴说'避乱一身多'。戴叔伦'还作江南会，翻疑梦里逢'，不如司空曙'乍见翻疑梦'。沈约'及尔同衰暮，非复别离时'，不如崔涂'老别故交难'。张九龄'谬忝为邦寄，多惭理人术'。不如韦应物'邑有流亡愧俸钱'。"信如所云，诗只作一句耶？文人得心应手，偶尔写怀，简者非缩两句为一句，烦者非演一句为两句也。承接处各有气脉，一篇自有大旨，

那得如此苛断!

（清）贺裳《载酒园诗话》卷一,《清诗话续编》本

　　许郢州诗,前后多互见,故人讥才短。如《寄题华阳韦秀才院》:"晴攀翠竹题诗滑,秋摘黄花酿酒浓。山殿日斜喧鸟雀,石潭波动戏鱼龙。"与《常庆寺遇常州阮秀才》中联无异,但改"晚收红叶题诗遍,秋待黄花酿酒浓",又改"殿"为"馆"之别耳。又《寄殷尧藩》:"带月独归萧寺远,看花频醉庾楼深",亦与《寄卢郎中》:"醉别庾楼山色满,夜归萧寺月光斜",语略相同。然诗家犯此甚多,太白已先不免。

（清）贺裳《载酒园诗话又编》,《清诗话续编》本

　　坡公《吴兴飞英寺》诗起句云:"微雨止还作,小窗幽更妍;盆山不见日,草木自苍然。"古今妙绝语。然不若截取四句作绝句,尤隽永。如柳子厚"渔翁夜傍西岩宿",只以"欸乃一声山水绿"作结,当为绝唱,添二句反蛇足。而聋者顾深赞之,可一笑也。予尝定故友程职方周量诗,爱其一首云:"朝行青山头,暮歇青山曲;青山不见人,猿声相断续。"云云。删作绝句,其妙什倍。此可为知者道也。(《居易录》)

（清）王士禛《带经堂诗话》卷一,人民文学出版社本

　　首举收秦律合图书,进韩信,镇抚关中,而功在万世可知矣。末记与曹参素不相能,而举以自代,则公忠体国具见矣。中间但著其虚己受言以免猜忌,虽定律受遗,概不著于篇。观此,可识立言之体要。

（清）方苞《史记评语》,《方苞集集外文补遗》卷二,《方苞集》,上海古籍出版社本

　　庞言繁称,道所不贵。苏、李诗言情款款,感寤具存,无急言竭论,而意自长,神自远,使听者油油善入,不知其然而然也,是为五言之祖。苏、李之别,谅无会期矣,而云"安知非日月,弦望自有时",何怊惆而缠绵也!后人如何拟得!

（清）沈德潜《说诗晬语》卷上,（清诗话）本

　　诗用经书成语,是佛魔关,一有不妙,丧身失命矣,正不得借口唐

人也。

（清）张谦宜《絸斋诗谈》卷一，《清诗话续编》本

　　七言律，其精神骨格则大家也，其字句时有颓唐处，有顺手拈来落入宋调处。缘诗太多，难于检点合法。至其运俗字用成语，时有入妙境者。一则是他文机熟，无物不化；二则是锤炼巧，良工心苦；三则是生古人之后，翻新出色，势必至此。但看他容易脱手，读之妥当者，都是丹成效验。却不得以街谈市语皆可入诗，率意鄙俚，堕入恶道，藉口摹陆，自谓当家也。

（清）张谦宜《絸斋诗谈》卷五，《清诗话续编》本

　　诗贵能参活语，何也？今试略言之：东坡《是日至下马迹憩于北山僧舍有阁曰怀贤南直斜谷西临五丈原诸葛孔明所从出师也》，前半皆言山川形胜，当日出师云云。末幅忽著二句云："山僧岂知此，一室老烟霞。"则题中"北山僧舍"四字，方有著落，此参活句一证也。罗昭谏《题润州妙善寺前石羊》，注："吴主孙权与蜀主刘备尝置此会。"第五六句云："英雄已往时难问，苔藓何知日渐深。"此又一证也。书此付常棠，以当一隅。

（清）延君寿《老生常谈》，《清诗话续编》本

　　谢茂秦曰：立意易，措词难。

（清）方东树《昭昧詹言》卷二十一，人民文学出版社本

　　辞尚体要，自以简为贵。而《尧典》"女于时，观厥刑于二女，厘降二女于妫汭，嫔于虞"四句，凡十九字，只叙试舜一事，则又不为简也。

（清）乔亿《剑溪说诗》又编，《清诗话续编》本

　　观其中方言、俚语，皆淮之乡音街谈。巷弄市井童孺所习闻，而他方有不尽然者，其出淮人之手尤无疑。然此特射阳游戏之笔，聊资村翁童子之笑谑，必求得修炼秘诀，亦凿矣。

（清）焦循《剧说》卷五，《中国古典戏曲论著集成》（八），中国戏剧出版社本

尹师鲁为古文先于欧公。欧公称其文"简而有法",且谓"在孔子六经中,惟《春秋》可当"。盖师鲁本深于《春秋》,范文正为撰文集序尝言之。钱文僖起双桂楼,建临园驿,尹、欧皆为作记。欧记凡数千言,而尹只用五百字,欧服其简古。是亦"简而有法"之一证也。

(清)刘熙载《艺概·文概》,上海古籍出版社本

半山文善用揭过法,只下一二语,便可扫却他人数大段,是何简贵。

(清)刘熙载《艺概·文概》,上海古籍出版社本

谢叠山评荆公文曰:"笔力简而健。"余谓南人文字,失之冗弱者十常八九,殆非如荆公者不足以矫且振之。

(清)刘熙载《艺概·文概》,上海古籍出版社本

文要去尽外话。外话者,出乎本段本篇宗旨之外者也。外话起于要多要好。简则由他简,淡则由他淡,斯外话鲜矣。

(清)刘熙载《游艺约言》,《古桐书屋续刻三种》,清光绪刊本

通 变 编

陆海明
徐文茂 编选

一

通其变　遂成天下之文

1. 易穷则变　通变则久

继之者，善也；成之者，性也……日新之谓盛德。生生之谓易……极数知来之谓占。通变之谓事……参伍以变，错综其数，通其变，遂成天下之文。极其数，遂定天下之象。非天下之至变，其孰能与于此。

（先秦）《周易·系辞上》，《十三经注疏》本

神农氏没，黄帝、尧、舜氏作，通其变，使民不倦，神而化之，使民宜之。易穷则变，变则通，通则久。是以自天佑之，吉无不利。

（先秦）《周易·系辞下》，《十三经注疏》本

《革》，去故也。《鼎》，取新也。

（先秦）《周易·杂卦》，《十三经注疏》本

故其大体所资，必枢纽经典；采故实于前代，观通变于当今；理不谬摇其枝，字不妄舒其藻。

（南朝·梁）刘勰《文心雕龙·议对》，人民文学出版社本

夫设文之体有常，变文之数无方，何以明其然耶？凡诗赋书记，名理相因，此有常之体也；文辞气力，通变则久，此无方之数也。名理有常，体必资于故实；通变无方，数必酌于新声；故能骋无穷之路，饮不竭之源。然绠短者衔渴，足疲者辍涂，非文理之数尽，乃通变之术疏耳。故论

文之方，譬诸草木，根干丽土而同性，臭味晞阳而异品矣。

……

赞曰：文律运周，日新其业。变则其久，通则不乏。趋时必果，乘机无怯，望今制奇，参古定法。

（南朝·梁）刘勰《文心雕龙·通变》，人民文学出版社本

五帝殊时，不相沿乐，三王异世，不相袭礼；各象勋德，应时之变。

（北齐）刘昼《刘子·辩乐》，《丛书集成》本

遭时制宜，质文迭用，应之以通变，通变之以中庸。中庸则可久，通变则可大。

（唐）魏徵《隋书》卷三十二《经籍志》，中华书局本

古往今来，质文迭变，诸史之作，不恒厥体。

（唐）刘知幾《史通·六家》，《四部备要》本

夫知本乃能通于变，学古所以行于今。

（唐）陆贽《制策问博通坟典达于教化科》，《陆宣公翰苑集》卷六《制诰》，《四部丛刊》本

妙于用而有常，通其变而能久。

（唐）陆贽《杜亚淮南节度使制》，《陆宣公翰苑集》卷九《制诰》，《四部丛刊》本

变古象今，天下取则。

（唐）释彦悰《后画录·阎立本》，《画品丛书》本

文之不能不古而今也，时使之也。妍媸之质，不逐目而逐时。是故草木之无情也，而輕红鹤翎，不能不改观于左紫溪绯。唯识时之士，为能隄其隙而通其所必变。夫古有古之时，今有今之时，袭古人语言之迹而冒以为古，是处严冬而袭夏之葛者也。

（明）袁宏道《雪涛阁集序》，《袁宏道集笺校》卷三，上海古籍出版社本

所教皆高情至论，得力书卷之外。诗文一道，有进步，有变境。初学当求进步，若既深造，无可进处，则止有变境可言。譬如天地间，云物阴晴，色色具足，但今日雨，明日晴，便自变化万态。

（清）魏禧《与族祖石床》，《魏叔子文集》卷七，清刊本

盖自有天地以来，古今世运气数，递变迁以相禅。古云："天道十年而一变。"此理也，亦势也，无事无物不然；宁独诗之一道，胶固而不变乎？今就《三百篇》言之：《风》有正风，有变风；《雅》有正雅，有变雅。《风》《雅》已不能不由正而变，吾夫子亦不能存正而删变也；则后此为风雅之流者，其不能伸正而诎变也明矣。

（清）叶燮《原诗·内篇上》，人民文学出版社本

文贵变。《易》曰"虎变文炳，豹变文蔚。"又曰："物相杂，故曰文。"故文者，变之谓也。一集之中篇篇变，一篇之中段段变，一段之中句句变，神变，气变，境变，音节变，字句变，惟昌黎能之。

（清）刘大櫆《论文偶记》，人民文学出版社本

2. 文随世变　与时高下

问者曰："物改而天授，显矣。其必更作乐，何也？"曰：乐异乎是，制为应天改之，乐为应人作之。彼之所受命者，必民之所同也。是故大改制于初，所以明天命也；更作乐于终，所以见天功也。缘天下之所新乐，而为之文曲，且以和政，且以兴德，天下未遍合和，王者不虚作乐。乐者，盈于内而动发于外者也。应其治时，制礼作乐以成之。成者本末质文，皆以具矣。是故作乐者，必反天下之所始，乐于己以为本。舜时民乐其昭尧之业也，故《韶》。《韶》者昭也。禹之时，民乐其三圣相继，故《夏》。《夏》者大也。汤之时，民乐其救之于患害也，故《頀》。《頀》者救也。文王之时，民乐其兴师征伐也，故《武》。《武》者伐也。四者天下同乐之一也，其所同乐之端，不可一也。作乐之法，必反本之所乐。所乐不同事，乐安得不世异？是故舜作《韶》，而禹作《夏》，汤作

《頀》而文王作《武》，四乐殊名，则各顺其民始乐于己也，吾见其效矣。《诗》云："文王受命，有此武功。既伐于崇，作邑于丰。"乐之风也。又曰："王赫斯怒，爰整其旅。"当是时，纣为无道。诸侯大乱，民乐文王之怒，而咏歌之也。周人德已洽，天下反本以为乐，谓之《大武》。言民所始乐者，《武》也云尔。故凡乐者，作之于终，而名之以始，重本之义也。由此观之，正朔服色之改，受命应天，制礼作乐之异，人心之动也。二者离而复合，所为一也。

（汉）董仲舒《春秋繁露·楚庄王第一》，《二十二子》本

尧《大章》，舜《九韶》，禹《大夏》，汤《大濩》，周《武象》，此乐之不同者也。故五帝异道而德覆天下，三王殊事而名施后世，此皆因时变而制礼乐者，譬犹师旷之施瑟柱也，所推移上下者，无寸尺之度，而靡不中音。故通于礼乐之情者能作，音有本主于中，而以知矩䂓之所周者也。鲁昭公有慈母而爱之，死，为之练冠，故有慈母之服；阳侯杀蓼侯而窃其夫人，故大飨废夫人之礼。先王之制，不宜则废之；末世之事，善则著之。是故礼乐未始有常也，故圣人制礼乐而不制于礼乐。

（汉）刘安《淮南鸿烈·氾论训》，《丛书集成》本

是以九代咏歌，志合文则。黄歌"断竹"，质之至也；唐歌"在昔"，则广于黄世；虞歌《卿云》，则文于唐时；夏歌"雕墙"，缛于虞代；商、周篇什，丽于夏年。至于序志述时，其揆一也。暨楚之骚文，矩式周人；汉之赋颂，影写楚世；魏之策制，顾慕汉风；晋之辞章，瞻望魏采。推而论之，则黄、唐淳而质，虞、夏质而辨，商、周丽而雅，楚、汉侈而艳，魏、晋浅而绮，宋初讹而新。从质及讹，弥近弥淡。何则？竞今疏古，风末气衰也。

（南朝·梁）刘勰《文心雕龙·通变》，人民文学出版社本

然渊乎文者，并总群势，奇正虽反，必兼解以俱通；刚柔虽殊，必随时而适用。若爱典而恶华，则兼通之理偏，似夏人争弓矢，执一不可以独射也。若雅郑而共篇，则总一之势离，是楚人鬻矛誉楯，两难得而俱售也。

（南朝·梁）刘勰《文心雕龙·定势》，人民文学出版社本

时运交移，质文代变，古今情理，如可言乎！昔在陶唐，德盛化钧，野老吐何力之谈，郊童含不识之歌。有虞继作，政阜民暇，薰风诗于元后，烂云歌于列臣。尽其美者何？乃心乐而声泰也。至大禹敷土，九序咏功，成汤圣敬，猗欤作颂。逮姬文之德盛，《周南》勤而不怨；大王之化淳，《邠风》乐而不淫。幽厉昏而《板》、《荡》怒，平王微而《黍离》哀。故知歌谣文理，与世推移，风动于上，而波震于下者……

自献帝播迁，文学蓬转，建安之末，区宇方辑。魏武以相王之尊，雅爱诗章；文帝以副君之重，妙善辞赋；陈思以公子之豪，下笔琳琅：并体貌英逸，故俊才云蒸。仲宣委质于汉南，孔璋归命于河北，伟长从宦于青土，公干徇质于海隅，德琏综其斐然之思，元瑜展其翩翩之乐，文蔚休伯之俦，于叔德祖之侣，傲雅觞豆之前，雍容衽席之上，洒笔以成酣歌，和墨以藉谈笑观其时文，雅好慷慨，良由世积乱离，风衰俗怨，并志深而笔长，故梗概而多气也。

……

自中朝贵玄，江左称盛，因谈余气，流成文体。是以世极迍邅，而辞意夷泰，诗必柱下之旨归，赋乃漆园之义疏。故知文变染乎世情，兴废系乎时序，原始以要终，虽百世可知也。

（南朝·梁）刘勰《文心雕龙·时序》，人民文学出版社本

夫文之为用，其来日久。自昔圣达之作，贤哲之书，莫不统理成章，蕴气标致。其流广变，诸非一贯，文质推移，与时俱化。

（北齐）魏收《魏书·文苑传序》，中华书局本

永明、天监之际，太和、天保之间，洛阳、江左，文雅尤盛，彼此好尚，互有异同。江左宫商发越，贵于清绮；河朔词义贞刚，重乎气质。气质则理胜其词，清绮则文过其意。理深者便于时用，文华者宜于咏歌。此其南北词人得失之大较也。若能掇彼清音，简兹累句，各去所短，合其两长，则文质彬彬，尽善尽美矣。

（唐）李延寿《北史·文苑传序》，中华书局本

盖闻三王各异礼，五帝不同乐，故传称因俗，《易》贵随时。况史书

者，记事之言耳。夫事有贸迁，而言无变革，此所谓胶柱而调瑟，刻船以求剑也。

（唐）刘知幾《史通·因习》，《四部备要》本

夫邹好长缨，齐珍紫服，斯皆一时所尚，非百王不易之道也。至如汉代《公羊》，擅名《三传》，晋年《庄子》，高视六经。今并挂壁不行，缀旒无绝。岂与夫《春秋左氏》、《古文尚书》，虽暂废于一朝，终独高于千载。校其优劣，可同年而语哉？

（唐）刘知幾《史通·杂说下》，《四部备要》本

八音与政通，而文章与时高下。三代之文至战国而病，涉秦、汉复起；汉之文至列国而病，唐兴复起。夫政庞而土裂，三光五岳之气分，大音不完，故必混一而后大振。初贞元中，上方响文章。昭回之光，下饰万物，天下文士，争执所长，与时而奋，粲焉如繁星丽天。而芒寒色正，人望而敬者，五行而已。河东柳子厚斯人望而敬者欤！

子厚始以童子有奇名于贞元初，至九年为名进士，十有九年为材御史，二十有一年以文章称首，入尚书为礼部员外郎。是岁以疎儁少检获訕，出牧邵州，又谪佐永州。居十年，诏书征不用，遂为柳州刺史。五岁不得召，病且革，留书抵其友中山刘某曰："我不幸，卒以谪死，以遗草累故人。"某执书以泣，遂编次为三十通，行于世。

子厚之丧，昌黎韩退之志其墓，且以书诔吊曰："哀哉若人之不淑。吾尝评其文，雄深雅健似司马子长，崔、蔡不足多也。"安定皇甫湜于文章少所推让，亦以退之之言为然。凡子厚名氏与仕与年暨行己之大方，有退之之志若祭文在。今附于第一通之末云。

（唐）刘禹锡《唐故尚书礼部员外郎柳君集记》，《刘禹锡集》
卷十九，上海人民出版社本

然则诗理之先，同夫开辟，诗迹所用，随运而异。上皇道质，故讽谕之情寡；中古政繁，亦讴歌之理切；唐虞乃见其初，牺轩奠测其始。其后时经五代，篇有三千，成康没而颂声寝，陈灵兴而变风息。

（唐）孔颖达《诗大序正义》，《毛诗正义》卷一，中华书局本

文章与政通，而风俗以文移。

（唐）裴延翰《樊川文集序》，《樊川诗集》卷首，《四部备要》本

文籍之生于今久也矣。天下有道则用而为常法，无道则存而为具物，与时偕者也。夫所以观其德也，亦所以观其政也，随其代而有焉，非止于古而绝于今矣。

（宋）柳开《上大名府王学士第四书》，《河东先生集》卷五，《四部丛刊》本

盖古道息绝不行，于时已久。今世士子习尚浅近，非章句声偶之辞，不置耳目，浮轨滥辙，相迹而奔，靡有异途焉。其间独敢以古文语者，则与语"怪"者同也。众又排诟之，罪毁之，不目以为迂，则指以为惑，谓之背时远名，阔于富贵。先进则莫有誉之者。同侪则莫有附之者。其人苟无自知之明，守之不以固，持之不以坚，则莫不惧而疑，悔而思，忽焉且复去此而即彼矣。噫！仁义忠正之士，岂独多出于古，而鲜出于今哉。亦由时风众势驱迁溺染之，使不得从乎道也。

（宋）穆修《答乔适书》，《河南穆公集》卷二，《四部丛刊》本

《易》曰："文明以止。观乎人文，化成天下。"《春秋》传曰："经纬天地曰文。"尧则曰："钦明文思。"禹则曰："文命敷于四海。"周则曰："郁郁乎文哉。"汉则曰："文章尔雅，训辞深厚。"今之文何其衰乎？去唐百余年，其间文人，计以千数，而斯文寂寥缺坏，久而不振者，非今之人尽不贤于唐之人，尽不能为唐之文也。盖其弊由于朝廷敦好时俗，习尚染积，非一朝一夕也。不有大贤奋袂（一作臂）于其间，崛然而起，将无革之者乎？

（宋）石介《上赵先生书》，《石徂徕集》卷上，《丛书集成》本

予尝考前世文章政理之盛衰，而怪唐太宗致治几乎三王之盛，而文章不能革五代之余习。后百有余年，韩、李之徒出，后元和之文始复于古。唐衰兵乱，又百余年，而圣宋兴，天下一定，晏然无事。又几百年，而古文始盛于今。自古治时少而乱时多。幸时治矣，文章或不能纯粹，或迟久

而不相及，何其难之若是欤？岂非难得其人欤？苟一有其人，又幸而及出于治世，世其可不为之贵重而爱惜之欤？

     （宋）欧阳修《苏氏文集序》，《欧阳文忠集》卷四十一，《四部备要》本

  天圣中，天子下诏书，敕学者去浮华，其后风俗大变，今时之士大夫所为，彬彬有两汉之风矣。先辈往学之，非徒足以顺时取誉而已，如其至之，是直齐眉于两汉之士也。

     （宋）欧阳修《与荆南乐秀才书》，《欧阳文忠集》卷四十七，《四部备要》本

  圣贤之言行，有所同，而有所不必同，不可以一端求也。同者道也，不同者迹也，知所同而不知所不同，非君子也。夫君子岂固欲为此不同哉？盖时不同，则言行不得无不同，唯其不同，是所以同也。如时不同而固欲为之同，则是所同者迹也，所不同者道也。迹同于圣人而道不同，则其为小人也孰御哉？

  世之士不知道之不可一迹也久矣。圣贤之宗于道，犹水之宗于海也。水之流，一曲焉，一直焉，未尝同也；至其宗于海，则同矣。圣贤之言行，一伸焉，一屈焉，未尝同也；至其宗于道，则同矣。故水因地而曲直，故能宗于海；圣贤因时而屈伸，故能宗于道。

     （宋）王安石《禄隐》，《王文公文集》卷二十八，上海人民出版社本

  古诗皆咏之，然后以声依咏以成曲，谓之协律。其志安和，则以安和之声咏之；其志怨思，则以怨思之声咏之，故治世之音安以乐，则诗与志、声与曲，莫不安且乐；乱世之音怨以怒，则诗与志、声与曲，莫不怨且怒。此所以审音而知政也。诗之外又有和声，则所谓曲也。古乐府皆有声有词，连属书之，如曰贺贺贺、何何何之类，皆和声也。今管弦之中缠声，亦其遗法也。唐人乃以词填入曲中，不复用和声。此格虽云自王涯始，然正元、元和之间，为之者已多，亦有在涯之前者。又小曲有"咸阳沽酒宝钗空"之句，云是李白所制，然李白集中有《清平乐》词四首，独欠是诗；而《花间集》所载"咸阳沽酒宝钗空"，乃云是张泌所为。莫

知孰是也。今声词相从，唯里巷间歌谣及《阳关》、《捣练》之类，稍类旧俗。然唐人填曲，多咏其曲名，所以哀乐与声尚相言皆会。今人则不复知有声矣，哀声而歌乐词，乐声而歌怨词，故语虽切而不能感动人情，由声与意不相谐故也。

（宋）沈括《梦溪笔谈·乐律》，中华书局《校证》本

歌曲自唐、虞三代以前，秦汉以后皆有。造语险易，则无定法。今必以"斜阳芳草"、"淡烟细雨"绳墨后来作者，愚甚矣。故曰：不知书者，尤好着卿。

（宋）王灼《碧鸡漫志》卷二，《中国古典戏曲论著集成》（一），中国戏剧出版社本

六经是治世之文。《左传》、《国语》是衰世之文。《战国策》是乱世之文。

（宋）李涂《文章精义》，人民文学出版社本

有治世之文，有衰世之文，有乱世之文。六经，治世之文也。如《国语》委靡繁絮，真衰世之文耳。是时语言议论如此，宜乎周之不能振起也。至于乱世之文则《战国》是也，然有英伟气，非衰世《国语》之文之比也。

（宋）朱熹《朱子语类》卷一三九，应元书院刊本

戎昱在盛唐为最下，已滥觞晚唐矣。戎昱之诗有绝似晚唐者，权德舆之诗却有绝似盛唐者。权德舆或有似韦苏州、刘长卿处。

（宋）严羽《沧浪诗话·诗评》，《沧浪诗话校释》，人民文学出版社本

近岁诸公，以作诗自名者甚众，然往往持论太高，开口辄以《三百篇》《十九首》为准。六朝而下，渐不满意，至宋人殆不齿矣。此固知本之说，然世间万变，皆与古不同，何独文章而可以一律限之乎？就使后人所作，可到《三百篇》，亦不肯悉安于是矣，何者，滑稽自喜，出奇巧以相夸，人情固有不能已焉者。宋人之诗，虽大体衰于前古，要亦有以自立，不必尽居其后也。遂鄙薄而不道，不已甚乎？少陵以文章为小技，程

氏以诗为闲言语。然则凡辞达理顺，无可瑕疵者，皆在所取可也。其余优劣，何足多较哉？

（金）王若虚《滹南诗话》卷三，人民文学出版社本

国风，雅，颂，古人所以被弦歌而荐郊庙，其流而不失正，犹用之房中焉，此乐府之所由滥觞也。余尝得先汉以来歌诗诵之，大抵乐府而已。宋、梁之间，诗有律体，而继之作者，遂一守而不变，声病偶俪，岁深月盛，以至于唐人之衰，而诗始自为家矣。其为乐府者，又溢而陷于留连荒荡，杯酒狎邪之辞，故学者讳而不言，以为必有托焉。陈礼义而不烦，舒性情而不乱，其事宁出于诗！刘梦得有言："五音与政通，而文章与时高下。"乐府之道，岂端使然？

（元）戴表元《余景游乐府编序》，《剡源集》卷九，《丛书集成》本

吾观汉魏以后书学始兴，逮于六朝，士大夫往往能书。如是数百年，至唐贞观、开元中，干戈弭宁，诸所以黼藻缘饰之具，次第施设。而欧、虞、褚、陆、阎、郑、王、曹等辈，鳞比栉拥，皆极一时之选。此虽人事，亦天运有所启而然与？自是浮沉显晦又数百年，而得宋之庆历、元祐，风声气韵，大略与唐人无甚相愧。而君谟、才翁、子瞻、鲁直、与可、元章、伯时诸公，清才峻节，雄词盛德，照耀掩映，有出于觚翰缣楮之外，则又非偶然而然也。

（元）戴表元《送王子庆序》，《剡源集》卷十三，《丛书集成》本

文章与时代高下，诚哉是言也。宗祏将亡，国学考文，其悲哀促急不能一朝居，四方翕然取则，凌躏上第。至今残编断牍，读之令人叹恨不已。盖士生斯时，能自拔以表见者，不一二数。有一人焉，则又韬匿冲晦，与世若不相接。始予少时，见三江李君在明于史塾，其貌癯然，其语泊然，仅知其为长者也。十世十余年，子汲以为诗文十卷，号《甬山集》相示。贯穿笼络，悉本于五经之微旨，而优柔反复，羁而不怨，曲而不倨，蔼然六义之懿。宫商相宣，各叶其体，情至理尽，守之以严，无直致之失。世之号能诗文者，率不过是，较一时之辈流实居其最。惜乎！昔时

之承接不足以知其万一也。

（元）袁桷《甬山集序》，《清容居士集》卷二十二，《丛书集成》本

余尝以为世道有升降，风气有盛衰，而文采随之。其辞平和而意深长者，大抵皆盛世之音也。其不然者，则其人有大过人而不系于时者也。

（元）虞集《李仲翔诗稿序》，《道园学古录》卷六，《四部丛刊》本

文章非一人技者，大而缘乎世运之隆污，次而关乎家德之醇疵。当世运之隆，文从而隆。家德之醇，文从而醇。

（元）杨维桢《杨文举文集序》，《东维子文集》卷六，《四部丛刊》本

诗之为物也，大则关气运，小则因土俗，而实本乎人之心者。道同化洽，天下之为诗者，皆无所与议。既其变也，世殊地异而人不同，故曹、豳、郑、卫，各自为风，汉唐与宋之律，代不相若而亦自为盛衰。至于元，其变也愈极，而其间贤人义士，往往奋发振迅，为感物言志之音者，盖随所得而成焉，然亦鲜矣，

（明）李东阳《赤城诗集序》，《李东阳集》文卷四，岳麓书社本

文章固关气运，亦系于习尚。周召二南、王豳曹卫诸风，商周鲁三颂，皆北方之诗，汉魏西晋亦然，唐之盛时称作家在选列者，大抵多秦晋之人也。盖周以诗教民，而唐以诗取士，畿甸之地，王化所先，文轨车书所聚，虽欲其不能，不可得也。荆楚之音，圣人不录，实以要荒之故。六朝所制，则出于偏安僭据之域，君子固有讥焉，然则东南之以文著者，亦鲜矣。本朝定都北方，乃为一统之盛，历百有余年之久，然文章多出东南，能诗之士，莫吴越若者。而西北顾鲜其人，何哉？无亦科目不以取，郡县不以荐之故欤？

（明）李东阳《麓堂诗话》，《历代诗话续编》本

汉、魏、六朝、唐、宋、元诗，各自为体，譬之方言，秦、晋、吴、

越、闽、楚之类，分疆画地，音殊调别，彼此不相入。此可见天地间气机所动，发为音声，随时与地，无俟区别，而不相侵夺。然则人囿于气化之中，而欲超乎时代土壤之外，不亦难乎？

（明）李东阳《麓堂诗话》，《历代诗话续编》本

夫文之兴于盛世也，上倡之。其兴于衰世也，下倡之。倡于上，则尚一而道行；倡于下，合者宗，疑者沮，而卒莫之齐也。故志之所向，势之所至，时之所趋，变化响应，其机神哉！

（明）何景明《汉魏诗集序》，《何大复先生全集》卷三十四，明刊本

《三百篇》直写性情，靡不高古，虽其逸诗，汉人尚不可及。今学之者，务去声律，以为高古。殊不知文随世变，且有六朝唐宋影子，有意于古，而终非古也。

（明）谢榛《四溟诗话》卷一，人民文学出版社本

七言绝句，盛唐主气，气完而意不尽工；中晚唐主意，意工而气不甚完。然各有至者，未可以时代优劣也。

（明）王世贞《全唐诗说》，《学海类编》本

虞夏之书浑浑尔，商书灏灏尔，周书噩噩尔，汉文典厚，唐文俊亮，宋文质木，元文轻佻，斯声以代变者也。

（明）屠隆《诗文》，《鸿苞节录》卷六，明刊本

周、汉之交，实古今气运一大际会。周尚文，故《国风》、《雅》、《颂》皆文；然自是三代之文，非后世之文。汉尚质，故古诗、乐府多质；然自是两汉之质，非后世之质。

（明）胡应麟《诗薮·内编》卷一，上海古籍出版社本

文质彬彬，周也。两汉以质胜，六朝以文胜。魏稍文，所以逊两汉也；唐稍质，所以过六朝也。

（明）胡应麟《诗薮·内编》卷一，上海古籍出版社本

中古享国之悠远，莫过于夏、商、周。近古享国之悠远，莫过于汉、唐、宋。中古之文，始开于夏，至商积久而盛征，至于周而极其盛。近古之文，大盛于汉，至唐盛极而衰兆，至于宋而极其衰。秦，周之余也，泰极而否，故有焚书之祸。元，宋之闰也，剥极而坤，遂为阳复之机。此古今文运盛衰之大较也。

（明）胡应麟《诗薮·外篇》卷一，上海古籍出版社本

黄、虞而上，文字邈矣。声诗之道，始于周，盛于汉，极于唐。宋、元继唐之后，启明之先，宇宙之一终乎！盛极而衰，理势必至，虽屈、宋、李、杜挺生，其运未易为力也。

（明）胡应麟《诗薮·外编》卷五，上海古籍出版社本

《企喻歌》四首，六代时北人歌谣。仅此及《琅琊王》、《巨鹿公主》数题，见郭氏《乐府》。此则元魏先世风谣也。其词刚猛激烈，如云"男儿欲作健，结伴不须多。鹞子经天飞，群雀两向波"等语，真《秦风·小戎》之遗。其后卒雄据中华，几一寓内，即数歌词可征。举六代、江左之音，率《子夜》、《前溪》之类，了无一语丈夫风骨，恶能衡抗北人！陵夷至陈，卒并隋世。隋文稍知尚质，而取不以道，故炀复为《春江》、《玉树》等曲。盖至是南风渐渍于北，而六代淫靡之音极矣。于是唐文挺出，一扫而泛空之，而三百年之诗，遂骎骎上埒汉、魏。文章关系气运，昭灼如此。

（明）胡应麟《诗薮·杂编》卷三，上海古籍出版社本

汉文、唐诗、宋词、元曲，虽愈趋愈下，要为各极其工。然胜国诗文绝不足言，而虞、杨、范、揭辈，皆烜赫史书，至乐府绝出古今，如王、关诸子，亡论生平履历，即字里若存若亡，故知词曲游艺之末途，非不朽之前著也。

（明）胡应麟《庄岳委谈下》，《少室山房笔丛》卷四十一，中华书局本

余尝以西京而下，史有别才，运会所钟，时有独造。故文之高下，虽以世殊，而作者递兴，主盟不乏。自春秋以迄胜国，概一代而置之，无文弗可也。若夫汉之史，晋之书，唐之诗，宋之词，元之曲，则皆代专其

至，运会所钟，无论后人踵作，不过绪余，即以马、班而造史于唐，李、杜而揽诗于宋，吾知有竭力而亡全能矣。

（明）胡应麟《欧阳修论》，《少室山房类稿》卷九十八，明刊本

文各有所主，各有时代，唐宋之不肯袭秦汉句字，犹孔子之语必不为《易》、《书》、《诗》也。

（明）艾南英《答陈人中论文书》，《天佣子集》卷五，清刊本

夫物始繁者终必简，始晦者终必明，始乱者终必整，始艰者终必流丽痛快。其繁也晦也乱也艰也，文之始也。如衣之繁复，礼之周折，乐之古质，封建井田之纷纷扰扰是也。古之不能为今者也，势也。其简也明也整也流丽痛快也，文之变也。夫岂不能为繁为乱为艰为晦，然已简，安用繁？已整，安用乱？已明，安用晦？已流丽痛快，安用聱牙之语、艰深之辞？辟如《周书》《大诰》《多方》等篇，古之告示也，今尚可作告示不？《毛诗》《郑》《卫》等风，古之淫词媟语也，今人所唱《银柳丝》、《挂针儿》之类，可一字相袭不？世道既变，文亦因之。今之不必摹古者也，亦势也。张、左之赋，稍异杨、马，至江淹、庾信诸人，抑又异矣。唐赋最明白简易，至苏子瞻直文耳。然赋体日变，赋心亦工，古不可优，后不可劣。若使今日执笔，机轴尤为不同。何也？人事物态，有时而更，乡语方言，有时而易，事今日之事，则亦文今日之文而已矣。庐楠诸君不知赋为何物，乃将经史《海篇》字眼，尽意抄誊，谬谓复古，不亦大可笑哉！

（明）袁宏道《与江进之》，《袁宏道集笺校》卷一，上海古籍出版社本

举业之用，在乎得隽。不时则不隽，不穷新而极变，则不时。是古虽三令五督，而文之趋不可止也，时为之也。才江之僻也，长吉之幽也，锦瑟之荡也，丁卯之丽也，非独其才然也。体不更则目不艳，虽李、杜复生，其道不得不出于此也，时为之也。……余自是始知时艺之趋，非独文家心变，乃鉴文之目，则亦未始不变也。

（明）袁宏道《时文叙》，《袁宏道集笺校》卷十八，上海古籍出版社本

夫鸟非鸣春而春之声以和，虫非吟秋而秋之响以悲，时乎为之，物不能自主也。当五六年之间，天下兵大起，破军杀将，无日不见告，故其诗多忧愤念乱之言焉。

      （明）陈子龙《三子诗选序》，《陈忠裕公全集》卷二十六，清刊本

  诗文与风俗相为盛衰。齐、梁以后，风俗颓靡破败，故其诗文亦尔。今后进谈诗，往往宗尚齐、梁，岂以齐、梁风俗亦有可尚耶？

      （明）许学夷《诗源辩体》卷十一，人民文学出版社本

  诗文虽与国运同其盛衰，然必盛于始兴，衰于末造，故古诗必合汉魏六朝以为盛，唐律则以初、盛、中、晚为盛衰也。

      （明）许学夷《诗源辩体》卷三十四，人民文学出版社本

  夫礼乐虽出于人心，非人心之和，无以显礼乐之和。礼乐之和，自非太平之盛，无以致人心之和也。故曰治世之音安以乐，其政和。

      （明）朱权《太和正音谱序》，《中国古典戏曲论著集成》（三），中国戏剧出版社本

  西汉简质而醇，东京新艳而薄，时之变也。班固赡郁而有体，左史之亚哉。此外寥寥矣。

      （明）冯时可《雨航杂录·两汉文章》，宝颜堂秘笈本

  夫今之诗而能与古诗并行而不悖，虽有质文繁简之不同，而要亦时世使然。诗之不能违世也，犹夫注之不能违经也。惟其有之，是以似之者。其正也，将欲合之，必故离之者；其反也，而未尝不归于正也。是必我之才情识见，已造于古人之域，而后能周旋曲折，以合于变也。

      （明）曹学佺《吴汤日诗序》，《明文在》卷四十五，《国学基本丛书》本

  自万历之末，以迄于今，文章之弊滋极。而阉寺钩党，凶灾兵燹之祸，亦相挺而作。尝取近代之诗而观之，以清深奥僻为致者，如鸣蚓窍，如入鼠穴，凄声寒魄，此鬼趣也；以尖新割剥为能者，如戴假面，如作胡

语，噍音促节，此兵象也。鬼气幽，兵气杀。著见于文章而气运从之，有识者审声歌风，岌岌乎有衰晚之惧焉。

（清）钱谦益《牧斋初学集》卷三十，上海古籍出版社本

史称陈隋之世，新声愁曲，乐往哀来，竟以亡国。而唐天宝乐章，曲终繁声，名为入破，遂有安史之乱。今天下兵兴盗起，民不堪命，识者以谓兆于近世之歌诗，类五行之诗妖。

（清）钱谦益《刘司空诗集序》，《牧斋初学集》卷三十一，上海古籍出版社本

夫文章者，天地变化之所为也。天地变化与人心之精华交相击发，而文章之变不可胜穷。

（清）钱谦益《复李叔则书》，《牧斋有学集》卷三十九，《四部丛刊》本

又曰：子曰："修辞立其诚。"未闻以浮华为诚也。又曰："词达而已矣。"未闻以臃肿骈丽为达也。《书》之言曰："辞尚体要。"有体有要，则今日章旨结撰之谓，而非以饾飣剽窃句字为体要也。盖古人之所谓辞命辞章者，指其通篇首尾开阖而言，非以一黄一白、一朱一黑、俪字骈音而谓之辞也。如此，则古今文章，何必司马迁、刘向，何必昌黎、永叔，只一六朝人，可谓辞华之极矣。即如太史公文，譬之神龙行天，雷电恍惚，而风雨骤至，百昌万物，承其汪涉，皆各有生动妍泽之意，此岂可以句字求之！今试取《史记》去其所载《尚书》、《左》、《国》及屈原、长卿骚、赋之文，而独取太史公所自为赞论序略者读之，其句字可谓悃质无华矣；太史公岂不能效《易》、效《书》、效《诗》、效《三传》而为之乎？无他。时代各有所至；效昔人而赘其句字，未有不相率归于浮华者。每见六朝及近来王、李崇饰句字者，辄觉其俚；读《史记》及昌黎、永叔古质典重之文，则辄觉其雅；然后知浮华与古质，则俚、雅之辨也。百物朝夕所见者，人不注视也；则今日献吉、于鳞、元美剽窃成风之谓也。用功深者收名也远，不为当时所共怪，则必无后世之传；则韩、欧大家与今日有志斯道，力排陈言，不为浮华补缀之谓也。盖所谓陈言，所谓浮华者，韩则指晋、魏、齐、梁而言；欧则指唐季、五代而言；今日之君子，则指

王、李而言。其为夏夏乎陈言之务去一也；其为用功深，为当世所共怪一也。其推尊司马迁、刘向、贾谊、董仲舒者，得其雄深浑健，古质而幽远；非若王、李之推司马迁、刘向，得其皮毛，剽窃涂抹；使十岁竖子，皆能赘其词，窃其字，而遂谓之修辞也。

（清）周亮工《书影》卷六，上海古籍出版社本

盖声音之运以时而迁，汉有铙歌横吹而三百篇废矣；六朝有吴声楚调而汉乐府废矣；唐有梨园教坊而齐梁杂曲废矣；诗变为词，词变为曲，北曲之又变为南也。辟服夏葛者已忘其冬裘；操吴舟者难强以越车也。时则然矣。然旧谱具存，疾徐高下，可以吾意揣度分寸而得之，若徒缀其文而未谐其声，非词人之极则也。每见时流填词，平侧误衔，增减任意，一字之谬，便乖本宫。

（清）尤侗《倚声词话序》，《西堂全集》卷二，清云溪阁藏本

故文莫变于天地，人以天地之文造文，文与天地始，与天地中，与天地终。天地变而世变，世变而文变。使世而不变，则揖让之后无征诛，征诛之后无封建，封建之后无郡县，郡县之后无割据矣。使文而不变，则典谟之后无誓诰，誓诰之后无论策，论策之后无诗赋，诗赋之后无词曲，词曲之后无制义矣。

（清）尤侗《己丑真风序》，《西堂全集》卷四，清云溪阁藏本

制义之趋时也，如水走下，不可挽也。虽然，所谓时者，亦在乎声调形貌之间而已；若其体气神韵，筋骨脉络，则古犹今也。织者所谓时者，花样也，患不为美锦耳；苟为美锦，则花样可以意为大小也。妆奁所谓时者，梳掠也，患不为佳丽耳；苟为佳丽，则梳掠可以意为浓淡也。为文亦然，患体气、神韵、筋骨、脉络不大备耳；苟其体气高妙，神韵仙举，筋骨脉络，生动灵变，则声调可以意为高下，形貌可以意为肥瘠也。

今之后生，不读书，不明理，第取时文庸陋酸腐者，朝哦夕讽，东涂西抹，窜头易面，遂以此欺人曰，吾文如是，是可以趋时而尊今矣。于是举经、史、秦、汉、唐、宋之文，与夫先辈大家学为秦、汉、唐、宋之文者，皆屏弃之。以为乌用是陈陈者为哉！是何异织缊麖者以断丝剪幅为时，而笑天孙七襄之非时也，习倭傀者以务面文身为时，而笑远山秋水之

非时也哉？

　　且彼所谓趋时者，犹言趋新云尔。不知天下之物，有新则有故。我不为新，谁为故者？非我不为新，我欲为其常新者也，常新则不故矣。凡文从时文出者，有新有故；从性灵及经史古文出者，常新而不故。朝槿不如夕荣，春桃不及夏秀，当其趋新之时，已知其必故矣。过时而舍此，不能为时者也。景星灿兮，银河烂兮，日月光华，旦复旦兮，今古此新，今古此故也。吾愿足下之趋时，为星河日月焉，则虽秦、汉、唐、宋之文与夫先辈大家学为秦、汉、唐、宋之文，经千有年而鲜气濯濯，犹如初出纸上也。

　　　　　　　　（清）贺贻孙《与友人论文第二书》，《水田居诗文集》卷五，清刊本

　　历考汉、魏以来之诗，循其源流升降，不得谓正为源而长盛，变为流而始衰。惟正有渐衰，故变能启盛。如建安之诗，正矣，盛矣；相沿久而流于衰，后之人力大者大变，力小者小变。六朝诸诗人，间能小变，而不能独开生面。唐初沿其卑靡浮艳之习，句栉字比，非古非律，诗之极衰也。而陋者必曰：此诗之相沿至正也。不知实正之积弊而衰也。迨开、宝诸诗人，始一大变。彼陋者亦曰：此诗之至正也。不知实因正之至衰变而为至盛也。盛唐诸诗人，惟能不为建安之古诗，吾乃谓唐有古诗。若必摹汉、魏之声调字句，此汉、魏有诗，而唐无古诗矣。且彼所谓陈子昂"以其古诗为古诗"；正惟子昂能自为古诗，所以为子昂之诗耳。然吾犹谓子昂古诗，尚蹈袭汉、魏蹊径，竟有全似阮籍《咏怀》之作者，失自家体段；犹訾子昂不能以其古诗为古诗，乃翻勿取其自为古诗，不亦异乎！

　　　　　　　　（清）叶燮《原诗·内篇上》，人民文学出版社本

　　如韩愈之文，当愈之时，举世未有深知而尚之者；二百余年后，欧阳修方大表章之，天下遂翕然宗韩愈之文，以至于今不衰。信乎文章之力有大小远近，而又盛衰乘时之不同如是，欲成一家言，断宜奋其力矣。

　　　　　　　　（清）叶燮《原诗·内篇下》，人民文学出版社本

　　《三百篇》如三皇五帝，虽法制多有未备；然所以为君而治天下之

道，无能外此者矣……

又汉魏诗，如初架屋，栋梁柱础，门户已具；而窗棂槛等项，犹未能一一全备，但树栋宇之形制而已。六朝诗始有窗棂槛，屏蔽开合。唐诗则于屋中设帐帏床榻器用诸物，而加丹垩雕刻之工。宋诗则制度益精，室中陈设，种种玩好，无所不蓄。大抵屋宇初建，虽未备物，而规模弘敞，大则宫殿，小亦厅堂也。递次而降，虽无制不全，无物不具，然规模或如曲房奥室，极足赏心；而冠冕阔大，逊于广厦矣。夫岂前后人之必相远哉！运会世变使然，非人力之所能为也，天也。

（清）叶燮《原诗·外篇下》，人民文学出版社本

右略论五言升降之变如此。卷之繁简次第，虽视当时作者辈行，篇什多寡，然风气转移，颇示疆畛。如阮籍别于邺下诸子，左思别于壮武诸家，叔源列于诸谢，何逊、江淹，冠于沈范，诸如此类，具存微旨，览者遇于意言之外可焉。

（清）王士禛《带经堂诗话》卷四，人民文学出版社本

问："昔人云：风雅不作，形似艳丽之文兴，而雅颂、比兴之义废。艳丽百出，君子耻之，然欤否欤？"

阮亭答："风雅之盛衰，存乎上人之振起。三代而上，其原在君相，故文、武、周、召兴，而有正风、正雅，否则变矣。三代而下，其权在士大夫，操文枋而转移一世。即以两汉言之，其君亦往往能文。故士大夫之以诗传世者，大率质过其文，犹有《风》、《雅》遗意，而不专以艳丽为工。至西园诸子而风斯滥。迨于张华、傅玄以及潘、陆而风斯漓。虽正之以左、鲍、陶、谢而不能振。终之以《玉台》、徐、庾，而词弥盛，而气弥尔矣。若然者，岂非艳丽之为害，而《雅》、《颂》之日亡也耶？盖艳则精华泄而真气消；丽则悯心生而正声灭。有志于风雅之君子，所为大忧也。救之以陶、韦，以渐几于苏、李，其庶几欤？故欲反古者，必自五言始。"

（清）王士禛等《师友诗传录》，《清诗话》本

有明之诗，洪武初高季迪、袁可潜一变元风，首开大雅，卓乎冠矣！二公而下，又有林子羽、刘子高、孙炎、孙蕡、黄元之、杨孟载辈羽翼

之。永乐之末至成化之初，则微乎藐矣！弘治间文明中天，古学焕日，艺苑则李怀麓、张沧洲为赤帜，而和之者多失于流易；山林则陈白沙、庄定山称白眉，而识者皆以为旁门。至李、何二子一出，变而学杜，壮乎伟矣！然正变云扰而剽袭雷同，比兴渐微而风骚稍远。迨嘉靖初，稍稍厌弃，更为六朝之调，初唐之体，蔚乎盛矣！而纤艳不逞，阐缓无当，作非神解，传同耳食，又不免物议于后矣。岂非时代为之哉！

（清）田同之《西圃诗说》，《清诗话续编》本

诗至有唐为极盛，然诗之盛，非诗之源也。今夫观水者，至观海止矣，然由海而溯之，近于海为九河，其上为洚水，为孟津，又其上由积石以至昆仑之源。《记》曰："祭川者先河后海。"重其源也。唐以前之诗，昆仑以降之水也。汉京魏氏，去风雅未远，无异辞矣。即齐、梁之绮缛，陈、隋之轻艳，风标品格，未必不逊于唐，然缘此遂谓非唐诗所由出，将四海之水，非孟津以下所由注，有是理哉？有明之初，承宋、元遗习，自李献吉以唐诗振，天下靡然从风，前后七子互相羽翼，彬彬称盛。然其敝也，株守太过，冠裳土偶，学者咎之。由守乎唐而不能上穷其源，故分门立户者，得从而为之辞。则唐诗者，宋、元之上流；而古诗，又唐人之发源也。

（清）沈德潜《古诗源序》，《归愚文钞》，清刊本

溯自高祖武德戊寅至哀帝末年丙寅，总计二百八十九年，分为四唐。然诗格虽随气运变迁，其间转移之处，亦非可以年岁限定。况有一人而经历数朝，今虽分别年岁，究不能分一人之诗，以隶于每年之下。

（清）冒春荣《葚原诗说》卷之三，《清诗话续编》本

李沧溟云："唐无五言古而有其古诗。"盖谓唐五言古诗不类汉、魏耳。然汉、魏无商、周诗，晋、宋无汉、魏诗，齐、梁无晋、宋诗，独唐乎？

（清）牟愿相《小澥草堂杂论诗》，《清诗话续编》本

唐运盛于贞观、开元，乱于天宝，中兴于元和，至太和而凌夷衰微，此一代盛衰升降之大概也。而诗亦因之。高仲礼撰《唐诗品彙》，区一代

而为初、盛、中、晚。

（清）杭世骏《闻鹤轩诗选序》，《道古堂文集》卷八，清刊本

三古以来，文章日变，其间有气运焉，有风尚焉。史莫善于班、马，而班、马不能为《尚书》、《春秋》；诗莫善于李、杜，而李、杜不能为《三百篇》，此关乎气运者也。至风尚所趋，则人心为之矣，其间异同得失，缕数难穷。

（清）纪昀《爱鼎堂遗集序》，《纪文达公遗集》卷九，清刊本

元遗山才不甚大，书卷亦不甚多，较之苏、陆，自有大小之别。然正惟才不大、书不多，而专以精思锐笔，清炼而出，故其廉悍沉挚处。较胜于苏、陆。盖生长云、朔，其天禀本多豪健英杰之气；又值金源亡国，以宗社丘墟之感，发为慷慨悲歌，有不求而自工者：此固地为之也，时为之也。同时李冶，称其"律切精深，有豪放迈往之气。乐府则清雄顿挫，用俗为雅，变故作新，得前辈不传之妙"。郝经亦称其"歌谣跌宕，挟幽、并之气，高视一世。以五言雅为工，出奇于长句、杂言，揄扬新声，以写怨思"。《金史》本传亦谓其"奇崛而绝雕刻，巧缛而谢绮丽"。是数说者，皆可得其真矣。

（清）赵翼《瓯北诗话》卷八，人民文学出版社本

杨升庵、徐青藤是豪杰之士，当何、李登词坛，独不与之合。诗虽非中声，然才气生动可嘉。本朝渔洋登词坛，陈午亭、赵秋谷、查初白不与之合，亦是豪杰之士。然一代有一代之风气，虽贤者不能不为之囿。近来蒋心余、黄仲则辈出，大变渔洋之风。其实不归三唐，则归两宋，含蓄刻峭之不同耳。"深谷野禽毛羽怪，上方仙子鬓眉纤"，东坡句也。"生才固有山川气，卜筑兼无市井嚣"，荆公句也。"汝南去叶才百里，贱子与公皆少年"，山谷句也。心余、仲则多宗之。久则变，不变则不能推陈出新，势所不得不然。渔洋之"吴楚青苍分极浦，江山平远入新秋"，未尝不佳，然无人瓣香矣。后此之变，大概跳不出古人范围，惟能各人自留情性面目耳，夫子所谓"虽十世可知也"。

（清）延君寿《老生常谈》，《清诗话续编》本

"《大雅》久不作"，言东周后无正《大雅》，亦无变《大雅》也。窃尝执此说观汉、魏以还诗，其善者犹不失变《小雅》之遗意，而《大雅》洵未有也。然太白能言之，太白不能复之，盖其人非凡伯、芮良夫、尹吉甫之俦也。世运然乎哉？

（清）乔亿《剑溪说诗又编》，《清诗话续编》本

汉、魏诗似赋，晋诗似《道德论》，宋、齐以下似四六骈体，唐诗则词赋骈体兼之，宋诗似策论，南宋人诗似语录，元诗似词，明诗似八股时文。风气所趋，虽天地亦因乎人，而况于文章之士哉！

（清）潘德舆《养一斋诗话》卷二，《清诗话续编》本

刘后村云："宋诗岂惟不愧于唐，盖过之矣。"方正学诗云："前宋文章配两周，盛时诗律亦无俦。今人未识昆仑派，却笑黄河似浊流。""天历诸公制作新，力排旧习祖唐人。粗豪未脱风沙气，难诋熙丰作后尘。"李西涯则云："宋人于诗无所得，宋诗深，去唐却远，元诗浅，去唐却近，顾元不可为法。""欧阳永叔深于为诗，高自许与，然较之唐诗，亦门庭藩篱之间耳。杨廷秀学李义山，更觉细碎；陆务观学白乐天，更觉直率，概之唐调，皆有所未闻也。""宋、元诗，就其佳者，亦各有兴致，但非本色，只似禅家小乘，道家尸解。"以上诸说，予皆以为未的也。唐诗大概主情，故多宽裕和动之音；宋诗大概主气，故多猛起奋末之音；元诗大概主词，故多狭成涤滥之音。元不逮宋，宋不逮唐，大彰明较著矣。且唐之高出宋、元者又有故。唐一代以诗取士，人好尽力其间，故名家独多，多则风尚所渐被者远，虽未成家数、不著姓氏者，往往有一二诗，足为绝调。宋、元校士，诗非所重，虽名家皆以余力为之，因此名家较少于唐，而不足成家者，更不待言。然则宋、元之逊于唐也，一以诗所主者不同，一以诗成名者较少故耳。后村谓宋实胜唐，阿其本朝，固非实论。正学谓宋诗无匹，而天历大手仍不脱粗豪气，亦未免抑扬太偏。即西涯谓宋去唐远，元去唐近，又岂能自言其故哉！使能确言其故，元去唐近，何以不可法也？且宋人如欧、苏、陈、陆，元人如虞、杨、范、揭，即置之唐人中，岂易多得！特以宋、元如此数公者太少，故为唐绌。今必统一代而概谓之非本色，概谓之无所得，何其不近情、不达理至此！杨用修谓"唐诗固多佳篇，然如燕、赵虽产佳人，亦往往有疥且痔者，杂处其中"。

语虽谐诨，却属平允之论。学者大纲，自宜宗唐，而宋、元两代，亦何可薄！明人大都钻仰唐人，鄙宋、元不足道，所以音调胜宋人，风格胜元人，于唐人又有形骸太似之病。西涯所谓"开卷视之，宛若旧本，细味之，求其流出肺肝，卓然有立者，指不能一再屈"。明人半犯此失耳。

（清）潘德舆《养一斋诗话》卷四，《清诗话续编》本

问：《诗三百篇》自是三代时诗体，自《株林》后，经传所载逸诗，皆与《风》、《雅》体裁不合，孟子所谓《诗》亡，岂谓是与？

孟子言《诗》亡，自谓采诗之职亡而变风不陈耳。若体格之变，风会所转移，诗之存亡，实不系此。即如春秋之季，列国谣诵已与《三百篇》殊体，诸书所载孔子之歌皆然，岂孔子当日尚不能为《三百篇》体制乎？然则汉、魏之五言，有唐之律绝，虽圣人复生，亦无意无必而已。必欲摹《雅》、《颂》为复古，剽《风》、《骚》以鸣高，非圣人删诗之旨也。

（清）陈仅《竹林答问》，《清诗话续编》本

我朝乾嘉之间，气运隆盛，文物休明，士大夫遭际盛时，享升平之福，故发为文章，有俯仰揖让之态，无志微噍杀之音，盖亦时使然哉。先生根柢深厚，议论名通，读其《与姜中丞》三书及《上成邸书》又代拟河道及海运各奏议，老成深识，通达治体，非徒以文字见长。诗亦风格遒上，有盛唐人遗音。自道光中弃至咸丰之季，海内多故，运会少衰，诗文体格亦流于骩骳，数十年中未见有与抗行者。呜呼！读先生之文，亦可以观时矣。

（清）俞樾《石砾堂先生竹堂文类序》，《春在堂全书·杂文续编三》，清刊本

周东迁，《三百篇》音节始废，至汉而乐府出，乐府不能代民风，而歌谣出。六朝至唐，乐府又不胜诘屈，而近体出。五代至宋，近体又不胜方板，而诗余出。唐之诗，宋之词，甫脱颖而已遍传歌工之口，元世犹然，今则尽废矣，观唐以后诗之腐涩，反不如词之清新，使人怡然适性。是不独天资之高下，学力之浅深各殊，要亦气运、人心有日新而不能已者。故诗至于余而诗亡，诗至于余而诗复存也。

（清）王弈清《历代词话》卷十，《词话丛编》本

3. 当变而变　不主故常

　　治国有常，而利民为本，政教有经，而令行为上。苟利于民，不必法古；苟周于事，不必循旧。夫夏商之衰也，不变法而亡；三代之起也，不相袭而王。故圣人法与时变，礼与俗化；衣服器械，各便其用；法度制令，各因其宜；故变古未可非，而循俗未足多也。百川异源，而皆归于海；百家殊业，而皆务于治。王道缺而《诗》作，周室废，礼义坏，而《春秋》作。《诗》、《春秋》，学之美者也，皆衰世之造也。儒者循之以教导于世，岂若三代之盛哉？以《诗》、《春秋》为古之道而贵之，又有未作《诗》、《春秋》之时。夫道其缺也，不若道其全也；诵先王之诗书，不若闻得其言；闻得其言，不若得其所以言。得其所以言者，言弗能言也；故道可道者，非常道也……耳不知清浊之分者不可令调音，心不知治乱之源者不可令制法……譬犹不知音者之歌也：浊之，则郁而无转；清之，则燋而不讴。及至韩娥、秦青、薛谈之讴，侯同、曼声之歌：愤于志，积于内，盈而发音，则莫不比于律，而和于人心。何则？中有本主，以定清浊，不受于外，而自为仪表也。

　　　　　　　　　　　　　　（汉）刘安《淮南鸿烈・氾论训》，《丛书集成》本

　　然礼与变俱，乐与时化。故五帝不同制，三王各异造，非其相反，应时变也。夫百姓安服淫乱之声，残害先王之正；故后王必更作乐，各宣其功德于天下，通其变，使民不倦。然但改其名目，变造歌咏，至于乐声，平和自若。故黄帝咏"云门"之神，少吴歌凤鸟之迹；《咸池》、《六英》之名既变，而黄钟之宫不改易。故达道之化者，可以审乐；好音之声者，不足与论律也。

　　　　　　　　　　　　　　（魏）阮籍《阮籍集・乐论》，上海古籍出版社本

　　夫古质而今妍，数之常也；爱妍而薄质，人之情也。钟、张方之二王，可谓古矣，岂得无妍质之殊？且二王暮年皆胜于少，父子之间又为今古，子敬穷其妍妙，固其宜也。

　　　　　　　　　　　　　　（南朝・宋）虞龢《论书表》，引自《历代书法论文选》，上海书画出版社本

夫夸张声貌，则汉初已极，自兹厥后，循环相因，虽轩翥出辙，而终入笼内。枚乘《七发》云："通望兮东海，虹洞兮苍天。"相如《上林》云："视之无端，察之无涯，日出东沼，月生西陂。"马融《广成》云："天地虹洞，固无端涯，大明出东，月生西陂。"扬雄《校猎》云："出入日月，天与地沓。"张衡《西京》云："日月于是乎出入，象扶桑于濛汜。"此并广寓极状，而五家如一。诸如此类，莫不相循，参伍因革，通变之数也。

（南朝·梁）刘勰《文心雕龙·通变》，人民文学出版社本

然物有恒姿，而思无定检，或率尔造极，或精思愈疏。且诗骚所标，并据要害，故后进锐笔，怯于争锋。莫不因方以借巧，即势以会奇，善于适要，则虽旧弥新矣。是以四序纷回，而入兴贵闲；物色虽繁，而析辞尚简；使味飘飘而轻举，情晔晔而更新。古来辞人，异代接武，莫不参伍以相变，因革以为功，物色尽而情而余者，晓会通也。

（南朝·梁）刘勰《文心雕龙·物色》，人民文学出版社本

夫丹青妙极，未易言尽。虽质沿古意，而文变今情。立万象于胸怀，传千祀于毫翰。

（南朝·陈）姚最《续古画品录》，《画品丛书》本

苟记言则约附《五经》，载语则依凭《三史》，是《春秋》之俗，战国之风，亘两仪而并存，经千载其如一，奚以今来古往，质文之屡变者哉？

（唐）刘知幾《史通·言语》，《四部备要》本

凡书通即变。王变白云体，欧变右军体，柳变欧阳体，永禅师、褚遂良、颜真卿、李邕、虞世南等，并得书中法，后皆自变其体，以传后世，俱得垂名。若执法不变，纵能入石三分，亦被号为书奴，终非自立之体。是书家之大要。

（唐）释亚栖《论书》，引自《历代书法论文选》，上海书画出版社本

评曰：作者须知复、变之道，反古曰复，不滞曰变。若惟复不变，则陷于相似之格，其状如驽骥同厩，非造父不能辨。能知复变之手，亦诗人之造父也。以此相似一类，置于古集之中，能使弱手视之眩目，何异宋人以燕石为玉璞，岂知周客卢胡而笑哉？又，复变二门，复忌太过，诗人呼为膏肓之疾，安可治也。如释氏顿教，学者有沉性之失，殊不知性起之法，万象皆真。夫变若造微，不忌太过，苟不失正，亦何咎哉？如陈子昂复多而变少，沈、宋复少而变多，今代作者不能尽举。吾始知复、变之道岂惟文章乎？在儒为权，在文为变，在道为方便。后辈若乏天机，强效复古，反令思扰神沮。何则？夫不工剑术，而欲弹抚干将太阿之铗，必有伤手之患，宜其戒之哉。

（唐）皎然《诗式》卷五，齐鲁书社《校注》本

东坡《黄子思诗序》论诗至李杜，字画至颜柳，无遗巧矣。然钟王萧散简远之意，至颜柳而尽；诗人高风远韵，至李杜而亦衰。此说最妙。大抵一盛则一衰，后世以为盛，则古意必已衰，物物皆然，不独诗字画然也。

（宋）曾季貍《艇斋诗话》，《历代诗话续编》本

园林篱落冻芳尘，南北枝间玉蕊皱。风袂挽香虽淡薄，月窗横影已精神。雪霜春事年年晚，今古诗情日日新。铁石如翁犹索句，真成嚼蜡对横陈。

（宋）范成大《再题瓶中梅花》，《范石湖集》，上海古籍出版社本

文章随世作低昂，变尽风骚到晚唐。举世纷纷吟李杜，时人不识有陈黄。

（宋）戴复古《邵武太守王子文，日与李贾、严羽共观前辈一两家诗，及晚唐诗，因有论诗十绝。子文见文，谓无甚高论，亦可作诗家小学须知》，《石屏诗集》卷七，《四部丛刊》本

继汉而有，凡有享国延祚最久者，唐也。故其诗文有陈子昂，而继以李、杜；有韩退之，而和以柳。于是唐不让汉，则此数公之力也。

（明）刘基《苏平仲文集序》，《诚意伯文集》卷五，《四部丛刊》本

秦汉至今，作者多矣，不奇则同，同则腐，不惟不爱，且生厌斁，理因之芜，是以古作各不同。若屈、宋、马、杨，渐华而雄，班、蔡降稍怯矣。更变为粗。六朝工之组织，韩昌黎觉其意不达也，反而平且质。承之者疏以漓。五季弱甚矣。欧、苏、曾、王，条畅豪迈而曲折纡徐，终亦宋格。

（明）王文禄《文脉》卷二，《丛书集成》本

诗非博学不工，而所以工非学；诗非高才不妙，而所以妙非才。杜撰则离，离非超脱之谓，格虽自创，神契古人，则体离而意未尝不合；程古则合，合非摹拟之谓，字句虽因，神情不傅，则体合而意未尝不离。

诗之变随世递迁，天地有劫，沧桑有改，而况诗乎？善论诗者，政不必区区以古绳今，各求其至可也。论汉、魏者，当就汉、魏求其至处，不必责其不如《三百篇》；论六朝者，当就六朝求其至处，不必责其不如汉、魏；论唐人者，当就唐人求其至处，不必责其不如六朝；汉、魏凄惋如苏、李，沉至如《十九首》，高华如曹氏父子，何必《三百篇》？六朝冲玄如嗣宗，清奥如景纯，深秀如康乐，平淡如光禄，婉壮如明远，何必汉、魏？唐人清绮如沈、宋，雄大如子美，超逸如太白，闲适如右丞，幽雅如襄阳，简质如韦、储，俊丽如龙标，劲响如高、岑，何必鲍、谢？宋诗河汉不入品裁，非谓其不如唐，谓其不至也。如必相袭而后为佳，诗止《三百篇》，删后果无诗矣！至我明之诗，则不患其不雅，而患其太袭；不患其无辞采，而患其鲜自得也。夫鲜自得，则不至也。即文章亦然，操觚者不可不虑也。

（明）屠隆《论诗文》，《鸿苞》卷十七，明刊本

昔吾先兄中郎，其诗得唐人之神，新奇似中唐，溪刻处似晚唐，而盛唐之浑吞尚未也。自嵩华归来，始云"吾近日稍知作诗"。天假以年，盖浸浸乎未有涯也。今人好中郎之诗者忘其疵，而疵中郎之诗者掩其美，皆过矣。

（明）袁中道《蔡不瑕诗序》，《珂雪斋文集》卷一，《中国文学珍本丛书》本

汪子以抑塞之奇才，闭门十余年，与古人精神相属，与天下士气类相宜，凡一切兴废得失之故，灵蠢喧寂之机，吞吐出没之数，趋舍避就之

情，豪圣仙佛之因，拘放歌哭之变，既已深思而熟诣，出有而入无，确于中而幼于外，然后切之以舟本，证之以人物，广之以云水，收之以吟啸，而归之以"不主故常"与"无有常家"之两言。

  （明）谭元春《汪子戊巳诗序》，《谭友夏合集》卷之九，《中国文学珍本丛书》本

  古人诗，暮年必大进。诗不大进，必日落，虽欲不进，不可得也。欲求进，必自能变始，不变，则不能进。陆平原曰："其为物也多姿，其为体也屡迁。"又曰："谢朝华于已披，启夕秀于未振。"皆善变之说也。

  （清）钱谦益《与方尔止》，《牧斋有学集》卷三十九，《四部丛刊》本

  才人所撰诗、赋、古文，与佳人所制锦绣花样，无不随时更变。变则新，不变则腐。变则活，不变则板。至于传奇一道，尤是新人耳目之事，与玩花赏月，同一致也。使今日看此花，明日复看此花，昨夜对此月，今夜复对此月，则不特我厌其旧，而花与月亦自愧其不新矣。故桃陈则李代，月满即哉生。花、月无知，亦能自变其调，矧词曲出生人之口，独不能稍变其音，而百岁登场，乃为三万六千日雷同合掌之事乎？吾每观旧剧，一则以喜，一则以惧。喜则喜其音节不乖，耳中免生芒刺；惧则惧其情事太熟，眼角如悬赘疣。学书学画者，贵在仿佛大都，而细微曲折之间，正不妨增减出入。若止为依样葫芦，则是以纸印纸，虽云一线不差，少天然生动之趣矣。

  （清）李渔《闲情偶寄·演习部·变调第二》，《中国古典戏曲论著集成》（七），中国戏剧出版社本

  同时齐名者，往往同调。如沈、宋，高、岑，王、孟，钱、刘，元、白，温、李之类，不独习尚切劘使然，而气运所致，亦有不期同而同者。独李、杜两人，分道扬镳，并驱中原，而音调相去远甚。盖一代英绝，领袖群豪，坛坫设施，各有不同，即气运且不得转移升降之，区区习尚，何足云乎！

  （清）贺贻孙《诗筏》，《清诗话续编》本

  《诗薮》云："宋以词自名，宋所以弗振也；元以曲自喜，元所以弗

永也。"予以为非也。夫格由代降，体骛日新，宋、元词曲，亦各一代之盛制。必谓律体以下，举属波流，则汉宣论赋，已比郑、卫；李白举律，亦自俳优。是则言必四而篇必《三百》，乃为可耳。且嗣宗斥三楚秀士，亦云荒淫，是《楚辞》且应废，况下此耶！

（清）毛先舒《诗辩坻》卷第四，《清诗话续编》本

余又尝谓善学者必日进而不已，然诣有所极，则不可以复进而不已者，无进境而有变境也。天之雨非有进于晴也，今日晴而明日雨，则人乐其日新而不穷。

（清）魏禧《溉堂续集叙》，《魏叔子文集》卷九，清刊本

予谓古人之诗，可似而不可学。何也？学则为步趋，似则为吻合。学古人之诗，彼自古人之诗，与我何涉？似古人之诗，则古人之诗亦似我，我乃自得。故学西子之矉则丑；似西子之矉则美也。孟举诗之似宋也，非似其意与辞，盖能得其因而似其善变也。今夫天地之有风雨、阴晴、寒暑，皆气候之自然，无一不为功于世，然各因时为用而不相仍。使仍于一，则恒风、恒雨、恒阴、恒晴、恒寒、恒暑，其为病大矣。诗自《三百篇》及汉魏、六朝、唐、宋、元、明，惟不相仍，能因时而善变，如风雨、阴晴，寒暑，故日新而不病。

（清）叶燮《黄叶村庄诗序》，《己畦文集》卷八，清刊本

词始于唐，盛于宋，南北历二百余年，畸人代出，分路扬镳，各有其妙。至南宋诸名家，倍极变化。盖文章气运不能不变者，时为之也。于是竹垞遂有"词至南宋始工"之说。惟渔洋先生云："南北宋止可论正变，未可分工拙。"诚哉斯言，虽千古莫易矣。

（清）田同之《西圃词说》，《词话丛编》本

诗词风气，正自相循。贞观、开元之诗，多尚淡远。大历、元和后，温、李、韦、杜渐入香奁，遂启词端。金荃、兰畹之词概崇芳艳。南唐、北宋后，辛、陆、姜、刘渐脱香奁，仍存诗意。元则曲胜而诗词俱掩，明则诗胜于词，今则诗词俱胜矣。

（清）田同之《西圃词说》，《词话丛编》本

词虽名诗余,然去雅、颂甚远,拟于国风,庶几近之。然二南之诗,虽多属闺帷,其词正,其音和,又非词家所及。盖诗余之作,其变风之遗乎。惟作者变而不失其正,斯为上乘。

(清)田同之《西圃词说》,《词话丛编》本

诗至今日,几无可为之诗矣。吾所欲言,前人皆已言之,吾所矜为非我莫能言,昔之人固以为所已言而不足言。窃怪夫世之役役焉,撚须呕心,昼夜吟哦不休,而终无以过乎人之所已言与其不足言者,何自苦之甚也?虽然,彼固未尽见夫前人之诗,而徒穷其力以思,思而得,遂以为我之诗已能如是,宜其甚自喜也。夫使极山川之幽遐,日月寒暑之迁易,风云草木、鸟兽昆虫之诡异情状,凡其寄之大地间,为吾可见可闻之物,无一非千百世以上之人所已见已闻之物,吾能言之,昔之人顾不能言哉?夫惟人之所处之世、所遇之地,各有不同,故触之而日新,出之而日变,而其诗亦因以千百世而不穷。于是遂不能以此人之诗易为彼人之诗,且不能以千百代之诗而求合于一代之诗……夫古之作诗者各有其世,各有其地,故其诗亦各不同。今惟以我所处之世,所遇之地而为诗,则其诗遂日新日变,上下千百世而不穷,又安在前人之所已言与夫忽之以为不足言者,不为吾一人所独得之言也。

(清)谢天枢《龙性堂诗话序》,《清诗话续编》本

孟子曰:"今之乐犹古之乐。"乐即诗也。唐人学汉、魏变汉、魏,宋学唐变唐,其变也,非有心于变,乃不得不变也。使不变,则不足以为唐,不足以为宋也。子孙之貌,莫不本于祖父,然变而美者有之,变而丑者有之,若必禁其不变,则虽造物有所不能。先生许唐人之变汉、魏,而独不许宋人之变唐,惑也。且先生亦知唐人之自变其诗,与宋人无与乎?初、盛一变,中、晚再变,至皮、陆二家已浸淫乎宋氏矣。

(清)袁枚《答沈大宗伯论诗书》,《小仓山房诗文集》卷十七,《四部备要》本

风会所趋,聪明所极,有不期其然而然者。故枚尝谓变尧、舜者,汤、武也;然学尧、舜者,莫善于汤、武,莫不善于燕哙。变唐诗者,宋、元也;然学唐诗者,莫善于宋、元,莫不善于明七子。何也?当变而

变，其相传者心也；当变而不变，其拘守者迹也。鹦鹉能言而不能得其所以言，夫非以迹乎哉！

（清）袁枚《答沈大宗伯论诗书》，《小仓山房诗文集》卷十七，《四部备要》本

夫文章格律，与世俱变者也。有一变，必有一弊，弊极而变又生焉。互相激，互相救也。唐以前毋论矣，唐末诗猥琐，宋杨、刘变而典丽，其弊也靡。欧、梅再变而平畅，其弊也率。苏、黄三变而姿逸，其弊也肆。范、陆四变而工稳，其弊也袭。四灵五变，理贾岛、姚合之绪余，刻画纤微，至江湖末派流为鄙野，而弊极焉。

（清）纪昀《冶亭诗介序》，《纪文达公遗集》卷九，清刊本

盛唐之后，中唐之初，一时雄俊，无过钱、刘。然五言秀绝，固足接武；至于七言歌行，则独立万古，已被杜公占尽，仲文、文房皆浥右丞余波耳。然却亦渐于转调伸缩处，微微小变。诚以熟到极处，不得不变，虽才力各有不同，同源委未尝不从此导也。

（清）翁方纲《石洲诗话》卷二，人民文学出版社本

余尝觉文格前一代高一代，文心后一代进一代。香山云："诗到元和体变新。"岂元和前腐臭耶？但日益求新耳。老杜自喜有云："每于百僚上，猥诵佳句新。"然又云："赋诗新句稳，不觉自长吟。"则新必须稳。宜田册子中有言不可求冷癖事，不可用作态句，此便隐射著求新而不稳者。

（清）方世举《兰丛诗话》，《清诗话续编》本

"诗之不可不变，不得不新"，其言旨哉！陶、谢之诗变极矣，新至矣。然不悖物理，不乖人情，无戾乎辞而正其气，斯为善变者也。誓与一二同志勉之。

（清）佚名《静居绪言》，《清诗话续编》本

观唐人所作，知诗道如蝉脱异形，布种得获，未常不推陈出新，不失本性也。西昆孤艳，《绿衣》、《硕人》之苗裔也。《考牧》、《考室》，长

吉、玉川之初祖也。储、王田园之趣，肇自《豳风》。杜陵之"沉郁顿挫"，昌黎之"妥帖排奡"，胎息于《生民》、《清庙》。

（清）佚名《静居绪言》，《清诗话续编》本

后世诗学之卑，或由见诗太少，或由见诗太多。少见不足论，多见亦是病痛者，盖宋、元以后，流布之集，插架累累，半属浮花浪蕊，而士之学诗以争名者，尤必多取时世能手之诗，勤勤观法，故诗名愈速而诗格乃愈卑。宋人诗曰："男儿无英标，焉用读书博！"书之博，无救于品之庸，况博读时人之诗哉！亦相率为庸而已矣。

（清）潘德舆《养一斋诗话》卷一，《清诗话续编》本

李氏攀龙曰："七言古诗，惟杜子美不失初唐气格，而纵横有之。太白纵横，往往强弩之末，间作长语，英雄欺人耳。"按于鳞谓"太白五七言绝句，唐三百年一人，盖以不用意得之"。此则诚然。至论七古，何其悖也！太白歌行，只有少陵相敌。王阮亭谓"嘉州之奇峭，供奉之豪放，更为创获"。又谓"李白、岑参二家，语羞雷同，亦称奇特"。屡以太白、嘉州并称，已为失言，试问《襄阳歌》、《江上吟》、《鸣皋歌》、《送别校书叔云》、《梦游天姥吟》等作，嘉州能为之乎？嘉州奇峭，人力之极，天骙未之解也。于鳞转以太白为"强弩之末"，为"英雄欺人"，更不堪一笑耳。《诗辨坻》亦谓"太白歌行，跌宕自喜，不闲整栗，唐初规制，扫地欲尽"，与于鳞一鼻孔出气。此皆误以初唐为古体，故嫌李诗之一概放佚，而幸杜诗之偶一从同。岂知诗之为道，穷则变，变则通，《风》、《雅》之不能不为《楚骚》，《楚骚》之不能不为苏、李，皆天也。诗之古与不古，视其天与不天而已矣。今必以初唐为古，不知初唐已变江左；必以太白为蔑古，不知苏、李已变《风》、《骚》。余最笑何大复《明月篇》，舍李、杜而师卢、骆，以为"劣于汉魏"而"近《风》《骚》"欤？不知"劣于汉魏近《风》《骚》"句，乃言"劣于汉魏"之"近《风》《骚》"耳。不解句义，既堪哈噱，况当时之体，老杜已明断之。于鳞欲为后来杰魁，仍拾信阳余唾，徒以初唐一体绳太白、子美歌行之优劣，所以终身宗法唐人而不免为优孟欤？阮亭犹曰："接迹风人《明月篇》，何郎妙悟本从天。"虽其诗末二语，微辞讽世，唤醒无限，已无解于"接迹风人"、"妙悟从天"称扬之过矣。胡氏应麟云："七言歌行，垂拱四子，

词极藻艳，未脱梁、陈。太白、少陵，大而化矣，能事毕矣。"此为得之。

（清）潘德舆《养一斋李杜诗话》卷一，《清诗话续编》本

惟窃以为文章之事，莫大乎因时。立吾言于此，虽其事之至微，物之甚小，而一时朝野之风俗好尚，皆可因吾言而见之。使为文于唐贞元、元和时，读者不知为贞元、元和人，不可也；为文于宋嘉祐、元祐时，读者不知为嘉祐、元祐人，不可也。韩子曰："惟陈言之务去。"岂独其词之不可袭哉？夫古今之理势，固有大同者矣；其为运会所移，人事所推演，而变异日新者，不可穷极也。执古今之同，而概其异，虽于词无所假者，其言亦已陈矣。

（清）梅曾亮《答朱丹木书》，《柏枧山房文集》卷二，引自《中国近代文论选》，人民文学出版社本

张子野词，古今一大转移也。前此则为晏、欧，为温、韦，体段虽具，声色未开；后此则为秦、柳，为苏、辛，为美成、白石，发扬蹈厉，气局一新，而古意渐失。子野适得其中，有含蓄处，亦有发越处；但含蓄不似温、韦，发越亦不似豪苏、腻柳。规模虽隘，气格却近古。自子野后，一千年来，温、韦之风不作矣！益令我思子野不置。

（清）陈廷焯《白雨斋词话》卷一，齐鲁书社《足本校注》本

秦少游自是作手，近开美成，导其先路；远祖温、韦，取其神不袭其貌，词至是乃一变焉。然变而不失其正，遂令议者不病其变，而转觉有不得不变者。后人动称秦、柳，柳之视秦，为之奴隶而不足者，何可相提并论哉！

（清）陈廷焯《白雨斋词话》卷一，齐鲁书社《足本校注》本

北宋去温、韦未远，时见古意，至南宋则变态极焉。变态既极，则能事已毕，遂令后之为词者，不得不刻意求奇，以至每况愈下，盖有由也。亦犹诗至杜陵，后来无能为继。而天地之奥，发泄既尽，古意亦从此渐微矣。

（清）陈廷焯《白雨斋词话》卷三，齐鲁书社《足本校注》本

万事万理，有盛必有衰，而于极衰之时，又必有一二人焉，扶持之使不灭。词盛于宋，亡于明。国初诸老，具复古之才，惜于本原所在，未能穷究。乾嘉以还，日就衰靡，安所底止。二张出而溯其源流，辨别真伪，至蒿庵而规模大定，而词赖以存矣。盛衰之感，殊系人思，独词也乎哉。

（清）陈廷焯《白雨斋词话》卷四，齐鲁书社《足本校注》本

诗有变古者，必有复古者。如陈伯玉扫陈隋之习是也。然自杜陵变古后，而后世更不能复古。自《风》、《骚》至太白同出一源，杜陵而后，无敢越此老范围者，皆与古人为敌国矣。何其霸也！

（清）陈廷焯《白雨斋词话》卷九，齐鲁书社《足本校注》本

不知古者，必不能变古，此陈隋之诗所以不竞也。杜陵与古为化者也，惟其与古为化，故一变而莫可复兴。

（清）陈廷焯《白雨斋词话》卷九，齐鲁书社《足本校注》本

杜陵之诗，洗脱汉魏六朝面目殆尽，亦非敢于变《风》、《骚》也；特才力愈工，《风》、《雅》愈远，不变而变，乃真变矣。

（清）陈廷焯《白雨斋词话》卷九，齐鲁书社《足本校注》本

词至元明，犹诗至陈隋，茗柯蒿庵，犹陈射洪张曲江也。嗣后谁为太白，收前古之终？谁为杜陵，别出旗鼓，以开来学哉？陈朱不能与古化，虽敢于变古，终无少陵手段，不足范围后学也。

（清）陈廷焯《白雨斋词话》卷九，齐鲁书社《足本校注》本

杜陵变古之法，不变古之理，故自杜陵变古后，而学诗者不得不从杜陵；纵有复古者，亦不过古调独弹，无与为应也。陈、朱变古之理，而并未能尽变古之法，故虽敢于变古，不能必人之中心悦而诚服其词，且不能禁人之复古。有志为词者，宜直溯《风》、《骚》，出入唐宋，乃可救陈、朱之失，勿为陈、朱辈所囿也。

（清）陈廷焯《白雨斋词话》卷八，齐鲁书社《足本校注》本

善变化者，非必墨守一家之言。思游乎其中，精鹜乎其外，招其助而

不为所囿，斯为得之。当其致力之初，门径诚不可误。然必择定一家，奉为金科玉律，亦步亦趋，不敢稍有踰越。

（清）况周颐《蕙风词话》卷一，人民文学出版社本

何大复答空同书，谓诗盛于陶、杜，文盛于韩、欧，而诗之亡即自陶、杜始，文之亡即自韩、欧始。后人执为口实，群起而攻，此论遂为诟府。其实确有所见，意非尽妄，特放言高论过易，故招尤丛谤，理无由伸耳。自古极衰之根，每伏于极盛之中，循环往复，不止诗文为然。陶、杜出而人争学为陶、杜，韩、欧出而人争学为韩、欧，既未窥见本原，又未洞其得失，于是陶、杜、韩、欧独至之诣不能法也。其不至处，与无心之失，率意之病，则尽法之，遗其内之精英，袭其外之面目，高自位置，流弊百出，不可救药矣。此非陶、杜、韩、欧之过，学为陶、杜、韩、欧之过也。极衰始于极盛，理本不诬。大复任意纵笔，故作大言惊人，而词不达意，致招掊击，原属自取。第不究其言之所以然，一味诋诃，则又耳食之过矣。

（清）朱庭珍《筱园诗话》卷二，《清诗话续编》本

有作始，自宜有末流，有末流，自宜有鼎易。此千古诗文一脉，所以相递于无穷也。

（清）金埴《不下带编》卷一，中华书局本

凡声，气也，人亦气也，同在一气之中，其声自有流变，非人之所能御。古乐之变为新声，亦犹古礼之易为俗习，其势不得不然。今人行古礼有不安于心者，则听古乐亦岂能谐于耳乎？耳不谐，则神不洽。神不洽，则气不和。不洽不和亦何贵于乐？若曰乐者所以事神，非徒以悦人。则亦不然。凡神依人而行，人之所不欣畅者，神听亦未必其和平也。故古乐难复，亦无容强复，但当于今乐中去其粗厉高急、繁促淫荡诸声，节奏纡徐，曲调和雅，稍近乎周子之所谓淡者焉，则所以欢畅神人，移易风俗者在此矣。若不察乎流变之理，而欲高言复古，是犹以人心不安之礼，强人以必行也，岂所谓知时识势者哉！

（清）江永《律吕余论·声音自有流变》，《律吕新论》卷下，《丛书集成》本

尝论前代诸词家，文成之于元献，犹兰亭之似梓泽也；新都之于庐陵，犹弘治之似伯玉也；琅琊之于眉山，犹小令之似大令也；公谨之于幼安，犹宣武之似司空也；逮黄门舍人之于屯田待制，直如曹、刘之与苏、李。遂觉后来益工，世有解人，应不河汉斯言。

（清）《词衷》，《御选历代诗余》卷一百二十引，上海书店影印本

4. 古何必高　今何必卑

画工好画上代之人，秦汉之士，功行谲奇，不肯图。不肯图今世之士者，尊古卑今也。贵鹄贱鸡，鹄远而鸡近也。使当今说道深于孔、墨，名不得与之同；立行崇于曾、颜，声不得与之钧。何则？世俗之性，贱所见，贵所闻也。有人于此，立义建节，实核其操，古无以过，为文书者，肯载于篇籍，表以为行事乎？作奇论，造新文，不损于前人，好事者肯舍久远之书，而垂意观读之乎？扬子云作《太玄》，造《法言》，张伯松不肯一观，与之并肩，故贱其言。使子云在伯松前，伯松以为金匮矣。

……

有虞之"凤凰"，宣帝已五致之矣。孝明帝符瑞并至。夫德优故有瑞，瑞钧则功不相下。宣帝、孝明如劣不及尧、舜，何以能致尧、舜之瑞？光武皇帝龙兴凤举，取天下若拾遗，何以不及殷汤、周武？世称周之成、康不亏文王之隆，舜巍巍不亏尧之盛功也。方今圣朝，承光武，袭孝明，有浸酆溢美之化，无细小毫发之亏，上何以不逮舜、禹！下何以不若成、康！世见五帝、三王事在经传之上，而汉之记故尚为文书，则谓古圣优而功大，后世劣而化薄矣！

（汉）王充《论衡·齐世篇》，中华书局本

俗儒好长古而短今……汉有实事，儒者不称。古有虚美，诚心然之。信久远之伪，忽近今之实，斯盖三增九虚所以成也。

（汉）王充《论衡·须颂篇》，中华书局本

然守株之徒，喽喽所玩，有耳无目，何肯谓尔！其于古人所作为神，今世所著为浅，贵远贱近，有自来矣。故新剑以诈刻加价，弊方以伪题见宝也。是以古书虽质朴，而俗儒谓之堕于天也；今文虽金玉，而常人同之于瓦砾也。

(晋) 葛洪《抱朴子外篇·钧世》，《诸子集成》本

今诗与古诗，俱有义理，而盈于差美。方之于士，并有德行，而一人偏长艺文，不可谓一例也。比之于女，俱体国色，而一人独闲百伎，不可混为无异也。

若夫俱论宫室，而奚斯路寝之颂，何如王生之赋灵光乎？同说游猎，而《叔畋》、《卢铃》之诗，何如相如之言上林乎？并美祭祀，而《清庙》《云汉》之辞，何如郭氏《南郊》之艳乎？等称征伐，而《出车》（原作军，孙星衍校：当作车。兹据改）《六月》之作，何如陈琳《武军》之壮乎？则举条可以觉焉。近者夏侯湛、潘安仁并作《补亡诗》——《白华》、《由庚》、《南陔》、《华黍》之属，诸硕儒高才之赏文者，咸以古诗三百，未有足以偶二贤之所作也。

且夫古者事事醇素，今则莫不雕饰，时移世改，理自然也。至于屩锦丽而且坚，未可谓之减于蓑衣；辒辌妍而又牢，未可谓之不及椎车也。书犹言也，若入谈语，故为知音（音，原作有，孙星衍校：疑作音。兹据改）；胡、越之接，终不相解，以此教戒，人岂知之哉？若言以易晓为辨，则书何故以难知为好哉？若舟车之代步涉，文墨之改结绳，诸后作而善于前事，其功业相次千万者，不可复缕举也。世人皆知之快于曩矣，何以独文章不及古邪？

(晋) 葛洪《抱朴子外篇·钧世》，《诸子集成》本

俗士多云今山不及古山之高，今海不及古海之广，今日不及古日之热，今月不及古月之朗；何肯许今之才士，不减古之枯骨？重所闻，轻所见，非一世之所患矣。昔之破琴剿弦者，谅有以而然乎？

(晋) 葛洪《抱朴子外篇·尚博》，《诸子集成》本

丝桐合为琴，中有太古声。古声淡无味，不称今人情。玉徽光彩灭，

朱弦尘土生。废弃来已久，遗音尚泠泠。不辞为君弹，纵弹人不听。何物使之然？羌笛与秦筝。

（唐）白居易《废琴诗》，《白居易集》卷一，中华书局本

呜呼！孔子于道德仁义外有何物？百千万年，圣贤相随于涂中耳。次山之书曰：三皇用真而耻圣，五帝用圣而耻明，三王用明而耻察。嗟嗟此书，可以无书。孔子固圣矣，次山安在其必师之邪？

（唐）李商隐《容州经略使元结文集后序》，《樊南文集》卷七，《四部备要》本

始闻长老言：学道必求古，为文必有师法。常悒悒不快。退自思曰：夫所谓道，岂古所谓周公、孔子者独能邪？盖愚与周、孔俱身之耳，以是有行道不系今古，直挥笔为文，不爱攘取经史，讳忌时世。百经万书，异品殊流，又岂能意分出其下哉？

（唐）李商隐《上崔华州书》，《樊南文集》卷八，《四部备要》本

孟子谓何必曰利，激也。焉有仁义而不利者乎？其书数称汤、武将以七十里百里而王天下，利岂小哉？孔子七十所欲不逾矩，非无欲也。于《诗》则道男女之时，容貌之美，悲感念望，以见一国之风，其顺人也至矣。学者大抵雷同。古之所是，则谓之是，古之所非，则谓之非，诘其所以是非之状，或不能知。古人之言，岂一端而已矣。

（宋）李觏《原文》，《直讲李先生文集》卷二十九，《四部丛刊》本

无穷者，天下之理也。不易者，造化之运也。乘乎运，备乎理，不以古今而殊者，人之才也。千载之上，有异才焉出乎其间，所得之理与今同也，所乘之运与今同也，其言安得不与今同乎？千载之下，有异才焉，同是理也，同是运也，其言安得异于古乎？古与今云者，人之所云也，非天之所设也。遂古之初，羲黄之世，人以为古也。焉知天不以为非古乎？并肩而居，接膝而谈，人以为今之人也，焉知天不以为非今乎？故由后以视先，则后者为今矣，由未至而视已往，则今有非今者存，而奚古与今之足

间哉！以一日为久，则百年之为久可知也。以百年为远，则千载之为甚远又可知也？苟以天地之始终为旦莫，齐古今而洞视之，则千载百年也，均之为瞬息之顷也。人顾妄相诋赞于其间，以古为高，以今为卑，随人为轻重，徇时为毁誉，不亦大惑矣乎！是皆未涉乎道之流，未造乎术之垣，私意之变眩其中，而不自知为惑也。

　　　　　　（明）方孝孺《观乐生诗集序》，《逊志斋集》卷十二，《四部备要》本

　　诗何必古选，文何必先秦，降而为六朝，变而为近体；又变而为传奇，变而为院本，为杂剧，为《西厢曲》，为《水浒传》，为今之举子业，皆古今至文，不可得而时势先后论也。

　　　　　　（明）李贽《童心说》，《焚书》卷三，中华书局本

　　空同不知，篇篇模拟，亦谓反正。后之文人，遂视为定例，尊若令甲。凡有一语不肖古者，即大怒骂为野路恶道。不知空同模拟，自一人创之，犹不甚可厌。迨其后以一传百，以讹益讹，愈趋愈下，不足观矣。且空向诸文，尚多己意，纪事述情，往往逼真，其尤可取者，地名官衔，俱用时制。今却嫌时制不文，取秦、汉名衔以文之，观者若不检《一统志》，几不识为何乡贯矣。且文之佳恶，不在地名官衔也，司马迁之文，其佳处在叙事如画，议论超越，而近说乃云，西京以还，封建宫殿官师郡邑，其名不驯雅，虽子长复出，不能成史。则子长佳处，彼尚未梦见也，而况能肖子长也乎？

　　　　　　（明）袁宗道《论文上》，《白苏斋类集》卷二十，《中国文学珍本丛书》本

　　大抵物真则贵，真则我面不能同君面，而况古人之面貌乎？唐自有诗也，不必《选》体也。初、盛、中、晚自有诗也，不必初、盛也。李、杜、王、岑、钱、刘，下迨元、白、卢、郑，各自有诗也，不必李、杜也。赵宋亦然，陈、欧、苏、黄诸人，有一字袭唐者乎？又有一字相袭者乎？至其不能为唐，殆是气运使然，犹唐之不能为《选》，《选》之不能为汉、魏耳。今之君子，乃欲概天下而唐之，又且以不唐病宋。夫既以不唐病宋矣，何不以不《选》病唐，不汉魏病《选》，不《三百篇》病汉，

不结绳鸟迹病《三百篇》耶？果尔，反不如一张白纸，诗灯一派，扫土而尽矣。夫诗之气，一代减一代，故古也厚，今也薄。诗之奇之妙之工之无所不极，一代盛一代，故古有不尽之情，今无不写之景。然则古何必高，今何必卑哉？

　　　　　　（明）袁宏道《与丘长孺书》，《袁宏道集笺校》卷六，上海古籍出版社本

　　往与伯修过董玄宰。伯修曰："近代画苑诸名家，如文徵明、唐伯虎、沈石田辈，颇有古人笔意不？"玄宰曰："近代高手，无一笔不肖古人者。夫无不肖，即无肖也，谓之无画可也。"余闻之悚然曰："是见道语也。"故善画者，师物不师人；善学者，师心不师道；善为诗者，师森罗万象，不师先辈；法李唐者，岂谓其机格与字句哉！法其不为汉，不为魏，不为六朝之心而已。是真法者也。是故减灶背水之法，迹而败，未若反而胜也。夫反所以迹也。今之作者，见人一语肖物，目为新诗，取古人一二浮滥之语，句规而字矩之，谬谓复古，是迹其法，不迹其胜者也，败之道也！嗟夫，是犹呼傅粉抹墨之人，而直谓之蔡中郎，岂不悖哉！

　　　　　　（明）袁宏道《叙竹林集》，《袁宏道集笺校》卷十八，上海古籍出版社本

　　俗儒是古而非今，文士撷华而舍实。夫保残守缺，则训诂之文充栋；不厌寻声设色，则雕绘之作永日以思。至于时至所尚，世务所急，是非得失之际未之用心，苟能访求其书者盖寡，宜天下才智日以绌，故曰士无实学。

　　　　　　（明）陈子龙《经世编序》，《陈忠裕公全集》卷二十六，清刊本

　　夫诗首于风，而风嘘于世，世降而风移，风移而诗变，如天籁之所不容已，而玄龠之所不能闷也。故古亡是物，今则有之矣；古亡是事，今则有之矣；古亡是言，今则有之矣。古何必俯绌乎今，今何必仰摹乎古？并峙于寥廓之间耳。恶乎同？其在人也，触境而生情，而情每以境夺，因情而耩境，而境即以情迁。盖今以昨为非，而暮以朝为故，烟云动植，愉佚忧想，日代乎吾前，欲一有以留之，尝见其变化推移而莫可以系著也。吾

内感于情而外触于境，以其介然不容已者，激而为声歌。当是时也，急起而追之，如兔起鹘落，犹恐不及。乃不自抒其情，而寻古人之情，不自写其境，而拟古人之境，舍真取似，弃我从人，有能赴其所欲言者邪？且使采风者欲论其世，而其事皆往世之刍狗，真境界夺矣。欲知其人，而其言皆前人之优孟，真面目遁矣。欲如古之所谓兴观群怨多识者，杳然不可复得于篇什内矣。诗果若是乎哉？

（明）顾起元《竹浪斋诗序》，《明文授读》卷三十六，味芹堂刻本

献吉以复古自命，曰古诗必汉魏，必三谢；今诗必初盛唐，必杜；舍是无诗焉。牵率模拟剽贼于声句字之间，如婴儿之学语，如桐子之洛诵，字则字、句则句、篇则篇，毫不能吐其心之所有，古之人固如是乎？天地之运会，人世之景物，新新不停，生生相续，而必曰汉后无文，唐后无诗，此数百年之宇宙日月尽皆缺陷晦蒙，直待献吉而洪荒再辟乎？献吉曰："不读唐以后书。"献吉之诗文，引据唐以前书，纰缪挂漏，不一而足，又何说也。国家当日中月满，盛极孽衰，粗材笨伯，乘运而起，雄霸词盟，流传讹种，二百年以来，正始沦亡，榛芜塞路，先辈读书种子，从此断绝，岂细故哉！后有能别裁伪体，如少陵者，殆必以斯言为然，其以是获罪于世之君子，则非吾所惜也。

（清）钱谦益《李副使梦阳》，《列朝诗集小传》丙集，上海古籍出版社本

且今之称诗者，祧唐、虞而禘商、周，宗祀汉、魏于明堂是也；何以汉、魏以后之诗，遂皆为不得入庙之主？此大不可解也。譬之井田封建，未尝非治天下之大经，今时必欲复古而行之，不亦天下之大愚也哉？且苏、李五言与亡名氏之《十九首》，至建安、黄初，作者既已增华矣；如必取法乎初，当以苏、李与《十九首》为宗，则亦吐弃建安、黄初之诗可也。诗盛于邺下，然苏、李《十九首》之意，则寖衰矣。使邺中诸子，欲其一一摹仿苏、李，尚且不能，且亦不欲；乃于数千载之后，胥天下而尽仿曹、刘之口吻，得乎哉？

（清）叶燮《原诗·内篇上》，人民文学出版社本

沈约有言：律吕适宜，宫商互变，五色相宣，八音协畅，妙达斯旨，始可言文。此自矜其四声之秘也。其云："灵均以来，多历年代，虽文体稍精，而此秘未睹。"又云："褒、向、班、扬，清词丽曲，时发乎篇，而芜音累气良多。"又云："张、蔡、曹、王，曾无先觉；潘、陆、颜、谢，去之弥远。"亦过于薄今人而不爱古人矣，宜梁武之不深然也。

（清）叶矫然《龙性堂诗话初集》，《清诗话续编》本

白公之为《长恨歌》、《霓裳羽衣曲》诸篇，自是不得不然。不但不蹈杜公、韩公之辙也，是乃"浏漓顿挫，独出冠时"，所以为豪杰耳。始悟后之欲复古者，真强作解事。

（清）翁方纲《石洲诗话》卷二，人民文学出版社本

所谓好古者，非谓古之必胜乎今也，正以今不殊古，而于因革异同求其折衷也。古之糟魄，可以为今之精华，非贵糟魄而直以为精华也，因糟魄之存，而可以想见精华之所出也。（如类书本无深意，古类书尤不如后世类书之详备，然援引古书，为后世所不可得者，藉是以存，亦可贵宝矣。）古之疵病，可以为后世之典型，非取疵病而直以之为典型也，因疵病之存，而可以想见典型之所在也。

（清）章学诚《说林》，《文史通义·内篇四》，中华书局本

问：昔人谓杜、韩诗无一字无来历。又或谓作诗用典不必拘来历，叶韵不必有出处。二说孰是？

后说固非，前说亦不尽然。试问"岐王宅里"二十八字，更从何处觅来历邪？今人虽不及古人，亦不必视古人太高。杜诗中误用之典甚多，若"蔚蓝天"，竟成杜撰，"炙手可热"，借取方言，其来历殊不足恃。如必求来历，何必杜诗，即取近时人诗集，字字笺注之，其为臆造伪撰者，当亦无几。古今人优劣，正不在是，勿竟被古人唬倒也。

（清）陈仅《竹林答问》，《清诗话续编》本

希腊诗人荷马，古代第一文豪也。其诗篇为今日考据希腊史者独一无二之秘本，每篇率万数千言。近世诗家，如莎士比亚、弥儿敦、田尼逊等，其诗动亦数万言。伟哉！勿论文藻，即其气魄固已夺人矣。中国事事

落他人后，惟文学似差可颉顽西域。然长篇之诗，最传诵者，惟杜之《北征》，韩之《南山》，宋人至称为日月争光；然其精深盘郁雄伟博丽之气，尚未足也。古诗《孔雀东南飞》一篇，千七百余字，号称古今第一长篇诗。诗虽奇绝，亦只儿女子语，于世运无影响也。中国结习，薄今爱古，无论学问文章事业，皆以古人为不可几及。余生平最恶闻此言。窃谓自今以往，其进步之远轶前代，固不待蓍龟，即并世人物亦何遽让于古所云哉？生平论诗，最倾倒黄公度，恨未能写其全集。顷南洋某报录其旧作一章，乃煌煌二千余言，真可谓空前之奇构矣。荷、莎、弥、田诸家之作，余未能读，不敢妄下比骘。若在震旦，吾敢谓有诗以来所未有也。以文名名之，吾欲题为《印度近史》，欲题为《佛教小史》，欲题为《地球宗教论》，欲题为《宗教政治关系说》；然是固诗也，非文也。有诗如此，中国文学界足以豪矣。

（清）梁启超《饮冰室诗话》，《饮冰室文集》卷七十七，中华书局本

二

踵事增华　文体屡迁

1. 诗文代变　文体屡迁

尝试论之曰：《诗序》云："诗有六义焉，一曰风，二曰赋，三曰比，四曰兴，五曰雅，六曰颂。"至于今之作者，异乎古昔、古诗之体，今则全取赋名。荀、宋表之于前，贾、马继之于末。自兹以降，源流实繁。

（南朝·梁）萧统《文选序》，《文选》，《四部备要》本

五言之制，独秀众品。习玩为理，事久则渎，在乎文章，弥患凡旧。若无新变，不能代雄。建安一体，《典论》短长互出；潘、陆齐名，机、岳之文永异。江左风味，盛道家之言，郭璞举其灵变，许询极其名理。仲文玄气，犹不尽除；谢混情新，得名未盛。颜、谢并起，乃各擅奇；休、鲍后出，咸亦摽世。朱蓝共妍，不相祖述。

（南朝·梁）萧子显《南齐书·文学传论》，中华书局本

唐有天下凡二百载，而文章三变。初则广汉陈子昂以风雅革浮侈；次则燕国张公说以宏茂广波澜；天宝已还，则李员外、萧功曹、贾常侍、独孤常州，比肩而出，故其道益炽。若乃其气全、其辞辨，驰骛古今之际，高步天地之间，则有左补阙李君。

（唐）梁肃《补阙李君前集序》，《全唐文》卷五百十八，中华书局本

周诗三百篇，雅丽理训诰。曾经圣人手，议论安敢到。五言出汉时，

苏李首更号。东都渐涨漫，派别百川导。建安能者七，卓荦变风操。逶迤抵晋宋，气象日凋耗。中间数鲍谢，比近最清奥。齐梁及陈隋，众作等蝉噪。搜春摘花卉，沿袭伤剽盗……

（唐）韩愈《荐士》，《韩昌黎诗系年集释》卷五，上海古籍出版社本

始吾少时，有路子者，自赞为是书，吾嘉而叙其意，而其书终莫能具，卒俟宗直也。故删取其叙，系于左，以为《西汉文类》首纪。殷、周之前，其文简而野，魏、晋以降，则荡而靡，得其中者汉氏。汉氏之东，则既衰矣。当文帝时，始得贾生明儒术，武帝尤好焉。而公孙弘、董仲舒、司马迁、相如之徒作，风雅益盛，敷施天下，自天子至公卿大夫士庶人咸通焉。于是宣于诏策，达于奏议，讽于辞赋，传于歌谣，由高帝讫于哀、平，王莽之诛，四方之文章盖烂然矣。

（唐）柳宗元《柳宗直西汉文类序》，《柳河东集》卷二十一，上海人民出版社本

海内声华并在身，箧中文字绝无伦。遥知独对封章草，忽忆同为献纳臣。走笔往来盈卷轴，除官递互掌丝纶。制从长庆辞高古，诗到元和体变新。各有文姬才稚齿，俱无通子继余尘。琴书何必求王粲？与女犹胜与外人。

（唐）白居易《余思未尽，加为六韵，重寄微之》，《白居易集》卷第二十三，中华书局本

或曰：夫文字起于皇道，古人画一之后方有也。先君传之，不言而天下自理，不教而天下自然，此谓皇道。道合气性，性合天理，于是万物禀焉，苍生理焉。尧行之，舜则之，淳朴之教，人不知有君也。后人知识渐下，圣人知之，所以画八卦，垂浅教，令后人依焉。是知一生名，名生教，然后名教生焉。以名教为宗，则文章起于皇道，兴乎《国风》耳。自古文章，起于无作，兴于自然，感激而成，都无饰练，发言以当，应物便是。古诗云："日出而作，日入而息，凿井而饮，耕田而食。"当句皆了也。其次，《尚书》歌曰："元首明哉，股肱良哉，庶事康哉。"亦句句便了。自此之后，则有《毛诗》，假物成焉。夫子演《易》，极思于《系辞》，言句简易，体是诗骨。夫子传于游、夏，游、夏传于荀卿、孟轲，

方有四言、五言,效古而作。荀、孟传于司马迁,迁传于贾谊。谊谪居长沙,遂不得志,风土既殊,迁逐怨上,属物比兴,少于《风》、《雅》。复有骚人之作,皆有怨刺,失于本宗。乃知司马迁为北宗,贾生为南宗,从此分焉。汉魏有曹植、刘桢,皆气高出于天纵,不傍经史,卓然为文。从此之后,递相祖述,经纶百代,识人虚薄,属文于花草,失其古焉。中有鲍照、谢康乐,纵逸相继,成败兼行。至晋宋齐梁,皆悉颓毁。

(唐)[日]弘法大师《文镜秘府论·南卷·论文意》,《文镜秘府论校注》,中国社会科学出版社本

唐有天下三百年,文章无虑三变。高祖、太宗,大难始夷,沿江左余风,绮句绘章,揣合低卬,故王、杨为之伯。玄宗好经术,群臣稍厌雕琢,索理致,崇雅黜浮,气益雄浑,则燕、许擅其宗。是时,唐兴已百年,诸儒争自名家。大历、正元间,美才辈出,擩哜道真,涵泳圣涯,于是韩愈倡之,柳宗元、李翱、皇甫湜等和之;排逐百家,法度森严,抵轹晋、魏,上轧汉、周,唐之文完然为一王法,此其极也。

(宋)宋祁《新唐书·文艺传序》,中华书局本

因说伯恭所批文,曰:"文章流转变化无穷,岂可限以如此?"某因说:"陆教授谓伯恭有个文字腔子,才作文字时,便将来入个腔子做,文字气脉不长。"先生曰:"他便是眼高,见得破。"

(宋)朱熹《论文上》,《朱子语类》卷一百三十九,应书院刊本

顷年学道,未能专一之时,亦尝间考诗之原委,因知古今之诗,凡有三变。盖自《书》、《传》所记,虞、夏以来,下及魏、晋,自为一等;自晋、宋间,颜、谢以后,下及唐初,自为一等;自沈、宋以后,定著律诗,下及今日,又为一等。然自唐初以前,其为诗者,固有高下,而法犹未变。至律诗出,而后诗之与法,始皆大变。以至今日,益巧益密,而无复古人之风矣。故尝妄欲抄取经史诸书所载韵语,下及《文选》、汉魏古词,以尽乎郭景纯、陶渊明之所作,自为一编,而附于《三百篇》、《楚辞》之后,以为诗之根本准则。又于其下二等之中,择其近于古者,各为一编,以为之羽翼舆卫。(且以李杜言之,则如李之《古风》五十首,

杜之秦、蜀纪行、《遣兴》、《出塞》、《潼关》、《石壕》、《夏日》、《夏夜》诸篇，律诗则如王维、韦应物辈，亦自有萧散之趣，未至如今日之细碎卑冗，无余味也。）其不合者，则悉去之，不使其接于吾之耳目，而入于吾之胸次。要使方寸之中，无一字世俗言语意思，则其为诗，不期于高远，而自高远矣。

     （宋）朱熹《答巩仲至》，《朱子文集》卷一，《丛书集成》本

  近世诗学有二：嗜古者崇选，缚律者宗唐。其始皆曰：吾为选也，吾为唐也。然童而学之，以至于老，有莫能改气质而谐音节者，终于不选不唐，无所就而已。余谓诗之体格有古律之变久之，情性无今昔之异，选诗有芜拙于唐者，唐诗有佳于选者。

     （宋）刘克庄《序宋希仁诗》，《后村先生大全集》卷九十七，《四部丛刊》本

  然则近代之诗无取乎？曰：有之，吾取其合于古人者而已。国初之诗，尚沿袭唐人：王黄州学白乐天，杨文公、刘中山学李商隐，盛文肃学韦苏州，欧阳公学韩退之古诗，梅圣俞学唐人平淡处。至东坡、山谷始自出己法以为诗，唐人之风变矣。山谷用工尤深刻，其后法席盛行，海内称为江西宗派。近世赵紫芝、翁灵舒辈，独喜贾岛、姚合之语，稍稍复就清苦之风；江湖诗人多效其体，一时自谓之唐宗；不知止入声闻、辟支之果，岂盛唐诸公大乘正法眼者哉！嗟乎！正法眼之无传久矣。唐诗之说未唱，唐诗之道有时而明也。今既唱其体曰唐诗矣，则学者谓唐诗诚止于是耳，兹诗道之重不幸耶！故予不自量度，辄定诗之宗旨，且借禅以为喻，推原汉、魏以来，而截然谓当以盛唐为法，（原注：后舍汉、魏而独言盛唐者，谓古〔原作"唐"字，据《沧浪先生吟卷》校改〕律之体备也。）虽获罪于世之君子，不辞也。

     （宋）严羽《沧浪诗话·诗辨》，《沧浪诗话校释》，人民文学出版社本

  唐文章三变，宋朝文章亦三变矣。荆公以经术，东坡以议论，程氏以性理，三者要各立门户，不相蹈袭。

     （宋）陈善《扪虱新话》卷五，《丛书集成》本

宋初，袭晚唐五季之弊。天圣以来，晏同叔、钱希圣、刘子仪、杨大年数人，亦思有以革之，第皆师于义山，全乖古雅之风。迨王元之以迈世之豪，俯就绳尺，以乐天为法，欧阳永叔痛矫西昆，以退之为宗，苏子美、梅圣俞介乎其间。梅之覃思精微，学孟东野，苏之笔力横绝，宗杜子美，亦颇号为诗道中兴。至若王禹玉之踵徽之，盛公量之祖应物，石延年之效牧之，王介甫之原三谢，虽不绝似，皆尝得其仿佛者。元祐之间，苏、黄挺出，虽曰共师李、杜，而竞以己意相高，而诸作又废矣。自此以后，诗人迭起，或波澜富而句律疏，或煅炼精而惰性远，大抵不出于二家。观于苏门四学士，及江西宗派诸诗，盖可见矣。陈去非虽晚出，乃能因崔德符而归宿于少陵，有不为流俗之所移易。驯至隆兴、乾道之时，尤延之清婉，杨廷秀之深刻，范至能之宏丽，陆务观之敷腴，亦皆有可观者，然终不离天圣、元祐之故步，去盛唐为益远。下至萧、赵二氏，气局荒颓，而音节促迫，则其变又极矣。

（明）宋濂《答章秀才论诗书》，《宋文宪公全集》卷三十七，《四部备要》本

文之敝既极，极必变，变必自上之人始。吾安知今日无宋之欧阳永叔者，而一振其陋习哉！吾又安知无若苏曾辈出于其下，而还其文于古哉！

（明）吴宽《送周仲瞻应举诗序》，《匏翁家藏集》卷三十九，《四部丛刊》本

孔子没而游、夏辈各以其学授之诸侯之国，已而散逸不传。而秦人燔经坑学士，而六艺之旨几辍矣。汉兴，招亡经，求学士，而晁错、贾谊、董仲舒、司马迁、刘向、扬雄、班固辈，始乃（原作及，误）稍稍出，而西京之文，号为尔雅。崔、蔡以下，非不矫然龙骧也，然六艺之旨渐流失。魏、晋、宋、齐、梁、陈、隋、唐之间，文日以靡，气日以弱，强弩之末，且不及鲁缟矣，而况于穿札乎？

（明）茅坤《唐宋八大家文钞·总序》，明刊本

唐律由初而盛，由盛而中，由中而晚，时代声调，故自必不可同。然亦有初而逗盛，盛而逗中，中而逗晚者。何则？逗者，变之渐也，非逗故无由变。如诗之有变风变雅（原"诗"上有"四"字，据《谈艺珠

丛》本删去），便是《离骚》远祖，子美七言律之有拗体，其犹变风变雅乎？唐律之由盛而中，极是盛衰之介。然王维钱起，实相倡酬，子美全集，半是大历以后，其间逗漏，实有可言，聊指一二。如右丞"明到衡山"篇，嘉州"函谷""躔溪"句，隐隐钱、刘、卢、李间矣。至于大历十才子，其间岂无盛唐之句？盖声气犹未相隔也。学者固当严于格调，然必谓盛唐人无一语落中，中唐人无一语入盛，则亦固哉其言诗矣。

（明）王世懋《艺圃撷余》，《历代诗话》本

曰风、曰雅、曰颂，三代之音也。曰歌、曰行、曰吟、曰操、曰辞、曰曲、曰谣、曰谚，两汉之音也。曰律、曰排律、曰绝句，唐人之音也。诗至于唐而格备，至于绝而体穷。故宋人不得不变而之词，元人不得不变而之曲。词胜而诗亡矣，曲胜而词亦亡矣。明不致工于作而致工于述，不求多于专门，而求多于具体，所以度越元、宋，苞综汉、唐也。

（明）胡应麟《诗薮·内编》卷一，上海古籍出版社本

四言不能不变而五言，古风不能不变而近体，势也，亦时也。
……
统论五言之变，则质漓于魏，体俳于晋，调流于宋，格丧于齐。

（明）胡应麟《诗薮·内编》卷二，上海古籍出版社本

黄、虞而上，文字邈矣。声诗之道，始于周，盛于汉，极于唐。宋、元继唐之后，启明之先，宇宙之一终乎！盛极而衰，理势必至，虽屈、宋、李，杜挺生，其运未易为力也。

拟古于近，宋、元其陈、隋乎！古体至陈，本质亡矣。隋之才不若陈之丽，而稍知尚质，故隋末诸臣，即为唐风正始。近体至宋，性情泯矣。元之才不若宋之高，而稍复缘情，故元季诸子，即为昭代先鞭。

（明）胡应麟《诗薮·外编》卷五，上海古籍出版社本

自《三百篇》以迄而今，诗歌之道，无虑三变：一盛于汉，再盛于唐，又再盛于明。典午创变，至于梁、陈极矣，唐人出而声律大宏。大历积衰，至于元、宋极矣，明风启而制作大备。

（明）胡应麟《诗薮·续编》卷一，上海古籍出版社本

盛唐诗格极高，调极美。但不能多，不足以酬物而尽变，所以又有中、晚诗。
……

唐律初、盛、中、晚时代声调，故自必不可同。然亦有初而逗盛，盛而逗中，中而逗晚者，何也？逗者，变之渐，非逗故无繇变也。如四诗之有变风、变雅，便是《离骚》远祖。子美七言律之有拗体，非即犹四诗之有变风、变雅乎？

（明）胡震亨《唐音癸签》卷十一，上海古籍出版社本

诗讫于周，离骚讫于楚，自后诗之流为赋、颂、铭、赞、文、诔、箴、诗、行、咏、吟、题、怨、叹、章、篇、操、引、谣、讴、歌、曲、词、调，名二十有四，皆诗人六义之余也。繇操而下八名，皆起于郊祭军宾吉凶苦乐之际。在音声者，因声以度调，审调以节唱，句度短长之数，声韵平上之差，莫不繇之准度。而又别其在琴瑟者为操、引，采民甿者为讴、谣，备曲度者总得谓之歌、曲、词、调，斯皆繇乐以定词，非选词以配乐也。繇诗而下九名，皆属事而作，虽题号不同，悉谓之为诗。后之审乐者，往往采取其词，度为歌曲，盖选词以配乐，非繇乐以定词也。

（明）胡震亨《唐音癸签》卷十五，上海古籍出版社本

噫！变岂易言哉！李于鳞之乐府曰："拟议以成其变化。"今观其乐府，点窜古人一二字而已，未见其所拟议谓何？而变化之状何居也？于鳞又曰："能不为献吉者，乃能为献吉者。"其意于献吉，不为也，非不能也。虽然，前事不忘，后事之师，则后至者巧矣。谢朝华之已披，振夕秀于未启，则晚出者鲜矣。是故诗愈历年代，而愈不能尽也。人心无穷，而诗之道益无穷也。

（明）曹学佺《吴汤日诗序》，《明文在》卷四十五，《国学基本丛书》本

唐诗三变愈下，宋词殊不然。欧、苏、秦、黄，足当高、岑、王、李。南渡以后，矫矫陡健，即不得称中宋、晚宋也。惟辛稼轩自度梁肉不胜前哲，特出奇险为珍错供，与刘后村辈俱曹洞旁出。学者正可钦佩，不

必反唇并捧心也。

（明）俞彦《爰园词话·宋词非愈变愈下》，《词话丛编》本

有一代之兴，必有一代之文以为之重。当夫礼乐未行、纪纲未定，得其文以讽谕天下，无不翕然从风。及其功成而道浃，荐之郊庙，布之声歌，可谓盛矣。乃其学不专一能、书不名一家，奇邪踳驳之弊无自而起，盖谣垂教之人、即其谋国之人，故因事立言，取其明体适用，浮词剿说不得而入也。

（清）吴伟业《陈百史文集序》，《梅村家藏稿》卷二十七，清刊本

余观古文，自唐以后为一大变。唐以前字华，唐以后字质；唐以前句短，唐以后句长；唐以前如高山深谷，唐以后如平原旷野，盖画然若界限矣。然而文之美恶不与焉。其所变者同而已；其所不可变者，虽千古如一日也。得其所不可变者，唐以前可也，唐以后亦可也；不得其所不可变，而以唐之前后较其优劣，则终于愦愦耳。有明一代之文，论之者有二，以谓其初沿宋元之余习，北地一变而始复于古；以谓明文盛于前，自北地主王、李而法始亡。其有为之调人者，则以为两派不妨并存。嗟乎！此皆以唐之前后较其优劣者也。夫明文自宋、方以后，直致而少曲折，奄奄无气，日流肤浅，盖已不容不变。便其时而变之者以深湛之思一唱三叹而出之，无论沿其词与不沿其词，皆可以救弊。乃北地欲以二三奇崛之语，自任起衰，仍不能脱肤浅之习。吾不知所起何衰也？

（清）黄宗羲《庚戌集自序》，《黄梨洲文集》，中华书局本

张荩居曰：明诗四变，为海内口实者七人，秦、齐、吴、豫各一，楚独居三。然初变而李、何，再变而王、李，不失为盛也。变而公安、竟陵，晚矣。吾豫当初变时，一人起而左右北地，铿金戛玉，至今踔厉词坛。王、李树帜，公安矫枉，豫独不与，不欲与也。竟陵时，新野马仲良，同伯敬起家庚戌进士，自造新声，偕吴门亦房唱和。其诗抉镂性灵，鲜警秀异，足以移易一世。王、马之名，宜与钟、谭并。乃世唯口钟、谭，不及二氏；则为仲良者，不幸而诗不播于天下，为风气所归；抑幸而不列变中，反得免世诋诃耶！

（清）周亮工《书影》卷一，上海古籍出版社本

徐巨源曰：古诗者，《风》之遗也；乐府者，《雅》、《颂》之遗也。苏、李、《十九首》，变为黄初、建安，为选体，流为齐、梁俳句，又变至唐近体，而古诗尽亡。乐府变为趋艳，杂以《捉搦》、《企喻》、《子夜》、《读曲》之属，流为诗余，流为词，词变为曲，而乐府尽亡。乐府亡而以词曲为《风》，古诗亡而以近体为《雅》。古者《风》采之民间，《雅》、《颂》歌之朝庙；后世《风》变至近体，而应制用之，《雅》变至词曲，而倡优习之。然则古今《风》、《雅》、《颂》，贵贱之用，反殊极矣。

（清）周亮工《书影》卷二，上海古籍出版社本

《三百篇》之不能不降而楚辞，楚辞之不能不降而汉魏，汉魏之不能不降而六朝，六朝之不能不降而唐也。势也！用一代之体，则必似一代之文，而后为合格。

诗文之所以代变，有不得不变者。一代之文，沿袭已久，不容人人皆道此语。今且千数百年矣，而犹取古人之陈言，一一而摹仿之，以是为诗，可乎？故不似则失其所以为诗，似则失其所以为我。李杜之诗所以独高于唐人者，以其未尝不似，而未尝似也。知此者可与言诗也已矣。

（清）顾炎武《诗体代降》，《日知录集释》卷二十一，《四部备要》本

唐诗之后，香奁、浣花稍微矣，至有明而起其衰。宋词之后，遗山、蜕岩亦仅矣，及吾朝而恢其盛。天地生才，若为此对偶文字，以待后人之侧生挺出，角立代兴，恶可存而不论哉。

（清）尤侗《序徐釚》，《词苑丛谈》，上海古籍出版社本

且夫《风》、《雅》之有正有变，其正变系乎时，谓政治、风俗之由得而失、由隆而污。此以时言诗；时有变而诗因之。时变而失正，诗变而仍不失其正，故有盛无衰，诗之源也。吾言后代之诗，有正有变，其正变系乎诗，谓体格、声调、命意、措辞、新故、升降之不同。此以诗言时；诗递变而时随之。故有汉、魏、六朝、唐、宋、元、明之互为盛衰，惟变以救正之衰，故递衰递盛，诗之流也。从其源而论，如百川之发源，各异其所从出，虽万派而皆朝宗于海，无弗同也。从其流而论，如河流之经行

天下，而忽播为九河；河分九而俱朝宗于海，则亦无弗同也。

（清）叶燮《原诗·内篇上》，人民文学出版社本

诗始于《三百篇》，而规模体具于汉。自是而魏，而六朝、三唐，历宋、元、明，以至昭代，上下三千余年间，诗之质文、体裁、格律、声调、辞句，递嬗升降不同。而要之，诗有源必有流，有本必达末；又有因流而溯源，循末以返本。其学无穷，其理日出。乃知诗之为道，未有一日不相续相禅而或息者也。但就一时而论，有盛必有衰；综千古而论，则盛而必至于衰，又必自衰而复盛。非在前者之必居于盛，后者之必居于衰也。

（清）叶燮《原诗·内篇下》，人民文学出版社本

夫自《三百篇》而下，三千余年之作者，其间节节相生，如环之不断；如四时之序，衰旺相循而生物、而成物，息息不停，无可或间也。吾前言踵事增华，因时递变，此之谓也。

（清）叶燮《原诗·内篇下》，人民文学出版社本

文章之流弊以渐而致，六经深厚，至于《左氏》内外传而流为衰世之文，战国继之《短长》之策，孟、荀、庄、韩之书，奇横恣肆杂出，而《左氏》之委靡繁絮之习泯焉无余矣。此一变也。自是先秦、两汉文益奇伟，至两汉之衰，体势日趋于弱下，逮魏、晋、六朝而文章之敝极焉。唐兴，诸贤病之而未能革也。殆贞元大儒出，始倡为古文，易排而散，去靡而朴，力芟六代浮华之习，此又一变也。惟诗亦然，自春秋以讫战国，国风之不作者百余年，屈、宋之徒，继以骚赋，荀况和之，风雅稍兴，此亦诗之一变也。汉初，苏李赠答，《古诗十九首》以五言接《三百篇》之遗。建安七子，更唱迭和，号为极盛。余波及于晋、宋，颓靡于齐、梁、陈、隋，淫艳佻巧之辞剧，而诗之弊极焉。唐承其后，神龙、开、宝之间，作者坌起，大雅复陈。此又诗之一变也。夫敝极而变，变而后复于古，诚不难矣。然变必复古，而所变之古，非即古也。战国之文不可以为六经，贞元之文不可以为《史》《汉》明矣。今或者欲徇唐人之诗以为即晋、宋也，汉、魏也，岂学古者之通论哉？余尝譬之，富人之室，其子孙不能整理，日即于坏废。后有富人者居之，闬闳崇如，墉垣翼如，

非不霍然改观也，然循其途径而非，问其主人而支派已不可复识矣。夫六朝之颓靡，固亦汉、魏之支派也；唐人之变而新之，其霍然改观固然矣，无亦富人之代居而不可以复识者乎！故文敝则必变，变而后复于古，而古法之微，尤有默运于所变之中者，君子既防其渐，又忧其变也。新城阮亭王先生五言诗之选，盖其有见于此者深矣。于汉取全；于魏、晋以下递严，而递有所录，而犹不废夫齐、梁、陈、隋之作者；于唐仅得五人，曰：陈子昂、张九龄、李白、韦应物、柳宗元。盖以齐、梁、陈、隋之诗虽远于古，尚不失为古诗之余派；唐贤风气自为畛域，成其为唐人之诗而已。而五人者，其力足以存古诗于唐诗之中，则以其类合之，明其变而不失于古云尔。

（清）姜宸英《五七言诗选序》，《湛园未定稿》卷四，冯氏毋自欺斋刊本

唐五言古诗凡数变，约而举之：夺魏晋之风骨，变梁陈之俳优，陈伯玉之功（一作力）最大，曲江公继之，太白又继之；《感寓》、《古风》诸篇，可追嗣宗《咏怀》、景阳《杂诗》。贞元、元和间，韦苏州古淡，柳柳州峻洁，二公于唐音之中，超然复古，非可以风会论者。……四唐古诗源流，可略睹焉。

（清）王士禛《带经堂诗话》卷四，人民文学出版社本

《大风》、《垓下》，肇自汉音。至武帝《秋风》、《柏梁》，其体大具。曹子桓《燕歌行》、陈孔璋《饮马长城窟行》，皆唐作者之所本也。六朝惟鲍明远最为遒宕，七言法备矣。……梁、陈、隋长篇颇多，而气不足以举其辞，沿及唐初，益崇繁缛，愚均无取焉。

（清）王士禛《带经堂诗话》卷四，人民文学出版社本

五言古诗，须去其有偶句者而论之，以自西汉至中唐为全局，犹七言律诗以自初唐至晚唐为全局也。汉、魏五古之变而为唐人五古，欲去陈言而趋清新，不得不然，亦犹七律初、盛之变而为中、晚唐，不得不然也。

（清）吴乔《围炉诗话》卷之二，《清诗话续编》本

又云："潘、张、左、陆以后，清言既盛，诗人所作，皆老、庄之赞

颂、颜、谢、鲍出，始革其制。元嘉之诗，千古文章于此一大变。请具论之：汉人作赋，颇有模山范水之文，五言则未有。后代诗人之言山水，始于康乐。士衡对偶已繁；用事之密，始于颜延之，后世对偶之祖也。《三百篇》言饮酒，虽曰'不醉无归'，然亦合欢成礼而已；'彼醉不臧'，则有沉湎之刺。诗人言饮酒不以为讳，自陶公始之也。《国风》好色而不淫（朱子始以郑、卫为男女相悦之词，古实不然）。《楚辞》美人以喻君子。五言既兴，义同《诗》、《骚》，虽男女欢娱幽怨之作，未极淫放，《玉台新咏》所载可见。至于沈、鲍，文体倾侧，宫体滔滔，作俑于此。永明、天监之际，鲍体独行，延之、康乐微矣。严沧浪于康乐之后不言延之，又不言沈、谢，则齐、梁声病之体，不知所始矣；不言鲍明远，则宫体红紫之文，不知其所法矣。虽言徐、庾，亦忘祖也。于时诗人，灼然自名一体者，如吴叔庠，边塞之文所祖也。又如柳吴兴、刘孝绰、何仲言，皆唐人所法，何以都不及？子美'颇学阴、何'，又云'李侯有佳句，往往似阴铿'，则子坚之体，亦不可缺。齐、梁以来，南北文章颇为不同。北多骨气，而文不及南。邺下才人，卢思道、薛道衡皆有盛誉。自隋炀有非倾侧之论，徐、庾之文少变，于时文多雅正。薛道衡气格清拔，与杨素酬唱之作，义山极道之。唐初文字，兼学南北，以人言之，道衡亦不可缺。"

（清）吴乔《围炉诗话》卷之二，《清诗话续编》本

北朝卢思道《从军行》，全类唐人歌行矣。唐开元中，王摩诘之七古，尚有全篇偶句者。高常侍尽改古格。太白远宪《诗》、《骚》，近法鲍明远，而恢廓变化过之，云蒸霞蔚，千载以来莫能逮矣。辞多风刺，《小雅》、《离骚》之流也。老杜创为新题，直指时事，一言一句，皆关世道，遂为歌行之祖，非直变体而已。

（清）吴乔《围炉诗话》卷之二，《清诗话续编》本

论者谓文章与世迭降，信夫……譬之大江然，岷峨导源，西、东京则瞿唐，滟滪也，唐则嶓冢、大别也，宋则浔阳、马当也，元、明至今，则金陵扬子而下，流分派别，而潆洄于吴会者也。是故通二千年之源流论，则后往往不及前，盖气运为之，莫知其所以然。划代而论，则一代有一代之文，不相借，亦不相掩。不相借，故能各自成其家，不相掩，故能各标胜于一代……假而举元、明诸家，上妃马、班、韩愈，不待识者，知其不

伦，顾沿而及焉，则孰有能遗之者哉？

  （清）邵长蘅《三家文钞序》，《青门剩稿》卷四，愚斋丛书刻青门草堂藏本

  史迁言载籍极博，犹考信于六艺，孔子没而微言绝，七十子丧而大义乖。周末文胜，其流益分，纵横名法，卮言日出。鬼谷峭鳌险薄，韩非惨核少恩，皆衰世之文也。古意寖衰矣。左氏以浮夸，庄周以荒唐，屈原以谲诡，经言虽熄，是非颇不缪于圣人，后世之言文者宗之。西汉董、贾、匡、刘迭兴，炳焉与三代同风，称极盛矣。东京卑弱，班、张、马、融振以词赋，而不能尽返诸古。黄初以降，迄于开皇大业，扬芳散藻，以轻艳相扇，盖古文之亡者几五百年。

  （清）杭世骏《古文百篇序》，《道古堂文集》卷八，清刊本

  周衰文弊，六艺道息，而诸子争鸣，盖至战国而文章之变尽，至战国而著述之事专，至战国而后世之文体备。故论文于战国，而升降盛衰之故可知也。战国之文，奇衺错出，而裂于道，人知之；其源皆出于六艺，人不知也。后世之文，其体皆备于战国，人不知；其源多出于《诗》教，人愈不知也。知文体备于战国，而始可与论后世之文。知诸家本于六艺，而后可与论战国之文；知战国多出于《诗》教，而后可与论六艺之文。可与论六艺之文，而后可与离文而见道；可与离文而见道，而后可与奉道而折诸家之文也。

  （清）章学诚《诗教上》，《文史通义·内篇一》，中华书局本

  天下不能无风气，风气不能无循环，一阴一阳之道见于气数者然也，所贵君子之学术，为能持世而救偏，一阴一阳之道宜于调剂者然也。风气之开也，必有所以取，学问文辞与义理，所以不无偏重畸轻之故也；风气之成也，必有所以敝，人情趋时而好名，徇末而不知本也。是故开者虽不免于偏，必取其精者为新气之迎；敝者纵名为正，必袭其伪者为末流之托；此亦自然之势也。而世之言学者，不知持风气而惟知徇风气，且谓非是不足邀誉焉，则亦弗思而已矣。

  （清）章学诚《原学下》，《文史通义·内篇二》，中华书局本

（诒案）：乐府亡而词作，词亡而曲作，非亡也，盖变也。本有所不足，变一格以求胜，而本遂亡。

（清）江顺诒《词学集成》卷一，《词话丛编》本

自三百篇不被管弦，而古乐府之法兴，乐府亡而唐人歌绝句之法兴，绝句亡而宋人歌词之法兴，词亡而元人歌曲之法兴，至明代，曲分南北，檀板间各成宗派。

（清）谢章铤《赌棋山庄词话》卷九，《词话丛编》本

唐人词，风气初开，已分二派。太白一派，传为东坡，诸家以气格胜，于诗近西江；飞卿一派，传为屯田，诸家以才华胜，于诗近西昆。后虽迭变，总不越此二者。

（清）沈祥龙《论词随笔》，《词话丛编》本

昔良史总略群书，本于六艺，岂独折衷于圣典，盖亦探究其渊源。书契之兴，肇于羲画；文声之比，成于诗乐。同天则《尚书》、《春秋》，治人则威仪经曲，文之盛也，斯人之所以参天地乎！

夫方有殊音，故文不同体；音有楚、夏，则方有古今。孔子赞《易》曰"修辞"，《聘记》论词曰"足达"，又曰："辞足以达，义之至也。"然则不修者不足以达，达而不已者，又修之不诚也。玄圣既没，文不在人；散之群贤，乃成一代。是以古之文则圣圣同揆，后之人则世世殊风。自汉迄今，体惟三变；三体始末，改玉必殊。建武非文景之风，鸾末异衍初之格。何以汉久而后变，梁禅而已殊？将非朝野之统同，有类乡都之响应乎？越巂至爨巫百舍，而同于蜀语；宜章隔乐昌一领，而动资译象。文之判代，亦犹是矣。

（清）王闿运《八代文粹序》，《王壬秋全集》卷三，同学扶轮社刊本

文字之变流皆因自然，非有人之造也。南、北地隔则音殊，古今时隔则音亦殊，盖无时不变，无地不变，此天理然。当其时地相接，则转变之渐可考焉。文字亦然，《汉志》称《史籀篇》者，周时史官教学童书也，与孔氏壁中古文异体，则非刘歆伪体，为周时真字也。其体则今《石鼓》

及《说文》所存籀文是也。

(清)康有为《广艺舟双楫·分变第五》，引自《历代书法论文选》，上海书画出版社本

四言敝而有《楚辞》，《楚辞》敝而有五言，五言敝而有七言，古诗敝而律绝，律绝敝而有词。盖文体通行既久，染指遂多，自成习套。豪杰之士，亦难于其中自出新意，故遁而作他体，以自解脱。一切文体所以始盛终衰者，皆由于此。故谓文学后不如前，余未敢信。但就一体论，则此说固无以易也。

(清)王国维《人间词话》，人民文学出版社本

词兴于唐，李白肇基，温岐受命。五代缵绪，韦庄为首。温、韦既立，正声于是乎在矣。天水将兴，江南国蹙，心危音苦，变调斯作，文章世运，其势则然。宋词既昌，唐音斯畅，二晏济美，六一专家，爰逮崇宁，大晟立府，制作之事，用集美成。此犹治道之隆于成康，礼乐之备于公旦，监殷监夏，无间然矣。东坡独崇气格，箴规柳秦，词体之尊，自东坡始。南渡而后，稼轩崛起，斜阳烟柳，与故国月明相望于二百年中，词之流变，至此止矣。湖山歌舞，遂忘中原，名士新亭，不无涕泪，性情所寄，慷慨为多。然达事变，怀旧俗，大晟余韵，未尽亡也。天祚斯文，钟美君特。水楼赋笔，年少承平，使北宋之绪，微而复振。尹焕谓前有清真，后有梦窗，信乎其知言矣。

(清)陈洵《海绡说词》，《词话丛编》本

古诗三千，圣人删为三百，尊之为经。经者，常也，一常而不可变也。后此遂流而为《骚》，为汉、魏五言，为唐人近体。其杂体曰歌，曰行，曰吟，曰曲；曰谣，曰咏，曰叹，曰辞。其体虽变，而道未常变也。故欲学为诗者，不可不读《三百篇》也。其体虽分《风》、《雅》、《颂》，而其感于心而形于言，由浅入深，借宾形主，不过如夫子所云"辞达而已矣"，宁有他哉！至其辞句蕴藉，美刺昭然，所谓温柔敦厚而不愚者也。

(清)庞垲《诗义固说上》，《清诗话续编》本

夫词南唐为最艳，至宋而华实异趣。大抵皆格于倚声，有叠有拍有换，不失铢黍，非不咀宫嚼商，而才气终为法缚。临安以降，词不必尽歌，明庭净几，陶咏性灵，其或指称时事，博征典故，不竭其才不止。且其间名辈斐出，敛其精神，镂心雕肝，切切讲求于字句之间。其思泠然，其色荧然，其音铮然，其态亭亭然，至是而极其工，亦极其变。（吴尺凫）

（清）冯金伯《词苑萃编》卷二，《词话丛编》本

诗衰而词兴，词衰而曲盛，必至之势也。柳耆卿词隐约曲意，至黄鲁直《两同心》词，则有"女边著子，门里挑心"之语，彭骏孙《金粟词话》，已言其鄙俚。杨补之《玉抱肚》词云："这眉头强展依前锁。这泪珠强收依前堕。"此类实为曲家导源，在词则乖风雅矣。

（清）张德瀛《词徵》卷一，《词话丛编》本

汪蛟门谓宋词有三派：欧、晏正其始，秦、黄、周、柳、姜、史之徒极其盛，东坡、稼轩放乎其言之矣。愚谓本朝词亦有三变：国初朱、陈角立，有曹实庵、成容若、顾梁汾、梁棠村、李秋锦诸人以羽翼之，尽袪有明积弊，此一变也。樊榭崛起，约情敛体，世称大宗，此二变也。茗柯开山采铜，创常州一派，又得恽子居、李申耆诸人以衍其绪，此三变也。

（清）张德瀛《词徵》卷六，《词话丛编》本

2. 质文体格　各通其变

唐之初，承陈、隋剥乱之后，余人薄俗，尚染齐、梁流风，文体卑弱，气质丛脞，犹未足以鼓舞万物，声明六合。逮章武皇帝负羲、轩之姿，怀唐、虞之材，卓然起立于轩墀之上，武功戡定海内，刮疵剔瑕，乾清坤宁，以文德化成天下，惊潜烛幽，雷动日烜。韩吏部愈，应期会而生，学独去常俗，直以古道在己，乃《空桑》《云和》，千数百年希阔泯灭已亡之曲，独唱于万千人间，众人耳惯，所听惟郑、卫恶滥之声，忽然闻其太古之上，无为之世，雅颂正始之音，恍惚茫昧，如丧聪，如失明，有骇而亟走者，有陋而窃笑者，有怒而大骂者。丛聚嘲噪，万口应答，声无穷休。爱而喜、前而听、随而和者，惟柳宗元、皇甫湜、李翱、李观、

李汉、孟郊、张籍、元稹、白乐天辈，数十子而已。吏部志复古道，奋不顾死，虽摈斥摧毁，日（一作十）百千端，曾不少改所守；数十子亦皆协赞附会，能穷精毕力，效吏部之所为。故以一吏部数十子力，能胜百万千人之众人，能起三数百年之弊。唐之文章，所以坦然明白，揭于日月，浑浑灏灏，浸如江海，同于三代，驾于两汉者，吏部与数十子之力也。

（宋）石介《上赵先生书》，《石徂徕集》卷上，《丛书集成》本

上古世质，器与声朴。后世稍变焉。金石，钟磬也，后世易之为方响；丝竹，琴箫也，后世变之为筝笛。匏，笙也，攒之以斗。埙，土也，变而为瓯。革，麻料也，击而为鼓。木，柷敔也，贯之为板。此八音者，于世甚便。而不达者指庙乐镈钟、镈磬、宫轩为正声，而概谓夷部、卤部为淫声。殊不知大辂起于椎轮，龙艘生于落叶，其变则然也。古者，食以俎豆，后世易以杯盂；簟席以为安，后世更以榻案。使圣人复生不能舍杯盂、榻案而复俎豆、簟席之质也。八音之器，岂异此哉？孔子曰郑声淫者，岂以其器不若古哉？亦疾其声之变尔。试使知乐者，由今之器，寄古之声，去滟漈靡曼，而归之中和雅正，则感人心导和气，不曰治世之音乎？然则世所谓雅乐者，未必如古，而教坊所奏，岂尽为淫声哉？

（宋）房庶《宋史·乐志》，中华书局本

本朝书，米元章蔡君谟为冠，余子莫及。君谟始学周越书，其变体出于颜平原。元章始学罗逊濮王（讳让）书，其变体出于王子敬。君谟泉州桥柱题记，绝过平原；元章镇江焦山方丈六版壁所书，与子敬行笔绝相类，艺至于此，亦难矣。东坡《赠六观老人诗》云："草书非学聊自悟，落笔已唤周越奴。"则越之书未甚高也。《襄阳学记》乃罗逊书，元章亦襄阳人，始效其作。至于笔挽万钧，沉著痛快处，逊法岂能尽邪？

（宋）葛立方《韵语阳秋》卷第十四，《历代诗话》本

文也者，至变也者。古之为文者，各极其才而尽其变，故人有一家之业，代有一代之制，其洼隆可手摸，而青黄可目辨。古不授今，今不蹈古，要以屡迁而日新，常用而不可弊。然微迹其绪系，又如草逮变矣，而篆籀之法具存其间，非深于书者，莫能辨也。今文人之论则恶变而尚同，去情而悦貌，诎见事，裁己衷，以苟附古辞。夫道而吐者不择言，触而书

者不择事，择言则吐不诚，择事则书不备，不备不诚，则词成而情事已隐，黯然若象人之无情，土鼓之不韵。故弘正、嘉隆之间作者林立，古学烂焉修明，而所谓一家之言，一代之制，盖有其人焉而亦鲜矣。

　　　　　　　　（明）陶望龄《徐文长三集序》，《明文奇赏》卷四十，明刻本

　　沈约曰："姬文之德盛，《周南》勤而不怨。太王之化淳，《邠风》乐而不淫。幽厉昏而《板》、《荡》怒，平王微而《黍离》哀。故知歌谣文理与世推移，风动于上，波震于下。"

　　　　　　　　（明）王世贞《艺苑卮言》卷一，《历代诗话续编》本

　　徐祯卿曰："因情以发气，因气以成声，因声而绘词，因词而定韵，此诗之源也。然情实眇渺，必因思以穷其奥；气有粗弱，必因力以夺其偏；词难妥贴，必因才以致其极；才易飘扬，必因质以定其侈。此诗之流也。若夫妙骋心机，随方合节，或钩旨以植义，或宏文以尽心，或缓发如朱弦，或急张如跃栝，或始迅以中留，或既优而后促，或慷慨以任壮，或悲凄而引泣，或因拙以得工，或发奇而似易，此轮扁之超悟，不可得而详也。"又曰："朦胧萌折，情之来也；汪洋曼衍，情之沛也；连翩络属，情之一也。驰轶步骤，气之达也。简练揣摩，思之约也。颉颃累贯，韵之齐也。混纯贞粹，质之检也。明隽清圆，词之藻也。"又云："古诗三百，可以博其源。遗篇十九，可以约其趣。乐府雄高，可以厉其气。《离骚》深永，可以裨其思。"

　　　　　　　　（明）王世贞《艺苑卮言》卷一，《历代诗话续编》本

　　四言变而《离骚》，《离骚》变而五言，五言变而七言，七言变而律诗，律诗变而绝句，诗之体以代变也。《三百篇》降而《骚》，《骚》降而汉，汉降而魏，魏降而六朝，六朝降而三唐，诗之格以代降也。上下千年，虽气运推移，文质迭尚，而异曲同工，咸臻厥美。《国风》、《雅》、《颂》，温厚和平；《离骚》、《九章》，怆恻浓至；东西二京，神奇浑璞；建安诸子，雄赡高华；六朝俳偶，靡曼精工；唐人律调，清圆秀朗，此声歌之各擅也。《风雅》之规，典则居要；《离骚》之致，深永为宗；古诗之妙，专求意象；歌行之畅，必由才气；近体之攻，务先法律；绝句之构，独主风神，此结撰之殊途也。兼裒总挈，集厥大成；诣绝穷微，超乎

彼岸。轨筏具存，在人而已。

(明) 胡应麟《诗薮·内编》卷一，上海古籍出版社本

五言盛于汉，畅于魏，衰于晋、宋，亡于齐、梁。汉，品之神也；魏，品之妙也；晋、宋，品之能也；齐、梁、陈、隋，品之杂也。汉人诗，质中有文，文中有质，浑然天成，绝无痕迹，所以冠绝古今。魏人赡而不俳，华而不弱，然文与质离矣。晋与宋，文盛而质衰；齐与梁，文胜而质灭；陈、隋无论其质，即文无足论者。

(明) 胡应麟《诗薮·内编》卷二，上海古籍出版社本

诗文固系世运，然大概自其创业之君。汉祖《大风》雄丽闳远，《黄鹄》恻怆悲哀。魏武沉深古朴，骨力难侔。唐文绮绘精工，风神独畅。故汉、魏、唐诗，冠绝古今。宋、元二祖，片语无闻，宜其不竞乃尔。

(明) 胡应麟《诗薮·内编》卷二，上海古籍出版社本

盛唐句，如："海日生残夜，江春入旧年"；中唐句，如："风兼残雪起，河带断冰流"；晚唐句，如："鸡声茅店月，人迹板桥霜"，皆形容景物，妙绝千古，而盛、中、晚界限斩然。故知文章关气运，非人力。

(明) 胡应麟《诗薮·内编》卷四，上海古籍出版社本

初唐体质浓厚，格调整齐，时有近拙近板处。盛唐气象浑成，神韵轩举，时有太实太繁处。中唐淘洗清空，写送流亮，七言律至是，殆于无可指摘，而体格渐卑，气运日薄，衰态毕露矣。

(明) 胡应麟《诗薮·内编》卷五，上海古籍出版社本

盛唐绝句，兴象玲珑，句意深婉，无工可见，无迹可寻。中唐遽减风神，晚唐大露筋骨，可并论乎！

(明) 胡应麟《诗薮·内编》卷六，上海古籍出版社本

唐人诗如初发芙蓉，自然可爱。宋人诗如披沙拣金，力多功少。元人诗如镂金错采，雕缋满前。三语本六朝评颜、谢诗，以分隶唐、宋、元

人，亦不甚诬枉也。

（明）胡应麟《诗薮·外编》卷六，上海古籍出版社本

文章关乎气运，如此等语，非谓才不如，学不如，直为气运所限，不能强同。故夫汉、魏之不《三百篇》也，唐之不汉、魏也，与宋、元之不唐也，岂人力也哉？然执此遂谓宋、元无诗焉，则过矣。古人论诗之妙，如水中盐味，色里胶青，言有尽而意无穷者，即唐已代不数人，人不数首。彼其抒情绘景，以远为近，以离为合，妙在含裹，不在披露，其格高，其气浑，其法严，其取材甚俭，其为途甚狭，无论其势不容不变，为中为晚，即李杜诸公，已不能不旁畅以极其意之所欲言矣，而又何怪乎宋、元诸君子欤？

（明）袁中道《宋元诗序》，《珂雪斋文集》卷二，《中国文学珍本丛书》本

自宋元以来，诗文芜烂，鄙俚杂沓。本朝诸君子，出而矫之，文准秦汉，诗则盛唐，人始知有古法。及其后也，剽窃雷同，如膺鼎伪觚，徒取形似，无关神骨。先生出而振之，甫乃以意役法，不以法役意，一洗应酬格套之习，而诗文之精光始出。如名卉为寒氛所勒，索然枯槁，而杲日一照，竞皆鲜敷；如流泉壅闭，日归腐败，而一加疏瀹，波澜掀舞，淋漓秀润，至于今天下之慧人才士，始知心灵无涯，搜之愈出，相与各呈其奇，而互穷其变，然后人人有一段真面目溢露于楮墨之间，即方圆黑白相反，纯疵错出，而皆各有所长以垂之不朽，则先生之功于斯为大矣！

（明）袁中道《中郎先生全集序》，《珂雪斋文集》卷三，《中国文学珍本丛书》本

然词之系宋，犹诗之系唐也。唐诗有初、盛、中、晚，宋词亦有之。唐之诗，由六朝乐府而变。宋之词，由五代长短句而变。约而次之，小山、安陆，其词之初乎。淮海、清真，其词之盛乎。石帚、梦窗，似得其中。碧山、玉田，风斯晚矣。唐诗以李、杜为宗，而宋词苏、陆、辛、刘，有太白之风。秦、黄、周、柳，得少陵之体。此又画疆而理，联骑而驰者也。

（清）尤侗《序徐釚〈词苑丛谈〉》，《词苑丛谈》，上海古籍出版社本

古今遥矣，其学于六艺者众矣，苟操觚而殚心，各有所遇焉。何居乎吉甫之自贤，即人之称之者蔑以加与？吾以知人之称之者固不然也。《文王》、《大明》，其"硕"矣乎！《鹿鸣》、《四牡》，其"好"矣乎！《关雎》、《葛覃》，"穆如清风"矣乎！为彼者未尝自居也，而天下不可掩也。虽然，犹独至而无摄美者乎！摄美而均至之，洵唯吉甫矣乎！我知吉甫之靡所疑惭者，貌取而无实也。《文侯之命》，黄种之《书》也，举文王之明德而加之义和、无惭焉。《崧高》、《烝民》，黄种之《雅》也，跻申伯仲山甫于伊吕周召之上、无惭焉。古今遥而不能屈，则寸晷为长。四海广而不能游，则寻丈为阔。陆云且可贱货以奉马颖，潘岳且可发篋以遗贾谧，吉甫亦奚靳而不能哉？

曹植自以为周公，孰曰非周公焉？杜甫自以为稷契，孰曰非稷契焉？韩愈自以为孟子，孰曰非孟子焉？骄己以骄天下，而坦然承之，暴潦之兴，不忧其涸，吾恶乎无疑而不代之惭邪？文章之变，古今亦略可见矣。周至吉甫而《雅》亡，汉讫曹植而《诗》亡，唐之中叶，前有杜，后有韩，而和平温厚之旨亡。衰而骄，骄而衰不可振。衰中于身，其身不令；衰中于国，其国不延。枵然之窍，风起籁鸣，怒号而遽止，苟其有怍心而挟生人之气者，弗屑久矣。

（清）王夫之《诗广传·大雅四三》，中华书局本

诗学流派，各有颛家，要其鼻祖，归源《风》、《雅》。《风》、《雅》所衍，流别已夥，举其巨族，厥有三支：一曰诗，二曰骚辞，三曰乐府。《离骚》兴于战国，其声纯楚，哀诽淫泆，类出《小雅》；而详其堂构，不近诗篇，虽瓜瓞于古经，盖别子而称祖者也。后遂寖变为赋，又其流矣。乐府兴于汉孝武皇帝，曲可弦歌，调谐笙磬，《练日》奏于郊禋，《鹭茄》諷于玉帐。盖以商、周《雅》、《颂》歌法失传，故遣严、马之徒维新厥制，已而才人辞士，下逮于闾巷闺襜，咸各有作，飙流滥焉。"昔有霍家奴"，雅留曲阕，"相逢狭路间"，燕女溺志，禀酌四诗，情亡不有。魏、晋相承，体绪颇杂，而并隶乐府，莫之或变。然周、秦歌谣及《鸿鹄》、《骓逝》诸作，并采入乐苑者，以类相景附云耳。至于唐世乐府，绝句为多，而章句俳齐，稍同文侯恐卧之响，故填词出焉。尔时但有小令，听者苦尽，故宋人之慢调出焉。慢调者，长调也。金人欲易南腔为北唱，故小变词法，而弦索调出焉。然弦索调在填词为长，在曲又嫌其

短,故元人之套数出焉。元曲偏北而不娴南唱,故明兴,则引信宋词,拗旋元嗓,参伍二制,折衷九宫,而今南曲出焉。故汉初已彰乐府,六朝稍演绝句,唐世肇词,宋时未亡而金已度北曲,元未亡而已见南曲。要皆萌芽,各人其昭代而始极盛耳。斯则乐府之统系,是《三百篇》之支庶也。若夫古诗,大约以五言为准。何者?后代四言,率多窘缚,附庸三古,难起一宗。五言,西汉则《十九》、《河梁》,东京则伯喈、平子,建安则子建、仲宣,魏、晋则阮、陆、陶、谢,六代翩翩俊俪之风,四唐英英律绝之制。又既趋近体,则七言兼著。故其物章比兴,辞班丽则,调务渊雅,旨放清穆,荡乐府之诙亵,闲骚人之怨乱者,其惟诗乎?若乃诗有变风雅,而端木氏又别小大正续传。予谓骚辞乐府,大约得于变传为多,而诗人有作,必贵缘夫《二南》、《正雅》、《三颂》之遗风,无邪精义,美萃于斯。是则六义之冢嫡,元音之大宗也。

(清)毛先舒《诗辩坻·总论》,《清诗话续编》本

大凡物之踵事增华,以渐而进,以至于极。故人之智慧心思,在古人始用之,又渐出之;而未穷未尽者,得后人精求之而益用之出之。乾坤一日不息,则人之智慧心思,必无尽与穷之日。惟叛于道,戾于经,乖于事理,则为反古之愚贱耳。苟于此数者无尤焉;此如治器然,切磋琢磨,屡治而益精,不可谓后此者不有加乎其前也。彼虞廷"喜""起"之歌,诗之土簋、击壤、穴居、俪皮耳。一增华于《三百篇》,再增华于汉,又增于魏。自后尽态极妍,争新竞异,千状万态,差别井然。

(清)叶燮《原诗·内篇上》,人民文学出版社本

唐诗为八代以来一大变。韩愈为唐诗之一大变;其力大,其思雄,崛起特为鼻祖。宋之苏、梅、欧、苏、王、黄,皆愈为之发其端,可谓极盛。而俗儒且谓愈诗大变汉魏,大变盛唐,格格而不许。何异居蚯蚓之穴,习闻其长鸣,听洪钟之响而怪之,窃窃然议之也!且愈岂不能拥其鼻、肖其吻,而效俗儒为建安、开、宝之诗乎哉!开、宝之诗,一时非不盛;递至大历、贞元、元和之间,沿其影响字句者且百年,此百余年之诗,其传者已少殊尤出类之作,不传者更可知矣。必待有人焉起而拨正之,则不得不改弦而更张之。

(清)叶燮《原诗·内篇上》,人民文学出版社本

夫古诗难言也。《诗三百》篇中"何不曰鼓瑟","谁谓雀无角","老马反为驹"之类,始为五言。权舆至苏、李、十九首,体制大备,自后作者日众,惟曹子建、阮嗣宗、左太冲、郭景纯数公最为挺出。江左以降,渊明独为近古,康乐以下,其变也。唐则陈拾遗、李翰林、韦左司、柳柳州独称复古,少陵以下,又其变也。综而论之,则刘勰所谓结体散文,直而不野,汉人之作,敻不可追,慷慨磊落,清峻遥深,魏晋作者,抑其次也。极貌写物,穷力追新,宋初以还,文胜而质衰矣。昭明称陶诗跌宕昭彰,抑扬爽朗莫之,与京故后之论者以为"外枯中腴",犹未为知陶者也。

(清)王士禛《陶庵诗选序》,《带经堂集》卷二,清刊本

王右丞五古,尽善尽美矣,《观别者》篇可入《三百》。孟浩然五古,可敌右丞。储光羲诗是沮、溺、丈人语。高达夫五古,壮怀高志,具见其中。子美称"岑参识度清远,诗词雅正"。杜确云:"岑公属词尚清,用志尚切,迥拔孤秀,出于常情。"王昌龄五古,或幽秀,或豪迈,或惨恻,或旷达,或刚正,或飘逸,不可物色。李颀五古,远胜七律。常建五古,可比王龙标。崔颢因李北海一言,殷璠目为"轻薄";诗实不然,五古奇崛,五律精能,七律尤胜。崔曙五古,载《英灵集》者五篇,高妙沉着。殷璠谓其"吐词委婉,情意悲凉",未尽其美。璠谓薛据"骨鲠有气魄",斯言得之。陶翰诗沉健、真恻、高旷俱有之。璠又谓刘昚虚"情幽兴远,思苦语奇",得其真矣。余如张谓、丘为、贾至、卢象诸君,俱有可观,合于李、杜以称盛唐,洵乎其为盛唐也。钱起、韦应物,体格稍异矣。

(清)吴乔《围炉诗话》卷之二,《清诗话续编》本

眉山大苏出欧公门墙,自言为诗文如泉源万斛,是其七言歌行实录。神明于子美,变化于退之,开拓万古,推倒一世。

(清)田雯《古欢堂集杂著》卷二,《清诗话续编》本

晚唐以后,始其辞,而情不足,于是诗与文相乱,而诗之本失矣。然而人之性情,其不能已者,终不可抑遏而不宜,乃分而为词,谓之诗余,故五代之词,六朝初唐之遗音也,宋人之词,盛唐中唐之遗音也。诗亡于

宋而遁于词，词亡于元而遁于曲。……仆二十年来学诗、学文、学词，诚思诗还其为诗，文还其为文，词还其为词，如五谷皆能辨之，黍稷、稻粱，各归一囷，不至淆乱于一端，其稂莠稊稗似是而非者，则锄而去之也。

     （清）焦循《与欧阳制美论诗书》，《雕菰集》卷十四，《丛书集成》本

  盖土生禾，禾出米，米成饭，而耕获舂炊，宜各致其功，不可谓土能成饭也。脉知病，病立方，方需药，而虚实补泻，宜各通其变，不得谓一可类推也。必有真儒，征斯实用，狂简不敏，敬有俟焉。

     （清）魏源《皇朝经世文编文例》，《魏源集》上册，中华书局本

  自温韦以迄玉田，词之正也，亦词之古也。元明而后，词之变也。茗柯蒿庵，其复古者也。斯编若传，轮扶大雅，未必无补。

     （清）陈廷焯《白雨斋词话》卷七，齐鲁书社《足本校注》本

  自昔诗、词、曲之处变，大都随风会为转移。词曲之为体，诚迥乎不同。董为北曲初祖，而其所为词，于屯田有沉瀣之合。曲繇词出，渊源斯在。董词仅见《花草粹编》，它书概未之载。《粹编》之所以可贵，以其多载昔贤不经见之作也。

     （清）况周颐《蕙风词话》，人民文学出版社本

  《序》：凡一代有一代之文学：楚之骚，汉之赋，六朝之骈语，唐之诗，宋之词，元之曲，皆所谓一代之文学，而后世莫能继焉者也。

     （清）王国维《宋元戏曲考》，引自《王国维戏曲论文集》，中国戏剧出版社本

  盖声音之道，随时势为变迁，汉铙吹兴而诗废，乐府兴而铙吹废，齐梁杂曲兴而乐府废，梨园教坊兴而杂曲废，词兴而教坊废，北曲兴而词废，迨南曲兴而北曲已失其真矣，此变迁之显者也。

     （清）吴梅《张怡庵〈六也曲谱〉叙》，引自《吴梅戏曲论文集》，中国戏剧出版社本

3. 文体迁变　邪正或殊

　　文者，所以明言也。古者登高能赋，山川能祭，师旅能誓，丧纪能诔，作器能铭，则可以为大夫。言其因物骋辞，情灵无拥者也。唐歌虞咏，商颂、周雅，叙事缘情，纷纶相袭，自斯以降，其道弥繁。世有浇淳，时移治乱，文体迁变，邪正或殊。宋玉、屈原，激清风于南楚，严、邹、枚、马，陈盛藻于西京，平子艳发于东都，王粲独步于漳、滏。爰逮晋氏，见称潘、陆，并黼藻相辉，宫商间起，清辞润乎金石，精义薄乎云天。永嘉已后，玄风既扇，辞多平淡，文寡风力。降及江东，不胜其弊。宋、齐之世，下逮梁初，灵运高致之奇，延年错综之美，谢玄晖之藻丽，沈休文之富溢，辉焕斌蔚，辞义可观。梁简文之在东宫，亦好篇什，清辞巧制，止乎衽席之间，雕琢蔓藻，思极闺闼之内。后生好事，递相放习，朝野纷纷，号为"宫体"。流宕不已，讫于丧亡。陈氏因之，未能全变。其中原则兵乱积年，文章道尽。后魏文帝颇效属辞，未能变俗，例皆淳古。齐宅漳滨，辞人间起，高言累句，纷云络绎，清辞雅致，是所未闻。后周草创，干戈不戢，君臣戮力，事事经营，风流文雅，我则未暇。其后南平汉、沔，东定河朔，讫于有隋，四海一统，采荆南之杞梓，收会稽之箭竹，辞人才士，总萃京师。属以高祖少文，炀帝多忌，当路执权，递相摈压，于是握灵蛇之珠，韫荆山之玉，转死沟壑之内者，不可胜数，草泽怨刺，于是兴焉。

　　　　（唐）魏徵《隋书经籍志集部序》，《隋书》卷三十五，中华书局本

　　汉兴，一扫衰周之文敝，而返诸朴。丰沛之歌，雄伟不悌，移风易尚之机，实肇于此。而高祖、文帝制诏天下，咸用简直，于是仪、秦、鞅、斯悬河之口，至此几杜。是故贾疏、董策、韦传之诗，皆妥帖不诡，语不惊人而意自至，由其理明而气足以摅之也。周之下，享国延祚，汉为最久，盖可识矣！武帝英雄之才气盖宇宙，而司马相如又以夸逞之文侈之，以启其夜郎筰笮、通天、桂馆、泰山、梁甫之役，与秦始皇帝无异。致勒持斧之使，封富民之侯，下轮台之诏，然后仅克有终，文不主理之害一至于斯，不亦甚哉！相如既没，人犹尚之，故扬子云用是见知成帝，然而汉家朴厚

之尚已成，其根未尝拔也。故赵充国，将也，有屯田之奏；刘更生，宗室子也，有封事之言。往复开陈，周旋辨析，诚意恳至，理明辞达，气畅而舒，非汲汲以鸿生硕儒，争名当代者所能及也。岂非习尚有源而得之于自然乎！呜呼！此西汉之文所以为盛，国祚绝而复续，如元气之不坏，而乾坤不死也。后之人，论不及此，而以相如、子云为称首，不亦悲哉！东汉班孟坚之外，虽无超世之文要，亦不改故尚，故亦不失西京旧物。

    （明）刘基《苏平仲文集序》，《诚意伯文集》卷五，《四部丛刊》本

  下逮魏晋，降及于隋，驳杂不一，而其大概惟日趋于绮靡而已。是故非惟国祚不长，而声教所被，亦不能薄四海。观国风者，盖于是乎求之哉！

    （明）刘基《苏平仲文集序》，《诚意伯文集》卷五，《四部丛刊》本

  西京之文实。东京之文弱，犹未离实也。六朝之文浮，离实矣。唐之文庸，犹未离浮也。宋之文陋，离浮矣，愈下矣。元无文。

    （明）王世贞《艺苑卮言》卷三，《历代诗话续编》本

  唐诗须分三节看：盛唐主辞情，中唐主辞意，晚唐主辞律。（诗谱）

    （明）胡震亨《唐音癸签》卷十一，古典文学出版社本

  天下无百年不变之文章，有作始自有末流，有末流还有作始。其变也，皆若有气行乎其间。创为变者，与受变者皆不及知。是故性情之发，无所不吐，其势必互异而趋俚；趋于俚，又将变矣，作者始不得不以法律救性情之穷。法律之持，无所不束，其势必互同而趋浮；趋于浮，又将变矣，作者始不得不以性情救法律之穷。夫昔之繁芜，有持法律者救之；今之剽窃，又将有主性情者救之矣。此必变之势也。

    （明）袁中道《花云赋引》，《珂雪斋文集》卷一，《中国文学珍本丛书》本

  宋子曰：如子言，则是有正而无变也。予曰：不然，和平者志也。其不能无正变者，时也。夫子野之乐，即古先王之乐也。奏之而雷霆骤作，

风雨大至,岂非时为之乎?诗则犹是也。我岂曰有静而无慕也,有褒而无刺也。非然,则左徒何为者而曰不淫不怒,乃兼之也。

(明)陈子龙《佩月堂诗稿序》,《陈忠裕公全集》卷二十五,清刊本

　　余尝与友人言诗,诗不当以时代而论。宋、元各有优长,岂宜沟而出诸于外,若异域然。即唐之时,亦非无蹈常袭故充其肤廓而神理蔑如者,故当辨其真与伪耳。徒以声调之似而优之而劣之,扬子云所言伏其几袭其裳而称仲尼者也。此固先民之论,非余臆说……沧浪论唐,虽归宗李、杜,乃其禅喻。谓诗有别材,非关书也;诗有别趣,非关理也,亦是王、孟家数,于李、杜之海涵地负无与。至有明北地摹拟少陵之铺写纵放,以是为唐,而永嘉之所谓唐者亡矣。是故永嘉之清圆,谓之非唐不可,然必如是而后为唐,则专固狭陋甚矣。豫章宗派之为唐,浸淫于少陵,以极盛唐之变,虽有工力深浅之不同,而概以宋诗抹杀之,可乎?

(清)黄宗羲《张心友诗序》,《黄梨洲文集》,中华书局本

　　自古文章之事,必有其人以任之,而后衰者以兴,弊者以起,举天下之习俗气运,莫不趋于正,所系若是其不易也。而是人者,必有其望、与其时、与其地,三者毕具,而后能以所操移易乎天下。然则今日兴起之任,非彭子谁属乎哉!

(清)侯方域《彭容国文序》,《壮悔堂集》卷一,《四部备要》本

　　或曰:"温柔敦厚,诗教也,汉魏去古未远,此意犹存,后此者不及也。"不知温柔敦厚,其意也,所以为体也,措之于用则不同;辞者,其文也,所以为用也,返之于体则不异。汉、魏之辞,有汉、魏之温柔敦厚,唐、宋、元之辞,有唐、宋、元之温柔敦厚。譬之一草一木,无不得天地之阳春以发生,草木以亿万计,其发生之情状,亦以亿万计,而未尝有相同一定之形,无不盎然皆具阳春之意,岂得曰:若者得天地之阳春,而若者为不得者哉?

(清)叶燮《原诗·内篇上》,人民文学出版社本

吾愿学诗者，必从先型以察其源流，识其升降。读《三百篇》而知其尽美矣，尽善矣，然非今之人所能为；即今之人能为之，而亦无为之之理，终亦不必为之矣。继之而读汉、魏之诗，美矣善矣，今之人庶能为之，而无不可为之，然不必为之，或偶一为之，而不必似之。又继之而读六朝之诗，亦可谓美矣，亦可谓善矣，我可以择而间为之，亦可以恝而置之。又继之而读唐人之诗，尽美尽善矣，我可尽其心以为之，又将变化神明而达之。又继之而读宋之诗、元之诗，美之变而仍美，善之变而仍善矣，吾纵其所如，而无不可为之，可以进退出入而为之。此古今之诗相承之极致，而学诗者循序反覆之极致也。

（清）叶燮《原诗·内篇下》，人民文学出版社本

词绎云：词亦有初盛中晚，不以代也。牛峤、和凝、张泌、欧阳炯、韩偓、鹿虔扆辈，不离唐绝句，如唐之初，不脱隋调也，然皆小令耳。至宋则极盛，周、张、康、柳蔚然大家，至姜白石、史邦卿则如唐之中。而明初比唐晚，盖非不欲胜前人，而中实枵然取给而已，于神味处全未梦见。（《词绎》）

（清）徐釚《词苑丛谈》，上海古籍出版社本

夫文章格律与世俱变者也，有一变必有一弊，弊极而变又生焉，互相激，互相救也。唐以前毋论矣，唐末诗猥琐，宋杨、刘变而典丽，其弊也靡；欧、梅再变而平畅，其弊也率；苏、黄三变而恣逸，其弊也肆；范、陆四变而工稳，其弊也袭；四灵五变，理贾岛、姚合之绪余，刻画纤微，至江湖末派，流为鄙野而弊极焉。元人变为幽艳，昌谷、飞卿遂为一代之圭臬，诗如词矣；铁崖矫枉过直，变为奇诡，无复中声。明林子羽辈倡唐音，高青邱辈讲古调，彬彬然始归于正。三杨以后台阁体兴，沿及正嘉，善学者为李茶陵，不善学者遂千篇一律，尘饭土羹。北地信阳挺然崛起，倡为复古之说，文必宗秦、汉，诗必宗汉魏、盛唐，踔厉纵横，铿锵震耀，风气为之一变，未始非一代文章之盛也。久而至于后七子，剽袭摹拟，渐成窠臼。其间横轶而出者，公安变以纤巧，竟陵变以冷峭，云间变以繁缛，如涂涂附，无以相胜也。国初变而学北宋，渐趋板实。故渔洋以清空缥渺之音变易天下之耳目，其实亦仍从七子旧派神明运化而出之。赵秋谷掊击百端，渔洋不怒。吴修龄目以"清秀李于鳞"，则衔之终身，以

一言中其隐微也。故七子之诗虽不免浮声而终为正轨，吐其糟粕，咀其精华，可由是而盛唐，而汉魏，惟袭其面貌，学步邯郸，乃至如马首之络，篇篇可移；如土偶之衣冠，虽绘画而无生气耳。冶亭此集，大旨以新城之超妙，而益以饴山之劖刻，诚得七子佳处，而毫不染其流弊者。如以七子末派，并其初祖而疑之，则学杜者权枒，学李者轻飘，亦将疑李杜乎哉？……

　　　　（清）纪昀《冶亭诗介序》，《纪文达公遗集》卷九，清刊本

　　言诗于今日难矣哉：古近之体备于唐，唐之诗人盖数十变焉；宋较之唐溢矣，亦数十变焉；元较之宋敛矣，且屡变焉；明较之元充矣，又屡变焉；本朝顺治中诗赡而宕，康熙则适而远，雍正则浏而整。夫积千数百年之变而本朝诸名家复变焉，于是自乾隆以来凡能于诗者不得不自辟町畦，各尊坛坫。是故秦权汉尺以为质古，山经水注以为博雅，辇轩竭陀以为诡逸，街弹春相以为真率，博徒淫舍以为纵丽，然后推为不蹈袭不规摹，是故言诗于今日难矣哉！

　　　　（清）恽敬《坚白石斋诗集序》，《大云山房文稿·二集》卷三，
　　　　《四部丛刊》本

　　近来古文，天下盛宗桐城一派。其持法最严，工于修饰字句，以清雅简净为主。大旨不外乎神韵之说，亦如王阮翁论诗，专主神韵，宗王、孟、韦、柳之意也。而自相神圣，谓古文正宗，自秦、汉以后，唐、宋八家继之，八家以后，明归太仆有光继之，太仆以后，则桐城三家方侍郎灵皋、刘广文海峰、姚郎中姬传继之。此外文人，皆不得与文章之统。如国初三家侯朝宗、魏叔子、汪尧峰诸人，概斥为伪体，所见殊谬。夫文章公器，虽有宗派，无所谓统也。其入理纯粹，叙事精严，措词雅洁，运气深厚，法度完密，而意味高古者，即系文章正宗，初不以人地时代限也。必欲秘为绝诣，据作一家私传，不惟诞妄，抑且孤陋矣。此不过拾宋儒唾余，仿道统之说，以自撑持门户耳。习气相沿，未免可笑，殊不足与深辨。予《论诗绝句》中一首云："乾嘉文笔重桐城，方氏刘姚各有名。我向蓬莱看东海，一盂不爱鉴湖清。"深于文者，当与吾言契合也。

　　　　（清）朱庭珍《筱园诗话》卷四，《清诗话续编》本

4. 不能执一体以定文

五言绝句，众唐人是一样，少陵是一样，韩退之是一样，王荆公是一样，本朝诸公是一样。

（宋）严羽《沧浪诗话·诗评》，《沧浪诗话校释》，人民文学出版社本

盛唐人诗，亦有一二滥觞晚唐者，晚唐人诗，亦有一二可入盛唐者，要当论其大概耳。

（宋）严羽《沧浪诗话·诗评》，《沧浪诗话校释》，人民文学出版社本

五言古选体及七言歌行，太白以气为主，以自然为宗，以俊逸高畅为贵；子美以意为主，以独造为宗，以奇拔沉雄为贵。其歌行之妙，咏之使人飘扬欲仙者，太白也；使人慷慨激烈，歔欷欲绝者，子美也。选体，太白多露语、率语，子美多稚语、累语，置之陶、谢间，便觉面目有异，乃欲使之夺曹氏父子位耶？五言律、七言歌行，子美神矣；七言律，圣矣。五七言绝，太白神矣；七言歌行，圣矣；五言次之。太白之七言律，子美之七言绝，皆变体，间为之可耳，不足多法也。（弇州。下同。）

十首以前，少陵较难入；百首以后，青莲较易厌。扬之则高华，抑之则沉实；有色有声，有气有骨，有味有态；浓淡深浅，奇正开阖，各极其则；吾不能不伏膺少陵。

（明）胡震亨《唐音癸签》卷六，古典文学出版社本

纬云之文，矫秀高骞，吞吐出没，如夏云多奇，如秋日山阴道上，烟岚万状。余虽欲执一体以定之，不能也。

（清）侯方域《陈纬云文序》，《壮悔堂集》卷二，《四部备要》本

诗乃一念所得，于一念中，唐、宋体有相参处，何况初、盛、中、晚而能必无相似耶？如杜牧之《华清宫》诗："《霓裳》一曲千峰上，舞破中原始下来。"语无含蓄，即同宋诗。又云："一骑红尘妃子笑，无人知是荔枝来。"语有含蓄，却是唐诗。宋人乃曰："明皇常以十月幸骊山，

至春还宫,未曾过夏。"此与讥薛王、寿王同席者,一等村夫子。宋元铉曰:"欲眠未稳奈如何,秋尽更残风雨多。且向夜窗凭槛望,几声寒蛩碧烟萝。"并不透脱,此又与明诗相近矣。

          (清)吴乔《围炉诗话》卷之三,《清诗话续编》本

  选诗之道,与作史同,一代人才,其应传者,皆宜列传,无庸拘见而狭取之……诗之奇、平、艳、朴,皆可采取,亦不必尽庄语也。杜少陵,圣于诗者也,岂屑为王、杨、卢、骆哉?然尊四子以为万古江河矣。黄山谷,奥于诗者也,岂屑为杨、刘哉?然尊西昆以为一朝郏鄏矣。宣尼至圣,而亦取沧浪童子之诗。所以然者,非古人心虚,往往舍己从人;亦非古人爱博,故意滥收之;盖实见夫诗之道大而远,如地之有八音,天之有万窍,择其善鸣者而赏其鸣足矣,不必尊宫商而贱角羽,进金石而弃弦匏也。

        (清)袁枚《再与沈大宗伯书》,《小仓山房诗文集》卷十七,
        《四部备要》本

  即以唐论,庙堂典重,沈、宋所宜也;使郊、岛为之,则陋矣。山水闲适,王、孟所宜也;使温、李为之,则靡矣。边风塞云,名山古迹,李、杜所宜也;使王、孟为之,则薄矣。撞万石之钟,斗百韵之险,韩、孟所宜也;使韦、柳为之,则弱矣。伤往悼来,感时记事,张、王、元、白所宜也;使钱、刘为之,则仄矣。题香襟,当舞所,弦工吹师,低徊容与,温、李、冬郎所宜也;使韩、孟为之,则亢矣。天地间不能一日无诸题,则古今来不可一日无诸诗。人学焉而各得其性之所近。要在用其所长而藏己之所短则可,护其所短而毁人之所长则不可。

        (清)袁枚《再与沈大宗伯书》,《小仓山房诗文集》卷十七,
        《四部备要》本

  人或问余以本朝诗,谁为第一?余转问其人,《三百篇》以何首为第一?其人不能答。余晓之曰:诗如天生花卉,春兰秋菊各有一时之秀,不容人为轩轾。音律风趣能动人心目者,即为佳诗,无所为第一第二也。有因其一时偶至而论者,如"不愁明月尽,自有夜珠来"一首,宋居沈上。"文章旧价留鸾掖,桃李新阴在鲤庭"一首,杨汝士压倒元、白是也。有总其全局而论者,如唐以李、杜、韩、白为大家,宋以欧、苏、陆、范为

大家是也。若必专举一人，以覆盖一朝，则牡丹为花王，兰亦为王者之香，人于草木，不能评谁为第一，而况诗乎？

（清）袁枚《随园诗话》卷三，人民文学出版社本

诗境最宽，有学士大夫读破万卷，穷老尽气，而不能得其阃奥者。有妇人女子、村氓浅学，偶有一二句，虽李、杜复生，必为低首者。此诗之所以为大也。作诗者必知此二义，而后能求诗于书中，得诗于书外。

（清）袁枚《随园诗话》卷三，人民文学出版社本

严沧浪借禅喻诗，所谓"羚羊挂角，香象渡河，有神韵可味，无迹象可寻"。此说甚是。然不过诗中一格耳。阮亭奉为至论，冯钝吟笑为谬谈，皆非知诗者。诗不必首首如是，亦不可不知此种境界。如作近体短章，不是半吞半吐，超超元箸，断不能得弦外之音，甘余之味。沧浪之言，如何可诋？若作七古长篇、五言百韵，即以禅喻，自当天魔献舞，花雨弥空，虽造八万四千宝塔，不为多也；又何能一羊一象，显渡河、挂角之小神通哉？总在相题行事，能放能收，方称作手。

（清）袁枚《随园诗话》卷八，人民文学出版社本

渔村幼鲁谢皆人，淡远清微自一门。何必参天说松柏，幽兰不碍小磁盆。

（清）袁枚《仿元遗山论诗》，《小仓山房诗文集》卷二十七，《四部备要》本

词之为体，大略有四：风流华美，浑然天成，如美人临妆，却扇一顾，《花间》诸人是也。晏元献、欧阳永叔诸人继之。施朱傅粉，学步习容，如宫女题红，含情幽艳，秦、周、贺、晁诸人是也。柳七则靡曼近俗矣。姜、张诸子，一洗华靡，独标清绮，如瘦石孤花，清笙幽磬，入其境者，疑有仙灵，闻其声者，人人自远。梦窗、竹屋，或扬或沿，皆有新隽，词之能事备矣。至东坡以横绝一代之才，凌厉一世之气，间作倚声，意若不屑，雄词高唱，别为一宗。辛、刘则粗豪太甚矣。其余幺弦孤韵，时亦可喜，溯其派别，不出四者。

（清）郭麐《灵芬馆词话》卷一，《词话丛编》本

三

文贵独创

1. 创者易工　因者难巧

杜甫天才颇绝伦，每寻诗卷似情亲。怜渠直道当时语，不着心源傍古人。

　　（唐）元稹《酬孝甫见赠十首》之二，《元稹集》卷十八，中华书局本

锦川宜共少年期，四十风情去未迟。蚕市夜歌欹枕处，峨嵋春雪倚楼时。休夸上直吟红药，多羡乘轺听子规。莫学当初杜工部，因循不赋海棠诗。

　　（宋）王禹偁《送冯学士入蜀》，《小畜集》卷七，《四部丛刊》本

韩子于文章，所贵不相效，譬彼古今人，同心不同貌。……

　　（宋）梅尧臣《依韵和宣城张主簿见赠》，《梅尧臣诗集编年校注》卷二十五，上海古籍出版社本

《陈辅之诗话》云："荆公尝言：'世间好语言，已被老杜道尽；世间俗语言，已被乐天道尽。'然李赞皇云：'譬之清风明月，四时常有，而光景常新。'又似不乏也。"

　　（宋）胡仔《苕溪渔隐丛话》前集卷十四引，人民文学出版社本

旧说贾浪仙抒思"僧敲月下门",或引手作推势,遂冲尹节,世传为美谭。旧于太学得江御史诗一轴,有督人和诗云:"直饶公补经时序,若是推敲总可删。"以是知雷同相从,非善学也。

(宋)黄彻《碧溪诗话》卷四,《历代诗话续编》本

四灵,倡唐诗者也,就而求其工者,赵紫芝也。然具眼犹以为未尽者,盖惜其立志未高而止于姚、贾也。学者闯其阃奥,辟而广之,犹惧其失。乃尖纤浅易,相煽成风,万喙一声,牢不可破,曰此"四灵体"也。其植根固,其流波漫,日就衰坏,不复振起。吁!宗之者反所以累之也!

(宋)范晞文《对床夜语》卷二,《历代诗话续编》本

唐不拟六朝,六朝不拟魏、晋,魏、晋不拟周、汉,子不拟史,左不拟骚,而皆卓然为后世宗,则各极其至也。苟极其至,何物不传?

(明)屠隆《皇明名公翰藻序》,《白榆集》卷一,明刊本

昔人谓:昌黎文,少陵诗,无一字无出处。今石谷之画亦然。盖其学富力深,遂与俱化;心思所至,左右逢源;不待仿摹,而古人神韵自然凑泊笔端者。要皆元本之功耳。

(明)王时敏《西庐画跋》,《历代论画名著汇编》本

今为诗者,仿古人调格,摘古人字句,残膏余沫,诚可取厌。然而诗之所以为诗,情景事理,自古迄今,故无一道。惟才识之士,拟议以成变化,臭腐可为神奇,安能离去古人,别造一坛宇耶?离去古人而自为之,譬之易四肢五官以为人,则妖孽而已矣。

(明)李维桢《朱修能诗跋》,《大泌山房集》卷一二九,明刻本

杜陵云:"读书破万卷,下笔如有神。"近日钟、谭之药石也。元微之云:"怜伊直道当时语,不着心源傍古人。"王、李之药石也。子美解闷戏为诸绝句,不知当今学杜者何以都不读。

(清)冯班《正俗》,《钝吟杂录》卷三,《清诗话》本

抑有专求复古，不知通变，譬之书家，妙于临模，不自见笔，斯为弱手，未同盗侠。何则？亦犹孺子行步，定须提携，离便僵仆。故孺子依人，不为盗力，博文依古，不为盗才。作者至此，勿忘自强，然而有充养之理，无助长之法也。

（清）毛先舒《诗辩坻》卷第一，《清诗话续编》本

情景妙合，风格自上，不为古役，不堕蹊径者，最也。随质成分，随分成诣，门户既立，声实可观者，次也。或名为闰继，实则盗魁，外堪皮相，中乃肤立，以此言家，久必败矣！

（清）田同之《西圃诗说》，《清诗话续编》本

偶作散行，亦必有不得不散之势乃佳。苟难于属对，率尔放笔，是借散行以文其陋。又有通体俱散者，李白《夜泊牛渚》，孟浩然《晚泊浔阳》，僧皎然《寻陆鸿渐》等作，兴到成诗，无与人力。此外有八句平对、五六散行、前半扇对之式，皆诗之变格。作诗不学古人则无本，徒学古人，拘之绳尺，不敢少纵，则无以自立，"拟议以成变化"，乃诗家之要论也。

（清）冒春荣《葚原诗说》卷之一，《清诗话续编》本

古体专事摹拟，则性灵不露；纯用己法，则古调有乖。当如临书者用古人意七分，参己意三分，精神足相映发。

（清）冒春荣《葚原诗说》卷之四，《清诗话续编》本

窃谓古诗之要在格，律诗之要在调，亦如遏云社中所谓北力在弦，南力在板耳。弦可操纵于手，板不可游移于腔；调可默运于心，格不能不模范于古。唐人古诗，无有不从前代入者，子昂从阮入，王、孟、韦、柳从陶入，李颀、常建、王昌龄诸人从晋、宋入，太白从齐、梁入，独老杜从汉、魏入，取法乎上，所以卓绝众家。中唐诸子，其变斯极，长吉学《楚骚》不得，而趋于诡僻；退之追《风》、《雅》不及，而逃于生峭；孟郊之苦吟，卢仝之狂髷，创不成创，因无所因；张、王乐府，时有遗声；元、白唱酬，了无深致：要之皆彼善于此也。晚唐人变无所复之，不得不往于近体，才力所限，岂可强哉！

（清）冒春荣《葚原诗说》卷之四，《清诗话续编》本

不矜风格守唐风,不和人诗斗韵工。随意闲吟没家数,被人强派乐天翁。

(清)袁枚《自题》,《小仓山房诗文集》卷二十六,《四部备要》本

词客争新角短长,迭开风气递登场。自身已有初中晚,安得千秋尚汉唐。

(清)赵翼《论诗》,《瓯北集》卷二十八,清刊本

同此风云月露形,前人刻划已精灵。何须我拾残牙慧,徒令人嗤照本临。满地散钱难入贯,汲泉垂绠漫钩深。祗应触景生情处,或有空中天籁音。

(清)赵翼《论诗》,《瓯北集》卷五十一,清刊本

"熟精《文选》理",并谓效其体也,渔洋先生乃谓理字不必深求其解。故李沧溟之纯用《选》体者,直谓唐无五言古诗矣。所谓唐无五言古诗者,正谓其无《选》体之五言古诗也。先生乃谓讥沧溟者不合其下句观之,而但执唐无五古一句以归咎于沧溟,沧溟不受也。岂知沧溟之咎,正专在此唐无五言古诗一句乎?彼谓唐之古诗,皆不仿效《选》体耳,岂知唐古诗正以不仿《选》体为正,唐人尚以不仿《选》体为正,而后之为诗者转欲《选》体之仿耶?此所谓舛也。且即以《选》体言之,《文选》自汉、魏迄齐、梁,非一体也,而概目曰《选》体可乎?如谓《文选》诸家之诗共合而目为《选》体,则只一体,非众体矣,中间何以复有拟古之作乎?即观《选》诗中有拟古之篇,则知古之上复有古焉,何可泥执而混为一乎?泥而一之,则是蔑古而已。此则正受古人之憾,正受古人之笑而已矣。然则学之汲古师古何为也哉?曰:圣言"好古敏求",而夏、殷之礼不能于杞、宋征之。

(清)翁方纲《格调论中》,《复初斋文集》卷八,清刊本

七古,高、岑、王、李是一种,李、杜各一种,李长吉一种,张、王乐府一种,韩一种,元、白又一种,后人几不能变化矣。东坡虽是学前人,其横说竖说,喜笑怒骂,跌宕自豪,又自成一种。此下更无变法。山

谷、遗山皆好到极处，然不能变前人也。六一、介甫学韩。张文潜、晁无咎辈是学韩、欧、东坡。陆放翁、虞伯生此体亦佳。杨铁崖、谢皋羽、张玉笥是学张、王乐府，杨、谢奇辟处，尤能上追长吉。若任华、卢仝，则又不当去学。前明当推何、李。本朝此体，人各有能处，无专门名家也。

（清）延君寿《老生常谈》，《清诗话续编》本

为文不可不知师承，无师承者不能成家学也。仆尝学古文辞于朱先生，彼时参朱先生所未及者，然遣词造句傅色揣称盖不啻其一步一趋，不敢稍越。纵使左、马复生不以易吾范也。如是有年，乃悟行文之道，纵横驰骤，惟吾意之所之，今足下视吾文岂与朱先生相似哉！亦足以发明吾道而已。夫为文欲自成家，初非专法一家，非谓古人不足学也。师主于一，则耳目心思自有所范围而成功易也。庄子曰："婴儿生无所师而能言，与能言者处也……"婴儿虽与能言者处，亦必于能言之中择取一人，然后有所据而学之，行文择师岂有异于是乎。

（清）章学诚《与史余村论文》，《章氏遗书·补遗》，清刊本

杜牧之与韩、柳、元、白同时，而文不同韩、柳，诗不同元、白；复能于四家外，诗文皆别成一家，可云特立独行之士矣。韩与白亦素交，而韩不仿白，白亦不学韩，故能各臻其极。

（清）洪亮吉《北江诗话》卷一，《洪北江诗文集》，《四部丛刊》本

宋初杨、刘、钱诸人学西昆，而究不及西昆；欧阳永叔自言学昌黎，而究不及昌黎；王荆公亦言学子美，而究不及子美；苏端明自言学刘梦得，而究亦不能过梦得。所谓棋输先著也。

（清）洪亮吉《北江诗话》卷二，《洪北江诗文集》，《四部丛刊》本

古来博洽而不为积书所累者，莫如王介甫。渠作文直不屑用前人一字，此所以高。其削尽肤庸，一气转摺处，最当玩。

（清）吴德旋《初月楼古文绪论》第三十七条，人民文学出版社本

渊明《拟古》，是用古人格，作自家诗。

（清）方东树《昭昧詹言》卷一，人民文学出版社本

古人不朽之作，类多率尔造极，不可攀跻。钟仲伟有"吟咏性情，何贵用事"之语。严沧浪亦言："诗有别材，非关学；诗有别趣，非关理。"此专为《三百篇》及汉、魏言之则可，若我辈生古人之后，古人既有格有律，其敢曰不学而能乎？且诗兼赋比兴，必熟通于往古来今之故，上下四方之迹，而多识于鸟兽草木之名，既不能无所取材，又敢曰"何贵用事"乎？余在枢直，每公暇，辄与程春庐谈艺。春庐为余述其友方长青之言曰："诗必以造语为工，而造语必以多读书善用事为妙。试取《三百篇》读之：'沔彼流水，朝宗于海'，用《禹贡》也。'燎之方扬，宁或灭之'，用《盘庚》也。'国虽靡止，或圣或否。民虽靡膴，或哲或谋，或肃或乂'，用《洪范》也。'罔敷求先王，克共明刑'，用《康诰》也。虞史臣之序曰：'率厘下土方。'《商颂》用之。《夏小正》曰：'有鸣仓庚。'《豳风》用之。涂山之歌曰：'有狐绥绥。'《鄘风》、《齐风》两用之。箕子之歌曰：'彼狡童兮，不与我好兮。'《郑风》用之。夫商、周所有之书，其见于今者亦仅矣，而其可得而言者如此，则令其书具存，将《三百篇》无一字无来历，可知也。盖钟、严所言，专以性灵说诗，未为过也。乃言性灵，而必以不用事、不关学为说，则非矣。桓野王抚筝而歌其诗曰：'为君既不易，为臣良独难。'安石为之累欷。谢康乐之诗曰：'韩亡子房奋，秦帝鲁连耻。本是江海人，忠义动君子。'孝静为之流涕。彼诗之感人，至于如此，亦可谓有性灵语矣，而皆出于用事，本于学古。然则以学古用事为诗，则性灵自具；以不关学、不用事为诗，虽有性灵，盖亦罕矣。"

（清）梁章钜《退庵随笔》，《清诗话续编》本

人谓我将学李，我将学杜。要知李、杜就古人学，而不能便为古人，因而成为李、杜。今人就李、杜学，必不能便为李、杜，不能为李、杜，将复为今人矣。学李、杜，亦学其所学可乎？

（清）厉志《白华山人诗说》卷二，《清诗话续编》本

王充《论衡》独抒己见，思力绝人，虽时有激而近僻者，然不掩其卓诣。故不独蔡中郎、刘子玄深重其书，即韩退之性有三品之说，亦承藉于其《本性篇》也。

（清）刘熙载《艺概·文概》，上海古籍出版社本

或问持正文于扬子云何如？曰：辞近《太玄》，理犹未及《法言》。问较李元宾之尚辞何如？曰：不沿袭前人似之。

（清）刘熙载《艺概·文概》，上海古籍出版社本

王震《南丰集序》云："先生自负似刘向，不知韩愈为何如尔。"序内却又谓其"衍裕雅重，自成一家"。噫！藉非能自成一家，亦安得为善学刘向与？

（清）刘熙载《艺概·文概》，上海古籍出版社本

或问："杜陵何以不学《骚》？"余曰："此不可一概论也。大约自《风》、《骚》以迄太白，皆一线相承，其间惟彭泽一源，超然物外，正如巢许夷齐，有不可以常理论。至杜陵，负其倚天拔地之才，更欲驾《风》、《骚》而上之，则有所不能；仅于《风》、《骚》中求门户，又若有所不甘，故别建旗鼓，以求胜于古人。"诗至杜陵而圣，亦诗至杜陵而变。顾其力量充满，意境沉郁，嗣后为诗者，举不能出其范围，而古调不复弹矣。故余谓自《风》、《骚》以迄太白，诗之正也，诗之古也。杜陵而后，诗之变也，自有杜陵，后之学诗者，更不能求《风》、《骚》之所在，而亦不得不以杜陵为止境。韩苏且列门墙，何论余子？昔人谓杜陵为"诗中之秦始皇"（言其变古也），亦是快论。

（清）陈廷焯《白雨斋词话》卷七，齐鲁书社《足本校注》本

白仁甫《秋夜梧桐雨》剧，沉雄悲壮，为元曲冠冕。然所作《天籁词》，粗浅之甚，不足为稼轩奴隶。岂创者易工，而因者难巧欤？抑人各有能有不能也？读者观欧秦之诗远不如词，足透此中消息。

（清）王国维《人间词话》，人民文学出版社本

2. 与其同能　不如独胜

格由时降而适于其时者善，体由代异而适于其代者善。乃若才，人人殊矣，而适于其才者善。

　　　　　（明）李维桢《亦适编序》，《大泌山房文集》卷二十一，明刊本

绝去故常，划除涂辙，得意一往，乃佳。依傍前人，改成新法，非其善也。豪杰命世，肝胆自行，断不依人眉目。

　　　　　（明）陆时雍《诗镜总论》，《历代诗话续编》本

古人不言诗而有诗，今人多言诗而无诗。其故何也？其所求之者非也。上者求之于景，其次求之于古，又其次求之于好尚。以花鸟为骨，烟月为精神，诗思得之坝桥驴背，此求之于景者也。赠别必欲如苏、李，酬答必欲如元、白，游山必欲如谢，饮酒必欲如陶，忧悲必欲如杜，闲适必欲如李，此求之于古者也。世以开元、大历之格绳作者，则迎之而为浮响；世以公安、竟陵为解脱，则迎之而为率易，为混沦，此求之于一时之好尚者也。夫以己之性情，顾使之耳目口鼻皆非我有，徒为殉物之具，宁复有诗乎！吾友金介山之诗，清泠竟体，姿韵欲绝，如毛嫱、西施，净洗却面，与天下妇人斗好，一举一动，无非诗景诗情，从何处容其模拟？读之者知其为介山之人，知其为介山之诗而已。昔人不欲作唐以后一语，吾谓介山直不欲作明以前一语也。故介山胸中所欲工邕之语，无有不尽，不以博温柔敦厚之名，而蕲世人之好也。虽然，介山其亦何能尽乎？雷霆焚槐，天地大绞，万物之摧拉摇荡者，蓼蓼而为穷苦愁怨之声，不啻风泉之满听矣。介山能无动乎？将一一写之以为变风，无有也。且不特介山，古之能自尽其情者，莫如渊明，然而《述酒》等作，未尝不为廋辞矣，此亦温柔敦厚之教，见于诗外者也。

　　　　　（清）黄宗羲《金介山诗序》，《南雷文定》四集卷一，《四部备要》本

问曰:"先生每言诗中须有人,乃得成诗。此说前贤未有,何自而来?"答曰:"禅者问答之语,其中必有人,不知禅者不觉耳。余以此知诗中亦有人也。人之境遇有穷通,而心之哀乐生焉。夫子言诗,亦不出于哀乐之情也。诗而有境有情,则自有人在其中。如刘长卿之"得罪风霜苦,全生天地仁。青山数行泪,白首一穷鳞"。王铎为都统诗曰:"再登上相惭明主,九合诸侯愧昔贤。"有情有境,有人在其中也。子美《黑白鹰》、曹唐《病马》亦然。鱼玄机《咏柳》云:"枝迎南北鸟,叶送往来风。"黄巢《咏菊》曰:"堪与百花为总领,自然天赐赭黄袍。"荡妇、反贼诗,亦有人在其中。故读渊明、康乐、太白、子美集,皆可想见其心术行己,境遇学问。刘伯温、杨孟载之集亦然。惟弘、嘉诗派浓红重绿,陈言剿句,万篇一篇,万人一人,了不知作者为何等人,谓之诗家异物,非过也。"问曰:"弘、嘉人外,岂无读其诗而不见其人者乎?"答曰:"杨素、唐中宗、薛稷、宋之问、贺兰进明、苏涣,其人可数。"

(清)吴乔《围炉诗话》卷之一,《清诗话续编》本

余之乞食诗句,使一生如此作数百篇,加以阔大挺拔,昂然自命盛唐,谁其禁之?以返之自心,于哀情乐意,略不相关,故不为也。我自有我身心,苏、李之高,钟、谭之陋,总是彼物,与我何与?呵呵!窃谓选此者,犹是吴乔十五六时,以盛明直接盛唐之见识,而弘、嘉名公之诗,只到得吴乔《乞食草》而止。此言在我虽妄,在彼宜自考也。

(清)吴乔《围炉诗话》卷之六,《清诗话续编》本

明人吴宽《过临清与榷税主政》诗曰:"献策金门苦未休,归心日夜水东流。扁舟载得愁千斛,闻说君王不税愁。"如此婉妙敏捷,何减中晚?此等诗充口而出,不待思索,所谓神来不可多得。然读熟此等,也便有个种子在胸中,遇事听其自发,不必摹拟。

(清)张谦宜《絸斋诗谈》卷八,《清诗话续编》本

在心为志,发言为诗,古之风人,特自写其悲愉,旁抒其美刺而已。心灵百变,物色万端,逢所感触,遂生寄托。寄托既远,兴象弥深,于是缘情之什,渐化为文章。如食本以养生,而八珍五鼎缘以讲滋味;衣本以御寒,而纂组锦绣缘以讲工巧,相沿而至,莫知其然,而亦遂相沿不可

废。故体格日新，宗派日别，作者各以其才力学问智角贤争，诗之变态，遂至于隶首不能算。

（清）纪昀《鹤街诗稿序》，《纪文达公遗集》卷九，清刊本

诗之有齐名者，幸也，亦不幸也。凡事与其同能，不如独胜。若元、白，若张、王，若温、李，若皮、陆，一见如伯谐、仲谐之不可辨，令子产"不同如面"之言或爽然；久对亦自有异，读者不可循名而不责实。张、王、皮、陆，其辨也微，在颦笑动静之间。元、白、温、李，则有显著，如元之《骓马歌》，白或未能；温之《苏武庙》，李恐不及。其无和，亦或不能和耶！

（清）方世举《兰丛诗话》，《清诗话续编》本

周、秦间诸子之文，虽纯驳不同，皆有个自家在内。后世为文者，于彼于此，左顾右盼，以求当众人之意，宜亦诸子所深耻与！

（清）刘熙载《艺概·文概》，上海古籍出版社本

昔人词咏古咏物，隐然只是咏怀，盖其中有我在也。然人亦孰不有我，惟"耿吾得此中正"者尚耳。

（清）刘熙载《艺概·词曲概》，上海古籍出版社本

《聊斋》之妙，同于化工赋物，人各面目，每篇各具局面，排场不一，意境翻新，令读者每至一篇，另长一番精神。如福地洞天，别开世界；如太池未央，万户千门；如武陵桃源，自辟村落。不似他手，黄茅白苇，令人一览而尽。

（清）冯镇峦《阅聊斋杂说》，引自《中国历代小说论著选》，江西人民出版社本

作画须有解衣盘礴、旁若无人意。然后化机在手，元气狼藉，不为先匠所拘，而游于法度之外矣。

（清）恽正叔《南田论画》，《历代论画名著汇编》本

3. 人各有心　文各有意

　　花品之中，此花最异。以众为繁，以多见鄙。自是物情，非关春意。若氏族之斥素流，品秩之卑寒士。他目则目，他耳则耳。或以怪而称珍；或以疏而见贵。或有实而花乖；或有花而实悴。其花可以畅君之心目，其实可以充君之口腹。匪乎兹花，他则碌碌。我将修花品，以此花为第一，惧俗情之横议。我曰不然，为之则已。我目吾目，我耳吾耳，妍蚩决于心，取舍断于志。岂于草木之品独然？信为国兮如此！

　　　　（唐）皮日休《桃花赋》，《皮子文薮》卷一，上海古籍出版社本

　　能以心求道者，不曰己乎？能为心为天子、为诸侯、为贤圣者，不曰己乎？是己之重，不独重于人，抑亦重于道也。尝试论之，能辱己者，必能辱于人；能轻己者，必能轻于人；能苦己者，必能苦于人。为孔、颜者非他，宝乎己者也。为盗蹠者非他，残乎己者也。故古之士，有不出户庭，名重于嵩、衡，道广于溟、渤者，敬于己而已矣。

　　　　（唐）皮日休《原己》，《皮子文薮》卷三，上海古籍出版社本

　　传派传宗我替羞，作家各自一风流。黄陈篱下休安脚，陶谢行前更出头。

　　　　（宋）杨万里《跋徐恭仲省干近诗》（其三），《诚斋集》卷二十六，《四部丛刊》本

　　一家之语，自有一家之风味。如乐之二十四调，各有韵声，乃是归宿处。模仿者语虽似之，韵亦无矣。鸡林其可欺哉！

　　　　（宋）姜夔《白石道人诗说》，《历代诗话》本

　　意匠如神变化生，笔端有力任纵横。须教自我胸中出，切忌随人脚后行。

　　　　（宋）戴复古《邵武太守王子文，日与李贾、严羽共观前辈一两家诗，及晚唐诗，因有论诗十绝。子文见之，谓无甚高论，亦可作诗家小学须知》，《石屏诗集》诗七，《四部丛刊》本

诗者，人之情性也。人各有情性，则人有各诗也。得于师者，其得为吾自家之诗哉。

（元）杨维桢《李仲虞诗序》，《东维子文集》卷七，《四部丛刊本》

作诗譬如江南诸郡造酒，皆以曲米为料，酿成则醇味如一。善饮者历历尝之曰："此南京酒也，此苏州酒也，此镇江酒也，此金华酒也。"其美虽同，尝之各有甄别，何哉？做手不同故尔。

（明）谢榛《四溟诗话》卷三，人民文学出版社本

赋诗要有英雄气象：人不敢道，我则道之；人不肯为，我则为之。厉鬼不能夺其正，利剑不能折其刚。古人制作，各有奇处，观者自当甄别。

（明）谢榛《四溟诗话》卷四，人民文学出版社本

人有学为鸟言者，其音则鸟也，而性则人也。鸟有学为人言者，其音则人也，而性则鸟也。此可以定人与鸟之衡哉。今之为诗者，何以异于是，不出于己之所自得，而徒窃于人之所尝言，曰，某篇是某体，某篇则否；某句似某人，某句则否；此虽极工逼肖，而已不免于鸟之为人言矣。

若吾友子肃之诗则不然，其情坦以直，故语无晦，其情散以博，故语无拘，其情多喜而少忧，故语虽苦而能遣其情，好高而耻下，故语虽俭而实丰，盖所谓出于己之所自得，而不窃于人之所尝言者也。就其所自得以论其所自鸣，规其微疵而约于至纯，此则渭之所献于子肃者也。若曰某篇不似某体，某句不似某人，是乌知子肃者哉！

（明）徐渭《叶子肃诗序》，《徐渭集》卷二十，中华书局本

凡人作文皆从外面攻进里去，我为文章只就里面攻打出来，就他城池，食他粮草，统率他兵马，直冲横撞，搅得他粉碎，故不费一毫力气而自然有余也。凡事皆然，宁独为文章哉！只自各人自有各人之事，各人题目不同，各人只就题目里滚出去，无不妙者。如该终养者只宜就终养作题目，便是切题，便就是得意好文字。若舍就正经题目不做，却去别寻题目做，人便理会不得，有识者却反生厌矣。此数语比《易》说

是何如？

（明）李贽《与友人论文》，《续焚书》，中华书局本

爇香者沉则沉烟，檀则檀气，何也？其性异也。奏乐者钟不藉鼓响，鼓不假钟音，何也？其器殊也。文章亦然，有一派学问，则酿出一种意见，有一种意见，则创出一般言语。无意见则虚浮，虚浮则雷同矣。故大喜者必绝倒，大哀者必号痛，大怒者必叫吼动地，发上指冠；惟戏场中人，心中本无可喜事而欲强笑，亦无可哀事而欲强哭，其势不得不假借模拟耳。今之文士浮浮泛泛，原不曾的然做一项学问，叩其胸中，亦茫然不曾具一丝意见，徒见古人有立言不朽之说，又见前辈有能诗能文之名，亦欲搦管伸纸，入此行市；连篇累牍，图人称扬。夫以茫昧之胸，而妄意鸿钜之裁，自非行乞左、马之侧，募缘残溺，盗窃遗矢，安能写满卷帙乎？试将诸公一编，抹去古语陈句，几不免于曳白矣！其可愧如此，而又号于人曰，引古词，传今事，谓之属文。然则二典三谟，非天下至文乎？而其所引果何代之词乎？

（明）袁宗道《论文下》，《白苏斋类集》卷二十，《中国文学珍本丛书》本

与河中之水歌足为双绝。自汉以下乐府皆填古曲，自我作古者，惟此萧家老二公二歌而已。托体虽艳，其风神音旨，英英遥遥，固已笼罩百代。后来拟此者车载斗量，何能分渠少许。生翼自飞，纸鸢何学焉。

（清）王夫之《古诗评选》卷一，梁武帝《绍古歌》评语，《船山古近体诗评选三种》，船山学社本

诗而曰"作"，须有我之神明在内。如用兵然：孙、吴成法，懦夫守之不变，其能长胜者寡矣；驱市人而战，出奇制胜，未尝不愈于教习之师。故以我之神明役字句，以我所役之字句使事，知此，方许读韩、苏之诗。不然，直使古人之事，虽形体眉目悉具，直如刍狗，略无生气，何足取也！

（清）叶燮《原诗·外篇上》，人民文学出版社本

游览诗切不可作应酬山水语。如一幅画图，名手各各自有笔法，不可

错杂；又名山五岳，亦各各自有性情气象，不可移换。作诗者以此二种心法，默契神会，又须步步不可忘我是游山人，然后山水之性情气象、种种状貌、变态影响，皆从我目所见、耳所听、足所履而出，是之谓游览。且天地之生是山水也，其幽远奇险，天地亦不能自剖其妙；自有此人之耳目手足一历之，而山水之妙始泄：如此方无愧于游览，方无愧乎游览之诗。

（清）叶燮《原诗·外篇下》，人民文学出版社本

《咏怀》、《北征》，古无此体，后人亦不可作，让子美一人为之可也。退之《南山诗》，已是后生不逊。诗贵出于自心。《咏怀》、《北征》，出于自心者也；《南山》，欲敌子美而觅题以为之者也。山谷之语，只见一边。

（清）吴乔《围炉诗话》卷之二，《清诗话续编》本

昆山吴修龄（乔）论诗甚精。所著《围炉诗话》，余三客吴门，偏求之不可得。独见其《与友人书》一篇，中有云："诗之中须有人在。"余服膺以为名言。

（清）赵执信《谈龙录》，人民文学出版社本

然格律莫备于古，学者宗师，自有渊源。至于性情遭遇，人人有我在焉，不可貌古人而袭之，畏古人而拘之也。今之莺花，岂古之莺花乎？然而不得谓今无莺花也。今之丝竹，岂古之丝竹乎？然而不得谓今无丝竹也。天籁一日不断，则人籁一日不绝。

（清）袁枚《答沈大宗伯论诗书》，《小仓山房诗文集》卷十七，
《四部备要》本

凡作诗者各有身分，亦各有心胸。

（清）袁枚《随园诗话》卷四，人民文学出版社本

高青邱笑古人作诗，今人描诗。描诗者，像生花之类，所谓优孟衣冠，诗中之乡愿也。譬如学杜而竟如杜，学韩而竟如韩，人何不观真杜真韩之诗，而肯观伪韩伪杜之诗乎？孔子学周公，不如王莽之似也；孟子学孔子，不如王通之似也；唐义山、香山、牧之、昌黎同学杜者，今其诗集

都是别树一帜；杜所服膺者，庾、鲍两家，而集中亦绝不相似。萧子显云："若无新变，不能代雄。"陆放翁曰："文章切忌参死句。"黄山谷曰："文章切忌随人后。"皆金针度人语。《渔隐丛话》笑欧公如三馆画笔，专替古人传神，嫌其描也。五亭山人《嘲鹦鹉》云："齿牙余慧虽偷拾，那识雷同转可羞。"又曰："争似流莺应百转，天真还是一家言。"

（清）袁枚《随园诗话》卷七，人民文学出版社本

不学古人，法无一可。竟似古人，何处著我？字字古有，言言古无。吐故吸新，其庶几乎？孟学孔子，孔学周公，三人文章，颇不相同。

（清）袁枚《续诗品·著我》，人民文学出版社本

共此面一天，竟无一相肖。人心亦如画，意匠戞独造。同阅一卷书，各自领其奥。同作一题文，各自擅其妙。问此胡为然，然有天在窍。乃知人巧处，亦天工所到。所以才智人，不肯自弃暴。力欲争上游，性灵乃其要。

（清）赵翼《书怀》，《瓯北集》卷二十四，清刊本

有诗人之诗，有学人之诗，有才人之诗。

才人之诗，崇论闳议，驰骋纵横，富赡标鲜，得之顷刻。然角胜于当场，则惊奇仰异；咀含于闲暇，则时过境非。譬之佛家，吞针咒水，怪变万端，终属小乘，不证如来大道。

学人之诗，博闻强识，好学深思，功力虽深，天分有限，未尝不声应律而舞合节，究之其胜人处，即其逊人处。譬之佛家，律门戒子，守死威仪，终是钝根长老，安能一性圆明！

诗人之诗，心地空明，有绝人之智慧；意度高远，无物类之牵缠。诗书名物，别有领会；山川花鸟，关我性情。信手拈来，言近旨远，笔短意长，聆之声希，咀之味永。此禅宗之心印，风雅之正传也。

（清）方南堂《辍锻录》，《清诗话续编》本

人心不同如面，文辞亦如是也。

（清）章学诚《书郎通议墓志后》，《文史通义·外篇二》，《章氏遗书》本

我诗时苦难，法诗时苦易，若欲诗笔工，两人先易地。张君下笔有古人，我诗下笔苦有我，若论诗格超，有人有我皆不可。咄哉！诗道匪易言，何况雅颂至此已及三千年，谁无好句播人口，大抵来往起灭一一如云烟。天有日月星，地有岳与渎，笔端撼之不能动，何以奴视荆朱仆贲育？若夫一身之内理更该，心志各凌烁，口服各阖开，不将我之心志口眼，寄于古人四体百骸内，始觉我与天地错立成三才，不能已于心，乃复出诸口，为天地立言，于我亦何有？有所溢于目，乃复矢厥音，为山水写照，而我何容心？一言二言精不磨，千语万语宁嫌多。铺笺直可概八极，濡墨真欲成江河，然后张君诗，法君诗，牛腰巨卷掷我。我欲顶礼同所师，且令前万古与后万古，得我数辈中立籍可相支持。

（清）洪亮吉《暇日校法学士式善、张大令景运近诗率赋一篇代柬》，《洪北江诗文集》，《卷施阁诗》卷十一，《四部丛刊》本

景物万状，前人钩致无遗，称诗于今日大难。惟句中有我在，斯同题而异趣矣。

（清）乔亿《剑溪说诗》卷下，《清诗话续编》本

诗成何必问渊源，放笔刚如所欲言。汉魏晋唐犹不学，谁能有意学随园。诸君刻意主三唐，谱系分明墨数行。愧我性灵终是我，不成本杜不张王。

（清）张问陶《颇有谓予诗学随园者，笑而赋此》，《船山诗草》卷十一，中华书局本

作诗乃自己之事，毕竟依人不得；到得能不依人之日，人来依我，我依人乎哉！

临下笔时，须以千古一人自待，作出来犹然落人牙后，世间人见识不高者，勿与他一般样。

（清）徐增《而庵诗话》，《清诗话》本

夫人之嗜好不同，文之强弱亦异，安能尽裁以一律。况人各有心，文各有意，又安能以我意为人意，谓人意必尽如我意。予读司寇《春融堂集》，亦未能远过于时贤。

（清）谢章铤《赌棋山庄词话续编》二，《词话丛编》本

鹦鹉巧学舌，能言与人类，春虫食柳叶，偶一成文字。劳哉刻楮工，费力难程艺。纵日万楮成，一一无生气。造物倘斯劳，何以形品汇。昨夜园中雷，莫测真宰意。起视万花开，一花一天地。

　　　　　　　　（清）魏源《家塾示儿耆六首》，《魏源集》下册，中华书局本

　　书贵入神，而神有我神他神之别。入他神者，我化为古也；入我神者，古化为我也。

　　　　　　　　（清）刘熙载《艺概·书概》，上海古籍出版社本

　　填词智者之事，而顾认筌执象若是乎？吾有吾之性情，吾有吾之襟抱，与夫聪明才力。欲得人之似，先失己之真。得其似矣，即已落斯人后，吾词格不稍降乎？并世操觚之士，辄询余以倚声初步何者当学？此余无词以对者也。

　　　　　　　　（清）况周颐《蕙风词话》卷一，人民文学出版社本

　　余姚黄征君太冲（宗羲号梨洲）之称诗也，一以"诗中有人"为训。有执卷仰可者，征君初阅之曰："杜诗。"再阅之连声曰："杜诗，杜诗。"其人欣形于色，征君乃徐诏之曰："诗则杜矣，但不知子之诗安在？岂非诗中无人耶！"其人爽然自失，退而逊心苦志以求之者两载，复以仰可，则征君首肯曰："是则子之诗矣！"予友万磁州西郭承勋曾述此一节，因识之。

　　　　　　　　（清）金埴《不下带编》卷三，中华书局本

4. 体会光景　贵乎自得

　　六经之词也，创意造言皆不相师。故其读《春秋》也，如未尝有《诗》也。其读《诗》也，如未尝有《易》也。其读《易》也，如未尝有《书》也。其读屈原、庄周也，如未尝有六经也。故义深则意远，意远则理辩，理辩则气直，气直则辞盛，辞盛则文工。如山有恒、华、嵩、衡焉，其同者，高也。其草木之荣不必均也。如渎有淮、济、河、江焉，其同者，出源到海也。其曲直浅深色黄白，不必均也。如百品之杂焉，其

同者，饱于腹也，其味咸酸苦辛不必均也。此因学而知者也。此创意之大归也。

（唐）李翱《答朱载言书》，《全唐文》卷六百三十五，中华书局本

近代唯诗人杜甫《悲陈陶》、《哀江头》、《兵车》、《丽人》等，凡所歌行，率皆即事名篇，无复依旁。

（唐）元稹《乐府古题序》，《元稹集》卷二十三，中华书局本

近世为古文之主者，韩吏部而已。吾观吏部之文，未始句之难道也，未始义之难晓也。其间称樊宗师之文必出于己，不袭蹈前人一言一句，又称薛逢为文，以不同俗为主。然樊、薛之文，不行于世；吏部之文，与六籍共尽。此盖吏部诲人不倦，进二子以劝学者。故吏部曰："吾不师今，不师古，不师难，不师易，不师多，不师少，惟师是尔。"

（宋）王禹偁《答张扶书》，《小畜集》卷十八，《四部丛刊》本

妙在和光同尘，事须钩深入神，听它下虎口著，我不为牛后人。

（宋）黄庭坚《赠高子勉之三》，《豫章黄先生文集》卷十二，《四部丛刊》本

《西清诗话》云："作诗者，陶冶物情，体会光景，必贵乎自得；盖格有高下，才有分限，不可强力至也。譬之秦武阳气盖全燕，见秦王则战掉失色；淮南王安，虽为神仙，谒帝犹轻其举止：此岂由素习哉？余以谓少陵、太白，当险阻艰难，流离困踬，意欲卑而语未尝不高；至于罗隐、贯休，得意于偏霸，夸雄逞奇，语欲高而意未尝不卑。乃知天禀自然，有不能易者。"

（宋）胡仔《苕溪渔隐丛话》前集卷第五十六，人民文学出版社本

后人专做文字，亦做得衰，不似古人。前辈亦："言众人之所未尝，任大臣之所不敢。"多少气魄！

（宋）朱熹《论文》上，《朱子语类》卷一百三十九，应元书院刊本

苏尚书符，东坡先生之孙，尝与世人论诗。或曰：前辈所好不同，如文忠公于常建诗，爱其"竹径通幽处，禅房花木深"，谓此景与意会，常欲道之而不得也；至山谷乃爱"山光悦鸟性，潭影空人心"，则与文忠公异矣。又二公所爱和靖《梅花诗》亦然。公曰："祖父谓老杜'四更山吐月，残夜水明楼'，以为古今绝唱。此乃祖父于此有妙之处，他人未易晓也。大凡文字须是自得自到，不可随人转也。"

（宋）张镃《诗学规范》十四，《宋诗话辑佚》本

时案上置牡丹数瓶。赟窗曰："譬如此牡丹花，他人只一种，先生能数十百种，盖极文章之变者。"水心曰："此安敢当？但譬之人家饬客，或虽金银器照座，然不免出于假借。自家罗列，仅瓷缶瓦杯，然却是自家物色。"水心盖谓不蹈袭前人耳。瓷瓦虽谦辞，不蹈袭则实语也。然不蹈袭最难，必有异禀绝识，融会古今文字于胸中，而洒然自出一机轴方可。不然则虽临纸雕镂，只益为下耳。

（宋）吴氏《林下偶谈》卷三，《丛书集成》本

文章自得方为贵，衣钵相传岂是真。已觉祖师低一著，纷纷法嗣复何人？

（金）王若虚《论诗诗》，《滹南遗老集》卷四十五，《丛书集成》本

窘步相仍死不前，唱酬无复见前贤。纵横正有凌云笔，俯仰随人亦可怜。

（金）元好问《论诗诗三十首之二十一》，《遗山先生文集》卷十一，《四部丛刊》本

人所多言，我寡言之；人所难言，我易言之，则自不俗。

（元）杨载《诗法家数》，《历代诗话》本

诗得于言，言得于志。人各有志有言以为诗，非迹人以得之者也。东坡和渊明诗，非故假诗于渊明也，具解有合于渊明者。故和其诗，不知诗

之为渊明为东坡也。涪翁曰："渊明千载人，东坡百世士，出处固不同，气味乃相似。"盖知东坡之诗可比渊明矣。

（元）杨维桢《张北山和陶集序》，《东维子文集》卷七，《四部丛刊》本

诗贵不经人道语。自有诗以来，经几千百人，出几千万语，而不能穷，是物之理无穷，而诗之为道亦无穷也。今令画工画十人，则必有相似，而不能别出者，盖其道小而易穷。而世之言诗者，每与画并论，则自小其道也。

（明）李东阳《麓堂诗话》，《历代诗话续编》本

孙位画水，张南本画火，吴道玄画，杨惠塑，陈简斋诗，辛稼轩词，同能不如独胜也。太白见崔颢《黄鹤楼》诗，去而赋《金陵凤凰台》。

（明）杨慎《升庵诗话》卷四，《历代诗话续编》本

即使欲以文字市声名于世，亦其文之最工者而后可。自古文人虽其立脚浅浅，然各自有一段精光，不可磨灭，开口道得几句千古说不出的说话，是以能与世长久。惟其精神亦尽于言语文字之间，而不暇乎其他，是以谓之文人。

（明）唐顺之《答蔡可泉》，《荆川先生文集》卷七，《四部丛刊》本

文章止要有妙趣，不必责其何出。止要有古法，不必拘其何体。语新而妙，虽创出己意，自可；文袭而庸，即字句古人，亦不佳。杜撰而都无意趣，乃忌。自创摹古而不损神采，乃贵。

（明）屠隆《论诗文》，《鸿苞节录》卷六，明刊本

凡为文，苟有材力志意之士，咸欲有以传其人。传其人而不有以出乎人，虽穷岁年，谢欢昵，疲形焦思以文之，犹弗传也。故士之有所为于此者，必皆以出乎人为心。然而环视天下之为此者亦众矣。其材力，其志意，翩翩焉，兀兀焉，捷疾而争高。巧质之相乘，玄思之相倾，卒未能有所出也。嗟夫，古文词不可作矣。今之为学士本业者，而欲有所出乎人，

其亦且奈何哉。虽然，就其相乘相倾之处，而尽谓其无所出乎人，则是世无人也。何也，举天下之士，奉其材力志意，而毕争于此，然则今之世所为出乎人而庶几有传焉者，其亦可得而概矣。

（明）汤显祖《义墨斋近稿序》，《汤显祖诗文集》卷三十一，上海古籍出版社本

士衡云："谢朝华于已披，启夕秀于东振。"又云："立片言以居要，乃一篇之警策。"有意乎其濯陈言而驰绝足也。然平原诸文，模拟何众，而创获何希也？平原诸诗，藻绘何繁，而独造何寡也？故曰：非知之艰而行之艰也，其有以自试也。昌谷执一端以非之，非也。

（明）胡应麟《诗薮·外编》卷二，上海古籍出版社本

至于诗，则不肖聊戏笔耳。信心而出，信口而谈。世人喜唐，仆则曰唐无诗；世人喜秦、汉，仆则曰秦、汉无文；世人卑宋黜元，仆则曰诗文在宋、元诸大家。昔老子欲死圣人，庄生讥毁孔子，然至今其书不废；荀卿言性恶，亦得与孟子同传。何者？见从己出，不曾依傍半个古人，所以他顶天立地。今人虽讥讪得，却是废他不得。不然，粪里嚼查，顺口接屁，倚势欺良，如今苏州投靠家人一般。记得几个烂熟故事，便曰博识；用得几个见成字眼，亦曰骚人。计骗杜工部，囤扎李空同，一个八寸三分帽子，人人戴得。以是言诗，安在而不诗哉？不肖恶之深，所以立意亦自有矫枉之过。

公谓仆诗亦似唐人，此言极是。然要之幼于所取者，皆仆似唐之诗，非仆得意诗也。夫其似唐者见取，则其不取者断断乎非唐诗可知。既非唐诗，安得不谓中郎自有之诗，又安得以幼于之不取，系中郎之不自得意耶？仆求自得而已，他则何敢知。近日湖上诸作，尤觉秽杂，去唐愈远，然愈自得意。昨已为长洲公觅去发刊。然仆逆知幼于之一抹到底，决无一句入眼也。何也？真不似唐也。不似唐，是于唐律，是大罪人也，安可复谓之诗哉？

（明）袁宏道《与张幼于》，《袁宏道集笺校》卷十一，上海古籍出版社本

文章新奇，无定格式，只要发人所不能发。句法字法调法，一一从自

己胸中流出，此真新奇也。

（明）袁宏道《答李元善》，《袁宏道集笺校》卷二十二，上海古籍出版社本

宏实不才，无能供役作者。独谬谓古人诗文，各出己见，决不肯从人脚根转，以故宁今宁俗，不肯拾人一字。

（明）袁宏道《冯琢庵师》，《袁宏道集笺校》卷二十二，上海古籍出版社本

白有"尖新"之文，文有"尖新"之句，句有"尖新"之字，则列之案头，不观则已，观则欲罢不能；奏之场上，不听则已，听则求归不得。尤物足以移人。"尖新"二字，即文之尤物也。

（清）李渔《闲情偶寄·词曲部·宾白第四》，《中国古典戏曲论著集成》（七），中国戏剧出版社本

予谓文字之新奇，在中藏不在外貌，在精液不在渣滓，犹之诗、赋、古文以及时艺，其中人才辈出，一人胜似一人，一作奇于一作，然止别其词华，未闻异其资格。有以古风之局而为近律者乎？有以时艺之体而作古文者乎？绳墨不改，斧斤自若，而工师之奇巧出焉。行文之道，亦若是也。

（清）李渔《闲情偶寄·词曲部·格局第六》，《中国古典戏曲论著集成》（七），中国戏剧出版社本

意新语新而又字句皆新，是谓诸美皆备，由武而进于韶矣。然具八斗才者，亦不能在在如是。以鄙见论之，意之极新，反不妨词语稍旧。尤物衣敝衣，愈觉美好。且新奇未睹之语，务使一目了然，不烦思绎。若复追琢字句而后出之，恐稍稍不近自然，反使玉宇琼楼堕入云雾，非胜算也。如其意不能新，仍是本等情事，则全以琢句炼字为工。然又须琢得句成，炼得字就，虽然极新极奇，却似词中原有之句，读来不觉生涩，有如数十年后重遇古人。此词中化境，即诗赋古文之化境也。

（清）李渔《窥词管见》，《词话丛编》本

文字莫不贵新，而词为尤甚。不新可以不作。意新为上，语新次之，

字句之新又次之。所谓意新者，非于寻常闻见之外，别有所闻所见，而后谓之新也。即在饮食居处之内，布帛菽粟之间，尽有事之极奇，情之极艳，询诸耳目，则为习见习闻，考诸诗词，实为罕听罕睹，以此为新，方是词内之新。非《齐谐》志怪、《南华》志诞之所谓新也。

（清）李渔《窥词管见》，《词话丛编》本

尝论古今作者，其作一文，必为古今不可不作之文，其言有关于天下古今者，虽欲不作，而不得不作。或前人未曾言之，而我始言之，后人不知言之，而我能开发言之，故贵乎其有是言也。

（清）叶燮《与友人论文书》，《己畦文集》清刊本

若夫诗，古人作之，我亦作之。自我作诗，而非述诗也。故凡有诗，谓之新诗。若有法，如教条政令而遵之，必如李攀龙之拟古乐府然后可。诗，末技耳，必言前人所未言，发前人所未发，而后为我之诗。若徒以效颦效步为能事，曰："此法也。"不但诗亡，而法亦且亡矣。余之后法，非废法也，正所以存法也。夫古今时会不同，即政令尚有因时而变通之；若胶固不变，则新莽之行周礼矣。奈何风雅一道，而踵其谬戾哉！

（清）叶燮《原诗·内篇下》，人民文学出版社本

齐梁骈丽之习，人人自矜其长；然以数人之作，相混一处，不复辨其为谁，千首一律，不知长在何处！其时脍炙之句，如"芙蓉露下落，杨柳月中疏"，"亭皋木叶下，陇首秋云飞"等语，本色无奇，亦何足艳称也！

（清）叶燮《原诗·外篇下》，人民文学出版社本

今人偶用一字，必曰本之昔人。昔人又推而上之，必有作始之人；彼作始之人，复何所本乎？不过揆之理、事、情，切而可，通而无碍，斯用之矣。昔人可创之于前，我独不可创于后乎？古之人有行之者，文则司马迁，诗则韩愈是也。苟乖于理、事、情，是谓不通。不通则杜撰，杜撰则断然不可。苟不然者，自我作古，何不可之有！若腐儒区区之见，句束而字缚之，援引以附会古文，反失古人之真矣。

（清）叶燮《原诗·外篇下》，人民文学出版社本

盖诗当求新于理，不当求新于径。譬之日月，终古常见，而光景常新，未尝有两日月也。

（清）沈德潜《说诗晬语》卷下，《清诗话》本

杨万里曰："填词要立新意，须作不经人道语，或翻前人意，便觉出奇。若只能炼字，才诵数过，便无精神。"（按：此乃杨守斋语，非杨万里语。）

（清）沈雄《古今词话·词品》下卷，《词话丛编》本

学者当自树其帜。凡米盐舩算之事，听气候于商人，未闻文章学问，亦听气候于商人者也。吾扬之士，奔走蹩躠于其门，以其一言之是非为欣戚，其损士品而丧士气，真不可复述矣……切不可趋风气，如扬州人学京师穿衣戴帽，才赶得上，他又变了。何如圣贤精义，先辈文章，万世不祧也。贤昆玉果能自树其帜，久而不衰，燮虽不肖，亦将戴军劳帽，穿勇字背心，执水火棍棒，奔走效力于大纛之下。岂不盛哉！岂不快哉！

（清）郑燮《与江宾谷江禹九书》，《郑板桥集》，上海古籍出版社本

仆以为欲奏雅者先绝俗，欲复古者先拒今。俗绝不至，今拒不儳，而古文之道思过半矣。韩子非三代两汉之书不观，柳子自言所得，亦不过《左》《国》《荀》《孟》《庄》《老》《太史》而已。当唐之时，所有之书，非若今之杂且伙也，然而拒之惟恐不力，况今日之仆遫相从，纷纷喋喋哉？

（清）袁枚《与孙俌之秀才书》，《小仓山房诗文集》卷三十五，《四部备要》本

人闲居时，不可一刻无古人；落笔时，不可一刻有古人。平居有古人，而学力方深；落笔无古人，而精神始出。

（清）袁枚《随园诗话》卷十，人民文学出版社本

描诗者多，作诗者少，其故云何，渣滓不扫。糟去酒清，肉去泪馈，宁可不吟，不可附会。大官筵馔，何必横陈，老生常谈，嚼蜡难闻。

（清）袁枚《续诗品·澄滓》，人民文学出版社本

元遗山《论诗》云："苏门若有功臣在，肯放坡诗百态新！"此言似是而实非也。"新"岂易言，意未经人说过则新，书未经人用过则新。诗家之能新，正以此耳。若反以新为嫌，是必拾人牙后，人云亦云；否则抱柱守株，不敢逾限一步，是尚得成家哉？尚得成大家哉？

（清）赵翼《瓯北诗话》卷五，人民文学出版社本

节序同，景物同，而时有盛衰，境有苦乐，人心故自不同。以不同接所同，斯同亦不同，而诗文之用无穷焉。

（清）乔亿《剑溪说诗》卷下，《清诗话续编》本

心源探到古人初，征实翻空总自如。好把臭皮囊洗净，神仙楼阁在高虚。学韩学杜学髯苏，自是排场与众殊。若使自家无曲子，等闲铙鼓与笙竽。

（清）宋湘《说诗八首》，《红杏山房诗钞》卷一，清刊本

张光弼《歌风台》诗起句："世间快意宁有此，亭长归来作天子。"凤洲《长平坑》起句："世间怪事宁有此，四十万人同日死。"张诗奇特以创调耳，凤洲袭之，虽崛崒而乏风采矣。大抵文章贵独造也。

（清）潘德舆《养一斋诗话》卷三，《清诗话续编》本

扬子云之言，其病正坐近似圣人。《朱子语类》云："若能得圣人之心，则虽言语各别，不害其为同。"此可知学贵实有诸己也。

（清）刘熙载《艺概·文概》，上海古籍出版社本

明理之文，大要有二，曰："阐前人所已发，扩前人所未发。

（清）刘熙载《艺概·文概》，上海古籍出版社本

诗不可有我而无古，更不可有古而无我。典雅、精神，兼之斯善。

（清）刘熙载《艺概·诗概》，上海古籍出版社本

其文则长于记事论说，以达意为主，而横直自成体势，望而知为有德者之言，足以取信来兹。自唐迄今千余年，以文名者十数家，以诗名者数

十家，并以驰骋变化成一家之机枢为后世法守；而学者耽精疲神于此十数家数十家者，规抚形摸于长短疾徐之间，盖亦有庶乎维肖者已，而常不足当有识者之观采。夫岂古人不可学，抑争章句之末者，固未能与于言志载道之大原也耶？故其杰焉者，沉研古籍，必比类以吾身之所亲历，按切于吾心，既了然无所格阂，乃属辞而注之手，自述所见。其条凶指趣绝去依傍之迹，而又不至于横流奔放，则其所诣，虽未足与彼十数家数十家者比，而能使读者闻其声如见其人，则亦足自植而不朽。

（清）包世臣《书杨宾鹭先生文集后》，《安吴四种·艺舟双楫》卷十，清刊本

四

博览深研　贵在求精

1. 圆照之象　务先博观

夫天地不包一物，阴阳一生不类，海不让水潦以成其大，山不让土石以成其高。夫守一隅而遗万方，取一物而弃其余，则所得者鲜，而所治者浅矣。

（汉）刘安《淮南子·泰族训》，《诸子集成》本

百家之言，虽不皆清翰锐藻，弘丽汪㴼，然悉才士所寄心，一夫澄思也。正经为道义之渊海，子书为增深之川流，仰而比之，则景星之佐三辰；俯而方之，则林薄之裨嵩岳。而学者专守一业，游井忽海，遂蹴颞于泥汀之中，而沉滞乎不移之困……先民叹息于才难，故百世为随踵。不以璞不生板桐之岭，而捐曜夜之宝；不以书不出周孔之门，而废助教之言。犹彼操水者，器虽异而救火同焉；譬若针灸者，术虽殊而攻疾均焉。狭见之徒，区区执一，去博辞精思，而不识合锱铢可以齐重于山陵，聚百千可以致数于亿兆。惑诗赋琐碎之文，而忽子论深美之言，真伪颠倒，玉石混殽，同广乐于桑间，均龙章于素质，可悲可慨，岂一条哉！

（晋）葛洪《抱朴子外篇·百家》，《诸子集成》本

原夫载籍之作也，必贯乎百氏，被之千载，表徵盛衰，殷鉴兴废，使一代之制，共日月而长存；王霸之迹，并天地而久大。是以在汉之初，史职为盛，郡国文计，先集太史之府，欲其详悉于体国也，必阅石室，启金匮，抽裂帛，检残竹，欲其博练于稽古也。是立义选言，宜依经以树则；

劝戒与夺，必附圣以居宗；然后诠评昭整，苛滥不作矣。

（南朝·梁）刘勰《文心雕龙·史传》，人民文学出版社本

凡操千曲而后晓声，观千剑而后识器；故圆照之象，务先博观。阅乔岳以形培塿，酌沧波以喻畎浍，无私于轻重，不偏于憎爱，然后能平理若衡，照辞如镜矣。

（南朝·梁）刘勰《文心雕龙·知音》，人民文学出版社本

盖珍裘以众腋成温，广厦以群材合构。自古探穴藏山之士，怀铅握椠之客，何尝不征求异说，采摭群言，然后能成一家，传诸不朽。

（唐）刘知幾《史通·采撰》卷五，《四部备要》本

盖语曰："知古而不知今，谓之陆沉。"又曰："一物不知，君子所耻。"是则时无远近，事无巨细，必藉多闻以成博识。

（唐）刘知幾《史通·杂说中》卷十七，《四部备要》本

……读书破万卷，下笔如有神。赋料扬雄敌，诗看子建亲。李邕求识面，王翰愿卜邻。……

（唐）杜甫《奉赠韦左丞丈二十二韵》，《杜诗详注》卷一，中华书局本

故适千里者，三月聚粮，又当知所问，问其道里之曲折，然后取途而无悔，钩深而索隐，温故而知新，此治经之术也。经术者，所以使人知所问也。博学而详说之，极支离以趋简易，此观书之术也。博学者所以使人知道里之曲折也夫。然后载司南以适四方而不迷，怀道鉴以对万物而不惑。

（宋）黄庭坚《与潘子真书》，《山谷集》卷十九，《四库全书》本

唐宋之文可法者四：法古于韩，法奇于柳，法纯粹于欧阳，法汗漫于东坡。余文可以博观，而无事乎取法也。

（宋）王十朋《杂说》，《梅溪王先生文集》前集卷十九，《四部丛刊》本

前人文章各自一种句法。如老杜"今君起柂春江流,予亦江边具小舟","同心不减骨肉亲,每语见许文章伯",如此之类,老杜句法也。东坡"秋水今几竿"之类,自是东坡句法。鲁直"夏扇日在摇,行乐亦云聊",此鲁直句法也。学者若能遍考前作,自然度越流辈。

(宋)吕本中《童蒙诗训》,《宋诗话辑佚》本

《雪浪斋日记》云:"为诗:欲词格清美,当看鲍照、谢灵运;浑成而有正始以来风气,当看渊明;欲清深闲淡,当看韦苏州、柳子厚、孟浩然、王摩诘、贾长江;欲气格豪逸,当看退之、李白;欲法度备足,当看杜子美;欲知诗之源流,当看《三百篇》及《楚词》、汉、魏等诗。前辈云:'建安才六七子,开元数两三人。'前辈所取,其难如此。予尝与能诗者论书止于晋,而诗止于唐。盖唐自大历以来,诗人无不可观者,特晚唐气象衰苶耳。"

(宋)胡仔《苕溪渔隐丛话》前集卷第二,人民文学出版社本

放翁于是考《本草》以见其性质,探《离骚》以得其族类,本之《诗》、《尔雅》及毛氏、郭氏之传,以观其比兴,穷其训诂。又下而博取汉、魏、晋、唐以来,一篇一咏无遗者,反复研究古今体制之变革,间亦吟讽为长谣短章,楚调唐律,酬答风月烟雨之态度。盖非独娱身目、遣暇日而已。

(宋)陆游《东篱记》,《陆游集》卷二十,中华书局本

楚词、杜、黄,固法度所在,然不若遍考精取,悉为吾用,则姿态横出,不窘一律矣。如东坡、太白诗,虽观摹广大,学者难依;然读之使人敢道,澡雪滞思,无穷苦艰难之状,亦一助也。

(宋)魏庆之《诗人玉屑》卷之五"吕居仁诲人"条,上海古籍出版社本

僧祖可作诗多佳句。如"怀人更作梦千里,归思欲迷云一滩";"窗间一榻篆烟碧,门外四山秋叶红"等句,皆清新可喜。然读书不多,故变态少。观其体格,亦不过烟云、草树、山川、鸥鸟而已。而徐师川极称

其诗，不知何也！

（宋）魏庆之《诗人玉屑》卷之十"不能变态"条，上海古籍出版社本

萧千岩德藻云：诗不读书不可为，然以书为诗，不可也。老杜云："读书破万卷，下笔如有神。"读书而至破万卷，则抑扬上下，何施不可？非谓以万卷之书为诗也。

（宋）范晞文《对床夜语》卷二，《历代诗话续编》本

人之学画，无异学书。今取钟、王、虞、柳，久必入其仿佛。至于大人达士，不局于一家，必兼收并览，广议博考，以使我自成一家，然后为得。今齐鲁之士，惟摹营丘；关陕之士，惟摹范宽；一己之学，犹为蹈袭，况齐、鲁、关、陕，幅员数千里，州州县县，人人作之哉。专门之学，自古为病。正谓出于一律，而不肯听者，不可罪。不听之人，殆由陈迹。人之耳目，喜新厌故，天下之同情也。故予以为大人达士，不局于一家者此也。

（宋）郭熙《林泉高致》，《历代论画名著汇编》本

东坡教人读《战国策》，学说利害；读贾谊、晁错、赵充国疏，学论事；读庄子，论理性；读韩、柳，知作文体面。

（宋）王构《修辞鉴衡》卷二引《李乡叔文集·学文有自来》，《丛书集成》本

韩昌黎有志古学，但性坦率，不究心精邃，非柳匹也。当时能忘势且延揽英才，籍、湜辈尊称之，文名遂盛于唐。后欧阳六一好而尊之，配孟，以己配韩。苏氏父子在欧门下，极推尊欧，不得不推尊韩，是韩又盛于宋。我明宋潜溪《原文》六经外当读孟子与韩、欧文。夫惟皆知宗韩，则不复知先秦两汉文。故何大复曰："文靡于隋，韩力振之，古文之法亡于韩；诗溺于陶，谢力振之，古诗之法亡于谢。"旨哉言乎！

（明）王文禄《文脉》卷三，《丛书集成》本

世人选体，往往谈西京、建安，便薄陶、谢，此似晓不晓者。毋论彼

时诸公，即齐、梁纤调，李、杜变风，亦自可采，贞元而后，方足覆瓿。大抵诗以专诣为境，以饶美为材，师匠宜高，捃拾宜博。

（明）王世贞《艺苑卮言》卷一，《历代诗话续编》本

七言律，唐以老杜为主，参之李颀之神，王维之秀，岑参之丽；明则仲默之和畅，于鳞之高华，明卿之沉雄，元美之博大，兼收时出，法尽此矣。

（明）胡应麟《诗薮·内编》卷五，上海古籍出版社本

"凡今谁是出群雄"，公所以自命也。"兰茝翡翠"，指当时研揣声病寻摘章句之徒。"鲸鱼碧海"，则所谓浑涵汪洋、千汇万状兼古人而有之者也。亦退之之所谓"横空盘硬、妥帖排奡、垠崖崩豁、乾坤雷破"者也。论至于此，非李、杜谁足以当之？而他人有不怃然自失者乎？

（清）钱谦益《牧斋初学集》卷一百九《读杜二笺上》，上海古籍出版社本

余少学南中，一时诗人如粤韩孟郁上桂、闽林茂之古度、黄明立居中、吴林若抚云凤皆授以作诗之法，如何汉魏，如何盛唐，抑扬声调之间，规模不似，无以御其学力，裁其议论，便流入于中晚为宋元矣，余时颇领崖略，妄相唱和。稍长经历变故，每视其前作，修辞琢句，非无与古人一二相合者，然嚼蜡了无余味，明知久久学之，必无进益，故于风雅意绪阔略，其间驴背篷底，茅店客位，酒醒梦余，不容读书之处，间括韵语，以销永漏，以破寂寥，则时有会心，然后知诗非学之而致。盖多读书，则诗不期工而自工，若学诗以求其工，则必不可得，读经史百家，则虽不见一诗而诗在其中。若只从大家之诗，章参句炼，而不通经史百家，终于僻固而狭陋耳。

（清）黄宗羲《诗历题辞》，《南雷文定》三集，《四部备要》本

夫人而能为诗，则自信其诗，于是僻固狭陋之病，盘结胞胎，即使陶、谢诏之于前，李、杜、王、孟鞭之于后，不欲盼其帷席，是安得有诗乎？且君之所处，固诗国也。青溪千仞，肆志于仙游，空梁燕泥，争名于隋帝，开初唐者王勃，成盛唐者卢纶、柳宗元，结晚唐者司空图，君取之乡邦而足矣。乃以通方之见，架学区中，飞才甸外，即此不敢自信之心，

便自诗家三昧也。昔诚斋自序，始学江西，既学后山五字律，既又学半山老人，晚乃学唐人绝句，后官荆溪，忽若有悟，遂谢去前学，而后涣然自得。夫诚斋之所以累变者，亦不敢自信之心为之也。今君之所成就……已足脂粉艺文，而犹不自信如此，则此后宁复可量耶？

（清）黄宗羲《安邑马义云诗序》，《南雷文定》三集，《四部备要》本

王阮亭（士禛）曰："近日云间作者论词有云：五季犹有唐风，入宋便开元曲，故崇意小令，冀复古音，屏去宋调，庶防流失。仆谓此论虽高，殊属孟浪。废宋词而宗唐，废唐诗而宗汉魏，废唐宋大家之文，而宗秦汉，然则古今文章，一画足矣。不必三坟八索，至六经三史，不几赘疣乎。"

（清）徐釚《词苑丛谈》，上海古籍出版社本

诗之妙处无他，清空而已。然不读万卷，岂易言清；不读破万卷，又岂易言空哉！杜诗云："读书破万卷，下笔如有神。""神"者，清空之谓也。而"清空"二字，正难理会。

（清）田同之《西圃诗说》，《清诗话续编》本

钟嵘之品诗也，以动天地感鬼神莫近于诗，而必推其自于《南风》、《卿云》、《夏歌》、《楚谣》诸作。古诗而下，齐梁而上，举一一指其源所自出，以致其流别。建安诸诗，最为近古，李杜韩三公，早年皆学之。李则多得其句法，而罕睹全篇；杜则《新安》、《石壕》、《潼关》吏，《垂老》、《无家》别，韩则"孤臣昔放逐，暮行河堤上"，皆全体建安语者。然则诗人言诗，徒盛称夫唐宋，而未博观夫六朝汉魏，以迄自前古，皆自弃于高听，无涉于文流者也。

（清）杭世骏《古诗选序》，《道古堂文集》卷八，清刊本

诗宗韩、杜、苏三家，自是取法乎上之意，然三家以前之源流，不可不考；三家以后之支流，不可不知。《书》曰："德无常师，主善为师。"子贡曰："夫子焉不学而亦何常师之有？"少陵曰："转益多师是我。"皆极言师法之不可不宽也。三家虽是大家，然拘守之，则取径太狭……且诗中之题目甚多，而古人之擅长不一。如庙堂宜沈、宋，风月宜王、孟，登

临宜李、杜，言情宜温、李，属辞比事宜元、白，岩栖谷饮宜陶、韦，咏古器物宜昌黎。在古人名成而去，原各不相谋，我辈宜兼收而并畜之，到落笔时相题行事，方不囿于一偏，迨至真积力久、神明变通之后，其中又有我在焉，自成一家，令人莫测其所由来，则于斯道尽之矣。

（清）袁枚《与梅衷源》，《小仓山房尺牍》卷五，国学书局本

久推勋德冠班行，余事仍看各擅场。真草渊源王内史，文章台阁李东阳。独扛健笔探孤诣，不立专门揽众长。艺苑他年论古学，醉翁门是一津梁。

（清）赵翼《编校文端师集感赋》，《瓯北集》卷二十四，清刊本

七古内如《将进酒》、《将军行》、《赠金华隐者》、《题天池石壁图》、《登阳山绝顶》、《春初来》、《忆昨行》等作，置之《青莲集》中，虽明眼者亦难别择。昔司马子微谓青莲有仙风道骨；而青邱《赠陶篷先生》亦云："谓子有仙契，泥滓非久沦。"盖二人实皆有出尘之才，故相契在神识间耳。然青邱非专学青莲者。如《游龙门》及《答衍师见赠》等作，骨坚力劲，则竟学杜。《太湖》及《天平山》、《游城西》、《赠杨荣阳》、《寄王孝廉》、《乞猫》等作，长篇强韵，层出不穷，无一懈笔，则又学韩。《送徐七往蜀山书舍》，古体带律，奇峭生硬，更与昌黎之《答张彻》，如出一手。集中本有《效乐天体》一首，又《听教坊旧妓弟子陈氏歌》一首，亦神似长庆。《中秋玩月张校理宅》，又似李义山。《玉波冷双莲》及《凤台曲》、《神弦曲》、《秦筝曲》、《待月词》、《春夜词》、《黑河秋雨引》，又似温飞卿。《蔡经宅》及《书梦赠徐高士》、《送李外史》等作，又皆似《黄庭经》。可见其挫笼万有，学无常师也。

（清）赵翼《瓯北诗话》卷八，人民文学出版社本

诗有令人读一过即不能却置者，刘后村《客中作》云："漂泊何须远，离乡即旅人。吹薪尝海品，书刺谒田邻。家寄寒衣少，山来晓梦频。小儿仍病疟，诗句竟无神。"结用工部事，何等蕴藉有味！七律佳句如《老叹》云："无药能留炎帝在，有人曾哭老聃来。"《耕仕》云："贫求生墓为谋早，病学还丹见事迟。"皆可讽诵。学诗一事，全要见得多，眼界方大，守一师言，挟一束书，终是三家村秀才。

（清）延君寿《老生常谈》，《清诗话续编》本

《三百篇》、《楚骚》外，如汉、魏、六朝名赋，皆诗学之丹头。扬子云曰"能读千赋，则能为之"，非为材料也。如此然后尽文章之变态。

（清）乔亿《剑溪说诗》卷上，《清诗话续编》本

严氏羽曰："少陵诗，宪章汉、魏，而取材于六朝；至其自得之妙，则前辈所谓'集大成'者也。"按言宪章，必当言祖述，少陵所祖述者，其《风》、《骚》乎？沧浪不言，何也？且少陵取材，奚啻六朝？观其《过宋之问旧庄》云："枉道祇从入，吟诗许更过。"《陈拾遗故宅》云："公生扬马后，名与日月悬。"《郭代公故宅》云："高咏《宝剑篇》，神交付冥漠。"《观薛稷书画壁》云："少保有古风，得之《陕郊篇》。"《赠蜀僧闾邱师叙闾邱均》云："晚看作者意，妙绝与谁论？"《哀故国相张公九龄》云："自我一家则，未缺只字警。"则知少陵于本朝诸巨公，靡不息心研玩，安得以其"熟精《文选》理"，"续儿诵《文选》"之句，遂谓其取资止于六朝哉？

（清）潘德舆《养一斋李杜诗话》卷二，《清诗话续编》本

国初多宗北宋，竹垞独取南宋，分虎符曾佐之，而风气一变。然北宋南宋，不可偏废。南宋白石梅溪梦窗碧山玉田辈，固是高绝，北宋如东坡少游方回美成诸公，亦岂易及耶？况周秦两家，实为南宋导其先路，数典忘祖，其谓之何？

（清）陈廷焯《白雨斋词话》卷三，齐鲁书社《足本校注》本

2. 出入古今　贯串百家

众家可识，亦当复贯串耳；六义可工，亦当复由习耳。一闻能持，一见能记，且古且今，不无其人。大抵为论，终归是习。程邈所以能变书体，为之旧也。张芝所以能善书工，学之积也，既旧既积，方可以肆其谈。

（南朝·梁）萧衍《答陶弘景书》之二，《法书要录》，明刻王氏书画苑本

庾信文章老更成，凌云健笔意纵横。今人嗤点流传赋，不觉前贤畏后生。王杨卢骆当时体，轻薄为文哂未休。尔曹身与名俱灭，不废江河万古流。纵使卢王操翰墨，劣于汉魏近风骚。龙文虎脊皆君驭，历块过都见尔曹。才力应难跨数公，凡今谁是出群雄？或看翡翠兰苕上，未掣鲸鱼碧海中。不薄今人爱古人，清词丽句必为邻。窃攀屈宋宜方驾，恐与齐梁作后尘。未及前贤更勿疑，递相祖述复先谁？别裁伪体亲风雅，转益多师是汝师。

　　　　　　　（唐）杜甫《戏为六绝句》，《杜诗详注》卷十一，中华书局本

　　诗是吾家事，人传世上情。熟精《文选》理，休觅彩衣轻。

　　　　　　　（唐）杜甫《宗武生日》，《杜诗详注》卷十七，中华书局本

　　子厚少精敏，无不通达，逮其父时，虽少年，已自成人，能取进士第，崭然见头角，众谓柳氏有子矣。其后以博学宏词，授集贤殿正字。隽杰廉悍，议论证据今古，出入经史百子，踔厉风发，率常屈其座人，名声大振，一时皆慕与之交，诸公要人，争欲令出我门下，交口荐誉之。

　　　　　　　（唐）韩愈《柳子厚墓志铭》，《昌黎先生集》，《四部备要》本

　　有唐文最盛，韩伏甫与白，甫白无不包，甄陶咸所索。

　　　　　　　（宋）梅尧臣《还吴长文舍人诗卷》，《梅尧臣诗集编年校注》卷二十六，上海古籍出版社本

　　作诗须多诵古今人诗。不独诗尔，其它文字，皆然。

　　　　　　　（宋）欧阳修《作诗须多诵古今诗》，《欧阳文忠公集·试笔》，《四部备要》本

　　退笔如山未足珍，读书万卷始通神。

　　　　　　　（宋）苏轼《柳氏二外甥求笔迹》，《集注分类东坡先生诗》卷十一，《四部丛刊》本

　　别来十年学不厌，读破万卷诗愈美。

　　　　　　　（宋）苏轼《送任伋通判黄州兼寄其兄孜》，《集注分类东坡先生诗》卷二十，《四部丛刊》本

看诗且以数家为率，以杜为正经，余为兼经也。如小杜、韦苏州、王维、太白、退之、子厚、坡、谷、四学士之类也。如贯穿出入诸家之诗，与诸体俱化，便自成一家，而诸体俱备。若只守一家，则无变态，虽千百首，皆只一体耳。

（宋）吴可《藏海诗话》，《历代诗话续编》本

《楚词》、杜、黄，固法度所在，然不若遍考精取，悉为吾用，则姿态横出，不窘一律矣。如东坡、太白诗，虽规摹广大，学者难依，然读之使人敢道，澡雪滞思，无穷苦艰难之状，亦一助也。要之，此事须令有所悟入，则自然越度诸子。

（宋）胡仔《苕溪渔隐丛话》前集卷第四十九，人民文学出版社本

《易》道广大，非一人所能尽，坚守一家之说，未为得也。元晦尊程氏至矣，然其为说亦已大异，读者当自知之。

（宋）陆游《跋朱氏易传》，《渭南文集》卷二十九，《四部丛刊》本

艺未有不习而工者。右军书禊帖至数十本，智永临千文凡八百本，辨才年八十余，日临兰亭数过。忠惠蔡公，书法为本朝第一，然二天帖、真草《千文》、《乐毅论》皆有临本而《千文》尤为妙绝。岂非备众体然后能自成一家欤？

（宋）刘克庄《蔡端明临真草千文》，《后村先生大全集》卷一百一，《四部丛刊》本

又谓：韩柳不得为盛唐，犹未落晚唐。以其时则可矣，韩退之固当别论；若柳子厚五言古诗，尚在韦苏州之上，岂元白同时诸公所可望耶？高见如此，毋怪来书有甚不喜分诸体制之说，吾叔诚于此未了然也。作诗正须辨尽诸家体制，然后不为旁门所惑。今人作诗，差入门户者，正以体制莫辨也。世之技艺，犹各有家数，市缯帛者，必分道地，然后知优劣，况文章乎？仆于作诗，不敢自负，至识则自谓有一日之长，于古今体制，若辨苍素，甚者望而知之。来书又谓：忽被人捉破发问，何以答之？仆正欲

人发问而不可得者。不遇盘根，安别利器；吾叔试以数十篇诗，隐其姓名，举以相试，为能别得体制否？惟辨之未精，故所作或杂而不纯。今观盛集中，尚有一二本朝立作处，毋乃坐是而然耶？

（宋）严羽《答出继叔临安吴景仙书》，《沧浪诗话校释》，人民文学出版社本

学必博而后所见精。非惟诸经奥旨皆当研摩。至于隶书之学，汉魏以来，其运笔结体多不同。苟不历考其变，何以充其知识，而祛流俗之陋哉？吾友危先生太朴，作《隶书歌》一篇，赠四明汪君大雅，备括诸碑之所自，且历疏之，亹亹千余言不休。呜呼！世以空虚之学，浮谈强辨，如蜂起泉涌者，视此曷知愧哉！大雅方以隶学知名于时，复能惓惓于先生之诗，装潢袭藏惟谨，则其尚德之心，为不可及已。

（明）宋濂《题危太朴隶书歌后》，《宋学士全集》卷十二，《丛书集成》本

杜少陵诗曰："不及前人更勿疑，递相祖述竟先谁。别裁伪体亲风雅，转益多师是汝师。"此少陵示后人以学诗之法。前二句，戒后人之愈趋愈下。后二句，勉后人之学乎其上也。盖谓后人不及前人者，以递相祖述，日趋日下也。必也区别裁正浮伪之体，而上亲《风雅》，则诸公之上，转益多师，而汝师端在是矣。此说精妙。杜公复生，必蒙印可，然非予之说也。须溪语罗履泰之说，而予衍之耳。

（明）杨慎《升庵诗话》卷五，《历代诗话续编》本

古人作诗，譬诸行长安大道，不由狭斜小径，以正为主，则通于四海，略无阻滞。若太白子美，行皆大步，其飘逸沉重之不同，子美可法，而太白未易法也。本朝有学子美者，则未免蹈袭；亦有不喜子美者，则专避其故迹。虽由大道，跬步之间，或中或傍，或缓或急，此所以异乎李杜而转折多矣。夫大道乃盛唐诸公之所共由者，予则曳裾蹑屣，由乎中正，纵横于古人众迹之中；及乎成家，如蜂采百花为蜜，其味自别，使人莫之辨也。

（明）谢榛《四溟诗话》卷三，人民文学出版社本

唐兴，诗人承陈、隋风流，浮靡相矜。至宋之问、沈佺期等，研揣声音，浮切不差，而号律诗，竞相沿袭。逮开元间，稍裁以雅正，然恃华者质反，好丽者壮违，人得一概，皆自名所长。至甫浑涵汪茫，千汇万状，兼古今而有之。他人不足，甫乃厌余。残膏剩馥，沾丐后人多矣。甫又善陈时事，律切精深，至千言不少衰，世称"诗史"。（宋祁。按，孟棨《本事诗》云："杜甫逢禄山之难，流离陇、蜀，毕陈于诗，推见至隐，殆无遗事，当时以为'诗史'。"知"诗史"之评，原出唐人也。）

（明）胡震亨《唐音癸签》卷六，古典文学出版社本

近体因陈、隋之比俪，而初、盛以高浑出之，气格正矣。调至中唐，乃称娴雅。刻露取快，则晚唐也。究当互取，宁可执一！杜陵悲凉沉厚，以老作态，是运斤之质也。钱、刘、皇甫之流利，义山、温、许之工艳，香山、放翁之朴爽，何不可以兼互用之，自然光焰万丈。

（明）方以智《通雅》，清刊本

今人作诗，不欲取法古人，直欲自开堂奥，自立门户，志诚远矣。但于汉、魏、六朝，初、盛、中、晚唐，果能参得透彻，酝酿成家，为一代作者，孰为不可？否则，愈趋愈远，茫无所得。如学书者，初不识钟、王诸子面目，辄欲自成家法，终莫知所抵至矣。

（明）许学夷《诗源辩体》卷三十四，人民文学出版社本

赵松雪书出入古人，无所不学，贯穿斟酌，自成一家，当时诚为独绝也。自近代李桢伯创奴书之论，后生耻以为师。甫习执笔，便羞言模仿古人。晋、唐旧法，于今扫地矣。松雪正是子孙之守家法者耳。诋之以"奴"，不已过乎！但其立论，欲使字形流美，又功夫过于天资，于古人萧散廉断处，微为不足耳。如桢伯书用尽心力，视古人何如哉！

（清）冯班《诫子帖》，《钝吟杂录》卷七，《丛书集成》本

天下皆知宗唐诗，余以为善学唐者唯宋。顾唐诗之体不一，白体、昆体、晚唐体。白体如李文正、徐常侍兄弟、王元之、王汉谋。昆体则杨、刘之西昆，出于义山，二宋、张乖崖、钱僖公、丁崖州其亚也。晚唐体则九僧、寇莱公、鲁三交、林和靖、魏仲先父子、潘逍遥、赵清献之辈，凡

数十家，至叶水心、四灵而大振。少陵体则黄双井专尚之，流而为豫章诗派，乃宋诗之渊薮，号为独盛。欧、梅得体于太白、昌黎，王半山、杨诚斋得体于唐绝。晚唐之中，出于自然，不落纤巧凡近者，即王辋川、孟襄阳之体也。虽咸酸嗜好不同，要必心游万仞，沥液群言，上下于数千年之间，始成其为一家之学。故曰善学唐者唯宋。

（清）黄宗羲《姜山启彭山诗稿序》，《黄梨洲文集》，中华书局本

太白仙才，然其持论，不鄙齐、梁；子美诗圣，然其持论，尚推卢、骆。譬之沧海，百川细流，无不容纳，所谓"不薄今人爱古人"也，虚心怜才，殊为可师。今之名流，递相掊击，拔帜立帜，争名丧名，较之李、杜，度量相越，岂不远哉！

（清）贺贻孙《诗筏》，《清诗话续编》本

宋人学问，史也，文也，词也，俱推尽善，字画亦称尽美，诗则未然，由其致精于词，心无二用故也。大抵诗人，不惟李、杜穷尽古人，而后自能成家，即长吉、义山，亦致力于杜诗者甚深，而后变体。其集具在，可考也。永叔诗学未深，辄欲变古。鲁直视永叔稍进，亦但得杜之一鳞只爪，便欲自成一家，开浅直之门，贻悮于人。迨江西派立，胥沦以亡矣。

（清）吴乔《围炉诗话》卷之五，《清诗话续编》本

韩退之云："汉朝人无不能为文。"今观其书疏吏牍，类皆雅饬可诵。兹所录仅五十余篇，盖以辨古文气体，必至严乃不杂也。既得门径，必从横百家而后能成一家之言。退之自言"贪多务得，细大不捐"是也。

（清）方苞《古人约选凡例》，《方苞集》，上海古籍出版社本

从来臭腐即神奇，决择镕陶在我为。何事尔曹谈墨守，少陵诗法已多师。

（清）沈德潜《戏为绝句》，《归愚诗钞》卷十九，清刻本

昔有问作赋之法于司马长卿者，长卿曰："能读千赋则善赋，能观千

剑则善剑。"诗之为道，亦犹是尔。博观古人众制，乃以启沃方寸之灵源。第初时识其绳尺部位，必不敢率意苟作。此时半字皆无，至有终年不成一诗者。久则得其意味，熟则机趣自生，沛然川至，滃然云起，不自知其诗之所由来。是真悬诗以待题之时，而亦必无累其诗之题矣。

（清）冒春荣《葚原诗说》卷之二，《清诗话续编》本

予尝语从游辈，凡学诗须从五言古入手，尽探古今作者之源流，得其风概，充之以学力，渐次出入变化，自成大家。如从五言律诗入者，亦可成名家，但局度恐不能阔大，便逊五古入手者一筹。不知诗者，或漫然从七绝七律作起，躐等而进，误入旁门，终成外道。

（清）冒春荣《葚原诗说》卷之四，《清诗话续编》本

文尊韩，诗尊杜，犹登山者必上泰山，泛水者必朝东海也。然使空抱东海泰山，而此外不知有天台武夷之奇、潇湘镜湖之胜，则亦泰山上之樵夫、海船上之舵工而已矣。学者当以博览为工。

（清）袁枚《随园诗话》卷八，人民文学出版社本

李玉洲先生曰："凡多读书为诗家最要事。所以必须胸有万卷者，欲其助我神气耳。"

（清）袁枚《随园诗话·补遗》卷一，人民文学出版社本

今之诗人，务求捷得，不从性情、法律处下手。其所谓性情，非真性情；其所谓法律，非真法律。譬彼画家，多蓄粉本，依样葫芦。以为古人不是过，薄于自待而并薄待古人耶？古人所作，皆由真才实学，其诗具在，斑斑可得而考也。

（清）徐增《而庵诗话》，《清诗话》本

大家之诗，佳者尽多，选本如何能尽？所以必得尽发其全，方能胸中有主宰。凡认真作事之人，岂有不读李、杜、韩、苏，不见全唐人诗之理。此特为家中子弟鞭策之耳，其实不但四家。人于初学，当看选本；学业稍有进日，当悉览古今诸名家之作，参其变化，以撷其精华，方能有得。

（清）延君寿《老生常谈》，《清诗话续编》本

海内近人诗，余所及读者不下百数十种，袁子才新颖，蒋心余雄健，赵瓯北豪放，黄仲则俊逸，当以四家为冠，余则各有好处。此事必须如此用工夫，见人家好诗，自家不能，先有愧色，然后发愤去做，与天下人论诗到了头，尚恐不能一与之较伯仲。若先夜郎自大，既不得与海内人接交，又不曾见得海内人著作，意谓左近惟我算可以去得的，一自满便不能长进。

（清）延君寿《老生常谈》，《清诗话续编》本

鄙见诗文当从一家入，至能兼诸家，然后自成家，高明以为何如？

（清）恽敬《答陈云渠》，《大云山房文稿·言事》卷一，《四部丛刊》本

王奉常（敬美）曰："小诗欲作王、韦，长篇欲作老杜。"新城先生（《池北偶谈》）曰："感兴宜阮、陈，山水闲适宜王、韦，乱离行役、铺张叙述宜老杜，未可限以一格。"愚谓古人多师以为师，正如此。

（清）乔亿《剑溪说诗》卷上，《清诗话续编》本

不能自开径陌，终是屋下架屋，然功力到此大难。当知"别裁伪体，转益多师"，未尝立异而体自不同，方为善变。若广袤未分，骤骋逸足，将入野狐外道而不可回，反不若守故辙之为愈也。

（清）乔亿《剑溪说诗又编》，《清诗话续编》本

韩公《画记》云："非一工人之所能运思，盖聚集众工人之长耳。"此语可见古人为学，功力甚深，研求勤久，苦心深诣，万水千山而后造之，非易易也。周栎园因王右军历从人学书，谓古人成一艺，亦必脚下行数千里路，目中见古人手笔，乃始成名。今人习一师之言，不出乡里，而执一己之见，遂以自大，此河伯、夜郎之智也。

（清）方东树《昭昧詹言》卷一，人民文学出版社本

阿谀诽谤，戏谑淫荡，夸诈邪诞之诗作而诗教熄，故理语不必入诗中，诗境不可出理外。谓"诗有别趣，非关理也"，此禅宗之余唾，非风雅之正传。

《三百篇》之体制音节,不必学,不能学,《三百篇》之神理意境,不可不学也。神理意境者何?有关系寄托,一也;直抒己见,二也;纯任天机,三也;言有尽而意无穷,四也。不学《三百篇》,则虽赫然成家,要之纤琐摹拟,饾饤浅尽而已。今人之所喜,古人之所笑也。汉、唐人不尽学《三百篇》,然其至高之作,必与《三百篇》之神理意境暗合,而后可以感人而传诵至今。夫才高者,尚可暗合,而何不可学之有哉!东坡先生教人作诗曰:"熟读《毛诗》《国风》与《离骚》,曲折尽在是矣。"王伯厚曰:"《新安吏》:'仆射如父兄。''虽则如毁,父母孔迩',此诗近之。山谷所谓'论诗未觉国风远'也。"王济之曰:"读《诗》至《绿衣》、《燕燕》、《硕人》、《黍离》等篇,有言外无穷之感。唐人诗尚有此意,如'君向潇湘我向秦',不言怅别而怅别之意溢于言外;'潮打空城寂寞回',不言兴亡而兴亡之感溢于言外,最得风人之旨。"愚谓此类甚多,皆《三百篇》可学之证也。

(清)潘德舆《养一斋诗话》卷一,《清诗话续编》本

今人见略遵矩矱,谓摹拟汉、魏、三唐,殊有形迹。然其所自为者,亦皆宋、元诸家面貌。夫摹拟汉、魏、三唐,固有形迹,彼摹拟宋、元人,岂独无形迹耶?且自古文人,何一不有师承,要在善学而已。

(清)厉志《白华山人诗说》卷二,《清诗话续编》本

3. 熟读深研　贵在求精

太宗尝谓朝臣曰:书学小道,初非急务,时或留心,犹胜弃日。凡诸艺业,未有学而不得者也,病在心力懈怠,不能专精耳。朕少时为公子,频遭阵敌,义旗之始,乃平寇乱。执金鼓必有指挥,观其阵即知强弱。以吾弱对其强,以吾强对其弱,敌犯吾弱,追奔不逾百数十步,吾击其弱,必突过其阵,自背而返击之,无不大溃。多用此制胜,朕思得其理深也。

(唐)李世民《论书》,引自《历代书法论文选》,上海书画出版社本

寄诗语意老重,数过读,不能去手,继以叹息,少加意读书,古人不

难到也。诸文亦皆好，但少古人绳墨耳，可更熟读司马子长、韩退之文章。

（宋）黄庭坚《答洪驹父书》，《豫章黄先生文集》卷十九，《四部丛刊》本

学文须熟看韩、柳、欧、苏，先见文字体式，然后更考古人用意下句处。

学诗须熟看老杜、苏、黄，亦先见体式，然后遍考他诗，自然工夫度越过人。

（宋）吕本中《童蒙诗训》，《宋诗话辑佚》本

《瑶溪集》云："子美教其子曰：'熟兹《文选》理。'《文选》之尚，不爱奇乎！今人不为诗则已，苟为诗，则《文选》不可不熟也。《文选》是文章祖宗，自两汉而下，至魏、晋、宋、齐，精者斯采，萃而成编，则为文章者，焉得不尚《文选》也。唐时文弊，尚《文选》太甚，李卫公德裕云：'家不蓄《文选》。'此盖有激而说也。老杜于诗学，世以谓前无古人，后无来者。然观其诗大率宗法《文选》，撷其华髓，旁罗曲探，咀嚼为我语。至老杜体格，无所不备，斯周诗以来，老杜所以为独步也。"

（宋）胡仔《苕溪渔隐丛话》前集卷第九，人民文学出版社本

初学诗者，须学古人好语，或两字，或三字。如山谷《猩猩毛笔》："平生几两屐，身后五车书。""平生"二字出《论语》，"身后"二字，晋张翰云："使我有身后名。""几两屐"阮孚语，"五车书"庄子言惠施。此两句乃四处合来。又："春风春雨花经眼，江北江南水拍天。"春风春雨，江北江南，诗家常用。杜云："且看欲尽花经眼。"退之云："海气昏昏水拍天。"此以四字合三字，入口便成诗句，不至生硬。要诵诗之多，择字之精，始乎摘用，久而自出肺腑，纵横出没，用亦可，不用亦可。

（宋）杨万里《诚斋诗话》，《历代诗话续编》本

山谷《与李几仲帖》云："不审诸经诸史，何者最熟。大率学者喜博，而常病不精。泛滥百书，不若精于一也。有余力，然后及诸书，则涉

猎诸篇，亦得其精。盖以我观书，则处处得益，以书博我，则释卷而茫然。"先生深喜之，以为有补于学者。(若海)

（宋）朱熹《朱子语类辑略》卷二，《丛书集成》本

议论文字，须以董仲舒、刘向为主，《礼记》、《周礼》及《新序》、《说苑》之类，皆当贯穿熟考。

（宋）王构《学文有自来》，《修辞鉴衡》卷二，《丛书集成》本

山谷与黄直方书云：欲作楚辞须熟读楚辞，观古人用意曲折处，然后下笔。喻如世之巧女，文绣妙一世，诚欲织锦，必得锦机乃能成锦，因以锦机名之。

（金）元好问《锦机引》，《遗山先生文集》卷三十六，《四部丛刊》本

学五言律，毋习王、杨以前，毋窥元、白以后。先取沈、宋、陈、杜、苏、李诸集，朝夕临摹，则风骨高华，句法宏赡，音节雄亮，比偶精严。次及盛唐王、岑、孟、李，永之以风神，畅之以才气，和之以真淡，错之以清新。然后归宿杜陵，究竟绝轨，极深研几，穷神知化，五言律法尽矣。

（明）胡应麟《诗薮·内编》卷四，上海古籍出版社本

黄山谷曰："世人但学兰亭面，欲换凡骨无金丹。"盖讥世之临摹禊帖，皆仅得面庞，而未得其精髓也。

（明）张岱《跋王文聚隶兰亭帖》，《琅嬛文集》卷五，《中国文学珍本丛书》本

古来言乐府者，惟《宋书》最详整，其次则《隋书》及《南齐书》，《晋书乐志》不及也。郭茂倩《乐府诗集》，为诗而作，删诸家《乐志》作序，甚明白而无遗误。作歌行乐府者，不可不读。律诗，后谱略采数首，不外于前所谓举一隅也。集中所选，虽不尽当，要须熟读以接《风骚》遗则。

（清）赵执信《声调谱·论例》，《清诗话》本

少陵之自述曰："读书破万卷，下笔如有神。"诗至少陵止矣。而得其力处乃在读万卷书，且读而能破致之，盖即陆天随所云："䶄轹波涛、穿穴险固、囚锁怪异、破碎阵敌卒造平淡而后已者。"前后作者若出一揆，故有读书而不能诗，未有能诗而不读书。

（清）厉鹗《绿杉野屋集序》，《樊榭山房文集》卷三，《四部丛刊》本

古体诗要读得烂熟，如读墨卷法，方能得其音节气味，于不论平仄中，却有一自然之平仄。若七古诗泥定一韵到底，必该三平押脚，工部、昌黎即有不然处。《声调谱》等书，可看可不看，不必执死法以绳活诗。惟平韵一韵到底，律句当避，不可不知。

（清）延君寿《老生常谈》，《清诗话续编》本

《史记》如海，无所不包，亦无所不有；古文大家，未有不得力于此书者；正须极意探讨。韩文拟之，如江河耳。

（清）吴德旋《初月楼古文绪论》，人民文学出版社本

《庄子》文章最灵脱，而最妙于宕，读之最有音节。姚惜抱评昌黎《答李翊书》，以为善学《庄子》，此意须会。能学《庄子》，则出笔甚自在。

（清）吴德旋《初月楼古文绪论》，人民文学出版社本

要学诗，先须看一家集，不要东翻西阅；先须学一体，不可各体同学。盖明一体则皆明也。

（清）曾国藩《致六弟》，《曾国藩全集·家书》卷四，岳麓书社本

夫文家品藻及所以为文之方，昔人论之已详，吾无以益子也，无已则请举一浅说，为古人所不必言，而实切中夫今人之要害者，曰精读而出之，勿易而已。世之为文者不乏高才博学，率未能反复精诵以求喻夫古人之甘苦曲折，甘苦曲折之未喻，无惑乎其以轻心掉之而出之恒易也。若夫

有知文之失在易而出力以矫之，又往往辞艰而意短，辞艰意短者气必弱，骨必轻，精神气脉音响必不王，是则其辞虽不易而其出言之本领未深，犹之失于易而已。古之能精读者不若是，是故扬子云教桓谭作赋必先读千赋；明归太仆尝于公车上取曾子固书魏郑公传后文读之五十余遍，左右厌倦而公犹津津余味未已。嗟乎，此所以继韩、欧阳而独立三百年，无人与埒，岂偶然哉！唐刘希仁与韩退之齐名，退之文中亦尝推之，今读其集亦尚为不失风轨，然而世未有称其文，甚或不识其名字，彼为文而不务其至而徒自踊跃于一世者，视此可以惧矣。子姑归而精诵三年，然后知世之为文者皆出之易也。

（清）方东树《答人论文书》，《仪卫轩文集》卷七，清刊本

古人得法帖数行，专精学之，便足名家。欧公得旧本韩文，终身学之。此即宗杲"寸铁杀人"之恉。孟子谓："深造之以道，欲其自得之也。资深居安，则取之左右逢其源。"古人之进德修业，未有不如此者也。右军云："使寡人耽之若此，未必谢之。"

（清）方东树《昭昧詹言》卷一，人民文学出版社本

汉、魏之诗，无意于学《三百篇》，而神理自合，时代本近也。六朝而后刻意学之者，以杜、韩为最。杜之言曰："雅丽理训诰。"韩之言曰："《诗》正而葩。"《三百篇》之词华格调，尽此二语矣。窃谓今之学诗者，只须将《毛诗》句句字字尽得其解，再将白文涵泳数过，于诗诣而不能精进者，吾不信也。

（清）梁章钜《退庵随笔》，《清诗话续编》本

曾亮年十三四学执笔为诗文，见时贤集多快语无忌惮，大以为佳。二十余见吴县王惠川，云君博览而不循其本，未终卷已易他书，不足以为学也。读书当先其古者专治一书，熟其神情词气，再易他书，数年后视近人当何如耳！其时间若言面，赤汗沾衣也。稍取《史记》点定两三次，继以《汉书》及先秦子书渐及诸史，数年前所叹赏者渐化去，无顾藉心。尝除夕阅旧作诗文，不可者裂下燃炉中，下布栗子数十，且燃且阅，遂尽无一纸存者，时栗子则大熟矣。

（清）梅曾亮《与容澜止书》，《柏枧山房文集》，清刊本

学古人须要学得著古人情意极尽处，我的心思知虑，一直要追到古人极尽处，此方是学著。

（清）厉志《白华山人诗说》卷二，《清诗话续编》本

文之道二：曰循古，曰自得。循古者尚正，而庸者托焉；自得者尚真，而僻者托焉。庸者害真亦害正也，僻者害正亦害真也。如是之文日出，害且不独在文也。然则何以己之，曰古人重好学深思，庸由于思之不精也，僻由于学之不粹也。孔子曰："学而不思则罔，思而不学则殆。"此非为文言之也，然殆、罔均免，而文不正以真者无之。

（清）刘熙载《论文》之一，《昨非集》卷二，《古桐书屋续刻三种》，清刊本

太史公文，兼括六艺百家之旨。第论其恻怛之情，抑扬之致，则得于《诗三百篇》及《离骚》居多。

（清）刘熙载《艺概·文概》，上海古籍出版社本

五

忌摹拟　戒蹈袭

1. 毋剿说　毋雷同

毋剿说，毋雷同。

郑玄注："剿，犹擥也；谓取人之说以为己说。"雷之发声，物无不同时应者；人之言当各由己，不当然也。孟子曰：'人无是非之心，非人也。'"

（先秦）《礼记·曲礼》，《礼记》卷二，《十三经注疏》本

往者缀学之士，不思废绝之阙，苟因陋就寡，分文析字，烦言碎辞。学者罢老，且不能究其一艺。信口说而背传记，是末师而非往古。至于国家将有大事，若立辟雍封禅巡狩之仪，则幽冥而莫知其原，犹欲保残守缺，挟恐见破之私意，而亡从善服义之公心。或怀疾妒，不考情实，雷同相从，随声是非。

（汉）刘歆《移书让太常博士》，《文选》卷四十三，《四部备要》本

江淹《拟汤惠休诗》曰："日暮碧云合，佳人殊未来。"古今以为佳句。然谢灵运"园景早已满，佳人犹未还"，谢玄晖"春草秋更绿，公子未西归"，即是此意。尝怪两汉间所作骚文，未尝有新语，直是句句规模屈宋，但换字不同耳。至晋宋以后，诗人之词，其弊亦然。若是虽工，亦何足道！盖当时祖习共以为然，故未有讥之者耳。

（宋）叶梦得《石林诗话》卷下，《历代诗话》本

旧以王维有诗名,而好取人章句,如"行到水穷处,坐看云起时",乃《英华集》诗也。"漠漠水田飞白鹭,阴阴夏木啭黄鹂",乃李嘉祐诗也。余以为有摩诘之才则可;不然,是剽窃之雄耳。

(宋)王直方《王直方诗话》,《宋诗话辑佚》本

惠崇诗自负有:"河分岗势断,春入烧痕青。"时人或有疑,讥其犯古者,嘲之曰:"河分岗势司空曙,春入烧痕刘长卿。不是师兄多古句,古人诗句似师兄。"(《闲居诗话》)

(宋)阮阅《增修诗话总龟》卷三十七,《四部丛刊》本

学文切不可学人言语,《文中子》所以不及诸子,为要学夫子言语故也。

(宋)李涂《文章精义》,人民文学出版社本

作诗最忌蹈袭,若语工字简,胜于古人,所谓"化陈腐为新奇"是也。

(明)谢榛《四溟诗话》卷二,人民文学出版社本

诗之道,岂易言哉!孔子论乐,必放郑卫之声。今世乃惟追章琢句、模拟剽窃、淫哇浮艳之为工,而不知其所为敝一生以为之,徒为孔子之所放而已。今先生率口而言,多民俗歌谣,悯时忧世之语,盖大雅君子之所不废者。

(明)归有光《沈次谷先生诗序》,《震川先生集》卷二,上海古籍出版社本

仆文何能为古人。但今世相尚以琢句为工,自谓欲追秦汉,然不过剽窃齐梁之余。而海内宗之,翕然成风,可谓悼叹耳!

(明)归有光《与沈敬甫十八首》,《震川先生集》别集卷七,上海古籍出版社本

我明弘治、正德间,李梦阳崛起北地,豪俊辐凑,已振诗声,复揭文轨,而曰,吾《左》吾《史》与《汉》矣,已而又曰,吾黄初、建安

矣。以予观之，特所谓词林之雄耳，其于古六艺之遗，岂不湛淫涤滥，而互相剽裂已乎！

     （明）茅坤《唐宋八大家文钞·总序》，明刊本

  近代李氏（梦阳）倡为古文，学之者靡然从之。不得其意，而第以剽略相高；非是族也，摈为非文。噫，何其狭也！

     （明）焦竑《文坛列俎序》，《澹园续集》卷二，金陵丛书本

  余观弘正一二作者，类遗其情而模古之词句；迨其下也，又模模之者之词句，本之不硕而第繁其枝，欲其有可食之实、可匠之材，难矣！以彼知为诗，不知其所以诗也。

     （明）焦竑《题谢康乐集后》，《澹园集》卷二十二，金陵丛书本

  左氏去古不远，然传中字句，未尝肖《书》也。司马去左亦不远，然《史记》句字，亦未尝肖左也。至于今日，逆数前汉，不知几千年远矣。自司马不能同于左氏，而今日乃欲兼同左、马，不亦谬乎？中间历晋、唐，经宋、元，文士非乏，未有公然捃扯古文，奄为己有者。昌黎好奇，偶一为之，如《毛颖》等传，一时戏剧，他文不然也。

     （明）袁宗道《论文》上，《白苏斋类集》卷二十，《中国文学珍本丛书》本

  夫古有古之时，今有今之时，袭古人语言之迹，而冒以为古，是处严冬而袭夏之葛者也。骚之不袭雅也，雅之体穷于怨，不骚不足以寄也。后之人有拟而为之者，终不肖也，何也？彼直求骚于骚之中。至苏、李述别及十九等篇，骚之音节体致皆变矣，然不谓之真骚不可也。

     （明）袁宏道《雪涛阁集序》，《袁宏道集笺校》卷一，上海古籍出版社本

  近代文人，始为复古之说以胜之。夫复古是已，然至以剿袭为复古，句比字拟，务为牵合，弃目前之景，撼腐滥之辞；有才者诎于法，而不敢自伸其才，无才者拾一二浮泛之语，帮凑成诗。智者牵于习，而愚者乐其易，一倡亿和，优人驺从，共谈雅道。吁！诗至此，抑可羞哉！夫即诗而

文之为弊,盖可知矣。
> (明)袁宏道《雪涛阁集序》,《袁宏道集笺校》卷一,上海古籍出版社本

林子曰:《三百篇》之后有汉、魏,汉、魏之后有六朝,六朝之后有唐,唐之后有宋,虽其美恶不齐,要之,耻相袭也。又曰骚之后有赋,赋之后有文,亦耻相袭也。
> (明)林希恩《诗文浪谈》,《说郛》续集卷三十三,宛委山堂本

世人多喜雷同,束书不观,未尝见大家源流之论,作半吞半吐之语,庶几蕴藉,以为风雅正宗,不亦冤乎?近来黠者,取宋元诗馀,抄撮其灵秀之句,改头换面以为诗。见者嗟其妩媚,遂成风气,此又在元遗山所谓蔷薇无力之下矣。昔人云,吾辈诗文,无别法,但最忌思路太熟耳。思路太熟则必雷同。右军万字各异;杜少陵千首诗无一相同。是两公者,非特他人路径不由,即自己思路,亦必灶灭而更燃也。
> (清)黄宗羲《陆鉁俟诗序》,《黄梨洲文集》,中华书局本

《曲礼》之训:"毋勦说,毋雷同。"此古人立言之本。
> (清)顾炎武《日知录·文人摹仿之病》,《日知录集释》卷十九,《四部备要》本

古作家最忌寄人篱下。陆放翁云:"文章切忌参死句。"陈后山(按为黄庭坚之误)云:"文章切忌随人后。"周亮工云:"学古人只可夜中与之通梦,不可使之白昼现形。"顾宁人答某太史云:"足下胸中总放不过一韩一杜,此诗文之所以不至也。"董香光论书法亦云:"其始要与古人合,其后要与古人离。"此皆作家独往独来,自树一帜之根本,亦金针度世之苦心。阁下诗有大似韩、苏处,一开卷便是。后人读者既读真韩真杜之诗,又谁肯读似韩似杜之诗哉?
> (清)袁枚《答祝藴塘太史》,《小仓山房尺牍》卷十,国学书局本

张、王已不规规于格律声音之似古矣,至元、白乃又伸缩抽换,至于

不可思议，一层之外，又有一层。古人必无依样临摹，以为近古者也。

（清）翁方纲《石洲诗话》卷二，人民文学出版社本

古乐府必不可仿。李太白虽用其题，已自用意。杜则自为新题，自为新语；元、白、张、王因之。明末好袭之以为复古，腐烂不堪，臭厥载矣。李西涯虽间有可取，亦可不必。杜句"衣冠与世同"，可作诗诀。

（清）方世举《兰丛诗话》，《清诗话续编》本

韩、黄之学古人，皆求与之远，故欲离而去之以自立。明以来诗家，皆求与古人似，所以多成剽袭滑熟。

（清）方东树《昭昧詹言》卷一，人民文学出版社本

读父书者不可与言兵，守陈案者不可与言律，好剿袭者不可与言文；善琴弈者不视谱，善相马者不按图，善治民者不泥法；无他，亲历诸身而已。读黄、农之书，用以杀人，谓之庸医；读周、孔之书，用以误天下，得不谓之庸儒乎？靡独无益一时也，又使天下之人不信圣人之道。《诗》曰："〔爰〕有树檀，其下维〔萚〕。"君子学古之道，犹食笋而去其箨也。

（清）魏源《默觚下·治篇五》，《魏源集》上册，中华书局本

文贵法古，然患先有一古字横在胸中。盖文惟其是，惟其真。舍是与真，而于形模求古，所贵于古者果如是乎？

（清）刘熙载《艺概·文概》，上海古籍出版社本

2. 摹拟愈逼　去古愈远

西施病心而矉其里。其里之丑人见之而美之，归亦捧心而矉其里。其里之富人见之，坚闭门而不出，贫人见之，挈妻子而去走。彼知矉美而不知矉之所以美。

（先秦）《庄子·天运》，《诸子集成》本

且子独不闻夫寿陵余子之学行于邯郸与？未得国能，又失其故行矣，直匍匐而归耳。

（先秦）《庄子·秋水》，《诸子集成》本

庾仲初作《扬都赋》成，以呈庾亮。亮以亲族之怀，大为其名价，云："可三《二京》，四《三都》。"于此人人竞写，都下纸为之贵。谢太傅云："不得尔，此是屋下架屋耳，事事拟学，而不免俭狭。"

（南朝·宋）刘义庆《世说新语·文学》，《诸子集成》本

夫圣贤之书，教人诚孝，慎言检迹，立身扬名，亦已备矣。魏晋已来，所著诸子，理重事复，递相模教，犹屋下架屋，床上施床耳。吾今所以复为此者，非敢轨物范世也，业以整齐门内，提撕子孙。

（北齐）颜之推《序致》，《颜氏家训》卷第一，《诸子集成》本

盖貌异而心同者，摸拟之上也；貌同而心异者，摸拟之下也。然人皆好貌同而心异，不尚貌异而心同者，何哉？盖鉴识不明，嗜爱多僻，悦夫似史而憎夫真史，此子张所以致讥于鲁侯，有叶公好龙之喻也。

（唐）刘知幾《史通·模拟》，《四部备要》本

圣贤之言，翕张取与，无有定体，其初殊涂，归则一焉，犹李汉所谓千态万貌卒泽于道德仁义，炳如也。何须开口便随古人。汉杰使我效李习之，胶柱矣。今之学者，谁不为文，大抵摹勒孟子，劫掠昌黎，若为之文道止此而已，则但诵得古文十数篇，拆南补北，染旧作新，尽可为名士矣，何工拙之辨哉？

（宋）李觏《答黄著作书》，《直讲李先生文集》卷二十八，《四部丛刊》本

祥符、天禧中，杨大年、钱文僖、晏元献、刘子仪以文章立朝，为诗皆宗尚李义山，号"西昆体"，后进多窃义山语句。赐宴，优人有为义山者，衣服败敝，告人曰："我为诸馆职挦扯至此。"闻者欢笑。

（宋）刘攽《中山诗话》，《历代诗话》本

古人之文，用古人之言也。古人之言，后世不能尽识，非得训切，殆不可读。如登崤险，一步九叹。既而强学焉，搜摘古语，撰叙今事，殆如昔人所谓大家婢学夫人，举止羞涩，终不似真也。

      （宋）陈骙《文则》，人民文学出版社本

窘步相仍死不前，唱酬无复见前贤。纵横正有凌云笔，俯仰随人亦可怜。

      （金）元好问《论诗三十首》，《遗山先生文集》卷十一，《四部丛刊》本

古风人之诗，类出于闾夫鄙隶，非尽公卿大夫士之作也。而传之后世，有非今公卿大夫士之所可及，则何也？古者人有士君子之行，其学之成也尚已，故其出言如山出云，水出文，草木之出华实也。后之人执笔呻吟，模朱拟白以为诗，尚为有诗也哉？故摹拟愈逼，而去古愈远。吾观后之模拟为诗，而为世道感也远矣。

      （元）杨维桢《吴复诗录序》，《东维子文集》卷七，《四部丛刊》本

扬子《法言》十卷，汉扬雄撰。凡十三篇，篇各有序，通录在卷后。景祐初，宋咸引之以冠篇首。或谓始于唐仲友，非也。自秦焚书之后，孔子之学，不绝如线。雄独起而任之，故韩愈以其与孟、荀并称，而司马光尤好雄学，且谓：孟子好诗书，荀子好礼，扬子好易，孟文直而显，荀文富而丽，扬文简而奥。惟简而奥故难知，其与雄者，至矣。是《法言》者，为拟《论语》而作。《论语》出于群弟子之所记，岂孔子自为哉！雄拟之，僭矣。至其甚者，又撰五千文以拟《易》，所谓首、冲、错、测、摛、莹、数、文、掜、图、告之类，皆足以使人怪骇。由其自得者少，故言辞愈似而愈不似也。呜呼！雄不足责也。光以一代伟人，乃胶固雄学，复述潜虚以拟雄，抑又何说哉！余因为之长叹！雄之事，经考亭朱子论定者，则未遑及也。

      （明）宋濂《诸子辩并序》，《宋学士全集》卷二十六，《丛书集成》本

若夫剪缀缯彩成花，为牡丹，为芍药，固不若蔓草之出化工，则今之诗若文是也。故曰：画西施之面，美而不可说；规孟贲之目，大而不可畏；曾不若丑女之能嫔，怯夫之作力也。是故仆于三代两汉且不欲为，而况近世时流之诗若文乎？古人为古人，今人为今人，人自为人，吾自为吾。世人不晓事，漫曰吟诗属文，嘻！其陋也！即诗不吟，即吟不诗；即文不属，即属不文，若亦知化工乎？于是客无以难也。

　　　　（明）徐祯卿《与同年诸翰林论文书》，《明文授读》卷二十二，味芹堂刻本

　　比喻多而失于难解，嗟怨频而流于不平；过称誉岂其中心，专模拟非其本色；愁苦甚则有感，欢喜多则无味；熟字千用自弗觉，难字几出人易见；邈然想头，工乎作手，诗造极处，悟而且精，李杜不可及也。

　　　　（明）谢榛《四溟诗话》卷四，人民文学出版社本

　　子美诗："仰蜂粘落絮，行蚁上枯梨。""芹泥随燕觜，花蕊上蜂须。""翡翠鸣衣桁，蜻蜓立钓丝。""鱼吹细浪摇歌扇，燕蹴飞花落舞筵。"诸联绮丽，颇宗陈隋。然句工气浑，不失为大家。譬如上官公服，而有黼黻绨绣，其文彩照人，乃朝端之伟观也。晚唐此类尤多。又如五色罗縠，织花盈匹，裁为少姬之襦，宜矣。宋人亦有巧句，宛如村妇盛涂脂粉，学徐步以自媚，不免为傍观者一笑耳。

　　　　（明）谢榛《四溟诗话》卷四，人民文学出版社本

　　大明皇甫汸曰："作诗须量力度才，就其近似者而模放之，久则成家矣。若性质怡旷而务求华艳，才情绮丽而强拟沉郁，始虽效颦，终失故步，所谓'行歧路者不至，怀二心者无成'也。"

　　　　（明）徐师曾《文体明辨序说·文章纲领·论诗》，人民文学出版社本

　　唐、宋而下，文人莫不语性命，谈治道，满纸炫然，一切自托于儒家，然非其涵养畜聚之素，非真有一段千古不可磨灭之见，而影响剿说，盖头窃尾，如贫人借富人之衣，庄农作大贾之饰，极力装做，丑态尽露。是以精光枵焉，而其言遂不久湮废。然则秦、汉而上，虽其老、墨、名、

法、杂家之说,而犹传,今诸子之书是也。唐、宋而下,虽其一切语性命谈治道之说,而亦不传,欧阳永叔所见唐四库书目百不存一焉者是也。后之文人,欲以立言为不朽计者,可以知所用心矣。

(明)唐顺之《答茅鹿门知县·二》,《荆川先生文集》卷七,《四部丛刊》本

独其文章,则仆窃谓当如孔子所云:其辞文,其旨远。必得六籍之深,而始可与之升其堂而入其室也。否则,恐不免如苏长公所诮扬云,但以艰深之辞,文浅近之说。世之所竞慕,以为摹《左传》,摹《史记》,摹《汉书》,纵极其工,当亦优人者之貌孙叔敖焉耳,而况其所摹者,特句字之诘屈、声音之聱牙而已。

(明)茅坤《复沂水宋大尹书》,《茅鹿门集》卷四,清刊本

人有学为鸟言者,其音则鸟也,而性则人也。鸟有学为人言者,其音则人也,而性则鸟也。此可以定人与鸟之衡哉。今之为诗者,何以异于是。不出于己之所自得,而徒窃于人之所尝言,曰某篇是某体,某篇则否;某句似某人,某句则否。此虽极工逼肖,而已不免于鸟之为人言矣。若吾友子肃之诗则不然,其情坦以直,故语无晦,其情散以博,故语无拘,其情多喜而少忧,故语虽苦而能遣其情,好高而耻下,故语虽俭而实丰,盖所谓出于己之所自得,而不窃于人之所尝言者也。就其所自得,以论其所自鸣,规其微疵而约于至纯,此则渭之所献于子肃者也。若曰某篇不似某体,某句不似某人,是乌知子肃者哉。

(明)徐渭《叶子肃诗序》,《徐渭集》,中华书局本

渊明托旨冲淡,其造语有极工者,乃大人思来,琢之使无痕迹耳。后人苦一切深沉,取其形似,谓为自然,谬以千里。

(明)王世贞《艺苑卮言》卷三,《历代诗话续编》本

吾向者妄谓乐府发自性情,规沿风雅,大篇贵朴,天然浑成;小语虽巧,忽离本色。以故于李宾之拟古乐府,病其太涉论议,遇尔抑剪,以为十不得一。自今观之,亦何可少?夫其奇旨创造,名语叠出,纵不可被之管弦,自是天地间一种文字。若使字字求诸于《房中》、《铙吹》之调,取

其声语断烂者而模仿之，以为乐府在是，毋亦西子之颦，邯郸之步而已。

（明）王世贞《书李西涯古乐府后》，《弇州山人四部稿》，明刊本

夫文法司马子长，诗法汉魏乐府，乐府而下法盛唐，以是古卑今，则人人能矣。乃取之博大而出之无穷，挹之流长而运之神应，所谓一代总统之才者，窃以谓先生是邪非邪？今人学子长，尺尺寸寸求之，字模句仿，惟恐弗肖，循墙而走，跼蹐不得展步，而先生独从容出之。若不经意，即言言皆若出自太史公口吻中，譬如庖丁之技，提刀而立，踌躇四顾，何勇也。今之拟乐府者，徒得古乐府之字句耳。先生不屑屑于拟古，而舂容璀灿，即言言无不作汉魏声。五言古诗亦出自机杼，而富才劲力，自令鲍、谢却走，若先生之于唐音，犹伛偻丈人之承蜩，掇之而已矣。

（明）屠隆《沈嘉则先生诗选序》，《由拳集》卷十二，明刊本

此一时遁辞，聊以解一二识者模拟之嘲，而不知其流毒后学，使人狂醉，至于今，不可解喻也。然其病源，则不在模拟而在无识。若使胸中的有所见，苞塞于中，将墨不暇研，笔不暇挥，兔起鹘落，犹恐或逸，况有闲力暇晷，引用古人词句耶？故学者诚能从学生理，从理生文，虽驱之使模，不可得矣！

（明）袁宗道《论文下》，《白苏斋类集》卷二十，《中国文学珍本丛书》本

夫世之称诗者，较量兴比，拟议声病，丹青而已尔，粉墨而已尔。其属情藉事，不可考据也。其或不然，剽窃掌故，傅会时事，不欢而笑，不疾而呻，元裕之所谓不诚无物者也。志于何有？

（清）钱谦益《增城集序》，《牧斋初学集》卷三十三，上海古籍出版社本

应酬之下，本无所谓文章，而黠者妄谈家数。曰：吾本王、李，风雅之正宗也。曰：吾师欧、曾，古文之正路也。究其伎俩，不过以剿袭之字句，饰时文之音节耳。王、李云：不读唐以后书，若人亦曾读唐以前书耶？欧、曾谓学文之要在志道穷经者，若人亦知经之与欧、曾，其相似在

何等乎？故其持论虽异，其下笔则唯之与诺也。有如假潘水为鼎实，别器而荐之，曰此馉丞也，曰此折俎也。吟唱虽异，其为潘水则同也。文章岂可假人，我不怪其文，而怪其以一十分二五也。

（清）黄宗羲《七怪》，《南雷文定》卷十，《四部备要》本

艾千子雅慕震川，于是取其文而规之，而矩之，以昔之摹仿于王、李者摹仿于震川。盖千子于经术甚疏，其所谓经术蒙存浅达，乃举子之经术，非学者之经术也。今日时文之士，主于先入，改头换面而为古文，竞为摹仿之学，而震川一派，遂为黄茅白苇矣。

（清）黄宗羲《郑禹梅刻稿序》，《南雷文定》三集，《四部备要》本

夫诗之道甚大，一人之性情，天下之治乱，皆所藏纳，古今志士学人之心思愿力，千变万化，各有至处，不必出于一途，今于上下数千年之中而必欲一之以唐，于唐数百年之中而必欲一之以盛唐。盛唐之诗岂其不佳，然盛唐之平奇浓淡亦未尝归一，将又何所适从耶？是故论诗者但当辨其真伪，不当拘以家数，若无王、孟、李、杜之学，徒借枕籍咀嚼之力以求其似，盖未有不伪者也。一友以所作示余，余曰："杜诗也。"友逊谢不敢当，余曰："有杜诗，不知子之为诗者安在？"友茫然自失。此正伪之谓也。余不学诗，然积数十年之久亦近千篇，仍尽行汰去，存其十之一二，师友既尽，孰定吾文？但按年而读之，横身苦趣，淋漓纸上，不可谓不逼真耳。

（清）黄宗羲《诗历题辞》，《南雷文定》三集，《四部备要》本

于慎行《笔麈》曰：史汉文字之佳，本自有在，非谓其官名、地名之古也。今人慕其文之雅，往往取其官名、地名以施于今，此应为古人笑也。史汉之文，如欲复古，何不以三代官名施于当今，而但记其实邪？文之雅俗，固不在此。徒混淆失实，无以示远，大家不为也。

（清）顾炎武《文人求古之病》，《日知录集释》卷十九卷，《四部备要》本

以今日之地为不古，而借古地名，以今日之官为不古，而借古官名，

舍今日恒用之字,而借古字之通用者,皆文人所以自盖其俚浅也。

(清)顾炎武《文人求古之病》,《日知录集释》卷十九,《四部备要》本

近代文章之病全在摹仿,既使逼肖古人,已非极诣,况遗其神理而得其皮毛者乎?且古人作文,时有利钝。梁简文《与湘东王书》云:"今人有效谢康乐、裴鸿胪文者,学谢则不届其精华,但得其冗长,师裴则蔑弃其所长,惟得其所短。"宋苏子瞻云:"今人学杜甫诗,得其粗俗而已。"金元裕之诗云:"少陵自有连城璧,争奈微之识碔砆。"夫文章一道,犹儒者之末事,乃欲如陆士衡所谓"谢朝花于已披,启夕秀于未振"者,今且未见其人,进此而窥著述之林,益难之矣。

效《楚辞》者必不如《楚辞》,效《七发》者必不如《七发》。盖其意中先有一人在前,既恐失之,而其笔力复不能自遂,此寿陵馀子学步邯郸之说也。

(清)顾炎武《文人摹仿之病》,《日知录集释》卷十九,《四部备要》本

洪氏《容斋随笔》曰:"枚乘作《七发》,创意造端,丽辞腴旨,上薄骚些,故为可喜。其后继之者如傅毅《七激》,张衡《七辩》,崔骃《七依》,马融《七广》,曹植《七启》,王粲《七释》,张协《七命》之类,规仿太切,了无新意。傅元又集之以为《七林》,使人读未终篇,往往弃之几格。柳子厚《晋问》乃用其体而超然别立机杼,激越清壮,汉晋诸文士之弊于是一洗矣。东方朔《答客难》自是文中杰出,扬雄拟之为《解嘲》,尚有驰骋自得之妙。至于崔骃《达旨》,班固《宾戏》,张衡《应闲》皆章摹句写,其病与《七林》同。及韩退之《进学解》出,于是一洗矣。"其言甚当。然此以辞之工拙论尔,若其意则总不能出于古人范围之外也。

(清)顾炎武《文人摹仿之病》,《日知录集释》卷十九,《四部备要》本

有人于此,面目我也,手足我也,一旦憎其貌之不工,欲眉使似尧,瞳似舜,乳似文王,项似皋陶,肩似子产,古则古矣,于我何有哉!今人

拟古，何以异此！

　　　　　　（清）尤侗《吴虞毕升诗序》，《西堂全集》二集卷三，清云溪阁藏本

　　戏场恶套，情事多端，不能枚纪。以极鄙、极假之关目，一人作之，千万人效之，以致一定不移，守为成格，殊可怪也。西子捧心，尚不可效，况效东施之颦乎？且戏场关目，全在出奇变相，令人不能悬拟。若人人为是，事事皆然，则彼未演出而我先知之，忧者不觉其可忧，苦者不觉其为苦，即能令人发笑，亦笑其雷同他剧，不出范围，非有新奇莫测之可喜也。扫除恶习，拔去眼钉，亦高人造福之一事耳。

　　　　　　（清）李渔《闲情偶寄·演习部·脱套第五》，《中国古典戏曲论著集成》（七），中国戏剧出版社本

　　拟古诗须仿佛古人神思所在，庶几近之。陆士衡拟古，将古人机轴语意，自起至讫，句句蹈袭，然去古人神思远矣。……所谓桓温之似刘琨，其无所不似，乃其无所不恨者。夫以士衡之才，尚且若此，则拟古岂容易哉！

　　　　　　（清）贺贻孙《诗筏》，《清诗话续编》本

　　原夫作诗者之肇端而有事乎此也，必先有所触以兴起其意，而后措诸辞、属为句、敷之而成章。当其有所触而兴起也，其意、其辞、其句，劈空而起，皆自无而有，随在取之于心。出而为情、为景、为事，人未尝言之，而自我始言之，故言者与闻其言者，诚可悦而永也。使即此意、此辞、此句虽有小异，再见焉，讽咏者已不击节；数见，则益不鲜；陈陈踵见，齿牙余唾，有掩鼻而过耳。

　　　　　　（清）叶燮《原诗·内篇上》，人民文学出版社本

　　愈尝自谓"陈言之务去"，想其时陈言之为祸，必有出于目不忍见、耳不堪闻者，使天下人之心思智慧，日腐烂埋没于陈言中，排之者比于救焚拯溺，可不力乎？而俗儒且栩栩然俎豆愈所斥之陈言，以为秘异而相授受，可不哀耶？故晚唐诗人，亦以陈言为病；但无愈之才力，故日趋于尖新纤巧。俗儒即以此为晚唐诟厉，呜呼，亦可谓愚矣……

大抵古今作者，卓然自命，必以其才智与古人相衡，不肯稍为依傍，寄人篱下，以窃其余唾。窃之而似，则"优孟衣冠"；窃之而不似，则"画虎不成"矣。故宁甘作偏裨，自领一队，如皮陆诸人是也。乃才不及健儿，假他人余焰，妄自僭王称霸，实则一土偶耳。生机既无，面目涂饰，洪潦一至，皮骨不存。而犹侈口而谈，亦何谓耶？

　　惟有明末造，诸称诗者专以依傍临摹为事，不能得古人之兴会神理，句剽字窃，依样葫芦。如小儿学语，徒有喔咿，声音虽似，都无成说，令人哕而却走耳。

（清）叶燮《原诗·内篇上》，人民文学出版社本

　　八家古文辞，日趋平易，于是沧溟、弇州辈起而变之以古奥；而操觚家论文正宗，谓不若震川之雅且正也。聊斋文不斤斤宗法震川，而古折奥峭，又非拟王、李而得之，卓乎成家，其可传于后无疑也。

（清）蒲松龄《题聊斋文集后》，《蒲松龄集·聊斋文集》附录，中华书局本

　　王、李既兴，辅翼之者，病在沿袭雷同；攻击之者，又病在翻新吊诡。一变为袁中郎兄弟之诙谐，再变为钟伯敬、谭友夏之僻涩，三变为陈仲醇、程孟阳之纤佻；回视嘉靖诸子，又古民之三疾矣。论者独推孟阳，归咎王、李，而并刻论李、何为作俑之始。其然，岂其然乎？

（清）沈德潜《说诗晬语》，《清诗话》本

　　宋诗有习气，暗中摸索，亦能认得。元诗亦然。至明空同、大复力矫其弊，虽离宋学，而萧然自得之趣，乃反不如宋人。

（清）牟愿相《小澥草堂杂论诗》，《清诗话续编》本

　　坡老唱和诗令人气闷，甚矣应酬之害诗也！
　　东坡和陶诗，气象太紧直，声调太响亮，尚非当家。
　　东坡和陶诗，豪气不除，鳞甲尽露，那及其万一。前人不许并论，今见其实。大凡文字，摹仿便不似。文中子拟《论语》、《春秋》，扬子云拟《周易》，何曾一字相近，徒见讥于后世耳。

长公与渊明胸襟不同,气味不合,特可言用韵,和则相违。

（清）张谦宜《絸斋诗谈》卷五,《清诗话续编》本

人悦西施,不悦西施之影。明七子之学唐,是西施之影也。

（清）袁枚《随园诗话》卷五,人民文学出版社本

高青邱笑古人作诗,今人描诗。描诗者,像生花之类,所谓优孟衣冠,诗中之乡愿也。譬如学杜而竟如杜,学韩而竟如韩,人何不观真杜真韩之诗,而肯观伪韩伪杜之诗乎？孔子学周公,不如王莽之似也；孟子学孔子,不如王通之似也；唐义山、香山、牧之、昌黎同学杜者,今其诗集都是别树一帜；杜所伏膺者,庾、鲍两家,而集中亦绝不相似。

（清）袁枚《随园诗话》卷七,人民文学出版社本

李长吉词调藻韵,故自艳发。然至元人,不拘何题,不拘何人,千篇一律,千手一律,真是可厌。其一二体气稍弱者,亦复效之,实无谓也。

（清）翁方纲《石洲诗话》卷五,人民文学出版社本

涂脂傅粉画长眉,按拍循腔疾复迟。学过邯郸多少步,可怜挨户卖歌儿。

（清）宗湘《说诗八首》,《红杏山房诗钞·滇蹄集》卷一,清刊本

大约今学者非在流俗里打交滚,即在鬼窟中作活计,高者又在古人胜境中作优孟衣冠。求其卓然自立,冥心孤诣,信而好古,敏以求之,洗清面目,与天下相见者,其人不数遘也。

（清）方东树《昭昧詹言》卷一,人民文学出版社本

詹去矜云："乐府可无作也。《诗》三百篇原本性情,体兼美刺,深微窈眇之思,温厚和平之意,其谐金石而感鬼神,大抵皆乐府也。汉人始有乐府之作,然已不能为《三百篇》矣,而当其情与境会,自然合节,亦未始非乐府也。诗家惟唐律最严,如太白《清平调》,君平《寒食》诗,二王《凉州词》、《闺怨》,既已优伶习之,弦索和之,何必非乐府

乎！少陵雄视百代，集中如《兵车》、《出塞》、《无家》、《垂老》、《新安吏》、《石壕吏》诸作，尤为乐府胜场，何必更摹古作者之名哉！自李于鳞"拟议变化"之言出，耳食者流，转相蹈袭，不能出入《风》、《雅》，惟斗靡夸多，每诗集一帙，标题乐府者大半。夫以一人之心思，欲使诸好皆备，忽拟美人，忽拟壮士，忽为衮衣端冕之帝者，忽学骖鸾驾鹤之神仙，大似百戏排场子弟，颦笑俱假，趋向由人。即如《大风》、《垓下》、《易水》、《秋风》，古人已臻极至，无容更赘一词，乃尚刺刺不休，用心无用之地。又如《陌上桑》、《秋胡行》、《君马黄》、《战城南》种种名目，古人缘情写照，原自不可无一，不必有二，而或割裂全篇，换易字句，依稀影响，遂称己作，工者不免优孟抵掌之诮，拙者至有葫芦依样之讥。言诗至此，劳而少功，故曰乐府可毋作也。"

（清）梁章钜《退庵随笔》，《清诗话续编》本

感慨所寄，不过盛衰，或绸缪未雨，或太息厝薪，或已溺己饥，或独清独醒，随其人之性情学问境地，莫不有由衷之言。见事多，识理透，可为后人论世之资。诗有史，词亦有史，庶乎自树一帜矣。若乃离别怀思，感士不遇，陈陈相因，唾沈互拾，便思高揖温、韦，不亦耻乎。

（清）周济《介存斋论词杂著》，《词话丛编》本

王阳明诗"江流天地变秋声"，宋荔裳诗"江流日夜变秋声"，此袭而善者也。袭而善者，意转而境深，否则意浮而调旧。毫厘之分，天地悬隔，作诗者仍以不相袭为审慎耳。汉人乐府"白露变为霜"，杜诗"马鸣风萧萧"，只添《风》、《雅》一字，而别成气格。此唯汉人、杜公可也，他人免效此捧心矣。

（清）潘德舆《养一斋诗话》卷五，《清诗话续编》本

3. 不事摹拟　自出面目

充书既成，或稽合于古，不类前人。或曰：谓之饰文偶辞，或径或迂，或屈或舒；谓之论道，实事委琐，文给甘酸。谐于经不验，集于传不合，稽之子长不当，内之子云不入。文不与前相似，安得名佳好，称

工巧？

答曰：饰貌以强类者失形，调辞以务似者失情。百夫之子，不同父母；殊类而生，不必相似，各以所禀，自为佳好。文必有与合然后称善，是则代匠斫不伤手然后称工巧也。文士之务，各有所以，或调辞以巧文，或辩伪以实事。必谋虑有合，文辞相袭，是则五帝不异事，三王不殊业也。美色不同面，皆佳于目；悲音不共声，皆快于耳。酒醴异气，饮之皆醉；百谷殊味，食之皆饱。谓文当与前合，是谓舜眉当复八采，禹目当复重瞳。

（汉）王充《论衡·自纪》，中华书局本

夫百物朝夕所见者，人皆不注视也，及睹其异者，则共观而言之。夫文岂异于是乎？汉朝人莫不能为文，独司马相如、太史公、刘向、扬雄为之最。然则用功深者，其收名也远。若皆与世沉浮，不自树立，虽不为当时所怪，亦必无后世之传也。足下家中百物，皆赖而用也，然其所珍爱者，必非常物。夫君子之于文，岂异于是乎？今后进之为文，能深探而力取之，以古圣贤人为法者，虽未必皆是，要若有司马相如、太史公、刘向、扬雄之徒出，必自于此，不自于循常之徒也。若圣人之道，不用文则已，用则必尚其能者，能者非他，能自树立，不因循者是也。有文字来，谁不为文，然其存于今者，必其能者也。顾常以此为说耳。

（唐）韩愈《答刘正夫书》，《昌黎先生集》卷十八，《四部备要》本

五代以还，斯文大剥，悲哀为主，风流不归。皇朝龙兴，颂声来复，大雅君子，当抗心于三代。然九州之广，庠序未振，四始之奥，讲议盖寡。其或不知而作，影响前辈，因人之尚，忘己之实，吟咏性情而不顾其分，风赋比兴而不观其时；故有非穷途而悲，非乱世而怨，华车有寒苦之述，白社为骄奢之语，学步不至，效颦则多；以至靡靡增华，愔愔相滥，仰不主乎规谏，俯不主乎劝诫，抱郑卫之奏，责夔旷之赏，游西北之流，望江海之宗者有矣。

（宋）范仲淹《唐异诗序》，《范文正公集》卷六，《四部丛刊》本

虽谢康乐拟邺中诸子之诗，亦气象不类。至于刘休玄《拟行行重行行》等篇，鲍明远《代君子有所思》之作，仍是其自体耳。

    （宋）严羽《沧浪诗话·诗评》，《沧浪诗话校释》，人民文学出版社本

学诗浑似学参禅，悟了方知岁是年。点铁成金犹是妄，高山流水自依然。

    （宋）魏庆之《诗人玉屑》卷一"龚圣任学诗"条，上海古籍出版社本

文章不蹈袭前人，最是不传之妙。

    （金）赵秉文《跋山谷草圣》，《闲闲老人滏水文集》卷二十，《丛书集成》本

文章自得方为贵，衣钵相传岂是真；已觉祖师低一著，纷纷法嗣复何人？

    （金）王若虚《论诗诗》，《滹南遗老集》卷四十五，《丛书集成》本

有元号称多士，或出入其范围，而檃括其规模者，辄取文名。以故章甫逢掖之徒，每骄人曰："我之文学欧阳氏也。""学曾王氏也。"殊不知三君子者，上取法于周、于秦、于汉也。所以学欧阳氏而不至者，其失也纤以弱；学曾氏而不至者，其失也缓而弛；学王氏而不至者，其失也枯以瘠。此非三君子之过也，不善学之，其流弊遂至于斯也。文之信难言者，一至于是乎！

    （明）宋濂《张侍讲翠屏集序》，《宋学士全集》卷六，《丛书集成》本

唐临《重告帖》，予尝见于内翰柳公家。相传为薛嗣通之笔，其点画肥瘦及行位疏密与此正同。其稍异者，南廊墨印，则在于左方耳。予以薛书飘逸为疑，质之于公。公笑曰："古人能知变通，所以为不可及也。"逮游四方，复见薛所临唐帖一二，皆不类其书，方信公之言为足征也。

    （明）宋濂《题唐临重告帖后》，《宋学士全集》补遗卷三，《丛书集成》本

古律诗各有音节，然皆限于字数，求之不难。惟乐府长短句，初无定数，最难调叠。然亦有自然之声，古所谓声依永者。谓有长短之节，非徒永也，故随其长短，皆可以播之律吕，而其太长太短之无节者，则不足以为乐。今泥古诗之成声，平侧短长，句句字字，摹仿而不敢失，非惟格调有限，亦无以发人之情性。若往复讽咏，久而自有所得，得于心而发之乎声，则虽千变万化，如珠之走盘，自不越乎法度之外矣。

(明) 李东阳《麓堂诗话》,《历代诗话续编》本

少陵虽号大家，不能兼善，一则拘乎对偶，二则汩于典故。拘则未成之律诗而非绝体，汩则儒生之书袋而乏性情。故观其全集，自"锦城丝管"之外，咸无讥焉。近世有爱而忘其丑者，专取而效之，惑矣！

(明) 杨慎《唐绝增奇序》,《升庵全集》卷二，商务印书馆本

今之学子美者，处富有而言穷愁，遇承平而言干戈，不老曰老，无病曰病，此摹拟太甚，殊非性情之真也。

(明) 谢榛《四溟诗话》卷二，人民文学出版社本

今之人，皆庇于人者也。初不知有庇人事也。居家则庇于父母，居官则庇于官长，立朝则求庇于宰臣，为边帅则庇于中官，为圣贤则求庇于孔孟，为文章则求庇于班马。种种自视，莫不皆以为男儿，而其实则皆孩子而不知也。

豪杰凡民之分，只从庇人与庇于人处识取。

(明) 李贽《别刘肖甫》,《续焚书》卷一，中华书局本

今人自李、何之后，文章字句摹仿史汉，即令逼真，此子长之美，而非斯人之美也。子长美而传矣，何必复有我文章？

(明) 屠隆《论诗文》,《鸿苞节录》卷六，明刊本

大抵庆、历以前，吴中作诗者，人各为诗；人各为诗，故其病止于靡弱，而不害其为可传。庆、历以后，吴中作诗者，共为一诗；共为一诗，

此诗家奴仆也，其可传与否，吾不得而知也。

  （明）袁宏道《叙姜陆二公同适稿》，《袁宏道集笺校》卷十八，上海古籍出版社本

  盖诗文至近代而卑极矣，文则必欲准于秦、汉，诗则必欲准于盛唐，剿袭模拟，影响步趋，见人有一语不相肖者，则共指以为野狐外道。曾不知文准秦、汉矣，秦、汉人曷尝字字学六经欤？诗准盛唐矣，盛唐人曷尝字字学汉、魏欤？秦、汉而学六经，岂复有秦、汉之文？盛唐而学汉、魏，岂复有盛唐之诗？唯夫代有升降，而法不相沿，各极其变，各穷其趣，所以可贵，原不可以优劣论也。且夫天下之物，孤行则必不可无，必不可无，虽欲废焉而不能，雷同则可以不有，可以不有，则虽欲存焉而不能。故吾谓今之诗文不传矣。其万一传者，或今闾阎妇人孺子所唱《擘破玉》、《打草竿》之类，犹是无闻无识真人所作，故多真声，不效颦于汉、魏，不学步于盛唐，任性而发，尚能通于人之喜怒哀乐嗜好情欲，是可喜也。

  （明）袁宏道《叙小修诗》，《袁宏道集笺校》卷四，上海古籍出版社本

  于鳞有远体，元美有远韵；然以摹拟损其骨，辟则王之学《华》。

  （明）袁宏道《答徐见可太府》，《袁宏道集笺校》卷四十二，上海古籍出版社本

  情者，生乎人者也，无情，词安从真？非其人，情安得正？无情而有词，词不真焉，其失也伪，情不正而有词，词即真焉，生心之害，讵有已哉？故我朝诗人之失，失于貌古。

  （明）吴应箕《杨学博诗序》，《楼山堂集》卷十六，《丛书集成》本

  自汉以来，文之流传久而习之者多，群然服之，少所异同者，莫如唐宋八家若矣。予固谓其知之实少也。此抑何哉？以其文有法度之可求，于场屋之取甚便，而袭其词者但蕲以动悦有司之一目，非必真有得于古人不传之妙而师之也，于是文之精神以亡。

  （明）吴应箕《八大家文选序》，《楼山堂集》卷十七，《丛书集成》本

夫诗衰于宋，而明兴尚沿余习，北地、信阳，力返风雅；历下、琅琊，复长坛坫，其功不可掩，其宗尚不可非也。特数君子者，摹拟之功多，而天然之资少，意主博大，差减风逸；气极沉雄，未能深永。空同壮矣，而每多累句。沧溟精矣，而好袭陈华。弇州大矣，而时见卑词。惟大复奕奕，颇能洁秀，而弱篇靡响，概乎不免。后人自矜其能，欲矫斯弊者，惟宜盛其才情，不必废此简格。发其呦渺，岂得荡然律吕。不意一时师心诡貌，惟求自别于前人，不顾见笑于来祀。此万历以还数十年间，文苑有罔两之状，诗人多侏儒之音也。

（明）陈子龙《仿佛楼诗稿序》，《陈忠裕公全集》卷二十五，清刊本

拟古与学古不同。拟古如摹帖临画，正欲笔笔相类。朱子谓意思语脉皆要似他的，只换却字，盖本以为入门之阶，初未可为专业也。曾苍山云："前人拟古，既用其意，又用其事，是士之盗也。"斯言谬矣。至于鳞、元美，于古诗、乐府，篇篇拟之，则诗之真趣殆尽。

（明）许学夷《诗源辩体》卷三，人民文学出版社本

余尝谓右军父子之书，至齐梁而风流顿尽。自唐初虞褚辈变其法，乃不合而合。右军父子殆如复生。此言大不易会。盖临摹最易，神气难传故也。巨然学北苑，黄子久学北苑，倪迂学北苑。学一北苑耳，而各各不相似；使俗人为之，与临本同。若尔，何能传世也。子昂画虽圆笔，其学北苑亦不尔。

（明）董其昌《画禅室随笔》，《历代论画名著汇编》本

近代之伪为古文者，其病有三，曰：僦，曰：剽，曰：奴。婺人子赁居廊庑，主人翁之广厦华屋，皆若其所有，问其所托处，求一茅盖头曾不可得，故曰僦也。椎理之党，铢两之奸，夜动而昼伏，忘衣食之源，而昧生理，韩子谓降而不能者类是，故曰剽也。佃其耳目，囚其心志，呻呼嗜呓，一不自主，仰他人之鼻息，而承其馀气，纵其有成，亦千古之隶人而已矣，故曰奴也。

（清）钱谦益《郑孔肩文集序》，《牧斋初学集》卷三十二，上海古籍出版社本

君诗之病，在于有杜；君文之病，在于有韩、欧。有此蹊径于胸中，便终身不脱依傍二字，断不能登峰造极。

     （清）顾炎武《与人书》之十七，《顾亭林诗文集》卷四，中华书局本

  学书、学画者，贵在仿佛大都，而细微曲折之间，正不妨增减出入。若止为依样葫芦，则是以纸印纸，虽云一线不差，少天然生动之趣矣。

     （清）李渔《闲情偶寄·演习部·变调第二》，《中国古典戏曲论著集成》（七），中国戏剧出版社本

  学诗者不可忽略古人，亦不可附会古人。忽略古人，粗心浮气，仅猎古人皮毛。要知古人之意，有不在言者；古人之言，有藏于不见者；古人之字句，有侧见者，有反见者，此可以忽略涉之者乎？不可附会古人，如古人用字句，亦有不可学者，亦有不妨自我为之者。不可学者，即《三百篇》中极奥僻字，与《尚书》殷盘周诰中字义，岂必尽可入后人之诗？古人或偶用一字，未必尽有精义，而吠声之徒，遂有无穷训诂以附会之，反非古人之心矣。不妨自我为之者，如汉、魏诗之字句，未必一一尽出于《三百篇》，六朝诗之字句，未必尽出于汉、魏，而唐及宋、元等而下之，又可知矣。今人偶用一字，必曰本之昔人，昔人又推而上之，必有作始之人。彼作始之人，复何所本乎？不过揆之理、事、情，切而可，通而无碍，斯用之矣。昔人可创之于前，我独不可创于后乎？古之人有行之者，文则司马迁，诗则韩愈是也。苟乖于理、事、情，是谓不通，不通则杜撰，杜撰则断然不可。苟不然者，自我作古，何不可之有？若腐儒区区之见，句束而字缚之，援引以附会古人，反失古人之真矣。

     （清）叶燮《原诗·外篇下》，人民文学出版社本

  古文之学，不讲久矣。近时欲以此自鸣者，或摹仿司马氏之形模，或拾欧阳子之余唾，或局守归熙甫之绪论，未得古人之百一，辄高自位置，标榜以为大家，然终不足以眩天下之目而塞其口，集成而诋諆随之矣。仆之于文，不先立格，惟抒己之所欲言，辞苟足以达而止。恒自笑曰：平生无大过人处，惟诗词不入名家，文不入大家，庶几可以传于

后耳。

　　　　（清）朱彝尊《答胡司臬书》，《曝书亭集》卷三十三，《四部丛刊》本

　　予每怪世之称诗者，习乎唐，则谓唐以后书不必读；习乎宋，则谓唐人不足师。一心专事规摹，则发乎性情也浅。惟夫善诗者，畅吾意所欲言，为之不已，必有出于古人意虑之表者。

　　　　（清）朱彝尊《忆雪楼诗集序》，《曝书亭集》卷三十九，《四部丛刊》本

　　三唐与宋、元易辨，而盛唐与明人难辨。读唐人诗集，知其性情，知其学问，知其立志。明人以声音笑貌学唐人，论其本力，尚未及许浑、薛能，而皆自以为李、杜、高、岑。故读其诗集，千人一体，虽红紫杂陈，丝竹竞响，唐人能事渺然，一望黄茅白苇而已。唐、明之辨，深求于命意布局寄托，则知有金矢之别；若唯论声色，则必为所惑。夫唐无二"盛"，盛唐亦无多人；而明自弘、嘉以来，千人万人，孰非盛唐？则鼎之真赝可知矣。晚唐虽不及盛唐、中唐，而命意布局寄托固在。宋人多是实话，失《三百篇》之六义。元诗犹在深入处。明诗唯堪应酬之用，何足言诗？

　　　　（清）吴乔《诗问四种·答万季野诗问》，齐鲁书社本

　　人不能苦思力索，以自发心光，而惟初盛之摹，造句必有晦色蒙气。饮狂泉者以为宛似古人，却不知宛似处正是晦色蒙气。由其不寻诗意于我身心有关著否，故不觉耳。学《十九首》以至学温、李皆然。

　　　　（清）吴乔《围炉诗话》卷之四，《清诗话续编》本

　　效古人诗，要须神韵相通，不必于声句格套中求似。如拟《十九首》并苏、李等诗，皆优孟衣冠也。

　　　　（清）田同之《西圃诗说》，《清诗话续编》本

　　汉乐府自为古奥冥幻之音，不受《雅》、《颂》束缚，遂能与《三百篇》争胜。魏、晋以下，步步摹仿汉人，不复能出脱矣。

　　　　（清）牟愿相《小澥草堂杂论诗》，《清诗话续编》本

大约文字是日新之物；若陈陈相因，安得不目为臭腐？

（清）刘大櫆《论文偶记》，人民文学出版社本

拟古二字，误尽苍生。声调字句，若不一一拟之，何为拟古？声调字句，若必一一拟之，则仍是古人之诗，非我之古诗也。轻言拟古，试一思之。

（清）薛雪《一瓢诗话》，《清诗话》本

学诗须有才思，有学力，尤要有志气，方能卓然自立，与古人抗衡……吾师横山先生云："剽窃古人，似则优孟衣冠，不似则画虎不成。与其假人余焰，妄僭霸王，孰若甘作偏裨，自领一队。不然，岂独风雅扫地，其志术亦可窥矣。"

（清）薛雪《一瓢诗话》，《清诗话》本

作诗须思透出一路去。古人各自成家，不肯与人雷同；而今人专事摹仿。所以唐无汉、魏之迹，而今人多汉、魏之肤。以此惑一时则可，而遂欲传后世耶？

（清）徐增《而庵诗话》，《清诗话》本

盛唐诸公之妙，自在气体醇厚，兴象超远。然但讲格调，则必以临摹字句为主，无惑乎一为李、何，再为王、李矣。愚意拈出龙标、东川，正不在乎格调耳。

（清）翁方纲《石洲诗话》卷一，人民文学出版社本

渔洋先生云："李诗有古调，有唐调，当分别观之。"所录止《古风》二十八首，盖以为此皆古调也。然此内如"秦皇扫六合"、"天津三月时"、"郑客西入关"诸篇，皆出没纵横，非斤斤于践迹者。即此可悟古调不在规摹字句，如后人之貌为《选》体，拘拘如临帖者。所谓古者，乃不古耳。

（清）翁方纲《石洲诗话》卷一，人民文学出版社本

子昂、太白，盖皆疾梁、陈之艳薄，而思复古道者。然子昂以精深复古，太白以豪放复古。必如此，乃能复古耳。若其揣摹于形迹以求合，奚

足言复古乎？

（清）翁方纲《石洲诗话》卷一，人民文学出版社本

今如镌类帖于石者，其首卷必《黄庭》、《乐毅》、《洛神》、《东方赞》诸古楷也，或其所据之本，出于某代某家，中间实有订正舛讹者，则可耳。不则陈陈相因，谁其赏之乎？今编刻一集，其卷端必冠以拟古、感兴诸题，而又徒貌其句势，其中无所自主，其外无以自见者，谁复从而诵之？夫其题内有拟古仿古者，尚且宜自为格制，自为机杼也，而况其题本出自为，其境其事属我自写者，非古人之面而假古人之面，非古人之貌而袭古人之貌，此其为顽钝不灵，泥滞弗化也。可鄙可耻，莫甚于斯矣。吾自日接亲戚宾友，有必应言之言，有必应答述之语，而顾妄作戏场优伶之声音色笑，以为中节，虽奴隶之愚贱，村野之牧竖，皆将起而非笑之，而操觚者顾自蹈之，岂理也哉。

（清）翁方纲《格调论下》，《复初斋文集》卷八，清刊本

李诗本陶渊明，杜诗本庾子山，余尝持此论，而人多疑之。杜本庾信矣，李与陶似绝不相近。不知善读古人书，在观其神与气之间，不在区区形迹也。如"问余何事栖碧山，笑而不答心自闲。桃花流水杳然去，别有天地非人间"。岂非《桃源记》拓本乎？

（清）李调元《雨村诗话》卷下，《清诗话续编》本

后人论前人，以迹求者多。如称孟子通于六经，而尤深于《诗》、《书》，是见其长引二书，解说深透耳，岂于《易》、《礼》、《春秋》仅止于通，遂不深耶！于是后人恐后人疑己经学，则六经皆有著述，究其阐发处，必下孟子远甚，即爱之者亦不敢以为多了三经，遂谓贤于孟子。即如论诗，则谓孟襄阳学问下韩退之远甚。初聆之似亦可信，细想来，韩所见之书，孟岂未曾见过？要是性情不同，不逞博，不好张大；或才气本不能恢廓，正无妨各行其是，各成其好。韩门张籍、孟郊、皇甫湜辈，自是不如韩，亦不似韩。然正以不如不似，能自成家数。古人虽同时一堂，不怕依傍如此。后人摩仿古人，酷肖陶、谢，酷肖韩、柳，自家之真面目性灵在何处？作诗与作墨卷不同，不许单仿人家样子以求速飞。

（清）延君寿《老生常谈》，《清诗话续编》本

文章体制本天生，只让通才有性情。模宋规唐徒自苦，古人已死不须争。

（清）张问陶《论诗十二绝句》，《船山诗草》卷十一，中华书局本

尝论唐、宋以前诗人，虽亦学人，无不各自成家。彼虽多见古人变态风格，然不屑向他人借口，为客气假象。近人乃有不克自立，己无所有，而假助于人。于是不但偷意偷境，又且偷句。欲求本作者面目，了无所见，直同穿窬之丑也。韩公《樊宗师铭》言文，可以移之论诗。

（清）方东树《昭昧詹言》卷一，人民文学出版社本

律诗难于古诗，绝句难于八句，七言律诗难于五言律诗，五言绝句难于七言绝句。学诗有三节：其初不识好恶，连篇累牍，肆笔而成；既识羞愧，始生畏缩，成之极难；及其透彻，则七纵八横，信手拈来，头头是道矣。诗之是非不必争，试以己诗置之古人诗中，与识者观之而不能辨，则古人矣。

（清）方东树《昭昧詹言》卷二十一，人民文学出版社本

今之作乐府者，皆长短句之古诗耳。不知古诗有乐府，律诗亦有乐府。《旧唐书·音乐志》《享龙池十章》，皆七言律。沈佺期之"卢家少妇"，即乐府之《独不见》。而谢偃《新曲》、崔融《从军行》、蔡孚《打球篇》，又俱七言长律。今人既不知音，何从辨体？今之编诗集者，必以拟乐府数篇弁其卷首，读者或嫌其不似，或嫌其太似。虽以王渔洋之通才，而自定之《精华录》，亦不免落此窠臼。窃谓今人作诗，不妨借古乐府之题，写我胸臆，而体格字句，则且以不知为不知置之。若必钩深索隐，刻意仿摹，正如查初白所讥，纸上不见有一字，亦何益之有哉！

（清）梁章钜《退庵随笔·学诗一》，《清诗话续编》本

苏颖滨谓坡"律诗最戒属对偏枯，不容一句不善；古诗用韵，必须偶数"。此皆坡诗极琐处，何必举以示人？又谓"鲁直诗胜圣俞"，亦不然。梅诗已造平淡，论其品实出黄上。又谓"读书当学为文，余事作诗

人耳"。夫文、诗皆末也，何有轩轾？且语本退之，亦非退之意。然言"凡为诗文不必多，古人无许多也"，"张十二《病后诗》一卷，颇得陶元亮体。但余观古人为文，各自用其才耳，专模仿一人，舍己徇人，未必贵也"。此二则实有心得，可以垂训后来。

（清）潘德舆《养一斋诗话》卷一，《清诗话续编》本

  魏、晋、六朝人诗，率多前后沿袭，虽为唐人所祖，然风气至唐而又一转，视前此之陈陈相因者有别矣。如苏子卿诗"俯观江汉流，仰视浮云翔"，魏文帝则云："俯视清水波，仰看明月光。"《古诗》"浮云蔽白日，游子不顾返"，谢康乐则云："圆景早已满，佳人犹未还"，谢玄晖则云："春草秋更绿，公子未西归"，江文通则云："日暮碧云合，佳人殊未来。"子建诗"始出严霜结，今来白露晞"，王正长则云："昔往仓庚鸣，今来蟋蟀吟"，颜延年则云："昔辞秋未素，今来岁载华。"子建诗"朝游江北岸，日夕宿湘沚"，潘安仁则云："朝发晋京阳，夕次金谷湄"，刘越石则云："朝发广莫门，暮宿丹水山。"一唱百和，甫见于此，旋见于彼，望之无色，咀之寡味。此如《七发》之后有《七启》、《七命》，《答客难》之后有《解嘲》、《释诲》等作，转相仿效，了无心声，生气尽矣。六朝风气类然，非有唐大手"下笔如有神"、"巨刃摩天扬"者，何以起历代之衰，为《风》、《骚》之继也？尝谓人于诗文当自我作古，偷古固非，拟古亦属多事。如"自君之出矣"，乃徐伟长《杂诗》末四句，后人亦拈出相效，岂有得意之笔？仍是原诗"思君如流水，无有穷已时"，为天然流出，耐人百读耳。杜子美作乐府，并不用汉、魏旧题，元相所谓"不著心源傍古人"者，后人之所宜法也。

（清）潘德舆《养一斋诗话》卷四，《清诗话续编》本

  孟子学孔子，其文绝不与孔子类；韩子学司马公，其文绝不与司马公类。吾读李空同乐府，五古学汉、魏、三谢，真似汉、魏、三谢也；七古七律学老杜，真似老杜也；七绝学太白、龙标，真似太白、龙标也。何大复摹古之心稍淡于李，而古貌未能脱化，则似古者亦多。夫似古则如古人复出，故必令人喜，令人敬；似古则与古人相复，亦必令人疑，令人厌。吾惜二子以盖代之姿禀，而蹈此愚惘之窠臼。盖生于诗教

不振之时，但能拣取最高之境而追摹之，即可以弋大名而有余。而李又秦人，倔强不能服善；何又短折，学问不能大成。遂致守其故智，以终一生，为当世之襟冕，来万世之吹求，亦可悲矣！使二子者本无好名之念，专以陶写为诗，天赋卓绝，加以学力，断然匹休古人，何必为古人所役，一至此哉！王弇州评空同诗"金翅擘天，神龙戏海"，评大复诗"朝霞点水，芙蕖试风"，一谓其奇变，一谓其鲜新。不知皆古人之奇变鲜新也，于二子何与！虽然近之不师古者多矣，如二子之英姿高韵，雄视四海，而犹以返古为事，不敢自作主张，是又今人之韦弦，不可不知者也。

（清）潘德舆《养一斋诗话》卷六，《清诗话续编》本

问：如叔父言，则乐府必不可拟乎？

非特乐府不必拟，即古诗亦不可拟。诗者，性情也。性情可拟乎？古人但借其题而不拟其体，自谢康乐、江文通拟古之体兴，而诗道衰矣。

（清）陈仪《竹林答问》，《清诗话续编》本

曾子固《与介甫书》述欧公之言曰："孟、韩文虽高，不必似之也，取其自然耳。"

（清）刘熙载《艺概·文概》，上海古籍出版社本

词要清新，切忌拾古人牙慧。盖在古人为清新者，袭之即腐烂也。拾得珠玉，化为灰尘，岂不重可鄙笑。

（清）刘熙载《艺概·词曲概》，上海古籍出版社本

东坡一代天才，其文得力庄子，其诗得力太白，虽面目迥不相同，而笔力之空灵超脱，神肖庄、李。如鲁男子之学柳下，九方皋之相马，其性情契合，在笔墨形色之外，盖以神契、以天合也。故能自开生面，为一朝大作手。后人效法前人，当师坡公，方免效颦袭迹之病。如西昆杨、刘诸公之学李玉溪，明前后七子之文学秦、汉，诗学少陵、东川，肖形象声，摹仿字句音调，直是双钩填廓而已。呜呼愚哉！

（清）朱庭珍《筱园诗话》卷四，《清诗话续编》本

4. 跳出窠臼　各自成家

或藻思绮合，清丽芊眠。炳若缛绣，凄若繁弦。必所拟之不殊，乃暗合于曩篇。虽杼轴于予怀，怵他人之我先。苟伤廉而愆义，亦虽爱而必捐。

（晋）陆机《文赋》，《陆机集》，中华书局本

惟古于词必己出，降而不能乃剽贼。后皆指前公相袭，从汉迄今用一律，寥寥久哉莫觉属。神徂圣伏道绝塞，既极乃通发绍述，文从字顺各识职，有欲求之此其躅。

（唐）韩愈《南阳樊绍述墓志铭》，《昌黎先生集》卷三十四，《四部备要》本

深于文章，每以为自扬雄之后，作者不出。其为文未尝效前人之言而固与之并。自贞元末以至于兹，后进之士，其有志于古文者，莫不视公以为法。

（唐）李翱《韩公（愈）行状》，《全唐文》卷六百三十九，中华书局本

又云：凡诗者，虽以敌古为上，不以写古为能。立意于众人之先，放词于群才之表，独创虽取，使耳目不接，终患倚傍之手。或引全章，或插一句，以古人相粘二字、三字为力，厕丽至于瓦石，殖芳芷于败兰，纵善，亦他人之眉目，非己之功也，况不善乎？时人赋孤竹则云"冉冉"，咏杨柳则云"依依"，此语未有之前，何人曾道。谢诗云："江蓠亦依依"，故知不必以冉冉系竹，依依在杨。常手傍之，以为有味，此亦强作幽想耳。且引灵均为证，文谲气贞，本于六经，而制体创词，自我独致，故历代作者师之。此所谓势不同，而无模拟之能也。班固虽谓屈原露才扬己，引昆仑玄圃之事不经，能其文雅丽，可为赋之宗。若比君于尧舜，况臣于稷禼，绮里之高逸，于陵之幽贞，褒贬古贤，成当时文意，虽写全章，非用事也。古诗："胡马依北风，越鸟巢南枝"；"南登灞陵岸，回首望长安"；"彭薛才知耻，贡公不遗荣，或可优贪竞，岂足称达生。"此三

例，非用事也。

（唐）[日]弘法大师《文镜秘府论·南卷·论文意》，《文镜秘府论校注》，中国社会科学出版社本

清夜哀吟敌晓鸡，行藏无玷白于圭。阳春寡和人传郢，肉味都忘子在齐。绝俗文章终远大，循资班列暂卑栖。看君更刷鸾皇翼，一举方知燕雀低。

（宋）王禹偁《次韵和史馆丁学士赴阙书怀见示》，《小畜集》卷七，《四部丛刊》本

学诗浑似学参禅，头上安头不足传。跳出少陵窠臼外，丈夫志气本冲天。

（宋）魏庆之《诗人玉屑》卷一"吴思道学诗"条，上海古籍出版社本

齐梁以来，文士喜为乐府辞，然沿袭之久，往往失其命题本意。《乌将八九子》但咏乌，《雉朝飞》但咏雉，《鸡鸣高树巅》但咏鸡，大抵类此；而甚有并其题失之者。如《相府莲》讹为《想夫怜》，《杨婆儿》讹为《杨叛儿》之类是也。盖辞人例用事，语言不复详研考，虽李白亦不免此。惟老杜《兵车行》、《悲青坂》、《无家别》等数篇，皆因事自出己意，立题略不更蹈前人陈迹，真豪杰也。

（案：刘凤诰《杜工部诗话》引此作蔡絛语。）

（宋）蔡启《蔡宽夫诗话·乐府辞》，《宋诗话辑佚》本

徐师川言：作诗〔自〕立意，不可蹈袭前人。因〔诵其所作《慈母溪诗》，且〕言慈母溪与望夫山相对，望夫山诗甚多，而慈母溪古今无人题诗。末两句云："离鸾只说闺中事，舐犊那知母子情！"

（宋）吕本中《童蒙诗训》，《宋诗话辑佚》本

老杜诗云："诗清立意新"，最是作诗用力处，盖不可循习陈言，只规摹旧作也。鲁直云："随人作诗终后人"；又云："文章切忌随人后"，此自鲁直见处也。近世人学老杜多矣，左规右矩，不能稍出新意，终成屋下架屋，无所取长。独鲁直下语，未尝似前人而卒与之合，此为善学。如陈无己力尽规摹，已少变化。

（案：《诗学指南》本《名诗贤旨》以此则为杨诚斋语，误。）

（宋）吕本中《童蒙诗训》，《宋诗话辑佚》本

今人多见出庄子题目，便用庄子语，殊不知此正是千人一律文章。若出庄子题目，自家却从别处做将来，方是出众文字也。

（宋）朱熹《答王近思》，《朱子文集》卷七，《丛书集成》本

陆机《文赋》云："谢朝华于已披，启夕秀于未振。"韩昌黎云："惟陈言之务去，戛戛乎其难哉。"李文饶曰："文章如日月，终古常见，而光景常新。"此古人论文之要也。近世以道学自诡，而掩其寡陋曰："吾不屑为文。"其文不过抄节宋人语录。又号于人曰："吾文布帛菽粟也。"予常戏之曰："菽粟则诚菽粟矣，但恐陈陈相因，红腐而不可食耳。"一座大笑。

（明）杨慎《陆韩论文》，《升庵全集》卷五十二，商务印书馆本

夫文不程古，则不登于上品；见非超妙，则傍古人之藩篱而已。壮夫者禀灵异之气，挺秀拔之姿，竭生平才智以从事文章家，乃不能高足远览，洞幽极玄，以特立千百载之下，与古人并驱而前，分道而抗旌，而徒傍人藩篱，拾人咳唾，以为生活。彼古人且奴视之曰：是为我负担而割裂我者。传之后世，以为何如？又非所以令韩、欧诸君子见也，令韩、欧见如是之文，彼且得而藉口曰：始二三君子姗笑我，将谓二三君子之文心标异而出之，立于太古之上也，奈何影响古人，以诧古为如是，不于我可少宽乎？吾文即非古，然何者非自得？而徒咕咕仿古自喜也！若然，则二三君子苟非得之超妙，无轻议古；苟非深于古，无轻訾韩、欧也。夫挟天子以令诸侯，诸侯将奔走焉；麋而虎皮，人得而寝处之矣。深于古以訾韩、欧，是挟天子以令诸侯者也；影响古人而求胜之，则麋而虎皮矣。诸君子其无为韩、欧寝处哉！

（明）屠隆《文论》，《由拳集》卷二十三，明刊本

《易》，数也；《礼》、《乐》，制度、声容也。《诗》、《书》、《春秋》，虽圣笔，然犹文与事也。《左氏》于《春秋》，《离骚》于《诗》，《史》、

《汉》于《书》，工于变者也；《太玄》于《易》，《中说》于《语》，拙于模者也。

（明）胡应麟《诗薮·外编》卷一，上海古籍出版社本

古文大家，不用人一字，不写人一句，纯以淡以朴胜人。经久百年，其文如新。此董思白所谓文莫妙于淡。弟更广之曰：文莫奇于淡。年兄试取前辈名家尽阅之，未有堆古语、写时套而不至于腐者。

（明）艾南英《与郑超宗书》，《天佣子集》卷五，清刊本

宋、元承三唐之后，殚工极巧，天地之英华，几泄尽无余。为诗者处穷而必变之地，宁各出手眼，各为机局，以达其意所欲言，终不肯雷同剿袭，拾他人残唾，死前人语下。于是乎情穷而遂无所不写，景穷而遂无所不收。

（明）袁中道《宋元诗序》，《珂雪斋文集》卷二，《中国文学珍本丛书》本

填词之难，莫难于洗涤窠臼；而填词之陋，亦莫陋于盗袭窠臼。吾观近日之新剧，非新剧也，皆老僧碎补之衲衣，医士合成之汤药，取众剧之所有，彼割一段，此割一段，合而成之——即是一种传奇，但有耳所未闻之姓名，从无目不经见之事实。语云："千金之裘，非一狐之腋。"以此赞时人新剧，可谓定评……窠臼不脱，难语填词。凡我同心，急宜参酌。

（清）李渔《闲情偶寄·词曲部·结构第一》，《中国古典戏曲论著集成》（七），中国戏剧出版社本

才人所撰诗、赋、古文，与佳人所制锦绣花样，无不随时更变。变则新，不变则腐。变则活，不变则板。至于传奇一道，尤是新人耳目之事，与玩花、赏月，同一致也。使今日看此花，明日复看此花，昨夜对此月，今夜复对此月，则不特我厌其旧，而花与月亦自愧其不新矣。故桃陈则李代，月满即哉生。花、月无知，亦能自变其调，矧词曲出生人之口，独不能稍变其音，而百岁登场，乃为三万六千日雷同合掌之事乎？

（清）李渔《闲情偶寄·演习部·变调第二》，《中国古典戏曲论著集成》（七），中国戏剧出版社本

人惟求旧，物惟求新。新也者，天下事物之美称也。而文章一道，较之他物，尤加倍焉。戛戛乎陈言务去，求新之谓也。至于填词一道，较之诗、赋、古文，又加倍焉。非特前人所作，于今为旧，即出我一人之手，今之视昨，亦可间焉。昨已见而今未见也，知未见之为新，即知已见之为旧矣。古人呼剧本为"传奇"者，因其事甚奇特，未经人见而传之，是以得名。可见非奇不传。新，即奇之别名也。

（清）李渔《闲情偶寄·词曲部·结构第一》，《中国古典戏曲论著集成》（七），中国戏剧出版社本

余凡诸立论，断不肯拾人牙慧；宁为人所讪笑，而人云亦云，终有所不能为也。惟从来至当不易之论，则虽人云亦云，有所不辞。苟其说似正，而其中有弊，便搪击不遗余力，无论其为古人之言及今人之言也。如诗要寄托远大，老杜诗中，时时以君国为念，故尔不同。此说是矣，然以鄙见论之，有不尽然者。高人隐士之诗，以世外之人，而为世外之语，寂静之中，具有妙理。今谓其不以君国为念而吐弃之乎？

（清）吴雷发《说诗菅蒯》，《清诗话》本

用前人字句，不可并意用之。语陈而意新，语同而意异，则前人之字句，即吾之字句也。若蹈前人之意，虽字句稍异，仍是前人之作，嚼饭喂人，有何趣味？

（清）薛雪《一瓢诗话》，《清诗话》本

昌黎先生云："陈言务去。"可知不去陈言，终无新意。能以陈言而发新意，才是大雄。古今来能有几人？若以铿钉为有出，拾掇为摹神，已落前人圈阓，岂能自见性情？

（清）薛雪《一瓢诗话》，《清诗话》本

范德机云："吾平生作诗，稿成读之，不似古人即焚去。"余则不然，作诗稿成读之，觉似古人即焚去。

（清）薛雪《一瓢诗话》，《清诗话》本

司空表圣论诗，贵得味外味。余谓今之作诗者，味内味尚不能得，况

味外味乎？要之以出新意去陈言为第一著。《乡党》云：祭肉不出三日，出三日则不食之矣。能诗者其勿为三日后之祭肉乎！

（清）袁枚《随园诗话》卷六，人民文学出版社本

夫诗一字不可乱下。禅家著一拟议不得，诗亦著一拟议不得；禅须作家，诗亦须作家；学人能以一棒打尽从来佛祖，方是个宗门大汉子；诗人能以一笔扫尽从来窠臼，方是个诗家大作者。可见作诗除去参禅，更无别法也。

（清）徐增《而庵诗话》，《清诗话》本

子昂、太白盖皆疾梁陈之艳薄，而思复古道者。然子昂以精深复古，太白以豪放复古。必如此，乃能复古耳。若其揣摹于形迹以求合，奚足言复古乎？

（清）翁方纲《石洲诗话》卷一，人民文学出版社本

杨升庵曰："玉田清空二字，词家三昧尽矣。"学者必在心传耳。传以心，会意有悟入处，又须跳出窠臼，时标新意，自成一家。若屋下架屋，则为人之臣仆。

（清）王又华《古今词论》，《词话丛编》本

益阳汤鹏，海秋其字，有诗三千余篇，芟而存之二千余篇，评者无虑数十家，最后属龚巩祚一言，巩祚亦一言而已，曰：完。何以谓之完也？海秋心迹尽在是，所欲言者在是，所不欲言而卒不能不言在是，所不欲言而竟不言，于所不言求其言亦在是。要不肯挦扯他人之言以为己言，任举一篇，无论识与不识，曰：此汤益阳之诗。

（清）龚自珍《书汤海秋诗集后》，《龚自珍全集》第三辑，上海人民出版社本

是故窠臼云者，非特窃取排场也，即通本无一独创之格，亦是窠臼。填词一道，文人下笔，欲词采富丽，恢恢乎游刃有余，而欲排场崭新，则难之又难，盖此皆优伶之事，不甚措意，而所失即在于此，不可不审慎出之也。余谓欲脱窠臼，有一至简至便之法，今日剧场布景，日新月异，凡

且不经见之事物，不妨设幻景以现之，但取历史中事实，其有可惊可愕可感可泣者，谱成词曲，而复衬以布景，裨阅者如置身其间，忽尔掩泣悲啼，忽尔欢容笑口，以今时之砌抹（剧中所用诸物统名砌抹），演旧日之声容，有不令人慷慨激昂，顿足起舞者，吾未之信也。

（清）吴梅《顾曲麈谈》，商务印书馆本

  且吾所谓脱窠臼者，盖欲一新词场之耳目也。即论旧剧，元明以来，从无死后还魂之事。《玉箫女两世姻缘》亦是投胎换身。自汤若士杜丽娘还魂后，顿使排场一新，且于冥间《魂游》《冥誓》一节，又添出许多妙文，是还魂一节，若士所独创也。又如《桃花扇》，不令生旦团圆，趁中元建醮之际，令生旦各修正果，并云："家国何在？君父何在？偏是儿女之情，不能割断。"真足令人猛然警觉，而于作者填词之旨，尤为吻合。又开场副末，不用旧日排场，末后《余韵》一折，更觉苍凉悲壮。试问今古传奇，从来有此场面乎？是特破生旦团圆之成格，东塘所独创也。（孔东塘友人顾彩，曾改《桃花扇》"修真"、"入道"诸折，使朝宗、香君，成为眷属。东塘尝贻书道谢。自余观之，直黑漆断纹琴而已，何足道哉。）

（清）吴梅《顾曲麈谈》，商务印书馆本

六

夺胎换骨　点铁成金

1. 点化前作　以铁炼金

　　所寄《释权》一篇，词笔从横，极见日新之效。更须治经，深其渊源，乃可到古人耳。青琐祭文，语意甚工，但用字时有未安处。自作语最难，老杜作诗，退之作文，无一字无来处，盖后人读书少，故谓韩、杜自作此语耳。古之能为文章者，真能陶冶万物，虽取古人之陈言入于翰墨，如灵丹一粒，点铁成金也。

　　　　　　（宋）黄庭坚《答洪驹父书》，《豫章黄先生集》卷十九，《四部丛刊》本

　　白乐天《长恨歌》云："玉容寂寞泪阑干，梨花一枝春带雨。"人皆喜其工，而不知其气韵之近俗也。东坡作送人小词云："故将别语调佳人，要看梨花枝上雨。"虽用乐天语，而别有一种风味，非点铁成黄金手，不能为此也。

　　　　　　（宋）周紫芝《竹坡诗话》，《历代诗话》本

　　"水田飞白鹭，夏木啭黄鹂。"李嘉祐诗也。王摩诘衍之为七言曰："漠漠水田飞白鹭，阴阴夏木啭黄鹂。"而兴益远。"九天阊阖开宫殿，万国衣冠拜冕旒。"王摩诘诗也。杜子美删之为五言句，"阊阖开黄道，衣冠拜紫宸"。而语益工。近观山谷黔南十绝，七篇全用乐天《花下对酒》、《渭川旧居》、《东城》、《寻春》、《西楼》、《委顺》、《竹窗》等诗，余三篇用其诗略点化而已。乐天云："相去六千

里，地绝天邈然。十书九不到，何以开忧颜。"山谷则云："相望六千里，天地隔江山。十书九不到，何用一开颜。"乐天云："霜降水反壑，风落木归山。苒苒岁时晏，物皆复本原。"山谷云："霜降水反壑，风落木归山。苒苒岁华晚，昆虫皆闭关。"乐天诗云："渴人多梦饮，饥人多梦餐。春来梦何处？合眼到东川。"山谷云："病人多梦医，囚人多梦赦。如何春来梦，合眼见乡社。"叶少蕴云："诗人点化前作，正如李光弼将郭子仪之军，重经号令，精彩数倍。"今观三公所作，此语殆诚然也。

（宋）葛立方《韵语阳秋》卷第一，《历代诗话》本

诗家有换骨法，谓用古人意而点化之，使加工也。李白诗云："白发三千丈，缘愁似个长。"荆公点化之，则云："缲成白发三千丈。"刘禹锡云："遥望洞庭湖水面，白银盘里一青螺。"山谷点化之，则云："可惜不当湖水面，银山堆里看青山。"孔稚圭《白苎歌》云："山虚钟磬彻。"山谷点化之，则云："山空响管弦。"卢仝诗云："草石是亲情。"山谷点化之，则云："小山作朋友，香草当姬妾。"学诗者不可不知此。

（宋）葛立方《韵语阳秋》卷第二，《历代诗话》本

徐陵鸳鸯赋云："山鸡映水那相得，孤鸾照镜不成双。天下真成长会合，无胜比翼两鸳鸯。"黄鲁直题画睡鸭曰："山鸡照影空自爱，孤鸾舞镜不作双。天下真成长会合，两凫相倚睡秋江。"全用徐陵语点化之，末句尤工。（《笔记》）

（宋）魏庆之《诗人玉屑》卷八，上海古籍出版社本

山谷之诗，有奇而无妙，有斩绝而无横放，铺张学问以为富，点化陈腐以为新，而浑然天成，如肺肝中流出者，不足也。此所以力追东坡而不及欤？或谓论文者尊东坡，言诗者右山谷，此门生亲党之偏说，而至今词人多以为口实，同者袭其迹而不知返，异者畏其名而不敢非。善乎吾舅周君之论也，曰："宋之文章至鲁直，已是偏仄处。陈后山而后，不胜其弊矣。人能中道而立，以巨眼观之，是非真伪，望而可见也。"若虚虽不解诗，颇以为然。近读《东都事略》《山谷传》云："庭坚长于诗，与秦观张耒晁补之游苏轼之门，号四学士，独江西君子以庭坚配轼，谓之苏

黄。"盖自当时已不以是为公论矣。

（金）王若虚《滹南诗话》卷中，人民文学出版社本

鲁直论诗，有夺胎换骨、点铁成金之喻，世以为名言，以予观之，特剽窃之黠者耳。鲁直好胜，而耻其出于前人，故为此强辞，而私立名字。夫既已出于前人，纵复加工，要不足贵。虽然，物有同然之理，人有同然之见，语意之间岂容全不见犯哉？盖昔之作者，初不校此，同者不以为嫌，异者不以为夸，随其所自得而尽其所当然而已。至于妙处，不专在于是也，故皆不害为名家，而各传后世，何必如鲁直之措意耶？

（金）王若虚《滹南诗话》卷下，人民文学出版社本

又有点金成铁者，少陵有句云："昨夜月同行。"陈无己则云，"勤勤有月与同归。"少陵云："暗飞萤自照。"陈则曰："飞萤元失照。"少陵云："文章千古事。"陈则云："文章平日事。"少陵云："乾坤一腐儒。"陈则云："乾坤着腐儒。"少陵云："寒花只暂香。"陈则云："寒花只自香。"一览可见。

（明）王世贞《艺苑卮言》卷四，《历代诗话续编》本

同是一语，人人如此说，我之说法独异：或人正我反，人直我曲，或隐约其词以出之，或颠倒字句而出之，为法不一。昔人点铁成金之说，我能悟之，不必铁果成金，但有惟铁是用之时，人以金试而不效，我投以铁，即金矣。

（清）李渔《窥词管见》，《词话丛编》本

秦少游"斜阳外，寒鸦万点，流水绕孤村。"晁无咎云："此语虽不识字者，亦知是天生好言语。"渔隐云："无咎不见炀帝诗耳。"盖以隋炀帝有"寒鸦千万点，流水绕孤村"之句也；余谓此语在炀帝诗中，只属平常，入少游词，特为妙绝。盖少游之妙，在"斜阳外"三字，见闻空幻。又"寒鸦"、"流水"，炀帝以五言划为两景，少游词用长短句错落，与"斜阳外"三景合为一景，遂如一幅佳图。此乃点化之神，必如此乃可用古语耳。

（清）贺贻孙《诗筏》，《清诗话续编》本

乐府古诗，不必轻拟。沧溟诸贤，病正坐此。前人拟古，莫妙于陆机、江淹。……若傅玄《艳歌行》云："一顾倾朝市，再顾国为墟。"呆拟之甚，所谓点金成铁手也。

（清）王士禛《池北偶谈》，《笔记小说大观》第三辑，上海进步书局本

《送杨复吉之辽阳学正》三四云："穹庐宿顿供羊胛，部落晨炊爨马通。"写塞外景入画，又见得粪秽皆可入诗，在人点化何如耳。只为"马通"字雅，遂盖了他丑处，此便是点化。又气上谓之炊，进火谓之爨，故二字得以并用。造句者字义必精熟，方下不错。七律

（清）张谦宜《絸斋诗谈》卷五，《清诗话续编》本

2. 以故为新　夺胎换骨

不同可知矣。此则有三同，三同之中，偷语最为钝贼。如汉定律令，厥罪必书，不应为。郑侯务在匡佐，不暇采诗。致使弱手芜才，公行劫掠。若评质以道，片言可折，此辈无处逃刑。其次偷意，事虽可罔，情不可原。若欲一例平反，诗教何设？其次偷势，才巧意精，若无朕迹，盖诗人偷狐白裘于阛阓中之手。吾示赏俊，从其漏网。

（唐）皎然《诗式》，《历代诗话》本

读古人诗多，意所喜处，诵忆之久，往往不觉误用为己语。"绿阴生昼寂，孤花表春余"，此韦苏州集中最为警策，而荆公诗乃有"绿阴生昼寂，幽草弄秋妍"之句。大抵荆公阅唐诗多，于去取之间，用意尤精，观《百家诗选》可见也。如苏子瞻"山围故国城空在，潮打西陵意未平"，此非误用，直是取旧句纵横役使，莫彼我为辨耳！

（宋）叶梦得《石林诗话》卷中，《历代诗话》本

潘邠老云，陈三所谓"学诗如学仙，时至骨自换"，此语为得。如"不知眼界开多少，白云去尽青天回"。凡此之类，皆换骨法也。顾况诗曰："一别二十年，人堪几回别？"舒王《与故人诗》曰："一日君家把酒杯，六年波浪与尘埃。不知乌石江边路，到老相寻得几回。"乐天曰：

"临风杪秋树,对酒长年身。醉貌如霜叶,虽红不是春。"东坡南中诗曰:"儿童误喜朱颜在,一笑那知是酒红。"凡此皆夺胎法也。舒王诗:"江月转空为白昼,岭云分暝与黄昏";"一水护田将绿绕,两山排闼送青来"。东坡《海棠诗》:"只恐夜深花睡去,故烧高烛照红妆。"又曰:"我携此石归,袖中有东海。"山谷曰:"此皆谓之句中眼。"

(宋)王直方《王直方诗话》,《宋诗话辑佚》本

欧阳文忠公《诗话》:陈公时得杜集,至《蔡都尉》:"身轻一鸟",下脱一字。数客补之,各云"疾""落""起""下",终莫能定。后得善本,乃是"过"字。其后东坡诗:"如观李杜飞鸟句,脱字欲补知无缘。"山谷诗:"百年青天过鸟翼。"东坡诗:"百年同过鸟。"皆从而效之也。予见张景阳诗云:"人生瀛海内,忽如鸟过目。"则知老杜盖取诸此。况杜又有《贶柳少府》诗:"余生如过鸟。"又云:"愁窥高鸟过。"景阳之诗,梁氏取以入《选》。杜《赠骥子》诗:"熟精《文选》理。"则其所取,亦自有本矣。如《赠韦左丞》诗,皆仿鲍明远《东武吟》:"主人且勿喧,贱子歌一言。"然古《咏香炉》诗:"四座且勿喧,愿听歌一言。"

(宋)吴开《优古堂诗话》,《历代诗话续编》本

山谷咏明皇时事云:"扶风乔木夏阴合,斜谷铃声秋夜深。人到愁来无处会,不关情处亦伤心。"全用乐天诗意。乐天云:"峡猿亦无意,陇水复何情。为到愁人耳,皆为断肠声。"此所谓夺胎换骨者是也。

(宋)曾季狸《艇斋诗话》,《历代诗话续编》本

洪觉范《冷斋夜话》曰:"山谷云:'诗意无穷,而人之才有限,以有限之才,追无穷之意,虽少陵、渊明不得工也。然不易其意而造其语,谓之换骨法;规模其意形容之,谓之夺胎法。'"予尝以觉范不学,故每为妄语。且山谷作诗,所谓"一洗万古凡马空",岂肯教人以蹈袭为事乎?唐僧皎然尝谓:"诗有三偷;偷语最是钝贼,如傅长虞'日月光太清',陈后主'日月光天德'是也;偷意事虽可罔,情不可原,如柳浑'太液微波起,长杨高树秋',沈佺期'小池残暑退,高树早凉归'是也;偷势才巧意精,略无痕迹,盖诗人偷孤白裘手,如嵇康'目送归鸿,手挥五弦',王昌龄'手携双鲤鱼,目送千里雁'是也。"夫皎然尚知此病,

孰谓学如山谷,而反以不易其意,与规模其意,而遂犯钝贼不可原之情耶?

(宋)吴曾《能改斋漫录》卷十,《丛书集成》本

诗恶蹈袭古人之意,亦有袭而愈工若出于己者。盖思之愈精,则造语愈深也。魏人章疏云:"福不盈身,祸将溢世。"韩愈则曰:"欢华不满眼,咎责塞两仪。"李华《吊古战场文》曰:"其存其没,家莫闻知。人或有言,将信将疑。(《渔隐丛话》作"盖将信疑"。)娟娟心目,梦寐见之。"陈陶则云:"可怜无定河边骨,犹是春闺梦里人。"盖愈工于前也。

(宋)魏泰《临汉隐居诗话》,《历代诗话》本

《冷斋夜话》,如郑谷《十日菊》曰:"自缘今日人心别,未必秋香一夜衰。"此意甚佳而病在气不长。曾子固曰:"诗当使人一览语尽而意有余。"荆公《菊诗》云:"千花百卉凋零后,始见闲人把一枝。"东坡云:"休休,明日黄华蝶也愁。"又如太白诗:"鸟飞不尽暮天碧",又"青天尽处没孤鸿",然其病如前所论。山谷诗云:"不知眼界阔多少,白鸟去尽青天回。"此皆换骨法也。顾况诗:"一别二十年,人堪几回别?"荆公云:"一日君家把酒杯,六年波浪与尘埃。不知乌石冈头路,到老相寻得几回?"乐天诗曰:"临风杪秋树,对酒长年人。醉貌如霜叶,虽红不是春。"东坡云:"儿童误喜朱颜在,一笑那知是酒红。"此皆夺胎之法也。

(宋)李颀《古今诗话》,《宋诗话辑佚》本

〔前辈云:"诗有夺胎换骨之说",信有之也〕。杜陵《谒元元庙》,其一联云:"五圣联龙衮,千官列雁行。"盖纪吴道子庙中所画者。徽宗尝制《哲庙挽诗》,用此意作一联云:"北极联龙衮,秋风折雁行",亦以雁行对龙衮。然语中的,其亲切过于本诗,兹不谓之夺胎可乎?不然,则徒用前人之语,殊不足贵。〔且如沈佺期云:"小池残暑退,高树早凉归",非不佳也,然正用柳恽"太液微波起,长杨高树秋"之句耳。〕苏子〔美〕云:"峡束沧渊深贮月,岩排红树巧妆秋",非不佳也,然正用杜陵"峡束沧江起,岩排石树圆"之句耳。语虽工,而无别也。

(宋)严有翼《艺苑雌黄》,《宋诗话辑佚》本

自古诗人文士，大抵皆祖述前人作语。梅圣俞诗云："南陇鸟过北陇叫，高田水入低田流。"欧阳文忠公诵之不去口。鲁直诗有"野水自添田水满，晴鸠却唤雨鸠来"之句，恐其用此格律，而其语意高妙如此，可谓善学前人者矣。

（宋）周紫芝《竹坡诗话》，《历代诗话》本

　　白乐天《长恨歌》云："玉容寂寞泪阑干，梨花一枝春带雨。"人皆喜其工，而不知其气韵之近俗也。东坡作送人小词云："故将别语调佳人，要看梨花枝上雨。"虽用乐天语，而别有一种风味，非点铁成黄金手，不能为此也。

（宋）周紫芝《竹坡诗话》，《历代诗话》本

　　鲁直谓陈后山学诗如学道，此岂寻常雕章绘句者之可拟哉。客有为余言后山诗，其要在于点化杜甫语尔。杜云"昨夜月同行"，后山则云"勤勤有月与同归"。杜云"林昏罢幽磬"，后山则云"林昏出幽磬"。杜云"古人去已远"，后山则云"斯人日已远"。杜云"中原鼓角悲"，后山则云"风连鼓角悲"。杜云"暗飞萤自照"，后山则云"飞萤元失照"。杜云"秋觉追随尽"，后山则云"林湖更觉追随尽"。杜云"文章千古事"，后山则曰"文章平日事"。杜云"乾坤一腐儒"，后山则曰"乾坤著腐儒"。杜云"孤城隐雾深"，后山则曰"寒城著雾深"。杜云"寒花只暂香"，后山则云"寒花只自香"。如此类甚多，岂非点化老杜之语而成者？余谓不然。后山诗格律高古，真所谓"碌碌盆盎中，见此古罍洗"者。用语相同，乃是读少陵诗熟，不觉在其笔下，又何足以病公。

（宋）葛立方《韵语阳秋》卷第二，《历代诗话》本

　　白乐天云："微月初三夜，新蝉第一声。"晏元宪云："绿树新蝉第一声。"王荆公云："去年今日青松路，忆似闻蝉第一声。"三用而愈工，信诗之无穷也。

（宋）陆游《老学庵笔记》卷十，中华书局本

　　庾信《月》诗云："渡河光不湿。"杜云："入河蟾不没。"唐人云："因过竹院逢僧话，又得浮生半日闲。"坡云："殷勤昨夜三更雨，又得浮

生尽日凉。"杜《梦李白》云:"落月满屋梁,犹疑照颜色。"山谷《簟诗》云:"落日映江波,依稀比颜色。"退之云:"如何连晓语,只是说家乡。"吕居仁云:"如何今夜雨,只是滴芭蕉。"此皆用古人句律,而不用其句意,以故为新,夺胎换骨。

(宋)杨万里《诚斋诗话》,《历代诗话续编》本

惟晚觉翁之作,则不然。其贯穿融液,夺胎换骨,不师一家。简缛秾淡,随物赋形,不主一体。

(宋)刘克庄《序晚觉翁稿》,《后村先生大全集》卷九十七,《四部丛刊》本

高适诗云:"林稀落日行人少,醉后无心怯路歧。"老杜有"前村山路险,归醉每无愁",词简意工,孰臻其妙,学造语者宜知之。又如杨衡诗云:"正是忆山时,复送归山客。"张籍云:"长因送人处,忆得别家时。"卢象《还家》诗云:"小弟更孩幼,归来不相识。"贺知章云:"儿童相见不相识,笑问客从何处来。"语益换而益佳,善脱胎者宜参之。近时严坦叔《还家》诗,亦有"旧时巷陌浑忘记,却问新移来住人",颇得知章之遗意。

(宋)范晞文《对床夜语》卷三,《历代诗话续编》本

"情新因意胜,意胜逐情新。"上官仪诗也。王驾有"雨前初见花间蕊,雨后全无叶底花",脱胎工矣。人以为此格自驾始,非也。或又谓为荆公所作,亦非也。

(宋)范晞文《对床夜语》卷五,《历代诗话续编》本

夺胎者,因人之意,触类而长之,虽不尽为因袭,又能不尽至于转移,盖亦大同而小异耳。《冷斋夜话》云:"规模其意而形容之,谓之夺胎。"换骨者,意同而语异也。《冷斋》云:"不易其意而造其语,谓之换骨。"朱皞逢年云:"今人皆拆洗诗耳,何夺胎换骨之有!"

(宋)王构《修辞鉴衡》卷一,《丛书集成》本

文章虽要不蹈袭古人一言一句,然古人自有夺胎换骨等法,所谓

"灵丹一粒，点铁成金"也。欧阳公《祭苏子美文》云："子之心胸，蟠屈龙蛇。风云变化，雨雹交加。忽然挥斥，霹雳轰车。人有遭之，心惊胆破，震汗如麻。须臾霁止，而回顾百里，山川草木，开发萌芽。子于文章，雄豪放肆有如此者，吁可怪耶！"世人但知诵公此文，而不知实有来处。公作《黄梦升墓铭》，称梦升哭其兄之子庠之词曰：子之文章，电激雷震，雨雹忽止，阒然灭泯。"公尝喜诵之，祭文盖用此耳。梦升所作，虽不多见，然观其词句，奇倔可喜，正得所谓千兵万马之意。及公增以数语，而变态如此，此固非蹈袭者。其后东坡《跋姜君弼课业》亦云："云兴天际，欻若车盖。凝眝未瞬，涨漫霡霂。惊雷出火，乔木麋碎。殷地熬空，万夫皆废。雷绠四坠，日中见沫。移晷而收，野无完块。"此三者语各不同，然只是一意。前辈作者用此法。吾谓此实不传之妙，学者即此便可反隅矣。

（宋）陈善《扪虱新话》上集卷二，《丛书集成》本

    陈僧慧标《咏水》诗："舟如空里泛，人似镜中行。"沈佺期《钓竿》篇："人如天上坐，鱼似镜中悬。"杜诗："春水船如天上坐，老年花似雾中看。"虽用二子之句，而壮丽倍之，可谓得夺胎之妙矣。

（明）杨慎《升庵诗话》卷五，《历代诗话续编》本

    后汉肃宗诏曰："父战于前，子死于后。弱女乘于亭障，孤儿号于道路。老母寡妻，设虚祭，饮泣泪，想望归魂于沙漠之表，岂不哀哉！"李华《吊古战场文》祖之。陈陶《陇西行》云："可怜无定河边骨，犹是春闺梦里人。"可谓得夺胎之妙。

（明）杨慎《升庵诗话》卷十一，《历代诗话续编》本

    汉贾捐之议罢珠崖疏云："父战死于前，子斗伤于后，女子乘亭鄣，孤儿号于道，老母寡妇饮泣巷哭，遥设虚祭，想魂乎万里之外。"《后汉南匈奴传》、唐李华《吊古战场文》全用其语意，总不若陈陶诗云："誓扫匈奴不顾身，五千貂锦丧胡尘。可怜无定河边骨，犹是春闺梦里人。"一变而妙，真夺胎换骨矣。（按：卷十一《诗文夺胎》之条与此稍异，特两存之。）

（明）杨慎《升庵诗话》卷十二，《历代诗话续编》本

苏子卿曰："明月照高楼，想见余光辉"。子美曰："落月满屋梁，犹疑照颜色。"庾信曰："落花与芝盖齐飞，杨柳共春旗一色。"王勃曰："落霞与孤鹜齐飞，秋水共长天一色。"梁简文曰："湿花枝觉重，宿鸟羽飞迟。"韦苏州曰："漠漠帆来重，冥冥鸟去迟。"三者虽有所祖，然青愈于蓝矣。

（明）谢榛《四溟诗话》卷一，人民文学出版社本

作诗最忌蹈袭，若语工字简，胜于古人，所谓"化陈腐为新奇"是也。

（明）谢榛《四溟诗话）卷二，人民文学出版社本

凡袭古人句，不能翻意新奇，造语简妙，乃有愧古人矣。谢庄《月赋》："洞庭始波，木叶微脱。"盖出自屈平"洞庭波兮木叶下"。譬以石家铁如意，改制细巧之状，此非古良冶手也。王勃《七夕赋》："洞庭波兮秋水急。"意重气迫，而短于点化，此非偷狐白裘手也。许浑《送韦明府南游》诗："木叶洞庭波。"然措词虽简而少损气魄，此非缩银法手也。

（明）谢榛《四溟诗话》卷三，人民文学出版社本

予初秋游都下韦园，暮归值雨，遂留殷太史正夫书斋，秉烛独酌。正夫曰："闻子能针唐诗之病，勿秘其法。"予因检宋之问《宴山亭》诗"攀岩践苔易，迷路出花难"，不及骆宾王《咏雁》"带月凌空易，迷烟逗浦难"，用韵妥帖。复检刘长卿《雨中过灵光寺》诗"向人寒烛静，带月夜钟深"，不及皇甫曾《晚至华阴》"云霞仙掌出，松柏古祠深"，韵亦妥帖。正夫曰："前二韵欠稳，子试定之。"曰："攀岩践苔滑，迷路出花迟。""向人寒烛静，隔雨夜钟微。"正夫曰："宋刘二诗，譬犹高堂大厦，梁栋不加华藻，未为完美。子虽斗良材，惜未结搆，但筑楼阁之基尔，劳思何益。凡阅古人之诗，辄有采取，或因拙致工，因繁为简，其珠玉归囊，便是自家物，不愈乎六朝蹈袭以成风？此作者秘法，但不滞其机尔。"予曰："闻此确论，知其无妨也。"

（明）谢榛《四溟诗话》卷三，人民文学出版社本

子瞻多用事实，从老杜五言古排律中来。鲁直用生拗句法，或拙或

巧，从老杜歌行中来。介甫用生重字力于七言绝句及颔联内，亦从老杜律中来。但所谓差之毫厘，谬以千里耳。骨格既定，宋诗亦不妨看。

（明）王世贞《艺苑卮言》卷四，《历代诗话续编》本

黄山谷曰："世人但学兰亭面，欲换凡骨无金丹。"盖讥世之临摹禊帖，皆仅得面庞，而未得其精髓也。

（明）张岱《跋王文聚隶兰亭帖》，《琅嬛文集》卷五，《中国文学珍本丛书》本

杨慎曰：词于文章为末艺，非自选诗乐府来，必不能入妙。东坡之"照野涵涵浅浪，横空暧暧霄"，用陶潜"山涤余霭，宇暧微霄"语也。易安之"清露晨流，新桐初引"，全用世说。若在稼轩，诸子百家，行间笔下，驱斥如意矣。如"天气殊未佳，汝定成行否？得且住为佳耳"。此晋帖中无名氏语也，语本入妙，而稼轩引用之。

（明）沈雄《古今词话·词品下卷》，《词话丛编》本

演新剧如看时文，妙在闻所未闻，见所未见。演旧剧如看古董，妙在身生后世，眼对前朝。然而古董之可爱者，以其体质愈陈愈古，色相愈变愈奇。如铜器、玉器之在当年，不过一刮磨光莹之物耳；迨其历年既久，刮磨者浑全无迹，光莹者斑驳成文，是以人人相宝。非宝其本质如常，宝其能新而善变也。使其不异当年，犹然是一刮磨光莹之物，则与今时旋造者无别，何事什伯其价而购之哉。旧剧之可珍，亦若是也。今之梨园，购得一新本，则因其新而愈新之，饰怪妆奇，不遗余力。演到旧剧，则千人一辙，万人一辙，不求稍异；观者如听蒙童背书，但赏其熟，求一换耳换目之字而不得：则是古董便为古董，却未尝易色生斑，依然是一刮磨光莹之物。我何不取旋造者观之，犹觉耳目一新，何必定为村学究听蒙童背书之为乐哉。然则生斑易色，其理甚难，当用何法以处此？曰：有道焉，仍其体质，变其丰姿。如同一美人，而稍更衣饰，便足令人改观，不俟变形易貌而始知别一神情也。体质维何？曲文与大段关目是已。丰姿维何？科诨与细微说白是已。曲文与大段关目不可改者，古人既费一片心血，自合常留天地之间，我与何仇而必欲使之埋没？且时人是古非今，改之徒来讪笑。仍其大体，既慰作者之心，且杜时人之口。科诨与细微说白不可不变

者，凡人作事，贵于见景生情。世道迁移，人心非旧，当日有当日之情态，今日有今日之情态。传奇妙在人情，即使作者至今未死，亦当与世迁移，自啮其舌，必不为胶柱鼓瑟之谈，以拂听者之耳。况古人脱稿之初，便觉其新，一经传播，演过数番，即觉听熟之言，难于复听，即在当年，亦未必不自厌其繁而思陈言之务去也。我能易以新词，透入世情三昧，虽观旧剧，如阅新篇，岂非作者功臣。使得为鸡皮三少之女，前鱼不泣之男，地下有灵，方颂德歌功之不暇，而忍以矫制责之哉。但须点铁成金，勿令画虎类狗；又须择其可增者增，当改者改。万勿故作知音，强为解事，令观者当场喷饭。而群罪作俑之人，则湖上笠翁不任咎也。

（清）李渔《闲情偶寄·演习部·变调第二》，《中国古典戏曲论著集成》（七），中国戏剧出版社本

　　凡诗文可盗者，非盗者之罪，而诲盗者之罪。若彭泽诗、诸葛《出师》文，宁可盗乎？李、杜、韩、欧集中，亦难作贼。间有盗者，雅俗杂出，如茅屋补以铜雀瓦，破衲缀以葡萄锦，赃物现露，易于捉败。先明七才子诸集，递相剽劫，乃盗窝耳。

（清）贺贻孙《诗筏》，《清诗话续编》本

　　自皎然有三偷之说，因指子美"湛湛长江去"同于"湛湛长江水"，"江平不肯流"同于"潮平似不流"，而后人遂谓少陵诗未免蹈袭。如"船如天上坐，人似镜中行"，"人如天上坐，鱼似镜中游"，沈佺期诗也，子美"春水船如天上坐，老年花似雾中看"，特袭沈句耳。不知少陵深服沈诗，时取沈句流连把咏，烂熟在手口之间，不觉写出。观唐诸家，语句相似颇多，大抵坐此，非蹈袭也。且"人如天上坐"不及"船如天上坐"，加"春水"二字作七言，却更活动。而"老年花似雾中看"，描写老态，龙钟可笑，又岂"鱼似镜中游"可及哉！《古诗十九首》中，有意用他家句者，曹孟德亦然。不独写来无痕，试取前后语反复讽咏，反似大出古人之上。非如今人本无佳句，偶盗他语，便觉态出，如穷儿盗乘舆服物，一见便捉败也。

（清）贺贻孙《诗筏》，《清诗话续编》本

　　作词必先选料，大约用古人之事，则取其新颖，而去其陈因。用古人

之语，则取其清隽，而去其平实。用古人之字，则取其鲜丽，而去其浅俗。不可不知也。

（清）彭孙遹《金粟词话》，《词话丛编》本

苏文忠公凌跨千古，独心折山谷之诗，数效其体。前人之虚怀如此。后世腐儒乃谓山谷与东坡争名，何其陋耶！山谷虽脱胎于杜，顾其天姿之高，笔力之雄，自辟庭户。宋人作《江西宗派图》，极尊之，配食子美，要亦非山谷意也。

（清）王士禛《带经堂诗话》卷四，人民文学出版社本

唐人作诗，意细法密。如崔护云："去年今日此门中，人面桃花相映红。人面不知何处去，桃花依旧笑春风。"后改为"人面只今何处在"，以有"今"字，则前后交付明白，重字不惜也。昔有好捉人诗病者，谓某句出于前人某句，亦未必然。余曾有《试灯》诗云："雪月梅花三白夜，酒灯人面一红时。"今说崔护诗，乃知古人受诬者多矣。前人诗句甚多，后人自当有相同者，那能顾虑？但作者严绝三偷，惟求自尽吾意，偶同勿论也。

（清）吴乔《围炉诗话》卷之三，《清诗话续编》本

各自有意，各自言之。宋人每言夺胎换骨，去瞎盛唐字仿句摹有几？宋人翻案诗，即是蹈袭陈言，看不破耳。又多摘前人相似之句，以为蹈袭。诗贵见自心耳，偶同前人何害？作意蹈袭，偷势亦是贼。

（清）吴乔《围炉诗话》卷之五，《清诗话续编》本

《隐居语录》曰："诗恶蹈袭古人之意，亦有袭而愈工，若出于己者，盖思之愈精，则造语愈深也。李华《吊古战场》曰：'其存其没，家莫闻知。人或有言，将信将疑。悁悁心目，寝寐见之。'陈陶则曰：'可怜无定河边骨，犹是春闺梦里人'，盖工于前也。"余以以文为诗，此谓之出处，何得为蹈袭。若如此苛责，则作诗者必字字杜撰耶。又如宋钱希白"双蜂上帘额，独鹊袅庭柯"，陈后斋以为本于韦苏州《听莺曲》："有时断续听不了，飞去花枝犹袅袅。"余以韦是飞去之后，花枝自袅，力在"飞"字；钱乃初集之时，鹊与枝同袅，景尤可爱也。意不相同，何妨并

美。（黄白山评："必著'飞去'二字，'袅'字始见其工。若钱句入'袅'字，殊觉费力而有迹。宋之去唐，毫厘千里，而犹赏其语景可爱，真担板汉也。"）

（清）贺裳《载酒园诗话》卷一，《清诗话续编》本

盗法一事，诋之则曰偷势，美之则曰拟古。然六朝人显据其名，唐人每阴窃其实，虽谓之偷可也。独宋人则偷亦不能，如介甫爱少陵"钩帘宿鹭起，丸药流莺啭"。后得句云"青山扪虱坐，黄鸟挟书眠"，自谓不减于杜，人亦称之。然二语何异截鹤胫而使短，直与"雪白后园僵"等耳，此真房太尉兵法。

（清）贺裳《载酒园诗话》卷一，《清诗话续编》本

刘孝绰妹诗"落花扫更合，丛兰摘复生"，孟浩然"林花扫更落，径草踏还生"，此联岂出自刘欤？白乐天《咏原上草送客》诗："野火烧不尽，春风吹又生。"一句之意，分为两句，风致亦自不减。古人作诗，皆有所本，而脱化无穷，非蹈袭也。

（清）田雯《古欢堂集杂著》卷三，《清诗话续编》本

诗尚新雅，然能以故为新，以俗为雅，尤其不易得者。

（清）田同之《西圃诗说》，《清诗话续编》本

山谷云："以俗为雅，以故为新，如孙、吴之兵，棘端可以破镞，此诗人之奇也。"盖诗之奇不在此，山谷认此为奇，所以为山谷也。朱文公讥山谷诗多信口乱道，杨用修亦嗤鄙之，虽不尽然，然非无见者。

（清）叶矫然《龙性堂诗话续集》，《清诗话续编》本

晚之不及初盛者，非谓今体，谓古体也。元和今体新逸，时出开元、大历之上，惟古体神情婉弱，酝酿既薄，变化易穷。至宋得长公、涪翁、永叔诸公，天分既高，人力复尽，其绘情写物，虽似另开生面，而实青莲、工部胎骨，不知者徒以苏、黄之体少之，真矮人观场也。

（清）叶矫然《龙性堂诗话续集》，《清诗话续编》本

杼山《观王右丞维沧州图歌》云："沧洲说近三湘口，谁知卷得在君手。披图拥褐临水时，翛然不异沧洲叟。"此篇在唐人本非杰出之作，而何仲默题吴伟画，用此调法，遂成巨观。此所贵乎相机布势，脱胎换骨之妙也。今若取杜陵题画脍炙人口之大篇，摹其韵句调法，有是理乎？

（清）翁方纲《石洲诗话》卷二，人民文学出版社本

唐人最善于脱胎，变化无迹，读者惟觉其妙，莫测其源。如谢惠连《捣衣》云："腰带准畴昔，不知今是非。"张文昌《白纻词》则云："裁缝长短不能定，自持刀尺向姑前。"裴说《寄边衣》云："愁捻银针信手缝，惆怅无人试宽窄。"非皆本于谢语乎？又金昌绪"打起黄莺儿，莫教枝上啼。啼时惊妾梦，不得到辽西"。岑嘉州则脱而为"枕上片时春梦中，行尽江南数千里"。至家三拜先生，则又从岑诗翻出云："昨日草枯今日生，羁人又动故乡情。夜来有梦登归路，未到桐庐已及明。"或触影生形，或当机别悟，唐人如此等类，不可枚举。解得此法，《五经》、《廿一史》皆我诗心也。

（清）方南堂《辍锻录》，《清诗话续编》本

"知有前期在，难分此夜中。毋将故人酒，不及石尤风。"此司空文明送别之作也。仅二十字，情致绵渺，意韵悠长，令人咀含不尽。似此等诗，熟读数十百篇，又何患不能换骨！

（清）方南堂《辍锻录》，《清诗话续编》本

彭金粟云："词以自然为宗，但自然不从追琢中来，便率易无味。"此三语，尤为词中中肯之论。又云："用古人之事则取其新僻而去其陈因，用古人之语则取其清隽而去其平实，用古人之字则取其轻丽而去其浅俗。然用事亦不宜太新僻，恐有狐穴诗人之诮。熟事能生，旧事能新，更为妙手。盖辞有限，意无穷，以意运辞，何熟非生，何旧非新。"

（清）谢章铤《赌棋山庄词话》卷一，《词话丛编》本

诗家恶剿袭，不忌脱胎。张虞山（养重）"南楼楚雨三更远，春水吴江一夜增"，脱"寒雨连江夜入吴"意也，笔妙顿觉生新。张他诗多隽，推

重名公卿间。

（清）杨际昌《国朝诗话》卷之二，《清诗话续编》本

"寻寻觅觅，冷冷清清，凄凄惨惨戚戚。"易安隽句也。并非高调。"莺莺燕燕春春，花花柳柳真真，事事风风韵韵，娇娇嫩嫩，四字尤不堪。停停当当人人。"乔梦符效之，丑态百出矣。然如双卿《凤凰台上忆吹箫》一阕，叠至四五十字，而运以变化，不见痕迹，长袖善舞，谁谓今人不逮古人？

（清）陈廷焯《白雨斋词话》卷九，齐鲁书社《足本校注》本

学以砺而后成，苟违绳墨，何惮钚规。若以水济水，则亦何益之有哉？古人诗词，不尽可法，善于运用，何难化腐为奇。若理解不明，贞淫未辨，妄窃古人成语，以为己有；胶柱者实其唾余，改弦者失其宗旨，古人亦安恃此知己也？

（清）陈廷焯《白雨斋词话》卷九，齐鲁书社《足本校注》本

诗语入词，词语入曲，善用之即是出处，袭而愈工，阮亭极持此论。

（清）邹祗谟《远志斋词衷》，《词话丛编》本

按沿袭古人句，纵使语妙，杼山偷句，已有明条，云何换骨？

（清）何文焕《历代诗话考索》，《历代诗话》本

七
复古与师古

1. 复古为本

或问：公孙龙诡辞数万以为法，法与？曰：断木为棋，梡革为鞠，亦皆有法焉。不合乎先王之法者，君子不法也。观书者，譬诸观山及水，升东岳而知众山之峛崺也，况介丘乎？浮沧海而知江河之恶沱也，况枯泽乎？舍舟航而济乎渎者，末矣；舍五经而济乎道者，末矣。弃常珍而嗜乎异馔者，恶睹其识味也？委大圣而好乎诸子者，恶睹其识道也？山㔶之蹊，不可胜由矣；向墙之户，不可胜入矣。曰：恶由入？曰：孔氏。孔氏者，户也。曰：子户乎？曰：户哉，户哉，吾独有不户者矣？

（汉）扬雄《法言·吾子》卷二，《诸子集成》本

今有人生二十八年矣，名不著于农工商贾之版，其业则读书著文歌颂尧舜之道。鸡鸣而起，孜孜焉亦不为利，其所读皆圣人之书，杨墨释老之学无所入于其心，其所著皆约六经之旨而成文，抑邪兴正，辨时俗之所惑。居穷守约，亦时有感激怨怼奇怪之辞，以求知于天下，亦不悖于教化，妖淫谀佞诪张之说，无所出于其中，四举于礼部乃一得，三选于吏部卒无成。九品之位其可望，一亩之宫其可怀。

（唐）韩愈《上宰相书》，《昌黎先生集》卷第十六，《四部备要》本

大信述作必根乎六经：取《礼》之简要，《诗》之比兴，《书》之典刑，《春秋》之褒贬，《大易》之变化，错落混合，峥嵘特立。不离圣域

而逸轨绝尘，不易雅制而环姿万变，有若云起日观，尽成丹霞，峰坏灵掌，无非峻势，皆天光朗映，秀气孤拔，岂藻饰而削成者哉？

（唐）吕温《送薛大信归临晋序》，《吕衡州文集》卷三，《丛书集成》本

文取于古，则实而有华；文取于今，则华而无实。实有其华，则曰经纬之文也，政在其中矣；华无其实，则非经纬之文也，政亡其中矣。

（宋）柳开《答臧丙第二书》，《河东先生集》卷六，《四部丛刊》本

道始于伏羲氏，而成终于孔子。道已成终矣，不生圣人可也。故自孔子来二千余年矣，不生圣人。若孟轲氏、扬雄氏、王通氏、韩愈氏，祖述孔子而师尊之，其智足以为贤。孔子后，道屡废塞，辟于孟子，而大明于吏部。道已大明矣，不生贤人可也。故自吏部来三百有余年矣，不生贤人。若柳仲涂、孙汉公、张晦之、贾公疎（一作疎），祖述吏部而师尊之，其志实降。

噫！伏羲氏、神农氏、黄帝氏、少昊氏、颛顼氏、高辛氏、虞舜氏、禹、汤、文、武、周公、孔子者，十有四圣人，孔子为圣人之至。噫！孟轲氏、荀况氏、扬雄氏、王通氏、韩愈氏，五贤人，吏部为贤人之至（原校：一作卓）。不知更几千万亿年，复有孔子，不知更几千百数年，复有吏部。孔子之《易》《春秋》，自圣人来未有也；吏部《原道》《原人》《原毁》《行难》《禹问》《佛骨表》《诤臣论》，自诸子以来未有也。呜呼至矣！

（宋）石介《尊韩》，《石徂徕集》卷下，《丛书集成》本

少时喜作草书，初不师承古人。但管中窥豹，稍稍推类为之。方事急时，便以意成，久之或不自识也。比来更自知所作韵俗，下笔不浏离。如禅家粘皮带骨语。因此不复作。时有委缣素者颇为作正书。正书虽不工差循理尔。今观钟离寿州小字千字，妩媚而有精神，熟视皆有绳墨，因知万事皆当师古。

（宋）黄庭坚《钟离跋尾》，《山谷集·别集》卷十一《题拔》，《四库全书》本

思义理则欲精，知古今则欲博，学文则观古人之规摹。

（宋）黄庭坚《与王立之承奉帖（五）》，《山谷集·别集》卷十五《书简》，《四库全书》本

所寄诗度超今人已千百，但恨未及古人耳。杜子美云："读书破万卷，下笔如有神。"此作诗之器也。然则虽利器而不能善其事者，何也？无妙手故也。所谓妙手者，殆非世智下聪所及，要须得之心地。老夫学道三十余年，三四年来方解古人语平直无疑。读《周易》、《论语》、《老子》，皆亲见其人也。

（宋）黄庭坚《答徐甥师川》，《山谷集·续集》卷五《刀笔》，《四库全书》本

乙卯冬，陈去非初见余诗，曰："奇语甚多，只欠建安六朝诗耳。"余以为然。及后见去非诗全集，求似六朝者，尚不可得，况建安乎？词不逮意，后世所患。邹员外德久尝与余阅石刻，余问："唐人书虽极工，终不及六朝之韵，何也？"德久曰："一代不如一代，天地风气生物，只如此耳。"言亦有理。

（宋）张戒《岁寒堂诗话》卷上，《历代诗话续编》本

心醉六经，尚友千载，谓之好古可也。今之好古者乃不然，书画贵整，而必取腐烂陈暗者以为奇；器物贵新，而必取穿漏弇薄者以为异，曰是古也。乃不靳赀费而求之，何其不思之甚邪！书画贵古，犹欲识其笔法之渊源，以穿漏弇薄之器而珍之，此何理哉？尝观老杜《铜瓶诗》云："乱后碧井废，时清瑶殿深。"其末云："蛟龙虽缺落，犹得折黄金。"则以古物而要厚赀，自古而然。

（宋）葛立方《韵语阳秋》卷第二十，《历代诗话》本

六经之文，先秦古书，自汉而视之已不可及；由汉以降，视汉之文又不可及矣。唐三百年，文章宗伯惟韩退之，其次柳子厚，而二人皆服膺西汉之文章，恨悼当世鲜有能共兴者。

（宋）陆九渊《策问》，《象山先生全集》卷二十四，《四部丛刊》本

为文必学《春秋》，然后言语有法。近世学者，多以《春秋》为深隐不可学，盖不知《春秋》者也。且圣人之言，曷尝务为奇险，求后世之不可晓。赵啖曰，春秋明白如日月，简易如天地。

      （宋）王构《春秋之文》，《修辞鉴衡》卷二，《丛书集成》本

  所谓古者何？古之书也，古之道也，古之心也。道存诸心，心之言形诸书，日诵之，日履之，与之俱化，无问古今也。若曰专溺辞章之间，上法周、汉，下蹴唐、宋，美则美矣，岂师古者乎！

      （明）宋濂《师古斋箴序》，《宋文宪公全集》卷十三，《四部备要》本

  人而不师古，定轻重于众人，而不辨其为玉为石，惛惛恢恢，此唱彼和，更相朋附，转相诋訾，而诗之道无有能知者矣。

      （明）刘基《照玄上人诗集序》，《诚意伯文集》卷五，《四部丛刊》本

  然斯岂易易哉！世有自谓不师其辞者，则剽生抉怪，杂取艰深之辞，敷错成文，以饰其鄙陋之意，至于不可句读，使人诵之而不晓其意，以为文故如是。或者惩其病则弛慢不思，辑陈蹈故，混不加修，甚则取里谈巷语、猥亵嘲笑之辞，书之编简，以为明道，文与道割裂为二，互相訾诋。又或见其然，遂放言而攻之，以为古之道不可释以今之文，今之文不当学古之辞。三者虽异，而惧失之，不师古非文也，而师其辞又非也。可以为文者，其惟学古之道乎！

      （明）方孝孺《张彦辉文集序》，《逊志斋集》卷十二，《四部备要》本

  举世皆宗李杜诗，不知李杜更宗谁？能探风雅无穷意，始是乾坤绝妙词。

      （明）方孝孺《谈诗五首》，《逊志斋集》卷二十四，《四部备要》本

  夫五言者，不祖汉则祖魏，固也。乃其下者即当效陆、谢矣，所谓画鹄不成尚类鹜者也。呜呼，此可易与不知者道哉？

      （明）李梦阳《刻陆谢诗序》，《李空同全集》卷四十九，明刻本

某少无师承师心自用，妄意于文艺之事。自十八岁谬通仕籍，即孳孳于觚翰方册之间，盖勤思竭精者十有余年，徒知掇摭割裂以为多闻，模效依仿以为近古，如饮酒方醉，叫呼喧呶，自以为乐。而不知醒者之笑于其侧而哀之也。溺而不止，已成弃物，天诱其衷，不即沦陷。二十八岁以来，始尽取古圣贤经传及有宋诸大儒之书，闭门扫几，伏而读之，论文绎义，积以岁月，忽然有得，追思往日之谬，其不见为大贤君子所弃而终于小人之归者，诚幸矣！愧惧交集，如不欲生，乃尽弃前之所学，潜心钻研者，又二年于此矣。

（明）王慎中《再上顾未斋》，《王遵岩文粹》卷二十一，明刊本

《三百篇》经圣删，然而吾断不敢以为法而拟之者，所摘前句是也。《尚书》称圣经，然而吾断不敢以为法而拟之者，《盘庚》诸篇是也。

（明）王世贞《艺苑卮言》卷一，《历代诗话续编》本

李献吉劝人勿读唐以后文，吾始甚狭之，今乃信其然耳。记闻既杂，下笔之际，自然于笔端搅扰，驱斥为难。若模拟一篇，则易于驱斥，又觉局促，痕迹宛露，非斲轮手。自今而后，拟以纯灰三斛，细涤其肠，日取六经《周礼》《孟子》《老》《庄》《列》《荀》《国语》《左传》《战国策》《韩非子》《离骚》《吕氏春秋》《淮南子》《史记》班氏《汉书》，西京以还至六朝及韩、柳，便须铨择佳者，熟读涵泳之，令其渐渍汪洋。遇有操觚，一师心匠。气从意畅，神与境合，分途策驭，默受指挥，台阁山林，绝迹大漠，岂不快哉！世亦有知是古非今者，然使招之而后来，麾之而后却，已落第二义矣。

（明）王世贞《艺苑卮言》卷一，《历代诗话续编》本

作古诗先须辨体，无论两汉难至，苦心模仿，时隔一尘。即为建安，不可堕落六朝一语。为三谢，纵极排丽，不可杂入唐音。小诗欲作王、韦，长篇欲作老杜，便应全用其体。第不可羊质虎皮，虎头蛇尾。

（明）王世懋《艺圃撷余》，《历代诗话》本

李于鳞七言律，俊洁响亮，余兄极推毂之。海内为诗者，争事剽窃，纷纷刻鹜，至使人厌。予谓学于鳞不如学老杜，学老杜尚不如学盛唐。何者？老杜结构自为一家言，盛唐散漫无宗，人各自以意象声响得之。正如韩、柳之文，何有不从左史来者？彼学而成，为韩为柳。我又从韩、柳学，便落一尘矣。轻薄子遽笑韩、柳非古，与夫一字一语必步趋二家者，皆非也。

（明）王世懋《艺圃撷余》，《历代诗话》本

文章非末枝也。权谋警踪，功配生成气运。视以盛衰尘劫，同其悠远。语其极至，则源委于六经，澎湃于七国，浩瀚于两都。西京下无文矣，非无文，文之至弗与也；东京后无诗矣，非无诗，诗之至弗与也。

（明）胡应麟《诗薮·内编》卷一，上海古籍出版社本

变起于智者，又通于智者。三百篇诗之大常也，一变之而骚，再变之而赋，再变之而选，再变之而乐府而歌行，又变之而律，而其究也，亦不出三百篇之范围。

（明）王思任《李贺诗解序》，《王季重十种》，《中国文学珍本丛书》本

弘、正之间……李梦阳、何景明倡言复古，文自西京，诗自中唐而下，一切吐弃。操觚谈艺之士，翕然宗之……迨嘉靖时……李攀龙、王世贞辈，文主秦、汉，诗规盛唐。王、李之持论，大率与梦阳、景明相倡和也。

（清）张廷玉《明史·文苑传序》，中华书局本

梦阳才思雄鸷，卓然以复古自命。弘治时，宰相李东阳主文柄，天下翕然宗之，梦阳独讥其萎弱，倡言文必秦、汉，诗必盛唐，非是者弗道。

（清）张廷玉《明史·文苑传》，中华书局本

晋宋翼工书。始工点画，其师钟繇见而叱之，翼三年不敢见繇，潜心改迹，书名大著。黄鲁直评钟离州小字《千字文》："妩媚而有精神，熟

视皆有绳墨。"因知万事皆当师古也。

（清）叶矫然《龙性堂诗话初集》，《清诗话续编》本

趋庭之训，首及诗。诗以道性情，感志意，关风教，通鬼神，伦常物理，无不毕具。以"击壤"、"康衢"为发源，由《三百篇》而降，则滥觞于汉、魏、六朝，浸广于唐、宋、元、明，以及昭代，何世无诗？但日趋日下，去本一步，呈尽千媸，昔人已有诗亡之叹，况今日乎？有志者当自具只眼，溯流而上，必得其源。

（清）薛雪《一瓢诗话》，《清诗话》本

或问余曰："诗如何作方得新？"余曰："君不见古人之诗乎？千余年来常在人目前而不厌。今人诗甫脱稿，便觉尘腐毕集。以古人学古，今人不学古。故欲新必须学古。"

（清）徐增《而庵诗话》，《清诗话》本

《六绝句》，皆戒后生之沿流而忘源也。其曰"今人嗤点"，曰"尔曹轻薄"，曰"今谁出群"，曰"未及前贤"，不惜痛诋今人者，盖欲俾之考求古人源流，知以古人为师耳。六首俱以师古为主。卢、王较之近代，则卢、王为今人之师矣；（公有"近代惜卢王"之句。）汉、魏，则又卢、王之师也；《风》、《骚》，则又汉、魏之师也。此所谓转益多师，言其层累而上，师又有师，直到极顶，必须《风雅》是亲矣。此乃汝师，汝知之乎？盖深嫉今人之依墙靠壁，目不见方隅者，而以此儆觉之也。卢、王亦且必祖述汉、魏，汉、魏亦且必祖述《风》、《骚》，知此中之谁先，则知今人之所以不古若矣。故曰"未及前贤更勿疑"也。

（清）翁方纲《石洲诗话》卷一，人民文学出版社本

韩文公"约六经之旨而成文"，其诗亦每于极琐碎、极质实处，直接六经之脉。盖爻象、繇占、典谟、誓命、笔削记载之法，悉酝入《风雅》正旨，而具有其遗味。自束晳、韦孟以来，皆未有如此沉博也。

（清）翁方纲《石洲诗话》卷二，人民文学出版社本

要之作诗至今日，万不能出古人范围，别寻天地。唯有多读书，镕炼

淘汰于有唐诸家，或情事关会，或景物流连，有所欲言，取精多而用物宏，脱口而出，自成局段，入理入情，可泣可歌也。若舍此而欲入风雅之门，则非吾之所得知矣。

（清）方南堂《辍锻录》，《清诗话续编》本

用意高妙；兴象高妙；文法高妙；而非深解古人则不得。

（清）方东树《昭昧詹言》卷一，人民文学出版社本

川浍能益江河，江河不能益川浍，由川浍高，江河下也。川浍能下于江河，则江河之益川浍，盈科后进，岂有吝哉！

（清）厉志《白华山人诗说》卷二，《清诗话续编》本

诗以古为主，以高为上，自然者次之，浑然者次之，超然者次之，纯粹精炼者次之，清新秀逸壮健者次之，奇丽瘦淡者次之。

（清）王寿昌《小清华园诗谈》卷上，《清诗话续编》本

诗文一源。昌黎诗有正有奇，正者即所谓"约六经之旨而成文"，奇者即所谓"时有感激怨怼奇怪之辞"。

（清）刘熙载《艺概·诗概》上海古籍出版社本

圣贤学问，极敛约缜栗而万物不能过。周诗敛约之至，缜栗之至；惟汉诗尚存此气味，所以百世不逮；晋宋渐入于文，渐取清雅，言之文，实诗之衰也。后世有志复古，不深入汉人壁垒，犹入室而不由门也。

《羽林郎》、《董娇娆》、《日出东南隅行》诸诗，情词并丽，意旨殊工，皆诗家之正则，学者所当揣摩。唐之卢、骆、王、岑、钱、刘，皆于此数诗中得力。

（清）费锡璜《汉诗总说》，《清诗话》本

2. 师其意　不师其辞

吾临古人之书，殊不学其形势，惟在求其骨力，而形势自生耳。吾之

所为，皆先作意，是以果能成也。

（唐）李世民《论书》，引自《历代书法论文选》，上海书画出版社本

有来问者，不敢不以诚答。或问："为文宜何师？"必谨对曰："宜师古圣贤人。"曰："古圣贤人所为书俱存，辞皆不同，宜何师？"必谨对曰："师其意，不师其辞。"又问曰："文宜易宜难？"必谨对曰："无难易，惟其是耳。"如是而已。非固开其为此、而禁其为彼也。

（唐）韩愈《答刘正夫书》，《昌黎先生集》卷十八，《四部备要》本

兰亭虽是真行书之宗，然不必一笔一画以为准。譬如周公、孔子，不能无小过，过而不害其聪明睿圣，所以为圣人。不善学者，即圣人之过处而学之，故蔽于一曲。今世学兰亭者多此色。

（宋）黄庭坚《跋兰亭之三》，《豫章黄先生文集》卷廿八，《四部丛刊》本

世人常言老杜读尽天下书，过矣。老杜能用所读之书耳！彼徒见其语有"读书破万卷，下笔如有神"。万卷人谁不读？下笔未必有神。

（宋）陈辅《陈辅之诗话》，《宋诗话辑佚》本

山谷言学者若不见古人用意处，但得其皮毛，所以去之更远。如"风吹柳花满店香"，若人复能为此句，亦未是太白。至于"吴姬压酒劝客尝"，"压酒"字他人亦难及。"金陵子弟来相送，欲行不行各尽觞"，益不同。"请君试问东流水，别意与之谁短长？"至此乃真太白妙处，（当潜心焉）。故学者（要）先以识为主，（如）禅家所谓正法眼（者）。直须具此眼目，方可入道。

（宋）范温《潜溪诗眼》，《宋诗话辑佚》本

《诗眼》云：建安诗辩而不华，质而不俚，风调高雅，格力遒壮，其言直致而少对偶，指事情而绮丽，得风雅骚人之气骨，最为近古者也。一变而为晋、宋，再变而为齐、梁。唐诸诗人，高者学陶、谢，下者学徐、庾，惟老杜、李太白、韩退之早年皆学建安，晚乃各自变成一家耳。如老

杜"崆峒小麦熟"、"人生不相见"、《新安》、《石壕》、《潼关吏》、《新婚》、《垂老》、《无家别》、《夏日》、《夏夜叹》，皆全体作建安语。今所存集，第一第二卷中颇多。韩退之"孤臣昔放逐"、《暮行河堤上》、《重云赠李观》、《江汉答孟郊》、《归彭城》、《醉赠张秘书》、《送灵师》、《惠师》，并亦皆此体，但颇自加新奇。李太白亦多建安句法，而罕全篇，多杂以鲍明远体。东坡称蔡琰诗，笔势似建安诸子。前辈皆留意于此，近来学者，遂不讲尔。

（宋）胡仔《苕溪渔隐丛话》前集卷第一，人民文学出版社本

古今诗人，多喜效渊明体者，如和陶诗非不多，但使渊明愧其雄丽耳。韦苏州云："霜露悴百草，而菊独妍华。物性有如此，寒暑其奈何。掇英泛浊醪，日入会田家。尽醉茅檐下，一生岂在多。"非唯语似，而意亦太似。盖意到而语随之也。

（宋）周紫芝《竹坡诗话》，《历代诗话》本

韩退之之文，得欧公而后发明。陆宣公之议论，陶渊明、柳子厚之诗，得东坡而后发明。子美之诗，得山谷而后发明。后世复有扬子云，必爱之矣，诚然诚然。往在桐庐见吕舍人居仁，余问："鲁直得子美之髓乎？"居仁曰："然。""其佳处焉在？"居仁曰："禅家所谓死蛇弄得活。"余曰："活则活矣，如子美'不见旻公三十年，封书寄与泪潺湲。旧来好事今能否？老去新诗谁与传。'此等句鲁直少日能之。'方丈涉海费时节，玄圃寻河知有无。桃源人家易制度，橘州田土仍膏腴。'此等句鲁直晚年能之。至于子美'客从南溟来'，'朝行青泥上'，《壮游》、《北征》，鲁直能之乎？如'莫自使眼枯，收汝泪纵横。眼枯却见骨，天地终无情'，此等句鲁直能到乎？"居仁沉吟久之曰："子美诗有可学者，有不可学者。"余曰："然则未可谓之得髓矣。"

（宋）张戒《岁寒堂诗话》卷上，《历代诗话续编》本

作粗俗语仿杜子美，作破律句仿黄鲁直，皆初机尔。必欲入室升堂，非得其意则不可。张文潜与鲁直同作《中兴碑》诗，然其工拙不可同年而语。鲁直自以为入子美之室，若《中兴碑》诗，则真可谓入子美之室矣。首云"春风吹船著浯溪"，末云"冻雨为洗前朝悲"，铺叙云云，人

能道之，不足为奇。

(宋) 张戒《岁寒堂诗话》卷上，《历代诗话续编》本

诗以意义为主，文词次之，或意深义高，虽文词平易，自是奇作。世人见古人句平易，仿效之而不得其意义，随便入鄙野可笑。卢仝诗有云："不唧嚠钝汉"，非其篇前后意义〔可取〕，自可掩口矣，宁可效之耶？韩吏部古诗高卓，至其律诗虽可称善，要是有不工者。而好韩之人，句句称述，未可谓然也。韩诗云："老翁真个似童儿，汲井埋盆作小池。"此直谐语以为戏尔。欧阳永叔、江邻几论韩《雪诗》，以"随车翻缟带，逐马散银盆"为不工，而以"坳中初盖底，凸处遂成堆"为胜，不知正得韩意否？永叔云："知圣俞者莫如修。常问圣俞平生所最好句，圣俞所自负者皆修所不好，圣俞所卑下者皆修所称赏，云知赏音之难如是。"其评古人之诗，得无似之乎？

(案：此则出《中山诗话》，亦见《古今诗话》。)

(宋) 张镃《诗学规范》，《宋诗话辑佚》本

古诗以汉魏晋为宗，而祖三百五篇、《离骚》；律诗以唐人为宗，而祖老杜。沿其流，止乾淳；溯其源，止洙泗。律为骨，意为脉，字为眼，此诗家大概也。

(元) 方回《汪斗山识悔吟稿序》，《桐江集》卷一，《四库全书》本

评诗之品无异人品也。人有面目骨体，有情性神气，诗之丑好高下亦然。风、雅而降为骚，而降为《十九首》，《十九首》而降为陶、杜，为二李，其情性不野，神气不群，故其骨骼不库，面目不鄙。嘻！此诗之品，在后无尚也。下是为齐、梁，为晚唐、季宋，其面目日鄙，骨骼日库，其情性神气可知已。嘻！学诗于晚唐、季宋之后，而欲上下陶、杜、二李，以薄乎骚、雅，亦落落乎其难哉！

然诗之情性神气，古今无间也。得古之情性神气，则古之诗在也。然而面目未识，而谓得其骨骼，妄矣。骨骼未得，而谓得其情性，妄矣。情性未得，而谓得其神气，益妄矣。

(元) 杨维桢《赵氏诗录序》，《东维子文集》卷七，《四部丛刊》本

由此观之，诗之格力崇卑，固若随世而变迁，然谓其皆不相师可乎？第所谓相师者，或有异焉。其上焉者，师其意，辞固不似而气象无不同；其下焉者，师其辞，辞则似矣，求其精神之所寓，固未尝近也。然唯深于比兴者，乃能察知之尔。虽然，为诗当自名家，然后可传于不朽。若体规画圆，准方作矩，终为人之臣仆，尚乌得谓之诗哉？是何者？诗乃吟咏性情之具，而所谓风、雅、颂者，皆出于吾之一心，特因事感触而成，非智力之所能增损也。古之人其初虽有所沿袭，末复自成一家言，又岂规规然必于相师者哉？

呜呼！此未易为初学道也。近来学者，类多自高，操觚未能成章，辄阔视前古为无物。且扬言曰：曹、刘、李、杜、苏、黄诸作虽佳，不必师；吾即师，师吾心耳。故其所作，往往猖狂无伦，以扬沙走石为豪，而不复知有纯和冲粹之音，可胜叹哉！可胜叹哉！濂非能诗者，因足下之言，姑略诵所闻如此，唯足下裁择焉，不宣，濂白。

（明）宋濂《答章秀才论诗书》，《宋文宪公全集》卷三十七，《四部备要》本

诗无神气，犹绘日月而无光彩。学李杜者，勿执于句字之间，当率意熟读，久而得之。此提魂摄魄之法也。

（明）谢榛《四溟诗话》卷二，人民文学出版社本

"颒薄怒以自持，曾不可乎犯干。目略微盼，精彩相授，志态横出，不可胜记。"此玉之赋神女也。"意密体疏，俯仰异观。含喜微笑，窃视流盼。"此玉之赋登徒也。"神光离合，乍阴乍阳。进止难期，若往若还。转盼流精，光润玉颜。含辞未吐，气若幽兰。"此子建之赋神女也。其妙处在意而不在象，然本之屈氏"满堂兮美人，忽与余兮目成。""既含睇兮又宜笑，子慕余兮善窈窕"，变法而为之者也。

（明）王世贞《艺苑卮言》卷二，《历代诗话续编》本

夫词非文之急也，而古之词，又不以相袭为美。《书》不借采于《易》，《诗》非假涂于《春秋》也。至于马、班、韩、柳，乃不能无本祖，顾如花在蜜、蘖在酒，始也不能不藉二物以胎之。而脱弃陈骸，自标灵采，实者虚之，死者活之，臭腐者神奇之，如光弼入子仪之军，而旌旗

壁垒皆为色变,斯不谓善法古者哉。

(明)焦竑《与友人论文》,《澹园集》卷十二,《金陵丛书》本

论者谓善绘者传其神,善书者模其意,昌黎氏之文盖传先哲之神而脱其躯壳,模古人之意而遗其形画者也,奚必六经,必诸子哉?

(明)屠隆《文论》,《由拳集》卷二十三,明刊本

或曰:信如子言,古不必学耶?余曰:古文贵达,学达即所谓学古也。学其意,不必泥其字句也。

(明)袁宗道《论文》,《白苏斋类集》卷二十,《中国文学珍本丛书》本

分先辈与古学为两途则尤非矣,夫真能为秦汉者,先辈大家也,今不以先辈之浑雅高朴为深于古,而以近日之生吞活剥为古,夫役古者役其神气而已,若直剥其句字,使天下之人皆效之,有不共归于臭腐乎?将百万之众貔貅不灶寂然无声,此真将才也,列家珍于庭,今日如是明日如是,与客观之,举目而尽,三日而厌去矣。

(明)艾南英《甲戌房选序下》,《天佣子集》卷九,清刊本

盖诗之为道,不必专意为同,亦不必强求其异。既生于古人之后,其体格之雅,音调之美,此前哲之所已备,无可独造者也。至于色采之有鲜萎,丰姿之有妍拙,寄寓之有浅深,此天致人工,各不相借者也。譬之美女焉,其托心于窈窕,流媚于盼倩者,虽南威不假颜于夷光,各有动人之处耳。若必异其眉目,殊其玄素,以为古今未有之丽,则有骇而走矣。

(明)陈子龙《仿佛楼诗稿序》,《陈忠裕公全集》卷二十五,清刊本

凡作诗者,绳墨必宗前人,意辞要当独创。若全依样画葫芦,便如村儿描字帖,恶足言诗也。

(明)叶秉敬《敬君诗话》,《说郛续集》本

放翁亦学杜、学白,而尖新峭别,自成一体,有宋诗人无出其右。近

日家弦户诵，不能得其深厚悲壮，但得其率易而已。

（明）费经虞《陆放翁体》，《雅伦》卷二，清刊本

　　为文必师古，使人读之不知所师，善师古者也。韩师孟，今读韩文，不见其为孟也。欧学韩，不觉其为韩也。若拘拘规效，如邯郸之学步，里人之效颦，则陋矣。所谓师其意而不师其词，此最为文之妙诀。

（明）王鏊《文章》，《震泽长语》卷下，《丛书集成》本

　　论诗者类知宗盛唐，黜晚唐，斯二体信有辩矣。然诗道性情，古人采之，观风正乐，以在治忽者也。如不得作者之意，徒曰盛唐盛唐，予不知直似盛唐亦何以也。

（明）张綖《刊西昆诗集序》，《西昆酬唱集》卷首，《四部丛刊》本

　　本领者，将军也，心意者，副将也。所谓本领，只是规模古人，然须有取舍，不得巧拙兼效。虽欲博涉诸家，然须得通会，不可今古杂出。唐人尚法，用心意极精。宋人解散唐法，尚新意，而本领在其间。米元章书如集字是也，至蔡君谟则点画不苟矣。坡公立论亦雅推君谟。

（清）冯班《诫子帖》，《钝吟杂录》卷七，《清诗话》本

　　文必本之六经，始有根本，唯刘向、曾巩多引经语，至于韩、欧，融圣人之意而出之，不必用经，自然经术之文也。近见巨子，动将经文填塞，以希经术，去之远矣。

（清）黄宗羲《论文管见》，《南雷文定》三集卷三，《四部备要》本

　　学诗者不可学古人无病处，亦不必学古人有病处。非大家不能无病，非大家亦不能有病。盖其才无所不具，其学无所不有，故于深浅浓淡，洪纤高下，种种皆备，而其瑕颣亦复不免。如长江大河，不乏腐胔；名山巨岳，亦有恶木。其所以异于他山水者，政在波涛之鼓荡，无所不有；地势之庞厚，无物不生耳。若夫丘峦涧沚之胜，一览即尽，纵复幽雅奇秀，然非所语于大观也。后之学诗者，毛举琐求，以一字之累，一语之犯，遂弃

其全。而负才不羁之士，又不肯深求古人精神之所存，见陶之时有似于枯淡也，遂以枯淡为陶；见杜之偶似于滞累也，遂以滞累为杜；见李之偶似于轻率也，遂以轻率为李；见苏之偶似于谐浅也，遂以谐浅为苏。此犹学孔子者，但学其微服过宋，君命召不俟驾，见南子，佛肸召欲往而已，岂学孔子者哉！

（清）贺贻孙《诗筏》，《清诗话续编》本

前明二百七十余年，其文尝屡变矣，而中间最卓卓知名者亦无不学于古人而得之。罗圭峰学退之者也，归震川学永叔者也，王遵岩学子固者也，方正学、唐荆川学二苏者也，其他杨文贞、李文正、王文恪又学永叔、子瞻而而未至者也。前贤之学于古人者非学其词也，学其开合呼应操纵顿挫之法，而加变化焉，以成一家者是也。后生小子不知其说，乃欲以剽窃模拟当之，而古文于是乎亡矣。

（清）汪琬《答陈霭公书》，《尧峰文钞》卷三十二，《四部丛刊》本

乃俗儒欲炫其长以鸣于世，于片语只字，辄攻瑕索疵，指为何出；稍不胜，则又援前人以证。不知读古人书，欲著作以垂后世，贵得古人大意；片语只字稍不合无害也。必欲求其瑕疵，则古今惟吾夫子可免。《孟子》七篇，欲加之辞，岂无微有可议者！《孟子》引《诗》、《书》，字句恒有错误，岂为子舆氏病乎！诗圣推杜甫，若索其瑕疵而文致之，政自不少，终何损乎杜诗！俗儒于杜，则不敢难；若今人为之，则喧呶不休矣。

（清）叶燮《原诗·外篇上》，人民文学出版社本

问："五古句法宜宗何人？从何人入手简易？"

阮亭答："《古诗十九首》如天衣无缝，不可学已。陶渊明纯任真率，自写胸臆，亦不易学。六朝则二谢、鲍照、何逊，唐人则张曲江、韦苏州数家，庶可宗法。"

历友答："五言之至者，其惟《十九首》乎！其次则两汉诸家及鲍明远、陶彭泽骎骎乎古人矣。子建健哉，而伤于丽，然抑五言圣境矣。韦苏州其后劲也。陈子昂遁入道书矣。"

萧亭答："汉、魏古诗，如无缝天衣，未易摹拟。六朝绮靡，实鲜佳

篇。故昔人谓当取材于《选》，取法于唐。宋文公谓学诗当从韦、柳入门。愚谓不尽然。盛唐诗或高，或古，或深，或厚，或长，或雄浑，或飘逸，或悲壮，或凄婉，皆可师法，当就笔性所近学之方易于见长。严沧浪云：入门须正，立志须高，行有未至，可加工力，路头一差，愈骛愈远。由入门之不正也。"

（清）王士禛等《师友诗传录》，《清诗话》本

诗贵有生机一路，乃发于自心者也。三唐人诗各自用心，宁使体格少落，不屑袭前人残唾，是其好处。识此，自眼方开，惟以为病，必受瞎盛唐之惑。忠不可以常忠，转而为质文。春不可以常春，转而为夏秋。初唐不可以常初唐，转而为盛唐，盛唐独可以七八百年常为盛唐乎？活人有少壮老，土木偶人千百年如一日。

（清）吴乔《围炉诗话》卷之三，《清诗话续编》本

学古则窒心，骋心则违古，惟是学古人用心之路，则有入处。

（清）吴乔《围炉诗话》卷之四，《清诗话续编》本

子受体于父，而四肢五官不能尽似，子既自成人身，自有引业满业故也。若抟土刻木，以肖其人，无一不肖，本非人身故也。岂可以土木之肖者为子，而望以烝尝嗣续也哉！昌黎学子长而不似子长，永叔学昌黎而不似昌黎，以其虽取法乎古人，而自有见识学问也。诗文在神理不在字句。古学如饮食，俗学如粪溺。饮食粗粝不妨，惟著少少粪溺，全缶俱弃。

（清）吴乔《围炉诗话》卷之六，《清诗话续编》本

学诗入手，舍初盛而言中晚，则失之纤；舍三唐而究宋、元，则失之杂。得手以后，高语初盛而土苴中晚，则边幅而少新警；坚守唐调而抹杀宋、元，则拘墟而不广大。今海内趋风宋、元，斗秘炫诡极矣，识者又不可不致思。

（清）叶矫然《龙性堂诗话初集》，《清诗话续编》本

东坡谓学杜者唯得其皮骨，集杜而无精神，弊亦如之。集杜古句驱使贯穿犹可以奔放致力。至五律则对属欲精，章程欲变，又须有灏气流衍其

中。必具少陵之诗律与少陵之情境而后为之乃如自运。俗士思以百家衣体持扯少陵而有之，读赵东山评注有不汗下者乎。

（清）厉鹗《王雨枫集·杜诗序》，《樊榭山房文集》卷二，《四部丛刊》本

郑所南、陈古白两先生善画兰竹，燮未尝学之；徐文长、高且园两先生不甚画兰竹，而燮时时学之弗辍，盖师其意不在迹象间也。文长、且园才横而笔豪，而燮亦有倔强不驯之气，所以不谋而合……昔人学草书入神，或观蛇斗，或观夏云，得个人处；或观公主与担夫争道，或观公孙大娘舞西河剑器，夫岂取草书成格而规规效法者！

（清）郑燮《靳秋田索画》，《郑板桥全集·题画》，上海古籍出版社本

说者曰，黄河之水，泥沙俱下，才大者无訾焉。不知所以然者，正黄河之才小耳！独不见夫江海乎？清澜浮天，纤尘不飞，所有者万怪百灵，珊瑚木雕，黄金银为宫阙而已，乌睹所谓泥沙者哉！善学诗者，当学江海勿学黄河。

（清）袁枚《答兰垞第二书》，《小仓山房诗文集》卷十七，《四部备要》本

文学韩，诗学杜，犹之游山者必登岱，观水者必观海也。然使游山观水之人，终身抱一岱一海以自足，而不复知有匡庐、武夷之奇，潇、湘、镜湖之妙，则亦不过泰山上一樵夫，海船中一舵工而已矣。古之学杜者，无虑数千百家，其传者皆其不似杜者也。唐之昌黎、义山、牧之、微之，宋之半山、山谷、后村、放翁，谁非学杜者？今观其诗，皆不类杜。稚存学杜，其类杜处，乃远出唐、宋诸公之上，此仆之所深忧也。昔人笑王朗好学华子鱼，惟其即之过近，是以离之愈远。董文敏跋张即之帖，称其佳处不在能与古人合，而在能与古人离。诗文之道，何独不然。足下前年学杜，今年又复学韩。鄙意以洪子之心思学力，何不为洪子之诗，而必为韩子、杜子之诗哉？无论仪神袭貌，终嫌似是而非，就令是韩是杜矣，恐千百世后人仍读韩、杜之诗，必不读类韩类杜之诗。使韩、杜生于今日，亦必别有一番境界，而断不肯为从前韩、杜之诗。得人之得而不自得其得，

落笔时亦不甚愉快。萧子显曰:"若无所变,不能代雄。"庄子曰:"迹,履之所出,而迹非履也。"此数语,愿足下诵之而有所进焉。

(清)袁枚《与稚存论诗书》,《小仓山房诗文集》卷三十一,《四部备要》本

后之人未有不学古人而能为诗者也。然而善学者得鱼忘筌;不善学者刻舟求剑。

(清)袁枚《随园诗话》卷二,人民文学出版社本

索居苦无友,惟与古人亲。彼皆绝代才,形去留其神。终日俨相对,宁不胜今人。所悲时世隔,弗得话夕晨。倘有返魂香,尽活已朽身。来聚一堂上,尊酒共细论。奇赏疑复析,此乐岂有伦。惜哉不可见,我生良不辰。思彼彼不知,更为彼沾巾。

(清)赵翼《闲居读书作》其二,《瓯北集》卷二四,清刊本

学诗必学杜,万口同一噪,连城有真璧,未可碔砆冒。呜呼浣花翁,在唐本别调。时当六朝后,举世炫丽藻,青莲虽不群,余习犹或蹈。惟公起扫除,天门一龙跳,骨力森开张,神勇郁雄骜,阳乌掩爝火,轰雷塞蚓窍。天壤此一途,疏凿曾未到,一开五丁峡,遂垣九轨道。坐令翰墨场,莫不奉旌纛,微之仿精切,退之师排奡,义山炼格遒,涪翁取径陗,豪宕放翁吟,悲壮遗山吊,斯皆分杜派,各具一体妙。迨明李、何辈,但摹面目肖,彭亨鼓蛙怒,咆勃奋虎啸,徒滋虚气张,终觉轻心掉。旷代有东浦,孤诣夐独造,渊源溯雅骚,根柢本忠孝,读书必破卷,陋彼管窥豹,出语必惊人,鸷若鞲脱鹞,力厚巨鼎扛,思沉重渊钓,每于朴僿处,隽味出揉拗,以追少陵作,磁铁两孚召,得皮兼得骨,在神不在貌。缅昔老拾遗,入蜀诗益爆,长揖严尹幕,高歌葛相庙,至今旧草堂,万丈光尚耀。先生甫筮仕,即泛锦江櫂,固知关宿缘,岂特发遐眺。新诗十二卷,精心躏堂奥,子美有替人,当亦意不料。寓斋得披诵,狂喜成绝叫,惟应瓣香燃,敢肆饭颗诮。传语学杜人,津梁此先导。

(清)赵翼《题陈东浦藩伯敦拙堂诗集》,《瓯北集》卷三十八,清刊本

盖方所谓古文义法者，特世俗选本之古文，未尝博观而求其法也。法且不知，而义于何有？昔刘原父讥欧阳公不读书，原父博闻，诚胜于欧阳，然其言未免太过。若方氏乃真不读书之甚者。吾兄特以其文之波澜意度，近于古而喜之。予以为方所得者，古文之糟粕，非古文之神理也。王若霖言灵皋以古文为时文，却以时文为古文，方终身病之。若霖可谓洞中垣一方症结者矣。

    （清）钱大昕《与友人书》，《潜研堂文集》卷三十三，清刊本

  学者之于古人，必始而遇其粗，中而遇其精，始则御其精者而遗其粗者。文士之效法古人，莫善于退之，尽变古人之形貌，虽有摹拟，不可得而寻其迹也。其它虽工于学古，而迹不能忘。扬子云、柳子厚于斯盖尤甚焉，以其形貌之过于似古人也；而遽摈之谓不足与于文章之事，则过矣。然遂谓非学者之一病，则不可也。

    （清）姚鼐《古文辞类纂序目》，《古文辞类纂》卷首，上海新文化书社本

  窃谓一人自有一人神理，须略存其本相，不必尽以一概论也。阮亭《三昧》之旨，则以盛唐诸家，全入一片空澄澹泞中，而诸家各指其所之之处，转有不暇深究者。学人固当善会先生之意，而亦要细观古人之分寸，乃为两得耳。

    （清）翁方纲《石洲诗话》卷一，人民文学出版社本

  凡所以求古者，师其意也，师其意，则其迹不必求肖之也。孔子于《三百篇》皆弦而歌之，以合于韶武之音，岂《三百篇》篇篇皆具韶武节奏乎？抑且勿远稽《三百篇》，即以唐音最盛之际，若杜，若李，若右丞、高、岑之属，有一效建安之作，有一效谢、颜之作者乎？宋诗盛于熙、丰之际，苏、黄集中，有一效盛唐之作者乎？直至明朝，而李、何在前，王、李踵后，乃有文必西汉诗必盛唐之说，因而遂有五言必效《选》体之说，五言不效《选》体，则谓之唐无五言古诗。然则七古亦将必以盛唐为正矣，则何不云宋无七言古诗？而彼不敢也。是以渔洋代为下转语曰："苏诗七律不可学。"是则直曰苏无七律而有其七律，夫然后可以继李沧溟之论耳。渔洋岂但谓苏七律不可学，又谓白诗不可学。夫谓七律宜

宗盛唐，则杜固居其正无疑也。然又谓五古宜宗《选》体，《选》体之说不能旁通也，故又变格调为神韵，而以王、孟、韦、柳当其正，则杜之五古又居其变。同一杜诗，而七言居其正，五言居其变，然则仰窥弦歌韶武之音，其将必以《清庙》《思文》之什为正，而《东山》《鸱鸮》之音为变乎？其将何以为后学者之准式？吾故曰：作诗勿泥《选》体。

（清）翁方纲《格调论》中，《复初斋文集》卷八，清刊本

渊明清远闲放，是其本色，而其中有一段深古朴茂不可及处。或者谓唐王、孟、韦、柳学焉，而得其性之所近，亦有见之言也。

（清）李调元《雨村诗话》卷上，《清诗话续编》本

乐府《郊祀》之歌为一体，《颂》之余也。《铙歌》长短句为一体，如五言古、五七绝句者为一体，要皆古诗之流。然其风刺劝惩，颇有甚于诗者，此其本体也。至有无首无尾，乐极哀来，破涕为笑者，此其本格也。与诗确有不同可知矣。历代所制，或拟题而变格，或拟体而易名，或拟体而换意，未有袭迹肖形为之者。如唐人则鲜有拟古，虽太白亦多假题发挥；子美《无家》、《新婚》、《垂老别》诸篇，独造其格，遂成绝调。胜国多拟汉乐府，痕迹宛然。彼方谓唐人不能汉曲，不知汉曲讹不可辨，陈思早言之矣。

（清）佚名《静居绪言》，《清诗话续编》本

学古人浓至处易，疏淡处难。兴会淋漓，一气赶下，浓至也。迂回往复，其不著力处，不弱不冗，游行自在，疏淡也。稍不留意，则诸病痛出矣。是又在洗伐功深，久久自免。时古文、古近体诗皆然。

（清）延君寿《老生常谈》，《清诗话续编》本

诗话之作，要皆为初学指示。若入之已深，心解则耳目皆废，况古人之陈言乎？轻尝浅试之人，先记了许多浮话，如杜称诗圣，李称诗仙，李贺之鬼，卢仝之怪，元轻白俗，岛瘦郊寒。及叩其所以然之故，彼仍如堕终南雾里，茫然不知巅岸。索观所作，去轻、俗、寒、瘦不啻霄壤，何论仙、圣、鬼、怪！深沉好学之士，当深戒之也。

（清）延君寿《老生常谈》，《清诗话续编》本

近时海内名下士，有"作诗要新，作字要旧"之说。我想字要旧，是不写馆阁体之谓。然名士之字，长一片，短一片，亦有旧的太可笑者。诗要新，"新"字要认得真切，有从字面新进去者劣，有从意思新出来者优，不可不辨。放翁谓"文章本天成，妙手偶得之"。天成之物象，未有不新者，试看天上风云，顷刻有新色。

（清）延君寿《老生常谈》，《清诗话续编》本

从前偶见前朝人文集，开卷即有《拟古诗十九首》者，夫此安可拟之哉！试看太白《古风》一卷，有一句一字依傍古人否？学古在神不在迹，譬如优孟装关帝，焉能真是关帝？说来好笑，可以悟矣。

（清）延君寿《老生常谈》，《清诗话续编》本

选古人五七古诗若干首，读万遍或数万遍，熟其音节气味，心解神悟，久久觉得撑肠涨腹，有无数之奇奇怪怪，不可名状。再加一二年酝酿工夫，所谓酝酿者，寝食魂梦，若或遇之。我之形神与古人之气脉息息相关，又觉得前所谓撑肠涨腹者，化而为浩浩然，汩汩然，作挟沙走石之势，不可控制，此当落笔候也。

（清）延君寿《老生常谈》，《清诗话续编》本

四言自魏、晋以来，郊祀之作拟《颂》，余皆拟《国风》、《小雅》。唐李青莲不为形似，杜拾遗初无此体，盖难之也。至韩、柳二公，全法宣王《大雅》，所纪载之事使然也。大抵四言拟《雅》、《颂》难似而易好，拟《国风》易似而难工，果能肃穆其气，简古其辞，虽不逮《三百五篇》，庶几哉汉京之遗音与！昌黎云："师其意不师其辞。"在拟古者尤为要诀。

（清）乔亿《剑溪说诗又编》，《清诗话续编》本

学韩而专学其诘曲处，此非善学也。昌黎本文从字顺，妙极自然；今人无其根柢，乃只见怪怪奇奇耳。

（清）吴德旋《初月楼古文绪论》，人民文学出版社本

《三百篇》之体制音节，不必学，不能学；《三百篇》之神理意境，

不可不学也。神理意境者何？有关系寄托，一也；直抒己见，二也；纯任天机，三也；言有尽而意无穷，四也。不学《三百篇》，则虽赫然成家，要之纤琐摹拟，饾饤浅尽而已。今人之所喜，古人之所笑也。汉、唐人不尽学《三百篇》，然其至高之作，必与《三百篇》之神理意境暗合，而后可以感人而传诵至今。夫才高者，尚可暗合，而何不可学之有哉！东坡先生教人作诗曰："熟读《毛诗》《国风》与《离骚》，曲折尽在是矣。"王伯厚曰："《新安吏》：'仆射如父兄。''虽则如毁，父母孔迩'，此诗近之。山谷所谓'论诗未觉《国风》远'也。"王济之曰："读《诗》至《绿衣》、《燕燕》、《硕人》、《黍离》等篇，有言外无穷之感。唐人诗尚有此意，如'君向潇湘我向秦'，不言怅别而怅别之意溢于言外；'潮打空城寂寞回'，不言兴亡而兴亡之感溢于言外，最得风人之旨。"愚谓此类甚多，皆《三百篇》可学之证也。

（清）潘德舆《养一斋诗话》卷一，《清诗话续编》本

学古诗最要有力，有力则坚，坚则光焰逼人，读之只觉其笔下自有古气，不觉其是学古得来，此方是妙手。无力则松，松则筋络散漫，读之兴味索然，只觉其某句是从某处脱来，某字是从某处窃去，此便不佳。

（清）厉志《白华山人诗说》卷一，《清诗话续编》本

终汉、魏、六朝之世，善学《三百篇》者，以渊明为最。终唐之世，善学汉、魏、六朝，以少陵为最。渊明之于《三百篇》，非即而取之，但遥而望之。望之而见，无所喜也；望而不见，亦无所愠。此其所谓渊明之诗也。少陵之于汉、魏，少陵犹土也，汉、魏犹粪壅也，粪壅入于土中，久之亦变为土，则土之所以厚，土之所以大也。

（清）厉志《白华山人诗说》卷二，《清诗话续编》本

古人用意远胜今人，人须学古人用意，非直用古人意。近时颇有学古人者，读其诗竟是古人。此由极力摹古，但求逼似，当时本无己意，空袭古人之意，拈弄笔墨已尔。

（清）厉志《白华山人诗说》卷二，《清诗话续编》本

有观古人太难者，有观古人太易者。太难者，到底或能成功；太易

者，万无一成也。

（清）厉志《白华山人诗说》卷二，《清诗话续编》本

王虚舟侍御论书云："魏、晋小楷，经宋、元临橅，妙处全无，形状亦失。惟唐人碑刻，虽经剥蚀，存者去真迹仅隔一纸。从此学之，上可追踪魏、晋，下亦不失宋、元。"先广文论诗，断自唐代。尝曰："汉、魏尚矣，诗至唐，规模备而变化极。学汉、魏不成，为历下之赝鼎；学唐而得其精神变化，可轶宋、元。"殆犹虚舟论书之意与？

（清）陆蓥《问花楼诗话》卷一，《清诗话续编》本

学《左氏》者，当先意法，而后气象。气象所长在雍容尔雅，然亦有因当时文胜之习而觭重以肖之者。后人必沾沾求似，恐失之嘽缓侈靡矣。

（清）刘熙载《艺概·文概》，上海古籍出版社本

学《离骚》得其情者为太史公，得其辞者为司马长卿。长卿虽非无得于情，要是辞一边居多。离形得似，当以史公为尚。

（清）刘熙载《艺概·文概》，上海古籍出版社本

学太白诗当学其体气高妙，不当袭其陈意。若言仙、言酒、言侠、言女亦要学之，此僧皎然所谓"钝贼"者也。

（清）刘熙载《艺概·诗概》，上海古籍出版社本

李北海书以拗峭胜，而落落不涉作为。昧其解者，有意低昂，走入佻巧一路，此北海所谓"似我者俗，学我者死"也。

（清）刘熙载《艺概·书概》，上海古籍出版社本

右军惟善学古人而变其面目，后世师右军面目，而失其神理。杨少师变右军之面目，而神理自得，盖以分作草，故能奇宕也。杨少师未必悟本汉之理，神思偶合，便已绝世。学者欲学书，当知所从事矣。

（清）康有为《广艺再双楫·分变》，引自《历代书法论文选》，上海书画出版社本

大令学右军而加放，兰台学率更而加敛，皆摄其精神而不袭其面貌，故能自立也。兰台得力化度最深，而收敛谨严，达乎其极，若书家有狷者，吾必以小欧当之矣。其人骨鲠，亦肖其书，故以忤武氏、死酷吏乎而不悔。

    （清）梁启超《唐道因法师碑》，《饮冰室文集》卷七十七，中华书局本

  今人好看前哲批点诸集，及诸家选本评论，各种诗话诗法，以求作诗路径，而不知虚心请业于名师钜手。不知自古迄今，所有选家诗家，评语绪论，并诗话中标举议论法程，皆古人糟粕而已，原非精华所在。况真伪不一，是非互见，绝无尽美尽善者。盖各大家，均自重其道，孰肯轻泄，是以不著专论诗文法之书。其著书论诗文法及作诗话者，多非专门名家，非自逞臆说，即附会古人，其佳者亦只略见大意，引而不发，无堪奉为师法者。若专从故纸堆求诗，何能得古大家不言秘旨，传诗中真消息三昧哉？不过依傍附和，寄人篱下，终身得人之得，而不能自得其得矣。嗟夫！昔方虚谷《律髓》小序云："诗虽小道，然立志必高，读书必多，用力必勤，师传必真。四者不备，不可言诗。"河间纪文达公深赏其言，而尤嘉其以师传之真为第一义。谓"古今诗人，皆有传授，其能卓然成家，自立于当时，不朽于后世者，皆得真传者也。不得真传，无能自立者。"噫！斯言尽之矣。

    （清）朱庭珍《筱园诗话》卷一，《清诗话续编》本

  明七子论文必秦、汉，诗必盛唐，戒读唐以后书，力争上游，论未尝不高也。然拘常而不达变，取径转狭，犹登山者一望昆仑，观水者一朝南海，即侈然自足，而不知五岳、四渎、九江、五湖、三十六洞天之奇，天下尚别有无数妙境界也。则拘于方隅，必不能高涉昆仑之巅，远航大海之外，徒自崖而返，望洋兴叹已耳。若近代名流，文集，或欠雅洁，或苦薄弱；诗集，贪书卷者多乏剪裁融化之功，主神韵者绝少雄厚生辣之力，又似专法秦、汉、盛唐以后诗文，专读宋以后书者也。降而愈下，又不如取法乎上之为得矣。

    （清）朱庭珍《筱园诗话》卷二，《清诗话续编》本

临摹古画，先须会得古人精神命脉处。玩味思索，心有所得，落笔摹之。摹之再四，便见逐次改观之效。若徒以仿佛为之，则掩卷辄忘。虽终日摹仿，与古人全无相涉。摹仿古人，始乃惟恐不似，既乃惟恐太似。不似则未尽其法，太似则不为我法。法我相忘，平淡天然，所谓摈落筌蹄，方穷至理。

（清）方薰《山静居论画》，《历代论画名著汇编》本

稼轩词，趣昭事博，深得漆园遗意，故篇首以《秋水观》冠之，其题张提举玉峰楼词，借庄叟自喻，意已可知，又如《兰陵王》引梦蝶事，《水调歌头》引吓鼠鹓鹏事，此类不一而足。其词凌高厉空，殆夸而有节者也。

（清）张德瀛《词徵》卷五，《词话丛编》本

梅花庵主学董源，犹为昔人神气所压，未能戛然自拔。此本所抚仲圭，石谷得法外之意，真后来居上。

（清）恽正叔《南田论画》，《历代论画名著汇编》本

3. 师心独运　自我作古

田连、成窍，天下善鼓琴者也，然而田连鼓上，成窍摵下，而不能成曲，亦共故也……以田连、成窍之巧，共琴而不能成曲，人主又安能与臣共势以成功乎？

（先秦）《韩非子·外储说右下》，《诸子集成》本

然古书者虽多，未必尽美，要当以为学者之山渊，使属笔者得采伐渔猎其中。然而譬如东瓯之木，长洲之林，梓豫虽多，而未可谓之为大厦之壮观，华屋之弘丽也。云梦之泽，孟诸之薮，鱼肉之（之字疑是衍文。孙星衍以为之字下脱一字）虽饶，而未可谓之为煎熬之盛膳，渝狄之嘉味也。

（晋）葛洪《抱朴子外篇·钧世》，《诸子集成》本

意思横逸，动笔新奇；师心独见，鄙于综采。变巧不竭，若环之无端。

王伯敏注：师心独见——见《关尹子》："善弓者，师弓不师羿；善舟者，师舟不师奡；善心者，师心不师圣。"则"师心独见"，此处即可解作：在绘画创作上，有自己独特的创造，不拘泥于成法，便能得到更好的表现。

（南朝·齐）谢赫《古画品录·第三品·张则》，《中国画论类编》本

自《连珠》以下，拟者间出。杜笃贾逵之曹，刘珍潘勖之辈，欲穿明珠，多贯鱼目。可谓寿陵匍匐，非复邯郸之步；里丑捧心，不关西施之颦矣。唯士衡运思，理新文敏；而裁章置句，广于旧篇。岂慕朱仲四寸之珰乎！

（南朝·梁）刘勰《文心雕龙·杂文》，人民文学出版社本

先生曰：余于天下，为不贱焉。窃念臧文仲既殁，其言立于世，曹子桓云："立德著书，可以不朽。"杜元凯言，德者非所企及，立言或可庶几。故户牖悬刀笔，而有述作之志矣。常笑淮南之假手，每嗤不韦之托人。由是年在志学，躬自搜纂，以为一家之言。

（南朝·梁）萧绎《金楼子序》，《全梁文》卷十七，《全上古三代秦汉三国六朝文》，中华书局本

阮研居今观古，尽窥众妙之门。虽复师王祖钟，终成别构一体。

（南朝·梁）庾肩吾《书品论三上之下》，《全梁文》卷六十六，《全上古三代秦汉三国六朝文》，中华书局本

其有飞驰倏忽，倜傥纷纶，鼓动包四海之名，变化成一家之体。蹈前贤之未识，探先圣之不言。经籍为心，得王、何于逸契，风云入思，叶张、左于神交。故能使六合殊材，并推心于意匠；八方好事，咸受气于文枢。出轨躅而骧首，驰光芒而动俗。非君之博物，孰能致于此乎！

（唐）杨炯《王勃集序》，《杨炯集》卷三，中华书局本

本朝以丹青名者，不可胜计，唯王瓘为第一，何哉？观其意思纵横，

往来不滞，废古人之短，成后世之长，不拘一守，奋笔皆妙，诚所谓前无吴生矣。

    （五代）刘道醇《圣朝名画评·人物门第一》卷第一，《画品丛书》本

  图少颖悟，而好丹青，及善泼墨山水，皆不由师授，自致神妙，亦不法今古，自成一体。

    （五代）刘道醇《五代名画补遗·人物门第一》，《画品丛书》本

  宋景文云："诗人必自成一家，然后传不朽，若体规画圆，准矩作方，终为人之臣仆。"故山谷诗云："文章最忌随人后。"又云："自成一家始逼真。"诚不易之论。

    （宋）王直方《王直方诗话》，《宋诗话辑佚》本

  横渠先生张载作克己复礼诗曰："克己工夫未肯加，吝骄封闭缩如蜗。试于中夜深思省，剖破藩篱即大家。"

    （宋）吴曾《能改斋漫录》卷十一，《丛书集成》本

  李太白杜子美诗皆掣鲸手也。余观太白《古风》、子美《偶题》之篇，然后知二子之源流远矣。李云："《大雅》久不作，吾衰竟谁陈！《王风》委蔓草，战国多荆榛。"则知李之所得在《雅》。杜云："文章千古事，得失寸心知。骚人嗟不见，汉选盛于斯。"则知杜之所得在《骚》。然李不取建安七子，而杜独取垂拱四杰何邪？南皮之韵，固不足取，而王杨卢骆亦诗人之小巧者尔。至有"不废江河万古流"之句，褒之岂不太甚乎？

    （宋）葛立方《韵语阳秋》卷第三，《历代诗话》本

  作者求与古人合，不若求与古人异。求与古人异，不若不求与古人合而不能不合，不求与古人异而不能不异。彼惟有见乎诗也，故向也求与古人合，今也求与古人异；及其无见乎诗已，故不求与古人合而不能不合，不求与古人异而不能不异。其来如风，其止如雨；如印印泥，如水在器，

其苏子所谓不能不为者乎？

（宋）姜夔《白石道人诗集·叙二》，《四部丛刊》本

自有诗人以来，惟阮嗣宗、陶渊明自是一家，譬如景星庆云醴泉灵芝，虽天地间物，而天地亦不能使之常有也。

（宋）刘克庄《序赵寺丞和陶诗》，《后村先生大全集》卷九十四，《四部丛刊》本

文章必自名一家，然后可以传不朽。若体规画圆，准方作矩，终为人之臣仆，古人讥屋下架屋，信然。陆机曰："谢朝花于已披，启夕秀于未振。"韩愈曰："惟陈言之务去。"此乃为文之要。苕溪渔隐曰：学诗亦然，若循习陈言，规摹旧作，不能变化，自出新意，亦何以名家。鲁直诗云："随人作计终后人。"又云："文章最忌随人后。"诚至论也。（宋子京笔记）

（宋）魏庆之《诗人玉屑》卷五，上海古籍出版社本

义山亦自觉，故别立门户成一家。后人挹其余波，号西昆体，句律太严，无自然态度。黄鲁直深悟此理，乃独用昆体功夫，而造老杜浑成之地，今之诗人少有及者。此禅家所谓更高一著也。

（宋）朱弁《风月堂诗话》卷下，《诒经堂藏书七种》本

文之难言久矣，周、秦以前固无庸议。下此唯汉为近古，至于东都则渐趋于绮靡。而晋、宋、齐、梁之间，俳谐觚觖，岁益月增，其弊也为滋甚。至唐韩愈氏始斥而返之。韩氏之文非唐之文也，周、秦、西汉之文也。韩氏之文固佳，独不能行于当时，逮宋欧阳修氏始效而法之。欧阳氏之文非宋之文也，周、秦、西汉之文也。欧阳氏同时而作者有曾巩氏，有王安石氏，皆以古文辞倡明斯道，盖不下欧阳氏者也。

（明）宋濂《张侍讲翠屏集序》，《宋学士全集》卷六，《丛书集成》本

古之立言者，皆卓然有所自见，不苟同于人而惟道之合，故能成一家言而有所托以不朽。

（明）焦竑《刻苏长公集序》，《澹园集》卷十四，《金陵丛书》本

陈王古诗独擅,然诸体各有师承。惟陶之五言,开千古平淡之宗;杜之乐府,扫六代沿洄之习。真谓自启堂奥,别创门户。然终不以彼易此者,陶之意调虽新,源流匪远;杜之篇目虽变,风格靡超。故知三正迭兴,未若一中相授也。

(明)胡应麟《诗薮·内编》卷二,上海古籍出版社本

仆尝观古之为文者,经不能兼史,史不能兼经;左不能兼迁,迁不能兼左;韩不能兼柳,柳不能兼韩。其于诗,枚、蔡、曹、刘、潘、陆、陶、谢、李、杜、元、白,各出杼轴,互相陶冶。譬诸春秋、日月,异道并行。

(清)钱谦益《答徐巨源书》,《牧斋有学集》卷三十八,《四部丛刊》本

今夫文章,六经四书而下,周、秦诸子两汉百家之书,于体无所不备。后之作者,不之此则之彼,而唐、宋大家,则又取其书之精者,参和杂糅,熔铸古人以自成,其势必不可以更加。故自诸大家后,数百年间未有一人独创格调出古人之外者。然文章格调有尽,天下事理日出而不穷。识不高于庸众,事理不足关系天下国家之故,则虽有奇文,与《左》、《史》、韩、欧阳并立无二,亦可无作。

(清)魏禧《宗子发文集序》,《魏叔子文集》卷八,清刊本

夫作诗者,要见古人之自命处、着眼处、作意处、命辞处、出手处,无一可苟。而痛去其自己本来面目,如医者之治结疾,先尽荡其宿垢,以理其清虚,而徐以古人之学识神理充之;久之,而又能去古人之面目,然后匠心而出,我未尝摹拟古人,而古人且为我役。彼作室者,既善其用材而不枉,宅乃成矣。

(清)叶燮《原诗·内篇上》,人民文学出版社本

夫人自有性情,原不必摹仿前人。然善射者不能舍的,良匠不能舍规矩;师心自用,谓古不足法,非狂即愚也。

(清)李沂《秋星阁诗话》,《清诗话》本

七言古诗，诸公一调。唯杜甫横绝古今，同时大匠，无敢抗行。李白、岑参二家，别出机杼，语羞雷同，亦称奇特。（《居易录》）

（清）王士禛《带经堂诗话》卷一，人民文学出版社本

唐时诗人不肯苟同，所以能自立。僧齐己见韦苏州，仿韦体作数诗以投之，韦大不喜，献其旧作，乃极嘉赏曰："人人自有能事，何得苟同老夫耶！"乐天、义山诗体绝异，乐天见义山诗，爱重之极，谓曰："吾死后当为尔子。"故义山名其子曰白老。弘、嘉贵人，莫不收拾同调，互相标榜，李、杜不死，高、岑复生，以诳诱无识。盖唐人务实，明人务名，子瞻所谓"群儿自相名字"者也。

（清）吴乔《围炉诗话》卷之三，《清诗话续编》本

总之，古人诗文如乳母然，孩提时不能自立，不得不倚赖之，学识既成，自能舍去。弘、嘉之诗，如一生在乳母怀抱中，竟不成人，故足贱也。谁于少时无乳母耶？长吉、义山初时亦曾学杜，既自成立，如黑白之相去。此无他，能用自心以求前人神理故也。

（清）吴乔《围炉诗话》卷之四，《清诗话续编》本

问曰："朝贵俱尚宋诗，先生宜少贬高论。"答曰："厌常喜新，举业则可，非诗所宜。诗以《风》、《骚》为远祖，唐人为父母，优柔敦厚，乃家法祖训。宋诗多率直，违于前人，何以宗之？作宋诗诚胜于瞎盛唐，而七八十岁老人改步趋时，何不于五十年前入复社作名士？且人之出笔，定是宋诗，余深恨之，而犯者十九，何须学耶？"

（清）吴乔《围炉诗话》卷之五，《清诗话续编》本

读书必欲读五车，胸中撑塞如乱麻。作文必欲法前古，婢学夫人徒自苦。吾曹笔阵凌云烟，扫空氛翳铺青天。一行两行书数字，南箕北斗排星躔。有时滴墨娇且妍，晓花浮露春风鲜；画眉女郎年十四，欲行不折心相怜。斩龙杀虎提龙泉，定情温细桃花笺。萧萧落落自千古，先生信是人中仙。……

（清）郑燮《赠潘桐冈》，《郑板桥全集·诗钞》，上海古籍出版社本

昔与单季朗共好柝园诗，其实彼时读书少，才见一雅致手段，便推为极颠，摹仿不休。阅历浔多，然后竖起脊梁，大开眼界，胸中别有一见解。记示后生，勿随人脚根，须自有本领，方可聆音识曲。本领何来？先明道理，虚心博学而已。

（清）张谦宜《絸斋诗谈》卷一，《清诗话续编》本

《选》体如盛世士夫，精神肃穆，衣冠都雅，词令典则，所以望之起敬。后来者各换装束，各打乡谈，不妨自成一家，全无太平宽裕之象。虽韩、杜诸公，亦望而却步。

（清）张谦宜《絸斋诗谈》卷二，《清诗话续编》本

一缕青丝裊碧空，半飞天外半随风。盘飱别有江瑶柱，不在寻常食谱中。

（清）袁枚《仿元遗山论诗·金冬心》，《小仓山房诗文集》卷二十七，《四部备要》本

欧公学韩文，而所作文全不似韩，此八家中所以独树一帜也。公学韩诗，而所作诗颇似韩，此宋诗中所以不能独成一家也。

（清）袁枚《随园诗话》卷六，人民文学出版社本

萧子显云："若无新变，不能代雄。"陆放翁曰："文章切忌参死句。"黄山谷曰："文章切忌随人后。"皆金针度人语。《渔隐丛话》笑欧公如三馆画笔，专替古人传神，嫌其描也。五亭山人《嘲鹦鹉》云："齿牙余慧虽偷拾，那识雷同转可羞。"又曰："争似流莺当日啭，天真还是一家言。"

（清）袁枚《随园诗话》卷七，人民文学出版社本

近日有巨公教人作诗，必须穷经读注疏，然后落笔，诗乃可传。余闻之，笑曰：且勿论建安、大历、开府、参军，其经学何如。只问"关关雎鸠"、"采采卷耳"，是穷何经、何注疏，得此不朽之作？陶诗独绝千古，而"读书不求甚解"。何不读此疏以解之？梁昭明太子《与湘东王书》云："夫六典、三礼，所施有地，所用有宜。未闻吟咏情性，反拟

《内则》之篇；操笔写志，更摹《酒诰》之作。'迟迟春日'，翻学《归藏》；'湛湛江水'，竟同《大诰》。"此数言振聋发聩；想当时必有迂儒曲士，以经学谈诗者，故为此语以晓之。

（清）袁枚《随园诗话·补遗》卷一，人民文学出版社本

揉直使曲，叠单使复，山爱武夷，为游不足。扰扰阛阓，纷纷人行，一览而竟，倦心齐生。幽径蚕丛，是谁开创？千秋过者，犹祀其像。

（清）袁枚《续诗品·取径》，人民文学出版社本

夫为文不根柢古人，是侮规矩也；为文而刻画古文，是手执规矩不能自为方圆也。孟子有言："梓匠轮舆能与人规矩，不能使人巧。"是虽非为论文设，而千古论文之奥具是言矣。

（清）纪昀《香亭文稿序》，《纪文达公遗集》卷九，清刊本

满眼生机转化钧，天工人巧日争新。预支五百年新意，到了千年又觉陈。李杜诗篇万口传，至今已觉不新鲜。江山代有才人出，各领风骚数百年。

（清）赵翼《论诗》，《瓯北集》卷二十八，清刊本

杜诗久循诵，今始识神功，不创前未有，焉传后无穷。一生为客恨，万古出群雄，吾老方津逮，何由羿彀中。

（清）赵翼《读杜诗》，《瓯北集》卷三十九，清刊本

宋、元、明以来有一等诗家，如《西游记》传奇所说诸色妖魔，窃取真仙宝贝一二件，自据一山洞作狡狯，寻常兵力颇难收伏，而终非上真正道；其宝贝之来历作用源头，彼皆不足以知之。如阮公《咏怀》，太冲《咏史》，景纯《游仙》，陶公田园，康乐山水，太白仙酒，杜公忠主悯时，皆为妖魔所窃，而其真用皆不存也。非但诗也，文字亦然，道德政事亦然。

（清）方东树《昭昧詹言》卷一，人民文学出版社本

盖文章之变，至八家齐出而极盛；文章之道，至八家齐出而始衰。谓

之盛者，由其体之备于八家也，为之者各有心得而后乃成为八家也；谓之衰者，由其美之尽八家也，学之者不克远溯而亦即限于八家也。夫专为八家者，必不能如八家。其道有三：韩退之约六经之旨，兼众家之长，尚矣。柳子厚则深于《国语》，王介甫则原于经术，永叔则传神于史迁，苏氏则取裁于《国策》，子固则衍派于匡、刘，皆得力于汉以上者也。今不求其用力之所自，而但规仿其辞，遂可以为八家乎？……然而志于为文者，其功必自八家始。何以言之？文莫盛于西汉，而汉人所谓文者，但有奏对封事，皆告君之体耳。书序虽亦有之，不克多见。至昌黎始工为赠送碑志之文，柳州始创为山水杂记之体，庐陵始专精于序事，眉山始穷力于策论，序经以临川为优，记学以南丰称首。故文之义法，至《史》《汉》而已备；文之体制，至八家而乃全；彼固予人以有定之程式也。学者必先从事于此，而后有成法之可循；否则虽锐意欲学秦、汉，亦茫无津涯。然既得门径，而犹囿于八家，则所见不高，所挟不宏，斯为明代之作者而已。

（清）刘开《与阮芸台宫保论文书》，《刘孟涂全集》卷四，民国初刊本

夫天下有无不可达之区，即有必不能造之境；有不可一世之人，即有独成一家之文。此一家者，非出于一人之心思才力为之，乃合千古之心思才力变而出之者也。非尽百家之美，不能成一人之奇；非取法至高之境，不能开独造之域。此惟韩退之能知之，宋以下皆不讲也。

（清）刘开《与阮芸台宫保论文书》，《刘孟涂文集》卷四，民国初刊本

呜呼！予欲慕古人之能创兮，予命弗丁其时！予欲因今人之所因兮，予苶然而耻之。耻之奈何？穷其大原。抱不甘以为质，再已成之纭纭。虽天地之久定位，亦心审而后许其然。苟心察而弗许，我安能颔彼久定之云？呜呼颠矣，既有年矣。一创一蹶，众不怜矣。大变忽开，请俟天矣。寿云几何，乐少苦多。圜乐有规，方乐有矩。文心古，无文体，寄于古。

（清）龚自珍《文体箴》，《龚自珍全集》第七辑，上海人民出版社本

读罢一时才子句，《骚》香汉艳各精神。十年我恨生差晚，不见风流种蕙人。

  （清）龚自珍《题红蕙花诗册尾并序》之二，《龚自珍全集》第九辑，上海人民出版社本

  作词之法，首贵沉郁，沉则不浮，郁则不薄。顾沉郁未易强求，不根柢于《风》《骚》，乌能沉郁？十三国变风，二十五篇《楚词》，忠厚之至，亦沉郁之至，词之源也。不究心于此，率尔操觚，乌有是处？

  （清）陈廷焯《白雨斋词话》卷一，齐鲁书社《足本校注》本

  飞卿《菩萨蛮》十四章，全是变化《楚骚》，古今之极轨也。徒赏其芊丽，误矣！

  （清）陈廷焯《白雨斋词话》卷一，齐鲁书社《足本校注》本

  方回词，胸中眼中，另有一种伤心说不出处；全得力于《楚骚》，而运以变化，允推神品。

  （清）陈廷焯《白雨斋词话》卷一，齐鲁书社《足本校注》本

  自我作古，笼照百家。冥心孤诣，不顾众哗。邈矣琴德，肯杂筝琶。抚徽未鼓，早绝淫哇。必求钟期，翻失伯牙。手挥目送，所得已奢。

  （清）马荣祖《文颂·风格》，《昭代丛书》本

八

集 大 成

1. 继往开来谓集大成

孟子曰：伯夷，圣之清者也；伊尹，圣之任者也；柳下惠，圣之和者也；孔子，圣之时者也。孔子之谓集大成。集大成也者，金声而玉振之也。金声也者，始条理也；玉振之也者，终条理也。始条理者，智之事也；终条理者，圣之事也。智，譬则巧也；圣，譬则力也。由射于百步之外也，其至，尔力也；其中，非尔力也。

（先秦）《孟子·万章章句下》，《十三经注疏》本

夫所谓文者，有论理之文，有记事之文，有叙事之文，有托词之文，有成体之文。探道德之理，述性命之情，发天人之奥，明生死之变，此论理之文，如列御寇庄周之所作是也；别白黑阴阳，要其归宿，决其嫌疑，此论事之文，如苏秦张仪之所作是也；考同异，次旧闻，不虚美，不隐恶，人以为实录，此叙事之文，如司马迁班固之所作是也；原本山川，极命草木，比物属事，骇耳目，变心意，此托词之文，如屈原宋玉之所作是也；钩列庄之微，挟苏张之辩，摭班马之实，猎屈宋之英，本之以诗书，折之以孔氏，此成体之文，韩愈之所作是也。盖前之作者多矣而莫有备于愈，后之作者亦多矣而无以加于愈。故曰，总而论之，未有如韩愈者也。然则列庄苏张班马屈末之流，其学术才气皆出于愈之文，犹杜子美之诗实积众家之长，适当其时而已。昔苏武李陵之诗长于高妙；曹植、刘公幹之诗长于豪逸；陶潜、阮籍之诗长于冲淡；谢灵运、鲍照之诗长于峻洁；徐陵、庾信之诗长于藻丽。于是杜子美者穷高妙之格，极豪逸之气，包冲淡

之趣，兼峻洁之姿，备藻丽之态而诸家之作所不及焉。然不集诸家之长，杜氏亦不能独至于斯也，岂非适当其时故耶？孟子曰：伯夷，圣之清者也；伊尹，圣之任者也；柳下惠，圣之和者也；孔子，圣之时者也。孔子之谓集大成。呜呼，杜氏、韩氏亦集诗文之大成者欤。

（宋）秦观《韩愈论》，《淮海集》卷十一，《四部丛刊》本

　　会古通今，不激不厉，规矩谙练，骨态清和，众体兼能，天然逸出，巍然端雅，弈矣奇解。此谓大成已集，妙入时中，继往开来，永垂模轨，一之正宗也。

（明）项穆《书法雅言·品格》，引自《历代书法论文选》，上海书画出版社本

　　第世之学者，不得其门，从何进手？必先临摹，方有定趋。始也专宗一家，次则博研众体，融天机于自得，会群妙于一心，斯于书也，集大成矣。第昔贤遗范，优劣纷纭，仿之贵似，审之尚精。仿之不似，来续尾之讥；审之弗精，启叩头之诮。舍其所短，取其所长，始自平整而追秀拔，终自险绝而归中和。心与笔俱专，月继年不厌。譬之抚弦在琴，妙音随指而发；省括在弩，逸矢应鹄而飞。意在笔前，翰从毫转，后圣再起，吾言弗更矣。若分布少明，即思纵巧，运用不熟，便欲标奇，是未学走而先学趋也。书何容易哉！

（明）项穆《书法雅言·取舍》，引自《历代书法论文选》，上海书画出版社本

　　绮而有质，艳而有骨，清而不薄，新而弗尖；稗官野史，尽作雅音，马勃牛溲，尽收药笼；执画戟莫敢当前，张空弮犹堪转战。如是作法，方不愧老成。

（清）薛雪《一瓢诗话》，《清诗话》本

　　孟子曰："孔子之谓集大成。"今言集大成者为周公，毋乃悖于孟子之指欤？曰：集之为言，萃众之所有而一之也。自有天地，而至唐、虞、夏、商，皆圣人而得天子之位，经纶治化，一出于道体之适然。周公成文、武之德，适当帝全王备，殷因夏监，至于无可复加之际，故得藉为制

作典章，而以周道集古圣之成，斯乃所谓集大成也。孔子有德无位，即无从得制作之权，不得列于一成，安有大成可集乎？非孔子之圣，逊于周公也，时会使然也。

（清）章学诚《原道上》，《文史通义·内篇二》，中华书局本

秦氏观曰："杜子美之诗，实集众家之长，适当其时而已。昔李陵、苏武之诗，长于高妙；曹植、刘桢之诗，长于豪迈；陶潜、阮籍之诗，长于冲淡；谢灵运、鲍照之诗，长于峻洁；徐陵、庾信之诗，长于藻丽。于是子美穷高妙之格，极豪迈之气，包冲淡之趣，兼峻洁之姿，备藻丽之态，诸家之作所不及焉。然不集诸家之长，亦不能至于斯也。岂非适当其时故耶？孟子曰：'伯夷，圣之清者也；伊尹，圣之任者也；柳下惠，圣之和者也；孔子，圣之时者也。孔子之谓集大成。'呜呼！子美其集诗之大成者与？"按东坡云："子美之诗，退之之文，鲁公之书，皆集大成者也。""集大成"之说，首发于东坡，而少游和之。然考元微之《工部墓志》曰："余读诗至杜子美，而知大小之有总萃焉。上薄《风》、《雅》，下该沈、宋，言夺苏、李，气吞曹、刘，掩颜、谢之孤高，杂徐、庾之流丽，尽得古今之体势，而兼人人之所独专。能所不能。无可无不可，诗人以来，未有如子美者。"此即"集大成"之义，特未明言耳，则亦非东坡、少游之创论也。顾少游谓子美"集众家之长"可，谓由于"适当其时"则不可。假令子美生于六朝，生于宋、元，将不能"集众家之长"耶？抑非其时而遂降与众家等也？少游，词人之俊耳，论诗则胶矣。且孔子所以为"圣之时者"，时中之义。今既谓子美"集诗之大成"，则宜取微之所言"无可无不可"者当之。若以"适当其时"之"时"，为"圣之时者"之"时"，不几于郢书燕说耶？至以"豪迈"目曹植，则不尽其量；以"冲淡"目阮籍，以"峻洁"目灵运，则不得其情。此与微之以"孤高"目颜、谢者，同一粗疏也。其尤疏者，微之、少游尊杜至极，无以复加，而其所以尊之之由，则徒以其包众家之体势姿态而已，于其本性情、厚伦纪、达六义、绍《三百》者，未尝一发明也，则又何足以表洙、泗"无邪"之旨，而允为列代诗人之称首哉？元遗山云："少陵自有连城璧，争奈微之识碔砆！"所见远矣。

（清）潘德舆《养一斋李杜诗话》卷二，《清诗话续编》本

必也有骨有肉，有笔有书，文质得中，词意恰称，始无所偏重矣。有格有韵，有才有情，有气有神，有声有色，杀活在手，奇正从心。雄浑而兼沉著，高华而实精切，深厚而能微妙，流丽而极苍坚，如此始为律诗成就之诣。盖骨肉停匀，而色声香味无不具足也。自盛唐后，代无几人。若及此诣，便是大家之诗。

（清）朱庭珍《筱园诗话》卷一，《清诗话续编》本

朱竹垞曰："王凤洲博综六代，广取兼收，自以为无所不有，方成大家。究之千首一律，安在其为无所不有也！"愚谓高青丘诗，自汉、晋、六朝以及三唐、两宋，无所不学，亦无所不似，妙者直欲逼真，可云一代天才，孰学孰似矣。其意亦欲包罗古今，取众长以成大宗，然中无真我，未能独造，终非大家之诣。可知诗家工夫，始贵有我，以成一家精神气味。迨成一家言后，又须无我，上下古今，神而明之，众美兼备，变化自如，始无忝大家之目。盖不执我，而自然无处不有真我在矣。

（清）朱庭珍《筱园诗话》卷四，《清诗话续编》本

以元人笔墨，运宋人丘壑，而泽以唐人气韵，乃为大成。

（清）王翚《清晖画跋》，《历代论画名著汇编》本

2. 杜甫为集大成者

叙曰：予读诗至杜子美，而知小大之有所总萃焉。

始尧、舜时，君臣以赓歌相和。是后，诗人继作，历夏、殷、周千余年，仲尼缉拾选练，取其干预教化之尤者三百篇，其余无闻焉。骚人作而怨愤之态繁，然犹去风雅日近，尚相比拟。秦、汉以还，采诗之官既废，天下俗谣民讴、歌颂讽赋、曲度嬉戏之词，亦随时间作。逮至汉武赋《柏梁》诗而七言之体具，苏子卿、李少卿之徒，尤工为五言。虽句读文律各异，雅郑之音亦杂，而词意简远，指事言情，自非有为而为，则文不妄作。建安之后，天下文士遭罹兵战，曹氏父子鞍马间为文，往往横槊赋诗，故其抑扬怨哀悲离之作，尤极于古。晋世风概稍存，宋、齐之间，教

失根本,士以简慢、歙习、舒徐相尚,文章以风容、色泽、放旷、精清为高,盖吟写性灵流连光景之文也。意义格力,无取焉。陵迟至于梁陈,淫艳、刻饰、佻巧、小碎之词剧,又宋齐之所不取也。唐兴,官学大振,历世之文,能者互出,而又沈宋之流,研练精切,稳顺声势,谓之为律诗。由是而后,文变之体极焉。然而莫不好古者遗近,务华者去实;效齐梁则不逮于魏晋,工乐府则力屈于五言,律切则骨格不存;闲暇则纤秾莫备。至于子美,盖所谓上薄风骚,下该沈宋,古傍苏李,气夺曹刘,掩颜谢之孤高,杂徐庾之流丽,尽得古今之体势,而兼今人之所独专矣。使仲尼考锻其旨要,尚不知贵,其多乎哉!苟以为能所不能,无可无不可,则诗人以来,未有如子美者。

(唐)元稹《唐故工部员外郎杜君墓系铭并序》,《元稹集》卷五十六,中华书局本

介甫选四家之诗,第其质文以为先后之序。余谓子美诗,闳深典丽,集诸家之大成;永叔诗温润藻艳,有廊庙富贵之器;退之诗雄厚雅健,毅然不可屈;太白诗豪迈清逸,飘然有凌云之志:皆诗杰也。其先后固自有次第,诵其诗者,可以想见其为人,乃知心声之发,言志咏情,得于自然,不可以勉强到也。

(宋)李纲《读四家诗选序》,引自《李太白全集》卷三十四,中华书局本

杜子美之于诗,实集众家之长,适当其时而已。昔苏武、李陵之诗,长于高妙;曹植、刘公幹之诗,长于豪逸;陶潜、阮籍之诗,长于冲淡;谢灵运、鲍照之诗,长于峻洁;徐陵、庾信之诗,长于藻丽。子美者,穷高妙之格,极豪逸之气,包冲淡之趣,兼峻洁之姿,备藻丽之态,而诸家之作所不及焉。然不集诸子之长,子美亦不能独至于斯也。岂非适当其时故耶!孟子曰:伯夷,圣之清者也;伊尹,圣之任者也;柳下惠,圣之和者也;孔子,圣之时者也;孔子之谓集大成。呜呼,子美亦集诗之大成者欤!

(宋)魏庆之《诗人玉屑》卷十四,上海古籍出版社本

少陵诗,宪章汉魏而取材于六朝。至其自得之妙,则前辈所谓集大成

者也。

  （宋）严羽《沧浪诗话·诗评》，《沧浪诗话校释》，人民文学出版社本

  太白天才放逸，故其诗自为一体。子美学优才赡，故其诗兼备众体，而植纲常系风化为多，三百篇以后之诗，子美其集大成也。

  （元）傅若金《清江集》，引自《李太白全集》卷三十四，中华书局本

  诗体三百篇，流为《楚词》，为乐府，为《古诗十九首》，为苏李五言，为建安黄初，此诗之祖也；《文选》刘琨阮籍潘陆左郭鲍谢诸诗，渊明全集，此诗之宗也；老杜全集，诗之大成也。

  （元）杨载《诗法家数》，《历代诗话》本

  夫自汉、魏、晋、唐而降，杜甫氏之外，诸作者各以所长名家，而不能相兼也。学者誉此诋彼，各师所嗜，譬犹行者埋轮一乡，而欲观九州之大，必无至矣。盖尝论之：渊明之善旷，而不可以颂朝廷之光；长吉之工奇，而不足以咏丘园之致，皆未得为全也。故必兼师众长，随事摹拟，待其时至心融，浑然自成，始可以名大方，而免夫偏执之弊矣。

  （明）高启《独庵集序》，《高太史凫藻集》卷二，《四部丛刊》本

  "飞星过水白，落月动沙虚"，吴均、何逊之精思。"春色浮山外，天河宿殿阴"，庾信、徐陵之妙境。"山河扶绣户，日月近雕梁。碧瓦初寒外，金茎一气旁"，高华秀杰，杨、卢下风。"冠冕通南极，文章落上台。诏从三殿去，碑到百蛮开"，典重冠裳，沈、宋退舍。"耕凿安时论，衣冠与世同。在家常早起，忧国愿年丰"，寓神奇于古淡，储、孟莫能为前。"片云天共远，永夜月同孤。落日心犹壮，秋风病欲苏"，含阔大于沉深，高、岑瞠乎其后。"退朝花底散，归院柳边迷"，"花动朱楼雪，城凝碧树烟"，王右丞失其秾丽。"地平江动蜀，天阔树浮秦"，"日月低秦树，乾坤绕汉宫"，李太白逊其豪雄。至"岸花飞送客，樯燕语留人"，则钱、刘圆畅之祖。"两行秦树直，万点蜀山尖"，则元、白平易之宗，"两边山木合，终日子规啼"，卢仝、马异之浑成。"山寒青兕叫，江晚白

鸥饥"，孟郊、李贺之瑰僻。"冻泉依细石，晴雪落长松"，岛、可幽微所从出。"竹斋烧药灶，花屿读书床"，籍、建浅显所自来。"雨抛金锁甲，苔卧绿沉枪"，义山之组织纤新。"圆荷浮小叶，细麦落轻花"，用晦之推敲密切。杜集大成，五言律尤可见者。

（明）胡应麟《诗薮·内编》卷四，上海古籍出版社本

"力侔分社稷，志屈掩经纶"，欧、苏得之而为论宗。"江山如有待，花柳更无私"，程、邵得之而为理窟。"鲁卫弥尊重，徐陈略丧亡"，鲁直得之而为沉深。"白屋留孤树，青天失万艘"，无己得之而为劲瘦。"烟花山际重，舟楫浪前轻"，圣俞得之而为闲淡。"江城孤照日，山谷近含风"，去非得之而为浑雄。凡唐末、宋、元人，不皆学杜，其体则杜集咸备。元微之谓自诗人来，未有如子美者，要为不易之论。至轻俊学流，时相诋驳，累亦坐斯，然益足见其大也。

（明）胡应麟《诗薮·内编》卷四，上海古籍出版社本

杜诗正而能变，变而能化，化而不失本调，不失本调而兼得众调，故绝不可及。国朝明卿得杜正，不得其变；献吉得杜变，不得其化。

（明）胡应麟《诗薮·内编》卷四，上海古籍出版社本

近体盛唐至矣，充实辉光，种种备美，所少者曰大、曰化耳。故能事必老杜而后极。杜公诸作，真所谓正中有变，大而能化者。今其体调之正，规模之大，人所共知。惟变化二端，勘覈未彻，故自宋以来，学杜者什九失之。不知变主格，化主境；格易见，境难窥。变则标奇越险，不主故常；化则神动天随，从心所欲。如五言咏物诸篇，七言拗体诸作，所谓变也。宋以后诸人竞相师袭者是，然化境殊不在此。

（明）胡应麟《诗薮·内编》卷五，上海古籍出版社本

六代则公幹之峭，嗣宗之远，元亮之冲，太冲之逸，士衡之秾，灵运之清，明远之俊，玄晖之丽，皆其至也；兼之者陈思也。唐人则王、杨之繁富，陈、杜之孤高，沈、宋之精工，储、孟之闲旷，高、岑之浑厚，王、李之风华，昌龄之神秀，常建之幽玄，云卿之古苍，任华之拙朴，皆

所专也；兼之者杜陵也。

（明）胡应麟《诗薮·外编》卷四，上海古籍出版社本

杜甫之诗，包源流、综正变，自甫以前，如汉魏之浑朴古雅，六朝之藻丽秾纤、淡远韶秀，甫诗无一不备。然出于甫，皆甫之诗，无一字句为前人之时也。自甫以后，在唐如韩愈、李贺之奇異，刘禹锡、杜牧之雄杰，刘长卿之流利，温庭筠、李商隐之轻艳，以至宋、金、元、明之诗家，称巨擘者无虑数十百人，各自炫奇翻异；而甫无一不为之开先。此其巧无不到、力无不举，长盛于千古，不能衰，不可衰者也。今之人固群然宗杜矣；亦知杜之为杜，乃合汉、魏、六朝并后代千百年之诗人而陶铸之者乎！

（清）叶燮《原诗·内篇上》，人民文学出版社本

学诗不可杂，又不可专守一家。乐天专学子美，西昆专学义山，皆以成病。大乐非一音之奏，佳肴非一味之尝，子美所以集大成也。

（清）吴乔《围炉诗话》卷之一，《清诗话续编》本

子美为诗学大成，沉郁顿挫，七古之能事毕矣。《洗兵马》一篇，句云"三年笛里《关山月》，万国兵前草木风"，犹是初唐气格。王、李、高、岑诸家，各有境地。开元、大历之间，观止矣。

（清）田雯《古欢堂杂著》卷二，《清诗话续编》本

诗派不一，而诗人亦因之各成家数，有专家者，有兼及者。如三唐之人，各成一家，无不可指而名之。惟老杜声音格律，克集大成，则无所不有，故中、晚、宋、元皆得从中分其一体，特学之不善，顿成流弊耳。今之皮相者，强分唐、宋，如观渔洋司寇诗则曰唐，且指王、孟以实之；观先司农诗则曰宋，且指苏、陆以实之。殊不知《山薑》一集，原本少陵，以才雄笔大，自三唐以及两宋，无所不包，千变万化，终自成一家言，亦所谓集大成者。虽《论诗绝句》有云"老来白陆最相宜"，然自有微意，观首二句"琢肝铁肾费寻思，摊饭浇书病不支"，亦略见一斑矣。何得一概目之为宋诗乎？是不啻汪比部蛟门云："吾师阮亭亦宋诗也。"又岂其然乎？

（清）田同之《西圃诗说》，《清诗话续编》本

沈云卿《龙池乐章》，崔司勋《黄鹤楼》诗，意得象先，纵笔所至，遂擅古今之奇。所谓"章法之妙不见句法，句法之妙不见字法"者也。王维、李颀、崔曙、张谓、高适、岑参诸人，品格既高，复饶远韵，故谓正声。老杜以宏才卓识，盛气大力胜之，读《秋兴八首》、《咏怀古迹》、《诸将五首》，不废议论，不弃藻缋，笼盖宇宙，铿戛钧韶，而纵横出没中，复含蕴藉微远之致，目为大成，非虚语也。

（清）冒春荣《葚原诗说》卷之二，《清诗话续编》本

　　蔡氏絛曰："诗家视陶渊明，犹孔门视伯夷。集大成手，当终还子美。"按东坡云："渊明作诗不多，然其诗质而实绮，癯而实腴，自曹、刘、鲍、谢、李、杜诸人，皆莫及也。"愚窃谓东坡持论太易，如子建、公幹，先不可以并称，鲍、谢亦非子建之匹，三代以下之诗圣，子建、元亮、太白、子美而已。子建、元亮，浑然天成，不在太白、子美下。其诗体则不如太白、子美之兼容并包，不可以元亮为胜子建，亦不可以元亮为胜太白、子美也。蔡氏比元亮于伯夷，是亦以诗圣品之，极得分际；惟脱漏子建为不精密。钟记室曰："子建之诗，如人伦之有周、孔，羽毛之有鳞凤。孔门用诗，陈思入室。"胡氏应麟曰："兼六代者陈思，兼唐人者杜。"钟氏以周、孔属子建，实不料后有子美；胡氏以子美为只兼唐人，似不甚确，然藉此可知子建、子美无优劣也。敖氏器之谓"子美如周公制作，后世莫能拟议"，几矣，终不如杜诗"集大成"语为尤的实耳。

（清）潘德舆《养一斋李杜诗话》卷二，《清诗话续编》本

3. 各代有集大成者

　　苏子瞻云："子美之诗，退之之文，鲁公之书，皆集大成者也。"

（宋）陈师道《后山诗话》，《历代诗话》本

　　弇州四部稿，古诗枚、李、曹、刘、阮、谢、鲍、庾以及青莲、工部，靡所不有，亦鲜所不合。歌行自青莲、工部以至高、岑、王、李、玉川、长吉，近献吉、仲默，诸体毕备。每效一体，宛出其人，时或过之。乐府随代遣词，随题命意，词与代变，意逐题新，从心不逾，当世独步。

五言律宏丽之内，错综变化，不可端倪。排律百韵以上，滔滔莽莽，杳无涯际。五七言绝句，本青莲、右丞、少伯，而多自出结构，奇逸潇洒，种种绝尘。七言律高华整栗，沉着雄深，伸缩排荡，如黄河溟渤，宇宙伟观；又如龙宫海藏，万怪惶惑。王太常云："诗家集大成，千古惟子美，今则吾兄。"汪司马云："上下千载，纵横万里，其斯一人而已。"

（明）胡应麟《诗薮·续编》，上海古籍出版社本

画平远师赵大年，重山叠嶂师江贯道。皴法用董源麻皮皴及潇湘图点子皴，树用北苑、子昂二家法，石用大李将军秋江待渡图及郭忠恕雪景，李成画法有小帧水墨及着色青绿，俱宜宗之。集其大成，自出机轴。再四五年，文、沈二君不能独步吾吴矣。

（明）莫是龙《画说》，《历代论画名著汇编》本

诗至少陵，书至鲁公，画至二米，古今之变、天下之能事，毕矣。独高彦敬兼有众长。出新意于法度之中，寄妙理于豪放之外。所谓游刃有余、运斤成风，古今一人而已。

（明）董其昌《画禅室随笔》，《历代论画名著汇编》本

放翁诗浑厚雄健，真得杜髓，又且家数甚大，无所不该。

（清）张谦宜《絸斋诗谈》卷五，《清诗话续编》本

晋如张华之博物，束皙之补亡，陆机、陆云之抗衡汉、魏，潘岳、左思之渊冲高旷，张载、张协之叶声埙篪，刘琨、卢谌之音节悲凉，皆大家也。王羲之不以诗见长，然《兰亭集诗》已非诸君所及；又有逸句云："争先非吾事，静照在忘求。"几于一字一金矣。陶渊明生于晋末，人品最高，诗亦独有千古，则又晋之集大成也。

（清）李调元《雨村诗话》卷上，《清诗话续编》本

诗之绮丽，盛于六朝，而就各代分之，亦有首屈一指之人。如梁则以鲍照明远为第一，其乐府如五丁开山，得未曾有，谢瞻辈所不及也。齐则以谢朓玄晖为第一，名句络绎，俱清俊秀逸，武帝、简文帝所不及也、梁则以江淹文通为第一，悲壮激昂，何逊犹足比肩，任昉辈瞠乎后矣。陈则

以阴铿为第一,琢句之工,开杜子美一派,徐陵、江总不及也。至北周则唯庾信子山一人而已,不但诗凌轹百代,即赋启四六,上下千古,实集大成,宜为词坛之鼻祖也。

(清)李调元《雨村诗话》卷上,《清诗话续编》本

韩文起八代之衰,实集八代之成。盖惟善用古者能变古,以无所不包,故能无所不扫也。

(清)刘熙载《艺概·文概》,上海古籍出版社本

金元遗山诗兼杜、韩、苏、黄之胜,俨有集大成之意。以词而论,疏快之中,自饶深婉,亦可谓集两宋之大成者矣。

(清)刘熙载《艺概·诗概》,上海古籍出版社本

词至美成,乃有大宗,前收苏秦之终,后开姜史之始,自有词人以来,不得不推为巨擘。后之为词者,亦难出其范围。然其妙处,亦不外沉郁顿挫。顿挫则有姿态,沉郁则极深厚。既有姿态,又极深厚,词中三昧,亦尽于此矣。

(清)陈廷焯《白雨斋词话》卷一,齐鲁书社《足本校注》本

附记:徐文茂同志主要负责本编的本文核校工作。